国家出版基金项目
NATIONAL PUBLICATION FOUNDATION

丛书主编 吴松弟　丛书副主编 戴鞍钢

Modern Economic Geography of China
Vol. 8

本卷主编 张 萍

张 萍 严 艳
樊如森 吴孟显 著

中国近代经济地理
第八卷
西北近代经济地理

华东师范大学出版社
ECNUP　全国百佳图书出版单位

图书在版编目（CIP）数据

中国近代经济地理.第 8 卷,西北近代经济地理/吴松弟总主编；张萍分卷主编. —上海：华东师范大学出版社,2015.1
（中国近代经济地理）
ISBN 978 - 7 - 5675 - 2995 - 3

Ⅰ.①中… Ⅱ.①吴… ②张… Ⅲ.①经济地理—中国—近代 ②经济地理—西北地区—近代 Ⅳ.①F129.9

中国版本图书馆 CIP 数据核字(2015)第 015691 号

审图号 GS(2015)996 号

中国近代经济地理

第八卷·西北近代经济地理

丛书主编　吴松弟　副主编　戴鞍钢
分卷主编　张　萍
分卷作者　张　萍　严　艳　樊如森　吴孟显
策划编辑　王　焰
项目编辑　庞　坚
审读编辑　徐曙蕾
责任校对　高士吟
版式设计　高　山
封面设计　储　平

出版发行　华东师范大学出版社
社　　址　上海市中山北路 3663 号　邮编 200062
网　　址　www.ecnupress.com.cn
电　　话　021 - 60821666　行政传真 021 - 62572105
客服电话　021 - 62865537　门市（邮购）电话　021 - 62869887
门市地址　上海市中山北路 3663 号华东师范大学校内先锋路口
网　　店　http://hdsdcbs.tmall.com

印 刷 者　上海中华商务联合印刷有限公司
开　　本　787×1092　16 开
印　　张　42
字　　数　835 千字
版　　次　2015 年 9 月第 1 版
印　　次　2015 年 9 月第 1 次
书　　号　ISBN 978 - 7 - 5675 - 2995 - 3/K·426
定　　价　142.00 元

出版人　王　焰

（如发现本版图书有印订质量问题,请寄回本社市场部调换或电话 021 - 62865537 联系）

本书为
国家出版基金资助项目
"十二五"国家重点图书出版规划项目
上海文化发展基金会图书出版专项基金资助项目

《中国近代经济地理》总序

吴松弟

　　描述中国在近代(1840—1949年)所发生的从传统经济向近代经济变迁的空间过程及其形成的经济地理格局,是本书的基本任务。这一百余年,虽然是中国备受帝国主义列强欺凌的时期,却又是中国通过学习西方逐步走上现代化道路,从而告别数千年封建王朝的全新的历史时期。1949年10月1日中华人民共和国成立后,中国的现代化乃进入新的阶段。

　　近二十余年来,中国历史地理研究和中国近代经济史研究都取得了较大的进步,然而对中国近代经济变迁的空间进程及其形成的经济地理格局,却长期研究不足。本书的写作,旨在填补这一空白,以便于学术界从空间的角度理解近代中国的经济变迁,并增进对近代中国政治、文化及其区域差异的认识。由于1949年10月1日以后的新阶段建立在以前的旧时期的基础上,对中国近代经济地理展开比较全面的研究,也有助于政府机关、企业部门和学术界人士认识并理解这段时期古老而广袤的中国大地上所发生的数千年未有之巨变在经济方面的表现,并在学术探讨的基础上达到一定程度的经世致用。

　　《中国近代经济地理》全书共分九卷,除第一卷《绪论和全国概况》之外,其他八卷都按区域论述。区域各卷在内容上大致可分成两大板块。一个板块是各区域近代经济变迁的背景、空间过程和内容,将探讨经济变迁空间展开的动力、过程和主要表现。另一个板块是各区域近代经济地理的面貌,将探讨产业部门的地理分布、区域经济的特点,以及影响区域经济的主要因素。

　　在各人分头研究的基础上,尽量吸收各学科的研究成果与方法,将一套从空间的角度反映全国和各区域经济变迁的概貌以及影响变迁的地理因素的著作奉献给大家,是我们的初衷。然而,由于中国近代经济变迁的复杂性和明显的区域经济差异,以及长期以来对这些方面研究的不足,加之我们自身水平的原因,本书在深度、广度和理论方面都有许多不足之处。我们真诚地欢迎各方面的批评,以期在广泛吸纳批评意见的基础上,推进中国近代经济地理的研究。

目 录

绪 论 /1
    第一节 西北地区的范围界定 /1
    第二节 西北近代经济社会相关研究成果 /3
    第三节 研究问题与方法 /25

第一编 近代陕西经济地理

第一章 近代陕西的资源分布与政治格局 /33
    第一节 地理分区与环境特征 /33
    第二节 人文环境与政治格局 /42

第二章 近代陕西农业发展及其结构性变迁 /53
    第一节 农业资源与农业设施改进 /53
    第二节 近代陕西农田水利事业的发展 /60
    第三节 粮食作物的种植及地域特征 /65
    第四节 新棉种引进与植棉业的地域发展特征 /74
    第五节 罂粟种植及其在陕的泛滥 /79
    第六节 其他经济作物与资源特产的地域特征 /83

第三章 近代陕西工业的发展与区域特征 /96
    第一节 清末民初陕西近代工业的缓慢发展 /96
    第二节 抗战时期陕西工业的发展及地域特征 /103
    第三节 传统工业的地区分布及其地位 /124

第四章 近代陕西交通和通信网络的建设与布局 /137
    第一节 近代陕西公路交通建设 /137
    第二节 近代陕西铁路事业的艰难发展 /142
    第三节 其他交通设施及其近代利用 /145
    第四节 近代陕西邮政事业的发展与区域特征 /146

第五章　近代陕西金融体系的地域格局 / 171
　　第一节　陕西官钱局与私营行庄的地区发展特征 / 171
　　第二节　近代陕西银行的发展及地区格局 / 195

第六章　近代陕西商贸与市场格局的变迁 / 208
　　第一节　晚清时期陕西的商业组织及其贸易格局 / 208
　　第二节　陇海铁路与陕西区域市场格局的转变 / 229

第二编　陕甘宁边区经济地理

第一章　边区概况与产业布局影响因素 / 261
　　第一节　陕甘宁边区的行政区划演变 / 261
　　第二节　边区产业布局的影响因素 / 265

第二章　边区的农林生产与布局 / 273
　　第一节　边区农业的增长 / 273
　　第二节　边区粮食作物的生产与布局 / 274
　　第三节　边区棉花的生产与布局 / 277
　　第四节　边区畜牧业的发展与布局 / 279
　　第五节　边区林业的开发利用与保护 / 281

第三章　边区工业类型及布局特征 / 284
　　第一节　边区工业发展的数量和类型特征 / 284
　　第二节　边区公营工业部门的发展与布局 / 288
　　第三节　边区私营工业的发展与布局 / 316
　　第四节　边区手工业的发展与布局 / 317
　　第五节　边区工业的部门结构、地域结构分析 / 321

第四章　边区交通运输与通讯网络 / 324
　　第一节　边区交通运输业的运输方式 / 324
　　第二节　边区交通运网建设与布局 / 325
　　第三节　边区邮电通讯网的建设与布局 / 331

第五章　边区商贸发展与布局 / 336
　　第一节　边区对外贸易的构成与商路演变 / 336
　　第二节　陕甘宁边区公营商业的发展与布局 / 338
　　第三节　边区合作商业的发展与分布 / 342
　　第四节　边区私营商业的发展与布局 / 344

第六章　边区的市建制 /347
第一节　抗战前边区的市建制 /347
第二节　边区建置市的体系 /349

第七章　边区经济地理格局与特色经济模式 /363
第一节　边区经济地理格局与经济模式分析 /363
第二节　"边区模式"的产业结构评价 /365

第三编　近代甘宁青经济地理

第一章　近代甘宁青的资源分布与政治格局 /373
第一节　近代甘宁青地理分区与环境特征 /373
第二节　近代甘宁青人文环境与政治格局 /377

第二章　近代甘宁青农牧业的发展及其结构性变迁 /393
第一节　近代甘宁青农田水利事业的发展 /393
第二节　晚清民国时期甘宁青的土地开垦与垦务 /401
第三节　种植业结构的变迁及地域特征 /403
第四节　近代甘宁青畜牧业的区域格局 /416

第三章　甘宁青近代工业的发展与区域特征 /421
第一节　左宗棠与甘肃近代工业的起步 /421
第二节　晚清民初甘宁青工业发展的地域概况 /425
第三节　抗战时期甘宁青近代工业发展的地域特征 /430

第四章　近代甘宁青交通与通讯网络建设与布局 /447
第一节　近代甘宁青公路交通建设 /447
第二节　其他种类交通工具与交通形式 /451
第三节　近代甘宁青邮政发展与特征 /453

第五章　近代甘宁青进出口贸易及其结构性变化 /457
第一节　商品结构与贸易总量的区域差异 /458
第二节　交通建设与商品流向的变化 /466
第三节　洋行的进入与经商主体的变化 /470

第四节　政府统制与垄断性贸易的加强 /474

第六章　近代甘宁青市场结构与市场体系的形成 /477
　　　第一节　近代甘肃的城乡市场格局 /477
　　　第二节　宁夏建省前后的城乡市场结构 /492
　　　第三节　近代青海的城乡市场格局 /501

第七章　近代甘宁青银行与金融业的区域特征 /508
　　　第一节　传统金融组织的演变与空间差异 /508
　　　第二节　传统的近代过渡——官银钱局的演变 /515
　　　第三节　现代银行的产生、发展及其分布 /517

第四编　近代新疆经济地理

第一章　近代新疆的自然环境与经济开发背景 /529
　　　第一节　近代新疆的政治和自然地理基础 /529
　　　第二节　近代新疆经济开发的历史背景 /540

第二章　近代市场环境的变迁与区内外贸易的发展 /547
　　　第一节　"赶大营"与清代前期新疆与内地经贸联系的加强 /547
　　　第二节　清末民国的赴新"赶大营"贸易 /549
　　　第三节　沿边口岸的开放与新疆国际贸易的开展 /551
　　　第四节　新疆区外贸易的市场网络 /553

第三章　近代交通运输网络的架构 /563
　　　第一节　驿路交通 /563
　　　第二节　公路交通 /568
　　　第三节　内河航运 /570
　　　第四节　邮政、电信、铁路及航空 /573

第四章　近代农牧工矿业经济的发展 /577
　　　第一节　畜牧业经济的繁荣 /577
　　　第二节　农业经济的繁荣 /581
　　　第三节　现代工业的起步 /589
　　　第四节　矿业经济的积累 /593

第五章　近代城镇发展和居民结构 /597
　　　第一节　天山北路的主要城镇 /597
　　　第二节　天山南路的主要城镇 /600

第三节　人口数量与民族分布 /601

**总结　近代西北地区经济地理过程及其环境
　　　　因素** /608
　　第一节　近代西北地区经济的空间发展过程 /608
　　第二节　西北经济地理过程的环境影响因素 /623
表图总目 /629
参考征引文献举要 /637
后记 /648
索引 /649

绪 论

第一节 西北地区的范围界定

西北一词最早在宋代文献中即已出现,《元史·地理志》中有"西北地附录",较正式地将西北作为一个独立的地理区域来划分。入清以后,有关西北的概念运用就更普遍,道光间魏源著有《西北边域考》。民国开发西北,有关论著以及调查报告更加多样,对于西北地区的认识也有所不同,汪公亮认为:"西北应指贺兰山、阴山与兴安岭以西,乌鞘岭、祁连山、阿尔金山与昆仑山以北的地区而言,包括新疆与蒙古的全部、甘肃河西走廊、宁夏的大部,绥远和察哈尔的北部。"[①]王金绂指出:"西北应以凉州为中心,把全国划分四部,西北一角,包括陕、甘、新疆、青海、宁夏及内蒙,历史上的西北则以本部十八省为准,单指陕甘宁青而言。"[②]戴季陶说:"目前一般人所谓西北,大都是指中国腹地,顾名思义西北两字,应该是西北的边区,现在差不多以潼关以内的地方,统统叫做西北。其实在历史上陕西、河西一带,都是中国的中原,从地理上看去,也是在当中,至少要甘肃以西,才能算是西北。"[③]马鹤天则认为西北应包括"蒙古、新疆、青海及甘肃、宁夏、绥远诸部"。[④] 尹任先认为西北应有广义与狭义的区别,"狭义言之,即昔日称为外蒙古,今日称为热河、察哈尔、绥远之三特别区是也。以广义言之,若外蒙古、甘肃、新疆、青海等处,均偏在西北一隅,故亦属西北范围"[⑤]。蒋经国则认为:"西北……包括陕西、甘肃、青海、宁夏、绥远以及西藏、蒙古、新疆等省。"[⑥]所指范围更加广泛。只有刘镇华认为西北应包括"陕西、甘肃、宁夏、青海、新疆五省"[⑦]。与今天的西北区域划分相当。今天我们所谓西北,均指陕甘宁青新五省,已成为约定俗成的地域划分,因此,本编也以今天西北五省的划分为区域界定,所涉内容以此为准。

从历史发展进程来讲,陕西是西北地区的省份中建省最早的。在元朝以前的陕西,并不包括汉中、安康等秦岭以南部分。元中统元年(1260年)设立秦蜀行省(也称陕西四川行省、陕蜀行省等,治京兆,即今陕西西安),陕西便有了行省的建制。不过,陕西行省直到至元十八年(1281年)之后才基本固定下来,当时其辖地包括今陕西全境及甘肃兰州以东和内蒙古伊克昭盟中部以南各地。明朝在元代行

---

① 汪公亮:《西北地理》,正中书局,1936年,第1页。
② 王金绂:《西北区域地理》,立达书局,1935年,第4页。
③ 戴季陶:《西北救灾之步骤与方法》,秦孝仪编:《革命文献》第88辑,台湾"中央"文物供应社,1981年,第19页。
④ 马鹤天:《开发西北之步骤与方法》,转载西安市档案馆编:《民国开发西北》,内部印行,第24页。
⑤ 尹任先:《西北概况》,秦孝仪编:《革命文献》第88辑,台湾"中央"文物供应社,1981年,第215页。
⑥ 蒋经国:《伟大的西北》,宁夏人民出版社,2001年,第6页。
⑦ 刘镇华:《开发西北计划书》,秦孝仪编:《革命文献》第88辑,台湾"中央"文物供应社,1981年,第162页。

省制度的基础上,在全国设两京十三布政使司,陕西布政使司所辖地区包括今陕西全境、甘肃嘉峪关以东各地、宁夏和内蒙古伊克昭盟的大部、青海湖以东部分。清代废去布政使司的称号,仍称行省或省。清初陕西省仍辖今陕西、甘肃、宁夏和青海东部。康熙二年(1663年)移陕西右布政使驻巩昌,五年改为甘肃布政使,移驻兰州。从此,陕、甘两省分治。

陕西的区域范围至此基本固定,至晚清时期陕西省共有七府五直隶州,下置七十三县五州八厅,[①]实际辖境与今大体相近。分治之初的甘肃,其辖区除包括今新疆、青海、宁夏一部分外,大体上和今甘肃的境域相同。光绪十年(1884年)分出新疆单独建省。

民国初年,废除了清代的府、州、厅制,实行省、道、县三级制。1912年,甘肃共设7道,下辖77县,即兰山道(治皋兰县)、宁夏道(治宁夏县)、西宁道(治西宁县)、泾原道(治平凉县)、渭川道(治天水县)、安肃道(治酒泉县)、甘凉道(治武威县),其范围大致包括今甘肃、内蒙古西部、青海北部和东部一些地方、外蒙古西南边、宁夏。1927年,废除道的建制。随着军阀混战局面的结束,国民党政府对行政区划作了一些调整。1928年,划甘肃西宁道属之西宁、大通、乐都、循化、贵德、巴燕、湟源等7县,另建青海省;同时划甘肃宁夏道属之宁夏、宁朔、灵武、盐池、平罗、中卫、金积、豫旺(原镇戎县,今固原县)等8县和宁夏护军使所辖的阿拉善额鲁特、额济纳土尔扈特2部地,成立宁夏省。1929年,宁夏、青海两省正式成立。

在近代西北地区的一级行政区划中,当以地处天山南北的新疆行省辖域范围最为广阔,所包含的自然地理和人文地理内容,也比其他区域更为复杂和多样。加之它又处在古老丝绸之路和东西文化交汇的枢纽地带,其科学考察和学术研究的价值也就更加突出和巨大。

从资源环境、人口和经济发展实际来看,新疆又比同样处于内陆干旱区的西北其他区域,有着客观上的比较优势。一是地域辽阔,人口稀少,二是资源丰富,发展潜力和增长空间巨大,在很大程度上可以作为整个国家经济发展的坚实后盾。诚如民国年间学者所言,新疆"虽以气候寒酷,雨量稀少,教育幼稚,文化落后,然地大物博,居民率能自食其力,农业自足,其所生产,足供消费而有余,即终岁不雨,人民无饥馑之虞。较诸陕、甘,赤地千里,颗粒不收,哀鸿遍野,饿殍载途,罗雀掘鼠,易子炊爨,呻吟痛苦者,尤胜一筹也。吾人今欲经营西北,巩固国防,须先从发展新疆入手。开展国家富源,移民殖边,使人尽其用,地尽其利,掘采宝藏,济内地之失业,苏社会之穷困;以厚民生,而立国家富强之本;以固国防,而杜外人觊觎之机。一举两得,善莫过于此"[②]。正因为这里有如此丰富的社会经济文化内涵,才使得最晚从

---

① 内阁印铸局:《职官录》,陕西省,宣统三年刊本。
② 太平洋书店编辑:《新疆》,太平洋书店,1933年,第87、88页。

清朝末年开始,包括探险家和学者在内的诸多中外人士,无不把中国的新疆地区作为最重要的关注点之一,进而造就出了丰富而厚实的学术成果。

陕甘宁边区是中国共产党在西北革命根据地基础上建立和发展起来的革命根据地。中共中央于中央红军到达陕北后,为了统一和加强对西北革命根据地的领导,1935年11月,中共中央决定设立中华苏维埃共和国中央政府驻西北办事处,作为陕甘宁苏区的最高政权机关。1937年2月24日,中共中央政治局常委决定由林伯渠主持西北办事处工作,开始筹建陕甘宁边区政府,进行"更名"、"改制"。所谓更名就是将西北办事处改为陕甘宁边区政府,所谓改制就是将工农民主制改为民主共和制。5月12日,西北办事处会议正式通过了《陕甘宁边区议会及行政组织纲要》和《陕甘宁边区选举条例》,肇始使用"陕甘宁边区"的名称,其中在7月至8月间,曾一度使用"陕甘宁特区"之称谓。1937年,国民党政府行政院第333次会议通过了陕甘宁边区管辖18个县,即:陕西的肤施(今延安)、甘泉、富县、延长、延川、安塞、安定(今子长)、保安(今志丹)、定边、靖边、淳化、旬邑、神府;甘肃的正宁、宁县、庆阳、合水;宁夏的盐池;首府设在延安。陕甘宁边区政府从1937年9月6日正式成立,到1950年1月19日自行撤销,共历时12年零4个多月。

第二节 西北近代经济社会相关研究成果

西北近代经济社会史是中国近代经济社会史研究的一个重要组成部分,它的研究对于丰富中国区域经济社会史的研究内容具有重要意义,尤其在今天西部大开发与西部经济发展进程中,研究意义更加明显,总结一个世纪以来有关西北近代经济社会史的研究,对于促进本学科领域日后的发展,又具有重要的现实意义。那么,就西北近代经济社会史研究来讲,则具有明显的阶段性,按其研究内容与特点可明显分为三个阶段。

一、科学研究的开端:民国年间对西北地区资源的调查

早在20世纪二三十年代就有学者关注此问题。孙中山先生建设西北的理论首先将学者的眼光引入这一领域。南京国民政府成立初期又做出修筑西北铁路、开发西北资源的战略决策,因此1927—1945年开发西北的活动进入高潮。伴随着这一活动的进展,有关西北资源的调查与研究也进入了一个重要的阶段。对于当时人来讲,这无疑属于当时人记当时事,虽然其中不乏有识之士的精辟分析与论断,但最重要的还应该说是为我们保留了大批宝贵而丰富的历史资料。

晚清时期即有一些学者对于西北地区发展投入一定的关注,进入民国以后,相关调查更加丰富,这中间包括一些有识之士的西北考察,也包括针对西北资源开发进程中的政府行为。西北实业考察团针对这一地区进行了一系列调查。周希武在20世纪20年代就完成了对青海玉树土司的调查,编写了珍贵的《玉树土

司调查记》①。铁道部业务司商务科基于修筑陇海铁路的需要,组织编撰了一系列的沿线调查报告,《陇海铁路甘肃段经济调查报告书》②、《陇海铁路宝天段经济调查报告书》③、《陇海铁路甘肃段经济调查报告书》、《陕西实业考察》④和《兰州商业调查》⑤。这些调查报告书详尽、系统地对陕甘地区的经济社会进行了反映,成为今天我们了解当地民俗风情最重要的资料。其他相关考察资料仍然不少,如青海省政府民政厅编《最近之青海》⑥,全面介绍了青海省的政治、经济、宗教、社会各方面情况,成为了解20世纪30年代青海省经济状况最系统的资料。傅作霖有《宁夏省考察记》,中正书局1935年版;贺扬灵有《察绥蒙民经济的解剖》,商务印书馆1935年版;陈言有《陕甘调查记》,系1936、1937年对陕甘地区的调查报告,对甘肃的商业、交通、农林等都有所论述。⑦另王金绂有《西北地理》,立达书局1932年初版;顾执中、陆诒有《到青海去》,商务印书局1934年版;马鹤天有《甘肃藏边区考察记》;周希武有《宁海纪行》;王有立主编有《玉树调查记》,等等。

这一时期报章杂志发表了一系列有关方面的文章。王世昌撰写了《甘肃的六大特产》⑧,同时专门就甘肃的茶叶销售著文《甘肃茶销概况》。⑨叶知水对整个西北地区茶市状况进行了调查与分析,并就其发展途径进行了规划。⑩卓吾针对西北毛皮的产销状况作了调查。⑪黎小苏对陕西的特产进行了调查与研究,包括陕西的棉产、牲畜、山货、药材等等。⑫李屏唐专门就兰州的羊毛市场作了调查。⑬这些调查均成为今天研究西北地区资源开发与经济社会发展的重要资料及前提基础。

对于新疆地区,资料显示,尽管清末以前,零星记载中国西域地区自然和人文景观的书籍时有出现,但系统论述其历史经济地理状况的荦荦大者,却相当稀少。究其原因,就在于"新疆一省,独以僻居西域,弃为瓯脱,志乘阙如,识者憾焉。夫以风沙戈壁,隔绝腹地至数千里而遥,冰岭雪峰,道途阻绝,殣毡饮湩,风俗诡奇。虽自古称兵力之强,开拓之广如汉武帝、元世祖者,犹以其叛服靡常,羁縻一时,终归弃置。惟我朝列圣相承,秉尧舜之仁明,恢禹汤之征伐,然亦畏威怀德二百余年,至光绪初叶始得而郡县之。言语不通,文字各别,宗教嗜好之攸殊。考土人之故,实初无所谓文献,遑论足征,则不能遽议及于省志,固亦理势使然"。⑭从西域地区最

---

① 周希武:《玉树土司调查记》,商务印书馆,1920年。
② 铁道部业务司商务科编:《陇海铁路甘肃段经济调查报告书》,台湾文海出版社,1998年。
③ 李泽藻等撰:《陇海铁路宝天段经济调查报告书》,《清代民国调查报告丛刊》,国家图书馆古籍馆编,北京燕山出版社,2007年。
④ 陇海铁路管理局:《陕西实业考察》,汉文正楷印书局,1933年。
⑤ 萧梅性:《兰州商业调查》,陇海铁路管理局,1936年。
⑥ 青海省民政厅编:《最近之青海》,新亚细亚学会出版科,1932年。
⑦ 陈言:《陕甘调查记》,北方杂志社,1936、1937年印行。
⑧ 王世昌:《甘肃贸易季刊》1943年第5、6期。
⑨ 王世昌:《甘肃贸易季刊》1944年第10、11期合刊。
⑩ 叶知水:《西北茶市概况及其发展途径》,《中农月刊》1943年6月第4卷第6期。
⑪ 卓吾:《西北毛皮产销概况》,《西北研究》第3卷第2期,1940年11月。
⑫ 黎小苏:《陕西之特产》,《陕西省银行汇刊》第七卷第一、二期。
⑬ 李屏唐:《兰州羊毛市场之调查》,《贸易月刊》第4卷第8期,1943年3月。
⑭ 袁大化修,王树枏等撰:《新疆图志》,新疆图志序,台湾文海出版社,1965年影印,第4页。

早的全局性方志——《新疆图志》所引用的书目中可知,除了《史记》、《汉书》、《大清一统志》、《读史方舆纪要》等全国通论性的著作中偶然涉及西域的事情之外,其他专门记述该地历史地理、特别是其清代后期历史地理的著作,极为单薄。当然,嘉庆年间祁韵士的《万里行程记》与《西陲要略》、道光年间林则徐的《荷戈纪程》、光绪年间缪祐孙的《俄游汇编》和陶保廉的《辛卯侍行记》等,作为当事者谪迁或赴任途中的旅行笔记,对于研究内地与西域地区之间的近代交通状况和新疆的民族风俗,还是有很高的史料价值的。

较早系统考察并论述天山南北社会经济发展的,应属俄国驻伊犁—塔城的领事、旅行家尼·维·鲍戈亚夫连斯基。他根据自己的所见所闻和相关资料,撰写了《长城外的中国西部地区:其今昔状况及俄国臣民的地位》[①]一书,并于1906年在圣彼得堡出版。该书共分41章,除对清朝末年新疆地区的自然、历史、民族、政治、教育、中外关系、民众生活进行具体介绍外,也详细叙述了当时当地的乡村、城镇、农业、矿业、工业、贸易、交通、赋税等经济内容,成为研究这一时期新疆经济状况不可或缺的重要参考资料。

最早用汉文撰写的系统性新疆史地著作,自然当属宣统三年(1911年)袁大化修、王树枏等纂的《新疆图志》。它作为新疆的第一部全省志书,共116卷,详细地记录了该省域范围内的建置、国界、天章、藩部、职官、实业、赋税、食货、祀典、学校、民政、礼俗、军制、物候、交涉、山脉、土壤、水道、沟渠、道路、古迹、金石、艺文、奏议、名宦、武功、忠节、人物、兵事等方面的内容。而钟广生1909—1910年前后所著的《新疆志稿》[②],分建置志、实业志、邮传志3卷,则主要记载了清代的官制、农田、蚕桑、森林、畜牧、渔业、矿业、工艺、商务、驿站、邮政、电报、铁路等内容。同一时期的志书,还有佚名抄本《新疆四道志》4卷,分述了镇迪道、伊塔道、阿克苏道、喀什噶尔道下属各县、厅的疆域、山川、卡伦、驿站、厂务、城郭等内容。以上三书内容相关并各有侧重,均为研究清代新疆经济地理的必备史料。

稍后面世的,是张献廷撰写的《新疆地理志》[③],它作为一部史论结合的地理著作,共分6章。既有对新疆地形地貌、疆域人口的概说,也有对山脉、河湖、沙漠、气候、动植物等自然地理内容,以及居民、种族、风俗、宗教、产业、交通等人文地理内容的详述,并有对秦汉以降新疆历史轨迹的回顾,和对清末新疆各府州状况的简介。该书内容丰富,视角独特,足资研究新疆之参考。林竞著《新疆纪略》[④],其正文的篇幅虽然只有46页,但却对民国初年的新疆吏治、军政、财政、外交、教育、司法、种族、交通、实业方面的内容,做了条分缕析的梳理,特别是在实业部分,更是系统

[①] (俄)尼·维·鲍戈亚夫连斯基:《长城外的中国西部地区:其今昔状况及俄国臣民的地位》,新疆大学外语系俄语教研室翻译,商务印书馆,1980年。
[②] 钟广生:《新疆志稿》,1930年铅印本,台湾成文出版社,1968年影印。
[③] 张献廷:《新疆地理志》,山东高等师范学校,1914年石印本,《中国方志丛书·西部地方·第八号》,台湾成文出版社影印。
[④] 林竞:《新疆纪略》,日本东京天山学会,1918年。

地记述了这一时期新疆矿业、林业、农业、牧业、工业、商业的发展状况,为研究该时期天山南北经济的发展提供了有益的参考。苏联学者克拉米息夫著、王正旺译的《中国西北部之经济状况》[1],则根据俄国商人和工业家们所搜集的大量材料,叙述了中国西部即蒙古、甘肃、新疆地区,20世纪一二十年代前期十余年间的进出口贸易状况、商品种类、交通运输状况、自然资源分布、工业发展等方面的内容。该书分类有序,逻辑清晰,数据丰富,对于研究新疆经济的发展,也有不可或缺的原创价值。

1931年九一八事变后日本侵略者对中国东北三省的军事占领,和苏联对中国外蒙古以及新疆地区日益强势的政治渗透和领土觊觎,均严重地恶化了中国西、北部边疆的形势,激起了中国社会各界保卫和建设边疆的决心,也引发了学术界对新疆问题的高度关注。正是在这样的背景下,华企云编著的《新疆问题》[2]一书面世。该书共分3编13章,分别从史地经济(农林、牧畜、矿业、工商、交通)、种族关系、国防地位的不同视角,全面考察了新疆问题的表现方式与解决办法。本书可与程鲁丁著《新疆问题》[3](共分历史地理、国际关系、领土变迁、历次变乱、建设方略5章内容)在时间和内容上相互对照,以厘清新疆问题的存续变迁情况。

稍后,太平洋书店也编辑出版了名为《新疆》[4]的时政论文集,目的在于努力探索"如何保护和开发这最伟大的宝藏,使它不为东北之续"。有关文章涉及新疆的历史、社会状况、经济开发、边界和民族、屯垦计划、城市面貌等方面,数据详细丰富,见解独到深刻,具有颇高的学术价值。

吴绍璘编著的《新疆概观》[5],共分上、中、下3编19章,上编介绍新疆地区自上古至民国年间的历史脉络,下编介绍与新疆有关的人和事,中编从第9至第15章,分别介绍了新疆的自然、种族、交通事业、矿产、物产与实业、经济发展、社会概况,是研究近代新疆经济地理的有益参考。特别是在第9章第4节之"失地志",敢言被历代主政者列为禁区的阿尔泰诺尔乌梁海、哈萨克等10处割让领土的历史与现状,更彰显出一代良史"秉笔直书"的过人胆识。蒋军章编著的《新疆经营论》[6],共4章,扼要介绍了自汉唐至民国年间,中原王朝对新疆地区的经营历史及其所面临的民族与国际问题,在从国防、移民和矿业3个方面论证了强化对新疆经营的必要性之后,又指出了从边防、交通、移民、实业、民族关系诸方面,以及对该区域进行有效治理的基本策略。谭惕吾著《新疆之交通》[7],对民国年间新疆省内外的水上和陆上道路、邮政、电报、航空等传统和新式交通状况,进行了有序、细致地考述,成为了

---

[1] (苏)克拉米息夫著,王正旺译:《中国西北部之经济状况》,商务印书馆,1933年。
[2] 华企云:《新疆问题》,大东书局,1931年。
[3] 程鲁丁:《新疆问题》,中国印书馆,1949年。
[4] 太平洋书店编:《新疆》,太平洋书店,1933年。
[5] 吴绍璘:《新疆概观》,仁声印书局,1933年。
[6] 蒋军章:《新疆经营论》,正中书局,1936年。
[7] 谭惕吾:《新疆之交通》,禹贡学会,1936年。

解相关区域交通和商业地理的重要参考文献。曾问吾著《中国经营西域史》[①],除了历数中原历代王朝对西域的"治理"方略和成效外,也在中篇的第 7 章和下篇的第 3 章,分别讲述了新疆在清末、民国时期的对外贸易和商业发展情况,可资研究之参考。

与此同时,林竞著《西北丛编》[②]、汪公亮著《中国西北地理大纲》[③]、张其昀、任美锷合编《本国地理》下册[④]、王益厓著《高中本国地理》[⑤]、王金绂编纂《西北之地文与人文》[⑥]、王应榆著《伊犁视察记》[⑦]、杨文洵等编《中国地理新志》[⑧]、陈庚雅著《西北视察记》[⑨]、高良佐著《西北随轺记》[⑩]、英国人斯坦因著、向达译《斯坦因西域考古记》[⑪]、瑞典人斯文·赫定著、徐十周等译《亚洲腹地探险八年(1927—1935)》[⑫]等,均以较大的篇幅记述了新疆地区的自然和社会状况,具有一定的参考和史料价值。

抗日战争全面爆发以后,新疆的国际环境进一步复杂化,其在中国国防上的地位更加重要。杜重远著《盛世才与新新疆》[⑬],除对抗战初期的盛世才本人进行介绍之外,还用较多的篇幅梳理了新疆的资源物产、民族问题、国防地位、教育发展、工农业与交通、对苏外交关系等内容,直观且具条理。陈纪滢著《新疆鸟瞰》[⑭],为作者对新疆的实地采访记录,包括新疆督办盛世才及其六大政策,新新疆建设成绩,14 个民族代表访谈等,行文力求"真实客观",值得备览。刘伯奎著《新疆伊犁外交问题研究》[⑮],则对于了解塞外江南——伊犁地区的近代历史地理状况,亦有一定裨益。

韩清涛编著的《今日新疆》[⑯],除介绍 20 世纪 40 年代初期新疆的自然、政治、交通、教育、卫生、民族状况外,还用较多篇幅勾勒了北、中、南各区域的主要城市、畜牧业、种植业、林业、矿业、工业等经济领域的发展成就,既有文字描述,亦有数据分析,行文通畅,内容丰富,足资参考。张之毅著的《新疆之经济》[⑰],其实是他本人在中央研究院西北科学考察团 1943 年 9 月至次年 1 月对南疆地区进行实地考察的基础上,综合其他资料而成的。全书共分地理条件、生产元素、生产组织、价格变动、财政金融、商品贸易、建设意见、附录 8 章 9 个部分,图文并茂,数据充分,是研

---

① 曾问吾:《中国经营西域史》,商务印书馆,1936 年。
② 林竞:《西北丛编》,神州国光社,1931 年。
③ 汪公亮:《中国西北地理大纲》,朝阳学院,1933 年。
④ 张其昀、任美锷编:《本国地理》(下册),钟山书局,1934 年。
⑤ 王益厓:《高中本国地理》,世界书局,1934 年。
⑥ 王金绂:《西北之地文与人文》,商务印书馆,1935 年。
⑦ 王应榆:《伊犁视察记》,1935 年,《中国西北文献丛书》总第 139 册,兰州古籍书店,1990 年影印。
⑧ 杨文洵编:《中国地理新志》,中华书局,1935 年。
⑨ 陈庚雅:《西北视察记》,上海申报馆,1936 年。
⑩ 高良佐:《西北随轺记》,建国月刊社,1936 年。
⑪ (英)斯坦因著,向达译:《斯坦因西域考古记》,中华书局,1936 年。
⑫ (瑞典)斯文·赫定著,徐十周、王安洪、王安江译:《亚洲腹地探险八年(1927—1935)》。
⑬ 杜重远:《盛世才与新新疆》,生活书店,1938 年。
⑭ 陈纪滢:《新疆鸟瞰》,商务印书馆,1941 年。
⑮ 刘伯奎:《新疆伊犁外交问题研究》,独立出版社,1943 年。
⑯ 韩清涛:《今日新疆》,中央日报总社,1943 年。
⑰ 张之毅:《新疆之经济》,中华书局,1945 年。

究该时期南疆地区经济发展状况的重要资料。陈志良著的《新疆的民族与礼俗》[①]，初稿作于1934年，后经增补，完稿于1944年。内容分作总论、各民族的分布、古代民族消长与宗教兴替、回教与回族、维吾儿、汉回、哈萨克、布鲁特、蒙古人共9章。条分缕析，对于了解民国年间的新疆民族分布与衣食住行等社会经济情况，颇有帮助。吕敢著的《新新疆之建设》[②]，则探讨了新疆的重要性、建设新新疆的前提、基础、交通、工矿、农林水利、畜牧等数个与经济发展相关联的领域和问题，资料丰富，见解深刻中肯，具有较大参考价值。卢前著《新疆见闻》[③]，主要是作者本人采访新疆的见闻和诗作（含于右任的诗集《天山集》在内），文学色彩虽然浓厚，但亦不失为了解当时新疆风貌的一种别样视角。

二、短暂的停滞：1949—1979年西北经济史研究

新中国建立以后，西北近代经济史研究又有一定进展，但应该说研究成果与其他相关学科相比进展缓慢。多数领域属于有待开拓的处女地，这种状况与全国相关领域的研究是相一致的，它仍然是近代史研究中"最薄弱、最繁难而又最重要的方面"[④]。一些大专院校与科研院所组织人员先后对近代经济史研究资料进行整理，许多重要的全国性的近代经济资料汇编成册，开始出版，大大填补了此项研究资料不足的缺陷。如1954年中国科学院成立不久，即决定由经济研究所组织编撰中国近代经济资料，这样中国科学院经济研究所先后组织人员对于相关资料进行整理，先是出版了《中国近代经济史统计资料选辑》。1957—1963年又陆续出版了中国近代的农业、工业、手工业、对外贸易、铁路等各史的资料，这些资料的出版无疑大大丰富了中国近代经济史的研究内容，为相关学科领域的发展提供了资料前提，在今天仍然是中国近代经济研究史的基础资料库，研究西北近代经济史也有诸多参考。除此之外，一些学者针对各专题研究也出版了相关的专著，如千家驹的《旧中国公债史资料，1894—1949年》、许道夫的《中国近代农业生产及贸易统计》、严中平的《中国棉纺织史稿》、张水良的《抗日战争时期中国解放区农业大生产运动》等。另外中国人民政治协商会议各省委员会文史资料编辑委员会相应编纂了各省文史资料选辑，陕西省政协文史资料编纂委员会编纂的《陕西文史资料选辑》（第一辑）于1961年9月出版；甘肃省政协文史资料委员会编纂的《甘肃文史资料选辑》（第一辑）于1962年12月出版；青海省政协文史资料编纂委员会编纂的《青海文史资料选辑》（第一辑）于1965年出版；这些文史资料大多记载了近代各省经济、政治、社会等方方面面的内容，许多调查与访谈资料在今天看来对于研究西北

---

① 陈志良：《新疆的民族与礼俗》，文通书局，1946年。
② 吕敢：《新新疆之建设》，时代出版社，1947年。
③ 卢前：《新疆见闻》，中央日报社，1947年。
④ 刘大年：《中国近代史研究从何突破》，《光明日报》1981年2月17日。

近代经济社会史具有极其重要的意义。

关于近代西北经济社会史研究论文产出颇少,较重要的有方行的《清代陕西地区资本主义萌芽兴衰条件的探索》①,文章虽然印有明显的时代烙印,但对于清代秦巴山区手工业工厂文献资料的梳理非常丰富。1950 年 1 月《甘肃政报》发表《西北工业概况》②,全面总结了新中国成立以前西北工业发展的总体特征,以及各行业特点。李之勤《也谈陕西"刀客"的起源》一文,考察了清末曾经参与陕西同盟会组织的辛亥革命,影响一时的陕西"刀客"的起源,及其与关中农村的经济联系。③ 马长寿的《清代同治年间回民起义历史调查记录序言》④,是在他与助手、学生十余人于 1956—1957 年针对陕西、甘肃两省十余县、市回汉族各界人士进行的社会调查所作的介绍,不仅介绍了本次调查的源起、经过与方法,同时介绍了调查的主要收获,调查拍摄了大量的图片,编成《同治年间陕西回民起义历史调查初稿》,应该说这是一部具有重要价值的调查资料,重新改写了以往正史资料对于陕甘回民起义的历史评价,许多调查资料将历史的真实进行复原,许多统治者回避的问题得以揭示,尤其对于研究这一时期陕甘回民经济及与当地汉民关系最有重要意义,为我们保留了许多在正史中看不到的资料。由于条件所限,初稿一直未能出版,直到 1993 年由陕西省政协文史资料委员会作为《陕西文史资料》第二十六辑,由陕西人民出版社出版。⑤

三、黄金时段:20 世纪 80 年代以来的研究成果

20 世纪 80 年代以后,西北近代经济史研究进入黄金阶段,据学者统计,自 1980—2001 年 22 年间共出版有关西北近代经济史的专著、资料集、论文集近 50 种,学术论文 460 余篇。研究范围涉及工矿业、农业、交通运输通讯、商业贸易、货币金融、财政税收等国民经济各部门,研究主题也紧扣近代西北经济发展的特点,如对西北地区的民族经济、畜牧业、陕甘宁边区的合作经济方面的探讨等。⑥

(一)学术专著

自 20 世纪 80 年代以后,有关近代西北地区经济社会史的研究专著,如雨后春笋般大量涌现出来,其中有代表性的不下数十种。王致中、魏丽英《明清西北社会经济史研究》⑦,此书为研究西北社会经济史的最早的专门著述。对明清时期西北地区的农业、手工业、商业、市场地理与贸易元素等都进行了分析。对活动于西北地区的内地商帮、行栈店铺如青海的"歇家子"、丹噶尔商城进行了专题性研究,史

---

① 方行:《清代陕西地区资本主义萌芽兴衰条件的探索》,《经济研究》1979 年 12 月,第 59—66 页。
② 《西北工业概况》,《甘肃政报》1950 年 1 月,第 67—70 页。
③ 李之勤:《也谈陕西"刀客"的起源》,《西北大学学报(哲学社会科学版)》1979 年第 1 期,第 61—68 页。
④ 马长寿:《清代同治年间回民起义历史调查记录序言》,《西北大学学报(哲学社会科学版)》1957 年第 4 期,第 51—70 页。
⑤ 马长寿主编:《同治年间陕西回民起义历史调查记录》,陕西人民出版社,1993 年。
⑥ 王荣华:《1980 年以来西北近代经济史研究述评》,《宁夏大学学报(人文社会科学版)》2003 年第 1 期,第 100—101 页。
⑦ 王致中、魏丽英:《明清西北社会经济史研究》,三秦出版社,1989 年。

料丰富,重点问题较为突出。以此为基础,作者在1992年又写作出版了《中国西北社会经济史研究》①,将研究时段上沿至上古时期,下伸到1949年止,成为通史性中国西北地区社会经济史研究专著。李清凌的《西北经济史》②,以时代为线索,全面论述了西北五省区社会经济发展的历史进程,与王致中、魏丽英著作不同,上述著作所论范围仅及甘宁青三省区,而此书研究范围更加广泛,为陕甘宁青新五省区。将西北地区各时期商业发展特征置于一定的历史环境中去分析,抓住了这一地区各时期商业发展的时代特征。谷苞主编的《西北通史》③共计五卷,是针对西北地区政治、经济、文化发展进程的总体论述。各卷均有对各时期西北经济发展的相关论述,有关西北地区的农业、手工业、商业、贸易也有专门讨论,是集大成之作。田培栋先后撰写了《陕西通史·经济卷》④、《明清时代陕西社会经济史》⑤、《陕西社会经济史》⑥,系统考察了陕西社会经济发展的历史脉络。而对于明清时代陕西的农业、手工业与商业发展的考察尤详,是国内第一部,也是唯一的一部综合考察陕西社会经济发展史的论著。李清凌主编的《甘肃经济史》,用一编的篇幅,全面论述了缓慢发展的甘肃近代经济。⑦杨重琦主编的《兰州经济史》⑧,对19世纪末期兰州出现的近代工业企业及其作用作了全面论述。王希隆著《清代西北屯田》⑨,其中部分章节论及了清末西北屯田的一些情况,如对清末新疆兵屯趋于衰落的考察,对犯屯制度、实边民屯制度的变化及其原因的剖析,都有精到之论,是近年来这一领域的力作。党诚恩与陈宝生主编的《甘肃民族贸易史稿》⑩,其近现代部分通过对主要集中在交通比较发达、自然条件较好的临夏各地集镇,以及夏河的拉卜楞、黑错(今合作)、临潭旧城、张家川等地近代商业的分析,认为甘肃民族贸易具有半殖民地半封建社会的特点,同时又具有经营商品品种单一、季节性强、垄断剥削性强、掠夺欺骗性大、高度集中在少数集镇、输出大于输入等特点。杨新才编著的《宁夏农业史》⑪,设有专章,集中论述了宁夏近代农业的危机和农业近代化的萌芽。徐安伦与杨旭东合著的《宁夏经济史》⑫则更加系统地论述了宁夏的经济发展历程。翟松天的《青海经济史》⑬,分为古代卷和近代卷。古代卷从封建社会的早、中、晚期对青海的农业、畜牧业、手工业、商业等的生产和发展进行了阐述。近代卷中,作者对传统产业部门和新兴的经济行业都进行了全面详尽的论述。陕甘宁边区既是一个时代的象

---

① 王致中、魏丽英:《中国西北社会经济史研究》,三秦出版社,1992年。
② 李清凌:《西北经济史》,人民出版社,1997年。
③ 谷苞主编:《西北通史》,兰州大学出版社,2005年。
④ 田培栋:《陕西通史·经济卷》,陕西师范大学出版社,1997年。
⑤ 田培栋:《明清时代陕西社会经济史》,首都师范大学出版社,2000年。
⑥ 田培栋:《陕西社会经济史》,三秦出版社,2007年。
⑦ 李清凌主编:《甘肃经济史》,兰州大学出版社,1996年。
⑧ 杨重琦主编:《兰州经济史》,兰州大学出版社,1991年。
⑨ 王希隆:《清代西北屯田》,兰州大学出版社,1990年。
⑩ 党诚恩、陈宝生主编:《甘肃民族贸易史稿》,甘肃人民出版社,1988年。
⑪ 杨新才:《宁夏农业史》,中国农业出版社,1998年。
⑫ 徐安伦、杨旭东:《宁夏经济史》,宁夏人民出版社,1998年。
⑬ 翟松天:《青海经济史》,青海人民出版社,1998年。

征,也是一个区域经济发展模式的典范,相关研究论著也很多,陕甘宁边区邮政史编委会编《陕甘宁边区邮政史》上、下卷①,中国人民银行陕西分行与陕甘宁边区金融史编委会合编《陕甘宁边区金融史》②;黄正林撰写了《陕甘宁边区社会经济史(1937—1945)》和《陕甘宁边区乡村的经济与社会》③,这两部书系统地研究了陕甘宁边区的社会经济,包括边区的农业、工业、商业贸易、金融、交通邮政、财政税收等,是目前有关这一地区社会经济史研究最为全面的专著。严艳则从历史地理的角度撰写了《陕甘宁边区经济发展与产业布局研究(1937—1950)》④,对边区的农林业、工业、交通运输、商业贸易、市建制与城市体系进行了系统地研究。另外,王昱的《青海简史》⑤、李刚的《陕西商帮史》⑥、魏永理的《中国近代西北开发史》⑦、丁焕章主编的《甘肃近现代史》⑧、宋金寿的《抗战时期的陕甘宁边区》⑨、陈舜卿的《陕甘近代经济研究》⑩,这些学术专著也都是近年来学者相关研究的总结,具有重要的参考价值。

刘彦群、刘建甫、胡祖源著的《新疆对外贸易概论》⑪,在主要考察20世纪50年代以后新疆对外贸易成就的同时,也在其第二章的第二和第三节,简要回顾了新疆近代和抗日战争时期的对外贸易、主要是对俄(苏)贸易的情况。马汝珩、马大正主编的论文集《清代边疆开发研究》⑫中,也有2篇文章是探索清代新疆屯田和对内地贸易的。谢香方主编的《新疆维吾尔自治区经济地理》⑬,也用200字左右的篇幅,肯定了清末新疆建省后的经济发展成就。厉声著《新疆对苏(俄)贸易史(1600—1990)》⑭,则以65万字、11章的篇幅,历述了新疆地区17世纪以降400年间对俄贸易的发展与变化过程,其中2—9章为近代部分,利用大量的中、俄文档案和俄国海关统计与外交文书数据,较为翔实系统地梳理了新疆对俄(苏)的贸易概况。附录部分所汇集的20种有关新俄贸易的章程和条约原文,史料价值也颇高。

殷晴主编的《新疆经济开发史研究》⑮,汇集了新疆社科院新疆经济开发史课题组成员的部分研究成果。该论文集包括从汉代到民国时期,天山南北地区的农业垦殖、商业流通及内外贸易、经济开发对生态环境变迁的影响、民族和人口等内容,

---

① 陕甘宁边区邮政史编委会编:《陕甘宁边区邮政史》,人民邮电出版社,1990年。
② 中国人民银行陕西分行、陕甘宁边区金融史编委会合编:《陕甘宁边区金融史》,中国金融出版社,1992年。
③ 黄正林:《陕甘宁边区社会经济史(1937—1945)》,人民出版社,2006年;《陕甘宁边区乡村的经济与社会》,人民出版社,2006年。
④ 严艳:《陕甘宁边区经济发展与产业布局研究(1937—1950)》,中国社会科学出版社,2007年。
⑤ 王昱:《青海简史》,青海人民出版社,1992年。
⑥ 李刚:《陕西商帮史》,西北大学出版社,1997年。
⑦ 魏永理:《中国近代西北开发史》,甘肃人民出版社,1993年。
⑧ 丁焕章主编:《甘肃近现代史》,兰州大学出版社,1989年。
⑨ 宋金寿:《抗战时期的陕甘宁边区》,北京出版社,1995年。
⑩ 陈舜卿:《陕甘近代经济研究》,西北大学出版社,1994年。
⑪ 刘彦群、刘建甫、胡祖源:《新疆对外贸易概论》,新疆人民出版社,1987年。
⑫ 马汝珩、马大正主编:《清代边疆开发研究》,中国社会科学出版社,1990年。
⑬ 谢香方主编:《新疆维吾尔自治区经济地理》,新华出版社,1991年。
⑭ 厉声:《新疆对苏(俄)贸易史(1600—1990)》,新疆人民出版社,1993年。
⑮ 殷晴主编:《新疆经济开发史研究》,新疆人民出版社,1995年。

可资新疆近代经济发展研究之参考。米镇波著《清代西北边境地区中俄贸易——从道光朝到宣统朝》[①],运用大量俄文档案材料,重点介绍了清代中后期,新疆边境地区的中俄贸易概况,对清政府西北开放政策的沿革、中俄系列贸易条约的签订过程,评析尤为精当。

(二)学术论文

1. 人口与移民

人口是经济社会发展的前提与基础,对人口数的还原是再现一个地区在某时期社会经济状况的关键。西北地区人口与移民的研究是近年来西北经济社会史研究中广受关注的问题。葛剑雄主编、侯扬方所撰的《中国人口史·第六卷(1910—1953年)》[②],赵文林、谢淑君所撰的《中国人口史》[③],路遇、滕泽之所撰的《中国人口通史》[④],姜涛所撰的《中国近代人口史》[⑤],这四部学术专著从宏观上研究了中国近代人口数量与人口地区分布特征,均涉及到西北五省的近代人口问题。除此系统性的学术专著外,相关专题性的学术论文又从不同的角度研究了这一问题。魏丽英总结近代以来西北地区三次大的人口波动,指出同治之变使西北人口损失几近三分之一。以后西北地区又经历了两次大的人口变动,甘宁两地及青海河湟地区,总计人口损失亦近二分之一,数年或十年即有数百万乃至近千万人口的丧失,而这三次人口波动的主要原因则是各种社会矛盾的历史累积与天灾人祸的结果。[⑥] 同治陕甘回民起义是西北地区重要的历史事件,对于陕甘人口与民族分布影响极大,因此学术界的相关专题研究也较为集中,石志新专文论述甘肃地区(包括今宁夏、西宁两府)经此事变人口锐减绝对数为1173.9万余,减少了77%。[⑦] 曹树基认为,人口损失1455.5万,损失比例为74.5%。[⑧] 赵文林、谢淑君指出,到回民事变被镇压的次年即1874年,甘肃人口为466.6万,比事变前减少了1081万,即有69.9%的人口在这次战争中被消耗。[⑨] 黄正林撰文,以翔实的史料梳理了各地战争过程中的人口损耗,同意赵文林、谢淑君的观点,同时分析了回族人口分布格局的变化和居住环境的恶化,以及这次事变之后,黄河上游区域的农业和农村经济、工商业所受的重创。[⑩] 西北地区自古是多民族聚居区,民族人口的管理与人口数量一直是学术研究的薄弱环节,近来路伟东在清代回民的户籍管理与户口清册,以及回民人口的峰值研究上做了大量工作,认为清代存在专门的回民户籍,即回籍。清廷

---

① 米镇波:《清代西北边境地区中俄贸易——从道光到宣统朝》,天津社会科学院出版社,2005年。
② 侯扬方:《中国人口史·第六卷(1910—1953年)》,复旦大学出版社,2001年。
③ 赵文林、谢淑君:《中国人口史》,人民出版社,1988年。
④ 路遇、滕泽之:《中国人口通史》,山东人民出版社,2000年。
⑤ 姜涛:《中国近代人口史》,浙江人民出版社,1993年。
⑥ 魏丽英:《论近代西北人口波动的若干主要原因》,《社会科学》1990年第6期,第64—82页。
⑦ 石志新:《清末甘肃地区经济凋敝和人口锐减》,《中国经济史研究》2000年第2期,第79—86页。
⑧ 曹树基:《中国人口史·第5卷(清时期)》,复旦大学出版社,2001年,第635页。
⑨ 赵文林、谢淑君:《中国人口史》,人民出版社,1988年。
⑩ 黄正林:《同治回民事变后黄河上游区域的人口与社会经济》,《史学月刊》2008年第10期,第78—88页。

制定回民户籍的主要目的是刑名狱讼。回民户籍的产生时间大约在乾隆二十七年(1762年)前后。清廷对回籍人口进行管理的基层组织是地方保甲,由于缺乏上报的机制和必要,回民户籍资料只保存于州县厅一级的保甲册中,没有体现在更高一级的官方统计数据中。清廷借助掌教管理和约束回民人口使得掌教获得了部分行政职权。以乡约取代掌教,又使得改称乡约的掌教获得了乡约的权力,进而发展成为地方行政权力的一级。而清代陕西回族的人口发展则经历了一个大起大落的过程。清初全省回民总数大约有82.8万,经过康、雍、乾、嘉、道5朝200多年的发展,至咸丰朝时达到170万口左右,大约占当时全省人口总数的12.3%。同治陕西回民起义,六七年间回民人口损失总数高达155万。战后,全省回民锐减至15万口左右,陕西境内幸存回民不足5万,人口损失的比例超过91%,年平均损失率高达42%。而清代陕甘回民的峰值人口数不超过800万,同治以前,陕西回民占全省人口的一成五左右,甘肃回民占全省人口的三成左右,两省合计,回民占总人口总数的二成五左右。① 另外,卢艳香研究了民国时期青海省人口的发展,并对这一时期青海省各个年份的人口数作了估算,认为这一时期青海的人口具有较高的增长率,约30‰左右。② 李丽霞则研究了1928—1930年饥馑前后陕西省的人口问题,并分析了灾害所引发的人口性别比例失调、地理分布不平衡等社会问题的产生,这不仅是灾荒的影响,同时和陕西当时的政治环境有密切关系。③ 阚耀平所撰《清代天山北路人口迁移与区域开发研究》④,复原了清代天山北路东、西两个区域的人口迁移类型、数量、迁入方式、区域开发形式等内容,揭示了人口迁移与区域开发以及环境变迁之间的相互关系。对于人口迁移所引起的文化景观如地名、语言、宗教、城镇景观,也做了一定的探讨。全文共分6章,资料扎实,为研究清代新疆北路人口与经济开发的有益参考。

童远忠所撰《刘锦棠与近代新疆的开发和建设》⑤,袁澍所撰《王树楠与近代新疆开发建设》⑥,阿依木古丽·卡吾力所撰《杨增新主政新疆的经济政策与近代中国西部开发》⑦,关毅所撰《略论盛世才主政时期新疆近代工矿业的发展》⑧,樊如森所撰《中国边疆开发政策的近代转型——以新疆为例》⑨,等等,均对近代天山南北地区的经济开发进行了不同侧面和程度的探析,可资研究参考。

---

① 路伟东:《掌教、乡约与保甲册——清代户口管理体系中的陕甘回民人口》,《回族研究》2010年第2期,第38—46页;《清代陕西回族的人口变动》,《回族研究》2003年第4期,第71—77页;《清代陕甘回民峰值人口数分析》,《回族研究》2010年第1期,第89—94页。
② 卢艳香:《民国时期青海省人口统计研究》,《青海民族研究》2007年第2期,第88—94页。
③ 李丽霞:《1928—1930年饥馑陕西灾荒移民问题》,《防灾科技学院学报》2006年第4期,第27—30页。
④ 阚耀平:《清代天山北路人口迁移与区域开发研究》,复旦大学史地所博士学位论文,2003年,未刊稿。
⑤ 童远忠:《刘锦棠与近代新疆的开发和建设》,《常德师范学院学报(社科版)》2000年第6期。
⑥ 袁澍:《王树楠与近代新疆开发建设》,《新疆社科论坛》2001年第1期,第67—70页。
⑦ 阿依木古丽·卡吾力:《杨增新主政新疆的经济政策与近代中国西部开发》,《喀什师范学院学报》2006年第1期,第48—50页。
⑧ 关毅:《略论盛世才主政时期新疆近代工矿业的发展》,《新疆师范大学(哲社版)》2006年第1期,第49—53页。
⑨ 樊如森:《中国边疆开发政策的近代转型——以新疆为例》,复旦大学历史地理研究中心主编:《历史地理研究》第3辑,复旦大学出版社,2010年。

2. 战争与灾害

西北地区自古是战争与自然灾害的多发区,作为一部西北灾荒研究的通史性论著,袁林的《西北灾荒史》对历史时期西北地区的干旱、水涝、冰雹、霜雪冻害、风沙、地震、滑坡泥石流、虫灾、瘟疫、畜疫及禾病灾害等自然灾害进行了全面的统计、研究和分析,其中对晚清民国时期的灾害也有研究①。近年来学界在这方面又有新的研究。杨志娟从近代西北地区自然灾害发生的特点与规律入手,探讨了灾害的特征及对人口变动的影响。②李喜霞总结了西北地区自然灾害的特征,即具有明显的季节性、地域性以及时间长、分布广的特点,灾荒救助的滞后,政治的腐败、经济的衰败等社会因素交互作用,使得民国时期自然灾害对当时西北地区的社会经济发展产生了很大的破坏性影响。③ 1928—1930 年的特大旱灾是西北地区影响深远的大灾荒,刘立与肖育雷、吕波分省区考察了甘肃、陕西两省的灾害特征与社会政治、经济影响因素。④ 李德民、周世春则把眼光进一步放到整个近代陕西的旱荒研究上,着重分析了近代以来作为自然灾害之首的旱灾对陕西经济的影响,指出政治腐败是导致灾荒发生的最主要和最终的原因。⑤ 王美蓉总结了民国时期甘肃国民政府对于自然灾害的治理及其局限性。认为国民政府采取诸如发放赈济粮款、以工代赈、修渠建库、植树造林、建立居养设施、防疫治病、仓储积谷等赈济灾民的救治措施,加上民间慈善团体、教会和传教士的治灾救荒,积累了一些有益的经验,但是成效并不显著,也未能达到稳定社会秩序、恢复和发展生产的目的。其局限性在于未能建立防灾救灾的基本制度;科学知识极端缺乏,借助科学技术防止与抵御自然灾害的能力严重不足;未能建立相应的社会救助体系;农业生产水平十分低下,群众性生产自救能力弱。⑥ 鸦片之毒是民国时期危害西北地区经济社会发展的一个重大毒瘤。杨军民以《中国的西北角》一书为典型,分析了 20 世纪 30 年代甘肃社会烟毒泛滥的表现、根源,简要解析了近代中国烟毒泛滥的制度原因。⑦ 赵志龙对民国时期甘肃鸦片生产规模做了数量分析。重点讨论了民国时期甘肃鸦片的种植面积、亩产量及鸦片税收。⑧ 尚季芳、但唐军讨论了民国时期甘肃鸦片吸食状况及成因,对甘肃鸦片贩运群体及贩运路线也进行了一定考察。⑨

---

① 袁林:《西北灾荒史》,甘肃人民出版社,1994 年。
② 杨志娟:《近代西北地区自然灾害特点规律初探——自然灾害与近代西北社会研究之一》,《西北民族大学学报(哲学社会科学版)》2008 年第 4 期,第 34—41 页;《近代西北自然灾害与人口变迁——自然灾害与近代西北社会研究》,《西北人口》2008 年第 6 期,第 38—43 页。
③ 李喜霞:《民国时期西北地区的灾荒研究》,《西安文理学院学报(社会科学版)》2006 年第 4 期,第 23—26 页。
④ 刘立:《对民国十七至十九年甘肃特大旱灾的历史反思》,《社科纵横》2007 年第 10 期,第 139—140 页。肖育雷、吕波:《论 1928—1930 年陕西大旱灾的救治》,《榆林学院学报》2007 年第 3 期,第 75—77 页。
⑤ 李德民、周世春:《论陕西近代旱荒的影响及成因》,《西北大学学报(哲学社会科学版)》1994 年第 3 期,第 66—71 页。
⑥ 王美蓉:《民国时期甘肃自然灾害的治理及其局限》,《甘肃联合大学学报(社会科学版)》2009 年第 4 期,第 84—87 页。
⑦ 杨军民:《从〈中国的西北角〉看三十年代甘肃的烟毒问题》,《河西学院学报》2006 年第 6 期,第 65—68 页。
⑧ 赵志龙:《民国时期甘肃鸦片生产规模的数量分析》,《天水师范学院学报》2002 年第 4 期,第 43—46 页。
⑨ 尚季芳、但唐军:《民国时期甘肃鸦片贩运群体及贩运路线考察》,《重庆师范大学学报(哲学社会科学版)》2010 年第 1 期,第 67—72 页。尚季芳:《民国时期甘肃鸦片吸食状况及成因论述》,《甘肃社会科学》2009 年第 3 期,第 210—213 页。

3. 农业、畜牧业发展与农村经济

农业是国民经济的基础。近代西北地区农牧业经济研究主要集中在以下三个方面。综合来讲,慈鸿飞撰文,全面、系统地从农垦、水利、林业诸方面,论述了1912—1949年间西北各地区农业资源的开发状况及对当今西部开发的借鉴意义。①黄正林则对清至民国时期黄河上游地区农作物的分布与种植业特征进行了研究,认为在传统农作物中,小麦、糜子、谷子、豆类是黄河上游区域分布最广泛的作物,不论其分布范围还是品种数量都占有很大的优势。大约明末开始到清朝乾隆、嘉庆时期,黄河上游区域农作物种植结构开始发生变化,但变化十分缓慢。晚清以后,玉米、马铃薯、棉花、蚕桑开始大面积引种,加速了农作物种植结构的变化,这一变化在民国时期基本完成。随着农作物种植结构的变化,农作物商品化的进程也加快了,一些农作物成为种植区农民的主要副业和家庭收入的主要来源。②崔永红介绍了近代青海举办垦务的过程及其影响。指出清宣统年间,朝廷曾拨款在青海境内进行垦荒。垦务动议与筹划青海建省有关,但最终青海设省建议被光绪皇帝否定,但决定先行试垦,于是有了大规模举办垦务的举措。民国时期,政局多变,但青海垦务仍在断断续续地进行,只是成效不大,垦务机构逐步变为地政机构。20世纪三四十年代,国民政府曾两次作出决定,拟在柴达木大兴兵屯,以为开发西部的标志性行动,但因种种原因均未获成功。③张保见、郭声波从环境的角度研究了近代青海农业垦殖过程,将这一时期青海的农业发展划分成三个时期,即衰落、恢复并快速发展和再度衰落三个时期。不同时期,人口数量、农垦的地域分布和水利事业发展均有所不同。虽然说近代是历史时期波及青海全省范围的大规模农业垦殖的起始阶段,但近代农垦对青海环境变迁所造成的影响依然是局部的。④

在近代西北农业经济中研究较多的还有对陕西植棉业发展历程的论证。这方面有代表性的为李之勤,他撰有《陕西种植棉花的开端》⑤、《明代陕西植棉业的发展》⑥、《清代前期陕西植棉业的发展》⑦及《鸦片战争以后陕西植棉业的重要变化》⑧系列论文,全面阐述了自明及晚清民国陕西植棉业的历史进程及中间的变迁,将陕西种植棉花的历史做了一个总的论述,资料详备,论述精当。另外,这方面的文章还有常青的《近三百年陕西植棉述略》⑨、赵汝成、陈凌江的《民国时期陕西的棉花生产》⑩。张萍的《清代陕西植棉业的发展及棉花产销格局》⑪则从棉花生产与销

---

① 慈鸿飞:《1912—1949年西北地区农业资源开发》,《中国经济史研究》2004年第2期,第62—69页。
② 黄正林:《清至民国时期黄河上游农作物分布与种植结构变迁研究》,《古今农业》2007年第1期,第84—99页。
③ 崔永红:《近代青海举办垦务的经过及意义》,《青海民族学院学报》2007年第2期,第98—104页。
④ 张保见、郭声波:《青海近代的农业垦殖与环境变迁(1840—1949)》,《中国历史地理论丛》2008年第2辑,第67—75页。
⑤ 李之勤:《陕西种植棉花的开端》,《人文杂志》1981年第2期,第100—101页。
⑥ 李之勤:《明代陕西植棉业的发展》,《西北历史资料》1980年第2期。
⑦ 志勤:《清代前期陕西植棉业的发展》,《西北历史资料》1980年第1期。
⑧ 李之勤:《鸦片战争以后陕西植棉业的重要变化》,《西北历史资料》1980年第3期。
⑨ 常青:《近三百年陕西植棉述略》,《中国农史》1987年第3期,第63—71页。
⑩ 赵汝成、陈凌江:《民国时期陕西的棉花生产》,《古今农业》1992年第3期,第46—50页。
⑪ 张萍:《清代陕西植棉业的发展及棉花产销格局》,《中国历史地理论丛》2007年第1辑,第51—61页。

售两个方面入手,重新梳理了清代以来陕西植棉业的地域特征,尤其对鸦片战争以后陕西植棉业的盛衰起伏作了更加翔实的分析,并对由此引发的棉花产销格局的改变进行分析,在前人研究的基础之上更进一步。

作为晚清民国时期西北对外输出最重要的产品——鸦片,以及罂粟的种植,一直是学界关注的一个重点。尚季芳认为,民国时期中国西部地区烟毒为祸甚烈。地处西北内陆的甘肃毒品种植面积一度达到57万亩以上,号称"烟国"。追溯其根由,政府经济来源匮乏,借征收烟亩罚款谋取厚利,以资挹注财政;农家生计困窘,种植贩卖鸦片维持简单生活;甘肃交通建设滞后,鸦片便于运输;鸦片也被当作疗治疾病的重要"药品"。毒品的大量种植,是地方政府和农家双重贫困状态下的产物,其造成粮食减产,地方手工业凋零,民众体质被摧残等严重后果,使原本脆弱的社会生态更加恶化。[①] 郑磊则以陕西关中地区为中心,全面研究了20世纪二三十年代关中地区的鸦片种植,分析了中央政府的支持与地方军阀的放纵、诱导,使之成为关中地区种植面积最大的经济作物之一。并在1928—1930年大旱灾时,由于粮食供应紧张,造成了关中地区前所未有的人口和财产损失。但是这并不能引之为鉴,1928—1930年大旱灾后,关中农民基于各种原因,仍然选择了罂粟作为其种植作物,致使在20世纪30年代初期关中地区的鸦片种植达到顶峰。直到抗战爆发前后,中央政府考虑到自身利益而严令禁烟,并采取了行之有效的手段,关中地区的烟毒才逐步被彻底肃清。[②]

毛光远对20世纪三四十年代民国政府对甘宁青畜牧业经济的开发进行了讨论。从近现代科技成果的采用、畜种改良、兽疫防治、畜产品开发等措施入手,认为这一时期是甘宁青牧业步入近代化进程的开端。[③] 张萍研究了清代陕西的农村畜养业的发展。认为清代陕西农村畜养业具有普遍性的特点,遍在的农家耕畜需求以及作为交通工具役使,促进了农村畜养业的发展。另外,本地地近塞北,处于农牧分界地区,陕北部分州县半农半牧,故畜牧业发达。牲畜的交易与地方良种培育具有地缘优势,陕北"佳米驴",关中"秦川牛"、"关中驴"、"关中骡"在清代均形成地方品牌,是清代陕西对外输出的牲畜良种,在全国颇具知名度。这里每年牲畜交易十分频繁,牲畜市场发育最完善。清末陕西年牲畜交易量大体在20万至40万头之间,牲畜税是地方商品中征收最多的税种,也构成陕西地方财政最重要的来源与补充。[④] 周新会研究了青海藏族牧业区的封建经济结构,从生产力与生产关系的角度分析了这种经济结构的特征,解剖了其中单一经营的游牧畜牧业生产经济,畸

---

① 尚季芳:《民国时期甘肃农村烟祸状况及社会影响述论》,《青海师范大学学报(哲学社会科学版)》2009年第6期,第67—71页。
② 郑磊:《1928—1930年旱灾后关中地区种植结构之变迁》,《中国农史》2001年第1期,第51—61页;《鸦片种植与饥荒问题——以民国时期关中地区为个案研究》,《中国社会经济史研究》2002年第2期,第81—92页。
③ 毛光远:《20世纪三四十年代民国政府对甘宁青畜牧业的开发述论》,《开发研究》2007年第2期,第158—161页。
④ 张萍:《清代陕西农村畜养业的发展与牲畜产品输出》,《中国历史地理论丛》2009年第3辑,第51—67页。

形发展的商业贸易,长期延续的封建部落制。①

由农业而论及农村经济,黄正林撰写了《民国时期宁夏农村经济研究》和《民国时期甘肃农家经济研究——以20世纪三四十年代为中心》及续篇,对这一时期宁夏、甘肃两省的相关问题进行了深入的探讨。认为民国时期宁夏省政府整修水利,开垦荒地,使宁夏的耕地面积有所增加,而且灌溉农田占农田总面积的59%,是黄河上游区域最高的省份。农作物品种齐全,主要有小麦、水稻、山药、粟、大麦、高粱、豌豆等,占全部农作物耕种面积的82.8%、总产量的93.8%。但农村地权分配极不平衡,80%以上的农民耕地不足,主要依靠租种地主的土地生活。佃农和地主不仅在土地上发生关系,而且在借贷方面也发生密切的关系,是宁夏农村租佃关系的一大特点。由于农业发达,这一时期宁夏有着比较好的农村市场体系,当地出产皮毛、食盐、药材等,又形成了许多专业市场。② 而甘肃则是一个生态环境与民族结构、经济结构比较特殊的地区,农家经济也有特殊性。地广人稀、土地散碎,成为制约农家经济发展的主要因素。由于田场面积狭小和散碎,单靠土地无法满足农家生活需求,副业就成为农家分解剩余劳动力、补充家庭生活不足的重要手段。在地权分配中,甘肃传统的农业区域土地并不十分集中,以自耕农经济为主;在宗教、土司、官僚势力比较强的地区,地权相对集中,佃农比例也较高。与全国相比,甘肃的租佃关系既有共性,也有其特殊性。甘肃农家收入由作物生产和副业构成,两者分别占80%和20%左右。地方政府和军阀与农民的矛盾才是当时农村社会的主要矛盾。③ 民国西北地区农村高利贷的研究也是农村经济研究中的一个重要内容。裴庚辛讨论了民国时期甘肃小额农贷与农业生产的关系,认为民国时期甘肃实行的小额农贷对农业生产起到了一定的作用,但是,由于腐败,小额农贷大多被地主士绅获得,部分农贷反而转化为高利贷,而真正急需贷款的贫民却因不能提供担保得不到贷款。国家投入的巨额农业贷款没有产生相应的效果,相反,农民对加剧"富者愈富"的农业贷款心生怨恨,直接造成民心的不稳定。④ 刘征则直接关注了民国时期甘宁青农村高利贷问题,认为在民国时期的甘宁青农村,高利贷"利率之高为全国所无";实物借贷利率高出货币借贷利率20%以上;高利贷是民国时期甘宁青农村民间借贷的主要表现方式,是造成农民破产的关键因素。另外,高利贷除了对农民生活和农村经济产生直接而深远的影响之外,还引发了一系列的社会问题。如赌博盛行、吏治腐败、鸦片泛滥等,在一定程度上成为导致近代甘宁青社会落后的直接原因。⑤

---

① 周新会:《论青海藏族牧业区封建经济结构》,《青海民族学院学报》1988年第1期,第71—80页。
② 黄正林:《民国时期宁夏农村经济研究》,《中国农史》2006年第2期,第78—89页。
③ 黄正林:《民国时期甘肃农家经济研究——以20世纪30—40年代为中心》及续篇,《中国农史》2009年第1、第6期。
④ 裴庚辛:《民国时期甘肃小额农贷与农业生产》,《甘肃社会科学》2009年第3期,第222—225页。
⑤ 刘征:《民国时期甘宁青农村高利贷引发的社会问题探析》,《兰州教育学院学报》2007年第4期,第34—38页;《民国时期甘宁青农村高利贷利率特点及其影响因素分析》,《青海民族研究》2010年第2期,第110—116页。

4. 近代工业

对西北近代工业的研究主要集中在两个时期,一为洋务运动时期,一为抗日战争时期。这两个时期也是西北近代工业发展的高峰期。前一时期以兰州机器织呢局为核心,后一时期则以陕甘宁边区的工业建设为主体。兰州机器织呢局是陕甘总督左宗棠于光绪六年(1880年)创办的西北第一家近代工业。关于其创办的历史条件,林隆认为有以下四点:一是洋务运动由19世纪60年代的兴办军事工业转向19世纪70年代的兴办民用工业;二是镇压西北回民起义的需要;三是洋呢的输入;四是西北盛产羊毛,为其创办提供了物质基础。① 关于它失败的原因,杜经国认为,由于它从创办之初就存在着原料、水源和市场三个方面的问题,再加上主观主义的瞎指挥和客观条件的限制,失败不可避免。② 蒋致洁认为,其失败的根本原因在于它本身所固有的浓厚的封建性、买办性以及由此产生的种种弊端,并且兴办人对西方近代科学技术生产管理了解的肤浅也是一个重要因素。③ 林植认为,它停办是由先进的生产设备同封建企业管理之间的矛盾、封建管理体制的落后以及人才缺乏等原因而导致的产品质量甚差、销路不畅等因素所决定的。④ 魏丽英则从原料、销路和管理等方面进行了分析,认为其失败不可避免。⑤ 李清凌整体分析了甘肃近代工业的特点,即起步较早,发展缓慢;手工操纵为主,机械化程度较低;国家资本和官僚资本垄断企业,民族资本步履维艰;新兴工业数量较少,工业布局很不合理。⑥ 任斌研究了洋务运动时期青海的工商业发展概况,其研究填补了晚清青海工商业研究的不足。⑦ 岳珑比较了抗战前与抗战后陕西工业的发展特征,从重工业、轻工业两个方面分析了抗战以后陕西工业的突飞猛进的进展。总结特征指出,抗战时期陕西工业的发展虽然时间短暂,但不失为陕西工业发展史上的重要阶段。⑧ 樊如森也认为抗日战争爆发前后,陕西经济获得了前所未有的快速发展,初步建立起了相对完整的现代化农、工、商业体系。但这些成就取得的主要原因,既非和平状态下东部沿海市场的辐射,也非陕西内部市场的整合,而是战争状态所引发的陕西外部各种非市场力量的推动。⑨

5. 商业市场

西北区域市场研究是近年来学者投入较多的一个方面,研究成果主要集中在两个方面。一方面是对西北专业市场的研究。丁孝智针对兰州市场上的两大重要

---

① 林隆:《中国第一个机器毛纺织厂是怎样创办起来的》,《兰州大学学报》1981年第2期,第91—95页。
② 杜经国:《左宗棠在甘肃经营的洋务事业》,《兰州大学学报》1983年第3期,第1—9页。
③ 蒋致洁:《清代光绪年间兰州机器织呢局述评》,《兰州学刊》1984年第4期,第79—83页。
④ 林植:《甘肃近代工业略论》,《甘肃社会科学》1984年第4期,第122—128页。
⑤ 魏丽英:《左宗棠与甘肃近代工业的开端》,《甘肃社会科学》1984年第4期,第107—114页。
⑥ 李清凌:《甘肃经济史》,兰州大学出版社,1996年,第180—181页。
⑦ 任斌:《洋务运动时期的青海工商业》,《青海民族学院学报》1983年第3期,第22—31页。
⑧ 岳珑:《抗日时期的陕西工业》,《西北大学学报(哲学社会科学版)》1989年第2期,第93—98页。
⑨ 樊如森:《陕西抗战时期经济发展述评》,《云南大学学报(社会科学版)》2009年第5期,第58—65页。

商品茶叶与水烟的贸易进行了深入的探讨。①向达之综合阐述了清末到民国兰州市场的商业发展特征,对各主要店铺、商行进行了梳理。②刘瑞新对兰州水烟的加工和运销等情况进行了研究。③刘进研究了清到民国时期兰州的城市商业的发展状况及兰州近代商业的近代化趋势。④朱普选从政治、军事、贸易、宗教四个方面,分析了其在明清时期城镇演变过程中的作用,认为政治军事因素是城镇演变的主要因素,民族贸易的作用不容忽视、宗教的社会影响虽然很大,但在城镇演变中的作用并不明显。⑤研究城镇经济与市场关系的相关文章还有赵珍的《近代青海的商业、城镇与金融》南文渊的《青海高原上的穆斯林城镇社区》等。⑥李建国从近代甘川交通运输入手,分析了近代甘肃和四川等地的商业贸易,并研究了近代甘肃驿运业的发展和茶叶、水烟、药材、毛皮等的贸易,还分析了近代西北地区城市发展的特征和转变,指出兰州作为西北茶叶销售中心的地位和毛皮等贸易的情况。⑦

叶志如从乾隆档案史料中收集整理了准噶尔部在肃州等地的贸易统计,对于了解乾隆时期肃州商贸市场的发展程度有很大帮助。⑧程牧研究了清代西北城市中的外贸与洋行。⑨黄正林研究了近代西北皮毛产地及流通市场。指出天津开埠对西北及近代甘肃集市的发展有重大意义,使兰州市场得到了较快的发展,并且凸显了兰州市场的重要性,探讨了公路对集市发展的影响。集市与产地市场的关系。⑩朱立芸考察了近代西北的药材市场,对近代甘肃药材市场的药材产地和黑市进行了详细论述,并对药材的运输与民族地区的集市作了研究,如甘肃拉卜楞市场、河州市场、肃州市场等。⑪李晓英讨论了民国时期甘宁青的羊毛市场,分层级进行了梳理。⑫另一方面,近年来一些学者开始针对西北地区的市场体系进行考察。王致中、魏丽英在其专著《明清西北社会经济史》一书中将西北市场划分为甘宁青地方市场、新疆地方市场、全国性市场、外贸市场四种类型,初步将这一地区城镇市场类别加以划分。在此基础之上魏丽英还撰写了《论近代西北市场的地理格局与商路》,阐述了商路与甘宁青新市场分布格局的关系。⑬黄正林独辟蹊径,划分了近代以来甘宁青农村市场的发展特征与类型,对河西、陇东、陇南、甘南等地区集市的

---

① 丁孝智:《丝路经济的明珠——兰州水烟业》,《西北师大学报(社会科学版)》1990年第3期,第102—104页;《近代兰州地区的茶叶贸易》,《甘肃社会科学》1990年第5期,第107—110页。
② 向达之:《清末至民国前期的兰州商业》,《兰州学刊》1987年第4期,第87—94页。
③ 刘瑞新:《兰州水烟业》,《甘肃行政学院学报》2001年第4期,第63—64页。
④ 刘进:《清末民国时期兰州城市商业近代化趋向述评》,《天水师范学院学报》2002年第4期,第52—54页。
⑤ 朱普选:《明清河湟地区城镇的形成与发展》,《西北民族研究》2005年第3期,第59—68页。
⑥ 赵珍:《近代青海的商业、城镇与金融》,《青海社会科学》2002年第5期,第88—90页。南文渊:《青海高原上的穆斯林城镇社区》,《回族研究》1994年第4期,第68—73页。
⑦ 李建国:《简论近代的甘川交通运输》,《文史杂志》2002年第5期,第14—17页;《论近代西北地区城市的特点及其影响》,《西北民族大学学报》(哲学社会科学版)2004年第1期,第36—41页。
⑧ 叶志如:《乾隆八至十五年准噶尔部在肃州等贸易》,《历史档案》1984年第2期,第21—34页。
⑨ 程牧:《清代西北城市的外贸与洋行》,《兰州学刊》1987年第3期,第29—35页。
⑩ 黄正林:《近代西北皮毛产地及流通市场研究》,《史学月刊》2007年第3期,第103—113页。
⑪ 朱立芸:《论近代西北的药材与市场》,《开发研究》1997年第6期,第62—64页。
⑫ 李晓英:《民国时期甘宁青的羊毛市场》,《兰州大学学报(社会科学版)》2010年第1期,第105—112页。
⑬ 魏丽英:《论近代西北市场的地理格局与商路》,《甘肃社会科学》1996年第4期,第91—95页。

市场构成、专业市场的形成做了探讨,并指出这一地区的集市与全国相比有不同的特征,也对以牧业经济为主的地区(如甘南)利用寺院会集进行贸易的庙会、花儿会作为农村市场的重要部分进行了论述。同时,还探讨了晚清以来近代甘肃集市不发达的原因;并对少数民族地区的集市和药材市场(比如陇南地区)进行了具体的考察;对集市的分类和集期的探讨也有独到的见解,是一篇研究较深入的论文。[1] 樊如森阐述了民国时期西北地区市场体系的构建过程及发展方向,认为其时西北地区建立了以三级市场和西安、包头、兰州、古城为中心的四个区域性市场网络的体系。地方市场在民国时期西北的商品流通过程中起着中介的作用;对初级市场,即集市也有新的认识。[2] 杜常顺对明清时期黄河上游地区的民族贸易市场进行了归纳分析,将贸易市场划分为四种类型,并分析了各自的特点以及民族贸易发展的基本趋势。[3] 夏阳研究了近代甘肃市场初步发育的主要条件和发育的基本状况。除对基本的市场状况论述外,还涉及近代甘肃与省外的集市贸易,指出了近代甘肃市场初步发育具有"以物易物"、"不等价交换"、"计量粗疏"、"宗教性"、"赊购延付"、"欺市杀价"、"牧场'买青'"、"偷漏关税"等时代特征。[4] 张萍利用历史商业地理的一些理论与方法研究了明清时期西北地区的东大门——陕西省域的市场体系及其空间发展过程,先后发表一系列论文,将陕西作为一个整体,从城镇市场到农村市场,逐级市场体系及市场关系进行了探讨,分析了这种空间发展过程中时段性人文因素的干扰与当地自然环境因素的影响程度与方式,可以说是对西北地区城乡市场体系空间发展过程的一个有效的研究尝试。[5] 马安君则认为民国时期青海的城镇市场在原有基础上有了一定发展,虽然许多地方仍不尽人意,但还是对传统的军事和交通重镇模式有所突破,商贸业的顺利运营在城镇发展过程中起着越来越突出的作用。文章以西宁、湟源、结古、鲁沙尔4个具有代表性的城镇市场的发育状况为例,指出它们各自的发展缘由与特点,并归纳出民国时期青海城镇市场的总体特征。[6] 乌廷玉则对整个北方农村集市上牙人和集市设置作了研究,对北方地区集市的性质与发展前景也进行了论述,还对集市与副业、商贩的互动、集市贸易对交换方式的影响进行了探讨,对西北研究参考意义很大。[7] 阎希娟、吴宏岐研究了民国时期西安新市区的发展,指出辛亥革命后,作为原西安城中之城——清代"满城"被国民政府改建为西安新市区,并逐渐成为当时西安的行政中心。随着陇海铁路通车西安及抗日战争爆发,毗邻火车站附近的新市区最终取代了清代时的

---

[1] 黄正林:《近代甘宁青农村市场研究》,《近代史研究》2004年第4期,第123—156页。
[2] 樊如森:《民国时期西北地区市场体系的构建》,《中国经济史研究》2006年第3期,第158—167页。
[3] 杜常顺:《明清时期黄河上游地区的民族贸易市场》,《民族研究》1998年第3期,第66—72页。
[4] 夏阳:《论近代甘肃市场的初步发育及其时代特征》,《甘肃社会科学》1994年第6期,第80—84页。
[5] 张萍:《黄土高原原梁区商业集镇的发展及地域结构分析——以清代宜川县为例》,《中国历史地理论丛》2003年第3期;《明清陕西庙会市场研究》,《中国史研究》2004年第3期;《地域环境与市场空间——明清陕西区域市场的历史地理学研究》,商务印书馆,2006年。
[6] 马安君:《民国时期青海城镇市场述论》,《西藏研究》2008年第3期,第41—46页。
[7] 乌廷玉:《解放前北方农村集市贸易》,《北方文物》1998年第4期,第87—92页。

西安城西和东关,演变成为新兴工业区和商业中心。①

刘卓所著《新疆的内地商人研究——以晚清、民国为中心》②,通过对大量档案文献资料的梳理,系统考察了内地商人的"赶大营"活动与晚清、民国时期新疆商业复苏的关系,新疆社会环境对内地商人经营活动的影响,内地商人的经营成就和贡献3个方面,具有一定的创新意义。吴轶群所撰《清代新疆边境地区城市对比研究——以伊犁、喀什噶尔为中心》③,则从区域城市职能的变化过程入手,以新疆边境地区伊犁和喀什噶尔城市的对比分析为主要内容,分析了影响城市产生的因素、城市职能特征的变化、城市人口结构和城市结构形态,揭示了清代新疆边境城市发育的基本历史地理过程与城镇的结构特征,并分析了城镇发展与经济开发的关系,值得研究新疆清代历史地理特别是城市地理时借鉴。樊如森所著《近代西北经济地理格局的变迁(1850—1950)》④,以历史地理学的时空间视角,多维度、多层面地系统梳理了近代历史时期内,包括天山南北、蒙古高原、陕甘高原在内的西北广大地区,在资源环境、开发政策、市场环境、内外贸易、交通网络、生态环境等方面的变迁情况,对于研究新疆地区的近代经济地理变迁,也有一定的参考价值。

6. 民族贸易、茶马互市与商贸中介

民族贸易包括贡赐贸易、互市贸易与民族民间贸易等形式。西北地区历来是少数民族聚居区,民族贸易是这一地区的一种重要形式。起源早,伴随着民族关系的变动而改变,与国家政策息息相关,研究西北民族贸易不仅是西北地区的问题,也更多是体现着国家、民族关系的大事,关于西北地区的民族贸易也就成为西北民族关系研究的一个重要问题。林永匡、王熹的《清代西北民族贸易史》集中讨论了清代西北民族贸易的发展历程,对清代中原与准噶尔、哈萨克、土尔扈特及其他民族间的贸易均有专题研究,对清代西北地区的茶马贸易、丝绸贸易也进行了专章论述,是目前所见有关清代西北民族贸易唯一的一部专题性研究论著。⑤ 杜常顺研究了清代丹噶尔民族贸易的兴起条件与发展状况。⑥ 陈泛舟研究了民国时期甘、青、川三省边境的藏汉贸易。⑦ 另外,渠占辉考察了近代西北地区的羊毛产区与羊毛出口贸易,胡铁球估算了近代青海羊毛的对外输出量。⑧ 彭清深以甘肃的少数民族贸易为主论述了甘肃近现代以茶叶贸易、洋人和官营控制下的与少数民族地区的贸易状况。⑨ 樊如森重点考察了西北畜牧业在对外通商以后的发展及牲畜、皮毛等贸

---

① 阎希娟、吴宏岐:《民国时期西安新市区的发展》,《陕西师范大学学报(哲学社会科学版)》2002年第5期,第18—22页。
② 刘卓:《新疆的内地商人研究——以晚清、民国为中心》,复旦大学历史系博士学位论文,2006年,未刊稿。
③ 吴轶群:《清代新疆边境地区城市对比研究——以伊犁、喀什噶尔为中心》,复旦大学史地所博士学位论文,2006年,未刊稿。
④ 樊如森:《近代西北经济地理格局的变迁(1850—1950)》,台湾花木兰文化出版社,2012年。
⑤ 林永匡、王熹:《清代西北民族贸易史》,中央民族学院出版社,1991年。
⑥ 杜常顺:《清代丹噶尔民族贸易的兴起和发展》,《民族研究》1995年第1期,第61—68页。
⑦ 陈泛舟:《民国时期甘、青、川三省边境的藏汉贸易》,《西南民族大学学报(人文社会科学版)》1990年第6期,第68—72页。
⑧ 渠占辉:《近代中国西北地区的羊毛出口贸易》,《南开大学学报(社会科学版)》2004年第3期。胡铁球:《近代青海羊毛对外输出量考述》,《青海社会科学》2007年第2期。
⑨ 彭清深:《近现代甘肃民族贸易纵览》,《社科纵横》1992年第5期,第43—46页。

易。① 青海蒙藏贸易也是学者关注的焦点。陈柏萍讨论了17世纪青海蒙藏民族与内地汉民的贸易与交往。② 杨作山分析了清末民初的青藏贸易的历史地位。③ 青海东部河湟地区的回族与土族是两个世居的少数民族,经明清两季的历史发展,各自选择了不同的生产方式。他们之间为了生存的需要,在生产方式上存在着必然的联系与互补。这样,回族、土族、汉族之间的经济互动不可避免地因此而发生。关于晚清民国青海回族、土族与藏民、汉民的贸易关系研究也就成了这一地区商业贸易研究的一个重要方面。张世海讨论了民国时期安多地区的回藏贸易问题。④ 马宗保则集中研究回族经济社会发展状况以及他们的经济结构特征。⑤ 马学贤针对青海传统民族贸易中回族商贸经济的形成与发展问题展开讨论。⑥ 其他学者相关研究也不少。⑦ 马勇等论述了青海与中亚国家的贸易关系。⑧ 王世志、李见颂考察了青海地区经济与内地的历史联系及其近代发展特点。⑨ 勉卫忠的硕士论文《清末民初河湟回藏贸易变迁研究》探讨了清末民初河湟区域间的回藏贸易,对河州地区的集市贸易和拉卜楞地区的寺院集市有深刻论述,并且对在这个地区的庙会集市上的商品种类及其来源地进行了研究。对回族商人活跃于这一集市的地位和经营形式也多有涉及。⑩

茶马贸易是西北地区民族贸易的一种,魏明孔的《西北民族贸易研究——以互市为中心》详细考察了茶马贸易的概念、来源、发展历程。按照时代线索论述了西北茶马互市的开拓——唐宋时期、鼎盛——明时期、衰落——清时期,以及近代的回光返照,并分析了各个历史时期西北茶马互市的作用与意义。其中对西北地区民族民间贸易也进行了一定考察,此书是对西北茶马贸易最系统的研究论著。⑪ 另外,针对西北茶马贸易的成因、地位、作用、价值以及相关专题,其他学者也作了大量的研究,成果非常丰富。⑫

---

① 樊如森:《开埠通商与西北畜牧业的外向化》,《云南大学学报(社会科学版)》2006年第6期,第64—72页。
② 陈柏萍:《17世纪青海蒙藏民族与内地贸易交往初探》,《青海民族学院学报(社会科学版)》1997年第4期,第20—24页。
③ 杨作山:《清末民初的青藏贸易及其历史地位》,《宁夏大学学报(人文社科版)》1999年第1期,第54—57页。
④ 张世海:《民国时期安多地区的回藏贸易》,《回族研究》1997年第2期,第56—62页。
⑤ 马宗保:《回族经济社会发展状况的结构分析》,《西北民族研究》2000年第1期。
⑥ 马学贤:《青海传统民族贸易中回族商贸经济的形成与发展》,《青海社会科学》2004年第6期,第137—141页。
⑦ 马平:《近代甘青川康边藏区与内地贸易的回族中间商》,《回族研究》1996年第4期。东噶仓·才让加:《近年来回族在青藏高原地区的商贸活动述论》,《回族研究》1997年第4期。马学贤:《青海传统民族贸易中回族商贸经济的形成与发展》,《青海社会科学》2004年第6期。马宗保:《回族商业经济与历史上的西部开发——以民国时期西北回族商业活动为例》,《宁夏大学学报(人文社科版)》2005年第5期。
⑧ 马勇等:《略论青海与中亚国家的贸易关系》,《青海民族研究》2006年第2期,第117—120页。
⑨ 王世志、李见颂:《青海地区经济与内地的历史联系及其近代发展之特点》,《青海民族学院学报》1989年第3期,第165—170页。
⑩ 勉卫忠:《清末民初河湟回藏贸易变迁研究》,中央民族大学硕士论文,2006年。
⑪ 魏明孔:《西北民族贸易研究——以互市为中心》,中国藏学出版社,2003年。
⑫ 白振声:《茶马互市及其在民族经济发展史上的地位和作用》,《中央民族大学学报》(哲学社会科学版)1982年第3期。林永匡:《明清时期的茶马贸易》,《青海社会科学》1983年第4期。解秀芬:《明清茶马贸易中的价格问题》,《西北民族大学学报》(哲学社会科学版)1990年第1期。李三谋:《明清茶马互市探析》,《农业考古》1997年第4期。吕维新:《我国封建社会茶马互市贸易剖析》,《中国茶叶加工》1998年第4期。魏明孔:《西北民族贸易述论——以茶马互市为中心》,《中国经济史研究》2001年第4期。朴文焕:《清代茶马贸易衰落及其原因探析》,《西南民族学院学报》2003年第2期。张永国:《茶马古道与茶马贸易的历史与价值》,《西藏大学学报》2006年第2期。

一个地区的经济发展离不开商人,商人群体对促进地区间的经济交流具有不可替代的作用。明清时期,无论是山陕商人还是回商,对于西北地区的经济发展繁荣都起着积极的作用。歇家是青海地区一个具有地区特色的商业中介组织。最初为客店之别称,但在客店的基础上兼营各种业务,如生意经纪、职业介绍、作保以及代人打官司等。因此,此类歇家与纯粹提供住宿服务的客店又有实质性的差别。开设歇家的人员主要有五类,即牙保、棍徒、衿监、巨室豪富(勋戚甲第)、衙门胥吏等。从歇家构成群体的身份地位及经济势力来考察,他们显然是明清基层社会势力的中坚,是基层社会与上层政治势力联系的代表。关于这一特殊的基层社会组织的来源、地位与职业特征,学者投入了许多关注,王致中、马明忠、何佩龙、李刚、卫红丽、马安君对此均有研究,[①]胡铁球连续撰文考证了歇家的起源、发展及其在青海社会经济发展进程中的地位。认为歇家为民营,但又与政府有着密切的关系。歇家后来还成为一些特殊衙门的专门"职役"的称呼,如国子监、织造、在京法司、京通各仓以及寓兵于歇家的兵营都设有歇家这一"职役"。歇家含义向"职役"延伸,从文献记载来看,最迟在明弘治时期就已开始。[②] 在明清商贸民营和赋役货币化的变革过程中,歇家的性质也有所变化,作为客店之别称的歇家,开始与"牙行"相互转化结合,并形成一种新的"歇家牙行"经营模式,即集客店、经纪人、仓储、贸易,甚至运输、借贷于一体的新的商业运营模式。"歇家牙行"在内地,上承"邸店"、"塌房",下接"字号"、"坐庄"及其他商业经营模式;在藏边地区,取代"茶马司"的职能;成为明中叶至民国主导该地区的贸易模式之一。[③] "歇家牙行"随着近代沿海商埠的开辟,洋行开始以"歇家"或栈商为连接点大规模进入西北地区收购皮毛等工业原料物资,导致了近代西北出口贸易的大发展,加上在晚清及民国时期民族"边地"贸易政策和环境的变化,"歇家牙行"经营开始大规模淡化其服务贸易的内容而走上了直接贸易及混合经营模式的道路,这种嬗变也构成了我国西北地区近代化过程的一个重要内容。[④] 山陕商人是西北地区商贸组织中最重要的力量,在青海、甘肃、陕西等省区至今仍有山陕会馆存留,李刚、袁娜、宋伦、任斌等人均关注到这一问题,集中论述了山陕商人在西北地区商贸活动的地位、影响和历史作用。[⑤] 钟银梅研究了甘宁青地区的近代皮毛贸易,同样关注到了山陕商人的作用。认为甘肃市场上山西、陕西商人占多数,本地商人占少数,张家川与平凉地区的回族商人则

[①] 王致中:《歇家考》,《青海社会科学》1987年第2期。马明忠、何佩龙:《青海地区的歇家》,《青海民族学院学报》1994年第4期。李刚、卫红丽:《明清时期山陕商人与青海歇家关系探微》,《青海民族研究》2004年第2期。马安君:《近代青海歇家与洋行关系初探》,《内蒙古社会科学》2007年第3期。

[②] 胡铁球、霍维洸:《歇家概况》,《宁夏大学学报》2006年第6期,第22—26页。

[③] 胡铁球:《"歇家牙行"经营模式的形成与演变》,《历史研究》2007年第3期,第88—106页。

[④] 胡铁球:《明及清初"歇家"参与赋役领域的原因和方式》,《史林》2007年第3期;"歇家牙行"经营模式在近代西北地区的沿袭与嬗变》,《史林》2008年第1期,第88—106页。

[⑤] 李刚、袁娜:《明清时期山陕商人对西部开发的历史贡献及其启迪》,《新疆社科论坛》2007年第1期。李刚、宋伦:《明清山陕会馆与商业文化》,《华夏文化》2002年第1期;《明清时期青海山陕会馆的创立及其市场化因素》,《西安电子科技大学学报(社会科学版)》2007年第1期。任斌:《略论青海"山陕会馆"和山陕商帮的性质及历史作用》,《青海师范大学学报》1984年第3期。

占主要成分,并分析了其中的原因。除对皮毛的论述外,还谈到了药材和茶叶贸易的市场活动。①

7. 陕甘宁边区经济社会

抗日战争时期,陕甘宁边区的工业是在日本帝国主义疯狂进攻,国民党顽固派严密封锁,生产工具极为简陋,技术十分落后,以及毫无外援的情况下,广大边区军民发扬自力更生、艰苦创业的革命精神建立和发展起来的,它对保障军需民用,坚持持久抗战,争取最后胜利发挥了巨大作用。关于公营工业,李运元认为,党执行的"发展经济,保障供给;军民兼顾,公私兼顾;统一领导,分散经营以及生产与节约并重"四项方针,是公营工业取得巨大成绩的保证。②侯天岚则指出,它的发展和成绩的取得主要是党中央"集中领导,分散经营"方针正确的结果。③陈哲群在分析边区公营工业取得巨大成绩的原因时,认为主要有四个方面的原因。第一,党中央从实际情况出发,根据边区工业建设的特点,制定了一系列正确的发展工业的方针政策。第二,反对了空洞的不切实际的大计划。第三,党中央根据当时的特定环境,提出了在提高劳动生产率的同时,还必须记住节约原料。第四,成绩的取得也是边区军民响应党的号召,发扬自力更生、艰苦奋斗精神的结果。④私营工业方面,景占魁总结了边区发展私营工业的经验:第一,必须和减租减息运动紧密结合起来;第二,必须发动群众,让群众自己动手来办;第三,必须教育干部群众,认真执行党的各项政策,及时纠正左倾右倾两种倾向;第四,必须和发展农业生产、开展商业贸易等项工作结合起来。⑤夏阳具体分析了私营工业的发展历程、基本特征、劳资关系以及边区政府对私人资本主义工业的促进和扶助。⑥杨树桢更为全面地总结了边区工业发展的经验,即从实际出发确定发展公营工业的方针和政策;统一工厂党政和工会组织的行动;加强思想政治工作;实行经济核算制;发扬自力更生、艰苦奋斗的精神;团结科技人员,奖励发明创造;克服平均主义,贯彻按劳分配原则。⑦马启民考察了边区工业建设中厂长负责制的产生、形成和发展过程,结论是边区公营企业实行厂长负责制是一次开拓性的实践。⑧黄正林梳理了陕甘宁地区清末以来手工业经济的发展,认为清末民初,陕甘宁边区的传统手工业得到了较好的发展,但20世纪30年代前期开始衰落,红军在执行工商业政策上的失误是造成传统手工业衰落的原因之一。抗日战争时期,手工业是边区自救性生产的主要组成部分。在手工业的增长中,政府政策和政治动员起了关键性的作用。边区手工业的经营方

---

① 钟银梅:《近代皮毛贸易在甘宁青地区的兴起》,《青海民族研究》2006年第2期,第121—125页。
② 李运元:《抗日战争时期陕甘宁边区的公营工业》,《经济科学》1980年第2期。
③ 侯天岚:《抗日战争时期陕甘宁边区的公营工业》,《西北大学学报(哲学社会科学版)》1981年第2期,第22—28页。
④ 陈哲群:《抗战时期陕甘宁边区的公营工业》,《江西社会科学》1994年第7期。
⑤ 景占魁:《抗战时期陕甘宁边区民营工业的发展》,《经济问题》1983年第8期,第43—47页。
⑥ 夏阳:《论陕甘宁革命根据地的私营工业》,《甘肃社会科学》1991年第5期,第96—103页。
⑦ 杨树桢:《陕甘宁边区发展公营工业经营初探》,《陕西师范大学学报(哲学社会科学版)》1982年第1期。
⑧ 马启民:《陕甘宁边区工业建设中的厂长负责制》,《陕西师范大学学报(哲学社会科学版)》1989年第1期。

式,是在传统手工业经营方式的基础上形成的多种经营形式并存的一种新的经营体制。这种新体制既包含了传统的形态,又吸收了现代企业的经营观念,把股份制引入手工业生产的经营和管理。政府权力和民间传统相结合的经营模式,成为边区手工业经营的一个特色。手工业的增长改变了边区乡村原来单一的农业经济结构,引发了农业种植结构的变化,推动了乡村小城镇和集市贸易的形成以及乡村商业的活跃。①

以上对一个世纪以来西北近代经济社会史研究的总结,可以看出:(1)民国年间对于西北资源的调查与研究,将现代经济学、社会学的研究方法引入西北研究之中。这些调查与研究为我们今天的工作提供了有效的资料准备,同时一些有识之士的带有真知灼见的研究成果进一步开启了西北近代经济社会史研究的大门,成为这一领域研究的重要基础。(2)建国最初的三十年虽然是我国经济史研究的低潮,但是,一些近代研究资料的编纂为科研人员准备了更为方便的基础资料,在今天看来也是我们可资利用的宝贵财富。(3)改革开放以后,中国的学术舞台更加活跃,西北经济社会史研究也出现了空前繁荣的局面。这期间不仅研究成果突出,研究内容增多,研究领域也在不断拓宽。许多学术研究的空白领域得以添补,这无疑是西北经济社会史研究的黄金阶段。

第三节 研究问题与方法

一、基本研究思路与方法

从以上对近代西北地区经济发展研究的爬梳可以发现,这些研究成果的涉及面十分广阔,内容也非常丰富,但不可否认的是,目前的研究也还存在一定的问题与不足。区域历史经济地理研究作为一种方法论,在研究历史时期区域经济发展过程中,具有传统研究方法所不具备的优势。但在经济地理进程的考察中,传统研究方法同样有其用武之地。

因此,本书在研究过程中,除主要采用区域历史地理研究的理论和方法,还广泛借鉴与吸收了地理学、历史学、社会学、经济学等学科一些通行的研究方法。法国年鉴学派所倡导的"长时段"眼光与"总体史"视角以及各种现代化的理论对本书的论述具有极大的启发作用。概括而言,本书所采用的方法主要有:

1. 区域研究与综合研究相结合

综合性和区域性是地理学两个最基本的特点。现代区域地理学强调自然地理和人文地理的统一,注重研究区域自然地理要素和人文地理要素的区域综合与空间联系。近代中国的经济社会具有明显的多元性和地区性差异,西北地区作为中

---

① 黄正林:《论抗战时期陕甘宁边区的手工业》,《天水师范学院学报》2003年第4期,第57—63页。

国最重要的组成部分,其特殊的自然人文环境孕育了其独有的发展特征,这也为国内不同区域间的比较研究提供了一个参考。同时,其内部本身各区之间也具有很大的差异性。因此,为了使研究具有一定的广度和深度,本书在重点考察其内部各区的不同发展特征的同时,也注意从综合的角度考察区域的总体特征,将区域研究与综合研究相协调,并将其放到整个近代中国社会的大背景下进行考察。

2. 定性分析和定量分析相结合

定性分析是运用归纳和演绎、分析与综合以及抽象与概括等方法,对已有的各种材料进行思维加工,去粗取精、去伪存真、由表及里,从而达到揭示内在规律的重要方法。定量分析则是对社会现象的数量特征、数量关系与数量变化的分析。在计量史学兴起之前,传统的史学研究中主要以定性分析为主。20世纪八九十年代以后,学术界日益重视定量分析方法的采用。在对近代西北经济地理的分析过程中,可以发现有许多内容(比如作物种植面积、工厂数量、市场的数量、经济含量等)包含了数量关系,表现出了一定的数量特征(比如工厂、集市等的空间差异等),这也成为我们运用定量分析的重要对象。当然,定性是定量的依据,定量是定性的具体化,因此,为了能使研究取得最佳效果,往往将二者结合起来灵活运用。定量分析主要体现在农村市场数量、经济含量等方面的前后发展变化和空间差异的研究方面;在研究市场与农村社会变迁的关系等方面则主要采用定性分析的方法。当然,以上两者在本书中是相互结合起来使用的。

3. 要素的层级分解与整合相统一

要素的分析是进行相关性分析的重要前提。因此,作为区域历史经济地理的一项研究课题,本书首先考虑的是经济地理的基本内涵及其主要的构成要素,随后对其逐步分解,比如可以分成农牧业、交通、工业、商业、金融等不同的领域,这些领域又可以再细化出许多不同的构成要素,比如商业方面又可细分为商品结构、商品流向、经商主体、贸易市场等。对一个区域的历史经济地理的研究,只有对其构成要素的产生、发展、变化以及地域差异进行研究,才能全面具体地展现其演变的进程;同时,还要对这些构成要素的产生、发展、变化以及地域差异的原因进行分析,以综合概括研究区域经济的一致性或相似性特征。

4. 新制度经济学的分析方法

熊彼特在其名作《经济分析史》中提醒我们在研究历史时要注意经济制度因素对经济发展的影响,此后波拉伊、阿尔弗雷德·钱德勒等新制度学派的经济史学家不断地对制度创新的作用进行论证,并明确提出对经济发展而言,制度的变化具有决定性的影响,制度变迁才是经济增长的原因。其后,新经济史学派的代表人物诺思在其《经济史中的结构与变迁》一书中,强调经济史的结构是制度框架,变迁就是制度的创立、变异或被打破的过程和方式。在这种理论框架下,制度变迁可以分为诱致性制度变迁和强制性的制度变迁。前者是指人们为寻求获利机会自发进行的制度变革,后者是由政府法令推行的制度变革。这种范畴上的区分,对考察近代中国经济变迁而言,具有重要的意义。由于经济发展相对落后,新制度的引进和推行,在旧中国主要表现为政府行为,因为只有它最具备条件采取行动去矫正。因此,中国制度变迁的关键在于国家,但当国家处于动荡不安的混乱状态时,地方实力派在很大程度上扮演了本该属于国家的角色。同时由于中国封建社会的经济结构的应变能力和韧性,又使得西方舶来的新制度只能在它能容纳的范围内缓慢地发展。这导致近代生产关系和生产力驱动与转变过程显得更加漫长。在"传统—现代"分析框架不断遭受质疑的情况下,新制度经济史的分析方法无疑可以在我们对西北经济地理进程进行考察时提供一定的支持。

二、主要章节结构

西北地区面积广大,由于所涵盖的空间范围较大,每个区域单元在近代以来的发展过程中,除了某些共性的元素之外,往往都有自身独特的发展路径。因此,为了体现区域研究的优势以及不同区域发展的特殊性,本书将分为"近代陕西经济地理"、"陕甘宁边区经济地理"、"近代甘宁青经济地理"、"近代新疆经济地理"四大部分进行叙述,最后再进行总体的概括性论述。

第一编为"近代陕西经济地理"。陕西是西北地区的东大门,但近代以来陕西多灾多难,地方政权变动频繁,社会环境一度混乱,也导致经济的发展极为艰辛。本编共分为六章。

第一章为"近代陕西的资源分布与政治格局"。主要介绍近代陕西经济发展的自然与社会背景。通过对近代陕西的地理地貌与河流水文、地质条件和气候特征、水旱灾害与农牧条件等要素进行分析,对其进行地理分区,并总结概括其经济发展的自然环境特征。通过对近代陕西行政区划与人口民族的变化、地方政权的更迭、民变、匪患与民族冲突等问题的分析,概括其经济发展的人文环境背景。

第二章为"近代陕西农业发展及其结构性变迁"。结合经济发展的自然地理基础,阐述在此之上形成的农业生产格局,叙述小麦、大麦、黍粟稷、水稻、豆类等粮食作物,以及棉花、罂粟、油料作物、果树、漆树、药材等经济作物的地域分布特征。从技术层面上,对农业设施的改进、农业品种的改良、水利事业的发展等进行探讨。这是近代陕西经济地理格局的基础框架。

第三章为"近代陕西工业的发展与区域特征"。主要分析清末民初和抗战时期两个不同阶段近代工业的发展状况,重点关注清末民初时期军事工业、民用工业和因石油资源开发而兴起的相关工业等几种类型的发展及其区域特征,以及抗战形势下沿海内迁企业影响下的陕西工业、因煤炭资源开发而兴起的相关工业、机器工业(包括机器棉纺织业、机器面粉业)、化学工业等领域的发展及其区域特征。同时也关注传统工业的地区分布及其地位,主要分析手工的纺织业、造纸业、制瓷业、榨油业、制革业、酿酒业、皂烛业等的地域分布。

第四章为"近代陕西交通和通信网络的建设与布局"。主要阐述近代陕西公路、铁路、水运等交通事业的建设与发展,并对近代陕西邮政事业的发展及地域格局进行分析,阐述其在不同历史阶段的运营状况。

第五章为"近代陕西金融体系的地域格局"。明清以来,陕西的商业经济获得不断发展,金融业是膨胀速度较快的一个领域。近代之后,钱铺、钱庄、银号、票号等金融机构相继在陕西出现,民国以后现代银行组织也进入陕西。本章主要分析陕西的金融业向经营综合性业务方向发展过程中的官银钱号、典当业、票号、钱庄及银行等金融机构的区域发展特征,以此来探讨和反映陕西现代金融市场的发展。

第六章为"近代陕西商贸与市场格局的变迁"。本章的第一节首先通过对三原、泾阳与西安市场的商业功能分析,说明三者共同构成陕西乃至西北地区的商业中心的地位,并阐述了榆林作为陕北商业中心和汉中作为陕南商业中心的确立过程,从而勾勒出晚清时期陕西城镇商业中心的地理格局。其次,根据宣统《陕西全省财政说明书·岁入部·杂捐》所反映的各州县对商铺征税名目的不同,以及商铺月租税额和征捐数额的差异,分析了陕西各州县商品经济发展极端不平衡的特点,并对各州县商铺数字进行推算,以进一步反映陕西商品经济发展的区域不平衡性。再次,根据厘局征收过往货物之税金,分析陕西区域贸易货品之特色,以及三区内外贸易的基本特征;同时,还分析了咸、同以后,鸦片对本区商品经济发展的影响。本章第二节在叙述民国时期陕西商业市场发展概况的基础上,重点关注陇海铁路通车后对陕西区域市场格局转变的影响,主要包括西安中心商业城市地位的确立、渭南与大荔市场中心的易位、宝鸡替代凤翔成为关中西部的商业中心以及三原、泾阳两地商业地位的下降及渐趋衰落等几个部分。随后,进一步阐述了民国时期陕西内外贸易及其结构性变化。

第二编为"陕甘宁边区经济地理"。陕甘宁边区作为一个特殊历史阶段所出现的特殊区域单元,有着独特的研究价值。本编共分为七章。

第一章为"边区概况与产业布局影响因素"。叙述了抗日战争时期和解放战争时期陕甘宁边区行政区划的变迁情况,概述了自然环境、技术条件、社会经济条件等边区产业布局的影响因素。

第二章为"边区的农林生产与布局"。主要叙述了边区农业和畜牧业的发展与布局,以及边区林业的开发利用与保护,重点分析了边区粮食作物和棉花的生产与布局的演变特点。

第三章为"边区工业类型及布局特征"。介绍了边区工业在起步、快速发展、调整发展、平稳发展等几个不同阶段工厂的数量和类型特征。重点分析了军事工业、盐业、纺织业、石油、煤炭和炼铁工业、化学工业、造纸工业等公营工业部门的发展与布局；介绍了边区私营工业的发展与布局，以及个体、合作社、公营手工业等边区手工业的发展与布局；总结分析了边区工业的部门结构和地域结构特点。

第四章为"边区交通运输与通讯网络"。介绍了边区民间运输与运输合作社的基本情况，分析了边区交通运输网由线到点的建设与布局，以及边区邮电通讯网的建设与布局。

第五章为"边区商贸发展与布局"。分析了皖南事变前后边区的自由贸易和对外贸易的构成，以及抗日战争时期贸易商路的演变；分析了边区大、小公营商业的构成、经营方式和布局特点；介绍了边区合作商业和私营商业的发展与分布特点。

第六章为"边区的市建制"。介绍了抗战前边区的市建制，阐述了抗战时期和解放时期边区建置市的体系，并分析了抗日战争时期边区建置市的发展特点。

第七章为"边区经济地理格局与特色经济模式"。在前文相关论述的基础上，提出"边区模式"的概念，对"边区模式"的经济效果进行分析，并对"边区模式"的产业结构、空间结构、环境影响等方面进行评价。

第三编为"近代甘宁青经济地理"。甘宁青分省本是到了民国时期才发生的事情，因此，从经济地理格局的角度上看，甘宁青在分省之初的一段时间内，实际上仍处于同一经济系统之中。其经济结构中某个环节的变动，也往往都会影响到三省的整体格局。本编共分为七章。

第一章为"近代甘宁青的资源分布与政治格局"。主要介绍了甘宁青的地理地貌与河流水文、气候特征与生产条件等自然要素，和民族结构、行政区划及政治变动、自然灾害与地区人口等经济发展的社会环境因素。

第二章为"近代甘宁青农牧业的发展及其结构性变迁"。主要介绍了近代陇东黄土高原、河西走廊、宁夏平原、青海河湟谷地等地区的农田水利事业的发展情况，以及晚清民国时期甘宁青的土地开垦与垦务；并通过分析玉米、马铃薯等粮食作物和棉花、蚕桑、罂粟等经济作物的地域分布特征反映了近代甘宁青种植业结构的变迁；同时还介绍了甘宁青三省的牧区分布及其发展特征，牲畜品种及其产殖情况等。

第三章为"甘宁青近代工业的发展与区域特征"。阐述了陕甘总督左宗棠及其部将赖长主持下兴办的兰州制造局、甘肃制呢总局的发展状况及其对甘肃近代工业起步发展的重要意义，和晚清民初甘宁青工业发展的地域概况，以及抗战时期甘宁青能源工业、毛纺织业等近代工业发展的地域特征。

第四章为"近代甘宁青交通与通讯网络建设与布局"。主要介绍了近代甘宁青公路交通的建设情况，以及传统驿路和水上交通的利用与发展情况；并阐述了近代甘宁青邮政事业的发展及其特征。

第五章为"近代甘宁青进出口贸易及其结构性变化"。主要分析了近代甘宁青商品构成及其贸易数量的区域差异，以及由于洋货的输入和皮毛类货物的大量输出等因素所引起的结构性变化及其区域发展特征;并阐述了由于交通条件的改变所导致的贸易线路与商品流向的变化;同时介绍了洋行在甘宁青地区的发展与分布以及由此所引起的经商主体构成的变化;还论述了民国以来随着政府统制的加强,甘宁青地区的商贸领域出现官方垄断性贸易日益严重的状况。

第六章为"近代甘宁青市场结构与市场体系的形成"。主要通过对"省域中心市场—区域中心市场—县域中间市场—基层初级市场"等多层级市场体系的剖析,介绍和分析了近代甘宁青市场的结构及其发展格局;重点描述了兰州、宁夏、西宁等城市成为省域或区域商贸中心的表现;并分析了在内部不平衡的发展过程中所体现出来的区域特征及其主要的影响因素。

第七章为"近代甘宁青银行与金融业的区域特征"。主要介绍和分析了票号、钱庄和当铺等传统金融组织在甘宁青的分布及其区域发展特征;勾勒了甘肃官银钱局作为传统金融组织向近代转型的演变过程;阐述了甘宁青地方银行的发展演变和国家银行分支机构在甘宁青地区的分布情况,以及商业银行在甘宁青的发展与地域特征。

第四编为"近代新疆经济地理"。新疆正式设省于光绪十年(1884年)。因其地处中国的最西北,面积广大,很多时候其经济联系与商贸关系都形成较独立的一个经济单元。本编共分为五章。

第一章为"近代新疆的自然环境与经济开发背景"。主要介绍了新疆的版图与政区的变化;四大自然地理区的环境特征;气候与特产,新疆的开发以及清朝政府对新疆的治理策略。

第二章为"近代市场环境的变迁与区内外贸易的发展"。重点分析了"赶大营"与清代前期边疆内地之间经贸联系的加强,清末民国新疆的"赶大营"贸易,伊犁等沿边口岸开放与国际贸易的开展,新疆外向型市场网络体系的构建。

第三章为"近代交通运输网络的架构"。重点介绍了传统驿路交通,近代公路建设,新疆的内河航运以及近代邮政、电信、铁路及航空事业的发展概况。

第四章为"近代农牧工矿业经济的发展"。考察了新疆地区近代畜牧业经济的发展情况与地域特征,农业经济开发及逐渐繁荣的过程,现代工矿业的起步与发展前景。

第五章为"近代城镇发展和居民结构",分析了天山南北两路城镇兴起的条件及其发展过程,人口数量与民族分布。

最后,对近代西北经济地理过程及其环境因素进行总结性概述。总结概括近代西北经济地理的发展过程,以及西北地区经济地理过程的环境影响因素。

第一编
近代陕西经济地理

第一章 近代陕西的资源分布与政治格局

第一节 地理分区与环境特征

一、地理地貌与河流水文

陕西位于今河南省陕县西南的陕原之西,因此称为陕西,简称陕。陕西地处我国内陆腹地,居全国之中,在西北五省中位置偏东,南北长而东西狭。北、中部在黄河中游,南部在长江支流嘉陵江、汉江上游,介于北纬 31°42′～39°35′,东经105°29′～111°15′之间,跨纬度 7°53′,经度 5°46′。陕西东邻山西、河南,南界湖北、四川,西接甘肃,北与宁夏、内蒙古毗邻,全省面积 205 603 平方公里。

陕西省地处我国西北内陆,由东南湿润区到西北干旱区之间的过渡带上,因此它既不如甘肃、宁夏、新疆那样干旱,也不如东南沿海那样受海洋影响深刻。由于地处中纬地区,陕西省气候温和,较华南省区气温略低,而相比东北地区则又略暖。陕西省南北跨度大,因而不可避免地引起省境南北地区间自然条件的差异,加之由于地质时期的构造运动,从而使陕西省在地质地貌的综合结构上明显形成了三大区域,即由黄土沉积物堆积而成的陕北高原,由渭河干支流的冲积作用而形成的关中平原,以及由秦岭和大巴山等组成的陕南山地。

陕北高原又称陕北黄土高原,是我国黄土高原的重要组成部分,位于陕蒙交界至北山之间。地势西北高东南低。发育着沙漠、滩地相间地貌和黄土丘陵沟壑与黄土高原沟壑地貌。沙地主要分布在长城沿线,包括靖边—榆林一线及以北地区,东西长约 420 公里,南北宽 12～120 公里。面积 14 400 多平方公里,海拔 1 000～1 500 米。地势平缓,固定半固定沙丘占主导地位,占本地总面积的 80％左右。风沙滩地与关中盆地之间为黄土高原丘陵沟壑与高原沟壑地貌,东以黄河为界,西至陕甘交界与陇东黄土高原相连,海拔 900～1 800 米。经过流水、重力等营力的长期作用,地面形成了千沟万壑、支离破碎的地貌特征。甘泉县以北为黄土梁、峁沟壑结合的丘陵地貌,以南为黄土梁、塬和沟壑地貌。

关中盆地介于秦岭与北山之间,即陕北高原与陕南山地之间,海拔 325～900 米。地势西高东低,东西长 360 公里,西窄东宽,呈现喇叭形,西安以东最宽处约 100 公里,西至宝鸡逐渐闭合成峡谷。黄河的最大支流渭河横贯平原中部,形成两岸宽广的阶地平原。从渭河向南北两侧,地貌分布依次为:河漫滩—河流阶地—黄土台塬—山前洪积扇—山地,它们构成本区主要的地貌特征。渭河河流阶地又称川地,高出渭河水位10~20米,地表组成物质为冲积黄土、亚沙土、亚黏土等,底部有沙层、沙砾层和卵石层,潜水埋深一般在10米上下,蕴藏量丰富,地面平坦,引河水灌溉方便,自古为农耕区。黄土台塬为分布在渭河二级阶地外侧的黄土高阶地,面积约占关中盆地面积的五分之二。渭河北岸台塬比较宽广平坦,分布连续成片,台塬的地下水埋深大,一般为40~70米,最深达100米左右,且水量有限,因此人畜用水困难。山前洪积扇分布在秦岭北麓和北山南麓,沙石多,土壤少,一般可以耕种,也可栽培果树,发展多种经营。总之,关中盆地地势平坦,土壤肥沃,水利条件较好,自古为农业发展的重要区域。

陕南秦巴山地北邻关中盆地,南至省界,呈东南走向,长约450公里,宽约300公里,面积9万多平方公里,占全省面积的44%。主要地貌类型有河谷平原、山间盆地、丘陵、低山(浅山)、中山、高山,境内可分为秦岭山地、大巴山地、汉江谷地,是一个"八山一水一分田"的资源丰富的山区。

秦岭山系横亘在渭河平原与汉江谷地之间,是长江与黄河的分水岭,也是我国南北方的天然分界线。在本省境内东西长400~500公里,南北宽120~180公里,山高坡陡,重峦叠嶂。大部分山地海拔1 500~2 500米,是在褶皱基础上断裂抬升形成的南俯北仰的巨大断块山地。北坡陡峻,断崖如壁,峡谷深切,河短而流急,多急流瀑布和险滩。南坡较缓,河流源远流长,宽谷与峡谷交替出现,间或有山间断陷盆地分布,如洛南盆地、商丹盆地、山阳盆地、商南盆地、太白盆地、香泉盆地等。汉江谷地介于秦岭、大巴山之间,以800米等高线为界。西自宁强县的烈金坝,东至白河县城关镇,东西长约450公里,南北宽10~60公里,峡与盆地相间出现。其中主要以汉中盆地为主,长100公里,宽5~20公里,汉江两岸发育有四级阶地。其中一二级阶地平坦广阔,构成汉中盆地的主体,这部分川地地面平坦,水源充足,土壤肥沃,为本省最主要的稻谷产区以及全省亚热带资源的宝库。大巴山地是汉江与嘉陵江的分水岭,基本走向为西北—东南,高出汉江谷地1 000~1 500米,东西长约300公里,虽不如秦岭高峻,但由于褶皱、抬升、断裂等作用强烈与密集,故有些地方山崖山势巍峨峥嵘,并不亚于秦岭。山间林特产品十分丰富。

总体来看,陕西地貌类型复杂多样,高原、山地、平原、盆地分布面积均不小,各种地貌分区在气候、土壤、水文和植被等方面的差异也相当显著。这种差异性不仅影响到农业生产,同时对交通及区域商业市场的发展均有较大影响。①

---

① 参聂树人:《陕西自然地理》,第三章,地貌,陕西人民出版社,1981年;唐海彬主编:《陕西省经济地理》,第一章,生产发展条件——地貌条件,新华出版社,1988年。

陕西的河流可分为内陆河与外流河两大类。内陆河分布在长城沿线一带，约占全省流域总面积的2%。外流河以秦岭为界，分属黄河与长江两大流域，其中黄河流域占总面积的63%，长江流域占35%。陕西河流一般流程较短，全省流域面积超过1 000平方公里的只有汉江、渭河、北洛河、无定河、嘉陵江、泾河、延河、丹江等55条河流。100平方公里以上的河流583条，100平方公里以下的小河流和支毛沟数以万计。地区组成上以陕南大河较多，流域组成上以属于长江流域的大河较多。总体来说，陕西全省河网密度的地区差异明显，由东南向西北呈逐渐减少的趋势。秦岭以南河网密度一般均超过0.5公里/平方公里。汉江干支流在汉中地区的河网密度一般达1.02~1.7公里/平方公里。秦岭以北河网密度不超过0.30公里/平方公里。关中平原东部及长城沿线的部分地区甚至形成低流或无流区。全省河流年平均径流量约为437亿立方米。但这种径流量在各地区间的分布极不平衡，三分之二集中分布在陕南，三分之一分布在关中、陕北。多雨、降水量较大的陕南地区径流总量最为丰盈，而关中、陕北则相对较少。陕西河流径流的季节变化也相当明显，冬季为贫水期，夏季为丰水期，大部分河流的夏、秋径流量约占各河流年平均径流量的65%以上，汉江则达76%以上。这种河流径流量的季节变化状况对各地农业生产及通航条件均有一定的影响。

二、地质条件和气候特征

陕西地质由秦岭山脉划分为南北两个截然不同的部分。秦岭以北，相当于中国北部地质，有志留、泥盆二纪岩层的存在。秦岭以南，相当于中国南部地质，有志留、泥盆二纪岩层的分布。渭河流经区域系一槽形断层，所谓"八百里秦川"，即此断层地面，东西长约八百里，南北宽近二百里，地表覆盖有深厚的黄土，属黄土高原的重要组成部分。从农业的角度来讲，则尽属肥沃膏腴之田，陕西有名的小麦与棉花产区就位于此。

渭河以北，沿槽形断层之边缘，形成高原山峰，大部分为奥陶纪石灰岩，如蒲城的尧山，耀县的药王山，凤翔的灵山等。向北伸展，有石灰二叠纪砂岩页岩层，内含煤炭，分布很广。陕西著名的煤带区"渭北黑腰带"即位于此，东起韩城，中经澄城、白水、同官，西至淳化、邠县、麟游均属此区域。陕北地质大半为中生代或新生代地层，宜君、宜川、延安、延长一带，侏罗纪黄灰色砂岩页岩系最为发育，内含石油层及煤层。总之，渭河以北的地层，大致为奥陶纪后地层，且未受剧烈变动，因而层序平整，大褶皱与大断层亦不多见，这是陕北地质构造的一种特有景象。

渭河以南的地质情形则迥然不同。秦岭山脉、巴山山脉均以火成岩、变质岩为主，片麻岩、片页、大块石、角闪岩、花岗岩所在皆是。秦岭最高峰的太白山，巍峨名胜的华山,均为火成岩构成。古生代、中生代、新生代各地层在陕南各处也有发现,但因岩浆的侵入或喷出,地壳变动非常剧烈,以致各时代的地层分布散乱,极其零星。像镇安、安康、石泉、汉阴、南郑等县,均有石灰二叠纪的岩层,含有煤炭,但煤田面积较小,地质构造又乱,煤层薄,质量低劣,没有大规模开采的价值。但是金属矿尚有一定价值,如汉江、嘉陵江、洵河等流域所产沙金非常丰富。凤县、留坝、西乡、宁陕、略阳、洛南等县所产的铁,镇安所产的铜,洵阳所产的铅,均较丰富,富有开采价值。①

气候条件的差异直接影响到一定区域的生物生长以及人类生产、生活,进而形成地区间经济发展的多重性与交换活动的形成。明清时期陕西的气候与现代相比略有差异,据竺可桢先生考证,那时我国的温度平均比现在低 1℃～2℃。② 陕西亦不例外,因此,本省在明清时期气候较今冷湿。尽管如此,今天陕西所具有的大陆性气候在当时并没有太大的差异。以今天陕西气候来看,由于受大气环流以及陕西南北横跨纬度大(近 8 度)等因素的影响,导致陕西气候的复杂多样,由南至北可分为北亚热带、暖温带、中温带三个气候带。秦岭南麓和巴山北坡之间属北亚热带气候;秦岭北坡、关中和陕北南部属暖温带气候;陕北北部属中温带气候。自古以来秦岭就是我国南北方的重要分界线。高大的山体形成天然屏障,对北上暖湿气流有抬升作用,对南下冷气流有阻缓和减弱作用,加之山体较高,气候垂直分异明显。另外,汉江谷地、关中盆地、陕北部分地区由于地形的影响,东西之间气候也有一定差异,表现为热量东部多于西部,水分西部多于东部。

光、热、水是太阳辐射、日照、温度与降水条件的综合描述,也是区域气候条件的衡量指标。光照以每年日照时数为指标来看,陕北日照时数由北向南变化在 2 500～3 000 小时之间,日照百分率高达 55%～66%。关中地区日照时数约 2 000 小时,东部略多于西部,全区日照百分率为 45%～46%。汉江谷地日照时数一般为 1 800 小时,也是东部多于西部,全区日照百分率为 40%～44%。总体来讲,陕西日照时数夏季多,冬季少,春秋两季居中。从区域来看,陕北光照最长,关中居中,陕南光照较少。

陕西的热量分布总规律是由南向北逐渐减少。以气温来看,民国年间陕北榆林年平均气温为 9.3℃,最冷月为一月,月平均气温 -8.3℃,最高月为七月,月平均气温 24.4℃。渭河盆地区西安的年平均气温为 14.1℃,最低月一月为 -1.3℃,最高月七月为 28.0℃。陕南汉水谷地南郑的年平均气温为 15.1℃,最冷月一月也在 -3.0℃,最热七月仅 26.3℃。③ 汉江谷地与关中平原

---

① 西安市档案馆编:《陕西经济十年(1931—1941)》,内部印行,1997 年,第 2 页。
② 竺可桢:《中国近五千年来气候变迁的初步研究》,《考古学报》1972 年第 1 期。
③ 西安市档案馆编:《陕西经济十年(1931—1941)》,内部印行,1997 年,第 3 页。

是陕西的两个暖区,年平均气温12℃~16℃,热量条件较好。陕北长城沿线地区和秦岭中高山区则是陕西的两个冷区,年平均气温6℃~9℃,热量条件较差。

表1-1-1 民国年间陕西三区四季长短统计表

	陕北(榆林)	渭南区(西安)	陕南(南郑)
春	55日(4月16日至6月9日)	55(3月17日至5月10日)	60日(3月5日至5月10日)
夏	75日(6月10日至8月20日)	120日(5月11日至9月7日)	120日(5月11日至9月7日)
秋	60日(8月21日至10月22日)	60日(9月8日至11月6日)	65日(9月8日至11月11日)
冬	175日(10月23日至4月15日)	140日(11月7日至3月16日)	120日(11月12日至3月14日)

(资料来源:西安市档案馆编:《陕西经济十年(1931—1941)》,内部印行,1997年,第3页。)

陕西的年降水量变化在400~1000毫米之间。民国时期,陕北降雨量年均400毫米左右,榆林平均年降雨量为293.5毫米,最丰沛年的年份为1937年,曾达476.2毫米,最旱年份为1939年,仅293.5毫米。6月至9月雨量较多,约占全年雨量的78%,因地近西北沙漠区,冬月雨水自极稀少。渭河流域雨量在500~600毫米之间,西安平均雨量为551.4毫米。最旱之年为1932年,降雨量仅为285.2毫米,尚不及陕北之半年。最高之年曾达817.2毫米,约为陕南之平年。4月至10月各在30毫米以上。8月降雨量最多,平均104.9毫米。6月至9月总降雨量占全年总量的64%,故春秋雨量高于陕北。汉水流域雨量平均在800~900毫米之间,愈往东愈有增加。南郑县年降雨量平均达800.5毫米,最丰沛年份曾达1196.1毫米,最旱年仅有586.7毫米,4月至10月各月雨量都在40毫米以上,6月至9月均在100毫米以上,6月至9月的总量占全年的69%。冬季雨水仍少。① 这是民国年间陕西各地降雨量的总体情况,与今天相比大体相当,如表1-1-2所示。

表1-1-2 民国年间陕西各地逐月及年平均降水量统计表

地区	月份	1	2	3	4	5	6	7	8	9	10	11	12	年总
榆林	平均	1.8	4.6	5.0	15.6	28.3	52.8	78.6	105.9	71.8	16.6	13.3	0.6	394.9
	最大	4.7	8.0	15.8	3.4	0.9	118.6	97.9	209.1	94.5	34.4	33.2	2.8	476.2
	最小	0.0	2.0	0.3	6.7	1.4	5.8	50.1	27.8	44.1	0.0	2.2	0.0	293.5

---

① 西安市档案馆编:《陕西经济十年(1931—1941)》,内部印行,1997年,第4页。

续表

地区	月份	1	2	3	4	5	6	7	8	9	10	11	12	年总
西安	平均	3.2	7.1	18.6	38.9	50.9	53.8	93.6	104.9	98.2	57.7	19.3	5.4	551.6
	最大	7.3	20.6	46.0	75.3	76.3	142.2	171.3	208.6	210.5	172.4	76.5	19.7	317.2
	最小	0.3	0.9	2.6	3.6	29.8	5.2	47.4	33.3	48.3	0.3	0.0	0.0	285.2
武功		2.6	13.3	20.9	53.0	33.1	67.6	105.9	119.2	108.4	40.8	13.0	6.6	584.4
商县		7.5	39.5	19.6	7.4	92.2	72.7	95.7	239.1	89.9	49.4	25.6		738.6
凤县		0.6	3.6	20.8	13.8	45.5	58.3	163.1	97.5	60.8	62.3	10.3		536.6
南郑	平均	1.3	12.7	15.8	40.3	74.7	100.8	158.1	128.5	151.5	83.6	17.9	5.4	800.5
	最大	2.2	28.0	32.8	57.6	108.5	188.4	220.0	169.9	309.3	210.5	35.1	14.5	1 196.1
	最小	0.3	3.2	6.3	22.4	28.9	20.3	95.4	47.2	61.0	25.2	3.8	0.1	586.7

说明：记录年份榆林为1935年6月至1940年5月；西安为1923年至1926年；武功为1935年至1939年；商县、凤县均为1939年9月至1940年8月；南郑为1935年6月至1940年5月。

（资料来源：西安市档案馆编：《陕西经济十年（1931—1941）》，内部印行，1997年，第5页。）

雨量的多少直接影响农作物在区域上的分布，据民国年间调查显示，"秦岭雨量在高处虽亦可达一千耗，但除造林外多无农作物可当。其南麓自西向东之七五〇耗等雨线，则为我国主要稻作物北界之一段。此线约自四川汉县东北入陕褒城，沿秦岭南麓东引经桐柏山沿淮河至海。此系纯就气候条件而言，实则农作物种类受地形之限制亦大，汉南气候虽宜稻作，然谷地狭窄，稻作面积不广。渭河区虽雨量大减，然南沿秦岭北麓之区，低地得山水积蓄之惠，水稻耕种亦颇可观。不过渭河区究以麦为主要农作物。其地春季干燥而夏季温度高，加以钙质土壤，故亦宜于棉作"[①]。这应是民国年间陕西农业经济地带性特征的直接表现。

三、水旱灾害与农牧条件

水旱灾害是影响农牧业生产的主要大敌，陕西位于西北地区的东部，具有典型的大陆性气候特征，天气干旱，降水量少，素有"五年一小旱，十年一大旱"之说。据不完全统计，从1840年到1949年的110年间，陕西省有旱灾记录的年份达81年，几乎年年有旱灾。其中发生10州县以上范围的干旱约有38次，平均每3年一次；发生全省性范围的大旱灾有38次，即1846年、1867年、1877

---

① 西安市档案馆编：《陕西经济十年（1931—1941）》，内部印行，1997年，第5页。

年、1892年、1900年、1920年、1929年和1941年,平均每14年一次;而发生范围超出本省,持续干旱时间在3年以上的特大旱灾竟达4次,即1877年、1900年、1920年和1929年,平均每28年一次。① 在近代一百年的时间里,破坏力最大的莫过于光绪三年至四年的"丁戊奇荒"(1877—1878年)与1929年(民国十八年)的大年馑。

"丁戊奇荒"发生在19世纪70年代后半期,历史上也称为北方五省大旱灾。旱灾席卷山西、河南、陕西、直隶、山东,并波及苏北、皖北、陇东和川北等地,为害之烈,为患之深,史所罕见。这次大旱灾主要发生于光绪三至四年,前后持续三四年之久,因这两年阴历干支纪年属丁丑、戊寅,故史称"丁戊奇荒"。"丁戊奇荒"受害最重的是山西和河南,但是陕西的灾情完全不亚于山西。光绪三年,山西、河南与陕西成为受灾的中心,史称其时陕西"旱灾与山西埒",②"赤地千里,几不知禾稼为何物矣"③。阎敬铭历陈山、陕、豫灾情,奏称:"窃照山、陕、豫三省,自光绪三年苦遭旱灾,历时既久,为地又广,死亡遍野,诚为二百年之所无。臣奉命查赈山西及陕之同州,尤为极重极惨。"④这次陕西大旱灾波及州县之多,受灾人口之众为史上所无,据学者统计,光绪三年陕西受灾86县,全省三分之二州县均囊括其中。光绪四年亦达55县,超过全省总州县一半以上。⑤ 关中地区是灾害的中心,有称当时"饥卒数十万,民倍之"⑥。陕西巡抚谭钟麟奏报,自10月7日(九月初一)至翌年7月(农历六月)底,"统计各属赈过极、次贫民男女大小三百一十四万口有奇"⑦。据《清史稿》记载,仅高陵县一县,"饿毙男妇三千人"⑧。同州府是此次受灾最重的地区,光绪《同州府续志》详细记载了本县光绪三年(1877年)的饥荒情形:"六月以来,民间葱、蒜、莱菔、黄花根皆以作饭,枣、柿甫结子即食屑,榆不弃粗皮,或造粉饼持卖,桃、杏、桑干叶、油楂、棉子、酸枣、麦壳、草亦磨为面,槐实、马兰根、干瓜皮即为佳品,苜蓿多冻干且死,乃掘其根,并棉花干叶与蓬蒿诸草子及遗根杂煮以食……牛马多杀,食鸡猪猫犬殆尽,捕鸠鹊,掘鼠兔,取断烂皮绳、鞋底、废皮浸煮醢糟曲尘,和为粥,或弃瓜蒂菜须尘土中,亦取以哝,绳头、破布、灰炭,皆强吞嚼。"⑨就这样,饥饿而死的百姓仍然数以千万计。醴泉县"饿死者山积,治城东门外掘两坑埋之,后称万人坑。始犹以席卷之,继一席卷两

---

① 李德民、周世春:《论陕西近代旱荒的影响及成因》,《西北大学学报(哲学社会科学版)》1994年第3期。
② 《陕西布政使蒋凝学神道碑》,《清朝碑传全集》补编卷十八,转引自李文海等:《近代中国灾荒纪年》(丁丑),湖南教育出版社,1990年,第373页。
③ 《谭钟麟传》,《清代七百名人传》上册,转自李文海等:《近代中国灾荒纪年》(丁丑),湖南教育出版社,1990年,第374页。
④ 《录副档》光绪五年五月十七日阎敬铭折,转引自李文海等:《近代中国灾荒纪年》(丁丑),湖南教育出版社,1990年,第373页。
⑤ 夏明方:《也谈"丁戊奇荒"》,《清史研究》1992年第4期。
⑥ 《陕西布政使蒋凝学神道碑》,《清朝碑传全集》补编卷十八,转引自李文海等:《近代中国灾荒纪年》(丁丑),湖南教育出版社,1990年,第373页。
⑦ 《光绪朝东华录》第一册,中华书局,1958年,总第677页。
⑧ 《清史稿》卷四十四,灾异五。
⑨ 光绪《同州府续志》卷十四,文征续录上。

人,终至无席。城隍庙、保安寺两处,稚儿耆者,填井为满"①。渭北各县,饥民"扶老携幼,百十成群,纷向清南各州县转徙流离","鹄面鸠形,奄然垂毙"②。而渭南各县饥民则"剥榆皮而啖之,人多黄瘦死,有坐官运亨通空屋待毙者"③。"丁戊奇荒"给陕西带来了重大的灾难,灾荒所带来的不仅是人口的流徙与死亡,同时也带来社会的动荡不安,地方暴乱、土匪横行,使陕西民众生活在水深火热之中。

"丁戊奇荒"以后,陕西并没有进入好的年景。19世纪末与20世纪之交,中国北方地区普遍灾害严重,1900年前后,也正是义和团运动与八国联军入侵之时,整个北方地区再次遍遭大旱,此次大旱以陕西和山西为最重,波及甘肃大部分地区,也被称为"庚子大旱"。旱灾从1899年延续到1901年。1899年,陕西已有20多个州县旱情严重,1900年蔓延至全省六七十个州县。此次旱灾还伴有霜冻等其他灾害,1899年,陕西17州县普降黑霜,秋禾大多冻萎。1900年,陕西又有15县遭遇霜灾。由于干旱、霜冻、冰雹的交替袭击,大大加大了陕西的受灾面积,当时仅凤翔县就有2.2万人死亡。

1929年大年馑是陕西历史上的又一次大灾难,其人口损失、社会影响远超过光绪三、四年间(1877、1878年)的"丁戊奇荒"。时人指出,陕西在这次大灾中的死亡人数"竟达250余万口之多"④,另有人推断"陕西在大灾荒中离村的人口当在200万左右,占全省人口六分之一"⑤。当代学者的研究则进一步显示,陕西省在这三年大荒中,沦为饿莩、死于疫病者,高达300多万人,流离失所的有600多万人,两者相加约占当时陕西全省1 300万人口的70%。⑥ 关中地区是陕西省的重灾区,陕西省赈务会于1930年公布数字显示,各县人口都比1928年有明显减少,共计减少739 722人。⑦ 另一份赈务机关的调查则显示,在这次灾荒中,关中37县共被拐卖妇女30余万人,死亡人口计90余万,迁逃人数70余万,另有待赈灾民3万人。⑧ 据相关学者研究,这一灾难是陕西持续近十年大旱的总爆发。

据陕西省气象局王玉辰研究认为,民国期间,1922年到1929年的8年中,每年都有干旱发生,只是发生时间和持续时间不同。1922年,9月降水14毫米,仅是正常年份同期雨量的十分之一,10月正值种麦时节,滴雨未落;11月降水1毫米,12月降水0.5毫米。在这种情况下,根本无法种麦,即使种下去,

---

① 民国《续修醴泉县志稿》卷十四。
② (清)柏景伟:《沣西草堂集》卷六,民国十三年金陵思过斋刊本。
③ 光绪《新续渭南县志》卷十一。
④ 康天国编:《西北最近十年来史料(1931年)》,沈云龙主编:《近代中国史料丛刊三编》第14辑,台湾文海出版社,1966年,第125页。
⑤ 吴天晖:《灾荒下中国农村人口与经济之动态》,《中山文化教育馆馆刊》4卷1期,1937年春季号。
⑥ 李文海等:《中国近代十大灾荒》,上海人民出版社,1994年,第174页。
⑦ 石笋:《陕西灾后的土地问题和农村新恐慌的展开》,《新创造》2卷,1—2合刊,1932年7月。
⑧ 朱世珩:《从中国人口说到陕西灾后人口》,《新陕西》1卷2期,1935年5月。

从播种到小麦越冬期间 1.5 毫米的降水也无法使小麦生长。据当时《秦中公报》报道："陕省（1922 年）自入秋以来，数月亢旱，河北（渭河以北）各县，二麦多未下种。"1922 年秋冬干旱之后，次年早春又继续干旱。1923 年 1 至 3 月降水量 9 毫米，偏少将近一半，造成"冬麦既无勃兴之象，春耕更乏播种之时"，春天"各县呈报灾民数目往往多至十万余以致二十余万"，即使只以关中计算，受灾人口也达六七百万之多了。

1923 年秋天，陕西又发生了秋冬春连旱。从该年 11 月到次年 4 月，总降水量仅 49 毫米，只是常年同期降水量的三分之一。虽然民国 1924 年 5 月有 75 毫米的降水，但为时太晚，无济于事，因而该年麦子歉收，成灾 40 余县。这期间，陕北和陕南也同样亢旱成灾，《秦中公报》载"自七年旧历八月至本年五月底，亢旱成灾，豌豆未收，播种停顿，洋芋已坏，红薯又不能栽，稻田未插秧者十之二三，已插秧而干旱成裂者十之八九。自七月初二日以后，酷阳肆虐，阴云不布，适值稻谷放穗，玉粒扣放之际，被此亢阳，概行焦槁"。可见陕南不仅秋冬春连旱，而且夏季也干旱。久旱之后，陕南在 1924 年的农历七八月又遭到猛烈的冰雹、暴雨袭击，于是，"前遭亢旱，近苦淫雨，收成绝望，饿殍载途"。

1925 年，陕北的干旱十分严重，自春至秋持续干旱，长城沿线已是禾苗枯槁殆尽，人畜同有饿毙之虞；陕北南部如洛川等地，秋禾每亩也只有二三斗的收获。关中、陕南继冬春干旱之后，夏季又暴雨成灾，侥幸活下来的禾苗经过几场暴雨之后，也荡然无存了。而且暴雨洪水泛滥成灾，冲毁庐舍，人们露宿待哺，凄惨之声，闻之"酸人鼻臆"。

从 1925 年 9 月到 1926 年 6 月发生了持续 300 天的大旱。300 天里总雨量仅 97 毫米，只有同期降水量的四分之一，饥荒十分严重。1927 年入春以后，降水一直偏少，到了秋季，干旱更加严重，冬麦基本没种。1928 年全年干旱严重，年总降水量 239 毫米，是 1921—1979 年近 60 年中最少的一年。据当年出版的《赈灾汇刊》记载，陕西省当时的旱情是："自春徂秋，滴雨未沾，井泉涸竭，泾、渭、汉、褒诸水，平日皆通舟楫，今年（按：1928 年）夏间断流，车马可由河道通行，多年老树大半枯萎，三道夏秋收成统计不到二成，秋季颗粒未登，春耕又届愈期，现时省会麦价每石增至三十元上下，其他边远交通滞碍之处，如定边、邠阳等处，麦每石六十元，尚无处可买。陕南各属更以历年捐派过重之故，现今告罄，人民无钱买粮，其余树皮草根采掘已尽，赤野千里，树多赤身枯槁，遍野苍凉，不忍目睹。"

1928 年种麦时节，旱象仍然十分严重，9 月降水 19 毫米，10 月降水 10 毫米，久旱之后，这一点雨只可湿尘，冬麦根本不能下种。1929 年 1 月到 5 月总雨量仅 36 毫米，1928 年到 1929 年冬小麦生育期总雨量仅 92 毫米，结果，该年夏季小麦全无收成，灾荒发展到了顶峰。

经过了8年的旱灾、水灾、雹灾,人们把凡是能塞进肚子的东西全吃光了,连不是食物的石面都吞下去了,当时有这样两句凄惨的歌谣:"朝起村头剥树皮,晚间锅底煮人肉。"1928年时,人们还在这块干旱的大地上挣扎,寻找着可以延续生命的东西,到了1929年,一批一批的人饿死了,于是侥幸活着的人撑着骨瘦如柴的身子逃荒了,饿殍载道,疮痍满目。①

表1-1-3　1922—1929年陕西各季旱情及持续时间统计表

年份	1922年					1923年					1924年					1925年				
季	冬	春	夏	秋	冬	冬	春	夏	秋	冬	冬	春	夏	秋	冬	冬	春	夏	秋	冬
旱				旱	旱		旱	旱	旱	旱		旱	旱	旱					旱	旱
天	210 天					450 天					120 天					300 天				
年份	1926年					1927年					1928年					1929年				
季	冬	春	夏	秋	冬	冬	春	夏	秋	冬	冬	春	夏	秋	冬	冬	春	夏	秋	冬
旱	旱	旱					旱	旱	旱			旱	旱	旱	旱	旱	旱	旱	旱	旱
天						210 天					630 天									

(资料来源:王玉辰:《关于民国十八年大旱》,《陕西气象》1980年第6期,第30页。)

通过以上考察可以看出,近代以来陕西是个多灾多难的地方,这一时期天灾不断,在整个陕西历史发展进程中都是一个特殊的历史时期。近一百年来这里经历着各种大的自然灾害的侵害,农牧业发展受到严重侵扰,人口损失极其惨重,社会动荡不安,农村经济趋于破产,这正是当时陕西经济的一个集中写照。

第二节　人文环境与政治格局

一、行政区划与人口民族

(一) 行政区划

清代陕西的行政区划为省级建制,省下设道,道之下置府或直隶州,府下又置州、县、厅,总计晚清时期陕西省共有7府5直隶州,下置73县5州8厅,②实际辖境与今大体相近,如图1-1-1、表1-1-4所示。

---

① 本部分参考王玉辰《关于民国十八年大旱》,《陕西气象》1980年第6期,第28—29页。
② 内阁印铸局:《职官录》,陕西省,宣统三年印行。

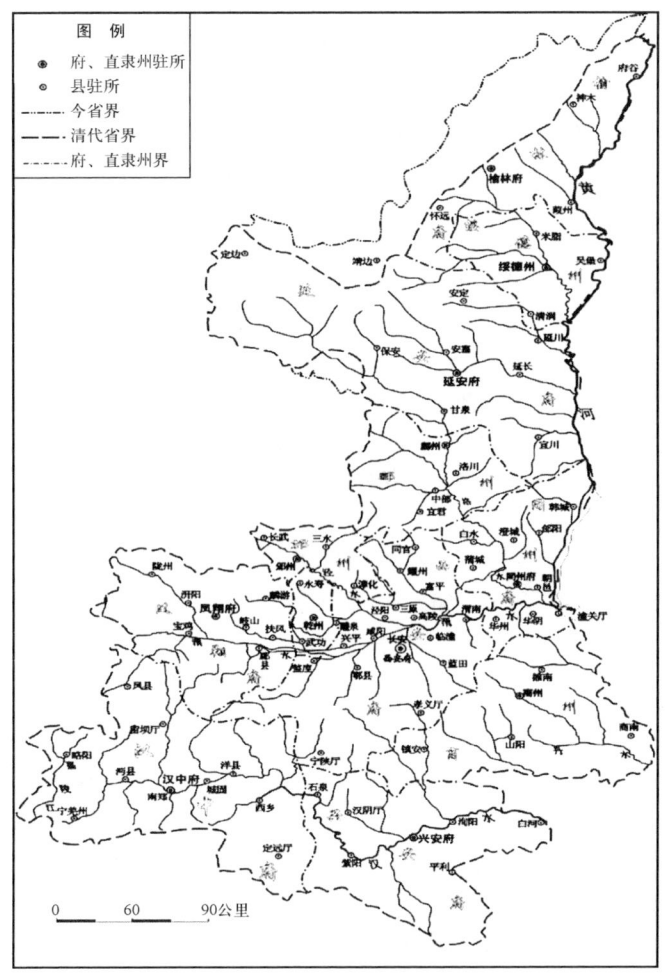

图1-1-1 清代陕西政区图

（资料来源：谭其骧主编：《中国历史地图集》，清时期，陕西，中国地图出版社，1987年，第26—27页。）

表1-1-4 清代陕西政区表

府	县（州、厅）
西安府（15县1州2厅）	长安县 咸宁县 咸阳县 兴平县 高陵县 鄠县（今户县） 蓝田县 泾阳县 三原县 盩厔县（今周至县） 渭南县 富平县 醴泉县（今礼泉县） 同官县（今铜川市） 临潼县 耀州（今耀县） 孝义厅（今柞水县） 宁陕厅（今宁陕县）
同州府（8县1州）	大荔县 朝邑县 郃阳县 澄城县 韩城县 华州（今华县） 华阴县 蒲城县 白水县 潼关县
凤翔府（7县1州）	凤翔县 岐山县 宝鸡县 扶风县 郿县 麟游县 汧阳县 陇州（今陇县）

续 表

府	县（州、厅）
乾州直隶州（2县1州）	乾州（今乾县） 武功县 永寿县
邠州直隶州（3县1州）	邠州（今彬县） 三水县（今旬邑县） 淳化县 长武县
延安府（10县）	肤施县（今延安市） 安塞县 甘泉县 安定县（今子长县） 保安县（今志丹县） 宜川县 延川县 延长县
榆林府（4县1州）	榆林县 怀远（今横山县） 神木县 府谷县 定边县 靖边县
鄜州直隶州（3县1州）	鄜州（今富县） 洛川县 中部（今黄陵县） 宜君县
绥德直隶州（3县2州）	绥德州 米脂县 清涧县 吴堡县 葭州（今佳县）
汉中府（8县1州3厅）	南郑县 褒城县 城固县 洋县 西乡县 凤县 沔县 略阳县 宁羌州（今宁强县） 佛坪厅 定远厅（今镇巴县） 留坝厅
兴安府（6县3厅）	安康县 平利县 洵阳县 白河县 紫阳县 石泉县 汉阴厅 镇坪厅 砖坪厅（岚皋县）
商州直隶州（4县1州）	商州 镇安县 雒南县 山阳县 商南县

1911年10月22日，陕西革命党人响应武昌起义，发动了陕西的新军起义，不久建立起新的革命武装。11月26日成立陕西军政府，设都督兼管民政事务。1912年7月正式设置民政长，为全省民政长官。1914年5月改民政长为巡按使，1916年7月，裁巡按使改设省长。[①]

自辛亥革命以后，陕西省与全国同步，在行政区划建置上实行了新的制度，废除清代各道的设置，将各府厅州全部改县。1913年3月，因清代旧有道区，设陕中、陕东、陕南、陕西、陕北5道，考虑到陕西省"地形南北广而东西狭，分设五道，殊形破碎"，于是陕西民政长拟裁东、西两道，上报内务府，得到批准，并就地理形势分为陕西中道、陕西北道、陕西南道3道，并调整各道辖县。1914年5月又改陕西中道为关中道，陕西南道为汉中道，陕西北道为榆林道。

表1-1-5　1913年3月陕西道县分区表

道	观察使驻地	县
陕中道	长安县	长安县 咸宁县 咸阳县 兴平县 高陵县 鄠县（今户县） 蓝田县 泾阳县 三原县 盩厔县（今周至县） 渭南县 富平县 醴泉县（今礼泉县） 同官（今铜川市） 临潼县 耀县 鄜县（今富县） 洛川县 中部县（今黄陵县） 宜君县

---

① 内阁印铸局：《职官任免月表》，第143页，宣统三年刊行。

续　表

道	观察使驻地	县
陕南道	南郑县	南郑县　褒城县　城固县　洋县　西乡县　沔县　略阳县　宁羌县(今宁强县)　佛坪县　定远县(今镇巴县)　留坝县　安康县　平利县　洵阳县　白河县　紫阳县　石泉县　汉阴县　砖坪县(岚皋县)　宁陕县
陕北道	榆林县	榆林县　怀远县(今横山县)　神木县　府谷县　定边县　靖边县　肤施县(今延安市)　安塞县　甘泉县　安定县(今子长县)　保安县(今志丹县)　延川县　延长县　绥德县　米脂县　清涧县　吴堡县　葭县(今佳县)
陕东道	潼关县	大荔县　朝邑县　郃阳县　澄城县　韩城县　华县　华阴县　蒲城县　白水县　潼关县　孝义县(今柞水县)　商县　镇安县　雒南县　山阳县　商南县　宜川县
陕西道	凤翔县	凤翔县　岐山县　宝鸡县　扶风县　郿县　麟游县　汧阳县　陇县　邠县(今彬县)　三水县(今旬邑县)　淳化县　长武县　乾县　武功县　永寿县　凤县

表1-1-6　1914年5月陕西道县分区表

道	观察使驻地	县
关中道(43县)	长安县	长安县　咸阳县　兴平县　高陵县　鄠县(今户县)　蓝田县　泾阳县　三原县　盩厔县(今周至县)　渭南县　富平县　醴泉县(今礼泉县)　同官县(今铜川市)　临潼县　耀县　凤翔县　岐山县　宝鸡县　扶风县　郿县　麟游县　汧阳县　陇县　邠县(今彬县)　三水县(今旬邑县)　淳化县　长武县　乾县　武功县　永寿县　大荔县　朝邑县　郃阳县　澄城县　韩城县　华县　华阴县　蒲城县　白水县　潼关县　柞水县　商县　雒南县
汉中道(24县)	南郑县	南郑县　褒城县　城固县　洋县　西乡县　沔县　略阳县　宁羌县(今宁强县)　佛坪县　定远县(今镇巴县)　留坝县　安康县　平利县　洵阳县　白河县　紫阳县　石泉县　汉阴县　砖坪县(岚皋县)　宁陕县　凤县　镇安县　山阳县　商南县
榆林道(23县)	榆林县	榆林县　怀远县(今横山县)　神木县　府谷县　定边县　靖边县　肤施县(今延安市)　安塞县　甘泉县　安定县(今子长县)　保安县(今志丹县)　延川县　延长县　绥德县　米脂县　清涧县　葭县(今佳县)　鄜县(今富县)　洛川县　中部县(今黄陵县)　宜君县　宜川县　吴堡县

　　北伐成功以后,国民政府废道而设行政督察区,1935年8月,全省划为榆林、绥德、洛川、商县、安康、南郑等6个行政督察区,每区设行政督察专员一位,位在各县

县长之上。1936年7月又增设第七区邠县区。① 1938年9月全省重新划分为10个行政督察区,中间各县虽有调整,但整体数量不变,直到抗战胜利以后,行政院于1947年6月,再次核准将全省划分为11个行政督察区,直至中华人民共和国成立前再无变化。

表1-1-7 1935年陕西行政督察区辖县统计表

行政督察区	专署驻地	辖县
榆林	榆林县	榆林县 横山县 神木县 府谷县 定边县 靖边县 米脂县 葭县
绥德	绥德县	绥德县 肤施县(今延安市) 安塞县 安定县(今子长县) 保安县(今志丹县) 延川县 延长县 清涧县 吴堡县
洛川	洛川县	洛川县 鄜县(今富县) 中部县(今黄陵县) 宜君县 宜川县 甘泉县
商县	商县	商县 雒南县 宁陕县 镇安县 山阳县 商南县 柞水县
安康	安康县	安康县 平利县 洵阳县 白河县 紫阳县 石泉县 汉阴县 镇坪县 岚皋县
南郑	南郑县	南郑县 褒城县 城固县 洋县 西乡县 沔县 略阳县 宁羌县(今宁强县) 佛坪县 镇巴县 留坝县 凤县

据清政府测定,陕西省面积为75 270方里,1934年《中国经济年鉴》记录,新测定陕西省域面积为195 076平方公里,相当于75 319平方英里,相当于587 975平方华里。②

表1-1-8 抗战胜利后陕西行政督察区辖县统计表

行政督察区	专署驻地	辖县
第一区	榆林县	榆林县 横山县 神木县 府谷县 定边县 靖边县 葭县
第二区	延安县	延安市 安塞县 甘泉县 保安县(今志丹县) 延长县 鄜县(今富县)
第三区	洛川县	洛川县 黄陵县 宜君县 宜川县 铜川县 黄龙治局
第四区	商县	柞水县 商县 雒南县 镇安县 山阳县 商南县 龙驹寨治局
第五区	安康县	安康县 平利县 洵阳县 白河县 紫阳县 石泉县 汉阴县 镇坪县 岚皋县 宁陕县

---

① 《国民政府公报》第2098号,1936年7月13日,第9页。
② 西安市档案馆编:《陕西经济十年(1931—1941)》,内部印行,1997年,第6页。

续 表

行政督察区	专署驻地	辖 县
第六区	南郑县	南郑县 褒城县 城固县 洋县 西乡县 沔县 略阳县 宁强县 佛坪县 镇巴县 留坝县 凤县
第七区	邠县	邠县（今彬县） 栒邑县（今旬邑县） 淳化县 长武县 乾县 武功县 永寿县 醴泉县（今礼泉县）
第八区	大荔县	大荔县 朝邑县 郃阳县 澄城县 韩城县 华县 华阴县 蒲城县 白水县 潼关县 渭南县 平民县
第九区	宝鸡县	凤翔县 岐山县 宝鸡县 扶风县 郿县 麟游县 汧阳县 陇县 武功县 盩厔县（今周至县）
第十区	咸阳县	长安县 咸阳县 兴平县 高陵县 鄠县（今户县） 蓝田县 泾阳县 三原县 富平县 临潼县 耀县
第十一区	绥德县	绥德县 安定县（今子长县） 延川县 清涧县 吴堡县 米脂县

（二）人口规模

晚清时期陕西的人口经过同光两朝的太平军与西捻军入陕、陕甘回民起义以及丁戊奇荒等战争与自然灾害的破坏，较中期有明显的下降。就目前相关统计资料，如光绪年间的《户部清册》、《清史稿·地理志》等统计，陕西人口大体均在800万到850万人之间。① 但经多数学者考证，其准确性非常差，大体估算在宣统末年，陕西人口当在1 059万至1 096万人之间。②

表1-1-9 清末民国陕西历年人口统计表

年 份	户 数	口 数	男 性	女 性	公布者
1911年	1 605 342	8 074 013	4 403 501	3 670 512	民政部
1912年	1 635 988	9 363 860	5 268 761	4 095 099	内务部
1913年	1 730 988	9 369 160	5 269 061	4 100 099	内务部
1919年		9 465 558			邮政局
1921年		7 600 000			海关
1922年		9 465 558			邮政局
1924年		21 193 351			自治筹备处
1925年		17 222 571			邮政局
1928年	2 042 903	11 802 446	6 593 175	5 209 271	内政部
1930年		10 757 007			内政部

---

① 薛平拴：《陕西历史人口地理》，人民出版社，2001年，第213页。
② 薛平拴：《陕西历史人口地理》，人民出版社，2001年，第216页。

续 表

年 份	户 数	口 数	男 性	女 性	公布者
1924 年	1 711 732	9 930 248	5 493 232	4 437 052	邮政局
1936 年		10 242 172			内政部
1937 年	1 904 800	10 151 563	5 565 554	4 586 009	民政厅
1938 年	1 852 721	10 034 075	5 491 893	4 542 182	民政厅

（资料来源：西安市档案馆编：《陕西经济十年（1931—1941）》，内部印行，1997 年，第 6 页。）

民国时期，陕西省人口总数约为 1 000 万，历年增长减少的情况。陕西人口的地域分布，以关中平原区为最高，约占全省总人口的 55%，也就是说，民国时期的关中地区人口在 550 万人左右，而面积仅占全省总面积的 20%；陕南次之，约占全省总人口的 35%；陕北又次之，约占全省总人口的 10%。不得不承认，在近现代社会转型过程中，一定数量的人口和具备相应文化水平与生产力水平的劳动力的存在，仍然是经济社会发展的一个衡量指标。显然，民国时期关中地区的人口和劳动力数量稍显不足。

表 1-1-10　民国时期陕西人口变化表

年 份	户 数	人 口 数
1936 年	1 711 732	9 930 275
1937 年	1 904 800	10 151 563
1938 年	1 852 721	10 034 075
1939 年	1 926 125	9 265 753
1940 年	1 886 278	9 111 585
1941 年	1 992 891	9 235 599
1942 年	2 006 696	9 370 002
1943 年	1 996 936	9 228 457
1944 年	1 999 548	9 374 844
1945 年	2 031 587	9 357 400
1946 年	1 998 520	9 750 850
1947 年	2 228 182	10 803 199

（资料来源：黎小苏：《陕西经济概况》，《西北经济》第 1 卷第 1 期，1948 年。）

二、政治变动与社会环境

（一）近代陕西的政权更迭

近代陕西的政治变动是与全国相同步的。自道光二十年（1840 年）鸦片战争以后，中国就面临着内忧外患的局势，而直接影响到陕西政治变动的事件就数八国联军入侵北京后的慈禧西逃了。

光绪二十六年(1900年)七月，八国联军攻入北京，慈禧太后带着光绪和载漪、大阿哥等亲贵大臣，化装成老百姓，仓皇出德胜门，一路逃至西安。慈禧西逃西安给陕西的政治带来极大的影响，也成为西北地区百姓的一个灾难。

慈禧未到西安之前，即令陕西巡抚修建行宫，按照皇家规制，作"迎驾"准备。因行程仓促，到达时"行宫"尚未竣工。于是陕西当局腾出总督衙门，将之修饰一新，暂作"行宫"使用。但慈禧嫌其不敷，改住抚署，于是又强拆民房，大兴土木，广招各地工匠，一切仿照北京的式样，雕梁画栋，重新加以修筑。

为供应前来西安的皇亲国戚日常开销，慈禧传旨各省饷贡全部送到西安。于是，前来西安送粮饷的车辆人马昼夜不绝，各省大小官员的贡品更是络绎不绝。慈禧留西安虽仅年余，各地进贡的礼财竟达白银600万到700万两。西安地处西北，西北各省的饷贡自然占有很大份额，给本来就十分贫穷的西北人民带来了沉重的负担。由于西北地区土地贫瘠，财力有限，于是秦、晋等省在慈禧的允许下，只好卖官捐输，分别等差。于是卖官鬻爵之风大兴。有的"富商巨室，拥有多金者，襁褓中乳臭物，莫不红顶翠翎，捐侯纳道，加二品顶戴，并花翎也"①。有的有钱人家妇女花10万两白银，可以买到"贞节"以及"乐善好施"等牌坊，得到一品、二品夫人的封典。

慈禧回銮时，沿途所经道路，均铺上黄沙。铺沙每里约需白银20两。此外，每30里设一"行宫"，所过村镇，两旁店铺结彩悬灯，设立香案，摆放糖果饼饵，供扈从人员随时享用。"东驾至临潼，县令夏良才以供应获谴，于是郡县承风，各除道，缮治宫室，设厨传，修寺观神祠以侍奉，作者数万人，费亦名数十巨万，大兴兵卫，道死者相望……一驿之费，几五万金。"②据统计，"回銮"皇差共开支190万两白银，地方支应尚未计入其中。在返京途中，太监与兵丁大肆抢劫土特产，置办行装，见车征车，见人抓人，搅得鸡犬不宁，致使老百姓不堪滋扰，地方官胆战心惊。③

义和团运动与八国联军侵华，使清王朝遭受了一次沉重的打击，以慈禧为代表的清王朝不得不改弦更张，进行所谓的变法维新。光绪二十六年(1900年)底，逃到西安的慈禧太后授意，以光绪帝的名义发布上谕，实行"新政"。④ 这些新政包括教育体系的改革以及开办实业等，对陕西的政治影响较大的就是地方自治与预备立宪等事宜。

君主立宪是康梁维新变法时就已提出的政治改革方向，由于保守派大臣的反对，维新变法流产。义和团运动与八国联军侵华进一步促动清王朝新一轮的改革

---

① 徐珂：《清稗类钞》第4册，中华书局，1984年，第31页。
② 翦伯赞主编：《中国近代史资料丛刊·义和团》，神州国光社，1951年，第42页。
③ 参见秦晖等著：《陕西通史·明清卷》，陕西师范大学，1997年，第411—421页。
④ 《清德宗实录》卷四百七十六，第4页。

步骤,实行君主立宪成为政治改革的首要内容。光绪三十四年(1909年)十月,陕西巡抚恩寿按照清政府颁布的《钦定咨议局章程》《咨议局议员选举章程》,在西安设立了咨议局筹办处,酝酿选举事宜。经过一年的筹备,于次年十月正式选出咨议局议员36名,推举王锡侯为议长,郭希仁、李桐轩为副议长。这些议员大多是省内素著名望的士绅、富商与归国留学生,且许多是热衷于立宪的人士,甚至同盟会员,因此陕西省咨议局在一定程度上成为当时反映民意,引发社会舆论,在政治上有一定影响的激进机构。宣统二年(1910年)五月九日,江苏咨议局议长、著名立宪派首领张謇召集16省咨议局代表在上海开会,成立国会请愿同志会,要求清廷速开国会。陕西咨议局也随即成立了"国会请愿分会",郭锡仁等为赴京请愿代表,二次赴京请愿,后请愿失败,他们回陕后积极联络党人,发动群众,准备反清事宜。

1911年10月10日,震撼全国的武昌起义爆发,紧接着,各省的武装起义风起云涌,革命风暴很快席卷了全国。陕西是最早响应武昌起义的省份之一。1911年10月22日陕西革命党人发动武装起义,推举张凤翙为临时统领,仿照湖北义军名号,成立秦陇复汉军,两日内即拿下西安,攻占满城,西安将军文瑞投井自杀,西安光复。12月9日,陕西军政府接受南京临时政府命令,中华民国军政府将"秦陇复汉军政府大统领"改称为"中华民国秦军政府大都督"。西安起义胜利后,各县也纷纷响应,各地革命党人、进步人士及哥老会等会党也组织武装力量,驱逐清朝官吏,宣布光复,因此除少数州县外,陕西大部分州县都在很短的时间内实现光复。

虽然辛亥革命推翻了清朝的统治,但是胜利果实却被袁世凯窃取,孙中山被迫辞去中华民国临时大总统职务,1912年2月南京临时参议院选举袁世凯为中华民国临时大总统。袁世凯上台以后,为培植个人势力,筑固已有政权基础,进一步瓦解革命党人,对各地新生政权采取了限制与打击的政策。1914年,袁世凯派其亲信北京军政执法处处长陆建章赴陕,任命其为第七师师长兼剿匪司令,以追击白朗义军为名,并借口张凤翙剿匪不利,免去其陕西都督的职务,以虚衔召入北京。陆建章任陕西督军后,打击革命党,排挤陕西地方势力,使陕西直接成为北洋军阀控制的地方,从此陕西处于北洋军阀的统治之下。

陆建章,字郎斋,安徽蒙城人,督陕后,为排除异己,巩固北洋军阀的统治,军政机关皆用皖籍,致使陕西政治腐败,苛捐杂税繁多,民不聊生。1915年袁世凯帝制议起,陆建章马上追随,进行劝进活动,12月袁世凯称帝,陆建章又积极拥戴。帝制一起,激起全国讨袁风潮,陕西革命党人奔走联络,也进行了讨袁逐陆的活动。从1916年初,从渭北到西安,反袁护国活动不断高涨,1916年5月陈树藩就任陕西护国军总司令,通电全国宣布陕西独立,陈树藩成为陕西督军,并掌握了全省的军政大权。

陈树藩,字伯生,陕西安康人,保定陆军学堂毕业,辛亥西安举义后,加入同盟会,不久任秦陇复汉军政府东路节度使。陆建章督陕,他极力讨好陆建章,取得陆的信任，并在全国讨袁声势高涨时，借反袁逐陆势力打倒陆建章，夺取了陕西军政大权。陈树藩攫取了陕西军政大权后，一心巩固个人地位，无心反袁护国，表示效忠北洋政府，1916年6月段祺瑞发布命令，任命陈为"汉武将军"，督理陕西军务兼任陕西省省长，完全掌握了全省军政大权。陈树藩督陕，陕西的政治更加黑暗，他限制舆论，压制革命势力，专制独裁。为拉拢关系贿赂各方，他在经济上横征暴敛，鼓励鸦片种植。陈树藩在任的五年中，陕西鸦片泛滥，吸毒成风，民风败坏，土匪横行，农村经济趋于破产，他也成为陕西历史上最遭人痛恨的督军。

1921年6月，阎相文率冯玉祥部攻占西安，陈树藩被赶出了陕西，阎相文就任陕西督军，但时隔不久即自杀而死，从此陕西进入国民政府前长达6年的军阀混战时期，其间冯玉祥（1921年8月—1922年4月）、刘镇华（1922年5月—1925年2月）、吴新田（1925年2月—7月）、孙岳（1925年8月—1926年1月）、李虎臣（1926年1月—11月）轮番督陕，陕西省政权进入频繁更迭的阶段，军阀混战，民不聊生成为这一时期陕西政治经济状况的集中写照。

1927年南京国民政府建立以后，蒋介石成为国民政府主席。冯玉祥追随蒋介石在豫陕甘"清党"反共后，经国民党中央政治委员会开封政治会议决议以石敬亭、岳维峻、邓宝珊等11人组织陕西省政府，并以石敬亭为主席，1927年10月南京政府又任命于右任为陕西省主席，于右任未就任，以宋哲元代理陕西省主席。宋哲元执政期间，在陕西省改良民风，发展经济方面采取了一些措施，陕西也在冯玉祥部的攻战之下，于1929年实现了陕西的统一。1930年到1937年抗战前，杨虎城、邵力子相继任陕西省主席，在陕西的经济与文化建设上投入了一定精力，为促进陕西的经济发展做了一定的实事。

抗日战争爆发后，陕西成为国民政府的大后方，为保证军需供应与后备力量，国民政府更加重视西北的经济开发与地方建设，这期间陕西省主席分别由孙蔚如（1937年1月—1938年6月）、蒋鼎文（1938年6月—1941年6月）、熊斌（1941年6月—1944年3月）、祝绍周（1944年3月—1948年7月）担任。这四位省主席大多忠实国民党中央和国民政府的抗战政策，建设陕西，支援前线，这一时期也成为陕西现代工业与水利事业发展的最重要的阶段。

（二）民变、匪患与民族冲突

从近代陕西的政治变动我们可以看到，近代以来陕西一直处于多灾多难的政治环境之中，政治上的动荡进一步造成经济上的衰败，从而使阶级与民族矛盾也不断激化升级，因此，近代以来陕西的民族冲突、兵变匪患与民众暴乱也非常突出，对陕西经济的发展造成极其恶劣的影响，陕西民众为此付出了惨重的代价。

自《辛丑条约》签订以后，清政府即开始了长达数年的庚子赔款过程。为负担这一巨额赔款，清政府只能将之分诸各省，大大加重了民众的经济负担。按照清政府规定，庚子赔款分摊到陕西的赔款额度是白银60万两。西北各省经济本十分落后,但仍要分担巨额的庚子赔款,再加上清末举办的"新政"开支巨大,财政上更是捉襟见肘。据不完全统计,陕西除分担的庚子赔款外,加上三边教案赔款、支持"新政"军饷等,年支达白银92万两之多,其他如办学堂、警察、邮电、铁路等开支,为数更大。地方政府只能通过田赋加征、盐斤加价、苛捐杂税等手段进行搜刮。陕西本不富裕,这样的苛税终于酿成了同治年间的陕西回民起义。

进入民国以后,陕西天灾人祸不断。国民政府初期,陕西当局政治极为混乱,战事连绵,1927年和1928年,冯玉祥率军统一陕西,战争遍及20余县,或坚城据守,或猛烈攻击,村落悉成战垒,城市夷为废墟。百姓扶老携幼,匍匐逃窜,颠沛之状不忍目睹。[①] 流民演变成土匪,地方社会混乱不堪。据《陕西省政府公报》披露:20世纪20年代末,在陕西的92个县中,86个县不同程度存在匪患,其中匪患严重的县多达34个。到了30年代,陕西几乎无地无时没有匪患,整个陕西成了土匪世界。[②] 永寿县土匪王吉子有长枪1 400支,盒子枪140支,横行于醴泉、乾县、永寿等地。王吉子攻下永寿县城后,烧杀抢劫,无所不为,破坏极惨,县城被迫迁至监军镇。到1933年,旧永寿县城只剩下8户居民(其中也有天灾因素)。[③] 土匪横行,居民一夕数惊,饱受蹂躏,往往大雪严冬,民众依然不敢家居,食寝皆危。据查1931年陕甘因逃避匪祸,冻毙于冰雪地者达数十万。陕西土匪不仅烧杀抢劫民众,也杀官吏,抢富人洋人。凡此都直接威胁当局的统治,因此,从20世纪20年代初开始,陕西省政府就先后公布各种法规法令,并下令军队进行剿办,限期肃清匪患。但是直到1939年底,才基本肃清陕西境内的大部分匪患。由此看来,在国民政府初期,陕西匪患非常严重。

政局不稳,经济自难发展,从以上分析可以看出,近代陕西社会发展极不平靖,对经济发展也造成了巨大的破坏。

---

① 宋仲福主编:《西北通史》第五卷,兰州大学出版社,2005年,第358页。
② 宋仲福主编:《西北通史》第五卷,兰州大学出版社,2005年,第358页。
③ 顾执中、陆诒:《到青海去》,商务印书馆,1934年,第21页。

第二章 近代陕西农业发展及其结构性变迁

第一节 农业资源与农业设施改进

近代陕西农业经济的发展受天灾人祸的影响,农业经济一直处于低迷状态。究其原因,一方面由于政府政治黑暗,导致各地频繁不断的农民起义,直接影响到陕西的经济发展。太平天国起义军占据了江南最富庶的地区,清政府财政收入剧减,由此加大对各地搜刮的力度。陕西是清政府重要的财源之一。史载:"陕西为财赋之邦,西、同、凤三府又为菁华荟萃,近年用兵各省,皆借陕省协饷聊以支持,即京饷巨款亦多取盈于此。"①中英、中法《北京条约》规定清廷赔偿英、法军费白银各800万两,山、陕两省各分摊30万两,这些负担不断地加派到陕西人民头上。咸丰六年(1856年)以后,关中、陕南连续三年旱、蝗灾害,粮食减产,人口流徙。同治元年(1862年)春,川滇农民起义军蓝大顺所部攻入陕南。同年太平天国军队又进入关中,席卷各州县。同治五年(1866年)西捻军再度攻入陕西。第二年陕西本省又发生了气势很大的回民起义。连续不断的天灾人祸造成陕西人口流失,经济发展中断。进入民国以后更是战乱不断,土匪横行,人口剧减不说,土地荒芜也成为历史上最严重的时期。据民国史籍记载:"关中区各县,除韩城西乡山地尚多未垦外,大多皆属已垦,其未垦之地,不及全面积百分之二三。但榆林区各县之未垦地,如肤施、宜川占全面积百分之六七十,宜君、中部、延长,占百分之四五十,甘泉则竟逾百分之九十以上,均属已垦地少于未垦地者也。但所谓未垦地,并非不毛之地,十之八九皆能生产,并可耕种,内中且有曾经垦熟,因遭变土地荒废者。闻同治六年遭回乱大屠杀,光绪元年至三年(按:1875—1877年)大荒,继以疫病,民国五年六年(按:1916—1917年)土匪滋扰,十七年(按:1918年)又有大旱之虐,天灾人祸,连续不断,以致人口日稀,而地多荒弃耳。"②由于荒地较多,故当时政府多致力于土地的垦殖。

一、农业新垦区的开辟

既然荒地多,垦荒运动也就成为近代陕西农业发展的一个重要环节。晚清时期,由于政局动荡,政府多无暇顾及农业生产,因此,农业发展也受到很大限制。进入民国以后,陕西新垦区的设置成为这一时期最有成效的农业发展步骤。抗战以前

---

① 民国《续修陕西通志稿》卷二百零一,文征。
② 陇海铁路管理局编:《陕西实业考察》农林,四,考察陕北农林情形,土地,汉文正楷印书局,1933年,第67页。

表 1-2-1 陕北河川经过各县之已垦及未垦地

县名	已垦地							未垦地					
	占全面积比重(%)	原地		川地		坡地		占全面积比重(%)	可生产之未垦地		不能生产之未垦地		可生产未垦地中之可耕地	
		占耕地比重(%)	地势	占耕地比重(%)	地势	占耕地比重(%)	地势		占未垦地比重(%)	地势	占未垦地比重(%)	不能生产原因	占未垦地比重(%)	未垦殖原因
宜君	60	28	高原	12	沿河川	60	山坡	40	15	高山	—	—	30	人口稀少
中部诸县	50	80	高原	10	沿河川	10	山坡	50	10	山坡	90	陡山峻石	10	土匪多
洛川	84	98	高原	2	沿河川			16	100	山地	—	—	50	深山匪多
鄜县	60	50	高原	20	沿河川	30	山坡	40	70	山坡	30	平川山坡	60	人少匪多
甘泉	4	2	山巅平地	80	沿河川	18	山坡	96	100	山坡			30	人稀
延长	33	—	—	30	沿河川	70	山坡	67	100	山坡			70	人稀
宜川	50	6	山巅	4	沿河川	90	山坡	50	98	山坡	2	峭壁	70	人稀
	30	25	高原	15	沿河川	60	山坡	70	100	山地			70	人稀匪多

(资料来源：陇海铁路管理局编：《陕西实业考察》，农林，四·考察陕北农林情形，土地，汉文正楷印书局，1933年，第69页。)

历届陕西政府已着手相关工作，抗战以后由于移民增多，粮食的需求量也大大增加，故相关工作进一步发展，取得了更大的成效。大抵来讲，陕西地区开辟最早的垦区为黄龙山垦区，以后又开辟了千山、黎坪、马栏、太白山麓等垦区，国民政府还在此特设垦荒委员会以董其事，1939年4月又将垦荒委员会改组为垦务委员会负责进行。

黄龙山垦区大致分布在今天的黄陵县境内，南起白水县纵目岭，北至甘泉县临真川，东至黄河西岸，西至洛川栏河山，长300余里，宽140～150里，总面积约45 000平方公里。就当时统计，其中可垦荒地大约在240万亩。1934年，陕西当局筹划兵工屯垦，曾成立黄龙山屯垦局，在韩城的柳川区试办，但收效甚微。抗日军兴以后，政府再委认该区筹办人员于1938年1月开始利用难民移垦，垦荒经费由省政府自筹。当年冬季，国民政府又迁移送黄河灾区难民1万余人前往安置，于是政府专门为该垦区拨款费20万元，安置贫民进行垦殖。1939年3、4月间，国民政府再次拨给该垦区耕牛、农具、种子,并款项 11 万 1 千元,经此改变,国民政府将这一垦区收归国营,委派区管理局负责人,于 5 月在西安成立办事处,7 月底接收完成。至 1941 年总计先后收容垦民 26 000 余人,垦熟荒地约 16 万亩。

千山垦区自陇县东北部起,经千阳、凤翔、岐山以北及麟游全境至长武、永寿、邠县、乾县等地,东西长约 200 里,南北宽约 100 里,总面积约 700 万亩,可垦荒地包括原地约 10 万亩,山坡梯田约 40 万亩,共约 50 万亩。1938 年 7 月,由经济部派员勘查,划定凤翔北部与千阳麟游交界处的荒地为第一期施垦范围,可垦荒地约 20 万亩,10 月国民政府又核定逐渐扩充。

黎坪垦区东起褒城黄官岭,西至广元三道河,南至南江白头潭,北至宁强元坝子,为四方形,黎坪在其中央,面积共 6 971.496 平方里,合 2 614.311 亩。1934 年沔县驻军会往屯垦,嗣因他调,沦为匪窟。1936 年政府议设黎坪设治局,勘定界址。1938 年黎坪垦区调查团按其地形划为冷区、黎坪区、元坝区、庙垦区,除可垦之荒坡 10 万亩外,平原熟荒约有 2.4 万亩,均系私荒,可容垦民 1 000 余人。

马栏垦区北界富县,南接同官、耀县、洵邑,东毗中部、宜君,西邻甘肃,包含宜君县马栏镇,中部县的土轸,富县槐树庄,南北长约 300 余里,东西宽 4～50 里至 100 里不等,总面积 2 万余平方里,可垦荒地最少在 200 万亩左右。

太白山麓垦区东起周至之黑峪,西连宝鸡县境,长约 150 里,南起太白山,北至终南山口,宽为 3～40 里至 6～70 里不等。总面积约 7 000 平方里,可垦荒地约 15 万亩。1939 年秋,垦务委员会拟定初步移垦实施计划及所需经费概算,呈请省政府核转中央拨款兴办。后因国民政府来电停运河南难民,垦区也奉令缓办。

其他还有一些非正式的垦区,如扶眉垦区、泾阳嵯峨山垦区、陇县杜阳垦区等,均经规划,实行垦荒。[①]

二、农业品种改良与近代农业技术的运用

农业品种改良与技术革新是农业近代化的一个重要表现,传统时期农业的技术改进一般都是自发性和经验性的,而"现代的技术,刚好相反,一般并非由农民本人,而是由有训练的专家作出的"[②]。陕西农业的近代化也是基于此而逐步发展起来的,尤其民国以后,陕西省的麦棉品种改良与技术革新一直走在全国的前列。

陕西的农业品种改良首先是从棉花品种引种开始的,这种棉花良种引种在晚清时期就已开始。19 世纪末 20 世纪初,陕西鄠县、泾阳等县开始引种美国"陆地

[①] 参西安市档案馆编:《陕西经济十年(1931—1941)》,内部印行,1997 年,第 41 页。
[②] (美) 德·希·帕金斯著,宋海文等译:《中国农业的发展:1368—1968》,上海译文出版社,1984 年。

棉",经过试种,取得成功,不仅单位面积产量提高,而且这种"陆地棉"为长绒棉,适合机器纺织,为关中棉花产业化与商品化提供了重要条件,以后关中各县争相播种,影响很大。然而,这次的新棉种引种推广仍是在棉农自发接受的基础上,依传统方法进行,缺乏科学的指导和管理,不注意驯化与保纯。到民国初年,棉种逐渐退化,产量、品质反不如中国棉,最后不得不以失败告终。然而,正因为此次棉花良种引种的失败,才引起陕西农业对品种改良的重视,并积累了技术经验。

进入民国以后,陕西各地更加注意农业品种的改良与技术革新,因此各地农业改良试验场所不断出现,遍及关中、陕北与陕南(参见表1-2-2)。

表1-2-2 民国时期陕西各县农棉试验场统计表

时间	地点	试验场	占地(亩)	种植	经理工人	年经费(元)
1913年	陇县西关老营盘	陇县农棉试验场	平原地28亩	金色稷、银色稷、大根稷、棉和秦椒	3、2	960 县筹
1920年3月	千阳县南关	千阳县农棉试验场	平原地5亩	种旱稷1亩、棉花、小麦各2亩	1、1	360 县筹
1923年1月	县城西北门内	咸阳县农棉试验场	平原地11亩	棉花3亩,小麦和玉米各2亩	1、2	500 县筹
1924年4月	县南关外	宝鸡县棉场	平原地12亩	脱里斯棉和金斯棉各6亩	1、1	264 建设局付
1924年6月	县城西南	朝邑县农事试验场	平原地26亩	东、西洋小麦、美国、德国豌豆等	1、2	500 县筹
1926年2月	县城南关	韩城县农棉试验场	平原地12亩	小麦、大麦、玉米和关棉	工人3名	150 县筹
1927年2月	县城以东	朝邑县棉业试验场	平原地30亩	美棉12亩、德棉10亩、中棉8亩	1、2	340 县筹
1928年3月	县东旧营内街	长武县中心棉场	平原地6亩	全部种植棉花	1、2	130 县筹
1928年3月	县东旧镇署	榆林县农棉试验场	平原地46亩	大麦、球茎甘兰和绿豆	1、2	300 县筹
1928年3月	城内东北	定边县农棉试验场	平原地12亩	小麦、豌豆和玉蜀稷	1、1	150 县筹

续　表

时　间	地　点	试验场	占地（亩）	种　植	经理工人	年经费（元）
1928年5月	县西北上康沟	白水县第一棉场	平原地21亩	美棉、中棉各10亩	1、2	96 县筹
1928年11月	县北泰山庙	同官县农棉试验场	平原地50亩	小麦、大麦、棉花、水稻和豆类	1、3	无经费
1928年	县东关	大荔县农棉试验场	平原地50亩	棉30亩，麦10亩	2、3	1 200 县筹
1928年	县南关外	富县农棉试验场	平原地20亩	稷15亩，棉花5亩	1、1	27 县筹
1929年2月	县西关外	南郑县县立农场	平原地33亩	棉17亩，蔬菜12亩，花卉和果树各2亩	3、2	960 县筹
1929年3月	县城西关外	三原县农棉试验场	平原地15亩	德棉、美棉和中棉	1、1	无经费
1929年3月	县西关外教场地	岐山县农棉试验场	平原地26亩	棉花、麦类和玉米	1、1	县筹
1929年4月	县南关	眉县农棉试验场		棉、谷各6亩	2、3	30 县筹
1929年	县城东关	周至县农棉试验场	平原地	德棉、美棉、中棉和其他农产	1、2	400 县筹
1930年1月	县西门外西沟内	洛川县农事试验场	灌地10亩	谷类、麦类、玉米、黄豆、稷和蔬菜	1、1	200 县筹
1930年3月	西场教滩	宜川县农棉试验场	平原地11亩	种棉10亩	1、1	84 建设局付
1930年3月	县马公祠东侧	勉县棉业场	平原地20亩	种植美棉、中棉各10亩	1、5	300 县筹
1930年6月	县治南门外	合阳县农棉试验场	平原地50亩	种植麦类和杂豆	1、2	360 县筹
1930年	县东山寺	延川县棉场	平原地7亩	全部种植棉花	工人2人	120 县筹

（资料来源：张学敏：《民国二年至十九年陕西的棉农试验场》，《陕西农业科学》1989年第2期，第37—38页。）

这些农棉试验场虽面积不大,投资有限,但分布广泛。总体来说,1929年以前陕西并没有进入实质性农棉品种改良的阶段,直到1931年以后,陕西的农试才真正取得了实质性进展。

1931年12月,陕西省建设厅成立农业推广委员会,派员赴长安、临潼等五县,督导人民组织信用消费及灌溉等合作社,并示范农田适肥施用等事宜。在长安何家村组设新农村,以资提倡。1933年8月在长安第二区土门村举办示范农田,1935年8月又在长安县第六区韦曲镇增辟示范农田。1936年麦苗因奇热奇冷的缘故,收成大为减色,惟示范农田借适肥之保温,收成特优。关于选种方面,建厅曾于1934年令省农事试验场,将蓝花小麦五十石贷给长安县未央区合作社播种。1935年除将上年贷出数量转发外,并将该场所产二代蓝花小麦十八石全部贷出,以便推广并期望得到普遍改良,只是数量有限,收数不多。①

陕西除小麦外,棉种改良所占比重最大。1934年陕西棉产改进所成立,为推广棉业,在泾阳杨梧村设立棉作试验场,大荔边张营设立分场。泾阳棉场偏重试验研究,大荔分场偏重繁殖良种。在高陵县康桥马村,租地设立繁殖场,以备繁殖良种。至1936年,繁殖良种有四号斯字棉1 160亩,德字棉1 400亩,脱字棉1 500亩,灵宝棉750亩。陕西棉田经其倡导,历年均有增加。皮棉产额也由五十余万担增至百万担。除以上棉种试验外,该所还致力于推广优良棉种,自1934年起在关中一带,推广脱字棉、灵宝棉。至1936年,经两年试验,知斯字棉、德字棉适合本省种植,其品质产量尤较脱字棉、灵宝棉为佳,业已购得该种,分别繁殖,预计至1938年斯字棉种可达十万亩,德字棉种可达八万亩。

在积极引进美棉的同时,陕西农业专家也尝试着培育自己的棉花品种,较成功者有如下数例。俞氏"鸡腿德字棉":1936年,陕西农学家俞启葆用农家品种"鸡腿棉"与"531号德字棉"杂交而成。该品种保留了"鸡腿棉"的叶形,避免了卷叶虫之害;植株外形与亲种"531号德字棉"相似,铃比"531号德字棉"稍大,每98铃可得籽棉0.5公斤,纤维长33.6毫米,成熟较早,其产量与各个德字棉品系比较均列第一。②泾斯棉:陕西青年农学家何文骥自1936年历时10年,以4号斯字棉为亲种,在陕西农业改进所泾阳农场育成。该品种绒长历年平均为2.9厘米,比普通斯字棉产量高10%,成熟也较早。③另外,陕西农业科技人员还培育出其他一些优良棉种:如金陵大学西北农事试验场选育出"517号斯字棉";西北农学院选育的"32—433棉种"等。

---

① 西安市档案馆编:《陕西经济十年(1931—1941)》,内部印行,1997年,第42页。
② 农林部棉产改进处:《中国棉讯》1947年第5期。
③ 农林部棉产改进处:《中国棉讯》1947年第5期。

抗战以后陕西省当局为集中农林事业,于1938年10月裁并机关,改组陕西省农业改进所,原定全年经费12万元,但后经中央及省政府补助20余万元,声势为之一振,大大促进了近代陕西农业技术的发展。

1939年,陕西省致力于棉田面积的推广工作,以良种棉取代当地土棉,当年推广良种25万亩,1940年推广94万亩,至1941年推广至126万亩。据历年调查泾惠渠灌溉地所种斯字棉,每亩可产皮花100斤,而本地小洋花则每亩仅产30~40斤,故凡换种四号斯字棉,一亩即可增收皮花至50斤。因此从1936年种四号斯字棉1000亩开始,至1941年已推广到100万亩,突破全国良种棉推广的新纪录。德字棉产量虽稍逊于斯字棉,但适于多雨区域,故改在陕南洋县、城固、西乡、南郑推广,成绩亦不菲。这一时期陕西省还开设泾惠、兴平、渭南、长安四号斯字棉棉种管理区,以及洛惠、城固两个德字棉棉种管理区。其他主要产棉县分设棉种推广区。全省宜棉之区普设示范棉田,对推动陕西植棉业的发展具有重大的促进作用。

表1-2-3 1936—1941年陕西新棉种推广面积统计表

年份 品种	1936年	1937年	1938年	1939年	1940年	1941年
四号斯字棉(市亩)	1 210	12 910	42 766	199 641	852 006	1 022 150
719号德字棉(市亩)	1 000	6 161	25 983	50 885	89 412	239 153
合计(市亩)	2 110	19 071	68 749	250 526	941 418	1 261 303

(资料来源:西安市档案馆编:《陕西经济十年(1931—1941)》,内部印行,1997年,第43页。)

小麦历来是陕西省最重要的粮食作物,对于小麦品种的改良也是陕西农业经济发展的重要一环。抗战以后,西北移民渐多,粮食的需求量也进一步加大。农业科技人员除试验工作外,进一步推广已有的陕农七号、蚂蚱、蓝芒等三个小麦品种,会同西北农学院及西北农场共同推广。采用换种办法,先将上年推广区所产良种尽量收购,集中推广区域,以便农民前来换种。推广区域划定关中各县在上半年曾经示范而结果优良的区域内先着手,以农业改进所所属各场区为推广工作中心。1939年总计推广面积为1.7万余亩,1940年推广18万余亩。1941年又在陕南推广金大2905号小麦,连同上述三品种,共计推广43万余亩。所有以上推广各小麦品种,平均每亩增产量2斗左右,大大增加了粮食的亩产量,保证了抗战时期后方的粮食供应。

水稻品种改良始于1938年秋,城固陕南农场派员分赴汉水流域主要稻区,计

表 1-2-4　1939—1941 年陕西省历年推广
小麦、杂粮面积统计表

类　别	种　别	1939 年	1940 年	1941 年
小麦(市亩)	陕农七号	6 980	90 267	1 567 987
	蓝芒	10 285	109 252	2 456 784
	蚂蚱		3 100	99 145
	金大 2905 号			276 994
	合计	17 265	182 919	4 396 910
马铃薯(市亩)			1 288	147 741
豌豆(市亩)				1 428 922

(资料来源:西安市档案馆编:《陕西经济十年(1931—1941)》,内部印行,1997 年,第 43 页。)

城固、西乡、洋县、沔县、汉阴、宁强等六县,共得地方优良品种 27 种。1939 年以陕南农场作为品种场区比较种植试验,结果以城固粟子园推出的"小香谷"品种产量为最高。1940 年在城固小量推广,同时举办示范稻田及特约繁种场。1941 年在城固、南郑等县,推广小香谷、帽子头等品种 8 152 亩,并在长安示范葫芦稻等良种,以备推广。又在城固、长安、户县、蓝田、南郑、安康等六县,减种糯稻,改种籼稻 13 056 亩。

其他杂粮,如马铃薯已在凤县黄牛铺、城间农场,分别进行试验并选择繁殖。粟作试验在大荔农场举行,以毛穗谷、马缰绷为最佳。在泾阳农场进行的粟作试验,则以黄金谷为最优,1940 年以后,马铃薯在凤县、米脂、城固等陕南、陕北十余县均进行过推广。豌豆在长安等 15 县中也进行了推广工作。1941 年陕西省还在耀县等 13 县增种夏季杂粮,玉米、高粱、小米、甘薯、马铃薯、豆类等 72 821 亩。[1]

第二节　近代陕西农田水利事业的发展

近代陕西农田水利事业的发展主要集中在关中地区,如果从发展的角度来讲,最早可追溯到左宗棠时期。

同治元年(1862 年)爆发了声势浩大的陕甘回民起义,给陕西和甘肃等省造成巨大的损失,加之 1866 年黄淮地区的捻军从东部突入陕甘,各路起义军相互配合,攻城掠地、战乱持续二十多年,陕西人口减少三百多万,村庄残破,民不聊生。同治十三年(1874 年),左宗棠经过八年督兵陕甘,先后平定各地起义,并采取"安集流亡、垦辟荒田"的措施,农业生产渐有恢复。于是,他督用民力,在陕西先后修复了泾水龙洞渠、明代利民渠等水利设施。他还大力提倡凿井,使以人畜机械汲灌的

---

[1] 西安市档案馆编:《陕西经济十年(1931—1941)》,内部印行,1997 年,第 43 页。

"水车井"大增。为突破自古以来的郑白引泾体系,左宗棠亲自设计,在陇东泾水上源作坝蓄水,再节节引流,灌田过百万顷。在这项工程中,左宗棠还专门派人从德国购回开河机械,聘请德国技师指导,这也是西北地区首次引用水利机械,只可惜此项工程后因种种原因未能完成。

　　光绪二十六年(1900年)八国联军攻陷北京。西太后挟光绪皇帝逃至西安,为缓和国内矛盾,推行所谓"新政"。在西北地区,推行得最有成效的就是农田水利建设。在陕西完成了关中二华水利工程的整修,它是由陕西巡抚魏光焘于光绪二十二年(1896年)动议整修的,第二年二月动工,仅用半年时间就全部完工。全程共新开小渠27条,修复小河渠44条,修桥坝20座,整修被水淹的农田15万亩,当年即见成效。[①]

　　民国以后,陕西的农田水利事业进入现代发展阶段。20世纪30年代,时任陕西省主席的杨虎成特邀著名水利专家李仪祉入陕,主持修复关中水利工程。李仪祉于1930年着手恢复引泾灌溉工程,到1936年先后主持完成了规模庞大、设计先进、管理科学、效益显著的泾惠、渭惠、洛惠、梅惠四大惠渠的修建。在这期间,他还于1935年初为陕西编制了《陕西水利工程十年计划纲要》。按照这一计划纲要,十年内将完成泾惠、渭惠、梅惠、洛惠、龙惠、灞惠、澧惠、湭惠、褒惠、定惠等12道水渠工程,工程全部竣工后,将增加农田灌溉面积330多万亩,加上各旧渠原灌溉面积约57万亩,总计灌溉面积可达390余万亩。泾惠渠是其中最早的,于1934年即完成竣工,当年灌溉农田453 061亩,此后每年可灌溉醴泉(今礼泉)、泾阳、三原、高陵、临潼等县田地65万亩。[②]泾惠渠全部采用现代工业原料和水利工程技术修建,现仍为陕西最大的水利工程之一,有效灌溉面积已达130多万亩。洛惠渠和渭惠渠亦先后于1937年和1938年竣工。其他各惠渠在以后十余年间次第修成(名称和工程规模均有所变化),并增修了涝惠渠、黑惠渠等。这些灌渠,特别是20世纪30年代建成的关中四大惠渠,为使陕西农业摆脱困境,推动陕西农业在抗战中的发展起了重要作用。这期间陕南汉惠、青惠、褒惠渠,陕北定惠渠也相继完成,到1947年,各灌区灌溉面积达138万亩。[③]取得的成就为民国期间全国之首,如表1-2-5所示。

表1-2-5　民国年间陕西关中完成各渠农作物种植面积及产量

年份	渠　名	灌溉面积(亩)	种棉面积(亩)	产量(担)	种粮面积(亩)	产量(石)
1937	洛惠渠	500 000				
1941	梅惠渠	99 333			163 727	297 548

---

① 张波:《西北农牧史》,陕西科学技术出版社,1989年,第370页。
② 武汉水利电力学院、水利水电科学研究院合编:《中国水利史稿》,下册,水利电力出版社,1989年,第424页。
③ 张波:《西北农牧史》,陕西科学技术出版社,1989年,第377页。

续 表

年份	渠名	灌溉面积(亩)	种棉面积(亩)	产量(担)	种粮面积(亩)	产量(石)
1942	泾惠渠	662 015	302 299	129 889	600 235	570 302
	渭惠渠	399 533	46 290	29 626	642 471	1 341 748
	黑惠渠	129 537	1 597	437	11 908	8 709
	汉惠渠	60 030			60 030	136 863(稻米)
	褒惠渠	144 003			84 008	243 623(稻) 93 000(杂粮)

(资料来源：陕西省政府统计室编：《陕西统计手册》，1944年。)

渠堰是水利灌溉的重要方面，陕西较大的河流多富水利之利，旧有渠堰是农业发展的重要依靠。关中地区地处内陆，属暖温带大陆性气候区，各地雨量不均衡，且降水主要集中在夏秋两季，春旱是威胁陕西农业经济发展的最不利因素。关中地区自古有修建渠堰发展农业的传统。据1938年陕西统计月刊统计，关中地区尚有渠堰185条，灌溉面积143 911亩(参见表1-2-6)。[①]

表1-2-6　民国年间关中地区各河渠堰数目及灌溉面积调查表

河流	渠堰数(条)	灌溉面积(亩)	灌溉县区	河流	渠堰数(条)	灌溉面积(亩)	灌溉县区
沣河及支流	25	8 840	长安、户县	杜水	1	100	麟游
浐河及支流	5	640	长安、蓝田	千水	4	4 328	宝鸡、陇县
灞河及支流	12	2 584	长安、蓝田	金陵河	2	2 800	宝鸡、陇县
洪坑河	1	200	临潼	清姜河	2	2 500	宝鸡
涝河	2	3 020	户县	蒲峪河	2	2 120	陇县
戏河	1	950	临潼	雍水	2	280	岐山
冷河	1	300	临潼	武水	2	2 100	武功、乾县
沙河	1	120	临潼	耿峪河	1	420	周至
赤水河	1	700	渭南	黑河	1	1 100	周至
洒河	1	1 900	渭南	芦河	1	120	周至
敷水	1	2 000	华阴	田峪河	1	520	周至
泸河	8	3 650	韩城	赤峪霸王河	7	2 630	眉县
白水河	1	30	白水	汤峪河	2	1 190	眉县
县西河	2	350	澄城	苇峪沙子河	1	500	眉县
大峪河	2	500	澄城	临潼诸泉	3	480	临潼

---

① 西安市档案馆编：《陕西经济十年(1931—1941)》，内部印行，1997年，第228页。

续 表

河流	渠堰数（条）	灌溉面积（亩）	灌溉县区	河流	渠堰数（条）	灌溉面积（亩）	灌溉县区
漆水	5	920	同官、耀县	胡公泉	1	1 400	户县
沮水	6	3 200	耀县	周至诸泉	4	3 660	周至
石川河	16	20 030	富平	岐山诸泉	2	1 320	岐山
赵氏河	1	1 080	富平	千阳诸泉	4	760	千阳
清峪河	4	42 200	三原	凤翔诸泉	4	1 710	凤翔
浊峪河	2	26 000	三原	眉县诸泉	5	1 330	眉县
冶峪河	1	80	淳化	温泉河	10	5 260	富平
皇涧河	1	160	彬县	漫泉	1	870	蒲城
过涧河	1	70	彬县	彬县诸沟泉	11	1 190	彬县
漆水	1	170	彬县	潼关诸沟泉	3	2 160	潼关
三水河	1	40	彬县	合阳诸沟泉	5	729	合阳
				合计	185	143 911	

（资料来源：西安市档案馆编：《陕西经济十年（1931—1941）》，内部印行，1997 年，第 228 页。）

除关中地区大规模的水利工程之外，民国时期陕南地区最著名的水利工程为汉惠渠。汉惠渠自勉县武侯镇以西高家泉引汉水入渠，灌溉勉县、褒城及南郑三县稻田 11 万亩。李仪祉任陕西省水利局长时，曾亲往汉江沿岸，实地勘察，拟定初步计划，后因变乱终止。1938 年当地政府重新测量设计，成立工程处，进行施工，至1941 年 6 月完成，当年 7 月 1 日正式放水。[1] 另外"汉南一带渠堰栉比"，民国时期由于历年不修，历时久远，往往"弊窦丛生，讼案纷纷"。[2] 1938 年陕西省特派出人员，实地调查，准备彻底整理，发展农业生产，从当时的调查数字显示，陕南拥有渠堰数 145 条，灌溉面积 377 210 亩（参见表 1-2-7）。[3]

表 1-2-7　民国年间陕南地区各河渠堰数目及灌溉面积调查表

河流	渠堰数（条）	灌溉面积（亩）	灌溉县区	河流	渠堰数（条）	灌溉面积（亩）	灌溉县区
褒水	3	105 950	南郑、褒城	池河	1	200	石泉
绢水	6	80 100	城固、洋县	月河	5	13 960	安康、汉阴
濂水	9	31 500	南郑、褒城	黄洋河	1	100	安康

[1] 西安市档案馆编：《陕西经济十年（1931—1941）》，内部印行，1997 年，第 226 页。
[2] 西安市档案馆编：《陕西经济十年（1931—1941）》，内部印行，1997 年，第 228 页。
[3] 西安市档案馆编：《陕西经济十年（1931—1941）》，内部印行，1997 年，第 230 页。

续表

河流	渠堰数（条）	灌溉面积（亩）	灌溉县区	河流	渠堰数（条）	灌溉面积（亩）	灌溉县区
冷水	5	21 400	南郑	洵河	2	3 050	洵阳
养家河	11	10 600	沔县	蜀河	1	100	洵阳
旧州河	2	8 000	沔县	间河	1	100	洵阳
黄沙河	3	10 200	沔县、褒城	玉带河	1	1 000	宁强
南沙河	11	18 925	城固	大散水	1	100	凤县
溢水	2	3 650	洋县	大河	1	448	留坝
党水	3	5 250	洋县	丹江	4	900	商县
洋河	1	5 000	西乡县	大越峪河	1	280	商县
法西河	6	2 700	西乡县	乾河	1	340	镇安
丰渠河	4	2 500	西乡县	金井河	2	180	镇安、山阳
文水河	3	3 700	城固	丰水河	1	160	山阳
堰沟河	2	300	城固	县河	1	430	商南
饶峰河	1	993	石泉	诸溪水	33	17 549	南郑、褒城、洋县、西乡、汉阴、安康各一部分
珍珠河	1	500	石泉	山涧泉水	13	26 445	南郑、褒城、西乡各一部
大坝河	1	600	石泉	合计	145	377 210	

（资料来源：西安市档案馆编：《陕西经济十年(1931—1941)》，内部印行，1997年，第230页。）

  陕北地区的无定河是当地较大河流，两岸冲积平川农业经济一向发达。1936年陕西省水利局鉴于该地灌溉事业之急需，派出测量队，修筑织女渠，该渠在陕北米脂县织女庙对岸，因而得名。织女庙对岸为无定河历年冲积的大川地，可灌溉榆林、米脂、绥德三县土地15 000亩，织女渠自榆林大五里沟起，经镇子湾、盆官庄而达绥德小沙坪，所经之地土壤肥沃，麦豆均宜。得此渠灌之补益，保证了当地粮食的生产及自给。此渠于1937年兴工，1938年底完成。1939年1月成立管理所，1941年实际灌溉面积为11 000亩。① 另外，据1939年的调查，陕北尚拥有渠堰数44条，灌溉面积16 272亩(参见表1-2-8)。②

---

① 西安市档案馆编：《陕西经济十年(1931—1941)》，内部印行，1997年，第226页。
② 西安市档案馆编：《陕西经济十年(1931—1941)》，内部印行，1997年，第231页。

表 1-2-8 民国年间陕北地区各河渠堰数目及灌溉面积调查表

（单位：亩）

河流	渠堰数（条）	灌溉面积（亩）	灌溉县区	河流	渠堰数（条）	灌溉面积（亩）	灌溉县区
无定河	2	670	横山、绥德	流金河	1	200	米脂
大理河	2	222	绥德	秀延河	1	130	安定
葫芦河	9	1 230	户县、中部	南河	1	138	宜川
沮水	1	170	中部	清河	1	100	吴堡
秃尾河	4	1 682	葭县（今佳县）、神木	寺儿河	1	150	洛川
窟野河	1	573	神木	沙沟河	1	100	延川
泗支河	1	620	神木	神木诸泉水	2	1 259	神木
三道河	1	450	神木	安定诸沟水	3	320	安定
宁寨河	1	300	清涧	榆林诸沟水	3	1 580	榆林
西河	1	220	肤施	定边小沟水	1	3 900	定边
榆河	1	500	榆林	绥德沟水	2	330	绥德
西沙河	1	500	榆林	靖边小沟水	1	30	靖边
芹河	1	900	榆林	总计	44	16 272	

（资料来源：西安市档案馆编：《陕西经济十年（1931—1941）》，内部印行，1997 年，第 231 页。）

第三节　粮食作物的种植及地域特征

　　陕西全省地势东西狭隘而南北尤长，气候类型各不相同，农业生产大体也可分为三个地带。中部关中地区，农作物品种以小麦为主，亦为主要食粮，种植面积达 2 908 626 亩，约占全区总面积的 24.6％，其他如高粱、玉蜀黍、小米、大豆、豌豆、芝麻、油菜子等产量亦多。棉花虽全省俱产，但仍以本区为主。渭水流域如临潼、渭南、华阴、华县、富平、泾阳、三原、咸阳、兴平、武功、岐山、宝鸡、长安等县产棉最多，纤维细长而有光泽，堪称上品。稻米仅周至、户县、眉县、蓝田、长安等县出产，供本区食用。南部汉中地区，水稻为主要农产物，也是主要食粮。据 1938 年的调查，全区栽培面积为 310 262 亩，产稻总额为 2 152 182 担，汉水上游及嘉陵江上游占其大半。其次是小麦。此外尚有黄豆、花生、胡麻、玉蜀黍、马铃薯、蚕豆等。陕北地区以粟及高粱为主要农产，亦为主要食粮，大豆及玉米次之。阳山之地，可以种麦，但产量较少。

表1-2-9　1936—1941年陕西省主要农作物栽培面积统计估算表　（单位：1 000亩）

作物	1936年	1937年	1938年	1939年	1940年	1941年	平均	百分比（%）
高粱	1.330	1.411	1.243	1.171	1.201	1.211	1.261	3.24
小米	2.982	3.688	3.363	2.975	2.698	2.678	3.064	7.87
糜子	1.903	2.468	2.084	2.095	1.993	1.976	2.087	5.36
玉米	2.339	2.877	3.047	3.136	2.909	2.965	2.879	7.4
大豆	0.696	0.800	0.845	0.768	0.733	0.746	0.765	1.97
甘薯	0.298	0.391	0.353	0.342	0.336	0.337	0.343	0.88
棉花	4.883	4.646	3.895	3.187	3.671	3.590	3.979	10.22
花生	0.106	0.112	0.131	0.157	0.162	0.166	0.139	0.36
芝麻	0.569	0.586	0.505	0.543	0.654	0.635	0.582	1.49
烟草	0.349	0.372	0.393	0.393	0.394	0.343	0.374	0.96
籼稻	0.988	1.032	1.090	1.026	0.887	0.789	0.969	2.49
糯稻	0.237	0.214	0.222	0.216	0.198	0.181	0.211	0.54
小麦	14.594	13.650	14.853	15.827	16.642	17.034	15.433	39.64
大麦	2.677	2.679	2.926	2.999	2.915	2.879	2.846	7.31
豌豆	2.115	1.685	1.799	1.970	1.978	2.075	1.937	4.98
蚕豆	0.167	0.172	0.193	0.203	0.223	0.230	0.198	0.51
油菜	1.799	1.590	1.682	1.704	1.920	1.985	1.780	4.57
燕麦	0.080	0.080	0.076	0.082	0.087	0.096	0.084	0.22

（资料来源：万建中：《陕西农业经济调查》，《陕西省银行汇刊》第九卷第二期，1947年4月，第111页。）

表1-2-10　1936—1941年陕西省农作物产量估算表　（单位：1 000担）

作物	1936年	1937年	1938年	1939年	1940年	1941年	平均
高粱	2.508	2.108	2.680	1.839	1.754	1.918	2.133
小米	5.424	5.481	3.879	4.163	3.226	3.658	4.305
糜子	2.323	2.747	1.832	2.411	2.140	2.750	2.367
玉米	4.171	5.251	5.304	5.701	4.795	4.904	5.021
大豆	0.809	1.123	0.921	0.815	0.867	0.851	0.898
甘薯	3.432	3.497	3.259	3.132	2.818	2.530	3.111
棉花	1.063	0.832	0.997	0.862	0.670	0.945	0.895

续表

作物	1936年	1937年	1938年	1939年	1940年	1941年	平均
花生	0.190	0.279	0.247	0.276	0.277	0.325	0.266
芝麻	0.291	0.342	0.223	0.361	0.392	0.434	0.341
烟草	0.455	0.358	0.515	0.521	0.418	0.410	0.446
籼稻	3.020	2.638	3.236	3.212	1.965	1.960	2.672
糯稻	0.715	0.477	0.550	0.548	0.393	0.410	0.516
小麦	17.738	19.420	23.134	23.908	22.057	16.876	20.522
大麦	3.614	1.991	5.986	5.175	4.537	3.512	4.136
豌豆	2.436	2.399	2.285	1.897	1.479	1.778	2.046
蚕豆	0.183	0.167	0.280	0.185	0.187	0.179	0.197
油菜	0.810	0.505	1.129	0.996	0.980	0.885	0.884
燕麦	0.046	0.038	0.055	0.060	0.088	0.052	0.057

（资料来源：万建中：《陕西农业经济调查》，《陕西省银行汇刊》第九卷第二期，1947年4月，第111页。）

以上是对1936—1941年陕西省农作物种植面积与产量的统计，从表1-2-9和表1-2-10中可以看出，陕西各种农作物的栽培面积以小麦所占比重最大，约占全部农作物栽培面积的39.64%，其次为棉花，约占10.22%，大麦、小米、糜子、玉米的种植面积也在5%以上，这些农作物构成了民国年间陕西主要的农作物品种，它们不仅种植面积多，而且产量也大，小麦年平均产量在2万担以上，构成陕西农业的主体成分。

一、小麦与大麦的地域分布

小麦与大麦是陕西著名的传统粮食作物，栽培历史悠久，气候适应性强，南北皆宜，故其栽培面积十分广泛，清代至民国陕西从南到北几乎所有的州县均有出产。据耿占军统计，清代陕西除佛坪厅没有记载外，其他州县全部有二麦种植。[1] 民国年间陕西92县全部出产大、小麦。[2]

小麦是陕西省最主要的粮食作物，据民国时期调查，"本省小麦，占作物栽培面积41.80%；冬作物栽培面积70.17%"[3]。晚清民国时期陕西92县全部出产小麦，只是在地域分布与产量多寡上有所区别。关中地区是小麦的主产区，晚清时期，白水县"乡民不食大米饭，以面作饼锣、馒头之类皆曰饭"[4]。光绪年间，该县"大致种

---

[1] 耿占军：《清代陕西农业地理研究》，西北大学出版社，1996年，第95—100页。
[2] 参西安市档案馆编：《陕西经济十年(1931—1941)》，内部印行，1997年，第47—77页。
[3] 李国桢主编：《陕西小麦》1937年12月，第19页。
[4] 乾隆《白水县志》卷一，地理，物产。

地一顷者,即种麦七八十亩"①。咸阳县所种诸谷亦"小麦最多"②。关中地区小麦种植均为"冬小麦"。"麦,芒谷味碱,性微寒,有大小两种……二麦秋种春获,冬月雪盛,泥水相化,麦根埋藏土中,得地气透足,至春倍加长茂,顾宁人谓秦宜雨,善长谓秦尤宜雪,雨利禾,雪利麦。"③冬小麦的广泛种植,为作物轮种制的发展提供了条件。清代关中各县作物种植制度大体以冬小麦与豆类及菜子的轮作,或以小麦、苜蓿的轮作为主,形成两年三熟或三年四熟制。有关关中地区的这种作物种植方式以1926年所修《澄城县附志》记载较详。志载"境内土质黄壤,又属陕西中道,气候宜麦,故农事以麦为主产,虽有菽豆,不过换种之法。今年收麦地复种麦者俗名回地麦,今年麦收后种秋田,秋收后种豆类,明年再种麦者,俗名正地麦。正地麦比回地麦收成较丰,即换种之利也"。④ 以上可知,清末澄城县农业生产普遍以冬小麦为主,而小麦与秋田的种植大多施行轮作制,轮作的中心是菽豆,其中以粮食作物为主,而辅以豆类作物和饲料作物。另外,清代陕西许多州县农业精耕细作发达,对于农地休闲、作物轮作技术的运用、技术总结都十分突出。乾隆年间兴平杨屾作《修齐直指》,记载了关中地区综合利用多种间套复种方法实现一年三收和二年十三收的种植制度。书中记载:"一岁数收之法:法宜冬月预将白地一亩上油渣二百斤,再上粪五车,治熟。春二月种大蓝,苗长四五寸,至四月间,套栽小蓝于其空中,挑去大蓝,再上油渣一百五六十斤。俟小蓝苗高尺余,空中遂布粟谷一料。及割去小蓝,谷苗能长四五寸高。但只黄冗,经风一吹,用水一灌,苗即暴长,叶青。秋收之后,犁治极熟,又种小麦一料,次年麦收,复栽小蓝,小蓝收,复种粟谷,粟谷收,仍复犁治,留待春月种大蓝。是一岁三收,地力并不衰乏。而获利甚多也。如人多地少,不足岁计者,又有二年收十三料之法:即如一亩地,纵横九耕,每一耕上粪一车,九耕当用粪九车,间上油渣三千斤。俟立秋后种苯蒜,每相去三寸一苗,俟苗出之后,不时频锄,旱即浇灌,灌后即锄。俟天社前后,沟中种生芽菠菜一料,年终即可挑卖。及起春时,种熟白萝卜一料,四月间即可卖。再用皮渣煮熟,连水与人粪过,每蒜一苗,可用粪一铁勺。四月间可抽蒜薹二三千斤不等。及蒜薹抽后,五月出蒜一料。起蒜毕,即栽小蓝一料。小蓝长至尺余,空中可布谷一料。俟谷收之后,九月可种小麦一料。次年收麦后,即种大蒜。如此周而复始,二年可收十三料,乃人多地少救贫济急之要法。"⑤这种精耕细作农业技术的实施需要有一系列前提保证因素,诸如水利灌溉、深耕细作、多粪力勤等,大面积实施恐亦有一定难度。但由此可以看出清代关中地区精耕细作农业还是相当发达的。

关中地区一般以咸阳为界,以东为冬麦、棉花区,主要农产为小麦、棉花;咸阳以西为冬麦、杂粮区,主要农产为小麦、玉米、高粱、豌豆等。全省冬季作物面积较

---

① 光绪《白水县乡土志》,物产。
② 民国《咸阳县志》卷一,物产。
③ 乾隆《白水县志》卷一,地理,物产。
④ 民国《澄城县附志》卷四,物产。
⑤ 王毓瑚编:《区种十种》,财经出版社,1955年。

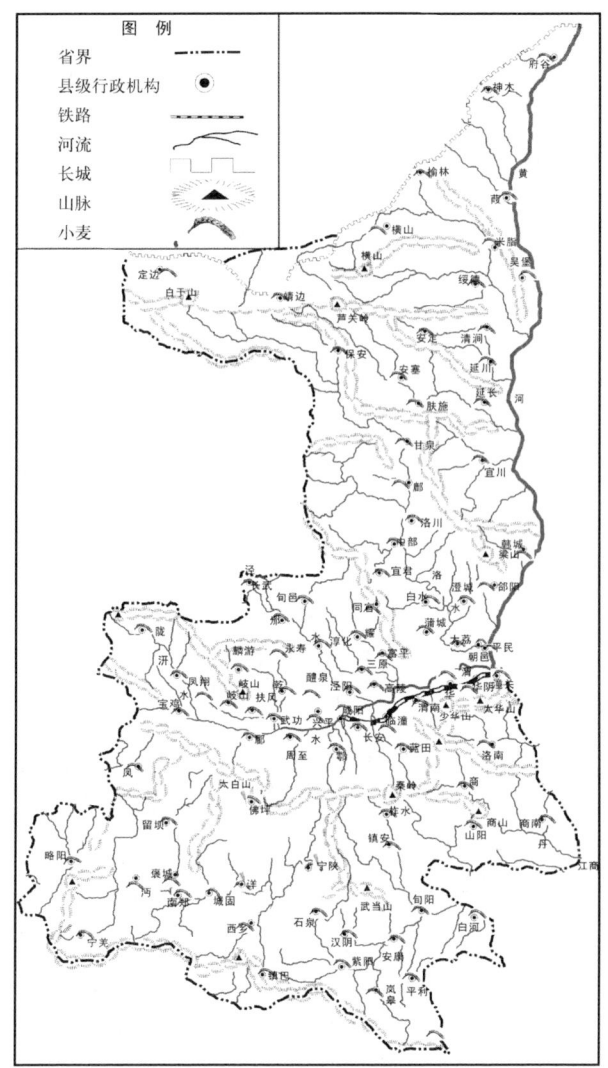

图1-2-1 民国年间陕西小麦种植区域分布图
（资料来源：1933年陕西省地图。）

夏季作物面积为多，1926—1941年，各年冬季作物面积占平均耕地面积的72.2%，且历年尚有增加的趋势。夏季作物面积占平均耕地面积的54.4%。各种作物的种植面积以小麦为最大，1936—1941年，小麦栽培面积平均每年在1 300万亩以上，可见其种植面积之广。

二、黍粟稷的地域分布

黍、粟、稷均为禾本科黍族。黍，脱壳成米，俗称黄米，性粘，可酿酒制饴。稷，俗称糜子，性疏爽，可炊饭。粟，俗名谷子，脱壳成米即为粟米，俗称小米。黍、粟、

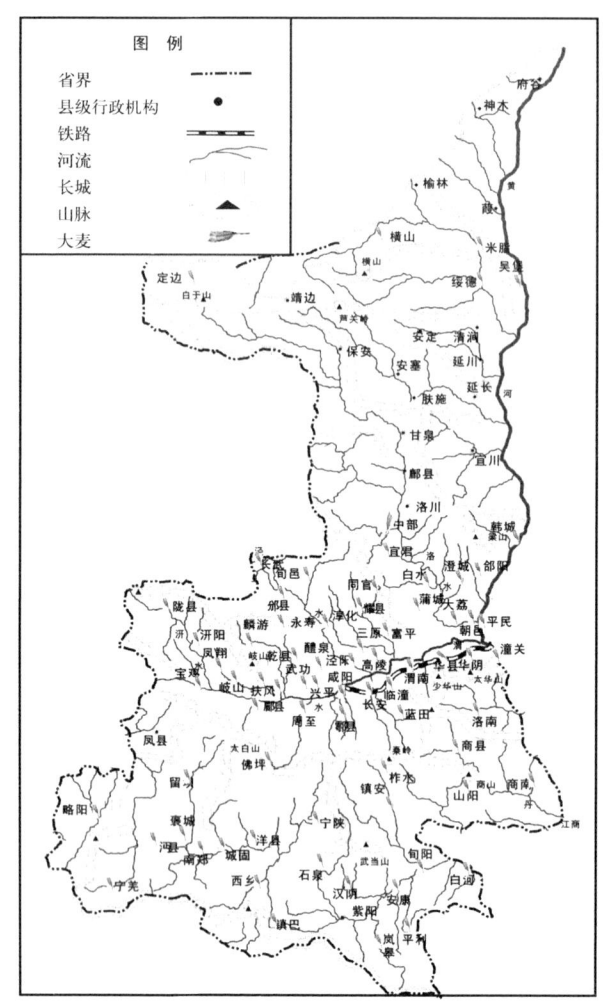

图 1-2-2 民国年间陕西大麦种植区域分布图
（资料来源：1933 年陕西省地图。）

稷是中国传统的农业作物，在黄土高原地区种植历史悠久，且黄土高原地区气候与土壤条件均适宜其生长。黍类作物具有抗旱耐瘠、抗寒耐热、容易储存的特点，因此传统上是陕西最主要的粮食作物。据耿占军统计，清代陕西除佛坪厅没有记载外，其他州县全部有黍粟类粮食作物种植。[1] 民国时期除陕南汉阴县外，其他 91 县均有种植记录。[2] 据 1939 年的统计，陕西小米的种植面积占全部农作物种植面积的 10.7%，除小麦、大麦、玉米之外，是种植面积比较广的农作物。黍、粟、稷虽全省均有种植，但各区种植面积差别较大。

---

[1] 耿占军：《清代陕西农业地理研究》，西北大学出版社，1996 年，第 95—100 页。
[2] 参西安市档案馆编：《陕西经济十年（1931—1941）》，内部印行，1997 年，第 47—77 页。

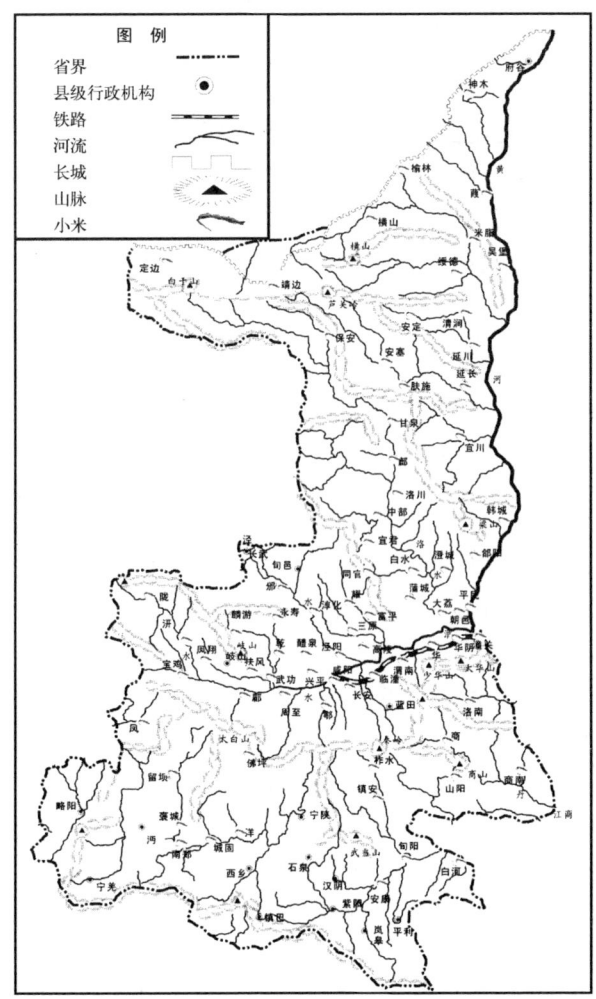

图 1-2-3 民国年间陕西黍粟类作物种植区域分布图
（资料来源：1933 年陕西省地图。）

  陕北地区天寒地苦，一年一收，其他作物种植大多不甚适宜，因此长期以来，黍、粟、稷在这一区域种植较为广泛，是这一地区最主要的粮食作物，晚清依然如此。如光绪年间靖边县"民食以秋禾为主"[①]，葭州（今佳县）长年"以粟米、红豆为常食"[②]。另据载，民国年间"陕北地势高亢，雨量特少，且冬季严寒，小麦收量亦微，夏作杂粮，为农民主食，该地栽种作物，年仅一熟，……夏作有小米、糜子、高粱、荞麦、蔓豆等"[③]。由此可以看出夏作小米等对于陕北民众的重要性。

---

① 光绪《靖边县志稿》卷一，田赋志，物产。
② （清）卢坤：《秦疆志略》，葭州，道光间刊本，台湾成文出版社，1970 年影印。
③ 李国桢主编：《陕西小麦》，1947 年，第 36 页。

第一编　近代陕西经济地理

关中地区渭北各州县包括蒲城、郃阳、澄城、白水、大荔等县产粟也很多,晚清时期这些州县的粟米还能运抵山西,作为商品输出。如郃阳县,该县位于关中盆地东北部,东临黄河,境内以黄土台塬为主,是陕西农业大县。清代粮食生产一直是本县的主要产业,也是对山西粮食输出的重要州县。"盖特为粟类之出产场而已,而向者以山西为输销之尾闾,濒河数十里一苇之航,朝出夕返,处处可通,颇得运输之便,故虽丰穰之岁,粟价不至甚贱,每石常可四五金,而农不病,农不病则视田益贵,视粟益珍,而终岁勤勤相勖而不倦,乃甚有所希羡,期望于其前途,而于计皆可宽,然自足。当时谚曰一人十亩田,不向人乞怜,而考其贫富之差,即以田之多寡为相当之正比例,可以知农利之美矣。"①

三、水稻的地域分布

稻分水稻与旱稻两种,陕西的稻作作物以关中、陕南两区为集中区,陕南一年两熟制度,这种两熟制主要就是汉江谷地的稻麦两熟种植制度。陕南地区气候温暖湿润,水利事业发达,水田面积很大,清代商州城外"沿城水田如方畦,稻初熟,黄云千顷,叶叶带风,露皆有香气"②。晚清民国初年南郑县稻米的种类非常多,"其类数十种,有盖草黄、色白味美粒长,又有安南黏、冷水谷、百日谷、香谷等,类为饭稻。百茎糯、黄谷糯、柳条糯、香儿糯等,为酒稻"③。民国年间陕南的稻作种植又有发展,据陕西实业考察团调查所得,陕南安康县每年大约产稻538 000担(每担600斤),每亩产稻2担,按此产量,安康县每年大约种植稻谷269 000亩。④ 汉阴县年产籼稻6万担,糯稻1 500担。⑤ 西乡县"全年丰收约16 000担,歉收10 000担"⑥。清至民国陕南地区一年两熟,作物种植制度分夏冬两季,水田之中,夏作为水稻,冬季种小麦、蚕豆等;旱作夏季种玉米,冬作仍为小麦、蚕豆等。但"当地农民习惯,嗜吃稻米,小麦杂粮副之,作物之重要性,亦以水稻为主,农民对于夏作特为重视,所有冬作方法,均需迁就次年夏作"⑦。可见水稻在陕南地区作物种植中的重要性。汉南地区为增加水田生产,还办理塘田,史载"陕南一带,渠堰栉比,水利较为普遍。除已进行及进行中之汉、褒、缙等惠渠外,尚有塘田纵横沟谷。农民散居山谷间,耕种坡田,不能引用河水灌溉者,可筑池以蓄山谷溪涧之水。及夏季山沟洪流,于播种需水时,引水灌溉,俗称塘田。塘池大约亩许,深可二三公尺,加以人工构造,储水满池,或由冬田平均蓄水,自上渐下,细流不断,此因土质黑粘,水易保存,故可长年储蓄,用于稻季,消耗于蒸发渗漏之量甚小。塘之大者,可灌田一二十亩,小者仅

---

① 光绪《郃阳县乡土志》,物产。
② (清)王昶:《商活行程记》,《小方壶斋舆地丛钞》第六帙,中州古籍书店,1985年。
③ 佚名:《南郑乡土志》,物产录,光绪末钞本。
④ 陇海铁路管理局编:《陕西实业考察·考察陕南农林情形》,汉文正楷印书局,1933年,第8页。
⑤ 陇海铁路管理局编:《陕西实业考察·考察陕南农林情形》,汉文正楷印书局,1933年,第11页。
⑥ 陇海铁路管理局编:《陕西实业考察·考察陕南农林情形》,汉文正楷印书局,1933年,第17页。
⑦ 李国桢主编:《陕西小麦》,1947年,第35页。

灌数亩。安康汉阴二地,塘田较多,其他各地尚未普遍进行。水利局现已拟就整理塘田计划,约款百万元,俟呈准省府后,即可贷款兴修,将来整理完成,可灌田五万亩"。① 这些塘田主要就是用来种植水稻。

关中地区水稻种植主要集中在渭河南岸的狭长平原地带,长安、蓝田、户县比较集中,其他地方只是零星分布。抗战时期为保证军需生产,军粮民食的供应,民国三十年(1941年)政府曾做粮食增产规划,减少非粮食作物的种植,关中、陕南均采取了增籼减糯的做法,效果还十分可观。从表1-2-11中可以看出关中、陕南部分县份稻谷的种植面积。

表1-2-11 1941年关中、陕南部分县增籼减糯面积统计表

县 份	1940年糯稻	1941年改种籼稻	1941年减糯	县 份	1940年糯稻	1941年改种籼稻	1941年减糯
长安(市亩)	1 200	950	250	安康(市亩)	4 700	3 740	960
蓝田(市亩)	950	680	270	城固(市亩)	2 522	2 043	479
户县(市亩)	930	888	42	南郑(市亩)	6 576	4 864	1 712
				合计(市亩)	16 878	13 165	3 713

(资料来源:西安市档案馆编:《陕西经济十年(1931—1941)》,内部印行,1997年,第78页。)

当然,陕北也有一些地区试行稻米种植,但面积很小,收获也少,在当地农作物种植业中所占比重不大,如光绪年间洛川县在兴修水利设施后开始出现小面积的稻田;②晚清时榆林府神木县高家堡的秃尾河岸边有少量水稻种植,占当地农作物的比例也很小。③

四、豆类作物的地域分布

豆类包括大豆、小豆、豌豆、蚕豆、豇豆、菜豆等品种,民间百姓一般作为杂粮或精饲料种植。清代陕西除佛坪厅无记载外,其他州县全部有豆类种植。④ 民国时期与之大体相当,从相关统计资料来看,陕西各县均有不同豆类的种植。⑤ 但由于豆类作物在陕西农村一般是作为农家附产物,常与玉米间作,或与其他作物轮作,因此,在粮食作物中所占比重不大。民国年间陕南地区气候温润,水田为多,当地百姓也以稻米为主食,因此水稻是当地最主要的农产,任何其他作物都要迁就夏作,也就是水稻种植,因此小麦、豆类种植均大受影响。一般来讲"夏季种植水稻,冬季种植蚕豆、油菜、小麦、大麦或植苕子作绿肥;旱田之中,夏作玉米为主,

---

① 西安市档案馆编:《陕西经济十年(1931—1941)》,内部印行,1997年,第232页。
② 民国《续修陕西通志稿》卷五十七,水利一。
③ (清)佚名:《神木乡土志》卷三,物产,民国间燕京大学图书馆排印本,台湾成文出版社,1970年影印。
④ 参耿占军:《清代陕西农业地理研究》,西北大学出版社,1996年,第95—100页。
⑤ 西安市档案馆编:《陕西经济十年(1931—1941)》,西安市档案馆内部印行,1997年,第45—77页。

次之有棉花、大豆等"①。关中地区各类豆类均有,豌豆、蚕豆所占比重较大,1941年专门于长安等十五县推广豌豆 1 428 922 亩。②从对 1939—1941 年陕西三区蚕豆、豌豆种植面积与产量的统计可以看出,陕南地区两类作物的种植面积与产量最高,每年蚕豆的种植面积均在 200 万亩以上,产量在 130 万石以上;豌豆的种植面积在 350 万亩以上,产量在 170 万石左右。而关中地区蚕豆的种植面积则大体在 40 万亩以上,产量在 8 万石左右;豌豆的种植面积在 160 万亩以上,产量在 85 万石左右。陕北地区与关中地区年均蚕豆的种植面积大体在 40 万亩以上,产量在 8 万石左右;豌豆的种植面积在 160 万亩以上,产量在 85 万石左右(参见表 1-2-12)。

表 1-2-12　1939—1941 年陕西三区豆类、油菜、马铃薯种植面积及产量统计表　　　　（单位:市亩、市石）

区域	年别	蚕豆 面积	蚕豆 产量	豌豆 面积	豌豆 产量	油菜 面积	油菜 产量	马铃薯 面积	马铃薯 产量
关中	1939 年	424 794	81 125	1 688 344	852 123			492 686	1 937 609
	1940 年	417 264	76 931	1 684 730	851 111	79 425	23 554	482 630	1 927 337
	1941 年			1 676 417	849 216				
陕南	1939 年	2 021 344	1 313 267	3 548 588	1 790 415	261 395	144 847	926 235	2 107 818
	1940 年	2 009 870	1 304 421	3 536 703	1 783 023	253 707	144 847	922 745	579 927
	1941 年	2 009 226	1 304 060	3 535 808	1 146 687	2 593			
陕北	1939 年	424 794	81 125	1 688 344	852 123			492 686	1 937 609
	1940 年	417 264	76 931	1 684 730	851 111	79 425	23 554	482 630	1 927 337
	1941 年			1 676 417	849 216				

(资料来源:据《陕西各县主要农作物分布详表》统计计算而来。参西安市档案馆编:《陕西经济十年(1931—1941)》,内部印行,1997 年,第 47—76 页。)

第四节　新棉种引进与植棉业的地域发展特征

清光绪以前,陕西省所种棉花俗称"乡花"、"布花"或"土花"、"茧花",学名大陆棉或亚洲棉。这种棉花棉株低矮,结桃小且少,棉花的纤维粗且短,产量也低,每亩多者可收籽棉三十斤,少者只收十余斤。鸦片战争以后,由于外国资本的侵入,机器大工业生产开始引进,这种纤维粗短的棉绒无法适应机器棉纺织业的要求。因此,外国和本国的棉纺织业资本家和棉花商人乃至清朝政府均致力于引进棉株较高,桃多桃大,产量高且纤维长的海岛棉,或称美洲棉,即陕西俗称的"洋花"。

---

① 李国桢主编:《陕西小麦》,1947 年 12 月,第 35 页。
② 西安市档案馆编:《陕西经济十年(1931—1941)》,内部印行,1997 年,第 44 页。

洋花引入陕西的时间以往均认为在辛亥革命以后,李之勤先生将之定为"宣统以前的光绪年间"①,但具体时间仍不明确。据民国《鄠县志》载,"衣料则有棉,清光绪初,鄠产多乡棉,俗称乡花。嗣后洋棉输入,俗称洋花,茎高实大,收数优于乡花,故种者多。至宣统年间,洋棉遂普及而乡棉日少"②。这则史料明确记载洋棉引进鄠县大约在光绪年间,而广泛普及应在宣统以后。对此记载较详的就是纂修于宣统年间的《泾阳县志》。泾阳县是陕西植棉大县,其洋棉的推广过程当具有普遍意义,由此可以看出洋棉的引种过程及其经济收益。史载:

> 泾阳产棉分二种,芒韧而实重者曰布花,其絮坚而可耐久。芒松而实仰开者曰洋花,其色白而利于售,子皆可以榨油,乡民习种布花数亩、数十亩不等。每亩俭者收十斤,丰亦不逾三十斤。自洋花之种输入,则又胶执中外之私见,托言物土之异宜,徘徊观望,而洋纱洋布已畅行于东南矣。试一种之,较土花相倍蓰,若粪肥土润有收及百斤者,于是贾商争购,布花为之减色。去秋霖雨,禾稼被损,而洋花一亩尚得棉三十斤上下。邑里经兵灾五十一年,生理萧条,元气未复,而征届期,不匝月而即收三分之一,起运为通省冠,较邻封之数亦最钜,是皆编户售棉所得豫储耳。否则追呼鞭扑,民有死而已;将何术以应之乎!计自光绪二十三年始,县境出棉五十三万三千有奇(据申报册)。三十二年增至三倍。今(按:宣统三年,1911年)又倍增矣。宣统元年,每(百)斤售银十七八两至二十两,二年百斤售银十二三两至十五两。闻诸棉商曰:棉之利大矣哉。每百斤以银十三两,率之运汉(口),厘捐则价倍,化为纱布,则价倍,南往北来,则价倍,本一而倍之三。今若于产棉之区,设机而纺之,而织之为纱为布,而贩运听之,则衣被天下不难矣,区区一邑之利云尔哉。③

泾阳县洋棉栽种有一段较长的接受过程。从最初拒绝,之后徘徊观望,进而"试一种之",以后又"粪肥土润",最后大面积推广,这应是科技推广的普遍规律,尤其在封建时代保守闭塞的陕西省区,这一过程尤显漫长。然而,结合鄠县棉花引种记载,可以肯定地说,至少在光绪初年,关中地区已开始引进洋棉种植技术,此时"洋纱洋布已畅行于东南矣"④。在时间上,陕西已落后许多。但是,洋棉引种不能代表推广普及,结合泾阳县上则史料所列三组数字,应该说,光绪二十三年(1897年)全县产棉53.3万斤,此当为洋棉尚未推广前的全县棉产数额。九年之后,也就是光绪三十二年(1906年),全县棉产增至三倍,达159.3万斤,洋花的推广收到了良好的效益。至宣统三年(1911年),泾阳县棉花产量再翻一番达300余万斤,这应是洋棉普及以及棉田

---

① 李之勤:《鸦片战争以后陕西植棉业的重要变化》,《西北历史资料》1980年第3期。
② 民国《鄠县志》卷一,物产门。
③ 宣统《重修泾阳县志》卷八,农田门。
④ 宣统《重修泾阳县志》卷八,农田门。

扩大的双重效益。因此,本文以为应将陕西洋棉引种与普及时间分开,因为只有将两者分开,才有利于我们更准确地分析、利用晚清时期各县相关统计资料。对陕西来说,洋棉引种可以说在光绪初年即开始进行,但其普及时间则应在光绪三十年(1904年)以后了。

  棉花品种的改良是清末陕西植棉业发展进程中的一件大事,它给棉农带来了丰厚的经济收益,也提高了棉农生产的积极性,陕西植棉业再次出现了一个发展高峰。进入民国以后,伴随全国性棉花种植的推广,中国成为世界主要棉产区,位列世界第三大棉产国。尽管民国前期陕西灾祲不断,但在1919—1920年,陕西棉产仍居各省棉花产额的第四位。① 可见自晚清延续下来的陕棉改良与棉花种植业的发展,一直持续到20世纪20年代初,未见衰退。

  1920年,陕西督军陈树藩与省长刘镇华开始在陕大力推广罂粟种植,为扩充实力,多方敛财,不惜代价强迫、诱使农民种植鸦片,而此时又值东南、华北各省植棉增加,占据市场份额扩大,陕棉品种无人经营发生劣变,大大影响了陕西植棉业的发展,农民纷纷改种棉之田而种植鸦片,出现了陕省鸦片种植的第二个高潮,棉花种植与生产进入衰退期。

  1928—1931年,陕西发生了历史上罕见的大旱灾,饿殍满地,饥荒遍野,而长期种植鸦片造成的粮食无储备,进一步加剧了饥荒的程度。为杜绝烟害,1933年,陕西省政府贯彻中央法令,彻底铲除烟苗,将全省县区划分为三期:第一期长安等57县至1935年均改种棉花。第二期咸阳等16县在1935年禁绝,第三期原定在1936年禁绝,后由中央禁烟特派委员会与陕西省政府共同决定,提前在该年春夏收烟后,即改种棉花或粮食。② 民政厅及禁烟总局也随时派员赴各地宣传劝戒,使种植者了解政府有必禁之决心,而无敷衍之余地,从而让烟农彻底断绝侥幸心理,自愿改种其他作物。此时,代替罂粟的最主要农产即为棉花。同时,政府又调整烟亩加价税,过重的捐税也迫使农民放弃种烟,选种棉花,因此当时就有人说,灾后"陕西棉田之激增,实禁绝烟苗之力居多"③。

  为促进陕西农业经济的发展,1930年以后,杨虎城督陕,请来李仪祉修建关中八渠,大大解决了关中平原的灌溉问题,土地质量也大为提高。据1946年的统计,渠区农产中因受水利之益而增产部分,占总产值的33%;④加上陇海铁路西段的开通,亦使关中农村与沿海资本市场发生联系,优质高产经济作物的种植越发显得迫在眉睫。20世纪30年代初,陕西省建设厅将收花多、纤维长、利润高的"德字棉"输入关中,农民多换种此棉。几年之后,一种较"德字棉"更为优质高产的"斯字棉"又

---

① 铁道部业务司商务科编:《陇海铁路西兰线陕西段经济调查报告书》,第四章,棉业与棉产,1935年,第49页。
② 刘阶平:《陕西棉业改进之检讨》,《国闻周报》13卷26期,1936年7月。
③ 刘阶平:《陕西棉业改进之检讨》,《国闻周报》13卷26期,1936年7月。
④ 周矢勤:《陕西省已成各渠之灌溉管理及其征收水费标准》,《陕政》7卷11期,1946年7月。

在陕西迅速推广,关中泾惠渠区"因受渠水灌溉之益,产量甚丰,每亩产量高达七八十斤"①,甚至最高达到亩产皮棉140斤,②高出以前许多倍,因而,这种优质棉种易于为农民广泛接受。1940—1942年,关中地区"三年共推广良种美棉3 018 900亩,内新领种者253 550亩,农民自留及自换种者2 765 350亩,论分布之区域,则自泾惠渠区各县,扩展至关中各主要产棉县份"。③ 到1947年,陕西的棉花几乎都是美棉的改良品种,"关中一带的斯字棉占90%,播种面积占270万亩"④。在20世纪30年代初,陕省棉田不过万余亩,产皮花不过三四万担,但在1934—1935年,由于厉行烟禁,农民多改烟田为棉田,棉麦出现并驾齐驱的趋势。

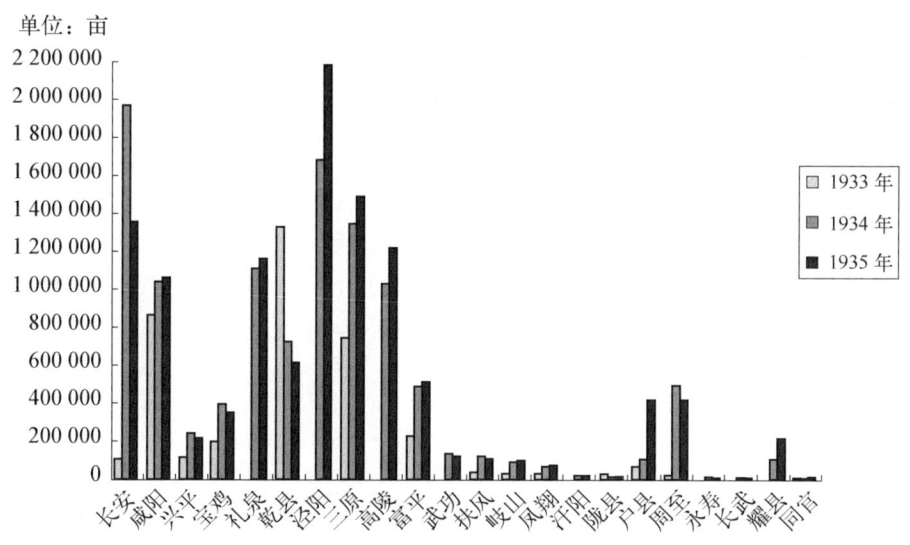

图1-2-4 1933—1935年关中各县棉田面积图

表1-2-13 民国时期历年陕西省植棉面积、皮棉产额及亩产量统计表

年 份	棉田面积(万亩)			皮面产量(万担)			皮棉亩产量(斤)	
	全国	陕西	陕西占全国比重(%)	全国	陕西	陕西占全国比重(%)	全国	陕西
1914年		210.6			80.1			38.0
1915年		263.3			102.3			38.9
1919年	3 059.3	155.0	5.1	1 056.3	35.5	3.3	34.5	22.9
1920年	2 623.1	118.9	4.5	789.8	34.4	4.3	30.1	28.9

---

① 鲍昭章:《陕棉购销近况及棉价问题之商榷》,《中农月刊》第5卷3期,1944年3月。
② 俞启葆:《关中植棉之考察》,《新西北》第3卷2期,1940年9月。
③ 王桂五:《关中三年来棉种推广之检讨》,《农报》第8卷1—6期,1943年2月。
④ 胡隆昶:《独步国内的陕省棉产》,《申报》1947年11月10日。

续 表

年 份	棉田面积(万亩)			皮面产量(万担)			皮棉亩产量(斤)	
	全国	陕西	陕西占全国比重(%)	全国	陕西	陕西占全国比重(%)	全国	陕西
1921年	2 612.8	222.8	8.5	635.2	50.1	7.9	24.3	22.6
1922年	3 098.8	172.9	5.6	972.3	55.8	5.7	31.4	32.3
1923年	2 736.7	152.1	5.6	835.9	54.0	6.5	30.5	35.5
1924年	2 664.2	152.1	5.7	913.6	54.7	6.0	34.3	36.0
1925年	2 604.0	121.9	4.7	881.5	90.3	10.2	33.8	74.1
1926年	2 532.6	134.0	5.3	730.4	43.4	5.9	28.8	32.4
1927年	2 556.7	133.6	5.2	786.5	41.9	5.3	30.7	31.4
1928年	2 956.4	118.8	4.0	1 034.2	31.0	2.9	38.0	26.1
1929年	3 130.9	17.1		886.5	4.0		25.8	23.2
1930年	3 481.1	111.9	3.2	1 031.0	15.8	1.5	29.6	14.2
1931年	2 929.5	151.8	5.2	748.8	40.5	5.4	25.8	26.7
1932年	3 435.4	130.8	3.8	948.4	18.5	1.9	27.6	14.1
1933年	3 746.0	195.1	5.2	1 143.6	63.8	5.6	30.5	32.7
1934年	4 164.3	343.6	8.3	1 310.6	117.5	9.0	31.5	34.2
1935年	3 243.3	338.6	10.4	952.7	93.8	9.9	29.3	27.7
1936年	5 205.1	388.0	7.5	1 697.5	108.4	6.4	32.6	27.9
1937年	5 931.6	482.5	8.1	1 271.4	106.8	8.4	21.4	22.1
1938年	3 370.2	380.4	11.3	843.2	105.5	12.5	25.0	27.8
1939年	2 534.1	280.7	11.1	656.6	97.5	14.9	26.0	34.7
1940年	2 827.1	270.6	9.8	676.7	86.9	12.8	23.9	32.1
1941年	3 125.4	206.3	6.6	799.6	68.2	9.8	25.6	37.9
1942年	3 289.6	138.2	4.2	886.1	31.4	3.5	26.9	22.7
1943年	2 746.0	145.7	5.3	683.0	46.9	6.9	24.9	32.2
1944年	2 774.7	192.6	6.9	698.6	41.7	5.9	25.2	21.6
1945年	2 280.0	188.9	8.3	500.8	51.8	10.3	22.0	27.4
1946年	2 941.8	237.0	8.1	743.0	71.1	9.6	25.0	30.0
1947年	3 886.1	267.0	6.9	1 102.3	96.6	8.8	28.0	36.2
1948年	3 712.0	302.2	8.1	1 012.0	105.8	10.5	27.3	35.0
1949年		308.0			86.2			28.0

说明：1. 全国数来自冯泽芳编：《中国的棉花》，财政经济出版社，1956年，第24页，并采取四舍五入法。2. 1914，1915陕西数来自许道夫编：《中国近代农业生产及贸易资料》。3. 1919年陕西数来自郝钦铭：《棉作学》，商务印书馆，1949年12月版。面积系由总产推算而来。4. 其余来自中央人民政府编：《中国农业统计资料》，1950年。

（资料来源：本表转引自赵汝成、陈陵江：《民国时期陕西的棉花生产》，《古今农业》1992年第3期，第46、47页。）

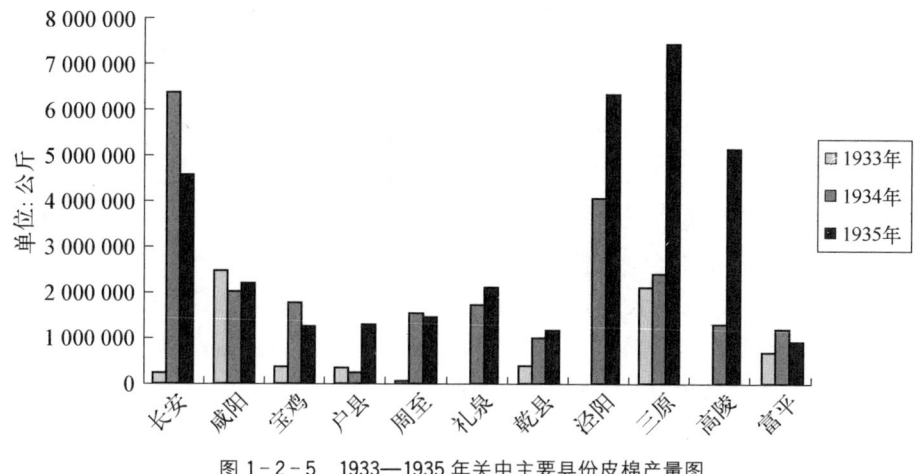

图 1-2-5　1933—1935年关中主要县份皮棉产量图

第五节　罂粟种植及其在陕的泛滥

鸦片战争以后,清政府开放烟禁,不再禁食鸦片,同时内地种植罂粟合法化。陕西罂粟的大面积种植就是始于此时。清代陕西经济作物中棉花种植所占的比重最大,关中地区气候温和,水利适宜,植棉业一向发达。当时关中的棉花一路销往甘肃以远,一路销往四川,史载"汉中及川北附近,陕省等处纺纱捻线皆用陕省河北一带所产之棉,每至秋冬,凤县、留坝一路驮运棉花,入川者络绎于道,山内州县每驮抽钱二百,谓之脚柜,年入数千串,恃以为供支驿路一切之费,尚有余裕"。[①] 鸦片战争以后,尤其光绪二年(1876年)中英《烟台条约》签订,内陆开放宜昌、重庆为商埠,洋纱泛滥,四川织布所用棉线"一律改用洋纱洋线","陕花遂不入川,辛丑、壬寅(按:1901、1902年)之间,恒在凤县十阅月,此种驮骡已绝迹矣"。[②] 这样,陕棉在四川失去了销售市场,本省内地也由于洋棉、洋纱价格便宜,多有输入,这样就使陕西的植棉业受到重大打击。许多植棉农户改植棉之地种植罂粟,如同州府华州在清代,由于土地较肥沃,交通便捷,手工业、商业均较发达。明代这里的植棉、纺织业颇有发展,嘉靖《陕西通志》统计,此时政府于华州年征布匹12 556匹,棉花1 866斤,征布、棉之多仅次于泾阳县,在全省排名第二。[③] 康熙时期华州柳子、王宿二镇尚以"善纺,作大布"著名。[④] 所织土布不仅供农户自家使用,也是市集上售卖的重要货品,且输出邻县。鸦片战争以后,华州这种传统的种植业结构则发生了根本性的变

---

① 仇继恒:《陕境汉江流域贸易表》卷上,入境货物,《关中丛书》本。
② 仇继恒:《陕境汉江流域贸易表》卷上,入境货物,《关中丛书》本。
③ 嘉靖《陕西通志》卷三十四,田赋。
④ 康熙《续华州志》,物产志。

化。志载,华州物产"植物产以农产物为最贵品,农产物又以谷类为最贵品,州境凭山,高印之田宜菽、宜玉麦、宜黍、宜稷、宜芋,原隰宜稻、宜麦、宜秋、宜粱,就大较言之,当可为谷类之出产场。然而通计岁入,则蓝棉烟草之利视五谷值厚矣,罂粟之利视蓝棉烟草尤厚,谷贱病农,济以妖卉,饮鸩而甘,不其唏矣"①。作为商品,华州的货品输出与输入也随之改观。光绪《华州乡土志·商务》记载得非常清楚,"州境西距长安不二百里,东望华河,密迩晋豫;南通商雒,擅材木之饶,北带渭河,得运输之便。交易四达,宜乎为居积逐时者之所走集矣。而输出之品独竹制器物为大宗,茧、丝、靛、棉、苇席、火纸运销不出百数十里。果若桃干、杏干、桃杏仁、柿饼、万寿果;药若麻黄、防风、苍术;蔬若笋、藕、山药,东输至华阴,西输至西安、三原止矣。而鸦片一宗远及山西、河南、直隶、山东,每岁以钜万计。其输入品则煤、铁之舟汎于河渭,来自山西。洋布洋纱、中扇、钮扣、绸货来自西安;粟来自渭北,然独粟为至多矣,约计之,岁可四五百万石,大率以鸦片辗转相贸,然则华之民仰食于鸦片者殆十室而五六,此宁可长恃乎!"由于鸦片的种植大量挤占良田,使原本作为华州最重要经济作物的棉花种植减少许多,每年还要从省城西安输入"洋布、洋纱",供本境使用。鸦片的输出反而成了州境最大宗的货品了。这种情况不仅华州一地存在,在陕西各州县也非常普遍。乾州属境的武功县,乾隆时县志尚称"东南大宜木棉、桑,故蚕织之业广焉,然多为细人觊觎营利,故其人反贫,至寒不得衣,继缔谚曰:'物丰于所聚,利竭于所产',岂不诚然乎"②。木棉、蚕丝在当时是武功重要的出产物品,常为商贩所觊觎,成为获利的手段。而到光绪时期,武功县出产物品中鸦片成为最大宗,桑蚕不见记载,木棉退居末位,只作为常产而非特产来记述,产出亦不多,"棉多出本境亦于本境内通造为布",没有半点输出了。③虽然史籍并没有交代这种局面的形成是由于种植罂粟的结果,但至少与罂粟大面积种植有关。光绪时武功县罂粟种植面积非常可观,从其输出量可以反映出来,"鸦片一宗,由客商转运(陆运),在本省、河南、山西、直隶等处,每岁销行约壹百伍陆拾万两"④。

罂粟种植挤占棉田,在陕西影响最大的当首推凤翔府。清代凤翔府包括凤翔、宝鸡、陇州、岐山、扶风、麟游、郿县、汧阳八州县。康熙时朱琦所撰《重修凤翔府志》卷三"物产"中记载了当时整个凤翔府的主要物产,除个别物产下注出某县所出,如"陇酒"注"州出","石墨,汧阳出","赤白土,岐出",其余均无注,应该说明这些物产在府中各州县均有出产,其中即有"木棉、棉布"二项。⑤另外,顺治

---

① 光绪《华州乡土志》,物产。
② 乾隆《武功县志》卷二,田赋志第四,物产。
③ 光绪《武功县乡土志》,物产,商务。
④ 光绪《武功县乡土志》,物产,商务。
⑤ 康熙《重修凤翔府志》卷三,物产,货属。

《岐山县志》、康熙《陇州志》、雍正《郿县志》、雍正《扶风县志》、乾隆《宝鸡县志》、康熙《麟游县志》等的"物产志"中也都明确记载该县产"木棉、棉布"。在雍正《凤翔县志》①、道光《汧阳县志》②中记载本县出"布"。可见,清朝初年凤翔府各州县大多是出产棉花、棉布的,似乎产量也不少。那么,到晚清时期凤翔府的植棉业却发生了根本的改变。光绪《麟游县新志草》的"物产"志中已不见"木棉、棉布"的记载。宣统《郿县志》记"植物制造有布"但无棉花种植的记录。③ 宝鸡县在民国初年仅川村出产棉花。④《岐山县乡土志》亦无植棉纺织的记录。扶风县"旧有木棉,今乃反无"。⑤ 陇州虽有宜棉之地,但已"地不成棉"。⑥ 从这些记载明显看出,在清朝晚期凤翔府植棉业的衰退已达到极点。原因何在? 主要是因为罂粟的大量种植挤占了梯田。当时陇州,岐山都有种植,扶风种植更多。岐山、扶风所产鸦片不仅供本地、本省使用,且发直隶、山西、河南,成为县中仅有的数品大宗出境货物。扶风县是"近日狃于烟土之利,罂粟之种,几于比户皆然"。⑦ 当时的人以"扶土瘠狭,无多产,以易他地之财,得罂粟之种而商务稍兴,或以为扶风幸"⑧。在这种情况下,罂粟的种植只会疯狂地扩张,挤占农田自不可免。虽然不能说仅仅因为种植罂粟而使凤翔府的植棉业走向衰退,但在有限的耕地中,罂粟的大面积种植肯定要挤占部分棉田,使之趋于萎缩。

鸦片战争以后,陕西罂粟越植越多。据光绪三十二年(1906年)统计,全省种植罂粟达53万余亩。⑨ 从光绪三十一年至光绪三十三年(1905—1907年)全国产量来看,三年中,四川产153 112担,贵州产36 732担,云南产31 452担,陕西产29 646担,山西产28 184担。陕西年产鸦片名列全国第四位,仅次于四川、贵州、云南。陕西本省每年销售鸦片4 652担,大部分销往外省。⑩

进入民国以后,军阀割据,战乱不止,各地方势力为增强实力,扩充地盘,纷纷把鸦片税收作为筹饷的主要来源。为此,他们强迫或诱使农民种植罂粟,陕西的罂粟种植有增无减。1920年,陕西督军陈树藩与省长刘镇华联合委派40多个劝种烟委员,分赴各县,力劝农民种烟,并且宣布种烟一亩一次征收大洋30元的税金。⑪ 种烟成为合法化农家经济,自此之后,陕西各县基本全部种上了罂粟。关中地区每县少的种800亩,多的超过2 000亩,像周至县的烟田达到了54 000亩,⑫ 各县罂粟

---

① 雍正《重修凤翔县志》卷三,物产,货属。
② 道光《汧阳县志》卷十,地理志·物产·货属。
③ 宣统《郿县志》卷十八,物产。
④ 民国《宝鸡县志》卷十二,风俗。
⑤ 光绪《扶风县乡土志》卷二,物产。
⑥ 光绪《陇州乡土志》卷十四,物产。
⑦ 光绪《扶风县乡土志》卷二,物产篇第十三。
⑧ 光绪《扶风县乡土志》卷二,物产篇第十三。
⑨ 李文治:《中国近代农业史资料》第一辑,生活·读书·新知三联书店,1957年。
⑩ 中央第一档案馆藏:《丞寥厅奏查明各省洋药进口土药出产及行销数目酌拟办法一折》,转引自田培栋《明清时代陕西社会经济史》,首都师范大学出版社,2000年。
⑪ 马模贞等:《中国百年禁毒历程》,经济科学出版社,1997年,第92、93页。
⑫ 陈翰笙:《崩溃中的关中小农经济》,《申报月刊》第1卷6号,1932年10月。

种植面积越来越大,所抽捐税也越来越多,1924年所收的烟税就达1 000万元以上。①对农民而言,尽管烟税繁重,但如果指定种罂粟而拒种,就必须交纳"白地款"13元,因此种麦比种烟亏损更大。在不得已的情况下,农民对于烟苗只能"用全副精神去惨淡经营,惟恐不胜,而对正当的农作,反而任其荒芜"②,其结果就是使大片粮田变为烟田。

1928—1930年,我国北方地区发生了一场空前的大旱灾,陕西受灾尤重。农村死亡人口据载"竟达250余万口之多"③,当代学者进一步指出,陕西省在这三年大荒中,沦为饿殍、死于疫病者,实际高达300多万人,流离失所的有600多万人,两者相加约占当时陕西全省1 300万人口的70%,④农村经济已达到崩溃的边缘。当时即有有识之士指出,饥荒很大程度上由于过度种植鸦片,指出"灾后农村破敝最利害的……是(陕西关中)西路几县种鸦片最多的地方",⑤因此提出如何劝阻农民不种鸦片。

罂粟是一种产值高、收入有保证的经济作物,其生长期大致在农闲时节,农民有充足的时间来经营。种烟的利润数倍于种粮,也高于种植其他的经济作物。其时种粮除了要交固定的田赋之外,还要额外负担"白地款",且粮食卖价一般也不如烟土。因此,种烟虽然税重,但仍比种粮来得划算。因此灾后农民不仅没有放弃种鸦片,反而"得了天雨能下种,不去种麦,还是种鸦片"⑥。所以,20世纪30年代以后,陕西鸦片种植仍十分兴盛。据有关报告,1933年陕西全省鸦片产量为1.6万担,1934年达到1.7万担,⑦是陕西省鸦片种植的最高峰期。1934年,农业复兴会对陕西灾后重建工作进行实地调查,发现"潼关城内有商五百余家,其中一百余家是鸦片商店……(西安)街上商店最惹我们注意的是鸦片商店。鸦片商店约四五百家。……(渭南)城里商店二百余家,鸦片商店占六十余家"⑧。1935年,自西安至咸阳的道路两旁,到处可见"垅中一亩一亩的罂粟";咸阳城外"烟田中的人比麦田更多";岐山县境也"是一遍绿无际涯的罂粟"。⑨像武功县殷彭村几乎75%的耕地成为大烟地,而在该县城镇集市附近,则更甚于此。⑩据内政部公布的数据,1935年陕西种烟面积为36 058市顷,⑪这一数字还要低于实际种植面积。

---

① 苏智良:《中国毒品史》,上海人民出版社,1997年,第250页。
② 作建华:《西北农村经济之出路》(续),《西北农学》第2卷1期,1936年5月。
③ 康天国编:《西北最近十年来史料》(1931年),第125页,沈云龙主编:《近代中国史料丛刊三编》第60辑,台湾文海出版社,1960年。
④ 李文海等:《中国近代十大灾荒》,上海人民出版社,1994年,第174页。
⑤ 李协:《怎样督劝农民自动不种鸦片》,《新陕西》第1卷6期,1931年10月。
⑥ 李协:《怎样督劝农民自动不种鸦片》,《新陕西》第1卷6期,1931年10月。
⑦ 苏智良:《中国毒品史》,上海人民出版社,1997年,第324—325页。
⑧ 行政院农村复兴委员会:《陕西省农村调查》,商务印书馆,1934年,第158—159页。
⑨ 张扬明:《到西北来》,商务印书馆,1937年,第69—114页。
⑩ 彭先先:《武功县种植鸦片和禁烟概述》,载《近代中国烟毒写真》,河北人民出版社,1997年,第510页。
⑪ 内政部:《禁烟年报》,1936年,第36页。

第六节　其他经济作物与资源特产的地域特征

一、油料作物种植

近代陕北地区油料作物的种植以麻为主。麻分四种：大麻、亚麻、芝麻、蓖麻。

大麻，俗称"小麻"，①又名火麻、②黄麻，③其类有雌、雄二种，雄者无子，皮可为绳，曰线麻，俗谓之花麻；雌者有子，可榨油，名苴。④ 大麻适应性强，陕西三区皆有种植，陕北各县种植尤广，麻子产量也很丰富，麻油以此为主。光绪年间定边县"岁约出麻子五六千石"⑤，其种植定然很广。

亚麻，又名胡麻，子可榨油，⑥适宜栽培于雨量较少的地区，所以陕北地区分布较多，清代陕北地区各州县几乎均有出产。

芝麻又名脂麻、油麻、胡麻、巨胜等。其油芳香，俗称香油，由于芝麻耐旱怕涝，宜种于高燥之地，清代陕南、关中、陕北地区种植也较为普遍。

蓖麻，又称老麻，仁榨油可调印色、燃灯，亦可入药，不能食用，陕北地区种植较多。

这四种麻为陕北生活用油的主要来源。道光延川县，"油，有脂麻、亚麻、麻子、蓖麻榨者，间有杏仁作者"⑦；光绪定边县"麻子，压之可以出油，胡麻，亦可以出油"⑧。当然，除麻油外，陕北区域还有其他种类的食用油，如延川县有杏仁油；神木县除麻子、胡麻油外，"芝麻、黄芥，可榨油，神木饼馅均用此油制造"，黄芥油在个别州县也成为主要生活用油。

关中地区农业发达，食用油料作物的种植也较普遍，但种植最多的为油菜。油菜，一名芸苔，子称菜子，当地人亦有称油菜为蔓菁者。关中地区种植油菜的历史非常悠久，早在商周时期，《诗经》即记关西产"葑"，据考证"葑"即今天的油菜，汉唐以后记载更多。明时关中百姓对于油菜的种植，菜子榨油技术均已娴熟掌握。这些在各县方志中有一定反映。据雍正《陕西通志》记载："蔓菁……叶甘，根叶俱可食（马志）。根叶蓄可御冬，子为油，资用甚广（咸宁县志）。一名芜青，其味甘美，结蕊叶作菜，香辣有味（渭南县志）。"⑨由此不难看出关中地区油菜种植的普遍性。入清以后，随着关中地区农业经济的发展，以及对山西农副产品输出的需求，油菜种植又进一步扩大，这一时期各州县均有

---

① 道光《安定县志》卷四，田赋志，物产。
② 乾隆《白水县志》卷一，地理志，物产。
③ 道光《清涧县志》卷四，田赋志，物产。
④ 光绪《绥德州志》卷三，民赋志，物产。
⑤ 光绪《定边县乡土志》第三编，格致，制造类表。
⑥ 道光《安定县志》卷四，田赋志，物产。
⑦ 道光《延川县志》卷二，物产，货类。
⑧ 光绪《定边县乡土志》，第三编，格致，第五章，商务。
⑨ 雍正《陕西通志》卷四十三，物产一。

油菜种植。

陕南地区物产丰饶,食用油料作物品种更加多样,商州油有核桃、芝麻、椒、菜子、稔籽、漆籽、杏仁达十数种之多,①当然漆籽油不可食用。从其他史籍综合来看,当时陕南地区尚出产杏仁油、棉子油、茶子油。雍正《镇安县志》记本地物产中,可作为货物流通者尚无油一项,唯有"稔子"。②而到清后期,本县油的制作技术已大为发展,产出有核桃油、桐子油、芝麻油、菜子油、黄豆油、蓖麻油、烟子油,"各以其子榨成,惟桐子、蓖麻、烟子油不可食"③。当然,清代陕南地区食用油料作物的种植以芸苔、芝麻为主,这一点可参考1932年陕西实业考察团的调查数据,如表1-2-14所示。从中可以看出,仅以上五县厅所产芸苔、芝麻数量即如此之大,由此可以看出陕南油料作物种植面积是很大的。

表1-2-14 民国年间陕南部分县厅芸苔、芝麻年产统计表

州 县	年 产 芸 苔	年 产 芝 麻
南郑县	9万余石(约166.4万斤)	9 000余石
城固县	9 120担	450担
汉阳厅	7 000担	
安 康		24 100担
褒 城		494 230斤

(资料来源:陇海铁路管理局编:《陕西实业考察》,农林,汉文正楷印书局,1933年。)

二、果 树 栽 植

近代陕西各地均产水果,由于本省地跨南北,气候差异较大,故所产水果品种丰富,兼具南北风格。民国《续修陕西通志稿》记载全省果品有42种之多,④从各地方志记载来看,全省各州县均出产果品,其中不乏名产。

陕北地区出产杏、枣、李、桃、胡桃、奈、郁李、柿等,以杏、枣为多,枣的产量尤大。道光怀远县"果之属则有桃、杏、枣、李,而杏树、枣树更为易生,民间多植之"。⑤吴堡县甚至有以植枣为业的民户。⑥大体来讲,黄河沿岸各州县产枣最多,包括葭州、米脂、绥德、吴堡、清涧等县,是陕北地区枣的集中产区,且多有输出。如民国《横山县志》载,"枣,色赤,长圆形,县产远逊黄河沿岸一带"。⑦

---

① 康熙《续修商志》卷四,物产,货属。
② 雍正《镇安县志》卷二,物产。
③ 光绪《镇安县乡土志》卷下,物产。
④ 民国《续修陕西通志稿》卷一百九十,物产一。
⑤ 道光《怀远县志》卷之二,物产。
⑥ 道光《吴堡县志》卷之一,舆地部,物产。
⑦ 民国《横山县志》卷三,物产志。

葭州枣为本州最主要的果品,名列"物产志·果属"之首位。① 绥德州"产梨枣颇多"。② 清涧县产枣更多,道光年间县内"东乡自店坊坪直抵黄河计百余里,皆枣林"。③

关中地区气候温和,水利条件好,各种农产均较发达,果树的栽植十分普遍,各县均有水果产出,优良品种也最多。终南山麓林木资源丰富,果树栽植业很发达,所谓"南山夙称陆海,材木之利,取之不穷"。④ 长安县终南山产柿、栗颇多,"缘山柿栗,岁供租赋"。⑤ 蓝田县是清代关中出产果品的大县。县北果树栽植非常广泛,较多者为桃、杏、沙果,这些果树"春里开花,灿若列锦",故邑中有八景,一名"绣岭春花"即指此。此外南山内多产胡桃、栗子、梨、苹果、红果等,"每岁运销省城,络绎如织"。⑥ 华州沿秦岭一带桃杏成林,清后期出产果品以核桃、栗、枣、柿、万寿果为大宗,"而桃、杏尤多,近山沙砾之田,东西数十里,皆桃、杏林也,方春花时,彩霞浓郁,弥望无际,致为佳胜"。⑦ 盩厔县"果之最盛者,桃、杏、李、柿、胡桃、栗子、葡萄也。椇椇(俗名拐枣)、榛、柰、木瓜、梨与安石榴,间有重至斤者,难久贮。重阳宫、楼观台之银杏,其树有三四围者;山葡萄,黑色,土人采以酿酒,味颇美,但未得制造良法,故较他省为逊"。⑧ 鄠县果品有胡桃、苹果、石榴、海榴、杏、桃、柿、李、梨、栗、银杏,银杏为本县特产。⑨ 总之,关中地区沿秦岭一带,各州县出产果品较丰富。

关中沿北山一带各县也是出产果品较多的区域。果树栽植集中,大体包括韩城、同官、耀州、淳化、三水、邠州、长武、永寿、麟游、陇州等州县。麟游、同官两县出产胡核十分有名。邠州果类"有枣、梨、桃、石榴、樱桃、葡萄、核桃、楸子、杏、银杏、李、柿、雁过红等,而枣、梨尤为特产,每年运销外县颇多"。⑩ 邠州所产梨、枣久负盛名,自古为本省名品。光绪年间,邠州大佛寺一带"周围约有百里,尽栽梨、枣、柿子,七八月间,梨价每一文钱可得两枚,大枣每斤二三文,柿子更贱"。⑪

关中平原区亦不乏出产佳果的州县。武功县"果如葡萄、枣、梨、桃、杏、柿、栗亦美"⑫,果品亦不少。乾州"泔河之梨,胜于邻县,每年可产二百万枚,陵沟以西之柿,产量亦大,均为出境之要品"。⑬ 醴泉县"梨以产小河者为佳,枣以产

---

① 民国《葭州志》卷二,物产。
② 民国《绥德州志》卷之三《物产志》。
③ 光绪《定边县乡土志》,第三编,格致,第五章,商务。
④ 康熙《盩厔县志》,物产志。
⑤ 嘉庆《长安县志》,风俗志。
⑥ 光绪《蓝田县乡土志》,商务。
⑦ 光绪《华州乡土志》,物产。
⑧ 民国《盩厔县志》卷三,田赋,物产。
⑨ 民国《鄠县乡土志》卷下,物产。
⑩ 民国《邠州新志稿》卷十六,物产。
⑪ (德)福克著《西行琐录》,见《小方壶斋舆地丛钞》,第十帙,中州古籍书店,1985年。
⑫ 光绪《武功县乡土志》,物产。
⑬ 民国《乾县新志》卷之五,业产志,农产。

小赵村者为佳,胡桃以产朱家嘴者、柿以产凉马、店头者为佳"①。渭南县桃、杏品质优,远近驰名,当地地方官"例以土物馈僚长",桃、杏自然成为渭南县官方的馈送礼物,种植者不但不能获利,反罹其祸。②泾阳县枣、桃、杏、柿产出均较多,品种亦佳。枣多植于"沙土山坡"之上,"有水枣,皮薄而脆,熟时贩运省城",又有"钝枣,肉肥,干之备荒,兼可烧酒"。桃有莺嘴桃、平顶桃,平顶桃"亦名利核桃,味甘美,傍河滩多种,惟豁口为最佳"。杏有三月黄与梅杏两种,梅杏尤有名,"味甘,鲁桥产者多且美"。柿的种类更多,"多出鲁桥各村,重阳后来摘,惟实小而皮如鱼鳞,中含菊花瓣形者,味甘美,为邻县所无"③。蒲城县"滨洛一带多枣,出自直社、曹村者尤佳,尧堡之瓜、永平之梨、五龙山左之柿桑、渠川之白黄瓜与葱,皆香美可食"④。大荔县沙苑产枣,远近知名。又产榲桲,"类似樝子,肤浸而多毛,味尤佳,其气芬馥,置衣笥中亦佳","土人用以熏衣,京师人用以熏鼻烟,皆能久香不散"。⑤

关中平原地区除南北两山本身就有一些如核桃、柿、栗等天然果林外,大多州县均栽植果树,作为农家副业,对于补充农民收入大有裨益。有些地区还发展果园经营,为城镇市场提供果品,形成一定的区域分工。以清末民初澄城县为例,可以大致反映出关中平原各州县果林栽植状况:"果有杏、桃、梨、林檎、枣、柿、羊枣、石榴、葡萄、栗子、槟子(俗名红果)等,各处乡民于院内或场边隙地栽种者,惟县西河有桃、林檎果园,大峪河以上,王家河等处有桃园、梨园,长宁河附近间有果园,南乡酥酪沟亦有果园,埝村沟一带(县西河下流)及彭家河以下(大峪河下流)多种枣树,为农家副产大宗;核桃,北山内皆有之,惟门限岭北、龙头坪北、圪台一带为多,每年冬季运城内销售,樱桃、模糊梨、山葡萄(色黑)等,山内间有之,南乡食果,多来自同州北乡,柿饼多自白水运入。"⑥从澄城县整个产业分工来看,大抵北乡多植果,且果园较多;南乡多务农,食果尚需由同州、白水运入。此外,农家亦不乏于院内、场边隙地栽植果树者,清代关中地区各州县果树栽植情况大率如澄城县例。

陕南地区的果品与关中、陕北略有不同。由于地处秦岭以南,属北亚热带气候区,果品亦相应表现出这一地域特征。汉中府"果类:石榴,有红白二种;柑、梅、梨、枣、栗、菱、榛、橙、柿、桃、李、杏、银杏、葡萄、软枣、杨桃、核桃、拐枣、楸子、林檎、地环子、枇杷、白果、荸荠"⑦。其中柑、梅、橙、枇杷等为秦岭以南的水果品种,陕北、关中地区均不出产。陕南秦巴山区林木资源丰富,果树栽植亦较丰富,

---

① 民国《醴泉县志》卷二,地理二,物产。
② (清)路德:《柽华馆全集》卷六《兴安府知府鲍君墓志铭》,《中国西北文献丛书》,兰州古籍书店,1990年影印。
③ 民国《泾阳县志》卷十一,地理志·物产。
④ 光绪《蒲城县新志》卷之一,物产。
⑤ 咸丰《同州府志》卷之二,土物志。
⑥ 民国《澄城县附志》卷之四,实业志。
⑦ (清)蒋廷锡等辑:《古今图书集成·方舆汇编·职方典》第五百三十二卷,汉中府部,中华书局,1986年。

各州县产出较多。西乡县在晚清时，境内出产果品有十七种之多，其中枇杷、橘为本地特产，味美质优。栗与柿饼尚作为备荒之粮，加以利用。① 宁羌州所产"柿饼"为本州大宗植物制造品，输出境外。② 城固"县北之升仙谷口"农户广植丹橘、黄柑，"近村每年获数十万枚"，③是这一带农民利源所在。另外，陕南山货是对外输出的大宗货品之一，其中就包括核桃一项，秦岭山中核桃林广布，每年产出亦有相当数量。

三、漆树的分布与生漆产量

生漆也称山漆或栌苗，为陕西特产之一。秦岭以南，巴山以北，均为产漆的地区，这些地区气候优良，适宜漆树生长。陕西漆树的分布，主要集中在汉水上游的陕南地区，大抵包括安康、平利、石泉、商县、南郑等县，这些县的漆树种植总面积约占全省总数的三分之一，另外陕南东部的白河县，南部的岚皋县，巴山以西的宁强、略阳等县，产漆数量也非常可观。据调查，城固县政府在1941年，在该县的小河北地方计划造漆林180亩，此地为黏质土，宜于培植漆树。西乡县山地较多，每年出产桐油漆油约有40万斤。漆树以产于巴山一带者为多，留坝县境之东南北三面多山，山货出产甚丰，其中以生漆桐油居多。紫阳山地漆树分布也很广，安康是漆与桐油的集散地，荒山废田，触目皆是，山中多产生漆，以大山漆著称。平利漆产亦盛，以平利漆著称。白河境内有漆树二万余株，每年产漆二万斤以上。

表1-2-15 陕南一带天然林中漆树株数所占比例统计表

山 区	株 数（株）	占全林百分比（%）
秦 岭	5 400 000	5
蟠 山	10 800 000	10
大巴山	5 400 000	5

（资料来源：迈公：《陕西之特产（二）》，《陕西省银行汇刊》第七卷第一期，1945年2月，第10页。）

至于陕南漆业贸易，在战前由安康、南郑、石泉、平利等产地运老河口集中，由收买庄号再行装箱运销汉口，转运上海，输出海外，如中国香港、新加坡、爪哇、中国台湾、日本等地。以平利漆大木漆甚为驰名，战后则改由香港输出。

---

① 民国《西乡县乡土志》，物产。
② 民国《宁羌州乡土志》，物产。
③ 光绪《城固县乡土志》，商务。

表 1-2-16 陕南生漆产量调查表

县别	漆树株数（株）	每年产漆量（斤）	县别	漆树株数（株）	每年产漆量（斤）
平利	250 000	240 000	紫阳	60 000	62 000
岚皋	90 000	95 000	安康	12 000	10 000
白河	25 000	20 000	白河	25 000	20 000
汉阴	24 000	22 000	洵阳	12 000	10 000
西乡	12 000	10 000	镇巴	1 000	3 500
镇安		10 000	镇坪		6 000
柞水		500	洋县		500
南郑		15 000	山阳		250
宁强		3 000	商县		90 000
商南		100 000	洛南		100 000
宁陕		3 000	石泉		13 000

（资料来源：西安市档案馆编：《陕西经济十年（1931—1941）》，内部印行，1997 年，第 136 页。）

四、药用植物分布与药材种植

晚清民国时期，随着陕北、陕南经济的发展，南、北两山药材资源得到开发。陕北山区几乎随处皆产。保安县山中野生药材甚多。① 怀远县"如甘草、益母、车前、枸杞子、地骨皮、旋覆花、草乌、麻黄、苍耳、蒺藜皆遍野丛生"②。药材也成为各州县最主要的对外输出商品。其中甘草、秦艽、远志、柴胡、蝉蜕、冬花、枸杞子、益母、菌陈、丹皮、白扁豆最有名。中部县深处黄土高原内陆，交通不便，商业不发达，仅有的几项输出商品中除粮食外，即为草药。③ 宜川县药材还是本县大宗输出商品之一。④ 保安县药材出产较丰富，时有"四川人入山购买，贩诸他乡者"⑤。当时陕北地区药材产出最多的则为"甘草"。

甘草，属豆科，多年生草本。春天生新芽，茎高二三尺，叶为羽状复叶，长卵形，夏秋开淡红色花，花冠如蝶形，簇聚成穗，其地下茎及根皆入药，干燥色黄，有特殊之甘味，故名。甘草耐旱易生长，陕北各州县草地、崖岸生长极为普遍，各州县均产。榆林县"甘草，生城外各处土崖上"⑥，保安县"甘草尤多而美，有大如人臂者"⑦，

---

① 民国《保安县乡土志》，物产，药材。
② 道光《怀远县志》卷之二，物产。
③ 光绪《中部县志》，商务。
④ 陇海铁路管理局：《陕西实业考察》，工商，四、考察陕北工商业情形，汉文正楷印书局，1933 年。
⑤ 民国《保安县乡土志》，物产。
⑥ 民国《榆林县乡土志》，物产，植物。
⑦ 民国《保安县乡土志》，物产。

宜川县"甘草,各乡均产"①,洛川县"甘草,产量多,质亦美"②。其他州县诸如怀远、中部、定边、米脂、延长、延川等州县方志中均有对药用植物甘草的记录,且往往列于药品之首位。光绪年间,仅定边一县,每年外销甘草即达"三四万斛"③,清末陕西所设征收厘金之厘局,陕北地区共有龙王辿局、靖定局、宋家川局、府神葭局四处。四处厘局所征厘金,有三处(除宋家川局)均列有"甘草"一项,④且为各局所征的大宗货品之一。1934年行政院第二战区经济委员会曾委托各县政府及各税局对陕西各地药材产量进行调查,仅神木、中部、洛川、麟游四县年产甘草即达 41 740 斤。⑤此外,怀远、宜川、保安、榆林、米脂等县甘草产量均不少。

关中地区所产药材更多。同州府蒲城县"药之防风、远志、麻黄、枣仁,民间亦采取之"⑥。大荔县的"麻黄,所产颇多,有商尚可销行邻省"⑦。乾州所产"最著者为红软柴胡,即所称西柴胡,为国药中地道佳品,产量颇丰,运销四川"⑧。醴泉县所制地黄极为有名,"按地黄本产自河南怀庆,以邑城北志公泉水,九蒸九晒,如法炮制之,性味极佳,故有醴泉九地之称"⑨。同州府各州县所产药材也不少,药材输出也是各县大宗货品。白水县"山谷丛杂,药材尤富,有丹参、沙参、紫参、玄参、山楂、益母、茵陈、车前、括楼、知母、款冬、麻黄、牵牛、黄精、荆芥、柴胡、葛根、天南星、大力子、赤石脂、菟丝、天门冬、远志、黄芥、苍术、防风、酸枣仁、甘遂、芫花、桔梗、秦艽、地骨皮、茜草、王不留,皆可贩易他处"⑩。华州"药类无虑数十种",以防风、苍术、麻黄为多,最有名的为款冬花,这些药材或运销省城,或入三原加工远销他省,均十分有名。⑪韩城、华阴虽史无明文记载,但从民国时期二县药材产出量来看,清代产药当亦不少。西安府出产药材最多的州县以地跨南山的鄠县、盩厔、蓝田最有名。鄠县南山出产香附、白芷、半夏、泽泻、薯蓣、地黄、茱萸、苍术、南星、野党,阿姑泉所产紫苏尤佳,天麻等均为本县常产。蓝田县南山内出产的药材品种更多,达数十种之多。⑫当然,关中地区出产药材最著名的应首推凤翔府。凤翔府各州县地跨南北两山,无论从出产的药材品种或数量、质量上都超过其他府州,陇州、麟游尤为有名。陇州山谷"产当归,乌药等类,东路贾客相率赴陇捆贩"⑬,吸引了众多外地客商来此采购。麟游县据民国年间统计,甘草、黄芩均为大宗输出品,年产药材 28 000 余

---

① 民国《宜川县志》卷七,物产志,药用植物。
② 民国《洛川县志》卷七,物产志,药用植物。
③ 光绪《定边县乡土志》,第三编,格致,第五章,商务。
④ 陕西清理财政局编:《陕西全省财政说明书》,岁入部,厘金,宣统元年排印本。
⑤ 迈公:《陕西之特产(二)》,《陕西省银行汇刊》第七卷第一期。
⑥ 光绪《蒲城县新志》卷之一,物产。
⑦ 光绪《大荔县乡土志》,商务。
⑧ 民国《乾县新志》卷之五,业产志。
⑨ 民国续修醴泉县志稿》卷之二,地理志二,物产。
⑩ 光绪《白水县乡土志》,物产,药材。
⑪ 光绪《华州乡土志》,物产,商务。
⑫ 光绪《蓝田县乡土志》卷二上,商务。
⑬ 乾隆《陇州续志》卷之一,方舆,风俗。

斤,①是关中产药大县。关中地区药材产出量大,输出也多。潼关所产药材"每岁约采得一千斤有余。在本境销行,每岁二百斤有奇;运出本境,从陆路骡驮在华阴庙三月销行,每岁七百斤有奇"②。乾州所产"最著者为红软柴胡,即所称西柴胡,为国药中地道佳品,产量颇丰,运销四川"。西安府兴平县所产蒺藜、乌药为出境大宗。③府内出产药材较多的州县以地跨南山的鄠县、盩厔、蓝田最有名。其中鄠县仅乌药一项,光绪年间年产即达 70 万~80 万斤,"由陆路运至乾、凤、兴、汉、甘肃,水运至山西,每年约销五六十万斤,本境约销二十万斤"④。蓝田县南山内出产的药材品种更多,达数十种之多,"每岁由南山内肩挑负载,运销省城络绎不绝,为出境大宗"⑤。

清代关中地区,三原县还形成了西北药材加工与集散中心。这里的药材主要来源于本省南北两山以及川甘等地,"转贩豫晋鄂苏等处销售"。清末三原厘局所征厘金 41 152 两,其中有十分之二,即大约 8 230 两为药材输出税,⑥实在不是一个小数字,即便除去川甘运入药材,本地所产当亦不少。

清代陕西产药最丰富的为陕南地区,据民国陕西实业考察团人员调查,"国产药材,以云、贵、川、甘各省为最富。此次考察所及,乃知陕南崇山峻岭中,名贵药品,种类繁多,且产量亦丰富,多系自然繁殖于山谷中,经人们入山采集,蔚成巨量,由水道运售外省"⑦。虽此为民国时陕南药材产销情况,其实亦为清代发展而来。《古今图书集成》载,仅兴安、汉中两府所产药材即达 74 味之多。⑧ 最著名的有黄连、厚朴、党参、当归、茯苓、赤勺、何首乌、菖蒲、大黄、木通、木贼等。

明代朱国桢在《涌幢小品》中即记载汉中山中产何首乌,有一株甚至重达十余斤。⑨ 当归是陕南山区产出量最大的药材,各县均产,输出最多。黄连、厚朴,质量优于川、甘,是清代陕南药材输出的最主要品种。党参主要产于凤县、留坝、沔县等州县,通名"西党",尤以凤县所产为佳,具有狮子头、菊花心、粗皮、横纹等特点,量大质佳,久负盛名,远销华南和南洋一带。雒南县"党参,雒境少有,未能成庄,两岔河收药各商每年春夏之交,分赴两当、凤县一带山深林密处,随地收买,秋季运至两岔河,觅工拣选,炮制扎捆装箱,冬季即运入上海,近有上海商人以巨金在雒定叙若干,预先给予工本,故今虽无本之商亦必获利,而雒商之利源由此日短,现在党参行业已倒闭"⑩。陕南地区所产党参深受南方省区欢迎,清末民初在雒南县甚至出现

---

① 迈公:《陕西之特产(二)》,《陕西省银行汇刊》第七卷第一期。
② 光绪《潼关乡土志·商务》。
③ 民国《兴平县志》卷一、地理·物产。
④ 民国《鄠县乡土志》卷下,商务。
⑤ 光绪《蓝田县乡土志》卷二上,商务。
⑥ 陕西清理财政局编:《陕西全省财政说明书》,岁入部,厘金,清宣统元年排印本。
⑦ 陇海铁路管理局编:《陕西实业考察》,农林,三,附陕南各种特产之考察,汉文正楷印书局,1933 年。
⑧ 《古今图书集成·方舆汇编·职方典》第五三二、五三九卷,汉中府部、兴安州部,中华书局,1986 年。
⑨ (明)朱国桢:《涌幢小品》卷十五,府州郡县异同,中华书局,1959 年。
⑩ 光绪《雒南县乡土志》,物产。

上海商人垄断行业的行为,使本地商行倒闭。

清前期陕南所产药材大多为老林中的天然产品,晚清时期,由于老林多已开发,天然产品减少,于是商人开始雇人种植,发展药材种植业。《三省边防备览》载:"药材之地道行远者为厚朴、黄连两种,老林久辟,厚朴、黄连之野生者绝少,厚朴树则系栽成于小坡平坝中,有笔筒厚朴,言其小也。树至数年、十数年如杯、如盎则好厚朴矣。黄连于偏僻老林山坳、山沟中栽种。商人写地数十里,遍栽之,须十年方成,常年佃棚户守。"①除山内种植药材,平原区也有于田边种植者。"汉川民有田地数十亩之家,必栽烟草数亩。田则栽姜或药材数亩,烟草亩摘三四百觔,卖青蚨十千以外,姜、药材亩收八九百觔,卖青蚨二三十千,以为纳钱粮,市盐布,庆吊人情之用。"②清后期镇坪厅甚至出现农户多种药材,挤占农地的现象。志载:"药之类所产实多,而吾民大善政也……顾开垦多而灾,人在高山种洋芋谋食,种药材谋衣,自洋芋糜烂无种,高山人一往而空,药材类如黄连、党参大起价值,谋利之人渐由低山运粮至高山,老林兴种一切药材,每于歉收,民苦乏食。"③陕南药材种植业的发展为药品的输出提供了保证,构成了清代陕南地区对外输出的主要货品。

表 1-2-17　清末城固县输出药材统计表

品　种	输　出　量	运　输　方　式	输　出　地
乌　药	三万余斤	陆运	甘肃、新疆
柴　胡	一万余斤	水运	湖北
前　胡	五千余斤	水运	湖北
苍　术	五千余斤	陆运	四川
大　黄	三千余斤	水运	湖北
柏子仁	三千余斤	陆运	四川
半　夏	五千余斤	陆运	本省
橘　皮	一万余斤	陆运	本省
黄　芩	五千余斤		本境
香　附	五千余斤		本境
巴党参	一千余斤		本境
芍　药	三千余斤		本境

(资料来源:光绪《城固县乡土志》,商务。)

---

① (清)严如熤:《三省边防备览》卷九,山货,清刻本。
② (清)严如熤:《三省边防备览》卷八,民食,清刻本。
③ 民国《镇坪县乡土志》,赋役志。

清代陕西对外药材输出最多者还要数陕南地区。陕南各州县均有药材输出，输出量也不少。平利县光绪年间每年输出河口、汉口及上海等处的当归有一万勖、党参一万余勖。① 清末民初宁羌州每年运销四川的柴胡五百捆，薑薄三百包，泡参三百包，杏仁、五倍子各"百包"。② 城固县每年对外输出的药材更多，仅最重要的十二味药材的年输出量即在八万四千余斤。③ 如表1-2-18所示。根据民国年间部分调查资料，可以看出陕南地区药材的产量与输出量相当可观。

表1-2-18 民国年间陕西药材主要产地及产量调查表

品名	产地	产量(斤)	品名	产地	产量(斤)
党参	平利、宁陕、镇安、安康、雒南、镇坪	604 000	枇杷叶	南郑、城固	55 000
当归	安康、宁强、镇坪、平利	420 000	花粉	沔县、汉阴	8 500
柴胡	宁强、略阳、商南、神木	125 700	木贼	商南	8 000
甘草	神木、中部、洛川、麟游	41 740	荆芥	神木	5 500
赭苓	雒南、商南、柞水	6 820	枸杞	朝邑、华阴	2 000
杜仲	安康、褒城、汉阴、略阳	807 000	地骨皮	朝邑、华阴	5 500
大黄	安康、平利	214 250	麻黄	朝邑	50 000
苍术	平利、雒南、蓝田、华阴	63 258	五加皮	华阴	2 000
赤白芍	华阴、澄城、商南	11 973	细辛	雒南	15 000
黄芩	麟游、商南、雒南	110 929	生地	华阴	8 000
黄柏	商南、华阴	36 540	秦艽	雒南、澄城	350 000
黄连	平利、镇坪	12 500	知母	洛川、永寿	5 800
金银花	镇坪、商南、留坝	81 500	没药	商南	800 000
紫苏	南郑、安康	56 400	五灵脂	商南	1 500
羌活	褒城	4 950	甘遂	华阴	3 000
乌药	城固、南郑	150 000	五味子	华阴	5 000
防风	韩城	50 000	远志	澄城、郃阳	14 716
白芷	安康	18 000	连翘	商南、雒南、韩城、郃阳	123 500
茯苓	沔县、褒城	5 000	桔梗	商南、蓝田	214 900
天麻	商南	8 000	菖蒲	城固、安康	8 500
木通	褒城	7 800	升麻	南郑、安康	5 000
通草	安康	6 500	黄芪	安康	15 400

① 宣统《平利县乡土志》，商务。
② 光绪《宁羌州乡土志》，商务。
③ 光绪《城固县乡土志》，商务。

品　名	产　　地	产量(斤)	品　名	产　　地	产量(斤)
土龙骨	府谷	100 000	吴于	安康	500
丹皮	安康、商南	425 000	贝母	南郑	8 500
地榆	商南	30 000	车前	安康	15 000
前胡	商南、汉阴	3 600	葛花	南郑	5 800
葛根	商南、韩城	551 150	桂皮	安康、城固	18 000
厚朴	略阳、汉阴	55 350	青木香	安康	5 000
款冬	府谷、神木	8 460	秦皮	南郑	4 000
蒿木	平利	78 500	半夏	安康	2 000
全皮	城固	45 000			

(资料来源：迈公：《陕西之特产(二)》,《陕西省银行汇刊》第七卷第一期,1945年2月,第18页。)

表1-2-19　1932—1940年陕西药材输出量值统计表

年　别	粗杂药量（斤）	价值（元）	细杂药量（斤）	价值（元）	粗细杂药总量（斤）	总价值（元）
1932年	2 674 612	26 746 120	458 505	11 462 625	3 133 117	38 208 745
1933年	88 980	889 800	273 975	7 349 125	362 955	8 238 925
1934年	432 113	4 321 130	458 894	9 177 880	891 007	13 499 010
1935年	2 445 480	24 454 800	774 163	15 383 260	3 219 643	39 838 060
1936年	4 635 595	46 635 550	1 993 508	34 870 160	6 629 103	81 505 710
1937年	995 375	9 953 740	538 918	10 778 260	1 534 292	20 732 000
1940年	2 526 765		32 620		2 559 385	
总　量	13 789 919	113 001 140	4 530 583	89 021 310	18 329 502	202 022 450
平　均	1 971 274	18 833 523	647 226	14 836 885	2 618 500	33 670 408

(资料来源：迈公：《陕西之特产(二)》,《陕西省银行汇刊》第七卷第一期,1945年2月,第20页。)

五、蚕桑业的地理分布

黄河流域为我国蚕业的发祥地,《诗经》中就有相关描述。陕西的南部和东部地区气候及土质均适宜植桑养蚕,因此蚕桑业成为农村中普遍的家庭副业,以汉江流域最为发达。清初陕西巡抚陈宏谋曾劝课农桑,上奏朝廷称:"陕省豳岐旧地,蚕桑之事,自昔为盛,日久渐替。查西、同、凤、汉、邠、乾等州府,皆可养蚕,近令地方官身先倡率,广植桑株,雇人养蚕;并于省城置机,觅匠织缣,此次进呈之缣,即系省城所织。民间知种桑、养蚕均可获利,今年务农桑者更多,计通省增种桑树已达数十万株。"①民国年间陕西民间植桑养蚕者仍不少。1931年前后,因地方灾欠,蚕丝事业有所衰落,但仍在供本地消费外,继续向川甘两省输出。陕西省建设厅于1933年曾调查本省各地蚕业情形,如表1-2-20所示。

表1-2-20　1933年陕西省各县桑园与蚕桑业统计表

县份	桑园	蚕户	春蚕产量	缫丝户	丝车	丝产额
南郑	150亩	土种蚕户1500余家,养改良种者仅职业学校1处	春茧产量15万余斤	土法缫丝户540余家	丝车约500余架,手拉织机90余架	土丝年产量约12万余两;年产绸1万余匹,绫1万5千余匹
城固		农家副业				生丝3万斤
安康		土种蚕100户	1000余斤		土法织机140架	土丝900斤
洋县	500余亩	养土种蚕者3500户,改良种者17户	蚕年产量16500斤	土法缫丝者500户	土织机25家	土丝年产1 225斤,年产绸帛950余匹
平利	180亩	养土种蚕者135户	春茧年产3 000余斤	土法缫丝者32户	丝织小型工厂3家,土织机5架	土丝产量100余斤;年产绸400余匹,绫子100余匹,汴绸100匹
石泉	14亩	养土种蚕者210余户	春茧年产6 000余斤	土法拣丝者32家	丝车32架	土丝年产1 700～1 800斤
商县	乔木桑7 480株	养土种蚕者368户	春茧年产8 600斤	土法缫丝者21户	土丝缫丝轮27架,旧式木织机60架	土丝产量900余斤;年产丝绸245匹,丝绸100余匹,生丝缎600余匹,里绸300匹
蓝田	180余亩	养土种蚕者120户,改良蚕种者20余户	年产春茧5 200余斤,夏秋茧1 100斤	土法缫丝者27户	丝车8架,丝织厂2家,织机7架	每年土丝产量700余斤;茧行有7家,茧灶12家
临潼	13亩	养土种蚕者17家,改良种者4家	年产春茧500余斤,夏秋茧120余斤	土法缫丝者21家	制造土种蚕者17家,改良种者4家	每年可产土丝270余斤

---

① 王元链:《野蚕录》,农业出版社,1962年。

续 表

县份	桑园	蚕户	春蚕产量	缫丝户	丝车	丝产额
长安	197 亩	养土种蚕者 120 户,养改良种者 30 户	年产春茧 3 800 余斤	土法缫丝者 14 户	丝车 26 架;茧行 12 家,茧灶 9 家	年产土丝 2 000 余斤,丝厂每年约产 600 余斤
周至	63 亩	养土种蚕者 48 户	年产春茧 2 200 斤	土法缫丝者 3 户	茧行 3 家,茧灶 3 家,丝车 6 架	年产土丝 100 余斤;年产厂丝 150 斤

(资料来源:西安市档案馆编:《陕西经济十年(1931—1941)》,内部印行,1997 年,第 139 页。)

此外,镇安、汉阴、紫阳、洛南、渭南、大荔、白水、富平、朝邑、眉县、户县、三原、陇县等县均有蚕丝业,只是产量不多。

第三章　近代陕西工业的发展与区域特征

第一节　清末民初陕西近代工业的缓慢发展

一、左宗棠与晚清时期陕西军事工业的发展

（一）西安机器局的创办

陕西近代工业的崛起是和军事争战联系在一起的。道光三十三年（1850年）洪秀全领导的太平天国于广西起事，并很快席卷全国。同治元年（1862年）五月，太平天国将领陈得才和赖文光率部进入陕西，1866年西捻军在张宗禹、张宗爵的带领下也攻入陕西。此时正值关中地区回汉民族矛盾不断加深，民族争斗此起彼伏之时，关中回民乘此机会进行了规模浩大的起事。同治六年（1867年）清政府命左宗棠为钦差大臣，督办陕甘军务。次年六月，左宗棠首先镇压了西捻军的势力，然而在战争中，左宗棠感觉"一切军需，特别是军火，依靠上海的外国洋行购买，而军装则由湖北省接济"非常不便，"运太远，费太贵"且"购买以费周折"，"缓难济急"。镇压西北回民起事的战争开始以后，陕西境内清军兵力大增，所需军火、军装为数甚巨。于是左宗棠开始筹划自制军火。同治八年（1869年）正月，左宗棠奏请朝廷，在陕甘饷项外救拨军饷30万两白银，作为采买、制造经费，创办了西安机器局，就地生产军火。

西安机器局规模较小，局址设在会城西安的东门。当时主要生产洋枪、铜帽、火药和开花子弹等。机器从上海向外国购买，工人招自浙江，生产所需原料黑铅、硫黄等，皆由四川、河南、山西等省协济。据李希霍芬称，他参观了西安城里一个机器局，"局里在制造大量的新式枪炮所需的子弹和火药；制造工人是宁波人，都曾在上海和金陵两制造局受过训练"[①]。同治十一年（1872年）八月，左宗棠率军进驻甘肃省城兰州，次年春遂将西安机器局迁往兰州，设立了兰州机器局。

（二）从西安机器局到陕西省机器制造局

西安机器局迁往兰州之后，从同治十二年（1873年）到光绪十九年（1893年）的20年间，陕西军事工业处于停顿状态。

光绪二十年（1894年），中日甲午战争爆发，陕西省紧急抽调各路援军，但省内所需枪炮弹药储存无几，"所需军火大多从沪、鄂两地购置，缓不济急。经陕西巡抚鹿传霖疏奏，清政府又将甘肃省旧存制造军火的全套机器运回陕西，开办陕西省机

---

① 李希霍芬：《自西安府致上海英商总会函（1872年1月12日）》，《陕西省近代兵工史资料史实综述》，讨论稿，第4页。

器制造局,募工试造枪炮弹药"①。"局址改定在西安风火洞。当年仅具初基,未及展办"②。光绪元年(1895年),西宁一带爆发回民起义,清政府急调陕西抚标永兴军等前往镇压,并令陕西护理巡抚张汝梅办理各军军火粮饷。张汝梅以"甘回扰乱,各军分赴防剿,需用枪弹为数尤巨"③,而陕西省各军所用枪炮,皆由他省协拨,不尽合用等理由,再次奏请清政府创立陕西省机器制造局,试造枪弹,以供接济,不久获准正式官办,由政府派员管理一切事务。

陕西省机器制造局的生产经营状况仅在光绪二十年(1894年)至宣统元年(1909年)有史料记载。该局所需经费来筹专款,由善后局(即财政局)先后挪垫,归司库筹还作证报销。其费用分为两类:正支和杂支。正支,即局内各员薪水、车马费及匠徒夫役工资伙食等;杂支,即采买酒、油、柴、炭、铁丝以及纸张等。

自筹办至宣统元年(1909年)的16年中,修建厂房、采运机器物料、水陆脚价、关税、薪工局费,以及修制枪炮、添造铜帽、火药、铅丸、制换旗帜、号衣等项,共支库平银24.3693万两6钱2分6厘2毫。其中:光绪二十年至光绪二十三年(1894—1897年)共支银6.4144万两;光绪二十四年至光绪二十七年(1898—1901年)共支银10.7175万两2钱3分8毫;光绪二十八年至宣统元年(1902—1909年)共支银7.2374万两3钱9分5厘4毫。

上述的经费支出主要体现为生产性支出,薪水、工食银的开支仅有光绪二十年(1894年)的记载。创办最初四年的生产性费用为6.4144万两,约占16年生产资金214.3693万两的25%,其费用不高。光绪二十四年至光绪二十七年(1898—1901年)4年的生产资金上升到10.7175万两2钱3分8毫,占16年的45%左右。生产资金增长比较快,说明陕西地方当局着意增加机器局的生产投入,扩大军火生产的规模。但从光绪二十八年至宣统元年(1902—1909年)8年的经费开支看,仅为7.2374万两,占支出的30%左右,说明后期的经营状况开始萎缩下降(参表1-3-1)。

表1-3-1 陕西省机器制造局历年支出银两统计表

时间	支银统计	时间	支银统计
光绪二十至二十三年	6.4144万两	光绪三十一年	8146两
光绪二十四至二十七年	10.7175万两	光绪三十二年	9172两
光绪二十八年	6173两	光绪三十三年	6817两
光绪二十九年	8102两	光绪三十四年	17053两
光绪三十年	7610两	宣统元年	18875两

说明:包括修建厂房、采运机器物料、水陆脚价、关税、薪工局费、修制枪炮、添造铜帽、火药、铅丸、制换旗帜、号衣等项,共支库平银24.3693万两6钱2分6厘2毫。上述统计只计到两。

(资料来源:陕西清理财政局编:《陕西清理财政说明书》,岁出军政费说明书,宣统元年排印本。)

---

① 窦荫三:《陕西省机器局述略》,政协甘肃、陕西等省文史资料委员会编:《西北近代工业》,甘肃人民出版社,1989年。
② 陕西省地方志编纂委员会编:《陕西省兵器工业志》,三秦出版社,2000年。
③ 西北大学历史系编:《旧民主主义革命陕西大事记述》,西北大学出版社,1984年。

陕西省机器制造局创建之初,生产能力很有限,建局之初的光绪二十年、二十一年(1894、1895年)2年中,修整前膛、后膛枪炮888杆,改造前膛、后膛劈山炮12尊,新造前膛来复枪128杆,铜火帽70.87万颗,硫酸23公斤,硝酸104.5公斤,可以看出生产规模很小。从1897年起生产增长比较快,以后逐年增长。光绪二十五年至光绪二十七年(1899—1901年)3年中生产能力提高很快,其生产的产品数量、品种、规模等都开始扩大。另外,光绪二十年(1894年)仅修整前膛来复枪150杆,而到光绪二十五年(1899年)修整各种洋枪达3 526杆,不仅能修配各种枪械,而且能够制造的产品种类和规模也不断扩大,如硝酸、铜火帽、铜管拉火和洋式钢铲的产量都在扩大。

从筹建到宣统元年(1909年),该局为清政府修整和制造了一定量的洋枪、大炮、火药等,并制造了不少用于军火生产的机器和各种零部件等。但生产也存在着许多弊端,其生产技术比较落后,生产能力比较低下。16年中,该局的业务基本上属于为各营旗修理各种破旧枪炮,自行创制很少,且制造的也多为比较过时的旧式前膛枪和铜火帽、拉火以及火药。前膛枪"以纸裹赘药,用四瓣式铜帽,安装机上,以剥啄机发火"[①],极为不便。而对当时很适合战士使用且已经较为普遍制造的后膛枪则几乎没有生产(参见表1-3-2)。

表1-3-2　陕西省机器制造局历年生产枪炮种类数量统计表

	1894年	1895年	1897年	1899年	1901年	1905年
修整前后膛各式枪(杆)	150	738		2 219	2 546	570
新造前膛枪(杆)	110	18			103	1 285
改造前膛后膛劈山炮(尊)		12		3		
制造铜火帽(万颗)		70.87	70.2	595.5	458.45	865
制造硫酸(公斤)		23	93.5			
制造硝酸(公斤)		104.5	234.5	762		1 025
制造盐酸(公斤)						
修整小口径枪(杆)			4	14	9	
制造铜管拉火(万支)			0.175	1.104		0.4
制造砂布(张)			2 340	4 874	3 140	
修整土鸟枪(杆)				15		1 920
修整马梯尼枪(杆)				146	3	
修整哈齐开式枪(枪)				379	62	
修整毛瑟马枪(杆)				219	172	

① 周询:《蜀海丛谈》卷三,1948年排印本,1985年成都市图书馆影印。

续表

	1894 年	1895 年	1897 年	1899 年	1901 年	1905 年
修整黎意快枪(杆)				37	8	
修整比枪(杆)				38	2	
修整坚地利枪(杆)				26	10	
制造洋式钢铲(把)				2 425		
修整手枪和气枪(杆)					5	
修整扎来瑟枪(杆)				8	6	
修整快利枪(杆)					20	
制造二层九块打铁靶(座)						7

（资料来源：陕西清理财政局编：《陕西清理财政说明书·岁出军政费说明书》，清宣统元年排印本。）

(三) 陕西省火药局

陕西省火药局始建于光绪三十一年(1905年)。该局原一直由西安府清军同知兼管。光绪三十一年(1905年)，因清军同知缺额，于是专设火药局，派专人办理火药制造一事。最初局址分为东西两处，东为新开道巷南端城墙下，西为西安城内西南风火洞旁。人员包括提调1名，书识2名，差役2名，药库守护兵丁5名，提硝拦药、碾磺剁药人夫12名。光绪三十一年(1905年)"全年共制造火药8万斤，用银9 073两9钱2分，钱12.4万文(按时估折合银86两4钱2分)"[①]。所造火药、铅丸主要供全省各地驻军使用。仅火药局成立当年就陆续供给西安八旗、固原提属、汉中、陕安、延榆绥镇属各协、营、堡火药35 236斤11两3分，铅丸7 369斤2两3钱，共计用工料银3 608两3钱1分6厘3毫。宣统三年(1911年)八月火药局搬迁至省垣东城隅开道巷南端东侧。[②]

二、晚清时期陕西民用工业的发展与地域特征

光绪新政，陕西于光绪二十年(1894年)设立了农工商矿总局，主管工商百业之事，但此后随着新政流产，农工商矿总局并没有什么实际作为。"庚子事变"以后，清政府迫于外在压力，不得不推行"新政"，其中也包含有"兴商劝业"、倡办实业等，鼓励私人资本投资企业。陕西当局迎合朝廷旨意，先后于1904年和1910年创办了两个官办工厂。

第一个官办工厂是陕西藩司樊增祥于1904年命令西安知府尹昌龄在省城西安开办的陕西工艺厂。陕西工艺厂主要生产竹器、木器、针织等，由于初办实业，人

---

① 陕西清理财政局编：《陕西清理财政说明书》，岁出军政费说明书，宣统元年排印本。
② 陕西清理财政局编：《陕西清理财政说明书》，岁出军政费说明书，宣统元年排印本。

才工匠俱缺,于是工厂首先"挑选少壮无业者百人,入厂学习"。为了提高工艺,又挑选工徒赴直隶等省学习。该厂毡毯制作工艺尤为精良,颇受欢迎,"人争购之,近有订购至数百床者"。第二年,又增添了制漆和造纸两个项目,"于川招纸匠,于陇雇毡师,于闽觅漆工,分类传习"①。鉴于棉花和羊毛为陕西的大宗出产品,所以工艺厂特别重视制毡和纺织两个项目,准备扩建新厂,并派人到上海订购纺织机器,以改手工操作为机器生产,但后来因扩建困难而中止。②

第二个官办工厂是陕西巡抚恩寿与西安将军文瑞于宣统二年(1910年)建立的"驻防工艺传习所"。该所的建立主要为解决驻防八旗子弟的生计,选择八旗子弟入所学习,以期改变旗人"安坐而食,生计日艰"的处境。驻防工艺传习所设在西安东大街,所内有讲堂、厂房 30 多间,"并与临街添修铺房",用于销售其产品。该所最初有学徒 80 名,"参纺学堂、工场二者之间,理论与学习并施",主要设立纺织、蚕桑、制革、毛毯四个生产项目。开办经费主要由藩库拨银 6 000 两,从旗库积存中拨大钱 8 520 串,按时价折银 6 000 两,两项共计 12 000 两,这两项经费先作垫支,待"将来工艺发达,行销畅旺,仍将继续归还"。③ 以后的常年经费则由恩寿、文瑞每月筹银 480 两,以维持生产。

除上述两个官办工厂外,陕西民办工厂在这一时期也有所发展,最主要的表现在于机器纺织业。

光绪二十年(1894 年),赵维熙来陕任学政,他认为陕西出产棉花,是一大利源,想与刘光蕡一起在陕西创办机器织布局。《马关条约》签订以后,为抵制外资在华设厂,此事更提上日程,赵维熙命刘光蕡效法张之洞创办官布局办法,筹设纺(纱)织厂。光绪二十二年(1896 年)六月,刘光蕡与门人邢廷荚等发起集股 20 万两筹办"陕西保富机器织布局"。织布局的具体筹办工作由刘光蕡负责。刘光蕡亲订章程,向地方商绅宣传举办工业的利益和保护民族利益的意义。他说:"集股不拘籍贯,此为保全中国利权起见,非专为陕谋……凡我中国人人竭才智为之。"④他还写信给北京、江苏、湖北、甘肃等地的陕籍官商,希望和他们"同心合力,一气共举"。工厂地址设在泾阳,股金定为大小两种,大股每份 1 000 两,小股每份 100 两,愿入股者,以一小股为起点,多则不限。第二年春天,刘光蕡又派学生陈涛、杨蕙、孙征海三人前往湖北、江苏等地做实际考察,吸取外地办厂经验并联系购买机器。这就是湖广总督张之洞曾在该年的一件奏折里提到的"陕西现已集股成立机器纺织局,并派人来鄂购置机器云云"一事。但是由于向民间集股很难,大户观望不前,小户无力入股,故入股者寥寥。刘光蕡又想借款举办,并委托在京的李岳瑞、宋伯鲁等

---

① (清)刘锦藻等:《清朝续文献通考》,光绪二十六年北洋石印官书局石印本,第 384 页。
② 西北大学历史系编:《旧民主主义革命时期大事记》,西北大学出版社,1984 年,第 134 页。
③ 《清朝续文献通考》,光绪二十六年北洋石印官书局石印本,第 384 页。
④ 《清朝续文献通考》,光绪二十六年北洋石印官书局石印本,第 383 页。

向豫丰泰银号借款20万两,但因无人担保而未能如愿。但此时陈涛等人乘去外省考察之便,由湖北买回日本出产的轧花机一架。经试验,效率高出人力轧花机数倍。刘光蕡即筹资派人前往湖北再购多架,在产棉大县泾阳县城西门设立机器轧花厂,专代四乡棉农轧花。此后,机器轧花风气日开,数年内遍及渭北一带。

晚清陕西民用工业发展缓慢,由于地处西陲,风气开化较晚,故实业发展也晚于东南沿海,仅有的几家民用工业的发展也举步维艰,就其地域分布来说主要集于省城西安,或渭北产棉大县泾阳,他处几乎不见。

三、石油资源的开发及相关工业的发展

延长油矿是中国大陆发现最早的天然油矿,位于延安地区,地跨延长、延川、子长和延安市等。光绪二十一年(1895年),德国人到延长勘察石油储藏。光绪二十七年(1903年)二月,莫纳根勾结陕西大荔绅士于彦彪和延长绅士刘德馨等,与德国世昌洋行私自订立合同,企图收买延长石油矿的开采权。这一阴谋很快遭到陕西各界人民的抗议。在陕西人民的坚决反对下,陕西官府将于彦彪等从天津押回陕西查办。光绪二十九年(1905年),陕西当局奏请朝廷试办延长石油矿。第二年,奏折获得批准,于是调拨地方官款8.1万两白银,指定候补知县洪寅为总办,于光绪三十一年(1907年)开始筹办"延长石油官厂"。光绪三十四年(1910年)清政府批准"官附商办",这就是延长油矿的前身。由于这是在中国大陆上开采第一口油井,缺乏技术专家和勘探开采设备,洪寅携带原油10余斤到汉口,请日本化学博士稻并幸吉及其门徒阿部正郎化验,后洪寅又聘请阿部到陕北实地勘察。考察后将取来的原油再度提炼,检验结果证明"光白烟微,足与美孚相比,日本所产,反出其下"①。于是聘请日本人佐藤弥侍郎为技师,招聘6名日本技工,引进日本钻机和炼油设备进行开采。与此同时,又派人测量、修建西安通往延长的轻便铁道运输石油,但因耗费银两太多,无力修筑,最后征用大量民工,花费一年多时间,修建了一条土路。光绪三十一年(1907年)二月,日本技师左藤弥侍郎偕同技工田中久造、阪垣仓吉等人和第一批机器到达延长。六月,左藤在县城西门外勘定了井位开钻,定名延1井。九月六日钻到68.89米深处时开始出油,每日可产原油150~200斤。到九月九日正式出油,九月十日钻到81米处时完井,日产原油3 000斤,成为"中国大陆上第一口油井"。出产原油经试验加工,产品可与进口煤油媲美。十月,炼油房竣工投产,第一批产品344公斤装成14箱立即运往省城西安销售,使中国人首次用上国产石油。

延长石油自开凿第一口井至1911年,共产原油27.3万公斤。同年动工开挖第二口井,但因辛亥革命爆发,矿事遂停。② 延长石油矿的创立,结束了中国大陆不

---

① (清)刘锦藻等:《清朝续文献通考》,光绪二十六年北洋石印官书局石印本,第388页。
② 陈真编:《中国近代工业史资料》第三辑,生活·读书·新知三联书店,1957年,第653页。

产石油的历史,填补了中国民族工业的一项空白,成为西北乃至全国石油发展史上的先驱。

民国建立之初,因军阀混战,政治局势不稳,成立不久的延长油矿生产停滞下降,美国美孚石油公司趁机插手,先以600万美元租借油矿。1914年,北洋政府与美国签订《中美合办油矿条约》,开设薄利石油公司,允许美国来陕开采60年。名为合办,实为美国一家垄断。① 条约签订后,遭到全中国人民的抗议。但北洋军阀政府不顾人民的强烈反对,派熊希龄作为"筹办全国煤油矿事宜处"督办,在延长成立了"中美油矿事务所",强行开采。3年时间,先后在延安、延长、延川、甘泉、宜君一带调查,美国增派技师和工人300余人,购买4台3 600升启动顿钻,开井7口。1926年油田全油开采量为651桶,1927年为450桶。② 1932年国民政府将延长石油矿收归国有。

四、民国初期陕西工业的发展及其区域特征

民国初期陕西政局动荡,天灾人祸无年不有,工业发展极其缓慢。据统计,到1933年,全省仅有纺织、制瓷、榨油、酿酒、制革、冶炼等手工业工场339个,工人4 949人,原动力工厂几乎没有。③ 仅有的几家小型民用工业也发展艰难,时开时停。

电力发电是改变工业发展的重要环节,陕西的电力工业发展较晚,1917年张丹屏在西安开元寺内创办了一家小型电厂,安装了95马力煤油发动机1部,供电区域很小,不久即停办。④ 1928年,国民党陕西省政府曾派包惠余,就张丹屏所存旧机拨款,设法修复。虽一度勉强放光,但终因旧机陈旧难以维持,最终停办。1930年,李棕祥又草拟300启罗瓦特发电机计划,并呈请省政府筹办,后因库款不丰,没能实现。1932年,陕西省建设厅厅长李仪祉再次提议建设电厂,并经政务会研究通过,由财政厅和建设厅着手商讨办理,仍因筹款无着落而搁浅。⑤

火柴业的发展投资较小,与民生关系密切,因此成为民族资本投资的主要阵地。光绪三十二年(1906年),陕西商人邓永达在西安东关集资创办了西北第一家火柴厂——森林火柴厂。后因资金匮乏,由同顺和票号接办,改名为义礼荣火柴公司。日产火柴三四箱,后因质次价高,遂于宣统三年(1911年)停业。⑥ 光绪三十三年(1907年),胡平甫在西安创设德秦昌火柴公司,也因经营不善,不久停产。辛亥革命以后,中国私人资本企业发展的内外环境有所改善,投资有所增加。陕西的火柴工业发展较快。1912年,宁强县成立保惠火柴厂,投资2.4万元,每月可出产260箱。其中所产的松鹤牌火柴远销甘、川等省。1915年西安建立燧昌火柴厂,资

---

① 政协甘肃、陕西等省文史资料委员会编:《西北近代工业》,甘肃人民出版社,1989年,第132页。
② 陈真编:《中国近代工业史资料》第四辑,生活·读书·新知三联书店,1957年,第940页。
③ 中共陕西省委党校编:《新民主主义革命大事记》,陕西人民出版社,1980年,第237页。
④ 《西安市工业调查》,秦岭出版公司,1940年12月,第9页。
⑤ 政协甘肃、陕西等省文史资料委员会编:《西北近代工业》,甘肃人民出版社,1989年,第251页。
⑥ 《陕西地方志通讯》1984年第7期。

本及产量不详;1917年南郑人士集资设立益汉火柴厂,资本1万元,该厂月产火柴80箱,主要销于本区。由于这些火柴厂规模较小,设备简陋,基本上为手工操作,且原料大部分依赖进口,因此经营十分困难。1927年后,日本、瑞典等外国火柴涌入中国市场,使得华北、华东地区的产品进入西北市场,本地火柴业受到很大打击。

陕西制革厂创办于光绪三十四年(1908年),是西北地区最早的近代制革工厂。原陕西第一牧场有限公司经理高幼民和经理郑吉安,因见"牧场出产牛羊,提议创办制革厂于西安,资本4 000余元,工匠30余人,出品多普通用物"①。辛亥革命后改收官办,成为督军署的陆军制革厂,专制军用皮革制品及军鞋。因系军事装备,制出产品交军队使用,不计成本利润,全靠上级拨款开支。后受时局影响,也是时开时停。1912年3月,陕籍社会知名人士于右任等在西安成立西北实业协会,并设陕西、河南、山西分会。该会成立后,将陆军制革厂更名为陕西制革厂,并扩充资本12万元,购置民房和机器,雇佣工人150余人,主要生产皮革兼制军用皮件,因系官办,经营管理不善,时常亏本,于1926年关闭。② 1921年,西安成立同合硝皮厂,专制法兰革,系手工操作。1923年冬,燕京大学制革系肄业的刘履之先生来陕,投资500元,创办了燕秦制革厂,因销路不好,亏本经营,1924年,该厂由当时的西安圣公会会长董健吾出面,召集社会知名人士李仪祉等人,集资2 000余元,连同燕秦制革厂旧底共3 200多元,成立了新履股份有限公司,由刘履之任经理,主要生产皮革、皮鞋及军用品。机器有10马力蒸汽机、锅炉、压光机、压皮机等,组织机构也较健全。经理下设会计、文秘、皮革、制鞍、营业等科室,该厂不失为近代化组织的企业。

第二节 抗战时期陕西工业的发展及地域特征

一、抗战时期陕西近代工业经济的发展条件

1931年,九一八事变拉开了中日战争的序幕,东北沦陷,华北危机,西北地区的战略地位日益重要。全国各界开发西北的呼声日益高涨,当时有学者称:"我们无论从哪一方面去估计西北,西北在今天实不容再忽视了。它的资源开发,它的国际运输,它的拓殖增产和它的文化再发扬,都足以补助抗战根据地西南之不足。"③南京国民政府考虑到战略转移,且西北地区资源蕴藏丰富,适合工业发展,于是决定将国家的战略重点放在西部内陆省区,西北地区成为这一时期国家重点建设的区域。

1930年国民政府建设委员会制定了《西北建设计划》,1931年5月建设委员会制定了《开发西北计划大纲》,对西北的农林、畜牧、矿产、工业等经济情况都做了详

---

① 陈真编:《中国近代工业史资料选辑》第三辑,生活·读书·新知三联书店,1957年,第668页。
② 陈真编:《中国近代工业史资料选辑》第三辑,生活·读书·新知三联书店,1957年,第668页。
③ 徐旭:《西北建设论》,中华书局,1943年。

细的介绍和分析,全面制定出开发西北煤铁、石油、金矿、毛纺织、面粉、罐头、机器、电气等工业的初步计划纲要。1932年3月,国民党中央四届二中全会通过了"以洛阳为行都,以西安为陪都,定名为西京"的决议,①并随即成立了以张继为委员长的西京筹备委员会、陕西省政府合组西京市政建设委员会,合力进行西京市政的规划和建设工作。1933年,全国经济委员会制定《西北建设实施计划及进行程序》,提出了"救济西北,当以流通农村金融为首务"的西北合作事业计划。民国开发西北是战时特定条件下国民政府作出的救急政策,但是一系列的政策支持为陕西工业的发展创造了条件,为陕西机器工业的全面发展提供了外在的利源。

二、沿海内迁企业对陕西工业的影响

陕西地处西北,近代工业落后于沿海地区半个多世纪,至抗日战争前夕,近代工业寥若晨星。据统计,1937年前,陕西的地方近代工业仅有10家,占全国工厂总数的0.25%;资本额仅275.7万元,占全国资本总额的0.74%;工人仅4635人,占全国工人总数的1.01%。② 抗日战争爆发后,华北和东南沿海地区相继失陷,沦陷区的企业开始内迁,工业重心转向西南、西北地区。陕西是西北较为发达的地区,借助陇海铁路通车,沿海各大城市许多工厂迁到陕西,这些内迁企业不仅使陕西平添了一支生力军,而且促使陕西机器生产的近代工业有了新的发展,西北地区的工业经济出现了"跳跃"式的发展,影响颇大。

首先,内迁企业大大改善了陕西固有工业的结构体系,迅速提高了陕西的工业化水平。抗战爆发后,内迁民营厂矿共452家当中,迁入陕西的有42家,其中机械工厂8家,化工厂3家,纺织企业19家,面粉业8家,其他工业3家,矿业1家。③ 这些企业的迁陕,对陕西的工业经济起到了极大的推动作用。陕西开工工厂自1938年起逐年递增,据抗日战争期间国民党统治区工厂统计数据显示:至1942年陕西有工厂385家,占国统区总数的10.2%;动力设备13.8的马力,占国统区总数的9.63%;资本额10531.9万元,占国统区资本额的5.43%;工人23510人,占国统区的9.74%。④ 陕西工业出现了近代历史上从来未有过的兴旺景象。迁陕的42家企业,所带机件就达15000余吨,大大提高了陕西的机械化程度,促进了生产力的发展。内迁企业的到陕,迅速提高了陕西地方工业的生产水平。

其次,内迁企业也使陕西近代工业在部分技术人员和熟练工人的基础上得到进一步发展。沿海、沿江各口岸企业内迁的同时,各厂的科技人员和经营管理人员必须随厂同来,熟练的技术工人也为数不少,给陕西带来了强有力的技术队伍。自

---

① 西安市档案馆编:《筹建西京陪都档案史料选辑》,西北大学出版社,1995年,第88页。
② 陈真编:《中国近代工业史资料》第四辑,生活•读书•新知三联书店,1961年,第97页。
③ 全国政协文史资料研究委员会编:《工商经济史料丛刊》第二辑,文史资料出版社,1983年,第135—138页。
④ 陈真编:《中国近代工业史资料》第四辑,生活•读书•新知三联书店,1961年,第96页。

1938年至1940年先后来陕的机械、纺织、化工、文教、电器等技术人员达730人左右。①大量工人随厂迁陕,使陕西工业在较好的生产操作基础上发展起来,对陕西工人技术的提高起到促进作用,缩短了工人的技术成熟过程,适应了陕西近代工业发展的技术要求,保证了抗战期间陕西工业的迅速发展。

第三,内迁企业的经营管理对陕西工业管理有着重要的影响。抗战期间,陕西工业迅速发展起来,手工业生产扩大为工厂、企业、联合公司。商品市场的不断扩大,工业机械化程度不断提高,都使得原来凭经验的管理方式不能适应工业生产发展的需要,从而将提高劳动生产率和科学管理提到议事日程。迁陕的工业企业不仅提高了陕西的工业化程度,而且带来了较为科学的经营管理方式,各地先进的工业经营管理方法和陕西工业的地方特点结合在一起,构成了抗战时期陕西地方工业企业管理的成功之道,为陕西近代工业的发展摸索出了新的道路,为陕西现代工业企业管理打下基础。陕西抗战时期建立的工业企业与战前建立的企业,在经营管理上最重要的区别是封建色彩较少。迁陕企业大都是近代性的股份有限公司,实行董事会下经理负责制,在迁陕厂家经营管理方式的影响下,陕西新建的工矿企业在管理机构上都采取了董事会下经理负责制,封建因素大大减少。工矿企业的生产、经营和管理的规章都由董事会通过,经理领取一定薪金,并执行董事会通过的决议。迁陕企业管理机构对陕西原有企业的影响也很大,例如中南火柴厂复兴后的管理机构,在计划、人事、财务、生产等各个方面完全受"雍兴实业公司"的影响。②迁陕厂家,像大华纱厂、蔡家坡纺织厂、大秦毛呢纺织厂、申新纺织厂宝鸡分厂在管理机构上,仍采用原有的经理、厂长责任制,内迁使这些厂家完全摆脱了在原籍、祖地的家族、宗族统治的封建残余。

另外,抗战期间,陕西工矿企业也很重视对人才的使用。"中南兴记火柴股份有限公司"的经理在任期间,很重视任用具有专门知识和业务能力的职员担任各部门及各项重要工作。西北化学制药厂各部都由学有所长的人担任技术指导工作;雍兴公司陇县煤矿从近代企业经营需要出发,招聘、收罗和选用了一批懂业务、有专长、精明强干的经营者充任企业的各级领导。曾任煤矿经理、副经理的赵保章、王兰圃都是北洋大学采矿专业毕业;工程师赵干丞、朱幽山、潘焕隆分别于山西大学采矿专业毕业。他们不一定都是股东,但是有才干,并按照职务、贡献领取薪金。③抗战期间,陕西建立的工业企业已看到提高本企业的技术力量和产品质量的重要性,各企业除用重金聘用技术人员,还注重工人文化素质的提高,人员一经录用,随后都会进行新员工的培训。这方面最为突出的要数西北化学制药厂。该厂对工人的文化素质很重视,招收的工人除通过私人介绍外,经过考试才能录用。制

---

① 全国政协文史资料研究委员会编:《工商经济史料丛刊》第二辑,文史资料出版社,1983年,第75页。
② 《西安解放前的中南火柴厂》,西安市政协文史资料委员会编:《西安文史资料》第2辑,1982年。
③ "雍兴公司"开采陇县娘娘庙煤矿初步调查》,陕西省政协文史资料委员会编:《陕西文史资料》第16辑,1984年。

药部的工人需具有小学以上的文化程度,考试合格进厂后,仍需一面工作一面学习,由制药师讲授药学知识和操作技术。该厂为了培养专业人才,建立了西北高级药科职业学校,后改为西北药学专科学校(相当于大学水平),为工厂和社会培养人才。除办药专外,该厂还应社会需要,举办调剂生训练班。①

抗日战争时期,沿海各工业企业迁陕,促进了西北工业经济的迅速发展,调动了陕西经济的潜在因素。陕西关中地区是历史上有名的产棉区,农村中的妇女大都能纺纱织布,但是在城市里却没有手工纺织作坊,市民衣着完全依赖外地的布匹和外来洋布。直到抗战前,陕西仅有2家规模不大的棉纺厂。自抗战以来,大批棉、毛纺织厂的迁陕,带来了先进的设备和操作技术,充分利用了陕西的原料供给和商品市场,就地取材,就地销售,不仅解决了战时人民的衣着问题,而且也促进了陕西经济作物——棉花的种植,促进了农业经济的发展。面粉加工工业在陕西的兴起,充分利用了关中平原丰盈的小麦种植,满足了人民的需求,刺激了粮食生产的发展,加快了加工工业的发展步伐。在重工业方面,陕西原煤蕴藏十分丰富,内迁企业迁陕,使得动力的需求增大,并且迁陕厂家带来了近代机器开采技术,扩大了陕西煤矿的开采,使陕西能源工业在抗战期间得到突破性的发展,发掘了陕西的能源蕴蓄。抗日战争引起的沿海工业的内迁,对于陕西近代工业的发展至关重要,但是,内迁工业企业对陕西近代经济的发展也有其局限性。内迁企业的临时性强,抗日战争爆发后,许多厂家为躲避战火,迁到西南、西北。迁陕企业的经营者在陕期间,虽为企业开工、扩建花费了很大的精力,但他们当中的许多人战后再迁的思想甚为浓厚,因此,抱有维持临时开工的政策,②使企业扩大再生产受到一定限制,不如陕西地方工业兴建企业的发展速度快。内迁企业生产经营管理手段也由于企业经营而没有提出更新、更高的要求,所以在组织上、体制上、方法上没有更大的更新,发展受到限制,对陕西近代工业的经营管理影响减弱。

表1-3-3 抗日战争时期内地企业迁陕情况一览表

迁地	业别	厂名	原设地点	迁陕时间	备注
西安	机器业	济南兵工厂	山东济南	1937年9月	迁陕后成立陕西第一兵工厂
		成通铁工厂	山东济南		
		华兴铁工厂	河南孟县		
		吕方记机器厂	汉口	1938年夏	出租机器,另在四川设厂
		光华机器厂	郑州		并入农本局

① 《西北化学制药厂的建立及结局》,陕西省政协文史资料委员会编:《陕西文史资料》第12辑,陕西人民出版社,1982年。
② 陈真编:《中国近代工业资料》第四辑,生活·读书·新知三联书店,1952年,第260页。

续 表

迁地	业别	厂　　名	原设地点	迁陕时间	备　注
西安	纺织业	豫中打包厂	郑州	1938年底	
	食品业	和合面粉厂	许昌		
		同兴面粉厂	青岛		后改组为象峰面粉厂
		仁生东制油厂	青岛		
	其他	大营电灯厂	河南大营		并入华兴铁工厂
		通信印刷厂	郑州		
		华兴卷烟厂	洛阳		
宝鸡	机器业	洪顺机器厂	汉阳	1938年夏	
		申新纱厂铁工厂	汉口	1938年夏	
	纺织业	申新四厂	汉口		
		震寰纱厂	武昌		
		成通纱厂	济南		
		湖北官纱局和官布局	武昌		
		东华染织厂	汉口		
		隆昌染厂	汉口		
		同济轧花厂	汉口	1938年夏	
	食品业	福新面粉厂	汉口		
		大新面粉厂	河面缧河		
	其他	泰昌火柴厂	山西降县		
		民康实业公司药棉厂	汉口		
宝鸡地区	纺织业	成功袜厂	汉口	1938年夏	并入工业合作社
		德记布厂	汉口	1938年夏	并入工业合作社
		义泰布厂	汉口	1938年夏	并入工业合作社
		同泰布厂	汉口	1938年夏	并入工业合作社
		必茂布厂	汉口	1938年夏	并入工业合作社
		协旭布厂	汉口	1938年夏	并入工业合作社
		协昌布厂	汉口	1938年夏	并入工业合作社
	机器业	西北制造厂	山西太原	1937年10月	陇海铁路沿线及陕南、陕北,兴平、虢镇、城固、留坝、中部、黄陵

续表

迁地	业别	厂名	原设地点	迁陕时间	备注
兴平	机器业	兵工署第312厂	山西运城	1938年5月	广元、重庆设分厂,官营
安塞		利用五金厂	上海	1938年2月	迁入陕甘宁边区唯一工厂
蔡家坡	食品业	大通打蛋厂	河南临颍	1938年底	并入蔡家坡纺织厂
		农丰公司豆粉厂	郑州	1938年底	并入蔡家坡纺织厂
三原	食品业	三秦面粉厂	许昌		
陕南		民生煤矿	河南观音堂		
	纺织业	全盛隆弹花厂	郑州	1938年底	改为隆安弹花厂
		业精纺织公司	山西新绛		

(资料来源:陈真编:《中国近代工业史资料》第四辑,生活·读书·新知三联书店,1961年。)

三、煤炭工业的发展及区域特征

陕西煤炭资源丰富,主要分布在渭北的同官、韩城、白水、陕北的府谷、神木等县;渭北煤田"东起龙门,西抵陇山,南迄耀县,北止中宜,……东西曲径八百余里;……南北阔超两百余里",称之为渭北"黑腰带"。[①] 但是抗战以前,陕西的煤炭

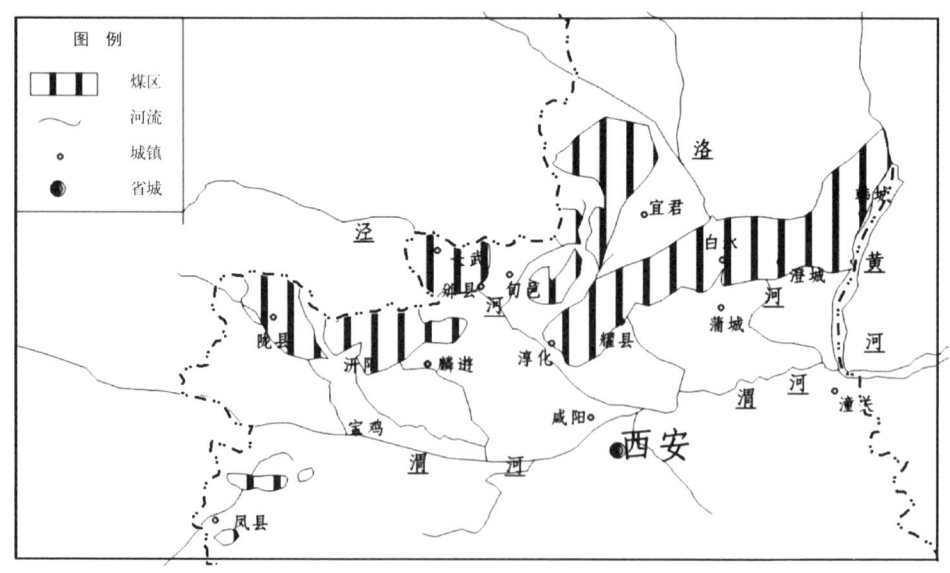

图1-3-1 关中地区的含煤区域示意图

---

① 赵国宾:《陕西泾洛两河下游间之地质》,《国立中央研究院地质研究所丛刊》1931年第2期,第62页。

工业极不发达,除韩城、白水、永寿、彬县有少量小型煤矿外,开采能力非常有限,开采工序上也大多采用土法,手工作业,产量低,运量少,且这一时期陕西的交通运输条件也非常差,开采之煤多通过渭河水运,运至西安、咸阳,每吨价格约四五十元,①可谓奇昂。陇海铁路通车以后,晋豫之煤沿陇海铁路源源西来,质优价廉。"西安市上所用之煤,多系陇海铁路自晋豫两省运来,煤价每吨常在16、17元上下"②,大大方便了陕西的能源供应,但对陕西本地煤田的开采也产生了较大的负面影响。

表 1-3-4　抗日战争前陕西关中各县煤炭产额表

产　地	同官	白水	韩城	永寿	澄城	耀县	麟游	邠县	合计
产量(吨)	25 021	17 715	65 084	20 000	19 200	6 600	500	1 500	155 620
所占比重(%)	16.1	11.4	41.8	12.9	12.3	4.2	0.3	1	100

(资料来源:高冠杰:《调查同官白水韩城三县煤矿报告书》,1935年4月1日印。刘必达、史秉贞等修纂:民国《邠州县新志稿》卷十六,物产,矿物,1929年。《民国十九年陕西建设统计汇刊》。赵邦楹等纂:《澄城县附志》,1926年,台湾成文出版社1969年影印。铁道部业务司商务科编:《陇海铁路西兰线陕西段经济调查报告书》,1935年。)

　　1934年陇海铁路通达西安后,沿线地区近代工业加速发展,陕西省对煤炭的需求日益增加。"自通车以来,生活方式,顿改旧观,各种工业,逐在举办,燃料消耗,当有数倍于往日者"③。1937年建设厅厅长雷宝华向陕西省临时行政会议提出专案《拟请迅速修筑咸同铁路并加紧钻探同官煤田以解决本省燃料问题案》,认为:"若恃邻省煤矿接济,非特价格昂贵且屡起煤荒,盖因来源太远,运输上稍生阻滞即成为奇货可居。长此以往,不惟工业前途难期发展,即家庭燃料亦恒有停止供给之虞。其治本之策,舍开采本省煤田自求供给不为功。"④然而未及咸同铁路修建,抗战就全面爆发了。1938年2月,日军占领黄河东岸,韩城以及"山西煤运完全断绝,能运陕者仅沿陇海线之巩义、义马、观音堂等处煤炭,风陵渡被占,铁路交通时断时续,运输至感困难,而后方人口增加,工厂之添设,燃料需要,数倍于昔,致造成严重煤荒现象"⑤。从1938年开始的严重煤荒使西安市"各工厂亦多开歇停工,市民需用,更感无煤可买,即使买到,出价奇昂"⑥。1939年后,西安市工厂、军队、机关及市民,对煤的需求量由原来的每日300吨增至430吨左右。宝鸡的情况也是相当严重,"目下燃料与面粉同价,实是最可怕的现象"⑦。陇海路日需同煤200吨,亦因

---

① 陕西实业考察团编:《陕西实业考察》,汉文正楷印书局,1933年,第158—160页。
② 《大公报》1936年8月22日。
③ 高冠杰:《调查同官白水韩城三县煤矿报告书》,1935年4月1日印,第132—133页。
④ 转引郭海成:《陇海铁路与近代关中城镇变动:1931—1945》,南开大学博士学位论文,2009年,第168页。
⑤ 谢隆华:《陕矿概况》,《西北经济通讯》1941年第3期,第13页。
⑥ 蒋啸青:《本市燃料问题》,《西北研究》第1卷第28期,1939年。
⑦ 杨钟健:《抗战中看山河》,独立出版社,1944年,第183页。

供给不足减少行车班次。① 为了开采本省煤炭资源,缓解煤荒,先后修筑了咸同铁路线,白(水)—渭(南)、陇(县)—虢(镇)等简易铁路。1939年1月,陕西省政府和陇海铁路局决定共同出资,加紧筹办同官煤矿及建筑咸(阳)同(官)铁路。为了解决白水煤炭外运的问题,1937年下半年渭南至白水的轻便铁路开始动工修建,1938年下半年修到白堤,开始运煤,1939年3月修到新生煤矿公司。1939年上半年,轻便铁道终于修到新生煤矿井口,因此日运量由50多吨增加到100吨。②

咸同铁路通车使得同官矿区尤其是沿线煤矿的煤炭可大量运销西安等地。1940年,每日销往西安的同官煤仅为50吨,只占西安市场比重的11.6%。而通车后,同官煤大量销往西安,占到60%的市场份额。③ 铁路的作用不言自明。咸同铁路成为连接同官矿区与关中平原各个城市的重要纽带,不仅解决了同官煤矿的煤炭运输困难,也使同官矿区众多的私营煤窑得到了新生的机会。④ 而以前则是"交通不便利,是以产出矿量,不能过多"⑤。这一点可以通过咸同铁路修建前后数年间同官矿区煤炭产量的变化得到印证(参见表1-3-5)。从表1-3-5中的数据可知,铁路建成后的同官矿区煤产量取得了数十倍的增长,并且同官矿区产量基本维持在一个高位,煤产量稳居全省首位,取代了韩城矿区产量中关中最多的位置。以1943年为例,当年全省原煤产量672 752吨,同官地区就达到了546 483吨,占比达到81.23%,而其他年份其产量的比重亦均超过半数。而在修筑铁路之前,同官矿区煤产量所占比重不足全省的20%。在这段时期,同官煤矿也成长为具有现代煤矿雏形的企业。如此种种,无不显示出煤矿的发展与交通的密切关系,尤其是与铁路这种现代交通方式休戚相关。⑥

表1-3-5　1933—1945年同官矿区与陕西省煤炭产量表　　(单位:吨)

年份	1933年	1934年	1935年	1936年	1937年	1941年	1942年	1943年	1944年	1945年
同官	25 000	25 000	26 528	38 000	72 000	246 566	314 297	546 483	409 650	346 472
全省	198 689	204 125	210 000	210 000	211 713	450 711	505 946	672 752	685 426	655 916

(资料来源:陕西省地方志编纂委员会编:《陕西省志·煤炭志》,陕西人民出版社,1993年,第348页。)

四、陕西机器工业的发展及地区特征

1931年至1933年,杨虎城驻陕期间,为解决第17路军枪支弹药不足的状况,

---

① 谢炤华:《陕矿概况》,《西北经济通讯》1941年第3期,第13页。
② 王鲁斋:《白水煤矿今昔》,《西北近代工业》,甘肃人民出版社,1989年,第226页。
③ 西安市燃料总公司编:《西安煤炭经营志(1911—1990)》,西安市燃料总公司,1993年,第38页。
④ 郭甲寅等:《民国时期的同官煤矿》,《西北近代工业》,甘肃人民出版社,1989年,第204页。
⑤ 赵国宾:《陕西同官县黄堡镇左右煤田的调查报告(续)》,《共进》第30期,1923年2月10日。
⑥ 郭海成:《陇海铁路与近代关中城镇变动:1931—1945》,南开大学博士学位论文,2009年,第178页。

开始对原陕西机器局进行整顿改造。由于原厂址南马道巷地方较小,杨虎城将局址改设在北马道巷,称南马道巷为南厂或分厂,称北马道巷为北厂或总厂。局内共有车、铣、刨、钻等机床200余台,动力为蒸汽机和柴油机,主要产品为步枪、手枪、机关枪和子弹。1936年西安事变后不久,杨虎城被迫"出国考察",陕西机器局的多数机器被拆运往重庆,仅留少数机器交给由第17路军改编的第38军赵寿山部作为修械所,地址仍在总厂内原制药部所在地。第38军离开后,该修械所划归陕西省银行,成为附设的西京机器厂,专门生产民用产品。①

随着官办机器局的恢复和发展,商办机器制造业也开始兴建。1935年,西安创建了亚立、玉德机器厂和义聚泰工厂等多家机器制造厂,主要生产轧花机、切面机、织布机及农工用具。

表1-3-6 抗日战争前关中规模较大的机器制造业工厂

地址	设立时间	名称	资本(元)	设备	产品(月产)
西安	1935年5月	亚立工厂	5 000	10千瓦电动机一部,车床7部	各种机械零件
	1935年5月	玉德工厂	5 000	20匹马力柴油机1部,车床等7部	切面机、轧花机等20余部
	1935年12月	义聚泰工厂	1 000	10千瓦电动机一部,车床6部	铁锅农工用具
	1929年	建国机器厂	200 000	12匹马力发电机1部,各种车床14部	钢轴珠900套,电话机10余部
	1937年5月	记德工厂	5 000	不详	织布机20台
	1937年6月	西京机器修造厂	200 000	各种机床20多部	修造新式机件,尤重汽车修理和零件配制
南郑	1936年7月	欧西工厂	5 000	车床1部	五金3吨 农工器具等

(资料来源:《陕西省银行汇刊》、《经济汇报》、《陕西经济十年》等刊物所载较著称者。)

除表1-3-6之外,西安还有月产300台各类机械的小型机械厂11家,主要生产柴油机、面粉机、弹花机、轧花机、切面机、锄草机等机械,还少量生产汽车配件及小车、尖锅等产品,②使得机器制造业一开始便发展势头较好。表1-3-6未纳入统计的还有位于西安的永丰铁工厂、集成三酸厂铁工部、渭南的裕泰铁工厂、聚义铁工厂等。此时,关中各机器制造厂多以生产"轧花机、弹花机、水车等小型农工应

---

① 政协甘肃、陕西等省文史资料委员会编:《西北近代工业》,甘肃人民出版社,1989年,第94—95页。
② 陕西省银行:《陕西省银行汇刊》第6卷,第21—22页;《陕西省银行汇刊》第2卷第5期,第144—146页。

用机器为主"。①

机器工业为现代工业之母,最足以反映其他工业发展的程度和水平。战前,陕西机器工业虽有点滴发展,但多与军工有关,鲜涉农工制造。战时随着迁陕的8家机器工厂的到来和新建厂矿的兴起,该行业面貌大为改观。据统计,1943年,陕西机器修理和制造工厂及铁工厂有52个,资本772万元,动力设备661匹马力,工人人数2 152人,分别占全省工业厂数、资本额、动力设备、工人人数的23%、11%、9%和16%。②《陕西工业调查》(1944年)载:战前6厂,资本343 000元,占全省工业总资本的3.85%;战时1943年13厂,资本4 063 000元,占全省工业总资本的9.4%。

表1-3-7 抗日战争全面爆发后关中新成立的机器制造业工厂

地址	厂名	时间	资本(元)	工人数(人)	动力机	工作机	月用料	月产量
西安	西京机器厂	1938年	90 000	198	六匹马力柴油机2部,三匹柴油机2部,电动机1部,十二匹蒸汽机1部	元车、刨床、铣床、叉车等55部	生铁6吨、元铁8千斤	元车、印刷机、造纸机零件
	陕甘工厂	1938年2月	10 000	70	电动机1部	车床共13部	生熟铁2吨等,铜钢等若干	各种零件500余件
	振兴工厂	1940年2月				元车等5部	生熟铁3吨	护面具1 000余付
	育才机器厂	1941年1月	120 000	35		元车等6部	生熟铁等半吨	各种机器20余部
	建中机器厂	1941年	200 000	80	十二匹电机1部,十六匹木炭引擎机1部	各种车床14部	生熟铁钢约6吨	元车,制粉机器,纸机
	秦记华兴工厂	1941年1月	300 000	170	柴油机3部,七匹马力木炭机1部	各种车床27部	生熟铁钢铜等1 200斤	纺纱机木炭机机床
	同兴铁工厂	1941年8月	300 000	30	发动机1部	各种车床7部	生熟铁2 000斤	车床等
	建新铁工厂	1941年	50 000					

---

① 王遇春:《陕西省机器工业概述》,《陕西省银行汇刊》第9卷第1期,1945年3月。
② 《陕西省统计手册》,1944年,第92页。

续表

地址	厂名	时间	资本（元）	工人数（人）	动力机	工作机	月用料	月产量
宝鸡	洪顺机器厂	1938年迁入	150 000		煤气引擎机2部，10千瓦发电机1部	化铁炉2部，车床等16部	生熟铁30余吨，焦炭3万斤	弹化机，轧花机等50余
南郑	欧西工厂	1936年7月	5 000			车床1部	五金3吨	农工器具等
同官	二战区经建会铁工厂	1940年	100 000	70		各式车床等12部	生熟铁钢铜2 000余斤	纺织机弹花机等
蔡家坡	西北机器厂	1940年10月	1 500 000	220	柴油机	各式车床等77部	生铁9吨，熟铁、铜4吨	纺织机酒精蒸馏塔等
泾阳	鲁桥铁工厂	1940年	35 000					
耀县	耀县钢铁厂	1940年4月	600 000	45	蒸汽机	熔矿炉1座 熟风炉1座 送风机1座	铁矿石460吨，焦炭240吨	灰白铁150吨
留坝	菜子岭铁厂		50 000	24				生铁40 000斤
	留侯相铁厂		21 000	20				铁锅700斤
镇巴	镇巴采铁厂		60 000	33				生铁20万斤
略阳	裕华公司		100 000	24				生铁5万斤
黎坪	裕民公司		100 000	30				生铁5万斤，硫磺600斤
凤县	西北公司		50 000	24				生铁25 000斤
佛坪	建坪公司		50 000	24				生铁15 000斤

（资料来源：《陕西省银行汇刊》、《经济汇报》、《陕西经济十年》等文献所载较著称者。）

表1-3-7所列工厂中,西北机器厂、西京机器厂规模最大。西北机器厂属雍兴公司开办,初以修配纱机为主,后主要生产纺织机械,能自制全套纺织机器。西京机器厂是陕西省银行主办,该厂机器之完备,为陕西各厂之冠,主要生产元车、印刷机、造纸机零件及修理各种机器等。需要指出的是,表1-3-7统计中没有包括宝鸡申新铁工厂。宝鸡申新铁工厂(公益铁工厂)属于申新纺织厂附属工厂,该厂不仅能修理各种纺织、造纸机器,还能自制纺纱机、织布机、面粉机、造纸机等,特别是能制造大牵伸粗纱机,这在后方各省是不多见的。

另外,"陕西的民营机器厂集中在西安,有78家,以烟台亿中实业公司迁设之机器厂较大"①。如以设备规模、产品性能等方面来看,当首推雍兴西北机器厂,这是旧中国唯一能生产全套(全程)棉纺织机的工厂,年生产能力为1万余锭。其次为宝鸡申新细纱机械厂,能生产精密度要求较高的细纱纺机和毛纺织机械。这两个工厂真正担负起机器制造工业的"母鸡"功能。原陕西机器局的多数重要设备被运往重庆后,剩下的设备组成西京机器局,隶属陕西省银行。② 另外当属位于蔡家坡的西北机器厂,资本150万元。由上文所述可知,民国初期,西安是当时关中唯一的机器制造业中心,其中规模较大的近代机器制造业"惜均以修造军械为主,于农工工具,殊鲜制造"③。而陇海铁路通车关中以后,关中各地机器制造业迎来一个发展的新时期,至全面内战爆发后,关中机器工业的分布由先前的主要集中于西安,转变为以西安、宝鸡为中心,散布于陇海铁路沿线城镇的格局,其工业布局渐趋于合理。

五、机器棉纺织业的发展及地区特征

(一)大华纱厂的建立与经营

九一八事变后,东北沦陷,东北市场尽为日本人所占。加之华北各省天灾频发,棉花收成欠佳,民间购买力下降,市场萎缩等因素,使得石家庄大兴纺织厂经营陷于困境。此时大兴纺织厂所产之布,在日纱低价倾销的情况下,已以陕西为唯一销路,而所用原料棉花也多采自陕西。1934年9月4日,裕华公司董事长苏汰余在大兴董事会上报告称:"查本厂所出之布,近以陕西为唯一销路,而所用棉花亦以陕棉为大宗,但是往返装运,运费亦属不赀。故本厂同人屡有迁厂至陕或在陕设一分厂之建议。"①1934年10月27日,苏汰余在大兴股东会上报告称:

> 查本公司近来的疲惫,概括可分为三点,即天时、地利、人和。以天时说,有荒年亦有丰年,尚不足虑。人和系指上年春间之工潮,但工潮乃一

---

① 许涤新、吴新明主编:《中国资本主义发展史》第三卷,社会科学文献出版社,2007年,第554页。
② 宋仲福等:《西北通史》第五卷,兰州大学出版社,2005年,第463—464页。
③ 王遇春:《陕西省机器工业概述》,《陕西省银行汇刊》第9卷第1期,1945年3月。
④ 政协甘肃、陕西等省文史资料委员会编:《西北近代工业》,甘肃人民出版社,1989年,第338—339页。

时之冲动,亦可以以诚恳手腕以缓和之。惟地利一项,实为重大隐忧。盖东北销场自"九一八"以后,已为日人所独占,且进一步向华北倾销,实非华厂所(能)敌。又山西方面营有晋华、大益成等厂,向以门罗主义著称,外省纱布难于入境,本厂销路极感困难,不获已,只有将棉纱运往湖南、四川等处,将棉布运往陕西,力谋出路。辗转运输,所费自重,且以上各省,向为他牌纱布销场,我货新辟销路,售价非低廉不可。故为力谋生存计,始有酌迁机器一部分设分厂于西安之议。①

公司董事长周星堂认为:"以西安地方,能于就地买花,就地卖布,大有划算,即赚生熟货之去来车缴,亦属可观。照现在一厂西安售布,陕西办花之生熟货两道车缴,合计每包相隔二十余元。是二厂一旦开工,外省厂家莫能相竞。"②在公司经营危机的情况下,石凤翔亲自去西安考察。经过实地调查后,认为当时的西安距燃料供应地稍远,机物料供应要从津沪内运,这些方面稍逊于石家庄。但陇海铁路通车西安指日可待,熟练工虽缺乏,亦有大兴、裕华两厂支援,容易解决;且整个大西北当时还没有机器纺织工业,市场广阔,这些条件又较优越,于是总公司决定由石凤翔在西安筹建大兴第二厂。③

1935年,石凤翔在西安火车站附近选购地皮,着手建厂,将石家庄大兴纺织厂的一部分设备迁至西安城北,工厂厂房全部采用钢铁结构,石棉瓦带屋顶保温层,并采购一套温湿度调节设备,设立大兴纺织股份有限公司第二厂。1936年3月,大兴纺织公司二厂在西安正式建成投产,是为陕西第一家机器纺织工厂,有纱锭1.19万枚、布机320台。1936年秋建成投产后,武昌裕华纺织公司增加投资,遂取大兴的"大"、裕华的"华"改厂名为"长安大华纺织厂",同时成立大华纺织股份有限公司。大华公司股本总额250万元,其中大兴公司股本额100万元,裕华公司公司股本额100万元,董监事中各股东个人投资50万元,向日本增订购纱锭1.31万余枚、布机500台。至1938年底有纱锭4.56万枚,线机1 120锭,布机820台,职工3 000多人。

当时,陕西大型机器纺织业只有大华一家,没有同行业的竞争,所以陕西的纱布市场基本为大华一家独占,并就近向四川、甘肃推销。大华的购销条件较其他地方为优,如棉花每担通常较沪、汉低3至4元,布价每匹却较沪、汉高1元左右。④大华纺织厂比较重视工人素质,委托裕华厂代招熟手女工150名,又在武昌招97名熟手,所用基本都是熟手;1936年3月间开工后,考虑工人的训练困难,大华纺织厂又在从石家庄大兴纺织厂调来一部分职员、机匠,办理女工养成班,从事训练,以

---

① 武汉市工商行政管理局编:《裕大华纺织资本集团史料》,湖北人民出版社,1984年,第111页。
② 武汉市工商行政管理局编:《裕大华纺织资本集团史料》,湖北人民出版社,1984年,第111页。
③ 政协甘肃、陕西等省文史资料委员会编:《西北近代工业》,甘肃人民出版社,1989年,第329页。
④ 政协甘肃、陕西等省文史资料委员会编:《西北近代工业》,甘肃人民出版社,1989年,第343页。

充实大华厂工人。大华纺织厂于1940年在三原设立棉花采购处和打包厂,活动范围包括三原、泾阳、高陵、富平等县。三原的大小花行最多时有44家,这些大小花行均与大华纺织厂有默契。抗战时期,该厂产品畅销,不断增加投资,扩大生产规模,1942年时资本达1 500万元,较之建厂初期增加数倍。抗战期间,该厂生产的雁塔牌纱布畅销西北,颇受市场欢迎。

(二)宝鸡申新四厂

1938年武汉告急,政府令各工厂迅速迁移后方设法增加生产,以利抗战。此时武汉迁往陕西省的工厂有申新纱厂、洪顺机器厂、湖北纱布局等。此后"因豫省一带沦陷,公路铁道被敌截断,无几来源渐感缺乏,而本地需求日增,为谋自给,计经政府之提倡协助,兴热心实业者之艰苦努力,各种工业相继增设,竟至较抗战前尤为发达"。① 抗战期间,关中地区的机器棉纺织工业迅猛发展,机器棉纺织业已经成为陕西机器工业的主导产业。②

宝鸡申新纺织厂的前身是汉口申新第四纺织厂,简称"申四"。申新第四纺织厂始建于1921年,翌年开机生产。至1936年,汉口申四纺纱机达到5万锭,布机870台,申四又向国外订购万锭纱机,准备进一步扩充,未及交货,抗战爆发了。

1938年8月,随着战局的发展,武汉沦陷在即,政府要求申四必须整体搬迁,一草一木不能留存于汉,如不遵行必定代搬,否则毁去。③ 后宋美龄和端纳同艾黎到申四视察,当场决定:申四必须把全部机器迁到后方去。当时开往重庆的水路已拥挤不堪,没有船只来装运机器。西去铁路通到宝鸡,且宝鸡也比较安全,政府可以设法调拨车辆,协助迁运。于是,申四内迁西北宝鸡。申四工厂负责搬迁的组织者之一华栋臣致荣鸿元的信函也反映了当时的情况:

> 重庆绝对无船,且运费每吨约300元(外船),中国船官定八十元,但在十个月内无吨位可装,宜昌又无货栈,若搭棚固可,但需时常警报。宝鸡运费对折,每吨二十八元,故此时打算,逃亡宝鸡最合算,况且宝鸡棉花取用极便,只要做一、二年好生意,损失不难收回,或者有余。④

申四迁往宝鸡途中损失严重,运到宝鸡的设备仅有纱机2万锭、布机400台、3 000千瓦发电机组一部及钢磨12部。申四宝鸡厂后经艰难筹建与经营,纺织厂逐渐走上正轨,且宝鸡申新纺织厂从一开始出纱,即由军政部"依法收购"。其价格只能按军方规定,实行评价、议价、限价。1942年,国民党政府对棉纱实行"统购统

---

① 宋国荃:《陕西省工业建设之演进》,《陕西省银行汇刊》第7卷第2期,第33页。
② 据宋国荃:《陕西工业调查》统计,机器棉纺织业资本占陕西近代工业资本的47%,转引自谷苞:《西北通史》第五卷,兰州大学出版社,2005年,第462页。
③ 上海社会科学院经济研究所编:《荣家企业史料》下册,上海人民出版社,1980年,第61页。
④ 上海社会科学院经济研究所编:《荣家企业史料》下册,上海人民出版社,1980年,第63页。

销",将纱织厂存纱全部征购,不准工厂自行销售,申新的棉纱销售业务就完全停止了。1943年末,政府对纺织业实行"加工代纺"。由花纱布管制局将工厂存棉全部征购,以后由管制局供给原棉,纺织厂把棉纱交军政部,把棉布交管制局,领取工缴费。质优价廉的陕棉,西北廉价的劳动力,这两大优势使生产成本大为降低,而产品又不愁没有销路,这是申新经营获利的主要条件。申新纺织厂生产的产品,特别是棉纱,品质优良,因之在战后尚可竞胜于西北市场。

（三）其他纺织工厂

业精纺织公司于1939年由西安迁至虢镇。1939年2月,民康实业股份有限公司内迁宝鸡十里铺张家村,建立宝鸡分厂。3月,为免遭日机轰炸,将厂址迁至虢镇城内。1941年,公司该厂由雍兴公司接管,改名为雍兴公司业精纺织厂,资本也增至600万元,并在火车站附近购地建新厂,购置安装5部英国制造的新式纺纱机,共2 100枚纱锭,新建动力车间,安装锅炉一部,使手工生产发展为机械化生产。1943年,从西北机器厂购进6部国产纺纱机,布机增至202台,扩大了生产能力,职工发展到了1 100多人。① 到1945年时,布机更增至256台。其产品有20支棉纱及各种白布、条格布、线呢、床单、毛巾等。

雍兴公司蔡家坡纺织厂于1940年7月开始筹建,资本300万元,1943年6月开工纱锭6 000枚,生产16支、20支棉纱。1942年秋,抗战前订购自英国的4 200枚纱锭（原为中国银行为河南安阳豫北纱厂订购）,绕道海防、仰光、重庆等地,运抵蔡家坡。可惜由于长途转运,路途艰阻,该批纱锭伤损严重,至1944年10月方投入生产。至此,该厂共有纱锭1.02万枚。

湖北纱布局咸阳纺织厂为雍兴公司主办,因湖北官布局于抗战后同时与申新纱厂在1938年秋迁陕,因迁移过于急促,以致许多机件未曾运出,移陕之纱锭一万余锭可用,全部机器运陕后,又因内部发生问题,不能开工,于是经济部工矿调整处驻陕办事处主任从中商洽,利用该局纱锭机器,及咸阳打包厂之地址,及原动设备,与中国银行雍兴公司合组委咸阳工厂,筹备于1940年3月至8月正式开工。1938年8月,湖北省纱布局将部分设备迁至咸阳,1940年3月与中国银行所属咸阳打包公司联合组建临时纺织工厂。1940年8月开工纱锭1 500余枚,1941年底增开至5 000枚。次年12月,第二批纱锭5 000枚开齐。1944年1月,湖北纱布局提供上打手普通布机154台,双方合作期限也延长到1946年。1947年,临时纺织工厂更名为湖北纱布局咸阳纺织厂,并更新设备80%以上,生产效率大幅提升。当年,该厂设备有纱锭1.23万余枚,布机154台。②

除上述规模较大各厂之外,另有多家纺织厂在抗战期间兴工投产,例如:

---

① 宝鸡市纺织工业办公室编:《宝鸡纺织工业志》,1991年8月,内部发行,第69页。
② 中国近代纺织史编委会:《中国近代纺织史》,上卷,中国纺织出版社,1996年,第341—342页。

位于西安的有民生纺织厂,1937年建,1943年时有纱锭800枚;中兴纺织公司,1945年建,有纱锭3 000枚;宏丰纺织厂,1943年建,1945年有纱锭800枚、布机30台;裕民纺织厂,1945年建,有纱锭336枚、布机10台。位于宝鸡十里铺的有泰华毛棉厂,1939年建,1945年有纱锭2 000枚、布机40台;民康棉毛厂,1939年建,1945年有纱锭2 500枚、布机40台。此外,还有于勤、大成、自成、福中等工厂。① 除建于西安的纺织工厂外,其他工厂大多分布在宝鸡周边地区,主要原因是地处后方,较为安全,且既有丰富的棉产,又有陇海铁路之利。据统计,抗战时期陕西最大的5家棉纺厂共有纱机79 753锭,布机1 054台,分别为后方总数的25.66%和37.31%,为支持抗战时期的军事供应起到了巨大的作用。

六、机器面粉业的发展及地区特征

关中平原一向为小麦产区,百姓日常食用面粉。在陇海铁路通车关中以前,面粉制作仍然是沿用人工和畜力拉磨的传统方式,间有市商从外地运来机制面粉进行销售,居民以有异味不敢大胆食用。陇海铁路通抵关中后,交通较前便利许多,市场日趋繁荣,在"开发西北,振兴实业"的影响之下,亦有人开始着眼于此项工业的发展,创办机制面粉公司。

1933年,西北聚记面粉公司在渭南开工,这是陕西第一家机制面粉厂,有3部钢磨,日产面粉290包。② 陇海铁路通达西安之后,陆续有外省商人来省内考察,并投资建立机器面粉厂。1936年,先后有两家机器面粉厂在西安投产营业,一家为华峰面粉股份有限公司,由原济南成丰面粉厂负责人苗星恒创办。华峰面粉公司的动力设备有英制立式锅炉2座,德制卧式蒸汽引擎1座,总能力415马力。技师来自白俄,机器设备有大型40寸铜磨6部,32寸铜磨6部,麦筛、漂粉机、缝口机各2部,打麦、刷麦、乔子、麸皮打包等车各1部,风箱、皮面发、圆筛、面粉打包车各3部。以上设备均于1935年购置。③ 另一家为成丰面粉公司,由河南信昌银号债权团投资。成丰面粉公司的动力设备有美制涡轮发电机,功率2 000千瓦,瑞士马达4部,总功率为530马力,容量3 200立方尺锅炉1座,总能力2 680马力。这些设备打算与纺纱厂合用,因纺纱厂停办,仅面粉厂日用电250千瓦,后因西京电厂电力不足,由成丰公司每日供电200千瓦。机器设备有38寸铜磨12部,麦筛、打麦车、漂粉机各3部,风箱10部,面粉打包车4部,麸皮打包车1部,缝口机2部,这些设备都是公司自制的。

---

① 《西京近代工业》,政协西安市委员会文史资料委员会编:《西安文史资料》第19辑,1993年,第58—59页。
② 上海粮食局、上海工商业行政管理局、上海社科院经济研究所经济史研究室编:《中国近代面粉工业史》,中华书局,1987年,第306页。
③ 谢剑云:《西安的面粉工业》,《陕西省银行汇刊》第3卷第1期,1948年,第13页。

表1-3-8 西安华峰、成丰面粉厂状况一览表

厂名	设立年月	位置	资本总额	职工数		机器总值	机器国别	厂房建筑费用
				职工	工人			
华峰	1936年3月	西安北门外	30万元	10人	120名	23万元	德国	7万余元
成丰	1935年8月	西安玉祥门外	40万元	15人	150名	18万元	英国本国	13万2千元

	出品情形			销场情形			价值	供求情形
	名称	商标	数量	价值	销售地点	每年销量		
华峰	面粉	华山	70万袋	200万元	本省各地	70万袋	240万袋	供不应求
成丰	面粉	双鹿	90万袋	235万元	本省各地	90万袋	270万袋	供不应求

（资料来源：雷宝华：《陕西省十年来之建设》，《实业部月刊》第2卷第1期，1937年1月10日。其中成丰工厂厂房竣工日期为1935年8月，正式投产为1936年10月。）

抗战全面爆发后，陕西人口持续骤增，尤其是西安和宝鸡两市人口激增，面粉需求也随之增加。这一时期，各地纷纷迁来多家面粉厂，其中规模较大的面粉厂有和合、福豫等。和合泰记面粉公司于1938年迁至西安，前身为河南许昌和合面粉厂，最初有钢磨3部，后增至8部。西安福豫面粉公司于1941年迁至西安北关，原为郑州福豫面粉公司，有钢磨7部。

宝鸡作为陇海铁路西端终点和新兴的工业中心，城市规模越来越大，面粉却需自外地采购。这就越来越需要自建面粉厂来解决供需矛盾。于是，宝鸡大新和福新面粉厂应运而生。大新面粉厂原设于河南漯河，事变后，该厂接近战区，于1938年派员来陕，勘定厂址于宝鸡东十里铺地方，建筑房屋，装设机器，从事生产。该厂系股份有限公司，为商营，其组织系统最高为股东大会，下设经理一人，以下分设营业、会计、庶务、工务四股。该厂规定每月承磨军粉二十日，其余十日则为该厂自身营业时段。1940年，除每月承磨军粉外，该厂面粉尚可售出15 000袋。[①] 福新面粉厂是汉口福新五厂内迁的一部分，1941年建成投产，日生产能力1 600包。以上两厂日总产量2 800包左右，有力地缓解了宝鸡市场上面粉供应的紧张局面。

至1945年，陕西各地已有机制面粉厂22家，其中西安16家，宝鸡、渭南各2家，三原、岐山各1家。上述各厂的设备多自山东、河南、武汉等地拆迁而来。[②] 陕西面粉工业的发展轨迹，与陇海铁路修筑到关中有着密切的关系。

---

① 宋国苓：《宝鸡虢镇工业调查报告》，《陕西省银行汇刊》第5卷第2期，1941年，第35页。
② 郭海成：《陇海铁路与近代关中经济社会变迁》，南开大学2009年博士论文，第121页。

表 1-3-9　1945年陕西机制面粉工业统计一览表

厂址	创办年份	厂　　名	资本（万元）	职工数（人）	日产能力（包）
渭南	1933年	西北聚记打包面粉公司	3	69	290
	1940年	众峰面粉公司	40	70	300
岐山	1940年	雍兴面粉厂			300
三原	1940年	三泰面粉公司	10	80	300
宝鸡	1941年	福新面粉公司	500		1 600
	1939年	大新面粉公司	10	122	1 200
西安	1936年	华峰面粉公司	30	166	3 600
	1936年	成丰面粉公司	60	135	3 600
	1940年	西北纺建公司第一面粉厂		96	1 040
	1940年	西安面粉厂		24	480
	1941年	战干面粉公司			200
	1941年	和合泰记面粉厂		108	1 500
	1942年	晋丰面粉厂	20		200
	1943年	福豫面粉公司	150	103	2 000
	1943年	民丰面粉厂		37	100
	1943年	永丰面粉厂	300	70	600
	1943年	复兴面粉厂			150
	1943年	福中面粉厂			150
	1944年	宝成面粉厂		25	250
	1944年	福利面粉厂			370
	1944年	明德面粉厂			150
	1945年	建中面粉厂		81	600
合计日生产能力（包）					18 980

（资料来源：上海市粮食局、上海市工商行政管理局、上海社会科学院经济研究所经济史研究室编：《中国近代面粉工业史》，中华书局，1987年，第308、456—517页。转引自郭海成：《陇海铁路与近代关中经济社会变迁》，南开大学2009年博士论文，第122页。）

七、化学工业的发展及地区特征

重化工业是国民经济的重要支撑产业，主要包括酸碱、液体燃料、酒精、制药等工业,陕西的化学工业在抗战时期发展非常快,据陕西省政府统计室1947年出版的《陕西省政述要》载:"民国32年全省共有化学工业19家,资本935万元,动力266匹马力,职工748人。"

(一) 制药工业

20世纪30年代以前,加工制作西药在西北地区还是一个空白。抗战以后,战事频繁,内地药品供应大成问题。因此,内地设厂更显重要,筹建西北制药厂日益提上日程。

西北化学制药厂于1937年建成于西安。建厂初期,所生产的药品只是在西安市各医院药房和为数不多的外县城镇销售,销量也不大。上海、南京、广州等城市被日寇占领后,外货几乎断绝,因而西北化学制药厂的产品销路兴旺起来,市场逐步扩大到西北的几个省区及四川、山西和河南的一部分地区。国民党西北地区的军医系统和在陕西的一些后方医院,也多在该厂采购药物。这时河北人李子辉在四川成都设立了一个经销处,专销该厂药品。该厂又在汉中设立了一个分销处,一面销售药品,一面储存药品和原料,以应付时局的变化。为了运输的便利,厂内购买了两辆汽车,往返于宝鸡、汉中、成都。这期间,销路畅旺,价格挺俏,可谓经营的极盛时期,月营业额最高达50 000元以上,从而也获得了不少利润。①

华西化学制药厂是另一家重要的制药厂,系股份有限公司,共募集1 000股,每股法币50元,资本合计5万元。股东多系西安医药界及军政界人士,李子舟个人认购了50%的股权。1938年抗日战争正值高潮,朝野人士"有钱出钱,有力出力"共赴国难。此时,沿海大城市相继沦陷,交通断绝,医药来源极端困难,西安仅有一个西北制药厂,产量低微,而军需民用又十分紧迫,鉴于西北地区盛产药材原料,尤以药棉、纱布所需棉花的产量较大,为利用本地区物资,积极供应军需民用,由李子舟发起,倡议兴办"西安华西化学制药厂"。华西化学制药厂自1938年开始经营到1948年这一期间,由于生产方向对头,经营管理力行勤俭节约,故企业积累很多。1941年,经股东大会决议,华西当时的资本定为10万元(原每股50元股金,已增值为100元);到了1948年,经股东大会决议,华西资本又定为20万元(每股股金增值为200元)。华西化学制药厂的组织形式是依照公司法成立股东大会,在西安也算得上是一个设备较齐全、技术力量较强的大型工厂。华西化学制药厂主要制造和推销西药与卫生材料,即生产各种注射药、酊剂丸片原料药和脱脂棉、脱脂纱布、绷带布等。华西药物经销地区除陕西外,还远销川、甘、宁、青和晋、豫等地区。②

---

① 剧位亭:《西北化学制药厂的建立及其结局》,《西北近代工业》,甘肃人民出版社,1989年,第478—484页。
② 李子舟:《西安华西制药厂创立始末》,《西北近代工业》,甘肃人民出版社,1989年,第490—492页。

除此之外,企业人士刘云章于1940年在西安创办了新华化学制药厂,试制一部分药品。该厂有煤烧锅炉、蒸汽机以及制药片机、注射药机等设备。因规模较小,基本上用手工开动机器。由于资金有限,原料多系零星收购。所需原料除向西安市购买外,多向东部以及四川一带收购。该厂生产产品主要根据社会需要而定,如注射药、清血药、药片、补血药等,产品主要销售西安市。[①]

(二)三酸与电解等基本化学工业

陕西三酸、电解等化学工业始自西安集成三酸厂,继而还有长城电解厂。抗战前,陕西从来没有制酸工厂,所需原料多从外地贩运,因此西安市有数家贩运公司,所销产品均属外货,用量微,仅可供各学校化学实验及医药方面之用。抗战时期外援断绝,故地方也积极谋求发展此种工业。

西安集成三酸厂是1933年1月集资筹设的,半年而成,同时请陕西省政府准予省内免税三年,以资鼓励。至1934年,续招股本扩充,于当年10月按股份有限公司成立董事会,任命经理副经理等。1935年元旦,火车通西安后,各种工业勃兴,所需三酸量日增,供不应求,因此又作第二次业务扩充。抗战期间该厂成为西北地区最大的化工企业,1940年资本增至12万元,年产三酸300吨。在当时"不仅为陕西唯一的国防化学工业,而且也是目前西北独一无二的制酸业,其产品之佳,设备之美,规模之大,在现在中国后方当首屈一指"[②]。另外,为解决三酸厂生产硫酸所需的硫黄,生产硝酸所需的火硝(硝酸钾),制酸和装酸所需的带、瓷具等原料和工具供应的困难,三酸厂还在蒲城县与当地人合资成立了"集丰磺矿公司",年产粗磺1000吨;在泾阳县开办硝厂一处,利用当地棉干灰及硝土生产火硝,运回三酸厂后重新结晶提纯,保证了硝酸的正常生产;在澄城设三眼桥硫黄矿,使三酸的产量保持稳定。

长城电解厂筹设于1940年10月,购买地皮,建筑厂房直至1941年2月间,始告就绪,惟动力因系购买成丰面粉厂之马力,并拟接用其电力,双方均已商议妥当,却因电厂不许,因此机器无法开动,拖延至3月,于无可奈何之中自设动力机,从此一切问题宣告解决。

陕西省过去销行的电池多为外货,抗战以后,交通受阻,外货来源不易,不但普通民众感觉不便,军政电信交通均受到影响。西京西北电池厂于1937年冬建立,初期营业相当发达,成品也很重要,1942年4月间又投资15万元,贷给资金15万元,合力经营加工制造,产品多推销本省及甘、宁、青各地。

---

① 李全武、曹敏:《陕西近代工业经济发展研究》,陕西人民出版社,2005年,第246页。
② 陕西省地方志编纂委员会:《石油化学工业志》,陕西人民出版社,1990年,第2页。

表 1-3-10 集成三酸厂及长城电解厂、西北电池厂基本情况表

名称	地址	成立年月	资本	原动机	工作机	月需原料量	月产品量
集成三酸厂	西安	1933年1月	12万	10匹蒸汽机若干部,锅炉若干座	铅锅2座,整流机1部,提浓锅1部,吸水机2部,车床20部	硫酸10 000斤,火硝5 000斤,食盐600斤,瓷罐300个	硫酸20 000磅,硝酸500磅,盐酸2 000磅,缝纫机30部
长城电解厂	西安	1940年10月	30万	18匹引擎1座,125千瓦电机1部,柴油机1部	电解池18个	食盐4 800斤,石灰5 000磅	漂白粉2 400磅,烧碱1 200磅
西北电池厂	西安	1937年11月	25万	5匹电机1部	A号打电机3部,B号打电机4部,喷砂机1部,铣床1部,滚口机1部,扎线机2部	二氧化锰粉,笔铅粉,氯化锌,氯化铵锌皮,火漆	A电池2 600只,B电池520只,手电池520只

(资料来源:宋国荃:《陕西省工业调查》,《经济汇报》第8卷第20期,第79页。)

陕西省重要的基本化学工业有上述数厂,资本额总计67万元,仅占各种工业资本总额的1.6%。但在设备和产品方面,它们则列于全省各业之首,在西北、西南,算得上数一数二。尤其在抗战中,这些基本化学工业对各种工业帮助不少,既奠定了陕西省化学工业的基础,又为其他工业提供了原料等帮助。比如过去陕西省各行业所需的烧碱、漂白粉纯粹由外省购运,自电解厂成立后,这种原料供应不缺,其电池产品尤为当时所急需,对保证其他工厂的能源需求起到了重要作用。

(三) 酒精工业

蔡家坡酒精厂是由中国银行雍兴公司直接投资的企业,于1939年由国民党经济部资源委员会咸阳酒精厂厂长杨炽奇筹办。1940年蔡家坡酒精厂投产,日产量酒精1 000加仑,一部分供应雍兴公司西北运输处,大部分供应国民党军后勤部。蔡家坡酒精厂开始采用白干酒蒸馏酒精,除了自己土法发酵日产白干酒一万斤外,还向齐家寨、眉县、柳林、全曲镇等地大量收购白酒。因此,这些地方的酒坊如雨后春笋般出现,但仍满足不了蔡家坡酒精厂的需求。由1941年开始,蔡家坡酒精厂又筹建液体发酵业务,并于该年冬投产,酒精产量增至日产2 000加仑。

在经营方面,官僚资本企业雍兴公司凭借中国银行发行钞票的特权,在陇海铁路西安宝鸡段各地都设有外庄,在各大站设有专用的仓库,如绛帐、兴平、武功、普

集、眉县、柳林等地,当夏秋两季粮食上市时,以廉价大量收购。据闻,最高囤积苞谷达1 500万斤以上。[①]

第三节 传统工业的地区分布及其地位

民国时期陕西机器工业虽日渐发达,但较资源开发而言,已有工厂尚不能利用本地资源的十分之一,供求之间相差至巨,因此国民政府也一再提倡鼓励传统工业的发展。1928年建设厅为提倡固有工业,曾通令各县设平民工厂,以救济失业。抗战以后,因机械无法输入,工业产品之需日见紧迫,政府与社会人士更加注意扶植本省手工业。1938年3月,省政府改战时经济设计委员会为农村工商调整委员会,曾通过手工业奖励办法及小规模建设计划办法,动员各县妇女组织实施,拟定陕北毛织业手工业动员计划,筹开妇女织布训练班,另订手工抄纸传习班办法,计划改良土纸,因西安民食不足,并提倡土磨面粉,经此提倡,各种手工业无不力图改进,加紧工作。截至1939年,陕西已有31个县设有平民工厂,具体分布如表1-3-11所示。

表1-3-11 民国年间陕西平民工厂地域分布统计表

县名	成立时间	资本(元)	工徒(人)	出品	县名	成立时间	资本(元)	工徒(人)	出品
长安	1928年	32 850	20	斜纹布线毛巾袜子	安塞	1931年	1 000	30	栽绒褥
大荔	1932年	25 000	42	线袜毛袜毛巾	凤翔	1928年	21 000	30	斜纹布毛巾
周至		2 000	20	斜纹布线毯毛巾	华阴		3 000	26	斜纹布毛巾
陇县	1928年	1 500	20	斜纹布线毯毛巾	兴平		1 000	20	
合阳	1933年	2 000	25	线袜毛巾裹袜栽绒	同官		1 500	30	
邠县	1932年	2 500	20	斜纹布线毯毛袜	岚皋		1 000	40	
三原		1 000	30	斜纹布线毯毛袜	镇坪		1 000	36	
蓝田	1933年	1 500	36	手套毛毡毛巾洋袜	榆林		2 000	40	
朝邑	1928年	990	30	线单洋袜毛巾栽绒褥	绥德		1 000	30	

---

① 李兆庆:《蔡家坡酒精厂概况》,《西北近代工业》,甘肃人民出版社,1989年,第471页。

续表

县名	成立时间	资本（元）	工徒（人）	出品	县名	成立时间	资本（元）	工徒（人）	出品
白水	1931年	800	20	信纸信封粉笔线袜	城固		2 000		土蜡
长武		350	50		乾县	1938年	8 000	32	布匹
澄城	1933年	2 000	40	线毯毛带毛巾毛毡织绒	礼泉				布匹纺纱
南郑	1928年	2 000	20	银针布线袜毛巾布年产3 600匹经中柳条布径宽布	长武	1938年	6 000		条布人字呢
安康	1931年	1 000	30	栽绒褥	商县				布匹
勉县	1939年	5 000	50	油墨烛皂土布毛巾	咸阳	1938年			布匹
佳县	1928年	1 500	25		合计		228 990	792	

（资料来源：西安市档案馆编：《陕西经济十年（1931—1941）》，内部印行，1997年，第176—178页。）

一、手工纺织业的发展及地域特征

（一）棉织业的地域分布

陕西的关中、陕南两地均为产棉区域，尤其关中地区产量最多，故棉布手工纺织业素称发达。清朝时期，当地风俗，女子婚后，婆家即给予棉花五斤，使自纺自织，以供自身及其丈夫子女衣服费用，因此农村妇女几乎无人不能纺织。所产土布除自给外，还能输出省外。只是以往纺织多用旧式纺车和木机，且均为农村家庭副业。

民国以后，陕西固有的手工纺织业仍"谨守成法"。① 家庭手工业所用的手纺纱机产品仅能纺一支纱，且产品并不均匀，生产效率低。尽管关中地区的纺织业相较于东部省份是落后的，但其作为农村家庭重要副业，仍然有部分县份布匹产量不少。兴平县所产棉纱、棉布多销往甘肃。② 礼泉"每年输出布180万丈，行销甘肃"。③ 乾县"妇女织之土布为大宗出产……布多由花布行收买，用手车运平凉西峰张家川贩卖"，④ 20世纪30年代初，长安县"土布年产一万余匹，洋布年产五千余

---

① 陕西实业考察团编：《陕西实业考察》，汉文正楷印书局，1933年，第440页。
② 《兴平县物产状况及行销情形调查表》，《工商半月刊》1929年第17期。
③ 《陕西省银行汇刊》第1卷第1期，第137页。
④ 《陕西省银行汇刊》第1卷第1期，第142页。

匹",三原"有以土法纺线织布者,以山东客民居多;城内有省立第三纺织学校,附设布厂"。①

"九一八"事变以后,西北地区的战略地位日趋上升,开发建设西北的呼声一时遍布全国,形成一股强大的思想洪流。国民政府开发西北政策的陆续颁布,陇海铁路展筑,陕西公路网的初步形成,国外及沿海的机器得以逐渐输入,而交通建设的发展又为工业原料和产品的运输销售提供了保障。交通便利后,机布机纱竞争优势加强,"洋布夺土布之销路、洋纱篡土布之市场"②,对于本区内手工纺织业亦是一个不利因素。在该阶段,手工纺织业起色不大,"在经历旱灾之后,人民救死不遑,多以无力作此副业,每经过一县县城,恒见农户之现有此生产工具(旧式纺机)者寥寥可数,有时竟遍觅不可得"③。

抗日战争爆发后,外货几乎断绝,纱布供应紧张,售价飞涨,而全国军队的服装需用又多,加之政府注意推广新技术,关中的手工纺织业迎来一个兴盛的时期。政府于1937年冬拟定了改进土布织造技术实施办法,1938年筹设手工纺纱改进处,于长安、临潼、三原、兴平等县各设纺纱训练所,教授使用新式手摇纺纱机的技术,许多从业者学会了这一技术,得以织造宽幅土布。尤其是在关中平原的棉产大县兴平、户县、扶风、泾阳、三原等地,从业人员与织机大量增加更为明显。以扶风为例,1941年前后"境内各集镇街头出现小而简单的织袜机,用棉线来织袜者络绎不绝。各乡村织布机之声,处处皆闻"④。据统计,抗战时期分散在郿县、凤翔、岐山、虢镇、陇县、扶风等县和宝鸡市区小手工纺织厂(场)、合作社有300多家。⑤

多家纺织厂在抗战期间兴工投产。它们虽不是机器动力工厂,但确实起到了实际效应。如位于西安的有民生纺织厂,1937年建,资本2万元,1943年时有纱锭800枚;中兴纺织公司,1945年建,有纱锭3 000枚;宏丰纺织厂,1943年建,1945年有纱锭800枚,布机30台;裕民纺织厂,1945年建,有纱锭336枚、布机10台。位于宝鸡十里铺的有泰华毛棉厂,1939年建,1945年有纱锭2 000枚、布机40台;民康棉毛厂,1939年建,到1945年有纱锭2 500枚、布机40台。⑥位于郿县的有赈济会难民工厂,布机10台,纱机6部;槐芽镇难民工厂有布机10台;济生纺织厂有布机8台,15架弹花机等。位于凤翔的培实工厂,成立于1939年2月,资本6万元,有纺织机58架,月产布860匹;利民实业社,成立于1939年,有纱机16部,布机4台;众益实业社有布机8台;和兴纺织社有布机17部,纱机3部;利华纺织传习所有布机17部,纱机2部。位于兴平的利民实业社,成立于1939年,有纱机2台、布

---

① 陕西实业考察团编:《陕西实业考察》,汉文正楷印书局,1933年,第440页。
② 西安市档案馆编:《陕西经济十年(1931—1941)》,内部印行,1997年,第159页。
③ 铁道部业务司商务科编:《陇海铁路兰线陕段经济调查》,1935年,第79页。
④ 政协扶风县文史资料委员会编:《扶风文史资料》第五辑,1989年,第108页。
⑤ 宝鸡市纺织工业办公室编:《宝鸡纺织工业志》,1991年8月,内部印行,第79页。
⑥ 《西京近代工业》,政协西安市委员会文史资料委员会编:《西安文史资料》第19辑,1993年,第58—59页。

机 16 架。位于泾阳的二战区经建会纺织第二厂,成立于 1940 年,有资本 2 万元。渭南的西北打包公司织布厂成立于 1939 年,有布机 20 部。华阴纺织工厂成立于 1941 年,有织布机 16 架。华县的胜利纺织传习所有纺织机 16 架。①

这一时期的手工棉纺织业,在织造机械和技术上有许多改进,所用纺纱机大多是改良型的,如七七式、高阳式、石丸式、业精式、兴国式等,并渐进为工场手工业。值得一提的是,兴平商会为了维护当地土布的商业声誉与商客利益,整顿市场秩序,杜绝棉花掺沙绒失色,土布短尺压尺质量降低现象,规定布匹五丈二尺长,且入市要检查、盖章标记,不合格不许进入市场。在此时期内,各地士绅对于地方纺织业亦多倡导,并组织各种传授促进机关,以图发展。其著称者,如兴平的双山工业促进社。该社创立于 1936 年,有铁机 16 架,学生及工人 30 余名。学生修业期限 2 年,以每日能织布 9 丈为修业及格,方可毕业。毕业后可由社方介绍职业,或自己联合五人组织合作社,由工合贷给织机及棉纱。学生在学习期间无工资,工人工资则依成品提成,计每匹布可提纯利三分之二。该社所织土布,每匹长 15 丈宽 2 尺 5 寸,经纱用大华纱厂之纱,绰纱则用农村的长所纺之上纱,每匹布计用洋纱 6 斤土纱 4 斤,织成之布,多销售附近各县。

总结起来,关中手工纺织业发展不仅表现在商品生产的扩大与质量的进步,甚至出现了生产区域化的特点。蒲城有织机 15 000 架,澄城有织机 21 000 余架,礼泉有织机 6 000 架,兴平有织机 13 000 架,其他各县亦有相当数量。据 1938 年调查,仅兴平一县每年输出陇南者,为数即在 3 万卷(每卷 200 余丈)以上。② 据统计,1943 年,在西安有 138 个联合军布厂,它们由数家小厂联合而成,平均每个联合厂有织机 30 架,每架日布一匹,年供应军布万匹以上。③ 其他县份如渭南、咸阳、兴平、武功、宝鸡等处亦有相当数量的手工织布厂,形成了以西安、咸阳以及宝鸡为中心,包括周边数县的棉纺织业的发达地带。第二,关中的手工纺织业出现了生产技术的革新,所用纺纱机大多是改良型的如七七式、业精式、兴国式等,并渐进为工场手工业和联合生产模式。

(二) 毛织业的地域分布

晚清时期,陕北的毛织业即较发达,在制作工艺上多采用木制手摇纺线车,将羊毛纺成线、织成布,手工缝制成各类口袋,当地称这类工匠为毛毛匠。光绪初年,在绥德、米脂、佳县、吴堡、清涧等地民间开始出现家庭纺织。光绪三十三年(1907 年)由定边官绅商民集股开办织毛公所附艺学堂,"公所之设,以栽绒毯织毛,以开通风气挽回利权为宗旨,暂因资本不充不能购置机器,由宁灵招栽毯艺师 4 人,织艺师 15 人,另请教习 1 人,日受修身、国文、图画、体操,其余时间学习织造手艺,所

---

① 西安市档案馆编:《陕西经济十年(1931—1941)》,内部印行,1997 年,第 163—166 页。
② 西安市档案馆编:《陕西经济十年(1931—1941)》,内部印行,1997 年,第 178 页。
③ 宋仲福等:《西北通史》第五卷,兰州大学出版社,2005 年,第 463 页。

内需要的毛线由民间妇女纺造……织成毯,工精料实,质美色鲜"①,格外畅销。

民国初年,陕北的毛织业以榆林最盛,神木、肤施、安塞、中部等县次之。1915年,由杨象坚等人集股在神木县开办"利民织布厂",有工人30多人,所产"爱国布"(细老布)畅销一时,后因洋货充斥市场,被挤垮。②1928年榆林办起"陕北共立职业学校",内设毛纺、制革、应用化学3个专业班,有工人10多个,设备简陋,只有木纺车、木制机架,生产方式仍为传统的手工纺织、制作。1934年榆林县又以工代赈办起民生工厂,手工纺毛线、编织用品,招用女工50多名,童工60多名。后又在三皇(今古塔是寺)、金明(今金明寺)两乡设第二、第三民生工厂,有工人110多人,全是手工纺线、编织毛衣、毛袜等。到20世纪30年代,陕北的毛纺织业达到兴盛时期,从乡村到城镇,从事毛口袋编织、织毛毯、毛衣、毛背心、毛袜等的人达数百人,成为当地的主要手工行业之一。③据载,"榆林城内毛织工厂,约有四十余家,其中作针织业者(织毛衣毛机)六七家,织栽绒地毯者三十余家,均系手工制造"④。织毯业是陕北毛纺织业中最重要的一个方面。1915年神木的地毯艺人有40多人,1927年发展到70多人,所产地毯质优价廉,誉满京、津。⑤1916年神木商人张再田联络织毯艺人王金钟、王焕人、高来来等来到榆林城天界寺(今梅花楼处)开办毯坊,揽活织毯,经营得法,生意较好,有学徒10多人。1920年井岳秀出资在定慧寺内开设惠记工厂,请张再田任经理,王金钟当领工头,所有人员入惠记工厂织毯,到1922年人员增至100多人。民国时期榆林的地毯业有近20家,从业人员200多人,规模较大的有职中地毯厂、永和、义盛、庆茂等。

总之,民国时期陕北榆林的栽绒地毯业中,规模较大者为惠记工厂,针织业规模较大者为裕民工厂,惠记约有工人百余名,其他工厂各有十数名至三四十名不等。此外也有在家庭内三五人的小规模毛织作坊,不足以称之为工厂。惠记工厂投资资本约为3万元,其他各厂均只三四千元或数百元,出品及营业状况均以惠记工厂为佳,只因交通阻塞,运销不易,未能发展。榆林城内外,尚有制造小工厂十余处,出品分毛毡、绒毡两种,绒毡较毛毡为佳。⑥

大荔织绒也是陕西省毛织名产,清代即很有名,制造方法是"用顶细童羊毛,以净湿黄土洒入毛内,隔三日用手搓去油腻,然后将羊毛弹开,用人工纺成毛线,以棉丝为径,毛线为纬,就木机织之,即成粗布帛。再用皂荚水洗去油腻,下缸中以糜粉漂之,漂白后用木炭火烤热,再以硬毛刷刷之,用风炭火半烤半厥,刷毕将绒打起,用剪刀剪平。再用胶菜水吊花,即完成白色织绒。如为颜色织绒,亦可随时加染,

---

① 光绪《定边县乡土志》,第九章,实业,光绪三十二年刻本。
② 榆林地区地方志指导小组编:《榆林地区志》,西北大学出版社,1994年,第226页。
③ 榆林地区地方志指导小组编:《榆林地区志》,西北大学出版社,1994年,第226页。
④ 西安市档案馆编:《陕西经济十年(1931—1941)》,内部印行,1997年,第179页。
⑤ 榆林地区地方志指导小组编:《榆林地区志》,西北大学出版社,1994年,第233页。
⑥ 西安市档案馆编:《陕西经济十年(1931—1941)》,内部印行,1997年,第179页。

重行吊花。过去每年约出男女袍料五百件,自陇海路通,洋货呢绒涌入,织绒销路顿减。至廿八年(按:1939年)底,仅余敬义和织绒厂一家。近年以来,外货来源断绝,一般士女,多以织绒制大衣,成为一时风尚,销路渐广,营业渐有起色。敬义和厂在大荔城内,设立于民国前三十年,资本五千元,系独自经营,工人二十名,学徒十名,月需羊毛一千斤,购自白水洛川等地,月出织绒五十件,毡五十条,每年营业概数约为一万九千余元"①。此外,长武、韩城、澄城的织绒地毯也是遐迩驰名。

(三)丝麻纺织业的地域分布

陕南地区气候温暖,宜桑宜麻,桑园分布广泛,蚕丝纺织各县皆有,以安康、南郑、洋县等处最为发达。安康有织绸纺绸小工业9家,工人100余名,年产约500匹;织花丝葛的工厂也有9家,工人80余名,年产约400匹;织板绫工厂17家,工人100余名,年产约2 000余匹。南郑共有丝织小工厂16家,织绢绸绫帕等物,年产约2 000余匹。洋县的马畅镇以产绢著名,当地乡民用土法织绢,清代即已开始,质地甚佳,有生织、生花绸品、蓝花润白绢等,年产约10 000余匹,一部分运销陕南各县,大部分运销汉口。除陕南外,关中陕北也有经营蚕丝纺织的工厂,如西安、韩城、清涧、商县等,均有织绸小工厂,只是很少的数家,产量也少。上述各地蚕丝纺织工厂都用旧式木机,宽幅大约一尺有余。②

二、手工造纸业的地域分布

陕西省手工造纸业在西北各省中最为发达,多分布在关中与陕南地区,大约有20多县,全部属于小规模的手工业,而且有些还属于副业性质,农户每当农忙季节即停止或减少此项工作。

关中地区造纸业的历史比较悠久,是陕西省纸张的主要产地之一。华州(今华县)产火纸,"行销渭北各县"③。凤翔是关中地区的一个造纸中心,凤翔县所产细麻纸"白而韧,名凤麻纸",这种纸用破布与麻做原料,质量较高,官书局印书常用此纸。虽然民国年间已不比前代兴盛,但年产纸尚有200万刀。该县的造纸区基本上集中在县城东郊靠横水的地方,其中纸坊村最为著名。④扶风县东门有纸坊八九家,每家日可产纸千张。⑤长安县所产纸为构皮纸,构皮为南山所产,长安县地近南山,故原料供应方便。其中大兆镇(在长安城东南30里)有纸户5家,用麦秆制黄纸板。后因原料工资日高,售价不能维持成本,而日趋衰落。北张村(长安城南30里)在南山之麓,沣河之滨,居民300余户,皆从事纸业,原料大都是南山所产构树皮,间有用废纸者。每月可出纸200余万张。附近各村也都有生产,为长安的造纸

---

① 西安市档案馆编:《陕西经济十年(1931—1941)》,内部印行,1997年,第179页。
② 西安市档案馆编:《陕西经济十年(1931—1941)》,内部印行,1997年,第179页。
③ 民国《重修华县志》卷七,经济志,产业。
④ 潘吉星:《中国造纸技术史稿》,文物出版社,1979年,第222页。
⑤ 陕西实业考察团编:《陕西实业考察》,汉文正楷印书局,1933年,第412页。

区,产品销售于西安及附近各县。长安西乡联保区亦有纸户10余家。蒲城纸户多集中于兴市镇,该区有纸户约五六十家,用枸皮、废麻为原料,每月可出纸百余万张。此外,蒲城的龙原及荆姚联保区也有少量纸张出产。①

抗战前关中地区的这些造纸作坊多系农家于农闲时的副业,所造之纸多为黑白麻纸,即粗火纸,或傲纸,多供普通人日常使用,高档纸生产较少,且市场多被外省机制纸所取代。陇海铁路通车之后,"洋纸之应用渐广,土纸之产量顿减"②。抗战以后,外货输入不易,且国内新式纸厂多因营业不佳而停工,因此陕西纸张供应紧张,"每成应用之棘手,各种事业无法进行,殊为可惜"③,于是新式纸厂不断设立以应当时之需,各地土法造纸业也逐渐恢复生机。大中华造纸厂成立于1939年,位于双石铺,资本1.7万元,有手摇压光机2部,主要产品为书写纸、包皮纸。④ 原来不产纸的同官县也设立了造纸厂。同官"本地用纸,全恃蒲城,实则造纸原料及利用河水,邑皆较便利也"⑤,因此,第二战区经济委员会因地利以应时需建立了造纸厂,厂址设在黄堡镇,创办于1940年,资本2.6万元。原料用麻绳头、烂布、废棉、破鞋底、烂纸、枸树皮等,其中枸树皮为南山所产,从西安运来,其余在本地收买。后又用马兰草试制,这种草出金锁关山中,织维甚纵,纸亦有筋。土法制造,出品为土报纸。

陕南地区是陕西又一纸张生产中心,因靠近秦岭,山中枸树生长繁茂,以枸皮或枸穰为原料造纸,在清代就非常发达。民国时期商县、龙驹寨、南郑、西乡、洋县、陇县、凤县均产纸品。商县民仁乡"有纸户二百家,以枸皮造纸,月出三百余万张,出品有报纸及打写纸二种,惟房姓一家制造稻秆厚黄纸"⑥。龙驹寨"有纸户廿余家",⑦过去专门制造烧纸。洋县西门外有纸坊街,过去是本县的纸业中心,民国年间"该县北山中毛边纸,茅坪产本地毛边,有纸户三十余家,均用竹子作原料。在东山中有纸户五六十家,以枸穰作白烧纸。在南山之贯家涧有纸户二家,则以茅草作原料,制造毛边纸,品质颇佳"⑧。凤县"纸户多集中于纸坊村及王家村一带。该村距城五里,有纸户一百卅余家,用破麻鞋旧麻绳造纸,月出报纸斤纸二百万张。王家村一带,亦有纸户十余家,但纸质极粗劣"⑨。1941年左右,南郑城郊有土法造纸厂两处,一是县立第三难民工厂造纸厂,二是南郑第二监狱造纸厂。除此两家,城南红庙堂也有两三家纸户。城固县的县立平民工厂设有造纸工厂,距城三四里的邸家村,也有造纸户十四五家。西乡南区山中也有造皮纸者多家,杏儿垭有造火纸

---

① 西安市档案馆编:《陕西经济十年(1931—1941)》,内部印行,1997年,第180页。
② 西安市档案馆编:《陕西经济十年(1931—1941)》,内部印行,1997年,第159页。
③ 宋国苤:《陕西省工业调查》,《经济汇报》第8卷第20期,第69页。
④ 西安市档案馆编:《陕西经济十年(1931—1941)》,内部印行,1997年,第169页。
⑤ 民国《同官县志》卷十二,工商志。
⑥ 西安市档案馆编:《陕西经济十年(1931—1941)》,内部印行,1997年,第180页。
⑦ 西安市档案馆编:《陕西经济十年(1931—1941)》,内部印行,1997年,第180页。
⑧ 西安市档案馆编:《陕西经济十年(1931—1941)》,内部印行,1997年,第180页。
⑨ 西安市档案馆编:《陕西经济十年(1931—1941)》,内部印行,1997年,第180页。

者2处,东区上高川中高川下高川3处,共有造纸户20余家。陇县城内有纸厂两家,南门外纸坊庄原有作户二三十家,至民国三十年仅余两三家。①

表1-3-12 民国年间陕西手工造纸工厂统计表

县份		纸户	
长安	大镇	5家	麦秆制黄纸板
	北张村	居民300户,皆操纸业	枸穰制纸
	西乡联保	10余家	属副业性
蒲城	兴市镇	56家	枸皮、废麻制白棉纸
商县	民仁乡	纸户200家	枸皮造纸,月出300余万张
	龙驹寨	纸户20余家	
洋县		纸户八九十家	
凤县		纸户130余家	
南郑		多手工工厂	
城固		造纸户十四五家	
西乡		造纸户20余家	
陇县		有作户二三十家,现仅余两三家	

(资料来源:西安市档案馆编:《陕西经济十年(1931—1941)》,内部印行,1997年,第180页。)

民国时期陕北地方也存在手工造纸业,虽然质量不佳,产量有限,但对于满足地方经济发展具有一定的贡献。据当地地方调查显示,道光年间榆林镇川葛家圪崂村即开设有纸坊,光绪年间该堡外西川地也设有纸坊1处,用破麻布生产麻纸。同一时期榆林城外流水沟附近也开有纸坊,多用马莲草生产草纸。1921年河南沁阳人吕崇德在榆林城内办起纸坊,用稻草生产草纸,山西临县人郝生富办的纸坊专门生产麻纸,这些纸坊主要是为了满足当地人的生活需要。除榆林外,20世纪初,神木县南郊单家滩全村30余户,户户都会造纸。② 这些纸坊均为手工操作,对满足地方需求起到了重要的作用。

三、手工制瓷业的地域分布

民国时期陕西省瓷业以同官最为著名,陈炉镇及白水、澄城的粗瓷虽质量不高,但坚实耐用,清代以来一直是当地特产,行销甘陇。

同官的陈炉镇以"陶炉陈列"而得名,"南北沿河十里,皆其陶冶之地,所谓十里

---

① 西安市档案馆编:《陕西经济十年(1931—1941)》,内部印行,1997年,第180页。
② 榆林市志编纂委员会编:《榆林市志》,三秦出版社,1996年,第284—285页。

窑场是也"。^①1938年,该镇700余户人家除20余户外,其余均直接间接经营陶瓷业,计可分为瓷户、窑户、行户、贩户四种,大约有二三千人以此为生。瓷户即做瓷坯的工人,窑户计有30余户,每户有窑三五不等,计全镇共有百窑左右。该镇的制瓷工艺仍旧沿用旧法,其地位在关中为其他窑厂所不能及,其产品运输纯用驴骡,东至富平,南达耀县,再由客商自由贩运于关中各地及甘肃等省。造瓷原料为坩子土,该镇附近多有,其量甚丰。至于燃煤,该镇附近的蕴藏亦丰富,如王石娃的同泰,四合购的民立等计有10余家煤厂,距离最远不过20里,近的只有5里,运输虽由牲畜,但因路途不远,运输尚称便利,故该镇瓷业所需各项条件具备,亦为他地所不及。[②] 其产品销于本省各地,河南西部,以及甘肃全省。

表1-3-13　1941年陈炉镇瓷器产量调查表

名　　称	全年烧窑数(座)	每窑产量(件)	每窑价值(元)	出　品　种　类
黑窑(包小货窑)	33	1 200	1 300	茶具、酒具、笔筒等小物品
瓮窑	98	1 450	1 500	瓮及大小盆等
碗窑	207	40 200	3 350	大小碗碟等

(资料来源:民国《同官县志》卷十二,工商志。)

1940年,在距陈炉镇南边不远的黄堡镇成立了建新实业公司瓷器厂,该厂为西安建新实业公司的陶瓷部,其组织按工厂法设经理,并分设工务等四处等,产品有瓷器和耐火砖。厂地设在河边,资本10万元,最初动力全赖畜力,后部分机械开始使用水力。"每月需火黏土一千吨产于同官之黄堡镇附近,釉药月需三十吨,为灰色石头,来自富平,质地不纯,烧后每带黄色,煤炭月需六百吨同官产,石膏十五吨来自白水,颜料向用舶来品,现来源断绝由自己试制使用。现时每月出有茶具四千件,饭具八千件,隔电器材一千件,耐火器材四十吨,卫生器具五百件。"[③]在黄堡镇还有新新瓷厂,该厂系1940年5月间筹设,因种种原因至1942年春开始出货,组织简单,仅有经理会计技师等五六人。该厂所出瓷货最多者为黑釉粗货,与陈炉镇之窑货相差不远,亦烧耐火砖,但技术太差,每窑损坏均为十之六七。[④]

除陈炉镇及周边乡镇外,澄城的长闰镇也出产瓷器砂器,亦为澄城出产之"最著名者",长闰镇的曹村每年出产30余窑,街上村每年约烧砂器一万余数。1926年左右因受兵祸摧残,该镇陶瓷业比往昔衰落了,从业者仅及旧有之一半。[⑤] 韩城瓷器以桥南及岔崖最驰名。行销陕北各县,为数亦巨。其出品以瓮、盆、碟、碗,以及

---

① 民国《同官县志》卷十二,工商志。
② 宋国荃:《陇海路咸同段沿线经济调查报告》,《陕西省银行汇刊》第7卷第3期,第46—49页。
③ 宋国荃:《陕西省工业调查》,《经济汇报》第8卷第20期,第73页。
④ 宋国荃:《陕西省工业调查》,《经济汇报》第8卷第20期,第74页。
⑤ 民国《澄城县附志》卷四,实业志,工产物。

烟具为大宗,年产近万元。① 另外"长安之五道寨子,温国堡、韩森冢,朝邑之金水沟,小坡村,蒲城之武邑村,咸阳之上照村,也有小规模瓷窑"②。

四、手工榨油业的地域分布

制油为陕西省乡村最普通的手工业,视植物品种不同,制油也有区别。关中盛产棉子油、菜子油、落花生油、芝麻油、蓖麻油。陕南则产桐油、漆油、核桃油,紫阳并产茶油。只有黄豆油不是很普遍。菜油、芝麻油、花生油多供食用。棉子油、蓖麻油、桐油多用燃烧。漆油及核桃油也有供食用者。茶树子榨成的茶油,可用点灯,亦可制肥皂。乌白树子制成的木油,多凝结成大块,供制作蜡烛和制造肥皂用。抗战以后,由于缺少洋蜡,陕南土蜡盛销一时。各种植物油除芝麻油用磨法外,其余大都用榨法,油厂即设在家中或田野中,设备极简单。收买原料,销售成品,多采用交换方式,以制成油运赴乡间,换取菜子、棉子、桐籽之类,利润也在交换过程中取得。

五、手工制革业的地域分布

西北各省产皮较多,明清时期,关中的泾阳、大荔是陕西皮毛加工业中心。清代后期,泾阳的硝皮业因受战火影响而衰落,而直至民国年间大荔县硝皮业却依然兴盛,据民国《续修大荔县旧志稿》卷四"物产":

> 商贩之皮货,惟同州硝水泡熟者,则较他处所制者,逾格轻软鲜柔,此乃水性关系,货而工商兼需,故同城羌镇以造皮驰誉者,自昔已然。

大荔皮业的兴盛离不开洛水,硝皮对水质要求特殊,而洛河水恰适于应用。大荔县的皮货以来自甘肃及陕北的羊皮作为主要原料,加工制作以后,用邮包寄平津及长江流域各省销售,民国初年年产大约有10万余张。也有驮运至潼关由铁路运输出境者。其余像虎、豹、狼、狐皮等,产量也非常丰富。1927年前有制作工场一百余家,营业额每年可达七八十万元。后来该地遭溃兵洗劫,仅存十余家,营业额不足十万元。③ 抗战以后,大荔制革业"以(已)不堪与西安制革业争衡"。④ 另据民国《永寿县志初稿》卷八"工商志"记载:永寿有皮房四家,加工皮毛产品,其"硝法不良,亦无新法制革知识"。

民国初年,西安曾开设陕西制革厂,采用新式制革方法,后改为陆军制革厂,专制军用皮革制品及军鞋,开支全靠上级拨款。后因时局影响,时开时停,终究失败。1928年以后,制革工业稍有发展,陆军制革厂改由陈克五、路秀三任正副厂长,专

---

① 陕西实业考察团编:《陕西实业考察》,汉文正楷印书局,1933年,第217页。
② 西安市档案馆编:《陕西经济十年(1931—1941)》,内部印行,1997年,第181页。
③ 陕西实业考察团编:《陕西实业考察》,汉文正楷印书局,1933年10月,第448页。
④ 西安市档案馆编:《陕西经济十年(1931—1941)》,内部印行,1997年,第181页。

做军用皮件,不对外营业。那时孙良诚派张焕章在南四府街开设"第二路制革厂",兼做皮件,约七八十人,全系手工操作,设备也很简陋,1930年后改为商营并改名为"和平制革厂",后又改为"义记制革厂"。1921年后,同和制革厂在西安城内东木头市开业,赵捷三任经理兼技术人员,专制法兰革(即铬鞣革),完全是手工操作。① 河北人刘履之于1923年冬来西安设一小型制革厂,起名"燕秦制革厂"。开始设在西仓门,只有两三个人干活,经营艰难,皮革销路不畅,后转型制鞋,经友人出面帮助募股,共募得2 000多元,连同燕秦旧底共约3 200元,成立"新履股份有限公司",并从北京招募制鞋技师,增添工具、设备。开工后,新履租到南院门市面房两间作为门市部,开始了营业。1925年新履由西仓门迁到大保吉巷。这一时段内,西安的皮革业发展困难重重,进步不大。20世纪30年代以后,国民政府开发西北政策出台,1934年铁路展筑至西安,原来不易买到的原材料也能买到了,给陕西制革工业的发展创造了有利条件,制革厂也越办越多。1934年赵新德等开设"西北制革厂",专做带皮兼制皮件,约50余人。1938年,西安制革工厂不过数家,到1939年增加到10余家,1940年增至60余家,其中较大的有30余家。② 这些制革厂大都采取新法制革,多半是植物鞣制和矿物鞣制两种,操作多系手工,设备都很简陋。旧法制革如挽具革、烟熏革、弹花弦革等则发展不大。另据统计,到抗战后期,西安的小型制革厂、皮件厂有31家,皮革作坊有58家,平均月产鞣制牛皮3.83万张、烤制皮胶5吨。③

陕北地处蒙、汉交界,畜产品资源丰富,清代皮革、皮毛加工就比较发达。蒙古民族喜爱的皮靴、皮袍,以及驻防将士穿用的皮靴、皮带,马匹用的缰绳、挽具、鞍辔、囊袋等大多当地出产,到民国时期又有较大程度的发展,重要的皮革加工作坊均集中于榆林城内。1928年,陕北共立职业学校在榆林成立,学校开设制革科,招收学生13名,并办起实习工厂。该厂先后从天津请来教师郑逢恩讲授制革课,请来制革技师张治卿、皮件技师范举山等传授技艺。1930年榆林籍的《大公报》主编、著名报人张季鸾委托高少安、吕玉书、田玉生出资3 000银元,办起榆林革新工艺厂,招工40多人,聘请北京技师杨怀武、毕雪亭等鞣制皮革,生产皮鞋、皮件。之后,该厂由武国勇、白绍文等人接办,由于经营不善于1935年停办。20世纪三四十年代榆林城有福源长、元茂祥、三合公、保和号、利盛源、同新长、永茂魁、恒源号、大义昌等皮坊和家庭皮毛作坊80多家,从业人员180多人,最多鞣制羊皮毛20多万张,二毛滩皮1万多张,狐皮、羔皮、猫皮、狗皮2万多张。④ 这些熟制毛皮除直接行销西安、山西交城、河北顺德等地外,多就地缝制成装衣售于本地,也行销包头、

---

① 刘履之:《陕西制革业沿革和新履制革厂》,《西北近代工业》,甘肃人民出版社,1989年,第497—498页。
② 陕西省银行经济研究室编:《西京市工业调查》,秦岭出版公司,1940年,第87页。
③ 陕西省政府统计室:《陕西省政述要》,1947年。
④ 榆林市志编纂委员会编:《榆林市志》,三秦出版社,1996年,第275页。

北京、天津等地。1929—1931年，井岳秀、杨虎城先后用"烟亩附加税款"3万元银币，于1932年从天津购回转鼓、揽槽、打光机、压底机等制革设备及锅炉、毛纺织等机器，当年就在实习工厂使用。① 自此，皮革生产开始使用部分机器，鞣革工艺由传统鞣制改用矿物、植物及混合方法制革，可制出各种重革、轻革，生产各种皮靴、皮鞋、皮半衣、皮腰带、皮球、枪套等皮革制品，畅销各地。总之，晚清到民国时期陕北所产的皮革制品除了外销以外，还可以满足本地区及内蒙古南部各盟蒙汉百姓的生活需要。

六、手工酿酒业的地域分布

传统时期陕西各县大都有锅房制酒，所产烧酒仅供当地居民自用，很少输出。其中凤翔产量最多，品质也最好，是陕西名酒。1912年，凤翔城乡有制酒业70余家，之后因变乱纷纭，灾乱迭至，工商业损失颇重，至1929年制酒业仅剩30余家。以后因田禾丰收，酒业渐有起色，每年可产酒约有百万市斤之多。凤翔所产凤酒极为驰名，20世纪30年代中期增设烧房10余家，统计县城及柳林、陈村两镇，共有烧房60家，每日每家出酒约280斤，全年8个月营业，约出酒403.2万斤。凤翔之酒除本县及附近销售外，多数运往西安转销各地。② 论凤翔酒质，制作最佳者为柳林镇，另外"城内、陇村、长同、彪角镇、南务村、尹家坞等处均有。制酒原料即为本地生产之高粱，大麦及豌豆。每年麦收后，各酒坊即收购大麦、豌豆，以大麦百分之六十至七十，豌豆百分之三十至四十，用石磨磨碎，招包制曲块工人数十人，制成曲块，储于曲房内，待中秋节后，即开始造酒。计自当年八月开锅，至次年四月底停止，以此八个月为正期，其余月份，如气候较冷，亦能制造。唯酒能引火，危险殊甚。每家每日需高粱五石，曲粮一石五斗，每日出酒约二百四十斤"③。据史料统计，截至1932年底，凤翔县有酒业50家，岐山县22家，扶风县18家，宝鸡县15家，眉县8家，陇县、麟游各4家，千阳县2家，凤县1家，从业人员约千余人。④ 另外永寿县永寿盛产高粱，且水质较好，酿酒业较为发达，商号众多，先后成立了复兴恒、月盛恒、世玉恒、春发祥、协盛玉、存德永、民兴酒坊、永丰长等。估计永寿县1940年年产酒约60万斤。⑤ 旬邑太村的"忠恕恒"烧坊是当地最大的烧坊，其次还有"德茂昌"、"同和永"等酒坊，年产白酒四五十吨，不但销售本县境内，还远销彬县、正宁等地。⑥

民国年间，陕西除凤翔产烧酒外，其他各地也有制烧酒米酒者。商县龙驹寨的

---

① 榆林市志编纂委员会编：《榆林市志》，三秦出版社，1996年，第273页。
② 铁路部业务司商务科：《陇海铁路西兰线陕西段经济调查报告书》，1935年。
③ 西安市档案馆：《陕西经济十年(1931—1941)》，内部印行，1997年，第181页。
④ 陕西省地方志编纂委员会编：《陕西省志·第十五卷：轻工业志》，三秦出版社，1999年，第240页。
⑤ 永寿县政协文史资料研究委员会编：《永寿文史资料》第四辑，1993年，第106页。
⑥ 《解放前的太村工商业》，《旬邑文史资料》第四辑，1991年，第121页。

葡萄酒尤其著名。①

七、皂烛工业

陕西最早的皂烛工业为西京国华烛皂厂,该厂创设于1935年3月,总厂设于天津市,鉴于陕西省缺少该种工业以及该种成品之需要,于是派人来陕筹设。西京大业皂厂亦由天津设分厂于此,系1936年成立。

抗战爆发后,陕西省陆续有新厂成立,较大的有筹设于1941年6月的陕西省企业公司化学工业厂,该厂原来是教育用品厂。因机器不易购置,所以全为手工操作。陕西皂烛业除上述三厂外,1941年在西安又创立了三光蜡厂,产量多且品质优,为工合组织的工厂。

表1-3-14 各皂烛厂的基本情况一览表

名称	地址	成立时期	资本	设备	月用原料数量	月产品数量
国华烛皂厂	西安	1935年3月	由总厂拨用	锅炉3个、木桶20个、压皂机1座	牛油1 000斤、火碱100斤、麻油500斤、漆油1 000斤	铁锚牌土蜡60箱、天光牌肥皂20箱
大业皂厂	西安	1936年	由总厂拨用	削片机、压皂机、剂皂机各1部 锅炉1个	牛油3 000斤、火碱550斤、香料30磅	硼酸卫生、自由、石兰、发财等香皂共700条
企业公司化学工业厂	西安	1941年6月	70万元		牛油9 000斤、火碱10桶、麻油3 000斤、石膏3 000斤、油烟35斤	拳牌肥皂30 000条、粉笔2 000盒、大小墨汁300打、糨糊400打

(资料来源:宋国荃:《陕西省工业调查》,《经济汇刊》第8卷第20期,第67—68页。)

由上可知,陕西省皂烛业多数为小规模手工业,产量少,质地不佳,一般人不愿购买使用,价格也上不去。与洋蜡相比,实在有天壤之别,抗战后洋蜡价格提高,每包竟达20余元。上述三厂,以企业公司的化学厂所出产肥皂为优,只因不专门制造肥皂,而且缺乏蜡类制造设备,是其中美中不足的事情。②

---

① 西安市档案馆编:《陕西经济十年(1931—1941)》,内部印行,1997年,第181页。
② 宋国荃:《陕西省工业调查》,《经济汇刊》第8卷第20期,第67—68页。

第四章　近代陕西交通和通信网络的建设与布局

第一节　近代陕西公路交通建设

一、清代以来的陆运

陕西交通一向以陆运为主,水运次之,航空和邮电都是近代以来的产物。没有公路以前,陕西较大的通道一共有五条。

1. 河南通道。由西安东行,经临潼、渭南、华县、华阴至潼关,是为北道。由西安东南行,逾秦岭至龙驹寨,循丹江南下至紫荆关,是为南道。北道既可通晋,南道亦可通鄂。

2. 甘肃通道。自西安经咸阳、礼泉、乾县、永寿、彬县、长武入甘肃之泾川县、过平凉、隆德、静宁、会宁、定西至兰州,是为北道。自西安经咸阳、兴平、武功、扶风、岐山、凤翔、宝鸡、凤县(此即四川通路所经),再折而西,入甘肃两当、徽县、经天水以至兰州,是为南道。自凤翔经千阳、陇县入甘肃之清水县,西北通兰州,西南达秦州(即天水),是为中道。北道可通大车,中南两道仅通驴骡。在昔自陕入甘,多走北道,所谓陕甘大道,为入新疆必经之路。另外,陕西入川的岔道有二:一为凤翔,距西安行程 355 里,一为双石铺,距凤翔行程 365 里。

3. 四川通道。自西安经咸阳西行至凤翔,南折,由宝鸡越秦岭,入汉中,过巴山即达四川广元,在陕境内凡经咸阳、兴平、武功、扶风、岐山、凤翔、宝鸡、凤县、留坝、褒城、南郑、沔县、宁强等 13 县,共长 1 588 里。

4. 山西通路。晋陕交通以由风陵渡经潼关入西安者为大道,潼关以北渡黄河入陕还有三处流口,一为由永济渡河经平民、朝邑、大荔至渭南一路。二为由柳林渡河经吴堡、绥德、清涧以至延川一路。三为由永和关渡河直达延川,仅 70 里,自河岸延水关起,经延川、延长、宜川、洛川、中部、宜君、同官、耀县、三原、咸阳至西安,其间多系山间小径,食宿均感不便。

5. 湖北通道。由西安经蓝田、商县、龙驹寨、商南过荆紫关南行,则入湖北境,其道始沿蓝水,越秦岭,继沿丹江流域东南行,自古为秦楚间大道,道中蓝关、武关素有名。此外又有僻径四条,一为由洛河上流至湖北道路,亦即入河南之通路。在平汉铁路未通以前,湖北土布杂货由襄汉水运至龙驹寨者,即由龙驹寨北经洛南,越秦岭以送至潼关,再由潼关以输入三原及甘肃。故潼关与龙驹寨间亦有通道,以畅行驼运。铁路既通,此路不复如前之运输频繁,然亦间有取此道以运商南者,是为陕西由洛水上流经豫鄂之一道。由西安直通湖北者:一为由西安东南越秦岭,经山阳至湖北郧西之便道。二为由西安东南越秦岭经柞水、镇安、洵阳渡汉江至湖北郧西之便道。三为由西安逾库谷岭

(秦岭)绕柞水经镇安、安康东南至鸡心岭,即入湖北竹溪界之便道。①

二、民国年间的陕西公路兴修

陕西省公路发展较迟,1921年以后,始偶有军政长官乘坐私人汽车来陕。1926年后,渐有军用汽车运输军需物品,由是风气大开,商人亦继起购办汽车,经营客货运输。此为陕西省始用汽车,改进陆路交通时期,然仅由军事机关设立军用汽车管理局,管理商营汽车,仍就原有大车道行驶。1930年省政府开始正式设立陕西公路局,一面商讨由兵工并征用民工,就大车道分段建筑公路,设立汽车站,登记商车,发给牌照,调派担任各路运输,同时成立扩路队,从事养护工作,至此公路交通始具雏形。1932年,陕省灾荒之余,省库支绌,将陕西公路局缩小范围,改为陕西省汽车管理局,专理运输业务,关于公路管理部分,由建设厅接办。1936年,因路线增多,交通业务繁剧,又将汽车管理局职权扩大,改为陕西省公路管理局。以上就是陕西省公路及管理机构发展的大致情况。

表1-4-1　1929年底陕西省道修筑统计表

路　名	起点	终　点	宽度(尺)	长度(里)	备　　注
西潼路	西安	潼　关	24	290	全路可通大车
西长路	西安	长　武	24	420	全路可通大车
西荆路	西安	荆紫关	5	690	西安至蓝田可通大车,由蓝田至荆紫关可行驮骡
西汉路	西安	(汉中)南　郑	西安至凤翔24 宝鸡至南郑4	1 100	2路:由西安经凤翔宝鸡至南郑;由子午镇间道经宁陕一带至南郑
西榆路	西安	榆　林	(平均)5	1 375	西安至耀县可通大车,耀县至榆林可行驮骡
西兴路	西安	(兴安)安康	西安至子午镇24 子午镇至安康4	685	西安至子午镇可通大车 由子午镇至安康可行驮骡
肤延路	肤施	延　长	(平均)4	150	能行驮骡
肤定路	肤施	定　边	(平均)4	500	能行驮骡
原同路	三原	(同州)	10	190	通大车
宁安路	宁陕	安　康	(平均)4	400	能行驮骡
合　计	10条		11.33	5 800	

(资料来源:陕西省档案馆存《陕西省建设统计汇刊》,1930年第2期。)

---

① 刘安国:《陕西交通挈要》,中华书局,1928年。

（一）国道进展情况

陕西省国道之前均系省道,自1934年全国经济委员会设立西北国营公路管理局,将陕西省西安至长武一段公路,及甘肃泾川至兰州一段公路,划为西兰路线,由西北公路局统辖管理,始有国道省道之别。1936年,由陕西省建设厅与经委会会同建筑汉中至宁强公路,1937年经委会筑成凤翔至汉中公路,也划为国营路线。抗战以后,经委会于1938年结束,由交通部设立公路总管理处,将西北公路局改为西北公路运输管理局。1939年又接收本省汉中至白河公路,至此国道计有西长、凤汉宁、汉白等路。西长路西出长武以达兰州,凤汉宁路南出宁强以达蓉渝,汉白路东出白河以达湖北。1941年西北公路运输管理局改隶军事委员会运输统制局,仍辖以上各路。

1. 西长路：此路由西安起,经咸阳、礼泉、乾县、永寿、长武,以达陕甘交界之窑店止。1928年由兵工民工筑成,1930年陕西公路局成立后,再派兵工,征用民工,重新整理,于1934年后交西北国营公路局接管。

2. 凤汉宁路：此路由凤翔起,经宝鸡、凤县、留坝、褒城、沔县、宁强,以达川边之界河止,褒城至界河段,1936年由陕西省建设厅与经委会会同筑成,当年即由西北公路局接管,凤翔至褒城及至汉中段,1937年由经委会修筑。

3. 汉白路：此路由汉中起经城固、西乡、石泉、汉阴、安康、平利、竹溪,以达白河,与湖北老白公路衔接。1935年,由经委会拨款,陕西省建设厅与湖北省政府共同修筑,陕西修筑汉中至安康一段,湖北省修筑安康至白河一段。汉白路于1937年修筑完成,由陕西省公路管理局等管理,至1939年,奉令移交西北公路运输管理局接管。

（二）省道进展情况

陕西省省道以西安为中心,东至河南,以西潼路为干线；西至甘肃,以西凤陇及宝平路为干线；北至绥远,以咸榆路为干线；东南至豫鄂,以长坪路为干线；东北至山西,以渭大韩、韩宜路为干线,均经分别筑成。此外联络支线,东有阌华路,西有长益路、凤虢路,南有西南路、西平路,北有富宜路、清望路、绥宋路,东南有商洛路,东北有原渭路、原大路、富龙路、蒲澄路、大澄合路、渭白路、潼大路、岳大路,西北有原庆路原通段,均经筑成。

国民政府初期,关中地区修建了一大批公路。1927年,冯玉祥驻陕,咸阳至宜君间征集民工进行整修,勉强通行汽车。1928年,咸阳至三原整修成公路通车。[①] 这无疑给汽车运输创造了条件。国民政府为围剿陕北共产党,蒋介石于1934年春,急电陕西当局修筑西安至老河口一线公路,当时因工款无着,暂时搁置。同年夏再次电催,省建设厅派出技工郭显钦为首的勘察队进行勘察,并着手筹备施工,5

[①] 陕西交通史志编写委员会编：《陕西公路史》,人民交通出版社,1988年,第61页。

月全线开工,至 1936 年 5 月完工,6 月 6 日正式通车。此外还有渭大韩公路,为 1936 年由省建设厅主持,征集沿线民工在原大车路的基础上进行改建修成,由韩城延伸至禹门口后渡过黄河进入山西,是关中通往晋西南的捷径。[①] 这些公路的修筑主要是为了剿共,但是客观上也加速了陕西公路事业的发展,为新式交通工具汽车进入陕境创造了条件。至抗战前期,陕西共修筑公路干线 15 条,现列举如下:

1. 抗战前建设路线

(1) 西潼段(干线):此路由西安起,经临潼、渭南、华县、华阴至潼关,与河南洛潼公路衔接,1928 年由兵工民工修成,勉强可通车。1930 年,由陕西公路局正式接管,整修多次,全路计长 1 676 公里,路面宽度为 7 公尺。

(2) 西凤陇路(干线):此路由西安起,经咸阳、兴平、武功、扶风、岐山、凤翔、千阳、陇县,西至陕甘交界至马鹿镇与甘肃天马公路衔接。西安至凤翔段于 1931 年由民工筑就,凤翔至马鹿镇段于 1935 年由本省修筑。

(3) 咸榆路(干线):此路由咸阳起,经泾阳、三原、耀县、同官、宜君、中部、洛川、甘泉、肤施、延川、清涧、绥德、米脂至榆林,为贯通陕北连接晋绥要道,1934 年由本省勘修。

(4) 长坪路(干线):此路由西安起,经蓝田、商县、商南,至陕豫交界之界牌,与河南西南公路衔接,为通豫南鄂北之要道。1936 年,由本省修筑。

(5) 渭大韩路(干线):此路由渭南起,经大荔、合阳,至韩城禹门,为河防重要路线,1937 年由陕省派兵工民工共同修筑。

(6) 原大路(支线):此路由三原起,经富平、蒲城至大荔,为咸榆路支线,1931 年由民工就原有大车道改修。

(7) 西周路(支线):此路由西安起,经大王店至周至,1931 年由民工修筑。

(8) 西南路即近郊风景路(支线):此路由西安至南五台,1932 年由民工修筑。1936 年改为风景路,由西京市政建设委员会加铺碎石路面。

(9) 西南路即近郊风景路(支线):此路由西安至子午口,计长 29 公里,1931 年由民工修筑。西安至韦曲一段,与西南路同一路线,韦曲以南,路宽 5 公尺,未铺路面,1936 年改为风景路。

(10) 户宜路(支线):此路由户县至宜川,为咸榆干路支线,1936 年由民工修筑,路面宽度 5 公尺。

(11) 清望路(支线):此路由清涧至望窑堡,为咸榆干路支线,1936 年由民工修筑。

(12) 绥宋路(支线):此路由绥德至宋家川,为咸榆干路支线,1936 年由民工修筑。

[①] 陕西交通史志编写委员会编:《陕西公路史》,人民交通出版社,1988 年,第 61 页。

（13）原渭路（支线）：此路由三原起，经高陵，越渭河至渭南，为咸榆、西潼两干路联络支线，1934年由民工修筑。

（14）渭白路（支线）：此路由渭南起，经蒲城至白水，为西潼干路支线，1935年由民工修筑。

（15）潼大路（支线）：此路由潼关起，经朝邑至大荔，为西潼渭大韩两干路联络支线，1933年由民工修筑。

2. 抗战后新开路路线

（1）韩宜路（干线）：此路由韩城至宜川，为渭大韩路展修路线，1940年陕西省主办，由中央拨款修筑，于1941年11月通车。

（2）凤虢路（支线）：此路由凤翔至虢镇，为西凤陇干路支线，1939年由民工修筑。

（3）蒲澄路（支线）：此路由蒲城至澄城，为原大支路与渭大韩路联络支线，1939年由民工修筑。

（4）商洛路（支线）：此路由商县鸿门河起，经洛南至豆峪岭，为长坪干路支线，1937年由陕西省主办，中央与地方各半捐款修筑。至1941年土方完成80％，桥涵尚未动工，当时因为晋南战事，奉令停筑。

（5）宝平路（支线）：此路由宝鸡起经千阳、陇县至大桥村入甘境，以达平凉，为西凤陇干路支线，亦为宝鸡通甘肃之干线，1940年中央政府拨款由本省兴修，以工款济，将土方完成，其他工程尚未完竣。

（6）富龙路（干线）：此路由富平至蒲城龙阳镇，为原大路支线。1940年由本省征工修筑。

（7）原庆路（支线）：此路计划由三原起，经淳化、旬邑，以达甘肃庆阳，为咸榆干路支线，1937年由陕西省派员测修，1941年修至淳化县之通润镇，余段尚未筑成。

（8）岳大路（支线）：由华阴岳镇北渡渭河至大荔，为西潼干路支线，1940年派兵工修筑。

（9）东关交通沟（支线）：此路由华阴东泉店起，至河南关底镇止，1941年由陕西省派员会同河南省政府修筑。

（10）大澄合路（支线）：此路由大荔经澄城至合阳，为渭大韩干路支线，1937年由民工修筑。

（11）阌华路（支线）：此路由华阴起，绕潼关南达河南之阌底镇，为陇海火车避免黄河北岩敌炮之畏助路线，1939年由陕西省修筑。

（12）长益路（支线）：此路由长安起，经户县大王店、周至、眉县至宝鸡益门镇。长安至周至一段，原为旧西周路，周至至益门镇一段，1941年令各县征工修筑。①

---

① 西安市档案馆编：《陕西经济十年（1931—1941）》，内部印行，1997年，第243页。

第二节　近代陕西铁路事业的艰难发展

一、陇海铁路修建始末

陇海铁路西起甘肃天水,途经宝鸡、西安、潼关、洛阳、郑州、开封、徐州、海州,东至黄海之滨的连云港,全长1382公里,是近代中国东西交通的大动脉。[①] 陇海铁路原名陇秦豫海铁路,横贯甘肃(简称陇)、陕西(简称秦)、河南(简称豫)、江苏(今江苏北部)四省。

自19世纪60年代起,为了便于向中国内地扩展,西方列强开始向清政府提出修筑铁路的请求。与此时间大体相当,清政府内部的一些有识之士也看到交通对于国家经济发展的重要性,开展了"自强"、"求富"的洋务运动,他们建议朝廷学习西洋先进技术,开发实业,修筑铁路成为其中一项重要内容也被提上日程。光绪二十二年(1896年),清政府决定修建卢(卢沟桥)汉(汉口)铁路,由比利时铁路总公司承办。光绪二十五年(1899年)秋容闳奏请朝廷,自卢汉铁路南段荥泽经黄河一处,修东自开封西至洛阳的支线,"即今所谓汴洛者,统归总公司筹造",[②]仍由比利时电车铁路合股公司申请承办,清政府采纳了这个建议。光绪三十四年(1908年)汴洛铁路建成后,清政府就有"乘汴洛现造之路,东达徐海,西展至陕甘、新疆,成东西一干线"的设想,并批准河南、陕西、江苏地方铁路公司,分筑洛潼、西潼、清徐各段,并以官款渗入陇海线各段,但后因清朝覆亡,只得告一段落,没有完成。

1912年中华民国成立,北洋政府以"比公司以路线太短,不能发展,要求承办陇海,将本路(汴洛铁路)并入"[③]为由,借比、荷外资和本国筹款,从汴洛段东西向展筑。1913年5月起,陇海铁路各段开徐、洛观、徐海、观陕、陕灵段先后开工。

陇海铁路从清光绪三十一年(1905年)到1945年,历时41年才完成。它是在清季汴洛铁路的基础上,在不同的历史时期,逐渐向东西延伸,分成洛潼、开徐、徐海、海连、潼西、西宝、宝天和天兰各段,逐段修成通车的。

二、陇海铁路在关中的拓展

关中地处我国内陆腹地,交通闭塞。早在清光绪三十一年(1905年),陕西巡抚曹鸿勋就向清廷奏请修建潼关至西安铁路,因资金筹集不到位作罢。光绪三十三年(1907年),又成立官商合办的陕西铁路有限公司,继续筹款由官商合办。宣

---

① 参见中国第二历史档案馆编:《中华民国史档案资料汇编》,第五辑,第三编,凤凰出版社,2010年,第303页。
② 谢彬:《中国铁道史》,中华书局,1929年,第392页。
③ 谢彬:《中国铁道史》,中华书局,1929年,第392页。

统三年(1911年),清廷宣布铁路国有政策,潼西铁路改为官办。入民国后,1913年陇海铁路从洛阳向西分段开工修建,时修时停,进度缓慢,直至1931年12月才通车到潼关。

潼关通车以后,国民政府又开始了西潼铁路的修筑。西潼铁路自西安东行,经临潼、渭南、华州、华阴至潼关,在清光绪年间就有此动议,最早由陕西巡抚曹鸿勋申请获准筹办。光绪三十二年(1906年)1月4日,在西安成立了"办路事务所"。以后由于该公司的集资办法遭到民众的反对,以致筹款工作一筹莫展,工程无法进行。翌年,曹鸿勋又提出汴洛铁路的西展工程应由河南、陕西和甘肃三省合力兴办,并要求政府派员督办。后来他又主张西潼铁路改为官商合办。清宣统元年(1909年),清政府准其设立"西潼铁路有限公司",但该路终因筹款困难,未能开工。

1931年4月,在灵宝至潼关段即将完工之际,国民党政府铁道部设立潼西段工程局,"陇海路于二十年十二月,通车至潼关。先是同年四月,已成立潼西段工程局,专办潼关至西安铁路工程事宜"①。当时决议资金由铁道部筹办,由中国技术人员主持设计施工,与陇海铁路借款脱离关系。但所借款已用完,经费不足,法国财团愿承担国外购料款,中国以正太路余利为担保,向法国借1 000万元的国外料款,国内工款由铁道部拨款369万元,这样潼西段工程得以进行。经过3年多的修筑,1934年12月竣工,次年1月通车营业。② 同年7月移交陇海铁路局接管。1935年4月,开行徐州至西安特别快车,陇海铁路终于通车到陕西省会西安市。"国有陇海路……其潼关至西安一段,计一百三十二公里,于二十三年年内铺轨完成,即于十二月二十七日全线通车,客货可自东段海州直达西安,对于开发西北,繁荣徐海,可谓已奠一基础。"③该线沿渭河南岸而行,地势平坦,沿线跨越罗敷河、赤水河、蜻河、霸河等河流,共修建大桥18座,沿途在华阴、华州、渭南、临潼设站。

1934年潼西段修建后,国民政府铁道部继续铁路西展。为修此段,修建经费由铁道部出面,仍向上海的中国交通、金城、盐业、中南等银行借款486万元加以解决。同时,国外购料款以正太铁路余利为担保,由法国巴黎工业电机厂供给。④ 西宝铁路从1935年1月起,西安至咸阳间的路基土石方工程开始开工。6月,潼西段工程局改名为西宝段工程局。12月29日,通车至咸阳。翌年全段施工,进展很快。1936年4月继续铺轨,翌年7月全段竣工,移交陇海铁路管理局接管。"西安宝鸡

---

① 余飞鹏:《十五年来之交通概况》,1946年。
② 陕西省地方志编纂委员会:《陕西省志·铁路志》,陕西人民出版社,1993年,第23—28页。
③ 《申报年鉴·铁路》,1935年。
④ 张雨才:《中国铁道史建设史略(1876—1949)》,中国铁道出版社,1997年,第729—801页。

段复继潼西段修筑,于二十五年间通车达宝鸡"。① 全线从开工到完成仅用了2年时间,于1936年12月7日就实现了火车通车宝鸡。次年3月1日,连云港至宝鸡全线通车。陇海铁路西宝段自西安向西行,渡渭河至咸阳,溯北岸经兴平、武功至郿县,再越千阳、金渡两河而至宝鸡。

三、陇海铁路关中支线

民国时期所修陇海铁路支线共计三条,即渭南至白水的渭白轻便铁路;宝鸡至双石铺的宝双轻便铁路;咸阳至同官的咸同铁路支线。渭白与咸同铁路支线主要是为开发关中地区的煤炭资源修建的,关中地区煤炭资源丰富,但煤炭生产一直停留在很低的发展水平。尽管煤层储量多,但运输不便,在清朝时期,关中的日用燃料——煤炭主要来自山西省,依靠渭河水运运抵关中,而渭北黑腰带的煤炭资源由于运输不便,始终没有得到开采利用。陇海铁路修抵关中以后,尤其1937年抗战爆发以后,东路运输中断,外来煤炭无法运入陕西,西安发生了严重的煤荒,极大地影响了内迁各工厂的生产。为支援抗战,保障供给,南京国民政府决定加快陇海铁路支线的修筑日程,1937年动工修建了渭白轻便铁道,南起陇海铁路的渭南车站,北达白水新生煤矿公司,总长80公里。② 咸同支线于1939年4月与宝天路段同时开工,1940年底铺轨至耀县,1941年12月完工,1942年春全线通车。咸同支线自陇海路咸阳站分岔北上,经三原、富平、耀县至同官(今铜川)煤田,全长138公里。该路的通车,其意义正如《陇海铁路西兰线陕西段沿线经济调查报告书》中所说:"同官煤矿,该矿为陕西段最大之煤田,其交通为各区中之最便利者,骡马大车直达矿井,故矿业亦较发达。由同官至咸阳,与陇海路连接,用于开发同官煤矿,此路果成……货运必有增加,而铁路用煤,亦必较为经济……同官等处煤现交通不便,由矿山至西安,每吨运费竟达三十余元,如与铁路运费比较,相差甚距,因运费昂贵,西安之煤价与各县相较,亦甚悬殊。"③

凤县双十铺轻便铁路为陕甘两省的交通要冲之一,1935年和1938年,宝鸡至汉中、天水至双十铺的公路先后修通,双十铺成为两大公路干线的交汇点。抗日战争中,国民政府为沟通后方运输,修建宝鸡至双十铺轻便铁路,于1938年4月开工,9月建成使用。该路北自宝鸡南关,沿宝汉公路南行,渡渭河,经益门镇、观音堂,越秦岭至东河桥,再经黄牛铺、草凉驿、凤州达双十铺,全长102公里,主要运输军需用品,兼运其他货物,尤以陕西生产的棉花南运居多。1945年6月该路被

---

① 政协甘肃、陕西、宁夏、青海、新疆五省区暨西安市政协文史资料委员会编:《西北近代工业》,甘肃人民出版社,1989年,第197—205页。
② 白水县县志编纂委员会编:《白水县志》,西安地图出版社,1989年,第270页。
③ 铁道部业务司商务科编:《陇海铁路西兰线陕西段经济调查报告书》,1940年,第71—73页。

拆除。①

第三节 其他交通设施及其近代利用

一、水　运

陕西水运首推汉江及其支流，次则黄河、渭河，而丹江、嘉陵江与洛河又在其次。黄河源出青海，至绥远陕西交界长城处于府谷入陕境，南流至潼关折向东流入河南境。自府谷神木以下，夹流深谷中，水势湍急，自龙门谷口以下至潼关间，河身迂阔，水势稍缓。潼关附近宽1 000公尺。龙门附近每年11月间淌凌，12月间封河，至翌年2月初解冻。惟龙门至潼关间约220里，每年3月至10月可通航。龙门、龙王迪、芝川、大庆关、潼关，皆主要停泊口岸。约有商船民船千余。龙门潼关间，转入渭河，西至咸阳，或东行达陕县。上水多运煤炭铁货，下水多运棉花食盐食粮。

渭河源出甘肃渭源县，至华阴三河口入黄河，在陕西境内460公里。宝鸡以上，河行峡中，水势甚急，宝鸡以下，水势较缓。三河口至咸阳航程230公里，大水时可再航86公里至武功。三河口、渭南、白杨寨交口、草滩、咸阳皆主要停泊口岸。

汉江源出宁强嶓泉山，至白河入湖北。惟南郑、十八里铺至安康间，枯水期不能航行，安康汉口间则长期通航。南郑、十八里铺、茶镇、安康、白河，皆陕西境内主要停泊口岸。上水多运布匹、煤油、洋蜡、机器、铁货，下水多运桐油漆药材稻米。

丹江源出商县西北冢岭，由荆紫关入湖北，至三官殿入汉江，全长500公里。在陕西境内自龙驹寨至荆紫关，长110公里。自商县之龙驹寨至湖北老河口，航程490公里，全年可长期通航，竹林关、荆紫关、淅川县、老河口，皆主要停泊口岸。上水多运煤油瓷器杂货，下水多运药材核桃仁。

以上为陕西境内主要水运航道，清至民国年间是陕西省的重要运道。除此之外，陕西境内还有一些小的支流，亦可通航，在铁路、公路均不发达的陕西时常构成主要的商品运道。

二、航空线路的开辟与航运发展

1928年德国汉沙航空公司提议，与中国合组中德航空公司，经营欧亚国际航空运输事业。几经商讨，于1930年2月签订欧亚航运合同，双方派员筹组欧亚航空公司，陕西属其航区，自此首开航空线路。

西北最早开辟的空中航线为沪新线。九一八事变以后，交通部考虑到沪满线停航，于是饬请欧亚公司开辟沪新线。1931年10月开始筹备，经数次试航，定出自上海经南京、洛阳、西安、兰州、哈密、迪化至塔城的航空线路，全线长4 060公里，于

---

① 宝鸡市地方志编纂委员会编：《宝鸡市志》，三秦出版社，1998年，第792—801页。

1932年4月1日先行开航由南京经洛阳至西安一段,长1 000公里。5月18日由西安延展至兰州,长570公里。兰州至迪化一段于12月15日通航。原定于1931年5月中苏飞机实行联运,后因新疆政局变化停顿,兰州迪化间也不再通航,仅留沪兰线,其中洛阳站于1934年9月移至郑州,航程共长1 860公里。1937年抗战全面爆发以后,沪陕间航运停止,仅存西兰段。

西北第二条航空线路为兰包线,是欧亚公司奉交通部之命,在兰州宁夏之间开设的航空路线,1934年6月2日正式通航。后由宁夏延展至包头,于同年11月1日起通航,全程长820公里,1937年因抗战爆发停航。

第三条航空线路为陕滇线,1935年7月交通部委托欧亚公司开设,由西安经汉中至成都,于当年9月25日开航,称为陕蓉线。后因中国航空公司经营的渝昆线仅通至贵阳,但贵阳昆明航班一时不易恢复,于是由欧亚公司将陕蓉线自成都展至昆明,改称西滇线,1936年4月1日正式展航,全程1 300公里。

第四条航空线路为渝哈线,是1938年3月24日交通部新增辟的线路,由重庆经汉中、兰州、凉州、肃州飞往哈密。但1939年12月5日中苏开始联航,由重庆经兰州飞哈密,换乘中苏航空公司的飞机飞往阿拉木图,再换机飞至莫斯科,从此渝哈线不再经过汉中。[①]

第四节 近代陕西邮政事业的发展与区域特征

一、晚清陕西邮政事业的初起及地域格局

光绪二十二年(1896年),清政府饬令成立大清邮政官局,全国通行,一切仿照泰西成法,派海关总税务司英国人赫德于管理海关之外,兼理邮政事务,标志着大清邮政的正式成立。

陕西地处内陆,办理邮政事务的时间较晚。最早的官办邮局始于光绪二十八年(1902年),当年八月陕西省于凤翔设置邮政局,同年九月于西安、十月于潼关、十二月于商州又分别设立三所邮局。[②]凤翔首设邮政局,源于四川邮界,为便利关中西府与汉中、四川的信息往来,四川邮界将自己的邮政事务延展至关中,因此凤翔成为先于西安在陕西最早出现的邮政局。以后北京邮界又延展业务至潼关,于同年十月置邮局于此;湖北邮界延展业务至商州,于十二月设置商州邮局。陕西会城西安在光绪二十八年(1902年)九月始置邮务管理局,亦由四川邮界委派一巡员在西安设立,初置于"马坊门小逆旅中。嗣由知府相助,在抚署旁觅屋宇一所,至三十一年(按:1905年)事务日繁,屋小不克容纳,乃迁于前抚升允新建之抚署前西房屋

[①] 西安市档案馆编:《陕西经济十年(1931—1941)》,内部印行,1997年,第243页。
[②] 吴廷锡等纂:《续修陕西通志稿》卷五十六,交通四,陕西省通志馆,1934年。

一排,后迁入时式房屋之内。从前驿站公文,民信局信件均归邮局收受送递矣"①。光绪三十年(1904年),西安升为副邮界,其时全国设35个邮界,5个副邮界,分别为"太原、开封、成都、贵阳、西安"②。此时的陕西邮政事务也由原来的四川邮界拨归到汉口邮界管理。光绪三十二年(1906年)正月,陕西副邮界拨归北京邮界管理,主要因为自京汉铁路开行,计西安距京距汉相去无异,将该界移属北京。③

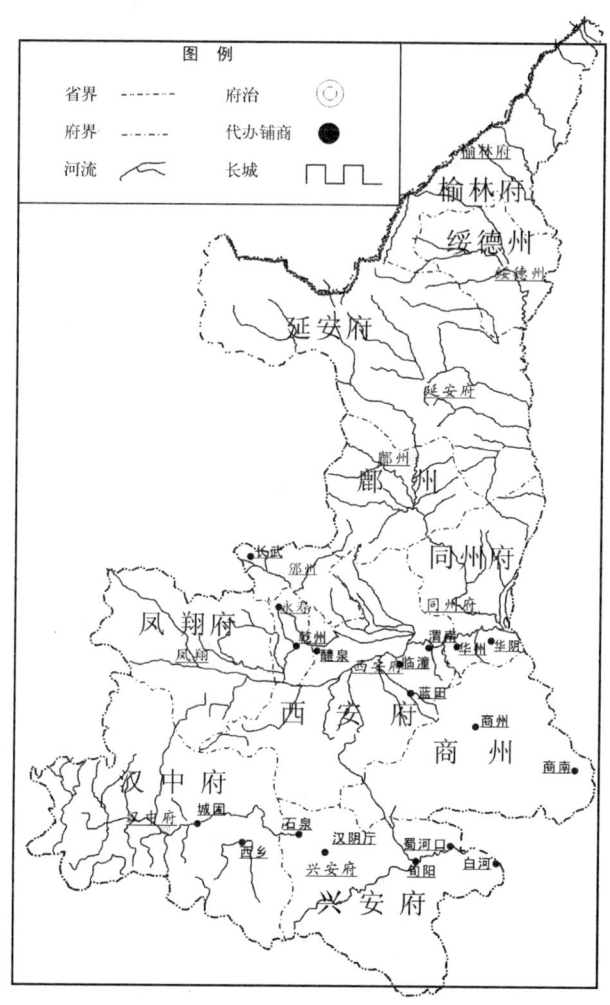

图1-4-1 晚清陕西代办铺商分布图

自光绪三十年(1904年),陕西省升为副邮界以后,其邮政基本由西安邮务管理局负责,局所设于西安府,负责管理全省邮政事务。邮务管理局之下设有三个

---

① 陕西省邮电管理局编:《陕西省邮电史料汇编(1949年前)》,内部印行,1997年,第55页。
② 陕西省邮电管理局编:《陕西省邮电史料汇编(1949年前)》,内部印行,1997年,第54页。
③ 北京市邮政管理局文史中心编:《中国邮政事务总论上》,燕山出版社,1995年,第29页。

层次的下属机构,分别为邮局、内地代办与邮政信箱。邮局是西安邮务管理局下的附属机构,一般设在繁要处所,大多集中于府一级的行政单位,如凤翔府、同州府、汉中府、兴安府邮局均如此,只有于光绪二十九年(1903年)八月设立于三原县城的三原县邮局属县一级行政单位,它与三原县在当时的商业地位与信息往来的频繁程度是相一致的。① 内地代办是指由各地当地殷实富商所承办的邮政事务,负责封装应行投递的邮件,照章给予利益,并有额定薪金。代办铺商和邮局签订有合同,并且领有额定薪金,视为邮政机构在此处的代理,这些铺商也是照章承办邮政业务。如光绪二十九年(1903年)四月设立的蓝田邮寄代办所②和十一月设立的渭南邮寄代办所③均属此类。此外,邮政信箱一般置于寻常铺户内,遇有繁盛城镇,立有总分各局,即可就近附设,同时于各要地仍有临街信箱,也按时投取信件。此类邮政信箱一般为铺商管理,设于铺户之内,主要为方便人们投递信件而设。

表1-4-2 光绪年间陕西代办邮政分局铺商分布表

初办时间	总局地点	分局地点	分局所属省、区	办理铺商姓名
光绪二十九年(1903年)	汉口	临潼	陕西关中	宣毓瑞
光绪二十九年(1903年)	汉口	渭南	陕西关中	侯祥炳
光绪二十九年(1903年)	汉口	华州	陕西关中	王瑞
光绪二十九年(1903年)	汉口	华阴	陕西关中	王发志
光绪二十九年(1903年)	汉口	蓝田	陕西关中	温海涵
光绪二十九年(1903年)	汉口	商南	陕南	高耀宸
光绪二十九年(1903年)	汉口	商州	陕南	逢源合
光绪三十年(1904年)	汉口	咸阳	陕西关中	史贻芳
光绪三十年(1904年)	汉口	醴泉	陕西关中	陈士齐
光绪三十年(1904年)	汉口	乾州	陕西关中	张国恩
光绪三十年(1904年)	汉口	永寿	陕西关中	李自荣
光绪三十年(1904年)	汉口	长武	陕西关中	张长鉴
光绪三十年(1904年)	汉口	西乡	陕南	束炳勋
光绪三十年(1904年)	汉口	城固	陕南	慕永三
光绪三十年(1904年)	汉口	白河	陕南	郑启义
光绪三十年(1904年)	汉口	蜀河镇	陕南	冯正芳
光绪三十年(1904年)	汉口	旬阳	陕南	毛子三
光绪三十年(1904年)	汉口	汉阴厅	陕南	温乐园
光绪三十年(1904年)	汉口	石泉	陕南	杨天清

(资料来源:陕西省邮电管理局编:《陕西邮电史料汇编(1949年前)》,内部印行,1997年,第60页。)

---

① 陕西省邮电管理局编:《陕西邮电史料汇编(1949年前)》,内部印行,1997年,第62页。
② 吴廷锡等纂:《续修陕西通志稿》卷五十六,交通四,陕西省通志馆,1934年。
③ 吴廷锡等纂:《续修陕西通志稿》卷五十六,交通四,陕西省通志馆,1934年。

自光绪二十八年(1902年)至宣统三年(1911年)陕西省共设置邮政局9个,邮寄代办所95处,从现有统计资料可以看出,这些邮政网点全面覆盖了陕西全省,自陕北至陕南几乎各州县都布设了邮寄网点。从布设的整个过程来看,从光绪二十八年(1902年)起,逐年递增,有序进行是其主要特征。

光绪二十八年(1902年)分别设立于凤翔、潼关与商州的邮政局均由四川、北京与武汉邮界延展至陕,其后,在西安府设立邮务管理局,也由四川邮界最早代办。此四邮局除省府会城西安外,均与四川、武汉的交通与贸易往来密切,且位于交通枢纽,由南及北深入陕西,就其发展的主要原因,可以清楚地显示与大清邮政的发展脉络相一致。大清邮政以通商口岸为中心,将大清18行省及满洲划分为35个邮界,每界各有邮政司管理,除北京总局系在北京邮界外,其余均设在通商口岸。凤翔、潼关、商州分别与四川邮界、武汉邮界和北京邮界联系紧密,因此较早设局。

光绪二十九年至三十年(1903—1904年)是陕西邮政设置的高峰时期,这一时期共设置4个邮政局,33个邮政代办所,邮政局主要设在关中与陕南地区,除三原为县一级邮政局,其余邮政局均为府治所在,而光绪三十年是陕西大规模邮政代办所设置的时间。当年出于对邮政发展的考虑,清政府开始投资各地办理地方邮政,因此这一年陕西的邮政事业进入一个全面发展的阶段。资料显示:

> 自及光绪三十年春夏之间,清政府确知邮政将来收效匪浅,始允指拨协济邮款以备整顿邮务。是年四月二十八日,总税务司奉有外务部札文,嗣后每年拨给关平银七十二万两,即在津海、江海、闽海、潮海、粤海六关,每月各付关平银一万两,按此拨交。此项款项,虽未能全数照付,但是年后六个月交到之款,颇可便应要需,且并入他项常款,核与当时办公开销,亦属尚敷支用。①

光绪三十年(1904年)所设邮寄代办所多位于陕西官马大路经过的州县,如皋兰官路上的永寿、邠州、乾州、长武、咸阳等,四川官路上的兴平、武功、岐山均为邮寄代办所。

表1-4-3 光绪二十八年(1902年)以来陕西历年邮政局所设置统计表

时 间	邮 局	邮 寄 代 办 所
光绪二十八年 (1902年)	西安邮务管理局、同官厅、凤翔府、商州	
光绪二十九年 (1903年)	三原县	渭南县、蓝田县、华阴县、华州、龙驹寨、商南、毛坝关

---

① 北京市邮政管理局文史中心编:《中国邮政事务总论上》,燕山出版社,1995年,第8页。

续表

时　间	邮　局	邮　寄　代　办　所
光绪三十年（1904年）	同州府、汉中府、兴安府	邠州、咸阳县、西乡县、石泉县、朝邑县、蒲城县、乾州、白河县、武功县、岐山县、兴平县、扶风县、醴泉县、长武县、洋县、户县、富平县、汉阴厅、城固县、周至县、永寿、眉县、佛坪、洵阳、定远、蜀河镇
光绪三十二年（1906年）	榆林府	陇州、延安府、绥德州、虢镇、临潼县、耀州、略阳县、韩城县、千阳、高陵、沔县、白水江、大程镇、十八里镇、新集
光绪三十三年（1907年）		故市镇、米脂县、宁羌州、郃阳县、澄城、吴堡、山阳、芝川镇、露井镇、寺前镇、白镇、孝义镇、兴市镇、岳镇、漫川关、华阳镇、鲁桥镇、通远坊
光绪三十四年（1908年）		同官、留坝
宣统元年（1909年）		洛川县、富州、清涧、襄城、三河口、终南镇
宣统二年（1910年）		神木县、延川、葭州、瓦窑堡、府谷、吊桥、长凝镇
宣统三年（1911年）		泾阳县、宝鸡县、甘泉、宜君、宁陕、东江口、敷水镇、关山镇、三水、恒口、大安驿、砖坪、洞河
合　计	9处	95处

（资料来源：陕西省邮电管理局编：《陕西邮电史料汇编（1949年前）》，内部印行，1997年，第62—67页。）

光绪三十二年（1906年），陕西的邮政局设到陕北，榆林府始设邮政局，延安府、绥德州分别设置邮寄代办所，而关中、陕南地区在各市镇也开始相继设置邮寄代办所，大体统计，清末陕西三区中关中地区共设置邮局5处，邮寄代办所49处；陕北地区有邮政局1处，邮寄代办所15处；陕南地区邮局3处，邮寄代办所24处。

光绪三十四年（1908年）至宣统三年（1911年），该段时间设置的邮政局所总体上是零星设置，如光绪三十四年（1908年）设置同官邮寄代办所，宣统元年（1909年）设立终南镇、三河口邮寄代办所；宣统二年（1910年）设立吊桥邮寄代办所；宣统三年（1911年）设立泾阳、宝鸡、敷水、关山等四个邮寄代办所。宣统三年（1911年），据邮传部报告："十一月二十二日星期报告：一、西安府邮务总办韩拟并其眷属，业于本月二十日安抵汉口。所有陕西邮务异常糜烂，其有西安往来京师之邮件虽尚可通，而难免耽延。二、兰州来往京师邮件，因西安及成都各路均已阻断，是以取道新疆，约需程期两月。三、成都邮件，原系取道西安、太原，因途间不靖，寄递稽迟，现甫寄到北京。惟尚有两批邮寄未知下落。"① "十二月十三日星期报告：兰州分局因西安邮路阻隔，电禀请将宁夏快路推至包头镇，以便接连绥远城及张家口邮路等情，业经照准。如此办理，所有往来兰州、北京之邮件，稍可较为迅速。"②

晚清时期，陕西共设置邮政局9所，邮政代办所95所，涵盖了陕西全省各州县以及关中陕南的重要市镇。

二、晚清陕西邮政局所的运营：以西安府为例

晚清时期陕西各地邮政局所的运营情况已很难复原，西安作为省会城市，是全省信息传递的中心，西安府邮政副总局所留下来的邮政记账凭证大抵可以让我们窥测晚清关中地区邮政局所的运营概况。

（一）晚清西安府邮政局所的业务概况

《晚清西安副邮界宣统元年第四季度账目》是目前保留比较完整的邮政记账凭证，借助这些邮政记账凭证，可以窥测晚清关中地区邮政局所的运营概况。截至宣统元年（1909年）的西安邮政副总局及其所下辖的代办所的业务种类概况，其主要业务还是以普通邮票和开发汇票业务为主。普通邮票业务收入达4 633.92元，汇票业务达到6 875.62元之多。这两项业务收入总计占到第四季度收入的88%，普通邮票收入为35%，汇票收入为53%，参见表1-4-4。

从业务种类来看，宣统元年（1909年）西安邮政副总局的业务类型已经向多元化发展，业务种类多样化，不仅仅是邮票业务和汇票业务。邮票业务也在向多样化发展，在邮票业务中，新增业务有纪念邮票业务和欠资邮票业务，还有快信业务，收入虽然微薄，但是这些业务迎合了国人的消费习惯。

此外，出售出版物的收入仅有10.6元，据查出售的出版物主要包括以下几种：《邮政章程（中文）》、《邮政章程（外文）》、《邮政目录》、《信笺》、新发行《官员邮政章程及目录》、《插页》等。这几类出版物的购买对象基本上是邮政局所内部，除《信笺》，内部之间主要以赠送为主，且《邮政章程》、《邮政目录》都有时效性，新版出现，旧版就不用，因此出售出版物的收入很微薄。

还有钱庄汇水收入和钱庄利息收入，这些收入是邮政局所的其他收入，是额外收入。兑币收益是因各地银钱比率不等而造成的。一般邮政局所与一些商铺签订代办协议或运输邮件包裹协议，需要定期支付这些商铺费用，要将银两兑换成制钱支付。由于西安府副邮界地域范围广，各地兑换不一，于是产生差价，其间可能致使邮局亏损或有余额。如：

宣统元年十一月二十九日 根据第170/1404号 北京邮政司派遣

---

① 中国第一历史档案馆：《宣统三年邮传部邮政报告三件》，《历史档案》2011年第4期。
② 中国第一历史档案馆：《宣统三年邮传部邮政报告三件》，《历史档案》2011年第4期。

因 1 元兑制钱由 800 文至 900 文,其兑率之提高,宣统元年第四季度兑现出现亏损(陕西省内)如下:

西安府副总局	7 028.82 元	已兑现	亏损 78.98 元
龙驹寨分局	87.02 元	已兑现	9.76 元
潼关分局	120.79 元	已兑现	13.42 元
凤翔分局	10.35 元	已兑现	1.15 元
三原分局	1 960.04 元	已兑现	217.18 元
汉中分局	709.68 元	已兑现	78.85 元
兴安分局	153.42 元	已兑现	17.05 元
同州分局	92.70 元	已兑现	10.30 元
榆林府分局	65.59 元	已兑现	7.29 元
总计亏损			1 136.49 元

兹确认上述财务报表正确无误

署邮务总办　J. S. McDowall[①]

这段资料表明,西安府邮政副总局因银元与制钱兑换比率提高,致使邮局亏损。但是各地比率不一样,与当时银贵钱贱总体形势有关。

表1-4-4　宣统元年(1909年)西安府邮政局第四季度收入表

机构	凭证	普票收入(元)	欠资邮票收入(元)	快信(元)	汇票费用(元)	钱庄汇水(元)	纪念邮票(元)
西安副总局及其代办所	a	4 633.92	145.5	158.6	137.34	339.92	128.00
	b	——	——	——	——	——	——
	c	——	——	——	——	——	——
	d	——	——	——	——	——	——
	e	——	——	——	——	——	——

机构	凭证	出售出版物之账户(元)	钱庄利息账户(元)	兑币收益账户(元)	偿付账户(元)	差役罚金账户(元)	不分类之账户(元)	开发汇票(元)
西安副总局及其代办所	a	10.6	60	72.39	136.53	100.00	200.00	6 875.62
	b	——	——	——	——	5.00	25.00	——
	c	——	——	——	——	——	20.00	——
	d	——	——	——	——	——	25.00	——
	e	——	——	——	——	——	——	——
收入总计				13 073.42				

(资料来源:张立:《邮驿续笔》,陕西旅游出版社,2001年,第278页。)

[①] 西安府邮政总分局:宣统元年十一月二十九日根据第170/1404号北京邮政司派遣,给付署邮务总办 J. S. McDowall,转引自:张立:《邮驿续笔》,陕西旅游出版社,2001年,第270页。

（二）晚清西安府邮政局所的邮件寄送方式

关于晚清西安府邮政局所的邮件邮寄方式，由于资料有限，这里不能详细复原其具体的运作方式。但是我们能够根据晚清西安府邮政局所遗留的一些报表和一些原始记账凭证来进行推测。

第一，对于一般信件的处理。一般信件处理主要是由信差来完成寄送的，信件主要是本埠信件，而且信差寄送信件都有一定的酬劳，酬劳支付给信差，捡信员除外。如一则西安府邮政总分局的通知：

宣统元年十二月三十日 根据第 161 号和 220 号邮政通知①
支付邮政雇员宣统元年第四季度快信酬金

10 月	358 封本埠信件	1 分	3.58 元
	318 封外埠信件		3.18 元
11 月	352 封本埠信件		3.52 元
	394 封外埠信件		3.94 元
12 月	346 封本埠信件		3.46 元
	419 封外埠信件		4.19 元
			21.87 元

每封本埠信件 1 分之酬劳只付给信差，不包括捡信员。
兹确认上述酬金已及时付给雇员。

署邮务总办
J. S. McDowall

从上述材料可以看出，一般信件基本上是由信差处理，信差每寄送一封信件都会得到一分钱的酬金。而一般快信的寄送主要由供事来完成。这点我们也是主要依据西安府邮政总分局的递文差费，如：宣统元年（1909 年）十月二十日，张光文从西安府至汉中府递文，其过程中主管和 3 名力夫，20 天差使，花去 20.64 元，宿顿 20 天，每天 24 分，计 4.80 元，总计 25.44 元。② 还有宣统元年（1909 年）十一月二十四日，根据第 161 号邮政通知和第 34 号邮政通知，见习供事萧环生从西安府至潼关分局递文差费 6 元。③ 从上述两则邮政通知，可知西安府邮政总分局快信的寄送一般都由供事担任。

第二，对于邮政重件的处理。晚清西安府邮政局所对于邮政重件的处理，我们仍然可以依据西安府邮政总分局付给邮政承运单位的一些付款凭证予以推测。从

---

① 西安府邮政总分局：宣统元年十二月三十日根据第 161 号和 220 号邮政通知，转引自张立：《邮驿续笔》，陕西旅游出版社，2001 年，第 270 页。
② 西安府邮政总分局：宣统元年十二月三十日根据第 34 号和 161 号邮政通知，转引自张立：《邮驿续笔》，陕西旅游出版社，2001 年，第 305 页。
③ 西安府邮政总分局：宣统元年十二月三十日根据第 34 号和 161 号邮政通知，转引自张立：《邮驿续笔》，陕西旅游出版社，2001 年，第 308 页。

表1-4-5,可以看出西安府邮政局邮政重件以及制钱的寄递基本由公议和五福联合车行、五福车行、同盛骡行等寄送,这些车行基本都与邮政局所签订合同,寄送一次结一次账,并且都有各自固定的寄送路线。如表1-4-5所示:公议和五福联合车行主要是东西走向路线,主要寄送西安府至兰州、平凉以及西安府至三原的重邮件(重邮件以包裹和新闻纸为主,也有制钱),运送工具主要是马车;五福车行的寄送路线为西安府至同州、潼关至西安府,运送的重件主要是制钱和包裹,运送工具主要是马车;同盛骡行的寄送路线主要为西安府至汉中府,邮政重件主要是新闻纸,运送工具是骡车。此外,还有一部分邮政重件是通过个人与邮政局签订邮递合同进行寄递的。如:

  西安府邮政总分局 宣统元年十月四日,根据第119号北京邮政司派遣,

  契约方杨茂堂 递运邮政重件从河南府至西安府契约,十月份银270两,1 158制钱,合312 660文@800/1元,计390.82元。

  西安府邮政总分局 宣统元年十月二十九日,根据第119号北京邮政司派遣,

  契约方杨茂堂 递运邮政重件从河南府至西安府契约,十一月份银270两,@1163制钱,合314 010文@800/1元,计392.51元。

这两则材料中介绍了西安邮政总分局付给契约方杨茂堂的酬金。从中可以看出,杨茂堂寄递邮政重件主要往返于西安府至河南府之间,并且其酬金每月结账一次。

第三,对于寄递邮件过失的处理。有关晚清西安府邮政局对于邮寄过程中寄递邮件过失的处理,我们今天基本上无法了解到具体的处理过程和处理办法,只能借助于邮政局所遗留下来的一些原始凭证进行推测,以窥晚清西安府邮政局处理寄递邮件过失的方法。

寄递邮件过失主要表现在两个方面:其一,寄递文包裹延误;其二,丢失包裹。对于包裹延误处理,如宣统元年(1909年)十二月三十日的第161号邮政通知:"张可仓限时专差,自秦州稽迟递文10天罚款,5元,兹确认上述财务报表正确无误。署邮务总办 J. S. McDowall。"[①]

据上述材料,笔者推测西安府邮政局对于延误递文的处理主要是罚款,可能每延误一天罚款0.5元,张可仓限时专差,稽迟递文10天罚款5元,罚款数目还是挺大的,因为限时专差张可仓每月的薪金为7.5元,[②]其罚款占到该月薪水的2/3。晚清西安府邮政局寄递包裹基本上交给代理个人来寄递,类似现在的承包,主要与当

---

① 西安府邮政总分局:宣统元年十一月一日第161号邮政通知,转引自张立:《邮驿续笔》,陕西旅游出版社,2001年,第270页。
② 张立:《邮驿续笔》,陕西旅游出版社,2001年,第290页。

地的一些比较有实力的商铺和客栈车行签订合同,通过他们来寄送。这些车行在寄递包裹之前,邮政局总是要收取一定的保证金,如果寄递的包裹有所丢失或损坏,邮政局会直接扣除相应的保证金赔偿给客户。如:

西安府邮政总分局

宣统元年十一月一日
根据第161号邮政通知　　　　　　　　　　　　邮政账户

新丰镇客栈老板杨改过、徐成珍
上述人等在其保管期间,为对丢失价
值50.00元包裹之索赔所付之保证金,
地方衙门裁定由客栈老板及契约方各
赔付一半。

兹确认上述财务报表正确无误。　　　　　　　25.00元

署邮务总办 J. S. McDowall[①]

西安府邮政总分局

宣统元年十一月二十九日
根据第161号邮政通知　　　　　　　　　　　　邮政账户

宁羌新代理牛汉昌
为保证因所保管邮件和包裹丢失之赔偿,
上述人所付之保证金之款项。　　　　　　　200元
兹确认上述财务报表正确无误。

署邮务总办 J. S. McDowall[②]

根据上述两则材料,可以推测西安府邮政局寄递包裹时与车行等寄递方签订有合同协议,寄递一方在寄递之前要向邮政局一方先交纳与包裹等价金额的保证金,由上述第一则材料可知,一旦包裹出现问题后,邮政局直接依据包裹的损失情况从保证金中扣除相应的金额赔付给包裹的所有者。赔付时若有异议,一般由地

---

① 西安府邮政总分局:宣统元年十一月一日第161号邮政通知,转引自张立:《邮驿续笔》,陕西旅游出版社,2001年,第272页。
② 西安府邮政总分局:宣统元年十一月二十九日第161号邮政通知,转引自张立:《邮驿续笔》,陕西旅游出版社,2001年,第272页。

方衙门裁决。据《大清光绪三十年邮政事务通报》所载邮政章程云：

> 除右单所列之各费外，并不准邮政局人员及信差等令索酒资。倘寄信者若疑邮政局有不妥协之处，譬如另外需索，以及邮件遗失或误投等弊，即请亲谒或致函邮政司，以期立去流弊而儆将来。凡投递邮件者，如有舛误迟延等弊，即请将该件封面上详细书写缘由数语，交邮政局以凭稽查。凡各处邮政局如有格外之情事，该处邮政司无法结办者，即请将缘由函致北京邮政总办以凭酌核办理。至各处邮政局之司事人员、差役等均奉有总邮政司之饬谕，于来局之人员等，谦和待人，以昭辑睦。

上述邮政章程记载了邮政人员及信差可能出现的各种失误。根据邮政章程的阐述，邮政人员和信差的失误主要为另外需索、邮件遗失或误投等，但是对于处理失误的办法未能具体阐述，只提出了一些临时性的措施，如：在出现失误信件的封面上详细书写缘由交邮政局稽查，各处邮政局若有格外之情事，该处邮政司无法结办，即请将缘由致北京邮政总办以凭酌核办理。这则材料表明，大清邮政局对邮政人员与信差在出现寄递失误时，并未有具体的处罚措施，且所有的处罚措施基本由该邮政人员所在邮政局、司给予处罚，遇到所在邮政局、司无法处理之时，呈报北京邮政总办进行处理。

表1-4-5 宣统元年（1909年）第四季度西安府邮政局所邮寄报表

日期	承运单位	邮递的内容	邮递区间	付款方式	付款鉴证
十月二十四日	公议和五福联合车行	邮政重件，包裹装19袋，3马车，每车550斤，1马车，323斤，一袋60斤，运平凉	西安府至平凉、兰州（马车运送）	每车银24两，计87.32两，西安府付70两，兰州府付17两，101.32元	三等供事D林诚
十月二十九日	五福车行	623串并190文制钱及银134.03两，计4车	同州至西安府（马车运送）	每车8.63元，4车，总计34.52元	三等供事D林诚
十月三十日	公议和五福联合车行	(1) 250串制钱 (2) 邮政重件（包裹和新闻纸）1260斤装15袋，2马车，每车550斤	(1) 潼关至西安府（马车运送） (2) 西安府至平凉、兰州	(1) 9.83元 (2) 2马车，每车24两，计48两，160斤银6.96两，2袋120斤运平凉，银4.64两，西安府付银45.6两，兰州付银14两，计66.4元	三等供事D林诚
十一月十七日	五福车行	邮政重件（包裹），500斤装12袋	潼关至西安府	计银9两，11.61元	三等供事D林诚

续 表

日期	承运单位	邮递的内容	邮递区间	付款方式	付款鉴证
十二月十日	公议和五福联合车行	邮政重件（包裹和新闻纸）1 165斤装12袋，2马车，每车550斤，额外装65斤，1袋65斤运平凉	西安府至兰州	2马车每车银24两，银48两，65斤额外装，银2.6两，西安府付银38.1两，兰州府付银15两，计49.27元	三等供事D林诚
十二月十九日	同盛骡行	邮政重件（新闻纸）225斤装6袋	西安府至汉中	银13两，合16.82元	三等供事D林诚
十二月二十六日	公议和五福联合车行	邮政重件（包裹和新闻纸）801斤9袋，1马车装550斤	西安府至兰州、平凉	1马车，银24两，250斤，银11两，2袋58斤，银2两，总计银37两，西安府付28两，兰州府付9两。合36.4元	三等供事D林诚
十二月二十九日	公议和五福联合车行	540串制钱，计2车，每车制钱5 865文	三原至西安府（马车运送）	13.03元	三等供事D林诚

（资料来源：张立：《邮驿续笔》，陕西旅游出版社，2001年，第318—330页。）

三、民国前期陕西邮政事业的进一步完善

（一）从大清邮政到中华邮政

中华民国建立之后，改大清邮政为中华邮政，归交通部管理。所谓"交通部成立于民国元年（按：1912年）一月一日，交通部成立之初，大抵承邮传部旧有之规模。部内置一邮政司，外设一邮政总局，司长兼总局局长。局内分总务、通译、稽核、供应四股，其余一如往昔。民国二年（按：1913年）十二月交通部修改官制，将各司改为各局，故邮政司改名为邮传局，下置邮务科。总局方面又增设二股。至各邮区则进行第三次划分。在邮传部时代，虽已改为以行政区域为标准，然或包括两省为一区，或总局不设在省城之内，事实亦未尽适合，现以各区邮政总局及副总局之各义完全取消，每省为一邮区，即于省城之内，设一邮务管理局，每一管理局，派一邮务长，所辖邮局分一、二、三等邮局及支局。"[1]1913年，将原大清邮政时期的邮区重新划分为以一行省为一区，每区置

---

[1] 陕西省邮电管理局编：《陕西邮电史料汇编(1949年前)》，内部印行，1997年，第75页。

管理局,派邮务长一员管理。在此背景下,1914年陕西省升为邮区,西安邮务管理局遂改称陕西邮务管理局,管理该省的邮政事务,关中地区位于陕省中部,隶属陕西邮务管理局管辖。民国初期,邮政局所设置查《中华民国二年邮政事务情形总论》如下:

> 又查上文所言邮界之数,减少一节,系由改组邮政区域而来。其改组之故,一则因中央集权,收效较易;一则因行政区域之划分得以适宜,爰于是年年底著手办理。即于中华民国三年(按:1914年)一月一日完全实行改组以来,所有邮政分局之名义即行取消,每省为一邮务区,即于省城之内设一邮务管理局。仅有上海一处不同,缘该处关系紧要,是以特行作以邮务区,与江苏省之另一部分各不相属。再益以东三省及新疆两邮务区,通计全数,即合二十一区。所有邮局之名称,现已更。即将原来之各项局所,按其事务繁简,分为一、二、三等邮局。并于邮务区改组时,随将人员重行组织,此举可以奖励办事人员,俾令愈加勤奋,尤足以增进华员前途之希望。其原有之邮务总办及邮务副总办,以及司账等衔名,业经分别改为邮务长及副邮务长,以及邮务官等衔名。而一、二、三等邮局之管理员,现均改称邮局长。①

从以上材料可以看出进入民国以后中华邮政对大清邮政的改革。改革的原则主要为中央统辖,同时也保持邮区与行政区划相协调。1914年1月以后,经改组的邮政分局名称全部取消,各分局分别改为邮政局或邮务管理局。具体设置办法为:一省独立设为一个邮区,于省城之内设立邮务管理局,管理本省的邮政事务。邮务管理局之下分设一等邮局、二等邮局、三等邮局以及邮寄代办所。一、二、三等邮局的划分主要依据该局所的事务繁简而定。"一二三等局及支局系邮政本身之肢体,其所用人员均为中华邮政人员,享有保障之利益,如无重大过失,当局不得恣意开除,尚有晋级制度,邮员按资深与工作效能而循序渐进。一二三等局划分,则以业务之盛衰而定。一般而论,每月收入在200元左右,开发汇票在千元左右者,可设立三等局;收入在600元左右,开发汇票在600元左右者,可设立二等局;收入在5 000元左右,开发汇票在2万元左右者,可设立一等局。各一二三等又分甲乙二级,甲级比乙级较为重要。但邮局亦有因特殊情形而定等级者。如转口局,即交通上需转运之邮局。转口局本身或属至小,然因上下辗转关系,该局经手钱财及负责任有如大局,故必须提高该局之等级。至支局之设立,大都在通商大埠,因本地一局,不能应民众之需要而多添设分局,此项分局,即称之为支局。"②这是邮局等级确定的主要原则。一等邮局为邮区较大者,所划分

---

① 北京邮政管理局文史中心:《中国邮政事务总论上》,燕山出版社,1995年,第290页。
② 陕西省邮电管理局编:《陕西邮电史料汇编(1949年前)》,内部印行,1997年,第75页。

数段,除管理之中心点外,各段其由一等邮局长辖之。① 陕西所置一等邮局仅陕南中心城市南郑一所;二等邮局由从前的支局及内地局及其他各局所提升,分别隶属于管理局或一等邮局,并监督三等局及邮寄代办所;三等邮局由原来所谓二等邮局改设而来,隶属于二等局。

除各等次邮局外,尚有邮寄代办所的设置,邮寄代办所直接隶属于二等邮局,由代办人管理。所谓"邮政代办机关,即由邮政付托之通信处所,受邮政之指挥、监督而得其报酬也。乡镇村之地,若一一设立邮局,则所费甚巨,得不偿失,若因之不予设立,则邮递不便。邮政托殷实商人,于本地办理邮政业务,不由邮政人员为之,既可省人力财力,而免邮政亏损,同时亦予人民以邮递之便利。代办机关种类有三,邮政代办所、信柜及代售邮标处。邮政代办所之设立,普通因某地之营业,尚未达到设立三等局之时期,经营寄递普通信、挂号信、汇兑及包裹诸类。惟汇兑为小款汇兑,即每一汇票最多寄十元。如超过十元,则另开汇票,包裹之重量亦有限制。至信柜所设之地,则已不通小款汇兑,包裹虽有寄递,然为数甚少,挂号邮件及普通信与明信片均可寄交。所谓信柜者,并非一简单挂至某地之信柜,邮政之称信柜,意即设有信柜,有人经营之小局也。信柜分二种,一为城市信柜,一为乡村信柜。至代售邮票处,则多设于邮局所在之地,除售卖小量邮票(不满一元者)免民众趋往邮局外,别无其他责任,不受任何信件递寄"②。这里对邮寄代办所以下的邮政网点做了深入的说明,从以上记录可以看出民国初年中国邮政体系的大致情况,陕西也与之相当。

(二)民国前期陕西邮政事业的区域发展特征

与全国相同步,1915 年,西安邮务管理局改设为陕西邮务管理局,由于大清邮政改为中华民国邮政,且将各个邮局予以调整,改为以行政区划为主的邮区,陕西遂升为邮区,隶属于北京交通部邮政总局节制。西安邮务管理局遂改为陕西邮务管理局,各个邮局均以业务繁简为标准分别改称为一、二、三等邮局。据统计资料显示,"陕西省向来为北京邮政区之分区,于西安设本局,其下设一、二、三等局、支局二十三处及代办所百六十五处。至民国四年(按:1915 年),交通部乃为统一邮电起见,始分为独立之邮区,于西安设邮务管理局。改原来二十三个局内之延长县支局为代办所,余局二十二处并增设代办所为百七十二处"③。从以上资料可以看出,民国陕西初置邮局的概貌,大抵邮政局所 188 处,以后历年又有增加,至 1923 年增至 233 处(参见表 1-4-6)。

---

① 王桂:《邮政》,商务印书馆,1931 年,第 8 页。
② 陕西省邮电管理局编:《陕西邮电史料汇编(1949 年前)》,内部印行,1997 年,第 75 页。
③ 陕西省邮电管理局编:《陕西邮电史料汇编(1949 年前)》,内部印行,1997 年,第 78 页。

表1-4-6 民国时期部分年份陕西重要邮政局所分年统计表

邮　　局	1915年以前	1915年	1920年	1921年	1922年	1923年
邮务管理局		1	1	1	1	1
一等邮局		—	—	—	—	—
二等邮局	23	14	45	52	24	24
三等邮局		8			28	28
邮务支局		4	4	4	4	4
邮寄代办所	165	168	166	165	167	176
合　　计	188	195	216	222	224	233

（资料来源：陕西省邮电管理局编：《陕西邮电史料汇编（1949年前）》，内部印行，1997年。）

除正规邮局与邮寄代办所的设置外，乡村邮政也有一定的发展。1922年，陕西城邑信柜、村镇信柜等还有107处，甚至发展了汇票局、快递邮件局、国际汇票汇兑局等（参见表1-4-7）。

表1-4-7 1922—1923年陕西次等邮政局所统计表

次等邮局	1922年	1923年	次　等　邮　局	1922年	1923年
城邑信柜	1		保险及代收物价包裹局	1	—
代售邮票处	7	7	开发汇票局	1	35
村镇出店	18		兑付汇票局	7	31
村镇信柜	81	82	快递邮件局	9	11
共计	107	89	汽机通运局	1	
			国际汇票汇兑局	2	—

（资料来源：陕西省邮电管理局编：《陕西邮电史料汇编（1949年前）》，内部印行，1997年）

从发展阶段上来讲，陕西省的邮政局所布设过程大体可以分为两大阶段，1911—1921年为一个阶段，1935年以后又出现一个发展的高峰。从现有统计资料来看，大体上，陕西在1915年将西安邮务管理局改设为陕西邮务管理局之时，分别设置了15处不同等级的邮政局。这15个邮政局及分局形成陕北、关中、陕南三区的邮政骨架，而所设的一、二、三等邮局基本分布在原清代府州一级城市之上，也就是各地方的大的行政中心或商业中心，如泾阳、三原县、渭南的故市镇等。关中地区有9处，陕北2处，陕南4处，与各地经济发展水平以及交通便利程度有很大关系。

表 1-4-8　民国初期陕西改设邮政局所统计表

时间	改设之局所	数量
1915 年前	陕西邮务管理局、南郑一等乙级邮局、韩城二等甲级邮局、凤翔二等甲级邮局、三原二等甲级邮局、泾阳二等甲级邮局、渭南二等甲级邮局、邠县二等甲级邮局、绥德二等甲级邮局、安康二等甲级邮局、西乡二等甲级邮局、肤施二等乙级邮局、乾县三等甲级邮局、商县三等甲级邮局、故市镇三等甲级邮局	15
1917 年	朝邑二等甲级邮局、潼关二等乙级邮局、合阳二等乙级邮局、武功三等甲级邮局、岐山三等甲级邮局、华县二等甲级邮局、凤县三等乙级邮局、石泉三等甲级邮局、白河三等乙级邮局、洛川二等乙级邮局、城固二等甲级邮局、宁羌三等甲级邮局	12
1919 年	陇县二等乙级邮局、虢镇二等甲级邮局、兴平二等乙级邮局、扶风三等甲级邮局、盩厔三等甲级邮局、汉阴三等乙级邮局	6
1920 年	蒲城二等甲级邮局、长武三等甲级邮局、临潼三等甲级邮局、醴泉三等甲级邮局、鄠县二等甲级邮局、洋县三等甲级邮局	6
1921 年	耀县二等乙级邮局、富平二等乙级邮局、蓝田三等甲级邮局、略阳三等乙级邮局、紫阳三等乙级邮局	5
1924 年	宝鸡三等乙级邮局[①]、米脂三等甲级邮局	2
1926 年	定边三等乙级邮局	1
合计		47

（资料来源：陕西省邮电管理局编：《陕西邮电史料汇编（1949 年前）》，内部印行，1997 年，第 63—64 页。）

1917—1921 年是陕西邮政局所发展的一个重要阶段，这一时期陕西邮政局在原有骨架基础之上进一步扩展，又增加二、三等邮局 29 所，关中地区增加 20 所，各县县城基本全部覆盖，陕北仅增加洛川二等乙级邮局 1 所，陕南增加 8 所，主要集中在各县县城之内。

邮政局所与邮路息息相关，陕西自开办邮政以来，始终邮驿并存。1912 年 5 月，陕西裁驿归邮，所有官署公文均交邮局寄递。不通邮的各县治所在地也均在 1912—1914 年间设立邮政局所，沟通邮路。在此背景下陕西不断增设邮路，从 1912—1914 年，陕西邮路扩张迅速，仅三年时间关中地区邮路增加 16 条。该段时间陕西邮政局所改置为陕西邮务管理局等 15 个邮政局（参见表 1-4-9）。

[①] 《陕西邮政事业组织年报》（1935 年），转引自宝鸡市邮电志编纂小组：《宝鸡市邮电志》，1987 年，第 23 页。

1917年，陕西邮政局所改置较多，与该年邮路变更有一定关系，如同州至韩城间日昼行邮路，改为同州至合阳，及合阳至韩城每日昼夜兼程，[①]合阳邮局局级有所提升，改为二级乙等邮局，主要原因还是1916年陕西省宣布独立，邮政运输阻断，陕豫间邮路停运将近一个月。类似事件在1921年以前，陕西省时有发生，加上1916—1919年匪患严重，邮局被抢时有发生，因此不得不停运或改道，合阳邮局在此背景下有所提升。

表1-4-9 1912—1914年陕西邮路统计表

邮路名称	班期	单程公里	途经局所
潼关至龙驹寨	间日	170	石家坡、洛南、龙驹寨
三原至白水	间日	125	庄里、富平、流曲、美原、兴市、蒲城、白水
渭南至富平	间日	47.5	辛市镇、田市、关山镇、留古、富平
三原至渭南	间日昼夜兼程	75	通远坊、高陵、栎阳镇、雨金镇、交口镇
韩城至延安	间三日	240	宜川、临镇、延安
武功至南坊镇	每三日	60	乾州
扶风至齐家寨	逐日昼夜兼程	25	眉县
扶风至麟游	每三日	62.5	
彬县至三水	每日班	32.5	三水通甘肃正宁35公里
陇县至华亭	每三日	60	
潼关至合河镇(山西)	逐日昼夜兼程	10	通蒲州
渭南至官路镇	逐日昼夜兼程	45	信义镇、巴邑镇、故市镇、来化镇
来化镇至孝义镇	每日班	7.5	
泾阳至泾阳塔	每日班	10	
泾阳至北屯镇	每日班	25	石桥镇、土桥镇
周至至马嵬镇	每日班	29	桑镇
总计	16条		

(资料来源：陕西省志编纂委员会编：《陕西省志·邮电志》，三秦出版社，1997年，第105页。)

(三)民国前期陕西邮政局所的运营

民国初期关中地区邮政寄递方式，基本因袭晚清邮政寄递，因交通主要还是依赖传统驿路。自从光绪二十八年(1902年)兴办邮政以来至宣统三年(1911年)，陕西邮政局、所、信柜已经基本遍布各州、县和主要村镇，从而代替驿站传递军情急报，文书信件。与此同时，过往使臣也由州、县衙门负责迎送，驿站形同虚设，驿运

[①]《民国六年四月三十陕西邮务管理局传饬第185号》，转引自陕西省邮电管理局编：《陕西邮电史料汇编(1949年前)》，内部印行，1997年，第190页。

制度日益衰败。1914年,驿运制度彻底废除,全省驿站尽撤,但物资运输和人员往来仍然依赖驿路交通。[1]

光绪二十一年(1905年)陕西创设"陕西铁路有限公司",拟修豫陕铁路陕西段,但由于经济落后,筹款艰难,最终未能实现。入民国后,1919年一些官绅着手筹划修筑公路,购置汽车,开办汽车运输公司。但因当时军阀割据,政局动荡,几经周折,至1922年西安与潼关间的公路才得初通,从此结束了陕西没有公路的历史。民国初期,虽有公路开通,但是汽车运输仍未被邮政局所使用,邮件的寄递仍然以骡马寄递,以及步差寄递为主。如1919年,西安至潼关、西安至三原、西安至凤翔的邮路改以骡马车运送邮件。[2]民国时期,临潼县因交通不便,邮件量不大,故邮路简单,以渭河为界,分南、北两片邮路,绿衣邮差,徒步担挑。当时有一首民谣:"一根扁担两条绳,一盏马灯一串铃,肩肿足破苦难言,差字压头心更酸。"[3]从侧面反映了邮件寄递的过程。尽管道路交通有所改善,但交通工具没有得到及时更新,汽车没有应用到邮件寄递,寄递效率的提高并不明显。

总之,民国前期,陕西邮件寄递主要以步班为主,在业务比较繁忙时改组成为马班。但北洋军阀统治期间,关中地区战事频繁,加之土匪横行,邮政业务受阻时有发生。邮件被抢劫,邮局及代办所被土匪洗劫不可避免。迫于形势,部分邮政局所一度停止办公,部分邮路被迫取消。加之军阀部队随意征发骡马严重,进而影响了邮件的寄递,如1921年陕省政局不靖,军队征用车辆、牲口、邮差,因此交寄邮件减少甚多。本省并无铁路之便利,轻便邮件由邮差运送,包裹邮件则由骡马驮运及车辆输送,[4]这就是民国前期陕西邮政事业发展的大致情形。

四、抗战前后陕西邮政事业的近代化发展

(一)抗战前后陕西邮政局所的添设

抗战前后是陕西邮政局所发展变化的重要时期,不仅数量增加,网点建设也布及全省,且随着交通运输条件的改进,这一时期成为陕西邮政事业迈向现代化发展的一个重要时期。

1935—1936年陕西邮政局所又出现了一个发展的高峰期,这三年内陕南、关中、陕北三区新增、改置邮政局所21处,其中关中地区11处,陕北新增5处,陕南地区新增5处。

---

[1] 陕西省交通史志编写委员会编:《陕西公路史》,人民交通出版社,1988年,第1页。
[2] 西安地方志编纂委员会编:《西安市志》,第二册,西安出版社,2000年,第653页。
[3] 陕西省临潼县志编纂委员会:《临潼县志》,上海人民出版社,1991年,第396页。
[4] 北京邮政管理局文史中心:《中国邮政事务总论上》,燕山出版社,1995年,第708页。

1935年关中地区华岳庙改置为二等甲级邮局,高陵、赤水改置为三等甲级邮局,同官、兴市镇、绛帐镇等改置为三等乙级邮局。其中,华岳庙为二等甲级邮局,邮政等级比较高,高陵、同官虽为县一级行政机构,但是邮政等级均为三等,赤水、兴市镇、绛帐镇为镇一级行政机构。华岳庙邮局的升级主要是由于1934年陇海铁路华阴段通车,华阴转寄渭南、西安、潼关的邮件由火车传递。① 随着陇海铁路华阴段的通车,岳庙邮局成为转寄渭南、西安、潼关的中转站,运量大,地位重要,非其他地点可比。这一时期陕北、陕南地区的邮政局都有大幅增加,与抗战前期西北地位的提升以及国民政府开发西北政策的提出都有很大关系。

1937年抗战爆发,陕西成为整个抗日时期的大后方,沦陷区难民大量涌入,抗战物资又从陕西运出,邮政业务出现特别繁荣的局面。1937—1938年,陕西省主席邵力子认为邮政局所太少,不足以应付各方面需要,通令未设邮局的各县,尽力协助开设邮局,由县政府拨给地方官产作为局址,关中地区的白水、宝鸡等地县政府拨给邮局官产房屋或官地作为局址。② 这样陕西三区陆续开设了一系列新的邮政局所,数量大增。从1937年到1943年,陕西全省陆续添设各等级邮政局所28处,其中陕北2处,陕南7处,关中增加最多,达19处之多。且关中地区增加的各级邮政局主要在各级市镇之中,如1941年,所设邮局包括芝川镇三等乙级邮局、蔡家坡三等乙级邮局、秦渡镇三等乙级邮局、武功车站三等乙级邮局、引驾回三等乙级邮局、新丰镇三等乙级邮局、齐家寨三等乙级邮局等。这些邮局无一例外均设置在关中地区的著名市镇。而这些邮政局的级别均为三等乙级邮局,除芝川镇三等乙级邮局处于西安以东,其余均位于西安以西和以南。芝川镇邮局的设置与提升,主要因为抗战爆发,山西、河南成为沦陷区,两省将部分邮局拨归邻省代为管理。③ 由于芝川镇距离山西颇近,因此与山西邮政业务联系较密切,故其邮政局级别有所提高。蔡家坡三等乙级邮局、新丰镇三等乙级邮局、武功车站三等乙级邮局等邮政局由于陇海铁路在其设站,主要转寄铁路邮件。如蔡家坡为陇海铁路通至宝鸡所设之站,转运邮件。此外,齐家寨三等乙级邮局、引驾回三等乙级邮局和秦渡镇三等乙级邮局,则地处传统的商业中心如齐家寨。清末至民国,齐家寨商业已形成杂货、京货、药铺、票行、木材、酿酒、铁器、清油、生漆、缝纫、染坊、饭店、旅舍、镶牙、照相、木炭等37个行业体系,1916年成立半官半民性质的商会,专管私营商业。县商会在全县分设齐家寨(辖斜峪关、营头街、金渠镇)、首善(今城关镇,辖第五村街)、槐芽(辖横渠镇和青化街)、渭北(辖常兴镇、常兴火车站和眉县车站)四个商保。其中齐家寨就设有一个,足见其地位,因此,齐家寨设立

---

① 华阴县地方志编纂委员会:《华阴县志》,作家出版社,1996年,第271页。
② 陕西省地方志编纂委员会编:《陕西省志·邮电志》,三秦出版社,1998年,第43页。
③ 陕西省地方志编纂委员会编:《陕西省志·邮电志》,三秦出版社,1998年,第43页。

三等乙级邮局。此外,1943年,设立庄里镇三等乙级邮局,主要是由于咸同铁路通车后,富平、庄里镇成为邮件转运中心,[①]故设立三等乙级邮局主要为转运邮件提供方便。由此可见,交通地位的改变以及商品经济的繁荣等条件是影响地方邮政事业发展的一个重要因素。

表 1-4-10　抗日战争前后陕西改设邮政局所统计表

时　间	改　设　的　局　所	数量
1927 年	华阴二等甲级邮局	1
1933 年	清涧三等乙级邮局	1
1935 年	宜君三等乙级邮局、同官三等乙级邮局、高陵三等甲级邮局、兴市镇三等乙级邮局、华岳庙二等甲级邮局、张家岗二等乙级邮局、赤水三等甲级邮局、雒南三等乙级邮局、绛帐镇三等乙级邮局	9
1936 年	富县三等乙级邮局、澄城三等乙级邮局、山阳三等乙级邮局、永寿三等甲级邮局、千阳三等乙级邮局、沔县三等甲级邮局、宜川二等甲级邮局、黄陵二等甲级邮局、平利三等乙级邮局、淳化三等乙级邮局、旬邑三等乙级邮局、白水三等乙级邮局	12
1937 年	葭县三等乙级邮局、眉县三等乙级邮局、留坝三等乙级邮局、关口三等乙级邮局、褒城三等甲级邮局、王曲二等甲级邮局、双石铺二等乙级邮局、安定三等乙级邮局	8
1939 年	古路坝二等乙级邮局	1
1940 年	镇安三等乙级邮局	1
1941 年	商南三等乙级邮局、芝川镇三等乙级邮局、新集三等乙级邮局、齐家寨三等乙级邮局、蔡家坡三等乙级邮局、秦渡镇三等乙级邮局、武功车站三等乙级邮局、镇巴三等乙级邮局、庙台子三等乙级邮局、兴国寺三等乙级邮局、引驾回三等乙级邮局、新丰镇三等乙级邮局、黄龙山三等乙级邮局	13
1942 年	十里铺三等乙级邮局、太乙宫三等乙级邮局、韦曲三等乙级邮局、西庄镇三等乙级邮局	4
1943 年	庄里镇三等乙级邮局	1
合计		51

(资料来源:陕西省邮电管理局编:《陕西邮电史料汇编(1949年前)》,内部印行,1997年,第63—64页。)

---

① 富平县地方志编纂委员会:《富平县志》,三秦出版社,1994年,第356页。

(二)抗战前后陕西邮政局所的发展条件及其运营

抗战前后,陕西经济受战时需求的影响,发展较快,邮政事业与此同步,也有了大幅进展。

陕西公路发展较晚,大体在 1927 年,冯玉祥驻陕,咸阳至宜君间征集民工进行整修,勉强通行汽车。抗战前后完成的公路占 80% 左右。而 1935 年初陇海铁路潼关至西安段正式通车。西安至咸阳也于当年年底通车,西安至宝鸡段则于 1936 年铺轨完成,翌年元月通车。这些公路、铁路的修筑与通车大大便利了陕西各地与全国的联系,加之航空线路的开辟,都为陕西省的邮件寄递提供了方便。与此同时,国民政府还颁布了相关的交通法规,规定"长途汽车无论开往何处均须依交通部之所定负代运邮件及包裹之责",[①]"所有本国之铁路均须依交通部所定办法负运送邮件及包裹之责,铁路因运送邮件暨包裹,须备有足容邮政机关员役及邮件包裹之车辆"[②],"飞艇飞机及其他各种航空之具在中国领土于一定区域内准许飞行者须依交通部所定办法负代运邮件之责"[③]。这样就以法律的形式规定了公路、铁路与航空线路代运邮件的义务,汽车、火车、飞机寄递成为邮局寄递邮件的重要途径,大大方便了邮政事业的发展。

陕西最早的汽车邮路始于 1930 年,其时关中地区始行开办西安至河南陕州的汽车邮路,长 290 公里,此路使用民运商车,邮局派员随车押运,是陕西开办的第一条委办汽车邮路。1931 年,又增开西安至凤翔、西安至平凉、西安至大荔、潼关至大荔五条委办汽车邮路 883 公里。1935 年,陕西邮政管理局委托汽车管理局西安至朝邑间班车代运邮件,使途经咸阳、三原、富平、蒲城、大荔、朝邑等地重件得以缓解。当年 12 月,陇海铁路通至西安,西安至潼关间使用铁道运邮,裁撤委办汽车邮路。1936 年 11 月 17 日,陇海铁路展至虢镇,西安至凤翔委办汽车邮路撤销,西去邮件改用铁道运至虢镇转运天水。[④] 航空邮件自 1931 年兴起,且业务步步稳升。其经过西安的航线为欧亚航空公司于 1932 年 12 月 15 日开办的沪新航线,由上海经南京、洛阳、西安、兰州、肃州、哈密至迪化。西北航线自 1932 年 4 月 4 日开航上海至南京、洛阳、西安段。5 月 18 日开航自西安至兰州段后,决定向西北进行,曾于 6 月底首次举行西北全线至迪化的试航,成绩完满。[⑤] 这些交通运输条件的改进进一步促进了陕西邮政事业的发展。

---

① 交通法规委员会编辑:《交通法规汇编·第四类邮政》,1931 年,第 637 页。
② 交通法规委员会编辑:《交通法规汇编·第四类邮政》,1931 年,第 641 页。
③ 交通法规委员会编辑:《交通法规汇编·第四类邮政》,1931 年,第 638 页。
④ 陕西地方志编纂委员会编:《陕西省志·邮电志》,三秦出版社,1998 年,第 117 页。
⑤ 佛山市集邮协会:《中国早期航空邮政》,人民邮电出版社,1993 年,第 82 页。

表 1-4-11　1941 年 1 月陕西邮区邮运工具

邮运工具		上月		本月	
		局有数目	雇佣数目	局有数目	雇佣数目
车类	自行车	74	—	74	—
	手推车	—	68	—	57
	骡车	—	367	—	308
	汽车	15	435	15	308
	共计	89	870	89	365
马类		—	439	—	374
船类	汽船	—	—	—	—
	帆船及其他	—	5	—	4
	共计	—	444	—	378

（资料来源：陕西省档案馆馆藏：全宗 70，目录号 12，案卷 178，陕西邮政管理局总务股。）

因火车邮路拓展，致使邮政局所大幅增多，如 1941 年陕西省的邮政局与支局由 1940 年的 99 所激增至 175 所，三等邮局比前一年增加 75 所，由原来的 67 所增为 132 所，翻了一番还多。村镇邮局也成倍增加，1941 年比 1940 年增加了 274 所，由原来的 374 所增加到 648 所，使陕西的邮政网点分布更密，深入到每个城乡角落，如表 1-4-13 所示。

陕西的公路、铁路、航空交通事业有所发展，邮政路线增辟，邮政局所加设，陕西的邮政事业进入近代化的发展时期。当然除以上现代化交通运输方式外，民国后期陕西的一些偏远地区还是保留着中国传统的邮件寄递方式，利用畜力和人力进行寄递。如兴平县自 1919 年建邮直至 1949 年，邮件转运投递全靠肩挑人背，接送火车靠一位年逾花甲的听差扛、挑搬运。遇到邮件多时，叫老伴或孩子无酬协助背运，有时雇用推车。若遇天雨，邮件多时雇轿车。[①] 该时期，利用畜力车和人力寄递邮件还不少。

抗战时期关中地区邮运的具体方式主要为托运、自办邮运，其中以托运为主。由于战时去西南、西北物资多经宝鸡转运，但是由于运输紧张，许多商品如卷烟、棉纱等也交寄，商品包裹剧增。邮局自有运输力量已无法承担，遂使用外力运输邮件。关中地区邮件托运主要为西北公路局、建业运输商行、陕西省公路局、三义店赵凤鸣、张子敬、陆正义、吴瑞徵、慎兴福李俊康、张明等单位和个人承担寄递，如表

---

① 兴平地方志编纂委员会编：《兴平县志》，陕西人民出版社，1994 年，第 324 页。

1-4-12 所示。其中,运送较远的邮件大部分由大型的运输机构来承运,如西安至兰州里程为 719 公里,由西北公路局承运,限期 6 日,依赖汽车运输;咸阳至兰州里程为 689 公里,由建业运输商行运输,限期 6 日,依赖汽车运输。运输较近的以个人承包运输为主,主要有三义店赵凤鸣寄递咸阳至平凉,里程为 278 公里,限行 11 日,主要依赖胶轮车运送,此外,张子敬承办西京至南阳,里程为 522.5 公里,限行 13 日,依赖胶轮车运输;张明所承运的咸阳发班处至车站主要依靠力夫运输。托运由汽车寄递的大部分为轻件邮件,主要因为国营的西兰路与汉白路及省营的长坪路等路线的国营汽车,每次只允许代运邮件 100 公斤(部局规定 200 公斤),累经交涉,迄无效果且仅以轻件为限,故未能充分利用。[①] 所以,该区重件邮件主要由个人承运,依赖胶轮车来完成。

表 1-4-12　西京运输组与各承运所订立合同

承运人	路　线	里程(公里)	订立合同日期	每百公斤运费(元)	限行日期	邮运工具
西北公路局	西安—兰州	719	1942 年 1 月 1 日	575.20	6 日	汽车
建业运输商行	咸阳—兰州	689	1945 年 3 月 21 日	8 186.20	6 日	汽车
陕西省公路局	西京—西坪	293.5	1944 年 3 月 1 日	46.96	2 日	汽车
三义店赵凤鸣	咸阳—平凉	278	1940 年 8 月 15 日	1 800	11 日	胶轮车
张子敬	西京—南阳	522.5	1944 年 12 月 28 日	8 500	13 日	胶轮车
陆正义	西京—蓝田	49.1	1942 年 11 月 21 日	25.52	1 日	胶轮车
吴瑞徵	西京—王曲	23	1944 年 1 月 20 日	35	1 日	胶轮车
慎兴福 李俊康	油库—车站 西京—车站	3.6 3.6	1940 年 8 月 1 日	每袋 18 每袋 24	30 分 1 点 30 分	胶轮车 胶轮车
张明	咸阳发班处—车站	1.5	1944 年 2 月 20 日	每月 50 000	30 分	力夫 6 人

(资料来源:陕西省档案馆全宗 112,目录 2,卷 6。)

抗战期间陕西省邮政局也组织自办邮运,主要为邮局自备汽车或骡马班运输邮件,如:潼关至阌乡驿班所有邮件均由骡马驮运,还有至山西邮件则组织潼关至永济邮班由步差步行运递,[②] 此外,潼关至洛阳间本局汽车班设立,开行不定期班车

---

① 陕西省邮电管理局:《陕西邮电史料汇编(1949 年前)》,内部印行,1997 年,第 184 页。
② 陕西省邮电管理局:《陕西邮电史料汇编(1949 年前)》,内部印行,1997 年,第 185 页。

以沟通协运。

表1-4-13 1919—1949年陕西省邮政局所统计表

年份	邮局合计	重要局所 管理局	一等局	二等局	三等局	支局	邮亭	代办所	次要局所 合计	城邑信柜	村镇信柜	村镇邮站	代售邮票外	资料来源
1919年	42	1		23	14	4		167	111	37	48	26	—	中国邮政统计专刊
1920年	50	1		24	21	4		165	122	39	63	20	—	
1921年	57	1		24	28	4		165	122	40	63	19	—	
1922年	57	1		24	28	4		167	107	1	81	18	7	
1923年	57	1		24	28	4		176	89		82		7	
1924年	60	1		24	31	4		188	88		81		7	
1925年	60	1		27	27	4		196	84		77		7	
1926年	60	1		27	28	4		196	80		74		6	
1927年	60	1		27	29	3		197	78		72		6	
1928年	55	1		17	35	2		201	72		66		6	交通部统计年报
1929年	55	1		17	35	2		201	70		64		6	民国十九年度邮政事务年报
1930年	55	1		17	35	2		202	76		66		10	
1931年	55	1		17	35	2		202	72		62		10	
1932年	55	1		17	35	2		206	68		59		9	
1933年	56	1		17	36	2		209	67		51	5	11	
1934年	65	1		17	44	3		208	90	1	62	5	22	
1935年	75	1		18	52	4		218	90	1	131	5	28	中国邮政统计专刊
1936年	86	1		20	61	4		243	195		156	3	36	
1937年	94	1		20	69	4		275	212		176	3	33	
1938年	93	1		21	67	4		284	207		173	3	31	
1939年	95	1		26	64	4		314	205		173	3	29	
1940年	99	1		25	67	6	1	374	208		179	8	21	

续　表

年　份	重　要　局　所								次　要　局　所					资料来源
	邮局合计	管理局	一等局	二等局	三等局	支局	邮亭	代办所	合计	城邑信柜	村镇信柜	村镇邮站	代售邮票外	
1941年	175	1		34	132	7	1	648	411		349	33	29	中国邮政统计专刊
1942年	166	1		36	120	7	1	670	374		316	26	32	
1943年	150	1	1	39	100	8	1	660	329		291	14	24	
1944年														
1945年	148	1	2	42	94	8	1	680	296		253	15	28	交通部统计年报
1946年	107	1	2	32	62	9	1	459	368		153	5	210	
1947年	99	1	2	27	57	10	2	467	377		147	5	225	中国邮政统计专刊
1948年														
1949年	92	1	2	24	48	10	7	431	388		141		247	

（资料来源：陕西省邮电管理局：《陕西邮电史料汇编(1949年前)》，内部印行，1997年，第85页。）

第五章　近代陕西金融体系的地域格局

光绪二十三年(1897年)之前中国尚没有金融概念。"金融"一词译自日本,因日本以金为本位,所以称之为金融。日本学者寺岛一夫在他的《日本货币制度论》中指出,金本位是"日本资本主义的一环,能与其他列强角逐世界市场的金融标志"①。1897年3月,日本政府制定了新币法,在法律上确立了金本位制。②

民国时期,中国学者认为:"金融就是所谓的货币融通状况。"③也就是说,当时的金融只是单纯的货币融通,与今天所言金融概念区别很大。

瑞典经济学家瑞斯托·劳拉詹南在其《金融地理学——金融家的视角》一书中,提出了"金融地理学"这一名词,但是并没有给出确定的概念。他"提出了金融地理学的研究角度可以分为三个角度,即空间差异、空间过程、空间相互作用,从这三个方面来进行研究"④,并且给金融市场建立了一个系统的框架,⑤如图1-5-1所示。

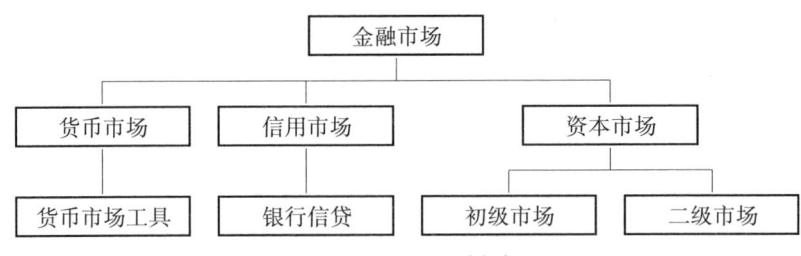

图1-5-1　金融系统框架图

明清以来,由于实行食盐开中制、茶马互市、边茶贸易等经济政策,陕西的商业经济获得不断发展,带动了金融业的膨胀。以典当业为例,"最盛时期,陕西的当铺几乎遍布关中各地"⑥。到清末,钱铺、钱庄、银号、票号等金融机构也相继出现,民国以后现代银行组织也进入陕西,自此陕西的金融业向经营综合性业务的方向发展,成为开启陕西现代金融市场发展的重要一环。

第一节　陕西官钱局与私营行庄的地区发展特征

一、晚清民初陕西官银钱号的区域发展特征

顺治元年(1644年)延绥镇开设宝泉局,这应是清代陕西最早的官府经营的金

---

① (日)寺岛一夫:《日本货币制度论》,转引自《日本经济史大系6》,东京大学出版会,1965年,第139—140页。
② (日)寺岛一夫:《日本货币制度论》,转引自《日本经济史大系6》,东京大学出版会,1965年,第139—140页。
③ 张辑颜:《中国金融论》,上海书店,1991年,第1页。
④ (瑞典)瑞斯托·劳拉詹南著,孟晓晨等译:《金融地理学——金融家的视角》,商务印书馆,2001年,第3页。
⑤ (瑞典)瑞斯托·劳拉詹南著,孟晓晨等译:《金融地理学——金融家的视角》,商务印书馆,2001年,第4页。
⑥ 吴廷锡等纂:《续修陕西通志稿》卷三十四,陕西省通志馆,1934年,第7页。

融机构,但这一金融机构维持的时间并不长,顺治五年(1648年)即宣告停业。① 顺治二年(1645年)清政府在西安府设宝陕局,十四年(1657年)停,十七年(1660年)再次开局;乾隆十三年(1748年)又开陕西局,设炉10座,进行铸钱;②道光二十一年(1841年),钱法渐至废弛,不足以资民用,着陕西等11省铸钱;③光绪十三年(1887年)因铸钱1串,赔钱300～400文而停。④

咸丰四年(1854年)三月陕西官钱局在西安设立,但内部管理不善,咸丰七年(1857年)发生了官钱局委员舞弊案,从此逐渐走向衰落。咸丰十年(1860年)二月清政府谕令各省停办官钱局,因此于同年秋季,陕西官钱局宣布停办。⑤

宣统二年(1910年),大清银行在西安梁家牌楼筹设分行,是为陕西银行设立的开端,⑥可谓陕西省第一家新式银行。大清银行西安分行以发行钞票供政府周转为目的,"发行银票分一两、二两、五两、十两、五十两、一百两数种。辅币以制钱流通,另由秦丰官银号及秦丰字钱局与商号同心字钱局发行钱票,分一千文五百文两种"。⑦宣统三年(1911年)辛亥革命发生后,该行停业。其在陕西尚有200万两银票库存,由秦丰银行加印"秦丰"字样发行,以此来维持市场的稳定。陕西官钱局、大清银行都只是在西安设立分行,其分布并不广泛,影响也不很大,但是对于当时的陕西,在金融史上则具有相当重大的历史意义,是陕西近代金融业的开端。

除大清银行外,晚清时期陕西地方亦曾设置新式银行,是为陕西官银钱号。陕西官银钱号又称秦丰官银钱铺,西安总号设在梁家牌楼,负责人为李天柱。在汉中府、兴安府分别设有分号,宣统二年(1910年)改称为秦丰官钱局,⑧辛亥革命以后,"大清银行秦丰官银号秦丰字钱局及同心字钱局同时停办,惟同心字因系西安钱业公会所设,实力充足,该局所有外间流通钱票完全收回。当时市面金融极形紊乱,秦军政府乃改秦丰号为秦丰银行,借发秦丰官银号一两二两五两银票,暂不兑现,强迫行使,商业颇受影响"。⑨

1913年秦丰字钱局改为富秦钱局,与秦丰银行并峙,前者发行银票,后者发行钱票。第二年,中国银行来陕,发行银元券一元、五元、十元三种,不久即行停办。1917年,秦丰银行又改名为富秦银行,发行银两票一两、二两、三两、五两、十两数

---

① (清)沈青峰纂:《陕西通志》,文渊阁四库全书本,第8235页。另见乾隆《西安府志》卷十六,《中国地方志集成·陕西府县志辑》,凤凰出版社,2007年。
② 乾隆《西安府志》卷十六,《中国地方志集成·陕西府县志辑》,凤凰出版社,2007年。
③ 台湾银行经济研究室编:《清宣宗实录选辑》(二),见台湾经济研究室编:《台湾文献丛刊》第188种,台湾银行经济研究室,1964年。
④ 台湾银行经济研究室编:《清德宗实录选辑》,见台湾经济研究室编:《台湾文献丛刊》第193种,台湾银行经济研究室,1964年。
⑤ 吴廷锡等纂:《续修陕西通志稿》卷六十三,陕西省通志馆,1934年,第2页。
⑥ 《清实录·宣统》第六十册,中华书局影印本,2008年。另见:陈瑞云:《清帝列传(十一)宣统帝》,吉林文史出版社,1993年。
⑦ 西安市档案馆编:《陕西经济十年(1931—1941)》,内部印行,1997年,第290页。
⑧ 《清实录·宣统》第六十册,中华书局影印本,2008年。
⑨ 西安市档案馆编:《陕西经济十年(1931—1941)》,内部印行,1997年,第290页。

种,市面通行,颇为活跃。至1919年,富秦银行停兑,票价跌落,行使市面折扣。第二年开始,富秦银行再次复业,改发银元券一元、五元、十元数种,将以前发行的银两券,按一元折合收回,尚未收完,又告停收,1921年再行停兑,惟钞票仍按市价流通。1926年,西安被围,宣告结束。1927年国民军进入陕西,财政厅改名财政委员会,为应付军需起见,发行不兑现的流通券,分一元、五元、十元、一角、二角、五角数种,商民抬高物价,折扣行使,市面颇受影响。旋即明令作废,设立西北银行,发行一元、五元、十元三种银元券,一角、二角、五角三种角券,并将富秦钱局发行的一千文、五百文钱票收回,由该行改发十枚、廿枚、五十枚、一百枚铜元券,流通市面,信用尚佳。至1930年10月,西北银行又因政局影响,宣告停顿,当时交易均用现洋,且无各种辅币,致零星用项陷于窘境。后由陕西长安商会布告,准将以前禁用的角洋及富秦钱局发行的西北银行铜元券照常通用,市面始稍活动。1932年划归陕西省银行管理,1938年彻底歇业。①

二、近代陕西典当业的区域发展特征

典当是以财物作抵押,进行限期有偿借贷的金融活动。典当行为就其本身来讲,是一种经济行为,是一种以互利为目的的具有商业属性的金融活动。它的根本功能在于通过临时融资形式,调剂资金的缓急余缺,故杨肇遇在《中国典当业》中称"典当设立之宗旨",在于"资金之融通"。② 典当业属于金融行业,与商品经济的发展有着不可分割的联系,是伴随着商品经济的发展而逐渐发展起来的行业。

(一)清代陕西典当业发展的历史进程

清代陕西典当业的发展,大致经历了三个阶段,当铺数量也经历了由初起的少量铺户,到兴盛增长,再到清末衰落三个阶段。

清初,陕西当铺数量并不多,据康熙、雍正《会典》(奏销册),这两个时期分别为200座和533座,在17省中排名分别为第九和第七,但逐年增多的发展趋势已很明确。雍正时全省当铺总数已较康熙时翻了一番还多,至嘉庆时全省当铺总数猛增到1482座,是雍正时当铺数的2.78倍,康熙时的7.41倍,增长速度十分迅猛。据罗炳绵统计资料(表1-5-1),乾隆十八年(1753年)陕西共有当铺372座,此数字较实际情况缩小许多。乾隆四十四年(1779年)西安一府全年所征当税即达银3305两,当时当铺年征税银5两,这样计算,仅西安一府即有当铺661座。③ 虽然乾隆四十四年(1779年)较十八年(1753年)又过了26年,但这中间陕西并无大的天灾人祸干扰,变化不应很大,参考雍正年间本省当铺数字。乾隆十八年(1753年)《会典》数字应有差误,不足为其时陕西当铺数额的统计依据。

---

① 《陕西省银行之过去现在及将来》,《银行周报》1933年第21期,第7页。另见《益世报》1933年4月24日。
② 杨肇遇:《中国典当业》,商务印书馆,1929年。
③ 乾隆《西安府志》卷十五,食货志中,课程。

表 1-5-1　清代各省典当铺统计表

地区	康熙二十四年(1685年)	雍正二年(1724年)	乾隆十八年(1753年)	嘉庆十七年(1812年)	资料出处
直隶	2 266	2 060	2 922	1 967	分别见
江苏	1 507	1 470	1 935	1 333	《康熙会典》
安徽	304	421	约 743	887	(奏销册)
浙江	559	598	1 006	1 072	《雍正会典》
江西	38	46	133	335	(奏销册)
湖北	111	145	517	546	《会典则例》
湖南	42	15	50	138	(奏销册)
福建	95	115	880	1 575	《会典事例》
山东	516	585	1 351	874	
山西	1 281	2 602	5 175	4 695	
河南	237	369	1 035	555	
陕西	200	533	372	1 482	
甘肃	406	695	约 543	1 625	
广东	130	247	115	2 688	
广西	3	3	33	197	
云南	0	0	265	503	
贵州	0	0		2 667	
合计	7 695	9 904	18 075	23 139	

(资料来源：罗炳绵：《近代中国典当业的分布趋势和同业组织》，《食货》第八卷第二期。)

清代陕西典当业的发展是在乾隆以后。这一时期陕西经济发展已基本摆脱了明末战乱的破坏，走上正轨，典当业作为一些州县最主要的商业，发展十分迅猛。乾隆四十四年(1779年)前后，西安府有当铺661座，咸宁、富平两县均有100余座；凤翔府在乾隆十九年(1754年)左右共有当铺91座，平均每县亦有10余座。据嘉庆《会典事例》记载，当时陕西全年共征当税银7 410两，实有当铺1 482座。这基本上是陕西全省当铺的最高数字，也是清代陕西典当业发展的最高峰。

总体来看，清代陕西典当业的发展前后起伏较大，据宣统元年(1909年)奏销册记载，到此时陕西典当业再次下滑，全省共有当铺158座，降到最低点，比康熙年间还少几十座。

清代陕西典当业前后发展趋势与全国的情况是相一致的，这种起落升降与清代社会经济的发展趋势相始终。清初，受明末战争影响，陕西受损较大，经济凋敝，人口减少,不仅典当业不发展,其他商业行业发展亦十分缓慢。清末则主要受回民起义及战乱影响,典当业受损尤大,许多州县典当铺成为军匪掳掠的主要对象。宜川县清同治年间遭回捻之变,"同治六年(按:1867年)三、十两月,七年二月,回众三度扰境;七年十、十一两月,捻党小燕王又两度驻云岩川,所过掳掠一空","时全邑当铺十三家,皆迁城,不意城陷,付之一炬,其他各业,损失可知"。① 从清末陕西清理财政情况来看,许多州县发典生息的生息银两皆因战乱受损,无法追回。如西安府义仓生息银原筹12 000两,以年息一分发交西同凤三府属当商营运,"自军兴后,各属当商被劫,并乏商亏短"②,至宣统元年(1909年),仅余本银2 990余两,战乱使这项银两损失殆尽。二郎庙原发本银1 000两,长安当商营运,年息八厘,"自兵灾后,本银亏短",宣统元年(1909年)只余345两6钱。③ 清末陕西典当业的破败,与连年兵灾战乱的破坏是有很大关系的。

(二)晚清时期陕西典当业的经营形式

清代陕西典当行铺主要分布在各州县城市或市镇之中。西安府华州(今华县)位于关中平原东部,界连晋、豫,交通地理位置优越,清代商品经济较发达。咸、同以前,州内"下庙、高塘、侯坊、东关……有典商十八家,号'十八当',光绪中赤水、西关共两当,辛亥后停"④。华州当铺分布各处,均为本州主要集镇,是本州重要的经济中心地。陕北宜川县东连黄河,与晋省为邻,商品经济发展在陕北地区首屈一指,史籍在记录本县商业集镇时,往往将是否有"当商""当铺"作为集镇商业繁荣与否的一个重要指标。如县城北党家湾"自道光咸丰末年,极为繁盛,可称商埠,有当商"⑤。县西北80里的云岩镇,"西通临真,北达延安,东至龙王辿(今壶口)之要道","清同治间甚繁荣,商号约百余户,多晋人……居民遝迹云集,交易而归,其种类以杂货、油、酒、当业为大宗"。县西60里英王镇,"盖同治以前,商业为县城所不及……其贸易多以油、酒、当业为主"⑥。县西南70里的圪台街"系大南川重镇","清同治间,商业极盛,油酒当铺,无不有之"。⑦ 上列宜川县开有当铺的各镇均是商业较繁盛的集镇。总之,清代陕西各州县当铺主要集中在城市或市镇之中,在农村较少。这与当时陕西农村普遍贫困有相当大的关系,贫瘠的乡村无法容纳经营较大资本的典当行铺的运行。但是尽管如此,放乡账仍然是当时陕西当铺经营的一项重要内容,当铺所处城镇位置并不妨碍它在乡村的经营活动。

清代陕西典当行业除经营一般意义上的抵押、贷款外,尚经营存款业务,也就是所谓生息银两制度。清代所谓生息银两制度一般是指内务府用于赏赐八旗兵丁

---

① 民国《宜川县志》卷九,工商志。
② 陕西清理财政局编:《陕西全省财政说明书·岁入部·杂款类》,清宣统元年排印本。
③ 陕西清理财政局编:《陕西全省财政说明书·岁入部·杂款类》,清宣统元年排印本。
④ 民国《重修华县志稿》卷八,财政志。
⑤ 民国《宜川县志》卷九,工商志。
⑥ 民国《宜川县志》卷九,工商志。
⑦ 民国《宜川县志》卷九,工商志。

的滋生本银款项。有些直接开典生息,有些则"存典生息"或"发商生息",息银全部用于八旗兵丁开支使用。这种形式的生息银两在各省亦有,虽不属内务府生息银两系统,但也称为"生息银两"。这种在各省经营的生息银两大多用于补助各种行政、军事性经费支出。陕西各州县钱庄、票号、商铺、典铺均经营生息银两业务,然尤以典铺经营最为普遍。宣统元年(1909年)陕西清理财政,全年明确注明发典生息的银两达 763 553.75 两,尚不包括部分发商生息的银两,其中同样存在部分分配于各县当铺经营者。当时长安县接受陕西布政司给本县当商营运的款项有 20 项,共计本银 16 976.586 两;西安府发交本县当商营运的款项共 4 项,宣统元年(1909年)尚余 3 492 两。除此之外,本县筹办学堂、留养局开支尚有 2 项发当生息银两,分别为 7 500 串 311 文(折银 4 624.112 8 两)、10 854.978 9 两。总计宣统元年(1909年)全县发典生息银共达 35 947.677 两,全县生息银两全部发付典当生息。陕西留坝厅因本县无当铺,光绪年间为筹办生息银两,专门于城内设立裕民公所,质物便民,先后筹集 2 966 串 672 文(约折银 2 004.508 两)钱作为本金生息。① 清代陕西典当铺是经营官方存款生息的主要行铺(参见表 1-5-2)。

表 1-5-2 晚清陕西发典生息基金情况表

地点	项 目	时间	来源	本银	利率	利息	发何地	用途	备注
布政司(藩库)	产灞二桥生息原发银			20 000 两	年息 1%		西、同、凤三府属	二桥大修二用	
	味经书院或宏道学堂经费			11 589.6 两	月息 1%		西安府各属	解司备学堂用	
	备支关中书院经费			16 000 两	月息 1%		西、同、凤三府属	改师范学堂为经费	宣统元年(1909年)二项共剩 8 710 两
	龙洞渠经费余剩搭归关中书院银			6 518.59 两	月息 1%		合阳当属	学堂经费	
	宏道书院改学堂经费	光绪元年(1875年)		5 000 两	月息 1%		西安府当商	学堂经费	
	续发关中书院生息款			10 000 两	月息 1%		咸、长两县当商	解司支发	现存本银 6 700 两

① 陕西清理财政局编:《陕西省财政说明书·岁入部·杂税》,清宣统元年排印本。

续　表

地点	项　目	时间	来源	本银	利率	利息	发何地	用途	备注
布政司(藩库)	文庙生息			1 500两	年息1%		西安府属当商	备支春秋丁祭等经费	现存本银300两
	义仓生息		筹银	12 000两	年息1%		西、同、凤三府属		现存本银2 990两
	志学斋生息			15 000两	年息1%		西、同、两府属	士子膏火	
	粥厂生息			2 000两	月息8厘		临潼县当属	粥厂施舍棉衣	
	铸钱生息			15 000两	月息1%		西、同、凤三府属		
	游艺学塾		挪借官钱局寄款	15 000两			西、同、凤三府属	士子膏奖	
	卷金卷价生息			12 295.17两、续10 000两	年息1%、年息0.8%		同州府属当商	乡试卷价、会试津贴	现存本银16 600两
	二郎庙			1 000两	年息0.8%		长安当属	香火资	现存本银345.6两
	恤嫠局生息			10 000两	年息1%		西、同、凤、汉、商、邠、乾七州府	收养节妇	
	票本生息			15万两	月息0.6%		发通省当商	官钱局薪水、伙食、银钱涨落赔折	146 000两

续 表

地点	项目	时间	来源	本银	利率	利息	发何地	用途	备注
布政司(藩库)	宏道味经书院生息			11 589.6两	年息0.8%		泾阳等县当商	官书局经费	
	候审所生息		节省积余	6 000两 3 700两	年息1%、月息0.6%	747.6两	咸、长二县当商	西安府中学堂经费	现存本银7 700两
	岁修行宫生息	光绪三十三年(1907年)6月	赈余	11万两	年息0.8%		咸、长(五万)泾、三、临、渭、咸(各一万)	行宫岁修	
蚕桑局	蚕桑生息	光绪二十一年(1895年)	善后局顺直宝塔捐	5 800两	年息0.72%	417.6两	咸宁、长安二县	蚕桑局经费	后移归树桑公社
高等学堂	经费生息	光绪年间	司库筹拨	17万两	月息0.8%	15 600两	西、同、凤三府属	经费	
长安县	崇化书院等四项		西安府发	3 492两	月息1.6%、1%	459.22两	本县	西安府分项支用	
	筹办学堂		里局差徭盈余	7 500串311文≈4 624两	年息1%、0.8%	683串20文	本县	学堂司事经手支用	
	留养局		本县筹发	10 854.978 7两	起息不等	1 111.89两	本县	留养局习艺所支销	
咸宁县	马价本银		将军发	10 840.738两	年息1%	1 084.738两	本县	将军支用	
	关中书院本银等21项		西安府发	23 123.221两	月息0.6%、0.7%、0.8%、1%	3 300.818两	本县	解府支用	
	续捐修考院本银		西安府发	200两	年息1%	20两	本县	解府支用	
咸阳县	筹办学堂		旧款银新捐钱	3 000两 3 000串≈2 488两	年息1%	300两158串331文(半年)	钱当生息钱行营运	高等小学堂经费	

续表

地点	项目	时间	来源	本银	利率	利息	发何地	用途	备注
高陵县	中学堂本银	宣统元年（1909年）	西安府发	400两	年息1%	40两	本县当商承领	解府支用	
	里局差余项下集		本县	1 200串≈1 063两	年息0.8%	96串	本县当商承领	里局存寄	
三原县	本县筹发之款		高等小学堂捐集差徭余款	12 513两13 000串≈11 404两	年息1%、0.8%月息0.96%	1 561.622 4两1 200串文	钱当两商生息		
盩厔县	本县筹发之款	光绪十年（1894年）	里局所余三七钱	2 240串≈1 874.5两	月息1%	291串200文折大钱203串840文合银156.8钱			
醴泉县	原捐书院本钱、义塾存钱、平粜盈余三项			9 277串880文≈4 891两	月息1%	22.813 7两、1 214串115文	发当商里局领之	高等小学堂支用	
耀州	筹发之款六项			2 300串≈1 946两1 130两		270串135.6两	发当生息		
大荔县	关西书院、风陵渡船只本银		潼商道发者	2 570.942两	年息1.2%、1%	346.159两	发当生息	潼商道支用	
郃阳县	富户捐集粥厂生息	道光四年（1824年）	本县筹发	1 380两	年息1%		发当生息		现余624.39两
	古莘书院生息	光绪二至光绪二十年（1876—1894年）	本县凑集	5 454.515两	月息1%	602.53两	发当生息	高等小学堂经费	

续 表

地点	项 目	时间	来源	本银	利率	利息	发何地	用 途	备注
邠州	学堂生息本银		筹发	5 640 两	年息1%	564 两	发当生息	学堂经费	
乾州	改办学堂经费	光绪三十一年（1905年）	书院旧款、新筹	18 323.6 两	月息1%、年息1%	2 149.767 两	钱当两商领运	学堂经费	
武功	永寿差徭生息		乾州发	6 000 两	年息0.8%	480 两	钱当两商领运	永寿县专差领取	
留坝厅	学堂经费	光绪十一年（1885年）	筹发	2 966串672文≈2 005两	年息1.5%	445串文	裕民公所	高等小学堂支用	
留坝厅	修监棘茨	光绪十一年（1885年）	筹发	533串328文≈360.4两		66串660文	裕民公所	司狱修监	
西乡县	学堂款		原领司库书院膏奖	800 两	年息1%	80 两	便民质	学堂经费	
山阳县	风陵渡本银	光绪二十三年（1897年）	潼商道	200 两		20 两	当商营运	批解	
榆林县	发赈余生息	光绪二十七年（1901年）	布政司	1 774.468 两	月息0.8%		当商营运	宣统元年清理	
榆林县	发赈余生息	宣统元年（1909年）	布政司	1 449.45	月息0.8%	146.114 两	当商营运	上项转换	
榆林县	岁修榆溪河堤	光绪十九年（1893年）	县筹	400串≈333两	月息0.8%	38串400文			现余433串320文
绥德州	书院旧款			5 000串≈3 425两		300串当利/年银400两	中学堂原设文兴当	中学堂经费	

说明：共发生息本银565 884.96两。
（资料来源：陕西清理财政局编：《陕西全省财政说明书·岁入部·杂款类》，清宣统元年排印本。）

那么,清代陕西典当铺利率如何?统计资料显示,当时陕西典当利率大多以三分利为主,即百分之三的利率,所谓"陕当向例月息三分"。嘉庆年间藩司徐忻曾有所改革,认为"他省质物者,出息不过二分,秦独三分",于是,"劝谕众商令减息,众商不可,徐公申劝之,仅减冬三月息为二分,他月仍旧。有渭南县南塬底村贺士英者闻之,慨然曰:此非官力所强也,吾质库三十处,散布于渭南、临潼、蓝田、咸宁、长安数百里之间,在省垣者八。吾减,则众商皆减矣。仍改为终年二分,分榜于通衢,于是远近质物者争赴贺氏质库,不数月,西、同、凤、乾、邠五郡四十余州县质库凡八百余,悉改为终年二分,岁省贫民息四十余万"①。这是陕西当铺减息过程中的一个重要案例,但史籍并未交代减息二分时间持续多久,参考其他文献对于清代陕西借贷利率的记载来看,似乎仍以三分利为多,典当铺利率当亦应如此(参见表1-5-2)。根据黄冕堂据刑科题本土地债务各类抄档整理统计,清代陕西各类借贷案件共有 40 件,其中三分利案为 29 件,五分利案 4 件,倍息案例 7 件。② 三分利案占绝大多数。据李文治统计,嘉庆年间共有 68 件陕西利案,其中一分至一分九厘的 4 件,二分至二分九厘的 20 件,三分以上的 44 件。③ 从这两项统计结果来看,清代陕西借贷案例多数利率为三分,当铺借贷与之应相去无几。

当铺存款利率从生息银两利息中可以看出,清代陕西当铺存款利率以年息一分为主。也有月息一分者(参见表1-5-2),高者尚有月息 1 分 6 厘者,如西安府发长安县崇文书院等 4 项生息银两,最高利率为月息 1 分 6 厘。低者尚有月息 6 厘者,如西安府发咸宁县关中书院等 21 项本银中,即有月息 6 厘者。这种存款利息相去不远,差别也不大。

(三) 典当业的经营者

清代陕西典当业的经营者部分来自关中地区,渭南、朝邑、泾阳、三原、西安均有商人经营典当。乾嘉年间,陕西渭南南原坳底村贺士英,其父善贾,创设典当于附近的杨郭镇、铁楼镇,后来贺士英"以家事倚兄弟,而以一身总理储质库……后岁岁增设,积至三十处,散布于渭南、临潼、蓝田、咸宁、长安数百里之间"④。泾阳县为陕西富县,"系商贾辐辏之区","富人权子母以为世业"。⑤ 乾隆年间,全县典当铺有 39 座,其中不乏本县商人经营者。另外,蓝田县也有商人经营典当,"权子母而靳奇赢",但由于资本较小,往往"典庄巨商则无大资本家与大商业家"。⑥ 以上各州县经营典当的商人构成清代陕西商人的主体部分。然而就绝大多数典当业经营者来说,主要还以晋籍为主,也就是山西商人。

---

① 民国《续修陕西通志稿》卷三十四,征榷一,当税。
② 黄冕堂:《清史治要》,齐鲁书社,1990年。
③ 李文治:《中国近代农业史资料》第1辑,生活·读书·新知三联书店,1957年。
④ (清) 路德:《贺达庭墓志铭》,《柽华馆文集》卷五,《中国西北文献丛书》,兰州古籍书店,1990年。
⑤ 雍正《泾阳县志》卷之三,泾邑风俗总伦。
⑥ 光绪《蓝田县乡土志》卷二上,实业。

山西商人在陕经商极其普遍,几乎各州县均有,经营典当更是其中重要行业。陕北延长县"当税,邑民无赀本,凡开典皆晋人,康熙年间止一二,乾隆年间增至八号,岁纳税每号五两,共四十两,征解司库,回乱后无征无解"①。同州府华州经营典当的商人,"本金雄厚,资格最老者多晋籍,次豫人"②。其他州县诸如咸阳、蓝田、清涧、宜川、洛川等均注明本地大宗商业多由晋人把持,典当业亦应为其经营的一项重要行业。道光六年(1826年),山西太谷县重修净信寺,在本地商人及本地在外经商的商铺、商人中募捐修寺,在陕西共募捐银172.1两,外加37 702文钱,其中可知商户为84户,可以确定为当铺的有12家(参见表1-5-3)。山西太谷一县在陕西数州县即有商铺、当铺如此之多。从这一点也可看出山西商人在陕经商以及经营典当势力之盛。③

表1-5-3　道光年间山西商人在陕经营工商、典当人户统计表

县名	户数	行业		人数	捐款数额
		当铺	不清者		
武功县	24	4	20	11	36 700文;50两
岐山县	6		6	4	10.4两
宝鸡县	19		19		23.9两
扶风县	22	3	19	8	50.6两
陕西省	13	5	8	2	37.2两
陕西省					1 002文钱
全省	84	12	72	25	172.1两;37 702文

(资料来源:《重修净信寺碑记》,山西太谷净信寺,道光六年刻。)

山西商人在陕西经营典当业,是由多种原因造成的。除山西人向有经商传统,且两省相邻、经营方便外,资本较强也是其中重要原因之一。经营典当业,一般需要有雄厚的资金投入,据刘秋根先生估算,清初典当业资本规模大致可划分为五类。

(1) 微型当铺:数十两至二三百两。
(2) 小型当铺:三百来两至一二千两。
(3) 中型当铺:二千来两至一万两左右。
(4) 大型当铺:一二万两至三四万两。
(5) 巨型当铺:五万两以上。④

这种资本规模与陕西的情况大体相当。光绪年间汉中府留坝厅,城内设立裕

---

① 乾隆《延长县志》卷三,户役志,杂课。
② 民国《重修华县县志稿》卷七,经济志。
③ 参见史若民、牛白琳:《平、祁、太经济社会史料与研究》,山西古籍出版社,2002年。
④ 刘秋根:《明清高利贷资本》,社会科学文献出版社,2000年。

民公所，质物便民，发办学堂集资款本钱2 966串672文，约折银2 005两，与中小型当铺资金规模大体相当；陕北绥德州中学堂设有文兴当一座，其资本钱为5 000串，折银约3 425两，属中型当铺。①清代陕西各州县普遍较贫困，以农业为本的小农经济无法提供大规模的资金来源，经营乏术，投资困难限制了陕西商人的发展。《延长县志》明确记载"当税，邑民无赀本，凡开典皆晋人"②。淳化县"商旅不通，亦鲜资本逐末贸易"③。清代华州商业尚属繁荣，志书记载仍称："华县地方贫瘠，商业久已不振，西关、赤水稍优。本金雄厚、资格最老者多晋籍，次豫人。华民经商，每凑集数百金或数千金即开市营业，半商半农者亦多。"④清代关中地区像华县这样的州县非常普遍，各县志记载也很多，兹不赘述。至于陕北地区经济更加落后，资金更难凑集，经营典当业也更加艰难。以延长县为例，"城镇中贸，尽山西、韩城人为之，县人入伙开张者十不过一。又客民肩货至乡易粮，春放秋收，子或敌母，村民甘与之，毋色悔语。多畜猪羊，间有贩牵赴鬻山西者，若牛驴马骡不多育……统计县中累千产者不逾十户，余家可百金亦名富汉，吁可悯也"⑤。开典当者资金动辄逾千金，这对陕北"百金即名富汉"的地区来说，实在是难以承受的投资。因此难怪此地人感叹"商贾多晋人，邑之人伙者甚寡，任其盘踞渔猎，坐致奇赢，土人不工心计，逐末非其所长，袖手睥睨，莫能与之争利"⑥。

（四）陕西当铺的地域分布特征

陕西典当业的发展大致可以分为三个时段（参见表1-5-4），清初取雍正《陕西通志》当税记载折算而来；清末则据"宣统元年分当税银两奏销册"数字；清中叶以民国《续修陕西通志稿》所记乾隆至同治朝各州县当税数字推算而来，其中部分州县数字略有更正，主要依据其时相关州县方志加以补充，表1-5-4内已注明。清代陕西典当业以及当铺在地域分布上是极其不均衡的。

表1-5-4 清代陕西当铺统计表

府	州县	清前期		清中期		清末		备注
		当税（两）	当铺数（户）	当税（两）	当铺数（户）	当税（两）	当铺数（户）	清前中期每铺征银5两，清末每铺征银50两
西安府	长安县	135	27	190	38	300	6	
	咸宁县	410	82	640	128	550	11	
	咸阳县	150	30	100	20	150	3	

① 陕西清理财政局编：《陕西全省财政说明书·岁入部·杂税》，清宣统元年排印本。
② 民国《延长县志书》，赋役志第三，杂课。
③ 乾隆《淳化县志》卷八，风土记第六。
④ 民国《重修华县县志》卷七，经济志。
⑤ 嘉庆《延安府志》卷三十九，习俗。
⑥ 道光《清涧县志》卷之一，地理志，风俗。

续 表

府	州县	清前期		清中期		清末		备 注 清前中期每铺征银 5 两，清末每铺征银 50 两
		当税（两）	当铺数（户）	当税（两）	当铺数（户）	当税（两）	当铺数（户）	
西安府	兴平县	45	9	85	17	200	4	
	临潼县	170	34	355	71	150	3	
	高陵县	65	13	50	10	100	2	
	鄠县	55	11	145	29	200	4	
	蓝田县	10	2	75	15	100	2	
	泾阳县	215	43	195	39	150	3	
	三原县	320	64	295	59	150	3	
	盩厔县	10	2	145	29	200	4	
	渭南县	155	31	290	58	250	5	
	富平县	470	94	(565) 660	(113) 132	250	5	据乾隆《富平县志》更改。
	醴泉县	85	17	155	31	50	1	
	同官县			10	2			
	耀州	10	2	10	2	50	1	
	孝义厅							
	宁陕厅							
	总　计	2 305	461	3 400	680	2 850	57	
同州府	大荔县	45	9	135*	27	200	4	*据道光《大荔县志》卷五，田赋志。
	朝邑县	55	11	125*	25	200	4	*据乾隆《朝邑县志》。
	郃阳县	90	18	(95) 440	88	150	3	据县册更改。
	澄城县	15	3	150	30	350	7	
	韩城县	195	39	351	56	(550) 500	(11) 10	据《清理财政说明书》"韩城县忠信当一座于宣统元年（1909年）正月歇业"，故减一座。
	华州			75	15	100	2	
	华阴县	10	2	115*	23	100	2	*据乾隆《华阴县志》卷四，税课。

续 表

府	州县	清前期		清中期		清末		备 注
		当税（两）	当铺数（户）	当税（两）	当铺数（户）	当税（两）	当铺数（户）	清前中期每铺征银5两，清末每铺征银50两
同州府	蒲城县	70	14	(250)300	(50)60	250	5	据光绪《蒲城县新志》卷之三，厘税。
	白水县			55	11	(100)50	(2)1	据《清理财政说明书》"白水县信昶典一座，光绪三十二年（按：1906年）歇业"，故减一座。
	潼关厅			10	2	100	2	
	总 计	480	96	1 685	337	2 000	40	
凤翔府	凤翔县	15	3	90	18	200	4	
	岐山县			60	12	100	2	
	宝鸡县	10	2	95*	19*	200	4	*据乾隆《宝鸡县志》卷三，赋役。
	扶风县			80	16	200	4	
	郿 县	5	1	55	11	150	3	
	麟游县							
	汧阳县			25	5	100	2	
	陇 州			50*	10*	150	3	*据乾隆《陇州续志》卷三，田赋志。
	总 计	30	6	455	91	1 100	22	
乾州	乾 州	15	3	25	5	250	5	
	永寿县							
	武功县	5	1		4*	150	3	*据道光六年(1826)山西太谷净信寺《重修净信寺碑记》统计。
	总 计	20	4	25	9	400	8	
邠州	邠 州	5	1	25	5			
	淳化县							
	三水县							
	长武县							
	总 计	5	1	25	5	0	0	

续　表

府	州　县	清前期		清中期		清末		备　注
		当税(两)	当铺数(户)	当税(两)	当铺数(户)	当税(两)	当铺数(户)	清前中期每铺征银5两，清末每铺征银50两
汉中府	南郑县	5	1	40	8	300	6	
	褒城县			25	5			
	城固县			50	10	100	2	
	洋　县			40	8	100	2	
	西乡县			5	1			
	凤　县							
	宁羌州							
	沔　县			10	2			
	略阳县							
	留坝厅							
	定远厅							
	佛坪厅							
	总　计	5	1	170	34	500	10	
兴安府	砖坪厅							
	安康县	5	1	10	2			
	平利县							
	紫阳县							
	洵阳县							
	石泉县							
	汉阴县							
	白河县							
	镇坪厅							
	总　计	5	1	10	2	0	0	
商州	商　州					100	2	
	镇安县							
	雒南县					50	1	
	山阳县							
	商南县							
	总　计	0	0	0	0	150	3	
延安府	肤施县							
	宜川县			(15)65	13			据民国《宜川县志》卷九，工商志。
	保安县							
	安定县			30	6	50	1	
	延长县			40	8			

续 表

府	州县	清前期		清中期		清末		备 注
		当税(两)	当铺数(户)	当税(两)	当铺数(户)	当税(两)	当铺数(户)	清前中期每铺征银5两，清末每铺征银50两
延安府	延川县			40	8	50	1	
	安塞县			20	4			
	甘泉县							
	靖边县							
	定边县			30	6			
	总 计	0	0	225	45	100	2	
鄜州	鄜 州	80	16					
	宜君县							
	洛川县	100	20					
	中部县							
	总 计	0	0	180	36	0	0	
绥德州	绥德州			50	10	50	1	
	米脂县			50	10	50	1	
	清涧县			5	1	50	1	
	吴堡县			20	4	50	1	
	总 计	0	0	125	25	200	4	
榆林府	榆林县			155	31	400	8	
	神木县			65	13	50	1	
	葭 州			85	17			
	府谷县			180	36			
	怀远县			55	11	100	2	
	总 计	0	0	540	108	550	11	
全省	总 计	2 850	750	6 840	1 372	7 850	157	

说明：民国《续修陕西通志稿》是1933年邵力子、杨虎城组织人员编写的一部全省性大型通志稿，全书共分二百四十卷，规模庞大，材料丰富。其资料来源大体依据各地方志、采访册、财政奏销册等，可靠性强。有关当税的记载主要来源于各府、州、县志记录。如西安府十六州县当税数字完全照录乾隆四十四年《西安府志》；凤翔府当税则据乾隆十九年达灵阿所撰《凤翔府志》抄录而来；同州府与之大体相当，陕南、陕北部分州县来源于各州县书志，或来源于奏销册。虽不能一一落实出处，但可以肯定，民国《续修陕西通志稿》有关各州县当税数字是乾隆至同治年间这一时段数字的总汇。从这一统计数字来看，全省共有当铺1 327座，这与前列嘉庆会典数字1 482座少一百余座，可见这一数字仍不能代表陕西典当业发展的最高水平，其原因是多方面的，最重要一点是因西安、凤翔等典业较发达的州县上述统计数字为乾隆时期数额，这一时期陕西经济发展虽已步入正轨，但尚未进入高峰，典当业的发展与之规律是相一致的。因此西安、凤翔两府统计数字不能代表陕西典当业最高发展时段的数量。

（资料来源：清前期主要依据雍正《陕西通志》，田赋志；清中期依据民国《续修陕西通志稿》卷三十四，征榷一；清末依据《宣统元年陕西省征收当税明细表》，参杨绳信：《清末陕甘概况》，三秦出版社，1997年6月，第191页。）

清初不必说,雍正年间陕西征收当税的州县几乎全部集中在关中地区。570座当铺中有568座属关中地区,陕北为零,陕南2座。从这一数字可以明显看出,陕北经济受战争毁损相当严重,整个经济尚未恢复,商业、金融业尚待起步。

清中叶陕西典当业发展迅猛,尤其是陕北地区,当铺数量猛增,大大超过陕南,且这种势头一直持续发展,至清末仍未改变。从清中叶三区当铺数量的百分比来看,分别为82∶16∶3。关中地区当铺数量遥居第一,全省82%以上的当铺集中在关中地区。陕北地区当铺数量位居其次,占全省总数的16%。陕南最少,不到3%。

关中地区当铺最多、典当业最发达,与这里的经济发展程度相一致。关中地区是清代陕西经济最发达的地区,会城西安交通四达,为西北五省商贸中心,泾阳、三原以其得天独厚的农业经济基础,成为会聚天下商货之重地;凤翔、咸阳、同州府城商品经济均较发达。清代后期会城西安仅聚各省会馆即达20处之多,各地商人均来此间发展,因此商品交易频繁,典当业聚集此地发展绝非偶然。

另外,这里的典当业发展又得政府资金资助,具有资金发展优势。有清一代,官当发展极为迅猛,京师、外省表现均十分突出。陕西地瘠民贫,官府开支来源渠道较少,生息银两是补贴财政的一项重要资金来源。省内布政司、各府州县厅均存有部分生息银两,以补助财政之需。名目也非常多,书院生息,文庙生息,粥厂、学塾、马价本银生息等等不一而足,其中尤以布政司藩库生息银两数额最大、名目最多。统计资料显示(参见表1-5-2),布政司藩库生息本银几乎全部投放在西、同、凤三府各州县当商、铺商生息,仅从发当生息的22项生息银两的投放来看,除恤嫠局生息本银1万两发西、同、凤、商、邠、乾七府州当铺生息,以及票本生息银15万两发通省当商生息外,其余20笔资金全部投入在关中地区经济最发达的西、同、凤三府当铺生息。这无疑给本地当商以极大的资金资助,而当铺的投入资金是最重要的前提条件。具有这样的资金优势,当铺迅速发展自然有了保证,这也应是关中地区典当业发展的一个得天独厚的优势。

陕北地区典当业较陕南发达,应是陕北经济落后、农村借贷普遍的一种表现。前面我们已经论及中国小农经济具有自给性生产与商品性生产相结合的追求温饱型的经济特征,这种经济特征在陕北地区表现非常明显,追求温饱型的生产也十分突出。产业结构的单一使小农应对天灾人祸的能力十分有限,生态环境的脆弱性导致生存状态的脆弱。平时生活水平已降低到最低限度,如葭州"农业艰苦,地多硗瘠,所收一亩得三斗,便称丰年……农夫牛一头,约耕二三百亩……食惟黄粱、黑豆,间有用面者,多以供酬"[1]。米脂县"惟天气早寒,收成歉薄,终岁力田,仅能糊口,此外别无营运,一遇荒年即迁徙流亡,十去其半"[2]。这样的生存条件,倘遇水旱,借贷就成为百姓唯一的求生出路。志载延长县"农民多著黑羊皮袄,剥者可用,

---

[1] 吴廷锡等纂:《续修陕西通志稿》卷一百九十六,风俗,陕西省通志馆,1934年。
[2] (清)卢坤:《秦疆治略》米脂县,清道光间刻本。

日为衣,夜可抵被,不用布面。白羊皮稍贵,鬻自边,缝面用布,惟绸缎罕有,女人服长袖裹镶红折半覆肘,岁丰赛头饰、项带、银圈,如线穿葡萄状,歉则易钱或质典,止得半,不为惜"①。"城镇有贸,尽山西及韩城人,县入伙开张者十不过一。又客民肩货至乡易粮,春放秋收,子或敌母,村民甘与之,毋色悔语。"②广大陕北地区的农户生产与生活普遍依赖借贷当不是虚语。由于生活水平低下,作为"绝当"运入此区销售的廉价货品也很有市场。如估衣,即当铺作为"死当"的旧衣物,在陕北市镇集市上就很有市场,清后期甘泉县每年从外地运入的棉花、估衣约值银四五百两,均在本县销售。③定边县从山西每年运入估衣达二三十担。④陕北许多州县集市上均有估衣出售,有些集镇还以出卖估衣为大宗,并以此知名。如宜川县县北80里的云岩镇"访册云,今以布匹、估衣为主";县北90里的百直镇,"访册云,每月三六九集会,凡九日,买卖以布匹、估衣为主"。⑤这两大集镇均为宜川县较大的经济中心地,是估衣集中售卖场,其余小镇仍有估衣出售。陕北薄弱的经济基础决定了典当业在其间发展的优势。在清代陕北、关中、陕南三大区域商品经济发展进程中,无论从商业城镇、市场、商税征收等各个方面,都很容易发现陕南的商品经济发展要优于陕北,恰恰在典当业的发展上,陕北地区超过了陕南,这一方面是由于两区商品经济发展的轨迹不同,另一方面也说明陕北地区的贫穷瘠苦,造就了这里借贷经济的发达,典当业得以发展也是由这一经济基础决定的。

(五)民国以后的变迁

由于当铺与人们的生活联系较为密切,虽然在辛亥革命时典当业发展遭受到重大挫折,但民国以后当铺在陕西仍然存在,并艰难维持。如清末汉中有4家当铺,进入民国以后陆续歇业,同德当于1930年歇业,标志着汉中典当行业的消失。⑥到1941年时,陕西省仍然有9家,而且除恒新当不详、榆林便民质开设于1937年12月以外,其余均在抗日战争以前设立。⑦详见表1-5-5所示。

表1-5-5 1941年陕西省典当业一览表

名 称	地址	经理	开设年月	名 称	地址	经理	开设年月
西安集成便民质	西安北大街	武子泉	1922年5月	同新德便民质	户县	陶士珍	1935年2月
陕北地方实业银行典当部	榆林		1933年8月	公济质	朝邑	马宝书	1936年12月

---

① 乾隆《延长县志》卷之四,服食。
② 嘉庆《延安府志》卷三十九,风俗。
③ 光绪《甘泉县乡土志》,商务。
④ 光绪《定边县乡土志》,第五章,商务。
⑤ 民国《宜川县志》卷九,工商志。
⑥ 汉中金融志委会会编:《汉中金融志》,陕西人民出版社,2000年,第33页。
⑦ 陕西银行经济研究室编:《十年来之陕西经济》(1931—1941年),1942年,第293页。

续 表

名 称	地址	经理	开设年月	名 称	地址	经理	开设年月
西安第一商办便民质	西安南大街	阎瑞庭	1933年12月	榆林便民质	榆林	高定之	1937年12月
裕同质	大荔	张宝珊	1934年1月	恒新当	富平庄里镇		不详
永济质	大荔	梁秀升	1934年1月				

(资料来源：陕西银行经济研究室编：《十年来之陕西经济》(1931—1941年),1942年,第293页。)

由表1-5-5可以得出如下结论：截至1941年,陕西当铺主要还是分布在关中的西安、大荔、富平、朝邑、户县等地,陕北有2家都在榆林,而此时陕南则没有当铺的记载。

三、晚清民国陕西票号、钱庄发展的地域特征

(一)晚清民国陕西票号的地域发展特征

银行出现以前,陕西金融以票号、钱庄为主。票号发源于山西,据可靠资料考证,陕西最早的票号为咸丰年间在西安设立的。先是山西的日升昌、蔚泰厚、蔚丰厚和日新中4家票号在西安设立分号,接着西安人高景清和李岳顺又分别开设万福源、景复盛和万顺隆、敬顺德。以后每年均有增减,到清末西安共有票号12家,分别是协同庆、大德恒、合盛元、大德通、蔚丰厚、日升昌、天成亨、蔚长厚、蔚泰厚、百川通、宝丰隆和裕丰号。[1] 三原是陕西重要的经济中心,湖北大布与湖南砖茶均在此改装加工,然后西运,大宗货品的经营促进了银钱业的发展,这里也是票号集中的地方。据载,光绪年间,三原共有票号10家,分别为新泰厚、百川通、蔚泰厚、蔚丰厚、日升昌、协同庆、蔚长厚、大德通、天成亨、蔚盛长。[2] 1915年协同庆、日升昌皆倒闭,大德恒由于经营所限移到西安。[3] 同治年间泾阳的票号有10余家,[4]可惜无具体记载。左宗棠在镇压陕甘回民起义时,主要是依靠山西票号在西北各地的分号承接的款项,1873年"划还各台局借贷商款,尚不敷银二十万两"。[5] 1875年"上冬今春沪、鄂,陕省先后筹借商款本利银一百二十余万两",[6]光绪末年时,票号的"业务范围已经扩大到存放款、借贷、信托等领域,基本与钱庄、银号趋于同一"。[7] 南郑有一家,名协同庆。[8]

---

[1] 黄鉴晖：《山西票号史料》(增订本),山西经济出版社,2002年。
[2] 西安市档案馆编：《陕西经济十年(1931—1941)》,内部印行,1997年,第285页。
[3] 《秦行调查三原报告书》,《中国银行业务会计通信录》第5期,第28—46页。
[4] 原玉印：《陕西泾阳县概况调查》,《农本月刊》1941年第46、47期,第20页。
[5] 黎迈：《甘肃金融之过去与现在》,《西北资源》1941年第2卷第2期。
[6] 黄鉴晖：《山西票号史料》(增订本),山西经济出版社,2002年。
[7] 魏永理、李宗植、张寿彭：《中国西北近代开发史》,甘肃人民出版社,1993年,第424页。
[8] 西安市档案馆编：《陕西经济十年(1931—1941)》,内部印行,1997年,第285页。

晚清陕西各票号"均经营存放款及汇兑等业务,钱庄大都承受票号之放款,转贷于中小商人及农村,并经营兑换钱布银两业务"①。咸丰末年,西安票号开始为清政府汇解公饷,长达四五十年。其存款主要来源于官府帑库及达官富豪,放款主要面向钱庄、银号、大商行、官僚等,并结合汇解公款对地方官府提供财政借款。由于经营业务面广量大,一般获利颇多。宣统三年(1911年),受辛亥革命影响,西安票号普遍遭受抢劫,损失巨大。据不完全记载,总计损失白银46.45万余两,黄金150两及约值白银18万两的其他财物,票号受到严重打击陆续关闭。②

（二）晚清民国陕西钱庄的演变

钱庄早期叫钱桌、钱肆,到清道光时才有钱庄、钱铺、钱号、钱店等称号。由于我国在明清时期实行银两和制钱两种货币平行的制度,人们在商品交易、纳税中就需要两者折合计算或兑换后使用。于是一些商人便投资开设钱庄来专门从事货币的兑换业务。民国初年,由于陕西各地使用的银钱计算单位不统一,商号往来交易不兑现款,有些人便看到有利可图,纷纷投资经营钱庄、银号,钱庄、银号由此而兴起,取代了票号,在金融业中独占优势。陕西钱庄大都"承受票号之放款,转贷于中小商人及农村,并经营兑换钱布银两业务"③。

清道光十七年(1837年)西安人高景清在盐店街开业的景盛永钱庄,④是西安有史料记载的第一家钱庄。天福同和永兴庆这两家钱庄在同治八年(1869年)开业,至"清光绪时,西安约有140余家"⑤,其时三原的钱庄数量也有53家。⑥

表1-5-6　晚清西安钱庄设立及分布统计表

名　称	经理姓名	资本数目	地　址	开设年月
景盛永	高景清		西安盐店街	1837年
天福同	范汇川	20万元	西安西大街	1870年
永兴庆			西安	1870年
金盛荣			西安	1886年
荣盛福	贾少兴	20万元	西安南广济街	1890年
德胜福	李冠三	20万元	西安西大街	1890年
天宝源			西安	1902年
德胜宣			西安	1909年

（资料来源：西安支行调查：《西安市商业暨陕西省金融概况》,《中央银行月报》1935年第7—12期,第1460—1467页;《陕西省银行汇刊》1944年第1期。）

---

① 西安市档案馆编：《陕西经济十年(1931—1941)》,内部印行,1997年,第285页。
② 陕西省档案馆收藏档案：《各县银行银钱行庄调查表》,1943年2月17日—1943年12月8日。
③ 西安市档案馆编：《陕西经济十年(1931—1941)》,内部印行,1997年,第285页。
④ 《碑林区志》第十二篇：政务,三秦出版社,2003年,第513页。
⑤ 曲秉基：《陕西金融业之现状及其展望》,《陕西省银行汇刊》第8卷第1期,第12—16页。
⑥ 《秦行调查三原报告书》,《中国银行业务会计通信录》第5期,第28—46页。

晚清时期关中其他地区也存在许多钱庄,大荔有6家,[1]清光绪二十年(1894年)至民国初年,朝邑有5家[2];凤翔在1938年前有钱局65家,[3]泾阳有钱庄20余家。[4] 陕南地区清末时在南郑城内有钱铺30多家,[5]洋县在光绪年间还有3家钱庄,分别为天祥成、乾丰元、晋泰成;[6]光绪六年(1880年)城固有钱庄31家,其中世发隆钱庄在城固就有10个分号,资本26万两。[7] 晚清时期钱庄在陕西各地的分布还是比较广泛的。

进入民国以后,陕西的钱庄又有一定的发展,"有济丰厚商号经理成寿山,有见于来陕之平凉布客,顺带黄金在此出售,获利颇丰,遂以全力经营,先派员住平凉、兰州、河州、青海等处,继分庄于川汉等十余处,每次在甘青收买黄金,运至汉口出售,金售以后,款仍分运西安兰州等处,又复购运,周而复始,循环不已。惟运现感于运费颇大,乃仿票号办法,揽做汇款,款即可调,尤能得利,于是汇兑业务日渐增多。民国二、三年间,各票号纷纷倒闭,该号汇兑更为发达,各钱商群起效之,从此汇兑即入于钱商之手,钱庄继续增至二百余家,可谓盛极一时"[8]。但好景不长,1917年以后,陕西政局变动,加之连年内战,1927年至1931年间又遭受奇旱,因此钱庄业逐渐衰落。[9] 尤其1926年围城之役,钱庄所受剽掠尤重,直接间接受损不少,至1934年西安仅存钱庄40余家,三原钱业亦衰。其他各县如朝邑、韩城、蒲城、白水、泾阳、兴平、大荔、户县等地,以前也有钱庄多家,据1933年陕西实业考察,当时大荔有8家,韩城有5家,但资力太小,营业不振,且多兼营烟土,自严禁鸦片后,多已改营他业,因此这一时期是关中地区的钱庄业发展的低谷。陕南的发展与关中地区大体相当。南郑县在1928年前,有分庄80余家,至1933年仅存4、5家。其中大信钱号系商人胡桐轩、薛子丰于1930年开设,发行一角、二角、大洋角票,市面金融赖以活动。至1934年因兵事关系,金融吃亏,竟致停业。

陇海铁路通至西安、宝鸡以后,陕西的现代银行日益发达,存放款及汇兑业务大多移归银行包揽,钱庄资力薄弱,自难与之抗衡,因此对旧式钱庄业的打击也不小。这些钱庄不得不改变经营方式。"彼等为自存计,乃由辅助输出入商人一变而为输出入商人,兼营布匹、棉花、白糖、茶叶、卷烟、烟土等贸易,因其熟悉地方情形,平日又与商号往来甚密,可随时调拨款项,故其每年营业额几超过其资本额数十倍之多,最高者达三百万元以上,最少者亦有五十万元。抗战以后,从

---

[1] 民国《续修大荔县志旧志存稿》、《大荔新志存稿》,《中国地方志集成·陕西府县志辑》,凤凰出版社,2007年。
[2] 《朝邑县乡土志》,燕京大学图书馆,1915年。
[3] 陕西省凤翔县地方志编纂委员会:《凤翔县志·财政金融》卷16,陕西人民出版社,1991年,第584页。
[4] 原玉印:《陕西泾阳县概况调查》,《农本月刊》1941年第46、47期,第20页。
[5] 民国《续修南郑县志》,《中国地方志集成·陕西府县志》,凤凰出版社,2007年。
[6] 光绪《洋县志》,清光绪二十四年抄本。
[7] 《城固县乡土志》,燕京大学图书馆1937年影印。
[8] 西安市档案馆编:《陕西经济十年(1931—1941)》,内部印行,1997年,第285页。
[9] 西安市档案馆编:《陕西经济十年(1931—1941)》,内部印行,1997年,第285页。

事屯卖,利更倍蓰,以此钱庄又如雨后春笋,层出不穷。"① 自 1938 年以后钱庄又有大幅增加,到 1944 年时西安有 69 家,仅在民国开设的钱庄就有 61 家,详见表 1-5-8。

表 1-5-7　1934 年与 1938 年西安市钱庄统计表

时间	数量	钱　　　庄	备　　　注
1934 年	41	自立久、义兴源、元盛隆、志庆昶、同济丰、协义成、长春生、万顺通、天顺成、敬胜丰、荣盛福、恒兴智、宗盛永、自积水、金盛荣、天盛德、庆余德、义和泰、天宝源、天福同、永兴庆、义丰源、和源昌、自立俊、聚兴源、丰盛积、自立裕、德胜福、积盛德、复兴通、永兴福、万顺福、德生祥、世泰号、义信丰、恒生源、裕汇通、万成泰、振兴源、义盛丰、长庆丰	最大资本 40 000 元,最小资本 2 000 元,以 15 000 元者属多数,成立最早者在清末有 5 家,成立于民国十六年(1927 年)以后者有 19 家
1938 年	25	义兴源、元盛隆、同济丰、协义成、长庆丰、丰盛积、敬胜丰、宗盛永、恒兴志、义和泰、荣盛福、天顺成、和源昌、复兴通、积盛德、永兴庆、天福同、长春生、中和源、志盛通、集义生、济生、志兴裕、正义公、盛记银号、信孚银号、世兴永	除信孚与世兴永两号为民国二十七年(1938 年)新开,其余均为二十七年(1938 年)前开设。

(资料来源:西安市档案馆编:《陕西经济十年(1931—1941)》,内部印行,1997 年,第 286 页。)

表 1-5-8　民国时期西安所设钱庄统计表

名　称	经理姓名	地　址	开设年月	名　称	经理姓名	地　址	开设年月
天顺成	钟仕亭	盐店街	1913 年	乾元号	曹锡齐	南广济街	1940 年
宗盛永	尚德庵	西大街	1913 年	合隆义	杨汇川	盐店街	1940 年
和源昌	王贡初	南院门	1918 年	裕成号	王睿泉	西大街	1940 年
义兴源	谢鉴泉	梁家牌楼	1923 年	敬泰裕	马丽庚	西大街	1940 年
恒兴智	景文青	南广济街	1924 年	中兴号	贾维义	东关大新巷	1940 年
长春生	赵霱卿	盐店街	1925 年	复兴泰	宋志善	南广济街	1940 年
自积永	昝子厚	盐店街	1927 年	德庆祥	冯福堂	盐店街	1940 年
元盛隆	樊汉臣	梁家牌楼	1927 年	顺兴通	王仁甫	盐店街	1940 年
同济丰	林福堂	梁家牌楼	1927 年	和盛协	左文在	粉巷	1940 年
义盛丰	雷振川	南广济街	1927 年	天德福	吴毅臣	盐店街	1940 年
积盛德	许东如	东关南街	1928 年	敬义丰	王子久	西大街	1940 年
协义成	吴吉庵	梁家牌楼	1928 年	鸿兴源	党汉三	盐店街	1940 年

---

① 西安市档案馆编:《陕西经济十年(1931—1941)》,内部印行,1997 年,第 285 页。

续 表

名 称	经理姓名	地 址	开设年月	名 称	经理姓名	地 址	开设年月
永兴福	张富邦	东关	1929年	同益丰	胡儒生	盐店街	1941年
复兴通	姚益斋	东关西板巷	1929年	宏蚨号	陈敬初	北广济街	1941年
万成泰	左万镒	西大街	1930年	仁 记	王午亭	南广济街	1941年
丰胜积	樊少安	西大街	1930年	协盛源	赵希颜	西大街	1941年
义和泰	王午亭	西大街	1931年	恒义丰	田丰	西大街	1941年
敬胜丰	秦虚庵	南广济街	1931年	聚丰隆	王仲屏	西大街	1941年
中和源	王吉辅	西大街	1931年	永兴庆	王玉亭	南广济街	1941年
隆远号	阎建国	盐店街	1935年	积庆福	吕益斋	梁家牌楼	1941年
志胜通	王子俊	梁家牌楼	1935年	丰盛泰	王子正	东关	1941年
长庆丰	王海如	盐店街	1935年	积义兴	党寒波	南大街	1941年
永丰明	杨雨亭	梁家牌楼	1936年	义胜祥	谢耀堂	盐店街	1942年
世兴裕	刘子忠	北广济街	1936年	德义隆	冯捷三	东关南街	1942年
正义公	许新斋	西大街	1937年	协和福	鲁锡九	北广济街	1942年
德泰祥	毛虞岑	南广济街	1939年	志盛裕	郝克明	盐店街	1942年
复茂协	乔汉臣	南广济街	1939年	永和号	周孝先	西大街	不详
同心盛	王廷杰	东关东板巷	1939年	忠厚兴	焦友诚	琉璃庙街	不详
德昌号	牛北辰	北广济街	1939年	利昌号	程华亭	琉璃庙街	不详
协丰泰	吕耀臣	东关	1939年	豫生厚	毛乃庚	东大街	不详
俊源号	焦友诚	南广济街	1940年				

（资料来源：1.西安支行调查：《西安市商业暨陕西省金融概况》，《中央银行月报》，1935年第7—12期，第1463—1467页；2.西安市档案馆编：《陕西经济十年（1931—1941）》，内部印行，1997年，第285页；3.《陕西省银行汇刊》1944年第1期。）

以1943年西安市统计民国时期开设的61家钱庄的地域分布来看，若以钟楼为界，划西安为四个区域，则城西分布最多，共52家，分别是：西大街、盐店街各13家，南广济街9家，梁家牌楼7家，北广济街4家，南大街、琉璃庙街各2家，粉巷、南院门各1家，总体而言都在城西钟楼附近。城东有9家，东大街1家，东关则有8家，其中东关南街2家，东关东、西板巷各1家，其他3家没有具体位置。城南和城北则没有相关资料的记载。

除西安外，陕西其他地区的钱庄数分别如下：高陵有3家，包括大顺源、韩敬斋、冯星垣；[①]户县有10家，有永益元、永益公、增升魁、恒升庆、全盛福、崇兴成、景

---

① 白附蓝：《高陵县经济调查》（民国二十九年十月），《陕西省银行汇刊》1941年第6期，第72页。

盛福、永庆福、忠恕诚、金升荣；①澄城有10余家；②宝鸡县城有德泰祥银号分号1所。③

随着官办银号、银行的兴起，钱庄在陕西金融业中的地位逐渐被削弱。1947年由于国民政府严格限制设立私营行庄和取缔地下钱庄，④西安市的一些资本家以"谋社员的经济利益与生活的改善"为名，纷纷要求建立城市信用合作社，来逃避财政部管理银钱业法令的约束。自当年7月至10月底，不到半年的时间，先后成立了38家之多。⑤它们采取高利手段广收游资，并利用在银行和钱庄所开的账户，滥发支票，进行投机活动，对市面金融物价的波动和经济危机造成了一定程度的影响。同年11月初，财政部命令停止组织城市信用合作社，西安市政府又制定《西安市信用社督导考核办法》，对其业务和社会活动做了明确的管理规定，从1948年9月起，经过整顿，城市信用合作社的数量减为8个。⑥至1949年初，因为市面银根紧缺，城市信用合作社的经营难以为继，相继倒闭。⑦

第二节　近代陕西银行的发展及地区格局

一、陕西省地方银行的发展及地域特征

1912年中华民国成立，开创了中国历史的新纪元，这一时期陕西的金融行业承前清余绪又有新的发展。陕西本省地方金融机构主要有陕西省银行、陕北地方实业银行，地方商业银行则有西北银行、西北通济公司、上海商业储蓄银行等。从其发展特征来看，大体可以抗战为界限，分为两个时期。

（一）陕西省银行的地域发展特征

陕西省银行初建于1930年，其时西北军东出潼关讨伐蒋介石失败，省政府改组，市面金融停滞。由于旧钞日益减少，不敷应用，地方金融困难，因此杨虎城主持陕政时，为发展陕西经济，辅助地方建设，经省政府决议，陕西省银行总行于1930年12月15日在西安梁家牌楼公字4号设立，由省财政厅厅长韩城西任董事长兼总经理，资本500万元，⑧由财政厅向各县分别募集，当年共计收到93万元。后由于陕西连年遭遇大旱，经济遭受重大挫折，资本额改为200万元。⑨1932年，先后设立了汉中支行，甘肃兰州分行，凤翔、三原、榆林、甘肃秦州、平凉等办事处，天津、北平、上海、汉口、郑州、陕州等汇兑所，省内在渭南、周至、兴平

---

① 许济航：《陕西省经济调查报告》，财政部直接税署经济研究室，1945年。
② 段会源：《陕西之社会文化：澄城》，《新陕西月刊》1931年第8期，第56页。
③ 陕西省银行宝鸡办事处：《宝鸡县经济调查》（民国三十二年十月），《陕西省银行汇刊》1943年第6期，第29页。
④ 《政令主管类：财政厅》，摘自：《台湾省政府公报》，1947年（冬字58），第7页。
⑤ 《陕西省银行汇刊》1936年第9期。
⑥ 徐玉柱：《陕西合作实业的展望》，《陕政》1948年第9、10期，第21页。
⑦ 邹宗伊：《中国战时金融管制》，重庆财政评论社，1943年。
⑧ 萧紫鹤：《陕西省银行概况》，《金融知识》第1卷第6期，1942年，第108页。
⑨ 萧紫鹤：《陕西省银行概况》，《金融知识》第1卷第6期，1942年，第111页。

等地设立兑换所。这一时期因遭受九一八事变和一二八事变的冲击,1933年又受灾荒影响,百废待兴,省行适当停兑后努力维系市面稳定,应付财政困难,调剂市面金融。① 为了集中资本,同时裁撤了平凉、秦州、榆林等10余处所。1937年共有管辖行处21处。1940年增加11处,1941年规定南郑分行为一等分行,宝鸡、安康两个办事处升为二等分行,大荔办事处升为三等分行,并分各办事处为三级。截至当年底,总分行处共计55个。② 1943年年底,陕西省银行在省内设立分行4处,办事处43处。此外,还在全国各大商埠如上海、天津、北京、南京、武汉、重庆、成都、洛阳③等地设立通汇办事机构或分行,互办汇兑业务,使得金融网遍及全国。④

表1-5-9 陕西省银行设立年月及分布表

地　　名	等级	成立年月	地　　名	等级	成立年月
西安总行	一等	1930年12月15日	渭南办事处	一等	1934年2月
三原办事处	一等	1930年12月	合阳办事处	三等	1934年8月
安康分行	三等	1931年1月18日	白河办事处	二等	1935年12月10日
兴平办事处	一等	1931年2月	长武办事处	一等	1938年9月1日
乾县办事处	一等	1931年4月2日	城固办事处	二等	1938年9月15日
南郑分行	二等	1931年4月25日	洋县办事处	三等	1939年6月
武功办事处	一等	1931年6月1日	宁强办事处	三等	1939年6月
宝鸡分行	二等	1931年6月15日	汉阴办事处	二等	1939年6月25日
凤翔办事处	一等	1931年6月2日	石泉办事处	三等	1939年6月30日
大荔分行	一等	1931年6月	沔县办事处	三等	1939年7月
周至办事处	一等	1931年6月	耀县办事处	二等	1939年10月
韩城办事处	三等	1931年10月11日	褒城办事处	三等	1939年10月
商县办事处	二等	1931年11月6日	泾阳办事处	一等	1940年1月5日
陇县办事处	一等	1931年12月25日	岐山办事处	二等	1940年2月26日
西乡办事处	二等	1932年2月1日	蓝田办事处	三等	1940年3月6日
邠县办事处	二等	1932年7月	户县办事处	二等	1940年3月13日
蒲城办事处	二等	1933年3月30日	华阴办事处	三等	1940年3月29日
咸阳办事处	一等	1934年2月	白水办事处	二等	1940年4月23日

---

① 《陕西省银行二十二年份营业报告书》,《银行周报》1934年第17期,第27页。
② 陕西省档案馆收藏档案:全宗号22《陕西省银行总行(所属分行办事处)》,卷宗号229《本行分行处及负责人姓名一览表》(1944年9月)。
③ 洛阳市地方史志编委会:《洛阳市志》,洛阳地方史志编委会,1996年,第339页。
④ 潘世文:《陕西省银行陇县办事处》,政协陕西省委文史资料研究委员编:《陇县文史资料选辑》第8辑,政协陇县文史资料委员会,1991年,第111页。

续表

地名	等级	成立年月	地名	等级	成立年月
双石铺办事处	三等	1940年4月27日	商南办事处	三等	1941年3月30日
富平办事处	二等	1940年7月26日	高陵办事处	三等	1941年5月1日
紫阳办事处	三等	1940年8月20日	同官办事处	三等	1941年7月1日
眉县办事处	二等	1940年9月	洛川办事处	二等	1941年8月15日
礼泉办事处	三等	1940年10月1日	临潼办事处	三等	1941年10月15日
千阳办事处	三等	1941年1月	澄城办事处	三等	

（资料来源：1. 陕西省银行经济研究室编：《陕西省银行汇刊》1936—1945年各期，陕西省银行出版；2. 陕西省银行经济研究室编：《十年来之陕西经济(1931—1941)》，陕西省银行，1942年；3. 陕西省档案馆收藏档案：全宗号22，卷宗号229，《陕西省银行本行分处及负责人姓名一览表》，1944年9月，1册。）

（二）县银行的设置及其地域特征

1935年，陕西省政府宣布实施法币政策，奉中央令开始筹设县地方银行。但由于各层机构的意见没有统一，因而搁置。[①] 抗战全面爆发后，为了配合施行新县制，同时使得各个地方能够拥有一个完整的地方金融体系，从而推进其政治统治，扶助地方经济发展，国民政府于1940年公布《县银行法》和《县银行章程准则》，1942年又公布了《县乡银行总行章程》。[②] 陕西省政府按照这一宗旨，拟定了《陕西省县银行章程准则》，决定分期分批筹设县银行，其宗旨是"调剂地方金融，辅助经济建设，发展合作事业"。

陕西省县银行于1942年1月1日开始筹设，分期进行，第一期计划成立22行，除安康外，均于当年年底前开业；第二期成立了16行，除宜川、中部于1942年7月开业外，其余各行均在1942年6月底前组织开业；第三期成立12行，均在1942年12月底以前开业；第四期成立10行，均在1943年下半年开业，先后共计成立60行。各行资本最高的为120万元，最低的为10万元，平均每行资本额约为65.75万元。[③] 其设立情形如表1-5-10所示。

表1-5-10　1943年陕西省县银行设立及分布表

行别	成立日期	行别	成立日期	行别	成立日期
长安	1940年12月5日	商县	1941年11月1日	宝鸡	1941年6月23日
南郑	1941年10月1日	兴平	1941年6月16日	富平	1941年7月10日
褒城	1941年10月1日	西乡	1941年6月20日	咸阳	1941年7月15日

---

① 曲秉基：《陕省县银行现状及其改进问题》，《陕西省银行汇刊》1943年第7卷第3期，第12页。
② 立法院编译处：《中华民国法规汇编》，中华书局，1935年；中国第二历史档案馆：《中华民国史档案资料汇编》，第五辑第一编财政经济（五），江苏古籍出版社，1994年。
③ 曲秉基：《陕西金融业之现状及其展望》，《陕西省银行汇刊》1944年第8卷第1期，第9—12页。

续 表

行别	成立日期	行别	成立日期	行别	成立日期
华县	1941年7月15日	蒲城	1942年2月16日	略阳	1942年7月9日
邠县	1941年7月20日	永寿	1942年3月1日	礼泉	1942年8月1日
沔县	1941年7月20日	同官	1942年3月1日	山阳	1942年9月1日
华阴	1941年7月25日	长武	1942年3月1日	陇县	1942年9月1日
武功	1941年7月25日	安康	1942年3月15日	乾县	1942年9月10日
临潼	1941年8月1日	朝邑	1942年4月10日	白水	1942年9月18日
泾阳	1941年8月1日	韩城	1942年4月16日	石泉	1943年10月1日
凤翔	1941年8月20日	高陵	1942年4月20日	岐山	1943年10月10日
大荔	1941年8月25日	周至	1942年4月4日	千阳	1943年10月10日
城固	1941年8月3日	澄城	1942年4月5日	旬阳	1943年10月15日
渭南	1941年8月4日	洋县	1942年5月1日	潼关	1943年11月1日
洛南	1942年1月3日	合阳	1942年5月16日	扶风	1943年11月15日
宁强	1942年10月1日	户县	1942年5月8日	平民	1943年12月10日
蓝田	1942年10月1日	洛川	1942年6月10日	眉县	1943年9月10日
三原	1942年10月1日	宜川	1942年7月1日	岚皋	1943年9月15日
紫阳	1942年11月5日	中部	1942年7月15日	平利	1943年9月8日
乾县	1942年11月5日	汉阴	1942年7月16日		
白河	1942年12月1日				

（资料来源：1. 陕西省银行经济研究室编：《陕西省银行汇刊》1943年第7卷第3期、1944年第8卷第1期；2. 陕西省银行经济研究室编：《十年来之陕西经济(1931—1941)》，陕西省银行，1942年。）

由1943年各县所设机构中，亦可以看出陕西各县银行的分布，关中地区有38家，陕南地区有18家，陕北地区有4家。各县银行的设置情形与三个区域的经济发展程度呈正相关性。

（三）西北银行

西北银行即西北实业银行，是冯玉祥占据西北之后由西北面粉公司、西北实业公司等发起，于1923年开始筹设，1925年4月20日由财政部确认其为官办，资本为500万元，[1]在中国西北和华北大部分城市都设有分行。1927年冯玉祥主持陕政时改组富秦银行为西北银行陕西分行，[2]属地方性随军银行，同年设立了凤翔办事处，8月设立汉中兑换所，发行"西北银行流通券"。[3] 1928年时，陕西各地亦相继

---

[1] 王运川：《西北银行谈》，《商学季刊(天津)》1925年第7卷第4期，第121—123页。
[2] 戴建兵：《中国近代纸币(1840—1949年中国近代钱号、省、市银行纸币简史)》，中国金融出版社，1993年，第446页。
[3] 黎小苏：《陕西省银行业之过去与现在》，《西北资源》1948年第4期。

设立分行及办事处。① 西北银行主要为西北军筹措军饷和便利金融服务,此外还代理金库,发行银元券,使得金融市场一时得以稳定。② 但后来由于国民军在西北的势力日益扩大,便滥发纸币,使得纸币严重贬值,造成了物价飞涨的局面,引得民怨沸腾。1929年西北军离陕,西北银行陕西分行于5月停业。③ 由于西北银行存在的时间较短,因此影响不大。

(四)陕北地方实业银行

陕北地方实业银行是由陕北镇守使井岳秀召集陕北23个县的士绅筹建的,于1930年设总行于榆林。原定资本额为50万元,实际上只收1 642.11元。起初几年营业状况良好,1933年又抽出资金1万元设置典当部,专做抵押放款,减轻利率,以便平民。至1934年春,实行内部改组,井岳秀任董事长,并选出了监事会,银行初具规模。后因1936年肤施等分行先后被劫,损失巨大,井岳秀死后,乃发生挤兑风潮。1937年6月由陕西省银行代省政府管理,次年该行成为省银行的分支机构。到1941年财政部统计时,除榆林总行外,还有神木、绥德、米脂、府谷、镇川堡、安边堡等6个分行。1944年底该行被撤销,由陕西省银行设立榆林办事处接管。④ 陕西地方实业银行设立机构及时间情况如表1-5-11所示。

表1-5-11 陕北地方实业银行设立时间及其分布表

行 名	所在地	性 质	设立年月	行 名	所在地	性 质	设立年月
陕北地行	榆林	总 行	1930年12月	陕北地行	神 木	办事处	1933年10月
陕北地行	肤施	支 行	1931年7月	陕北地行	瓦窑堡	办事处	1932年4月
陕北地行	延安	办事处	1931年7月	陕北地行	清 涧	办事处	1932年4月
陕北地行	绥德	办事处	1932年5月	陕北地行	安边堡	办事处	1938年7月
陕北地行	米脂	办事处	1932年6月	陕北地行	镇川堡	办事处	1939年8月
陕北地行	横山	办事处	1932年5月	陕北地行	安 塞	办事处	1933年2月
陕北地行	吴堡	办事处	1932年6月	陕北地行	安 定	办事处	1933年3月
陕北地行	洛川	办事处	1932年9月	陕北地行	靖 边	办事处	1933年4月
陕北地行	葭县	办事处	1933年5月				

(资料来源:西安市档案馆编:《陕西经济十年(1931—1941)》,内部印行,1997年,第295页。)

---

① 《益世报》,1928年9月28日。
② 王运川:《西北银行谈》,《商学季刊》1925年第7卷第4期,第121页。
③ 黎小苏:《陕西省银行业之过去与现在》,《西北资源》1948年第4期。
④ 陕西省档案馆收藏档案:全宗号22,卷宗号229,《陕西省银行本行分处及负责人姓名一览表》(1944年9月),1册。

二、国家四大银行及其在陕的分支机构

四行即四大国家银行,中央银行、中国银行、中国交通银行、中国农民银行。1937年之后国家设立了四行联合办事处来统一管理四行事务,这四大银行也成为民国时期最重要的银行组织。四行最早在陕西设立机构的是中国银行,1915年在西安设立分行;①第二个来陕设立机构的是中国农民银行,其前身四省农民银行在1933年上半年就已经在西安设立了办事处,1935年西安分行设立;中国交通银行因为建设陇海铁路的需要第三个来陕设立机构,1933年在潼关设立支行,1934年11月在西安东大街设立办事处,12月在西安粉巷开设西安分行;中央银行来陕最晚,直到1935年5月才在西安粉巷设立分行。以下将按四行来陕的先后顺序,分别加以论述。

(一) 中国银行在陕西

1914年中国银行在西安盐店街设立办事处,到1949年为止,其在陕西共设立了1个分行、3个支行、13个办事处,以及3个寄庄、1个简易储蓄所及1个汇兑所。

由于潼关是东部通往陕西的门户之一,因此,1916年中国银行在潼关设立汇兑所,②1923年改组为办事处,隶属于汉口分行管辖;1929年由于陕西旱灾严重,业务凋敝而被裁撤;1933年设立寄庄,由天津分行管辖,后改为办事处;第二年,潼关改设支行,又于渭南设办事处,除经营一般银行业务外,还经营外汇及保险业务;1940年改西安办事处为支行。③

中国银行在陕西设立有寄庄,④后在咸阳、宝鸡、南郑、三原等地设立办事处或寄庄。抗日战争爆发后,中国银行虽然在陕南设立了机构,但是其主要的经营范围仍然在关中地区,新增了宝鸡、咸阳、虢镇、城固、西安、凤翔6个办事处以及三原寄庄、高陵分理处和十里铺简易储蓄所。

由表1-5-12可知,中国银行在陕西共设立了22个分支机构,其中仅关中地区就设立了19个。抗战前中国银行的营业范围仅在关中地区,且集中在西安周边,表现为在西安有1个分行、1个办事处,渭南、三原2个办事处,以及咸阳、泾阳2个寄庄,潼关汇兑所;抗战全面爆发后,由于战略需要,于1938年12月1日在陕南地区设立了南郑支行,⑤5日设立了南郑办事处分处,并于1941年将其改为支行。

---

① 《西安中国银行沿革》,《雍言》1945年第5卷第10期,第76页。
② 《中国银行之概况》,《银行周报》1918年第2卷第17期,第10—14页。
③ 《西安中国银行沿革》,《雍言》1945年第5卷第10期,第76页。
④ 霍公:《陕西省之商务实业状况》,《协和报》1914年第5卷第6期,第13、14页。
⑤ 盛慕杰:《战时中国银行业动态》,《财政评论》1939年第1卷第1期,第167—198页。

表 1-5-12　民国时期中国银行在陕设立时间及分布表

行　名	经理人	地　址	设立年月	备　注
西安办事处		西安盐店街	1914 年	
西安分行	束士方、王羲仁	西安盐店街	1933 年 11 月	
潼关汇兑所		潼关	1934 年	
潼关支行		潼关	1934 年	
渭南办事处	刘渐新	渭南	1934 年 11 月 10 日①	代办保险业务
西安办事处	马肃(主任)	西安东大街	1934 年 11 月	
咸阳寄庄		咸阳	1936 年 9 月	
三原办事处	马肃	三原	1936 年 12 月 5 日	
泾阳寄庄		泾阳	1937 年 6 月	
泾阳办事处	翁世良	泾阳	1938 年 2 月 1 日	
南郑支行	姜启周	南郑	1938 年 12 月 1 日	
南郑办事处分处	莽鸿逵等	南郑	1938 年 12 月 5 日	1949 年 7 月停业
宝鸡办事处	王亭芬	宝鸡	1939 年 4 月 10 日	
三原寄庄		三原	1940 年 2 月	
咸阳办事处	金文谦	咸阳	1940 年 9 月 15 日	
宝鸡十里铺简储处	曹兆聪	宝鸡	1941 年 11 月 20 日	
虢镇办事处	张廷秀	宝鸡	1941 年 10 月 25 日	
城固办事处	谢廷纲	城固	1941 年 11 月 10 日	1949 年 7 月停业
西安办事处		西安	1939 年 4 月	
凤翔办事处		凤翔	1943 年	
高陵分理处		高陵	1943 年 5 月	
西乡办事处		西乡	不详	1949 年 7 月停业

(资料来源：1.《陕西省银行七年来之总检讨》(民国二十七年四月陕西省银行报告),《银行周报》1938 年第 22 卷第 36 期,第 10—15 页；2. 陕西省银行经济研究室编：《十年来之陕西经济(1931—1941)》,陕西省银行,1942 年；3. 殷梦霞、李强编：《民国金融史料汇编》,国家图书馆出版社,2011 年；4. 中央银行经济研究处编：《中央银行月报》,中央银行经济研究处,1932—1949 年各期；5. 陕西省银行经济研究室编：《陕西省银行汇刊》,陕西省银行,1934 年 10 月—1946 年 6 月各期。)

(二) 中国农民银行

中国农民银行的前身是四省农民银行,其最初于 1933 年上半年在西安梁家牌楼公字 6 号设立了办事处,1935 年 4 月,更名为中国农民银行,在东大街设立分行。1935—1936 年间,中国农民银行在陕南分别设立了安康办事处和汉中支行。这是四大国家银行第一次在陕西地区设立机构,并成立支行。

---

① 曲秉基：《陕西金融业之现状及展望》,《陕西省银行汇刊》1944 年第 8 卷第 1 期,第 8 页。

1941年10月设立宝鸡办事处,并在姜城堡设有一个仓库,该办事处于1949年5月停业。榆林办事处于1944年筹设,是四大国家银行中目前仅见在陕北设立机构的记录。[①]

表1-5-13　民国时期中国农民银行在陕设立时间及分布表

行　　　名	经理人	地　　址	设立年月	备　　注
四省农民银行西安办事处	周梦智	西安梁家牌楼公字6号	1933年上半年	
西安分行	屠焕生(主任)	西安东大街	1935年4月	
安康办事处	颜其坤	安康	1935年12月12日	
汉中支行	詹巍等	汉中	1936年1月	1949年1月停业
耀县分理处	刘明甫	耀县	1941年1月1日	
宝鸡办事处		宝鸡	1941年1月	
王曲分理处	王旭	西安王曲	1941年1月12日	
大荔办事处		大荔	1941年4月	
宝鸡办事处	李鉴明	宝鸡	1941年7月1日	
姜城堡仓库		宝鸡	1941年	
三原办事处	朱辑堂	三原	1942年	
渭南分理处	韩慕嵩	渭南	1943年	
永乐分理处	王应华	泾阳	1943年5月1日	
渭南县分理处		渭南县	1943年	
榆林办事处		榆林	1944年	

(资料来源:1.《陕西省银行七年来之总检讨》(民国二十七年四月陕西省银行报告),《银行周报》1938年第22卷第36期,第10—15页;2.陕西省银行经济研究室编:《十年来之陕西经济(1931—1941)》,陕西银行,1942年;3.殷梦霞、李强编:《民国金融史料汇编》,国家图书馆出版社,2011年;4.中央银行经济研究处编:《中央银行月报》,中央银行经济研究处,1932—1949年各期;5.陕西省银行经济研究室编:《陕西省银行汇刊》,陕西省银行,1934年10月—1946年6月各期。)

除此之外,中国农民银行还于1945年在陕西设立了棉业工厂。中国农民银行除了在陕西发放农资贷款以外,还在泾阳永乐店筹设了棉业工厂,加紧改良棉花生产。其主要业务是轧花和打包等,在交通便利、成本减轻、产量增多时,再运送到京沪等地销售。[②]

(三)中国交通银行在陕西

1933年交通银行在潼关设立支行,1934年在渭南设立支行,1941年在大

[①] 西安支行调查科:《西安市商业暨陕西省金融概况》,《中央银行月报》1935年第4卷第7—12期,第1462页。
[②] 《中农行在陕西设立棉业工厂》,《征信新闻》1946年第523期,第2页。

荔设立办事处。除办理工商存贷业务和个人存款外，还代理中央财政金库及保险业务。

中国交通银行于1934年11月在西安东大街567号设立办事处（是交通银行西安分行的前身），当年12月1日在西安粉巷公字3号设立分行，是民国较早来陕西设立分行的国家银行之一，主要是因为陇海铁路的兴建，先后在咸阳、潼关、兴平、武功、大荔、韩城、华县、朝邑、华县等地都设有办事处。

中国交通银行于1935年12月在咸阳设立办事处，主要承接花客的汇款业务，到1936年4月时，总计有百余万之多，而且押汇押款也有20余万。① 1938年10月设宝鸡办事处，隶属西安支行。由于业务发展，1943年4月升格为支行。②

表1-5-14 民国时期中国交通银行在陕设立时间及分布表

行　名	经理人	地　址	设立年月	备　注
潼关支行		潼关	1933年	
西安分行	严敦彝	西安粉巷公字3号	1934年11月	
西安办事处	赵金生	西安东大街567号	1934年11月	
渭南支行	曹欣庄	渭南县	1934年11月4日	
咸阳办事处	张绪坊	西安	1935年12月8日	中央及特许
泾阳办事处	应家鼎	泾阳	1936年11月25日	中央及特许
宝鸡支行	陆同坚	宝鸡	1938年10月20日	
南郑支行	唐嵩山	南郑	1938年12月23日	
汉中支行	关书诚等	汉中	1938年12月23日	1949年1月停业
大荔办事处	汪骙寿	大荔	1941年3月20日	
城固古路坝简易储蓄处		城固古路坝	1941年7月	1949年1月停业
三原办事处	陈鸿潘	三原	1942年11月2日	
永乐店办事处		泾阳	1943年	
褒城办事处		褒城	1943年	

（资料来源：1.《陕西省银行七年来之总检讨》（民国二十七年四月陕西省银行报告），《银行周报》1938年第22卷第36期，第10—15页；2. 陕西省银行经济研究室编：《十年来之陕西经济（1931—1941）》，陕西省银行，1942年；3. 殷梦霞、李强编：《民国金融史料汇编》，国家图书出版社，2011年；4. 中央银行经济研究处编：《中央银行月报》，中央银行经济研究处，1932—1949年各期；5. 陕西省银行经济研究室编：《陕西省银行汇刊》，陕西省银行，1934年10月—1946年6月各期。）

由表1-5-14可以看出，民国时期，交通银行曾在陕西设立了1个分行、5个支行、7个办事处以及1个简易储蓄所。抗日战争之前，仅在关中设有1个分行、2

---

① 《咸阳棉花产销》，《交行通信》1936年第8卷第4期，第54页。
② 陕西省银行经济研究室编：《十年来之陕西经济（1931—1941）》，陕西省银行，1942年，第290页。

个支行、3个办事处；抗日战争爆发之后，鉴于形势需要，又在宝鸡、南郑、汉中设立了支行，并增设大荔、三原、永乐店、褒城4个办事处，在城固古路坝设立了简易储蓄所。

交通银行在陕西设立机构，一是因为修筑陇海铁路的投资需要，另外就是因为棉花产销的需要。[①] 在当时棉花的产销当中，交通银行居于主导地位，由表1-5-15就可以看出端倪。

表1-5-15 咸阳各大银行发行钞币占咸阳市面钞币的百分比

银行名称	市面钞币百分比(%)	备注
交通银行	65	花行全部使用交通钞
中国农民银行	11	骑兵军都在咸阳，饷款用中农票
陕西省银行	8	
中央银行	9	
中国银行	6	
其他银行	1	

(资料来源：《咸阳棉花产销》，《交行通信》1936年第4期，第69页。)

由表1-5-15可以看出，咸阳出售棉花所得的款项，大半是交通银行的钞币，又通过农业贷款与农民发生密切的联系，使得该行在农民心目中的印象更为深刻，也使以前习惯用省钞的现象大为转变，使得交通银行的业务有了比较大的进展，为今后的发展提供了很大的便利。关中地区亦是如此。

(四)中央银行在陕西

中央银行在陕西共设立了5个分行和1个办事处，其中抗日战争前只有西安和南郑分行。抗日战争爆发后，由于陕西处于大后方，相对安全稳定，中央银行先后在宝鸡、安康、宁强设立了分行，并在郿县设立了一个办事处。

中央银行于1935年5月15日最初在西安粉巷设立支行，到6月1日改为二等支行。[②] 因为陕西交通不便，风气晚开，再加上银行手续繁杂，因而大部分商民还是选择银号钱庄居多，因而本行的金融业务开展困难。抗日战争爆发后，中原和沿海各省相继沦陷，使得西安在西北地区的地位显得尤为重要，1939年西安支行增加国库业务，1940年6月1日升格为一等支行，9月推行第一期节约建国储蓄，[③]1941年开始督导成立省库与县库，完成陕西省公库网建设，1942年划归国库统一处理。[④]

[①]《咸阳棉花产销》，《交行通信》1936年第8卷第4期，第54页。
[②] 陕西省档案馆收藏档案：全宗号31,中央银行(1935—1940)，第55页。
[③] 陕西省档案馆收藏档案：全宗号31,中央银行(1935—1940)，第58页。
[④] 潘益民：《十三年来西安分行业务》，《中央银行月报》1948年第3卷第10期，第76页。

中央银行宝鸡分行的前身为1931年6月设立的郑州支行,抗日战争爆发后于1938年迁到宝鸡。1940年3月改称宝鸡二等分行,1946年下设凤翔收款处,1949年宝鸡解放前夕,人员迁移成都,财产账册移交成都分行,当年10月停业。①

由表1-5-16可以看出,中央银行在抗日战争前在陕西的主要经营范围集中在关中地区,抗日战争爆发后,陕南地区因为临近陪都重庆,而战争需要运送大量物资,资金周转成为问题,因而使得中央银行在此又增设了两个分行。

表1-5-16　民国时期中央银行在陕设立时间及分布表

行　　名	经理人	地　　址	设　立　年　月	备　　注
西安分行	潘益民	西安粉巷	1935年5月15日	
南郑分行	王思礼	南郑	1937年2月15日	1949年11月停业
宝鸡分行	乔晋枚	宝鸡	1938年6月	1949年10月停业
邠县办事处	杨孝炜	邠县	1939年12月1日	
安康分行	潘恒敏	安康	1940年1月10日	
宁强分行	安益文	宁强	1940年5月10日	

(资料来源:1.《陕西省银行七年来之总检讨》(民国二十七年四月陕西省银行报告),《银行周报》1938年第22卷第36期,第10—15页;2.陕西省银行经济研究室编:《十年来之陕西经济》(1931—1941),陕西省银行,1942年;3.殷梦霞、李强编:《民国金融史料汇编》,国家图书出版社,2011年;4.中央银行经济研究处编:《中央银行月报》,中央银行经济研究处,1932—1949年各期;5.陕西省银行经济研究室编:《陕西省银行汇刊》,陕西省银行,1934年10月—1946年6月各期。)

(五) 四行联合办事处

抗日战争时期,为适应战时紧急状态的需要,协调四大国家银行,1937年8月国民政府在上海设总处,并在全国各重要城市设立了分处,后迁至武汉,又辗转到重庆。② 1939年9月南京政府颁布《战时健全中央金融机构办法纲要》,要求四大国家银行改组"四行联合办事处"。10月1日,四联总处正式成立,负责办理政府战时金融政策有关的各种特殊业务。③

四行联合办事处西安分处具体的设立时间和地址不可考,根据国民政府颁布的纲要,可以推知其应该也在1937—1940年之间成立(1937年四行钞券集中存运站包括西安,④在四联总处秘书处编印的《金融统计年表》中,西安是早期设立分处的各个重要城市之一),其主要任务是协调四行关系及办理有关事宜。

---

① 西安支行调查科:《西安市商业暨陕西省金融概况》,《中央银行月报》1935年第4卷第7—12期,第1462页。
② 《资料稿:四联总处简史》,《征信新闻》1948年第845期,第2页。另见重庆市档案馆、重庆市人民银行金融研究所合编:《四联总处史料》,上卷,档案出版社,1993年,第1、51—65页。
③ 四联总处秘书处编:《四联总处重要文献汇编》,学海出版社,1960年,第371—383页。
④ 四联总处:《金融三年计划》(1940年3月30日),转引自《四联总处重要文献汇编》,学海出版社,1960年,第373页。

表 1-5-17 民国时期四行联合办事处在陕设立时间及分布表

类别名称	主体人或经理姓名	地址	设立时间	备注
西安分处		西安	不详	1948年10月撤销
汉中办事处	王立斋兼任	汉中	1940年	1948年10月撤销
宝鸡支处		宝鸡	1943年9月	1948年10月撤销

（资料来源：1.《陕西省银行七年来之总检讨》（民国二十七年四月陕西省银行报告），《银行周报》1938年第22卷第36期，第10—15页；2.陕西省银行经济研究室编：《十年来之陕西经济（1931—1941）》，陕西省银行，1942年；3.殷梦霞、李强编：《民国金融史料汇编》，国家图书馆出版社，2011年；4.中央银行经济研究处编：《中央银行月报》，中央银行经济研究处，1932—1949年各期；5.陕西省银行经济研究室编：《陕西省银行汇刊》，陕西省银行，1934年10月—1946年6月各期。）

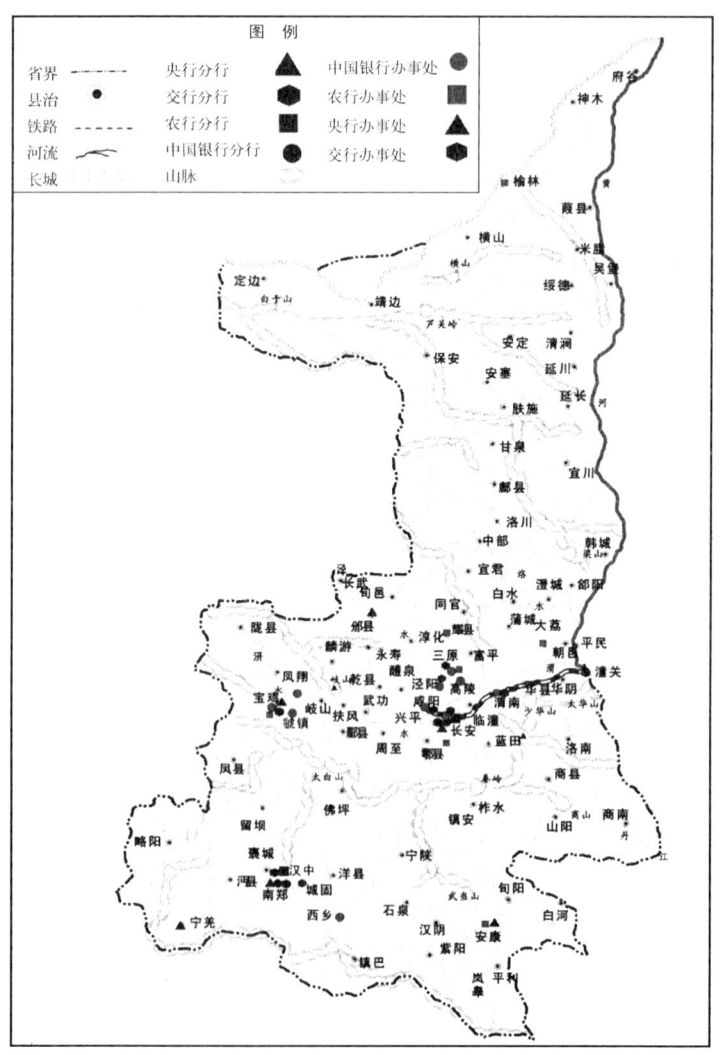

图 1-5-2 民国时期陕西各类银行分布图

（资料来源：1933年陕西省地图。）

四行联合办事处宝鸡支处于1940年设立,汉中四行联合办事处(四联总处)于1943年附设于汉中的中央银行内,由中央银行经理王立斋兼任。①

四行联合办事处在西安、汉中、宝鸡分别设立机构,指导了四大国家银行以及两局一库等国家金融机构在陕机构的运营,为抗日战争的资金运作以及财物的分配提供了极大的支持,具有积极的意义。1948年10月,四行联合办事处随着四联总处的撤销而消亡。②

总之,除四联总处外,四大银行总共在陕西设立了57个机构,其中抗战前有21个,抗战爆发后,由于军事需要,各地陆续增加了36所。四行中,中国银行来陕最早,同时也设立机构最多。从其分布来看,关中地区占绝对优势,有43所;抗战前有18所,其余25所均为抗战后新增。就地域分布来说,西安和宝鸡最多,各有8所;泾阳5所,渭南4所,潼关、咸阳、三原各有3所,大荔2个办事处,凤翔、邻县各1个办事处,高陵、耀县各1个分理处。陕南次之,有13所,抗战前仅有3所,由于抗战需要新增10所。而且就其地域分布来说,南郑最多,有4所(1分2支1办);安康(1分行1办)、汉中(2支行)、城固(1办1筒)各2所;宁强设有1个分行、西乡、褒城各1所办事处。陕北最少,就目前统计仅见1944年中国农民银行榆林办事处筹备并营业。③

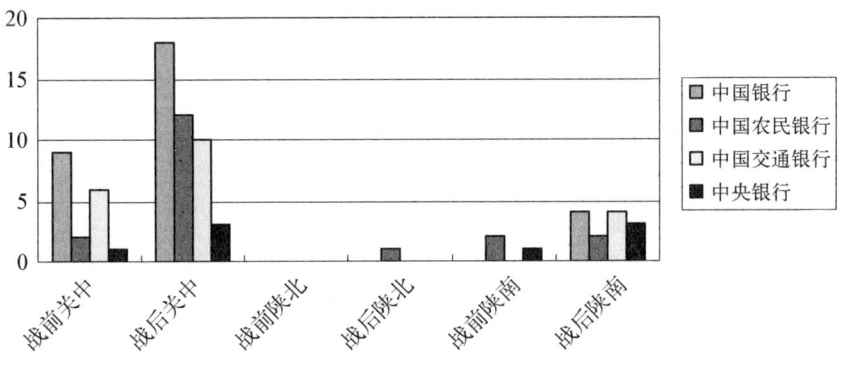

图1-5-3 抗战前后四行在陕西开设机构比较图

以抗战作为分界,由图1-5-3可以明显看出,四行以中国银行在陕西的分布数量最多,在地域上四行在陕所设机构,其机构设置程度、发展数量都以关中为最,陕南次之,而且四行中中国银行和中国交通银行在抗战前都没有在陕南设立机构,陕北则只有中国农民银行1个办事处。两局一库则分别在西安、宝鸡、汉中各有一处机构。

---

① 四联总处秘书处编印:《金融统计年表》(1946年),转引自《四联总处重要文献汇编》,学海出版社,1960年,第204、208页。
② 《资料稿:四联总处简史》,《征信新闻》1948年第845期,第108页。另见《四联总处重要文献汇编》,学海出版社,1960年,第405页。
③ 曲秉基:《陕西金融业之现状及其展望》,《陕西省银行汇刊》1944年第8卷第1期,第7页。

第六章　近代陕西商贸与市场格局的变迁

陕西地处中国的西北部,是内陆省区,自南至北纬度跨度极大,位处黄土高原,地貌条件又极复杂,交通不便,自清代以来,商业一向不发达。晚清民国以后,沿海开放,外国洋货大量输入,愈发一发不可收,洋货挤占市场,陕西经济更形凋敝。民国时人曾说:"陕西工业既不发达,交通又不便利,商业式微,自然之势。况十年前旱灾绵延,匪氛不静,农村凋敝,城市异常萧条。廿一年至廿六年(按:1932—1937年)灾象稍苏,贸易渐趋活跃,然入超过巨,民生不可乐观。抗战后,外货来源阻塞,走私情形,供求终难适应,故物价飞涨,商人获利倍蓰,城市反呈表面繁荣之病态,然属一时现象,非商业真进步也。"[①]这应是对民国时期陕西商业的客观描述,也是实情的写照。

第一节　晚清时期陕西的商业组织及其贸易格局

一、晚清陕西城镇商业中心的地理格局

晚清时期陕西的商业中心是随着明清以来商贸发展而逐渐形成的,虽经开埠、通商,但由于深处内陆,变化并没有太大,商业地理格局承袭前代,无重大差别。

(一)三原、泾阳与西安共同构成陕西乃至西北地区的商业中心

三原、泾阳与西安作为明清以来陕西超省域的商业中心,张萍曾经在《地域环境与市场空间——明清陕西商业市场的历史地理学研究》一书中加以论述。[②] 晚清时期这些情况没有更大变化,大体而言,西安是各路洋货与杂货西运的集散市场,泾阳是茶叶加工西运的中心,而三原则为东南大布运往西北各地的集散中心,这从当时的记载可略见一斑。

1. 晚清西安城市市场商业功能

晚清时期,随着西安城市商业的发展,市场商业功能在不断加强,大体表现在以下四个方面。

第一,西安城市市场是东北南路运来的洋货、杂货的聚散之地,"会垣为洋货荟萃之区"[③],也是京广福杂货集中购运之地(虽史籍没有明确记载省垣为京广福杂货汇萃之区,但从关中、陕北、甘肃等地杂货进货渠道上可以明显反映出来)。这些货品大致包括纸张、茶、糖、香料、海产品、洋布、洋布小帽、洋金线、洋布饭单、闽糖姜、

---

① 西安市档案馆编:《陕西经济十年(1931—1941)》,内部印行,1997年,第186页。
② 张萍:《地域环境与市场空间——明清陕西商业市场的历史地理学研究》,商务印书馆,2006年,第70—97页。
③ 陕西清理财政局编:《陕西全省财政说明书》,岁入部,厘金,清宣统元年排印本。

建莲子、南芡实等。如光绪三十二年(1906年)由白河榷厘员仇继恒所作《陕境汉江流域贸易表》中统计，经白河局过漫川关入西安的货物就有产于广东潮州等地的白糖、红糖；产于湖南的南铁；产于南洋、吕宋等处的苏木；产于东西洋的洋颜料；产于湖北均州、河南邓州的烟叶；产于湖北应城的石膏等。① 这些洋货以及京广福杂货一方面运入西安消费，另一方面则发往本省各县以及甘肃省。宣统元年(1909年)统计，甘肃所入绸缎、海菜等均由西安发庄入甘。② 西安是西北地区洋货与京广福杂货的集散、转输中心。

第二，西安是本省及西北地区牲畜外运的输出口岸。府城西关是本境出产、运入城中猪、羊、骡、马、驴等牲畜的入口，而南关则为"牲畜由西来赴东南去"的重要出入口岸。

第三，西安还担负着部分西口药材东运的中转职能。东关南街是药行与药店的集中区，当时川甘药材运至三原加工、炮制，改装车骡运输，部分运至东关，再分运全国。同治以后，东关所征厘金中即有药材一项。它的运输量不比三原，但仍为一重要输出口岸。

第四，西安也是东南布匹运发本省的集散地。由潼关、龙驹寨以及白河运来的湖北、东南诸省所出布匹，大多经三原集散，分销到甘肃及附近各县。但是，也有部分布匹经西安东关而销行省内各县。定边县所需布匹就来自西安，榆林则部分来自三原，部分来自西安。

2. 晚清三原市场商业功能

三原与泾阳两县南北邻接，均位于关中盆地的中部。三原南有丰原、西有孟侯原、北有白鹿原，故得名三原。泾阳则因处泾水之北，因以名县。从地名已不难看出两县地理环境的优越性，平原广畴，水流环绕，人口集中，交通发达，是陕西"形胜之区"，"关中之上郡也"。③

晚清时期三原与泾阳两县是关中地区的金融中心，关中各县银钱多半以泾阳、三原为标准。据光绪年间所修《续修大荔县旧志稿》卷四"钱法"记载："荔境，回乱之先，闾阎富庶，街市流通银两易钱多则一千二三百，少则一千有奇。然价之涨落，率视泾(阳)、三(原)为标准，以该处地当秦陇商贸孔道，富商大贾皆屯聚于泾阳一带，荔邑钱庄生理多随之为升降。"

同治以后三原商业经济发展较大。同治六年(1867年)陕西回民起义，关中各县均不同程度遭到破坏。泾阳城破，损失至为惨重，"布商徙居于原，各商多从之，由是地益繁盛"④。三原成为渭北区域的商业中心，城市市场较以往更加发达。南

---

① (清)仇继恒：《陕境汉江流域贸易表》，《关中丛书》本。
② 经济学会编辑：《甘肃清理财政说明书》，次编上，百货统捐，民国间排印本。
③ 光绪《三原县新志》卷一，地理志。
④ 陕西清理财政局编：《陕西全省财政说明书》，岁入部，厘金，清宣统元年排印本。

城中心之处最为繁华,"商界栉比,市况颇振,其最大者为南大街,道幅丈许,而敷石"。其次为盐店街、东渠岸街、西渠岸街、山西街、古山西街、北极宫街、辕门街、崇文巷等均为商业繁盛之区。北城中北街、东街、西街(菜市街)、奎星楼街、柱国街(后街)虽不比南城繁华,亦为商业集中区。另外,三原城南关在清末时商业崛起,南关无城壁,但市况盛,"旅舍甚多"。南关商业的崛起主要是受南城商业影响力带动而来,且南关正当西安及其他南部诸县西去北往的门户,故而商业发展,成为三原又一商业集中区,①商品集散场所。

清末三原各商业区集中了大量商品零售与批发店铺,布匹店、百货店、花店(棉花店)、盐店、药材店,不仅规模大,数量也非常可观。以药材店来说,"南城之东半部,自北极宫街到东渠岸街一带,满目皆为药材店"②。大量具有批发、转输功能的商业店铺的存在,使三原商品市场的吸纳功能增强。清末三原县商业市场大致担负着以下四类商品转输功能。

第一,三原是东南各省布匹远销西北的集散中心。同治以后,三原的商业地位更加提高,经此转输西北的数量更大,这样,三原成为名副其实的布匹转运中心。同治以后,三原征收厘金总数表明,"大布居十之五,药材、棉花约各有二,皮毛、杂货又一成而已"③。甘肃则专门设有"三原大布统捐"。布匹来源包括湖北"德安、历山、浙河、随州、枣阳、应山等布",也有名为"梭布、阔布、猴布、台子小布的",④统名之为大布。这些布产自湖北,经白河或龙驹寨运抵三原,再进行改装、染色,然后分东南与东北两路入甘。三原成为布匹改装、染色与转运中心。

第二,三原是西北药材外运的集散地。药材是清代西北出口量最大的货物之一,药材产自川、甘及本省南北山,由于这里山多土旷,所产药材名贵、上乘。如:乾州"最著者为红软柴胡,即所称西柴胡,为国药中地道佳品,产量颇丰,运销四川"⑤。礼泉县(旧名醴泉)所产地黄极为有名,"按地黄本产自河南怀庆,以邑城北志公泉水,九蒸九晒,如法炮制之,性味极佳,故有醴泉九地之称"⑥。这些药材经过三原"转贩豫、晋、鄂、苏等处销售"⑦。三原既是药材再加工中心,也是转运与外销基地。宣统年间统计,三原局所征商税厘金中,除大布厘金所占比重较大外,就属药材了。

第三,三原还是本地及渭北周围地区商品外销的基地,"邑为渭北各地贸易总汇之区"⑧。本地所产棉花、回绒毡、布帽等大多汇于三原而销川、甘,⑨尤其棉花一项。晚清时期,渭北各县均出产棉花,而三原则为之缁毂,当时"汉中及川北附近陕

---

① 刘安国:《陕西交通挈要》,上编第六章,重要都会,三原,中华书局第43页,1928年。
② 刘安国:《陕西交通挈要》,上编第六章,重要都会,三原,中华书局第43页,1928年。
③ 经济学会编辑:《甘肃清理财政说明书》,次编上,百货统捐,民国铅印本。
④ 经济学会编辑:《甘肃清理财政说明书》,次编上,百货统捐,民国铅印本。
⑤ 民国《乾县新志》卷之五,业产志。
⑥ 民国《续修醴泉县志稿》卷二,地理志,物产。
⑦ 陕西清理财政局编:《陕西全省财政说明书》,岁入部,厘金,清宣统元年排印本。
⑧ 刘安国:《陕西交通挈要》,上编第六章,重要都会,中华书局,第44页,1928年。
⑨ 陕西清理财政局编:《陕西全省财政说明书》,岁入部,厘金,清宣统元年排印本。

省等处,纺纱捻线皆用陕省河北一带所产之棉,每至秋冬,凤县、留坝一路驮运棉花,入川者络绎于道"①。这些棉花大多经三原输出,故三原厘金以布、药材、棉花为最多。三原被誉为"陕西渭河以北商业之中心"②。

3. 晚清泾阳市场商业功能

晚清泾阳县商业经济的发展大致表现在以下三个方面。

第一,泾阳是西北茶叶贸易总汇之区。这里既是茶叶加工、装载中心,也是销行西北茶叶的集散、转运中心。这一商业地位的确立,得益于本地优质的水源。清代西北所销之茶部分来自湖北、江西、安徽,而大多来自湖南,走汉口运入泾阳。"汉口之茶,来自湖南、江西、安徽,合本省所产,溯水以运于河南、陕西、青海、新疆,其输至俄罗斯者,皆砖茶也。"③湖南安化等地所出"红茶"产量丰、价格廉,不易霉烂,运输方便,制成砖茶利于保存,因此非常适合西北游牧民族生活需要。但是,红茶在加工过程中往往需要二次发酵,挤压、压砖,形成"茶砖"。而发酵过程中对水质的要求很高,好水才能发出香气浓郁的好茶,而泾阳恰恰具有这种得天独厚的条件。其人炒茶"所用水为井水,味咸,虽不能做饮料,而炒茶则特殊,昔经多人移地试验皆不成功,故今仍在泾阳"④。从湖南运来的散茶在泾阳经过加工炒制,制成茶砖再销往甘、青等省,这样就形成了泾阳茶叶总汇之区的特殊经济地位。道光年间,"官茶进关,运至(泾阳)茶店,另行检做,转运西行,检茶之人亦万有余人","茶盐之利尤巨"。⑤这还仅仅是官茶检做,尚不包括私茶运销。泾阳县从事这一行业人员之众、利润之丰是他处所无法比拟的。

第二,泾阳是西北皮毛、毛织品加工及运输、转销中心。西北多畜牧之利。清代陕西出口商品,大宗贸易以皮货为主。皮货的利润大,陕西又有地缘优势,自然著名全国,这种优势促进了泾阳毛皮加工的发展。清中叶该县"东乡一带皮毛工匠甚多","借泾水以熟皮张,故皮行甲于他邑。每年二三月起至八九月止,皮工齐聚其间者,不下万人"。⑥当时西宁、洮岷、宁夏、新疆等地运来的猞猁、狼、豹、狐、羊皮大多集中于泾阳进行加工,关中、陕北也是泾阳皮业进货渠道,所制皮毛销往全国各地。清末,仅泾阳县城即有作坊数十家,每年皮货成本约有十七八万两,是泾阳厘金局抽收厘金的大宗货品之一。此时泾阳已经回民起义打击,在此之前作坊更多,收益更高。⑦

第三,泾阳还是兰州水烟运销东南各省的转输中心。"水烟产于兰州而行销沪汉一带",由甘贩陕往往经泾阳发庄,从明代即已成为固定程式。如兰州所产五泉烟,知名全国,远销江浙、湖广、广东等地。明末崇祯年间"五泉烟自泾阳发者,岁约

---

① 仇继恒:《陕境汉江流域贸易表》,卷上,入境货物表,《关中丛书》本。
② 刘安国:《陕西交通挈要》,上编第六章,重要都会,西安,中华书局,1928年,第33页。
③ 《清史稿》卷一百二十四,食货五,茶法,中华书局,1974年。
④ 《陕西省银行汇刊》第3卷第1期、第2期。
⑤ 卢坤:《秦疆治略》泾阳县,清道光年间刻本。
⑥ 卢坤:《秦疆治略》泾阳县,清道光年间刻本。
⑦ 陕西清理财政局编:《陕西全省财政说明书》,岁入部,厘金,清宣统元年排印本。

金三万两",至清咸丰、同治间,"五泉烟自泾阳发者,岁约金三百万",比明代增长至10倍,这还仅仅是五泉烟一种。据宣统元年(1909年)统计,甘肃全年运泾之水烟大约有2万数千担,每担240斤,每担抽银1两4钱,可得厘银3万余两。这样算来,甘肃大约全年就有600万斤水烟要经泾阳发庄,①转销他处,约占其全部产量的三分之二了。可见泾阳是兰州水烟最重要的输出庄口,在清末泾阳厘金收入中,兰州水烟是最重要的一项抽税货品,也是收厘最多的产品。

(二)陕北商业中心榆林

榆林城是明代发展起来的陕西北部商贸中心。康熙三十六年(1697年)清政府开始放宽蒙汉边界政策,允许汉民到长城以北地带与蒙古牧民合伙开垦边外的土地,称"伙盘地"。这样,榆林沿边市场开放并得到空前的发展,吸引了大批山西、河北等地商贾来此经商定居,市场发展更加繁荣。乾隆元年(1736年)清政府又批准榆林府部分地区"准食蒙盐,并无额课",这样又疏通了鄂尔多斯盐、碱流向内地的通道。由于双边封锁的解除,榆林城一改过去东、西、南三路联系,而变为东西南北四达通衢。乾隆以后逐渐辟出榆林长城以北通往神木、定边及鄂尔多斯草原各旗间的通道。以榆林为起点,大体有五条通道,较重要的如:榆林城至乌审旗、城川达定边;榆林城至乌审旗达鄂托克旗。这样,大批榆民携带茶、烟、布匹以及皮靴、火链、佩刀、铜锡器、皮货、羊毛口袋、毡、马鞍挽具、银器等手工业品出口外贩卖,买回蒙古驼、马、牛、羊以及相应的畜产品,榆林城成为北方重要的畜产品集散地及毛皮专门市场。

晚清民国时期,榆林市场承袭以往的发展,成为这一带商业最繁荣的城市。据民国初年撰修的《榆林县乡土志》记载:于"本邑地连蒙界,动物之蕃惟马为最,每岁五、七、九月由蒙地来集,市县境四五日或七八日,电驰腾骧,队立,身材稍逊于西产,而倜傥过之",牛则"产自蒙地者多,每岁正、十月集市十余日,购者甚众","骆驼,产蒙地,邑人购回,取其刍茭省而所负重,奔走于并门伊、洛之间,时获什一之利焉"。②晚清民国榆林地区多与蒙古进行马、牛、驼等牲畜产品的交易,这种交易大多集中于榆林府城,榆林市场担负着北方农耕民族与西北游牧民族双边贸易的中坚与集散功能,可以称之为西北最重要的畜产品市场。

榆林城作为北方畜产品中转市场从清代至民国一直驰名远近,它的市场吸引范围以及产品销售额都非常可观。据民国时人所撰《延绥揽胜》记载,榆林城"每岁跑边的边客(也叫边商,到蒙古做生意的汉族商民,时仅榆林城就有一千余人)七月回家,秋高牛马肥硕,均牵归贩卖,届期晋商及南路秦川的客人挈金群来,争购牛马,交易畅旺,牛马成群,故有七、八、九、十月四大集会。蒙汉麇集,商贾辐辏,皮毛

---

① 上引均见陕西清理财政局编:《陕西全省财政说明书》,岁入部,厘金,清宣统元年排印本。
② 民国《榆林县乡土志》,物产。

货物满载汇聚。因之经纪栈店,奔走关说,承交过付之人赖以生活,觅利者充斥市场,驰驱道跑"。据《榆林县乡土记》记载,清末时,由蒙古贩运的货品主要包括马、牛、骆驼、绒毛、驼毛、兔、酥、雕翮等,或销本境,或运往陕、晋、豫乃至直隶各处,每年数量均十分可观(参表1-6-1)。

表1-6-1 清末民初榆林输入蒙古货物表

货品	数量	产地	销路
马	1 000匹	蒙古	陕、晋、豫
牛	1 000余头	蒙古	本境、晋
骆驼	无定额	蒙古	本境
绒毛	10 000余斤	蒙古	泾阳,近时运山西、直隶
驼毛	无定额	蒙古	本境
兔	10 000余只	蒙古	本境
酥	无定	蒙古	本境
雕翮	数十付	蒙古	本境

(资料来源:民国《榆林县乡土志》,商务。)

此外,榆林城还担负着内货外运的功能。大量蒙古游牧民族所需货品由本处转输,包括本地所产皮靴、火链、铜锡器、皮货、羊毛口袋、毡、马鞍挽具、银器等,以及外运而来的湖茶、梭布、烟酒、红白糖等。榆林边商入蒙,大多携带茶、烟、布匹等内地产品进行交易。顺治十年(1653年),榆林、神木二道始行茶法,所谓"边地食茶与他省异,茶产于楚南安化,商人配引由襄阳府验明截角赴榆林行销。榆属五州县及鄂尔多斯六旗,其茶色黄而梗叶粗大,用水沃煎以调乳酪,以拌黍穈,食之易饱,故边人仰赖与谷食等"①。时发引征商,"商人俱往荆襄市茶,至边口易卖"②。当时行茶者往往"与烟并至"③。至清中叶,茶烟仍是销蒙的重要货品。陕北地区榆林为茶、烟总站,许多茶商还在外地设分店,如神木县"南关外茶店一处;高家堡南门外茶店一处;分管札萨克台旗地方茶店一处,用蒙古包设铺,囤茶时有迁移;分管郡王旗地方茶店一处……以上四茶店均系榆商分设"④。

从清中叶以至民国,榆林城商业店铺一直保持在200家以上。以1931年左右统计来看,榆林城有私营皮毛庄、店铺30多家;绸缎布匹、百货、烟茶等杂货大商店30多家,小店铺50多家,大小杀坊(屠宰)40多家,粮米店铺7家,盐店5家,染房6家,油坊10多家,大饭馆8家,小饭摊30多家,货栈30多家,从业人员1 000余人。

---

① 道光《神木县志》卷四,茶政。
② 康熙《延绥镇志》卷之二,食志,茶法。
③ 康熙《延绥镇志》卷之二,食志,烟税。
④ 道光《神木县志》卷四,茶政。

晚清民国榆林城商业辐射范围大体来说,北达蒙古,西至山西乃至直隶,东至定边以远,南达关中。除北边与蒙古的商贸往来外,本地所产羊皮、绒毛为泾阳毛皮加工的主要原料,蒿子、款冬花、麻油、羔皮、羊皮等货品则远销山西,有些直达直隶;而陕北长城沿线各县所需梭布、棉花、绸缎洋货、铁等货,则又来自山西,销于附近各州县(参见表1-6-2)。

表1-6-2 清末民初榆林城货物输出统计表

货 品	数 量	产 地	销 路
羊	10 000头	本境	本境
羊皮	10 000张	本境	本境、部分至晋、直隶
石灰	100 000斤	本境	本境
小盐	数十石	本境	本境
蒿子	数十石	本境	本境
款冬花	数十石	本境	直隶、祁州
羔皮	数千张	本境	泾阳、山西、直隶
麻油	数万斤	本境	本境、晋省
蓝靛	千余斤	本境	本境
黑瓷器	数万石	本境	本境
毡	数千块	本境	晋省
梭布	数百石	山西平遥等处	本境
棉花	数千斤	山西碛口镇等处	本境
绸缎洋货	数十石	天津、山西汾州府太古县	本境
铜器	数百金	神木	本境
铁	数千斤	山西柳林镇	本境
表纸、纸、炮	数百石	蒲城县兴市镇	本境

(资料来源:民国《榆林县乡土志》,商务。)

(三)陕南商业中心汉中

汉中为清代汉中府治所在,地处秦岭之南,大巴山北,汉江上游。"郡临汉水之阳,南面汉山,故名。"汉中府城所在地自然条件优越,汉中盆地平原旷远,气候温湿,江河水量充溢,素有"小江南"之称。腹地周围农作物与经济作物的种植均较优越。

汉中府城交通十分发达。北有官马驿路可达省城,通西北,南经广元进入四川,东西向又有汉江水运,这使汉中成为陕南区域东西南北交通的中间站和枢纽。所谓"西则陆通陇蜀,东则水达鄂皖,商贾辐辏,货物山积,虽繁华不及长安,亦陕西第二都会"①。民国时人形容,其城壁"宏壮次于西安,街区整然,其结构在中国街市中为罕见"②。

晚清时期,汉中府城是当时陕南区域对外贸易的集中商品集散地。当时汉中府南北二山的粗药如苍术、猪苓、菖乌、乌药、升芍等项以及城固一带的姜黄、姜皮、烟叶等,周围地区的橘柑、色纸、木耳、瓜子、花生等大多在此集散,运往各地行销。③

汉中府最主要的商业交易区域为四川、甘肃、湖北。沿汉江自东(主要由汉口)而来的货物主要有布匹、洋货、瓷器、南药和土茶等,这些货物除一部分由本地销售外,其余大多销往甘肃,再从甘肃、关中等北部地区运来棉花、皮毛等货。从四川来的货主要有川表纸、铁、大绸、杂货等,大多发往西安及周围各处行销。④ 据民国初年统计,这些货品经汉中出入的数量非常可观。每年销往甘肃的土布约有5万匹;经汉中销四川的棉花年约20万斤;而由四川陆路运来的糖一年就达15万斤,还有从湖北水运输入的10万斤,这些糖除一部分本地行销外,每年均有八九万斤转运甘肃。由四川运入黄表纸年约4 500箱,其中1 500余箱转运甘肃。川盐年入量则达4万斤,还有从甘肃运入的6 000斤。此外药材、棉、烟、京广杂货、湖布、苏缎、瓷器等仍有大量销行。⑤

商业的发展促进了汉中城市的繁荣。据民国初年时人描述,南郑县城内街市店铺林立,市集繁盛。东门外有汉江通过,为水陆码头,商贾比列,尤为殷盛。⑥ "东关商业开行店"当时大的行店分为山、陕、怀、黄、江五帮。"出口于汉中者多药材,以甘肃运来的当归、秦艽、冬花为大宗,余则鹿茸、麝香、甘草、枸杞、凉黄、地黄、麻黄及凤县、西乡、镇巴、佛坪等县所产之党参。由汉口运入者,江帮为瓷器,余各帮运湖布、苏缎、京广洋货并白矾、苏木、黄丹、草果、胡椒、大香、铁丝、连丝纸。运出者以西乡、佛坪、略阳、留坝、凤县等县所产之木耳,城固产姜黄"⑦为主。当时各帮派在汉中郡城均建有会馆,有山西会馆、河南会馆、江西会馆、两湖会馆(禹王宫)、四川会馆、福建会馆等6所,⑧可看出当时汉中府对外贸易之盛。

从各省货物在汉中的集散情况来看,汉中的地位是十分重要的,这里的商人不仅把湖北、四川的货物转销于西北广大地区,而且把甘肃、陕西的许多土产品集中于此,转运汉口。因此,汉中已成为汉江上游和陕南最重要的商业中心城市。

---

① 民国《续修南郑县志》卷三,实业。
② 刘安国:《陕西交通挈要》,上编第六章,重要都会,中华书局,1928年,第67页。
③ 陕西清理财政局编:《陕西全省财政说明书》,岁入部,厘金,清宣统元年排印本。
④ 陕西清理财政局编:《陕西全省财政说明书》,岁入部,厘金,清宣统元年排印本。
⑤ 民国《续修南郑县志》卷三,实业。
⑥ 刘安国:《陕西交通挈要》,上编第六章,重要都会,中华书局,1928年,第67页。
⑦ 民国《续修南郑县志》卷三,实业。
⑧ 民国《续修南郑县志》卷二,建置志,庙坛。

二、从杂捐税征收看清末陕西部分州县商铺的多寡

清代陕西商业不发达,各县志对州县经济状况、商铺多寡的记载非常欠缺。根据一些间接材料加以推估,则多少能够恢复一些州县商业发展的基本面貌。清末陕西为筹办新政,不断加捐,商铺捐是各州县最主要的一项。以此为据,考察各州县商铺数量,大致较为可信。

据宣统《陕西全省财政说明书》"岁入部·杂捐"记录,可资统计的商铺捐大约有32州县。由于各县征收办法不一,故商铺捐的实际意义也不同。

第一,各州县对商铺征税,名目各不相同。有称"商捐"、"铺捐"、"铺户捐"、"城镇铺捐"、"铺商捐"、"铺户居民捐"等。名目不同,征收内容也各不相同。一般来讲,这种铺户捐均包括县中全部铺商在内。如白水县铺商捐就是针对县城铺户按等征收,不再征收其他行捐,但实际上,许多州县均非如此。它们往往既征商铺捐税,同时又分行征税,这种商铺捐往往并非城镇商户的全部。如光绪年间咸阳县征收杂捐有"每年花行捐钱五百串,靛行捐银二百两,均由该行头于冬季分交纳……本城各行商民每年捐钱二千四百三十六串二百四十文,由街正等按月收交"。可见,光绪年间咸阳县城所征各行商民当是不包括花行、靛行在内的店铺。另外,清代陕西各州县烟土买卖盛行,土行、烟铺遍及城乡,许多州县专门征收"烟行"捐,"土行"捐,"烟铺"捐,"烟膏铺"捐,与"商铺"分别征税,所征税额较高。如榆林县"烟膏铺满年认捐钱二百串",而"城内铺户按户摊捐,满年约捐钱一百八十五串四百八十八文"。但有一些州县,烟铺与商铺又合而为一,整体总收。这些征收惯例为我们估算各州县商铺数字带来许多麻烦。

第二,关于商铺征税额度。清末陕西各州县商铺征税大多以月为单位进行征收,年税额以13个月计算。如武功县"铺捐,城关铺户分别大小,按月摊捐,每月捐钱五十七串,满年约捐钱七百四十一串"。郿县"商捐,按生意大小,分别摊派,每月捐银七十两,满年约捐银九百一十两"。陕北宜君县"城镇铺商捐,原派每月捐钱二十串五十文,满年约捐钱二百六十串六百五十文"。三县一年之中均收13个月的铺商捐。

第三,关于商铺月租税额。据统计数字显示,各州县铺户捐数额差距很大。多者年征税钱2 000余串,如咸阳、韩城、南郑三县,年征商铺捐分别为2 436串240文;2 569串800文;2 251串20文。少者一年仅能征得数十串钱,如延安府延川县,一年仅能征得商捐57串文,只相当于武功县一个月的商铺税收数字。可以想见,各州县固定商铺数量还是相差很大的。那么,究竟陕西各州县商铺征捐额度是多少?每个商铺月征捐税有多少钱?如果能求得各州县的月捐额,那么各县年税总额已知,以年税总额除以月捐额,我们就可以算出各州县的商铺数量了。

商铺征捐数额有多有少,陕南、陕北、关中三区差异很大,各地区内部的不平衡

性表现得也很明显。县内商铺经营规模有大有小,因此,征税额度绝非一刀切。各州县商铺多分等征税,"系按资本之大小,以定捐款之等级",有分上、中、下三等者,有分一、二、三、四、五等者,各不相同,不同等次的商铺征税额度也不相同。从《财政说明书》统计资料所能反映出的月税额大抵有如下三条。

1. 邠州"铺捐,每年约收银六百五十三两,按铺捐分五等,头等月收钱一千五百文,二等九百文,三等六百文,四等三百六十文,五等二百一十文"。

2. 乾州"铺户捐,按城内铺户资本大小,分别五等,一等捐钱二串四百文,其余依次减少,满年约捐钱一千五百三十八串四百四十四文"。

3. 绥德州"铺商捐,此项分上、中、下三等,上等月捐钱四百文,以下递减,满年约捐钱四百串"。

以上三则记载显示,乾州、邠州两县商捐均分五等。头等分别为月捐 2 400 文和 1 500 文;乾州头等捐 2 串 400 文虽未注明为月捐,然从前后文推估,当为月捐;绥德州捐分三等,一等月捐 400 文,三者差别悬殊。那么这是否表明关中地区商品经济发达,商铺繁荣,捐税也高,而陕北地区与之正好相反,是地区间的差异造成的呢?同书咸宁县记"山货行铺捐始于光绪三十二年,东关二十家,每年捐票钱一百二十串,南关三十家,每年捐票钱七十串文",咸宁县东、南两关即西安东关与南关。东关为清代西安集中的货物进出口岸,商铺集中,规模大,故东关 20 家山货行铺所捐税额较南关 30 家铺税还要高。尽管如此,东关各山货店平均每年所征商捐也只有 6 串,月捐额约为 462 文钱,南关各山货店,每家年捐额为 2 串 300 文,月捐额约为 180 文。可见,即使西安城东、南两关各行铺店捐税额也不是很高,与陕北的绥德州相差无几。因此,我们可以将乾州、邠州如此高的上等铺捐视为两州均位于交通要道,故有些大宗商品集散行铺,收税较高。如乾州尚有烟铺 38 家,分上中下三等,由土行头包收,满年捐钱仅 240 串,平均每家年捐额也仅有 6 串 300 文,月捐额约为 486 文。一般来讲,"陕西重税多为土药、烟、酒。如各属酒行,税则较重,盖烧锅有禁"。清后期又"规定重课烟土坐商,寓禁于征者"①之意。

绥德州上等商铺月捐钱仅为 400 文,而上等烟膏铺捐钱则达 3 串(3 000 文),下等减半(1 500 文)。延长县烟铺捐,月捐钱 1 串 200 文(1 200 文)。宜君县烟膏铺月捐钱 4 串。均高于一般店铺许多,而乾州却恰恰相反,的确让人费解。

从以上四县商铺税额来看,清末陕西各州县商铺捐征收数额大多维持在月捐 200 至 400 文之间。至于如乾州上等月捐 2 400 文,邠州上等捐 1 500 文,此类商铺数量一般很少,在陕北只有烟膏铺的营业额才稍高,月捐额 1 500 文至 4 000 文,其他商铺均规模较小,征捐不高。因此,以月捐 200 至 400 文作为各州县的平均月征税,计算各州县商铺数量,应较符合实际。

---

① 民国《宜川县志》卷十四,财政志。

陕西各州县商品经济发展极端不平衡。由于地连五省,处于西北与东南交通要道,故商业城镇的发展往往呈现出普遍城镇商业水平低下与少数中转枢纽城镇超常发展的二重性,从商捐数额统计也能反映出这一点。大的中转枢纽城市商铺规模大、数量多、种类齐全,而广大的内陆州县商业发展却相当贫乏,只能维持较少的商业行铺与较小的经营规模,商捐税额绝不会高。考虑到这种现实条件,为使这一估算尽量符合实际,故这里区别商贸中枢城镇与一般商业城镇之别,韩城、邠州、乾州、南郑、安康、咸阳六个较重要枢纽商业城市以每铺年税额 6 串,即月捐额 462 文钱为准,计算商铺数量,而其他内陆州县则以每铺年税额 4 串,即月捐 308 文为准,统计商铺数。这样大抵估算出 32 州县的商铺数字,总体来说,估算数字与实际大体相当,差距并不很大。当然,有些州县仍有误差。如咸阳县"本城铺捐"是除去花行与靛行的,花行是咸阳较大的商行,这里亦应包括一些固定花店在内,但以上估算的 406 家店铺(参见表 1-6-3)是不包括这些店铺的,故清末咸阳县固定商铺大体应维持在 500～600 户之间。韩城县据今人新修《韩城县志》载,本县在清末大约有商铺 500～600 户,以上估算 428 户,数字亦偏小。澄城县据民国《澄城县附志》载,本县县城商铺 140 余家,上述估算明显偏小,这应是受各县征税对象与征收额度等外在因素影响的结果。另外,榆林县作为陕北商业中心,清代商品经济一直非常发达,而铺户捐却仅有年 185 串 488 文,与关中地区商品经济不发达的白水县大体相当,这是不符合当地情况的。参考民国《续修陕西通志稿》对各州县"课程银"的统计也可以发现,榆林府榆林县的课程银亦为空白。课程银,主要是针对各州县固定商铺进行征税,所谓"课者,税也;程者,额也……今考赋役全书,陕西课程银两系铺户出办,惟葭州系各渡水手完纳"[1]。从这些记载情况来看,无论从铺户捐,抑或课程银,榆林府税额显然有违当时当地实际,或为地方匿税,或征解不实,因此,以此推算出的商铺数量也距现实较远。

总体来讲,以上推算的各州县商铺数字作为一种估算,仍有许多参考价值,主要趋势与现实相距不远。大体来说,清末陕西商业中枢城市商铺一般在 400～600 户之间。一般城镇商铺则维持在 100～200 家,而陕北内陆州县有些仅能达到数十家,数量极少,反映出商品经济发展的区域不平衡性。参考民国《续修陕西通志稿》对清代陕西各州县"课程银"的统计记载,仍能反映出这一点来。民国《续修陕西通志稿》"课程银"数字来源于各府州县志,如西安府各州县课程银录于乾隆《西安府志》,基本为清前期的数字,不能反映整个清代的发展概况,但其间差异仍相当明显。关中地区各州县征额普遍较均匀,高者如朝邑县,达 208.62 两,最低的永寿县为 5.47 两。陕南最低的镇安县则仅有 0.37 两,陕北许多州县甚至空缺,无征解记录。这一方面反映出地方匿税现象,但也能够反映出区域商品经济发展的不平衡性。

---

[1] 陕西清理财政局编:《陕西全省财政说明书》,岁入部,协各款及田赋类,清宣统元年排印本。

表1-6-3　清后期陕西部分州县商铺捐统计表

府	州县	铺捐	数量（每年）	商铺估算（家）
西安府	咸阳县	本城铺捐	2 436 串 240 文	406
	富平县	铺户捐	1 622 串 770 文	406
	耀州	铺户捐	600 串	150
同州府	澄城县	铺户捐	233 串 600 文	58
	韩城县	城镇铺捐	2 569 串 800 文	428
	白水县	县城铺商捐	160 串	40
凤翔府	岐山县	本城铺商捐	720 串	180
	宝鸡县	城关铺商捐	600 串	150
	陇州	铺商捐	290 串	73
	郿县	铺商捐	910 两≈1 124 串 760 文	281
邠州	邠州	铺商捐	653 两≈835 串 840 文	139
	淳化县	城镇铺捐	484 串 800 文	121
	长武县	城关铺商捐	309 串 180 文	77
乾州	乾州	城内铺商捐	1 538 串 444 文	256
	武功县	城关铺商捐	741 串	185
兴安府	汉阴厅	铺面捐	162 串	41
	安康县	铺面捐	1 379 串 989 文	230
	洵阳县	铺商捐	234 串	59
	石泉县	铺商捐	576 串	144
汉中府	南郑县	铺商捐	2 251 串 20 文	375
	褒城县	铺商捐	1 220 串	305
商州	商州	铺商捐	47 两 5 钱≈611 串 250 文	154
延安府	宜川县	本城铺户	580 串	145
	延川县	商捐	57 串	14
	定边县	商捐	780 两≈959 串 900 文	240
榆林府	榆林县	城内铺户	185 串 488 文	46
	还远县	商捐	119 串 600 文	30
绥德州	绥德县	商捐	400 串	100
	米脂县	商捐	94 串 770 文	24
鄜州	鄜州	商捐	300 串	75
	中部县	商捐	91 两 4 钱 9 分≈139 串 65 文	35
	宜君县	商捐	260 串 650 文	65

（资料来源：陕西清理财政局编：《陕西全省财政说明书》岁入部，厘金，宣统元年排印本。）

三、陕西三区内外贸易的基本特征

清代陕北对外输出的主要商品除粮食之外,即为良种牲畜或牲畜类加工产品,如毛皮、毡毯等,构成本地区商品输出的主要部分。

另外,晚清时期陕西各地于通商口岸设置厘局,各厘局对进出口货物征收厘金,陕北共设置厘局四处,分别于黄河渡口宜川之龙王辿、定边县城、府谷之宋家川、神木等地设置厘局征收过往货物的税金,从中也可看出陕北地区贸易货品的特色。

表 1-6-4　晚清陕北地区厘局设置及出入货物品类统计表

	厘　局	征　银　额	输　出　货　品	输　入　货　品
陕北地区	龙王辿局	额银 1 238 两,下等。宣统元年(1909 年)收银 2 043 两	甘草(产北口外,贩往河南禹州),由西渡东者:棉、靛、油、麻、木耳、猪羊皮毛	由东渡西者:生熟铁货、绸布、估衣、杂货、猪、羊
	靖定局	额银 4 276 两,中下等。宣统元年(1909年)收银 5 344 两	土药、皮张、绒毛、麻油、甘草、牲畜、洋油、烧酒、水烟	洋布、洋缎、洋货、大布、棉线、京广杂货、铜、铁、瓷器、药材、估衣、糖、酒、食物
	宋家川局	额银 2 827 两,中下等。宣统元年(1909年)收银 1 941 两	小盐、羊皮、牲畜、皮毛、碱、木料	由太原、汾川来,前往宁夏、凉州。洋布、白布、糖、靛、药材、杂货、铁货、棉线、汉烟、纸张、食物
	府神葭局	额银 3 771 两,中下等。宣统元年(1909年)收银 5 770 两	麻油、甘草、土瓷、商碱、黄丝、烟、松木枋、牲畜	杂货、布匹、糖、铁、药材、红枣、蒲纸、棉花

(资料来源:陕西清理财政局编:《陕西全省财政说明书》,岁入部,厘金,宣统元年排印本。)

关中地区自古农业发达,对外输出商品也以农产品及农产加工品为主,粮食、棉花、蓝靛、牛羊皮、竹器、草帽、柿饼、清油、麻油等占主要部分。另外,由于关中地区是联系西北与东南的门户,交通运输条件便利,西北的皮毛在此易于集散,这里还是西北农牧产品输出的门户,因此,清代关中地区毛皮加工业得到发展。在泾阳县与同州府大荔县羌白镇形成了两个毛皮产品加工中心,每年产出皮货输往东南各省,构成关中地区重要的输出商品之一。

陕南地区的商品生产主要集中在林特产资源开发与粮食及经济作物种植两个方面。清代陕南秦巴山区是初经开垦的老林区,由于汉江水道直接联系下游的河口与汉口镇,地方商品输出较易,故自清初就发展起多种经营的产业结构。资源开发型商品生产是这一时期陕南地区最重要的生产形式。主要包括林木资源的采

表1-6-5 清末陕西省厘局设置及出入货物品类统计表

	厘 局	征 银 额	输出货品	输入货品
关中地区	西安东关局，同治六年(1866年)开办	额银3 234两，中下等。宣统元年(1909年)实收8 822两	牛羊皮、山纸、木耳、生漆、榾子、椒、蜂蜜、桐漆油、药材(周围土产)	布匹、绸缎、京货、杂货、药材、洋货(东、北、南而来)
	西安南关局，同治六年(1866年)开办	额银1 795两，中下等。宣统元年(1909年)实收银3 525两	牲畜由西来赴东南去	烧酒(产凤、郿、盩、鄠一带)、油、漆、火纸、皮纸
	西安西关局，同治六年(1866年)开办	额银824两，下等。宣统元年(1909年)实收银2 100两		本境出产，由乡入城：猪、羊、骡、马、驴、杂油、挂面、杂木、烟、靛
	西安北关局，同治六年(1866年)开办	额银513两，下等。宣统元年(1909年)实收银47两		入城零星货物：杂皮、棉花、土瓷、清油、红枣、花生、骡头、猪只、靛、盐磋、铁、炭
	泾阳县，咸丰八年(1858年)	额银53 133两，上等。宣统元年(1909年)实收银48 704两	杂货，加工皮货成品	兰州水烟、生皮、棉花、杂货
	三原县	额银43 425两，上中等。宣统元年(1909年)实收银41 152两	棉花、回绒毡、布帽等。土产、杂货	湖北大布(转口)、药材(转口)
	咸醴局	额银1 834两，下等。宣统元年(1909年)实收银429两	油(输往省城、河东)、土药	
	临渭二华局	额银3 295两，中下等。宣统元年(1909年)收银2 644两	土药、百货、棉花、竹器、草帽、药材、柿饼	
	潼关局，咸丰八年(1858年)	额银44 336两，上中等。宣统元年(1909年)收银41 152两	土产无多，出境土货、油、酱、酱菜、落地杂货、纸张、红白糖	过往省城、三原及西走甘肃之货。湖北布匹；河南杂货；禹州、怀庆之药材；山东料货、参虾、洋货
	大庆关局	额银14 953两，中等。宣统元年(1909年)收银32 475两	土产：棉花、皮货	铁、碱(晋产)、香矾、汉烟、洋布、京货、各杂货
	芝川局	额银3 436两、中下等。宣统元年(1909年)收银4 167两	麻油、蓝靛、棉花	铁、碱、杂货、棉线、甘肃水烟、花生、枣

续 表

厘 局		征 银 额	输 出 货 品	输 入 货 品
关中地区	三河口局	额银 1 369 两,下等。宣统元年(1909 年)收银 1 865 两	油、酒、木植。北路棉花、牲畜(贩赴河南)。商雒之火纸,同州、朝邑之麻黄、辣子、花生等	炭、盐、湖北白布(转口三原)
	凤翔局	额银 27 334 两,上中等。宣统元年(1909年)收银 27 890 两		甘产药材(输入三原)、渭原棉花(运凤分发川甘)、湖北布匹(运凤接发甘省行销)、甘之皮毛货,北山皮毛,运泾阳,或由潼寨出境
	长武局	额银 22 937 两,上中等。宣统元年(1909年)收银 25 238 两	地当孔道,陕甘出入门户、本地土产无多,悉外来过境之货	兰州水烟(入泾阳);泾州之蜜蜡;洮岷、西宁之归芪诸药材(入三原加工);骡、马、驴之皮张;牲畜(贩往山西、河南)
	扶郿局	额银 1 125 两,下等。宣统元年(1909 年)收银 1 265 两	本地土物酒为大宗;蓝靛(销乾州一带)	外来有本省棉花、矾石、火纸、烟末、木料、食物。产他处者:糖、表、梭布、麻、铁、药材、京广杂货、洋斜、羽布等均销郿县地方

(资料来源:陕西清理财政局编:《陕西全省财政说明书》,岁入部,厘金,宣统元年排印本。)

伐;桐油、漆油产出;木耳、香菌培植业;造纸、冶铁业的发展以及药材资源的开发等多种形式的商品生产,这些产品构成清代陕南地区最主要的对外输出商品。除此之外,在汉中盆地等山间盆地,农业商品性生产也得到充分发展。由于稻麦两熟制的推广,使这一地区粮食产量增加,因此,余粮输出成为这一带农户的重要商品输出。在粮食充分满足本地农户生存需求的情况下,经济作物的种植得到更加有力的发展。烟草、姜黄、药材都成为当地人经营的主要产业,也构成当地对外输出的主要商品。

表 1-6-6　晚清陕南地区厘局设置及出入货物品类统计表

	厘局	征银额	输出货品	输入货品
陕南地区	兴安局	额银 12 966 两，中等。宣统元年(1909年)收银 13 534 两	汉砖安平所产：生漆、耳、麻、丝、茶、桐油、诸药材、漆、桐油、银封纸、竹木料、猪鬃、杂毛皮(运赴河口、汉口)、构纸(洵阳产)	
	白河局	额银 60 787 两，上等。宣统元年(1909年)收银 57 877 两	上游土货。土产以构纸、草绳较多，木耳、橡壳、蒙花	湖北布匹、洋斜、竹布、羽毛、绒呢、南糖、烟、酒、赣瓷、海菜、洋线辫、玻璃盆镜、蜡油、火柴、苏木、颜料、南纸、铁货、各地药物、本地杂货、洋铁、锡器、苏杭黔汴之绸缎、沙罗、洋广江闽杂货、食物近销兴、远及川甘
	蜀河局 [同治九年(1869年)]	额银 6 709 两，中下等。宣统元年(1909年)收银 6 333 两	周围土产：桐油、木耳、草绳、构穰、皮纸、柿饼、核桃、木子、花椒、漆油、土碱、木岸皮、竹木、皮张、药材赴河口、汉口、省城四川销售	
	任河局	额银 14 197 两，中等。宣统元年(1909年)收银 2 899 两	茶(输湖北、省城、汉中、川甘)橘柑、佛手、枇杷、麻、木耳、生漆、桐油、丝茧、竹木、杂货(输湖北)	川黄表(贩往老河口，转发豫东各省)川钢、铁货、夏布、麻布、纸张、药材、皮毛
	石泉局	额银 2 891 两，中下等。宣统元年(1909年)收银 2 899 两	附近土物：木耳、桐漆油、木岸皮。丝、漆、竹木、钢铁、桔子、棕、麻次之，牲畜、盐、肉苁蓉、杂药、牛皮、骨、冻绿红	表纸、夏布、凉席、冬笋、青果、松、煤、折扇
	汉中局	额银 9 633 两，中等。宣统元年(1909 年)收银 9 329 两	土产：西北二山之粗药若苍术、猪苓、菖乌、乌药、升药等；城固一带之姜黄、姜皮、烟叶、橘柑、色纸、木耳、瓜子、花生等	布匹、洋货、瓷器、南药、土茶(自东而来者)；水烟、秦芄、当归、参草、冬花等(自西而来者)；棉花、皮毛货(自北而来者)；川表纸、铁、大绸、杂货(自南而来、运西安等地)

续表

厘 局		征 银 额	输出货品	输入货品
陕南地区	宁羌局	额银5 940两,中下等。宣统元年(1909年)收银5 691两	土产:木耳、黄花、药材	多由成都贩来,川绸缎、杂货、药、茶、青笋、烟叶、广福货、纸伞、夏布、冬菜及芎膝、连附诸药物
	阳平关局	额银7 734两,中下等。宣统元年(1909年)收银7 613两		自川来:药白冰糖、川绸缎、杂货为大宗;靛、蜡、表纸、夏布、烟叶、药材次之;丹粉、火柴、松香、糖饯、食物、广福货又次之(转售甘陇、晋豫为多)
	略阳局	额银11 972两,中等。宣统元年(1909年)收银13 971两	土产:木耳、皮纸、麻布、杂药	由甘入蜀之水烟、酒、烟叶、诸药、蜂蜜、皮张
	沔县局	额银1 262两,下等。宣统元年(1909年)收银867两	土产:木耳、党参、桴子、杜仲、棉花、生丝、花生、花粉、二花、烟叶、牛皮、驴羊猪	由汉中运来之药材、瓜子、枣、干布、草帽;西来之水烟、烧酒
	龙驹寨局	额银117 420余两,上等。宣统元年(1909年)收银78 910两		布匹、洋斜布、羽绫、羽缎、洋呢、哈喇哔叽、杂货(南糖、纸、铁、钢、瓷、金箔、海菜、药物、火柴、木、油)
	漫川关局	额银870两,下等。宣统元年(1909年)收银746两	土产:各药材、桐漆油、冻绿皮、牛羊皮、火纸、草纸、麻、棉、油、酒、木耳、桴子、椒、糖、漆、靛、车轴木	

(资料来源:陕西清理财政局编:《陕西全省财政说明书》,岁入部,厘金,宣统元年排印本。)

清中叶是陕西经济发展的黄金时期,此时陕西对外输出的商品除粮食以外,经济作物如棉花、染料、烟草均有大量输出,随着陕南秦巴山区的开发,以及北山丰富的自然资源的开采,林木、药材、山货、纸张、牲畜、毛皮等构成本地频繁而大宗的货品输出,地方商业经济亦呈现出勃勃的发展生机,经济发展进入黄金阶段,这也是自宋以后陕西经济发展少有的高峰期。

自咸丰、同治以后,受鸦片战争影响,国家社会发展大环境的变化直接影响到陕西商业经济的进步。鸦片战争以后,中国开放五口通商,洋货大量输入,外国廉价的手工制品与棉纺织品的输入,大大冲击了国内同行市场。陕西虽深处内陆,但这种冲击依然带来巨大的影响。首先,洋棉、洋纱的输入,尤其是机器纺织业的引进,给陕西棉花市场带来冲击。大量洋棉占有中国市场,陕西土棉、土布无处可销。其次,西洋化学颜料进入中国市场,价格低廉,冲击国内市场,而作为清代陕西重要输出品的茜草、蓝靛、红花等染料无处可销,染料作物种植逐渐减少,乃至退出历史舞台。另外清前中期陕西对外输出的一项重要商品为林特产品,这一资源曾随着秦巴山区的开发而得到利用,在清前中期构成陕西对外输出的重要商品之一。然而,随着林木资源滥砍滥伐规模的不断扩大,至清后期,资源已开发殆尽,林木匮乏,纸厂倒闭。种种因素使清后期陕西商业经济的发展越来越步入危机,能够作为本地商品输出的品种越来越少,不得不依赖鸦片输出维持出入平衡,这无异于饮鸩止渴,危机四伏。这一点可从清后期陕西各地厘局出入货品上得到反映。陕北、关中能够作为商品输出并抽收厘金的货物越来越少,除牲畜、毛皮、药材及少量的棉花、蓝靛外,大多为土货、柿饼、山纸、木耳、清油,陕南地区则以桐、漆油、药材、竹木、猪鬃、杂毛皮、山货为重要输出品。虽陕南地区较关中、陕北输出货品略丰富,但为数亦不多,且这些货品均为原材料与资源性产品,价格低廉,入款甚微,很难支持地方财政的收支平衡。为解决这一矛盾,政府不断鼓励民户种植罂粟,鸦片成为这一时期陕西对外输出的唯一大宗货品。无论陕北、关中抑或陕南,输出货品无一例外均有"土药"。关中的临渭二华局,陕北的靖定局,陕南的白河局,[①]输出货品均有土药。陕西商品经济发展越来越被动,越来越步入自困的境地。

表 1-6-7 宣统二年(1910年)陕西输入商品统计表

	品 名	制地及产地	运 路	数 目	单价(两)	输入总价格(两)
外洋品	洋布	泰西	汉水	120 捆	100	12 000
	洋纱	泰西	汉水	100 捆	70	7 000
	各色洋缎	泰西	汉水	1 000 匹	5	5 000
	洋杂货	泰西	汉水	120 捆	32	3 840
	洋油	泰西	汉水	500 箱	3	1 500
外省品	卷布	湖北	汉水	7 000 卷	16.00	112 000
	大绸	四川西充县	郡城南境	1 000 匹	4.00	4 000
	宁绸	成都	广元、宁羌、沔县	200 匹	10.00	2 000
	各色草缎	成都	广元、宁羌、沔县	50 匹	13.00	650
	梗子茶	四川城口县、太平县	水道汉水、旱道西城	1 000 包	5.00	5 000

① 仇继恒:《陕境汉江流域贸易表》,下编,出境货物表,《关中丛书本》。

续 表

	品 名	制地及产地	运 路	数 目	单价（两）	输入总价格（两）
外省品	蒙盐	甘肃	凤翔、略阳、沔县	5 000 石	25.00	125 000
	白盐	四川南布县	阳平关、沔县	1 000 包	3.00	3 000
	烧酒	甘肃徽县	略阳、沔县	200 笼	8.00	1 600
	卷烟	四川金堂县	宁羌、沔县、潼南	120 挑	12.00	1 440
	海茶	关外	沔县、郡南	50 挑	30.00	1 500
	广杂货	粤闽江楚	汉水	300 件	20.00	6 000
	毛边纸	四川	郡城南境	2 000 捆	2.30	4 600
	火柴	湖北	汉水	300 箱	15.00	4 500
	瓷器	江西	汉水	400 件	5.00	2 000
	广塘	广东、湖北	汉水	80 包	11.00	880
	黄表	四川广安县	郡南	10 000 箱	0.35	3 500
	川白糖	四川内江、合州	郡南	50 000 封	0.80	40 000
	川红糖	四川内江、合州	郡南	20 000 封	0.50	10 000
	蓝靛	四川龙安府	郡南	500 挑	7.00	3 500
	褐子	甘肃省	略阳、沔县	800 匹	0.80	640
	牛胶	四川保宁府	郡南、广元、宁羌	50 包	18.00	900
	川杂药	四川全省	广元、宁羌、潼南、沔县	500 挑	10.00	5 000
	怀杂药	河南怀庆府	汉水	300 件	12.00	3 600
	蓁艽	甘肃省	略阳、凤翔	400 担	10.00	4 000
	当归	甘肃省	略阳、凤翔	1 000 挑	9.00	9 000
	鹿角	甘肃、新疆	略阳、凤翔	220 担	30.00	6 600
	冬花	甘肃、新疆	略阳、凤翔	100 挑	12.00	1 200
	小香	甘肃省	略阳、凤翔	60 担	10.00	600
	铁	四川	潼南	3 000 背	3.50	10 500
本省品	茶	紫阳县	汉水	300 包	6.00	1 800
	棉花	西安、凤翔	华阳、洋县、城固	500 包	19.00	9 500
	毛毡	西安、凤翔	延安、宝鸡、褒城	30 挑	40.00	1 200
	皮货	略阳	水路、汉水、旱路西乡、城固	20 担	120.00	2 400
	姜黄	各府	郡东部	100 挑	12.00	1 200
	姜皮	城固	郡东部	3 000 包	4.00	12 000
	杂货	城固	郡东部	1 000 包	5.00	5 000
总计						435 650

（资料来源：仇继恒：《陕境汉江流域贸易表》，下编，入境货物表，《关中丛书》本。）

表 1-6-8 宣统二年(1910年)陕西输出商品统计表

	物品名	输 出 地	运路、驶向地	数 量	单价(两)	总额(两)
外国品	洋布	本省西北部	本属四境	100 捆	120.00	12 000
	洋沙	本省西北部	本属四境	70 捆	75.00	5 250
	各色洋缎	本省西北部	本属四境	900 匹	5.00	4 500
	洋杂货	本省西北部	本属四境	80 挑	40.00	3 200
	洋油	本省西北部	本属四境	500 箱	3.50	1 750
外省品	卷布	本省西北及四川	本属四境	6 000 卷	18.00	108 000
	大绸	本境	本属四境	800 匹	5.00	4 000
	宁绸	本境	本属四境	150 匹	12.00	1 800
	绷绉	本境	本属四境	500 匹	5.80	2 900
	各色洋缎	本境	本属四境	35 匹	16.00	560
	梗子茶	甘肃	本属四境	700 包	5.50	3 850
	蒙盐	本境四围	本属四境	4 500 包	30.00	135 000
	白盐	本境	本属四境	1 000 包	3.60	3 600
	烧酒	本境	本属四境	200 笼	8.80	1 760
	卷烟	本境	本属四境	100 挑	13.50	1 350
	海菜	本境	本属四境	85 挑	38.00	3 230
	广杂货	本境	本属四境	260 挑	23.00	5 980
	毛边纸	本省、甘肃	本属四境	1 700 捆	2.50	4 250
	火柴	本省、甘肃	凤翔、略阳	180 捆	18.00	3 240
	瓷器	本境	凤翔、甘肃	2 800 件	6.00	16 800
	广糖	本境	凤翔、甘肃	80 件	12.00	960
	黄衣	甘肃本地	凤翔、略阳	9 500 箱	0.40	3 800
	川白糖	本省、甘肃	凤翔、略阳	48 000 封	0.90	43 200
	川红糖	本省、甘肃	凤翔、略阳	20 000 封	0.65	13 000
	蓝靛	本省	凤翔、略阳	450 封	9.00	4 050
	褐子	本省	凤翔、略阳	800 匹	1.00	800
	牛膠	本省及甘肃	凤翔、略阳	50 包	21.00	1 050
	川杂药	本省及甘肃	凤翔、略阳	420 挑	12.00	5 040
	怀杂药	本省及四川	郡西南、四川	780 挑	15.00	11 700
	蓁芃	湖北	汉水	370 件	5.00	1 850
	当归	本省及湖北	汉水	500 件	24.00	12 000
	鹿角	湖北	汉水下流	140 件	55.00	7 700
	冬花	湖北	汉水下流	80 件	16.00	1 280
	小香	本省及湖北	汉水下流	45 件	11.00	495

续　表

	物品名	输出地	运路、驶向地	数量	单价(两)	总额(两)
本省品再输出	茶	东南及甘肃	凤翔及略阳	200 包	7.00	1 400
	棉花	本境	本属四境	300 包	17.00	5 100
	毛毡	本境	本属四境	25 挑	50.00	1 250
	皮货	本境	本属四境	10 担	15.00	150
	杂货	本省西北	本属四境	100 挑	16.00	1 600
	姜黄	甘肃	沔县、略阳	2 000 包	4.50	9 000
	姜皮	甘肃	沔县、略阳	700 包	5.60	3 920

（资料来源：仇继恒：《陕境汉江流域贸易表》，下编，出境货物表，《关中丛书》本。）

表 1-6-9　陕西省输入品概算表(1914 年 7 月调查)

品目	数量	价格(两)	输入国、省名	摘要
杂货类		1 700 000	日、德、英、美	日、英两国品占多数
绒地类		100 000	日、德、英、美	日、英、德占多数
砂糖	15 000 包	170 000	广东	日本内地价格略同
洋布	100 000 匹	600 000	英、美、德、日	英、德品较多
更纱类		130 000	日、英	日本品占六成
棉丝		300 000	日、英、美、德	纺织会社
烟草	1 200	120 000	美、广东	上海制造若干
洋纸类		50 000	德、英、美	上海制
石油	2 000	11 000	美	
绸缎类		800 000	浙江、四川	
陶瓷器		77 000	江西、欧美	日本品甚多
海产物		100 000	汉口、天津	
烟丝		2 000 000	甘肃、江苏、四川、广东	四川产量少
蓝靛	15 000 000 斤	1 310 000	甘肃、山西	
茶		300 000	四川、湖南	陕西省紫阳县产品质量不良
合计		7 768 000		

（资料来源：仇继恒：《陕境汉江流域贸易表》，下编，出境货物表，《关中丛书》本。）

表 1-6-10　陕西省主要物产输出概算表(1914 年 7 月调查)

品目	数　量	价格(两)	输出方面	摘　要
棉花	80 000 000 斤	12 000 000	汉口、天津及邻省	
牛皮		1 000 000	天津、汉口方面	甘肃东部及陕西西北部产
羊毛	3 750 000	1 200 000	天津、汉口方面	甘肃东部产一部分,陕西产占 1/3 以上
羊皮		1 500 000	东南各省	甘肃东部、榆林方面出产以榆林为多
漆		60 000	东南各省	终南特产
合计		15 760 000		

(资料来源:仇继恒:《陕境汉江流域贸易表》,下编,出境货物表,《关中丛书》本。)

第二节　陇海铁路与陕西区域市场格局的转变

一、民国时期陕西商业市场发展概况

民国时期陕西商业发展可谓几起几伏,变动剧烈,若以时段划分,大体可以抗战前后为界,其间发展变化尤其剧烈。

民国初年,陕西历经战争摧残,经济受损较重,多数县份市场萧条,西安作为省会城市已是"满目荒凉,不见人影之处居多"①。1921—1931 年,陕西经历前后十年左右的灾荒年馑、匪患袭扰,商业破坏甚巨。1932 年陇海铁路调查团成员所见"除少数县稍有商业,略具常态外,其他各县,大都元气未复。荒田盈野,十室九空,荒凉残破之迹,凄苦创痛之音,随处皆有见闻"②。可以看出陕西经济的破败程度,商业经济发展的低迷更加明显。以西安市为例,1926 年围城之役,历时 8 个月,使西安几乎成为一座死城,民食维艰,商户纷纷倒闭。由于战争的破坏,西安的商号数目较之战前约减少了十分之一,据相关记载,1926 年围城之役以前,西安约有商号 5 000 家,围城之役以后,西安商号仅有 4 500 家。③ 而在 1929 年年馑之后,西安商市再一次遭受重创,商号数目猛减至 3 200 余家,较之围城之役后,大约又减少三成。据陕西省银行对 1934 年西安商业调查显示,其时"西安人口尚只十二万,商店名称五千余家而小贩居多,七十二行成立公会者,仅三十六行,资本最大之商店为广货庄五万元,最小之商业为书籍笔墨业一百元。因天灾人祸关系,商店且有亏累停业者。如盐行三十家、停业者五家;杂布行廿七家,停业者八家,皮货行十一家,

---

① 刘安国编著:《陕西交通挈要》,中华书局,1928 年,第 31 页。
② 铁道部业务司商务科编:《陇海铁路西兰线陕西段经济调查报告书》,序言,1935 年。
③ 何宝泽:《西安商业概观》,《新陕西》1931 年第 2 期。

停业者三家；山货行十九家，停业者一家"①。比照相关资料，有资料认为这一数字"必为廿三年以前西安市况，甚或在火车未达潼关以前"②。西安为省会所在，多少有政府多方照管，而各县经济萧条就更加明显。

陕南地区自入民国以后，一直遭匪患骚扰，各县商人时时被劫，商户裹足，停行闭市。如紫阳县，在清末民初之际，地处汉江任河地段，水运方便，"商务颇称发达"③，后因"匪劫连年，各处分庄，相率引去，本地商号，一律歇业，故在廿三年本行调查之时，仅存小本商人贩卖盐布及日用之零物而已，农民因告贷无门，土产又不能销售，竟有以麦易布，以茶易盐者"④。邻近的岚皋县在民国初年，尚因"土产价昂，商务亦盛，十八年被匪骚扰，经济破产，故后来仅有小商营业"⑤。关中地区商业的败落主要受旱灾影响过巨，武功县，未经灾荒之前，"县城商店二百家，廿三年仅存五十余家，以土行居多"⑥。至于陕北各县一直陷于争战之中，商业萧条更有甚于关中、陕南。

抗战全面爆发以后，据1939、1940年陕西省银行各处经济月报统计，商店似以安康为最多，南郑、宝鸡次之，咸阳又次之。但安康原有23行，最近改组者不过15行，咸阳34业，成立公会的不过14行，只有南郑公会有17行。其余各县无公会者居多，但商店资本，均较抗战前有所增加。

表 1-6-11 抗日战争前后陕西各地商店数量比较表

地区	县别	城周(里)	人口 户数(户)	人口 口数(人)	商号数 抗战前(家)	商号数 抗战后(家)	行数 抗战前(个)	行数 抗战后(个)	商店资本数 抗战前 大店(元)	抗战前 小店(元)	抗战后 大店(元)	抗战后 小店(元)
关中地区	西安											
	三原			50 000	1 300		51					
	泾阳		800	4 000	200	220		11			20 000	100
	耀县				168							
	咸阳	12	3 500	20 000	400	411		14	6 000		50 000	200
	潼关	10	1 000	5 000	800		12					
	渭南	4		2 000	328		11					

---

① 西安市档案馆编：《陕西经济十年(1931—1941)》，内部印行，1997年，第186页。
② 西安市档案馆编：《陕西经济十年(1931—1941)》，内部印行，1997年，第186页。
③ 西安市档案馆编：《陕西经济十年(1931—1941)》，内部印行，1997年，第199页。
④ 西安市档案馆编：《陕西经济十年(1931—1941)》，内部印行，1997年，第199页。
⑤ 西安市档案馆编：《陕西经济十年(1931—1941)》，内部印行，1997年，第199页。
⑥ 西安市档案馆编：《陕西经济十年(1931—1941)》，内部印行，1997年，第199页。

续 表

地区	县别	城周(里)	人口 户数(户)	人口 口数(人)	商号数 抗战前(家)	商号数 抗战后(家)	行数 抗战前(个)	行数 抗战后(个)	商店资本数 抗战前 大店(元)	商店资本数 抗战前 小店(元)	商店资本数 抗战后 大店(元)	商店资本数 抗战后 小店(元)
关中地区	大荔				200	500	8	8	8 000	1 000		
	朝邑				150		8		10 000	2 000		
	合阳				75		16		3 000	500		
	韩城				70				1 500	50		
	澄城				40		6		500	30		
	白水				40	50	10	5	200	20	3 000	
	华阴		350	2 000		150		10			10 000	300
	兴平				200	413	13	17	5 000	300		
	武功					71		12				
	彬县	6	500	3 000	60	200	6	6	2 000	100		
	永寿		140	700	30		4		2 500	70		
	礼泉	6	300	2 000	120	180	9	19				
	乾县	6	1 500	8 000	88	152	5	8	700		10 000	200
	长武	5	250	1 200	80	126	5		2 000	500		
	浦城					90		6	5 000	50		
	户县					140		10			6 000	500
	蓝田					132		12			500	30
	富平					700		14			16 000	200
	高陵					85		7				
	岐山				60	146	7	22			5 000	500
	凤翔			86 000	300	369	19	25	4 000			
	宝鸡				168	560	10	17				
	陇县				>100		6		10 000	500		
	扶风					57		8			2 000	
陕南地区	安康				2 000	1 007	11	23			20 000	20
	平利				80							
	商县		2 000	10 000	270	301		11				
	汉阴				72	240	8	9	500	50		
	洋县					500		9			2 000	300

续　表

地区	县别	城周（里）	人口 户数（户）	人口 口数（人）	商号数 抗战前（家）	商号数 抗战后（家）	行数 抗战前（个）	行数 抗战后（个）	商店资本数 抗战前 大店（元）	商店资本数 抗战前 小店（元）	商店资本数 抗战后 大店（元）	商店资本数 抗战后 小店（元）
陕南地区	宁强	3	300	1 500		520					3 000	200
	石泉					110		5			10 000	1 000
	沔县		150	700		300		14			2 000	300
	凤县		400	2 000		30						
	城固					300		10				
	白河		500	2 000		<100						
	紫阳		300~400	1 500		31					1 600	200
	南郑	9		50 000		733		17				
	洛南		500	3 000		127		13				
	镇安					300						
	商南					58		6			4 000	200
陕北地区	绥德				100							
	洛川	3	200	1 000		150		17				
	同官	5	700			50		15			2 000	
	榆林					161		12			12 000	300
	葭县					28		6			4 000	200
	府谷					27		7			7 000	1 000
	神木					70		9			5 000	

（资料来源：西安市档案馆编：《陕西经济十年(1931—1941)》,内部印行,1997年。）

抗战以后,陕西各县商店均有所增加,究其原因,一则由于民国开发西北政策实施以后,政府加大对陕西社会的管理,匪患逐渐肃清,陕南最为明显。紫阳县在抗战前数年,商店几乎完全倒闭,抗战后增至30余家。另外,陕西的旱灾也逐渐平复,关中地区表现最为显著。武功县在抗战前几年,商铺仅存50余家,抗战后超过到百家以上,且有方兴未艾之势。最后就是抗战的影响。战区人口西迁,像城固、洋县、西乡、南郑,因学校机关纷纷迁入,需求增加,因此商业发达,商店陡增;而沿交通线的冲要地点,如西安、宝鸡、双石铺、宁强等处,不仅商店增加,旅馆、饭店之类添设更多。当然,战后商店增加最普遍的原因,还在于物价日涨,商业利润太厚,平时不经商的,也有出来囤积居奇。例如：南郑在1940年棉花每百斤仅值164元,加运费、税捐、佣金、保险费等36~37元,共值200元,1940年上半年价涨至520元,为时不过6个月,每百斤得利润300元。其余货物大多如此。因此,有些商家以数百元的资本,不过一年即获利润达万元以上,有些店家资本原只有数千元,三四年间积资即达十数万或数十万元,人称发国难财。但是物价日日上涨,币值日日下跌,结果,资产数字增加但实际购买力却在降低,因此实际上商店也多亏损,只是竭力维持罢了。

二、陇海铁路通车陕西后商业市场的变迁

陇海铁路的通车彻底改变了陕西省区的市场结构,不仅带动了铁路沿线城镇市场的繁荣,同时也改变了传统时期陕西的商业运输路线。陇海铁路通车陕西之前,西北输出的药材,豫鄂等省输入的大布,均在三原集散。甘肃水烟、湖南砖茶,则以泾阳为转运之地,输出时经蓝田、龙驹寨、老河口,以至汉口而运销外埠;输入品如匹头、洋货亦循此道,这条商路自明代即已奠定,至民国初期,为西北地区与东南联系的最重要的商业路线。1931年12月陇海路展至潼关,1935年通达西安,至1937年通至宝鸡,陇海铁路实现全面贯通关中地区。铁路运输的方便与快捷是传统陆路交通无法比拟的,这样,传统的蓝田、龙驹寨商路被彻底取代,多数货物改由火车装运,直接运抵西安,火车沿线的城镇市场不断繁荣,而传统商路上的商业城镇如龙驹寨、三原、泾阳的商业则日渐下降,商业市场格局发生了根本性的改变。

(一) 西安中心商业城市地位的确立

辛亥革命带来了西安城市格局的重大变化。武昌起义后不久,西安新军即奋起响应,举起义旗,对清军展开了激烈的攻击,在此期间,西安城市在战火中受到了很大的破坏,其中受损最大的就是满城,起义军首先攻打县门街的军火库和军装局,然后就是攻破"满城",结束了满族八旗在西安的军事统治,在夺城之战中,炮火、挖墙致使满城残破不堪。

民国初年,陕西督军张凤翔拆除满城墙(西墙与南墙),清代以来形成的以满城为重心的城中城格局被彻底打破,西安城变为以钟楼为中心,以东、西、南、北四条大街为道路主干骨架,分别向东门(长乐门)、西门(安定门)、南门(永宁门)、北门(安远门)四个方向对外延伸,外接四关城。过去满城的东部利用了府城的东门,因此,形成了东关与府城之间的交通阻碍,满城的拆除,使以西安钟楼为中心的十字形道路骨架形成,西安的东西交通全线畅通,因此,民国时期不仅改变了城中城的格局,同时也改变了城市交通空间结构,实现了东关与大城之间的直接交通联系。这些改变对于西安商业中心的发展都起到了巨大的作用。

民国初期由于西安经历战争不断,城市受损较大,尤其1926年"围城之役"使西安几乎变成死城,直到国民政府时期西安城市才得到真正的发展,尤其陇海铁路的修通,大大加速了城市商业格局的更新。

陇海铁路展至西安对西安城市空间的影响是非常大的,它不仅使城市内部空间的各商业中心用地范围不断扩大,新的生活方式渗入,新的城市功能不断产生,

一些新型的商业、服务业在城市中也逐渐发展起来。商业空间也有了大大的改观，晚清民国初期，西安的商业中心以南院门为中心，各级行政单位的集中分布使这一地区人口集中，商业繁荣，在此期间，南院曾为陕西省议会、西安警备司令部、国民党陕西省党部、西北行营主任顾祝同及陕西省广播电台等重要机构驻地。这些都为这一区域的发展提供了政治上的保障。火车通车西安以后，西安火车站附近成了繁华的地段，城市与火车站之间的交通联系使该地段的商业逐渐发展起来。城市商业的拓展由东大街向火车站延伸，尚仁路成为商业聚集的区域之一。这种经济上商业空间的形成，实际上是对原有商业权力中心的依附性的逐渐减弱，商业发展的交通导向性取代了依附权力的传统商业的布局趋势，以四个大街尤其以区域交通结点和城市交通结点为活跃地区，包括东大街、尚仁路和火车站一带为快速发展的区域，传统商业与现代商业的分化明显加强。

商业分区的变化也促使西安贸易格局重新定位。清中后期，随着西安商业的发展，西安的市场功能不断加强，主要表现在连接西北，沟通东南的商品传输方面。清末的西安，货物流通可谓四通八达，布匹从东南地区运来，京广福杂货从东北方面运进，牲畜和药材自西北少数民族聚居区输入，本省货物以此为输出起始点。

陇海铁路未通车西安以前，西安市的商业中心以南院门及东大街为精华之地，此地在清末就为繁华富庶之区，大多数店铺集中于两地。[①] 自陇海路通达后，西安在原有商业功能的基础上，货物集散能力更趋发达。不惟东南工商制造品输入品和西北农畜产品集中此地，"陕南陕北各县土产之输出，日用品之输入，取道于西安者亦颇多"[②]。所不同的是，由于铁路运输的巨大优越性，铁路迅速成为陕西货物运输的主要方式，陕南陕北地方物产的输出和日用生活品的输入，亦比以前更加依赖西安，这比以前任何时候都更加紧密地把陕北和陕南纳入到一个经济体系当中。

至铁路通达后，新市区及大差市一带，因接近火车站，货物运输方便，这些地带迅速成为新的商业集中区，"因接近车站之故，曩昔旷野荒地，悉夷平开发，地价大涨，于是谈西安精华者，不得不移其目光于新市区矣"[③]。由津沪汉输入的丝绸、布匹、油类、颜料、食糖、纸烟及其他普通日用品等，由火车运抵西安后，再分销省内各地。过境商品较之前代亦有增加。有布匹、茶叶、鞋帽、颜料、肥皂及其他杂货，多由西兰公路运往甘肃。伴随着泾阳、三原商业中心地位的下降，西安成为名副其实的西北商业中心。时人曾言："民国以前，陇海铁路距陕尚远，西北输出之药材，豫鄂输入之大布，均以三原为集散地。甘肃水烟，湖南砖茶，则以泾阳为转运之所，输出时经蓝田、龙驹寨、老河口，以至汉口而运销外埠，输入品如匹头、洋货循斯道。迨陇海路展至灵官，蓝田、龙驹寨复行旅不便，多是货物改由火车装运，泾阳商业，

[①] 张萍：《地域环境与市场空间——明清陕西商业市场的历史地理学研究》，商务印书馆，2006年，第82页。
[②] 铁道部业务司商务科编：《陇海铁路西兰线陕西段经济调查报告书》，1935年，第91—92页。
[③] 西安市档案馆编：《陕西经济十年(1931—1941)》，内部印行，1997年，第188页。

遂日渐下降。西安乃代之而兴。"①这一点无论从西安商业公会的发展，抑或商店调查中均可以看出这种发展势头。1935年西安商业公会有39家，旧有行业尚存1 101家，至1940年成立公会者已有47家，1941年有48家，大部分行业均已成立公会（参见表1-6-12）。

表 1-6-12　民国时期西安商业公会统计表

年　代	成立公会者	旧有行业
1935年 （39家公会）	京货业、木业、广货、丝线业、南货、煤油机油、青器、皮业、纸业、寿枋、山货、点心、酱业、印刷、酒业、猪肉、纸烟、帽业、铜器、过载转运、国布、百货、海菜杂货、药业、料货、清油、茶叶、盐业、估衣、铁货、绸缎、旅店、书业、鞋业、汽车、洗染、理发、运输、人力车，共计1 900家	旧货、油纸、皮胶、羊肉、碱业、铁业、卷烟、特货、照相、针箴、丝织、军衣、水汉烟、石匠、毡房、兴汉绸、茶商、生棉花、醋房、辣面、西粮、金业、毛袜、笼底、粗器、东粮、油纸雨伞、皮货、刷纸、生地、水烟、皮箱、熟花、柴炭、糖房、银布、熟膏、裱画及揭裱、络子、炉院、竹麻、包粮、古玩、医院、颜料，共计1 101家
1940年 （47个行业）	土药业（鸦片）、京货业、酒业、清油业、山货业、盐业、书业、药业、钱业、广货业、南货业、百货业、木业、杂货业、青器业、酱货业、茶叶业、点心业、转运过载业、估衣业、寿枋业、国布业、丝线业、浴业、印刷业、五金业、纸货业、食糖业、煤炭业、旅店业、绸缎业、铁货业、西服业、猪肉业、摊贩业、证章业、人力车、纸烟业、卷烟业、粗瓷器业、铜器业、皮货业、土布业、帽业、酒菜业、鞋业，共计47行	货栈行、银首饰行、钟表眼镜行、古玩行、羊肉行、皮胶行、照相行、针箴行、丝织行、军衣行、石匠行、干果行、毛袜行、罗底行、裱糊行、油纸雨伞行、皮箱行、洗染行、醋房行
1941年 （48家公会）	改京货业为丝绸呢绒布业，书业为图书教育品业，清油业为油业，药业为国药业，广货业为代售业，南货业为采办业，转运过载业为承揽运输业，五金业为五金电料业，西服业为缝纫业，卷烟业为川卷烟业，并取消国布业、丝线业、绸缎业、摊贩业、土布业，而新增第二区棉纺织业，第一区面粉工业、戏剧电影业、报业、汽车业、料货业、猪羊肠业，其余如旧，截至民国三十年（1941年）底共有48公会	

（资料来源：西安市档案馆编：《陕西经济十年（1931—1941）》，内部印行，1997年，第186页。）

---

① 西安市档案馆编：《陕西经济十年（1931—1941）》，内部印行，1997年，第186页。

而从表1-6-13来看,这种表现形式更加明显,1934年以前,西安人口一直保持在12万人左右,商店总数在4 000余家,大店资本仅10万元,小店资本只有20元,利润也平平。1935年,也就是陇海铁路通车陕西以后,西安的商业有突飞猛进的发展,商店数量从5 000余家发展到1940年的7 000余家,大店资本从15万元增加至70万元,利润状况也是多有盈利。从中可见铁路通车对西安商业发展的影响,当然这其中也有抗战的促动作用。

表1-6-13 1931—1941年西安人口、商店调查表

年别	户数	口数	商店总数(家)	店员总数(人)	行商	公会数	大店资本额	小店资本额	盈亏状况
1931年			4 000余	35 000			10万元	20元	平平
1932年			4 000余	35 000			10万元	20元	平平
1933年			4 000余	35 000			10万元	20元	平平
1934年		120 000	4 000余	35 000			10万元	20元	平平
1935年			5 000余	45 000		39	10万元	20元	多盈
1936年	23 300	155 466	5 000余	45 000			15万元	20元	多盈
1937年	36 388	208 858	5 000余	45 000			15万元	20元	多盈
1938年	46 423	246 476	5 000余	45 000			20万元	50元	多盈
1939年	44 835	221 606	6 000余	50 000			20万元	50元	多盈
1940年	48 055	223 847	7 000余	60 000	20行	47	20万元	50元	中平
1941年			6 180	43 200		48	70万元	50元	多亏

(资料来源:西安市档案馆编:《陕西经济十年》(1931—1941),内部印行,1997年,第187页。)

(二)渭南与大荔市场中心的易位

大荔县古为同州,东距西安市125公里,是西安以东重要城镇,有"三辅重镇"之称。明代为同州州城,清雍正十三年(1735年)同州升府,改州治为府治,成为同州府治与大荔县治驻所,是渭北政治、经济与文化中心。清代的大荔县在关中内地州县中属商业经济发达的州县。它是同州府城所在地,渭北10县的中枢,既是本地商品的集散中心,同时又承担渭北韩、郃、澄、蒲、白诸县粮食集散与转运的职能,自古就有"填不满的同州,拉不退的咸阳"的称誉。城中每旬三七日为会期,韩、郃、澄、蒲、白诸县粮食全部汇集大荔,由驴驮车载运往华州、华阴、潼关、渭南等地。外地客商购买的大宗粮食,多由木船沿洛河

运往省城西安、外省河南、山西等地。由于交易繁盛,城内遂于每旬一五九日专设"粟集",[①]为固定的粮食交易日。清中后期,大荔县城中又产生了固定的粟行,行商坐贾皆备。成立于道光二十年(1840年)前的裕生和与成立于咸丰元年(1851年)的保兴公号两家"粟行"最有名。会期上市粜粮车,少则数十车,多则上千车,[②]是清代陕西商品经济发达的州县级城镇的典型。另外清代同州府的皮业也很发达,流经大荔的洛水适宜硝皮,所以硝皮作业以此为集中地。1925、1926年,有专业加工作坊120余家,年营业额达7万～80万元,后经军队洗劫,生意剧减,到民国后期仅存10余家,营业额不足10万元。从清至民国,大荔的经济地位在逐渐下滑。

渭南县位于华州(1913年改为华县)西50里,西距临潼80里,城周4里,人口大约2 000人。渭南地势平坦,物产丰富,主要有小麦、棉花。

民国初期,渭南县商业并不发达,以渭河水运之便,所运货物多为山西产的盐、煤、铁货。这里只是作为咸阳商业中心的一个中转码头,承担着渭河两岸货物运输的职能。至于本地货物外运,在抗战之前,主要以棉花为大宗,每年输出10万担以上,价值400余万元,运销郑州、彰德(今河南安阳)、沪汉等地。小麦每年输出15万石,约值150万元,多运销河南、山西等地。[③] 抗战之后,由于有陇海铁路之便,水运依然有渭河舟楫之利,兼有公路与省道,交通可谓四通八达。因此,渭南县成为附近各县及关中东部地区商品的集散地。生齿日繁,市面因此而兴盛,俨然成为关中东部地区的商业中心。据渭南直接税分局1943年调查,渭南总计有商号719家。具体而言,资本在2 000元以上者共有358家,其中以经营杂货业者最多,有100家。经营粮食业者次之,有45家,经营棉花业、布匹、药材等业者又次之,共计103家,以上五业占全部营利事业单位69%强。

由上可知,民国时期,渭南县商业因交通之利得以迅速发展。在抗战爆发后,不但没有受到多大影响,反而商业趋于发达,不惟商号数量为关中东部地区之冠,而且营业资本也在关中东部各县份中首屈一指,成为名副其实的商业中心。

(三)宝鸡替代凤翔成为关中西部的商业中心

清代宝鸡县属凤翔府,由于西路驿站设于凤翔府城之内,且陕西与甘肃的经济往来较为密切,故关中西部各县以凤翔为商业中心,无论商号数量或经济发展程度上均高于宝鸡。

---

① 光绪《续修大荔县旧志存稿》卷四,土地志,城乡会日。
② 大荔县地方志编辑委员会编:《大荔县志》,第九篇,商业,陕西人民出版社,1994年。
③ 陈言:《陕甘调查记》,上,北方杂志社,1936年,第129页。

1. 民国以后凤翔商业经济的逆转

凤翔县地居关中西部,交通尚称便利,西越汧阳、陇县,可达甘肃,通过宝鸡与汉中、四川联系,清代以来一直是关中西部重要的货运中转站,向与"东部之三原相提并论"①,因旧为凤翔府治,所以城内人口号称 86 000 人,规模庞大,消费畅旺,城内人口职业构成"农商各占十分之三,工业及劳动者各占十分之二"②,城中聚居着大量非农业人口。清至民国初年,陕南的药材,四川的卷烟,甘肃的皮毛,均以凤翔为中转站运往西安,过境货物数量颇巨。其他商品如布匹、京货的过境量亦属不少,"各种匹头,由西安运至凤翔转售汉南者每年达一千五百余万匹,京货由西安运来向甘省转售者每年达二千六百余万件"③,陇海铁路通车宝鸡以前,凤翔县仅载运行就有 13 家,资本均在数千元左右,实与地理位置有莫大关系。

1929 年旱灾饥荒对凤翔经济的影响颇大,城市面貌残破不堪。其年城内居民仅存 300 余家,"房屋均皆坍倒,气象萧条,严若空城"④,与乡镇无异。以后,陇海铁路通车宝鸡,宝鸡经济崛起,凤翔经济开始下滑,据调查,本地商品外运为主,且主要满足本省及西部甘青地区。

在本地商品贸易中,以酒的输出为最大宗商品。凤翔所产之酒,产量最大且最为驰名,有所谓"凤酒"之称。据统计,凤翔有酿酒之家 60 处,全年总产量为 403.2 万斤,值洋 60 万元。白酒之外,尚有米酒,以糯米酿造,味甘,行销本省。⑤ 烟草次之,全省各地均有支店进行交易,就一般贩夫走卒莫不以此为喜好,为普通农民消费的唯一奢侈品。城内虽只有商号 300 余家,而烟馆一项,就有 70 余家,"殊为不景气中之最不良现象也"⑥,此为民国早期凤翔的商业情况。

2. 抗战后期迅速崛起的宝鸡

民国初年宝鸡的商业发展程度仍居凤翔之下,据陕西省银行 1934 年调查,其时凤翔有商号 300 家,各类商行 19 行,而宝鸡则只有商号 168 家,商行 10 行。⑦ 1929 年以前的宝鸡人口稀少,商业也不景气,"惟拍卖家具者,则逐目皆是"⑧。经过年馑之后,宝鸡受害颇重,据《陕西实业考察》记载:灾荒之后,宝鸡人口锐减之势仍不见缓解,"在民国十六七年(按:1927、1928 年)约二十万,十八年减为十八万人,去年调查只有一十四万"⑨,较之灾前,损失

---

① 刘安国编著:《陕西交通挈要》,中华书局,1928 年,第 65 页。
② 刘安国编著:《陕西交通挈要》,中华书局,1928 年,第 65—66 页。
③ 铁道部业务司商务科编:《陇海铁路西兰线陕西段经济调查报告书》,1935 年,第 109 页。
④ 何庆云:《陕西实业考察记》(八),《时代公报》1932 年第 39 期。
⑤ 陈言:《陕甘调查记》,上,北方杂志社,1936 年,第 118 页。
⑥ 何庆云:《陕西实业考察记》(八),《时代公报》1932 年第 39 期。
⑦ 西安市档案馆编:《陕西经济十年(1931—1941)》,内部印行,1997 年,第 189—190 页。
⑧ 何庆云:《陕西实业考察记》(八),《时代公报》1932 年第 39 期。
⑨ 陕西实业考察团编著:《陕西实业考察》,汉文正楷印书局,1933 年,第 37 页。

一半。

　　陇海铁路通车宝鸡之前,宝鸡的商业交易对象主要集中在汉中与四川地区,其"扼守西南,控制西北"的地缘优势,在商品运输环节中具有一定优势,汉中、四川与西安之间的商品往来,多取道宝鸡,其中"以匹头、药材为大宗,卷烟、糖次之,纸烟、杂货等又次之。宝鸡过境匹头,每年约有三百六十余万公斤,悉自西安运来,运往汉中销售。药材每年约有一百五十余万公斤,十之七来自汉中,十之四(三)来自四川;运销长安占十之八,运销各县占十之二。卷烟年约四十余万公斤,悉来自四川,十之六销于临县,十之四运往甘肃,此外如杂货、洋烛、纸烟、黄表等,为量并不甚巨"[①]。除了上述过境商品之外,宝鸡本地也有大量的土特产输出。

　　1937年初,陇海铁路横贯关中,宝鸡商业步入繁荣发展阶段,不仅与汉中、四川的商贸往来更加便利,更使宝鸡与甘肃的联系紧密,部分甘肃与陕西的商贸往来也改过去的凤翔官道为宝鸡通道,宝鸡的商业发展逐渐取代凤翔,成为关中西部最重要的商业中心。据调查记载,东路货物如绸缎、匹头、洋广杂货、化妆品、五金材料、纸烟、洋面、棉纱、毛织物等大多先集中于西安,然后转运宝鸡,再以宝鸡为集散地,通过汽车、胶轮大车或人力驮运等方式运至陕南各地,有些商品径直运往四川。同时,陕南、四川的部分商品和土特产如红白糖、茶叶、卷烟、川产药材、川纸等,也以宝鸡为集散地,然后再分销于关中各县。此外,甘肃特产如甘盐、药材、皮毛等,亦视宝鸡为集散地。其时宝鸡"过载行达四十八家之多,咸阳渭南皆不能及"[②]。1939、1940年陕西省银行调查,此时宝鸡的商号数与公会数有了大幅增加,商号发展到560家,成立公会的有17所。可见,新式交通工具和现代化因素的综合作用,促成了宝鸡在西北市场地位的形成。

　　民国年间宝鸡商业市场地位的提高还得益于抗战的催化。此时宝鸡的市场地位更加重要,一跃而成为陕西境内仅次于西安的第二大市场。抗战爆发之后,全国主要单位和工厂纷纷内迁,由于地处战略大后方,在东部交通线路受阻之际,陕西与西部省区的经济联系更加重要,西部地区交通道路的修建纷纷提上日程,这时期川陕甘各公路相继修成,货物转运量更大,这些均使宝鸡成为名副其实的交通枢纽、货物集散中心、商务辐辏,其繁荣之状非昔日可比。宝鸡直接税分局所调查的1943年宝鸡各种商业情况如表1-6-14所示。

---

① 铁道部业务司商务科编:《陇海铁路西兰线陕西段经济调查报告书》,1935年,第92页。
② 西安市档案馆编:《陕西经济十年(1931—1941)》,内部印行,1997年,第190页。

表 1-6-14　1943年宝鸡各业数量统计表

业　别	单位(家)	业　别	单位(家)
转运业	78	茶庄业	7
山货业	72	修理补带业	55
颜料业	2	脚店业	34
屠宰业	15	电料业	5
娱乐业	6	文化业	20
麻　业	14	银楼业	7
估衣业	16	鞋帽业	11
酱园业	5	烟酒业	43
钟表业	8	寄售业	53
营造业	15	旅馆业	34
蔬菜业	42	理发沐浴业	30
面食业	55	服装业	42
木竹业	99	铁货业	79
燃料业	11	饭馆业	199
皮货业	20	杂货业	209
油醋业	10	百货业	63
化妆品业	10	布匹业	40
照相镶牙业	10	医药业	59
洗染业	17	干果业	10
瓷器业	18	其他	20
合　计			1 543

(资料来源：许济航：《陕西省经济调查报告》，财政部直接税署经济研究室，1945年，第75页。)

战后宝鸡有较大的商店1 543家，与同时期关中其他地区相比较，已在商店总数上位居全省第二。其中以杂货行、饭馆业、木竹业、转运业为最多，不难理解，因宝鸡扼守西北、西南交通之要冲，四川、陕西、甘肃三省之间往来货物频繁，所以运输业特别发达。除货物运输之外，往来经宝鸡的商旅和过客亦多，故旅馆业也称发达，至于杂货业，则为一般之现象。

综上所述，民国期间，宝鸡由一个普通小县城一跃而成为陕西境内仅次于西安的商业中心，其发展速度之快，成果之丰硕，实在令人欣喜。虽然自然灾害给宝鸡的商业发展带来了一定的影响，但不足以左右其发展的总趋势。尤其是在陇海铁路通达之后，商业日臻发达，至抗战军兴，所有输送西南的战略物资多集中于宝鸡，宝鸡的市场地位得到空前加强。可以说,宝鸡市场地位的确立是战争因素、交通因素以及地理区位优势综合作用的结果。

(四)三原、泾阳两地商业地位的下降及渐趋衰落

三原与泾阳是明清陕西重要的商业中心,也是新成长起来的商业市镇,全国著名。但进入民国以后,两地的商业经济始终在走下坡路。

1. 三原市场的下滑

明代的三原不仅是陕西的商业中心,也是东南各地货物输往西北地区的中转站,故三原县有"西达甘凉"、"三边要路"之称。入清以后,作为西安经济中心的辅助,三原仍是东南大布与西北药材加工输出、输入的中转中心,经济地位很高。[1]

民国初年,三原街市尚称繁华,城内中山街、山西街、盐店街、东渠岸街、西渠岸街均为商贾聚集之地,而以城隍庙与钟楼十字最为热闹。"由南门直达北门,曰中山大街,此街商业繁盛,但无十万以上之资本者。在北街之西曰山西街,此街多系大资本之商业,在东门内之盐店街东渠岸街橡巷等,亦为大商云集之处。其西门内之西渠岸街,大小商贾均有。其城隍庙街小商小贩群集于此……城内最热闹之处,为城隍庙门与钟楼十字。"[2]街市之外,南关以地当孔道,亦成为商旅青睐的地方。"盖商贾云集往来多于此处食宿,且营棉业者率多居此。至由三原每日早晚往返西安者,皆于此处上下车,即赴泾阳、乾县、礼泉、甘肃、临潼、渭南、高陵、蒲城、富平、耀县、淳化者,亦由此处乘车坐轿。"[3]此时三原商业发展延续了清末的发展势头,依然保持着陕西商业中心的地位。商况如此,其地生活水准较他处为高,"中流以上之人,多为米食,市上饭馆比他处亦多"[4]。

虽然如此,民国初期,受战争与天灾的影响,三原的商业贸易仍受挫不少,货物进出境量有所减少,但大体结构不变。以传统土布行业为例,湖北土布多产于汉水北岸一带,为当地重要手工业品。民国早期,秦晋商人继续在湖北设立布行,采购土布,然后运抵三原,以待西北各地布商前来采购,销售于"平凉、兰州、凉州、甘州、肃州、中卫、宁夏、西宁、西安、咸阳等地,昔年最盛时,年达二十余万卷,值千余万元"[5]。灾荒之后,布匹生意急剧衰落,"近年因产销各地,或被兵匪,或遭灾侵,运销各省,捐税又复繁重,每年销量仅得二万余卷,较之往昔,大有天渊之别"[6],往昔三原布市最兴旺时,有布店40余家,到1932年调查之时,仅余14家,灾害与兵乱对三原的布业市场影响非常大。当然,这其中也有洋布倾销的原因。"日俄洋布又尽量倾销,其竞销力量之雄厚,更非土布所能与之抗衡,鄂布销量既已锐减,布帮营业自较衰落。"[7]

---

[1] 张萍:《地域环境与市场空间——明清陕西商业市场的历史地理学研究》,商务印书馆,2006年,第70—75页。
[2] 王北屏:《三原之社会现状》,《新陕西》1931年1卷2期。
[3] 王北屏:《三原之社会现状》,《新陕西》1931年1卷2期。
[4] 刘安国编著:《陕西交通挈要》,中华书局,1928年,第46页。
[5] 铁道部业务司商务科编:《陇海铁路西兰线陕西段经济调查报告书》,1935年,第108页。
[6] 铁道部业务司商务科编:《陇海铁路西兰线陕西段经济调查报告书》,1935年,第108—109页。
[7] 铁道部业务司商务科编:《陇海铁路西兰线陕西段经济调查报告书》,1935年,第108—109页。

药材行业亦如此,以往陕甘川三省的药材运至三原炮制后,行销甚远。各省均有药商在三原坐庄,且多有数十年之历史。"民元(按:1912年)时药行竟有一百余家,且全年每家营业平均皆在十余万元。"①后因连年灾荒,营业情形大为萎缩,不惟商号数量锐减,而且营业资本大大缩水。据调查,灾荒之后三原有药行仅30余家,资本多者万余元,少者仅数千元而已。②

1931年12月陇海铁路通车潼关,在交通运输上有一定的帮助,"药材由甘肃及北山集中于此,火车运至交口(为石川河与渭河交汇之处,今为临潼区交口镇),装船直运潼关,转销郑州、上海、天津、汉口等处。每箱九十斤,每年输出四万余箱"③。布匹则"由汉口及河(湖)北省之高阳,运郑转潼,装船至三原后,再分销各地。每年所运,值数千万元之谱"④。据陕西省银行1934年调查,其时三原有商号1 300家,商行51行,除西安外是分行最多的地方,因此在陕西商业商贸地位仍居于极其重要的地位,51行包括"土布行、布店行、药材行、药店行、金行、钱行、绸缎行、京货行、杂货行、过载行、转运行、车店行、点心行、烟酒行、馆子行、羊肉行、肉架行、饭馆行、土店行、棉花行、灰面行、醋行、铁店行、烟馆行、绒烟行、干果行、石印行、照相行、钟表行、洋车行、油房行、炭行、鞋铺行、书铺行、刻字行、茶铺行、菜铺行、成衣行、柜箱行、木匠行、铜匠行、铁匠行、嵌匠行、裱糊行、澡堂行、理发行。其中成衣木匠铜匠铁匠裱糊,皆应属手工业而非商业。但土布与布店分行,药材与药店分行,过载与转运分行,烟馆与土店分行,皆为商务发达征象"。

民国后期咸同铁路的修筑对三原经济发展也有一定帮助,但由于抗战军兴,外货难以运入,以及宝鸡、渭南经济崛起对三原经济的冲击,三原商业发展仍不可避免地走下坡路。咸同铁路属陇海铁路支线,由陇海铁路管理局宝天咸同工程处负责施工,于1939年6月开工,1941年12月完工,1942年春正式通车,三原的商业发展由于得交通之便,这一时期又有了一定的发展。据三原直接税分局1943年调查,该地较大商店有1 099家,其业别及单位如表1-6-15所示。

表1-6-15　1943年三原县商业概况统计表

业　别	单位(家)	业　别	单位(家)
土布业	9	旅店业	41
棉花业	20	油醋业	22
面炭业	45	服饰业	20

---

① 铁道部业务司商务科编:《陇海铁路西兰线陕西段经济调查报告书》,1935年,第108—109页。
② 铁道部业务司商务科编:《陇海铁路西兰线陕西段经济调查报告书》,1935年,第109页。
③ 陕西实业考察团编著:《陕西实业考察》,汉文正楷印书局,1933年,第426—427页。
④ 陕西实业考察团编著:《陕西实业考察》,汉文正楷印书局,1933年,第426—427页。

续 表

业　别	单位(家)	业　别	单位(家)
医药业	69	织染业	43
木瓷业	70	皮麻业	21
五金业	86	饭馆业	79
粮食业	36	杂货业	212
百货业	55	盐酒业	12
文化业	16	理发澡堂业	19
钟表业	8	手工业	76
照相镶牙业	3	食品业	81
过载业	8	其他业	48
合　计			1 099

(资料来源：许济航：《陕西省经济调查报告》，财政部直接税署经济研究室，1945年，第77页。)

与新兴的商业城市宝鸡相比，我们可以看出三原经济呈现下滑的趋势。

表 1-6-16　民国间三原、泾阳、宝鸡、凤翔四地商号数量比较表

县　份	晚　清(家)	抗战前期(家)	抗战后期(家)
三原		1 300	1 099
泾阳		200	212
凤翔		300	369
宝鸡	150	168	1 543

(资料来源：许济航：《陕西省经济调查报告》，财政部直接税署经济研究室，1945年，第78页。)

2. 泾阳市场的衰落

泾阳县本是明清时期西北地区重要的商业中心，由于地处关中平原，田园广畴，农业发达，又非居官道之上，因此少了许多官吏盘剥与苛税骚扰，在明清两代成长为兰州水烟东出与东南茶叶西运的中转站，商业经济发展在西北地区首屈一指，地位与西安、三原比肩。[①] 进入民国以后，泾阳的市场地位一直急转直下，是明清以来商业城镇衰败最明显的地方。

首先，晚清民国以后，天津开埠，京张铁路开通，西北地区许多货品如羊毛的外运走北路，从兰州过黄河，以羊皮筏子运至包头，再转火车，运至天津，北部商路逐渐发展。兰州水烟(即青条烟)虽在清代以泾阳为主要集散地，但进入民国

---

① 张萍：《地域环境与市场空间——明清陕西商业市场的历史地理学研究》，商务印书馆，2006年，第70—97页。

以后也开始改走北路。其输出途径有二：一由兰州用牛皮筏装运，顺黄河而下至包头，再由平绥北宁两路运抵天津，后通过海道运往上海。二经由陇海铁路向外输出。如果以路程远近及运费计算的话，以后者为优。① 但是，晚清民国以后，陕西地方当局加重了本地的税收，大多数"商人避重就轻，舍近而求远，多数仍走北路"。② 加之民国初期陕西经济不景气，1928、1929年年馑，"泾阳烟业大遭打击"，至1934年陇海铁路调查处调查时，"烟庄不及十家，营业较之往昔，亦一落千丈"③。

茶业市场自陇海路西展至西安以后，茶叶自汉口可以直达西安，再转运泾阳，经泾阳加工包装之后发运兰州。民国政府为增加政府收入，"近来陕省为税收起见，亦发卖茶票，无票之茶，概行禁止，凡带往安化县（湖南）购茶沿途查验盖戳者，名曰红票，在泾阳改封后，运往兰州者名曰白票"④。但抗战爆发后，东部省份逐渐成为沦陷区，东路交通亦被阻断，以致烟茶销路和来源均陷于停顿状态，传统商号大多歇业，泾阳茶叶贸易也几近崩溃。

总体来说，据统计，抗战结束前夕，泾阳仅有各种商号212家。传统茶业行往昔有20余家，今则10余家，至于歇业的商号，一部分迁往咸阳、西安，另有一部分移驻永乐店，⑤而烟行仅剩寥寥3家而已，建国以后，泾阳商业经济再未恢复，兴盛数百年的关中商业重镇就此退出了历史舞台。

(五) 其他城市商业的变迁

民国时期陕西其他城市商业变迁仍受陇海铁路的影响最大。如咸阳在火车未通以前，据1934年4月调查，商号共400家，其中花行32家，榨厂7家，油房13家，其余全是日用品、杂货、布匹、盐、铁各商。资本最大的"调元德"盐号拥有资金6万余元。火车通车咸阳以后，据1936年9月调查，花行仍32家，本籍最多，豫、晋人次之。棉花、杂货行3家，山西人1家。棉花转运行9家，巩县人经营者1家。棉花、粟店2家，棉花、榨房7家，均本籍。棉花、盐行3家，均晋人。杂货铺3家，豫人1家。碎货铺4家，纸烟煤油店2家，均本籍。自行车店，均晋人。饭店晋冀人各一。京货庄3家，晋人1家，烟馆1家，本籍。杂粮铺1家，豫人。镜子铺1家，冀人。药房1家，本籍。食品店2家，豫籍。煤厂1家，晋籍。京津杂货庄3家，冀人1家。铁料木器行1家，铁器工厂1家，医院1家，均本籍。资本大者，已超过十万元。由此可见交通影响商务之巨。

不过火车前进新到之处，虽骤形繁盛，而既成过站，则该处商务亦可下降趋于平稳状态。例如潼关，当火车初至时，仅转运业即增40余家，附增银行5家，

---

① 铁道部业务司商务科编：《陇海铁路西兰线陕西段经济调查报告书》，1935年，第92、93页。
② 铁道部业务司商务科编：《陇海铁路西兰线陕西段经济调查报告书》，1935年，第92、93页。
③ 铁道部业务司商务科编：《陇海铁路西兰线陕西段经济调查报告书》，1935年，第108页。
④ 铁道部业务司商务科编：《陇海铁路西兰线陕西段经济调查报告书》，1935年，第108页。
⑤ 宋国荃：《陇海路咸同段沿线各县经济调查》，三原、泾阳，《陕西省银行汇刊》1944年第3期。

洋杂货旅店饭店各10家,但不到两年即形衰落。据调查显示,陇海路向西敷轨,此处成为过站,到1934年上半年,大小商店倒闭不下200余家。1937年调查,银行仅存4家,估衣业仅存2家,其他各业均由暴进转入稳进阶段。抗战以后,潼关变成空城,货物转运移于华州岳庙,岳庙商店300货科,比县城尤为繁盛。①

三、民国陕西内外贸易及其结构性变化

进出口贸易与地方经济结构及生产特征直接相关,就清代而言,陕西关中、陕北、陕南三区具有非常鲜明的地域特征。

(一)陕北地区的内外贸易特征

陕北地区位于我国农牧交错地带,农户大多兼营牧业,耕牧兼营是产业结构的主要特征,商品生产亦围绕这两方面展开,就其贸易来讲,与山西的联系远较本省为强。

民国初年,晋陕绥一河相隔,疆界毗连。同蒲路连接正太路,贯通平汉路,直达天津,因此,抗战前陕北皮毛输出与日用杂货输入,全部走山西一途,与省会仅有行政联系,极少商务往来。民国初期,这里战乱不止,经济凋敝,一直延续到1933年井岳秀坐镇榆林,地方秩序稍称安定,商业渐趋繁盛,西起甘凉宁夏,东达津晋,绒毛皮张等土产输出,各种洋广杂货输入,络绎于途,交易集中于榆林、绥德、镇川堡,其次为瓦窑堡、安边堡。据时人统计,镇川堡有商号75家,业别5,皮毛杂货业资本有2万元者,少则400元。安边堡有商号37家,业别5,转运业资本有6万元者,少则3 000元。后来因匪乱不断,商旅裹足,陕北商业又趋萧条。抗战后,津晋交通阻断,货物来源告绝,而皮毛等亦无法外销,陕北商业一时几陷于停顿状态。

蒙汉交易是陕北贸易的又一特色。明代即有,晚清民国年间专门有"跑边"者,称为边商或边丧。因跑边者多数精通蒙语,熟习蒙人生活习俗,多数父子相承,兄弟继起,很少如普通商店集资合伙者。交易方式是将蒙人所需物品,如布匹、砖茶等运往蒙地,蒙人既少货币,故多以物易物。另一种固定性质的边商,利用与蒙人的商业往来关系,时常出塞垦殖或放牧,在蒙地置有产业,如骆驼牛羊或耕地,终年生活其间,每逢皮毛下场,边商向蒙人收集运回陕北,换回蒙人所需的杂货。陕北从事边商的以榆林、神木两县为最,横山、靖边、定边、府谷等县次之,民国年间仅榆林一地加入地业公会的边商就有500余户。估计陕北各县边商在2万人以上,常居蒙地的约有四分之一。

陕北地区对外输出的货品以牲畜产品及其加工品为大宗,皮毛是其中最主要

---

① 西安市档案馆编:《陕西经济十年(1931—1941)》,内部印行,1997年,第189页。

的输出品,盐碱、甘草、麻油次之。皮毛大部分产于伊克昭盟各旗,尤以乌审、鄂托克旗为多,陕北仅为其集散地。抗战以前每年输出绒毛(包括羊毛、羊绒、驼毛)约3万担,价值400余万元,皮张产品十分之六七用于输出,年输出量大约30万张,价值200余万元。抗战以后,天津销路断绝,陕北皮毛业一落千丈。后经贸易委员会派员收购,至1940年底共购进春毛2 881公担,秋毛430公担,羊绒1 607公担,山羊皮、白羊皮、老羊皮等73 525张,总价值70万余元,和抗战前相比,仍差很多。蒙盐产于陕绥宁三省交界的盐池县,销晋西各县,后因晋省统制,并由后套自运红盐接济,蒙盐销路减弱。抗战后,此种统制无形解除,故蒙盐销路又增。在战前数年与战后一二年间,每年约销25万市担。另外还有绥德三皇庙、榆林上下盐湾的土盐,杭锦旗哈马爱湖的蒙盐、马爱盐,战前销绥远、包头一带,战后销陕北府谷、神木等县。碱产于鄂托克旗为多,运至神木的窑镇熬制,年可达3万锭。战前销于陕北、晋西、关中各县,且有运至天津者,战后山西销路稍受影响,关中销路增加,当地每锭售价35—36元,西安可售100余元。甘草伊盟的鄂托克旗、乌审旗、杭旗皆产之,一说可达400万斤,一说不及200万斤,战前销于绥、包、平、津及陕北、晋西各县,战后销路稍弱。麻油产于鄂托克旗及靖、定两县,而以安边堡为集中地,产量不详。战前运销陕西、晋西,战后仅销陕北各县。其他如毡毯及各种牲畜,亦多有输出。肠衣、猪鬃、鹅卵,在战前有运销至天津、山西者。

陕北地区输入的货品主要以粮食、布匹、棉花、茶砖为大宗,其他日用品为数也不少。陕北地区所产粮食一向不足,多由山西西部各县和后套、宁夏供给,抗战以后晋西粮路断绝,只能靠蒙古及五临、宁夏运来,"估计每年约有四十万之谱"。陕北不产棉,布匹完全由外输入,战前来自津晋,战后多由绥、包输运入境。棉花战前多来自山西、韩城等处;战后全部由关中输入。茶砖来自湘、鄂,战前由包头输入榆林,再转销蒙旗,战后货源被阻,输入锐减,售价大涨。战前每块重3斤的茶砖售价1元左右,战后可售20余元,另外有泾阳的湖茶专销汉人。药材除甘草有输出,柴胡能自给外,其余全部由外输入,战前来自河北的祁州,即安国县,战后由关中输入。日用品如石油、洋烟、肥皂、火柴、糖,其他杂货如文具、纸张、瓷器、五金等,战前全部由津、晋运来,战后则由绥、包运入,运量也颇为可观。此外,陕北在战前及战后一二年间,尚有鸦片输入,镇川堡、瓦窑堡、安边堡的繁荣,鸦片交易为主因。1938年,由甘肃凉州及宁夏输入之烟,以镇川堡一地而论,即值百余万元,销于陕北及山西,后经严禁,甘、宁两省又禁种,后来不再有此种贸易。

(二) 关中地区的内外贸易特征

1. 大宗输出商品

关中自古农业发达,农产品输出占有极重的分量。具体而言:以稻一项为最大,年约有 1 800 万公斤,价值约 200 万元;小麦次之,年约 1 700 万公斤,约值 100 万元;棉花再次之,年约有 1 500 万公斤,约值 700 万元;杂粮再次之,年约 800 万公斤,价值在 50 万元左右。至于其他物品的输出,为数甚微,这些粮食多运销西安转运晋豫。

农产品之外,外销数量较大者,均为地方特产。主要有宝鸡木材,每年约有 1 000 万公斤,约值 10 万元,多运至西安转售。凤翔的烧酒为陕西省的著名产品,素有"凤酒"之称,每年约 750 万公斤,约值 70 万元,多运往西安后转运各地。礼泉土布为本地传统手工业制品,年约 17 万公斤,价值在 15 万元左右,多运销甘肃各地。兴平向以出产土布著称,年产量约有 27 万公斤,价值在 24 万元左右,分销于陕北甘肃等处。宝鸡药材亦值得注意,因宝鸡南依秦岭,北有北山山脉西段,故药材出产甚盛,年产 38 万公斤,约值 75 万元,销往陇县西安再作为西口药材输出。

陇海铁路通车西安后,关中地区货物输出多先集中西安,除部分在西安当地销售外,悉由陇海铁路东运。至各县产品集中西安者,咸阳、礼泉、乾县、永寿、邠县、长武等县,经由西兰公路运抵西安。关中西部地区如兴平、武功、扶风、岐山、宝鸡、凤翔、汧阳、陇县等县,则通过西陇公路运输货物。周至、户县两县有西周公路专供运输。西安北部主要有三原、泾阳、高陵、富平、耀县、同官等县,产品经由西榆公路(西榆公路于 1935 年筑至同官县境)集中西安。

所有输出货物当中,以棉花的价值最高,1932 年输出 23.1 万余担,每担 100 斤,以 30 元计,合洋 693 万余元。1933 年输出 33.6 万担,每担 31 元,合洋 1 041.6 万元。① 棉花在关中对外输出货品中占极重要地位。

2. 大宗输入货物

就输入货物而言,纸烟输入年约有 120 万公斤,约值 320 万元,由上海运来,销售关中各地,其中以西安、宝鸡、凤翔、周至、陇县、乾县、三原等县最多,纸烟未盛行之前,兰州水烟销售年逾巨万,如今上海纸烟几乎成为所有输入品中最流行的工艺品,"虽穷乡僻壤,贩夫走卒,莫不嗜此,殆亦为陕西平民唯一之奢侈品和消耗品"。② 布匹为东南沿海各省输入陕西的主要产品,每年约有 180 万公斤,多由津沪汉等地运来,集中西安后,再转运各县。工业布匹之外,关中土布亦有一定市场,"惟扶风、岐山、凤翔、宝鸡、汧阳、眉县等县所用土布,多有来自兴平者"③,但这种抗衡的优势随着洋货的大量输入逐渐消失。染料输入年约 60 万公斤,以长安县为最多,其他如宝鸡、陇县、凤翔、富平、永寿等地亦输入不少,均来自上海。食盐为人们日常生活必需品,故输入量很

---

① 西安市档案馆编:《陕西经济十年(1931—1941)》,内部印行,1997 年,第 190 页。
② 铁道部业务司商务科编:《陇海铁路西兰线陕西段经济调查报告书》,1935 年,第 89、90 页。
③ 铁道部业务司商务科编:《陇海铁路西兰线陕西段经济调查报告书》,1935 年,第 89、90 页。

大,年约有680万公斤,价值约130万元,大都由山西运来,亦有部分来自甘肃平凉泾川两地。需要说明的是,食盐虽然为普通人民日常生活的必需品,但民国时期,只有富商大贾和中等以上农民才能吃得起,一般农民大多淡食。瓷器多来自江西,再运销关中地区,输入量不是很大。至于煤炭,关中虽有同官煤矿和其他小型旧式煤窑,但开采量不能供给本地正常需要,故尚需从山西输入部分,以补不足。

3. 过境货物

自陇海路西展后,西安在原有东南工商制造品输入和西北农畜产品输出集散地的基础之上,货物的中转功能更加强大,由于铁路运输的巨大优越性,使得陕北和陕南更加依赖西安,这比以前任何时代都更加紧密地把陕南陕北纳入到一个经济体系当中。

西兰线陕西段各县中,过境货品最多者,首推长安县。该县过境货物以药材、面粉、匹头、棉花、煤炭、杂货、食盐、糖、烧酒、铁器等为大宗。药材来自甘肃和四川,多运销津沪汉等地,少量供给内销。面粉为工业制成品,大部分自上海运来,其余由天津青岛及河南等地输入,除了一部分内销外,其余均运往甘肃。布匹亦为东南工业加工品,半数来自汉口,半数来自津沪,内销之外,其余均输送甘肃。棉花则为本区重要经济作物,均由各县集中,运往郑州、汉口、天津、上海等地。杂货情况与之类似,自天津上海运来,除少数供给内销外,绝大多数转运甘肃。糖作为日用生活品,八成来自天津,少数来自沪汉,转运甘肃和内销者各占半数。烧酒来自省内的凤翔、岐山、宝鸡等地,大部分销售于关中东部的渭南潼关等地,少数过境给河南。铁器均来自山西,七成转运甘肃,余下以供关中各县,至于其他过境货物,实属寥寥。

长安之外,尚有宝鸡和凤翔两处大的货物中转站。宝鸡因其地理位置的关系,成为关中平原上一个重要的货物中转站。陕南、四川、甘肃与西安间的货物交换多取道宝鸡,故该县过境货品不少。其中以匹头药材为大宗,卷烟糖次之,纸烟杂货等又次之。凤翔亦为陕西省货运的大中转站,过境货品以药材匹头皮毛为大宗,棉花杂货次之。

(三)陕南地区的内外贸易特征

陕南地区与四川、湖北相邻,与湖北的关系尤为密切,陇海铁路未入陕西以前,陕西的货物进出口都走老河口,直达汉口,因此北部的商县龙驹寨始终为水陆码头,南部的转运要道走安康,安康商人从汉口运来货物,转运到汉中。汉中为陕南重镇,川陕要冲,商务繁杂更在安康之上。

抗战以前,陕南土匪猖獗,加上陇海铁路通达关中,货运改道,于是汉中商务一落千丈。据1934年调查:县城只有钱业1家,1930年开办,1934年又因土匪抢劫而倒闭。西药过去有20家,1934年仅存7～8家。杂货业均亏本,只剩三四家。估衣、贩运业歇业的也很多,仅存数家。茶叶店不及10家,旧书业仅存3家。茶馆业25家,倒闭5家。裁缝铺30余家,倒闭十分之一。其他各业也多不景气。①

抗战以后,湖北、河南沦陷,国民政府加大西北建设的力度,肃清匪患,运入陕南的商品也多由贵州、云南、重庆、四川运来,陕甘土产输出也走此道,这样汉中商务又由衰而盛。据1940年调查:匹头行21家,中药材行15家,行店业22家,绸缎业41家,转运业12家,百货业68家,杂货业62家,山货业24家,印书业29家,纸业22家,茶叶行11家,首饰业21家,酒店业16家,米粮业31家,油房业22家,皮房18家。各业均有公会组织,与其他杂业商号合计,共733家,这还没有算上新设的小商号,由此可见,与往昔相比已是天壤之别了。②

另外,抗战结束以后,川陕公路进一步修筑完成,这也加快了陕南地区发展的步伐。凤县双石铺为公路的要冲,天水货物经此北可运至宝鸡,再由陇海路运达西安,南经宁强、汉中分销于陕南及四川,双石铺因此商务发达。凤县县城仅有商店20~30家,且大多为小本经营,而双石铺拥有大小商号就达360余家,殷实者30~40家,均为山西、河南、四川、汉中、岐山、凤县等客商所经营,商业种类中京货、杂货、盐店、布业、药店、酒店、染坊、茶行、粮店、旅社、澡堂、成衣、饭馆等一应具备,尤以饭馆、旅社两业最为发达,成立公会就有13业。③

陕南地区的输入货品主要是土布、匹头、食盐、洋纱、川糖、表纸、洋蜡、肥皂等,输出货品以桐油、生漆、茶叶、山货、药材占主要部分。

(四)商品输出入的总体特征

民国年间陕西工业不发达,商业输出主要以农业品为主,辅之以手工制造品,输入方面,以工业品为主,尤以舶来品最多。这种趋势自陇海铁路西展以后更加明显。

总体而言,"外货输入,每年俱进,洋布夺土布之销路,洋纱夺土纱之市场,煤油代桐油以为灯,洋纸代土纸以印报,一则价廉物美,一则价昂货劣,天演淘汰,理固当然。但入超渐涨,手艺路断绝,火柴公司之竹工,兴平妇女之竹织,皆足表示贫穷失业问题,日趋严重,幸而大战爆发,交通梗阻,外货难来,否则农村财源枯竭,跂足可待也。抗战以后,因外货来源断绝,本地工业,稍有起色,人民逼于需要,亦不得不用手工制造品。但奸商走私之风甚

---

① 西安市档案馆编:《陕西经济十年(1931—1941)》,内部印行,1997年,第192页。
② 西安市档案馆编:《陕西经济十年(1931—1941)》,内部印行,1997年,第192页。
③ 西安市档案馆编:《陕西经济十年(1931—1941)》,内部印行,1997年,第192页。

盛,故战区仇货,仍不免源源而来。"① 以上可以说是对民国陕西商贸特征的总体概括。

表1-6-17 民国间部分年份陕西输入机器制品与洋货比较表

货 别	1932年下半年	1936年下半年	1937年下半年
煤 油	64 129桶,每桶5元	328 742桶,每桶5元	173 011桶,每桶9元
汽 油	30 244桶,每桶9元	99 503桶,每桶9元	36 395桶,每桶12元
机器油	79 870斤,价不详	61 250斤,每百斤12元	171 970斤,每百斤18元
柴 油	27 600斤,每百斤10元	49 375斤,每百斤10元	124 700斤,每百斤12元
中国布	179 939匹,每匹6元	839 485匹,每匹18元	94 861匹,每匹10元
中国绸	2 985匹,每匹28元	8 934匹,每匹28元	17 612匹,每匹30元
中国呢绒	3 654匹,每匹30元	12 673匹,每匹30元	36 264匹,每匹15元
洋 袜	25 658打,每打4元	51 184打,每打4元	36 640打,每打2元4角
毛 巾	5 847打,每打2元	20 405打,每打2元	93 860打,每打2元5角
化妆品（中国）	13 422打,每打3元	14 064打,每打3元	29 942打,每打3元
生铁货	172 951斤,每百斤16元	528 901斤,每百斤16元	473 11斤,每百斤20元
熟铁货	257 127斤,每百斤30元	975 432斤,每百斤30元	346 470斤,每百斤25元
火 柴	17 294箱,每箱8元	19 800箱,每箱8元	180 235箱,每箱10元
棉 纱	67 341斤,每百斤140元	120 592斤,每百斤140元	235 409斤,每百斤130元

（资料来源：西安市档案馆编：《陕西经济十年(1931—1941)》,西安市档案馆内部资料,1997年,第202页。）

抗战以前陕西对外输出的货品种类主要为原材料类,每年输出总值为1 625.5万元左右,而其中仅棉花一项就达1 218.9万元,占输出总量的大半,但棉花是纺纱织布的原料,本省工业不发达,因此不得不以原料换布,其他日用品不能自给的就更多。据1934年7月至1935年6月中外货品输入数量统计,输入总值达3 929.1万元,其中仅中国布一项,即值洋1 368万元,完全超出了棉花输出的总价值。仅此一端即可见工业不发达,输入超过输出。以1932—1937年输出输入比较列表,可以看出抗战前期,陕西商贸均处于入超的状态下。

---

① 西安市档案馆编：《陕西经济十年(1931—1941)》,内部印行,1997年,第202页。

表 1-6-18　1934年7月至1935年6月陕西
输出入货品种类与数量统计表

类　别	内地货物输出种类	中外货品输入种类
服用类	棉花、丝麻、熟羊皮、生羊皮、羊毛、羊绒、牛皮、口皮、狐皮、驼毛、驼皮、猪鬃、猪毛、汉中绢绉、栽绒毯、芦席等	中国布、外国布、土布、条子布、中国绸、外国绸、中国缎、外国缎、中国葛、外国葛、中国呢绒、外国呢绒、洋线、洋纱、手工毛线、毛巾、手套、腿带、洋袜、凉席、各种鞋、各种帽、中国化妆品、外国化妆品、中国肥皂、外国肥皂、中国香皂等
饮食类	粗细紫阳茶、木耳、桃仁、红枣、辣子、黄花菜、苦杏仁、花生、杏干、核桃、粉条、瓜子、蜂蜜、柿饼等	清油、红糖、白糖、湖茶、各种细茶、海菜，中国罐头等
药木类 药材类	黄蜡、粗杂药、细杂药、黑台砒、松木板、松香等	中国药、外国药、党参、大黄、当归等
杂货类	桐油、麻油、漆油、油漆、山纸、火纸、蒲纸、土瓷器、竹货、竹器、雨伞、纸伞、兴安伞、木鞍、鞭炮、神木碱等	中国瓷器、外国瓷器、照相材料、照相纸、洋蜡、火柴、玻璃、洋靛等颜料、石膏、洋灰、川表、晋碱、碱化青碱、粗细料器、京沪杂货、洋杂货等
交通工具		汽车材料，胶皮材料、脚踏车、汽油、汽车带等
工业用品		生铁货、熟铁货、轧花机、皮滚子、制革材料、机器油、炭精等
教育用品		风琴、中国纸、外国纸等
总　值	16 254 977元	39 291 225元

(资料来源：西安市档案馆编：《陕西经济十年》(1931—1941)，内部印行，1997年，第203页。)

根据表1-6-18可知，陕西经济每年入超数额都很大，只有1936年上半年例外为出超。1932年以前无从统计，而1932年半年的输入价值就超过全年的输出价值281 761元，这样大量的入超完全是陕西经济无法承受的，但是补充此项不足的也只有鸦片一项了。据1934年调查烟亩产量，计关中区可收2 600余万两，约值1 300余万元，汉中区可收1 032万两，约值464万余元，安康榆林两区可收776万两，约值388.4万元，全陕共收4 408.8万两，共值洋2 152.4万元。[①] 如果将鸦片贸易数额加入以上输出货值当中，陕西的年输出量反而变成了出超，因此，民国前期陕西本省的商业贸易完全靠鸦片来支撑。

---

① 西安市档案馆编：《陕西经济十年(1931—1941)》，内部印行，1997年，第204页。

1933年以后,政府严厉禁烟,要求改种棉花,陕西的棉花输出又有增加,于是入超数字逐渐减少。至1937年以后,入超又趋于严重,主要因为陇海铁路展至宝鸡,洋货大批涌入,本地土物更受打击造成的结果。

表1-6-19 1932—1937年陕西省商品输出入比较表

年　份	输出价值(元)	输入价值(元)	比　　较
1932年	9 368 734(全年)	12 180 496(下半年)	
1933年9月至12月	9 381 466	16 031 945	入超6 650 479元
1934年上半年	6 286 552	30 833 467	入超24 546 915元
1934年下半年	8 631 545	23 268 687	入超14 675 142元
1935年上半年	7 623 432	16 022 538	入超8 399 106元
1935年下半年	11 726 846	12 485 001	入超758 185元
1936年上半年	14 695 253	14 412 992	出超283 261元
1936年下半年	15 298 664	15 308 664	入超10 022元
1937年上半年	9 843 968	38 895 018	入超29 051 050元
1937年下半年	5 772 640	14 554 623	入超8 781 261元

(资料来源:西安市档案馆编:《陕西经济十年(1931—1941)》,内部印行,1997年,第203页。)

抗战以后,从1938年起,津沪商货来源断绝,武汉广州沦陷以后,陕西省输出入路线只有川滇一路,况且汽油昂贵,运输工具缺乏,因此本省土产因输出不便而滞销,洋货则因输入不易而涨价。以后政府设立机构,自行统制,但不能遏止物价高涨,奸商牟利,走私纷起,成为民国后期陕西商贸的又一特征。

1. 政府统制的设置及其效应

抗战以后,陕西省政府实施战时经济管理,经孙蔚如主席在省政府会议中提议,组织陕西省政府战时经济设计委员会,孙蔚如为主任委员,省委韩光琦、建设厅长雷宝华为副主任委员。之后水利局长李仪祉、棉产改造所长沈文辅称棉花无法运销,农民损失甚巨;建设设计委员会呈准省政府,组织陕西省棉产调剂委员会进行统筹。以后各县成立战时经济设计委员会分会,截至1938年春,三原、富平、蒲城、宜川、永寿、洛南、镇巴、同官、沔县、西乡、礼泉、朝邑、扶风、麟游、彬县、洋县、洛川、山阳、华县等县均有分会。对全省食粮、煤炭及汽车、卫生通讯各项材料,均实行计划生产,节省消费,多方购运,积极存储。改进本省固有土产,研究代用方法。救济陕棉,请准中央大量收买,拟订战时经济建设协助纲要,欢迎国内人才及游资来陕建设,积极推动,冀有建树。后奉军事委员会颁发《农产工矿贸易委员会三调整会组织纲要实施办法》,停经济设计委员会工作,于3月间,另组陕西省农矿工商调整委员会,聘韩光琦为主任委员,雷宝华为副主任委员,取消棉产调剂会,改组分会,未设分会各县,限期成立。至10月,设立陕西省战时煤炭统制运销处,煤炭运销价格均被统制。11月间,省政府为调整其他物产运销,决定组织陕西省战时物产运输调整处调整贸易工作,又成立农业改进所。战时委员会的工作一方面做紧急处置办法,主要是平抑物价,通知商会及各业公会,各货须平价发售,不得私自抬高物价,违者重罚。另一方面又进行一些经常处理办法,对各种物品,每月由本会评价委员会评价一次,如有特殊情形,经各该商民呈请另行评价时,再行召集临时评价会议。

2. 打击走私

1939年以后,抗战进入相持状态,交通较以往便利,同时物价腾贵,供不应求,于是商人走私逐渐猖獗。陕北商人从包头、太原等处贩货;关中商人从洛阳、开封、漯河等处贩货。黄河各渡口通豫北、晋南,尤其成为走私捷径。"大批由北方平、津来者,多假平汉、津浦以入开封,或假道清正太,以入晋西、豫北,或假道平绥,以至包头。由洛南、海州来者,假道陇路以入开封。由南方京、沪来者,除假道津浦陇海以达开封者外,多由水道逐蚌埠运至豫省界首周家口而集中漯河,然后陆路运至洛阳等处",这些均成为商人走私的捷径。于是政府在潼关严厉检查,每人携带法币,以500元为限,经过此处如非经政府核准,即刻没收,因此1940年中常有没收之事,但始终不能禁绝。至于陕北地区,由于陕甘宁边区的存在,其经济系统又为一种状态,本书将另编撰写。总体而言,抗战以后,因交通阻塞,输出入品锐减,舶来品减少最明显,从1940年陕西省输出入统计中可见一斑(参见表1-6-20,表1-6-21)。

表1-6-20 1940年陕西省货品输出统计表

类别	货品名称	数量	类别	货品名称	数量	类别	货品名称	数量
药材类	细杂药	32 620 斤	纸张类	色纸	152 402 斤	皮毛类	羊毛	7 300 斤
	粗杂药	2 526 765 斤		火纸	192 748 斤		羊皮筒	6 817 件
	沉香	720 斤		暗纸	20 斤		生熟羊皮	56 334 斤
纸张类	川表	34 302 箱		时仄纸	7 876 斤		牛皮	16 041 张
	大仄纸	4 150 斤		粉贡纸	1 541 斤	丝棉类	棉花	4 592 072 斤
	麻纸	2 157 588 斤	皮毛类	猪鬃	27 747 斤		丝棉	720 斤
	土报纸	3 350 斤		猪毛	1 664 斤		生丝	9 307 斤
	千张纸	200 斤		杂皮	872 张		丝线	110 斤

续　表

类别	货品名称	数　量	类别	货品名称	数　量	类别	货品名称	数　量
木质类	杂木	9 050 根	食用类	发菜	1 225 斤	五金类	铜器	461 斤
	各种木板	17 703 斤		罐头	7 打		铜	370 斤
	竹器	1 277 斤		蜂蜜	65 640 斤		钉子	3 600 斤
	丝麻	53 138 斤		红枣	68 805 斤	颜料类	煮色	4 761 斤
	木橡	3 593 根		黄花	14 675 斤		快靛	3 628 斤
	大毛竹	54 902 根		柿饼	74 521 斤		电粉	415 斤
	小毛竹	685 360 根		牛奶	1 打		洋色	140 斤
化妆品	香皂	260 打		花生油	27 257 斤		白矾	64 447 斤
	日光皂	15 打		各种鞋	263 打		黑矾	1 199 斤
	肥皂	591 打		棉织品	5 516 匹		硫化碱	22 斤
油漆类	香油	138 499 斤	服用类	丝织品	4 064 匹		硫化青	22 斤
	清油	90 838 斤		毛巾	2 732 匹		碱面	42 322 斤
	白油	3 900 斤		袜子	2 336 打		灰碱	13 840 斤
	生漆	15 448 斤		带子	53 打		明矾	4 720 斤
	桐油	7 951 462 斤		毛织品	5 750 匹		白矾	4 315 斤
	漆油	398 952 斤		手套	11 打	杂货类	烟叶	4 000 斤
	木油	76 009 斤		帽子	24 顶		草提包	300 斤
食用类	白糖	99 716 斤		汗衫	2 打		黄蜡	175 斤
	红糖	34 716 斤	茶类	和茶	7 750 斤		土蜡	49 944 箱
	冰糖	262 斤		紫阳茶	120 斤		洋蜡	261 箱
	花生	122 736 斤		普洱茶	321 斤		自行车内外带	27 条
	瓜子	15 077 斤		细茶	1 154 926 斤		麻绳	38 239 斤
	黑木耳	542 482 斤		粗茶	385 010 斤		钟表零件	120 斤
	白木耳	310 斤	五金类	生铁货	66 405 斤		眼镜	38 打
	杏仁	1 240 斤		熟铁货	26 859 斤		木腊	106 922 斤
	葵香	240 斤		川钢	27 110 斤		瓷器	1 253 斤

（资料来源：西安市档案馆编：《陕西经济十年（1931—1941）》，内部印行，1997年，第213页。）

表 1-6-21 1940年陕西省货品输入统计表

类别	货品名称	数量	类别	货品名称	数量	类别	货品名称	数量
服用类	丝织品	73 255 匹	皮毛类	机棉纱	2 085 斤	纸张类	勾边纸	6 410 斤
	棉织品	859 049 匹		生牛皮	35 507 张		牛皮纸	75 刀
	毛织品	360 码		熟牛皮	1 599 张		连史纸	4 402 斤
	棉织单毯	1 202 打		杂皮	22 654 张		川竹纸	66 953 斤
	棉织衣裤	30 009 打		羊皮	36 018 张		土报纸	82 595 斤
	各种鞋	24 822 打		皮手套	33 打		书皮纸	7 令
	各种袜	250 406 打		皮衣	54 件		漂粉纸	8 480 斤
	手帕	25 015 打		羊皮筒	2 741 件		磅纸	9 514 斤
	手巾	221 110 打		猪鬃	1 682 斤		制图纸	2 100 斤
	围巾	232 打		羊肠子	780 斤		复写纸	82 盒
	各种帽	12 135 顶		狐皮	610 张		新闻纸	2 令
	草帽	33 994 斤	纸张类	杂色纸	755 179 斤		烧纸	253 842 斤
	手套	4 317 打		毛边纸	54 841 斤		鞭纸	1 820 斤
	毛衣	7 505 打		蜡纸	8 009 桶		冥钞	4 739 斤
	腿带	273 付		千张纸	21 282 块		火纸	30 444 斤
	床单	722 打		外国纸	523 令	丝棉类	棉花	2 127 672 斤
	织绒	4 753 码		麻纸	300 907 斤		生丝	5 906 斤
	毛巾被	456 打		时仄纸	51 665 斤		丝巾	467 打
	桌单	21 打		老仄纸	50 688 斤		丝线	157 斤
	毛线	1 468 磅		草纸	200 斤		丝棉	175 斤
	网子	190 040 个		打字纸	83 令	文具类	回形针	200 盒
	缎被面	181 件		洋连纸	89 令		毛笔	12 520 斤
	帽结子	6 400 个		川表	413 962 箱		别针	10 罗
	绒丝带	340 条		粉贡纸	478 015 斤		油墨	1 395 盒
	夏布	6 210 匹		本对双纸	11 576 斤		香墨	315 斤
	皮带	8 打		本贡纸	184 524 斤		水笔	3 打
	蚊帐	906 打		粉连纸	18 434 斤		铅笔	5 940 打
	帽花	19 100 个		芦纸	7 511 斤		石印石	18 块

续 表

类别	货品名称	数量	类别	货品名称	数量	类别	货品名称	数量
文具类	打印台	117 打	食用类	火腿	440 斤	油漆类	煤油	260 打
	订书机	8 打		百合	8 020 斤		机油	2 000 箱
食用类	桂圆	22 272 斤		红梅	4 711 斤		熟漆	156 斤
	仿洋糖	1 410 斤		白木耳	40 斤		生漆	44 676 斤
	糖渍	19 781 斤		橘干	2 313 斤		清油	7 405 斤
	元肉	11 206 斤		发菜	425 斤		香油	1 199 969 斤
	川笋	841 斤		花椒	30 斤		木油	22 490 斤
	玉兰片	5 583 斤		莲子	20 310 斤		红油	70 斤
	肉皮	1 284 斤		白瓜子	660 斤		桐油	3 298 503 斤
	蜂蜜	37 852 斤		黑木耳	6 766 斤		其他各油	101 221 斤
	青红丝	360 斤		虾米	180 斤	颜料类	白矾	379 036 斤
	榨菜	83 791 斤		墨鱼	70 斤		皂矾	35 595 斤
	柿饼	19 415 斤		黄花	500 斤		硫化青	260 斤
	牛奶	1 590 听		花生	16 756 斤		硫化碱	1 290 斤
	罐头	1 038 听	化妆品	雪花膏	2 456 瓶		黑电粉	3 778 斤
	猪油	100 斤		口红	144 盒		火碱	62 999 斤
	饼干	185 斤		面友	420 盒		灰碱	91 715 斤
	牛油	280 斤		胭脂	552 盒		石电粉	1 435 斤
	白糖	2 989 880 斤		头蜡	180 盒		烧碱	5 421 斤
	红糖	2 308 050 斤		牙刷	3 834 打		明矾	482 729 斤
	冰糖	174 504 斤		肥皂	2 088 箱		晋碱	306 335 斤
	瓜子	449 595 斤		牙膏	2 448 打		碱面	13 037 斤
	人造蜜	546 斤		扑粉	5 打		洋色	63 803 斤
	花生仁	380 斤		香粉	2 469 盒		煮色	321 989 斤
	味精	1 235 打		牙粉	4 887 打		快靛	23 424 斤
	莲粉	4 382 斤		生发油	27 371 瓶		漂粉	1 683 022 斤
	红枣	180 211 斤		香皂	1 398 块	药材类	细杂药	1 021 936 斤
	青果	1 210 斤		花露水	3 374 瓶		粗杂药	5 607 037 斤
	葡萄干	290 斤		漆油	170 594 斤		国产丸散	45 斤

续 表

类别	货品名称	数量	类别	货品名称	数量	类别	货品名称	数量
五金类	生铁	663 482 斤	五金类	卷烟锅	150 个	杂货类	电料	1 464 斤
	熟铁	477 444 斤		理发剪子	7 打		眼镜盒	331 打
	剪子	9 457 把		鞋拔子	140 把		线麻绳	82 951 斤
	洋钉	361 314 斤		铜钥匙	1 088 把		汽眼	8 240 罗
	熟铁货	498 510 斤	杂货类	洋烛	64 910 箱		洋胶片	321 斤
	生铁货	820 964 斤		老胶	4 163 斤		镜架	3 181 打
	缝衣针	1 503 斤		电木器	1 684 个		电线	97 盘
	缝衣机	23 架		玻璃相架	159 个		皮胶	3 520 箱
	钢	26 018 斤		照相材料	72 箱		纸烟	3 252 箱
	铜器	12 993 斤		皮鞋油	172 斤		麻袋	4 343 条
	机器	4 部		竹扇子	118 715 把		卷	1 150 斤
	镊子	75 把		玩具	4 箱		麻布	12 793 斤
	轧花机	76 部		钟表	69 个		牛胶	35 015 斤
	印刷机	4 部		毛线	42 扣		刷子	5 930 个
	裁纸刀	692 打		料器	51 980 斤		挂镜	120 个
	钢铁器	6 530 斤		搪瓷器	12 104 个		骨排	7 387 罗
	铁丝	19 549 斤		自来水笔	37 打		麻	46 088 斤
	铅丝	4 670 斤		手电池	9 956 打		草提包	1 168 个
	钢丝	6 000 斤		手电灯	270 个		鸡毛带	0.027 把
	铅笔刀	32 打		草帽	1 850 斤		木手杖	1 128 个
	铁夹	122 罗		电泡	980 打	木质类	竹器	10 133 个
	铜锁	60 打		扣子	12 886 斤		大毛竹	9 500 根
	洋锁	107 斤		火柴	1 989 箱		小毛竹	8 620 根
	铜烟袋	220 个		热水瓶	832 打		线麻	58 952 斤
	铜图章盒	262 斤		玻璃器	45 打		木橡	1 906 根
	电料	27 箱		玻璃	12 440 斤	茶类	细茶	209 800 858 斤
	皮包锁	35 打		瓷器	205 700 斤		粗茶	2 514 428 斤
	洋铁	37 123 斤		胶水	15 打			
	水烟袋	2 325 根		药皂	163 打			

(资料来源：西安市档案馆编：《陕西经济十年(1931—1941)》,内部印行,1997年,第215页。)

第二编
陕甘宁边区经济地理

第一章 边区概况与产业布局影响因素

第一节 陕甘宁边区的行政区划演变

陕甘宁边区是中国共产党在西北革命根据地基础上建立和发展起来的革命根据地。中央红军到达陕北后,为了统一和加强对西北革命根据地的领导,1935年11月,中共中央决定设立中华苏维埃共和国中央政府驻西北办事处,作为陕甘宁苏区的最高政权机关。西北办事处的成立与活动的开展,为陕甘宁边区政府的成立作了重要的组织准备和干部准备。

1937年2月24日,中共中央政治局常委决定由林伯渠主持西北办事处工作,开始筹建陕甘宁边区政府,进行"更名"、"改制"。所谓更名就是将西北办事处改为陕甘宁边区政府,所谓改制就是将工农民主制改为民主共和制。5月12日,西北办事处会议正式通过了《陕甘宁边区议会及行政组织纲要》和《陕甘宁边区选举条例》,开始使用"陕甘宁边区"的名称,其中在7月至8月间,曾一度使用"陕甘宁特区"的称谓。

一、抗日战争时期陕甘宁边区行政区划沿革情况

1937年,国民政府行政院第333次会议通过了陕甘宁边区管辖18个县,即:陕西的肤施(今延安)、甘泉、富县、延长、延川、安塞、安定(今子长)、保安(今志丹)、定边、靖边、淳化、旬邑、神府,甘肃的正宁、宁县、庆阳、合水,宁夏的盐池,首府设在延安。

1937年12月,共产党与国民党签署的文件中称:陕甘宁边区政府管辖范围除上述18个县外,又增加了清涧、米脂、吴堡、绥德、佳县5个县,至此,陕甘宁边区共23个县。后来,又由蒋介石指定,国民党军委划给八路军募补区,这样陕甘宁边区及八路军募补区共26个县,这26个县的范围包括陕西的绥德、米脂、佳县、吴堡、清涧、神府(神木、府谷各一部分)、延川、延长、延安、甘泉、富县、旬邑、淳化、靖边、定边、安定(今子长)、安塞、保安(今志丹),甘肃的庆阳、合水、镇原、宁县、正宁、环县,宁夏的盐池、豫旺,共26县。全区面积为12.9万平方公里,人口200万人。

1937年12月13日,中共中央政治局会议决定,陕甘宁边区政府领导由林伯渠等7人组成,政府下设秘书处、民政厅、财政厅、教育厅、建设厅、贸易局、保安司令部、保安处等机构。1937年7月到9月,边区设立了陕北东分区(分区政府驻地延长县城)和陕北西分区(分区政府驻地蟠龙镇),之后很快撤销,所辖县成为边区直属县,最后成为边区延属分区的主要属县。同年,设置关中分区、庆环分区、三边分

区和神府特区。该年度边区共有 6 个分区。

1938 年,由于陕北东分区和陕北西分区建制撤销,归边区直辖,陕甘宁边区辖属五个分区:直属县(辖延安、延长、延川、固临①、安定、安塞、志丹、甘泉、富县、延安市);关中分区(辖新宁、新正、淳耀、赤水);庆环分区(辖固北②、华池、环县、曲子);三边分区(辖定边、靖边、盐池);神府特区(辖神府县)。

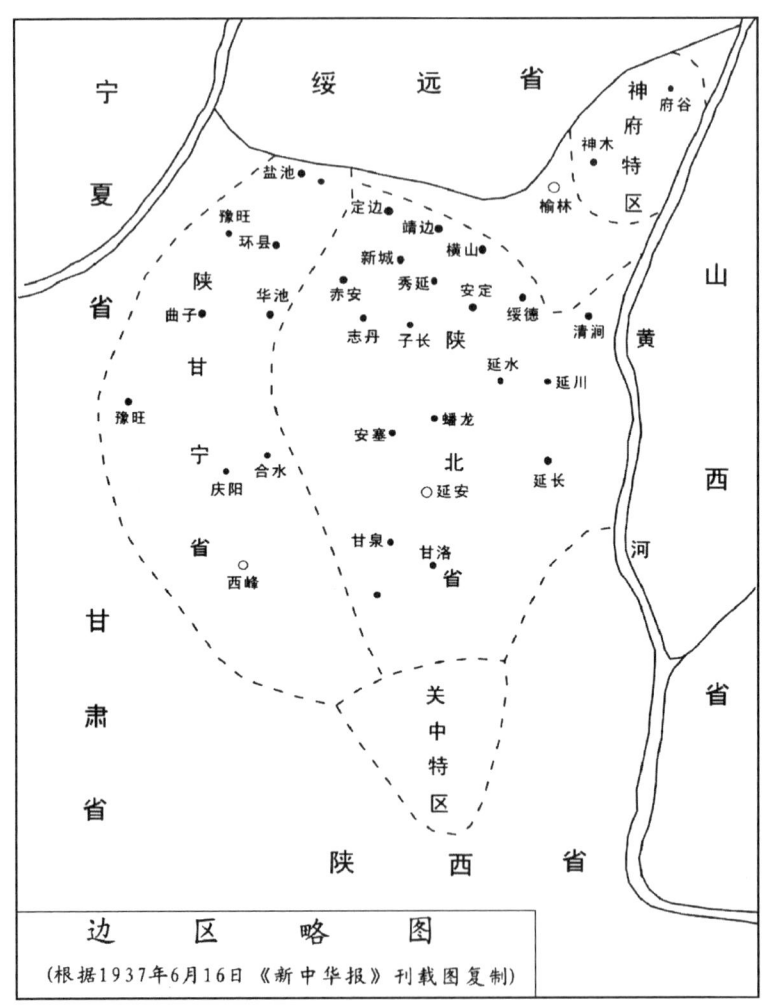

图 2-1-1　1937 年陕甘宁边区略图

1939 年,自八路军主力开赴华北前线抗战后,国民党政府包围边区,先后占去旬邑、淳化、镇原、宁县、正宁、豫旺 6 个县城及村镇数千处,计面积 3.064 万平方公

---

① 固临,陕西宜川一部分,甘泉一部分,又叫固林,初名红宜。
② 固北,苦水掌、三条岭等地,1937 年 9 月划归庆环分区,1938 年 4 月并入环县。

里,人口 50 万人,这时,边区只剩下 20 个县,人口 148 万人,面积 9.9 万平方公里。

1940 年 3 月,边区设绥德分区,4 月设陇东分区,8 月将庆环分区并入陇东分区,这时边区仍实有 5 个分区,即直属县(辖延安、延长、延川、固临、安定、安塞、志丹、甘泉、富县、延安市);陇东分区(辖华池、环县、曲子、合水、庆阳、镇原);关中分区(辖新宁①、新正②、淳耀③、赤水④);绥德分区(辖绥德、清涧、吴堡、米脂、佳县);三

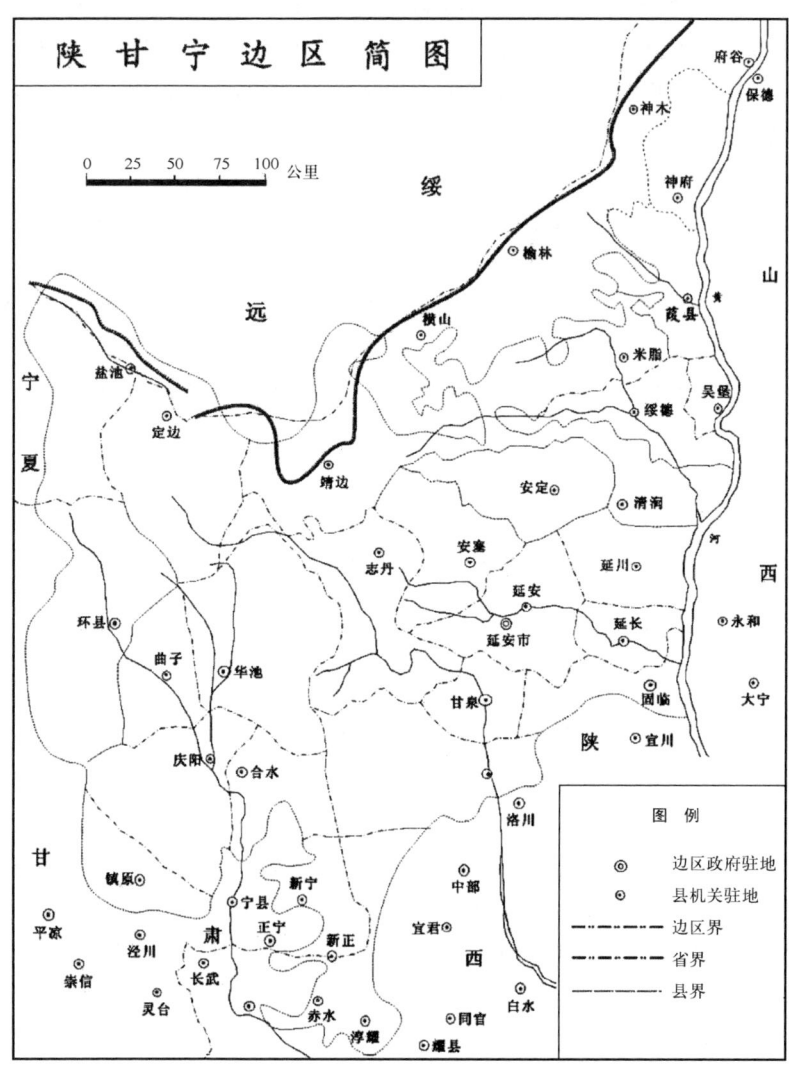

图 2-1-2　陕甘宁边区行政区划图(1943 年 12 月)

---

① 新宁县,甘肃宁县和正宁县的一部分。
② 新正县,甘肃正宁一个区,陕西旬邑 4 个区。
③ 淳耀县,陕西淳化 3 个区,耀县两个区。
④ 赤水县,陕西旬邑与淳化的一部分。

边分区(辖定边、靖边、盐池);神府分区①(神府县),共辖 29 个县。1939 年边区被包围后,边区政府做了一系列的调整工作,这一年的分区建制和所辖县的建制变化都比较大。

1941 年 11 月,为了适应新的形势,边区辖地重新划分了 29 个县(市):直属县(辖延安、延长、延川、固临、安定、安塞、志丹、甘泉、富县、靖边、延安市);三边分区(辖定边、盐池);绥德分区(辖绥德、清涧、吴堡、米脂、佳县);关中分区(辖新宁、新正、淳耀、赤水);陇东分区(辖华池②、环县、曲子、合水、庆阳、镇原)③;神府特区(神府县)。与上一年度相比,1941 年的最大变化是为了加强直属辖区的建设,将三边分区的靖边县划归给直属辖区。

1941 年 12 月 23 日,民政厅制订了《陕甘宁边区各专署、县(市)、区、乡等级人员编制表》,在关中分区增设了同宜耀县(由陕西同官、宜君、耀县组成,称关中东行政区),至此,边区共有 30 个县(市)。

1942 年 10 月,陕甘宁边区民政厅制订了《陕甘宁边区专县区乡原有各级干部人员与马匹统计表》,去掉了神府县(划归晋绥解放区管辖),在延属分区增设了富西县,在三边分区增设了吴旗县,在绥德分区增设了绥西县(后改为子洲县),共 32 个县市。

1943 年陕甘宁边区辖属中,又撤销了富西县和同宜耀县。④

1944 年底,边区政府就边区的幅员问题作出说明并对外公布,边区面积为 98 960 平方公里,划分为延属、绥德、关中、陇东、三边等 5 个分区,共 31 个县、⑤214 个区、1 254 个乡。⑥

二、解放战争时期陕甘宁边区行政区划变迁情况

抗日战争胜利后,国共合作破裂,1946 年 6 月 26 日,国民党撕毁《停战协议》,挑起内战。边区军民奋起反击,不断取得革命胜利,1946 年 4 月,陕甘宁边区辖属范围扩大,共辖 33 个县⑦、216 个区,人口 159 万人。具体管辖范围为:直属区(延安市);延属分区(辖延安、延长、延川、固临、子长、安塞、志丹、甘泉、富县、南泥湾垦区)⑧;绥德分区(辖绥德、清涧、吴堡、米脂、佳县、子洲);关中分区(辖新宁、新正、淳耀、赤水、双龙镇中心区);陇东分区(辖华池、环县、曲子、合水、庆阳、镇原);三边分

---

① 1939 年 2 月,神府特区改为神府分区。
② 华池,庆阳大部分,定边、靖边各一部分。
③ 陕西省档案馆收藏档案:林伯渠:《陕甘宁边区政府对边区第二届参议会第一次大会的工作报告》,1941 年 11 月 8、9 日。
④ 陕甘宁边区财经史编写组、陕西省档案编:《抗日战争时期陕甘宁边区财政经济史料摘编》,第一编,总论,陕西人民出版社,1981 年,第 15 页。
⑤ 1943 年边区共辖 30 个县,1944 年 5 月,设立南泥湾垦区(县级),1944 年边区所辖县共计 31 个县。
⑥ 李顺民、赵阿利:《陕甘宁边区行政区划变迁》,陕西人民出版社,1994 年,第 68 页。
⑦ 陕甘宁边区政府 1949 年 5 月 19 日发布《取消中心区设立马栏县的命令》,9 月 21 日又发布《取消马栏县治的命令》,据此,边区一度在双龙中心区设立了马栏县。
⑧ 1942 年后,边区各机关单位相继在南泥湾办农场,为协调关系,统一管理,1944 年 5 月成立南泥湾垦区,直属陕甘宁边区,辖区与今延安市南泥湾镇基本相同,1948 年 8 月建制撤销,辖区归临镇县。

区(辖定边、靖边、盐池、吴旗、安边)。

至1948年4月,陕甘宁边区辖属范围发展为7个分区,1个直属县,共有54个县(市)。

1948年冬,西北野战军发动了荔北战役,扩大了县份设置,所辖县扩大到57个县,1949年初,又增设东府分区。1949年2月8—17日,召开了陕甘宁边区参议会常驻议员、政府议员及晋绥代表联席会议,决定将晋绥边区统一划归陕甘宁边区政府领导,原晋绥行署撤销,分别划为晋西北、晋南两个行署。晋西北行署辖4个分区,2个直属县,共23个县;晋南行署辖3个分区,3个直属县(市),共31个县。1949年3月,陕甘宁边区政府又增设了榆林、大荔两个分区,榆林分区辖5个县,大荔分区辖8个县,这时陕甘宁边区已发展到16个分区,107个县(市),其中陕甘宁53个,晋西北23个,晋南31个,总面积198 300平方公里。

1949年4月,陕甘宁边区政府又撤销晋西北行署,成立五寨中心专署,领导雁南、雁北、离石专署及其他直属县;7月,成立晋南中心专署;8月,解放天水等地区,成立了甘肃行政公署,下辖10个分区;12月,宁夏省人民政府在银川成立,[①]至此,陕甘宁边区土地面积已达到3 395 602.11平方公里,人口为23 471 484人。

1949年12月6日,根据中央人民政府的决定,陕甘宁边区政府举行会议,讨论了筹备建立西北军政委员会的工作,要求各级军政机关准备移交工作。经过筹备,1950年1月19日,西北军政委员会在西安群众礼堂宣告成立。西北军政委员会是中央人民政府在西北地区实行军事管制的代表机关,并代行西北人民政府的职权,统一领导陕、甘、宁、青、新5省及西安市的政权工作。至此,陕甘宁边区政府的任务宣告结束,机构自行撤销。

陕甘宁边区政府从1937年成立后,首府一直设在延安(1947年胡宗南进占延安后,暂时迁至安塞县真武洞李家渠,不久,又撤离李家渠,进入战时流动状态。1948年4月22日收复延安,迁回)。1949年5月20日,西安解放;6月14日,边区政府驻地由延安迁至西安市新城办公。6月23日,在西安新城召开陕甘宁边区政府迁至西安的第一次政务会议;1950年1月19日,西北军政委员会成立,边区政府宣告结束。陕甘宁边区政府从1937年9月6日正式成立,到1950年1月19日自行撤销,共历时12年零4个多月。

第二节 边区产业布局的影响因素

一、自然环境对经济发展与产业布局的影响

边区的自然条件不仅为产业发展和布局提供了必要的前提条件,而且成为影

---

① 王自成:《陕甘宁边区的形成与发展》,《陕甘宁边区政府成立五十周年论文选编》,三秦出版社,1988年,第23—34页。

响边区农业发展与布局的重要因素。

边区位于黄土高原的中北部,北临鄂尔多斯高原,南临关中盆地北缘,西面是甘宁高原和六盘山山麓,东面与山西以黄河为界。陕北高原自更新世渭河地堑强烈下沉以来,高原相对上升,出现了西北高东南低的地势,平均海拔高度为1 000多米,延长一带临近黄河的地区约为800米,陇东分区平均1 500米,大小理河和清涧河上游为1 500～1 600米,陕甘省界上的子午岭为1 300～1 687米,三边的白于山为边区最高处,海拔2 400米。

陕甘宁边区位于北温带的北部,北纬35°5′到38°,干旱大陆性气候,干旱少雨,年蒸发量远远大于降雨量,年平均气温约为7℃,年平均降水量为450毫米,东南部的山脉阻隔了湿润空气,所以夏、秋干热,北面沙漠风沙较大,冬、春寒冷,边区平均最低气温为-7.4℃,最高气温为28.8～30℃,其差值为36.2～37.4℃,夏季在一天内的高、低温差竟达31.9℃(按:1941年7月1日数据),①温差变化大,雨量不足,不利于作物的生长。

边区除了东境的黄河之外,主要河流有:无定河(边区境内部分250公里)、窟野河、秃尾河、洛河及其支流、泾水及其支流、环水(即马莲河)、延河、汾川河和清涧河等,其中无定河较大的分支河流为榆溪河、芦河和大理河,窟野河的较大分支河流有悖牛川等,洛河的较大分支河流有北洛河、葫芦河等,②皆属黄河流域,河流数量少,除了主要河流外,支、毛、冲沟极为发育,构成典型的树枝状水系,河网密度高,"干流深切,支沟密布"是本区河流分布的主要特点。由于支沟大多是季节性河流,丰水期时加快干流的集流速度而形成洪水,旱季枯水期时,不能补给干流,造成干流的特枯水位,所以河流一年中流量变化悬殊,河流流量普遍较低,而含沙量普遍很高。③

自然资源是指在当前生产力水平下,为了满足人类生产与生活的需要,可以被利用的自然物质和自然能量。边区的矿产资源(尤其是煤、石油和天然气资源等)非常丰富,可资利用的最主要资源便是土地资源。据1941年10月边区建设厅统计,边区人均耕地8.89亩,人口密度15.2人/平方公里,地广人稀,除去已耕面积之外,边区还有可耕地面积为4 000万亩,土地资源较为丰富。④农业技术条件的粗放、土地资源的相对丰富和非生产性人口增长的压力决定了农业发展的主要方向是扩大耕地,边区的主要经济部门就是以发展土地密集型产业(其生产投入主要依赖于土地等自然资源)为主要方向之一。⑤

除了土地资源之外,矿产资源和动植物资源也是边区经济发展可资依赖的重

---

① 乐天宇、徐纬英:《陕甘宁盆地植物志》,中国林业出版社,1957年,第4页。
② 聂树人:《陕西自然地理》,陕西人民出版社,1981年,第150—158页。
③ 陕西师范大学延安地区地理志编写组:《延安地区地理志》,陕西人民出版社,1983年,第78—85页。
④ 西北局调查研究室:《边区经济情况简述》,1945年1月30日,陕甘宁边区财经史编写组、陕西省档案馆编:《抗日战争时期陕甘宁边区财政经济史料摘编》,第一编,总论,陕西人民出版社,1981年,第11页。
⑤ 张象枢:《人口、资源与环境经济学》,化学工业出版社,2004年,第55页。

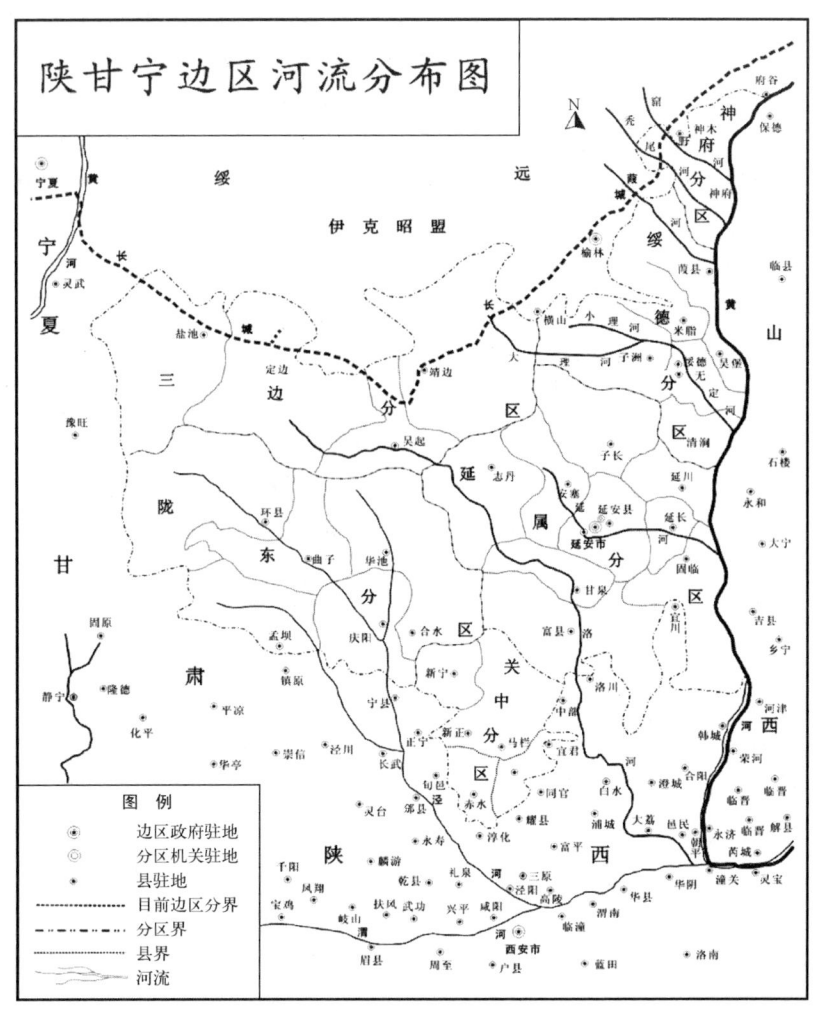

图 2-1-3 陕甘宁边区河流水系图

要资源。边区当时发现的矿产资源主要有铁、煤、石油、盐等。关中分区有赤铁矿,甘泉、蟠龙有褐铁矿,子长有碳酸铁矿;煤主要是侏罗纪烟煤,主要分布于延安、子长、子洲、米脂等,还有二叠纪煤层分布在关中分区的衣食村,环县甜水堡有半无烟煤,靖边还有泥炭资源;边区石油蕴藏量十分丰富,油苗散见各处,边区依据当时的生产能力,开采了延长和延川的永坪;盐是边区最主要的资源之一,主要分布在盐池和绥德,盐池是池盐,绥德产井盐。另外,边区还有碱、石膏、瓷土、绿矾等矿产资源。[①] 在当时的资金、技术条件下,边区政府充分利用现有的矿产资源,发展了煤

---

① 西北局调查研究室:《边区经济建设简述》,1948 年 2 月 19 日,陕甘宁边区财经史编写组、陕西省档案馆编:《抗日战争时期陕甘宁边区财政经济史料摘编》,第一编,总论,陕西人民出版社,1981 年,第 24 页。

炭、石油、化学等工业,并使盐业成为换取边区财政收入的主要工业部门。边区的动植物资源十分丰富,边区的畜牧主要有绵羊、山羊、牛、驴、马、骡、骆驼等,在边区的牲畜中,牛、驴、羊数目最多,骆驼、骡马等占少数,而羊为边区主要的出口货物之一,也是边区最主要的畜种之一。边区通过大力发展畜牧业,使纺织业成为边区重要的工业部门。边区有九源、洛南、华池、分水岭、南桥山、关中、曲西7个林区,森林主要分布在延安、固临、甘泉、富县、新正、赤水、淳耀、宁县、合水、正宁、曲子、华池、志丹、安塞等县,边区出产的三边甘草、马蹄大黄、远志等成为边区的重要中药产品,而河杨木、杜梨木、柏木等成为工业生产的重要原料。

二、技术条件对边区经济发展与产业布局的影响

技术是指生产过程中所运用的各种操作方法、工具设备、工艺流程、技能和管理水平等,技术可分为硬技术和软技术,硬技术是指设备、工具、工艺流程和工作方法等,软技术是指劳动者的技能和管理水平。① 边区的硬技术是十分落后的,农业技术是典型的粗放农业技术,生产用具为镢头、锄、镰刀、耙子、簸箕、粪筐、粪斗等常见的简单农具。边区政府成立前,边区的工业更是落后,边区只有几十个小厂子,业务主要是修械、印刷和缝制被服,就冶炼技术而言,"只能冶炼一些生铁锅之类的民用品"②。但边区政府对技术十分重视,1941年中共中央发出《中共中央关于党员参加经济工作和技术工作的决定》,同年在边区第二届参议会上,提交了《发展边区科学事业案》,并在《解放日报》先后发表了《发展新文化运动》、《提倡自然科学》、《奖励自由研究》、《欢迎科学艺术人才》、《论经济与技术工作》等社论,号召边区人民提高工农业生产技术,还于1940年在延安杜甫川建立了中国共产党历史上第一所培养科技人才的大学——延安自然科学院。③ 边区政府先后派出森林考察团、生物资源采集团、畜牧调查小组和蚕桑调查小组,④了解边区的农业资源,培养技术干部、普及农业科技知识,边区军民艰苦创业,不断解决遇到的各种技术问题,并不断创新,如农产品的改良、兴修水利与淤坝地大大增加了农业产量,发明了用马兰草造纸等造纸、用白土代替氧化铝制造玻璃、本地中草药制各类药品等新技术,大大增加了可利用的资源种类,拓展了资源利用的深度。农业方面,选育推广农作物良种,如推广美国绿籽棉品种,⑤棉花技术不断提高,出现了新棉区,改变了棉花的布局区域,影响了地区产业结构的组成和发展,当时唱歌演剧都号召"种棉

---

① 杨万种:《经济地理学导论》,华东师范大学出版社,1999年,第30页。
② 马海平:《陕甘宁边区科学技术和自然辩证法研究概况》,武衡编:《科学技术发展史资料》第1辑,中国学术出版社,1983年,第108页。
③ 马海平:《陕甘宁边区科学技术和自然辩证法研究概况》,武衡编:《科学技术发展史资料》第1辑,中国学术出版社,1983年,第103—119页。
④ 郑重:《坚持实事求是原则的伟大胜利——回顾在毛泽东同志亲切关怀下的抗日根据地陕甘宁边区的农业》,《中国农史》1994年第13卷第3期,第1—4页。
⑤ 康健:《回忆在陕甘宁边区绥德分区从事农业技术工作的片断》,武衡编:《科学技术发展史资料》第2辑,中国学术出版社,1983年,第282页。

要种绿籽棉,种谷要种狼尾谷";工业方面,建立起了炼铁、基本化学、材料、轻工业日用品等基本自给的工业体系。当然,比较而言,边区的硬技术条件仍是相当落后的。但边区的软技术条件却较为先进,先进的政党、严明的纪律、军政民的一致性使边区发挥了最大的潜力,人才的引进带来了新的技术,带来了技术创新,将有限的资源优势、技术优势发挥出最好的效果。应该说,技术条件对促进边区经济的增长意义巨大。

三、社会经济条件对边区产业布局的影响

影响、制约产业发展与布局的社会经济条件,主要包括市场条件、区域历史基础、交通通达性、区域制度与政策等,它们共同构成区域产业发展与布局的社会经济环境,对产业布局有着深刻的、持久的,有时甚至是决定性的影响。对边区而言,区域制度与政策、经济主体行为特征和军事形势等社会经济环境在很大程度上影响着边区产业布局的宏观选择和微观抉择。

(一)区域制度与政策

陕甘宁边区是在特殊的历史时期、特定的地域设置的一个行政区域。它不是按照自然环境的一致性或历史的传承性形成的行政区域,而是在第二次国内革命战争时期,陕甘宁地区的民众在中国共产党的领导下,开展土地革命,实行革命的武装格局形成的。抗日战争时期,国共合作,国民政府承认它是一个特殊的地方行政建制,直属于行政院,相当于省级建制,虽然边区名义上是一个隶属于国民政府的省级建制,但是在皖南事变后,其性质事实上发生了重要的变化,是一个独立的行政体系,边区内部有独特的行政体系,有一套完善的政权组织的民主行政制度,成为边区独特政治、经济制度的背景要素,"中国共产党是边区政权的唯一领导者,边区所实行的政治制度,是新民主主义的政治体制,实质上是人民民主专政的政治制度"[1]。

边区的高度集权的经济体制在强有力的中国共产党的集中领导下,保证了其经济、政治的高度计划性;而"三三制"的实施,严格的节权制,既保证了各种抗日力量的团结,又保证了其民主性;[2]"精兵简政"的实现,保证了政权成本与社会负担的均衡,[3]提高了政府的工作效率;"整风运动"的成功保证了政权的一元化,即共产党的绝对领导,保证了计划的实现性。可见,抗日战争时期,边区在特殊的政治环境下,充分展示了计划经济的各种优点,发挥了集权经济的诸多优势,使边区政府有能力全面实施富有前瞻性的各项政策,最大限度地使这些政策焕发出所有的能量,

---

[1] 宋金寿、李忠全:《陕甘宁边区政权建设史》,陕西人民出版社,1990年,第2页。
[2] 赵晓耕、何民捷:《"三三制"与"三个代表"——从陕甘宁边区施政纲领说起》,《河南省政法管理干部学院学报》2003年第4期,第49—54页。
[3] 李智勇:《陕甘宁边区政权形态与社会发展》,中国社会科学出版社,2001年,第5、53页。

如更加公平的分配、资源的集中利用、较高的经济增长率等,"集中领导,分散经营"的经济体制改革的创新,企业的自负盈亏,合作社形式的创办,[①]实现了阶段性的"经济奇迹",而这正是中国社会的发展方向,代表了中国绝大多数人民的意愿,形成了富有朝气、高效的政治制度。至于计划经济所通常带来的各种问题,机构的庞大,政策失灵的种种恶果,最终导致经济的低效等,在边区这个阶段并没有出现。

制度安排是要有一系列的政策、法规来保证其实现的,政策体现着社会的意志和利益,正确的政策可以促进经济的增长和布局的优化。抗日战争时期,边区政府颁布了农业、工业、商业、金融、财政、税收、交通等一系列经济法规,这些法规政策包括农林土地类(11项)、金融类(8项)、税务税收类(27项)、商业贸易类(12项)、经济管理机构及社团类(8项)、财政公债类(4项)、工业交通类(7项)和债务类(1项)等,[②]形成了比较完整的经济法规体系,保证了中国共产党各项经济政策的实施,规范了经济秩序,保护了各种经济成分的合法权益。这些政策对经济活动的增长的影响是巨大的,并且引导了经济活动在空间上的合理布局,如奖励优待移难民垦荒、土地租佃、农业贷款和植棉贷款等政策,促进了劳动力的合理流动,使农业耕地面积迅速扩大,新的植棉区不断涌现。再如,食盐统销政策和食盐缉私政策,有力地打击了食盐走私,积极发展了边区的盐业,保证了边区政府的财政收入。在边区的政策中,产业政策和地区政策,包括土地政策、部门经济发展政策和区域性发展政策对产业布局的影响是最为明显的。

除了政策计划和经济控制,边区政府还经常采用其他形式来发展经济,如情绪上的激发(诉苦大会、批评与自我批评等)和心理上的鼓励(颁发勋章、享受荣誉等,评选各种类型的劳动英雄)等,这些举措的效果当然也是很明显的,极大地提高了这种制度的运行质量。

(二) 市场条件

经济活动的最终目的是满足消费者的物质和精神需求,必须重视市场对经济区位的作用。市场是经济活动生存的空间,是经济活动价值实现的场所,经济活动按照市场的需求展开,使各种资源得到有效的配置,政府对经济活动的宏观调控也要借助市场来实现。

边区的市场可以分为区际市场和区内市场。皖南事变以前,边区的市场是自由贸易性质,皖南事变后,为了渡过经济上的困难,商业贸易得到了重视,金融上发行边币,并加强了边区对外贸易的管理,由于"特产和食盐是边区出口贸易的主要物品",换取边区急需的棉花和布匹等商品的不足,边区积极发展盐业和交通运输业,甚至动用军队采盐和运盐,运输特产贸易,促进了边区新的经济中心的形成,如

---

① 陈湘舸:《毛泽东边区经济体制改革理论初探》,《湘潭大学学报(社会科学版)》1986年第2期,第70—74页。
② 黄正林:《抗战时期陕甘宁边区的经济政策和经济立法》,《近代史研究》2001年第1期,第168—208页。

庆阳、西华池等次经济中心的发展。这提示我们应当充分注意市场对边区产业布局的影响。

就边区区内市场看,边区经济活动的首要目的是满足自身的需求并完成革命的大后方的职责和任务,这种需求的特性造就了边区市场的特性,所以其经济活动区位的选择带有明显的特征。例如由于对服装的现实需求和纺织业本身的需求门槛(生产活动和服务活动的最低规模需求)较低,纺织业的发展成为工业发展的重要部门;由于对战时武器的需要,军事工业成为边区公营工业最主要的部门;由于革命宣传的需要,促使边区的造纸业飞速发展,这正是由于特殊的市场特性决定的。

(三) 交通条件

陕甘宁边区位于沟壑纵横的黄土高原,道路崎岖,交通运输业十分落后,山区多用畜力驮运,川道和地势平缓的地区用大车,交通类型简单,道路通达性较差,严重地制约了边区经济的发展。抗日战争时期,为了发展对外贸易和便利食盐、粮食、草料、药材等的运输,尤其是盐业的运输,边区极大地改善了交通的建设。1942年至1944年边区开展了规模较大的修路运动,公路里程由1937年的442里发展到1943年的1 683公里,至1946年,公路里程发展到1 944公里,边区的驮运道也有较大发展,据1944年统计,边区的驮运道已达1 365公里。边区政府还在各主要路段开设中途转运站、骡马店和兽医院等交通配套设施的建设,使边区形成了以首府延安为中心的公路和大车道的交通运输网络,使延安成为边区的经济、政治、商业和文化中心。交通运输业的改善,深化了边区产业布局的演变格局,扩大了产业布局的活动范围。

(四) 区域历史基础

以陕甘宁三地为主体的这一区域在明末清初时期,由于自然灾害和战乱的影响,人口稀少,经济发展相当落后,各地土地荒芜,人口流散的现象十分严重,如安塞县明末"人丁十去其九,止遗寥寥残子,鸠形鹄面,略无起色"[1],甘泉县"土荒民散,甘民几至逃亡殆尽"[2],清初统治者采取了一系列恢复生产的措施,乾隆、嘉庆以后,陕西经济步入正常轨道,经济发展平稳,至道光年间人口增长,粮食产量也获得了较大的增长。同治以后,由于农民起义、自然灾害等影响,农业生产再次回落,如陕北的中部县已经"烟户奇零,土旷人稀"[3],更何况北部的一些县份。尽管之后统治者再度采取措施,移民垦殖,虽然经济有所复苏,如陕北甘泉县等地"始辟草莱,营庐舍,四乡渐有鸡鸣狗犬之声"[4],但发展仍然缓慢。

---

[1] 顺治《安塞县志》,田赋志。
[2] 民国《甘泉县乡土志》,政绩录。
[3] 《中部县乡土志》,户口。
[4] 民国《甘泉县乡土志》,兵事录。

边区政府成立前的陕甘宁三地,土地贫瘠,交通闭塞,农村经济十分落后,仍有大量的荒地无人开垦,如甘肃镇原县"清同治兵燹后,土著寥寥,田亩荒芜,募人耕种"[①]。抗战前,陕北旧治23个县中,有不少县份的收入尚不足其本身360元的政费开支,其贫穷即可想见,经济是极端落后的。

---

① 民国《重修镇原县志》卷三,民族志,种类。

第二章 边区的农林生产与布局

第一节 边区农业的增长

边区在农业发展上采取了开发利用可耕地的农业政策,组织广大群众、机关干部、部队官兵和学校学生从事垦荒,边区的耕地面积不断扩大。从表 2-2-1 可以看出,边区的耕地面积逐年上升,1937 年边区的耕地面积为 862.2 万亩,1945 年抗战结束时为 1 425.2 万亩,[①]8 年增加了 560 余万亩,耕地面积以平均每年 70 万亩的速度增加。如果人口增加以 50 万人计,那么耕地面积的增加是人口增加的 10 倍,可见开荒的强度和力度。从 1937 年到 1944 年,边区共计开荒 512.2 万亩,每年增加 64 万亩,开荒规模之大前所未有。在边区政府的号召下,部队官兵也投入了大生产运动。在陕甘宁边区留守兵团各部队的生产运动中,以王震同志领导的八路军 120 师三五九旅的南泥湾屯田为最著名,从 1941 年到 1944 年共计开荒 40 万亩,硬是把"烂泥洼"变成了"好江南"。值得注意的是,耕地面积每年都在增加,而荒地面积的增加并不是逐年上升的,1937 年开荒地 19.5 万亩,1938 年上升为 36.8 万亩,1939 年在边区政府的大力号召下,开荒面积为 91.9 万亩,1940 年之后开荒面积又顺次下降,1940 年开荒 69.8 万亩,1941 年 48.1 万亩,1942 年 35.4 万亩,1943 年开始上升,开荒面积为 97.01 万亩,1944 年为 105.4 万亩,[②]开荒面积很不稳定,这与荒地的产量和政府的宣传以及劳动力组织很有关联。

表 2-2-1 陕甘宁边区耕地面积的增长

年份	耕地面积(万亩)	耕地面积增加指数	水地面积(万亩)	水地面积增加指数	粮食总产量(万石)	粮食产量增加指数
1937 年	862.2	100.0			111.6	100
1938 年	989.4	114.7			121.1	108.5
1939 年	1 007.6	116.8	0.548 17		175.4	157.2
1940 年	1 174.2	136.1	2.355 8	100.0	152.6	136.7
1941 年	1 213.2	140.6	2.561 5	108.7	145.5	130.4
1942 年	1 241.3	143.9	2.757 2	117.0	148.3	132.8
1943 年	1 338.7	155.0	4.110 9	174.5	181.2	162.4
1944 年	1 338.7	155.0	8.246 5	350.0	181.7	162.8
1945 年	1 425.6	165.3			160.0	143.4

说明:表格中的增加指数均为笔者计算所得。
(资料来源:1. 陕甘宁边区财经史编写组、陕西省档案馆编:《抗日战争时期陕甘宁边区财政经济史料摘编》,第二编,农业,陕西人民出版社,1981 年,第 85—86、710 页有关资料编制。2. 陕西省档案馆、陕西省社会科学院:《陕甘宁边区政府文件选编》第十一辑,档案出版社,1991 年,第 264 页。3. 张水良:《抗日战争时期中国解放区农业大生产运动》,福建人民出版社,1981 年,第 73 页。)

[①] 南汉宸:《陕甘宁边区的财经工作》(1947 年),陕甘宁边区财经史编写组、陕西省档案馆编:《抗日战争时期陕甘宁边区财政经济史料摘编》,第二编,农业,陕西人民出版社,1981 年,第 85、86 页。
[②] 张水良:《抗日战争时期中国解放区农业大生产运动》,福建人民出版社,1981 年,第 73 页。

边区不仅开发了耕地面积,也积极扩大水地面积,使水地面积从1940年的23 558亩增加到1944年的82 461亩,增长指数高达350。耕地面积和水地面积的增加,直接推动了粮食产量的大幅度提高,边区的粮食总产量逐年提高,由1937年的111.6万石增加到1945年的160万石(参见表2-2-1)。"1940年以前,边区还从洛川及河东(山西)买粮,1941年不但不从外面买粮,且有部分余粮向榆林一带输出。外地移民不断增加,牲畜也增加了,但并不感到缺粮。1942年,我们军队已经自给经常费百分之六十到八十二,我们的机关学校生产也自给经常费百分之五十七至九十",[①]这说明从1941年起,边区粮食已能基本自给。

特别值得注意的是,旱地的增加和水地的增加带来的开垦荒地的两重性后果,旱地增加的直接后果是粮食产量不稳定的增加,而且破坏植被,影响生态;水地的增加促进粮食的增加和作物结构的改善(增加水稻、小麦等细粮比重),而且改善了农业环境。

第二节 边区粮食作物的生产与布局

粮食作物是指主要为满足人类食粮和某些副食品需要,或部分供作饲料的农作物。[②] 陕甘宁边区农作物的构成中,以粮食作物为主,占作物播种面积的93%,经济作物仅占7%左右。[③]

一、边区粮食作物的构成及其变化

粮食生产是边区最主要的农业部门,边区主要的粮食种类有麦类、谷子、糜子、荞麦、洋芋、玉米、高粱、豆类等。

由表2-2-2可以看出,在边区粮食作物构成中,麦类、谷类、糜子所占份额最大,合计为60%,其中麦类种植面积位居边区之首,其次就是谷子、糜子;豆类(包括大豆、小豆、豌豆、扁豆等一切豆类)、荞麦再次,占18%左右,其中喜冷作物地方物种荞麦的种植面积达8.1%左右;再次,就是高粱、玉米等粗粮品种,占边区种植面积的10%,其中高粱占边区总种植面积的6.3%,玉米占了3.4%。作物类型简单,农业的多样性指数较低。从边区粮食作物的年产量和平均亩产量来看,尽管麦类的种植面积最大,但是谷子的年产量最高,其次是麦类和糜子,麦类、谷子和糜子是边区当时的三大作物。无论是麦类、谷子还是荞麦、玉米,边区当时的亩产量都很低,平均亩产60斤左右,这就是农业经营粗放,技术落后的具体体现。

[①] 阎庆生、黄正林:《陕甘宁边区经济史研究》,甘肃人民出版社,2002年,第33页。
[②] 南京大学地理系编:《地理学词典》,上海辞书出版社,1983年,第760页。
[③] 《边区农业统计表》(1944年),陕甘宁边区财经史编写组、陕西省档案馆编:《抗日战争时期陕甘宁边区财政经济史料摘编》,第二编,农业,陕西人民出版社,1981年,第30—31页。

表 2-2-2　陕甘宁边区主要粮食作物种类所占的耕地面积比较(1943 年)

项目	麦类	谷子	糜子	荞麦	豆类	高粱	玉米	洋芋	其他
种植面积(万亩)	357	337	211	123	150	95	52	48	1.5
百分比(%)	23.4	22.3	13.9	8.1	9.8	6.3	3.4	3.2	0.1
年产量(万斤)	21 428	25 316	15 657	7 369		7 369	3 883		
平均亩产量(斤)	60	75	75	60		60	75		

(资料来源:1.《边区农业统计表》(1944 年),《史料摘编》第二编《农业》,第 30—31 页。2. 陕西省档案馆、陕西省社会科学院:《陕甘宁边区政府文件选编》第十一辑,档案出版社,1991 年,第 267 页。)

边区农业发展历史悠久,明朝时期陕北地区的粮食作物品种主要有"黍、稷、稻、高粱、大小麦、莜麦、粟"[1]等,清朝时期本区域的主要作物有小麦、大麦、豆类作物、玉米、麻子、谷子、糜子、高粱、荞麦、燕麦、蔬菜类作物,[2]从作物类型上看,边区与之区别不大,但必须看到,其作物种植比例还是有了一定的变化。

水地的增加和优良品种的引进,正体现了边区的农业大开发的质量和水平,它一方面改变了边区的作物结构,推动了边区农作物整体水平的提高,另一方面,蔬菜瓜果的引进,改变了边区居民的食物结构,补充了食物来源,边区引进的蔬菜水果,计共推广 41 种、1 435 亩,只在延安附近和边区机关、学校和部队中推广。[3]

二、边区粮食作物的分布特点

边区主要的粮食作物有麦类、谷子、糜子、荞麦、洋芋、玉米、高粱、豆类和蔬菜类作物等,其分布有明显的地域差异。麦类主要分布在关中分区(48%)、陇东分区(39%)、延属分区(24.6%),其中关中分区和陇东分区占各分区作物分布的 40%左右,延属分区占三分之一;谷子主要分布在绥德分区(28.7%)和延属分区(24%),合计占边区谷子总额的一半以上,其次分布在三边、陇东、关中分区;糜子主要分布在三边分区,占三分之一,延属分区和陇东分区合计占三分之一,边区的麦类、谷子和糜子这三大作物主要分布在延属分区、关中分区和陇东分区(三大作物各占分区的种植总面积的 60%以上),其次分布在三边分区和绥德分区;荞麦由于抗寒耐瘠,适应性强,主要分布在三边分区(而清末时,整个陕北地区种植荞麦较为普遍,如甘泉县居民,食面以此为主,[4]可见边区的荞麦分布与清末时期相比有变化),豆类主要分布在绥德地区。

那么,边区的水稻分布又是如何呢?水稻是一种高产粮食作物,在生长期内宜湿润、温暖,清代时期,延安府仅甘泉、延长、延川三县的一些河川两旁有少量种

---

[1] 嘉庆《延安府志》卷三十三,户略,物产。
[2] 萧正洪:《环境与技术选择——清代中国西部地区农业技术地理研究》,中国社会科学出版社,1998 年,第 44—45 页。
[3] 《光华农场过去工作总结》(1944 年),陕甘宁边区财经史写组、陕西省档案馆编:《抗日战争时期陕甘宁边区财政经济史料摘编》,第二编,农业,陕西人民出版社,1981 年,第 748 页。
[4] 耿占军:《清代农业地理研究》,西北大学出版社,1996 年,第 74—75 页。

植,①可见水稻在清时期陕西省的分布有明显的地域差异性,水稻分布于本地区涉及的县份有甘泉、延川、宜川、富州直隶州等地,②即边区的甘泉、延川、固临和富县。抗日战争时期,"1943 年,子长县贺家沟滩地灌溉面积 800 亩,增收细米 160 石","富县 1943 年修水地 1 097 亩,年增收水稻 1 097 石",③"1941 年 4 月 17 日,建设厅于 3 月派农牧科、工程科人员到富县勘查兴修葫芦河水利工程,改种水稻。勘查已告结束,上报计划已经建设厅批准,拨款 3 000 元"④。可见水稻在边区的分布主要位于延属分区,而且分布在近水源的河流川沟地,呈点状或线状分布。

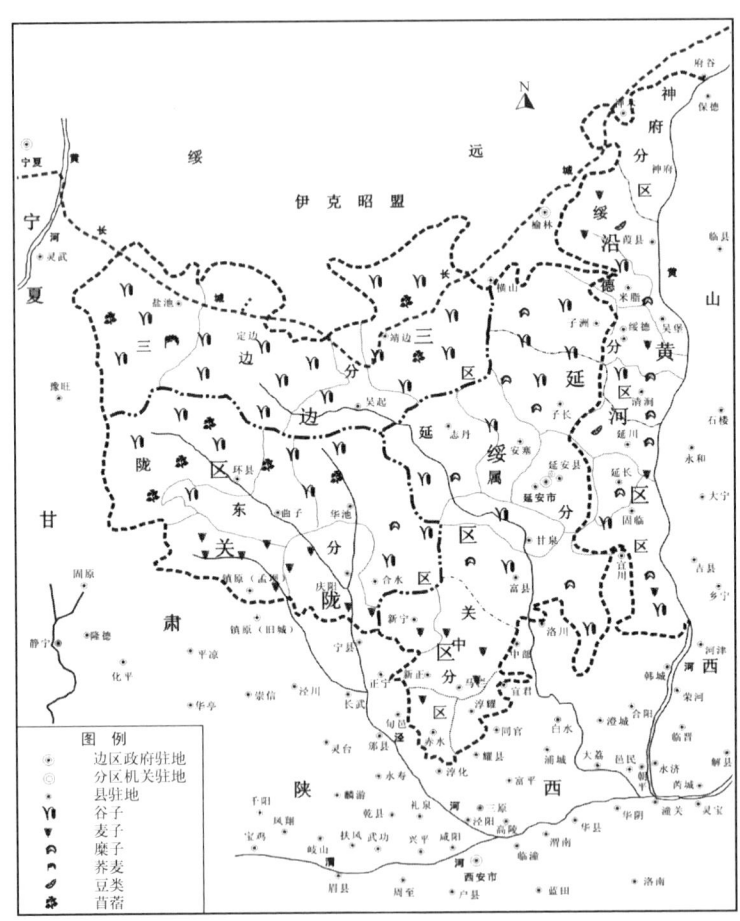

图 2-2-1 陕甘宁边区主要粮食作物分区图

(资料来源:陕甘宁边区财经史编写组、陕西省档案馆编:《抗日战争时期陕甘宁边区财政经济史料摘编》,第二编,农业,陕西人民出版社,1981 年。)

---

① 嘉庆《延安府志》卷三十三,户略,物产。
② 耿占军:《清代农业地理研究》,西北大学出版社,1996 年,第 95—100 页。
③ 陕甘宁边区财经史编写组、陕西省档案馆编:《抗日战争时期陕甘宁边区财政经济史料摘编》,第二编,农业,陕西人民出版社,1981 年,第 721 页。
④ 《新中华报科技报道》,《抗日战争时期解放区科学技术发展史资料》第二辑,中国学术出版社,1984 年,第 338 页。

第三节　边区棉花的生产与布局

边区棉花生产的增长特点与棉花的布局关系极为密切,由于布局的变化引致棉花的种植面积和产量呈跨越式增长。从表2-2-3可以看出,棉花的植棉面积是始终扩大的,边区的植棉面积在1941年起开始攀升,1943年的种植面积达到15万亩之多,1943年后,植棉面积大幅度攀升,1944年的植棉面积是1943年的一倍,达到30万亩,1943年之后,发展速度有所平缓,植棉面积仍然平稳增加,到1945年,植棉面积达到35万亩,可见植棉面积发展速度惊人。

表2-2-3　陕甘宁边区植棉面积的增加情况

年　份	植棉面积（亩）	植棉面积增长指数	棉花产量（万斤）	棉花亩产量（斤/亩）
1939年	3 767	100	4.8	
1940年	15 177	402.9	19.6	
1941年	39 987	1 061.5	51	12.7
1942年	94 405	2 506.1	140	14.8
1943年	150 473	4 005.1	210	13.9
1944年	295 178	7 835.9	304	10.3
1945年	350 000	9 291.2	451.5	12.9

(资料来源：1.《边区农业统计表》(1944年),陕甘宁边区财经史编写组、陕西省档案馆编:《抗日战争时期陕甘宁边区财政经济史料摘编》,第二编,农业,陕西人民出版社,1981年,第87页;2. 1939、1940、1945年的棉花产量是笔者依据1941—1944年棉花的平均亩产量(12.9斤/亩)估算得出。)

一、1937—1943年棉花生产的增长与布局特点

1939年,边区开始在延边、延长和固临(今延长县东部和宜川县北部一带)东三县及延安县一带试种棉花。由于缺乏棉子,也没有植棉经验,干部和群众对植棉的兴趣又不大,植棉面积的扩大并不明显,整个边区植棉面积仅为3 767亩。

1940年,边区政府颁布了《关于推广植棉的训令》,[①]划定植棉区,规定过去有植棉历史的延长、延川、固临(今延长县东部和宜川县北部一带)、延安的甘谷驿、绥德、清涧、吴堡和安定(今子长)四县的一部分地区为植棉区,涉及分区主要为延属分区和绥德分区。在政府的政策支持下,这些区域的植棉面积开始迅速扩大,1940年边区植棉面积扩大为15 177亩。1942年,边区政府在关中和陇东分区开始试种棉花,"1942年,陇东分区植棉670亩",[②]在陇东分区获得成功后,继续扩大种植面

[①] 陕西省档案馆、陕西省社会科学院编:《陕甘宁边区政府文件选编》第二辑,档案出版社,1987年,第520页。
[②]《植棉问题》,陕甘宁边区财经史编写组、陕西省档案馆编:《抗日战争时期陕甘宁边区财政经济史料摘编》,第二编,农业,陕西人民出版社,1981年,第598—628页。

积,整个边区植棉面积达到 94 405 亩。

二、1944—1945 年棉花生产的增长与布局演变特点

陇东地区植棉的成功,促使边区政府继续扩大植棉面积,1943 年,植棉扩大到陇东地区所有县,植棉 741.3 亩,收花万余斤。[①]

边区政府在关中、陇东植棉成功后,决定从 1944 年开始,将植棉中心转移到新棉区,并且提出棉花发展的新思路,即以分区为单位(三边除外)的自给发展方向。提出这样的新思路也是有其深刻原因的。随着旧棉区的恢复发展,新问题开始出现,东部旧棉区棉田

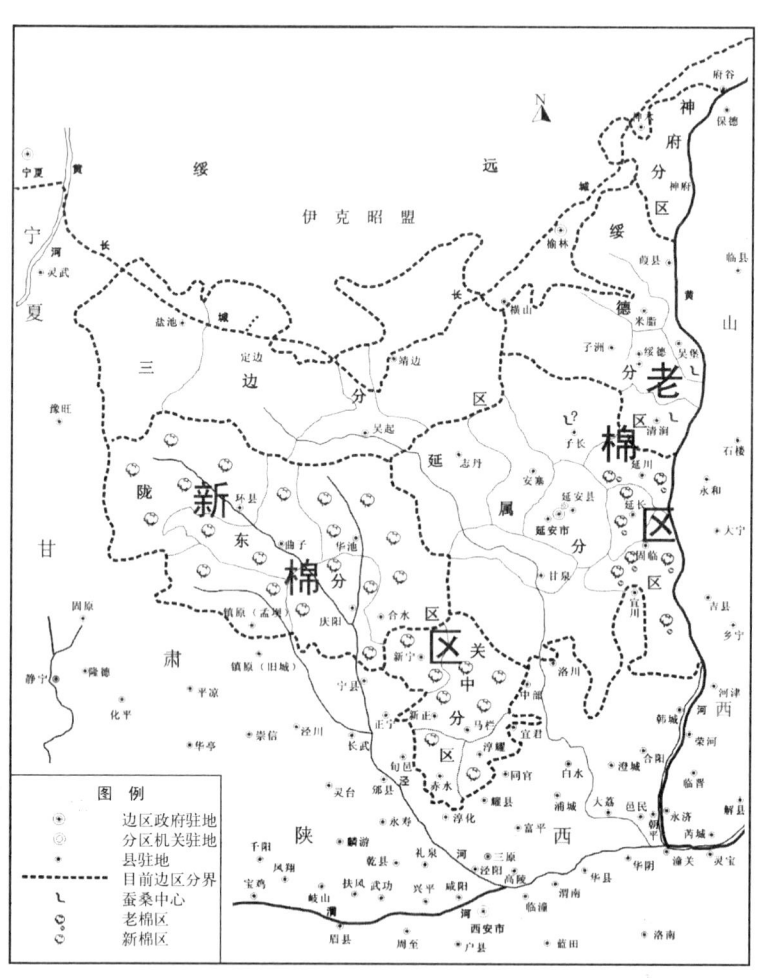

图 2-2-2　陕甘宁边区棉花与蚕桑业分区图
(资料来源:陕甘宁边区财经史编写组、陕西省档案馆编:《抗日战争时期陕甘宁边区财政经济史料摘编》,第二编,农业,陕西人民出版社,1981 年。)

---

① 阎庆生、黄正林:《陕甘宁边区经济史研究》,甘肃人民出版社,2002 年,第 38 页。

扩大,农田缩小,严重影响了农业生产,而农业又是边区最重要的、不能被影响的经济部门。而且,由于交通的阻隔,由产棉区向关中、陇东运输棉花困难很大,①沿河各县纵有多余棉花,也很难供给到关中、陇东地区。这正是边区提出分区自给的重要背景因素。

  边区政府不仅提出"分区自给(三边除外)"的新思路,对新旧棉区不同的区域还制定了不同的区域发展战略。对旧棉区中的棉花布局重点区域延长、延川和固临(今延长县东部和宜川县北部一带)三县及个别乡区棉地面积发展到足够程度的,停止扩大面积,提高农业技术,实行精耕细作政策,而对新棉区则实行棉地三年不出公粮,贷给棉种,发放棉贷,贯彻奖励政策等措施,扩大植棉面积。也就是说,旧棉区实行从数量增长型向质量增长型转变的战略,新棉区则实行数量扩大型战略。

  通过调整发展思路,边区新棉区面积迅速扩大。如1943年陇东植棉741.3亩,1944年陇东植棉扩大为5 681亩,关中的淳耀和赤水两县统计,1941年植棉为158亩,1945年增为11 304.5亩,②增长幅度十分明显,推广范围也不断扩大,除三边分区外,其余各分区都有棉花种植。如果1944年后旧棉区的植棉面积不再扩大的话,那么新棉区在1944年和1945年两年间就净增棉田15万亩,数量增长十分惊人。可见,1944年成为边区植棉的新起点,主要原因就是1944年后边区棉花的布局由旧棉区向新棉区转移。

第四节 边区畜牧业的发展与布局

一、边区畜牧业的增长状况

  边区畜牧业的牲畜种类主要有羊、牛、驴、马、骡、骆驼等,骆驼仅产于三边地区,其他各种牲畜在全边区均有出产。

  从表2-2-4可以看出,1940年边区的19个县的牲畜总数目比1939年有明显增加,其中牛、羊和骆驼都是正增长,而驴和骡马为负增长,但也比1938年有所增加。在边区的牲畜种类中,牛、驴、羊的数目最多,这三种牲畜的总和占边区总牲畜数的99.7%,骆驼和骡马等所占份额极低,而羊为边区最主要的畜牧品种,占边区牲畜总数目的86.9%,因此,羊成为边区最主要的出口货物之一。值得注意的是,表2-2-4中显示驴和骡马为负增长只是暂时的情况,这是由于经济封锁的最初阶段边区范围缩小造成的,事实上,驴和骡马的总发展趋势仍是正增长,因此才有"1944年边区的骆驼已达11 780头,骡马12万匹"的结果③,可见其正增长是明显的。

---

① 秦直道中"石门关至马莲河一段子午岭的主脊风子梁是关中棉花向北运输的必经之地,每年运花季节,梁上路旁的灌木枝上,粘花带絮,一路皆白",见吴宏岐:《秦直道及其历史意义》,《陕西师范大学继续教育学报》2000年第17卷第1期,第75—78页。
② 《植棉问题》,陕甘宁边区财经史编写组、陕西省档案馆:《抗日战争时期陕甘宁边区财政经济史料摘编》,第二编,农业,陕西人民出版社,1981年,第598—628页。
③ 《陕甘宁边区政府工作报告》(1941年4月),陕甘宁边区财经史编写组、陕西省档案馆编:《抗日战争时期陕甘宁边区财政经济史料摘编》,第二编,农业,陕西人民出版社,1981年,第96页。

表 2-2-4 陕甘宁边区 19 个县牲畜增长情况统计

年份	牛（头）	牛增长指数	驴（头）	驴增长指数	骡马（匹）	骡马增长指数	骆驼（匹）	骆驼增长指数	羊（只）	羊增长指数	合计
1938 年	102 676	100	70 810	100	1 468	100	1 254	100	761 464	100	973 672
1939 年	123 963	120.7	97 407	137.5	2 040	138.9	1 329	105.9	1 012 786	133	1 237 525
1940 年	148 408 (7.8%)	119.7	94 334 (5.074%)	96.8	1 817 (0.096%)	89.1	2 485 (0.13%)	186.9	1 652 170 (86.9%)	163.2	1 899 214 (100%)
1944 年			120 000		11 780		11 780				

说明：百分比数是指 1940 年的各牲畜的百分比。
（资料来源：1.《陕甘宁边区政府工作报告》(1941 年 4 月)，陕甘宁边区财经史编写组、陕西省档案馆编：《抗日战争时期陕甘宁边区财政经济史料摘编》，第二编，农业，陕西人民出版社，1981 年，第 95 页。）

二、边区畜牧业的布局

边区最主要的牲畜是牛、驴、羊、骆驼和骡马，除骆驼仅产于三边外，其他各种牲畜在边区均有分布，但数量上不同分区有差异性。

从表 2-2-5 可以看出，牛主要分布在延属分区和陇东分区，这两个分区的数量之和占边区牛的总数的 67.9%，这两个区是边区重要的农业发展区域，其次分布在关中分区和三边分区，占三分之一多；驴主要分在延属、绥德、陇东分区，占 77% 之多，其中关中分区驴的数量最少，只占边区驴的总数的 5.5%；羊是边区最主要的畜种，全边区普遍有分布，除了关中分区所占的比例较低外(2.9%)，其他四个分区都有较大比例的分布，这是由于关中分区农业较为发达，骡马主要分布在关中分区，牧业的比例自然较低。值得注意的是，不同种类羊的分布有区域差异性，绵羊主要分布在三边、陇东分区，山羊主要分布在延属分区。这样的分布状况与自然条件的限制和历史的沿袭有很大的相关关系。

表 2-2-5 陕甘宁边区各分区主要牲畜数量比较表（1943 年）

分区	牛（头）	牛（%）	驴（头）	驴（%）	羊（只）	羊（%）	合计	牛（%）	驴（%）	羊（%）
延属分区	68 516	31.9	37 792	22.3	425 038	22.1	531 346	12.9	7.1	80.0
陇东分区	77 311	36.0	56 362	33.3	646 780	33.6	780 453	9.9	7.2	82.9
关中分区	32 346	15.1	9 394	5.5	54 921	2.9	96 661	33.5	9.7	56.8
三边分区	32 198	15.0	29 124	17.2	554 363	28.8	615 685	5.2	4.7	90.1
绥德分区	4 312	2.0	36 732	21.7	241 971	12.6	283 015	1.5	13.0	85.5
合计	214 683	100	169 404	100	1 923 073	100				

说明：原始数据中的合计数有错误，笔者已修正。
（资料来源：1.《边区农业统计表》(1944 年)，陕甘宁边区财经史编写组、陕西省档案馆编：《抗日战争时期陕甘宁边区财政经济史料摘编》，第二编，农业，陕西人民出版社，1981 年，第 99 页。）

就边区畜牧业的地域结构来看,延属分区和陇东分区的羊的分布占明显优势,牛次之;三边分区是主要的畜牧区,羊的分布占绝对优势,高达90.1%;关中分区的农业基础较好,用于农业生产的牛的分布比例比其他四个分区都明显偏高,而羊的分布比例比其他四个分区明显偏低;绥德分区的羊的分布明显占优势,其特别之处是牛的分布比例明显偏低,而驴的分布比例明显高于其他四个分区的比例构成,绥德分区的黑燕片驴在边区极负盛名。

第五节 边区林业的开发利用与保护

一、边区森林概况

据1940年乐天宇等人的调查,陕甘宁边区的森林面积约为4万平方里(1万平方公里),森林覆盖率为10%左右。以河流山脉自然环境,边区森林可划为九源、洛南、华池、分水岭、南桥山、关中、曲西7个林区(参见表2-2-6),森林分布很不平衡,主要分布在延安、固临、甘泉、富县、新正、赤水、淳耀、合水、新宁、曲子、华池、志丹、安塞等10余县,涉及延属、关中、陇东3个分区,三边分区和绥德分区因纬度偏北,又靠近沙漠,基本上没有森林分布。

表2-2-6 陕甘宁边区森林分布及面积统计表(1940年)

林区	范围	面积(平方里)	圆木(万根)	属县	涉及分区
九源林区	洛河以北,延河以南,包括梁山山脉的中段(汾川河流域在内),以九源为主峰(海拔1 300公尺),东至临镇,西至永宁,北至杏子川原南岸,南至牛武镇北	8 000	200	安塞、延安、志丹、固临、甘泉、富县	延属分区
洛南林区	洛河以南,葫芦河以北,包括桥山山脉的中段,以八张凹为中心,西至分水岭,东至孟家湾,北至定北川,南至官池水(葫芦河下游)北岸	6 000	200	甘泉、富县	延属分区
华池林区	在洛河和华池水中间,以平定川口为中心	4 000	200	华池	陇东分区
分水岭林区	在陕甘边界上分水岭的左右方,西到子午岭,东与洛南林区相接(中隔油房头川),北到华池北部,南抵葫芦河	4 000	280	华池、合水	陇东分区
南桥山林区	在葫芦河以南,沮水以北,南桥山山脉的中段,以槐树庄为中心,西至甘肃宁县盘客镇,东至陕西张村驿,北至太白之南,南至上畛子之北	8 000	240	双龙镇、合水、新宁	关中陇东分区

续 表

林区	范围	面积(平方里)	圆木(万根)	属县	涉及分区
关中林区	沮水以南,以至泾河流域北岸,边区的森林区域	8 000	240	淳耀、赤水、新正、新宁	关中分区
曲西林区	甘肃曲子马莲河以西,陇山六盘山以东,边区的森林区域(因遭受砍伐,林相不佳)	2 000	200	环县、曲子	陇东分区
合计		40 000	1 560		

(资料来源：1. 乐天宇等：《陕甘宁边区森林考察团报告书》,《史料摘编》,第二编,农业,第116、120页。2. 属县和涉及分区依据文字资料和"陕甘宁盆地森林分布图"(乐天宇、徐纬英：《陕甘宁盆地植物志》,中国林业出版社,1957年,第14页)对照考证列入表中。3. 陕西师范大学延安地区地理志编写组：《延安地区地理志》,陕西人民出版社,1983年,第5页。)

边区森林内的树种有杜梨、柏、杨、柳、榆、槐、桦、青冈栎、漆树、盐肤木(五倍子树)、桑、松、楸、椿等。林区有药材甘草、地黄、薄荷、牵牛、枸杞子、地骨皮、茴香、柴胡、车前子、苍耳、黄芩、菖蒲、杏仁、牛蒡子等。

二、边区林业的开发利用

为发展经济,边区大力开垦荒地,需要制造大量的农具,农具制造厂就成规模地生产犁、镢、锄、便桶、耧和龙骨水车等大量农业用具；各种工厂的生产工具都是利用木料制作的,如制革厂的夹板、载案、转槽、转鼓、木槽、木架、木筒等均用木料制作；火柴厂利用边区产的杨、柳、桦木做火柴盒和木梗,利用木料制造卸杆器、圆锯机、压铁叶工具以及钻眼机、包头机(均用于夹立板)等工具；[1]为了发展纺织业,边区还制造了数十万架木制纺车及弹花机、织布机等,制造这些工具的主要原料就是木材；而炼铁、炼油,制造军需品、硝酸、盐酸、硫酸、玻璃和陶瓷等也要以木炭为燃料。

为了降低成本,扩大工业生产原料,边区政府尽量开发利用边区的地方原料,如制革厂为解决边区制革急需的化工原料,利用青冈树皮、橡碗、山茶树皮、沙柳树皮、五倍子等提炼出具有柔性的丹宁,以代替舶来品兰凡和拷胶；[2]造纸厂利用马兰草为原料,产量剧增。为了更广泛地利用植物资源发展经济,边区专门派人(乐天宇等)详细调查且编写了《陕甘宁边区森林考察团报告书》,并专门在《解放日报》上连载发表了图文并茂的《陕甘宁边区药用植物志》,[3]介绍了23科地方药草的药性。

---

[1] 《陕甘宁边区火柴工业》,武衡编：《科学技术发展史资料》第5辑,中国学术出版社,1984年,第93页。
[2] 张扬：《陕甘宁边区的森林资源与经济建设》,张馨主编：《陕甘宁边区政府成立五十周年论文选编》,三秦出版社,1988年,第125页。
[3] 《解放日报》1942年8月30日、10月30日、11月30日、12月30日,《科学园地》第18、20、21、22期。

三、边区林业的保护

林业在国民经济中的地位和作用也为边区政府所认识,边区政府对发展林业非常重视。为了掌握边区的森林资源状况,更好地开发和保护林业资源,边区政府1940年详细考察了边区的林业现状,并于1941年成立了林务局,以期加强对林业的开发与管理。

1940年5月,乐天宇(延安自然科学院生物系主任)等6人对边区的森林进行了48天的考察,对甘泉、延安、富县、合水、正宁、固临等县的森林进行了考察,并写出了《陕甘宁边区森林考察团报告书》。考察团对边区森林的历史变迁、森林与农工业的发展关系进行了分析,并提出了森林保护的措施。报告还提出了8条森林政策的实施方案:(1)援引各国例子,将公私有林收归政府管理权之下管理;(2)人民对于林役权的取得,要按照政府颁布的公私有林管理条例才能取得;(3)大规模的森林生产由中财部经营;(4)严格执行政府颁布的森林保护条例;(5)有计划地开发及更新原生林,同时建造各地气候上的据点的保安林;(6)为了具体执行政策与条例,施行科学的管理与开发,应迅速设立林务专管机关;(7)进行森林教育,提高人民爱林思想及森林利用的正当技术;(8)为了适应目前需要,迅速训练林务人才"。[①]该报告受到了中共中央领导人的重视,李富春批示:"……与乐天宇细谈边区经济及森林事业……我完全赞同其见解……得此报告书,虽其中有再加考虑与研究之点,但已成为凡关心边区的人们不可不看的报告,已成为凡注意边区建设事业的人们不可不依据的材料。边区林务局的建立统筹林务是迫不及待的工作。"[②]

《陕甘宁边区森林考察团报告书》还就林务处[③]设立的目的、机构设置、主要功能和林业发展利用的途径方向等作了详细的分析、阐述(参见图2-2-3)。规划中的林务处分为三大部分:森林研究室、各县造林科和山林管理科,其中森林研究室与各县造林科大部分都与森林保护有关,而且造林科的设置是每个县都计划有的,其主要任务是"领导各县造林事宜"。

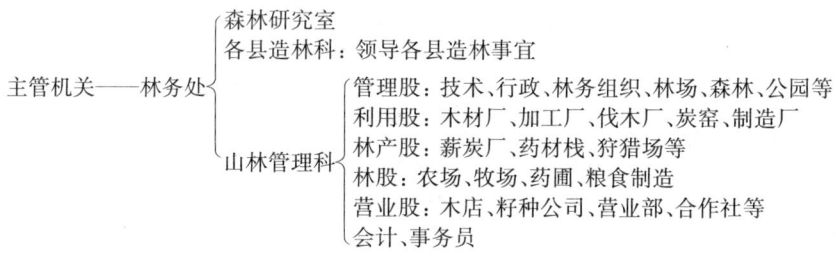

图2-2-3 林务处机构设置及主要功能图

[①] 乐天宇等:《陕甘宁边区森林考察团报告》,陕甘宁边区财经史编写组、陕西省档案馆编:《抗日战争时期陕甘宁边区财政经济史料摘编》,第二编,农业,陕西人民出版社,1981年,第116—146页。
[②] 武衡主编:《科学技术发展史资料》第2辑,中国学术出版社,1984年,第85页。
[③] 《报告书》中的林务计划纲要中,建议设立林务处(或用其他名称),1941年具体设立时,命名为"林务局"。

第三章 边区工业类型及布局特征

第一节 边区工业发展的数量和类型特征

边区工业与农业不同,边区在历史上就是一个农业区域,边区经济的主要成分就是农村经济,而工业十分落后,在边区政府成立前,工业品完全依赖外部输入,边区就是在这样一个工业发展基础完全空白的区域,建立起了自己的工业体系,使工厂在数量上从少到多,在类型上由简单的修械、印刷和缝制被服,发展到工业门类齐全、类型众多,工业水平达到自给或半自给的水平。

从表2-3-1可以看出,边区的工厂数量发展总趋势是上升的,但是发展过程并不是呈直线上升,而是呈阶段性发展的态势。依据其发展特点,可以将边区工业的发展分成四个阶段:1937—1940年的起步发展阶段;1940—1941年的快速发展阶段;1941—1942年的调整发展阶段;1943—1945年的平稳发展阶段。边区8年的工业发展历程呈现出4个阶段性的发展特征,充分说明边区工业发展的曲折性和复杂性。

表2-3-1 陕甘宁边区公营工厂统计表

年 份	工厂数(个)	职工人数(人)	职工人数增长指数
1938年	4	65	100
1939年	10	700	1 076.9
1940年	33	1 000	1 538.5
1941年	97	7 000	10 769.2
1942年	62,74(?)	3 500,4 036(?)	5 384.6,6 209.2
1943年	82	6 300	9 692.3
1944年	130	7 330	11 276.9

说明:1. 1944年的统计数据有两个,其一为工厂101家,人数6 354人,其一为工厂130家,人数7 330人,估计因统计月份的不同而不同,为了更好地与其他年份的全年对比,选择较大的数目。2. 1942年的工厂数目在资料中有两项,一项是62个(高自立:《为工业品的全面自给而奋斗》,《抗日战争时期解放区科学技术发展史资料》第二辑,中国学术出版社,1984年,第9页),一项是74个(毛泽东在西北局高干会议上《经济问题与财政问题》的报告),考虑到数据的差异可能是因统计月份不同所致,可能的情况是边区工厂的数目在1942年因调整从97个减少为62个,后又逐渐增加,1942年末增至74个。

(资料来源:1. 房成祥等:《陕甘宁边区革命史》,陕西师范大学出版社,1991年,第617页。2. 陕甘宁边区财经史编写组、陕西省档案馆编:《抗日战争时期陕甘宁边区财政经济史料摘编》,第三编,工业交通,陕西人民出版社,1981年,第11—20页。)

一、1937—1940年工业起步发展阶段

1937年到1940年是边区工业的起步发展阶段。自1938年起,边区开始建设

公营工业,创办了工艺实习厂(后为军工一厂),恢复了石油厂,在巩固和扩大原有工业的基础上,建立了新的工厂,先后创办了纺织厂、造纸厂、农具厂、皮革厂等。这些初创的工业一般规模小,生产能力较低。如纺织厂只有工人学徒 30 人,延长永坪煤油厂日产油四五百斤。①

1939 年,边区经济被封锁,工业品的输入受到极大限制,边区政府提出"自己动手"、"自力更生"的口号,1939 年 5 月 1 日在延安桥儿沟举办了第一届工业展览会,刺激工业的发展,政府直接经营的工厂数目比 1936 年增加了 3 倍以上,"并在安塞、固临、延长等处组织纺织合作社,由建设厅帮助训练工人,供给织机,投放资本,调剂功效,开始实行公私结合的政策。年终统计,全部工人增至 700 人左右"②。

二、1940—1941 年的快速发展阶段

从表 2-3-1 可以看出,边区公营工业在这一时期呈现快速发展。1940 年边区政府提出了"半自给"方针和"集中领导,分散经营"的政策,边区工业发展迅速。1940 年 1 月,边区在延安新市场沟举办了第二届工业展览会,9 月,朱德总司令提出纺毛运动,毛纺织事业由此开始。由于轻工业原料分散,运输不便,而且劳动力也分散,这个方针是奏效的。据 1940 年末统计,"厂社已增加至 33 个,全部职工约 1 000 人,纺织业已年产布匹 14 700 匹,年生产能力比 1939 年增加 105%"③。

1941 年,边区遭到的封锁加紧,外源全绝,更迫切需要发展自给经济,政府支付 70 万元,银行借出 30 万元,投资工业,进行建设,并举办第三次工业展览会,以刺激自给工业的发展。在资金和政策的大力支持下,机关、部队、学校纷纷筹建工厂,1940 年有工厂 33 个,职工 1 000 人,1941 年发展到 97 个,职工 7 000 人,新增工厂 64 个,发展了近 3 倍,职工人数增加了 7 倍,应该说这段时期是边区工业迅猛发展的时期。

三、1941—1942 年的调整发展阶段

边区工业在这一阶段为调整时期,工厂数目有明显的回落,由 1941 年的 97 个减少为 62 个,④后又逐渐增加为 74 个。

在 1941 年工厂数目快速增长的同时,边区工业发展暴露出了许多问题。由于

---

① 《一年来陕甘宁边区建设工作》(1939 年),陕甘宁边区财经史编写组、陕西省档案馆编:《抗日战争时期陕甘宁边区财政经济史料摘编》,第三编,工业交通,陕西人民出版社,1981 年,第 14—16 页。
② 高自立:《为工业品的全面自给而奋斗》,《抗日战争时期陕甘宁边区财政经济史料摘编》,第一编,总论,陕西人民出版社,1981 年,第 39 页。
③ 高自立:《为工业品的全面自给而奋斗》,《抗日战争时期陕甘宁边区财政经济史料摘编》,第一编,总论,陕西人民出版社,1981 年,第 39 页。
④ 高自立:《为工业品的全面自给而奋斗》,武衡编:《抗日战争时期解放区科学技术发展史资料》第二辑,中国学术出版社,1984 年,第 10 页。

流动资本缺乏,原料供给和产品销售没有保障,一部分工厂难以支持而停工。① 这一方面说明"分散经营"政策的正确性,另一方面也说明"集中领导"中存在着盲目性和无计划性。边区建设厅于是提出了"巩固现有公营工厂,发展农村纺织业"的口号,促进"纺织业、造纸业、制铁业、煤油等工业和交通运输业的发展,对现有各种公营生产部门必须迅速从生产组织、制度、人员、技术方面进行合理调整,并须保证满足明年部队机关人员被服布匹、药品、印刷日用纸张等全部需要"②。

1942年,除增设关中铁厂试验炼铁外,边区工厂数目比上年度减少三分之一,由97个减至62个,年末时又逐渐增为74个。工厂数量减少了,但工业产品产量非但没有减少,反而大都有所增加。从表2-3-2可以看出,主要工业产品都在原来的基础上有了增加,尤其是化学工业和纺织工业中的毛毯等产品有较大幅度的提高,这正体现了边区工业从盲目性到自觉性的发展过程,边区公营工业由数量增长型向质量增长型转变。

表2-3-2 1941—1942年陕甘宁边区主要工业产品产量比较表

类 别		单位	1941年生产量	1942年生产量	比1941年增加量	增长率(%)
公营纺织厂	布	匹	18 000	22 000	4 000	22.2
	毛毯	床	7 661	13 350	5 689	74.3
组织生产合作社	布	匹	8 500	18 000	9 500	112
公营造纸	纸	令	3 158	5 580	2 422	76.7
化学厂	肥皂	条	148 148	310 665	162 517	110
	粉笔	盒	3 868	4 625	757	19.6
	精盐	磅	3 888	4 090	202	5.2
	芒硝	磅	85	192	107	126
	墨水	瓶	5 205	7 845	2 640	50.7
	蒸馏水	磅	26	706	680	2 615

(资料来源:据阎庆生、黄正林:《陕甘宁边区经济史研究》,甘肃人民出版社,2002年,第73页有关表格改制。)

到1942年末,边区的工业经过1937—1942年五年的建设和发展,取得了巨大的成就(参见表2-3-3)。可以看出,化学厂、造纸厂和工具制造厂的数目比例有一定的上升,纺织工业的比例有所下降,说明边区的工业部门开始多样化,比例结

---

① 高自立:《为工业品的全面自给而奋斗》,武衡主编:《抗日战争时期解放区科学技术发展史资料》第2辑,中国学术出版社,1984年,第9页。
② 中共中央西北局:《关于1942年度边区经济财政建设的决定》,陕甘宁边区财经史编写组、陕西省档案馆编:《抗日战争时期陕甘宁边区财政经济史料摘编》,第三编,工业交通,陕西人民出版社,1981年,第27、28页。

构走向合理化。

表 2-3-3 陕甘宁边区工厂门类数量统计表(1942 年 12 月统计)

工厂门类	数量(个)	比例(%)	职工(人)	资金(万元)
纺织厂	18	24.3	1 427	2 690
被服、制鞋厂	8	10.8	450	100
造纸厂	12	16.2	437	410
印刷厂	3	4.1	379	520
化学厂(肥皂、皮革、制药、陶瓷、石油等)	12	16.2	764	1 703
工具制造厂	12	16.2	432	177
石炭厂	9	12.2	147	367
总计	74	100	4 036	5 967

(资料来源:中共中央西北局:《关于 1942 年度边区经济财政建设的决定》,陕甘宁边区财经史编写组、陕西省档案馆编:《抗日战争时期陕甘宁边区财政经济史料摘编》,第三编,工业交通,陕西人民出版社,1981 年,第 27—28 页。)

四、1943—1945 年的平稳发展阶段

在这一时期,边区结束了工业发展的摸索阶段,边区工业已有了丰富的经验。1942 年后,边区工厂数目逐步稳定增长,"这时纺织、造纸工具已能自制自给,制造基本化学工业品所需的机器开始装置,造纸已够书报印刷之用,肥皂供给有余"。[①]为了实现工业的自给,边区政府加大了对工业的投资,1944 年,共投资 20 亿元,大量的投入直接推动了工业的发展。在"发展经济,保障供给"的方针指导下,1943 年,公营工厂再度增加,达到 82 个,职工增加到 6 300 多人,纺织工业、造纸工业、化学工业等各行各业都有了进一步的发展,这一年度的发展与 1941 年的迅猛发展有显著不同,是有基础有计划的发展。

1944 年,边区工业进一步发展,公营工厂达到 130 家,职工人数 7 330 人,私营工厂从事纺织、煤炭、造纸、盐业的工人 4 258 名,产品的数量和质量都得到了提高。这一时期的显著特点是重工业发展显著,"机器制造方面,为印刷、造纸、皮革、玻璃、肥皂、纺织业制造了或改造了工厂设备,石油产量增加 3 倍,特别值得指出的是,边区第一铁厂的创立,基本化学工业的成功,玻璃和陶瓷业的初步成就"。[②]轻工业也继续发展,到 1944 年底,生活用品如毛巾、肥皂、袜子、火柴、铁

[①] 高自立:《为工业品的全面自给而奋斗》,武衡主编:《抗日战争时期解放区科学技术发展史资料》第二辑,中国学术出版社,1984 年,第 11 页。

[②] 高自立:《为工业品的全面自给而奋斗》,陕甘宁边区财经史编写组、陕西省档案馆编:《抗日战争时期陕甘宁边区财政经济史料摘编》,第三编,工业交通,陕西人民出版社,1981 年,第 12 页。

铣等,已能全部自给或部分自给。1943年到1945年,边区工业达到了自给半自给阶段。

经过1937—1945年8年的工业发展,边区不仅工厂的数量增加,职工人数大为增加,工业门类也不断增加,类型的增加和工业部门数量的增加呈现正相关关系。

第二节 边区公营工业部门的发展与布局

公营工业是边区国民经济的主要组成部分,具有新民主主义经济性质。公营工业建设的首要目的是为了供给政府和军队,以适应战争的需要,同时也是为了促进经济的发展,改善人民生活。

一、边区军事工业的发展与布局

(一)边区军事工业的发展

抗战时期边区军事工业是在红军兵工厂的基础上逐步发展起来的。1935年10月,兵工队伍经过艰苦的长征,仅留下21名同志,这支队伍与陕北革命根据地的兵工队伍一起,组成了一个40余人的修械所(即红军兵工厂),主要功能是修复枪支和复装子弹。抗战爆发后,边区的军事工业必须从修复武器转向生产武器弹药。1938年3月10日,边区政府设立了军事工业局,管理兵工厂、边区机械厂、延长石油厂、永坪石油厂、紫坊沟化学厂和后勤兵站修理厂等,局址设在延安马家沟,后迁到安塞茶坊,后又迁到延安大砭沟。军工局成立后,接管了红军兵工厂,并广泛吸收技术人才,同时招收了一批来自山西、河南、四川的工人和边区本地的农民,另外从部队抽调一些战士,共同组成边区的兵工队伍。在军工局的领导下,边区军工企业向着专业化方向发展。战争的紧迫需要、边区政府的重视,再加上全国各地人才的支援,促使边区的军事工业迅速发展,军工局一厂(其前身为陕甘宁边区工艺实习厂,后改名为陕甘宁边区机器厂)扩建为东厂和西厂两个分厂,军工局一厂的东厂扩建为军工局二厂(陕甘宁边区机器二厂),后来又成立了军工局三厂和留守兵团第一兵工厂(参见表2-3-4)。军工局下属的还有军工局五厂(即延长石油厂)、军工局六厂(即制鞋厂)、军工局八厂(即皮革厂)和警一旅军械厂等。1941年底,军工局决定一厂与三厂合并,仍称一厂,任务是制造机器设备,以扩大边区军事工业的生产能力。各兵工厂分工明确,生产能力不断提高,军工产品数量日益增多。军工局所属工厂最多时发展到8个,人员达到1320人,[①]使军事工业由最初简单地修理枪械发展到能制造一定数量和种类的步兵轻武器、弹药和其他军用品。

---

① 曹敏华:《抗日战争时期陕甘宁边区军事工业述评》,《中共福建省委党校学报》2003年第11期,第51—54页。

表 2-3-4　陕甘宁边区主要军工厂的生产规模和分布表

名　称		规　模	产　品	布局地点
红军兵工厂		规模逐渐变大	修复武器——生产地雷——生产武器	延川永坪镇（1935年）——吴起镇的柳河湾（1936年）——延安柳树店（1937年）
军工局一厂	东厂	1939年4月,制造出边区第一支步枪;马克沁重机枪改装成高射机枪,炼铁小高炉、炼焦、炼油设备等	修配机械和筹备自造步枪	1938年从延安马家沟——安塞县茶坊镇（距延安90公里,分为东厂和西厂）——延安大砭沟
	西厂	炮弹机30部,制造出氯酸甲,制造了压片机弹壳下料冲床和引申冲床,其他各种医疗器械、日用化工机械	制造机器设备	
军工局二厂		机器40余部,职工150人,由于原料和动力问题,产量较低,1941年生产130步枪	枪支生产	1939年5月,军工局一厂东厂迁到保安县（今志丹县）何家岔,为军工局二厂
军工局三厂		累计复装子弹20多万发,制造手榴弹2万多枚,供给120师子弹底火几千个	手榴弹、复装子弹	1941年12月,三厂与一厂合并,仍称一厂
留守兵团第一兵工厂		1942年手榴弹月产量6 000枚,1943年复装子弹月产量13.5万发,1944年生产全新子弹万余发	制造手榴弹,生产全新子弹等	1942年,军工局二厂与延安温家沟农具厂合并,成立留守兵团第一兵工厂,布局在延安温家沟
紫坊沟化工厂		又名陕甘宁边区机械厂第四厂,除了生产军需用品外,还生产氯酸甲和钞票纸等	三酸、硝化甘油、炸药、发射药,装配迫击炮弹和手榴弹	1938年建于安塞县紫坊沟（茶坊附近）
兵工厂				延安——瓦窑堡（1946年）——山西临县（1947年）——西安（1949年）

说明：表中布局地点为笔者考证所添加。
（资料来源：1. 阎庆生、黄正林：《陕甘宁边区经济史研究》,甘肃人民出版社,2002年,第90—100页。2. 毛远耀：《回忆在延安参加军事工业的片断》,武衡主编：《抗日战争时期解放区科学技术发展史资料》第一辑,中国学术出版社,1984年,第176—181页。）

1945年8月抗战胜利后,第一批兵工队伍随军挺进东北,兵工厂继续生产。1946年10月,胡宗南进犯延安,兵工厂转移到瓦窑堡十里铺建厂。1947年3月,

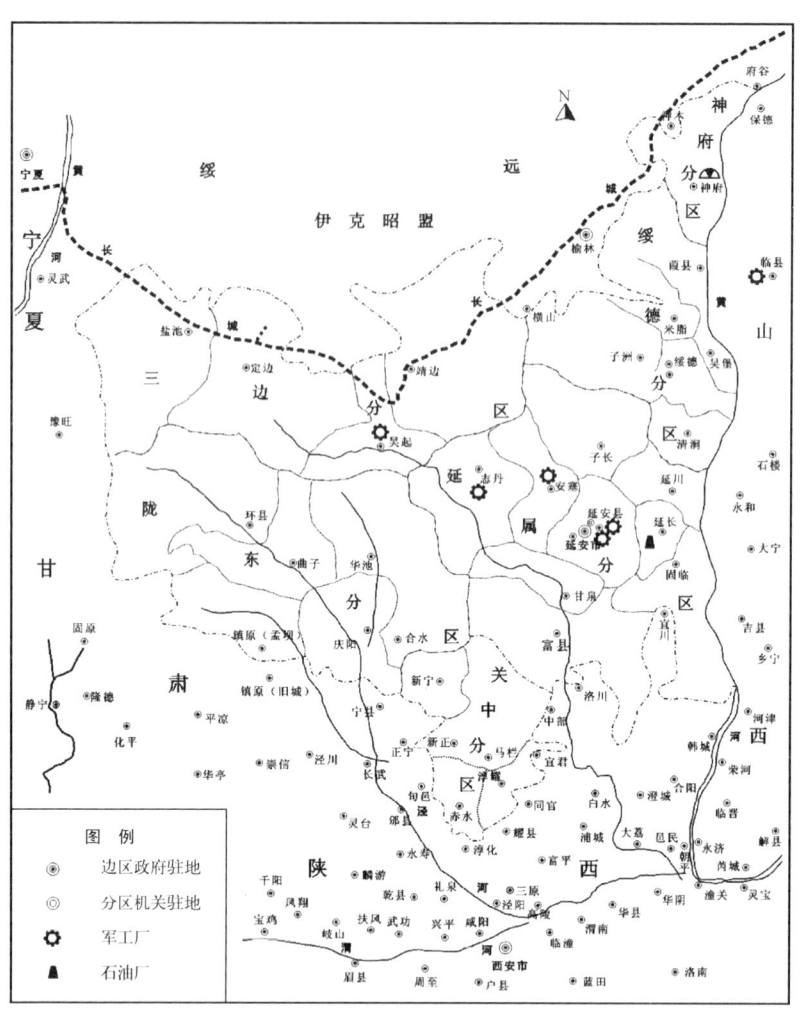

图2-3-1 陕甘宁边区军事、石油工业分布图

胡宗南占领延安,兵工厂改变生产方式,由固定生产转为随军流动生产,大型设备坚壁,人员由集中转为分散。7月,兵工厂东渡黄河,在临县碛口镇寨子坪建厂,归属于晋绥军区后勤部,改名为晋绥兵工十厂,以修理火炮枪械为主。1949年7月西安解放后,晋绥兵工十厂迁往西安,接管西安机械厂,后改为西安农业机械厂。①

综观边区军事工业的发展历程,可以发现边区军事工业的发展呈现出如下特点。

第一,边区兵工厂机器设备数量少,生产规模小。由于受物质条件、技术条件

---

① 《陕甘宁边区兵工发展简史》,武衡主编:《抗日战争时期解放区科学技术发展史资料》第1辑,中国学术出版社,1984年,第167—175页。

和战争环境的影响,加上边区原有工业基础薄弱,这就决定了边区军工生产需要克服原料短缺、技术人才和技术资料匮乏等种种困难,因而机器设备数量较少,生产规模不大。第二,边区兵工生产既能从边区的现实条件出发,注重生产子弹、手榴弹和地雷等常规武器,又按照实战需要,勇于创新,不断提高生产技术和军工产品性能。第三,通过实践摸索,边区军事工业建立起了完善的三级管理体系。抗日战争时期陕甘宁边区的军事工业就其性质而言属于公营工业,在生产经营上逐步形成了一个比较完整的管理体制,军工局下设工程处、材料处和教育科等二级部门,即实行军工局—科(处)—厂三级管理体系。从1939年12月到1944年12月,军工局以下的机构及其名称虽屡有变更,但三级管理的体系始终没有改变,工程处、材料处等部门具体负责组织实施边区军工生产,教育科负责兵工厂工人的培训工作,各厂职工通过业余学习提高文化程度,许多人成为生产能手和业务骨干。第四,军事工业的发展催生了与军事工业密切相关的冶金、化学、机械等工业部门。军事工业属于工艺复杂、工序繁多的产业,它不仅需要钢铁、有色金属、硝酸等工业原料和化学产品,而且需要精密的机器设备,因此军事工业带动了冶金工业、化学工业、机械工业的发展。要发展边区的军事工业就必须冶炼生铁,1943年5月,军工局在帮助陕甘宁晋绥联防军司令部后勤部创办铁厂的同时,成立了军工局炼铁部;陕甘宁边区最初生产的手榴弹装的是黑火药,爆炸威力小,因此建立化学工业便成为边区发展军事工业的一项重要内容。1940年,军工局在安塞县茶坊附近的紫坊沟筹建火炸药厂(又称紫坊沟化学厂),作为军工局一厂的分厂,紫芳沟化学厂的建成和一些化工产品的相继投产,开创了陕甘宁边区现代化学工业。在机械工业方面,边区原来仅有一个修械厂从事简单的维修工作,不能制造产品。边区科技人员经过技术创新,先后设计制造了各种机器,促使边区的机械工业从无到有不断发展,专用机床使兵工厂不仅能生产迫击炮、掷弹筒与手提机枪等武器,而且改进了炮弹生产工艺,使产量提高了五六倍,质量也有了明显的提高。[①] 这种军事工业、化学工业和机械工业发展的互动性正是边区战时经济特点的具体体现。1938年,军工局"负责管理兵工厂、修械厂、后勤兵站汽车修理厂、永坪石油厂以及后来建设的何家岔兵工厂、马家沟修械厂、紫坊沟化学厂、皮革厂、制药厂和火柴厂等",军工局下属的工厂还有军工局五厂(即延长石油厂)、军工局六厂(即制鞋厂)、军工局八厂(即皮革厂)和警一旅军械厂,[②]这充分体现了边区军事工业组成的复杂性,也体现了战时工业部门之间界限的模糊性。第五,军事工业的发展又促进了民用工业的发展,填补了边区工业生产部门的许多空白,使边区经济落后的状况有所改观,并为后来边区工业生产的发展打下了基础。军工局各厂注重军民结合,利用自己的技术和机

[①] 孙果达:《民族工业大迁徙——抗日战争时期民营工厂的内迁》,中国文史出版社,1991年,第245页。
[②] 《陕甘宁边区兵工发展简史》,武衡主编:《抗日战争时期解放区科学技术发展史资料》第一辑,中国学术出版社,1984年,第168页。

器设备,设计生产了大量各行各业急需的民用产品,为边区经济建设服务。

值得注意的是,尽管边区的军事工业发展迅速,但是八路军、新四军的武器弹药仍然不能自给,不能满足作战的需求,武器主要是从敌人手中夺取。①

(二)边区军事工业的布局特征

边区的军事工业发展有其自身的特点,其布局也有鲜明的特征。从表2-3-4可以看出,边区军事工业的布局除了受到原料来源的影响之外,还有这样几个特征:

第一,从军事工业的布局来看,兵工厂厂址迁移频繁。从边区政府成立前兵工厂的诞生至解放战争时期,边区的兵工厂迁移频繁,如1936年,布局在延川永坪镇的红军兵工厂迁到吴起镇的柳河湾,1937年又迁至延安柳树店。抗战胜利后,由于局势复杂,兵工厂随战争的形势不断迁移,从延安、安塞茶坊迁到瓦窑堡十里铺,又东渡黄河,在临县碛口镇寨子坪建厂,解放后迁到西安,布局变化频繁。相对平稳的迁移较少的时期就是在1938年至1945年,但即使在这一时期,兵工厂也时有迁移,如军工局一厂于1938年从延安马家沟迁至安塞县茶坊镇(距延安90公里,分为东厂和西厂),后迁至延安大砭沟。这充分体现了战时的特点:战争形势紧迫,迁移加强,流动性强;战争形势稳定,迁移减少,流动性弱,布局表现出一定的稳定性。第二,军事工业多布局在首府延安附近,均布局在延属分区,如延安的柳树店、延安马家沟、延安大砭沟、安塞县的茶坊和保安县(志丹县)的何家岔等,其他分区均无兵工厂的布局,这样的布局特征一方面考虑首府延安和兵工厂的安全因素,另一方面考虑军需产品的运输。第三,边区的军工厂都布局在山区沟谷地带,如延安的柳树店、延安马家沟、延安大砭沟、延安温家沟、安塞县的茶坊、紫坊沟和保安县(今志丹县)的何家岔等,这一方面是出于兵工厂隐蔽的考虑,另一方面沟谷地带人烟稀少,比较偏僻,便于生产。第四,军事工业的布局与化学工业、机械工业和冶金工业的布局密切相关。军事工业、化学工业、冶金工业和机械工业不仅体现出发展的互动性,也体现出布局的互动性。军事工业的发展催生了与军事工业密切相关的冶金、化学、机械等工业部门。要发展边区的军事工业就必须冶炼生铁,"军工要生产,工业要发展,钢铁是关键;敌人封锁,不能采购,前线路远,不宜运送,解决的办法还是自力更生。上级决定在延安大砭沟兴建铁厂,由工艺实习厂派干部和工人,建设边区第一铁厂",②军事工业促进布局相关的炼铁厂;手榴弹等军事武器需要炸药,建立化学工业便成为边区发展军事工业的一个重要内容,因此,军工局在安塞县茶坊附近的紫坊沟筹建紫坊沟化学厂,作为军工局一厂的分厂;在机械工业方面,边区原来仅有一个简单的修械厂,1938年军工一厂迁到安塞县茶坊,分为

---

① 王德中、陈树武:《抗日战争时期的中国军事工业》,《中州学刊》1988年第5期,第116—120页。
② 《陕甘宁边区兵工发展简史》,武衡主编:《抗日战争时期解放区科学技术发展史资料》第1辑,中国学术出版社,1984年,第172页。

东厂和西厂,东厂修配器械和制造步枪,西厂则是制造机器设备。可见,军事工业的布局与化学工业、机械工业和冶金工业的布局有较强的互动关系。

二、边区盐业的发展与布局

盐是边区"三宝"(咸盐、皮毛、甜甘草)之一,依据边区的资源优势发展盐业,使盐业成为边区的支柱产业之一,是边区政府在抗战时期重要的选择。

(一)边区盐池的分布与盐业的发展

边区的盐池主要分布在三边分区的定边、盐池两县和绥德分区的子洲与米脂等地区,其中三边分区(盐池、定边)的盐称为大盐,粒大色白,质量好,数量多,规模大;绥德分区的盐为井盐,在边区称为小盐,颗粒较小,含硝量多,质量次于三边分区的大盐,数量和规模也远不及三边分区的盐池。

三边分区的主要盐池有苟池、老池、滥泥池、莲花池、娃娃池、湾湾池、汗滩池、阿色池等,绥德分区的盐池主要分布在子洲的三皇峁、驼尔巷,米脂的龙镇等地。从表2-3-5三边分区的8个盐池的盐田面积及其百分数可以看出,三边分区的盐池中苟池、老池、滥泥池和莲花池四大盐池共占地7 772.95亩,占边区盐池总面积的98.14%,其中滥泥池盐田面积4 880.7亩,占三边分区盐池总面积的61.6%,苟池的盐质最好。①

表2-3-5 陕甘宁边区三边分区主要盐池产量表

盐池名	盐田		产量					
	面积(亩)	占比(%)	1942年(驮)	占比(%)	1943年(驮)	占比(%)	1944年(驮)	占比(%)
老 池	650	8.2	40 908	15.1	203 622	39.1	82 857	27.8
苟 池	1 818	22.94	163 543	60.2	222 462	42.7	97 818	32.8
滥泥池	4 880.7	61.6	38 487	14.2	68 845	13.2	32 858	11.0
莲花池	424.25	5.4	28 688	10.5	26 071	5.0	19 729	6.6
汗滩池	22.3	0.3						
娃娃池	4.55	0.06					65 238	21.8
湾湾池	26.35	0.3						
阿色池	97.5	1.2						
合 计	7 923.65	100	271 626	100	521 000	100	298 500	100

说明:1.原表格中合计数目有误,笔者已修正。2.表中百分比为笔者所计算。
(资料来源:陕西省档案馆、陕西省社会科学院编:《陕甘宁边区政府文件选编》第十一辑,档案出版社,1991年,271页。)

---

① 《三边盐业的新希望》,《新中华报》1940年10月17日,武衡主编:《抗日战争时期解放区科学技术发展史资料》第2辑,中国学术出版社,1984年,第200页引。

1940年前,边区盐产量为30万驮(每驮150斤),1940年边区成立盐务局,盐务局下设生产、会计、总务3个处,建立产盐委员会,除了组织军队生产、组织盐业合作社以外,还发放盐贷、组织盐民改进生产技术等,使盐产量有所增加,但发展颇不稳定(参见表2-3-6)。1940年边区盐产量为30万驮,1941年激增为62万驮,1942年迅速下降为27万驮(计划产盐42万驮),1943年产量又大增,升为52万驮,1944年又迅速下降,产量为29万驮(计划产盐60万驮),1945年继续下降,产量下降到5年间的最低值24万驮(计划产盐40万驮)。① 边区的盐产量两起两落,颇有曲折。

表2-3-6 陕甘宁边区盐产量与盐运量比较表

年 份	计划盐产量（万驮）	实际盐产量（万驮）	盐运量（万驮）	年 份	计划盐产量（万驮）	实际盐产量（万驮）	盐运量（万驮）
1938年			7	1942年	42	27	24
1939年			19	1943年		52	38
1940年		30	23	1944年	60	29	25
1941年		62	29	1945年	40	24	9

(资料来源:1. 陕甘宁边区盐务局:《1945年总结报告》,陕甘宁边区财经史编写组、陕西省档案馆编:《抗日战争时期陕甘宁边区财政经济史料摘编》,第三编,工业交通,陕西人民出版社,1981年,第313、625—700页。2. 李建国:《陕甘宁边区的食盐运销及对边区的影响》,《抗日战争研究》2004年第3期,第163—180页。)

边区的盐产量起伏不定,缘于边区主要盐池的盐产量起伏不定。从表2-3-5可以看出,尽管三边分区的滥泥池面积最大(61.6%),但是由于其盐质不如苟池和老池,其盐产量始终占边区盐产量的百分之十几,其产量也颇不稳定,1942年产盐38 487驮,1943年产盐68 845驮,1944年又降为32 858驮;三边分区盐质最好的苟池得到了大力发展,但是其产量也同样起伏不定,1942年产盐16.4万驮,1943年为22.2万驮,1944年急剧降为9.8万驮。老池和莲花池的产量变化也极为类似。

为什么边区的盐产量发展如此不稳定呢？原因是多方面的,既有自然条件的限制,也有劳动力因素的影响,更有市场的影响。其一,制盐技术落后,受自然环境影响大。边区产盐技术落后,靠天吃盐。三边盐池的生产是春天修好盐田,下雨后从盐池汲水灌入盐田约二三寸深,日晒七八天至十四五天,结晶成盐。若天不下雨或晒盐时下雨,便不能成盐。气候变化过快或风力过大,都会影响盐的质量。绥德井盐的生产是先掘好10～20丈深的盐井,汲出井水浇在盐田上,日晒后将盐田表层用水过滤,过滤后的盐水加火熬煮结晶成盐,井盐工序复杂,产量较低。边区

---
① 陕甘宁边区盐务局:《1945年总结报告》,陕甘宁边区财经史编写组、陕西省档案馆编:《抗日战争时期陕甘宁边区财政经济史料摘编》,第三编,工业交通,陕西人民出版社,1981年,第313页。

1942年原计划产盐42万驮,实际仅产27万驮,主要原因是春季少雨,夏秋季节雨水过多。1944年计划产盐60万驮,由于雨水过多,只收26万驮。1945年计划产盐40万驮,但前半年整整旱了两个月,产盐第一位的苟池在产盐旺季两个月没有出盐,滥泥池、莲花池计划出8～10次盐,由于干旱只出了5次,年末最后只收24万驮,①远没有达到计划产盐量。可见,生产技术落后,工具简陋(铁锹、扁担、筐子等),自然条件的限制,致使产盐量十分不稳定。其二,受劳动力数量的制约。由于生产水平低下,劳动力的数量成为制约产量的主要因素之一,1940年边区发生盐荒,盐务局抽调部队机关三四千人进行盐产,产量大增为62万驮,1942年军队劳动力抽走,再加上自然灾害,盐产量便大幅度下降,1943年边区政府又组织盐工1 122人、军队4 000人参与盐业生产,盐产量再度攀升为52万驮。其三,受市场因素的影响。边区的市场十分有限,食盐输出又受到交通和政治环境的影响,运输不力、销量不畅也影响其产量。如1941年生产的62万驮盐,除销售和消耗外,尚存盐36万余驮,造成盐价不稳定,1942年产盐量便下降。1945年盐减产,一方面是因为气候干旱,影响出盐,另一方面是抗战取得了胜利,大家认为日本投降后,盐的出路不大,边区存盐又多,对盐产不再关注所致。②

从边区盐加工后的质量来看,边区四大盐池苟池、老池、滥泥池和莲花池1944年出盐总计233 262驮,其中上等盐187 990驮,占盐产量总量的80.9%,中等盐45 272驮,占盐产量总量的19.1%,③可见食盐的质量还是以上等盐为主。

(二)边区盐业的贸易

边区盐业贸易的发展有十分明显的阶段性,以1942年8月为界,分为盐业自由贸易阶段和专卖阶段。

第一,1937年至1942年8月的盐业自由贸易时期。这期间边区盐业贸易奉行的是"自由流通"政策,盐业产销放任自流,就场征税为主要的盐务政策,盐务工作的关键是建立盐务机构,保证盐税的征收。1936年6月前,盐务主管部门是中华苏维埃人民共和国中央国民经济贸易局(西北贸易局),下设西北税务总局,总局下设三边税局和张家畔税局,负责三边盐税的征收。1936年6月,中央国民经济贸易局将西北税务总局交给边区政府,边区政府委托财政局监管税收和盐务工作。1940年1月,边区政府将盐务委托给中央军委后勤部管理,后勤处设立盐务局,建立产盐委员会,另设盐务缉私队。④

盐业的自由流通不利于边区经济的发展,一是由于产供销脱节,盐的供给调运盲目,盐商投机倒把,影响了边区百姓吃盐,甚至产盐区有时闹盐荒,吃高价盐;二

---

① 陕甘宁边区盐务局:《1945年总结报告》,《抗日战争时期陕甘宁边区财政经济史料摘编》,第三编,工业交通,陕西人民出版社,1981年,第313页。
② 黄正林:《抗战时期陕甘宁边区的盐业》,《抗日战争研究》1999年第4期,第120—137页。
③ 陕西省档案馆、陕西省社会科学院编:《陕甘宁边区政府文件选编》第十一辑,档案出版社,1991年,第272页。
④ 刘迪香:《抗日战争时期陕甘宁边区盐务工作概述》,《益阳师专学报》1996年第4期,第41—43页。

是商人用换回的外汇、物资在黑市交易,造成边区金融波动,物价波动,影响了边区进出口贸易的平衡和社会稳定;三是大量外汇、物资被私人所掌握,影响了边区政府的财政收入;四是食盐的分散自由经营,使边区机关部队各自为政,或武装运盐,或巧立名目,谋求本位利益,损害边区的整体利益和形象。

第二,边区盐业贸易中的专卖和统销时期。从1942年9月1日开始,边区盐业贸易实行专卖和统销,颁布了《食盐专卖计划纲要》,规定专卖任务,一是统一食盐对外的销售,争取操纵盐价。二是集中因统销食盐所得的外汇。三是用集中的部分外汇帮助稳定金融。四是用集中的部分外汇周转对外采买。专卖的原则是"内地自由买卖,对外统一推销"[①]。

(三)边区盐业运网分析

边区盐业运输网络的构成有明显的阶段性。食盐专卖实施前,运输方式简单,运网系统发育水平低。食盐专卖实施后,边区形成了群众运输队、合作社运输队和公营运输队三种主要的运输形式,运网系统趋于复杂,形成干线、支线相互补充的盐业运输网络。

第一,1937年至1942年8月的盐运网。抗战前,边区食盐主要外销陕西三原、甘肃西峰一带,由于自然灾害、社会动乱等因素的影响,三边地区食盐产量不稳不高,外销量也不大。抗战后,东部沿海地区沦陷,由于日寇占领了鲁盐、山西潞盐,淮盐因陇海铁路被切断,来路断绝,造成"内地则盐价昂贵,甚至购买感到困难"的局面,[②]因而食盐就成了当时边区的一大富源,这就为边区食盐极大地扩大了外销区域。

这一时期盐业产销放任自流,生产工具、生产方式都十分落后,依靠日晒盐水,结晶成盐,基本工具为水斗、锄头、铁耙、木磨、筐担等,劳动过程以手工简单操作和个体劳动为主。三边分区地僻人稀,交通落后,运输工具主要是骡、驴,一些盐民打盐后只能卖给脚户,故边区有"运重于产"之说,运输能力的强弱严重影响了食盐的生产和销售。

第二,边区盐业专卖后的盐运网。1942年,边区实行了盐业专卖,颁布了《陕甘宁边区食盐专卖条例》,规定"边区境内所产食盐,统一由政府指定机关专卖,其他机关、团体、公私商号人等,一律禁止贩卖"[③],盐业的运网系统也由此发生了变化。

边区盐业运输的主要道路就是从三边贩盐,"运盐队从三边运盐,经过子长、安塞、甘泉、富县(交道)等中转站到达边界"[④],即经延属分区到陇东分区和关中分区,

---

① 西北财经办事处:《抗战以来陕甘宁边区贸易工作》(1948年2月),陕甘宁边区财经史编写组、陕西省档案馆编:《抗日战争时期陕甘宁边区财政经济史料摘编》,第四编·商业贸易,陕西人民出版社,1981年,第67—69页。
② 《边区第二届农工业展览会参观记》,《新中华报》1940年3月8日。
③ 西北财经办事处:《抗战以来陕甘宁边区的贸易工作》(1948年2月),陕甘宁边区财经史编写组、陕西省档案馆编:《抗日战争时期陕甘宁边区财政经济史料摘编》,第四编·商业贸易,陕西人民出版社,1981年,第67—69页。
④ 范募韩:《陕甘宁边区的工业建设》,武衡主编:《抗日战争时期解放区科学技术发展史资料》第5辑,中国学术出版社,1985年,第171页。

"除供边区军民及工业消费外,还可向西安、兰州等地出售"①,"为方便运盐,利于运盐,边区还修建和加宽主要干线的大车道,如修建定延路 275 公里,定庆路 330 公里,清靖路 135 公里,并在主要大道沿路边配置店栈、草料等"②。在运盐主干道,每天都有成千上万的牲畜、人流,仅 1943 年下半年在定(边)—延(安)线,公、私营骡马店有 170 个,其中私营 137 个,靖边到延安路上有 69 个村落,其中 45 个村有骡马店 103 个,私人开设的有 86 个。尽管国民党对边区经济实行封锁,但"南来北往的客商、脚户还是络绎不绝,生意是很兴隆的"③,"1942 年,边区高干会议后,成立了隶属边区建设厅的交通运输局,各分区成立交通运输分局,其任务之一就是领导、组织、管理盐运工作。在从定边到延安、定边到庆阳、靖边到清涧三条运盐主干线上设有管理局,分别设在志丹、环县、瓦窑堡,负责沿线的交通设施,保证盐运道路的畅通"④。可见,边区运盐的主干道就是定延路(定边—延安)、定庆路(定边—庆阳)、清靖路(清涧—靖边)等。

为了顺利地实现食盐专卖,边区成立了由贸易局领导的专卖公司,在延安市成立专卖股份有限公司,并在盐池、延水关、茶坊、交道、张村驿、柳林、铁王、西华池、驿马关、靖边、绥德等地设 11 个一等公司,在凉水岸、安河渠、临镇、甘泉、马栏、三岔等地设 6 个二等公司,在雷多(位于延长县)等地对外有关的卡市镇设若干个三等公司。⑤ 从表 2-3-7 可以看出,边区盐业专卖总公司设在首府延安市,11 个一等公司中有 4 个设在延属分区,2 个设在陇东分区,2 个设在产盐的三边分区,2 个设在关中分区,1 个设在绥德分区;6 个二等公司中,有 4 个位于延属分区,1 个位于陇东分区,1 个位于关中分区。专卖公司遍布边区 5 个分区,其中三边分区和绥德分区是主要的产盐区,延属分区为盐业运输的中转区域和销售区域,陇东分区和关中分区为边区主要的食盐出口口岸,出口数量达到半数以上,正是食盐贸易等因素促进了庆阳、西华池等一些口岸的兴起和繁荣。由此可以推断,食盐的内销重点是延属分区及其他分区,外销方向为邻近陇东分区的甘肃宁夏国统区和邻近关中分区的西安地区国统区。关中分区淳耀县的柳林镇和铁王镇等均是边区重要的贸易口岸,由于"关中柳林的盐价比陇东高出 15%,盐公司主力放在关中,在关中设立盐公司办事处指挥盐价,曲子、庆阳、西华池都要受办事处指挥,卖盐放在柳林,囤盐放在陇东"⑥,因此,关中是边区最重要的食盐出口口岸。"1940 年从陇东出口的食盐居边区第二位,占 38%;特产也居第二位,占 26.9%;进口的商品主要是土布、棉

---

① 范募韩:《陕甘宁边区的工业建设》,武衡主编:《抗日战争时期解放区科学技术发展史资料》第 5 辑,中国学术出版社,1985 年,第 171 页。
② 西北财办事处:《抗战以来陕甘宁边区的贸易工作》(1948 年 2 月),陕甘宁边区财经史写组、陕西省档案馆编:《抗日战争时期陕甘宁边区财政经济史料摘编》,第四编,商业贸易,陕西人民出版社,1981 年,第 67—69 页。
③ 李建国:《陕甘宁边区的食盐运销及对边区的影响》,《抗日战争研究》2004 年第三期,第 180 页。
④ 阎庆生、黄正林:《陕甘宁边区经济史研究》,甘肃人民出版社,2002 年,第 124 页。
⑤ 陕甘宁边区财经史编写组、陕西省档案馆编:《抗日战争时期陕甘宁边区财政经济史料摘编》,第四编,商业贸易,陕西人民出版社,1981 年,第 141 页。
⑥ 陕西省档案馆收藏档案:陈云:《陕甘宁边区的财政经济问题》(1944 年 12 月 1、2 日)。

花、东昌纸、颜料、火柴、水烟等",可见,陇东成为边区对外贸易的主要窗口。① 陇东分区以西华池为货物出入口最大的集散市场,其货物的吞吐量很大,"据1942年4月份贸易统计,西华池输出方面,每日有食盐平均4万余斤,牛32头,驴30头,羊95只,输入方面,每日有码子土布60匹,40码青白洋布20匹,棉花2 200斤,其次火柴、毛巾皆有输入";其次是庆阳镇,出口以食盐特产为主,其他有皮毛、牲畜、药材等,入口以布匹棉花为主,尚有杂货等。② 值得注意的是,除了关中分区和陇东分区的运盐路线之外,三边分区还有一部分食盐直接北上,从城川、横山、神府到晋西北。③

表2-3-7 陕甘宁边区盐业专卖公司层级一览表

	地 点	所属县(市)	所属分区
盐业专卖总公司	延安	延安市	延属分区
盐业专卖一等公司	延水关	延川县	延属分区
	茶坊	富县	延属分区
	交道	富县	延属分区
	张村驿	富县	延属分区
	柳林④	淳耀县	关中分区
	铁王	淳耀县	关中分区
	西华池	合水县	陇东分区
	驿马关	庆阳县	陇东分区
	靖边	靖边	三边分区
	盐池	盐池	三边分区
	绥德	绥德	绥德分区
盐业专卖二等公司	临镇	固临	延属分区
	甘泉	甘泉	延属分区
	凉水岸	延长县	延属分区
	安河渠	延长	延属分区
	马栏	新正县	关中分区
	三岔	镇原县	陇东分区
盐业专卖三等公司	若干地点	不一	不一

说明:所属县和所属分区为笔者考证所得。
(资料来源:1. 陕甘宁边区财经史编写组、陕西省博物馆编:《抗日战争时期陕甘宁边区财政经济史料摘编》,第四编,商业贸易,陕西人民出版社,1981年,第141页。2. 李顺民等:《陕甘宁边区行政区划变迁》,陕西人民出版社,1994年,第74—94页。)

---

① 陕甘宁边区财经史编写组、陕西省档案馆编:《抗日战争时期陕甘宁边区财政经济史料摘编》,第四编,商业贸易,陕西人民出版社,1981年,第554—557页。
② 黄正林:《论抗战时期陕甘宁边区的社会变迁》,《抗日战争研究》2001年第2期,第15—34页。
③ 定边县志编撰委员会:《定边县志》,方志出版社,2003年,第426页。
④ 按:边区的延安县、富县和淳耀县均有名为柳林的地方,鉴于有资料称"盐业公司的资本由各地党政机关共同集资,各地股金分配有:关中区(柳林、铁王)500 000元",可以断定此处的柳林是淳耀县的柳林。见《陕甘宁边区工商税收史料》第3册,第115页。

边区食盐平均年产约 30 万驮,以每驮 150 斤计为 4 500 万斤,若以边区人口 150 万人计,每人每年需食盐 6 斤,边区内部需要食盐约 900 万斤,其余大量的食盐必须外销。如 1944 年,光华盐业公司销到边区之外的食盐有 225 814 驮,销边区内部 15 560 驮,外销的比例占总销量的 93.5%,[①]可见边区食盐的外销量很大。

三、边区公营纺织业的发展与布局

纺织业是边区发展较快的主要公营工业部门之一,由于部队、机关和学校的生活需要,边区政府非常重视纺织业,采取了各种措施发展纺织业。边区大规模地推广植棉,发展养羊和养蚕业,这就为纺织业的发展提供了原料基础。有原料的支持,市场的需求再加上政策的倾斜,边区纺织业发展十分迅速,成为工业发展的先行行业和支柱行业。

(一)边区公营纺织业的发展

1938 年,边区创办了难民工厂,这是边区公营纺织厂的开始。随着大生产运动的进行,边区的纺织业发展如火如荼,纺织厂数量不断增加。1940 年边区有公营纺织厂 11 家,1941 年达到 30 家,1942 年由于原料供给不足等原因,工业发展进入调整阶段,部分纺织工厂合并,最少时减少为 16 家,[②]到年末又逐渐升为 22 家,1943 年有 23 家,之后公营纺织厂一直保持在 20 家左右的水平。[③] 边区公营纺织业的发展轨迹与边区整个公营工业的发展情况极为类似(参见前文),可以说是边区公营工业发展的一个缩影。边区公营纺织厂工厂规模大小不一,一般直属中央、军队和政府的工厂规模较大,地方工厂规模较小(参见表 2-3-8)。

表 2-3-8　陕甘宁边区主要纺织厂生产能力与分布表

名称	设计年生产能力	布局地点	所属分区	成立年份	备注
难民纺织厂[④]	设备 90 台,织布 7 000~8 000 匹,织毯 18 000~20 000 床	1938 年 9 月,从安塞县迁到延安西区川口,1939 年中,河防吃紧,迁到志丹县永宁山,后又复迁至安塞县二区段庄	延属分区	1938 年 8 月	为边区最大的纺织厂,也是边区最早成立的纺织厂。初归民政厅,后归建设厅

---

① 西北财经办事处:《陕甘宁边区贸易工作》,陕甘宁边区财经史编写组、陕西省档案馆编:《抗日战争时期陕甘宁边区财政经济史料摘编》,第四编,商业贸易,陕西人民出版社,1981 年,第 207 页。
② (美)马克·赛尔登著,魏晓明、冯崇义译:《革命中的中国:延安道路》,社会科学文献出版社,2002 年,第 243 页。
③《边区经济情况简述》(1948 年 2 月 19 日),陕甘宁边区财经史编写组、陕西省档案馆编:《抗日战争时期陕甘宁边区财政经济史料摘编》,第三编,工业交通,陕西人民出版社,1981 年,第 155 页。
④ 由于本厂的部分资金来自中国工业合作协会及国际友人的捐助,捐款的目的是以工代赈救济难民,故名为难民工厂。

续 表

名 称	设计年生产能力	布局地点	所属分区	成立年份	备 注
神府难民纺织厂	设备53台	神府县	神府分区	1938年11月	1939年6月，神府开办纺织学校一所
救亡工厂（庆环纺织厂）	设备24台	庆阳县	陇东分区	1938年12月	属陇东特委
团结工厂（后改名为边区纺织厂）	设备43台，布匹3 500～5 000匹	安塞县	延属分区	1939年	属中央管理局
交通工厂（交通纺织厂）	设备40台，布匹4 000～5 500匹	延安（?）	延属分区		属军委供给部，1942年归建设厅
大光纺织厂	设备113台，织布8 000～12 000匹，织毯3 600～4 800床	南泥湾垦区	延属分区		属359旅
新塞毛织厂		定边县	三边分区	1940年10月	属三边专署
利民纺织厂		庆阳县	陇东分区	1939年私人创办，1940年移交庆阳县联社接办	
华池纺织厂	织布机2架，织毛机13架，年产老布360匹	华池县	陇东分区	1942年，县保安科办	主要产品为布匹、毡帽等
镇原纺织厂	年产袜子460双	镇原县	陇东分区	1941年县政府创办	主要产品为布匹、袜子
合水纺织厂	织布机5架，织毛机1架，手摇机4架	合水县	陇东分区	县政府开办	
团结纺织厂		绥德县	绥德分区		属绥德保安处
清涧纺织厂		清涧县	绥德分区		
新华纺织厂		绥德县	绥德分区		属绥德专署
大昌纺织厂		绥德县	绥德分区		属绥德专署

续 表

名　称	设计年生产能力	布局地点	所属分区	成立年份	备　注
新民工厂		绥德县	绥德分区		属绥德特委
新华工厂		绥德县	绥德分区		属绥德公安局
纬华毛织厂		（?）	三边分区（陇东分区?）	1940年	利用三边和陇东地区羊毛原料所建

说明：布局地点和所属分区为笔者考证所加，地点不详者存疑。1947年，新寨毛织厂因战争迁往吴旗，1949年复迁回，1950年停产。见定边县志撰委员会：《定边县志》，方志出版社，2003年，第221页。
（资料来源：1. 陕甘宁边区财经史编写组、陕西省档案馆编：《抗日战争时期陕甘宁边区财政经济史料摘编》，第三编，交通工业，陕西人民出版社，1981年，第209、155、164、592页。2.《陕甘宁边区的工业建设》，武衡主编：《抗日战争时期解放区科学技术发展史资料》第5辑，中国学术出版社，1985年，第172—173页。3. 王致中：《抗日战争时期的西北城市工业》，《兰州学刊》1989年第3期，第73—78页。4. 张水良：《抗日战争时期陕甘宁边区的公营工业》，《中国社会经济史研究》1988年第4期，第90—96页。5. 陈玉姣：《抗战时期陇东分区的农村经济》，《开发研究》2000年第3期，第63—65页。）

难民纺织厂为边区最大的纺织厂，也是边区最早成立的纺织厂。1940年开工生产，除纺纱机外，有200多台自制的木制手拉织布机和铁木结构的脚踏织布机，年产标准平纹和斜纹白布10万尺左右。第二个较大的就是1939年办的团结纺织厂，1942年归边区建设厅，改名为边区纺织厂，其产量仅次于难民纺织厂。[①] 所属359旅的大光纺织厂，其设计生产能力设备113台，织布8 000～12 000匹，织毯3 600～4 800床。所属军委供给部的交通工厂（交通纺织厂），其设计生产能力为设备40台，布匹4 000～5 500匹。这些是边区公营纺织厂中设计生产能力较大的几家工厂。此外还有绥德保安处的团结纺织厂、绥德专署的新华、大昌纺织厂，绥德特委的新民工厂、公安局的新华工厂等，这些纺织厂的规模都较小，设备最多不过10台，年生产能力均不过千匹。

边区公营纺织厂的数目从少到多，最后稳定在20家左右。尽管数量上没有再增加，但其生产能力还是在不断提高。以边区最大的纺织企业——难民纺织厂为例，该厂产品产量一直曲线上升。从表2-3-8可以看到，难民纺织厂的主要产品包括布匹、毛巾、毛纱、线袜等，产品产量从1938年到1942年在始终上升，如布匹1938年生产量为140.5匹，1942年为5 982.3匹，毛巾从1938年的2 713条增长为1942年的14 047条，毛纱和线袜也是如此。难民纺织厂的生产状况在边区具有普遍性。从边区纺织品的自给程度也可以看出公营纺织业的总生产能力在不断提高，"1942年许多公营纺织厂实行合并，工厂数目减少到22家，年产大布22 000匹，已足供给部队机关人员需要量的一半。1943年，产量提高到32 969匹大布，自给了部队机关、学校人员需要

---

① 《陕甘宁边区的工业建设》，《抗日战争时期解放区科学技术发展史资料》第五辑，中国学术出版社，1985年，第172—173页。

量的70%……1944年,公营工厂年产布为40 000匹,比上年增加21%"①。可见,尽管公营纺织厂的数目有所减少,但生产能力一直在不断提高。

公营纺织业的生产能力不断提高,其产品质量也在不断提高。1942年前,边区纺织业产品没有统一的质量标准,成品质量由厂家自行规定。1942年后,公营纺织厂的部分产品上交财政厅推销,为此,财政厅颁布了布匹质量统一标准,②各厂布匹质量有了提高。1943年至1944年,财政厅采办处对各厂布匹质量作了检查,土布每时在34～42纬之间,比1943年前难民工厂的规定多4～14纬。毛布每纬数也有所增加,重量增加了6～9斤。

边区公营纺织业的产品种类繁多,有许多产品是边区以前从未有过的。边区公营纺织业的产品主要有棉、毛、丝三大类,30多个品种,主要棉织品有粗洋布、里子布、细洋布、土布、纱布、色条布、斜纹布、毛巾、棉纱、线衣、线袜等;主要的毛织品有毛呢、毛毯、栽绒毯、毛线、毛纱、衣胎、被胎、毛袜、毛毡、毛帽、口袋、毡鞋等;主要的丝织品有丝线、绸布、棉绸、丝帕等。③

值得注意的是,公营纺织业生产能力的不足通过手工业纺织合作社和民间家庭纺织业的发展得到了重要的补充,它们共同完成了抗战时期边区军民对纺织产品的需求。

(二)边区公营纺织业的布局特征

边区的公营纺织业是公营工业最重要的组成部分,其布局特点如下。

第一,边区的公营纺织业分布较为分散。由于纺织业是劳动密集型产业,其产业分布有明显的原料指向性,其市场需求又带有普遍性。而边区为了促进纺织工业的发展,拓展了棉花的生产,形成了棉花"分区自制(三边分区除外)",因此边区纺织工业的原料来源十分广泛,劳动力又是普遍存在的,加上纺织工业的技术要求不高,而市场需求量又是普遍的,边区的纺织工业分布就较为分散,尤其是家庭纺织业和纺织合作社,可以说是遍地开花。

第二,纺织工业的分布有地区差异性。尽管边区纺织业的分布较为分散,但还是呈现出一定的区域差异性。如前所述,边区的公营纺织厂发展速度较快,1940年有公营纺织厂11家,1941年达到30家,1942年为22家,1943年有23家,最后始终稳定在20家左右。表2-3-8中,18家公营纺织厂占纺织厂总数的90%左右,纺织业布局涉及边区的5个分区,分别为延属分区、绥德分区、陇东分区、神府分区(注意:不是关中分区)和三边分区,由于神府分区1942年划归晋绥边区代管,1943年7月划归晋绥边区第一分区,因此边区的这18家纺织厂的布局为4个分

---

① 《边区经济情况简述》(1948年2月19日),陕甘宁边区财经史编写组、陕西省档案馆编:《抗日战争时期陕甘宁边区财政经济史料摘编》,第三编,工业交通,陕西人民出版社,1981年,第155页。
② 《供销问题之一》(1944年4月),陕甘宁边区财经史编写组、陕西省档案馆编:《抗日战争时期陕甘宁边区财政经济史料摘编》,第三编,工业交通,陕西人民出版社,1981年,第209页。
③ 阎庆生:《抗战时期陕甘宁边区的纺织业》,《甘肃高师学报》1999年第4卷第3期,第73页。

区,即延属分区、绥德分区、陇东分区和三边分区,其纺织厂的具体分布为延属分区4家、绥德分区6家、陇东分区6家、三边分区1家、神府分区1家,可见边区的纺织工业主要布局在延属分区、绥德分区和陇东分区,其中生产能力较大的难民纺织厂、边区纺织厂、大光纺织厂和交通纺织厂都布局在延属分区,绥德分区和陇东分区的纺织厂数量虽然较多,但是生产能力都不强。

第三,就公营纺织业的发展中心来看,还是形成了几个纺织中心,纺织厂主要分布在安塞、绥德和庆阳县等棉花种植处。边区最大的纺织厂难民纺织厂布局在延属分区的安塞县,第二大纺织厂团结纺织厂(边区纺织厂)也布局在安塞县,安塞县是延属分区的纺织工业生产中心。绥德分区的公营纺织厂绥德专署的新华、大昌纺织厂、绥德特委的新民工厂、公安局的新华工厂等,均布局在绥德县,这是由于绥德县在边区政府成立前就是本区的老纺织中心,因此绥德成为边区的另外一个重要的纺织中心。陇东分区的主要公营纺织厂救亡工厂(庆环纺织厂)和利民纺织厂均布局在陇东分区政府驻地庆阳县,庆阳县也是仅次于安塞和绥德的纺织中心之一。

四、边区的石油、煤炭和炼铁工业的发展与布局

(一)边区石油工业的发展与布局

边区的石油蕴藏量较为丰富,从延安到延长,岩石构造自东向西倾斜,油层东浅而西深。油页岩的储量在10亿吨以上,油苗散见各处,但由于技术条件和资金的限制,边区只开采了延长油田。

边区政府成立之前,陕北有三个开发的油田,即烟雾沟(延长城东15里)、延长城关和延川永坪,打井一二十口,永坪分厂产的石油用骡子驮回延长提炼,一共月产原油四五吨,产量极低。① 1939年,边区政府开始整修延长油厂,恢复生产,召集群众大会,把散失的机器零件向乡、区、县政府报告或者送回油厂,边区政府予以奖励,于是部分散失的零件得以找回。同时,贸易局在西安等地代购了大部分机器零件,油田很快开始生产,一些旧井开始出油。② 从表2-3-9可以看出,原油产量不断上升,1941年在延长七里村打新井,年产达1万多桶,1942年以后又打新井,1943年产量达到6万多桶,"原油产量满足了军民的需求"。③ 炼油部设在延长油厂,永坪除了生产大量的原油以外,还将原油运到延长炼制,延长原油厂的炼油设备起初十分简单,采用单一蒸馏法,所用燃料为木料,有时也用煤,后经过改良。延长石油厂生产汽油、特甲油、普甲油、白蜡油、洋机油、洋烛、烟子等石油产品。④ 烟子是炼油剩下的油渣,农民用来拌种冬小麦,也可以用油渣薰取炭黑制造油墨。

---

① 徐昌裕:《延长石油厂回忆片段》,《抗日战争时期解放区科学技术发展史资料》第5辑,中国学术出版社,1985年,第215页。
② 《关于石油工业的材料》,陕甘宁边区财经史编写组、陕西省档案馆编:《抗日战争时期陕甘宁边区财政经济史料摘编》,第三编,交通工业,陕西人民出版社,1981年,第322、323页。
③ 范慕韩:《陕甘宁边区的工业建设》,武衡编:《科学技术发展史资料》第5辑,中国学术出版社,1985年,171页。
④ 刘鼎等:《延长永坪油矿调查报告及初步意见书》,《科学技术发展史资料》第2辑,121页。

从表 2-3-9 可以看到，边区的石油产量在 1943 年后开始下滑，1943 年产量为 6.3 万桶，1944 年降为 2.5 万桶，1945 年继续下跌，降为 1.1 万桶，相当于 1941 年的生产量，那么，这是什么原因呢？1943 年边区延长炼油厂在七里村对岸的槐林坪打了第三口油井，这是"延长地区一口空前的旺井"，打井时"油流喷射而出，直冲井架顶部。五六小时吊出原油 96 桶，约 20 吨原油"，"继续打原产量较低的七里村一号井，也出现了喷射情况"，"组织毛驴用大小油桶甚至装酒的篓子将原油运送到延长炼制"。① 因此，1943 年边区的原油产量突破 6 万桶，但由于石油加工能力有限，"延长炼油厂每月提炼 80 吨"，剩余的无设备储存，最后"在窑洞里挖大土坑，涂敷一层红胶泥用以储油"，或者"在延长东厂挖了几个 1 丈见方，6 尺深的大窖，铺上边区大量出产的石板，用石灰胶泥勾缝"来储存原油。

表 2-3-9　1939—1945 年陕甘宁边区原油产量及产品统计表

年份	原油（桶）	汽油（桶）	特甲油（桶）	普甲油（桶）	白蜡油（桶）	洋机油（桶）	洋烛（桶）	烟子（桶）	原油增长指数
1939 年	3 550	167	1 381		856				100
1940 年	3 859	188	1 472.5		1 284				108.7
1941 年	12 437	953	2 399	3 328	2 219	211	380	483	355.3
1942 年	16 344	772	2 186	2 463	1 558	447	509	143	460.4
1943 年	63 496	5 981	9 980	11 050	4 179	397	798	1 060	1 788.6
1944 年	25 858	3 146	9 385	8 858	15 254	811	2 343	1 620	728.4
1945 年	11 376	991	2 482	1 971	2 784	543	1 140	1 415	320.4
合计	136 920	11 156	29 285.5	27 670	28 143	2 409	5 170	4 721	

说明：1 桶合 12.5 公斤。
（资料来源：《关于石油工业的材料》，陕甘宁边区财经史编写组、陕西省档案馆编：《抗日战争时期陕甘宁边区财政经济史料摘编》第三编，交通工业，陕西人民出版社，1981 年，第 322 页。）

由于储存条件简陋，1943 年冬天储存的原油结冰，必须通过蒸汽才能把原油化开，管理员用马灯去检查原油融化情况时，不慎发生爆炸，管理员大面积烧伤。为避免油池附近的大油罐爆炸，用淋湿的 32 床被子扑灭了大火。

鉴于 1943 年发生的这种情况，1944 年"经过上级批准，七里村一号井暂时停抽"。没有料到的是，"两个月后试抽时，产量减少了很多，同时三号井也在缓慢递减"，这样，1944 年的原油产量自然就大为减少了，之后，虽然边区又在七里村打了四号井，在槐林坪打了第五、六、七号油井，但出油量始终很低。②

---

① 徐昌裕：《延长石油厂回忆片段》，武衡编：《抗日战争时期解放区科学技术发展史资料》第 5 辑，中国学术出版社，1985 年，第 224—225 页。
② 徐昌裕：《延长石油厂回忆片段》，武衡编：《抗日战争时期解放区科学技术发展史资料》第 5 辑，中国学术出版社，1985 年，第 227 页。

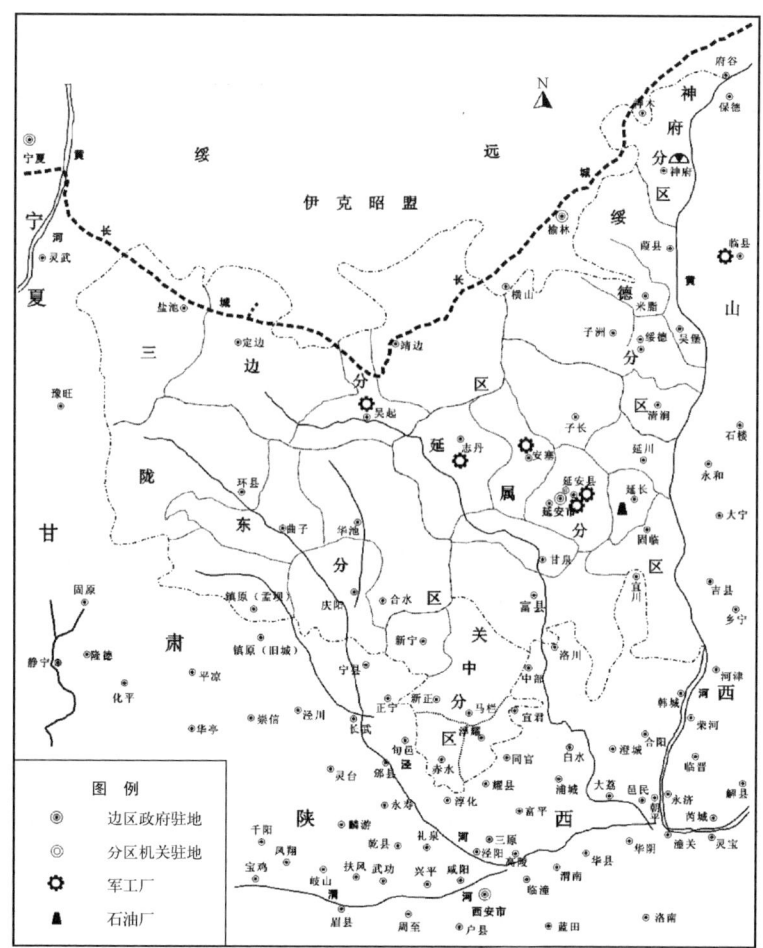

图 2-3-2 陕甘宁边区钢铁、石油工业分布图

从边区石油工业发展的起起落落,可以看到由于对石油及其产品的需求,边区发展了石油工业,但是由于资金和技术条件的限制,1943 年后产量下降,加上边区的汽车、飞机数量有限,能源需求量有限,因此边区石油工业的发展始终没有再度出现高潮,这也充分体现了工业化初步发展的特点。

由于石油工业具有原料指向性,因此边区的石油工业就布局在延属分区的延长县城西 3.5 公里处,石油加工炼制也布局在延长县,[①]分厂在延川的永坪。

(二)边区煤炭工业的发展与布局

边区境内北自延安、瓦窑堡,南自关中旬邑、耀县都有煤层分布,但煤层较厚、质量较好的仅位于瓦窑堡。

比较表 2-3-10 和表 2-3-11,可以看出边区的煤炭工业发展情况:(1)边区

---

① 延长县地方志编撰委员会:《延长县志》,陕西人民出版社,2001 年,第 212 页。

煤炭工业的职工数目和产量不断上升,1943年有矿井100个,工人数1 891人,平均月产量151.12万斤。到1945年,矿井数目基本没有变化,为99个,但是工人数量和月产量却大为增加,工人数2 319人,平均月产量1 635.8万斤,月产量增加了1 484.68万斤。(2) 边区煤炭工业的总产量是不断上升的,但是各分区的发展存在差异。延属分区的工人数和月产量都有一定幅度的增长,工人数从1943年的630人增加为1945年的820人,月平均产量由1943年的31.7万斤增加为1945年的53.7万斤;绥德分区的矿井数没有变化,职工人数也增加不多,可是绥德分区的月产量大大提高了,1943年月产量为60万斤,1945年急剧增加为394.9万斤;关中分区的矿井数减少,其职工人数和月产量略有增加,说明产煤效率依然在提高。(3) 边区采煤技术十分落后,这在很大程度上影响了产煤量。"井筒直径不过1米,通风完全依靠依井壁挖出的直立风道,井下巷道高度就是煤层的厚度,工人进出只能爬行。提升和排水使用同一个辘轳绞升,排水是用一张生牛皮,把四角提起成为一个水包。"① 在工具、技术的限制之下,产量大受限制,每个挖煤工人日出约600斤,远远不能满足需求。以延安为例,延安市民月需煤270万斤,各工厂每月需煤75万斤,延安县、安塞、延长每月估计需煤50万斤,总计需用量375万斤,而延安每月煤产量仅261万斤,尚差三分之一。② 由于产煤不足,"陕甘宁边区各工厂和民用煤55%靠同官(今铜川)煤矿生产供应",③延安市煤缺口1/3,整个边区55%的用煤依靠边区之外的同官煤矿,可见边区其他区域煤炭的缺口更大。煤炭工业是资金密集型和技术密集型行业,资金和技术的缺乏使边区的煤炭工业远远落后于其他行业,也影响了其他工业的发展。

表2-3-10 陕甘宁边区四个采煤区情况统计表(1943年)

所属分区	采煤区名称	矿井数(个)	工人数(人)	月产量(万斤)	产量占比(%)
延属分区	延安煤区	25	400	40	26.3
	子长煤区	12	230	8.12	5.4
关中分区	关中煤区	20	300	44	28.9
绥德分区	绥德煤区	43	961	60	39.4
合　　计		100	1 891	152.12	100

说明:表格中所属分区和产量百分数是笔者所加,为了便于比较,笔者将月产量的单位由吨换算成万斤。(资料来源:《边区经济情况简述》,陕甘宁边区财经史写组、陕西省档案馆编:《抗日战争时期陕甘宁边区财政经济史料摘编》,第三编,工业交通,陕西人民出版社,1981年,第333、334页。)

---

① 范慕韩:《陕甘宁边区的工业建设》,武衡编:《抗日战争时期解放区科学技术发展史资料》第5辑,中国学术出版社,1985年,第169页。
② 阎庆生、黄正林:《陕甘宁边区经济史研究》,甘肃人民出版社,2002年,第105页。
③ 刘俊华:《抗战时期的同官煤矿》,《当代矿工》1996年第5期,第38—39页。

表 2-3-11　陕甘宁边区采煤区分布与产量表(1945年)

采煤区	矿井名称	分布	井数（个）	工人数（人）	平均月产量（万斤）
延安煤区	朱家沟	延安	7	300	180
	白家岩	延安	4	180	60
	蟠龙	延安	5	150	60
	丰富川	延安	5	150	60
	张村驿	富县	1	15	10
	牛武镇	富县	1	15	3
	凹店子	甘泉	1	10	3
	合计		24	820	53.7
子长煤区	瓦窑堡	子长	7	160	42
	杨家园子	子长	6	120	36
	玉家湾	子长	3	60	18
	合计		15	340	32
关中煤区	衣食村	淳耀	15	133	360
	安子凹	赤水	1	30	14
	合计		16	163	187
绥德煤区	龙镇	米脂	13	386	285.9
	马蹄沟	子洲	17	340	503.9
	三川口	子洲	7	140	
	驼耳巷	子洲	6	133	
	合计		43	999	394.9
总计			99	2 319	1 635.8

说明：采煤区和合计数为笔者所添加。
（资料来源：陕西省档案馆、陕西省社会科学院编：《陕甘宁边区政府文件选编》第十一辑，档案出版社，1991年，第271页。）

边区煤炭工业的布局有如下特点：(1) 煤区分布不平衡。边区的四大采煤区分布在3个分区，即延属分区、绥德分区和关中分区，而陇东分区和三边分区未见分布，其中绥德分区分布矿井数最多(43个)，其次为延属分区(37个)，再次为关中分区(20个)。(2) 矿井分布在分区内部也有不平衡性。延属分区有两大煤区，即延安煤区和子长煤区，延安煤区的煤井主要分布在延安和富县，子长煤区的煤井主要分布在子长的瓦窑堡(瓦窑堡的煤矿为配合蟠龙的赤铁矿炼铁，发展较快)。关中分区的煤井主要分布在淳耀县的衣食村，绥德分区的煤井主要分布在子洲县。由于煤炭工业是原料指向性工业，因此边区煤炭工业的布局主要依托煤炭资源优势，考虑市场需求的远近和运输条件而进行布局。(3) 由于产煤不足，不能自给，边区用煤的一半以上不得不仰仗边区以外的邻近煤矿。

（三）边区炼铁业的发展与布局

边区铁矿主要分布在淳耀、甘泉、蟠龙、子长等地，但大多数属于贫铁矿，铁矿石含铁量平均为30%左右,其中蟠龙铁矿的含铁率最高为27.1%～48.5%,①总体上开采价值并不大,但在边区遭受封锁的情况下,为供给需要,边区还是克服困难开采铁矿。为发展炼铁业,边区曾先后三次进行煤铁资源考察工作,"1941年边区建设厅对延安东川煤矿和甘泉何家沟铁矿进行了调查;1942年对关中分区淳耀、新正进行了煤矿和铁矿资源调查;1943年对蟠龙的铁矿和瓦窑堡的煤矿进行调查"②。由于技术落后,③边区各铁厂生产规模小,产量和质量都很低,其产量从几十吨到上百吨不等,产品主要有生铁、毛铁、条铁、吃饭锅、犁、铧和其他农具等。

从表2-3-12可以看出,自1942年起,边区先后创办了边区第一铁厂(炼铁厂在大砭沟,铁矿在蟠龙,有职工243人,年产铁70吨)、关中铁厂、甘泉铁厂、贺龙第一铁厂(自1943年5月至1944年5月,出铁4万余斤。④边区政府于1943年在子长县芽坪村筹建铁厂,工人25人,学徒11人,日出铁150公斤,1944年因技术不过关停办,⑤笔者推测子长县的这个铁厂就是贺龙第一铁厂)等。尽管边区工业的发展较快,但是当时生铁只能满足需要的三分之一,⑥因此在1944年,边区确定以蟠龙铁矿和瓦窑堡煤矿为基础,在瓦窑堡秦家塔建设西北铁厂,首先是新凿煤井,增加煤炭产量进行炼焦,同时研究炼铁炉的设计,以年产2万吨的规模进行设计,但是到1945年抗战胜利,西北铁厂的建设停止了。⑦1948年西北铁厂改为子长农具厂。⑧

表2-3-12 陕甘宁边区炼铁厂分布状况表

炼铁厂	开始时间	职工人数(人)	年产量(吨)	布局地点	所属分区
边区第一铁厂	1942年	243	70	延安大砭沟	延属分区
关中铁厂	1942年			淳耀	关中分区
贺龙第一铁厂	1943年5月	36	40	子长县(?)	延属分区(?)
甘泉铁厂	1943年9月	281	103.31	甘泉	延属分区
西北铁厂	1944年			子长瓦窑堡	延属分区

说明:布局地点和所属分区为笔者考证所得,地点不详者存疑。
(资料来源:1.《陕甘宁边区兵工发展简史》,武衡编:《抗日战争时期解放区科学技术发展史资料》第1辑,中国学术出版社,1983年,第172页。2. 范慕韩:《陕甘宁边区的工业建设》,武衡编:《抗日战争时期解放区科学技术发展史资料》第5辑,中国学术出版社,1985年,第180页。3. 张水良:《抗日战争时期陕甘宁边区的公营工业》,《中国社会经济史研究》1988年第4期,第90—96页。4. 延安市地方志编撰委员会:《延安地区志》,西安出版社,2000年,第340页。)

---

① 西北局调查研究室:《边区经济情况简述》(1948年2月19日),陕甘宁边区财经史编写组、陕西省档案馆编:《抗日战争时期陕甘宁边区财政经济史料摘编》,第三编,工业交通,陕西人民出版社,1981年,第322页。
② 范慕韩:《陕甘宁边区的工业建设》,武衡编:《抗日战争时期解放区科学技术发展史资料》第5辑,中国学术出版社,1985年,第180页。
③ 关中铁厂建设初,耐火砖的制造、配料比例等问题不能掌握,产量较低。汪易:《关中铁厂的技术改造》,武衡编:《抗日战争时期解放区科学技术发展史资料》第5辑,中国学术出版社,1985年,第96页。
④ 张水良:《抗日战争时期陕甘宁边区的公营工业》,《中国社会经济史研究》1988年第4期,第90—96页。
⑤ 延安市地方志编撰委员会:《延安地区志》,西安出版社,2000年,第340页。
⑥ 汪家宝:《陕甘宁边区地质工作开展概况》,武衡编:《抗日战争时期解放区科学技术发展史资料》第2辑,中国学术出版社,1984年,第261页。
⑦ 汪家宝:《陕甘宁边区地质工作开展概况》,武衡编:《抗日战争时期解放区科学技术发展史资料》第2辑,中国学术出版社,1984年,第262—264页。
⑧ 延安市地方志编撰委员会:《延安地区志》,西安出版社,2000年,第340页。

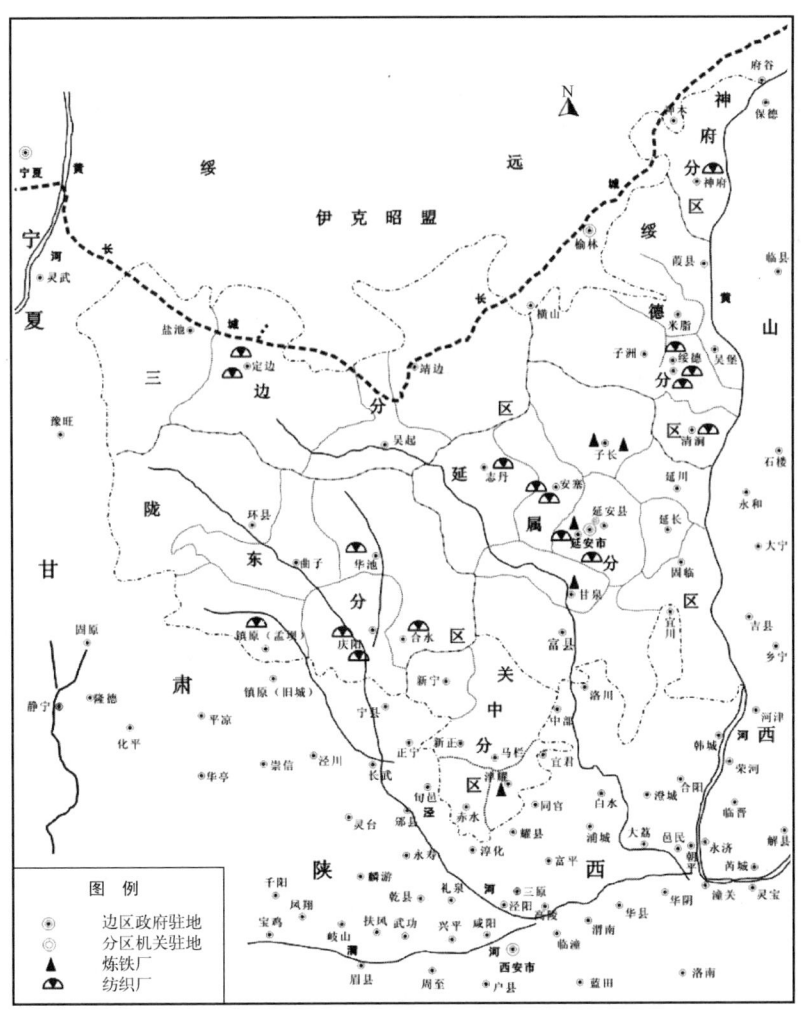

图2-3-3 陕甘宁边区主要纺织、炼铁工业分布图

边区的炼铁业主要分布在延属分区和关中分区有煤铁资源的地区,由于延属分区地处边区腹地,且市场需求较大,从战略安全考虑,故分布数量稍多一点。如西北铁厂开始打算在煤铁资源较好的关中分区建设,"后经领导考虑,认为该区距国民党统治区太近,不安全,决定暂时不建"①。另外,炼铁业的布局与军事工业的布局需求有关,"军工要生产,工业要发展,钢铁是关键;敌人封锁,不能采购,前线路远,不宜运送,解决的办法还是自力更生。上级决定在延安大砭沟兴建铁厂,由工艺实习厂派干部和工人,建设边区第一铁厂"②。可见,边区第一铁厂的布局与军事工业的布局密切相关。

---

① 汪家宝:《陕甘宁边区地质工作开展概况》,武衡编:《抗日战争时期解放区科学技术发展史资料》第2辑,中国学术出版社,1984年,第257页。
② 《陕甘宁边区兵工发展简史》,武衡编:《抗日战争时期解放区科学技术发展史资料》第1辑,中国学术出版社,1984年,第172页。

五、边区化学工业的生产与布局

边区化学工业包括基本化学工业、陶瓷、玻璃、肥皂、制革、制药、火柴等。边区的陶瓷工业和火柴工业产品数量较低、品种较少,但也是边区化学工业的一个有机组成部分。

边区的化学工业经历了一个从无到有的发展过程,无论是制革工业、肥皂工业、玻璃工业还是制药工业,其产品品种不断增多,产量不断增加。如紫坊沟化学厂的建设,开创了边区基本化学工业发展的新局面;玻璃工业在边区是创始性的工业,不仅使边区的玻璃达到了自给自足的地步,对医药业的贡献也是非常大的,玻璃厂每年可以生产针药管十几万个,痘苗管3万至5万个;肥皂工业是边区化学工业的主要组成部门,边区主要有新华化学厂和大光肥皂厂,新华化学厂承担着边区肥皂的供给任务,同时还生产牙粉、精盐、粉笔和墨水等日用品和文化用品(参见表2-3-13),1944年,边区的肥皂实现了全部自给且有一部分输出境外,可见其发展速度和力度。

表2-3-13 新华化学厂主要产品统计表

年 份	肥皂(条)	牙粉(盒)	精盐(磅)	粉笔(盒)	墨水(瓶)
1940年	1 187 033	11 511		3 981	1 775
1941年	147 602	13 696	3 040	3 939	4 114
1942年	310 657	13 866	4 090	4 625	7 845
1943年	482 855	14 965	100 876	58 322	5 215
1944年	619 175				

(资料来源:《历年边区工业概况材料之一》,陕甘宁边区财经史编写组、陕西省档案馆编:《抗日战争时期陕甘宁边区财政经济史料摘编》,第三编,工业交通,陕西人民出版社,1981年,第242页。)

从表2-3-14可以看出,边区的化学工业门类多,需求广泛,生产规模各不相同,为边区的经济和发展作出了贡献。有的工业部门规模较大,如肥皂厂、制革厂、医药厂、化学厂等,有的工业部门规模较小,如陶瓷业和火柴业,但都是化学工业重要的组成部分。

表2-3-14 陕甘宁边区各类化学厂发展规模与分布表

部门	主要工厂	建设时间	主要产品	生产规模	厂址	所属单位	所属分区
基本化学工业	紫坊沟化学厂	1942年	硫酸、硝酸、硝化棉、双基药、黑炸药、硝化甘油、盐酸、酒精等20多种产品	硫酸200公斤/日、硝酸50公斤/日、硝化棉32~36公斤/次、硝化甘油20公斤/次	安塞县茶坊镇	军工局	延属分区

续 表

部门	主要工厂	建设时间	主要产品	生产规模	厂址	所属单位	所属分区
玻璃工业	边区玻璃厂	1943年	针药管、痘苗管、灯罩、瓶子、杯子、化学器材等	针药管十几万个/年、痘苗管3万～5万个/年，玻璃制品大部分达到了自给自足	延安		延属分区
肥皂工业	新华化学厂	1940年	肥皂、牙粉、精盐、粉笔、墨水	肥皂是其主要产品，实现全部自给而且有一部分输出境外	延安东10里的桥儿沟	建设厅	延属分区
	大光肥皂厂				南泥湾	359旅	
制革工业	新华制革厂（军工八厂）	1938年	皮革制品、皮胶、毡、鞋、体育用品、各种皮等	产品不仅满足边区军民的需要，还为其他工业提供了原料	初在志丹县，1940年迁到安塞沟槽渠	建设厅移交军工局	延属分区
	后勤制革厂	1939年					
医药工业	光华制药厂	1939年3月	精制各种药品；特效药		安塞迁至延安		延属分区
	卫生材料厂，后改为八路军制药厂	1938年	各种中西药剂	1941年生产注射剂6 000盒，中药15 000磅，片剂4 300磅，药棉5 100磅，酊剂1 700磅	1939年1月在赤水县，6月迁到延安县西川口		关中分区迁到延属分区
	八路军卫生材料厂	1939年1月	利用中药材制成丸散		1943年迁到延安，并入八路军制药厂		安塞县，后迁到延安县姚店子

续表

部门	主要工厂	建设时间	主要产品	生产规模	厂址	所属单位	所属分区
陶瓷工业	延安光华陶瓷厂		耐火、耐酸材料、卫生工具、电工用具、各种陶器、白瓷杯碟等	各种陶瓷用品200余种	延安桥儿沟		延属分区
	建华瓷厂				淳耀县衣食村		关中分区
火柴工业	延安火柴厂		火柴	60箱/月,一箱240包	延安东20里的拐峁		延属分区

说明:布局地点和所属分区为笔者考证所得,地点不详者存疑。
(资料来源:1.陕甘宁边区财经史编写组、陕西省档案馆编:《抗日战争时期陕甘宁边区财政经济史料摘编》,第三编,工业交通,陕西人民出版社,1981年,第215—334页。2.武衡编:《抗日战争时期解放区科学技术发展史资料》第2辑,中国学术出版社,1984年,第195、185、188、196页。3.范慕韩:《陕甘宁边区的工业建设》,武衡编:《抗日战争时期解放区科学技术发展史资料》第5辑,中国学术出版社,1985年,第167—182页。4.(日)井上久士:《抗战前期陕甘宁边区经济建设——以工业为中心》,南开大学历史系编:《中国抗日根据地史国际学术讨论会论文集》,档案出版社,1986年,第343—363页。)

边区化学工业的布局有以下几个特点:其一,尽管化学工业门类复杂,但其分布高度集中在延属分区。化学工业相比其他工业部门技术要求较高,原料来源广泛,但需求也较为广泛。延安是边区技术经济条件最好的地区,又是边区的腹地,为边区最安全的区域,也是边区人口较为集中的区域,对化学产品的需求又比较大,化学工业多分布在延安附近,便于生产和销售,既体现了化学工业布局的原料指向性特点,又体现了市场指向性特点。其二,不同的化学工业部门有不同的布局特点。化学工业门类复杂,原料来源不同,技术要求不一样,其布局呈现出不同的特点。如新华制革厂最初分布在保安县(今志丹县),民间有一句谚语:"保安山,牛羊山。安塞川,米粮川。"保安的畜牧业虽不及三边分区规模大,但在延属分区也是屈指可数,由于邻近畜牧业发达的三边,又距离延安较近,产销便利,制革厂就布局在这里。建华瓷厂布局在淳耀县的衣食村,是因为衣食村广泛分布有做瓷杯的坩土和可以供烧瓷的煤炭,但是由于陶瓷用品不便于远距离运输,而延安又是一个巨大的陶瓷市场,因此延安光华陶瓷厂就布局在延安的桥儿沟,使用的就是当地的原料瓷土,制瓷工匠技师则是从江西、湖南、福建等南方地区长征过来的战士。[①] 肥皂工业、玻璃工业、医药工业和火柴工业都布局在延安附近。其三,化学工业的分布与军事工业的分布密切关联。如基本化学工业分布在有军事工业基础的安塞县紫坊沟,事实上,正是军事工业的需求催生了紫坊沟化学厂的诞生。新华制革厂先由边区建设厅、军委经建部管理,1941

---

① 陈德富:《陕甘宁边区的瓷器》,《荣宝斋》2003年第4期,第184—187页。

年移交军工局管理,又名军工八厂,其产品中有许多是军需产品,如 1942 年生产"皮带 1 427 条、皮衣 689 件、皮背心 35 件、皮帽 78 顶、枪带 1 339 条、轮带 337 尺、背包 395 个、皮裤 16 条"①。这些都充分说明化学工业与军事工业布局的互动性较强。

六、边区造纸工业的发展与布局

边区的造纸业始于振华厂的创办。振华纸厂的前身是 1937 年公私合营的一个小纸厂,只有 6 名职工,造纸原料主要是麻绳头和破布,产量很低。随着国民党对边区的经济封锁,纸张成为禁运品,要打破经济封锁,保证抗日前线供给,动员群众参加大生产运动,就要通过报纸杂志大力宣传党的方针政策,而印刷报刊需要纸张,边区的机关、学校和办公、各种会议也需要大量的纸张,于是边区加大了造纸工业的建设。造纸原料最初使用高粱秆、麦秸、麻和废纸等,成本既高,制作也不易,"树皮、麦草、稻草数量有限,谷草、麦秆是主要的牲畜饲料,本来牲畜就不够吃,谈不上作造纸原料"②,由于原料的限制,造纸产量很受限制。1940 年马兰草造纸成功,"野生马兰草,是制纸最经济而质量又好的原料。马兰草是一种多年生植物,遍地野生,年年割,年年丰收,繁殖力又强,是取之不尽、用之不竭的天然富源"③,解决了边区造纸的原料问题,边区机关、部队和各分区建立了一批公营纸厂,推动了边区公营造纸业的发展,为此,朱德 1942 年特撰《游南泥湾》一诗,句云:"农场牛羊肥,马兰造纸俏。"④从表 2-3-15 可以看出,解决了造纸原料问题,边区的公营造纸业发展很快,1938 年只有一个振华造纸厂,1942 年造纸工厂有 14 个,后经过调整,1943 年有 11 个造纸厂,工厂数目有所减少,但是产量并没有减少,始终在增加。从增长指数可以看出边区造纸业发展的速度和力度。

表 2-3-15 陕甘宁边区造纸业发展状况表

年 份	1938 年	1939 年	1940 年	1941 年	1942 年	1943 年	1944 年	1945 年
公营纸厂(个)	1	1	3	10	14	11	15	8
池子(个)	4	5	13	47	56	77	90	69
从业人员(人)	14	21	64	186	371	294	377	264
产纸量(令)⑤	50	168	833	2 174	4 983	5 671	7 190	7 881
产量增长指数	100	336	495.8	260.9	229.2	113.8	126.7	109.6

(资料来源:据陕西省档案馆、陕西省社会科学院编:《陕甘宁边区政府文件选编》第十一辑,档案出版社,1991 年,第 268 页改制。)

---

① 西北局调查研究室:《边区经济情况简述》(1948 年 2 月 19 日),陕甘宁边区财经史编写组、陕西省档案馆编:《抗日战争时期陕甘宁边区财经经济史料摘编》,第三编,工业交通,陕西人民出版社,1981 年,第 214 页。
② 华寿俊:《马兰草纸》,武衡编:《抗日战争时期解放区科学技术发展史资料》第 2 辑,中国学术出版社,1984 年,第 317—320 页。
③ 江湘:《振华造纸厂参观记》,武衡编:《抗日战争时期解放区科学技术发展史资料》第 2 辑,中国学术出版社,1984 年,第 178 页。
④ 冯芝桂:《朱德和南泥湾大生产运动》,《党史文汇》2004 年第 3 期,第 35—37 页。
⑤ 每令计对开纸 1 000 张,民营纸坊均以四开纸折为对开纸计。

抗战结束时,边区在用纸方面"除麻纸、办公纸尚需输入部分外,印刷用纸公营纸厂已能全部制造,钞票纸在工艺实习厂制造亦成功,已满足边区需要"。①

表2-3-16为边区1943年12家公营纸厂的产量与分布情况,可以看出,振华造纸厂是边区最大的造纸厂,1943年纸产量占全边区的60%之多,其最初由牲畜拉石磨制浆,后改用水力带动木制水轮车制浆;②其次是延园纸厂、绥德纸厂,其产量之和占边区总量的将近三分之一,说明这三个纸厂在边区的重要程度。

表2-3-16 陕甘宁边区公营纸厂的生产与分布(1943年)

厂名	工人学徒人数(人)	池子数(座)	年产纸(令)	年产纸占比(%)	分布	所属分区
振华总厂	73	16	1 294	22.8	安塞县二区砖窑湾	延属分区
振华分厂	64	20	2 089	36.8	甘泉县洛河川石畔村	延属分区
延园纸厂	34	7	780	13.7	延安	延属分区
宝丰纸厂	14	5	216	3.8	延安(?)	延属分区
新兴纸厂(边区法院)	14	2	90	1.6	子长瓦窑堡	延属分区
大光纸厂	14	4	15	0.3	南泥湾垦区	延属分区
金盆湾纸厂	15	5	148	2.6	延安	延属分区
清泉沟纸厂	6	1	50	0.9	甘泉	延属分区
利华纸厂		6	230	4.1	富县	延属分区
绥德纸厂	37	7	637	11.2	绥德	绥德分区
陇东益民纸厂	13	2	60	1.1	庆阳	陇东分区
关中纸厂	10	2	60	1.1	(马栏?)	关中分区
总计	294	77	5 671	100		

说明:1.布局地点和所属分区为笔者考证所得,地点不详者存疑。2.利华纸厂1943年8月与振华纸厂合并,表中的产量是1943年1—8月的产量。

(资料来源:1.建设厅:《1943年工业统计材料》(1944年4月1日),陕甘宁边区财经史写组、陕西省档案馆编:《抗日战争时期陕甘宁边区财政经济史料摘编》,第三编,工业交通,陕西人民出版社,1981年,第215页。2.延安市地方志编撰委员会:《延安地区志》,西安出版社,2000年,第360—365页。)

边区造纸工业的分布有如下特点:第一,造纸厂分布在离需求市场较近的

---

① 西北局调查研究室:《边区经济情况简述》(1948年2月19日),陕甘宁边区财经史写组、陕西省档案馆编:《抗日战争时期陕甘宁边区财政经济史料摘编》,第三编,工业交通,陕西人民出版社,1981年,第214页。
② 延安市地方志编撰委员会:《延安地区志》,西安出版社,2000年,第362页。

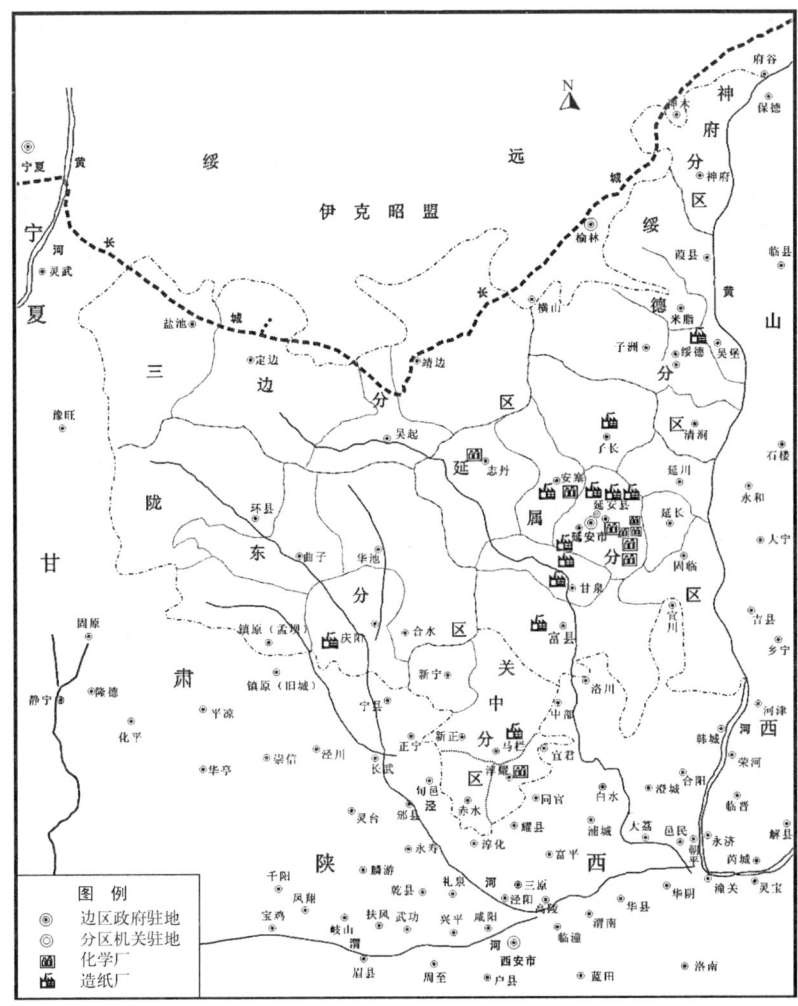

图 2-3-4 陕甘宁边区主要化学、造纸工业分布图

地区,呈现明显的市场指向分布特点。边区1943年的12家公营纸厂中,有9家分布在延属分区,其中4家分布在延安市及其附近,绥德分区、陇东分区和关中分区各有1家,由于延安是边区的政治、文化活动中心,边区重要的几种政治、军事、文化方面的报纸杂志,如《新中华报》、《解放日报》、《中国青年》、《中国妇女》、《军政杂志》、《中国文化》、《国防卫生》、《中国工人》等发行总站边区印刷厂和八路军政治部印刷所都在延安市,如边区印刷厂在1939年"出版了《解放日报》285 900份,《新中华报》454 900份,《中国妇女》10 000册,《中国青年》12 500册,马列主义书籍333 200册,并代印其他书籍62 000余册"[①],可见对纸

---

① 郁文:《1940年边区第二届农工业展览会参观记》,武衡编:《抗日战争时期解放区科学技术发展史资料》第2辑,中国学术出版社,1984年,第163—164页。

张的需求量较大。因此,延属分区的造纸厂也是最多的,但是各个分区也有纸张需求,除了《新中华报》和《解放日报》以外,边区在分区先后创办的报纸还有《抗战报》《陇东报》(旧名《救亡报》)、《部队生活报》《关中报》《三边报》《绥德大众报》、《佳县报》、《新神府》、《靖边报》、《新边墙报》、《进步报》等20余种报刊,①因此延属分区的造纸厂最多,绥德分区、关中分区和陇东分区的造纸厂分布在行政中心所在的县城,即分区政治中心和文化中心所在地。第二,造纸厂的分布受原料来源影响较大。造纸厂最初的原料是麻绳头、破布、烂鞋、桑树皮等,马兰草造纸成功以后,马兰草的分布在一定程度上影响着造纸工业的分布。"振华纸厂在甘泉一带原料丰富(马兰草广布)的山沟建设了一座比总厂规模大两倍的分厂"②,成为边区最大的造纸厂。多年生的马兰草分布在较平坦有水的山沟里,延安、甘泉、安塞等县的山沟里分布极多,这些地方基本都有造纸厂的分布。第三,因工艺技术的限制,造纸厂往往分布在有流水的山沟里。边区规模最大的振华造纸厂位于"傍着山溪的大路两侧,溪流可作淘洗原料之用,可利用跌水崖的水利推碾"③,振华造纸厂的分厂"建在洛河川甘泉一带水源充足、原料丰富的山沟里"④。由于生产技术和设备的落后,造纸厂的浸泡、漂洗、洗浆多要在天然流水里完成,当冬天水渠冰冻,洗浆困难,"就跑到渠沟下坡两人高的小瀑布前冲刷"⑤,可见,由于当时技术条件的限制,边区造纸工业的布局较多地依赖天然河流。

第三节 边区私营工业的发展与布局

边区私营工业的发展经历了一个由弱小到壮大的过程。据不完全统计,1939年边区延属分区有私营煤矿20余处,三边分区有盐矿五六处,纺织厂有6家;1941年,边区有私营纺织厂30家,私营造纸厂40家;1942年,私营造纸厂发展到48家,从业人员139人,到1944年,边区的私营纺织厂有50家,从业者300余人,造纸从业者125人,炭厂从业者1891人,盐业从业者1932人。⑥

从表2-3-17可见,边区规模较大的私营工业企业有盐池元华工厂、绥德庆合织布厂、白家沟织绸厂、神木县私人织布厂、关中分区衣食村煤矿、庆阳民生纺织厂和庆兴纺织厂等。

---

① 房成祥、黄兆安:《陕甘宁边区革命史》,陕西师范大学出版社,1991年,第307页。
② 华寿俊等:《马兰纸》,武衡编:《抗日战争时期解放区科学技术发展史资料》第2辑,中国学术出版社,1984年,第320页。
③ 江湘:《振华造纸厂参观记》,武衡编:《抗日战争时期解放区科学技术发展史资料》第2辑,中国学术出版社,1984年,第178页。
④ 华寿俊:《马兰草纸》,武衡编:《抗日战争时期解放区科学技术发展史资料》第2辑,中国学术出版社,1984年,第320页。
⑤ 华寿俊等:《马兰草纸》,《抗日战争时期解放区科学技术发展史资料》第2辑,中国学术出版社,1984年,第320页。
⑥ 西北局调查研究室:《边区经济情况简述》(1948年2月),陕甘宁边区财经史编写组、陕西省档案馆编:《抗日战争时期陕甘宁边区财政经济史料摘编》,第三编,工业交通,陕西人民出版社,1981年,第64页。

表 2-3-17 陕甘宁边区较大规模的私人企业生产与分布情况表

私营企业名称	建厂年份	布局地点	所属分区
万合毛织厂	1942 年	米脂县	绥德分区
庆合织布厂	1943 年	绥德县	绥德分区
白家沟织绸厂		绥德县	绥德分区
民生纸厂	1939 年	米脂县	绥德分区
元华工厂		盐池县	三边分区
神木县私人织布厂		神木县	神府分区
衣食村煤矿	1940 年	淳耀县	关中分区
民生纺织厂	1939 年	庆阳县	陇东分区
庆兴纺织厂		庆阳县	陇东分区

说明：布局地点和所属分区为笔者考证所得。
（资料来源：1. 陕甘宁边区财经史编写组、陕西省档案馆编：《抗日战争时期陕甘宁边区财政经济史料摘编》，第三编，工业交通，第 645、646 页。2. 阎庆生、黄正林：《陕甘宁边区经济史研究》，甘肃人民出版社，2002 年，第 117 页。3. 王致中：《抗日战争时期的西北城市工业》，《兰州学刊》1989 年第 3 期，第 73—78 页。）

边区私营工业的发展和布局有以下三个显著特点：第一，私营企业涉及的行业多种多样，如煤矿、盐业、纺织、造纸、铁匠铺、毡坊、鞋铺、口袋、皮革、木工、制粉、酿酒、烟草、食油加工、制绳等 30 多个行业。第二，私营企业中规模较大的企业多是股份制企业，如米脂万合毛织厂、盐池元华工厂和绥德庆合织布厂都是个人集资合股办起来的股份企业，生产能力较强，如米脂万合毛织厂 1944 年产毛斜布 1 080 大匹，纯呢 576 大匹，绒呢 288 大匹，方格毛毯 240 块，栽绒毯 48 块，洋线袜 720 双，土布 1 440 匹，毛毡 160 条。① 这些私营工厂的创办和生产能力，标志着边区私营工业的发展到了一个较高的水平。第三，边区小型私营工业布局较为分散，各行各业的私营工业厂或者作坊分布在边区的各个分区。生产规模较大的私营工业企业主要布局在有原料来源的远离边区首府延安的边缘分区，如米脂、绥德、盐池、神木、淳耀、庆阳县等，分布在绥德分区、三边分区、关中分区、陇东分区等，很少有大型私营企业布局在延属分区，究其原因，是因为延安及附近县份的延属分区公营企业数量多、规模大，市场已被占领，而边远地区市场广阔，所受的政治影响也较政治中心区域小，布局私营企业有优势，这样的分布格局恰好与公营企业的布局互相补充，形成合理的工业布局网络。

第四节 边区手工业的发展与布局

抗战时期，边区手工业的发展在经济建设和生产自给中发挥了巨大的作用。

---

① 米脂县地方志编撰委员会：《米脂县志》，陕西人民出版社，1992 年，第 211 页。

边区手工业经过几年的发展,到 1944 年部分产品如生产农具、大车、鞍架、口袋和生活用品如肥皂、牙粉、布匹等实现了半自给和自给有余,尤其是家庭纺织业的发展,边区的县、区、乡的群众穿衣问题得到了解决。边区各机关、部队、学校食用的面粉、豆腐以及办公用品几乎都是自己作坊生产的产品。

抗日战争时期,边区手工业的经营方式共有三种:一是个体经营;二是合作社经营;三是公营手工业作坊。

一、个体手工业的发展与分布

手工业的个体经营有作坊经营和家庭副业经营两种。手工业作坊经营者一般脱离农业生产劳动,专门从事手工业生产,它主要布局在城镇,有自己的作坊;家庭副业经营者大多数是农民,农忙时从事农业生产,农闲时从事家庭手工业生产,手工业为家庭副业。家庭副业经营方式又可以分为两种:一是在农村走家串户,替乡村农户做活,基本自己不出资,不销售成品;二是在自己家里从事手工业生产,用自己的资本、原料生产成品销售。这两种方式在当时普遍存在。[①]

抗战时期,边区个体手工业作坊的行业比较齐全。从表 2-3-18 可以看出,边区的 14 个县市的手工业作坊构成中,有毡房、鞋铺、成衣、毛口袋坊、皮坊、染坊、木工作坊、铁匠铺、钉掌铺、铜匠铺、麻绳铺、粉坊、油坊、酒坊等 20 多个行业,行业种类较多,发展速度也较快。1942 年边区 14 个县市的手工业作坊数为 399 个,从业人员 1 107 人,1943 年手工业作坊数为 656,增长 64%,从业人数为 2 047 人,增长 84%。不同行业的发展速度有差异,与纺织业有关联的成衣铺、毛口袋坊、皮坊、染坊等行业发展明显,就其行业作坊构成看,皮坊、染坊、木工作坊、铁匠铺等作坊所占份额较大。

表 2-3-18　1942、1943 年度陕甘宁边区 14 个县市手工业作坊构成比较表

类　别	1942 年 作坊数（个）	1942 年 占比（%）	1943 年 作坊数（个）	1943 年 占比（%）	增加率（%）	1942 年 从业人数（人）	1942 年 占比（%）	1943 年 从业人数（人）	1943 年 占比（%）	增加率（%）
毡　房	26	6.5	49	7.5	88	91	8.2	145	7.1	59
鞋　铺	29	7.3	33	5.0	13	51	12.8	85	4.2	66
成衣铺	10	2.5	32	4.8	220	23	5.7	74	3.6	221
毛口袋坊	18	4.5	36	5.5	100	92	8.3	152	7.4	65
皮　坊	33	8.2	72	11.0	118	149	13.4	338	16.5	123
染　坊	45	11.2	92	14	102	72	6.5	201	9.8	179
木工作坊	40	10	69	10.5	72	131	11.8	216	10.6	64

① 阎庆生、黄正林:《陕甘宁边区经济史研究》,甘肃人民出版社,2002 年,第 108 页。

续 表

类 别	1942年 作坊数(个)	占比(%)	1943年 作坊数(个)	占比(%)	增加率(%)	1942年 从业人数(人)	占比(%)	1943年 从业人数(人)	占比(%)	增加率(%)
铁匠铺	63	15.8	101	16.1	59	169	15.3	336	16.4	99
钉掌铺	12	3.0	14	2.1	16	37	3.3	42	2.1	13
铜匠铺	7	1.8	9	1.4	28	10	0.9	19	0.01	90
麻绳铺	3	0.7	14	2.1	366	9	0.8	63	3.1	600
粉 坊	63	15.8	43	6.6		106	9.5	85	4.2	
油 坊	45	11.3	73	11.1	62	149	13.4	237	11.5	48
其 他	5	1.3	19	2.9	280	18	1.6	54	2.6	200
合 计	399	100	656	100	64	1 107	100	2 047	100	84

说明：1. 14个县市包括：陇东分区6县及延川、固临、富县、吴堡、盐池、定边、靖边和延安市。
2. 表中百分比和增加率均为笔者计算。
（资料来源：陕西省档案馆、陕西省社会科学院编：《陕甘宁边区政府文件选编》第十一辑，档案出版社，1991年，第267页。）

二、合作社手工业的发展与分布

合作社是边区手工业经营的主要方式，是在边区新民主主义政权的基础上，人民大众联合起来的经济实体，它是群众集股或做份子形成的，是在边区政府领导下的一种合作制经济。加入手工业合作社必须交纳一定的股金，1940年，边区政府建设厅颁布了《生产合作社组织办法纲要》，规定了合作社的具体细则，保证合作社有完整的组织机构，即社员大会、理事会、监事会等。

边区手工业合作社的发展经历了三个阶段，1937—1938年为合作社初创时期，1939—1941年为合作社缓慢发展时期，1941—1943年为合作社快速发展时期。

1937年秋，在延安建立了工业生产合作社（工人合作社），这是边区的第一个合作社，由群众集股，每股0.3元，共筹集股金250元，生产鞋袜、被服、木器、食品等。1938年边区建设厅提出创办生产合作社，其他合作社相继出现，到1938年末，合作社数目为3个。1939—1941年，合作社有了初步发展，1939年有合作社10个，1940年发展为17个，1941年合作社的发展数量几乎翻了一倍，达到30个。1941—1944年为边区合作社快速发展时期，边区合作社的数量激增，从1942年的50个，发展为1944年的114个，1945年更激增为235个，合作社的股金也由1941年的613 117元，激增为1945年的1 818 020 560元，[①]进入快速发展时期。到1945

---

① 陕甘宁边区财经史编写组、陕西省档案馆编：《抗日战争时期陕甘宁边区财政经济史料摘编》，第七编，互助合作，陕西人民出版社，1981年，第196页。

年8月抗战胜利前夕,边区的手工业生产合作社进入兴盛时期。各种类型的生产合作社已有235个,其中化学业11个,水泥木工10个,食品业48个,矿产业2个,铁铺修理所6个,缝纫服装68个,纺织业90个,职工达到5 601人。① 由此可见,工、农、商、学、兵和机关各界的人员都参加了不同类型的生产合作社,影响之大、范围之广是空前的。

手工业合作社的分布,从1942年的统计资料来看,绥德有16个,延安7个,固临5个,延长5个,延川5个,甘泉3个,安塞3个,靖边2个,庆阳1个,佳县1个,米脂1个,子长1个。② 可以看出,延属分区的手工业合作社数量最多,为29个,占边区手工业合作总数的58%,其次是绥德分区有18个,其中16个分布在绥德县,三边分区的靖边县有2个,陇东分区的庆阳县有1个。可见1942年时手工业合作社主要分布在延属分区,最大的两个合作社延安工人合作社和中国工合延安事务所都分布在延安,后来逐渐扩散到周围县份,如延长、固临、安塞等,之后,随着发展规模的扩大,合作社继续扩散。在1942年的50个手工业合作社中,有27个纺织业合作社,绥德有13个,延安4个,固临2个,甘泉、富县、延长、延川、安塞、子长、佳县、米脂各1个。③ 可见,纺织业合作社主要分布在绥德分区(15个),尤其是高度集中在绥德县,其余的12个分布在延属分区。

三、边区公营手工业作坊的发展与分布

边区发展手工业的主要目的是自给的需要,个体手工业和合作社手工业是为了满足边区群众生产和生活的需要,而公营手工业则完全是为了供给党政军各部门自给的需要。

在各部门创办的手工业中,有的是以合作社的形式存在,有的是以作坊的形式存在,就性质而言,都是公营手工业。抗日战争时期,驻陕甘宁边区的中共中央、西北局、边区政府机关和部队、学校以及各分区、县机关都有自己的手工业作坊或生产合作社从事手工业生产。边区各机关经营的手工业作坊包括磨坊、豆腐、屠宰、制粉、烧炭、挖煤、造纸、铁炉、木作、石作、挂面、烟草、制革、染坊、缝衣、纺毛、榨油等近20个行业,数量也不断增长,1942年边区机关有作坊28个,1943年有作坊54个,其中政府系统41个,党的系统11个,延属系统2个,到1944年边区公营手工业作坊有44个。④ 边区政府系统的作坊是各机关分工协作,有的生产豆腐,有的生产粉条,有的专营屠宰,有的专磨面粉。在经营方面,有的作坊是一个单位经营,有的是几个单位合营,还有的是和附近的群众合营。

---

① 晋林:《简论抗战时期陕甘宁边区的手工业合作社》,《甘肃理论学刊》2002年第6期,总第152期,第82—86页。
② 毛泽东:《关于发展合作事业(1942年12月)》,《党的文献》1997年第6期,第13—16页。
③ 毛泽东:《关于发展合作事业(1942年12月)》,《党的文献》1997年第6期,第13—16页。
④ 陕甘宁边区财经史编写组、陕西省档案馆编:《抗战时期陕甘宁边区财政经济史料摘编》,第八编,生产自给,陕西人民出版社,1981年,第614—643页。

边区公营手工业作坊主要布局在政府机关附近的城镇,如边区法院的新兴纸厂、保育院纸厂、财政厅四科的民合纸厂、边区保安处的油坊、保育院的玻璃厂、办公厅的烟草社和染坊、粮食局的同益号皮坊等都布局在边区首府延安市。可以推测,边区的公营手工业作坊主要布局在延属分区和各分区的政府所在地。

第五节 边区工业的部门结构、地域结构分析

边区的工业由公营工业、手工业和私营工业三部分构成,其中公营工业是边区工业的主体部分,手工业是边区工业中重要的组成部分,是边区工业的助手,私营工业是边区工业的良好补充。公营工业建设的目的首先是为了供给政府和军队,以适应战争的需要,同时也是为了促进经济的发展,改善人民的生活,这样的目的决定了边区工业的部门构成有一个显著的特征,即战时经济的特征。由于特殊的政治历史背景,边区工业部门的组成中,形成了以重工业中的军事工业和轻工业中的纺织工业为主要部门,辅之以造纸业、化学工业、铁木业等工业部门的构成。

这种战时经济的部门构成有三个显著特征:其一,部门结构的复杂性与互动性。边区军事工业的组成变得异常复杂,与化学工业、机械工业、纺织工业等工业部门之间的互动性加强。其二,部门结构的暂存性。由于战时经济的影响,许多部门具有暂存性质,旋撤旋建旋迁,变动性和流动性较强,一旦战争环境不复存在,许多部门随之消失,"到1949年,延安工业企业仅存8户,职工800余名,产值80万元左右"[①]。其三,部门构成依存于地方资源优势。在战争环境下,生存是第一要务,地方的各类资源得到充分利用,如土地资源、矿产资源中的煤、铁、盐等资源、植被资源中的林木、药草等被充分利用。

从边区的工业布局来看,边区工业的地域结构特征为:第一,边区工厂数量发展迅速,工业布局呈现出从空白布局走向单中心布局,再从单中心布局走向多中心布局为主要特点的布局格局。但由于政治形势的剧烈变化,工厂数量时有变化,工业布局也常在变动之中,工厂屡有搬迁,这种因战时需要而流动性和灵活性极强的经济部门构成与布局,被有的国外学者称为"游击式经济"[②]。第二,公营工业是边区工业的主要组成部分,数量多,规模大,布局呈现出以首府城市延安为核心,结合政治环境和资源技术优势条件,成为边区的军事工业、纺织工业、化学工业、造纸工业等工业部门的布局中心,为边区的核心增长极。在延安外围的县份,如安塞、志丹、绥德、子长、庆阳形成次级中心增长极,围绕中心增长极布局各类工业部门。工业地域布局为增长极模式,即点状布局特征突出,还没有出现明显的轴线布局。第三,不同的工业部门具有不同的布局特点。如盐业和石油业是典型的原料指向性

[①] 曹世玉:《延安工业经济发展的回顾与思考》,《新西部》1997年第6期,第42—44页。
[②] (澳)大卫·古德曼著,田酉如等译:《中国革命中的太行抗日根据地社会变迁》,中央文献出版社,2003年,第338页。

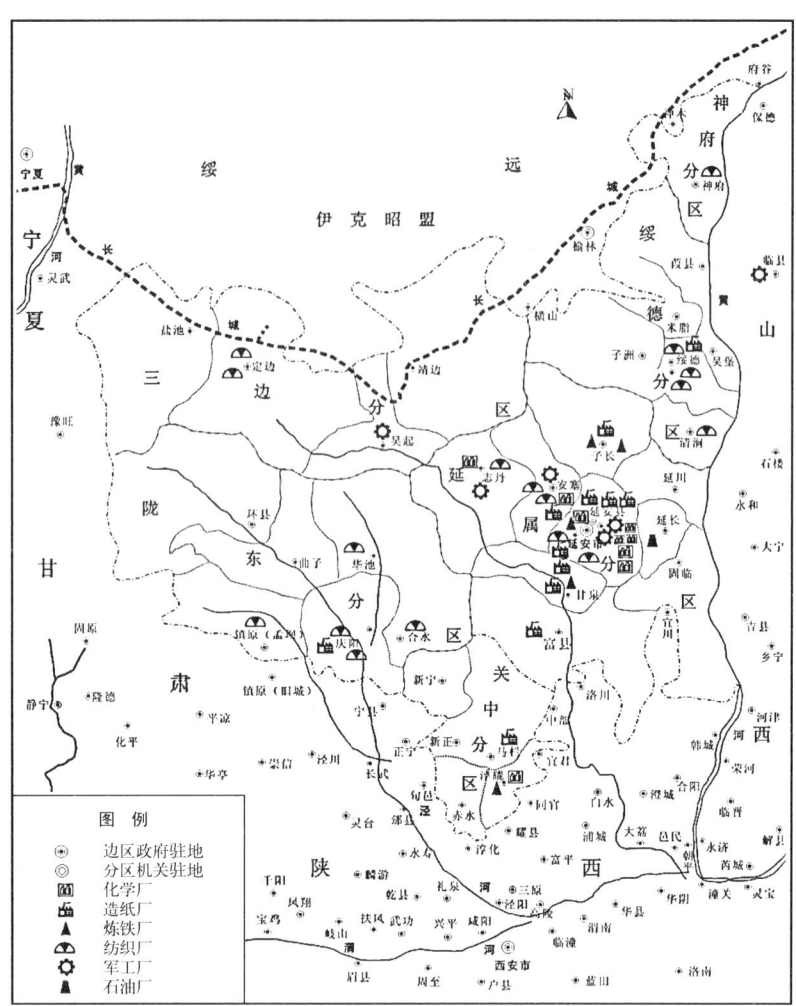

图 2-3-5 陕甘宁边区主要公营工业分布图

工业布局,主要布局在原料产地三边分区和原油产地延长县;煤铁业主要布局在有煤铁资源的、有一定技术条件的安全地带;纺织业表现出原料和市场双向指向性的工业布局特征。依据边区主要的公营工业的布局格局,可以将边区工业发展区域划为三个等级:一级工业经济分区为延属分区;二级工业经济分区为绥德分区、陇东分区、关中分区;三级工业经济分区为三边分区。延属分区由于地处边区腹地,是边区的政治中心所在地,人口密度较高,机关、部队、学校分布其中,市场需求大,农业发展条件好,工业发展技术条件较高,除盐业外,各类工业工厂布局众多,因此成为边区的一级核心经济区。三边分区农业基础薄弱,人口密度较低,经济基础较差,除了盐业的发展和布局,其他工业部门分布都很少,所以列为三级经济区域。绥德分区、陇东分区和关中分区位于延属分区的外围,依据各分区的资源优势均有一定数量的工业部门,绥德、庆阳、淳耀等成为边区次一级的经济发展中心,所以列为二级经济分区。第四,私营工业是公营工业的良好补充。大型的私营工业企业布局在远离政治中心的边缘县份,与公营企业布局互为补充,各种类型的手工业布局十分广泛,形成了较为均衡的不同类别的工业布局网络。第五,边区工业部门发展中的互动性,导致了工业部门布局中的互动性。如军事工业、机械工业、冶铁业和化学工业的布局互相影响、互相促进。

第四章 边区交通运输与通讯网络

第一节 边区交通运输业的运输方式

由于自然条件的限制,边区的广大山区多用畜力,只有川道和平缓地区用大车运输,民间个体多用畜力,边区机关军队多用大车运输。在个体与公营运输方式中,民间个体运输又是边区运输业的主要力量。

一、边区的民间运输

边区的民间运输具有多种多样的组织形式。边区政府对民间运输十分重视,1944年10月,边区政府建设厅在《关于边区经济建设报告书》中指出:"随着农工商业的繁荣,运输事业日趋重要,政府为使运输事业能适应并推动边区经济之发展,首先发展并组织民间运输力量。"[1] 边区政府以运盐为开端,极大地促进了民间畜力运输,如1941年运盐29万驮,1942年为24万驮。就畜力动员而言,1942年边区政府动员民间长脚牲口17 631头,1943年动员长脚牲口20 822头,短脚牲口279 000头,1944年上半年动员长脚牲口20 205头,动员短脚牲口34 022头。[2]

边区民间运输的主要组织方式有5种:朋帮、合伙、变工、捎牲口、带头。其中变工和捎牲口在整个边区广泛存在,朋帮普遍存在于三边、陇东和关中分区,合伙主要出现在运盐干道定庆路、定延路以及沿途各县,是由于运盐而较为兴盛的民间运输形式,带头运输方式在靖边、吴旗一带分布较多。灵活多样的民间运输在边区运输业的发展中发挥了极其重要的作用。

二、边区的运输合作社

民间运输在边区运输业中占据了十分重要的地位,运输合作社的作用也不容忽视。1941年10月,边区颁布了《陕甘宁边区人民运输合作社组织办法大纲》,边区开始兴办运输合作事业。1942年12月,毛泽东在西北局高干会上指出"运盐的组织要采取运输合作社及运输队的方式,宣传群众自愿入股……县区乡各级党与政府应积极指导这种运输队的合理、公平和健全的组织",这为边区的运输事业指明了方向,边区的运输合作事业迅速发展起来。据统计,1942年10月,边区各县合

---

[1] 陕甘宁边区财经史编写组、陕西省档案馆编:《抗日战争时期陕甘宁边区财政经济史料摘编》,第七编,互助合作,陕西人民出版社,1981年,第251页。
[2] 西北局调查研究室:《边区经济情况简述》(1948年2月19日),陕甘宁边区财经史编写组、陕西省档案馆编:《抗日战争时期陕甘宁边区财政经济史料摘编》,第三编,工业交通,陕西人民出版社,1981年,第686页。

作运输牲口9队,各种牲口246头,到1943年9月,参加运输合作的牲口达3 703头,增长了15倍。① 各种运输合作社的数量不断增加,到1944年,运输合作社在数量上仅次于消费合作社,占总量的1/3多。

第二节 边区交通运网建设与布局

所谓交通运输业的布局,是指由线路和客货流构成的各种交通运输方式的空间分布和地域组合现象。② 运网系统是由交通运输中的终端(点)和道路(线)组成的,密度大、联结度高、通达性好的完善的运网系统。运网系统的布局受自然环境、社会经济和技术水平诸因素的影响。边区的运网系统是处于初步发展阶段的运网系统,运输方式简单,路线级别等级较低。

一、边区运网系统中的线及其布局

就边区而言,运网系统的线主要有三种:一种是汽车路,一种是大车路,还有一种是驮运道。由于边区的自然地理条件和经济发展水平的限制,汽车路在边区数量很少,"延安汽车队除安排一辆小救护车作为毛主席的专用车外,其余车辆都用来接送人员和运送物资器材"③。边区政府积极建设大车道和驮运道,使边区形成了以延安为中心的大车道和驮运道相互联系的区内运网系统。事实上,抗日战争时期,由于公路汽车运输的严重不足,国民政府也积极恢复了以人力畜力运输为特点的驿运事业,建立了相关的驿运组织,建设了驿运网络。1942年驿运量占全国运输总量的30.49%,仅次于铁路运输,1944年1月至4月,驿运量居于全国首位,占48.67%。④

(一)边区汽车道的建设与布局

1934年,陕西省建设厅"修咸榆公路……共长三十公里,汽车可畅行无阻,自抗战军兴,此路遂成为军事补给重要干线"⑤。至1943年,"咸榆公路,南通中宜,北达富榆"⑥。1939年,边区政府在此基础上,首先筑延安窑店子至延川王家屯一段40公里的汽车路,年底全部完成,使咸榆公路全线通车。咸榆公路起点为咸阳,终点为榆林,中间过境站有:金锁关、宜君城、中部城(今黄陵县城)、洛川城、交道镇(富县)、甘泉城、老山镇、三十里铺、延安市、保安城(今志丹县城)、清涧城、九里山、绥德城、米脂城、榆林城。⑦ 这是边区非常重要的一条交通公路线,连接了边区从南至北的关中分区、延属分区和绥德分区三个分区,贯通了边区的富县、甘泉、延安县、延安市、志丹

---

① 陕甘宁边区财经史编写组、陕西省档案馆编:《抗日战争时期陕甘宁边区财政经济史料摘编》,第七编,互助合作,陕西人民出版社,1981年,第264页。
② 杨万钟:《经济地理学导论》,华东师范大学出版社,1999年,第148页。
③ 黄泽禄、李林祥等:《抗战时期陕甘宁边区的军事运输》,《汽车运用》1997年第6期,第39—41页。
④ 杨斌:《抗战时期国民政府驿运事业》,《民国档案》1995年第4期,第108—114页。
⑤ 民国《黄陵县志》卷八,交通志,道路,1944年排印本。
⑥ 民国《洛川县志》卷十《交通志•道路》,铅印本。
⑦ 乐天宇、徐纬英:《陕甘宁边区植物志》,中国林业出版社,1957年,第7页。

县、清涧县、绥德县、米脂县等数个县份。自西安至延安的这条汽车路是边区从西安运输人员和物资器材的重要干道,大量的中共中央领导人、国内外知名人士、革命干部和革命青年以及边区急需的医疗器械、通讯器材、枪械弹药、日常必需品和钢材、钢锭、生铁、硫磺、毛硝等原材料均由八路军驻"西安采办处"自西安经由此道送往边区。为便于运输,边区成立了西安汽车队和延安汽车队,西安汽车队于1937年4月在西安市七贤庄成立(被称为"七贤庄汽车队"),延安汽车队于1938年3月成立,开始在延安城里,后因日军轰炸,搬到十里铺,①"仅1938年4月至1939年9月,接送中央、总部、各战区的首长和其他人员万余人,还运送了大批物资器材","1938年初经由西安去延安的青年学生就有2 288人,年底单从武汉一地就去了6 000人"。② 可见汽车道的主要用途是运送人员和物资,这两个汽车队的主要运输路线为延安至西安,东至潼关,西至宝鸡,或者由延安向北经延川、绥德至榆林。③

(二)边区大车道的建设与布局

边区政府从1938年起开始修筑大车道,从表2-4-1可以看出,1938年修通了延安至安塞长32公里的大车道,1940年修建了两条大车道,一条是延安至沟槽渠,长50公里,一条是定庆路及定庆路支线庆阳至西华池段,共计330公里。④

表2-4-1 陕甘宁边区大车道修筑情况表(1938—1941年)

修建年份	道路起止地	路线长度(公里)	涉及分区
1938年	延安—安塞龙石头	32	延属分区
1939年	安塞—茶坊川	约10	延属分区
1940年	延安—安塞西河口沟槽渠	50	延属分区
	定边—庆阳,庆阳—西华池	330	三边分区,陇东分区
1941年	庆临路:庆阳—临镇(固临)	266	陇东分区,延属分区
	延临路:延安—临镇	70	延属分区
	延志路:延安—志丹	99	延属分区
	延靖路:延安至靖边张家畔	160	延属分区,三边分区
	清涧至靖边薛家畔	135	绥德分区,三边分区

(资料来源:1.《边区盐业统计表》(1944年),陕甘宁边区财经史编写组、陕西省档案馆编:《抗日战争时期陕甘宁边区财政经济史料摘编》,第三编,工业交通,陕西人民出版社,1981年,第733页。2. 阎庆生、黄正林:《陕甘宁边区经济史研究》,甘肃人民出版社,2002年,第138页。3. 房成祥、黄兆安:《陕甘宁边区革命史》,陕西师范大学出版社,1991年,第96页。)

从表2-4-1可以看出,1938—1939年边区的大车道建设速度缓慢,主要建设

---

① 黄泽禄:《我军抗战时期的汽车和汽车队》,《汽车运用》1997年第5期,第42、43页。
② 黄泽禄、李林祥等:《抗战时期陕甘宁边区的军事运输》,《汽车运用》1997年第6期,第39—41页。
③ 黄泽禄:《我军抗战时期的汽车和汽车队》,《汽车运用》1997年第5期,第42—43页。
④《关于边区经济建设之报告》(1941年10月4日),陕甘宁边区财经史编写组、陕西省档案馆编:《抗日战争时期陕甘宁边区财政经济史料摘编》,第三编,工业交通,陕西人民出版社,1981年,第713—715页。

延安市附近的大车道;1940年因运盐需要,修建了从定边至庆阳的西华池的大车道;1941年,边区遭受了国民党的经济封锁,道路建设对边区经济的发展和反封锁斗争日趋重要,边区加快了对大车道的建设。1941年,边区完成了定庆、庆临、延临、延靖及清靖路等将近1 000公里的大车道的交通网,①道路主要沟通延属分区、三边分区和陇东分区,建设了运盐干线定庆路和清靖路。1942年的食盐专卖也促进了边区的大车道建设,至1943年末,边区的公路里程由1937年的221公里发展到1943年的1 683公里。②

从表2-4-2可以看出,1943年末,边区已经构建起了边区交通网的基本骨架,形成了两大特点的运网系统:其一,以首府延安为中心,形成了放射状的大车道路线网络,主要干线有延安至米脂、延安至富县、延安至定边、延安至靖边、延安至南泥湾、延安至临镇等6条延安通向周围地区的大车道。其二,以运盐为中心,形成了从食盐产地定边至食盐出口口岸庆阳、定边至延属分区重镇临镇、清涧至靖边的以运盐为主要中心任务的大车干线。

表2-4-2 陕甘宁边区公路统计表(1943年)

道路名称	起止地	里程(公里)	支线	里程(公里)	涉及分区
延米路	延安至米脂	248	绥西支线	37	绥德分区,延属分区
延富路	延安至富县	103	富村支线	30	延属分区
延定路	延安至定边	275			延属分区,三边分区
延靖路	延安至靖边	160	茶坊支线	10	延属分区,三边分区
延临路	延安至临镇(固临)	70			延属分区
延安路	延安至南泥湾	30			延属分区
定庆路	定边至庆阳	330			三边分区,陇东分区
清靖路	清涧至靖边	135			绥德分区,三边分区
庆临路	庆阳至临镇(固临)	255			陇东分区,延属分区
合 计		1 683			

(资料来源:陕甘宁边区财经史编写组、陕西省档案馆编:《抗日战争时期陕甘宁边区财政经济史料摘编》,第三编,工业交通,陕西人民出版社,1981年,第733页;阎庆生、黄正林:《陕甘宁边区经济史研究》,甘肃人民出版社,2002年,第138页。)

从表2-4-3可以看出,至1946年,边区的交通网继续发展,但是其运网系统的基本格局并没有发生很大的变化。与1943年的运网格局比较,交通网的发展有两个新特点:其一,以延安为中心的大车路线网密度提高,连结率提高,建设了一些新的大车路线,如延志路(延安至志丹)、肤长路(延安至延长)等。另外一些大车

---

① 《关于边区经济建设之报告》(1941年10月4日),陕甘宁边区财经史编写组、陕西省档案馆编:《抗日战争时期陕甘宁边区财政经济史料摘编》,第三编,工业交通,陕西人民出版社,1981年,第713—715页。
② 《边区盐业统计表》(1944年),陕甘宁边区财经史编写组、陕西省档案馆编:《抗日战争时期陕甘宁边区财政经济史料摘编》,第三编,工业交通,陕西人民出版社,1981年,第733页。

道路得到了延伸,如延米路(延安至米脂)延伸为富米路(富县—延安—米脂—绥德)、延志路(延安至志丹)延伸了一段志定路(志丹—吴旗—定边),拓展了延安市的辐射能力。其二,原先大车道稀疏的关中分区被大力建设,建设了新马路(新正至马栏)、石马路(石门关至马栏)、石赤路(石门关至赤水马家山)、石淳路(石门关至淳耀桃渠河)、马合路(马栏至合水)等5条新大车道,以石门关为中心建设大道的缘由是,石门关虽在包内,却是耀县、淳化、宜君、同官(今铜川)四县交错之地,地理位置十分重要。[①]解放战争时期,石门关(今旬邑)为陕甘宁边区后期部队所在地,设有大型储粮仓库,因此必须建设边区转运军需粮草的大路,这使边区的大车公路里程发展到1944公里。至此,大车路线遍布边区五个分区,它们相互联系,相互沟通,形成边区的大车交通运网系统。

表2-4-3　陕甘宁边区公路里程统计表(1946年)

道路名称	起　止　地	里程(公里)	经过县市	涉　及　分　区
富米路	富县至米脂	350	绥、米、清、延川、延安、甘、富	绥德分区,延属分区
定庆路	定边至庆阳	330	庆阳、曲子、环县	三边分区,陇东分区
庆临路	庆阳至临镇	270	合水、太白、富县	陇东分区,延属分区
延志路	延安至志丹	99	高桥、西河口	延属分区
延临路	延安至临镇	70	金盆湾	延属分区
延靖路	延安至马家畔(靖边)	160	安塞	延属分区,三边分区
清靖路	清涧至薛家畔(靖边)	135	瓦窑堡	绥德分区,三边分区
志定路	志丹至定边	220	吴旗	三边分区,延属分区
肤长路	延安至延长	75	甘谷驿(延安县)	延属分区
新马路	新正至马栏	30		关中分区
石马路	石门关(今旬邑)至马栏	35		关中分区
石赤路	石门关至赤水马家山	25		关中分区
石淳路	石门关至淳耀桃渠河	25		关中分区
马合路	马栏至合水	120		关中分区,陇东分区
合　计		1944		

(资料来源:据陕西省档案馆、陕西省社会科学院:《陕甘宁边区政府文件选编》第十一辑,档案出版社,1991年,第273页。)

边区大车道的建设突飞猛进,但是边区地广人稀,沟壑纵横,大车道的数量和密度远远不能满足整个边区军民的需要。由于自然条件的限制和资金、技术的匮

[①] 史念海:《黄土高原考察琐记》,《中国历史地理论丛》1999年第3期,第1—28页。

乏，边区不可能在短期内建设一个高密度高效率的大车运输网络，为了弥补一些地区大车道的不足，边区结合现实需求，积极建设驮运道。1941年2月7日，边区建设厅发出了《为完成广泛发展边区境内驮运的计划给各专员县长的指示信》，[①]信中要求"为满足边区农工商业尤其是盐业以及军事政治的需求，各县政府对必须辟修的驮运道，拟定具体计划"。计划内容包括"全县应当修筑的驮运道共有几条，第一条道路从何处起到何处至，中间经过哪些地方，多少里程，有些什么作用，需要多少工，全县修筑的道路有多长，绘制大路计划图"，对道路的修建，要求其标准为"凡旧有驮运道，要做到将路面开宽至五尺，爬山立直坡处尽量设法绕道减低坡度。常遭山洪冲毁之道路，必须添挖排水沟，路面荆棘要清除净尽；凡新辟道路，第一步先做到一般原有驮运道之标准，第二步再进行改善工作，做到上述规定"，对修筑道路的时间也有明确要求："利用农闲时间，分四期开工。解冻后至春耕紧张期为第一期，春耕结束夏耘未至为第二期，夏耕结束秋收未至为第三期，秋收以后为第四期。"并要求"建立管理修筑道路的临时组织，凡修筑驮运道的各区政府，均应建立临时的筑路委员会"。可见，边区政府不仅要求地方政府制定道路规划，而且对道路的修筑标准、管理办法也作了明确指示，这一指示无疑对边区的驮运道建设有极大的推动作用。

从表2-4-4可以看出，至1944年，边区的驮运道建设分布广泛，除三边分区之外，其他四个分区均有驮运道建设，其中延属分区、陇东分区和绥德分区建设较多，其具体布设或者仍是运盐为主，为了弥补运盐主线的不足而设置的补充驮运道或小道，如西华池—柳林（延安）、定边—西华池（合水）、定边—驿马关（庆阳）；或者是弥补原大车道的不足，如吴旗—太白（华池）、靖边—石湾（子洲）、子长—凉水崖（延长县黄河西岸）、延安—凉水崖等。其中凉水崖是位于延长县黄河西岸的一个小村庄，1944年著名的中外记者西北参观团从陕西进入边区，参观的第一站就位于凉水崖。[②] 据1944年统计，边区的驮运道已达1 365公里。

表2-4-4　陕甘宁边区驮运道路统计表（1944年）

驮　运　道	里程（华里）	涉　及　分　区
西华池—柳林（延安）	300	陇东分区，延属分区
靖边—石湾（子洲）	180	三边分区，绥德分区
志丹—甘泉	230	延属分区
吴旗—太白（华池）	280	三边分区，陇东分区
子长—凉水崖（延长县黄河西岸）	340	延属分区

[①] 陕甘宁边区财经史编写组、陕西省档案馆编：《抗日战争时期陕甘宁边区财政经济史料摘编》，第三编，工业交通，陕西人民出版社，1981年，第720—721页。
[②] 王自成：《中外记者西北参观团访问延安记述》，《历史档案》1994年第2期，第116—118页。

续表

驮运道	里程(华里)	涉及分区
延安—凉水崖(延长县黄河西岸)	300	延属分区
定边—西华池(合水)	545	三边分区,陇东分区
定边—驿马关(庆阳)	555	陇东分区,陇东分区
合　计	2 730	

(资料来源:《边区盐业统计表》(1944年),陕甘宁边区财经史编写组、陕西省档案馆编:《抗日战争时期陕甘宁边区财政经济史料摘编》,第三编,工业交通,陕西人民出版社,1981年,第733页。)

二、边区运网系统中的点及其布局

对于边区的运网系统而言,运输线路的起点、终点、各种转运站以及骡马店和兽医院等都是运网系统中的节点,尽管它们的职能和规模不同,但对交通运输的完成都起着很重要的作用。

(一)运输中心城镇、转运栈的建设与布局

边区运网系统中涉及的中心城镇是交通网中级别较高、规模较大的节点,运输线路就是被这些节点相互连接起来的。如交道镇(富县)、甘泉城、延安市、保安城(今志丹县城)、临镇城(固临)、清涧城、子长城、绥德城、米脂城、定边城、庆阳城、西华池等县城,这些节点与县城建设相结合,有良好的接待能力。为了保证交通运网的顺利运行,边区政府十分重视这些中心城镇的建设,加强其接待能力和管理能力,更好地为运输业服务。1941年,边区建设厅派专人分赴三边分区、陇东分区、甘泉和志丹一带,"视察现有驮道以及沿途客店情况,并决定在华池、志丹、定边等地建立运输站多处,扩大现有民营客店,以利运盐工作及商旅往来"[①]。1941年12月,边区政府在建设厅下设立运输管理局,并在关中、陇东、绥德、三边分区建设了4处交通运输管理分局,这些举措无疑加强了这些城镇的交通运输能力。

除了加强对这些中心城镇的运输管理能力之外,边区政府还积极建设了一批转运栈,促进边区运输事业的发展。1941年12月中旬,边区政府除了设立运输管理局和4处运输管理分局之外,还组建了孙克崾岘(定边)、杏儿湾、元城镇(华池)、西华池(合水)、孙家畔、瓦窑堡(子长)、延安市等8处转运栈,并抽调39名干部充实各局和转运栈。1942年,边区建设厅在孙克崾岘(定边)、志丹县城、张家畔(靖边县)、瓦窑堡、元城子(华池)、杏儿湾、东华池、西华池和延安市开设39处转运栈,转运栈的中心任务是收盐、保管和发盐三项任务,[②]转运栈就布设在主要的运盐干线上。

---

① 黄正林、阎庆生:《抗日战争时期陕甘宁边区的交通运输业》,《甘肃高师学报》2001年第6卷第6期,第111页。
② 阎庆生、黄正林:《陕甘宁边区经济史研究》,甘肃人民出版社,2002年,第124、129页。

（二）骡马店和兽医院的建设与布局

除了转运栈外，边区物资局、盐业公司、粮食局、各驻边部队以及私人于1942年至1943年在各主要交通干线、支线上建立了数百处骡马店，如盐业公司有30处，物资局40处，兵站9处，359旅在延安至米脂10处、张家畔至石岔9处、张家畔至延安4处、定边至延安3处、延安至富县3处、延安至临镇5处，共计34处。在主要运输大道的村庄几乎村村建店，有的店常年开设，有的店旺季开、淡季关，如靖（边）延（安）路上有村庄69个，有店的村庄就有48个，①可见几乎村村建店。

为了保证运盐的顺利，边区还在各大道干线、支线的重要村镇、县城设立兽医院，诊治过往牲畜的疾病，并积极鼓励私人开设兽医院，还规定"必须有一定程度之兽医技术和一定数量之医药设备；必须负责诊治经过该地区的运输队牲畜之疾病，其医药手术费不得高于一般和私人经营医院的规定"②。

第三节 边区邮电通讯网的建设与布局

邮电通讯业是国民经济中从事信息采集和传送等位移活动的社会生产部门。③陕甘宁边区的邮电通讯事业对加强边区各地区之间的联系、巩固和建设边区起到了十分重要的作用。

一、边区邮电通讯网站的发展

1937年边区政府成立后，西北邮政总局改名为陕甘宁边区邮政局，并发行了一套印有"中华邮政"字样的边区邮票，图案为演讲图、耕作图和红军战士持枪图。1938年春，边区政府允许国民政府在边区各县恢复中华邮政机构，从事邮政通信业务，从而使延安和西安得以首先通邮，并通过这条邮路把延安和全国各地连接起来。由于国民党陕西省政府力主撤销边区邮政局，由中华邮政统一办理邮递业务，陕甘宁边区政府从统一战线大局出发，下令边区邮政局从1938年3月22日起停止对外营业，重要公文信件改由边区党委发行科办理，其他邮件由中华邮政负责投递。但混入中华邮政机构的一些反动分子，却乘机进行破坏活动，致使陕甘宁边区的通讯事业受到很大损失。鉴于工作需要，边区政府恢复邮政机构，定名为陕甘宁边区通讯站，这样在陕甘宁边区就同时并存着边区通讯站和中华邮政两套邮政机构。

边区邮电通讯网站的发展可以分为四个阶段。

1. 1937年至1940年，为边区邮电通讯网站初步发展时期。1938年5月30日，陕甘宁边区通讯站正式成立，总站设在延安，隶属于边区政府民政厅领导，任务

---

① 陕甘宁边区财经史编写组、陕西省档案馆编：《抗日战争时期陕甘宁边区财政经济史料摘编》，第三编，工业交通，陕西人民出版社，1981年，第742页。
② 陕甘宁边区财经史编写组、陕西省档案馆编：《抗日战争时期陕甘宁边区财政经济史料摘编》，第三编，工业交通，陕西人民出版社，1981年，第710—712页。
③ 杨万钟：《经济地理学导论》，华东师范大学出版社，1999年，第176页。

是传递各级党政军民、民众团体、抗工属等的各种报刊、文件、信件和书籍等,也收寄私人信件,但数量很少,主要是抗日军人及其家属的信件。其范围主要在陕甘宁边区境内,并衔接晋西北边区。这一时期的主要任务是抽调职工,建立组织和制度,开辟通讯线路;共建设分站15个,联络站13个,逐步形成了一套通信收发制度,使投递质量不断提高,邮件邮量也大为增加,形成了边区通讯网络的基本骨架。

2. 1940年至1942年,为边区邮电通讯网站加强建设阶段。1940年4月,边区民政厅颁布了《关于加强边区通讯站工作的决定》,指出:一要增改通讯线路,健全组织;二要加强干部、通讯员的教育;三要改善通讯员的待遇。这些决定极大地促进了边区邮电通讯事业的发展。据1941年9月底统计,通讯站在成立后的3年中,共收递平信557 703件,文件178 820卷,书报10 925包,挂号信件46 297封,文件4 950卷,书报1 275包,邮件共计80万件,共用经费71 000元。① 总站还增设一个特别班,专送各分区的报纸、书籍等,并增设县站和33个宿站、20个食站,干部增至52人,通讯员增至129人;经过精兵简政后,通讯总站干部从1942年20名减少到1943年的12名,减少了人员,但提高了效率。② 值得注意的是,这一阶段的另一重大举措就是维护了边区和国统区的正常通邮。1942年1月14日边区政府签发了《关于邮务问题通令》,通令重申了中国共产党保护中华邮政的政策,指出:"邮务系有关抗日战争,并带有国际性质之国家企业,各地军政当局,应尊重邮政规章及其行政与工作系统,并给以充分之业务便利与妥善之保护。"通令公布后,陕甘宁边区和国统区的正常通邮有了一定的进展,以肤施(延安)邮局为例,1942年1月"外来邮件包裹颇多,以信件言,挂号信比去年同月多十余倍;平信、包裹亦多至十倍;汇兑数额月达四五万元,向外汇者亦较前增多"③。这一时期的通讯网络建设得到强化,加密了网点,提高了功能。

3. 1943年至1946年,为边区邮电通讯网站调整发展阶段。1943年,边区通讯站划归边区政府保安处直接管理,并于1943年7月2日发布命令,决定:绥德、关中、陇东、三边各分区专署所在地各设分站,直接归当地专员公署领导,延属分区设富县、延长、志丹3个分站,直接归当地县政府领导,原有各地县站一律取消,未设分站的县份各设代办员。边区在1943年还发布了《陕甘宁边区通讯站通讯工人待遇办法》和《陕甘宁边区通讯站通讯工人奖惩办法》,极大地提高了职工的积极性,推动了边区通讯事业的发展。1946年4月25日,边区通讯站正式改名为陕甘宁边区邮政管理局,内设业务、庶务、会计等科,下设二等邮局(专署所在地)、三等邮局(位于交通干线的县政府所在地)、代办所(其他县城及重要集镇)等机构,仍属边区

---

① 袁武振:《论陕甘宁革命根据地邮政事业的发展及其经验》,《西安邮电学院学报》1998年第3卷第4期,第64—68页。
② 郭志胜:《陕甘宁边区通讯站述略》,齐心、张馨主编:《陕甘宁边区政府成立五十周年论文选编》,三秦出版社,1988年,第150—158页。
③ 袁武振:《论陕甘宁革命根据地邮政事业的发展及其经验》,《西安邮电学院学报》1998年第3卷第4期,第64—68页。

民政厅领导。为解决边区境内边区邮政和中华邮政两套邮政机构对群众通信带来的不便,5月1日,边区政府签发了《合并邮政通知》,规定双方以不妨碍对方的通信业务为条件合并办公,凡属送达边区境内和各解放区的邮件,按边区邮政手续办理,贴边区邮票,盖"延安"邮戳,由边区邮政递送;凡属送达国统区的邮件,均按中华邮政手续办理,贴中华邮政邮票,盖"肤施"邮戳,由中华邮局递送。此后,边区邮政管理局陆续接收了中华邮政在边区境内的11个邮局、30处代办所和16处信柜,中华邮政人员也大部分留用。边区邮局还发行了《宝塔山图》邮票,图案均为延安宝塔山。①

陕甘宁边区邮政管理局成立后,其业务范围逐渐扩大,与全国各地寄递通畅。仅以解放区而论,其通邮范围已包括晋绥、晋察冀、山东、晋冀鲁豫、苏皖冀热辽及东北各地。在陕甘宁边区境内还设有12个内地局,即富县、子长、清涧、绥德、宋家川、米脂、安边、靖边、定边、柠条梁、庆阳、马栏以及32个代办所,包括了全边区各市镇。

4. 1947年至1948年,为边区邮电通讯事业的过渡发展阶段,这一阶段的邮政发展有明显的战时特征。1947年3月,国民党胡宗南部队发动了对陕甘宁边区的军事进攻,中共中央主动撤离延安,边区邮政管理局也随边区政府机关转战陕北。为了配合作战,边区邮政管理局将原有的4个科合并为业务、总务二科,二等邮局改为分局,三等邮局改为县局,各县局由所属分局直接领导,此外还成立了榆横分局和军邮局。边区邮政机构经过调整后,共有6个分局、1个军邮总局、31个县局、36个代办所、15个信柜,干部72人、通讯员13人、邮工233人。1947年6月,边区邮政管理局还制定了《战时邮政工作改进办法》,要求加强与民兵和游击队的密切配合,建立县与县之间的网状邮路,保证了战争环境中的邮路畅通。

1948年4月22日人民解放军收复延安后,边区邮政管理局随边区政府迁回延安,立即着手边区邮政的恢复与重建,并积极准备新区邮政的接收工作。1949年6月14日,边区邮政管理总局随边区政府迁往西安。1950年1月19日,西北军政委员会成立,陕甘宁边区政府同时撤销,并将陕甘宁边区邮政管理总局改称西北邮政管理总局。

二、边区邮电通讯网的布局格局

邮路是连接各级邮政通信中心,担负输送邮件任务的线路。陕甘宁边区的邮路按时间划分有日线邮路、隔日线邮路和日夜兼程线邮路,为了更快地送达信息和保证通讯线路的畅通,1940年边区通讯站根据需要和传送信息量的数量多寡,制定了日线邮路(富县—庆阳,延安—延长—固临—临镇,延安—靖边,庆阳—新正、

---

① 袁武振:《论陕甘宁革命根据地邮政事业的发展及其经验》,《西安邮电学院学报》1998年第3卷第4期,第64—68页。

吴堡—晋西北)、隔日线邮路(绥德—神府,靖边—横山,庆阳—镇原,新正—淳耀)和日夜兼程线邮路(延安—绥德,延安—志丹—盐池,延安—富县—庆阳,富县—新正)。按邮路交通划分,边区邮路有大车线邮路、自行车线邮路和步行线邮路。由于通讯站的工作条件十分艰苦,除延安总站有一辆自行车、陇东分站有两辆自行车外,全站通信工人全凭着两条腿和一条扁担,翻山越岭,顶风冒雪,日夜奔走在交通线上,完成了边区的邮政通信重任。① 按邮路功能划分,边区邮路可以分为干线邮路、支线邮路和乡村邮路。1940年边区通讯站开辟的邮路有延安到绥德、延安至定边、延安至庆阳、延安至关中马栏等4条干线和延安至子长、延长等支线,干支线共长3 447.5公里。

边区地处偏僻,交通运输业落后,经济发展水平低,邮电通信的流量较小,但是边区政府成立后,由于革命形势、经济发展、政治宣传的需要,邮电通讯量剧增,边区通讯站90%的邮件内容是各级党政军民、民众团体、抗工属等的各种报刊、文件、信件和书籍等,私人信件的数量很少,约占总邮件的10%,②这是边区邮政通讯发展的特殊性,其发展布局与边区政治发展的关系非常密切。边区邮电通讯网的布局建设有如下几个特点:第一,邮政通讯中心随政治形势的变化而变化。土地革命时期,西北邮政总局首先设在瓦窑堡,后移至保安(今志丹),再移至延安,设陕北、陕甘、陕甘宁3个分站。抗日战争时期,边区通讯站的总站始终设在边区政治中心首府延安市,1937年至1940年,除了延安所在的延属分区外,在其他4个分区各设分站,在一些县份设县站,在所设的15个县站中,延属分区布局了10个,占绝对多数。1940年至1942年,增设了一些县站,新增设的县站主要布局在延属分区和绥德分区。1942年至1946年,增设了延属分区的富县、延长、志丹3个分站,共形成7个分站(二等邮局),意味着邮网密度越来越大,高级邮政中心不断增多。解放战争时期,边区的邮政通讯中心又进入战时流动状态,还因战争需要设立了军邮局,总站由延安,进入战时流动,又返回延安,再迁移至西安。邮政中心的建设和布局变化与时局密切相关。第二,邮路建设由疏到密,邮政范围由小到大,有明显的阶段性。1937年前,西北邮政总局共设5条邮路干线,这5条邮路干线的总特征是以瓦窑堡为中心辐射四周,1937年至1940年,边区邮路有较大的发展,形成了以延安为中心的邮网,1940年至1943年,边区邮路大增,最重要的变化是以5个分区的专署所在地为中心形成了新的邮路网,呈现出明显的行政中心指向性的特征,邮政范围也由边区为主走向全国范围,与国统区的邮件来往也大为增加。第三,边区邮电网络布局的地域类型由集中性邮政网向蔓延型邮政网转化。一般来讲,邮政通讯网布局有集中性、蔓延性和内聚化型三种地域类型。③ 1940年以前,边区的邮路是

---

① 袁武振:《论陕甘宁革命根据地邮政事业的发展及其经验》,《西安邮电学院学报》1998年第3卷第4期,第64—68页。
② 袁武振:《论陕甘宁革命根据地邮政事业的发展及其经验》,《西安邮电学院学报》1998年第3卷第4期,第64—68页。
③ 杨万钟:《经济地理学导论》,华东师范大学出版社,1999年,第187页。

以延安为邮政中心与众多终端信息员组成的集中型邮政通信网,全部邮路以延安为中心向外辐射。1940年后,边区的邮政建设以分区政府驻地为中心大力建设邮路网,形成了以延安、绥德、庆阳、马栏、定边为邮政中心与众多终端信息员组成的蔓延性邮政通讯网,提高了边区邮网的功能。

第五章　边区商贸发展与布局

第一节　边区对外贸易的构成与商路演变

一、边区对外贸易的构成

抗日战争时期,以皖南事变为界,边区对外贸易的发展经历了两大阶段,即皖南事变前的自由贸易和皖南事变后的对外商业贸易。

皖南事变之前,国民政府承认边区的合法地位,在经济上,边区农业处于不发达状态,工业一片空白,群众购买力低下,农村商业萧条,边区经济亟待恢复和发展,因此,边区政府制定了"争取外援,休养民力"的财政政策,所以在1940年以前,边区的财政来源主要是依靠外援,主要由外援的收入来弥补入超。由于这个阶段边区的政治、经济和财政特点,决定了在抗战初期,边区的对外贸易既无财政任务,也无金融任务,是"一种采购任务,保证公用物品供给的采办,无所谓贸易政策,完全是自由的"。① 1938年4月,边区成立了光华商店,成为边区银行直属的商业机构。其任务为:搜集与运销土产出口,换取必需品进来,满足生产与市场上的需要;稳定外汇与平抑物价;帮助公私营商业的发展。② 光华商店成立后,边区的贸易政策有了些微变化,即在对外贸易上仍然是采办性质,但结合了盈利的商业内容。随着边区工业的起步,光华商店开始负担供给工厂原料和推销其产品的任务。

在这个阶段,边区的政治环境较为稳定,由于贸易的自由政策,法币是边区的流通货币,金融、物价相对稳定,边区境内的商业开始恢复和发展。

皖南事变后,边区商业贸易发展进入第二个阶段。1941年,边区遭受了经济封锁,进入了抗战以来最困难的时期,延安市的物价指数飞速上涨。③ 为了渡过困难,稳定物价,边区在财政经济上采取了自力更生与分散经营的方针,金融上发行边币,并加强了边区对外贸易的管理。

1941年2月22日,边区成立了贸易局,明确了它的职责和性质:具体执行政府的贸易政策,实际从事贸易,并有计划地领导各机关部队供应商业、消费合作社及团结私商的机关。在贸易政策上,边区执行新民主主义的贸易政策,有计划地调剂对边区之外的贸易,以保护对边区之内的贸易自由与流通的发展,④ 并在各地设立了分支机构。

---

① 西北财经办事处:《抗战以来陕甘宁边区贸易工作》,陕甘宁边区财经史编写组、陕西档案馆编:《抗日战争时期陕甘宁边区财政经济史摘编》,第四编,商业贸易,陕西人民出版社,1981年,第4页。
② 西北财经办事处:《抗战以来陕甘宁边区贸易工作》,《史料摘编》第四编《商业贸易》,第4页。
③ 于松晶、薛薇:《抗日根据地的物价管理》,《历史档案》1999年第1期,第125—130页。
④ 边区贸易局:《边区对外贸易概况》(1942年),陕甘宁边区财经史编写组、陕西省档案馆编:《抗日战争时期陕甘宁边区财政经济史料摘编》,第四编,商业贸易,陕西人民出版社,1981年,第41页。

1942年10月,中共中央西北局召开了高级干部会议,这次会议对边区商业经济的发展作用极大。高干会后,边区成立了物资局,主要管理对外贸易和特产食盐统销,新的贸易方针为"大量推销土产,换进必需的物资和外汇,限制消耗品、迷信品进口,以相对稳定的金融物价,保证供给,支持财政,发展国民经济,求得出入口平衡,对内贸易自由"。①

二、抗日战争时期边区贸易商路的演变

边区的贸易商路随着边区政治经济情况的变化始终在发生变化,贸易通道和主要的口岸也一直随着政治形势的变化而反复发生改变和重新定位(参见表2-5-1),但总的来说,往往以陕北的老商业贸易中心绥德以及定边、边区南部的洛川、宜川为主要贸易口岸。

表2-5-1　抗日战争时期陕甘宁边区的贸易商路变化状况

年 份	贸 易 通 道	主要贸易单位	贸易总局地址
1935年	北以绥德、清涧为孔道,南依靠延安、洛川(当时的陕甘省)	中央贸易总局	瓦窑堡
1936年	由于绥靖孔道不能使用,改走定边	中央贸易总局、定边分局	保安(今志丹)(1936年12月19日迁到延安)
1937年	富县、洛川为孔道,在西安设立贸易据点,商号名为"元声西"	贸易局	延安
1938年	贸易商路四通八达,东至绥德,再转山西碛口,南达西安以南,西至陇东,北出定边至包头宁夏。主要对外贸易路线有二,一为西安,主要输入布、纸、文具;二为汉口,主要输入布匹	光华商店	延安
1939年	武汉失守,由汉口转向山西碛口,由绥德依靠太原供货;南路西安开始受到阻挡,绥德虽然有何绍南,但以延安八路军后方留守处供给名义,尚可通行	各类商店	延安
1940年	西安受阻,大部分贸易依靠绥德与山西碛口,小部分依靠定边	各类商店	延安
1941年	绥德与山西碛口被封锁,主要依靠西安、定边和宜川,西安进口物品主要为土布	边区贸易总局成立,成立了7个贸易分局(延安、延长、富县、关中、陇东、三边、绥德)	延安

(资料来源:陕甘宁边区财经史编写组、陕西省档案馆编:《抗日战争时期陕甘宁边区财政经济史料摘编》,第四编,商业贸易,陕西人民出版社,1981年,第36—50页。)

---

① 西北财经办事处:《抗战以来陕甘宁边区的贸易工作》(1948年2月),陕甘宁边区财经史编写组、陕西省档案馆编:《抗日战争时期陕甘宁边区财政经济史料摘编》,第四编,商业贸易,陕西人民出版社,1981年,第10页。

绥德的销出物资路线为自石岔出口,或自螅镇出口运到山西,或转至固临、延长、关中出口。陇东地区以西华池为货物出入口最大的集散市场,其货物的吞吐量很大,"据1942年4月份贸易统计,西华池输出方面,每日有食盐平均4万余斤,牛32头、驴30头、羊95只,输入方面,每日有码子土布60匹,40码青白洋布20匹,棉花2 200斤,其次火柴、毛巾皆有输入"①。其次是庆阳镇,出口以食盐特产为主,其他有皮毛、牲畜、药材等,入口以布匹棉花为主,尚有杂货等,"1940年从陇东出口的食盐居边区第二位,占38%;特产也居第二位,占26.9%;进口的商品主要是土布、棉花、东昌纸、颜料、火柴、水烟等,其中土布量最大,占边区的50.1%",可见,陇东是边区对外贸易的主要窗口。②

关中分区是边区重要的出口口岸,关中分区淳耀县的柳林镇和铁王镇等均是边区重要的贸易口岸,"边区出口货物以关中、陇东为主,关中这个口子进棉花、进布、出盐,陇东要服从关中,关中这个大口子要照顾到全边区的需要"。可见,关中是边区最重要的食盐出口口岸,其主要原因是"关中柳林的盐价比陇东高出15%,盐公司主力放在关中,在关中设立盐公司办事处指挥盐价,曲子、庆阳、西华池都要受办事处指挥,卖盐放在柳林,囤盐放在陇东"③。

第二节 陕甘宁边区公营商业的发展与布局

陕甘宁边区的商业有三种主要形式,即公营商业、合作商业和私营商业。公营商业对于边区物资和金融市场的稳定和繁荣起到了至关重要的作用。

一、陕甘宁边区公营商业的构成和经营方式

以经营的主体来划分,陕甘宁边区公营商业有大公营商业和小公营商业两类,前者由政府直接经营,后者由机关、学校、部队等事业单位经营。

(一)政府经营的公营商业

政府经营的公营商业由边区政府提供启动资金,并由边区政府设立专门机构(先后为贸易局、物资局等)领导管辖和组织经营,主要是为了保证全边区党政军必需品的供给。边区政府成立不久,在1937年10月1日成立的边区银行下设了贸易局,后改称"陕甘宁边区合作总社",归建设厅领导,1938年初并入边区银行开办的光华商店,1941年2月恢复贸易局建制仍归边区银行领导,1942年转归边区财政厅领导。1943年2月贸易局与禁烟督察局(建于1941年底)合并成立物资局,总部设在延安,到1944年物资局又改称总贸易公司,直到1945年撤销。贸易局、贸

---

① 黄正林:《论抗战时期陕甘宁边区的社会变迁》,《抗日战争研究》2001年第2期,第15—34页。
② 陕甘宁边区财经史编写组、陕西省档案馆编:《抗日战争时期陕甘宁边区财政经济史料摘编》,第四编,商业贸易,陕西人民出版社,1981年,第554—557页。
③ 陕西省档案馆收藏档案:陈云:《陕甘宁边区的财政经济问题》(1944年12月1日、2日)。

易公司虽然长期隶属于边区银行,但它既是公营商业的领导机关,又是政府经营的公营商业的实际载体。为了加强边区的贸易管理,1942年9月还成立了贸易委员会,该委员会也对各类公营商业实行贸易业务上的领导。边区政府经营的公营商业在抗战时期主要有光华商店、盐业公司、土产公司、南昌公司、永昌公司等。①

(二)机关、学校、部队经营的公营商业

小公营商店是各机关、学校、部队经营的商业(简称"机关商业")。从数量和资金上看,机关一直是"机关商业"经营中的主体,边区管辖的各地方机关几乎都从事"小公"性质的商业。小公商店基本都是从合作社开始的,到1940年上半年边区范围内就已有30个合作社和食堂,资金达到6万余元,其中大的1万元,小的只不过数百元。② 在这段时期内,机关商业的主要目的是为了供给机关、学校、部队的一般日用品,营业活动主要是从绥德、定边、富县贩卖百货,特别是贩卖机关、部队、学校急需的布匹、纸张、文具、火柴、棉花等物品。

边区政府系统的机关商店是机关商业的主力,在1943年共有27个,如保安处下属的营业性质的鸿太号、安太号、光大商店、大同店等,投资总额达到215万元;如办公厅开办的供给总店、公益栈、协太永等以供给为主、营业为辅的机关商店,发展规模也不小;还有如保育院经营的大兴号等知名度也很高。虽然学校开办的商店数量很可观,但是其个体规模都比较小,尤其在资金数量、经营项目及范围方面相对弱一些,比较著名的有永裕太、荣誉商店、食品店等。部队经营的商业同样也有所发展,1943年其开办的工厂作坊有89处,商店有74处。③ 部队经营的商业的最主要目标是直接解决本单位及地方人民群众的生活需求,特殊情况下才兼作一般商业经营。

除了利用旧有集市、庙会等传统形式外,边区商业机关还多次主办物资交流会,延安成立了"物品交易所",生产者预先登记产品种类、价格、出售数量,然后由交易所掌握行情,整批成交,活跃了商品流通。

二、陕甘宁边区公营商业的布局特点

抗战前,边区二十几个县总共仅有一二百商户,大部分资本只有几百元至几千元,而且主要集结在延安、定边、绥德市等少数几个市场。④

边区政府成立后不久,在1937年10月1日成立了边区贸易局,1943年2月贸易局与禁烟督察局(建于1941年底)合并成立物资局,到1944年物资局又改称总贸易公司,几易其名,但总部一直设在首府延安。

---

① 陕甘宁边区财经史编写组、陕西省档案馆编:《抗日战争时期陕甘宁边区财政经济史料摘编》,第四编,商业贸易,陕西人民出版社,1981年,第243页。
② 陕甘宁边区财经史编写组、陕西省档案馆编:《抗日战争时期陕甘宁边区财政经济史料摘编》,第四编,商业贸易,陕西人民出版社,1981年,第242页。
③ 财政部财政科学研究所:《抗日根据地的财政经济》,中国财政经济出版社,1987年,第96页。
④ 陈志杰、刘远柱:《抗战时期陕甘宁边区公营商业经营中的几个问题》,《南京医科大学学报(社会科学版)》2001年第3期,第252—255页。

从全边区范围来看，至1944年，延属分区7县、陇东分区6县、关中分区、定边、靖边县、子洲县及清涧县共有各类公营商店348家，从业人员2 500到3 000人。①公营商业的分布遍及边区五大分区，可见分布有分散型的特点。但是由于经营目的和任务不同，其分布各有不同的分布特点：第一，由于大公营商店由边区政府提供启动资金，并由边区政府设立专门机构领导管辖和组织经营，主要目的是为了保证全边区党政军必需品的供给，其数量是有限的，但是具备一定的规模，是边区商业的命脉。在抗战时期，边区政府经营的公营商业主要有光华商店、盐业公司、土产公司、南昌公司、永昌公司等，②其中光华商店、盐业公司、土产公司、南昌公司的总部都设在延安市，只有永昌公司设在绥德市。绥德原来是边区的老纺织业中心，民间的土织布机十分普遍，边区经济遭到封锁后，纺织业面临着严重的供销问题，原料（洋纱、棉花）供应严重不足，而消费量日益增长。为了有计划地供给原料、推销成品，1942年5月，政府在绥德警备区成立了"永昌土布产销有限公司"。③第二，各大公商店多数均开设分公司，分公司遍及边区5个分区，但是分区的分布并不平衡，从表2-5-2可以看出，至1940年10月，光华商店有7个分公司，至1941年9月有11个分店，盐业公司有7个分公司，土产公司有6个分公司，南昌公司有3个分公司，各分公司的分布分散在边区5个分区，但是分布并不平衡，其中延属分区分布了37.5%的大公商店分公司、三边分区分布了20.8%的分公司商店，陇东分区和绥德分区的大公商店数量占了13.7%，关中分区的大公商店数量最少，仅占6.8%，这样的分布格局是由于延属分区是陕甘宁边区的一级经济区，其政府机关、部队、学校等的布局数量明显多于其他分区。三边分区是产盐区，陇东分区是边区食盐、特产等主要商品的进出口地区，因此大公商店的数量较多，而关中分区由于政治局势比较复杂，其交通运输业、商业网点的布局都比较稀疏。第三，由于主要经营目的和任务有所不同，边区政府经营的公营商业分公司的布局也有差异，如光华商店和盐业公司的分公司较为均衡地分布在边区的5个分区，土产公司由于其任务是"对特定业务进行统购统销"，6个分公司中有3个分布在延属分区。第四，大部分分公司下设支公司，各经济据点设分公司。进出要口设支公司。光华商店1941年9月除了有11个分公司外，还有交道、张村驿（直属富县分店）、安河渠、雷多、凉水崖（直属延长分店）、吴起镇（直属三边分店）、曲子、西华池、驿马关、小岔子（直属陇东分店）、驿石村（直属关中分店）等若干支公司。④陇东盐业贸

---

① 陕甘宁边区财经史编写组、陕西省档案馆编：《抗日战争时期陕甘宁边区财政经济史料摘编》，第四编，商业贸易，陕西人民出版社，1981年，第23页。
② 陕甘宁边区财经史编写组、陕西省档案馆编：《抗日战争时期陕甘宁边区财政经济史料摘编》，第四编，商业贸易，陕西人民出版社，1981年，第243页。
③ 绥德《永昌公司过去的简况》，陕甘宁边区财经史编写组、陕西省档案馆编：《抗日战争时期陕甘宁边区财政经济史料摘编》，第四编，商业贸易，陕西人民出版社，1981年，第541—542页。
④ 陕甘宁边区财经史编写组、陕西省档案馆编：《抗日战争时期陕甘宁边区财政经济史料摘编》，第四编，商业贸易，陕西人民出版社，1981年，第191—192页。

易分公司下设西华池、义马关、赤城、孟坝、苦水掌、曲子等几个贸易支公司。盐业贸易支公司大多布局在国统区与边区交界的地区,有的支公司距国统区只有几公里,最远的不过一二十公里,[①]这样的布局便于贸易交换。

表 2-5-2　陕甘宁边区公营商店的构成与分布情况

成立时间	商业机构名称	总部所在地	分公司名称	分公司所在地	所属分区
1937年	光华商店	延安市	甘泉分店	甘泉	延属分区
			临镇分店	临镇	延属分区
			瓦窑堡分店	子长	延属分区
			延长分店	延长	延属分区
			富县分店	富县	延属分区
			保安分店	志丹	延属分区
			关中分店		关中分区
			张家畔分店	靖边	三边分区
			三边分店	定边	三边分区
			陇东分店		陇东分区
			绥德分店	绥德	绥德分区
1942年	盐业公司	延安市	富县分公司	富县	延属分区
			张村驿分公司	富县	延属分区
			临镇分公司	临镇	延属分区
			关中分公司		关中分区
			陇东分公司		陇东分区
			安定分公司	安定	三边分区
			绥德分公司	绥德	绥德分区
1942年	土产公司	延安市	延安分公司		延属分区
			富县分公司	富县	延属分区
			固延分公司		延属分区
			陇东分公司		陇东分区
			关中分公司		关中分区
			定边分公司	定边	三边分区
1943年	南昌公司	延安市	安塞分公司	安塞	延属分区
			甘谷驿分公司	延安	延属分区
			绥德分公司	绥德	绥德分区
1942年	永昌公司	绥德市			绥德分区
1942年	陇东联合商店				陇东分区

说明:公司所在和所属分区为笔者考证所得,地点不详者存疑。
(资料来源:陕甘宁边区财经史编写组、陕西省档案馆编:《抗日战争时期陕甘宁边区财政经济史料摘编》,第四编,商业贸易,陕西人民出版社,1981年,第183—243页。)

---

① 石志民:《关于陕甘宁边区根据地商业贸易工作情况的点滴回忆》,《兰州学刊》1982年第2期,第89—91页。

从边区机关商业的分布情况来看,起初以延安市分布较为集中,1941年10月,延安市有机关商店60余家,其中中央军委系统有西北商店、西北菜社、兴华、合作、交通、兴民、民兴、军民等14个机关商店,边区政府系统的机关商业统计有27个,中共中央系统有中和、永昌、正大、青年食堂、新中国过载栈等20个。1942年,机关商店的分布逐渐扩散,延伸到三边、绥德等一些重要的市镇。[①] 从表2-5-3可以看到,在对边区6个县市的机关商业调查中,1943年延安市的机关商业多达42家,从业人员358人,是被调查的6个县(市)中数量最多的一个。陕北的老商业中心绥德县次之,靖边县1943年有机关商业4家,从业人员37人。尽管缺乏所有机关商业的分区统计,但分区分布的不平衡性可见一斑。

表2-5-3 1943年陕甘宁边区6县市机关商业调查表

区域	公营商店数量(家)	从业人员(人)	资本(边币)	私营商店数量(家)	从业人员(人)	所属分区
延安市	42	358	24 735 002	592	2 350	延属分区
临镇	14	90	10 890 000	44	94	延属分区
富县	26	90	45 399 600	151	292	延属分区
绥德	31		53 814 254	111		绥德分区
定边	16			263		三边分区
靖边	4	37	1 330 000	28	85	三边分区

(资料来源:物资局:《边区六个市的商业调查》,陕甘宁边区财经史编写组、陕西省档案馆编:《抗日战争时期陕甘宁边区财政经济史料摘编》,第四编,商业贸易,陕西人民出版社,1981年,第273—276、339—387页。)

总之,陕甘宁边区内公营商业的布局比较合理,大公商店层级分明、分布普遍,满足了边区党政军的商品需求,经济据点设分公司、进出要口设支公司,控制了边区政府急需的食盐、特产等商品的生产与流通。小公商店数量多、分布广,比较便于机关、部队、学校的物资供给,也为边区民众购买生活用品提供了方便,同时,为边区范围商业的发展繁荣,进而带动工农业生产产品的供给和实现建构了基本平台。

第三节 边区合作商业的发展与分布

在边区的合作事业中,开办最早的是消费合作社。1935年,中央红军到达陕北后,为了渡过困难,中共中央国民经济部号召党政军各机关工作人员入股创办了机关工作人员合作社,有股金2 000余元(法币)。1936年1月,国民经济部召开苏

[①] 李祥瑞:《抗日战争时期陕甘宁边区的公营商业》,南开大学历史系编:《中国抗日根据地史国际学术讨论会论文集》,档案出版社,1986年,第403—411页。

维埃根据地各省、县经济部长联席会议,讨论组织合作社的办法,很快,根据地各县、区、乡都建立了合作社。① 1938年,边区对消费合作社进行整顿,决定取消乡支社,合并到区分社,基本上各县每区建立一个合作分社,对于资金太少,干部能力太弱而不能展开工作的区分社进行合并。② 整改后的合作社数量减少了,消费合作社从1937年的142个减少到1938年10月的127个,但社员数由54 847人增加到66 706人,股金数也增加了。③

在政策的支持下,边区的消费合作社日趋扩大和完善。1939年消费合作社有115个,1940年有132个,1941年有138个,1942年有207个,到1944年,消费合作社有281个,占边区合作社总数(634个)的44.3%。④ 可见,1942年是边区消费合作社发展的节点,消费合作社有突飞猛进的发展,这是因为在1939年以前,各合作社是以公家的股金、再加上向群众摊派的股金发展起来的,带有公营性质,主要面向政府,替政府解决经费问题,1939年后,尽管提出了"合作社要群众化"的口号,但各地仍用旧方式摊派股金,有许多合作社的大股是政府,不是群众,对群众的利益不能多加照顾,群众积极性不高。1942年1月,中央提出根据延安南区合作社的经验,⑤提出"克服包办代替、实行民办官助"的方针,⑥密切结合群众利益,于是消费合作社的发展速度很快。抗战时期,消费合作社架起了边区农村和外界商业往来的桥梁,它把农村的土产如皮毛、药材等收集起来,换回农村需要的必需品,在边区广大的农村建立了商业网点,繁荣了农村的商业贸易,成为边区商业的主要组成部分。

边区消费合作社分布的最大特点是存在区域上的不平衡性。就1941年的统计而言,延安县有28个,安塞12个,延长8个,固临8个,定边8个,庆阳、曲子、华池、延川各7个,子长、富县、吴旗各6个,甘泉、靖边、合水各5个,延安市、米脂各4个,绥德2个,其他县无统计,⑦这些县份的消费合作社合计为135个,而1941年边区的消费合作社总计138个,可以看到,延属分区有消费合作社84个,占边区消费合作社总数的60%,陇东分区有消费合作社26个,占边区消费合作社总数的19%,三边分区有消费合作社19个,占边区消费合作社总数的14%,绥德分区有消费合作社6个,占边区消费合作社总数的4%左右。可见,边区的消费合作社的分布带有明显的区域差异,其中延属分区的消费合作社数量最多,陇东分区其次,关中分区最少。

---

① 陕西边区财经史编写组、陕西档案馆编:《抗日战争时期陕甘宁边区财政经济史料摘编》,第七编,互助合作,陕西人民出版社,1981年,第130—131页。
② 建设厅:《陕甘宁边区消费合作社现状》,《抗日战争时期陕甘宁边区财政经济史料摘编》,第七编,互助合作,陕西人民出版社,1981年,第283页。
③ 陕甘宁边区财经史编写组、陕西省档案馆编:《抗日战争时期陕甘宁边区财政经济史料摘编》,第四编,商业贸易,陕西人民出版社,1981年,第138、286—287页。
④ 《关于边区经济建设之报告书》(1941年10月4日),《抗日战争时期陕甘宁边区财政经济史料摘编》,第七编,互助合作,陕西人民出版社,1981年,第138页。
⑤ 延安县南区合作社实行公私两利的经营方针,替人民谋利益,一方面贯彻政府的财政经济政策,一方面调剂人民的负担,使其合理化,增加人民收入,提高人民的积极性,被誉为合作社的典范。
⑥ 毛泽东:《关于发展合作事业(1942年12月)》,《党的文献》1997年第6期,第13—16页。
⑦ 毛泽东:《关于创建和发展供销社的文献选载(1942年12月—1962年9月)》,《党的文献》1997年第6期,第13—16页。

边区消费合作社分布的另一个重要特点是分区分布的分散性,基本上每个县都有消费合作社(关中分区除外),但又呈现出"小集中"的特点,有的县多,有的县少,人口密集和商业发展水平较高的县就多一点,如延安县、定边、安塞等消费合作社的数量就较多,人口密度越大,消费合作社的布局越稠密。值得注意的是,公营商业分布密集的县份,如延安市、绥德县等,消费合作社的数量就较少,延安市有4个,绥德县才2个,原因很清楚,消费合作社与公营商业在分布上互为补充。

第四节 边区私营商业的发展与布局

抗日战争时期,陕甘宁边区的经济得以繁荣的另一个重要原因,是边区的私人资本主义的发展与壮大,其中边区私营商业是私人资本主义经济最重要的组成部分,它的存在、发展和繁荣对于边区对内搞活经济、改善人民生活,对外打破敌对势力的封锁和保证抗日战争的胜利,都具有极其重要的意义。

一、抗战时期陕甘宁边区私营商业的发展

边区政府成立前,沉重的苛捐杂税使得从事商业经营的商户毫无利润可言,边区私营商业的发展基本上处于停滞的状态。抗日战争爆发后,边区政府废除了国民党时期的各种税收,如营业税等,调动了私营商户的经营积极性,同时边区奉行的"自由贸易"政策,使边区的进出口贸易处于自流状态,区内外商人出入口自由,使边区的私营商业步入一个快速发展时期。私营商业就数量而言,远远大于公营商业,从表2-5-3可以看出,1943年,延安市的小公营商业有42家,从业人员358人,私营商业有592家,从业人员2350人,定边的机关商店有16家,私营商店有263家,私营商店的数量在被调查的6个县市中占绝对优势,其他县份的情况应当类似。

我们以延安市为例,分析一下延安市的私营商业的发展特点,从表2-5-4可以看到,从1935年到1944年10年的时间内,作为边区政治、经济和文化中心的延安市私营商户的绝对数量快速增加,其间出现了两个高峰期:第一个高峰期是从1935—1937年,私营商户由27户增长到150户,净增加123户,最主要的原因是边区政府在边区发展的初期对私营商业实行"税务全免"的优惠政策,吸引了大量外地商业资本的涌入。第二个高峰期是从1940—1941年,净增商户75家,根本原因是边区为突破国民党的经济封锁,从政策、财政、金融上对私营商业支持的力度空前加大,推动了私营商业在整个边区范围内的全面发展。皖南事变对边区私营商业的影响是双重的,一方面导致私营商户大户离开边区,"延安拥有较大资本、做批发生意的山西籍十大家搬到西安等地;米脂的大商户将资金转移到榆林等地;庆阳的20余家大商户移到别处",[①]另一方面,大户的移出给中小商户的发展带来了

[①] 阎庆生、黄正林:《陕甘宁边区经济史研究》,甘肃人民出版社,第183页。

机遇。延安市私人商业的发展在皖南事变后主要是中小商户的发展。不仅延安市的私营商业发展很快,其他地区的私营商业发展也十分显著,如1943年,定边有私营商业185家,靖边有28家,临镇有48家,富县有151家。① 边区私营商户不断增加,其私营资本总量也在不断加大,延安市私营商户的资本总额由1936年的300万元左右增加到1944年的10亿~16亿元,增幅达500倍。

表 2-5-4　抗日战争时期延安市私营商业户数统计表

年　份	1935年	1936年	1937年	1938年	1939年	1940年	1941年	1942年	1943年	1944年
户数(家)	27	123	150	220	246	280	355	370	455	473

(资料来源:延安市政府:《延安市商业调查》,陕甘宁边区财经史编写组、陕西省档案馆编:《抗日战争时期陕甘宁边区财政经济史料摘编》,第四编,商业贸易,陕西人民出版社,1981年,第299页。)

二、边区私营商业的布局特点

边区的私营商业发展迅速,但区域发展很不平衡,其主要特点是"内部中心市场向上发展,口岸市场南盛北衰"②。

延安市的发展如前所述,私人资本总量不断增加,中小商户不断增加,不仅成为区内商户的集中地,区外商户也不断增加,如1936年外省商户在延安有87家,1938年增加为114家,1940年增加为120家,逐年增长,③呈现出欣欣向荣的发展景象。其他口岸城市的发展有明显的差异,那就是北边绥德市的衰落,南边的庆阳、西华池、富县等食盐和特产出口城市发展显著。与绥德相反,战前商业落后的庆阳、富县、西华池等,由于食盐出口,私营商业的发展十分显著,如1943年,富县有私营商户151家,④西华池"1937年以前除了两三家连肉也找不到的小饭店外,整条街道还没有10家店铺面,而且还是土匪出没,行人稀少的地方,就是从这里经过的客人,也不知道它就是西华池。通过几年的发展,1943年时,已是商号林立,市面繁荣,在庆阳买不到的东西,到这里应有尽有。假若你爱吃的话,那你在此可以尝到橘子的滋味,特别是晚上,油茶啦、烧鸡啦,各种食品叫卖声,会使你觉得置身于都市之中"⑤。1943年时的西华池已发展成为"有30家卖布匹、毛巾等的杂货店、18家皮货店(卖皮带、牲口鞍子的)、5家木器铺、4家铁铺、3个理发店、大小饭馆16个、3架压面机、镶牙社1个、染房4个、中西医诊疗所1个、公私客栈18个、

---

① 延安市政府:《延安市商业调查》,陕甘宁边区财经史编写组、陕西省档案馆编:《抗日战争时期陕甘宁边区财政经济史料摘编》,第四编,商业贸易,陕西人民出版社,1981年,第300~301页。
② 西北财办事处:《抗战以来陕甘宁边区贸易工作》(1948年2月)陕甘宁边区财经史编写组、陕西省档案馆编:《抗日战争时期陕甘宁边区财政经济史料摘编》,第四编,商业贸易,陕西人民出版社,1981年,第22页。
③ 西北财办事处:《抗战以来陕甘宁边区贸易工作》(1948年2月)陕甘宁边区财经史编写组、陕西省档案馆编:《抗日战争时期陕甘宁边区财政经济史料摘编》,第四编,商业贸易,陕西人民出版社,1981年,第21页。
④ 延安市政府:《延安市商业调查》,陕甘宁边区财经史编写组、陕西省档案馆编:《抗日战争时期陕甘宁边区财政经济史料摘编》,第四编,商业贸易,陕西人民出版社,1981年,第300~301页。
⑤ 陈玉姣:《抗战时期陇东分区的农村经济》,《开发研究》2000年第3期,第63—65页。

各种小贩75个,全市商店居民在两百户以上"①。私营商业"南盛北衰"的格局是受当时的政治经济环境所致,结果是传统商业格局发生根本变化。

就陕甘宁边区而言,千沟万壑的黄土地貌自然地理条件和落后的交通条件极大地限制了本区商业网络的形成,制约了商业区位活动的形式,而边区这样一个特殊的政治经济地理环境,又深深地影响了边区的商业发展及其布局,其公营商业、合作商业和私营商业都得到蓬勃的发展:公营商业把持着边区商业的命脉,以延安为中心形成层级分布;消费合作社和私营商业作为边区商业的良好补充,其网点布局遍布边区;公营商业延安市的崛起,传统商业中心绥德市的衰落,新兴商业中心西华池、庆阳市等的兴起,使传统的商业格局发生了变化,共同形成了以延安市为中心的商业网络,完成了边区所需要的商业任务。

---

① 黄正林:《论抗战时期陕甘宁边区的社会变迁》,《抗日战争研究》2001年第2期,第15—34页。

第六章 边区的市建制

抗战时期,边区政府不仅发展了经济,还建设了一套独具特色的城市体系。边区不仅发展了民国政府的市,而且在城市体系等方面作了独具特色的创新,并对我们今天城市的体系、结构与布局产生了一定的影响。

第一节 抗战前边区的市建制

在边区政府成立前,土地革命时期,就开始有市的建制出现,尽管时间十分短暂,城市结构简单,城市职能单一,但意义很大,应该说,这是边区市建制的雏形(参见表2-6-1)。

表2-6-1 土地革命时期陕甘宁苏维埃建置市统计表(1935—1937年7月)

名称	建市时间	辖区	撤销时间	备注
瓦窑堡市	1935年11月	1935年10月初,红军取得劳山战役的胜利,驻瓦窑堡的国民党军队弃城逃跑,陕北省党政机关由永坪镇前往瓦窑堡,11日陕北省苏维埃政府宣布设立瓦窑堡市,辖5个区	1936年2月,瓦窑堡市建制撤销,所辖区域归安定县	
志丹市	1936年7月	原保安县(今志丹县)城所在地	随着边区政府在延安设首府,志丹县重新调整规划,全县设8个区,市自动撤销	曾被称为"红都"。
临镇市	1936年	1935年,在甘泉、宜川一带成立红泉县委,1936年宜川与红泉县合并成立红宜县,后改称固临县,设6区26乡1市,即临镇市	1936年,国民党占领临镇,市撤销	
延长市	1936年12月	1935年,随着红色政权在延长县的展开,范围日渐扩大,1936年6月,延长县大部分区域被侵吞,成为游击区,1936年末,红色区域逐渐恢复。1936年12月,设延长市和其他6个区	据1942年统计,延长县划为6区33个乡1个市(乡级)	边区政府成立后,延长市仍为一个乡级市。

(资料来源: 1. 西北五省区编撰领导小组、中央档案馆:《陕甘宁边区抗日民主根据地·文献卷》,上,中共党史资料出版社,1990年。西北五省区编撰领导小组、中央档案馆:《陕甘宁边区抗日民主根据地·回忆录卷》,中共党史资料出版社,1990年。2. 靖边县地方志编撰委员会:《靖边县志》,陕西人民出版社,1993年。3. 陕西省地方志编撰委员会:《陕西省志·行政建置志》第二卷,三秦出版社,1992年。4. 庆阳地区建设志编撰委员会:《甘肃省庆阳地区建设志》,征求意见稿。5. 李顺民、赵阿利:《陕甘宁边区行政区划变迁》,陕西人民出版社,1994年。6. 米脂县地方志编撰委员会:《米脂县志》,陕西人民出版社,1992年。7. 安塞县地方志编撰委员会:《安塞县志》,陕西人民出版社,1992年。8. 清涧县地方志编撰委员会:《清涧县志》,陕西人民出版社,2001年。9. 旬邑县地方志编撰委员会:《旬邑县志》,三秦出版社,2000年。10. 子洲县地方志编撰委员会:《子洲县志》,陕西人民教育出版社,1995年。11. 吴堡县地方志编撰委员会:《吴堡县志》,陕西人民出版社,1995年。12. 神木县地方志编撰委员会:《神木县志》,经济日报出版社,1990年。13. 吴旗县地方志编撰委员会:《吴旗县志》,三秦出版社,1991年。14. 合阳县地方志编撰委员会:《合阳县志》,陕西人民出版社,1995年。15. 延长县地方志编撰委员会:《延长县志》,陕西人民出版社,1995年。16. 志丹县地方志编撰委员会:《志丹县志》,陕西人民出版社,1995年。17. 甘肃省庆阳地区志编撰委员会:《庆阳地区志》第一卷,兰州大学出版社,1993年。18. 定边县志编撰委员会:《定边县志》,方志出版社,2003年。)

陕甘宁苏维埃政府成立的第一个市是瓦窑堡市。1935年10月初,红军取得劳山战役的胜利,驻瓦窑堡的国民党军队弃城逃跑,陕北省党政机关由永坪镇前往瓦窑堡,10月11日陕北省苏维埃政府宣布设立瓦窑堡市,成立了中共瓦窑堡市委和市苏维埃政府。瓦窑堡市建制归陕北省,机关驻瓦窑堡镇,下辖一区(半粮山)、二区(前后河滩)、三区(后桥)、四区(栾家坪)和五区(冯家屯)等5个区。从管辖范围可判断,瓦窑堡市与县平级,当是一个县级市。1936年2月,瓦窑堡市建制撤销,所辖区域归安定县,7月,苏维埃政府迁驻志丹县。由于战争形势的艰巨性,瓦窑堡市只存留了不到4个月,但是应该说,瓦窑堡市是具有重大政治意义的市,是陕甘宁苏维埃政府设立的第一个市。

志丹市,曾被称为"红都",是革命的起点和摇篮,在这里,毛泽东曾与美国记者斯诺会面,为此斯诺写下了闻名全球的《红星照耀中国》,志丹市于1936年7月设市,1936年7月3日,中华苏维埃人民共和国中央政府驻西北办事处发布了由边区主席博古签发的一份布告,[①]文中云:"过去保安在帝国主义国民党豪绅地主重重压迫剥削之下,闹买卖的本来不多,革命后经过一次反革命分子破坏捣乱,商业更加衰落。现在为着使广大的工农群众,拿自己生产出来的东西,能充分换取日常必需的物品,以改善生活,繁荣志丹市起见,特号召群众起来进行下列事项。"布告中明确指出"在志丹市(即保安县所在地)恢复从前逢五逢十的市集,并由苏维埃政府帮助设立消费合作社,与志丹市机关消费合作社,经常出卖食盐、布匹等群众日用必需品,规定每天都有出卖,就是不限定市集一次。各区责成各区苏政府,立即帮助群众设立区消费合作社,分销食盐、布匹等,大批供给群众。责成中华苏维埃国家银行西北分行,设立营业部,批发食盐、布匹等大宗货物,以供给各个合作社。责成粮食部,组织设立调剂局农业品收买处,凡工农群众要出卖的生产品,如粮食、豆、羊毛、羊皮等,都可随时拿到市面上来出卖,如卖不出去的,都由收买处一齐收买"。为规范市场秩序,布告还要求群众"拥护苏维埃票币,使用自己的票币……严禁白票在市面流通。大家公买公卖,也不得故意高抬市价"。

由此可知,志丹市的设置既有巨大的政治意义,又有巨大的经济意义,中共中央驻扎在这里,不仅是革命的都市政治中心,而且还建设了消费合作社、银行分行等,积极发展了这里的经济。志丹市是土地革命时期苏维埃政府最重要的市,它为之后的边区政府的市建设提供了宝贵的实践经验。

临镇市和延长市是苏维埃政府在土地革命时期有资料记载的另外两个市,临镇市因地理位置重要,是一个重要的军事重镇,后因被国民党占领而撤销,临镇市建设裁撤时间不详,均是在1936年,存留时间较短,约数个月,是一个有政治军事

---

① 西北五省区编撰领导小组、中央档案馆:《陕甘宁边区抗日民主根据地·文献卷》上,中共党史资料出版社,1990年,第134页。

意义的城市。延长市建于 1936 年 12 月,由于当时的政治情况,设市也比较仓促,但延长市一直保存到边区政府成立,并成为边区政府成立后的一个乡级市。

由此可见,土地革命时期的城市多具有政治意义,经济意义较为薄弱,这是当时复杂的政治局势决定的。市的设置与革命形势关系密切,由于形势所迫,存留时间短,无等级划分、无体系形成,旋建旋撤,有的撤市后再也没有恢复,有的却保留到了边区政府时期,但无论是哪种形式的市都十分重要,是边区市建制的肇始和雏形。

第二节 边区建置市的体系

以 1945 年为界,陕甘宁边区经历了抗日战争时期和解放战争时期两个历史时期。抗日战争时期,国共合作,国民政府承认边区是一个特殊的地方行政建制,直属于行政院,边区政府相当于省级建制,边区内部有一套完善的政权组织的民主行政制度,抗战时期边的行政区划虽有变化但较为稳定,因此这一时期的市处于稳定发展时期,形成了独特的城市三级体系。解放战争时期,国共合作破裂,边区政府脱离国民政府,随战争形势的发展,边区不断扩大,分区不断增多,到 1949 年边区政府实际上已经成为陕甘宁青新五省及山西省西半部、绥远省西南部的行政机关,起西北行政区政府的作用。受战争形势的影响,解放战争时期的行政区划变化相当快,其市建设发展也很快,但多是边区抗战时期市建制的沿袭,尽管数量上大规模增加,但其作用和意义比较而言远不及边区抗战时期的市。

陕甘宁边区实行边、县、区、乡四级行政制度。1942 年边区政府发布了《陕甘宁边区政府关于各级行政组织区划编制的规定》,①将边区行政区划分为专员公署等级(分为甲等、乙等、丙等三级)、县政府等级(分为甲等、乙等、丙等三级)、区公署等级(分为甲等、乙等、丙等三级,后于 1942 年将区分为甲、乙两等②)和乡政府等级(分为甲等、乙等、丙等三级),县之上有分区专员公署,代表边区政府督察指挥各县行政。

通过对第一手史料的研究和参照各地方志,发现陕甘宁边区的行政区划建制有十分独特的市建制,边区有三种级别的市,即县级市、区级市和乡级市。《陕甘宁边区县政府组织暂行条例》中规定"本条例适用于等于县之市",《陕甘宁边区各乡市政府组织暂行条例》中明确指出"乡市"为"等于乡或等于区的市",《陕甘宁边区各级参议会选举条例》中明确指出"等于县的市,如延安市……等于区的市,如绥德市、庆阳市"③。《陕甘宁边区户籍条例》中,规定"户籍之籍别,以县市(等于县的

---

① 甘肃省社会科学院历史研究室:《陕甘宁革命根据地史料选集》第一辑,甘肃人民出版社,1980 年,第 125 页。
② 《修正边区各县区公署组织条例》,《陕甘宁革命根据地史料选集》第一辑,甘肃人民出版社,1980 年,第 257 页。
③ 甘肃省社会科学院历史研究室:《陕甘宁革命根据地史料选集》第一辑,甘肃人民出版社,1980 年,第 193、199 页。又见陕西省档案馆、陕西省社会科学院编:《陕甘宁边区政府文件选编》第九编,档案出版社,1990 年,第 29 页。

市)为单位;户籍及人事之登记,以乡市(等于乡的市)为其管辖区域"①。《修正边区乡(市)政府组织暂行条例草案》中规定:"乡(市)行政区划,依据人口和面积两个标准,人口一般以一千五百人左右为宜,但最多不得超过二千人,面积纵横一般不得超过三十里。"②

一、抗日战争时期陕甘宁边区的市

1937年7月,陕甘宁边区政府成立,边区首府设在延安市,统一领导边区的行政工作,之后,又分别设置了多个区级市和乡级市(参见表2-6-2)。

表2-6-2 抗日战争时期陕甘宁边区建置市统计表(1937—1945年8月)

类别	名称	建市时间	辖区	撤销时间	重设时间	备注(所在分区)
县级市	延安市	1937年10月	1937年10月,辖东南西北4个行政街,1938年9月,辖区范围扩大,辖东西南北4个区,1941年11月,下辖4个区,11个行政村,1345户、5029人。1946年2月25日,延安市改为边区直辖市	1949年3月,延安市降为区级市,辖区并入延安县	1954年4月,延安市(区级)改为延安县城关区,1972年3月,延安城区改为县级延安市,1996年11月,撤销延安地区,设立市级延安市	首府(延属分区)
县辖区级市	绥德市	1941年10月	1941年10月,绥德县政府将联保制改为区、乡制,辖13个区(市):绥德市、辛店区、崔家湾区、枣林坪区、义和区、延家川区、吉镇区、四十里铺区、沙滩区、田庄区、薛家坪区、双湖峪区、周家硷区。绥德市即县城所在地	1950年5月,全县行政区划调整为9个区64个乡,绥德市撤销		(绥德分区)
县辖区级市	定边市	1943年1月	1943年1月,城区设为定边市,定边县辖9个区(市),1947年与国民党反复争夺,1949年8月,全部收复,9月,安边5个区(市)并入定边县辖13个区(市)	1950年5月,全县调整行政区划为9个区52个乡,定边市撤销		(三边分区)

---

① 甘肃省社会科学院历史研究室:《陕甘宁革命根据地史料选集》第二辑,甘肃人民出版社,1980年,第460页。
② 甘肃省社会科学院历史研究室:《陕甘宁革命根据地史料选集》第一辑,甘肃人民出版社,1980年,第377页。

续　表

类别	名称	建市时间	辖　　区	撤销时间	重设时间	备注（所在分区）
县辖区级市	庆阳市	1941年5月	1940年2月，庆阳县抗日民主政府在庆阳县城成立，辖6个区，建制归陇东分区，1941年5月，增设庆阳市和新堡区，庆阳县共辖8个区(市)。1945年8月，庆阳县机关迁驻庆阳城(今西峰市)，辖庆阳市等7个区(市)	1949年9月，庆阳公署迁往西峰市，撤销庆阳市，并入高迎区，高迎区改为迎凤区。1950年6月，撤销西峰市，改为西峰区，并入庆阳县	1985年5月，国务院批准设立西峰市，现为庆阳地区行政公署所在地	2010年城市规划中，设庆阳市，辖西峰区、庆城区和其他6个县（陇东分区）
	西华池市	1944年10月	1944年10月，撤销乡级西华池市，升为区级市。1945年8月，合水县机关驻西华池，下辖西华池市和城区、太白、店子等7个区(市)	1947年3月，国民党侵占合水县，4月，西华池市建制撤销		今合水县县治在西华池镇，归庆阳地区管辖（陇东分区）
	曲子市	1942年1月	1937年7月，曲子县辖八珠、区子、土桥等7个区，1942年(一说1937年9月)设曲子市，曲子县辖8个区(市)	1950年，曲子县撤销		（陇东分区）
	银城市	1941年	1941年，米脂县成立了政务委员会，机关在米脂县城，辖银城市和桃镇、民权等11个区。1947年与国民党争夺	1950年将全县行政区划调整为8个区60个乡，银城市撤销。1956年3月，县内调整行政区划，改设1个镇、2个直属乡、4个农业区		（绥德分区）
乡级市	清涧市	1941年10月	清涧县政府将联保制改为区乡制，全县划分为老君殿、高杰村区、城关区等10个区，其中城关区下辖4乡1市，即清涧市	1956年3月，原来的9区52个乡(市)合并为5个区26个乡，清涧市撤销		（绥德分区）

续 表

类别	名称	建市时间	辖 区	撤销时间	重设时间	备注（所在分区）
乡级市	砖窑湾市	1941年	1937年，安塞县下辖7个区。二区砖窑湾区辖槐树庄、楼坪、砖窑湾市（1941年设市）等8个乡（市）	1956年3月，砖窑湾市撤销		（延属分区）
乡级市	真武洞市	1941年	1937年，安塞县下辖7个区。四区真武洞区辖龙安、东沟门、真武洞市（1941年设市）等7个乡（市）	1956年3月，四区撤销，真武洞市扩编为县上直属乡		（延属分区）
乡级市	延长市	1936年	1936年延长县划为6区34乡，其中3区辖4乡1市，即延长市	1942年，延长县划为6区33个乡1个市（延长市），直至1948年7月。1948年7月，延长县划为7区39个乡，延长市撤销		溯源于边区政府成立前。（延属分区）
乡级市	合水市	1941年	1941年在合水县一区内成立乡级合水市	1947年，国民党侵占合水县，撤销合水市		（陇东分区）
乡级市	西华池市	1941年	1941年在合水县二区内成立乡级西华池市	1944年10月，撤销乡级西华池市，升为区级市		（陇东分区）
乡级市	马栏市		1937年10月，新正县下辖7个区，其中第6区为马栏。马栏曾是关中分区机关驻地	1943年10月28日，正式设立集市		现为陕西省旬邑县乡镇（关中分区）

（资料来源：1. 西北五省区编撰领导小组、中央档案馆：《陕甘宁边区抗日民主根据地·文献卷》，上，中共党史资料出版社，1990年。西北五省区编撰领导小组、中央档案馆：《陕甘宁边区抗日民主根据地·回忆录卷》，中共党史资料出版社，1990年。2. 靖边县地方志编撰委员会：《靖边县志》，陕西人民出版社，1993年。3. 陕西省地方志编撰委员会：《陕西省志·行政建置志》第二卷，三秦出版社，1992年。4. 庆阳地区建设志编撰委员会：《甘肃省庆阳地区建设志》，征求意见稿。5. 李顺民、赵阿利：《陕甘宁边区行政区划变迁》，陕西人民出版社，1994年。6. 米脂县地方志编撰委员会：《米脂县志》，陕西人民出版社，1992年。7. 安塞县地方志编撰委员会：《安塞县志》，陕西人民出版社，1992年。8. 清涧县地方志编撰委员会：《清涧县志》，陕西人民出版社，2001年。9. 旬邑县地方志编撰委员会：《旬邑县志》，三秦出版社，2000年。10. 子洲县地方志编撰委员会：《子洲县志》，陕西人民教育出版社，1993年。11. 吴堡县地方志编撰委员会：《吴堡县志》，陕西人民出版社，1995年。12. 神木县地方志编撰委员会：《神木县志》，经济日报出版社，1990年。13. 吴旗县地方志编撰委员会：《吴旗县志》，三秦出版社，1991年。14. 合阳县地方志编撰委员会：《合阳县志》，陕西人民出版社，1995年。15. 延长县地方志编撰委员会：《延长县志》，陕西人民出版社，1995年。16. 志丹县地方志编撰委员会：《志丹县志》，陕西人民出版社，1995年。17. 甘肃省庆阳地区志编撰委员会：《庆阳地区志》第一卷，兰州大学出版社，1993年。18. 定边县志编撰委员会：《定边县志》，方志出版社，2003年。）

抗日战争时期,边区的环境相对和平,城市发展较快,设置了三种类别的市,即县级市、区级市和乡级市。据目前可以找到的资料统计,边区设置有县级市1个(延安市);区级市6个(绥德市、定边市、庆阳市、曲子市、西华池市和银城市);乡级市7个。

据现有资料统计,抗日战争时期陕甘宁边区政府设置的乡级市为7个,有清涧市、砖窑湾市、真武洞市、延长市、合水市、西华池市和马栏市。这些地区或是县治所驻地,如清涧市、真武洞市、延长市和合水市,或是边区经济较为繁荣、人口较多的地区,如砖窑湾市和西华池市,而马栏市由于其军事地位重要,曾是北京政府时期宜君县的县佐,①当时为马兰镇,1940年建立新民主主义政权后,人口不断增加,群众的购买力不断提高,至1943年有公私商店18家,小摊贩数量繁多,购货群众往来不绝,"现专署为马栏区政府会同该市商民,决定从本月(按:10月)二十八日起建立逢四逢十的集期"②。

二、解放战争时期陕甘宁边区的市

随着战争形势的变化,解放战争时期边区的行政区划变迁很快,边区的范围迅速扩大,市的建制大幅度增加,边区省辖市1个(西安市),县级市除了延安市(1946年延安市成为边区直辖市)外,还增加了4个(榆林、宝鸡、安康、南郑市),区级市除了抗日战争时期建设的5个区级市外,还增加了14个(参见表2-6-3)。非常明显的一个特征是,解放战争时期市建制的增加时间多在1948年、1949年,西安市和4个新增加的县级市都建于1949年5月之后,14个新增加的区级市中只有2个(安边市、镇川市)建于1945年、1946年,其余12个区级市均是在1948年所设。而安边市于1945年10月设市,1949年9月撤销并入定边县,镇川于1946年设市,1950年撤销,时间都较短。这一时期多数市的设立与战争形势密切相关,共产党每解放一个县份,就着手建市,当然也都选择当时经济状况较好的地区予以沿袭。建国初期,边区大多数市随着行政区划的调整而被裁撤,包括县级市榆林和安康以及绝大多数区级市,只有位于关中地区的区级市咸阳市得以保存。20世纪80年代以后,随着国家对中小城市的建设,渭南、韩城重又建市。

边区在解放战争时期初期设置的2个市,即安边市、镇川市,一方面是具有政治意义,代表了中共对这一地区的接管与经营,另一方面还是为了进一步发展经济,为解放战争的胜利打下坚实的物质基础。

---

① 县佐:1914年8月,民国政府公布《县佐官制》,一些县份在县境要津地方设置县佐,作为县政之佐理,仍为县治一部分,其驻地以不与县知事同城为原则,大多数县佐于1930年与道一起废除。
② 《关中人民购买力提高,马栏设立集市》,《解放日报》1943年10月21日,陕甘宁边区财政史编写组、陕西省档案馆编:《抗日战争时期陕甘宁边区财政经济史料摘编》,第九编,人民生活,陕西人民出版社,1981年,第132页。

表 2-6-3　解放战争时期陕甘宁边区陕西地区建置市统计表(1945年8月—1950年1月)

类别	名称	建市时间	辖　　区	撤销时间	重设时间	备注
边区直辖市	西安市	1949年5月	1949年5月20日,西安解放。25日,西安市人民政府成立,下设12个区,城区8个区无乡级建制,郊区4个区辖20个乡		1953年改为中央直辖市,1954年又改为陕西省辖市	
边区直辖市	延安市		1946年2月25日,延安市改为边区直辖市	1949年3月,延安市降为区级市,辖区并入延安县	1954年4月,延安市(区级)改为延安县城关区,1972年3月,延安城区改为县级延安市,1996年11月,撤销延安地区,设立市级延安市	
县级市	榆林市	1949年6月	1949年6月1日,榆林城和平解放,城区新置榆林市,下辖6个区	1954年2月,榆林市改为榆林城关区	1988年9月,榆林县改设为榆林市	
县级市	安康市	1949年5月	1949年5月,安康市人民政府成立,11月,安康市解放,建制归安康分区,未设区级建制	1950年5月撤销安康市建制,辖区并入安康县	1988年5月,撤县改设安康市	
县级市	南郑市	1949年8月	1949年8月,中共中央西北局决定将南郑县划分为南郑市和南郑县。10月,南郑市人民政府成立,12月,南郑市解放,下辖5个区		1953年6月1日,改为省直辖市。1954年1月1日,更名为汉中市。1964年6月,撤销汉中市,1980年8月,恢复汉中市	南郑市为今汉中市
县级市	宝鸡市	1949年5月	1949年5月20日,宝鸡解放,7月设立宝鸡市,辖县城、渭滨、新市等6个区		1953年6月,宝鸡市改为省直辖市	

续 表

类别	名称	建市时间	辖 区	撤销时间	重设时间	备 注
县辖区级市	安边市	1945年12月	1945年10月，安边县及附近地区解放，12月设安边县，机关驻安边堡，辖安边市和东滩等5个区	1949年9月，奉陕北行署命令，安边县撤销，梁镇区归靖边县，其余区（市）归定边县		
	镇川市	1946年10月	1946年10月，镇川堡及附近地区解放，设镇川县，下辖镇川市和5个区。1949年4月，镇川县改称榆林县，辖6个区（市），6月，增设2个区	1950年4月，县市合并，镇川市撤销		
	神木市	1948年5月	1947年8月，神府重镇高家堡解放。1948年5月，神木县人民政府成立，机关驻神木县城，下辖8个区和神木市	1950年5月，神木、神府合并为神木县，下辖14个区，神木市撤销		神木县建制当时归晋绥边区第一分区
	麻镇市	1948年3月	1948年3月，在府谷县、准噶尔旗、山西河曲交界地带设立河府县，机关驻麻地沟（今麻镇），设麻镇市	1948年9月，河府县建制撤销，麻镇市撤销，辖区归府谷县		河府县、府谷县建制当时归晋绥边区第一分区
	三原市	1949年5月	1949年5月，三原县全境解放，设三原市，市下辖9个街	1954年撤销三原市设置，改为城关区		
	洛川市	1948年6月	1948年4月，洛川县解放，设洛川市，下辖洛川市和9个区。洛川市辖44个乡	1956年，全县行政区划调整为6个区、3个直属乡和1个镇。洛川市撤销		

续 表

类别	名称	建市时间	辖 区	撤销时间	重设时间	备 注
县辖区级市	韩城市	1949年	1947年10月,韩城县解放,后国民党反扑,1948年3月,重获解放,下辖韩城市和9个区。韩城市下辖5个乡	1956年4月,全县行政区划调整,将9个区(市)调整为7个区,韩城市撤销	经国务院批准,1984年1月设为县级韩城市	
	合阳市	1948年12月	1948年3月,合阳解放,12月15日,边区政府发布命令,将合阳县分为合阳市和其他7个区	1949年6月,撤销合阳市,辖区并入一区		
	蒲城市	1949年8月	1949年4月,蒲城县全境解放,8月,建立区、乡制,下辖蒲城市和其他13个区	1950年7月,蒲城市撤销,改为一区		
	监军市	1948年7月	1948年4月,永寿县解放,7月设监军市和其他6个区。不久,国民党反扑,1949年5月,再次解放,在永寿县城设置乡级市监军市	1952年监军市撤销,改为监军街		
	白水市	1949年5月	1948年3月,白水县解放,人民政府驻在尧禾,设尧禾市。1949年5月,人民政府迁进白水县城,撤销尧禾市,设白水市	1950年3月,撤销白水市,辖区并入第一区		
	大荔市	1949年5月	1949年5月,大荔全境解放,下辖大荔市和其他9个区	1950年,大荔市撤销,改为第一区		
	渭南市	1949年5月	1949年5月,渭南县解放,全县设立渭南市和其他23个区	1954年,行政区划调整,全县分为12个区,渭南市归入城关区	1983年,设为渭南市(地辖市)	

续 表

类别	名称	建市时间	辖 区	撤销时间	重设时间	备 注
县辖区级市	咸阳市	1949年5月	1949年5月,咸阳县解放,下辖咸阳市和其他10个区	1952年12月,区级咸阳市撤销,在咸阳城区及郊区设立县级咸阳市	1984年,改为省直辖市	

说明：解放战争时期,边区范围扩大为陕西地区、晋西北行政区和晋南行政区、甘肃行政区、宁夏省、青海省和新疆省。本统计表仅对陕西地区进行统计。

（资料来源：1. 西北五省区编撰领导小组、中央档案馆：《陕甘宁边区抗日民主根据地·文献卷》,上,中共党史资料出版社,1990年。西北五省区编撰领导小组、中央档案馆：《陕甘宁边区抗日民主根据地·回忆录卷》,中共党史资料出版社,1990年。2. 靖边县地方志编撰委员会：《靖边县志》,陕西人民出版社,1993年。3. 陕西省地方志编撰委员会：《陕西省志·行政建置志》第二卷,三秦出版社,1992年。4. 庆阳地区建设志编撰委员会：《甘肃省庆阳地区建设志（征求意见稿）》。5. 李顺民、赵阿利：《陕甘宁边区行政区划变迁》,陕西人民出版社,1994年。6. 米脂县地方志编撰委员会：《米脂县志》,陕西人民出版社,1992年。7. 安塞县地方志编撰委员会：《安塞县志》,陕西人民出版社,1992年。8. 清涧县地方志编撰委员会：《清涧县志》,陕西人民出版社,2001年。9. 旬邑县地方志编撰委员会：《旬邑县志》,三秦出版社,2000年。10. 子洲县地方志编撰委员会：《子洲县志》,陕西人民教育出版社,1993年。11. 吴堡县地方志编撰委员会：《吴堡县志》,陕西人民出版社,1995年。12. 神木县地方志编撰委员会：《神木县志》,经济日报出版社,1990年。13. 吴旗县地方志编撰委员会：《吴旗县志》,三秦出版社,1991年。14. 合阳县地方志编撰委员会：《合阳县志》,陕西人民出版社,1995年。15. 延长县地方志编撰委员会：《延长县志》,陕西人民出版社,1995年。16. 志丹县地方志编撰委员会：《志丹县志》,陕西人民出版社,1995年。17. 甘肃省庆阳地区地志编撰委员会：《庆阳地区志》第一卷,兰州大学出版社,1993年。18. 定边县志编撰委员会：《定边县志》,方志出版社,2003年。）

三、抗日战争时期边区建置市的发展特点

尽管解放战争时期边区的市在数量上增加得很快,但其作用随着政治形势的变化受到极大的限制,实质上这些市多是因政治形势而存在,因此边区城市问题研究主要针对抗日战争时期的城市特点问题。从表2-6-4可以看到,抗日战争时期边区政府在其相对独立的区域内构建了独立的行政城市体系,这个城市体系结构

表2-6-4 抗日战争时期陕甘宁边区城市体系简表

分 区	县级市(数量)	区级市(数量)	乡级市(数量)	分区政府驻地
延属分区	延安市(1)		砖窑湾市、真武洞市、延长市(3)	延安市
绥德分区		绥德市、银城市(2)	清涧市(1)	绥德市
三边分区		定边市(1)		定边市
陇东分区		庆阳市、西华池市、曲子市(3)	合水市、西华池市(2)	庆阳市
关中分区			马栏市(1)	先后驻新正县的马家堡、杨坡头、马栏市等地
合 计	1	6	7	

十分独特,有县级市、区级市和乡级市三种级别的城市。据目前现有资料统计,县级市只有一个,即边区首府延安市,它既有政治意义又有经济意义;二级市(区级市)有6个,三级市(乡级市)有7个。

(一)受政治环境、行政区划影响较大

边区城市的发展受经常变化的政治环境的影响很大。延安市是边区首府,其他城市如定边市、绥德市、庆阳市等一方面是由于分区政府所在地而建,另一方面还是为刺激经济而设。如绥德市,抗战前,该市的商业较为发达,城市贸易活跃,但是1941年后,其城市发展有所衰落,商户的数量不断减少,究其原因,是由于经济进一步遭受封锁和绥德分区驱逐何绍南事件,导致绥德的政治局势复杂动荡,城市发展的速度缓慢下来。与绥德相反,战前商业落后的庆阳、西华池等,由于食盐出口,城市发展十分显著,这都是受当时的政治环境所致。再如庆阳市在1940—1947年为中国共产党陇东分区委员会和陇东分区行政督察专员公署,其工业和农业都有较大发展,城市建设显著,成为陇东分区的商业贸易中心。1947年2月,国民党军队胡宗南部进攻陕甘宁边区,庆阳县城被占,集市贸易几乎停顿,1949年被收复,同年地委、行署、军分区迁往西峰,1985年5月,国务院批准设立西峰市,现为庆阳地区行政公署所在地。[①]

边区的城市发展受不断变化的政治形势的影响,其设置分布受行政区划的影响较为明显。5个分区的政府驻地均被设置成不同级别的城市,其中延属分区的政府驻地就是延安市(县级),陇东分区、绥德分区、三边分区的政府驻地庆阳县城、绥德县城和定边县城均被设置成区级城市,关中分区由于政治局势的不断变化,分区政府先后驻新正县的马家堡、杨坡头、马栏市等地,而马栏被设置成为关中分区唯一的一个市——马栏市(乡级市)。从目前的统计结果来看,陇东分区和延属分区设市数目最多,其次是绥德分区,而关中分区、三边分区最少,这是因为延属分区是边区首府所在地,是边区经济较为发达的区域,陇东分区是食盐和特产等的主要出口地,商业贸易比较发达,而关中分区的政治局势最为复杂,因而影响了市的设置。因此,边区的城市设置一方面考虑了行政治所,另一方面是区域的商业贸易中心,事实上更多的时候是两个因素综合影响的结果。

边区唯一的县级市延安市为最高层级的城市。抗日战争时期,这样的首府性城市发育十分有限,始终只有一个,而且位于延属分区,这与时局和边区政府的内部控制有关。值得注意的是,延属分区的城市体系中无中间层级(区级市)的城市分布,其周围区域是较低层次的乡级市布局,这种层级在地域上的分布特点与施坚雅的"中心地体系等级结构"[②]模式有一致性,即A级中心的周围布局的是6个C

[①] 庆阳地区建设志编撰委员会:《甘肃省庆阳地区建设志》,第160页,油印本。
[②] (美)施坚雅著,王旭等译:《城市与地方体系的等级结构》,《中国封建社会晚期城市研究——施坚雅模式》,吉林教育出版社,1991年,第148页。

级中心,而非 B 级中心,这是因为边区的首府城市延安作为较高等级的商业中心比较低等级的商业中心能够提供更多的专门化商品,有更大范围的附属贸易区,所影响的经济腹地的面积较大,导致了其四周腹地内较低等级中心(区级市)的相对萎缩,抑制了区级市的发展,而与更低等级的乡级市形成了互为依存、互为补充的关系。区级市出现在其他 3 个分区,尽管城市分布数目与施坚雅的模式不相符合,但层级地域分布规律说明中心地的成长在一定程度上符合市场规律。

(二)城市的发展进一步促进了经济的发展

边区市设置的主要时间为 1941—1943 年,这一阶段是中国抗战最艰苦的阶段,也是边区经济最困难的阶段。从 1940 年起,国民党对边区采取严密包围封锁的政策,企图困死、饿死边区军民,除了军事封锁外,还从政治、经济、文教、宣传诸方面进行封锁。① 由于边区是抗战的大后方,非生产人员不断增多,经济压力十分巨大,1942 年起边区展开了方方面面的经济建设,边区自给经济的发展促进了公营企业、公营商店和合作社的发展。② 市的设立既是为了打破封锁,刺激经济的发展,也是为了建设边区内部市场,平衡物价。城市的发展与繁荣进一步促进了经济的全面发展,如安塞四区的真武洞,"五天一集,这一集市,目前已成为安塞商业之中心",延安"每逢集日,百货云集……一个荒沟忽然成为长二里的华屋高窑,熙来攘往,俨然都会"。③ 陇东的曲子与三岔镇"都是逢三、六、九为集期的。每逢集日,附近十数里的群众和一切流动商贩,常是潮涌而来,因此,商业贸易,顿形活跃"。合水的华西池"逢集的日子(五天一集),四面大路上,人群不断地向这里蠕动着,汇集着。各种各样的小摊街道两旁不知有多少;人群塞满了街头,潮水般地涌来涌去"。④ 城市的发展,刺激了流通,扩大了市场,促进了经济的发展。⑤

在带来经济效益的同时,城市的发展还带来了良好的社会效益。城市文化的繁荣和教育的发展,使城市成为人们价值观念、行为方式、人际关系和精神面貌焕然一新的传播中心,成为整个边区社会移风易俗的中心,使边区的新风尚新生活得以生根发芽。⑥

(三)农村集市是乡级市发展的雏形

从目前的统计资料来看,边区乡级市数量较少,仅有 7 个,作为市建制的最低层级,按理推测乡级市的数量应该最多,笔者推测数量较少的主要原因有二:第一,由于乡级市与乡同级,行政级别低、数量多而且变化繁杂,作用又十分有限,所

---

① 房成祥、黄兆安:《陕甘宁边区革命史》,陕西师范大学出版社,1991 年,第 164—168 页。
② 西北财经办事处:《抗战以来陕甘宁边区贸易工作》(1948 年 2 月),陕甘宁边区财经史编写组、陕西省档案馆编:《抗日战争时期陕甘宁边区财政经济史料摘编》,第四编,商业贸易,陕西人民出版社,1981 年,第 25—28 页。
③ 边区政府:《工作报告》(1941 年 2 月),陕甘宁边区财经史编写组、陕西省档案馆编:《抗日战争时期陕甘宁边区财政经济史料摘编》,第四编,商业贸易,陕西人民出版社,1981 年,第 399 页。
④ 阎庆生、黄正林:《陕甘宁边区经济史研究》,甘肃人民出版社,第 187 页。
⑤ 林伯渠:《茶坊新市场》,《解放日报》1942 年 1 月 30 日,引自张水良:《中国解放区大生产运动》,福建人民出版社,1981 年,第 200 页。
⑥ 许庆朴、张福记:《近现代中国社会》,上册,齐鲁书社,2002 年,第 477—488 页。

以被资料记载所忽视,乡级市的实际数量应该比目前统计的要多。第二,大规模的集市的发展发挥了乡级市的职能和作用,相互之间存在替代的可能。据不完全统计,绥德有集市43个,关中分区有22个,①而目前资料中可见的绥德分区和关中分区的乡集市各只有一个(清涧市、马栏市),"由于农村生产增加,商业确有飞跃的发展,市集到处皆有"。②可以推测,乡集市的数量应该远比目前资料中发现的多。在边区政府的鼓励和经济发展的需求下,农村集市的发展如火如荼,集市的发展已经可以满足人民的商品、流通需求,成为流通、交换城乡货物的场所,乡级市的设置没有成为一种强烈的需求,事实上,大多数规模较大的、持续时间较久的集市就发展成为乡级市,在很大程度上,集市意味着乡级市发展的雏形。如安塞的真武洞、合水县的西华池等就是由集市发展成为当地的商业贸易中心,继而成为乡级市甚至区级市。"生产力的提高,人民生活的改善,必然引起交换的频繁,安塞四区之真武洞,即为最近(注:1940年)才兴起的大集市,这一集市目前已成为安塞之商业之中心",③1941年真武洞就成为一个乡集市。集市有三天一集的,有五天一集的,相近的集市时间相互错开。

新正县马栏区"在1940年建立新民主主义政权后,人口由五百户激增到今日(注:1943年)的1 200余户,群众购买力空前提高,仅马栏合作社一家,每日销货在万元以上。马栏镇上,三年前仅有出售粗布、火柴等简单日用必需品的小店铺九家,今则公私商店共18家,街上小摊贩也很多,购货群众往来不绝,市集日渐形成"。④

由于经济的发展,骡马大会的发展也盛况空前。如市面日益繁荣的延安市骡马大会,会上不仅有多家商场,还有秧歌、杂耍等活动,每天锣鼓喧天,拥挤异常;定边九月骡马大会盛况空前地发展,鄂尔多斯草原上的蒙古同胞和各地边客纷纷前来,店铺相连,货物品种繁多;陇东骡马大会的与会者不仅有边区各县群众,并有友区人民,还包括陕、甘、宁、青、晋、豫等远近客商,每日从早到晚,市集熙熙攘攘,车马络绎不绝,大会上百货俱全。⑤骡马大会的繁荣从另一个角度说明了边区经济和商业的繁荣,也说明了边区的城市发展的初步性。

边区城市的发展不仅对当时的经济、社会产生影响,对建国后的区域经济发展、城市体系与布局的传承同样也有影响。新中国成立后,国家根据新的需要多次调整城市建制标准,边区独具特色的三级城市体系也自动被裁撤,但一些城市仍然

---

① 阎庆生、黄正林:《陕甘宁边区经济史研究》,甘肃人民出版社,2002年,第187页。
② 《陕甘宁边区参议会文献汇辑》,第92页。
③ 林伯渠:《陕甘宁边区政府工作报告》(1941),陕甘宁边区财经史编写组、陕西省档案馆编:《抗日战争时期陕甘宁边区财政经济史料摘编》,第九编,人民生活,陕西人民出版社,1981年,第131页。
④ 《关中人民购买力提高,马栏设立集市》,《解放日报》1943年10月21日,陕甘宁边区财经史编写组、陕西省档案馆编:《抗日战争时期陕甘宁边区财政经济史料摘编》,第四编,商业贸易,陕西人民出版社,1981年,第402页。
⑤ 陕甘宁边区财经史编写组、陕西省档案馆编:《抗日战争时期陕甘宁边区财政经济史料摘编》,第四编,商业贸易,陕西人民出版社,1981年,第405—407页。

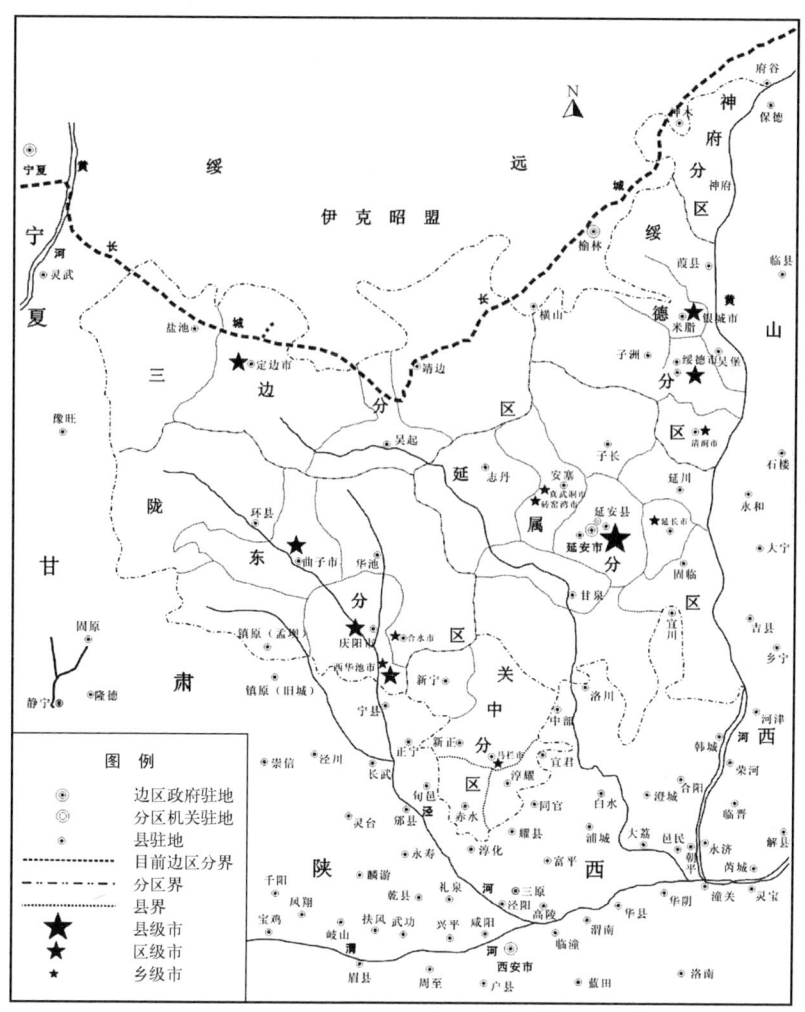

图 2-6-1 抗日战争时期陕甘宁边区建置市等级分布图

被保留,如宝鸡、南郑(汉中)等,一些城市被裁撤,如定边、安边、绥德等,一些城市级别下降,如边区首府延安市于1949年3月降为区级市,1954年4月被撤销,成为延安县城关区,1972年3月改为县级延安市,直到1996年11月,又升为市级延安市。被保留的城市继续发挥着区域中心的作用,有的城市虽然被撤销了,但对经济的发展依然起到促进作用,可以说,前期市的发展为后期县、乡的发展提供了前提。

(四)市的行政体系和经济发展关系密切

从上面的论述可知,边区的市不仅数量较多,而且形成了复杂的层级关系,其影响因素是多方面的,涉及政治军事、历史基础和经济等诸多因素,而最关键的因素是区域商贸市场的发展,也就是说复杂的市层级的形成是与区域经济的发展需求相适应的。但是也应看到,行政区划这一政治制度因素对复杂的城市体系的形成也有深刻的影响,具体表现为层级越高的市受这一因素的影响越大。例如抗日战争时期边区最高层级的市——县级市延安市既是边区城市行政体系的中心,又是经济体系的中心;区级市中,有些城市原本就是当时的区域经济发展中心,如绥德市和定边市,有些城市设置的主要目的就是为了发展经济,促进流通,如西华池市、庆阳市、曲子市等,而有些城市的设置则是考虑了行政中心,如银城市的设置;乡级市的设置在很大程度上是为了发展经济,因此有许多的乡村集市发展成为乡级市,如砖窑湾市、真武洞市、延长市、清涧市,其经济意义十分明显。这就从另外一个层面揭示,区域城市体系的发展演变尽管深受区域经济要素的制约,但是政治制度要素对其也有着深刻而广泛的影响。

第七章　边区经济地理格局与特色经济模式

第一节　边区经济地理格局与经济模式分析

一、"边区模式"的提出

边区的经济发展成效是骄人的,不仅解决了区内众多人口的"糊口"问题,而且在一定程度上支援了全国经济,保证了抗战的胜利和政权的获得。这样的经济发展过程具有特殊性,是一种独特的区域经济发展模式,可以称之为"陕甘宁边区特色经济模式"(简称"边区模式"),可以认为这是一种在特定时空条件下产生的特殊的空间经济现象,一种区域经济运行方式,这种模式恰恰缘于边区的制度创新和文化创新,其经济活动行为表现出一定的合理性和创新性。由于发展时期的特殊性和地域性,这个模式又表现出一定的局限性,这种区域经济运行模式与自然地理条件、政治环境有着密切的联系。

"边区模式"是特殊的经济发展模式,是一种特殊的空间经济现象,这种区域经济运行方式是在特殊的时期、特殊的地域发生的经济行为,这种经济模式的主要特征为:区域经济的性质是战时经济,区域经济发展和政治发展的整合导致了经济高速发展的奇迹;制度在经济发展中的作用至关重要;这种经济模式形成了独特的产业结构和空间布局格局;政府行为模式在经济学上有合理性,但是在生态学上具有很大的局限性;在特定环境下经济主体的行为带有"有限理性"的特征。

陕甘宁边区位于陕、甘、宁三省交界处,省区交界地带是特殊地带,有许多独特的自然地理特征和经济特征。根据不同的划分方法,交界区域可以分为不同的类型。[①] 陕甘宁边区属于山区型交界地带、弱弱型省区交界地带和三维省区交界地带,这样一个交界地带意味着本区域的自然地理条件的相似性,生产力水平和生产条件的相似性,与核心经济中心的边缘性和经济的落后性,而这样的交界区域也表明了这一区域的无法替代的独特的生态功能(河流上游)。正是这一区域的独特性,边区政府在当时的政治、经济条件下,成为边区的经济主体和相对独立的利益主体,边区政府的行为对区内经济关系产生了直接、突出和独特的影响。

边区的经济发展模式具有特殊性,是一种特殊的空间经济现象,由于战时经济性质的要求,边区经济发展的长远利益和眼前利益、局部利益和全局利益的矛盾十

[①] 依据自然地理特征划分,有山区型交界地带、流域型交界地带和平地型交界地带三类;依据经济发展水平划分,有弱弱型省区交界地带、强弱型省区交界地带和强强型省区交界地带三类;依据交界地带省区的数量,可以划分为二维省区交界地带、三维省区划分地带和多维省区划分地带。详参安树伟:《行政区边缘经济论》,中国经济出版社,2004年,第24—28页。

分突出,从而对不同方面利益的取舍,对区域经济关系的长期发育产生了十分深刻的影响。

"边区模式"的选择对边区政府的生存至关重要,经济发展与政治发展的高度整合导致了区域经济的发展奇迹,为中国革命的最后胜利作出了巨大的贡献,这是边区政府的必然选择和合理选择。

这种模式和经济运行方式是在特殊的政治、经济环境下的经济行为,这种经济行为的重要特征之一就是地方政府没有条件进行长远利益布局和全局利益布局,因而不顾全局利益而只顾追求本地利益从而获取地方的认可和支持,主体行为短期化,这样的经济行为在经济学上有合理性。这种模式的选择取决于诸多外部因素,其中生存的压力影响和制约着特定时期、特定空间的边区政府行为的基本取向,这一取向具有历史的合理性和必要性。特定的经济、政治环境和自然地理环境构成了政府经济行为的外部条件,它们规定着边区政府应该做什么或者倾向于做什么的选择以及行动的范围和边界,当然最终的选择与行动则取决于内因,即边区政府自身的决策。

二、"边区模式"的经济效果分析

边区政府通过有力的经济政策,在边区这块原本封闭、落后的黄土高原上进行了空前的、大规模的经济建设,取得了骄人的成就。

首先,在强敌环伺的情况下,打破了重重经济封锁,成功地解决了边区近200万军民的食宿等生存的基本问题。坚持以农业为主,综合发展的方针,提出了减租减息、增开荒地、推广植棉、不违农时、调剂劳动力、增加农贷、提高技术、增加累进税等多项农业政策,[①]耕地面积由1937年的862.6万亩,扩大到1945年的1 425.6万亩,8年间几乎翻了一倍。粮食产量逐年上升,由1937年的126万石,达到1945年的160万石,1941年粮食达到自给有余,1945年基本实现了"耕三余一"的目标,即耕种三年就有一年的余粮,解决了边区军民的吃饭问题。耕地面积不断增加,水地面积不断扩大,植棉面积不断扩大,边区的植棉面积在1941年起开始攀升,1943年的种植面积达到15万亩之多,1943年后,植棉面积大幅度攀升,1944年的植棉面积是1943年的一倍,达到30万亩,1943年之后,发展速度有所平缓,但植棉面积仍然平稳增加,到1945年,植棉面积达到35万亩,棉花产量的增加也十分明显,至1945年,棉花总产量达到415.5万斤,边区的棉花消费量据边区建设厅统计,年需350万斤,已经自给有余。[②]

其次,边区的工业发展从无到有,从小到大,建立起以重工业中的军事工业为

[①] 王顺喜:《抗战时期陕甘宁边区经济建设的方针政策及其历史作用》,《甘肃社会科学》1995年第5期,第61—63页。
[②] 《边区农业统计表》(1944年),陕甘宁边区财经史编写组、陕西省档案馆编:《抗日战争时期陕甘宁边区财政经济史料摘编》,第二编,农业,陕西人民出版社,1981年,第87页。

主要部门、以轻工业中的纺织工业为主要部门,以造纸业、化学工业、铁木业等为辅的工业体系。尽管是工业化初步的发展阶段,边区工业在完全空白的基础上,积极发展纺织业、制革业、制药业、造纸业、印刷业、陶瓷业、玻璃业、军工业等,使布匹自给三分之二。1945年抗战结束时,边区在用纸方面"除麻纸、办公纸尚需输入部分外,印刷用纸公营纸厂已能全部制造,钞票纸在工艺实习厂制造亦成功,已满足边区需要"①。石油、炼铁、煤炭等的发展也平稳增长,基本实现了工业品的自给,不仅发展了本区的经济,而且积极支援了抗战。

再次,通过积极开发边区的盐业和特产,促进了边区交通运输网络的形成,增加了边区政府的财政收入,渡过了经济封锁,积极支援了全国的抗战。边区通过对食盐和特产的开发,动员全民运盐,促进了边区大车道和驮运道的建设,形成了以延安为中心的辐射交通运网系统和运盐为核心的运盐干线系统,积极输出边区的食盐和特产,保证了边区对外贸易的平衡,极大地增加了边区政府的财政收入,在保持边区物价平稳、积极支持经济的同时,支援了全国的抗日战争。

最后,促进市场繁荣,保证了军民物资的供给和流通,极大地提高了边区人民的生活水平。边区通过对公营商业、私营商业和合作社商业的建设和发展,构建了独特的边区三级城市体系,促进了边区市场的繁荣,保证了边区军民物资的供给和流通,极大地提高了本区人民的生活水平。

第二节 "边区模式"的产业结构评价

一、"边区模式"的产业结构评价

区域产业结构的演进机制主要有两个,一是市场,二是政府。市场机制对区域产业结构产生作用的途径是供需关系、价格机制和竞争机制,政府干预是指政府利用经济杠杆和产业政策对区域产业结构进行有目的的调控,推动区域产业结构的合理化。就边区而言,产业结构的演进是在市场机制与政府干预的同时作用下进行的,甚至可以认为,边区政府的干预作用是首位的。边区政府对产业的干预体现在以下几个方面:边区的经济活动的首要目的是打破经济封锁,满足自身的生存需求,所以其经济活动的选择带有明显的自给自足的特征,政府通过产业政策,确定了产业发展的重点(农业)、发展规模和发展次序;由于战时经济的性质,边区形成了以军事工业和纺织工业为主导部门的工业结构体系;政府运用财政、税收、信贷等政策工具,对不同产业采取不同的政策(对有的产业进行保护、扶持,对有的产业进行限制),协调产业之间的发展关系;政府通过维持市场秩序,为市场机制发挥

---

① 陕甘宁边区财经史编写组、陕西省档案馆编:《抗日战争时期陕甘宁边区财政经济史料摘编》,第三编,工业交通,陕西人民出版社,1981年,第214页。

作用创造良好环境。当然经济活动要按照市场的需求展开,使各种资源得到有效的配置,政府对经济活动的宏观调控也要借助市场来实现,如边区对盐业和特产的积极开发有力地支持了边区政府的财政收入,这一问题提示我们应该重视市场在帮助边区政府渡过危机方面的作用。

产业结构对区域经济增长与发展有重要作用,区域产业结构的合理性就体现在对区域经济增长和发展的作用上。对于边区产业结构的合理性,可以从以下几个方面进行评价。值得注意的是,这种评价必须与区域的历史背景因素相结合。

第一,区域产业结构与区域资源结构的相对应性评价。合理的区域产业结构应该能够充分利用区域内的优势资源与要素,同时使区域内的其他资源得到综合利用。边区有石油矿藏可以产油,有羊毛可产棉花发展纺织业,有铁矿可以炼铁,有煤矿可以挖煤,有羊油可制肥皂,有各种兽皮可制皮革,有森林可制火柴,好像资源比较丰富,但事实上资源的数量和质量都十分有限。应该说,边区很好地利用荒地发展了农业,积极移民补充了区内劳动力的不足;利用有限的石油、煤炭、森林等资源提供了工业发展的基本能源,利用边区优势资源羊毛积极发展纺织业,为边区轻工业的发展奠定了基础,利用铁等矿产资源发展了工业的基本部门,利用丰富的盐、羊毛、地方药材资源积极为本区创造收入,积累了经济建设的资本,高效的开发和管理使边区资源物尽其用。在现有的交通技术条件下,在资源结构的基础上,发展了相应的产业结构,以发展土地密集型产业(其生产投入主要依赖于土地等自然资源)[①]和劳动密集型产业为主,使区内的资源得到了相应的利用,这不仅解决了国计民生中若干迫切的问题,而且为前方提供了物资保证。

第二,区域产业结构的综合功能评价。边区的产业是以农业为支柱产业的典型产业结构,在特殊的政治经济环境下,边区制定了一系列发展农业的政策,积极开垦荒地,组织农民开展农业互助合作运动;进行经济移民,合理调配劳动力,积极提高劳动力素质;提供农业贷款,增加农业投入;兴修水利,改善农业生产条件;树立劳动英雄"吴满有",事实证明,解决了本区域被封锁时粮食缺乏的现状,边区的人民生活水平有了很大的提高,而且为前方提供了物资保证。以农业为基础的工业、交通、商业共同发展的产业结构担负起了该区域在特殊时期的功能,证明在当时的条件下是科学合理的。

第三,区域产业结构的内部关联程度评价。合理的产业结构应该是内部各个产业之间联系紧密,协调发展。边区在积极开垦荒地、发展农业和畜牧业的同时,在工业中首先开展了以下工作:利用现有条件积极发展军事工业;抽调部队和吸收边区民众开发边区特产盐池;由于交通不便,原料分散,便在各部队、机关、学校和广大人民中发动广泛热烈的纺毛运动,发展劳动密集型产业纺织业,促进轻工业的发展;通过积极发展

---

① 张象枢:《人口、资源与环境经济学》,化学工业出版社,2004年,第55页。

运盐业,促进交通运网的建设,平地修大车路和公路,山地修小车路,在各条干线上建立输送栈、骡马店、堆栈,囤积粮草,并制造各种交通工具以便运输。[①] 以上工业部门的发展,刺激了化学工业、造纸工业等相关工业的积极发展。不同产业依次发展,充分调动了资源优势、劳动力优势,循序渐进,促进了产业间的协调发展。

第四,区域产业结构的转换能力和应变能力评价。合理的区域产业结构应该有较强的转换能力和应变能力,充分利用区内外有利的资源和要素,形成强大的扩张和输出能力,能够在外部环境有较大的变化时,通过内部组织机制的调整,减少外部的不利和消极影响,并在保持稳定的前提下,实现产业结构的演进。客观地说,边区产业结构有一定的转换能力和应变能力,当一向接受外援的经济遭到封锁后,边区提出了新的开垦荒地的农业发展方向,合理引导移民扩大耕地面积,并抓住其他区域盐业供应紧张的时机,积极利用边区特有资源盐的输出,增加财政收入,保证了边区的自给自足。但边区产业结构应变能力和自我演进的能力是有限的,经过建设后的边区仍是一个以农业占绝对优势的区域,第一产业在产业结构中所占的比重极高,商品经济发育不足,市场规模狭小,资金积累能力低,自我发展能力低,尽管本区域实现了经济上的"自给自足",但区域经济结构总体上处于低水平初级阶段,产业结构的转换能力和应变能力相应也较低,所以当边区政府撤销后,延安的最大优势资源(边区首府、红色中心)丧失,边区不能消除外部优势条件丧失的影响而进行自我调整,这一地区的发展便停滞,边区的产业结构和空间结构也发生了相应的变化,只是在改革开放后,这一地区以新的模式重新发展起来。这也是特殊时期的特殊发展模式局限性的体现。

可以说,边区成立前的本区域,农业落后,工业空白,人民生活困苦,经过建设后的边区,发挥资源优势,积极调整产业结构,实现了经济上的"自给自足",实属一次跨越性的经济大发展。但由于区域产业结构总体上处于低水平的初步阶段,产业结构的转换能力和应变能力相应也较低,而且对产业结构的调整对生态环境的影响估计不足,所以随着边区政府撤销,其产业结构没有能力进行自我调整,这一地区的发展受到影响。但是在当时的政治条件和经济技术下,边区的区域经济发展战略是基本正确的,区域产业结构是基本合理的,以农业为其发展的主导产业,交通运输为基础产业,积极发展工业、商业,合理的产业结构促进了地区经济的发展,改善了人民生活,引发了社会变革,为前方战争提供了坚实的物资保障,保证了革命的胜利和成功。

二、"边区模式"的产业空间结构评价

区域产业空间结构是指各种产业在区域内的空间分布状况及空间组合形态。[②]

[①] 《朱德论发展边区的经济建设》(1940年),武衡编:《抗日战争时期解放区科学技术发展史资料》第1辑,中国学术出版社,1983年,第7页。
[②] 李小建:《经济地理学》,高等教育出版社,2000年,第173页。

由于各产业的经济技术特点,决定了区位特征存在差异,空间的表现形态也不一样。边区的工业、商业布局在空间上因为有集聚的要求,其布局呈现出点状,这种布局本身引起区域内的经济社会活动指向这些点,城镇由此产生,这些点成为区域经济活动的重要场所,是区域经济的重心所在。边区的交通运输业发展迅速,作为经济发展的基础和先行部门,边区对它的重视程度是足够的,在当时的经济技术条件下,大车道的线路和驮运道的线路已由线状分布走向网络状分布,这些线路将点状中心连接起来,促进了经济要素的合理流动。在本区面状分布的典型产业就是农业,另外还有中心城市的经济辐射力所形成的域面。

就边区农业的空间结构而言,陕甘宁边区农作物的构成中,以粮食作物为主,经济作物仅占7%左右,在粮食作物中,麦类、谷类、糜子占60%,豆类、荞麦其次,占18%左右,农业的多样性指数较低。因地制宜的布局保证了边区粮食作物的基本产量。农业的空间布局随着边区经济的开发也在发生变化,"农业第一"的布局要求促使耕地大面积扩大,水地面积也扩大,边区最重要的经济作物棉花的种植面积明显扩大(1943年以前,主要种植在沿河各县,在政府的号召下,除三边分区外,其余4个分区均已种植),桑树的种植面积也有明显恢复,但产业的空间布局此消彼长,林业的面积和草地的面积相应缩小。

边区政府成立前,边区经济落后,内部的经济发展水平差异不显著,但是各地区之间资源禀赋是不一致的。当延安成为边区的首府,随着交通线路的建设和边区政府在各个方面的建设,延安的经济步入了"快车道",其经济规模和人口数量都明显超过了区域的其他各点,延安成为区域增长极。增长极一旦形成,对区域内的经济活动分布格局就产生了重大影响,吸引了区域的资源和要素向它集中,产生了区域要素流动的极化过程。这种极化作用造成了区域的空间分异,延属分区成为边区的一级经济发展区域,其农业的发展水平、工业的密集度和交通的通达性明显优于其他分区,中心增长极延安成为区域经济和社会活动的极核,对其他地区的经济和社会发展产生主导作用。当然,在边区的其他地区也存在着其他的点极,如庆阳、定边和绥德等,这些次一级的发展中心极由于时间、资源等原因,始终不能与延安相提并论,由于发展时间的限制,也没有出现轴线,但可认为边区的经济空间发展格局正由单点发展格局向多点发展格局转变。边区对经济建设的基本任务也曾提出过展望,在《朱德论发展边区的经济建设》中,[①]提出"把边区变成工业地区,奠定新中国的经济基础,准备建立新民主主义的新中国"。事实上,经过建设后的边区仍是一个以农业占绝对优势的区域,由于区域性基础设施水平低,人员、物资、信息在不同区域的交流很少,第一产业在产业结构中所占的比重极高,增长极数量少

---

① 《毛泽东在陕甘宁边区自然科学研究会成立大会上的讲话》(1940年2月5日),武衡编:《抗日战争时期解放区科学技术发展史资料》第1辑,中国学术出版社,1984年,第6页。

而发展能力低,辐射力弱,扩散作用不强,尽管本区域实现了"自给自足",但区域空间结构总体上处于低水平的"平衡状态",甚至没有出现明显的发展轴,因此区域差异不明显。当边区政府撤销,边区的增长极延安发展受到很大的冲击,这一带有明显战时经济特征的区域经济发展便基本上停滞,"到1949年,延安工业企业仅存8户,职工800余名,产值80万元左右"①,边区的产业结构和空间结构也发生了相应的变化。但是应该看到,与边区政府成立前相比,本区域经济发展明显,产业结构走向合理化,而且这样的发展在边区政府被撤销后的几十年中,对本区域发展依然产生影响。

三、"边区模式"的环境影响评价

边区政府成立时,据1940年的调查,森林面积约4万平方里,森林覆盖率为10%左右。尽管边区整体生态环境脆弱,但局部地区生态环境保护较好,生物种类多样。如位于延安东南黄龙山地区的南泥湾,这里几乎没有人烟,森林满山,荆棘遍野,野兽成群。由于南泥湾植被保护良好,"南泥湾气候冷湿",当八路军三五九旅到达南泥湾时,"眼前是一座座荒凉的山坡,几十里内渺无人迹,坡上长满了齐人高的蒿子,荆棘横生,深山是遮天蔽日的森林,野猪野鸡成群,沟底是黑暗阴森的溪流,浸泡着腐烂的枯木和野兽的尸体……老蒿子秆密根深,多年生的灌木狼牙刺和黑葛兰,根粗杈多"②。再如陇东一带,生态环境保持良好。"5、6月间,陕北陇东一带树木枝叶繁茂,草长莺飞……漫山遍野都是又香又甜的野杏,雨后,树上是又肥又嫩的木耳,地上到处是地卵(苔藓类植物)"。有些县狼豹很多,"边区各地多山广林,一年四季狼豹三五成群伤害牲畜很多,尤以延长、固临、志丹、甘泉等县为甚"。

随着边区成为抗战的指挥中心,边区的人口急剧增加,人口压力十分巨大。1938年10月,由于日本帝国主义的进攻和国民党的军事包围与经济封锁,陕甘宁边区的财政经济遇到了极端严重的困难,边区面临着生死存亡的紧要关头。

根据边区当地的实际情况,毛泽东提出了"必须以农业为第一位"的指导原则,努力发展农业生产,同时搞好其他生产事业。边区政府对开荒扩地极其重视,并将它列为发展农业的一项重要政策,要求一切有荒地的县、区、乡多开荒地,并颁布各项开荒政策,以资鼓励,边区的耕地面积迅速扩大。为了有效地增加产量,边区在农业耕作方法上进行了改良,除了选育优良品种外,还采取深耕地、多除草的方法。边区牲畜的数目也不断增加,牛、驴、羊的繁殖数增长了三倍左右,为此,边区还经常开展群众性的割储野草运动。如此大面积的焚烧野草、开垦荒地,加上深耕地、多除草、广割草,粮食产量自然是大大增加了,但对生态环境却是一种短期行为,无

---

① 曹世玉:《延安工业经济发展的回顾与思考》,《新西部》1997年第6期,第42—44页。
② 王恩茂:《南泥湾精神永远激励我们奋勇前进》,西北五省区编纂领导小组、中央档案馆:《陕甘宁边区抗日民主根据地·回忆录卷》,中共党史资料出版社,1990年,第205—206页。

计划无步骤地毁林开荒和割草运动,使边区的林草面积大大减少,导致了整体环境质量下降,局部生态环境严重恶化。

抗战前,陕甘宁边区所需的工业用品几乎全需要进口,边区政府成立后,边区的工业得到了迅速的发展,到1944年,边区公营工厂已有130多家,职工7 300多人。工厂数目增加了,规模也扩大了,所需要的原料和燃料也成倍地增长,森林的消耗量直线上升。各种工厂的生产工具都是利用木料制作的,如制革厂的夹板、载案、转槽、转鼓、木槽、木架、木筒等均用木料制作;火柴厂利用边区产的杨、柳、桦木做火柴盒和木梗,利用木料制造卸杆器、圆锯机、压铁叶工具以及钻眼机、包头机(均用于夹立板)等工具;①农具制造厂生产犁、镢、锄、便桶、耧和龙骨水车等大量的农业用具;为了发展纺织业,边区还制造了数十万架木制纺车及弹花机、织布机等,制造这些工具的主要原料就是森林;而炼铁、炼油、制造军需品、硝酸、盐酸、硫酸、玻璃和陶瓷等也要以木炭为燃料。

为了降低成本,扩大工业生产原料,边区政府尽量开发边区的地方原料,增加原料、燃料供应,如制革厂为解决边区制革急需的化工原料,利用青钢树皮、橡碗、山茶树皮、沙柳树皮、五倍子等提炼出具有柔性的丹宁,以代替舶来品蓝凡和拷胶;②造纸厂起初利用麻绳头、烂鞋、破布条、桑树皮为原料造纸,产量很受限制,后来用漫山遍野的马兰草为原料,产量剧增。

为了支持工农业的发展,广泛寻找原料来源,边区林业开发的规模越来越大,木材加工厂不断涌现,林垦地面积不断增加,林业开发步入快车道,但其结果只有一个,那就是林草日益减少。森林减少在每个县普遍存在,"志丹县中部1940年以前还有许多森林","吴旗县1930年以前保存着许多树林"③,结果"安塞县中部到1940年以后,森林已被破坏。到解放前夕,除延安以南的一些土石岭还残存一些树林外,延安以北的峰岭梁脊已基本无树木"④。

农业发展的垦荒,工厂数量的急剧增加,粮食产量和工业品自然是大大增加了,使边区渡过了抗战最困难的时期,赢得了抗日战争最后的胜利,但林草的大规模减少对生态环境却是一种短期行为。

---

① 《陕甘宁边区火柴工业》,武衡主编:《抗日战争时期解放区科学技术发展史资料》第五辑,中国学术出版社,1985年,第93页。
② 张扬:《陕甘宁边区的森林资源与经济建设》,齐心、张馨主编:《陕甘宁边区政府成立五十周年论文选编》,三秦出版社,1988年,第125页。
③ 陕西省农牧厅:《陕西农业自然环境变迁史》,陕西科学技术出版社,1986年,第416页。
④ 陕西省农牧厅:《陕西农业自然环境变迁史》,陕西科学技术出版社,1986年,第285页。

第三编
近代甘宁青经济地理

第一章 近代甘宁青的资源分布与政治格局

第一节 近代甘宁青地理分区与环境特征

一、地理地貌与河流水文

甘肃省简称"甘"或"陇",位于中国中部偏西北的黄河上游,介于北纬32°11′至42°57′,东经92°13′至108°46′之间;宁夏回族自治区简称"宁",位于北纬35°14′至39°23′,东经104°17′至107°39′之间;青海省地处青藏高原的东北部,从地貌条件来看,三省位于黄土高原、内蒙古高原和青藏高原的交会地区,是我国地形从第一级到第二级的过渡地带,因此地形比较复杂,高原、平原、盆地、山地、河谷和丘陵组成了这一广大地域的主体,在多样化的地形中,高原、山地、丘陵所占面积广袤,河谷面积则相当狭小。在黄河源头地区的是青藏高原,其主体部分是以广阔的高原为基础,随着总的地势从西北向东南逐渐倾斜,海拔由5 000米渐次递降到4 000米左右,由低山、丘陵和宽谷盆地组合而成。① 西北部柴达木盆地,东西长约850公里,南北宽350公里,海拔高度为2 600米至3 100米,面积约25.1万平方公里。② 柴达木盆地是青藏高原最深的地方,属于典型的封闭高原盆地,盆地从边缘到中心依次为戈壁—丘陵—平原—沼泽—湖泊,呈带状分布,周围有阿尔金山、祁连山、昆仑山环绕。柴达木盆地以南是青南高原,主要由昆仑山脉及其支脉可可西里山、巴颜喀拉、阿尼玛卿山组成,海拔多在5 000米以上。③ 高山之间镶嵌着宽谷盆地,山岭与盆地之间的高度差一般只有500米至1 000米左右。青南高原的自然条件比柴达木盆地相对较好,地势起伏小、坡度平缓,河流切割不显著。夏冬雨雪丰沛,多湖泊、沼泽和湿地,是长江、黄河、澜沧江的发源地,有"江河源"之称,青海湖东面的日月山以东、长城以南、太行山以西、秦岭以北是黄土高原,海拔一般在1 000米至2 000米左右,甘宁青三省的黄土高原区面积约有17.55万平方公里,④占黄土高原总面积的39.1%。在流水作用和人类活动的影响下,黄土高原形成了特有的地貌,塬、梁、峁形态各异,塬是黄土覆盖较高的平地,在黄河支流泾河与马莲河之间的董志塬是黄河上游区域最大的塬;今宁夏回族自治区银川平原和甘肃省河西走廊地区属内蒙古高原的一部分。银川平原为断层陷落后经黄河冲击而成,南北长

---

① 郑度、杨勤业、刘燕华:《中国的青藏高原》,科学出版社,1985年,第22页。
② 曾昭璇:《中国的地形》,广东科技出版社,1985年,第243页。
③ 本书编委会:《青海省情》,青海人民出版社,1986年,第22页。
④ 史念海、曹尔琴、朱士光:《黄土高原森林与草原的变迁》,陕西人民出版社,1985年,第6页。

约280公里,东西宽10~50公里,海拔1 000~1 200米,面积7 800平方公里,①河西走廊的地形以"祁连山为主干,该山东部的支脉为乌鞘岭,海拔三〇〇〇公尺,岭南之水汇入黄河,岭北之水没于沙漠,是为河西走廊与陇坂高原的天然分界。河西全区,又可以嘉峪关分为东西二部,东部自古浪至酒泉,约长五〇〇公里,祁连山耸峙于南,海拔多在四〇〇〇公尺以上,合黎山屏障于北,海拔概在三〇〇〇公尺左右,其间平地低落,海拔平均不过一五〇〇公尺"。河西走廊宽窄不一,由数公里到数十公里不等,"武威、张掖附近,平地最宽,前者达七〇公里,后者亦五〇公里,山丹、永昌之间,南北两山最为接近,其间几不复有平地存在,……合黎山以北,鼎新、金塔及民勤一带,平野茫茫,黄沙无垠,已属蒙古高原的一部"。嘉峪关以西三县地势比较开阔,疏勒河中游谷地,海拔不及1 000米,玉门关仅高900余米。②甘宁青地区是个多山的地域,有许多耸立在雪线之上的高山,尤其在青海省,如阿尔金山、祁连山、昆仑山、可可西里山、巴颜喀拉山、阿尼玛卿山、唐古拉山的主峰都在6 000米以上。另外,我国南北气候分界线的秦岭山脉呈东西走向,其西端延伸到黄河上游区域,南北走向的山脉有六盘山、贺兰山,西北—东南走向的山脉有祁连山、马鬃山、合黎山和龙首山等。在这些山脉的缓坡地带形成了山地,陇南山地在黄河主要支流渭河上游以南,是秦岭山脉的西延部分,海拔从东部的1 500米上升到西部的3 500米左右,相对高度在500米至1 500米之间。祁连山地在祁连山北麓,呈西北—东南走向,海拔在3 000米至4 500米之间,山间盆地海拔在2 800米至3 000米之间,海拔在4 000米以上的地区终年积雪,发育着现代冰川,是河西走廊天然的"高山水库"。河西走廊北部边缘的马鬃山、合黎山和龙首山南麓构成了北山山地,海拔在1 500米至2 500米间,相对高度在200米至1 000米之间。③

受地理环境的影响,河西走廊形成了三个独立的内陆水系盆地,即疏勒河、弱水和石羊河水系。三大水系形成了三群绿洲,疏勒河(意思是有水的河)形成了玉门、安西等绿洲;弱水形成了张掖、酒泉、金塔、高台、山丹等绿洲;石羊河形成了武威、民勤等绿洲。没有河水的地面多成砾石戈壁,祁连山前的白戈壁,北山(即马鬃山、龙首山和合黎山)前的黑戈壁是很著名的戈壁。④在绿洲与戈壁之间,河流流贯其间,中国重要的大江大河多发源于此。

由于受地理位置、地形和气候等诸多条件的影响,黄河上游区域的地表水系主要分为外流河、内流河两大区域。黄河、长江、澜沧江发源于青藏高原,构成了黄河上游区域的外流河水系,其中长江水系主要有其上游的通天河,支流大渡河、雅砻河,长江支流嘉陵江水系主要分布在陇南山地区,有白龙江和西汉水两大支流,水

---

① 曾昭璇:《中国的地形》,广东科技出版社,1985年,第173页。
② 陈正祥:《西北区域地理》,商务印书馆,1947年再版,第7—8页。
③ 郭厚安、陈守忠主编:《甘肃古代史》,兰州大学出版社,1988年,第1—2页。
④ 曾昭璇:《中国的地形》,广东科技出版社,1985年,第178—179页。

量丰富,季节变化小,冬季不结冰,含沙量少;澜沧江水系是其上游的扎曲。黄河流域主要分布在青藏高原、甘南高原、陇中黄土岭谷区和宁夏平原区,注入黄河干流的支流主要有湟水、洮河、大夏河、庄浪河、祖厉河、清水河。黄河中游的主要支流有渭河水系,泾河水系的上游也在黄河上游区域。黄河上游区域各河流的共同特点是:水源以降水补给为主,由于降水的年变化大,各河流量的年变化也大,冬季普遍结冰,含沙量大,陇中黄土区黄河流域的含沙量达5.86亿吨。① 这些河流流经区域形成了一些谷地,成为黄河上游区域的主要灌溉农业区。

内流河主要分布在青藏高原的柴达木盆地、青海湖盆地、可可西里盆地和河西走廊地区。在青藏高原,柴达木河、格尔木河、台吉乃尔河、布恰河等,分别发源于昆仑山、祁连山脉,流向各内陆盆地,形成向心状水系,河流短,水量小,大多数消失于荒漠中,个别则流向湖泊(如布恰河流入青海湖)。河西走廊地区的内流河均发源于祁连山脉,主要有石羊河、黑河、疏勒河、哈尔腾河四个水系。各河在流出祁连山地后,大部分渗入戈壁滩而形成潜流,小部分被利用灌溉绿洲,仅有较大河流下游,汇为内陆终端湖。各河流主要水源由祁连山的冰雪融水和雨水补给,流程短,流量小,冬季普遍结冰,年径流量稳定,水能蕴藏量大。② 正是这些内流河的存在,形成了西北戈壁间的绿洲和绿洲灌溉农业。

二、气候特征与生产条件

就气候类型而言,甘宁青三省地处西北内陆,又在亚洲大陆的中部,南部有秦岭山脉、西南有喜马拉雅山脉的阻隔,海洋的暖湿气流很难进入这一区域,属典型的大陆性气候区。同时,三省跨北纬32～42度之间,南北跨度大,地形相对高差大,各地气候差异十分明显。甘宁青三省区降水量的地区分布特点也是由东南向西北依次递减,渭河流域的天水年降水量为631.7毫米,泾河流域的平凉为598.4毫米,兰州、西宁一线降为300毫米左右,宁夏平原为148.5毫米,河西走廊地区年降水量不足100毫米,最低的安西、敦煌仅有30余毫米。从季节上看,冬季降水最少,仅占年降水量的2%～5%;春季稍高,约占15%～20%;夏季降水量最多,占55%～65%;秋季比春季略多,占20%左右。每年6～9月为多雨期,往往占全年降水量的约65%～80%。③

甘宁青地区年平均气温在4.7～11℃,年较差为24～33℃,从东南向西北随着纬度和海拔高度的增加而递减。1月平均温度渭河流域的天水和泾河流域的平凉为-3℃,宁夏平原为-9.7℃,河西走廊的肃州、安西分别为-8.8℃和-7.1℃,青藏高原的都兰为-9.3℃;绝对最低温度在-14.5℃与-25℃之间。7月平均温度渭河流

---

① 冯绳武:《甘肃地理概论》,甘肃教育出版社,1989年,第97—98页。
② 冯绳武:《甘肃地理概论》,甘肃教育出版社,1989年,第98页。
③ 程纯枢:《黄土高原及西北之气候》,《地理学报》1943年第10卷。

域的天水和泾河流域的平凉分别为22.9℃和21.3℃,而宁夏平原为23.3℃,河西走廊的肃州、安西分别为23.7℃和26.3℃,青藏高原的都兰为18.1℃,绝对最高温度在3℃与44℃之间。从绝对最高温度和绝对最低温度来看,年较差可达60~66℃,因此,黄河上游区域气候冬有严寒,夏有酷暑,冷暖变化剧烈。

黄河上游区域6~9月是多雨季节,也是气温最高、热量最丰富的季节,"雨热同期,有利于农作物与林草的生长",①成为这一区域经营农业和牧业最基本的条件。

不同的地形有着不同的产业结构,青藏高原是良好的天然牧场,具有草场面积大、类型多的特点,"在扬子江、黄河、大通河上流,布恰河及青海湖四周之地,海拔一万三千尺以下至一万尺内外之地,河流纵横交错,美草茂生,牧民迁徙往来,天幕麇集,所养之马、驼、牛、羊特别繁殖。柴达木盆地,海拔在一万尺以下,土地湿润,芦苇、茸草生长特茂,更适于马、驼、牛、羊之繁殖"②,是黄河上游区域最主要的皮毛和畜产品出产地,该地的手工业以皮毛加工业和乳品加工业为主,商业贸易的输出品也以皮毛为主。

农业经济比较发达的地区主要分布在地势平坦、灌溉农田较多的平原、绿洲与河谷地带。宁夏平原"土地肥美,沟渠数十道,皆引河水以资灌溉,岁用丰穰"③。每年春季祁连山冰雪融化下流成河,"人民即筑坝拦水,分引渠道以资灌溉农田。渠长者百余里,短者亦有十余里。凡有渠水到达之处即可有良田,渠水不到者皆成沙漠。因此,渠水到达之处农村与城镇之分布甚为稠密,人口显著集中,乃成为沙漠区中之沃洲或沃野(中国古书又称水草田或绿洲)"④。

河西地区农业聚落比较集中,民国时人将河西地区分为十大沃野,即张掖沃野、酒泉沃野、敦煌沃野、武威沃野、山丹沃野、高台沃野、金塔沃野、鼎新沃野、玉门沃野等,这些所谓沃野都是农业经济发达的地区。"沃野为河西精华之所在,沟渠纵横,灌溉便利,阡陌交织,农业发达,河西全部人口,十分之九均集中于沃野之上,都市聚落亦即于其间。"⑤宁夏平原与河西走廊绿洲、黄河上游区域灌溉农业最发达的地区,也是该区域主要的水稻产区。

黄土高原是黄河上游区域丘陵、河谷地形的主要分布区,也是这一区域的主要农业区,尤其"沿河地带经过淤泥成田,故较肥美,山坡地平则差甚,至涧坪一带之白土层地,最适于农作物,有十种九不收之谚"⑥。就整个甘宁青地区而言,"陇中的部分河谷地区、青海东北部的大通河和湟水流域,具有较好的农业环境条件。这些

---

① 史念海、曹尔琴、朱士光:《黄土高原森林与草原的变迁》,陕西人民出版社,1985年,第21页。
② 许公武:《青海志略》,商务印书馆,1943年,第60页。
③ 王金绂:《西北地理》,立达书局,1932年,第44页。
④ 王成敬:《西北的农田水利》,中华书局,1950年,第44页。
⑤ 陈正祥:《西北区域地理》,商务印书馆,1945年,第27—33页。
⑥ 民国《洮沙县志》卷三,经济部门,农矿志。

地方人口较为稠密,地形平坦、土地肥沃、水源较为充裕而便于引流灌溉。由于农业历史较久,农业技术水平也较高。它们构成了黄土高原区主要的精耕细作或较为精细的农业技术的分布区域"。①

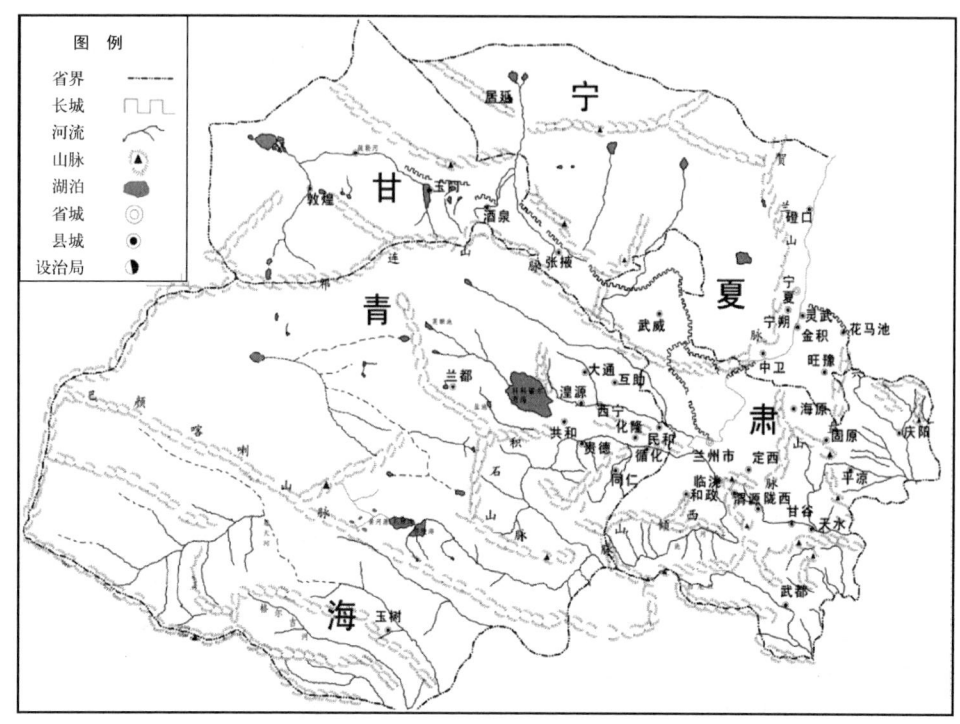

图 3-1-1　民国时期甘宁青概况图
(资料来源:1933年甘肃省、宁夏省、青海省地图。)

第二节　近代甘宁青人文环境与政治格局

一、甘宁青三省的民族结构

清至民国甘宁青地区生活着汉族、藏族、回族、蒙古族、撒拉族、东乡族、保安族、土族、裕固族等,多民族聚居是这一地区最主要的特色。

(一)汉族

汉族迁移进入这一区域最早可追溯到西汉时期。汉武帝"元狩四年(公元前119年),关东贫民徙陇西、北地、西河、上郡、会稽者凡七十二万五千口";②以后历年屯垦戍边,这一地区逐渐形成一定的汉人聚居区。魏晋北朝、隋唐、宋金、元明时

---

① 萧正洪:《环境与技术选择:清代中国西部地区农业技术地理研究》,中国社会科学出版社,1998年,第21页。
② (汉)班固:《汉书》卷六,武帝纪。

期,中央王朝都向甘宁青地区进行规模大小不等的移民和屯田,①使汉族成为这一区域的世居民族,而且其聚居范围不断扩大。进入清代以后,经康、乾、雍三朝的移民与屯垦,甘宁青地区的耕地面积不断扩大,人口剧增,各地呈现出"田野日辟,民力日裕,生齿繁盛,庶而且富"②的景象,在黄河上游区域的农业区布满了汉族的村庄。移民实边和屯田的实行,农耕文化不断渗透,使汉民族由黄河上游区域的"少数民族"逐渐成为主体民族。如青海在清乾隆十一年(1746年),农牧区总人口为716 000人,汉族为222 000人,占31%;1949年,全省总人口148万人,其中汉族74万人,占50%。③青海汉族主要分布在"以西宁为中心而遍及于已设治之各县。其在城市者,多务工商业,而居乡间者,则大抵务农,因文化较高,故一切方面,均占优势"④。

(二)蒙古族

蒙古族定居到黄河上游区域青海一带可以追溯到13世纪中叶。"1257年,蒙古军南进,其中一路从西北进攻四川。土默特达吾尔部队从现在甘、青南部交界处进击,在河曲作格浪地区设立驿站和马场。从此,一部分土默特达吾尔人在这一地区定居下来,这是最早进入黄河南部地区的蒙古族。"元朝灭亡后,青海境内的一部分蒙古族退到了长城以北的荒漠地区,一部分散逃往昆仑山、西倾山、祁连山等地游牧。⑤明清之际蒙古族向黄河上游区域迁徙。至崇祯九年(1636年),原住牧在新疆乌鲁木齐一带的厄鲁特蒙古族和硕特部,在其首领顾实汗(又译为固始汗)的带领下,迁徙到青海湖沿岸、柴达木地区和祁连山皇城大草原一带。顺治二年(1645年),顾实汗统一了厄鲁特四大部之后,将青海划为左右二翼,分给其十子作领地,同时期大批蒙古族部落迁入青海,到17世纪中叶,青海的蒙古族人口已发展到20多万人,⑥是青海蒙古势力最强盛时期,从黄河沿岸到青海湖、柴达木盆地、祁连山的广大地区"部落散处期间,谓之西海诸台吉"。在平定了罗卜藏丹津的叛乱后,清政府将青海蒙古各部收为内藩,仿照内蒙古札萨克制度,划定游牧地界,"编其部落为四,旗二十九……设西宁办事大臣以统辖之。广千余里,袤千余里。面积二百四十万方里。人口十五万"。其中,和硕特部21旗,游牧青海者19旗,住牧情况是:前西旗,牧地在喀布河南岸;前头旗,牧地在黄河之曲;前左翼头旗,牧地在大通河南岸;西后旗,牧地跨柴集河;北右翼旗,牧地在青海湖北岸;北左翼旗,牧地在布隆吉尔河岸;南左翼后旗,牧地在大通河南岸;南右翼后旗,牧地在青海湖东岸;西右翼中旗,牧地跨柴达木河;西右翼前旗,牧地在大通河北岸;南右翼中旗,牧地在鲁察布拉山之西;

---

① 赵俪生主编:《古代西北屯田开发史》,甘肃文化出版社,1997年。
② 乾隆《甘肃通志》卷十三,贡赋。
③ 芈一之:《青海汉族的来源、变化和发展(上)》,《青海民族研究》1996年第1期。
④ 魏崇阳:《西北巡礼》,《新亚细亚》1934年第8卷第5期。
⑤ 青海省编写组:《青海省藏族蒙古族社会历史调查》,青海人民出版社,1985年,第139页。
⑥ 青海省编写组:《青海省藏族蒙古族社会历史调查》,青海人民出版社,1985年,第139—140页。

南左翼中旗,牧地在西滨黄河;北左末旗,牧地在柴吉沁;北右末旗,牧地在布喀河源沙尔诺尔之西;东上旗,牧地在青海湖东北岸;南左翼次旗,牧地东至沙拉图,南至海达克,西至努克孙山鄂西旗,北至乌兰墨尔河;南左翼末旗,牧地在博罗充克河源;南右翼末旗,牧地在黄河北岸;西右翼后旗,牧地跨柴达木河;西左翼后旗,牧地跨柴达木河。绰罗斯部2旗:南右翼头旗,牧地在青海湖东南岸;北中旗,牧地在青海湖西北岸。辉特部南1旗,牧地在巴彦诺尔之南。土尔扈特部4旗:南中旗,牧地在登努尔特达巴罕之阳;西旗,牧地在阿屯齐老图;南前旗,牧地在大哈柳图河之南,小哈柳图河之北;南后旗,牧地在硕罗巴颜哈拉山之阳。喀尔喀部1旗,牧地在青海湖南岸。另有"察罕诺门为一盟,不设盟长,归西宁办事大臣统辖"①。自雍正朝后,青海的蒙古族不论政治、经济都开始衰落,人口锐减。有学者研究,雍正三年(1725年),青海蒙古族有17 775户,88 875口;到嘉庆十五年(1810年),青海29旗总户数只有6 216户,28 963口,比雍正三年初编时分别减少了65%和67%。② 同时,蒙古族的牧地范围也在缩小,游牧在河南的藏族部落不断迁移到河北及青海湖周围住牧。

另外,厄鲁特蒙古和硕特一部迁移到贺兰山以西的阿拉善高原,"康熙二十五年(按:1686年),上书求给牧地,诏于宁夏、甘州边外划疆给之。三十六年(按:1697年),编佐领,授札萨克,封多罗贝勒,驻定远城。雍正二年(按:1724年),晋郡王。乾隆三十年(按:1765年),晋和硕亲王,世袭。佐领八。牧地当贺兰山西、龙头山北"③。在阿拉善之西住牧的是蒙古族土尔扈特一部,康熙四十三年(1704年)请求内附,"赐牧色尔腾。旋定牧额济纳河。雍正七年,封多罗贝勒。乾隆十八年,授札萨克,世袭。佐领一。以归来在先,故亦称旧土尔扈特。不设盟长。牧地跨昆都仑河。东至古尔鼐,南至毛目县丞民地,西至大戈壁,北至阿济山"④。直至民国时期,阿拉善、额济那两旗的蒙古族居住地没有多大变化。民国时期,河西走廊嘉峪关以西为蒙古族游牧区,分为三处:(1)马鬃山地区,1931年,又外蒙古逃难迁移来1 000余幕,分布牧区东至额济纳旗,西至新疆哈密,南至安西、玉门、金塔,北至外蒙江比公、托力公二旗。1933年,外蒙派兵杀戮,死伤300余,部分逃徙,1940年调查,尚有百余幕,归肃北设治局管辖。(2)敦煌西北部、北湖、西湖胡芦斯台一带,住有新疆迁移来的和硕特、土尔扈特蒙民100余幕。(3)敦煌南山祁连山之党河上源阿鲁腾河及安南坝一带,住牧蒙民100余幕。⑤

(三)藏族

藏族在公元7世纪时,吐蕃首领松赞干布统一了青藏高原,建立了吐蕃王朝。

---

① 《清史稿》卷七十八,地理志二十五,中华书局,1977年,第2456—2467页。
② 杜常顺:《清代青海的盟旗制度与蒙古族社会的衰败》,《青海社会科学》2003年第3期。
③ 《清史稿》卷七十八,地理志二十五,中华书局,1977年,第2443—2444页。
④ 《清史稿》卷七十八,地理志二十五,中华书局,1977年,第2445页。
⑤ 廖楷陶:《甘肃之民族问题》,载《西北问题论丛》1941年第1辑,引自甘肃省图书馆书目参考部编:《西北民族宗教史料文摘(甘肃分册)》,甘肃省图书馆印行,1984年,第145—153页。

唐朝末年,吐蕃占据了河陇地区,不仅使生活在河陇地区的西羌系、鲜卑吐谷浑系逐渐融入藏族之中,而且在其统治之下的汉人也被编在吐蕃部落之中。清初黄河上游区域藏族主要分布如下:巴燕戎格厅15族,西宁县22族,碾伯县30余族,大通卫6族,贵德所12族,玉树38族等;[1]河西走廊的甘州、凉州、庄浪、河州边外,"皆系西番人居住牧养之地"。雍正年间,年羹尧平定了罗卜藏丹津叛乱后,蒙古族在青海的力量衰退,黄河北牧场空旷,藏族又开始向河北迁移,逐渐移牧到环青海湖周围地区,"到清咸丰年间就已经形成了环海地区八个大部落",[2]渡过黄河的藏族已有53万余人,[3]蒙藏民族的住牧格局发生了变化。民国时期青海、甘肃的藏族分布极其广泛,他们或住牧,"其少数专务游牧者,则逐水草而居,无定所焉"。[4]

表 3-1-1 民国时期青海、甘肃藏族分布统计表

地名	藏族部落	分 布 区
青海	玉树25族(25个大部落)	囊谦、扎武、拉达、布庆、拉秀、迭达、固察、称多、安冲、苏尔莽、苏鲁克、蒙古尔津、永夏、竹节、格吉麦玛、格吉班玛、格吉得玛、中坝得玛、中坝麦玛、中坝班玛、玉树将塞、玉树总举、玉树戎模、玉树雅拉、娘磋
	三果洛(8个大部落)	贡麻仓、然洛、康干、康赛、哇察、红科、莫巴、霍科等
	环海8族(8个部落)	汪什带海、刚察、千卜录、达如玉、阿粗乎、都秀、阿力克、日安
	同仁12族(12大部落和村庄)	包括加吾利吉、阿哇铁吾、多哇、黄乃亥、夏卜浪、麦秀、隆务庄、官秀、和日、乃亥、兰采、浪加
	化隆16族(分上10族下6族)	包括迭祚、昂思多、多巴、舍仁布具、安答池哈、思纳加、喀咱工哇、黑城子加合尔、群加、水乃亥、石达仓、拉咱、千户、奔加卜尔贝、科巴尔塘、羊尔贯
	申中6族	分布在湟中
	广慧寺5族	分布在大通
	仙米寺6族	分布在门源
甘肃	夏河县属	大夏河、甘家滩、陌雾、黑错、八角城、下八沟、欧拉
	卓尼设治局属	北山撒巴沟、卡缠沟、大峪沟、上下叠部、黑番、白石
	岷县属	洛大乡、赵家巴藏、黑多、康多、黑榨、朱里、旗搭拉、刁扎
	临潭县属	旧城、卓洛、郎木寺、磨隆、毛里、西仓、双岔
	武都县属	莪尔族、风火里、平垭里、旧墩、上腰道里、赵家坪、崇山子、杨咀里

[1] 乾隆《西宁府新志》卷十九,武备,番族。
[2] 青海省编写组:《青海省藏族蒙古族社会历史调查》,青海人民出版社,1985年,第3页。
[3] 张集馨:《道咸宦海见闻录》,中华书局,1981年,第231页。
[4] 新甘肃月刊资料室:《甘肃之藏族》,《新甘肃》1947年第1卷第2期。

续表

地名	藏族部落	分布区
甘肃	永登县属	庄浪河、连城、哈溪滩、不毛山、马牙雪山
	永昌县属	沙沟寺
	张掖县属	康隆寺、马蹄寺、东八个家
	民乐县属	东南城子、大小都麻、黄草沟
	临泽县属	洪湾寺、大头目家、西八个家、羊戛家、罗尔家
	高台县属	亚拉个家、乎狼个家、五个家
	酒泉县属	卯来泉、三山口、乾坝口、磁窑口

（资料来源：青海省编写组：《青海省藏族蒙古族社会历史调查》，青海人民出版社，1985年，第1页。新甘肃月刊资料室：《甘肃之藏族》，《新甘肃》1947年第1卷第2期。）

（四）回族

回族先祖定居到黄河上游区域最早可以追溯到唐朝时期，当时一些来自大食的穆斯林商人定居在河西、河湟地区，[1]13世纪以降，迁移到黄河上游区域的回族人日益增多，各市镇都有回族人经商，在一些屯垦地有回族人从事农业生产。明朝时期回族已经形成一个民族共同体，在黄河上游区域各地，回族成为该地区最主要的民族，甘肃的北部及庆阳、平凉等府都有回族人居住，形成了所谓"甘肃在明代，几乎为回民全部区域"的局面，[2]使回族成为黄河上游区域的主体民族。清代前期回族人口和社会经济继续发展，聚居范围也在不断扩大。雍、乾时期青海回民就达到了12万人口，当时的西宁、民和、贵德、化隆、大通、门源等地许多川水地带已成为回族集聚的主要地区。[3] 到清朝中叶，自天水、秦安、通渭、渭源、临洮、临夏、西宁，以至甘肃西部的张掖、酒泉也都是回民聚居的地方。[4] 就整个甘肃人口而言，出现了"民三回七"的人口结构，[5]即回民占到甘肃全部人口的70%。咸、同时期，回民反清斗争失败后，左宗棠为了便于管理，强迫回民迁移。之后，黄河上游区域回民聚居区的地理分布发生了很大的变化，由原来的广泛分布转变为四个大回族聚居区：一是宁夏地区，主要分布在"罗山的谢家段头和纳家闸、广武、石空、牛家营、韦州、红沟窑、田家沟等处，以及固原、茶盐一带"[6]。二是甘肃的河州地区。三是青海河湟地区，西宁、大通、化隆、循化、民和、湟源、贵德等地是回民聚居地。[7] 四是张家川地区。晚清时期四大回民聚居区的形成，基本上奠定了现代黄河上游区域回

---

[1] 高占富：《丝绸之路上的甘肃回族》，《宁夏社会科学》1986年第2期；马学贤：《回族在青海》，《宁夏社会科学》1987年第4期。
[2] 个个篱：《回教在甘肃》，转引自高占福：《丝绸之路上的甘肃回族》，《宁夏社会科学》1986年第2期。
[3] 马学贤：《回族在青海》，《宁夏社会科学》1987年第4期。
[4] 本书编写组：《回族简史》，民族出版社，2009年，第22页。
[5] 白寿彝编：《回民起义》（四），第215页。
[6] 吴忠礼：《宁夏近代历史纪年》，宁夏人民出版社，1987年，第73页。
[7] 青海省编辑组：《青海省回族撒拉族哈萨克族社会历史调查》，青海人民出版社，1985年，第1页。

民聚居区的分布格局。

（五）撒拉族、东乡族、保安族、土族、裕固族、哈萨克族

撒拉族。根据撒拉族的民间传说，撒拉族是在明朝初年从中亚迁移来到黄河上游地区的，[①]撒拉族最初迁移到循化时住在城西的街子，随着人口增加，街子住不下了，开始向外发展，逐渐形成十三工，即循化内八工和化隆外五工。"工"是比村庄大的地域组织，相当于乡一级的行政区划单位，下属若干自然村。循化撒拉族主要分布在县城外河边山麓居住，称为"撒拉八工"。八工包括：街子工、查加工、查汉大寺工、苏只工、张尕工、孟达工、乃曼工、清水工。黄河北岸化隆县境内的撒拉族居住地称为外五工，包括：甘都工、卡尔岗工、上水地工、黑城子工、十五会工，其中上水地、黑城子两工系撒拉族聚居，其他三工的撒拉族人均与汉族、藏族、回族杂居。[②]另外，共和、祁连、贵德、临夏、夏河等地也分散着少数撒拉族。

东乡族。东乡族是元代以来就活动在甘肃河州地区的一个民族，"是由聚居在东乡地区的许多不同的民族成分，逐渐融合而形成的一个民族。东乡族族源的主要成分是回回人、蒙古人。此外，汉族人、藏族人也是东乡族源的重要成分"。[③]东乡族是以地名而得名，东乡在清朝河州的东部，三面环河，自然环境恶劣，气候干旱，山岭重叠，沟涧纵横，居住环境十分封闭。正是由于"东乡地区比较闭塞、偏僻的地理条件，给屯驻于这里的回回人、信仰伊斯兰教的蒙古人和汉人等创造了一个安定的环境，使他们得以在长期的共同生活中融合成为一个新的民族共同体——东乡族"。[④]

保安族。据民族学者研究认为，保安族是"以蒙古民族为主并在发展中与其他回、汉、土等民族长期往来，自然融合形成的一个民族"[⑤]。保安族约在明代中叶开始形成，清初最后完成。[⑥]保安族原居住在青海同仁县隆务河边的保安城。清咸丰年间，隆务寺的夏日仓（隆务寺活佛）为了扩张自己的势力，强迫信仰伊斯兰教的保安人改信喇嘛教，并且利用水渠灌溉等问题，挑拨土族人和保安人之间的冲突。在夏日仓的排挤和威胁下，同治初年，保安人开始迁徙到循化。之后，又从循化进入积石关定居下来。[⑦]保安族在新中国成立前，清政府和民国政府不承认是一个独立的民族，称之为"保安回"、"番回"。1952年中华人民共和国政务院正式确定并承认其为保安族。[⑧]

[①] 中国科学院少数民族研究所、青海少数民族社会历史调查组编：《撒拉族简史简志合编》（初稿），中国科学院民族研究所，1963年印行，第6—7页。
[②] 青海省编辑室：《青海省回族撒拉族哈萨克族社会历史调查》，青海人民出版社，1985年，第74—75页。
[③] 本书编写组：《东乡族简史》，甘肃人民出版社，1983年，第15页。
[④] 本书编写组：《东乡族简史》，甘肃人民出版社，1983年，第26页。
[⑤] 本书编写组：《保安族简史》，甘肃人民出版社，1984年，第15页。
[⑥] 本书编写组：《保安族简史》，甘肃人民出版社，1984年，第15页。
[⑦] 中国科学院少数民族研究所、甘肃少数民族社会历史调查组合编：《保安族简史简志合编》，中国科学院民族研究所，1963年印行，第8页。
[⑧] 马少青：《保安族文化形态与古籍文存》，甘肃人民出版社，2001年，第5页。

土族是中国西北一个古老的民族,其先祖可以追溯到东胡,其族源主要是吐谷浑,[①]魏晋南北朝时期,"鲜卑族的一支——吐谷浑人西迁到甘青地区后,吸收融合羌、氐的成分,逐渐形成为吐谷浑族的共同体。吐谷浑亡国后,其中留居甘青的部分成为今日土族的主要族源。这一部分人约在11世纪到13世纪早期再次降伏于吐蕃,受吐蕃习俗的影响,有些融合到藏族之中,但其主体部分同时也融合有藏族的成分。……13世纪中叶,蒙古人统治了他们,他们之中又吸收了蒙古人的成分"[②]。经过数百年的民族融合,到了"元、明时期土族已是一个单一的民族。它既不同于吐谷浑,也不同于藏、蒙古等族,是一个在其形成发展过程中,不断融合了其他民族成分的、有着自己独特风格的民族"[③]。清朝时期土族分布区域逐渐缩小,即"由明代几乎遍布陕西全境缩小到河湟及洮岷一隅,东部中心区仅存残余"[④]。晚清到民国时期,特别是南京国民政府的改土归流,土司制度的废除,加剧了土族的汉化进程。随着汉化过程的加剧,土族聚居地范围逐渐缩小。根据土族学者吕建福的研究,民国时期土族分布情况是:青海西宁县、互助、乐都、民和、大通有一些土族聚居区,另外门源、同仁、贵德、共和也有少量的土族分布。甘肃永登(原平番县)、临夏(原河州)、临洮、康乐、临潭、卓尼、岷县的土族汉化严重,但也保留了一小部分土族。[⑤]

裕固族是甘肃独有的民族,其族源可以追溯到我国北方民族回纥人(又称回鹘)。在回鹘民族历史的兴衰过程中,有一部分回鹘人一直生活在河西走廊地区,在西夏统治河西地区时称为"黄头回鹘",元朝时期称之为"撒里畏吾人",又称"西喇古儿",主要活动在今甘新青交界地区。清康熙三十七年(1698年)将裕固族划分为7族,即大头目家(家即部落)、杨哥家、八个家、五个家、罗儿家、亚罗格家、贺郎格家,并封大头目为"七族黄番总管",赐黄袍马褂、红顶兰翎子帽,[⑥]主要分布在以红湾寺为中心的祁连山北麓山地区。民国时期,裕固族共有10"家",根据《解放前裕固族的部落分布及姓氏》的调查报告,其名称和分布状况是:(1)亚拉格家,居住在布明花区的明海,大河区的长沟、亚乐,共190户;(2)贺郎格家,居住在明花区的莲花、前滩,大河区的西岔河等地,共60～70户;(3)西八个家,居住在大河区的松木滩,红湾寺,东、西柳沟一带,解放前夕仅有30余户;(4)五个家,分布在大河区的榆木山附近的金窑寺、红湾墩、大滩一带,有300余人;(5)东八个家,驻地和游牧范围东至黑河,西至拉芨大坂,北至大磁窑坡,南至呼鲁斯台,有140余户;(6)四个马家,居住在康乐区的牛心墩一带,游牧范围北至梨园河以南,南至石窟河,西至孔

---

① 张其昀:《青海省之山川人物》,《西陲宣化公署月刊》1936年第1卷第4、5期。
② 李占忠等:《甘肃土族文化形态与古籍文存》,甘肃民族出版社,2004年,第10页。
③ 本书编写组:《土族简史》,青海人民出版社,1982年,第32页。
④ 吕建福:《土族史》,中国社会科学出版社,2002年,第459页。
⑤ 吕建福:《土族史》,中国社会科学出版社,2002年,第511—521页。
⑥ 本书编写组:《肃南裕固族自治县概况》,甘肃民族出版社,1984年,第31页。

刚木大坂,东邻康丰;(7)大头目家,游牧在以干沟门为中心的牛毛山、大磁窑、九个泉一带,20余户;(8)杨哥家,主要分布在康乐区,大、小长干和大、小黑藏一带,20多户;(9)罗尔家,主要分布在大、小孔刚木和海牙沟一带,有18户;(10)曼台部落,主要居住在马蹄区,四十多户。①

哈萨克族最早游牧在中亚地区,主要是由古代乌孙、突厥、契丹和蒙古人的一部分长期聚居在一起融合发展而成的,到15世纪时"逐渐地形成了以'哈萨克'之名见称于世的民族共同体"。18世纪中叶,清朝平定了准噶尔叛乱之后,部分哈萨克族人迁移到天山北部的阿勒泰、塔城、伊犁一带游牧。② 20世纪30年代,由于民族、宗教、政治、人口等方面的原因,游牧在天山北部的哈萨克族人开始向黄河上游区域的甘肃、青海迁移。从1936年到1939年4年中有4批哈萨克族7000多户,3万余人迁移到祁连山下,疏勒河两岸游牧。③ 后来,迁入河西的一部分哈萨克族人又迁徙到青海的都兰茶卡一带。④ 由于没有固定的牧场,迁入甘、青的哈萨克人一直处于流浪状态。

总之,清朝到民国时期是黄河上游区域多民族聚居格局的形成时期,由于地理环境、生活和生产方式、宗教信仰以及习俗的不同,在经济、文化交流的过程中,各民族保持了自身的民族性,这种民族聚居地的布局基本上奠定了现代这一区域民族分布的格局。同时,这种多民族格局的形成,又对这一区域政治、经济、文化产生了很大的影响,也形成了黄河上游区域社会经济发展的特色。

二、行政区划及政治变动

清朝时期,甘宁青未分治,今甘、宁、青三省大多属甘肃布政使司管辖,少部分包括内蒙古蒙旗与蒙藏部分地区,面积较大,分省、府、县三级制及理蕃院直辖区域。

1911年辛亥革命爆发,清王朝被推翻,1912年1月1日中华民国成立,到1949年10月1日中华人民共和国成立有38年的时间,其间统治中国的中央政府主要是两个势力集团:一是1912—1927年北洋军阀建立的北洋政府;一是1928—1949年蒋介石的国民政府。不同的政府在甘宁青三省的施政亦有不同。

北洋政府统治时期,即对地方建制进行了调整。当时全国设22个行省,省下设道、府(州)、县(厅),为四级行政建制。由于机构重叠,管理不便,1913年乃下令裁撤府,改州、厅为县,实行以省统道、以道统县的三级制。甘肃共设7个道,1914年,7

---

① 甘肃省编写组:《裕固族东乡族保安族社会历史调查》,民族出版社,2009年,第3—9页。
② 本书编写组:《阿克塞哈萨克族自治县概况》,甘肃民族出版社,1986年,第23页。
③ 甘肃少数民族社会历史调查组:《甘肃阿克塞哈萨克族历史调查报告》,新疆维吾尔自治区编辑组:《哈萨克族社会历史调查》,第21—34页。
④ 青海省哈萨克族社会历史调查组:《青海省哈萨克族调查报告》,新疆维吾尔自治区编辑组:《哈萨克族社会历史调查》,第35—56页。

个道分别定名为兰山道、渭川道、泾源道、宁夏道、西宁道、甘凉道、安肃道。由于西北地区在清时本身行政区划较复杂,因此,中间经历了很大的变化。

青海东部地区撤销了西宁府,置西宁道(道设道尹),并将各厅改为县。改循化厅为循化县,巴燕戎格厅为巴戎县,丹噶尔厅为湟源县,贵德厅为贵德县。这样,甘肃省西宁道共辖西宁、大通、碾伯、循化、巴戎、湟源、贵德7个县。宁夏府改为宁夏道,改灵州为灵武县,析旧灵州所属花马池,置盐池县,1915年又将灵武县属之惠安、盐积、限宁、萌城4堡并入;宁灵厅改为金积县;平远县更名镇戎县;这样,宁夏道共辖宁夏、宁朔、灵武、盐池、平罗、中卫、金积、镇戎8个县。

表3-1-2　1914年5月甘肃所属道县分区表

道	观察使驻地	县	合计
兰山道	皋兰县	岷县、陇西、漳县、皋兰、狄道、红水、导河、洮沙、靖远、金县、渭源、定西、临潭、会宁	14
渭川道(陇南道)	天水县	天水、秦安、清水、徽县、两当、礼县、通渭、武山、伏羌、西和、武都、西固、文县、成县	14
泾原道(陇东道)	平凉县	平凉、华亭、静宁、隆德、庄浪、庆阳、宁县、正宁、合水、环县、泾川、崇信、镇原、灵台、固原、海原、化平	17
宁夏道(朔方道)	宁夏县	宁夏、宁朔、灵武、盐池、平罗、中卫、金积、镇戎	8
西宁道(海东道)	西宁县	西宁、大通、碾伯、循化、贵德、巴戎、湟源	7
甘凉道(河西道)	武威县	武威、永昌、镇番、古浪、平番、张掖、东乐、山丹、抚彝	9
安肃道(边关道)	酒泉县	酒泉、金塔、高台、毛目、安西、敦煌、玉门	7

(资料来源:傅林祥、郑宝恒:《中国行政区划通史·中华民国卷》,复旦大学出版社,2007年,第409—410页。)

1927年,北伐胜利,北洋军阀政府统治结束,以蒋介石为首的国民党国民政府成立,全国出现了表面上的统一局面。国民政府开始注意民族地区、边疆地区的开发与建设,特别是抗日战争的爆发,西北地区成为整个抗战的大后方,国民政府从战略角度出发,提出"开发西北"的决议案,更是加强了对西北地区的行政管理力度,加快了甘肃、宁夏、青海三省分立的步骤。

(一)青海建省

青海建省是由冯玉祥提议的。1928年10月,国民党中央政治会议通过了此项决议案,决定将原甘肃西宁道属西宁、大通、碾伯、循化、巴戎、湟源、贵德7县与原西宁办事长官所属青海牧区划出,成立青海省,并决定以西宁为省会,任命孙连仲任省主席。

西宁办事长官所属青海牧区建立于民国初年,鉴于青海牧区主要由蒙藏各族构成,1912年5月北洋政府在中央内务部设立了蒙藏事务处,7月,又改为蒙藏事务局,规定"蒙藏事务局直属于国务总理,管理蒙藏事务"。[①] 后来又扩充为蒙藏院,其职掌范围与清代理藩院相同。对于青海的蒙藏地区也仿清制,设青海办事长官,管理青海蒙藏事务,直隶中央政府。1914年,在甘肃都督的呈请下增设蒙番宣慰使,交叉管理青海蒙藏事务。1915年,撤销青海办事长官一职,蒙藏事务由蒙番宣慰使办理,并由甘边宁海镇守使兼理,坐镇西宁。且明令公布"以青海属甘,以长官事属镇守使"。从此,青海蒙藏地区改由中央直属为甘肃省地方管辖,今青海省的东部、西部,原属两个行政机构的局面也消失了,同归甘边宁海镇守使统一管理,隶甘肃省。

青海牧区的蒙藏各族,在清代为王公、千百户制度。1912年,为安抚民族地区,民国政府公布了《蒙古待遇条件》,宣布各蒙古王公原有之管辖治理权,一律照旧;内外蒙古汗、王、公、台吉世爵位号,照旧承袭,其在本旗所享有之特权,不予变动;蒙古各地呼图克图、喇嘛等原有之封号,概仍其旧;蒙古王公世爵俸饷,从优支给等。对赞成共和的还予以加赏。1913年,青海蒙古台吉乃旗和角昂扎萨克旗率先承认共和,得到了大总统袁世凯颁给的"荣令"。1912年11月,拉卜楞寺呼图克图嘉木样进省代表番族赞助共和,受到礼遇,千百户制度也得以认可,沿袭下来。这样,王公、千百户制度一直保留到1949年。

1929年1月18日,孙连仲到达西宁,26日正式就任省主席职,青海省正式成立。青海省下设有民政、财政、教育、建设四厅,废除道制,以省直辖诸县,县级行政单位又有增设,并改碾伯县为乐都县,改巴戎县为巴燕县,1931年又改巴燕县为化隆县。1929年,析大通县以北地区置门源县;分湟源县西南之恰卜恰地方、西宁县属之上下郭密等地设共和县;析循化县置同仁县;改玉树理事为玉树县。1930年,将西宁县属之威远堡、沙塘川一带析出,置互助县;以乐都以东、循化以北等地置民和县;改都兰理事为都兰县。在青海建省初期青海省共辖有14县,大都集中在青海东部农业区。广大的蒙藏牧区只设有玉树、都兰两县,县的分布不合理,又不便于管理,到20世纪30年代,蒙藏地区相继出现了一批新县,青海省的建制也趋于规范。1933年,从玉树县析置囊谦县;1935年,从贵德县析置同德县;1938年,又从玉树县析置称多县;1937年,海晏设治局,1943年升为海晏县;1939年由门源县析置祁连,设治局;1939年,由共和县析置兴海,设治局,1943年升为兴海县。

青海建省后就将省政府设在西宁县,随着政治、经济形势的发展,西宁的地位日益显得重要,迫切需要成立建制市。1945年,西宁市政筹备处正式成立,并着手开展将西宁改为省辖市的各项筹备工作。不久,将西宁县移到鲁沙尔,以省垣为特种区,暂隶西宁县。1946年改西宁县为湟中县,同年6月,经国民政府内务部批准,

---

① 刘寿林:《辛亥以后十七年职官年表》,台湾文海出版社,1974年。

西宁正式为建制市。

表3-1-3 青海省县市设治局统计表

名　称	政　区　设　置	合计
市	西宁市	1
县	湟中、互助、大通、亹源、乐都、民和、循化、共和、同仁、贵德、化隆、湟源、玉树、称多、都兰、囊谦、同德、海晏、兴海	19
设治局	祁连设治局、星川设治局	2
蒙旗	霍硕特南右翼中旗、霍硕特南左翼中旗、霍硕特前首旗、土尔扈特南前旗、绰尔罗斯北中旗、霍硕特南左翼首旗、霍硕特西右翼前旗、喀尔喀南右翼旗、土尔扈特南中旗、霍硕特北右（翼）旗、霍硕特南左翼末旗、霍硕特南东上旗、霍硕特西右翼后旗、霍硕特西左翼后旗、绰尔罗斯南右翼首旗、辉特南旗、霍硕特南右翼末旗、霍硕特西前旗、霍硕特西后旗、霍硕特北左翼旗、霍硕特北左末旗、霍硕特北右末旗、霍硕特西右翼中旗、霍硕特南右翼后旗、霍硕特南左翼后旗、霍硕特北前旗、土尔扈特西旗、土尔扈特南后旗、察罕诺门汗旗（另有青海右翼盟、青海左翼盟）	29

（资料来源：傅林祥、郑宝恒：《中国行政区划通史·中华民国卷》，复旦大学出版社，2007年，第424—429页。）

（二）宁夏建省

宁夏建省也于南京国民政府成立以后。1927年南京政府成立以后，行政建制上改省、道、县三级制为省、县二级制。此时宁夏道改为宁夏行政区。1928年11月，以甘肃省宁夏行政区（即旧宁夏道）属8县及宁夏镇守使辖地设置宁夏省，省会宁夏县（今银川市）。

宁夏镇守使的设置主要针对原清代归理藩院管辖的内蒙古西套二旗，即阿拉善额鲁特旗和额济纳旧土尔扈特旗。内蒙古西套二旗，在民国初年仍沿袭清代旧制，不设盟，各为独立旗，直属北洋军阀的北京政府蒙藏院。1914年以后，开始逐步改归甘肃省节制，废将军，改置宁夏护军使，又称甘边宁夏护军使。使署驻宁夏县（今银川市），1921年改名宁夏镇守使，管理体制上与青海牧区蒙藏各族大体一致。

建省后，宁夏地区经济开发的力度不断加大，与之相协调，陆续增置了一些新县并新设部分治局（在新开发地区准备设县，而条件尚不成熟者，置设治局作为设县前的一种过渡机构），同时一些县名及驻地也有所改变。1929年2月，平罗县析置磴口县。1929年12月，又由东旗鄂托克辖地析置陶乐设治局，"陶乐"乃"套房"的谐音，因明代鞑靼、瓦剌入居河套，朝廷侮称之为"套房"，故有套房湖滩之名。该局在黄河东，横亘200余里，与平罗、灵武、磴口3县接界，局所在陶乐湖滩（今宁夏回族自治区陶乐县驻地城关镇西南高仁镇）。1930年8月改名沃野设治局，隶绥远省，1937年复称陶乐设治局，还归宁夏省，仍驻陶乐湖滩，1941年7月升县。宁朔县,1932 年由新城移驻王宏堡(今永宁县驻地杨和镇南望洪堡),1941 年迁往瞿靖堡(今青铜峡市驻地小坝镇西北瞿靖堡),1942 年 3 月又徙小坝堡(今青铜峡市驻地小坝镇)。1933 年 12 月,由中卫县又析置中宁县,以原中卫县和其驻地宁安堡各取首字为名,治宁安堡(今中宁县驻地城关镇)。盐池县,1936 年 6 月红军解放驻地花马池,旧政权迁往惠安堡(今盐池县驻地城关镇西南惠安堡)。豫旺县,1938 年 4 月移治同心城(今同心县驻地同心镇),并改名同心县,县因城得名,同时将金积县第 5 区划入。1941 年由中卫县析置香山,设治局,因境内有香山故名。局所在香山(今中卫县驻地城关镇南香山),1949 年初裁入中卫县。宁夏县,1942 年 3 月迁治谢岗堡(今贺兰县驻地习冈镇),并改名贺兰县。同月由贺兰、宁朔二县析置永宁县,取"永远安宁"之意,治养和堡(杨和堡,今永宁县驻地杨和镇)。该月又由平罗县北部析置惠农县,因惠农渠得名,治宝丰镇(今平罗县驻地城关镇东北宝丰镇)。此外,1945 年 8 月,由贺兰县城区正式析置银川市,驻地即今银川市城区。

内蒙古西套二旗:阿拉善额鲁特旗,简称阿拉善旗,公署驻定远营(今内蒙古自治区阿拉善左旗驻地巴彦浩特镇);额济纳旧土尔扈特旗,简称额济纳旗,无固定驻所。1934—1936 年间,两旗曾隶百灵庙蒙政会。直到 1949 年,随着西北地区解放战争的胜利,两旗的行政建制才慢慢建立起来。因此,截至 1949 年 9 月底,宁夏省只有银川市(县级)、贺兰、宁朔(1960 年 8 月撤销,并入青铜峡、吴忠两市和永兴县)、灵武、盐池、平罗、中卫、金积(1960 年 8 月撤销,并入青铜峡、吴忠两市)、同心、磴口、陶乐、中宁、永宁、惠农(1960 年 1 月撤销,一部分改置县级石嘴山市,另一部分并入平罗县。1987 年 2 月由石嘴山市郊区复置惠农县,改驻马家湾镇)13 县及阿拉善、额济纳 2 旗。

表 3-1-4　宁夏省县市设治局统计表

名　称	政　区　设　置	合计
市	银川市	1
县	贺兰、宁朔、灵武、盐池、平罗、磴口、中卫、中宁、金积、同心、陶乐、永宁、惠农	13
设治局	紫湖设治局、居延设治局	2
蒙旗	鄂尔多斯右翼中旗、阿拉善额鲁特旗、额济纳旧土尔扈特旗	3

(资料来源:傅林祥、郑宝恒:《中国行政区划通史·中华民国卷》,复旦大学出版社,2007 年,第 420—423 页。)

青海、宁夏受自然条件的限制,民族分布复杂,社会发育不成熟,受社会、经济等因素的制约,民国时期虽许多地区设置县治,但往往建制不全,功能未能发挥出来,史称青海"改省分县仅于皮相而已"[①]。虽然如此,青海、宁夏的建省设县从客观

---

① 青海省社科院历史所:《青海历代建置研究》,内部刊印本,1987 年,第 301 页。

（三）民国甘肃的行政区划

民国初年，甘肃废府设7道，分省、道、县三级管理，并在1914年将7道分别改名为兰山道、渭川道、泾源道、宁夏道、西宁道、甘凉道、安肃道。1927年变道为行政区，设渭川、泾源、宁夏、安肃、西宁、兰山6个行政区。① 1928年撤销行政区建置，实行省、县二级管理。② 1935年开始设行政督察区作为第二级行政区，但行政督察区为虚级，属于准行政区，③主要行政区仍为省、县两级。起初设7个行政督察区，1939年新置第八行政督察区，1944年增设第九行政督察区。1949年时，全省有1市、69县、2设治局。④

表3-1-5 民国末期甘肃地方行政区划表

区域	县数	驻地	县（市、设治局）
省辖区	6		兰州、皋兰、景泰、靖远、永登、会宁
第一区	6	岷县	岷县、陇西、漳县、临潭、夏河、卓尼
第二区	10	平凉	平凉、华亭、庄浪、静宁、崇信、化平、隆德、固原、海原、西吉
第三区	8	庆阳	庆阳、泾川、灵台、环县、合水、宁县、正宁、镇原
第四区	10	天水	天水、甘谷、武山、礼县、西和、秦安、通渭、清水、两当、徽县
第五区	4	临夏	临夏、宁定、永靖、和政
第六区	8	武威	武威、民勤、永昌、山丹、民乐、张掖、临泽、古浪
第七区	8	酒泉	酒泉、金塔、鼎新、高台、玉门、安西、敦煌、肃北
第八区	5	武都	武都、文县、西固、成县、康县
第九区	7	临洮	临洮、洮沙、康乐、定西、榆中、会川、渭源

说明：全省辖69县、1市、2设治局。化平、隆德、固原、海原、西吉后属宁夏。
（资料来源：傅林祥、郑宝恒：《中国行政区划通史·中华民国卷》，复旦大学出版社，2007年，第416—417页。）

三、自然灾害与地区人口

民国时期，甘肃的兵灾、匪患与天灾影响巨大，成为这一时期主要的社会特征。同时，灾祸的发生导致人口急剧减少，在很大程度上影响了经济和社会的发展，形成恶性循环。

（一）自然灾害

自然灾害给甘肃的社会经济造成了巨大的破坏，同时战争和匪患又加剧了自

---

① 郭卿友：《中华民国时期军政职官志》，甘肃人民出版社，1990年，第790页。
② 甘肃省方志委员会：《甘肃省志·第9卷：民政志》，甘肃人民出版社，1995年，第81页。
③ 国民政府行政院1932年颁布的《行政督察专员暂行条例》规定：行政督察专员"系为临时应付某项特种事件而设"，职能在于"辅助省政府及各厅、处督察该区域内各县、市地方行政"，只有"随时考察及督促指导之权"。"对于区域内各县、市认为有必须改革或创办之事，得随时呈报省政府核定，并函主管厅、处查考"；"对于区域内县、市政府行政人员的奖惩"密呈省政府核办，并函主管厅、处查考"。中国第二历史档案馆编：《国民党政府政治制度档案史料选编》，下册，安徽教育出版社，1994年，第458—464页。
④ 傅林祥、郑宝恒：《中国行政区划通史·中华民国卷》，复旦大学出版社，2007年，第416页。

然灾害的影响。从民国初年的甘军攻陕到 1949 年底文县解放,战争一直相伴其中,各类战争不下百次,主要有河州事变、凉州事变、白朗战争、抗日战争、解放战争等。1930 年的战争主要是旧军阀之间的争权以及与外来军事力量的战争,如白朗战争、河州事变等;国民政府统治甘肃后,军阀战争破坏减少,但抗日战争和解放战争却影响巨大。如 1929 年"全省 50 多县大旱,灾民 245 万,加之兵灾和饥荒死于饥饿的有 140 多万,死于疫病的有 60 多万,死于兵匪的有 30 多万"①。与战争伴随的是严重的匪患,整个民国时期从陇东到河西都有大量土匪滋生,给社会带来极大破坏,土匪破城杀掠更是屡见不鲜。1929 年甘肃省民政厅统计全省人口数量时,竟有洮沙、武威、金塔、华亭等 13 县因为匪患统计不到该县的人口数据。②

表 3-1-6　民国时期甘肃重大自然灾害统计表

时　间	灾　害　情　况
1915 年	陇东 17 县干旱,秋收无望
1919 年	全省春旱秋涝,十室九空;同时,各地普遍发生大地震,陇东及兰州等地"城廓化为平坦,市廛因以空虚,死伤 30 余万人"*
1920 年	海原地震给靖远、通渭等县造成巨大灾害
1924 年	全省大旱,皋兰等 17 县灾情严重,兰州城发生"人肉包子上市"的惨景
1927 年	武威、古浪发生地震,波及全省 50 多县
1929 年	全省 50 多县大旱,灾民达 245 万
1932 年	全省 44 县大旱,33 县受冰雹、虫害袭击
1934 年	全省 45 县大旱
1937 年	全省旱、雹、水等灾祸交替发生,受灾 54 县
1947 年	全省遭受旱、雹、水、虫等灾,影响 68 县,受灾人口 65 万
1948 年	全省 51 县受灾

说明:* 穆寿祺:《甘宁青史略正编》,卷二十九,俊华印书馆,1936 年,第 21 页。
(资料来源:丁焕章主编:《甘肃近现代史》,兰州大学出版社,1989 年,第 323、550 页。)

(二) 地区人口

甘宁青三省人口的发展在晚清至民国时期经历了三个阶段:1861 年到 1874 年是人口锐减阶段,从 1 547.6 万人减少到 466.6 万人;1874 年到 1931 年是人口缓慢增长阶段,从 466.6 万人增长到 736.3 万人,57 年内增长了 269.7 万人;1931 年到 1953 年是人口快速增长阶段,从 736.3 万人增长到 1 415 万人,22 年内增长了 678.7 万人(参见表 3-1-7)。

---
① 张其昀、任美锷:《甘肃省人文地理志》,《资源委员会季刊》1942 年第 2 卷第 1 期,第 71 页。
② 甘肃省档案馆编:《甘肃历史人口资料汇编》第二辑,上册,甘肃人民出版社,1990 年,第 93 页。

表 3-1-7　1861—1953 年甘宁青三省人口变化统计表

年　份	1861 年	1874 年	1908 年	1912 年	1921 年	1931 年	1936 年	1949 年	1953 年
人口(万人)	1 547.6	466.6	494.6	499.0	594.6	736.3	884.3	1 236	1 415

说明：本表数字由黄正林整理，参见《黄河上游区域农村经济研究(1644—1949)》，河北大学 2006 年历史学博士论文，第 51 页。
(资料来源：1861 年数字来源于甘肃省档案馆：《甘肃历史人口资料汇编》，第 150、158 页；1874 年数字来源于赵文林、谢淑君：《中国人口史》，人民出版社，1988 年，第 414 页；其余数字来源于侯杨方：《中国人口史·1910—1953》第 6 卷，复旦大学出版社，2001 年，第 134—138 页。)

晚清甘宁青三省人口减少主要因为受同治回民起义影响。这场战争在某种程度上演变为回汉民族之间的大屠杀，导致人口大量减少。根据人口史专家的推算，"1862 年到 1874 年每年平均减损九十万，期间同治九年(1870 年)战争较烈，估计减二百万，其余各年均减八十一万"，到回民起义被镇压的次年即 1874 年，甘肃的人口为 466.6 万人，[①]减少了 1 081 万人，即有 69.9％的人口在这次战争中被消耗。[②]

1874 年到 1931 年，黄河上游区域人口逐渐恢复，但十分缓慢，主要原因是同治回民起义人口损失过重，自然恢复较困难。再者，自然灾害频繁。自光绪初年到 1931 年，黄河上游区域自然灾害不断发生，造成了人口的大量死亡。在各种自然灾害中，对人口消耗最严重的是旱灾和地震。1928 年至 1929 年西北地区发生大面积旱灾，据统计仅 1929 年甘肃就有 230 万人口死亡，"饥饿死者 140 万人，死于瘟疫者 60 万人，死于兵匪者 30 余万人"。[③]

20 世纪 30 年代到 40 年代，甘宁青区域人口增长速度相对较快，人口从 1931 年的 700 余万人增加到 1949 年的 1 200 余万人，不足 20 年的时间里人口增加了 500 万人。其中一方面有人口自然增长的原因，另一方面也是抗战时期人口的大量迁入所造成。

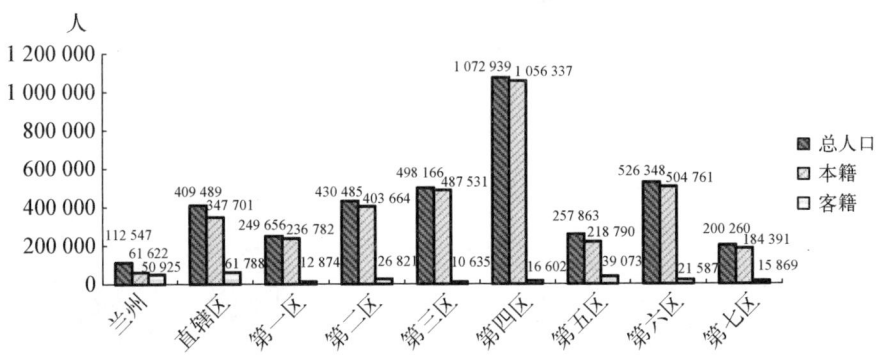

图 3-1-2　1945 年甘肃各区主客籍人口对比图

(资料来源：甘肃省档案馆编：《甘肃历史人口资料汇编》(第二辑)，上册，甘肃人民出版社，1990 年，第 385—401 页。)

---

① 赵文林、谢淑君：《中国人口史》，人民出版社，1988 年，第 414 页。
② 黄正林：《黄河上游区域农村经济研究(1644—1949)》，河北大学 2006 年历史学博士论文，第 51 页。
③ 邓特云：《中国救荒史》，上海书店，1990 年。

这一点可以从民国时期甘肃地区主客籍人口分配比例看出来,由于外来人口的大量机械性增加,使甘肃的人口结构发生了变化。在抗日战争期间,大量外省军民的进入,使得甘肃的各个地区都有大量的寄籍人口,他们给甘肃的社会经济生活带来巨大影响。以1945年为例,在兰州的寄籍人口竟占到总人口的45%;另外有4个区的寄籍人口都超过总人口的5%,最多的第五区寄籍人口占15.15%。可见,甘肃的寄籍人口在总人口中是占有重要地位的。

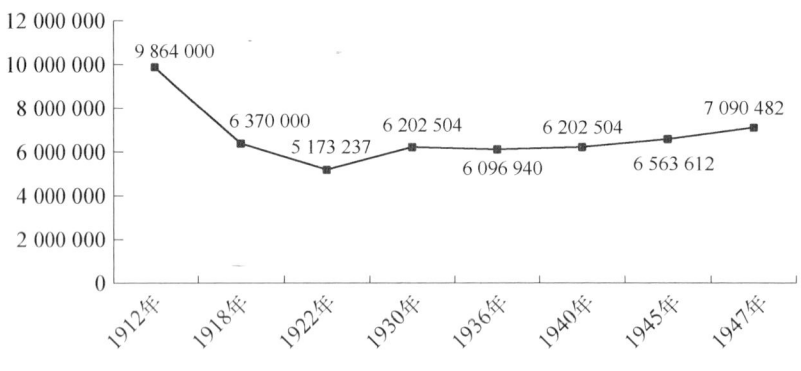

图3-1-3 民国时期甘肃人口变化图

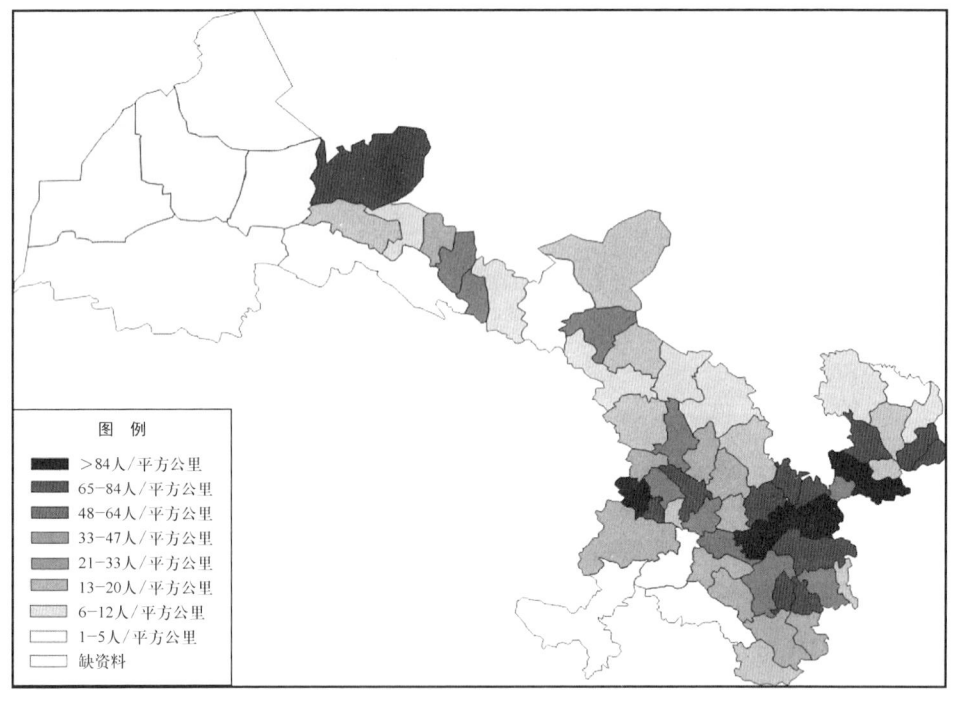

图3-1-4 1935年甘肃各县人口密度分布图

(资料来源:甘肃省民政厅编:《民国二十四年甘肃民政厅各县保甲人数统计》,甘肃省图书馆藏。)

第二章　近代甘宁青农牧业的发展及其结构性变迁

第一节　近代甘宁青农田水利事业的发展

　　甘肃、青海、宁夏位于黄河上游,从气候带上来讲属典型的温带大陆性气候区,年降水量稀少,且分布不均,与内地形成截然不同的农业经济特征。由于海拔高,气候干燥,寒暑均烈,甘宁青具有发展畜牧业的优越自然条件。农业经济只集中于地势平坦、灌溉农田较多的平原、绿洲与河谷地带,如宁夏平原、河西走廊绿洲、黄河上游区域,这些区域是灌溉农业最发达的地区。就整个甘宁青三省而言,"陇中的部分河谷地区、青海东北部的大通河和湟水流域,具有较好的农业环境条件。这些地方人口较为稠密,地形平坦、土地肥沃、水源较为充裕而便于引流灌溉。由于农业历史较久,农业技术水平也较高。它们构成了甘肃省主要的精耕细作或较为精细的农业技术的分布区域"①。

　　灌溉农业是这里的主要农业类型,故兴修农田水利成为这一区域农业经济发展的关键。从水资源利用上来看,甘宁青三省区的农业灌溉用水主要是开发利用地表水,一是黄河及其支流水的利用,一是祁连山冰雪融水形成地表河流,用来发展灌溉农业,这些灌溉农业主要分布在河西走廊、宁夏平原、河湟谷地等地区。

一、近代甘肃的农田水利事业

　　近代甘肃的农田水利事业主要集中在陇东黄土高原与河西走廊地区,这两大区域也集中了甘肃的重要农业区。

　　(一)陇东黄土高原地区的农田水利事业

　　黄土高原沟壑纵横,建立大型农田灌溉系统成本极高,因此在清朝时期只是在黄河及其支流的河谷地带修建小型农田水利,灌溉农田。民国初年统计,"河南凡八十四轮,河北凡四十一轮,上下流诸河凡三十三轮"②。黄河流经之地无法引渠灌溉者也采用水车灌田,在金县、靖远县均有记载,如金县"北山之北,除什川堡、一条城数处用翻车引灌外,其余不能沾其涓滴"③,也就是说金县对黄河水的利用主要是用水车提灌农田。民国时期靖远黄河两岸尚有60余轮,灌溉15 500余亩。④ 据20世纪30年代甘肃省建设厅登记,黄河两岸水车数量如表3-2-1所示。

---

① 萧正洪:《环境与技术选择:清代中国西部地区农业技术地理研究》,中国社会科学出版社,1998年,第21页。
② 张维:《兰州古今注》,兰州古籍书店,1987年,第17页。
③ 道光《重修金县志》卷三,地理志。
④ 民国《靖远县新志》,第四编,水利略。

表 3-2-1 20 世纪 30 年代甘肃省建设厅水车登记数量统计表

县 别	皋兰县	永靖县	靖远县	洮沙县	总 计
轮 数	176	53	24	1	254
灌溉亩数	29 710	9 639	10 800	100	50 249

(资料来源:《甘肃调查》,第 42 页。)

近代以来,由于新式水利技术的引进,陇东及陇右黄土高原才有了大型农田水利的兴修。在新技术方面,一是机器的使用。左宗棠主张在平凉修渠引泾水时,他的顾问德国技师说:"渠底多系坚石,人力施工困难,德国还有一种开石机器,如能办到,工程更可迅速。文襄公(左宗棠)很以为然,遂命(胡)光埔去添办。"①这是黄河上游区域农田水利兴修中首次使用机械施工。二是炸药的使用。在引抹邦河(在狄道岚关坪之上,坪下就是洮河)水时,有一道长 420 丈,高 35~36 丈的石山,只有把该山"挖低二十五丈"才能引水灌田。该渠《龙王庙碑记》记载:"斯渠也,始造于同治十二年六月既望之翼日,以同治十三年五月晦日讫工。其长七十里,广丈有六尺。堤高三丈五尺,宽二十丈余。横亘两崖。縻金钱四百万有奇,火硝磺二千六百石。"②施工机械和炸药的首次使用,标志着黄河上游区域农田水利建设在技术上的突破,表明了在地质比较复杂的地区修建农田水利成为可能,也开启了黄河上游区域水利事业的近代化进程。

民国时期黄河上游区域水利事业有一定程度的进展。国民政府对黄河上游区域水利的重视始于抗战时期,由四联总处划拨专门贷款用于农田水利的兴修,在黄土高原河谷地区修建了一系列新式水利工程。如 1941 年给甘肃划拨农田水利贷款 400 万元;③1942 年,甘肃农田水利贷款 2 708 万元,宁夏 20 万元。④ 利用这些贷款和地方自筹资金相结合,修建了一批新式灌溉工程。如甘肃省 1941 年国民政府贷款 400 万元,省政府自筹资金 100 万元,修建湟惠、博济水利工程,次年 5 月先后完工放水。1942 年除了国民政府的贷款外,省政府自筹资金 500 万元,兴修永乐等 9 项大中型水利工程,各工程情况如表 3-2-2 所示。

表 3-2-2 1942 年甘肃水利工程预算及估计受水统计表

工 程 名 称	永乐渠	永丰渠	靖丰渠	平丰渠	登丰渠
工程费预计(万元)	650	460	650	1 200	50
估计受益田亩(市亩)	54 000	23 000	20 000	80 000	4 500

---

① 秦翰才:《左文襄公在西北》,商务印书馆,1947 年,第 186 页。
② 转引自秦翰才:《左文襄公在西北》,商务印书馆,1947 年,第 188 页。
③ 中国第二历史档案馆:《中华民国史档案资料汇编》第五辑第三编,财政经济(四),江苏古籍出版社,2000 年,第 53 页。
④ 中国第二历史档案馆:《中华民国史档案资料汇编》第五辑第三编,财政经济(四),江苏古籍出版社,2000 年,第 196 页。

续 表

工程名称	肃丰渠	汭丰渠	洮惠渠	兰丰渠	合 计
工程费预计(万元)	1 500	300	110	5 000	10 000
估计受益田亩(市亩)	105 000	10 000	20 000	130 000	446 500

(资料来源：中国第二历史档案馆：《中华民国史档案资料汇编》第五辑第三编，财政经济(四)，江苏古籍出版社，2000年，第242页。)

除了以上大中型水利工程外，政府还贷款给有兴修水利条件的各县，支持其修建小型农田水利，该项贷款共计308万余元，贷款分配的情况如表3-2-3所示。

表3-2-3 1942年甘肃小型农田水利贷款分配统计表

县　名	皋兰	武威	靖远	临夏	临洮	康乐
贷款额(万元)	160.0	15.0	34.3	4.0	33.3	10.0
县　名	洮沙	武都	宁定	永定	漳县	合计
贷款额(万元)	5.0	30.0	1.5	5.0	10.0	308.1

(资料来源：中国第二历史档案馆：《中华民国史档案资料汇编》第五辑第三编，财政经济(四)，江苏古籍出版社，2000年，第242—243页。)

由于国民政府在兴修农田水利贷款方面有一定的力度，20世纪30年代至40年代甘肃各地新建了一批新式灌渠(如表3-2-4)。

表3-2-4 民国时期甘肃新式灌溉渠统计表

渠别	灌溉地区	水　源	渠长(公里)	灌溉面积(市亩)	完工年月
洮惠	临洮	洮河	28.3	27 000	1938年8月
湟惠	皋兰、永登	湟水	31.0	25 000	1942年4月
溥济	临洮	洮河	19.3	35 000	1942年4月
汭丰	泾川	汭河	13.1	10 000	1944年3月
永丰	永靖	黄河	25.3	23 000	1944年12月
永乐	永靖	大夏河	17.0	48 000	1944年12月
靖丰	靖远	黄河	15.6	20 000	1944年12月
兰丰	皋兰	黄河	75.1	110 000	—
登丰	永登	大通河	—	4 500	1946年4月
肃丰	酒泉、金塔	临水	—	70 000	1947年5月
平丰	平凉	泾河	83.5	80 000	—
合计	—	—	—	452 500	—

(资料来源：王成敬：《西北的农田水利》，中华书局，1950年，第50—51页。)

民国时期甘肃修建的大中型新式渠道有 11 条,灌溉面积 45 万余市亩。由于水土流失,黄土高原下切的河谷两岸平地很少且狭长,因此修渠成本高且灌溉面积小,最长的兰丰渠长达 75 公里,灌溉面积仅有 11 万市亩,每公里渠道仅灌溉农田 1 460 余亩。除了新式灌渠外,黄土高原各河流还保留下了一些旧的水渠约 144 条,主要分布在祖厉河、洮河、渭河、藉河(在天水)、永川(在天水)、嘉陵江、白龙江、南北河(在定西)、清水河(在海原)、大营河(在榆中)、泾河、大夏河、韩家集河(在临夏)、苦水河(在静宁)、葫芦河(在静宁)等河所形成的谷地中,灌溉面积 128.6 万市亩。① 如果新式水利和旧式水利都达到有效灌溉面积,民国时期黄土高原灌溉面积有 165.8 万亩(除酒泉、金塔的肃丰渠外),这只占耕地的极小的一部分。因此,黄土高原丘陵区面临最大的困难就是缺水和现有的水资源难以充分利用,这对黄土高原的农业发展带来极大的影响。

(二) 河西走廊地区的农田水利事业

河西走廊的水资源主要来源于祁连山脉的冰雪融水,从水系来看,河西走廊地区农田水利设施主要有四大流域系统,即凉州府的三岔河(即今石羊河)流域、甘州府的黑河(又称张掖河)流域、肃州的北大河流域、关西地区的布隆吉尔河(即疏勒河)流域。清朝时期在这四大流域修建了渠、坝、沟、闸、渡槽、隧道、桥梁等水利设施,不仅四大流域形成了完整的灌溉系统,而且利用小河流、泉水进行农田灌溉,使河西走廊水利事业达到了"历史上前所未有的水平"②。晚清同治年间发生了回民起义,河西走廊是起义的中心之一,由于社会动乱,人口减少,水利设施遭到了巨大的破坏,渠道失修,堤岸坍塌使水渠淤塞。同治十二年(1873 年)左宗棠率大军"自垒口、武胜、镇羌,抵乌稍岭,南水流经河口入大河,岭北之水会雪山之水经镇番入大河,计程七八百里,两水分流,漫布田野"③。左宗棠所见的水没有流入河道与渠道而是"漫布田野",说明水利设施遭到了严重的破坏。这也从地方志的记载中得到印证:"同治间逆回惊陇,民苦杀掠,堵御为艰,河患因之益剧。"④另外,生态环境恶化导致了水田旱地化,河西走廊"早年祁连山北坡森林茂密,满山青绿,各水源之上游均有大面积之天然林,故积雪深厚,雪水丰沛,源源下注,使山麓地带农田不虞有缺水之现象。故每年之农产虽不大获,亦可丰收。到近年以来则人口向上游迁移,滥伐森林,摧残过度,于是童山濯濯,雪线逐渐上升,水量乃至大减,且多失时。因此近年河西区之农田水利事业发生严重的问题,即因雪线上升,雪水不能及时下注,原有耕地便不能完全耕种"⑤。水利设施的破坏和生态环境的恶化,使河西农村经济处于萧条状态,一些地方直到民国时期仍不能恢复到同治元年以前的水平,如

---

① 王成敬:《西北的农田水利》,中华书局,1950 年,第 52—54 页。
② 王致中、魏丽英:《明清西北社会经济史研究》,三秦出版社,1989 年,第 169 页。
③ (清) 左宗棠:《左文襄公书牍》卷十三《与崇峻峰方伯》。
④ 甘肃省中心图书馆委员会编:《开改新河记》,《甘肃河西地区物产资源资料汇编》,甘肃省中心图书馆,1987 年印行,第 43 页。
⑤ 王成敬:《西北的农田水利》,中华书局,1950 年,第 45 页。

酒泉的灌溉面积"在昔盛时曾达一百四十七万亩,现在常年所灌者不及早年的七分之一。其他各县亦多类似情形"①,许多耕地因得不到灌溉而抛荒,如在20世纪30年代中期的酒泉,"熟荒一望无际,长行三四十里,往往渺无人烟"②。大量水田得不到灌溉或被抛荒,或变为旱地,使河西水田仅占三分之一,旱地却占三分之二。③ 表3-2-5是民国时期河西各地河渠、耕地、人口等情况的统计。

表3-2-5 民国时期河西走廊水利、耕地、人口统计表

县名	主要河川	沟渠数	耕地面积（km²）	耕地占土地总面积比例（%）	耕地人口密度（人/km²）	水田面积（km²）	水田占耕地比例（%）
民勤	白亭河	16渠	204	2.1	554	101	49
古浪	古浪河	3渠17沟	292	9.6	148	51	17
永昌	郭河	3渠35沟	415	3.4	110	135	32
武威	沙河	10渠41沟	698	9.9	464	172	25
山丹	山丹河（弱水支流）	8渠17沟	302	4.9	133	93	31
民乐	洪水（弱水支流）	8渠	388	24.4	60	111	29
张掖	弱水（张掖河）	54渠	446	12.0	384	179	40
临泽	弱水	10渠	223	9.4	227	73	33
高台	弱水	6渠25沟	113	1.8	493	95	84
鼎新	弱水及临水	—	19	1.2	609	15	79
金塔	临水（北大河）	8沟	61	1.0	403	34	56
酒泉	临水	6渠48沟	441	5.0	262	135	31
玉门	疏勒河	6渠	15	1.4	132	9	4
安西	疏勒河	6渠	105	0.3	197	22	21
敦煌	党河（疏勒河支流）	10渠	125	0.2	216	88	70
平均		146渠183沟	4 047	2.2	270	1 313	32

（资料来源：陈正祥：《西北区域地理》,商务印书馆,1947年再版,第25—26页。）

表3-2-5反映出河西地区水利与农村经济的密切关系。首先,河西地区虽然幅员广袤,但耕地在土地面积中所占比例极小,从水系来看,关西的疏勒河流域最小,张掖河流域最大。水田仅占总耕地面积的32%,反映出民国时期河西地

---
① 王成敬：《西北的农田水利》,中华书局,1950年,第47页。
② 陈赓雅：《西北视察记》,甘肃人民出版社,2002年,第172页。
③ 陈正祥：《西北区域地理》,商务印书馆,1947年再版,第25页。

区农田水利处于萎缩状态,特别是玉门县,水地仅占耕地的4%。其次,众所周知,河西是黄河上游区域人口密度较小的地区,如清朝嘉庆年间甘肃人口最高峰值时期每平方公里甘州府为23.54人,凉州府为5.99人,肃州为10.15人,安西州为0.71人。但事实上,耕地上的人口密度要大得多,平均达到了每平方公里270人,最高的民勤灌溉农业区达550余人,比近代经济发达的华北、江南某些地方还要高一些。为什么会出现这样的情形?耕地区人口密度增加与灌溉面积萎缩有直接的关系。河西地区"十地九沙,非灌不殖",①水利和农业、人口有着直接关系。民国时期水利失修,或渠口堵塞,进水不畅;或渠身被沙碛埋没,"渠水所经之处,往往不是原来的渠道,常可流到大车路上去。即使水流在渠道中,也因渠身宽浅,多有沙砾,蒸发渗漏者为量至大。据估计这种牺牲约占全水量的六分之五,实际用于灌溉者约占六分之一。所以河西这些渠道常年都是苦于水量不足,尤以近年为甚,因此已经开垦的耕地往往无水可用"②,致使干、支渠下游农田无水灌溉,抛荒现象严重。下游农田抛荒后,居民就沿河向上游迁移,使河西"人口分布有一种沿河向上游迁移的趋势"③,这种趋势导致人口越来越集中,密度越来越大,造成了灌溉区域人地关系紧张。水利失修是民国时期河西农村经济发展面临的主要问题。

二、宁夏平原的农田水利

宁夏平原有赖于黄河水资源之利,灌溉历史悠久,清代以前就有大型水利工程如秦渠、汉渠、唐徕渠等。清朝时期,宁夏农田水利有了更进一步的发展,无论工程技术水平和管理制度,还是灌溉面积都超过了以前的水平。

同治年间该地为回民起义的中心,"经过十年的变乱,破坏很多,特别因为双方都曾利用渠水灌决敌人"④,灌溉系统遭到了严重的破坏。至民国初期,宁夏平原灌溉面积已经不足百万亩,1920年时为63.3万亩,1926年编纂《朔方道志》,据采访时调查也仅为78.8万亩,⑤仅及清朝嘉庆年间的三分之一。1929年,宁夏省建立后,宁夏平原农田水利渐有起色,特别是马鸿逵担任宁夏省主席后面临农村经济的破产的问题,把兴修水利作为恢复农村经济的主要任务,建立起近代化的水利管理机构。

宁夏省政府成立后,建设厅下设了两个管理机构专管水利问题,一为宁夏省水利局,直辖九渠水利管理局(即唐徕渠、汉延渠、惠农渠、大清渠、云亭渠、灵武渠、金积渠、中卫渠、中宁渠、惠民渠),主要负责水利和渠道的管理;二为水利工程设计

---

① 道光《重修镇番县志》卷三,水利考·灌溉。
② 王成敬:《西北的农田水利》,中华书局,1950年,第47页。
③ 王成敬:《西北的农田水利》,中华书局,1950年,第44页。
④ 秦翰才:《左文襄公在西北》,商务印书馆,1947年,第187页。
⑤ 杨新才:《宁夏农业史》,中国农业出版社,1998年,第224页。

组,下属宁朔平三县沟洞事务所和王洪堡河工处,主要负责水利工程的修建和维护。1935年"废局长制,设委员制,将全权交付民众,恢复以前官督民治之成法,酌量渠之大小,设三人以上十一人以下之委员,其人选均由地方受水户民中富有水利经验者充任之"。1937年由建设厅召集地方绅士组建了"全省水利公款稽核委员会",1938年该委员会改为"水利监察委员会",依次各县、乡均设立监察委员会,①并颁布了《宁夏省河渠水利委员会组织简章》、《宁夏省各县渠水利委员会通则》、《宁夏省各县渠水利委员会选举条例》、《宁夏省各县渠水利委员会奖惩条例》、《宁夏省各县渠估工办法》等,②实行依法行政。1941年,"为统一事权,增加行政效率计",将各县委员会"改为县水利局,省监委会改为省水利局"。③ 水利行政管理机构的近代化和依法行政,对增强水利管理的行政效绩是很有意义的。另一方面对旧渠道进行修浚和改造。和以前不同的是,宁夏省政府对旧渠道的修浚和改造基本上是建立在现代科学规划的基础上进行的,如在改良斗口时,先做了科学测量和调查:"(一)土地测量,决定支渠灌溉范围;(二)调查该区内之土壤情形,作物种类;(三)根据各种作物之需水量及土壤情形,以定流量;(四)设计斗口及支渠断面及坡度。"另外对渠道进行"裁弯取直"、"渠口一首制"、"整理排水系统"等都进行了比较科学的考察。④ 在此基础上对宁夏平原的水利工程进行了大规模的修浚,"举凡各渠之渠口渠身,闸、口、桥、洞,以及河工码头,山洪水坝等等重要工程,莫不大事兴修,竭力建设"。⑤ 通过对干、支渠的修浚,宁夏平原的灌溉能力有了很大的改善和提高。如唐徕渠长211.8公里,大小支渠551道,共灌溉宁夏、宁朔、平罗3县42乡耕地467 800余亩。汉延渠从正闸至尾闸分为4段,长219公里,灌溉宁朔县15乡耕地,计167 300余亩;灌溉宁夏县7乡耕地,计89 100亩,共计汉延渠灌溉耕地256 400余亩。惠农渠长184.1公里,大小支渠664道,灌溉宁夏、宁朔、平罗3县49乡耕地283 200余亩。大清渠灌溉宁朔县耕地60 400余亩。昌润渠灌溉系统由昌润和滂渠、永惠、永润、西官、东官5个附属渠道组成,共计长度330里,灌溉农田102 150亩。秦渠长70公里,有大小支渠222道,"除灌溉金积县属金秦四里田地数千亩外,共灌灵武县属二十村之田十四万五千余亩"。汉渠长49公里,大小支渠283道,灌溉耕地10万余亩。美利渠长77公里,有大小支渠173道,灌溉农田95 000余亩。⑥ 总之,经过对旧渠的整修和云亭渠的开辟,民国时期宁夏平原的灌溉能力比清末民初乃至清朝乾、嘉时期都有所提高,1939年底,宁夏平原灌区有灌溉能力的渠道"四十二道,全长二千六百九十二里,支渠二千九百四十三道,子渠近

---

① 宁夏省政府秘书处:《十年来宁夏省政述要》第5册《建设篇》,第14—15页。
② 宁夏省建设厅:《宁夏省建设汇刊》,《本省法规》,第15—26页。
③ 宁夏省政府秘书处:《十年来宁夏省政述要》第5册《建设篇》,第15页。
④ 宁夏省政府秘书处:《十年来宁夏省政述要》第5册《建设篇》,第25—28页。
⑤ 宁夏省建设厅:《宁夏省水利专刊》,宁夏省水利厅,1936年印行,第244页。
⑥ 宁夏省建设厅:《宁夏省水利专刊》,宁夏省水利厅,1936年印行,第3、32、55、56、203、115、203页。

万,共灌田二百二十八万余亩"①;1944年灌溉面积达到272.8万亩。② 可见,宁夏省建立后在农田水利方面取得了显著的成效。

三、青海河湟谷地的农田水利

清朝之前,河湟谷地虽然已经有了灌溉农业,但那是一种极为粗放的灌溉,到了康、乾时期才有所改善。民国时期,由于政区的变化和垦殖的扩大,青海的农田水利也有了新的发展,不仅利用黄河、湟水等水资源进行农田灌溉,而且利用冰雪融水进行农业灌溉,灌溉面积比清朝乾隆时期增加了10万亩(如表3-2-6)。③

表3-2-6 近代青海各地农田水利统计表

县 别	西宁	湟源	乐都	贵德	互助	循化	化隆	民和
渠 数	21	20	36	12	8	12	7	30
面积(万亩)	14.5	3.7	7.2	8.1	15.1	1.5	1.3	2.1

县 别	同仁	大通	共和	都兰	门源	玉树	囊谦	旗地	合计
渠 数	7	4	16	8	2	3	3	—	189
面积(万亩)	0.5	6.1	2.8	0.9	1.2	0.9	0.9	3.5	70.3

(资料来源:王成敬:《西北的农田水利》,中华书局,1950年,第59、60页。)

由表3-2-6可见,近代以来青海的灌溉农业主要分布在湟水流域和黄河两岸,其中湟水流域的西宁、湟源、乐都、大通、互助、民和占69.3%,因为湟水流域是青海主要农业区,耕地分布较多,也是青海人口密度最大的地区。民国时期"利用现代的科学方法发展青海的农田水利事业,于是近年青海也完成了四道新式的灌溉水渠",分别为互助县的芳惠渠(1947年建),长23公里,灌溉面积1.3万亩;贵德的曲格河渠(1942年建),长40公里,灌溉面积2 000亩;兴海县的唐乃亥渠(1946年建),长10公里,灌溉面积5 500亩;贵德县的鲁仓渠(1946年建),长25公里,灌溉面积3.5万亩,合计灌溉农田6.3万余亩。④

总之,在甘宁青三省的耕地中,除宁夏平原以外,各地水田所占比例都非常小(参见表3-2-7)。到20世纪40年代末黄河上游区域总耕地面积为3 667.4万市亩,常年灌溉面积为646.66万市亩,仅占17.6%。宁夏平原依赖于黄河水资源的农田灌溉面积比例达到了59.3%;甘肃次之,占15.7%;青海又次之,占9.8%。因此,就黄河上游区域整体而言,农业耕地以旱地为主。

---

① 叶祖灏:《宁夏纪要》,正论出版社,1947年,第74页,转引自黄正林:《黄河上游区域农村经济研究(1644—1949)》,河北大学2006年历史学博士论文,第101页。
② 李翰园:《宁夏水利》,《新西北》1944年第7卷第10、11期。
③ 黄正林:《黄河上游区域农村经济研究(1644—1949)》,河北大学2006年历史学博士论文,第102页。
④ 王成敬:《西北的农田水利》,中华书局,1950年,第62页。

表 3-2-7　甘宁青三省区灌溉面积与耕地面积比较表

项目	耕地总面积(20世纪40年代末,市亩)	常年灌溉面积（市亩）	常年灌溉面积占耕地总面积比例（%）
宁夏	2 700 000	1 600 000	59.3
甘肃	26 167 000	4 101 380	15.7
青海	7 807 000	765 260	9.8
合计	36 674 000	6 466 640	17.6

（资料来源：王敬成：《西北的农田水利》，中华书局，1950年，第79页。）

第二节　晚清民国时期甘宁青的土地开垦与垦务

1862年至1873年，西北地区发生了规模宏大的回民反清运动，运动过后，耕地大面积荒芜，农业生产呈停滞状态，战争中甘肃人口消耗了1 081万人，战争结束时有2 216万亩土地因无人耕种而荒芜，[1]至清末仍然没有恢复到清中期的水平。

一、甘肃省的垦务事业

1930年3月，甘肃成立甘肃垦务总局，并厘定组织章程及垦荒办法，要求各县设立分局。但垦务机关的设立及土地开垦工作进展十分困难，原因是"陇东、陇南及甘凉肃各地，军事不能统一，成立分局一事，未可实现，总局所派调查人员，每不能入垦区勘查。至于省府权力所能到达者，仅省垣附近数县而已，各县虽有领垦之户与所垦之地，然于全省垦务之筹划，殊鲜成效"[2]。因此，甘肃耕地荒芜的现象十分严重，据20世纪30年代调查，全省有耕地1 669.7万亩，有荒地1 821.9万亩。

抗战时期甘肃省政府"竭力提倡垦殖事业"，1941年设立岷县垦殖区，1942年设立河西垦殖区，并收到一定效果，岷县垦区耕地达到4 691市亩，河西垦区耕地23 354市亩。[3] 据学者估计，民国时期甘宁青分省后，甘肃的已耕地面积大致应在1 800万～2 600万亩之间。[4]

二、宁夏省的垦务事业

民国年间，宁夏平原黄河两岸"土地肥沃，灌溉便利，惟面积辽阔，人烟稀少，佳壤良土，率多荒芜，加以过去迭经灾祲，遂致已垦之田，因逃亡而废弃，未辟之荒，限财力而未举，向所谓富庶之区，多变成荒凉之区"[5]。宁夏省的土地开垦主要集中在

---

[1] 黄正林：《黄河上游区域农村经济研究(1644—1949)》，河北大学2006年历史学博士论文，第71页。
[2] 安汉、李自发：《西北农业考察》，国立西北农业专科学校丛书，1936年，第145页。
[3] 陈希平：《甘肃之农业》，《西北问题论丛》第三辑，西北问题研究室，1943年12月。
[4] 黄正林：《黄河上游区域农村经济研究(1644—1949)》，河北大学2006年历史学博士论文，第71页。
[5] 宁夏省政府秘书处：《十年来宁夏省政述要》，第六册，地政篇，第173—175页。

1938 年至 1940 年之间。1938 年,"绥包继失,战区扩大,后方难民激增之际,本省收容难民,垦荒实地,并增进后方生产建设,为目前亟要之图,遂依据非常时期难民移垦条例,拟具宁夏省难民垦荒计划大纲,呈奉中央备案,于五月间即成立宁夏垦荒办事处,开始筹备,划荒田二十万亩,分期进行"。第一期移难民 500 户,平均每户 4 口;第二期原计划移难民百万,但由于得不到国民政府的支持而中断。[①] 尽管如此,宁夏在抗战初期垦荒方面还是取得了一定的成绩(参表 3-2-8)。

表 3-2-8 1938—1940 年宁夏省放荒统计表

县 别	1938 年放领数(亩)	1939 年放领数(亩)	1940 年放领数(亩)	合计(亩)
宁夏县	14 985.6	25 875.6	17 044.7	57 905.9
宁朔县	11 537.26	32 952.85	29 956.31	65 446.43
平罗县	648.81	14 701.84	18 160.81	33 511.47
金积县	1 414.31	5 898.25	7 471.02	14 783.58
灵武县	11 957.17	5 846.84	8 056.39	25 860.40
中卫县	96.62	2 868.41	5 503.44	8 467.88
中宁县	1 682.04	6 868.46	8 643.18	17 193.68
总 计	42 321.23	95 012.26	94 835.85	232 169.94

(资料来源:宁夏省政府秘书处:《十年来宁夏省政述要》第六册《地政篇》,第 179—180 页。)

从表 3-2-8 来看,1938 年至 1940 年宁夏放荒面积达 232 169 亩,平均每年放荒 7.7 万余亩。由于宁夏省政府历年进行垦荒,耕地面积迅速扩大,截至 1941 年全省耕地达到了 2 315 639 亩,人均耕地 4.1 亩[②],比宁夏省成立前夕增加耕地 150 余万亩。

三、青海省的垦务事业

晚清至民国时期,青海河湟谷地成为政府重点开垦地区。光绪三十四年(1908 年)六月,"西宁办事大臣庆恕会同陕甘总督升允奏准重办青海垦务,制定相应章程及实施办法",垦区多在气候温和、土地肥沃的黄河沿岸,清政府办理这次垦务一共耗资白银 2 000 余万两。[③] 根据清末调查"垦务局新垦之地,丹噶尔境内共九万余亩,郭密、恰布恰四万余亩,河南磨渠沟万余亩,共十五万有奇"。[④]

1923 年,宁海镇守使马麒在西宁设立甘边宁海垦务总局,将青海垦地分为 10 个区,每区设立分局如下:

---

① 宁夏省政府秘书处:《十年来宁夏省政述要》,第六册,地政篇,第 179 页。
② 宁夏省政府秘书处:《十年来宁夏省政述要》,第六册,地政篇,第 204 页。
③ 杨炯茂:《青海古代和近代农业纪略》,《古今农业》1994 年第 2 期。
④ 康敷镕:《青海调查事项》,国家图书馆藏抄本。

第一区,西宁垦务分局,所辖区域为上、下郭密等处;

第二区,湟源垦务分局,所辖区域为恰卜恰、东坝、西尼等处;

第三区,大通垦务分局,所辖区域为北大通、永安、俄博、群科滩等处;

第四区,循化垦务分局,所辖区域为保安及甘家滩、隆务寺、拉卜楞寺等处;

第五区,贵德垦务分局,所辖区域为昂拉、鲁仓及黄河南一带;

第六区,都兰垦务分局,所辖区域为香日德、巴伦、宗家等处;

第七区,玉树垦务分局,所辖区域为结古、札武、安冲、迭达、竹节、休马等;

第八区,囊谦垦务分局,所辖区域为杂曲及苏莽等处;

第九区,大河坝垦务分局,所辖区域为切吉河卡、班禅玉池等处;

第十区,拉加寺垦务分局,所辖区域为果落番地及河南蒙古四旗。①

但此次垦荒效果不佳,一年后被裁撤。1927年4月,西宁道尹林竞设立道属垦务总局,自任总办,朱绣为会办,在道属7县放垦,取得了一定的成绩,至1929年青海建省共计放荒28 280余亩,查获私垦土地8 914亩。②青海建省后,省主席孙连仲将西宁道属垦务总局改组为青海垦务总局,以邓德堂为局长,在各县设立分局,办理垦务。此次垦务办理将近一年,放荒及查出"私荒"地207 750余亩,收地价银154 208元,开征赋税地25 760余亩。1930年10月,青海省政府将垦务总局改为清垦总处,属财政厅,当年放荒地9 850余亩。从1927年4月林竞举办垦务到1933年3月青海土地局成立,青海"丈放生熟荒地共二十八万四千六百八十余亩"③。到1935年,"青海耕地面积大幅度增加,当年粮食播种面积达到636万亩,总产量达到5.193亿公斤"④,是近代青海农业史上耕地面积和粮食总产量的最好时期。

第三节　种植业结构的变迁及地域特征

甘宁青区域农作物种植结构发生变化可以追溯到16世纪(明朝嘉靖时期)玉米的引进和种植,但从嘉靖时期到清朝道光、咸丰时期并没有大面积的推广。因此,甘宁青地区农作物种植结构发生明显变化是在晚清光绪时期,粮食作物如玉米、马铃薯,经济作物如棉花、蚕桑、烟草,乃至罂粟开始在这一区域推广,到民国时期,玉米、马铃薯已经成为居民的主要食粮,棉花、蚕桑、烟草乃至罂粟成为种植区居民的主要副业。

---

① 汪公亮:《西北地理》,正中书局,1936年,第438、439页。
② 青海省情编委会:《青海省情》,青海人民出版社,1986年,第63、64页。
③ 青海省志编纂委员会:《青海历史纪要》,青海人民出版社,1987年,第320页。
④ 杨炯茂:《青海古代和近代农业纪略》,《古今农业》1994年第2期。

一、粮食作物的种类与特征

(一) 传统粮食作物大、小麦的种植

甘宁青传统农业一直以大、小麦与豆类作物为主,由于气候的原因,这里多数地区一年只能一收。清乾隆年间,清廷考虑甘省各属年仅一收,粮食收获量不高,为避免粮食转卖交税给农民造成损失,特议准,上色粮准交小麦粟米,下色粮准交大豆青稞,河西以豌豆与麦米并抵。① 尽管晚清民国时期玉米、马铃薯的种植面积越来越大,但大、小麦始终是这里粮食种植面积与收获量最高的作物。从地理分布上来看,甘宁青各省大、小麦的种植面积广,各县基本均有种植,民国年间宁夏省的小麦品种有火麦、秃头麦以及五爪龙等,火麦是其最主要的种植品种,占全省种植面积的50%。据民国时人统计,宁夏13县及阿拉善的小麦常年产量大约在993 775市石,尤以贺兰、平罗、惠农三县为主要产地。② 甘肃面积狭长,地势高低不一,气候土壤因地而异,小麦的种植以六盘山为界,六盘山以西的兰州、甘州、凉州、肃州一带为春麦种植区;六盘山以东的平凉及陇南一带则为冬小麦区域。③ 大麦在甘肃主要集中在中西部,是甘肃中西部的主要粮食作物。④ 青海小麦种植略少于青稞,但价格较青稞为贵,大麦只在省东区有部分种植。⑤

(二) 玉米的种植

玉米大约是在16世纪传入我国的,大规模推广是在18世纪中到19世纪初,也就是乾隆中期到道光年间。⑥ 在明清时期,玉米也在黄河上游区域的一些州县种植,名称有"番麦"、"西天麦"、"玉蜀黍"、"回回大麦"、"包谷"、"玉蜀麦"、"番米"、"先麦"、"籼麦"、"西麦"、"珍珠米"。玉米传入黄河上游区域是在明朝时期,如平凉华亭县在明朝时期就有玉米种植的记载:"番麦,一曰西天麦,苗叶如蜀秫而肥短,末有穗如稻而非实,实如塔,如□子大,生节开花,垂红绒在塔末,长五六寸,三月种,八月收。"⑦ 但明清时期,玉米在甘肃并没有得到大面积的推广,据统计甘肃当时只有13州县种植玉米。⑧

晚清时期,陇西⑨、皋兰⑩等地也开始了玉米的种植,说明晚清以后玉米才开始在黄河上游区域推广开来。民国时期玉米种植扩大到黄河上游大部分地区。从陇东到河西走廊,从陇南山地到宁夏平原都有玉米种植。高台"玉蜀黍,俗呼包谷,一

---

① 《清高宗实录》卷653。
② 宁夏省政府编印:《宁夏资源志》,1946年,第86页。
③ 安汉:《西北农业考察》,1934年,第61页。
④ 安汉:《西北农业考察》,1934年,第61页。
⑤ 安汉:《西北农业考察》,1934年,第65页。
⑥ 方行等主编:《中国经济通史·清代经济卷》,上,经济日报出版社,2000年,第354页。
⑦ 嘉靖《平凉府志》卷四,平凉县:卷十一,华亭县。
⑧ 方行等主编:《中国经济通史·清代经济卷》,上,经济日报出版社,2000年,第355页。
⑨ 光绪《陇西县志》卷一,物产,中华全国图书馆缩微中心,1997年影印本。
⑩ 光绪《重修皋兰县志》卷十一,舆地下,物产。

名玉米,又称珍珠米,茎高四五尺,叶似粟叶而大,花有雌雄之分,雄花生于顶端,雌花生于叶腋,实有红、黄、白、缁各色,密列成行,以巨苞包之,其端有毛如丝,多植于园圃中,嫩者蒸而食之,味极甘,亦可磨面充食。张掖产者实大而味劣,仅供饲猪之用"①。定西"玉蜀黍,一名玉米,又名包谷,有白蜀黍、黄蜀黍、紫蜀黍、花蜀黍四种"②。古浪"西麦,俗名西麦,通名包谷,实则玉蜀黍也。粒大如豌豆而微扁,黄色、白色、亦有红者"③。宁夏平原"玉蜀黍,俗名御麦,一名包谷,粒大如豌豆而微扁,黄、白色,亦有红色者"④。成县、徽县、天水、清水、民乐、临泽等县地方志中都有关于玉米的记载。⑤ 有的地方,玉米成为居民的主要食粮,如康县包谷有"红、黄、赤、白、黑五色,为康县之第一主要食品,亦能造酒"⑥。根据1935年10月的调查,黄河上游区域玉米种植及产量如表3-2-9所示。

表3-2-9 民国时期甘宁青玉米种植分布及产量统计表

甘肃	县　份	永登	文县	渭源	西和	灵台	化平	清水
	产量(石)	493	403 168	12 000	22 000	1 347	200	11 320
	县　份	康县	镇原	安西	宁定	正宁	张掖	环县
	产量(石)	30 000	600	1 700	1 000	300	2 261	900
	县　份	礼县	静宁	合水	天水	秦安	古浪	敦煌
	产量(石)	1 600	1 600	860	250 000	780	800	1 600
	县　份	海原	崇信	夏河	徽县	宁县	武都	华亭
	产量(石)	650	2 400	1 200	1 200	750	1 800	3 300
	县　份	高台	鼎新	玉门	和政	东乐	靖远	永靖
	产量(石)	970	970	19 000	17 000	4 570	980	2 000
宁夏	县　份	宁夏	宁朔	平罗	中卫	中宁	金积	灵武
	产量(石)	2 500	200	2 300	3 300	—	3 100	500
	县　份	盐池	豫旺	磴口	总面积	比例		庄浪(甘肃)
	产量(石)				11 900	0.7%		950

(资料来源:《甘肃调查记》,第46—51页;《宁夏省普通农作物产量统计表》,《宁夏省建设汇刊》,中华书局,1936年,第9—12页。)

(三) 水稻的种植

水稻在甘宁青三省分布并不广泛,由于本区多沙漠、草地,稻田只分布在黄

---
① 民国《新纂高台县志》卷二,舆地,物产。
② 《甘肃中部干旱地区物产资源资料汇编》,甘肃省中心图书馆委员会,1986年,第291页。
③ 民国《重修古浪县志》,物产,1939年铅印本。
④ 民国《朔方道志》卷三,舆地志,物产。
⑤ 《甘肃陇南地区暨天水市物产资源资料汇编》,甘肃省中心图书馆,1987年,第6,138—139页。民国《天水县志》卷一,物产,天水县地方志编印服务部,1992年影印本。民国《清水县志》,卷一,物产,1948年石印本。民国《东乐县志》,卷一,地理,物产,1923年石印本。民国《创修临泽县志》卷一,舆地志,物产,甘肃文化出版社,2001年标点本。
⑥ 民国《新纂康县县志》卷十四,物产,1936年石印本。

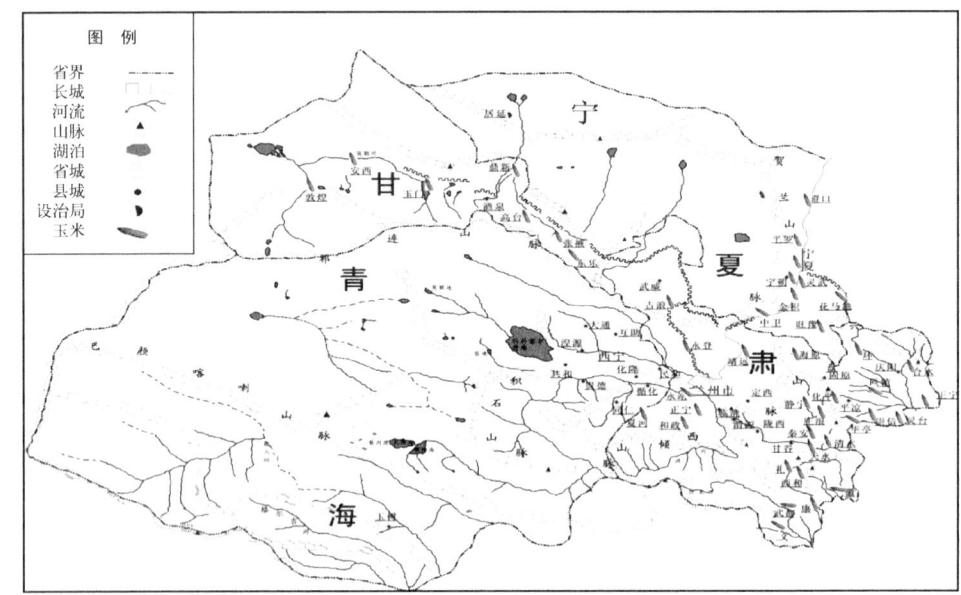

图 3-2-1 民国时期甘宁青玉米种植分布图
(底图来源:1933 年甘肃省、宁夏省、青海省地图。)

河南岸及黄河与贺兰山脉之间的条形平原地带。该地区土地肥沃,自汉唐以来就修有渠堰,利用黄河水利,水稻种植历史悠久,居民深受其惠。1934—1935年,该地水田面积约有 14 万~15 万亩,产量达 10 余万市担,在人口较少的宁夏,72%的人吃本地区所产大米,尚有剩余大米运往兰州销售。①

宁夏水稻分粳稻、糯稻两种,糯稻栽培面积很小,仅占水稻栽培总面积的5%。粳稻分大稻与小稻两种,大稻期为 120 日,小稻期为 80~90 日。② 宁夏水稻产地主要集中在贺兰、永宁、宁朔、平罗、金积、灵武、中卫、中宁等 8 县。关于宁夏各县水稻种植情况,据 1934 年中央农业实验所统计资料显示,水稻种植面积最多的为宁夏、平罗、宁朔 3 县。宁夏县种植面积达 4.495 4 万旧亩,产量 386.6 万旧斤。平罗县种植面积 3.581 4 万旧亩,宁朔县为 2.747 5 万旧亩。③

甘肃省水稻种植面积很少,以张掖、武威、抚彝、山丹等县最集中,张掖的乌江米较有名,抚彝的糯米产量较多,土人多用之制糕酿酒。④

---

① 和龚、任德山等:《〈新修支那省别全志〉宁夏史料辑译》,燕山出版社,1995 年,第 129、130 页。
② 宁夏省政府编:《宁夏资源》,1946 年印行,第 87 页。
③ 和龚、任德山等:《〈新修支那省别全志〉宁夏史料辑译》,燕山出版社,1995 年,第 129、130 页。
④ 王金绂:《西北之地文与人文》,商务印书馆,1935 年。马大正:《民国边政史料汇编》,第 22 册,国家图书馆出版社,2009 年,第 79 页。

表3-2-10 宁夏省水稻栽培概况及常年产量统计表

县区别	食用作物栽培面积(市亩)	水稻常年栽培面积百分比(％)	水稻常年栽培面积(市亩)	水稻常年总产量(市石)
全省	2 321 280	13.58	315 346	946 038
贺兰	255 570	5	12 778	38 334
永宁	272 370	25	68 092	204 276
宁朔	234 460	37	86 750	260 250
平罗	239 850	2	4 797	14 391
金积	760 000	22	35 200	105 600
灵武	202 680	13	26 348	79 044
中卫	204 290	24	49 029	147 087
中宁	202 200	16	32 352	97 056

（资料来源：宁夏省政府编：《宁夏资源》，1946年印行，第87页。）

（四）豆类作物的种植及地域分布

豆类作物在甘宁青三省的种植也非常普遍，三省就豆类品种大体包括扁豆、豌豆、蚕豆、黄豆、绿豆、小豆、黑豆、花豆、鸡头豆等许多品种。这些豆类品种大多作为食料供民众食用，有些则作为牲畜饲料。甘肃豌豆、扁豆、蚕豆的种植面积最大，多分布于中部与西部地区，甘肃东部少有种植。宁夏作为食料的豆类作物以黄豆、绿豆、扁豆为主，主要用于豆腐、粉条、粉面的制作，食用不多，种植面积不大。而用于饲料的豆类作物豌豆、黑豆在种植面积与产量上都占有可观的地位。豌豆主要为骡马饲料，军马年需量尤多，宁夏的主要产地在灵武，其他贺、永、朔、平、惠、金、卫、宁、陶、磴及阿拉地区也时有种植。据民国时人统计，全省常年栽培面积约为87 093亩，年产量约为104 507石。黑豆为骆驼主要饲料，"常年需要为数至钜，故其栽植亦遍及全省"①。在宁夏占作物栽培面积的6％强，以灵武为最多，约占作物栽培面积的20％，全省年产量约为210 098市石。②另外豌豆由于在山坡都适宜种植，所以在青海省也是大宗农产，全省都有种植，为数也不少。③

（五）马铃薯的种植及地域分布

乾隆时期的甘宁青地区就有马铃薯种植的记载，如中卫宣和堡试种取得成功，当时中卫知县黄恩锡有诗云："山药初栽历几年？培成蔬品味清鲜。从此不必矜淮产，种遍宣和百亩田。"④康熙岷州方志中蔬菜类里的"芋"也可能是马铃薯。⑤ 马铃

---

① 宁夏省政府编印：《宁夏资源志》，民国三十五年(1946年)印，第92页。
② 宁夏省政府编印：《宁夏资源志》，民国三十五年(1946年)印，第93页。
③ 安汉：《西北农业考察》，第66页，1934年。
④ （清）黄恩锡：《中卫竹枝词》，道光《续修中卫县志》卷十，艺文编，诗。
⑤ 康熙《岷州卫志》卷二，物产。

薯在该区域的引种和推广可能是在嘉庆和道光之际,当时马铃薯并没有当作食粮引种,而是作为蔬菜引种,一些地方志把马铃薯记载在"蔬之类"里。有学者通过考证认为天水很可能在19世纪初期或稍早开始种植马铃薯,始种的地方在天水以东渭河流域的吴砦。① 道光时期金县(榆中)、两当等县也有马铃薯种植的记载,②但可以肯定的是道光时期马铃薯在黄河上游区域种植还不十分广泛。到了光绪时期,黄河上游区域的大部分县志有关于马铃薯的记载,说明马铃薯种植区域迅速扩大。民国时期成书的地方志都有关于马铃薯的记载,如敦煌"洋芋,先年无,今见";③镇番"洋芋,川湖皆宜,比户多种,足以佐食";④高台马铃薯"可作蔬,亦可代粮";⑤贵德马铃薯"产量甚大,煮食、炒食均佳,农村以此为主要食品";⑥康县"洋芋,俗名也亦称马铃薯,其根结实肥大而多,形似马铃,故名。分数种,各地产"。⑦ 从各地方志的记载来看,马铃薯不仅在各地普遍种植,而且成为居民的主要食粮之一,在居民生活中占有重要地位。

二、经济作物的种植与特征

(一)棉花的种植及地域分布

清代前期甘宁青区域种植棉花的区域非常有限,同、光以后,清政府镇压了西北回民起义,左宗棠开始在河西走廊地区推广植棉,他"认为只要向阳肥暖之地,培种得法,必能获利。于是他又编印《棉书》和《种棉十要》,普遍介绍。……同治十二年(按:1673年),文襄公赴肃州,路过山丹、抚彝、东乐各处,见到田间已有种棉的,白花累累,恰值成熟,他停车和父老谈话,都认(为)利益不下种罂粟,很为高兴。而宁州和正宁两处,经地方官劝教兼施,民间对于种棉一事,也着实踊跃,由文襄公奏准奖励"。⑧ 肃州地方志也记载:"从前甘省无棉花,人亦不知种法,布皆来自中土,衣甚艰难。同治十年爵督相左帅剿回,见贫民多赤衣,发给寒衣十万,颁《种棉十要》,购棉种数十万斤,饬地方官教民拔除罂粟,改种草棉。数年间,衣被寒谷。肃地不宜,惟金塔所属自同治十二年以来,种棉者十有二三。"⑨又载:"金(塔)王(子庄)一带,近颇种棉,丝细而柔,纺织之利兴焉。变后道路梗塞,外布殊少,全赖土布蔽体,而种者渐多。近又蒙相国左公刊发《棉书》,布散乡里,果能如法播种,则以后享利无穷矣。"⑩通过左氏的鼓励,河西走廊地区棉花种植范围逐渐广泛。

---

① 蔡培川:《甘肃天水马铃薯种植历史初考》,《中国农史》1989年第3期。
② 道光《重修金县志》卷七,食货志。道光《两当县新志》卷四,食货。
③ 民国《重修敦煌县志》,物产,甘肃人民出版社,2001年点校本。
④ 《甘肃河西地区物产资源资料汇编》,甘肃省中心图书馆,1987年,第18页。
⑤ 民国《新纂高台县志》卷二,舆地,物产。
⑥ 民国《贵德县简志》,油印本,第40页。
⑦ 民国《新纂康县县志》卷十四,物产。
⑧ 秦翰才:《左文襄公在西北》,商务印书馆,1947年,第196页。
⑨ 光绪《肃州新志》,物产。
⑩ 光绪《肃州新志》,康公治肃政略。

民国时期,黄河上游区域产棉区"大概分陇南区、陇东区、兰山区及河西区四区"①。河西依然是黄河上游区域的主要产棉区,各地均有程度不同的分布。陇南区主要分布在天水、成县、康县、文县、武都等地,如成县1948年"全县产棉估计五万担,家庭副业以织土布为大宗"②。康县棉花种植是在清代中叶后从成县引种,"当清代初,康邑本无产棉之可言。及清之中叶,镡家河以北毗连成县,该地始有试种者。民元以来,县北之西汉水河以及修水两流域,种者日渐繁多,棉质颇佳。其初镡家河一带只有轧花机三、五架,今则增至数十架,可知种棉之户日渐增多也"③。陇右地区靖远地方志记载靖远种植棉花16 000亩,产棉50万斤。④ 陇东的宁县、泾川等地植棉,如宁县"解放前,在政平、新庄、中村等地有小片种植,亩产皮棉20斤左右"⑤。抗战时期,宁夏也曾经推广植棉。⑥ 据1941年甘肃植棉调查,棉田"合计约十四万余亩,……其中河西之敦煌、高台、金塔、临泽、张掖五县之棉田,凡六〇〇五〇亩,已占其他各区各县之半,何况鼎新、玉门、安西等植棉面积较少之县尚未计算在内"。河西占57.2%,陇南各地占34.6%。可见,河西和陇南是民国时期黄河上游区域最主要的产棉区。

表3-2-11　1941年甘肃植棉调查统计表

县　份	敦煌	天水	徽县	高台	金塔	成县
棉花种植面积(亩)	35 400	19 600	12 950	12 700	9 750	9 600
县　份	临泽	泾川	张掖	皋兰	靖远	灵台
棉花种植面积(亩)	7 200	5 200	5 000	1 500	1 300	700

(资料来源:徐旭:《西北建设论》,中华书局,1944年,第32页。)

抗战前,甘肃的原棉供给多依赖陕西、河南两省输入。抗战以后,陕西、河南两省的输出面扩大,甘肃省原棉供不应求。于是甘肃省政府决定在本省境内推广植棉。由表3-2-12可见,抗战时期甘肃省棉花生产大体呈上升趋势(1945年因受灾有所减产)。

表3-2-12　甘肃省1941—1947年棉花种植及产量统计表

年　份	面积(亩)	产量(担)	年　份	面积(亩)	产量(担)
1941年	88 329	26 510	1944年	180 506	45 104
1942年	97 296	27 529	1945年	102 935	31 580
1943年	119 039	39 334	1947年	188 219	59 331

(资料来源:甘肃省轻纺工业厅纺织志编纂办公室:《甘肃纺织工业志》油印本,第32页。1945年数字系取自甘肃省政府档案:甘肃省民国三十三年及三十四年年度棉花生产报告表,见甘肃省民国三十四年度统计总报表原始资料(二),案卷今今2—38。)

---

① 徐旭:《西北建设论》,中华书局,1944年,第32页。
② 《甘肃陇南地区暨天水市物产资源资料汇编》,甘肃省中心图书馆委员会,1987年,第6页。
③ 民国《新纂康县县志》卷十四,物产。
④ 《甘肃中部干旱地区物产资源资料汇编》,甘肃省中心图书馆委员会 1986年,第135页。
⑤ 宁县志编委会:《宁县志》,甘肃人民出版社,1988年,第231页。
⑥ 宁夏省政府秘书处:《十年来宁夏省政述要》,第5册,建设篇,第296页。

（二）蚕桑的种植及地域特征

由于地理环境的关系，黄河上游区植桑养蚕作为农村的一种副业，零星地分布在陇南、陇东、河西和宁夏等地。陇南是黄河上游区域主要蚕桑产区，明清时期一些方志就有记载，但仅仅是作为农村副业，没有大面积植桑的记载。如明嘉靖《秦安县志》仅有"蚕，蛾"的记录，谓："蚕出阶州，植桑养蚕有悠久历史。"①晚清以降，对于植桑养蚕记载较多而且内容也较丰富，如成县"蚕丝，全县皆有之，故每年当清明时，即孵化为蚕，村庄妇女皆育之。经期四旬，即得丝焉。但每家育蚕不多，所得丝料仅够本地机房织丝帕之需。所制花线，并生丝绸等，皆牢守旧法，未加改良，兼之出品不多，不知推广，以致销场仅在兰州及陇东、陇南各地"②。文县"地近西蜀，大宜棉桑，故线东北比户多机杼声，然所织绸布质甚劣"③。由此看出，尽管陇南地区适宜植桑养蚕，但养殖并不很多，只是农村家庭副业之一，而且市场拥有量极小。陇右地区大力推广植桑养蚕是在近代同治回民起义被镇压以后，光绪初"总督左宗棠自浙省购秧数百万株，给民分栽，于是始有叶大者。十三年（按：1887年），布政使谭继洵购葚子试种，成秧数十万株，令民移栽，叶较浙桑差小，俱甚少叶多"④。民国时期临洮也曾大力推广植桑养蚕，"西北积年苦旱，似不宜普遍养蚕，但在洮河流域，水源富足，土壤尤属相宜。县城附近居民，间有栽桑饲蚕者，不过近于游艺。三十年（按：1941年）度县政府派员计划往四川学习，学习回县后，以便普遍栽桑，家家饲养，正在切实推进中"⑤。河西植桑养蚕的历史十分悠久，但清朝时期已很少见记载了，如武威"蚕，按《唐书·地理志》凉州武威郡贡白绫，是其地宜蚕织，后或废燹失其业"⑥。河西植桑养蚕也是在近代之后一些地方始有植桑，如肃州"咸丰年间，邻有树桑者，试令养蚕亦能成丝，因力劝大家种桑养蚕"⑦，但效果不佳。回民起义被镇压后，左宗棠推广桑蚕业时，河西一些地方也种植桑树，如古浪方志和皋兰方志有雷同的记载："光绪初总督左宗棠自浙省购秧数百万株，给民分栽，于是始有叶大者。十三年，布政使谭继洵购葚子试种，成秧数十万株，令民移栽，叶较浙桑差小，俱甚少叶多。"⑧另外，民国时期东乐、临泽、高台、金塔等地也有植桑的记载。⑨

清朝时期，宁夏中卫就"有养蚕之家，东城之李生、永康之阎明经及西南乡宁安、枣园、广武等堡皆有养蚕成效，曾岁获蚕丝，已织成茧绸、绵绸者，或纺丝绳及织成幅巾系蒂者。特已种桑不广，育蚕亦少，眠蚕煮茧抽丝、纺丝之法未尽娴习，是以

---

① 光绪《阶州直隶州续志》卷十四，物产。
② 民国《新纂康县县志》卷十四，物产。
③ 光绪《文县新志》卷二，物产。
④ 光绪《重修皋兰县志》卷十一，舆地下，物产。
⑤ 民国《洮沙县志》卷三，农矿志，1943年油印本。
⑥ 乾隆《武威县志》卷一，地理志，物产，武威县志编纂委员会1982年影印本。
⑦ 《肃州新志》，康公治肃政略。
⑧ 民国《古浪县志》卷六，实业志，物产。
⑨ 民国《东乐县志》卷一，地理，物产。民国《创修临泽县志》，卷一，舆地志，物产。民国《新纂高台县志》，卷二，舆地，物产。《甘肃河西地区物产资源资料汇编》，甘肃省中心图书馆，1987年，第307页。

织袛不克大兴"①。民国时期宁夏建省后,把植桑当作一项重要的事业来推广,1940年成立了蚕桑试验室,试办养蚕,成绩尚佳,当年育苗24万株。1941年计划"向外选购大量早生桑,及中生桑籽种,尽量播种,并令宁夏、宁朔、平罗、金积、灵武、中卫、中宁等七县农林试验场,各育桑苗一百万株,以后再施以嫁接之手术,以求得最良之育苗,令该七县之农民,凡年在十二岁男女,每人植桑十株,可供植桑五百余万株"②。因此,宁夏是民国时期黄河上游区域推广植桑力度最大、取得效果最显著的地区。

(三)罂粟的种植及地域分布

清朝前期罂粟在河西走廊等地就有种植,顺治《重刊甘镇志》记载"罂粟,有五色",但种植范围不广,仅记载在方志的"物产,花类"中。③ 罂粟在黄河上游区域大范围种植是在乾隆中后期,即在"广土"传入甘肃之后。"广土"是罂粟中的上品,毒性比本地所种罂粟大,价钱也高,"于是有人从广东买罂粟种子来在陕西试种,成绩很不差。甘肃立刻仿种,凉州和甘州一带生产最多,品质最浓,这是道光朝的现象。咸丰朝以后,罂粟花满布于陕甘各县"④。关于"广土"传入河西又见于《镇番遗事历鉴》记载,乾隆二十五年(1760年)"邑人胡欲昌经商陕中,是年,自彼土携烟籽二斗二升,散于乡里,令试种之,赊秋熟还其价。讵料既种则成,成则事半功倍,市人颇获厚利,爱之益甚。几经鼓吹,于是乎阖邑田家越明年之连畛"⑤。由于鸦片种植获利丰厚,传播也非常快,仅百余年时间,"到咸丰年间,罂粟毒苗已遍及河西各地"⑥。除了河西种植外,黄河上游区域农业生产条件较好的地方也大量种植鸦片。如秦州(天水)"道光末年,始有种者。咸丰以后,吸者日多,种者亦日众,利厚工省,又不择土之肥瘠,故趋之若鹜焉"⑦。宁夏平原"大多数的良田,都栽着罂粟,到处都开着娇艳的罂粟花"⑧。左宗棠镇压陕甘回民起义后,在推广植棉和蚕桑的同时,禁止种植鸦片,也收到了一定的效果,但并没有完全禁绝,"乡村偏僻地亩偷种者尚多"⑨。光绪七年(1881年)陕甘总督署奏请清中央政府重抽烟厘,事实上承认了罂粟种植的合法化,使黄河上游区域种植罂粟之风再次兴盛。光绪二十六年(1900年)《辛丑条约》签订后,"甘肃每年认解银三十万两",其中"司库分认十七万两,以加征罂粟地税为底款;厘金局分认十三万两,以增抽烟酒税及土药(鸦片)税解库归款"⑩。"当时甘肃产烟最多的地区为皋兰、永登、古浪、武威、张掖、武山、甘谷、靖

---

① 乾隆《中卫县志》卷一,地理考,物产。
② 宁夏省政府秘书处:《十年来宁夏省政述要》,第5册,建设篇,第297—298页。
③ 顺治《重刊甘镇志》,地理志,物产,甘肃文化出版社,1996年。
④ 秦翰才:《左文襄公在西北》,商务印书馆,1947年,第180页。
⑤ 杨兴茂:《鸦片入甘及其流毒史实纪略》,《兰州学刊》1994年第2期。
⑥ 杨兴茂:《鸦片入甘及其流毒史实纪略》,《兰州学刊》1994年第2期。
⑦ 光绪《秦州直隶州新志》,天水市地方志编印服务部,1992年影印本。
⑧ 秦翰才:《左文襄公在西北》,商务印书馆,1947年,第180页。
⑨ 马啸:《左宗棠在甘肃》,甘肃人民出版社,2005年,第181—191页。
⑩ 《甘肃解放前五十年大事记》,《甘肃文史资料选辑》第10辑,甘肃人民出版社,1981年,第6页。

远等地。……甘肃鸦片主要运销北京、天津、河南、山西、陕西一带,以后也销上海。在省内则分销于烟馆、'烟灯'。当时甘肃城乡,都有烟馆,兰州一地,最多时即有烟馆三百多家,乡村中几乎到处都有"[①]。罂粟种植和吸食成为城乡居民生活的主要组成部分,居民纳税、购买等主要依靠出卖罂粟所得的收入。由此,在清末由于罂粟普遍种植,黄河上游区域各地因之发生了多起农民与地方政府之间的冲突。如光绪三十四年(1908年)八月,武威"农民数千人涌进县城,要求豁免鸦片税与契据税"[②];宣统三年(1911年)四月,张掖"种烟大户反对产烟,聚众三四千人捣毁城内盐店、统捐局"[③]。这说明种植罂粟在农民生活中占有重要的地位,即种植罂粟比种植粮食作物能够给农民带来更加丰厚的利益。20世纪二三十年代,从陆洪涛督甘到冯玉祥国民统治甘肃期间,黄河上游区域罂粟种植最为普遍,其主要原因都是为了军饷。陆洪涛1920年护理甘肃督军后,为了扩充军队,购买枪械,为筹集款项,索性大开烟禁,"在全省广种鸦片,征收烟亩罚款,……在不种大烟的地区征收'懒款',想方设法逼民种烟。据成书于1942年的《甘肃人文地理志》统计,1924年全省田赋丁粮收入不过230万元,而烟亩罚金却达374万元,反而比正赋还要多"[④]。国民军入甘后,1925年,财政支出334万多元,其中军费支出177万元,占53%;1926年,财政支出498万元,其中军费支出347万元,占70%;1927年,财政支出755万元,其中军费支出521万元,占69%。[⑤] 庞大的军费支出主要依靠种植罂粟的办法来解决。其根本办法是命令全省种植罂粟,然后设立禁烟善后局、禁烟督察处、戒烟所、烟亩罚款处等,而对不种罂粟的农民罚征"懒款"。[⑥] 罂粟成为黄河上游区域普遍种植的农作物,所谓"鸦片种植侵占良田,烟田日增,食粮产数日减,而民食遂苦不足"。[⑦] 可见,罂粟的种植不仅改变了黄河上游区域农作物种植结构,而且对农民、国家政权以及社会经济都产生了不良的影响。

三、主要农作物的种植比例与地区分布特征

晚清、民国时期甘宁青农作物种植结构受当地地理环境的影响很大,主要以种植耐干旱作物为主,小麦、糜子、谷子、豆类是这一区域分布最广泛的作物,不论其分布范围还是品种数量都占有很大的优势。如民国时期的定西县,豆类(扁豆、豌豆)占耕地20%,小麦占20%,糜子占13%,谷子占7%,[⑧]合计占农作物种植面积

---

① 聂丰年等:《鸦片为祸甘肃的回忆》,《甘肃文史资料选辑》第13辑,甘肃人民出版社,1982年,第71页。
② 《甘肃解放前五十年大事记》,《甘肃文史资料选辑》第10辑,甘肃人民出版社,1981年,第22页。
③ 《甘肃解放前五十年大事记》,《甘肃文史资料选辑》第10辑,甘肃人民出版社,1981年,第30页。
④ 杨兴茂:《鸦片入甘及其流毒史实记略》,《兰州学刊》1994年第2期。
⑤ 王劲:《甘宁青民国人物》,兰州大学出版社,1995年,第48页。
⑥ 赵一匡:《国民军在兰州(1926—1931年)》,《兰州学刊》1988年第4期。
⑦ 《甘肃人文地理志》,转引自杨兴茂:《鸦片入甘及其流毒史实记略》,《兰州学刊》1994年第2期。
⑧ 《甘肃中部干旱地区物产资源资料汇编》,甘肃省中心图书馆委员会,1986年,第287页。

的60%;靖远县小麦占耕地面积的41.3%,糜子占51.3%,①合计占农作物种植面积的92.6%。即使在宁夏平原水稻产区,小麦、糜子、谷子和豆类也占有很高的种植比例,如中卫县小麦占26%,谷子占7.3%,豆类占7.5%;中宁县小麦占32.2%,粟、黍占9.2%,豆类占6.2%;宁夏县小麦占18.7%,粟占12.3%,豆类占24.2%。②可见在干旱作物种植区,小麦、糜子、谷子、豆类占农作物种植面积大约在60%以上,在水稻种植这四种作物的种植面积也占到50%~60%。这些都说明小麦、糜子、谷子、豆类作物在居民生活中占有重要地位,是黄河上游区域最主要、分布最广的农作物。除以上耐干旱作物外,玉米、马铃薯在晚清以后也得到了大面积的推广,民国时期成为甘宁青区域的主要农作物,在有些地方,玉米、马铃薯的产量甚至超过了传统农作物。据20世纪30年代调查,渭源年产小麦3 375石,而年产玉米12 000石,马铃薯16 900石;西和年产小麦10 500石,而年产玉米达22 000石,③玉米年产量是小麦的2倍多,说明玉米、马铃薯在居民生活占有越来越重要的地位。

  经济作物是伴随农作物商品化而逐渐发展起来。晚清民国以后,一些传统的经济作物种植面积有逐渐扩大的趋势,如陇南各地麻的种植、以兰州为中心的烟草的种植;再如蚕桑、棉花的推广和种植。各种经济作物种植面积的扩大,说明晚清到民国时期,甘宁青区域在农作物结构调整中出现了农作物商品化的趋势。当然部分地区在近代化发展进程中也出现了农作物结构畸形化趋势。自道光以来,随着罂粟的种植,特别是光绪年间和20世纪二三十年代罂粟在甘宁青区域大面积种植,大量肥沃的农田被用来种植罂粟,影响了粮食作物的种植,这种畸形化的农作物结构对甘宁青区域农村社会经济产生了很大的影响,所谓:"罂粟流毒几近百年,广种广收,视为莫大之利,以致男不知耕,女不习织。毒日濡而日深,财日消而日困。虽有司百方禁止,犹视为仇敌,而横生阻力。"④这些都是近代甘宁青农作物近代化发展过程中的一些曲折反映。

表3-2-13 1935—1936年甘宁青三省主要农作物产量统计表

省份	年份	稻(千市担)	小麦(千市担)	玉米(千市担)	大麦(千市担)	燕麦(千市担)	高粱(千市担)	谷子(千市担)	糜子(千市担)	豌豆(千市担)	蚕豆(千市担)	大豆(千市担)	粮田面积(千市亩)	粮食总产(千市担)
宁夏	1935年	157	215	60	165	7	112	442	775	375	11	43		2 362
	1936年	158	370	56	193	15	115	373	771	472	31	48		2 602

---

① 《甘肃中部干旱地区物产资源资料汇编》,甘肃省中心图书馆委员会,1986年,第133页。
② 宁夏省建设厅:《宁夏省建设汇刊》,统计,第12—15页。百分比是笔者计算的。
③ 《甘肃调查》,第50页。
④ 彭英甲:《陇佑纪实录》卷八,甘肃官书局宣统三年石印本。

续 表

省份	年份	稻(千市担)	小麦(千市担)	玉米(千市担)	大麦(千市担)	燕麦(千市担)	高粱(千市担)	谷子(千市担)	糜子(千市担)	豌豆(千市担)	蚕豆(千市担)	大豆(千市担)	粮田面积(千市亩)	粮食总产(千市担)
甘肃	1935年	132	8 918	3 015	1 740	678	2 706	4 426	4 833	1 444	223	877	21 919	29 188
甘肃	1936年	154	7 887	3 079	2 006	710	2 484	4 327	5 505	1 591	441	783	22 382	29 218
青海	1935年		4 307	16	2 557	796		188	276	1 357	889		6 362	10 386
青海	1936年		3 577	25	1 969	504		213	333	974	674		6 381	8 269

(资料来源:《中华民国统计提要》(四),1947年,第33—44页。青海1936年数字采自中央农业实验所《农情报告》第6卷第2期。按:青海的大麦包括青稞。)

甘宁青三省的农作物在地域分布上存有一定的差异。甘肃省的农作物以小麦、糜、高粱、扁豆、烟草等为主要作物,水稻、棉花、大麦、黄豆、豌豆、青稞、油菜、马铃薯、胡麻、大麻等为次要作物。甘肃省中部以小麦、糜、粟、烟草等为多;西部甘凉肃等地以小麦、糜、粟、高粱、大麦为多;东部平凉、泾川等处以小麦、糜、粟、高粱、扁豆为多;南部天水、渭源等处以高粱、扁豆、小麦、玉米、糜、粟为最多;定西、会宁、静宁、隆德各地所种扁豆最多。甘肃全省皋兰的烟草、甘州的水稻、高台的棉花、天水的高粱都是各地的名产。[①] 宁夏水利发达,农产丰富,在西北地区非常有名,农作物以小麦、水稻为主,糜、谷次之,其他豆类、杂粮如大麦、高粱、荞麦等又次之。大体小麦全省都有种植,产量最富,水稻主要集中在沿黄各县,糜谷也是百姓最重要的食粮,种植面积也很大。[②] 青海自民国以后,罂粟的种植渐被铲除,农业也有了很大的发展,主要作物中,青稞为第一,小麦次之,豌豆第三,大麦、马铃薯、燕麦等又次之。[③]

表3-2-14 甘宁青主要农作物种类与地区分布统计表

作物类别	作物名称	甘肃主要出产地	宁夏主要出产地	青海主要出产地
谷实类	春小麦	西部、中部	全省	省东区
	冬小麦	天水、平凉		全省
	糜	全省	全省	贵德、西宁、乐都
	粟	全省	全省	贵德、西宁、乐都
	高粱	全省	阿拉善、盐同登外均有	

---
① 安汉:《西北农业考察》,1934年,第61页。
② 宁夏省政府编印:《宁夏资源志》,1946年,第84—90页。
③ 安汉:《西北农业考察》,1934年,第65页。

续　表

作物类别	作物名称	甘肃主要出产地	宁夏主要出产地	青海主要出产地
谷实类	洋麦	平凉		
	玉蜀黍	各处皆有，面积不大		
	大麦	中部、西部	阿拉善、盐同登外均有	省东区
	青稞	中部、西部		全省
	莜麦	中部、西部		
	燕麦	中部、西部		全省
	荞麦	全省	盐同登外均有	全省
	水稻	肃州、甘州、天水、武山（面积少）	黄河沿岸各县	
茎块	马铃薯	全省（食料）		全省
豆类	扁豆	中部、西部	阿拉善、盐同登外均有	
	豌豆	中部、西部	灵武主产	全省
	蚕豆	各处皆有（面积小）		省东区
	黄豆	中部、东部、南部，面积不大	除阿拉善，均有，但面积不大	
	绿豆	东部、南部	阿拉善、盐同登外均有	
	小豆	东部		
	黑豆	东部、南部	全省	
	鸡头豆	肃州		
油类作物	胡麻	全省	盐同两县外均有	省东区
	茌	平凉、天水		
	小麻	平凉、天水		
	芸苔	平凉、天水		全省
	蓖麻	平凉、天水		
	芝麻	平凉、天水	宁夏中部六县	
	黄辣子	平凉		
纤维类	棉花	高台、临泽、武都、皋兰（面积甚少）	中宁	
	大麻	全省	宁夏中部九县	全省
刺激性作物	烟叶	中部	永宁县	乐都
	鸦片	全省		
	纸烟	兰州		
牧草类	苜蓿	东部、西部		省东区
	黑麦	中部、西部		全省

（资料来源：甘肃、青海的资料主要来源于安汉：《西北农业考察》，1934年，第61—67页。宁夏的资料来源于宁夏省政府编印：《宁夏资源志》，1946年，第84—101页。）

第四节　近代甘宁青畜牧业的区域格局

西北的甘宁青三省,水草丰富,气候干燥,寒暑均烈,具有发展畜牧业的优越自然条件。如青藏高原具有草场面积大、类型多的特点,"在扬子江、黄河、大通河上流,布恰河及青海湖四周之地,海拔一万三千尺以下至一万尺内外之地,河流纵横交错,美草茂盛,牧民迁徙往来,天幕麇集,所养之马、驼、牛、羊特别繁殖。柴达木盆地,海拔在一万尺以下,土地湿润,芦苇、茸草生长特茂,更适于马、驼、牛、羊之繁殖"①,是黄河上游区域最主要的皮毛和畜产品出产地,该地的手工业以皮毛加工业和乳品加工业为主,商业贸易的输出品也以皮毛为主。其他地区与之大体相当。

民国时期甘宁青三省的牧区面积都很大,时人称,当地"除若干地域因气候条件较优越,灌溉便利,多已开为农田,或因雨量过于稀少,以致寸草不生,成为荒碛的沙漠;或由于地势过高,终年为冰雪所掩盖,不宜于牧畜外,余均为畜牧地带"②。从当时甘宁青三省的地域划分又可划分为甘肃洮河上游牧区(即甘南牧区)、祁连山牧区、青海省的青海湖及柴达木盆地牧区和宁夏省的贺兰山牧区。

一、甘宁青三省的牧区分布及其发展特征

(一)青海牧区分布概况

青海地面辽阔,水草丰美,是天然的良好牧场。而蒙藏牧民素赖这一资源以度其游牧生活,一切衣食用费均来源于此。晚清民国,这里的牧民仍然守其旧俗,逐水草而居,因此,这里的畜牧业较农业所占比重更大。清末民初,青海农牧分界较为明晰。大抵以日月山为界,山以东为农业区,山以西则为游牧区。东部农业区,牧业为副业,牲畜以饲养和放牧相结合,牧场在农区附近的山上。此外耕作条件较差,海拔较高的山区,有蒙藏等民族耕牧兼营。西部除玉树沿江、河地带有少量粗放农耕外,几为纯牧区。柴达木盆地区因降雨稀少,沙漠、戈壁较多,草场多集中于河流和湖泊附近,河流和湖泊也可为牲畜提供充足的饮水,所以柴达木盆地牧区集中在河流和湖泊周围。其余地区除少数河谷及湖泊外,多为海拔3 500米以上的高原和山脉,至海拔5 000米以上,已为冰原带,水草稀少,牲畜难以生存,故牧场分布于海拔5 000米以下地区,而在青南高山区域及北部祁连山区域,海拔4 000米以上,多地势高燥,夏缺牧草,冬季冰雪,已不适于家畜繁殖,唯有少数藏民牧放牦牛而已。也就是说,青海西部牧区较为集中在海拔3 000～4 000米以下的山麓及河谷以及青海湖四周。

进入民国以后,青海东部地区开垦力度渐次加大,较为宜农的浅山和脑山逐渐

---

① 许公武:《青海志略》,商务印书馆,1943年,第60页。
② 严重敏:《西北地理》,第六章,畜牧,大东书局,1946年,第123页。

垦为农地,牧场向海拔较高处退缩。随着东部可垦区域的减少,西部牧区成为农垦新的发展目标。柴达木盆地、青海湖周围及玉树等地海拔较低、灌溉便利之处的草原成为农垦区,西部牧区有所萎缩,但果洛及黄河南等地仍为纯牧区。据1942年的调查,牧区约占全省土地总面积的75%。① 青海水利局1958年估算全省草山草原共8亿亩,占青海省总面积的64.72%。② 虽说中华人民共和国建国后的十年间,牧区农垦范围有所加大,但也不能不说,进入民国后,青海省草场总体呈现出衰减的态势,其趋向是在水平方向上和垂直方向上均有所萎缩。民国时期土地垦殖力度相对历史时期较大,但由于人口有限,垦殖工具和技术水平差,由垦殖造成的草场退缩面积不大,加以其时大部分牧场的牲畜数量不多,所以对草场的破坏有限。据估计,1949年青海全省有可利用草原5亿亩,实际仅利用了50%左右。③

(二)甘肃牧区分布概况

甘肃境内畜牧发达之区,以洮、岷、永登之连城、景山之松山朱其寺以及靖远、庆阳、海源、古浪、夏河等处为最,其他地方畜牧只为农家副业,牧业方式多为定牧,与青海之游牧非常不同。④

甘南牧区以夏河、卓尼较为集中,海拔在2 800～3 500米之间最佳。民国时期,甘南牧区随着农业垦殖的进展,向农耕区四周退缩。因为甘南农业垦殖以大夏河、洮河等河谷平原或台地为主,所以事实上牧区是在向河流两侧的高处退缩。进入民国后,夏河海拔较低的大夏河流域河谷地带农业垦殖渐有进展,牧区向海拔较高的两侧退缩,而草原面积仍很广大,西北接青海黄河南牧区,西南接果洛、四川松潘牧区,东连卓尼牧区。卓尼牧区以迭部为主,南越岷山与松潘牧区相连。临潭东部,洮河、白龙江两岸也为重要牧区。洮河流域与之大体相当,民国后,洮河两岸农垦增多,牧区向两侧退缩。尽管草原有所萎缩,但退缩幅度很小,牧区仍占绝对的统治地位。据建国初调查,甘南除临潭、舟曲、夏河、卓尼等县的少数农业区外,大部分地区草原占土地总面积的比重都在三分之二以上,甚至五分之四以上,玛曲等地仍为纯牧区。⑤

洮河上游牧区大体可分为两种类型,一为农牧混合区,农作年仅一熟,而未开农田的山地,杂草丰盛,俨然天然牧场,此区大体"在海拔二千五百公尺左右的高丘陵地,如岷县、临潭、旧城一带"⑥。一为纯牧区,此区大体在"海拔三千公尺以上的高地,因气候奇寒,生物不能生长,惟土黑而肥,故满山遍野皆为丰美的草原,自夏河以西至青海东南部,皆属此广大纯牧区之范围"。民国年间,"居民以藏人为主,

---

① 李祖宪:《甘宁青水利建设》,《新西北月刊》1942年第6卷1—3期合刊。
② 胡序威等:《西北地区经济地理》,科学出版社,1963年,第146,149页。
③ 史克明:《青海省经济地理》,新华出版社,1987年,第24页。
④ 安汉:《西北农业考察》,1934年,第133页。
⑤ 胡序威等:《西北地区经济地理》,科学出版社,1963年,第98页。
⑥ 严重敏:《西北地理》,第六章,畜牧,大东书局,1946年,第125页。

因毗连汉人居住的农牧区,大都已汉化。牲畜以绵羊最多,供食用及剪毛,牛次之,每个帐篷平均畜牛约五十头。牛有黄牛、牦牛、犏牛三种,而以牦牛最多,因牦牛性畏热,故好生长于高山寒地,移入山谷平原后,则每因气候过热以致喘息倒毙,故除高山草地外,其他区域极少牦牛踪迹,黄牛畜养最少,且体格较农业区中的黄牛为瘦小,多供接种之用,马为纯牧区的主要家畜,价值颇高,每帐篷平均有马八至十匹"①。

祁连山牧区是甘肃省又一较大牧区,向以畜牧业为主,古时就有"失我祁连山,使我六畜不繁息"之句。民国年间,"牧区的高度,在二千五百公尺左近,盖以此带水量较富,而高度过巨,不易耕种,惟长林草丰,颇利畜牧故也,牲口以羊为主,骆驼次之"②。

(三)宁夏牧区分布概况

宁夏省由于地处半湿润地区向半干旱、干旱区的过渡地带,草场植被相就递变,依次由山地草甸、草甸草原、干草原到荒漠草原、草原化荒漠等草场类型组成,呈现出明显的水平地带性分布规律,草场类型多样化是其基本特征,形成我国西北地区重要的牧区之一。

贺兰山东麓洪积扇系荒漠草原或草原化荒漠草场,以旱生草本植物为主,适宜裘皮羊的生长繁殖,宁夏滩羊即产于此。民国年间,时人称"宁夏因有黄河穿南北,沿岸沃野,水草丰茂,实为天然之大畜牧场,所产马、牛、骆驼品种甚佳,宁羊尤为特色,吾人冬季所服西口滩皮,即为宁夏洪广羊皮所制成"③。

六盘山地区地势高,山地和丘陵面积大,水源丰富,水质好,牧草丰茂,适宜牛、马等大牲畜的生长,这里牛、马等牲畜较多。

西、海、固地区天然草场类型很多,有较大的草山和零星的草坡、草地,属干草原类型,草的质量较好,是羊只的重要放牧地,是宁夏地区羊产量最大的地区。

二、甘宁青三省的牲畜品种及其养殖

甘宁青三省是我国重要的牧业区,也是大牲畜的重要产地,一些良种牲畜也多出于此区。民国时人称:"西北畜牧事业久负盛名。全国毛类出口每年约有四十余万担,值银达一千七百余万两,其中甘青宁所产占一重要地位。世界羊毛市场以西宁毛为中国最佳之羊毛,又有甘州毛者则出产之羊种又与西宁不同,外人深入内地以营出口贸易者,经营毛类,亦为重要出口之一。"④关于甘宁青三省的良种牲畜最典型的就是青海马,牛可分为黄牛、牦牛、犏牛三种,骆驼各区皆有,羊以宁夏滩羊

---

① 严重敏:《西北地理》,第六章,畜牧,大东书局,1946年,第124—125页。
② 严重敏:《西北地理》,第六章,畜牧,大东书局,1946年,第125页。
③ 傅作霖编著:《宁夏省考察记》,正中书局,1935年,第124页。
④ 中央银行经济研究处:《甘青宁经济纪略》,中央银行经济研究处总务科,1935年,第80页。

与青海番羊为优良品种。

（一）马

甘宁青三省所产马的数量可观，良种也不少，其中青海马最有名，"青海之马，矫捷善走，能耐严寒，终年露宿，饥则上山自食，无需饲养之劳，亦颇雄俊"[①]。就青海马的品种又可分为玉树一带所产之倭马与环青海湖区之番马以及产于柴达木盆地之柴达木马。

倭马：产区不大，数量有限，"躯体甚小，高仅100至110厘米，但四肢坚强，以耐寒及善跋涉山路著称"[②]。

番马：产于环青海湖及大通河流域，形体较南番马为小，但"矫健善驰，且赋性驯良，教调较易，无论军用民用，均甚合宜"[③]。

柴达木马：柴达木马是典型的沙漠中的良种马，善于在沙漠中行走，"涉行沮地陷泥及沙漠，能耐渴，对粗粝饲料亦能适应"[④]，是一种极能适应环境的马种。

甘南所产南番马也很有名，也称夏河河曲马，产于河曲及与川、青毗连之牧区。

（二）牛

西北牛种可分为黄牛、牦牛、犏牛三种。黄牛分布的地域最广，各地均有，以陕西产较著，牦牛与犏牛均产于青海高原。

牦牛：产于青海、西藏，是青藏高原不可缺少的牲畜品种，"腹毛甚长，前清时用作帽缨，牦牛能生育于河流湖泽聚湿之地。""大与常牛相似，长毛遍体，披指如蓑，毛灰色间有黑白点，亦有纯白者，性能负重，故最适运转之用。动止快利，激怒则变为猛烈。性好游水，虽激滩迅流，能负货物径渡，为驼马所不能。西藏人最善驭之。负载货物熟练忍耐，负三百斤之重物，虽逾断崖攀绝壁，行险隘，步法整齐不乱，诚可怪异。牦牛之毛，可以织绒，其肉味可以充馔，乳汁浓厚可兴滋养，性驯，不加看守亦无逃逸之虞，唯日暮则驱至幕傍耳"[⑤]。

犏牛：犏牛是牦牛与黄牛交尾所生，当地人也称为"海内克"。它的负载能力比牦牛尤有过之，"兼具牦牛耐寒冒险及黄牛驯服的特长，壮者任重致远，牝者乳量特富"[⑥]。甘肃的夏河、临潭等地也产犏牛，是农家农耕的主要工具。

（三）羊

青海省的绵羊可分大尾羊、小尾羊两种。大尾绵羊，产于柴达木，蒙民蓄养，肉肥毛短，毛质粗劣，产毛量低，近于肉用种。小尾羊，分布于环海牧区、黄河南岸诸族及玉树25族、果洛等地。毛细而长，民国时人调查小尾羊每年每只可产毛

---

① 汪公亮：《西北地理》，正中书局，1936年，第112页。
② 严重敏：《西北地理》，第六章，畜牧，大东书局，1946年，第127页。
③ 严重敏：《西北地理》，第六章，畜牧，大东书局，1946年，第128页。
④ 严重敏：《西北地理》，第六章，畜牧，大东书局，1946年，第128页。
⑤ 汪公亮：《西北地理》，正中书局，1936年，第113页。
⑥ 严重敏：《西北地理》，第六章，畜牧，大东书局，1946年，第129页。

5斤。①

甘肃羊分小尾羊、蒙古羊和山羊三类。小尾羊以洮河两岸及夏河千家、欧拉、左格尼玛、土尔扈特等族拥有较多。蒙古羊产于土尔扈特各族,体格较大。山羊有少量,主要供肉用。

晚清民国时期甘宁青三省所产牲畜多少没有具体的统计数字,《甘青宁经济纪略》一书对1931年三省所有牲畜总数有一个大体的数字,可作参考(参表3-2-15),但与实际数字相比,还是有一定的距离。以青海省为例,民国年间青海省是畜牧业大省,西北地区羊毛出口量的绝大多数来自这里,时人相关研究对本地牲畜也有一定的估算。大体说来,民国时期,青海畜牧业以1935年为界分为两个阶段。民国初年至1935年,是青海畜牧业逐步发展并达到顶峰的阶段。由于青海牧区基本为游牧,调查不易,缺乏准确的牲畜统计数字。民国初年,朱绣《海藏游记》对青海牲畜总数之统计为马20万余匹,牛20万余头,羊220万余只,总计约260余万头。类似记载还有1934年青海省建设厅的报告,估计马在三四万匹以上,黄牛约15万头,牦牛约万余头,羊200万头,驼8 000余头,猪2万余头,②总计为230余万头。但是,这些数字出来不久就有人认为估计过低。1934年庄学本实地考察后估计,仅果洛一地绵羊、牦牛两种牲畜总数已在百万以上。同期调查,湟源有马6 300匹,骡及驴12 500头,牛18 700头;玉树地区有牦牛265 000头,犏牛37 800头,马55 000头。另有一种估计数字为青海全省年约产马12万匹,产羊总数约达230万头,年产牛约20万头,总计为262万头,与民国初年和1934年估计数据较为吻合,这样《甘青宁经济纪略》的数字明显比实际数字缩水很多。

表3-2-15　1931年甘青宁三省所有牲畜总数表

省份	牛	羊	猪	驴骡	马	鸡	鸭
甘肃	255 552	411 584	2 019 968	479 986	76 032	5 083 684	119 936
青海	150 000	700 000	50 000	20 000	50 000	500 000	5 000
宁夏	150 000	700 000	80 000	25 000	81 000	1 000 000	10 000

(资料来源:中央银行经济研究处:《甘青宁经济纪略》,中央银行经济研究处总务科,1935年,第80—81页。)

---

① 李玉润:《青海畜牧事业之一瞥》,《新青海》,1936年,第4卷1—2期。
② 施忠允:《西北屯垦研究》,第37033、37039页。

第三章　甘宁青近代工业的发展与区域特征

第一节　左宗棠与甘肃近代工业的起步

19世纪70年代,甘肃出现了最早的近代机器工业。在陕甘总督左宗棠及其部将赖长主持下,兴办了兰州制造局、甘肃织呢总局。这是甘肃近代机器工业的开端,在甘肃近代工业技术发展史上书写了重要的历史篇章。

一、兰州制造局的创办

兰州制造局是左宗棠在甘肃创立的第一家近代军工企业,该企业的前身为西安机器制造局。西安机器制造局本为左宗棠镇压陕甘回民起义之需要而创立。同治十一年(1872年)七月,陕甘军事已近结束,而新疆形势更为吃紧,左宗棠行营西迁兰州,开始筹划收复新疆的军务。年底,西安机器局随迁兰州而发展为兰州制造局。

兰州制造局的开办,主要为新疆军事服务。1865年以后,中亚浩汗国军官阿古柏乘新疆动乱之机侵入南疆,很快就占有了南疆全部和北疆大部,建立了所谓"哲德沙尔汗国",成为英俄分裂我国边疆领土的重要工具。左宗棠为此筹措军资,开始了收复领土的新疆之役。新疆之役的武器弹药,主要来自兰州制造局。兰州制造局的局务具体由总兵赖长主持。赖长为广东人,是左宗棠的旧部,左宗棠称赖长"夙有巧思,仿制西洋枪炮,制作灵妙"[①]。可知其为一名精熟于近代火器及机器制造的专家。左宗棠在甘所兴办的近代机器工业,实际都由赖长具体主持。而兰州机器局所用工匠,多为宁波"浙匠"和广东"粤匠",也有部分"洋匠",仿制洋枪洋炮在技术上也相当过关。古牧地之战为北疆首战,左宗棠曾言:"弟处有奥人仿制布炮及标碱快响枪,俄人亦极赞之。昨次攻拔古牧地,深得其力。"[②]兰州制造局所造军事器械主要有仿制德国"后膛螺丝大炮"、轮架大炮、后撑七响枪、改制劈山炮及广东无壳抬枪、自造铜引、铜帽、大小开花子等。[③]左宗棠认为这是中国不受制于洋人的重要步骤。他说:"若果经费敷余,增造精习,中国枪炮,日新月异,泰西诸邦断难挟其长以傲我耳。"[④]兰州制造局于光绪八年(1882年)停办,部分人员并入甘肃织呢总局。

[①] (清)左宗棠:《左宗棠全集》,奏稿五,岳麓书社,2009年,第504页。
[②] 转引自魏丽英:《左宗棠与甘肃近代机器工业的开端》,《社会科学》1984年第4期,第107页。
[③] 魏丽英:《左宗棠与甘肃近代机器工业的开端》,《社会科学》1984年第4期,第108页。
[④] (清)左宗棠:《左宗棠全集》,书信三,岳麓书社,2009年,第492页。

二、甘肃织呢总局的发展

兴办甘肃织呢总局的创议最早是由赖长于光绪三年(1877年)向左宗棠提议的。赖长先以自己制造的"水轮机"织成一段呢片,以实物说服左宗棠,并提议从速购置西洋的"火机",即以蒸汽为动力的织机,在兰州兴办织呢局。左宗棠采纳了赖长的建议,一方面致信总理衙门,谓:"羊毛每斤值银一钱几分,每羊可剪两次……近制造局员总兵赖长以意拣好羊毛,用所制水轮机织成呢片,与洋中大呢无殊,但质地微松,又织成缎面呢里之绒缎,亦甚雅观。自以水轮机不及洋制火轮为速,欲意购制一具仿造。"①然后推广全国,发展中国的毛纺织工业。另一方面函告上海转运局委员胡光墉说明原委,请其"留意访购"织机。②毛织工业起源于欧洲,光绪二年(1876年)英国已有动力织机32 627架,工人近8万人。但亚洲从事这一行业的时间较晚,就在左宗棠动议建立兰州织呢总局之时,亚洲地区也仅有机器毛织厂一家,设于日本东京的千住毛织厂,因此,左宗棠的这一动议在当时引起了不小的反响。上海《申报》以及一些外国报刊对此均进行了报道。一家英文周刊报《大清国》评论道:"选定远在西北的兰州府建厂的原因,显然由于那里畜养的羊很多,所产羊毛以前从没有好好利用,同时考虑把工厂建在这畜牧地区的中心,比陆路运输原料到各通商口岸好得多。"③该报一名通讯员到兰州进行实地观察也不能不承认,"甘肃地方官吏视若利用本国资源,代替向外人购买毛织品,这可以说是一种爱国观念"。④

从光绪三年(1877年)左宗棠致书胡光墉,请其访购织呢机起,到光绪五年(1879年)春所需机器才购运到沪,胡光墉与德商联系,购买了德国织呢机,被聘请购置机器并帮助建厂的是几个德国人。1879年4月9日《申报》报道:"兹闻向外洋购取之各种机器业已来沪,拟托招商局轮船带至汉口,再由水陆提运至陇中。然该机器共有大小箱笼一千二百余件,恐运费先已不赀也。"⑤这1 200余箱机器,包括开河等机器。就织呢厂所需的机器来说,其中有两座蒸汽机,一为24匹马力,一为32匹马力。3种梳毛机、纺线机也有3架,每架360纺锭,织呢机20台。除此之外,尚有毛呢刷洗、清毛、填笼、烘毛、剪毛、漂洗、研光、刷清、催干、染色等各种机器。即便这样,就当时的交通条件来说,运输也是一个极其困难的问题。自上海到汉口一段,用招商局轮船起运,比较容易。机器到汉口后,分解装为4 000余箱,再用木船,"从襄河运到龙驹寨,再换用牲口、牛马车和民夫,从陆路搬运到兰州"。⑥

---

① (清)左宗棠:《左宗棠全集》,书信三,岳麓书社,2009年,第428页。
② (清)左宗棠:《左宗棠全集》,书信三,岳麓书社,2009年,第273页。
③ 《大清国》,1879年1月4日。
④ 《大清国》,1879年1月3日。
⑤ 《申报》,1879年4月9日。
⑥ 陈真编:《中国近代工业史资料》第三辑,生活·读书·新知三联书店,1961年,第273页。

在运输过程中,如锅炉得拆散了,山路有时得开凿了然后才能把大件的机器搬运过去,因此,直到 1879 年 11 月,一部分机器才运到兰州,最后一批机器,则是在 1880 年 5 月才运抵兰州。

甘肃织呢总局的厂址设在兰州通远门外今畅家巷附近,共有厂房 230 余间。为节省开支,主要利用了原有营地基址改造为织呢屋厂。据赖长称:"择于通远门外前路后营基址改造织呢屋厂,即免另购民基,又可就营地作堡。"1880 年 9 月 16 日经过前后 5 个月的安装调试,甘肃织呢总局正式开工生产,"局中一共雇用了十三个德国人,其中两个是翻译员"①。入局学习的艺徒主要选择的是赋性灵敏、愿意学习的陕甘丁勇。受各种条件限制,起初开机不全,据左宗棠估计,"各机(二十具)同开,约计每年可织呢六七千匹"②。

甘肃织呢总局的开工,在当时是一件大事,作为中国第一家近代机器毛纺织工厂,它的意义是极其深远的。英国领事的"商务报告"说:"兰州织呢局……一切困难都已克服,每日能生产二十匹粗的兰呢。不久产量定会增多,成本非常便宜。"③《申报》更是称赞说:"按兰州设织呢局,事属创举,原难步武泰西。然苟能认真办理,精益求精,当必有蒸蒸日上之势耳。"④这些报道都能说明甘肃织呢总局的开办对当时社会的重大影响。

但是甘肃织呢总局并没有维持多久,它的开工面临着重重困难。首先机器织呢业在中国本身是一件新事物,左宗棠以及赖长对于其中的困难都估计不足。就以购置机器来讲,将复杂的机器设备运到甘肃本身就是一件非常困难的事情,当时甘肃既无铁路又无公路,机器设备从欧洲运抵中国即已十分艰难,再由上海运抵甘肃,水路、陆路转相交替,有些地区尚需重新开路才能将大件机器运至甘肃。技术条件同样是限制甘肃织呢业发展的一个重要制约因素。织呢机器来源于西方,技术力量也全靠洋匠,"教导工作很困难,因为翻译人员没有能力"⑤。由于缺乏现代企业的管理经验,"局中安置了一大堆冗员,干领薪俸,丝毫没有学习使用机器的愿望",领俸不干事,这是当时官办工业的通病,甘肃织呢总局也无可幸免。另外甘肃虽盛产羊毛,但羊毛的品质是有差别的,当时国人对于羊毛的处理也没有经验,"羊毛很粗很杂,弄得每天得雇四十个人挑拣羊毛,每天只能拣两磅。因此在织成呢布以前,羊毛的成本已经很贵。一百斤羊毛中,只有十斤能织上等呢,二十斤能织次等呢,五十斤只能织毡子和床毯,这种毡毯在内地几乎无人使用,剩余的二十斤完全无用,全是杂毛和垃圾"⑥。这样耗时费工的工序大大阻碍了织呢业的发展,也加

---

① 《大清国》,1881 年 1 月 3 日。
② 转引自刘瑞新:《左宗棠与甘肃织呢总局》,《兰州学刊》2000 年第 4 期,第 77 页。
③ 转见孙毓棠编:《中国近代工业史资料》第一辑,科学出版社,1957 年,第 900—901 页。
④ 《申报》,1881 年 5 月 27 日。
⑤ 《申报》,1883 年 8 月 17 日。
⑥ 《大清国》,1881 年 1 月 3 日。

大了呢绒的成本,在市场上无法与国外呢绒进行竞争。这样,甘肃织呢局的开办经费已很高,以后的维持经费就更高。左宗棠去世后,张之洞在他的一份奏议中说:"故大学士左宗棠前在甘肃设织呢局,费银一百余万两。"①这一估计数字有些夸张,但总的来说甘肃织呢局耗资巨大是显而易见的。左宗棠对这个厂抱有很大希望,打算将来"开拓其式",仿制大型织呢机器,选派督标聪颖年轻兵丁做徒工,预示:"今日之学徒,皆异时匠师之选。将来一人传十,十人传百,由关内而及新疆。以中华所产羊毛,就中华织成呢片,普销内地,甘人自享其利,而衣褐远被各省,不仅如上海黄(道)婆以卉服传之中土为足称也。"②可惜在左宗棠离开甘肃后,1882年11月,锅炉破裂,无法继续生产。12月,甘肃织呢总局解雇了所雇洋匠,1884年5月织呢局裁撤。后来陈炽曾总结此事,说:"左文襄前任甘督,亦尝购买机器纺织呢绒,然牧场未立,风气未立,万里甘凉,艰于转运,资本太重,不利行销。因创办之时,本未通盘筹画故耳。"③

兰州制造局与甘肃织呢局是晚清西北出现的较早的近代工业,虽然它存在的时间并不长,但是它的意义是极其深远的。自1840年鸦片战争之后,帝国主义用炮舰打开了中国的大门,随之经济侵略即汹涌而来。19世纪40年代后期,洋货已侵入兰州等城镇,到70年代,甘肃的穷乡僻壤,洋货已触目皆是。宁夏磴口、陕西西安、新疆伊犁至甘肃嘉峪关,皆为洋货输入甘肃必经之地。甘肃原产羊毛制品如褐绒等物,在明代已享盛名,不仅向为西北人民服用之常物,而且远销北方各地。但在洋布、洋呢的冲击下,很快出现了衰落的趋势。特别自咸丰、同治后更是一蹶不可再起。除此之外,洋商还把甘肃视为他们掠夺廉价毛皮原料的嗜利之地。德、美、英、俄等国洋行的活动,在19世纪70年代前后已遍及甘肃各地。他们以极低的价格收购甘肃毛皮,然后制造成品,复运入甘,数倍其利。这种情况越到清代后期越严重。一些爱国志士深感忧虑,并谋图抵制之方。有人在概述这方面情形时曾写道:"当时所谓羽绒、卡拉、哆啰呢等物,每年进口之数极为可观。降及同治末年,国人见国内产毛颇丰,始进而谋采用西洋方法,以国产羊毛织成呢绒,图与外货颉颃,以免利权外溢,中国新式毛织工业之兴起,实以此为嚆矢。"④甘肃织呢总局正是在这样的背景下兴办起来的。光绪十年(1884年),甘肃织呢总局虽然停办了,但是它对西北地区的机器制造业、电力工业和毛纺织工业,都直接或间接地产生过影响。光绪二十四年(1898年)陕甘总督陶模将兰州机器制造局与织呢局所附之机器局合并到军装局,后该机器局一度迁入城内。民国以后,张广建督甘时期,又一度在贡院后恢复了制造局,后来又发展为甘肃机

---

① 转引自魏丽英:《左宗棠与甘肃近代机器工业的开端》,《社会科学》1984年第4期,第110页。
② (清)左宗棠:《左宗棠全集》,札件,岳麓书社,2009年,第463页。
③ 陈炽:《续富国策》卷一,光绪二十四年刊本。
④ 陈真编:《中国近代工业史资料》第四辑,三联书店,1961年,第337页。

器厂。甘肃织呢局停办之后,中厂曾改为洋炮局,其余部分曾改办学校,机器多锈蚀损坏,将近30年后,兰州道彭英甲又添置了若干比利时机器,一度又恢复了兰州织呢总局,后亦停办,进入民国后,改为官商合办,称"甘肃织呢公司",后又关闭。在此期间,甘肃督军曾利用原织呢局中的一部分机器发电,供地方当局公署照明使用,以后几经曲折变化为兰州电厂。

第二节 晚清民初甘宁青工业发展的地域概况

清代甘宁青未分省,甘肃地处西北内陆,风气未开,工业不振,传统手工业无外乎关系民众日常生活物品,如清油加工、毛布、麻布编织各县普遍皆有,粉条、水烟、毡毯制造服务本地,也是关乎民众日常生活的必需品,所需原料也为当地所产,故手工加工业均为此类(参见表3-3-1)。

表3-3-1 晚清甘肃全省土产制造货品统计表

类别	产所	利用	原料	销场	杂记
胡麻油	普通各县	食品	胡麻	本省	甘产芝麻少
清油	普通各县	食品兼制水烟	菜子	本省	
烧酒 黄酒	甘凉、秦州、徽县		小麦、高粱、黄米	本省	近亦各属仿制
挂面	普通,兰州、甘州最多		麦面	本省	
粉条	陇东、甘南		扁豆	本省	
水烟	兰州、巩昌、秦州、阶州、凉州、平凉		红土、清油、烟叶、白盐	行销外省	有条烟、黄烟、棉烟之别
果丹皮	甘州		楸子、糖、蜜	行销外省	
褐	普通各县,秦安最多	五色俱备,用如斜纹布	羊毛	行销外省	有粗细两种,粗者贫民自织作衣
毡	普通各县	土民制作无缝衣	羊毛		
毯	宁夏最著名		羊毛、颜料	行销外省	质重不能畅销
布	阶州、高台		棉纱	本境	
毛布 麻布	普通各县		羊毛、麻	本境	
麻纸	秦州		麻	本省	
草纸	兰州		稻草、麦草	本境	
漆	阶、秦一带			本省	

续 表

类别	产所	利用	原料	销场	杂记
芦苇席	甘州、兰州	土民包裹衬运米粮及苦运货,兼作凉席		本省	
缨	洮州、平番		牦牛毛尾	各省	铁杆缨长一尺余,系特别贵重品
扇	宁夏各属		雕尾	各省	有天字、人字、工字等花样,又有玉带、中白、两端黑,均特别贵重品
砚	洮州、宁夏			各省	
玉器	肃州			各省	
木器	秦州	帽架等各样小器	黄杨、核桃	各省	

(资料来源:经济学会编辑:《甘肃清理财政说明书》,初编下,制造类,民国间印制,第11页。)

  自鸦片战争以后,海禁大开,外国洋货开始输入,各省开始讲求制造,甘肃虽偏僻辽远,但受此风影响。光绪三十二年(1905年),陕甘总督允升设立"甘肃农工商矿务局"。不久,又改兰州道为甘肃劝业道,由彭英甲等人兴办甘肃近代工业和手工业,将停办20余年的兰州机器织呢局和甘肃机器局恢复了生产,而且还创办了甘肃官铁厂、甘肃铸铜厂、甘肃劝业工厂、洋蜡厂和官报书局等一批手工工场。1910年又采取官绅合办形式,在兰州创办了光明火柴股份有限公司。[①] 甘肃劝业工厂"分设各科,征各属农民聪颖子弟入厂学习,月给口食,学成以后各归各属,提倡推广。复设农林、商矿两学堂,官绅商民子弟均准入堂肄业"[②]。内分为织布、栽绒、绸缎、玻璃、卤漆、铁器六科,后改为五厂。1909年裁撤玻璃、铁器两厂,其他各厂均参照近代规范进行生产。"卤漆科之制造什物,制革科之制造皮包、洋式皮鞋、皮靴及零星货品,织布厂之纺织外来大布、花布,绸缎厂之织造各色宁绸、摹本库纱、天锦缎及各样花辫、丝带,蒲苇科、纸盒科之制造各项用品,木器科之创造机关、水枪、螺丝、水龙之类是也。其宗旨不外就土产之原料仿外来之制法。"[③]1928年并入第一民生工厂第二分厂。

[①] 见郭厚安、吴适祯主编:《悠久的甘肃历史》,甘肃人民出版社,1988年,第225—232页。
[②] 经济学会编辑:《甘肃清理财政说明书》,初编下,制造类,民国铅印本,第10页。
[③] 经济学会编辑:《甘肃清理财政说明书》,初编下,制造类,民国铅印本,第10页。

表 3-3-2　光绪年间甘肃省劝工厂制造货品表

科别	货品				原料
卤漆科	嵌花圆式、方式彩屏	嵌花大圆桌、方圆套桌	嵌花茶桌、文具桌	嵌花方圆小桌、素面方圆小桌	秦阶一带生漆，洮岷等处各种木料
	藤心睡椅	印箱、端箱、镜箱	大小镜妆、粉妆五种	笔匣、文具匣、拜贴匣	
	捧匣、钟匣、花匣	圆盒、套盒、攒盒	帽盒、朝珠盒、捧盒	文具盒、食物盒	
	嵌花七层书架	帽架、帽筒、翎筒、笔筒	圆盘、套盘、都陈盘	手镜等小件	
木器科	两镶活机方桌	洋木大餐洋桌、方桌、圆桌	洋木茶桌、酒桌、炕桌	摇几、毯棚、睡几	洮岷木料、官铁厂铁
	皮摺凭几	洋木大餐凭几、圆盘凭几	钢条坐椅	洋式气椅	
	藤心洋椅藤心方凳	洋式圆椅、腰圆洋椅	藤心马架、通柱马架	铁胎水筒	
	七星洋床	龙尾车	水龙水枪	信箱等小件	
铜器科	洋式烛台时款烛台	时款手照盒子灯台	各种盆盂洋式痰盂	腰圆茶垫荷叶茶垫	窑街官铜厂铜
	空花香盒寿字香炉	錾花脸盆	叫人铜钟	学服徽章	
	双龙扣带头	蝴蝶明锁水磨明锁	瓢杓	锁钥	
	环扣	架链	炉壶	火锅	
铁器科	折花宝剑连鞘	折花宝刀连鞘	日式指挥刀连鞘	德式指挥刀连鞘	河北官铁厂铁
	东洋带刀马棒	水磨马镫	洋床	农具	
制革科	双层牛皮箱	单牛皮箱	广式枕箱、端箱、明暗锁箱	花箱、捧盒、食盒	西宁、河州、平番、皋兰等处牛羊皮
	帽盒、帽筒、衣饰等匣	茶坛、茶船、茶盘	洋式护书、信插、书鞍	洋式挂鞯、提鞯	
	方圆桌面椅凳垫	皮炕枕垫	兵鞯、马革占	皮带、扣带、弹子枪刀带等	
	长短扣西式鞋	时式官式皮靴、马靴、操靴	绒靴、雨靴	各色压花香牛羊皮	

续 表

科 别	货 品				原 料
织毛科	栽绒炕枕垫	栽绒炕毯	栽绒椅披垫	栽绒地毯	西宁、河州等处羊毛
	栽绒加丝毯	栽绒马褥鞍毡	五色长方桌面	桌围	
	五色椅披垫	五色线毯	刮毛线毯	五色细毛毯	
	经纬马褥	马机垫子			
绸缎厂	起花宁绸	素宁绸	彰缎	天锦缎	阶州西和徽文等处茧丝
	陇缎	甘绸	金丝绒	金貂绒	
	珍珠绒	铁线纱	栏杆	各色丝带	
	东洋裤带	腰带	腿带		
织布厂	双纱花布	双纱白布	双纱白大布	白大布	暂用湖北棉纱
	各种花布	十锦被面	双纱毛布	各种花素葛巾	
玻璃厂	大小双料片				黄河沿岸石子、会宁皮硝
蒲苇科	漆柄湖扇	竹柄湖扇	椅垫	床垫	小西湖蒲苇
织呢局	头等细呢	二等	三等	四等	羊绒、羊毛、驼绒、驼毛、五色颜料
	头号毛毯	二号毛毯			

(资料来源：经济学会编辑：《甘肃清理财政说明书》，初编下，制造类，民国间印制，第13—14页。)

  进入民国以后，甘宁青的工业并无起色。由于地方偏远，经济落后，直到20世纪初年，西北除左宗棠开办的一家不成功的"兰州织呢局"遗留下一片破旧的厂房和一堆废旧的机器外，再没有第二家使用机器生产的工厂。彭英甲在甘肃(宁夏、青海尚未分离建省)倡办洋务，已经是辛亥革命前几年的事了，多数企业寿命不长，西北近代工业可以说是一张白纸。埃德加·斯诺在《西行漫记》中写道："在整个西北，在陕西、甘肃、青海、宁夏、绥远，这些面积总和几乎与俄国除外的整个欧洲相当的省份里，机器工业总投资额肯定大大低于——打个比方来说——福特汽车公司某一大装配线上的一个工厂。"

  甘肃劝工厂到1919年时，缩小规模，分皮革、织布、硝皮三科，所有原料都是原来所遗留的。[①] 根据1937年前实业部的统计，甘肃省仅有近代工业企业9家，占全

---

① 林竞著，刘满点校：《蒙新甘宁考察记》，甘肃人民出版社，2003年，第80、81页。

国工厂总数的0.23%；工人有4 623人，占全国工人总数的0.25%；资本额仅29 500元，占全国资本总额的0.08%。[①] 据调查，1935年时兰州有工厂8所，这些工厂也都条件简陋，规模狭小，多为手工工厂(参见表3-3-3)。

表3-3-3 1935年兰州各工厂情况表

厂名	地址	经费与员工	产品	备注
甘肃制造局	西关举院	年经费约6 000元；约250人	农用工具、各种实用机器、五金用品，兼修配汽车零件、修理枪械	分木工、打铁、机器、修理、翻沙五部
甘肃造币厂	西关举院	约200人	造币平均每月可出10 000余元	造币、造胰两部
救济院附设工厂两处	新关街孤儿所		日出栽绒100方尺，织布80丈及毛巾、裹腿	
	西城巷妇女教养所		以织布、毛编物为大宗	
工业学校附设工厂	中山路工业学校后院		日出皮箱、皮匣、皮包共200余件，布匹毛巾亦为大宗，栽绒约150方尺	分制革、皮件、纺纱、漂染、机织、栽绒等部
女子职业学校实习工厂	南府街女子职业学校内		月出栽绒100方尺，及毛衣、卫生衣、毛巾、手套、袜子等	分缝纫、纺毛、机织、机编、栽绒五部
济生工厂	南稍门外	500元；120人	以毛织物为主，年可出毛衣裤2 000余套，手套袜子亦为大宗，月出栽绒150方尺	分织毛、编物、机编、栽绒、漂染五部
陇右实业社附设惟救工厂	贡元巷	约30人	出品多毛织物，均系手工业，月出栽绒约120方尺	栽绒一科
同生火柴公司（分内外两厂）	小西湖	60 000元；约150人	出阴火、阳火两种。月各出1 500箱，每箱1 400匣，价18元，分销皋兰、会宁、静宁、固原、狄道、陇西一带	外厂专制火柴匣及火柴燃料，内厂专制药料及装匣
光明火柴厂	黄河北凤林关	35 000元	月出品与同生火柴公司相等，分销永登、临夏	在青海设有分厂

(资料来源：高良佐著，雷恩海、姜朝晖点校：《西北随轺记》，甘肃人民出版社，2003年，第50—51页。)

[①] 中国工业经济研究所编印：《工业统计资料提要》，1945年。

第三节 抗战时期甘宁青近代工业发展的地域特征

抗战爆发后,东南半壁河山沦陷,沿海民族工业纷纷内迁西南和西北。甘宁青作为开发西北的战略大后方以及拥有西北枢纽的重要地位,迎来了开发地方工业的难得机遇。随着东部工业区资本、技术、人才和机器设备的纷至沓来,大办厂矿,这一时期成为甘宁青近代工业发展的黄金时期,近现代工业迅速崛起。抗战时期甘宁青工业发展得益于国民政府的经济部资源委员会、军政部、交通部、卫生署、中国银行等的经济支持,这一时期他们以独资或与甘肃合资经营等方式,相继兴办、合办和改扩建甘肃矿业公司、甘肃煤矿局、甘肃机器厂、甘肃化工材料厂、中央电工器材厂兰州电池支厂、兰州电厂、兰州织呢厂、兰州制药厂、兰州面粉厂等大批官办工矿企业,初步形成了门类较多、规模较大、分布较广、近现代生产水平较高的工业体系雏形。

一、能源开发与能源工业的地域特征

全面抗战爆发前,甘肃的采矿业几乎都是手工开采,不仅效率低下,产量极小,大多只是供应本地民众,而且易造成安全事故。

表3-3-4 1935年甘肃煤矿矿区开采分区统计表

矿址	矿区	资本与员工	产品	备注
阿干镇	阿干镇煤矿	约1190名工人	有59处矿洞,日产量约280吨	手工土法开采
张掖	南山板达口、大野口、左洞口	资本2 000元	年产石炭渣子约10 000石,价值约10 000元	面积360亩
	西南山马莲沟、大小肋巴、三条	资本1 000元	年产石炭9 000石价值约9 000元	面积283亩
高台	南山苣蔓口、老关口、斗口子煤矿		年产大煤152万余斤,煤渣子3 750余石	
酒泉	南山北麓大红沟、小红沟、东沟梁、冰沟、大黄沟煤矿	每窑雇工四五人,约75人	有煤窑14处,日出煤100万斤~200万斤	
玉门	昌马煤窑(两处)		日出煤约2 000斤	玉门煤质较酒泉煤质佳
	红沟煤窑(两处)		日出煤约3 000斤	
	北窑煤窑(三处)		日出煤约2 500斤	

(资料来源:高良佐著,雷恩海、姜朝晖点校:《西北随轺记》,甘肃人民出版社,2003年,第49、50、115、120、126、136页。)

抗战时期,为解决能源供应,甘肃建立了一批近代工矿企业,绝大部分是公营企业,资金由国民政府提供。国营工业的建立,不仅使国有资本在经济结构中起主导作用,而且大大方便了重工业的发展,成为这一时期甘宁青工业发展的黄金时期。

(一)皋兰县阿干镇煤矿开采

抗战爆发后,为解决工业与民用燃料,1939年2月,由甘肃省银行贷款,省建设厅经营,兴工开凿皋兰县阿干镇煤矿。由于使用机器开凿,日产量由30吨上升到100吨。全面抗战前夕,阿干镇煤矿又增设洗煤设备,炼焦以供应甘肃机器厂冶炼用。1940年10月,资源委员会与甘肃省政府合资创办永登窑街煤矿。次年11月,资源委员会与甘肃省政府合资成立永登煤矿局,后于1943年秋与甘肃省政府谈妥,合并阿干镇及永登两矿成立甘肃煤矿局,统筹经营,添加采掘、运物、提升和排水设备,煤产量逐年增加。

表3-3-5　1942—1945年皋兰县阿干镇煤矿产煤量统计表

年　份	烟煤(吨)	末煤(吨)	生炭(吨)
1942年	3 249	—	—
1943年	7 864	—	—
1944年	14 326	22.47	9.57
1945年	18 959	27.054	10.986

(资料来源:杨进惠、杜景琦:《解放前兰州阿干镇煤矿业概况》,《西北近代工业》,甘肃人民出版社,1989年,第195页。)

1942年1月甘肃矿业公司成立,该公司由甘肃省政府、资源委员会与中、中、交、农四行合资经营。除接管了窑街煤矿外,其所属静宁罐子峡煤矿,于1942年11月开工钻探,但后来因该公司为四行与甘肃省政府及资源委员会合股,各方"立场各异,矛盾百出","凡遇困难,彼此观望,皆不积极援助",[①]互相掣肘,生产时开时停,成效不大。

(二)青海大通煤矿

大通煤矿是青海省开发最早、规模较大的一个煤矿,民国以前它是青海唯一的煤炭产地。大通煤矿位于青海省大通县城西北约5里的娘娘山侧,民国初年一直是地方私人开采,开采条件极差。

1931年,马步芳当上了新九师师长。他一驻扎西安,就觊觎大通煤窑。1938年,马步芳任青海省政府主席,授权常驻大通的骑兵旅长马步銮(马步芳之堂弟)亲自办理煤矿事宜。1939年,马步芳在吞并了12家私窑的基础上,成立了他独家经

---

① 王庆柞:《甘肃矿业公司》,附1,结论,印行年份不详。

营的"大通公平煤窑"。初期的规模,只是私窑的总和。1944 年又新掘平洞一个,1947 年建成,开始出煤。同时废除了年久残败的 7 口直井,保留了口径不到 1 米的 5 个直井。这时全窑工人约 600 名,年产量 4 万吨左右。独此一家的公平煤窑,垄断着青海的市场,煤的售价往往为成本的 10 倍,从而获得了巨额的暴利。据一般估计,它每年可赚银币 50 万元,成了马步芳掠夺人民聚敛财富的一个重要基地。①

(三) 甘肃玉门油矿

抗战全面爆发后沿海口岸陷落,外油无法输入西北,西南后方运输又大多依赖公路,石油需求日益迫切,资源委员会决定开发甘肃玉门和新祖独山子油矿。1938 年 7 月,成立了甘肃油矿筹备处,并派地质与采矿专家前往玉门老君庙实地勘探,1941 年 3 月正式成立甘肃油矿局。该矿钻井采油均较顺利,成为抗战时期全国石油工业的基地。玉门油矿 1938 年成立后,于同年先后钻井 8 口,其中两井深达 400 多米,探入大油层,产量十分丰富。1939—1945 年的 7 年间,玉门油矿共钻井 61 口。到抗战结束时,玉门炼油厂已能日炼原油 5 万加仑。这些石油产品在"洋油"来源断绝的情况下,直接为前线服务,有力地支援了抗战。在钻采原油的同时,工程技术人员也进行了石油制品的提炼工作,仅 1945 年就生产汽油 10 625 吨。

表 3-3-6 抗日战争时期玉门油矿石油及天然气产量表

年 份	石油(吨)	天然气(万立方米)	年 份	石油(吨)	天然气(万立方米)
1939 年	429	1	1943 年	61 353	540
1940 年	1 347	3	1944 年	68 511	1 264
1941 年	11 812	93	1945 年	65 768	1 566
1942 年	46 326	429			

(资料来源:中共甘肃省委工业处交通工作部新志办公室编:《解放前甘肃石油开采和炼制》,《甘肃省新志·工业志》,1959 年。)

(四) 甘宁青电力与机器工业的发展

抗战时期,甘宁青三省的电力工业也得到了很大的发展,甘肃有兰州电厂、天水电厂、武威电厂、玉门(油矿)电厂,宁夏省建起了宁夏电灯股份有限公司,青海省也建设了西宁电厂,大大改变了西北地区电力工业的落后面貌。

兰州电厂始建于 1914 年,是甘肃省最早的电厂,1942 年又建成天水电厂,1934 年武威电厂建成,1941 年又建立了玉门电厂。甘肃的四大电厂除玉门电厂主要为石油开采服务外,其他 3 厂均为生活照明服务。据原兰州电厂 1939 年的事业报告说:"在原有的基础上大力购置了新设备,装机容量不断扩大,发电量也有所增加。1938 年 8 月中央委员会参资兰州电厂,使其资本达到 653.3 万元,工人 285 人。"经

---

① 政协甘肃等五省市文史资料委员会编:《西北近代工业》,甘肃人民出版社,1989 年,第 243—250 页。

过维修和改造,兰州电厂发电能力大大增加,1941年发电机功率40匹马力,1942年猛增为400匹马力,1943年为650匹马力。发电度数也大有增加,1940—1945年累计向兰州市各工厂输送动力电1 622 218度。

表3-3-7 兰州电厂历年发电机功率与发电度数统计表

年 份	发电机功率(马力)	发电度数(度)	年 份	发电机功率(马力)	发电度数(度)
1940年		527 993	1943年	650匹	1 862 690
1941年	40匹	765 893	1944年		2 885 309
1942年	400匹	1 241 937	1945年		3 502 814

(资料来源:甘肃省档案馆藏甘肃省政府《甘政三年统计提要》(一),甘肃省政府档案,案卷号4—3—68,第105页。甘肃省政府统计处:《兰州电厂业务经营(表95)》,甘肃省统计年鉴(1946),第172—173页。)

1942年9月中央委员会与甘肃省政府合资设立天水电厂,资本613.3万元,工人73人。

宁夏电灯公司:创建于1935年9月,10月正式投入使用。[①] 该公司员工计有经理、副经理、总务主任、工程师兼公务股长各一人,股长、一等股员、二等股员各3人,收款员2人,技师17人、工人9人、练习生10人,合共50人。[②] 据1944年的调查,该公司每日仅能发电15小时,专供省垣用户照明之用,其电力价格分包灯和表灯两种,包灯每15瓦特月收费300元。[③]

西宁电厂与西宁水力发电厂:1939年4月,青海省政府主席马步芳委托青海参政员赵琨等,责成国防最高委员会转令资源委员会筹办西宁电厂。后经多次磋商,确定西宁电厂由资源委员会与青海省政府合资经营。1940年4月,双方派出代表签订合同,双方共投资14 920.8万元。到1941年2月15日,首先完成了第1部29千瓦柴油机的安装。当晚即开始发电,10月又安装了20千瓦柴油发电机1部,投入运行。1942年10月装成41匹柴油发电机1部。至此这个厂的发电总容量又扩充为90千瓦。其时电厂的供电量远不能满足社会的需要,加以柴油机部件都是利用的陈旧品,停电故障经常发生。每月所需柴油,又远自玉门油矿调运,费力费资,困难重重。因之实践原议筹建水力发电的要求。1944年1月,成立水力发电工程处,于1945年10月完成了引水工程。发电原动力是上海机器厂制造的300马力福朗西式水轮机2部。1947年2月,又督装了第二部水轮机,并将第一部水轮机配装了重庆华生厂制造的200千伏安发电机1部,另一部200千伏安发电机迄未购得,只能在第二部水轮机装竣后,暂装原存的47.5千伏安发

---

① 宁夏省政府建设厅编:《宁夏省建设汇刊》,第1期,工作概况,第61页。
② 宁夏省政府秘书处:《十年来宁夏省政述要》,第5册,建设篇,第205、206页。
③ 晓波:《战时宁夏工业概况》,《新西北月刊》七卷第10、11期合刊,第60页。

电机。这样两部发电机的总容量为247.5千伏安。电气运用方式系交流三相50周波,发电电压230/400伏。其中200千伏安发电机的每月发电量约在2.8万余度以上,供应社会照明和一些电器用电。第二部水轮机47.5千伏安发电机,全部供应小桥工业区的动力用电。水力发电交付西宁电厂使用后,理事会及时进行了整顿。1948年1月,申请将西宁电厂由国营改为省营。3月,省政府将西宁电厂更名为西宁水力发电厂,1949年9月青海宣告解放,电厂归于人民,即由省军事管制委员会交通处接收。①

(五)宁夏省的机器工业

宁夏省的机器工业一向不发达,抗战前由于交通阻塞,大多仰给外省,抗战军兴以后,外援断绝,不得不自力更生,于是宁夏省政府于1939年9月创办宁达棉铁工厂,内设铁工部,大量制造设备机具。该部有工程师7人,学徒30人,制造各种机具零件、石印机、弹花机、切面机、织布机等。②民国年间宁夏省比较重要的机器工厂还有兰鑫机器厂,自兰鑫炼铁公司在平罗县汝箕沟大岭湾一带发现铁矿后,公司即开始土法炼铁,后几经改进产量日丰,品质日进,该公司于是决定设立机器厂,筹造各种用品。1943年春,派人去西安聘请各项专门人才,购置各种工具,于1944年7月正式开工,厂址在省城内,内设翻沙、机器、汽车、修理等部。③

(六)化学材料与化工厂

抗战时期,甘肃省各种类型的化学工厂发展很快,短短数年即发展到14家之多,其中规模较大、设备较好的是雍兴公司兰州实用化学厂。该厂成立于1940年7月,由兰州制药厂改建而来,资本60万元,工人44人,设有制药、制碱、肥皂、甘油、玻璃和酒精等6部,年产肥皂9 000箱,动力酒精48吨,纯碱100吨,苛性碱15吨,甘油10 000磅以及甘草粉、当归精、大黄精、麻黄素数万斤。至1944年3月,该厂资本总额为225万元,其中固定资产占165万元,主要设备有甘油塔、碱塔各1座,水泵2台,蒸汽煮皂锅1具,出皂机1套,压机、元车、抽气机各1部,35匹锅炉1座,马达6部共有32匹马力、10匹柴油机1部。其中,抽气机和1台水泵为美国进口,7.5匹马达为美国进口,元车为日本进口,其余为国产。甘油塔、碱塔和锅炉均在兰州建造。④

1939年,资源委员会与甘肃省政府合办甘肃化工材料厂。厂址在兰州市黄河北草场,1943年11月正式开工,主要设备有焚矿炉、蒸发炉、盐酸炉、蒸酸锅、制碱炉等60余种。抗战胜利前,该厂月生产能力为硫酸2吨、盐酸0.1吨、纯碱10吨、

---

① 陈秉渊:《从西宁电厂到西宁发电厂》,政协甘肃等五省文史资料委员会编:《西北近代工业》,甘肃人民出版社,1989年,第281—289页。
② 宁夏省政府秘书处:《十年来宁夏省政述要》,第5册,建设篇,第217、218页。
③ 晓波:《战时宁夏工业概况》,《新西北月刊》七卷第10、11期合刊,第63页。
④ 王树基:《甘肃之工业》,第四章,化学工业,甘肃省银行印刷厂,1944年8月,第77—93、230页。

皮胶 0.25 吨,各式胶木制品 2 000 余件。①

战时由于汽油缺乏,多用酒精替代,因而酒精业发展迅速。甘肃酒精厂共 4 家,资本 230 万元,②分别是第二战区司令长官部设立的动力酒精厂、资源委员会与甘肃省政府合办的徽县甘肃酒精厂,民营的徽县泥阳镇济通酒精厂和天水联兴动力酒精厂。其中甘肃酒精厂规模最大,资本 130 万元。③

宁夏卫生材料厂:宁夏在抗战前,医药器材供应全部靠外运,自抗战军兴,交通梗阻,宁省医用药械无法维持,于是筹设宁夏卫生材料厂,隶属省卫生处,于 1940 年 10 月经呈核准该厂组织规程,规定其经常费暂由该厂自行筹支,从卫生署补助项下拨给开办费 1 万元,并拨借省立医院补助开办费 1 万元及宁省卫生一、二队补助开办各 5 000 元为购置药械费,又将西北卫生队结束后移交药物之一部拨归该厂。至 1941 年 2 月,为先行工作计,暂借产校房舍,作为临时办公地点,后购得省垣南关外交通处旧属落一所,作为厂址,共房间 30 余间。1944 年春,将事务部移至城内中正西街,以利营业,城外厂址,专为制造工作地点。1942 年至 1943 年,该厂制造膏片酊、散安瓿、薄药、碘制剂 150 余种,并制出各种医用器械 34 种,医卫用家具 14 种,并研究利用钠钾代西药者 41 种,及宁省土产原料,制成各种原料药物如氯酸钾、氯化钠、碳酸钠、碳酸镁、重碳酸、钠硫酸、钠硝酸、钾硫黄、麻黄、各种制剂甘草、各种制剂氢氧化钠等 32 种。④

表 3-3-8　抗日战争时期甘肃主要工矿企业一览表

地点	名称	创立时间与资本	创立者	产品、设备	备注
武威	武威电厂	1937 年;650 万元		发电机一部、锅炉一座,专供县城内各机关厂商及住户电灯用电	1944 年有员工 28 人
兰州	兰州电厂	1938 年;1 728.3 万元(1944 年)	资源委员会与甘肃省政府合办	1937 年有发电机三座,共 1 680 千瓦。1939 年添装 102 千瓦发电机一座,1940 年又增装 132 千瓦发电机一座	创始于 1914 年

---

① 王致中:《抗战前甘肃工业发展述要》,《社会科学》1984 年第 6 期。
② 《甘肃酒精厂调查》,1944 年,甘肃省图书馆藏。
③ 王树基:《甘肃之工业》,甘肃省银行印刷厂,1944 年,第 148、149 页。
④ 胡平生:《民国时期的宁夏省》,台湾学生书局,1988 年,第 251、252 页。

续 表

地点	名 称	创立时间与资本	创立者	产品、设备	备 注
兰州	雍兴实业股份有限公司	1940年，2 000万元	中国银行		下辖兰州制药厂（后改建成化学厂）、兰州机器厂、兰州面粉厂、兰州毛织厂
	甘肃机器厂	1941年，3 690万元	资源委员会、甘肃省政府	缩机、磅秤、闸门启闭机	
	甘肃水泥公司	1941年；450万元	资源委员会、中国银行、交通部、甘肃省政府	日产水泥40桶（每桶170公斤）	附带自制耐火材料及部分瓷器
	中央电工器材厂第四厂兰州电池支厂	1941年	资源委员会	甲组乙组丙组干电池及单节干电池，供应西北军政通讯之用	产品大部分供军用。干电池组用于电话及无线电，单节干电池用于手电筒电源
	甘肃油矿局	1941年，共投入4 932.6万元	资源委员会	1931—1945年共生产原油约7 866多万加仑，天然气3 686万立方米，煤油51 117万加仑，柴油7 117万加仑	
	甘肃矿业公司	1941年，800万元	资源委员会、甘肃省政府、中央、中国、交通、农民银行		下辖阿甘镇煤矿、罐子峡煤矿、徽县共济炼铁厂
	甘肃煤矿局	1943年，1 350万元	资源委员会与甘肃省政府合办		由永登煤矿局改组
	甘肃化工材料厂	1943年；1 640万元	资源委员会与甘肃省政府合办	硫酸、盐酸、纯碱、电木、皮胶、骨胶、骨油、砂轮、沥青	由甘肃酒精厂改组后归并兴陇公司化学厂
	兴陇工业股份有限公司	1944年，500万元	甘肃省政府、甘肃省银行与交通银行		投资工厂有印刷、化学、营造、造纸四厂

续表

地点	名称	创立时间与资本	创立者	产品、设备	备注
天水	天水电厂	1942年，613.3万元	资源委员会与甘肃省政府合办	煤气发生炉一具,煤气机一部,发电机一部,功率37.5千瓦,1939年全年发电70 872度	
	天水联兴动力酒精厂				
	天水水力发电工程处	1943年	资源委员会		
华亭	华亭电瓷厂	1942年，1 979.3万元	资源委员会、甘肃省政府	生产电业用瓷瓶	有职工131人
徽县	徽县共济炼铁厂	1942年，100万元	公私合营	只开炉两座	每日出生铁2吨
	甘肃酒精厂		资源委员会、甘肃省政府		利用当地烧酒为原料,精制为酒精
	徽县泥阳镇济通酒精厂	1941年，130万元	资源委员会、甘肃省政府	动力用酒精	利用当地烧酒为原料,精制为酒精,供军需民用

(资料来源：王树基：《甘肃之工业》,甘肃省银行印刷厂,1944年,第148—149页。)

抗战以后,后方各省市为经济发展增加生产,各地工厂的建设如雨后春笋。截至1941年底,全国呈准经济部登记的工厂中,甘肃省工业分类统计大幅增多。从这些统计数据中也可看出战时甘肃的重工业得到了很大的发展。

表3-3-9　1941年全国呈准经济部登记工厂中甘肃工业统计与全国比较表

工业类型	全国统计(厂)	甘肃统计(厂)	工业类型	全国统计(厂)	甘肃统计(厂)
机器五金工业	37	3	制革	54	7
电工器材工厂	44	1	火柴	29	4
液体燃料工厂	96	1	药品	28	1
窑制品	47	1	烛皂	25	1
造纸	35	1	油醋	15	1

(资料来源：中央银行经济研究处：《三十年下半期国内经济概况》,后方各省市工厂统计,1942年,第170—174页。)

二、畜产品加工与纺织业的地域发展特征

抗战时期甘宁青轻工业的发展主要体现在毛织业、制革业、面粉业与火柴业等与百姓日常生活相关的产业。毛织业、制革业、畜产品加工业又是当地资源开发过程中发展起来的相关产业,既具有地方特色,又为资源产地所在,因此这些产业发展成为这一时期甘宁青轻工业发展的领先产业。

西北地区是我国最重要的畜牧业基地,畜产品与羊毛产量均居全国前列,民国开发西北,对这里畜牧业资源所在也久有认识。就甘肃兰州的地理位置来讲,更具有西北交通枢纽和物流集散地的优势,兰州也就成为这一时期西北各牧区的中心地带,时人也称:"皋兰(今兰州)有亚洲羊毛业中心的希望。"[①]从以上这些因素考虑,甘肃顺理成章地成为国民政府对西北畜牧业投资的中心地区。当时各类畜牧、兽医机构等也均设在兰州。抗战爆发后,畜牧兽医力量云集西北,甘肃兰州汇集当时全国最强大的畜牧兽医专家队伍和最先进的畜牧技术力量,西北羊毛改进处、西北兽疫防治处、甘肃畜牧兽医研究所、西北兽医学院均在兰州成立,专门从事科学研究、技术改良和人才的培养等工作。

(一)甘肃毛纺织业的地域发展特征

毛纺织业是甘肃发展最早的企业,晚清时期甘肃劝业工厂就以毛织业为主,利用本地羊毛加工地毯、毛呢等。但进入民国以后,由于军阀统治,政治混乱,甘肃的毛纺织业没有多少发展。1938年以前甘肃仅有毛纺织工厂5家,到1939年得到一定发展,共计设立29家,1940年新设36家,1941年新设41家,1942年至1944年6月新设94家,其中资本总额10万元以上(含)的就有8家。[②] 这8家较大的毛纺织工厂分别分布在兰州、天水、平凉、武威四地。军政部与甘肃省政府合办的兰州制呢厂有资本100万元,工人230人,是其中最大的毛呢工厂;花纱布管制局兰州实验工厂有资本150万元,工人37人;天水的永裕工厂、天成纺织工厂、官泉毛线厂资金均在百万元以上;平凉泰华纺织工厂,资金240万元,工人50人;武威的富华纺织工厂,资金150万元。当然,这些工厂中,大部分仍为手工生产(多为农村手工业合作社),所用生产工具在纺纱方面多用手摇机或脚踏机,织布则用木机。但抗战时期甘肃的毛纺织业也出现了采用机器生产为主的一些工厂,其中雍兴公司投资60万元兴办的兰州毛织厂比较著名,有工人179人。

(二)宁夏省的毛织工业

宁夏以盛产皮毛著称西北,尤其驼绒、羊毛质地柔软,纤维细长,特别适合毛纺,但因无纺织厂,只能作为原料输出,而本省人民所需的纺织品,如绸缎布匹等,

---

[①] 邬翰芳:《西北经济地理》,《中国西部开发文献》第八卷,全国图书馆文献缩微复制中心,第433页。
[②] 王树基:《甘肃之工业》,甘肃省银行印刷厂,1944年,第61—75页。

全部由平、津及山西榆次、太谷、平遥等地购运而来。抗战军兴,交通阻塞,衣料来源断绝,宁夏省政府开始倡导创办毛织工厂,利用省内大量土产棉毛等原料从事纺织事业,以解决穿衣问题,较重要的工厂有以下 7 所,分别分布于省城、灵武县吴忠堡,只有妇女纺织传习所分布较广,在宁夏、宁朔、平罗、金积、中卫、中宁、灵武等县各设分所一处。

(1) 兴宁毛织股份有限公司于 1939 年 4 月由宁夏省政府拨发中央建设专款,每年 63 996 元,专门开展毛织工业。在省城北郊旧满城购地 10 余亩,兴建永久厂址,同时购置机具,聘请技师,至 1940 年工程初步完成。以后因物价日益高涨,资本不敷周转,在 1942 年 1 月加入商股,并将省立职业传习所合并,改为兴宁毛织工厂股份有限公司。生产产品除行销宁夏省外,还向绥西、甘肃、陕西推销。产品中毛织物有加料仿俄毯、单料仿俄毯、裕国毯、军毯以及栽绒毯、建国呢、毛呢、毛布等,每年各种毯子产量可达 3 万余件。毛编物有毛衣、毛裤、毛巾、毛线等。此外还有棉织物如棉布、帆布、帐纱、宿纱、线呢等。栽绒地毯每年可制成品 9 千余方尺。

(2) 宁夏省立初级职业传习所于 1937 年 10 月筹设成立,一方面为生产而设,另一方面也为培养本省的相关人才,初为试办,只招收学生 80 名,分设两班,半工半读,开班数月以后,成效较著,所有产品如帆布、洋布、床单、毛毯等质地精良,均受社会欢迎。后由于战争关系,迁址于省城城北旧满城,新建厂屋,分期招收学员,每年出品纯毛毯 1 920 条,双料毛毯 360 条,单料毛毯 840 条,粗洋布 132 匹,线呢 300 匹,帆布 70 匹,地毯 4 440 方尺。后该传习所与宁夏毛织工厂合并。

(3) 宁达棉铁工厂于 1939 年 9 月成立,系官督商营性质,资金国币 4 万余元,厂基及机房建筑全部借用公家营房,工程宏大,出品以棉、铁为主,毛纺为副。内分纺织、铁工、木工、翻沙、漂染等 5 部。其纺织品年产量为纯毛毯 360 条,平民布 700 匹,毛人字呢 70 匹,帆布 45 匹,毛巾 2 400 条,裹腿 250 付,褥单 200 条。

(4) 义兴织染工厂设于省垣市内西街车巷子 74 号,系宁夏省热心公益提倡工业者于 1940 年 8 月 1 日筹办,全属商营性质,资本 2 万元。因规模较小,机具简单,只有厂长 1 人,掌理一切厂务,技师 1 人,并由厂长兼充,事务 1 人,童工 50 人。每年产量计仿俄毯 900 条,纯毛毯 200 条,毛床单 300 尺,毛布 300 尺,棉布 300 尺,毛巾 300 打。

(5) 宁夏省妇女纺织传习所由宁夏省建设厅于 1940 年 7 月设立。每年拨款 4 万余元,充作经费(不足之数由省款支付)。在省垣设总所,附设传习班 4 班,每班定学徒 40 名,以 3 个月为期。宁夏、宁朔、平罗、金积、中卫、中宁、灵武等县各设分所一所,附巡回传习班 5 班,每班招收学徒 40 名,从事训练纺织技艺事宜。其总所组织为设所长、副所长、教务主任各 1 人,下分教育、经理 2 课,教育课下设教育、管训 2 股,经理课下设会计、事务 2 股,职员(含所长等在内)合计 34 人,学徒至 1942 年,已毕业者 935 人,尚在训练期中者 1 532 人。其出品年产量为毛线 8 475 斤,棉线 14 125 斤,老白布 1 000 匹,色线毯 500 条,毛袜 4 000 双,毛布 440 匹,毛毯 200 条。

(6) 兴灵纺织工厂于 1940 年 12 月由热心公益之士集资兴办,并将陆军第 168 师的兵工事业工厂的旧机折价拨归该厂接收,再由前灵武县县长王宪之等协助策划,暂定资金 5 万元,呈请省政府指示拨灵武县吴忠堡东门外刘公祠房屋 15 间为该厂地点,于 1941 年 3 月中旬正式开工。每日产量为二十二码之各色毛呢 2 匹,二十二码之各色线呢 1 匹,二十二码之各色老布 2 匹,仿俄毛毯 2 条,建国毛毯 2 条,栽绒毯 7 尺。

(7) 中和纺织厂:该厂于 1941 年 7 月筹设成立,纯系商营性质,资本万余元,因规模小,产量不多,但质地精良。年产量为纯布 500 丈,棉毛布 5 000 丈,纯毛毯 250 丈。①

(三) 西北洗毛厂

西北洗毛厂为贸易委员会与刘鸿生合办,成本 300 万元。兰州是羊毛集散地,故将厂址设于兰州市黄河的庙滩子。自 1941 年 2 月开始建设,至 1943 年 8 月已开工,设计生产能力为月洗毛 300 吨。全部设备有 65 吨沉淀池 1 座,慢性沙滤池 2 座,350 吨清水池 1 座,抽水机 2 部,鼓风机 4 部,打土机 2 部,48 式卧式锅炉 2 座,四槽式大型洗毛机 2 部,4 英尺口径离心式脱水机 3 部,烘房 4 座,晒毛架 2 000 平方米,共用马力 90 匹。②

以往西北羊毛在对外贸易中,多因杂质太多受到对方刁难。为了提高畜产品质量,西北洗毛厂建立以后,对收购的皮毛进行洗涤、打包,然后运往各地,"经挑选、洗净后的羊毛降低了成本,减少了运费,经济效益明显提高,在兰州采购的各地厂家纷纷登门要货,全厂业务相当繁忙,工人有时分昼夜两班,还不能满足需要"③。另外,复兴商业西北分公司还建立了猪鬃加工厂、肠衣厂和细皮毛加工厂,从此西北的皮毛出口走向了正规化,这些加工厂也均设厂于兰州。

(四) 青海洗毛厂

20 世纪 40 年代,马步芳在青海办过一些工厂,其中有洗毛厂、三酸厂、玻璃厂、火柴厂、毛纺厂(实为棉纺厂)、皮革厂、修配厂和水泥厂,这些厂就是后来人们所说的"八大工厂"。"八大工厂"的前身是海阳化学厂的 8 个分厂。8 个分厂初设在西宁市南大街原九师师部旧址,后在西宁小桥征购大片土地盖新厂房。这 8 个厂中,除水泥厂建在大通县外,其余 7 厂均建在小桥,从北到南依

---

① 本部分参见胡平生:《民国时期的宁夏省(1929—1949)》,台湾学生书局,1988 年,第 242—246 页。
② 王树基:《甘肃之工业》,甘肃省银行印刷厂,1944 年,第 181—182 页。
③ 李锐才、刘子璐:《对复兴商业公司西北分公司的回忆》,《兰州文史资料》第 11 辑,1990 年,第 168 页。

次是玻璃厂、洗毛厂、毛纺厂、三酸厂、火柴厂、皮革厂(后迁往殷家庄)、修配厂(未建成,从市区南大街搬到小桥海阳小学校内),占地 260 多亩。1942 年开始动工兴建,1944 年土建基本完成(修配厂只建大工房一幢,其他用房及围墙一概未建),玻璃厂、三酸厂、火柴厂相继从南大街迁入小桥开工生产。洗毛厂于 1945 年进行设备安装,锅炉房和洗毛间的动力机——蒸汽机均安装完毕。到 1948 年元月,招收学徒 100 名,接着请来修配厂的 8 名技术工人,带领学徒安装设备。后又从兰州请来技师和技工 10 人,掌管各个生产环节的技术工作。至 7 月,全部设备安装就绪,开始洗毛生产。洗毛厂计划投资 200 万元。主要设备是洗毛机。配套设备有:直径 1 米的脱水机 1 台、单锡林打土机 2 台、人工压杠式打包机 5 台、引风机(为烘干室配备)3 台、水泵 1 台,以上均系甘肃机器厂所造。动力设备有:25 马力锅炉 1 套、15 马力蒸汽机 1 台、5 马力柴油机 1 台,还有报废的 2 个汽车引擎(用来带动水泵)。烘干室设有引风机,但因当时小桥地区没有动力电,无法带动,所以未曾使用。洗出来的羊毛就靠日晒。按设计能力,该厂每小时可洗原毛 400 公斤,但因主机即洗毛机制作粗劣,故障迭出,只能洗洗停停。1948 年开工 3 个月,洗毛 16 万多斤。1949 年开工 6 个月,洗毛 67 万多斤。因为洗毛量少,用的洗涤剂充足,所以洗出来的羊毛质量很好。这种洗净的羊毛就是享有国际盛誉的"西宁毛"。①

(五)西北制革工业

制革业也是西北地区在抗战时期发展起来的工业企业,到 1943 年 2 月,甘肃制革厂已有 26 家,资本 547.8 万元。其中,兰州制革厂是最重要的一家。兰州制革厂规模不大,完全手工生产,但投资有 150 万元,1941 年建成。年产牛皮面 63 张,底革 568 张,军用革 746 张,羊皮囊 2 925 张,正面羊皮 2 740 张,反面羊皮 1 699 张,以及其他小皮件多种。②另外,据当时调查,1940 年"西北工合"制革社每月可生产底皮 2 270 张,面皮 3 480 张,绵羊皮 4 350 张。③这些畜产品加工企业生产的军用皮革、军服等对抗战军需提供了一定的物资保障。据不完全统计,这一时期制革企业在兰州、天水、平凉均有分布。

宁夏富有被服厂制革组,于 1933 年随第十五路军来宁夏组设,厂址在省垣北关街头,资本 5 万元,以制军装马鞍物件及党政军学各界制服为业。1940 年,改第十七集团军附设,内分营业、会计、裁衣、制衣、皮件、靴鞋、漂染、制革等 8 组,员工 70 余名。其制品年产量为蓝地皮 120 张、羊皮 140 张、红地皮 100 张。因抗战军兴交通阻塞,物价昂贵,原料缺乏,业务范围并未扩大,反趋萧条。④

---

① 徐全文:《解放前青海的洗毛等八工厂》,政协甘肃等五省文史资料委员会编:《西北近代工业》,甘肃人民出版社,1989 年,第 465—470 页。
② 杨重琦、魏明孔:《兰州经济史》,兰州大学出版社,1991 年,第 131 页。
③ 朱敏颐:《抗战时期的工业合作运动史末》,《历史教学》1990 年第 6 期,第 112 页。
④ 宁夏省政府秘书处:《十年来宁夏省政述要》,第 5 册,建设篇,第 197—199 页。

表 3-3-10　抗日战争时期甘肃主要畜产品加工与纺织企业地区分布一览表

地点	名称	创立时间	地址	创办者	资本（万元）	产品
兰州	兰州制革厂	1941年9月	兰州河北草场街后	甘肃省水利林木公司	150	各类皮革
	建国制革厂	1941年6月	兰州七里河王家堡	私营	52	各类军用皮革
	甘肃制呢厂	1937年	兰州畅家巷	军政部、甘肃省政府	100	军毯、军呢、毛呢
	西北毛纺厂	1943年	兰州河北庙滩子	刘鸿生、贸易委员会复兴商业西北分公司	3 000	军毯、呢绒
	兰州毛织厂	1939年	兰州七里河	雍兴实业股份有限公司	60	毛毯、军呢
	西北洗毛厂	1943年8月	兰州河北庙滩子	复兴商业公司、中国毛纺织厂特种股份公司	500	拣毛、洗毛、打包
	猪鬃加工厂	1940年8月	兰州贤后街	复兴商业西北分公司		加工猪鬃
	肠衣厂			复兴商业西北分公司		加工肠衣
	细皮毛加工厂			复兴商业西北分公司		加工皮毛
天水	建华制革厂	1940年7月	天水民权路	私营	30	牛皮、羊皮
	利华制革厂	1941年2月	天水中城下河里	私营	135	牛皮、羊皮
	宫泉毛线厂	1942年1月	天水宫泉29号	合伙	450.6	毛衣裤、毛背心、毛线
	永裕工厂	1943年1月	天水伏羲城15号	合伙	8 100	呢、条布、白洋布
	四维纺织工厂	1943年3月	天水纪常路77号	合伙	50	毛呢、毛毯、厂呢
	天成纺织工厂	1943年6月	天水伏羲城荣誉巷	合伙	100	毛呢、厂呢
	晋秦织染厂	1940年	天水八卦城	合伙	70	毛呢、棉布
	保职织染厂	1942年7月	天水惠民巷	合伙	50	毛呢、布匹

续表

地点	名称	创立时间	地址	创办者	资本（万元）	产品
平凉	益民制革纺织工厂	1942年3月	平凉东关水桥沟	私营	50	皮张、军用皮包、军用马鞍、皮鞋
	泰华纺织工厂	1943年10月	平凉东关水桥沟	合伙	240	毛呢、毛毯、粗呢、细呢、交织呢
	厚生纺织工厂	1943年7月	平凉东北寺巷3号	合伙	50	毛线、毛呢、毛毯
岷县	平民教养工厂	1940年6月	岷县东门外	合伙	36	毛毯、毛呢、毛巾

（资料来源：王树基：《甘肃之工业》，甘肃省银行印刷厂，1944年，第61—75、125—127、181—187页。）

三、其他工业企业的地域分布特征

（一）面粉业

甘肃抗战前面粉大部分为手工制造，"迨抗战军兴，各地主要机制面粉厂，相继沦陷，战区民众，亦逐渐集中后方。本省为西北重镇，为中外人士所瞻仰，人口亦日益增繁，面粉需要孔殷，若专赖附近民间石磨、水磨、船磨、手工制粉，实不敷市场之供应，是故利用机器设备制粉，于是兴焉"。抗战期间，甘肃的机制面粉厂共有3家，分别为兰州面粉厂、西北机器面粉厂、福新第五面粉厂天水分厂。三家面粉厂均使用动力和机械设备，日产面粉900袋左右。[①] 由于抗战的催生，战前早已存在的土磨面粉业也得到了进一步的发展，据调查，1944年，兰州市有磨户123家，资本总额132 100元，平均仅1 074元。最低资本为200元，多的也不过4 000元，仍是手工生产。[②]

宁夏的面粉工业一向不发达，而民户又大多以面粉为主要食料，1935年，宁省集资25 000元，创立普利机器面粉厂（即普利面粉公司）。后因该厂全部供应驻军食用，于1940年5月改为第十一军面粉厂，该厂因属第十一军，故面粉出产均按原价送交该军或第十七集团军应用，无营业可言。[③] 另外宁夏又有利民机器面粉公司，于1943年8月成立，系官办性质。[④]

---

① 陈真编：《中国近代工业史资料》第四辑，生活·读书·新知三联书店，1961年，第220页。
② 王树基：《甘肃之工业》，甘肃省银行印刷厂，1944年，第135—138页。
③ 宁夏省政府秘书处：《十年来宁夏省政述要》，第5册，建设篇，第209—211页。
④ 刘继云：《宁夏三马政权始末》，《宁夏社会科学》1987年第1期，第86页。

(二) 火柴业

甘肃的火柴业在战前共有 4 家,即兰州光明火柴厂、兰州同生火柴公司、天水炳兴火柴厂和岷县中和火柴厂。抗战后发展到 7 家,新增天水光华火柴厂、天水第一火柴社、临洮华兴火柴厂 3 家,均以手工生产为主。到 1944 年 5 月时上述 7 厂共有工人 422 人,资本总额 1 749 000 元,年产火柴 3 740 箱。① 从地区分布上来看天水最多,共有 4 家。

宁夏火柴工业最著名的为光宁火柴公司。该公司由宁夏省政府委托宁夏省银行出资开办,该银行于 1941 年开始筹备,修建厂址,购运机器,②并招收装火糊盒工人,1942 年 6 月 1 日,光宁火柴公司正式开工。③ 制品分为黑头火柴和红头火柴两种,每日最高产量为 20 箱,每箱数量计 240 包。1944 年,火柴已推广至绥远、榆林、平凉、伊克昭盟等地。④

(三) 造纸与印刷业

在长期的抗战当中,甘肃的造纸业逐渐兴起。据 1944 年统计,甘肃省各县每年出产白麻纸 253 700 刀、黑麻纸 280 350 刀、烧纸 1 341 150 刀、草纸 51 150 刀、毛头纸 24 600 刀、改良纸 161 400 刀、仿麻纸 1 000 刀、土报纸 25 280 刀。⑤ 兰州是甘肃造纸业的中心,有造纸厂 10 家,总资本 20 万元,工人 164 人。其中以甘肃兴陇公司造纸厂最著名,资本达 7 万元。造纸业的发展,推动了印刷业的勃兴,1944 年 6 月,甘肃省有印刷工厂 58 家,资本总额 4 690 000 元,工人 490 人。⑥ 另外手工造纸业也很兴旺,主要种类有麻纸、烧纸、高黑纸、毛头纸、土报纸。造纸区域集中在临洮、天水、徽县、康县、成县等,尤其是康县,年产黑白麻纸 350 万刀以上。⑦

宁夏的造纸工业一直不发达,晚清至民国前期当地的造纸业只是作为农民的一种副业,也有一些经营小规模纸坊者。但因制造技术落伍,品质粗劣不适合印刷,因此抗战前宁夏省所用纸张,都由外省输入。抗战军兴,来源断绝,该省当局才开始致力于此项事业。其中最重要的有宁夏造纸厂与民国日报社造纸部。宁夏造纸厂于 1938 年由省政府拨款 2 000 元,利用省垣西塔水天寺旧有房舍作为厂址建造而成。至 1939 年春,该厂出品已见精良,畅销全省,时大有供不应求之感,以后资本增至 2 万元,并加修大碾两部,增招工人 40 名,骡马牲畜 30 余匹,营业蒸蒸日上,全厂共有员工 184 人。每年产量为白麻纸 168 万张,新闻纸 72 万张,封套纸 12 万张。⑧ 民国日报社造纸部由宁夏民国日报社于 1943 年 8 月集资 10 万元,于省垣

---

① 王树基:《甘肃之工业》,甘肃省银行印刷厂,1944 年,第 82—83 页。
② 宁夏省政府秘书处:《十年来宁夏省政述要》,第 5 册,建设篇,第 154 页。
③《大公报》(重庆版)民国三十一年六月九日,宁夏简闻。
④ 晓波:《战时宁夏工业概况》,《新西北月刊》七卷第 10,11 期合刊,第 57—59 页。
⑤ 王树基:《甘肃之工业》,甘肃省银行印刷厂,1944 年,第 165—166 页。
⑥ 王树基:《甘肃之工业》,甘肃省银行印刷厂,1944 年,第 175—179 页。
⑦ 第八战区政治部编印:《今日之西北》,1941 年,第 33 页。
⑧ 宁夏省政府秘书处:《十年来宁夏省政述要》,第 5 册,建设篇,第 200—204 页。

筹设造纸部,利用稻草白麻为原料。技工半为河南密县人,且使用漂粉,故品质较佳,风行一时。① 印刷工业在民初宁夏省有恒丰、晋泰等数家石印局,规模很小,供不应需。1935年3月第十七集团军司令部及省政府开始筹办宁夏省印刷局,资本1万元。设石印、铅印、排字、装订、铸字5部。日常印刷各机关、部队需用公文纸张表册,及《民国日报》、《贺兰日报》、《扫荡简报》、公报、书籍刊物等,每月盈利约2 500余元。② 1940年,局址迁往省垣北门外,因无动力设备,均用人力发动,计有对开机3部、圆盘机2部(商务民国四年出品)、铸字机1部、石印机7部、裁纸刀1部、铅字全副。

(四) 制瓷业

抗战前甘肃的陶瓷业一直是手工生产,且产品粗陋,质量不高。1936年永登窑街有"烧瓷器之窑厂,故其地名为窑街"。有"大小十余厂,每厂工人二三十人",但产品"俱系黑色粗瓷"。③ 1942年资源委员会在华亭安口镇兴建了华亭电瓷厂,职工约350人。设备有磨粉机2部,炼泥机1部以及一些试验设备,这是甘肃省采用机器生产陶瓷的开端。据1944年1月调查,安口镇有窑场77家,资金总额421万元,最高资本30万元(光华厂),最低资本1万元,平均资本额5.467 5万元。④

(五) 宁夏的甘草工业

甘草,味甘甜,具有润肺止咳和解毒作用,是中草药剂中常见的一味药材,也是宁夏土特产之一。清末民初,因交通阻塞,宁夏甘草除少量外运,大多无人采挖或当柴烧。1916年,芬兰商人维利俄斯来宁夏考察,看到甘草产量丰富,无人采制,于是征得政府同意,与德国一家公司签订合同,在上海购办大批机器锅炉,就地熬炼甘草药膏,行销国外,年约百万斤以上,获利甚丰,此时厂址选在平罗县黄河东岸的通伏堡。后因运输困难,捐税过重,一年以后即告停业。1933年,马鸿逵任宁夏省主席后,令宁夏建设厅厅长魏鸿发等接办,将旧有机器锅炉重新修理,并加添磨面、榨油机器,定名为裕宁甘草公司,在贺兰县(即旧宁夏县)属洪广营设厂制造。该地在省垣西北60里,西据贺兰山40里,附近盛产甘草,燃料煤炭运输亦甚近便。制法系选粗大之甘草,切修整齐,装扎成捆,输出外省;细小枝节始入机熬炼药膏。该厂原有工人四五十名,国民南京政府财政部为了扶植宁夏地方工业,曾于1936年初批准征裕宁甘草公司国税,但后因日本入侵,甘草药膏无法外销,于1939年被迫停产。1940年4月,马鸿逵再次命令宁夏银行利用原裕宁甘草公司的旧设备,再投资40万元法币,改名利宁甘膏制造厂。该厂系商营性质,厂址设在省垣北八里桥地方,将甘草精制为纯膏后,装入木匣,销往兰州、西安等各药房及制造厂,并供

---

① 晓波:《战时宁夏工业概况》,《新西北月刊》七卷第10、11期合刊,第62页。
② 宁夏省政府秘书处:《十年来宁夏省政述要》,第5册,建设篇,第211—213页。
③ 马鹤天著,胡大浚点校:《甘青藏边区考察记》,商务印书馆,1947年,第138页。
④ 王树基:《甘肃之工业》,甘肃省银行印刷厂,1944年,第107—112页。

中央换取外汇。每日产量400余磅,全年产量竟达14万磅。[①]

总之,抗战时期是甘宁青工业发展的高峰时期,人口西迁以及国民政府开发西北的战略策略都为本地工业的发展提供了条件,也在人力、物力与技术上得到了内地省区的支持,这些都为本地工业的发展创造了机遇。总体来说,这一时期工业的发展以兰州为重心,逐渐向周边地区扩散和延伸。据统计,1938年前,兰州拥有机械、纺织、制革、面粉、制药、玻璃、化学、火柴、纸烟等机制工业仅27家,工人不过数百人,总资本约200万～300万元;1942年增加至121家,1 526人,总资本约1 476万元;1944年6月达到236家,3 383人,总资本达到1亿余元,分别比战前增长数倍至数十倍。兰州周边的工业分布也从无到有,由东到西发展,陆续在玉门建成我国第一个大型油矿和炼油厂,在天水建成甘肃第一座水电站,以及窑街的永登煤矿局和甘肃水泥公司,华亭安口镇的甘肃光华瓷厂和华亭电瓷厂,徽县的甘肃酒精厂和酒精动力厂,静宁罐子峡煤矿和武威电厂等,分布更加均匀,布局更加合理,初步奠定了基础工业的基石。

[①] 纪坤:《宁夏甘草药膏厂的变迁》,政协甘肃等五省文史资料委员会编:《西北近代工业》,甘肃人民出版社,1989年,第474—477页。

第四章　近代甘宁青交通与通讯网络建设与布局

交通是经济空间的组成部分,也是经济要素流动的空间通道,在经济交流中具有重要作用。民国时期是甘宁青现代交通的发展时期,也是传统交通方式向现代运输方式转变的转折时期。但由于其经济和社会发展落后,甘宁青的现代交通发展缓慢且不平衡:一方面以机械动力为主的代表现代交通的公路交通得到了一定发展;另一方面驿运、水运等传统运输方式继续发挥作用;而铁路、航空和邮电事业的发展则基本上停滞不前。

第一节　近代甘宁青公路交通建设

西北地区由于地貌复杂、经济发展水平落后,交通道路一向不发达。这种落后的交通状况严重阻碍了西北近代社会经济的发展。

抗战之初,西北公路仅有1.8万多公里,这些公路还大多集中在陕西境内,铁路仅通至陕西省潼关县。林鹏侠1932年底自咸阳至平凉,路程仅680里,汽车竟然行走3天。因为"所谓汽车路者,本就原有之大车道,略加平治,年久失修,多已毁坏。凸凹坑陷,桥梁倾侧,冰雪载途,泥泞水滑,无在不有颠覆之危"。[①]

1925年,国民军进入甘肃时,整修了兰州到宁夏城的道路,当时宁夏尚未建省,整修后的道路勉强可以通行汽车,此即为早期的兰宁公路。1927甘肃军政当局下令,整修兰州经永登、西宁至湟源的"官道",当时称"兰湟路",后改称甘青公路。这条路经过整修,可以行驶汽车,初步沟通了兰州和西宁两个城市。1929年,在陕甘两省政府主持下,开始修筑陕甘公路,后改称西兰公路(西安至兰州)。西兰公路是以工代赈的重要工程,由国民政府财政部和美国的"中国赈灾会"共同出资修建,为联络陕甘两省的主要干线。由于干线较长,沿途多山,施工难度大,因此到1935年5月才最后建成通车。西兰公路东起西安,西至兰州,全长753公里,为陕甘两省干道,同时也是通向西北的主要国防干线。它的建成,对中原内地与西北五省的往来联系提供了方便,也使陇海铁路的货物能够通过公路较快地输送到西北诸省,加强了西北各省的联系。

全面抗战爆发后,全国经济委员会在兰州设立西北公路运输管理处。1937年12月,西北国营公路管理局与西北公路运输管理处合并,设陕甘运输局,局址在兰州。它先后改善了西兰公路,修建了甘新公路,使之成为贯穿西北的国

---

① 林鹏侠著,王福成点校:《西北行》,宁夏人民出版社,2008年,第34页。

际交通线。此外,还续建、改建了华双、甘青、兰宁、甘川、迪霍、兰宁、宁包、宁张、宁平、青藏公路宁玉段等,新建了南疆、山民夏、宁张、宁夏、省鲁、宁贵、宁亘、宝平等公路干线。这样,西北地区的公路,西达中苏边界的霍尔果斯,东到川陕边界的白河,北到内蒙,南到四川,形成了以兰州为中心的西北近代公路网。

1937年,甘新公路重修,至1939年11月全线建成通车,成为开发西北的一条重要公路干线。西兰公路改造工程于1940年完成,改造后的西兰公路阴雨天亦可行车,是当时西北地区路况最好的公路。这两条公路成为经新入甘转川、转陕的重要国际公路交通干线。尤其在太平洋战争爆发以后,甘新公路成为中国通向国外的唯一通道,苏联援华的大批物资也必经此路运至前方,1938年底接运援华物资4批,1939年又接送了十几批,保证了前线作战的急需,对支援全民族抗战起了重要作用。

1938年1月,甘肃省建设厅奉命赶修华双公路(华家岭至双石铺)的天双段(天水至双石铺)工程。其中华天段(华家岭至天水)1935年已经修通,1938年12月华双公路全线建成通车,使甘肃到四川的路程缩短了400余公里。甘青公路在20世纪20年代即能勉强通车,1938年3月甘肃省政府整修了此路,至1939年9月,全线工程大致竣工。另外新修的还有宝平公路(宝鸡至平凉),是陇海铁路和宝汉、西兰、宁平公路的联系枢纽,沟通陕甘川的交通要道。

全面抗战阶段国民政府对西北地区公路的建设,除形成了横贯甘新两省直通苏联的国际公路干线外,还修建了各省际公路干线,将西北五省紧密地连接起来,逐步形成了以兰州为中心的西北近代公路网和西北各省区的公路网,对支援抗战、带动西北经济发展起到了重要作用。

甘肃省政府先后建成的省内公路有华双公路华天段(华家岭至天水),全长180公里;甘川公路兰会段(兰州至会川),全长140公里;天马公路(天水至马鹿镇),全长114公里;兰临公路(兰州至临夏),全长138公里等。到1936年1月,甘肃省共完成公路1121公里。全面抗战爆发后还修筑了峨夏公路(峨县至夏河县),全长254公里,方便了甘南民族地区的经济交往。

1937年7月全面抗战爆发,全国经济委员会遂在兰州设西北公路运输管理处。同年12月,西北国营公路管理局与西北公路运输管理处合并,设陕甘运输局于兰州。至此,西北交通中心由西安转移至兰州。1938年2月,陕甘运输局改称交通部西北公路运输管理局,并进行了扩充,营运车辆由1936年的124辆猛增到1939年的1240辆,[1]使西北的交通运输业得到了空前加强。

---

[1] 甘肃省地方史志编纂委员会:《甘肃省志·公路交通志》,甘肃人民出版社,1993年,第627页。

表 3-4-1　1949 年甘肃省公路统计表

编号	线路名称	里程（km）	起 止 地 点	开工日期	竣工日期	1949 年仍通车的公路
1	西兰公路	447.0	兰州至窑店	1924 年	1941 年	√
2	永窑公路	65.0	永登至窑街	1929 年		√
3	兰宁公路	242.0	兰州至白圈子	1932 年	1946 年 6 月	√
4	华双公路	396.0	华家岭至杨家店	1934 年 12 月	1940 年 12 月	√
5	甘川公路	444.0	兰州至武都	1935 年 4 月	1946 年 1 月	√
6	天马公路	98.0	云山镇至马鹿镇	1935 年 4 月	1945 年 11 月	
7	甘青公路	78.0	河口至享堂	1935 年 8 月	1939 年 9 月	
8	甘新公路	1179.0	兰州至星星峡	1937 年	1940 年	√
9	洮天公路	254.0	会川至天水	1936 年 7 月	1947 年 11 月	
10	泾环公路	128.0	窑店至庆阳	1937 年	1947 年 11 月	√
11	静秦公路	125.0	静宁至秦安	1938 年 8 月	1943 年 12 月	
12	兰西公路	17.0	兰州至西固城	1939 年 6 月	1940 年 12 月	
13	洮循公路	74.0	康家崖至临夏	1939 年 7 月	1946 年 10 月	√
14	宝平公路	63.0	四十里铺至大桥村	1940 年 11 月	1941 年 6 月	√
15	安敦公路	119.0	安西至敦煌	1941 年 10 月	1943 年	√
16	民众公路	50.0	岔路口至玉门市	1942 年 3 月	1942 年 5 月	
17	定陇公路	74.7	定西至陇西	1936 年 8 月	1944 年 1 月	
18	岷夏公路	254.7	岷县至夏河	1944 年 4 月	1945 年 9 月	√
19	马明公路	97.0	马莲井至明水	1945 年 8 月	1946 年 6 月	
20	南疆公路	333.0	敦煌至芨芨台	1945 年 8 月	1945 年 12 月	
21	酒建公路	186.0	酒泉至疙疸井	1945 年 9 月	1946 年 8 月	√
22	桥滚公路	148.0	桥弯至滚坡泉	1945 年 8 月	1946 年 6 月	
23	张青公路	93.4	张掖至扁都口	1947 年 6 月	1949 年 9 月	
24	石兴公路	14.0	石头沟至兴隆山	1935 年 5 月	1935 年 6 月	
25	徽白公路	36.0	徽县至白水江	1939 年 9 月	1941 年 7 月	
26	三兴公路	13.5	三角城至兴隆山	1942 年 2 月	1942 年 6 月	√
27	敦千公路	15.0	敦煌至千佛洞	1943 年 7 月	1943 年 7 月	√
28	天泉公路	21.0	天水至北道埠	1943 年	1944 年	√
29	两西公路	16.5	两河口至西固	1945 年 4 月	1946 年 2 月	
30	兰阿公路	25.0	兰州至阿干镇	1946 年 10 月	1946 年 11 月	√

续　表

编号	线路名称	里程（Km）	起至地点	开工日期	竣工日期	1949年仍通车的公路
31	吴靖公路	21.0	吴家川至靖远	1946年10月	1947年7月	√
32	江成公路	24.0	江洛镇至成县	1947年10月	1948年3月	√
33	卓尼支线	5.0	卓尼梁至卓尼	1944年4月	1945年9月	
34	黑错支线	4.0		1944年4月	1945年9月	
	总　　计	5 161.1				1949年通车19条

（资料来源：李世华、石道全主编：《甘肃公路交通史》第一册，人民交通出版社，1987年，第186—187页。）

截至1949年底，甘肃共建公路34条，总里程5 161.1公里，但能通车的只有西兰、甘新、甘青、华双、甘川、兰宁等19条，总里程3 279.8公里，占总里程的63.5%。[①]这19条公路得以保存，或因里程较长，如西兰、甘新、华双、甘川、甘宁等；或因地理位置重要，如甘青、兰宁、宝平、天泉、兰阿等，而其中有6条是从兰州为起点的，其他公路也大都起始于天水、酒泉等重要城市。这些公路构成了甘肃公路的主骨架，它们大多分布在山间平原、河谷地带或者山地和沙漠交界地带，基本上与古丝绸之路相吻合。

其中，西兰、甘新公路是抗战时期贯通大西北的国际大通道，在抗日战争时期发挥了巨大的作用。甘新线"所运物资，皆系由苏联进口之国防器材，西运出口物资则多羊毛、钨砂等，运量可称各线之冠，在抗战期间贡献颇大"。[②] 此外，兰青、兰宁公路的改善，甘川公路的建成，形成了以兰州为中心的甘肃公路交通网络，体现了兰州作为交通枢纽的重要地位，推动了兰州商业的发展。其他地区性公路的修建也促进当地经济的发展，1935年华双公路建成，对天水与陕西、宁夏的商品流通起到巨大的促进作用，岷夏公路从岷县、临潭、卓尼到夏河，使这些地区的药材、皮毛等运往境外，外面的粮食运入甘南，促进了甘南民族地区经济的开发。[③]

除甘肃外，民国时期青海省内也有部分公路修筑，大抵分东、西、南、北四路。据1935年中央银行经济处调查可知：

东路由西宁通至甘肃皋兰，全长850里。其中西宁至乐都130里，至享堂240里，至甘肃皋兰480里，由享堂南分至民和60里。

西路由西宁至湟源90里，至都兰740里，又大河坝502里，由湟源至共和170里。

---

① 李世华、石道全主编：《甘肃公路交通史》第一册，人民交通出版社，1987年，第183页。
② 中国第一历史档案馆：《中华民国档案资料汇编》第五辑，江苏古籍出版社，1997年，第422页。
③ 李世华、石道全主编：《甘肃公路交通史》第一册，人民交通出版社，1987年，第313页。

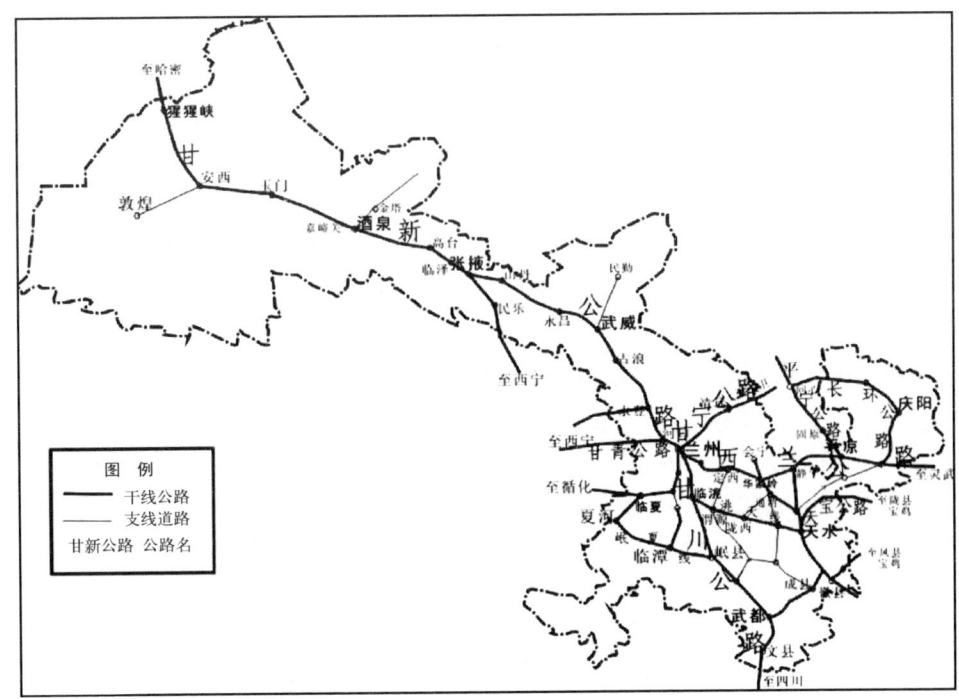

图 3-4-1 民国时期甘肃主要公路示意图

(资料来源:甘肃省建设厅编:《甘肃建设年刊》附《甘肃省公路路线图》,1940年。)

南路由西宁至贵德 180 里,东南至化隆 180 里,至循化 270 里,至甘肃临夏 470 里,由循化至同仁 160 里。

北路由西宁至大通 110 里,至亹源 200 里,至永安 300 里,至俄博 420 里,至张掖 710 里,东北由西宁至互助 90 里。

这几条主干道均为民国年间所修,但是路况并不好,由西宁至皋兰,本可通汽车,二日半到达,但因路窄,时常被大水冲坏,长途汽车一直无法通车。自西宁经大通县,可以到达甘肃山丹、甘州,此路虽经军队修筑,将大车路改为汽车路,但时常被水所毁,不便通行。民国晚期,各种运输仍需赖驴、马、骆驼之力,水路仍借黄河之便,在春秋二季以皮筏运输,个人旅行者则须骑马。因此民国年间青海省的交流状况并不乐观,除与省会相近的大道外,其余较远之处仍不易到达。[①]

第二节 其他种类交通工具与交通形式

除了公路以外,其他运输方式也占有一定地位,特别是抗日战争期间的驿道运输。驿道运输和水运都是不以现代机械为动力的传统交通方式。因为甘肃经济落后,这些交通方式还被沿用,并在抗战期间起到了重要作用。

---

① 中央银行经济研究处编:《甘宁青经济纪略》,华丰印刷铸字所,1935年,第8页。

一、传统驿路的运用

驿道运输包括驿道和大车道两种,在传统运输时代,驿道和驿运是商贾往来和商业交往的主要方式。驿道运输是以驿道为主的官营运输方式,而大车道主要是私营为主的道路运输,其实两者的路线在很多地区是重合的,所以不能将两者完全分开。驿道是城镇之间联系的最重要的通道,因此在驿道沿线往往形成很多繁华的商业城市,也形成货物交流的主要途径。大车道作为驿道的补充,虽然在交通运输方面的作用相对较小,但也是商品交流的重要方式。

在现代交通发展以后,驿道运输的地位逐渐下降,很多驿道也在原有的基础上直接改建为公路。但是在抗日战争期间,驿道运输又重新得到恢复,以畜力为主的驿道、大车道运输成为一种重要的补充,甚至一度成为运输的主要力量。有记载说:"自七七卢沟桥的烽火弥漫东南半壁后,铁道被占,港口被封,一切军需接济,莫不仰求其次的公路运输。但燃料缺乏,配件困难,殊难以应付战事之迫切运输。因是,朝野人士,就转移目光于古代的驿运,期以辅助公路运输之不足。本省方面,驿道久废,曾即先后择要修筑兰平、兰阿两大车道……先后修整的亦有五百余公里。"[①]国民政府在抗战爆发后为了弥补汽车运输的不足,决定在全国大力推行驿运,整修驿道、大车道,使驿运事业再度复兴。而在甘肃,从1938年起,共整修8条驿道、总长3 351公里,10条大车道、总长4 821公里,两者合计8 172公里。据1949年统计,全省共完成货运量158.25万吨,货运周转量6 110万吨公里,其中汽车运输完成28万吨和4 148万吨公里,分别占17.7%和67.88%;通过大车道等采取民间畜力运输完成130.25万吨和1 962万吨公里,分别占82.3%和32.12%。而"1938年根据苏中协议,苏方援华物资由苏方运至哈密后由中方驮运至兰州,再运至咸阳接陇海铁路转运。每天有上万只骆驼驮着1 000吨物资,奔波在河西走廊,最多时一天达3 000吨"。[②] 这一情况表明,民国时期甘肃交通运输中,驿运方式还曾一度在货运量方面居于主要地位。

二、水上交通的延续与发展

甘宁青三省水上交通路线在清至民国均较为发达,水运大体包括两条线路,一为黄河水系,一为长江支流嘉陵江上游的白龙江。黄河水运业的工具主要是皮筏。皮筏是牛皮筏和羊皮筏的通称,古代多用于渡运,近代以其造价低、运费省、便于航行、载重量大而成为物资东运的主要工具。[③] 甘肃的皮筏子普遍被用来运输羊毛,一般先将皮袋的大口朝上、小口朝下,绑在扎好的木架上,一人进入皮袋内,外面的

---

① 洪文瀚:《甘肃大车道之现状与将来》,1941年抄本,甘肃省图书馆藏。
② 王化机:《西北公路局概略》,《甘肃文史资料选辑》第14辑,第127—129页。
③ 李树辉:《羊皮筏子·石油二考》,《青海民族研究》2004年第1期,第28页。

人把羊毛往里装,袋内的人将羊毛装满踏实。每只皮袋可装羊毛约 120 斤,每座大筏由 120 个皮袋组成,可装运羊毛 5 万斤左右,可见皮筏运输的运力还是很大的。据载,"民国十五六年(按:1926、1927 年),羊毛生意最为红火,……大牛皮筏多时达到 60 个,从运人员 400 多人,年外运羊毛 250 万公斤。兰州水北门一带是皮筏靠岸检修和筏工上岸休息的重要场所,每年春秋两季,这里皮筏如云,遮盖河而 1.5 公里有余。河岸熙熙攘攘,蔚为壮观"①。

此外,还有木筏等水运方式,"临夏在黄河、洮河、大夏河上放运木材,连成木筏,兰州以下亦有于木筏之上运送货物和人客的"②。同样,在长江水系中也有部分水运,陇南的碧口镇就因水运的发展而成为当时重要的商品集散地。

民国时期黄河由兰州至宁夏,直线不过 900 里左右,只是河道弯曲,水路约长 1 400~1 500 里,大约 6 天可以到达。另外,兰州至青海贵德县,(西宁之南)直线 400 里,因河道转折,约计水程可达 600~700 里。③

第三节 近代甘宁青邮政发展与特征

一、晚清民国甘肃省邮政事业的发展

甘宁青的邮政事业始于清光绪三十年(1904 年),其时陕甘尚未分治,时任陕甘总督的崧蕃首次开办甘肃的邮政业务,12 月,奉清政府令,在兰州设立"兰州邮政分局",归属西安邮政区。宣统三年(1911 年)2 月,清政府邮传部命令,将兰州邮政分局升为"兰州邮政副总局",管理甘肃全省的邮政业务,仍归西安邮政区管辖。因当时清政府缺乏近代科技邮政人才,兰州邮政副总局的邮政司(即邮政副总局长)一职,只好请美国人乐恩担任。其时兰州邮政分局的邮路东路即由河南开封起,向西经郑州、潼关、西安,以后入甘肃的平凉,经过陇东沿途各县到兰州。这条邮路在甘肃境内长 532 公里,每日从兰州、开封定时对行,互送东来西往的各地邮件。投递邮件的方式是用牲畜驮运。后随邮政业务扩大,甘肃又先后增设了两条邮路,一为兰州至岷州(今岷县),邮路长 320 公里。一为兰州至陕西略阳,邮路长 770 多公里。以上两路,途经狄道(今临洮)、巩昌(今陇西)、秦州(今天水)及沿途各县,投递方式也是步行驮运。

1914 年 12 月,邮政机构按省划分,兰州邮政副总局改组为"甘肃邮务管理局",英国人贝雅士任邮务长。1927 年 12 月,中国人陈菠涛第一次出任甘肃邮务管理局邮务长,并从这时起,在全省各县城及交通要镇分设一、二、三等邮局和邮政代办所。1930 年 1 月,又改名为"甘肃邮政管理局"。1946 年再改名为"甘宁青邮政管

---

① 张国藩:《昔日的辉煌——甘肃皮筏长途运输始末》,《丝绸之路》1998 年第 2 期,第 30、31 页。
② 张思强:《河州经济琐谈》,《临夏文史》第二辑,第 12 页。
③ 中央银行经济研究处编:《甘宁青经济纪略》,华丰印刷铸字所,1935 年,第 9 页。

理局"。邮件投递仍旧是步行驮运,汽车等新式运输方式的出现,无疑对人挑畜驮的运输方式有革命性的变化。但汽车在西北不仅数量少,而且质量低。西兰公路刚修通时,行驶在公路上的客车,在平坦处还能飞驰,待到陡坡,无从上山,则只好临时雇骡马三匹,拉车上山,乘客都下车步行。① 1928年甘肃榆中"沿路土松,尘厚可没膝,呼吸极感困难……汽车道上,汽车往来踪迹可辨,惟闻仅限于紧要军用"②。当时主要运输工具仍是大车(马车)、驮骡、骆驼等。1938年,甘肃邮政管理局与西北运输管理局订立合同,由公路局班车承运兰州至西宁及沿途分局、所的轻重邮件,每周2班,运量不限,从兰州经河口、永登、高庙子、乐都至西宁,长321公里,限行2日。1946年由第七局公路工程管理局班车代运邮件。至1949年共开辟邮路14 829公里,主要以兰州为中心,东至定西、天水、平凉,西至武威、张掖、酒泉等地。邮政运输工具也相当落后,主要是大车、驮骡,全面抗战时期才有部分路段实行汽车运送。

直到1945年9月,抗日战争胜利后,才开办了用汽车运输邮件的汽车邮路。同年年底,又从天水延伸到兰州。这条邮路全长735公里,为逐日对开班,并在兰州设有邮政汽车站。这是兰州也是甘肃有史以来的第一条邮政汽车邮路。除沿途重要县城设汽车站及车辆检修维护、管理行车等工作,一般沿途小县城、镇邮政局、代办所均按时整装成袋以下各站的邮件,邮车一到,即收装邮件,继续前进。但距县城以外的乡镇及村庄,仍步行驮运,间有自行车投递。

到1946年,又开辟了一条兰州至酒泉长达841公里的汽车邮路。1947年,又开办了兰州至西安,兰州、银川至包头的两条邮路,并将兰州至酒泉的邮路延长到新疆迪化(今新疆维吾尔自治区乌鲁木齐市),全程长2 667公里。从此,甘肃以兰州为枢纽的全省及全国的邮件除沿公路线外的乡镇村庄外,均能按期准时投递。

兰州有航空邮件事业,是1932年5月开始的,是从南京—西安—兰州的航线(当时兰州飞机场设在今城关区东郊拱星墩),同年12月,又从兰州延伸到酒泉。1943年6月,兰州至银川又开辟了航线。同年11月,又延长到包头。1945年,抗日战争胜利后,又开辟了一条从上海—南京—汉口—兰州绕飞华东、华中、西北的航线。各条航线除载运旅客外,均载运"航空"邮件,极大地便利了政府公文传递和分居异地亲朋好友、家属的及时传讯和联络友谊。至此,兰州的邮件载运,由飞机、汽车、自行车代替,但不通公路的县区仍然是畜力驮运,边远山区只好驮运或人力步行背送至乡公所、村公所。除公文外,凡属私人信件,即由收信人跋山涉水,亲自到乡、村公所领取。

---

① 杨思:《甘肃交通志》,油印本,1964年,甘肃省图书馆藏。
② 刘文海著,李正宇点校:《西行见闻记》,甘肃人民出版社,2003年,第7页。

二、晚清民国青海省邮政事业的发展

清光绪三十二年(1906年),西宁府邮政分局一面筹备,一面先行营业,开始裁驿归邮。第二年8月正式成立西宁府邮政局,经逐年建设,至宣统末年青海地区共建立一个邮政局,五个代办分局,分别为西宁邮政局与碾伯县、享堂、丹噶尔、贵德厅、北大通(今门源县)代办分局。衙署公文改由邮局寄递,同时收寄公众信件,一律纳费,并办理邮政汇兑、保险包裹、明信片等业务。每日平均收寄平信200~300件,挂号信60余件,开发汇票2~3张。

进入民国以后,北洋政府及国民政府交通部邮政总局曾先后颁发《邮政纲要》、《邮政章程》、《邮政条例》、《邮政法》、《邮政规程》及有关单行条例、规则,各邮政管理局也经常发布业务通令,变动频繁。

1914年,大清邮政改为中华邮政,青海的邮政局所也有所改变,西宁府邮局改为西宁府二等甲级邮局,下辖10个邮政代办所,分别为碾伯县、享堂、丹噶尔、贵德厅、北大通(今门源县)、毛伯胜、巴燕戎格厅、循化厅、高庙子、鲁沙尔(今湟中县)。民国期间,青海的邮政业务着重扩展包裹、汇兑、储金等兼营业务。其时,许多外商来青海开设洋行,收购畜产品如羊毛、牛皮等交邮局作为包裹寄往天津等出口,进行经济掠夺,西宁、湟源、贵德、鲁沙尔等邮局包裹业务的升降直接影响整个甘肃邮区的邮政盈亏。

1919年西宁、丹噶尔改为二等邮局,又增都兰寺为三等邮局,邮政代办所也新增新城一处,这样青海的邮政局变为3处,邮政代办所共10处。第二年又将碾伯提升为三等邮局。

1934年青海省的邮局增加到8处,二等局包括西宁、湟源(原名丹噶尔)、贵德3处,三等局有乐都(原名碾伯)、循化、都兰、民和、大通。民国时期,青海的邮政府大体维持在8至9所,自此奠定基础。抗战期间,青海的邮政事业有了一定的发展,增办多种代理业务,代办所则仅限于信函、包裹、小额汇兑等业务。

自1927年以后,青海又陆续增办航空邮件、平快邮件、小包邮件、专用信袋、诉讼文书等业务。1945年还曾开办"国内报值挂号函件",恢复"保价邮件"业务。

由于民国年间铁路、公路、水运等未普遍办理联运,不少公私轻便物品乃至大宗商品、土特产多作为包裹交邮局寄递。银行、钱庄多设在大中城市,分支机构偏少,而邮政机构遍及全国及重要乡镇,中小工商行业和一般民众银钱往来多通过邮局汇寄,具有便民实效。因此包裹和汇兑这两种兼营业务,深受各界广泛利用。邮局对于包裹业务的经营,一般是根据当时的运输通阻、治安好坏等情况的变化采取措施。1947年开辟兰州至西宁自办汽车班后,为揽收填空包裹,特准按"准减资例"计费,经管理局批准,减收统一资费10%~20%。邮政兑汇不仅是各界公私银钱往来调拨的重要渠道,且对邮政资金的调盈剂虚也有一定作用。西宁一等邮局是青海境内的票款中心局,各县三等邮局遇有汇超时,即向西宁局上解余款,遇有兑超时,所缺之数申请西宁局下拨,多系随邮班寄递现钞,数额较大时派员押解。邮政汇兑的种类有普通汇票、小款汇票、高额汇票、航空汇票、定额汇票、电报汇票、电汇汇款等。

表3-4-2　1948年青海省邮政局所统计表

邮政局		邮亭		邮政代办所	
数量	名称	数量	名称	数量	名称
8	西宁(一等局);湟源(原名丹噶尔)、贵德、乐都(原名碾伯)、都兰、民和、玉树、祁连(三等局)	5	循化、大通、湟中、互助、门源	35	上五庄、哆吧、新街、乐家湾、香山村、享堂、古鄯镇、官亭、西马营、同仁、保安镇、共和、化隆、扎什巴、同德、新城、察汗乌苏、平安镇、高庙子、海晏、兴海、茶卡、过马营、香日德、祁连、三民乡、新顺乡、共和乡、曼坪乡、永宁乡、傻尔加、昂思多、扎马隆、田家寨、锁尔加

(资料来源:中央经济研究处:《甘青宁经济纪略》,上海华丰印刷铸字所,1935年,第18页。)

第五章　近代甘宁青进出口贸易及其结构性变化

甘宁青作为我国西北地区最重要的板块，其贸易的发展直接关系到整个西北地区的经济发展。自清代以来，"由于内地和西北经济发展的差异，东西部经济相需互补的关系演变得更加突出，加上国家统一和清朝政府的大力倡导与扶植"，因此西北地区的国内贸易达到空前繁荣的程度，"除茶、盐等特殊商品继续由国家专营或官督商办外，在私营商人的集团化、营销商品的专门化等方面迈出了一大步"①。不同民族之间的贸易也进入新的发展阶段。② 近代以来，甘宁青地区由于受到生产力水平较低和交通不便的限制，商品贸易在全国范围上看仍处于相对落后的状态。但是，由于"1843年以后的五口通商及之后各地区的开埠通商，不仅使中国被迫纳入世界经济体系，也使得国外的先进生产力在中国沿海沿江通商口岸登陆并壮大，并顺着交通路线向各个口岸的腹地扩展，从而导致港口—腹地这一先进生产力空间扩散和区域经济联系的主要途径的形成"，并由此引发全国和各区域物流主要方向、交通布局的重大改变，再加上"现代工业集中于东部狭长的沿海地带，辽阔的中西部普遍薄弱"的现象使得东西部经济仍然存在很强的互补性，③因此甘宁青地区的商品贸易在东部地区的影响和"洋货"输入的冲击下，仍然有显著的发展。

同时，尽管甘宁青地区在自然条件和民族组成等方面的差异性不是很大，但是甘宁青分省之后，在商品贸易的发展上还是表现出各自的特性。比如，青海商业的阶段性就表现得比较明显：近代前期以传统民族贸易为主，20世纪前30年以私商从事的民间贸易为主，40年代则以官僚垄断资本为主；其特点也十分鲜明：畜产品在交易中占重要地位，广大牧业区部分保留以货易货的贸易形式始终贯穿于前述三个阶段。④ 同时，"随着中西贸易的不断深化和扩大，西北对外贸易的内容也发生了实质性的根本变化。其中在古代多被弃之不用的毛类（主要是羊毛和驼毛）成为西北地区输出数量最多、价值最大的商品，而传统的输出商品，如皮类、药材、牲畜等商品被进一步大规模地开发出来，输出规模得到了超常规的发展"⑤。因此，在国内贸易、民族贸易、对外贸易等方面都得到不同程度发展的情况下，近代甘宁青的贸易结构发生了许多明显的变化。

---

① 谷苞主编：《西北通史》第四卷，兰州大学出版社，2005年，第295页。
② 林永匡、王熹：《清代西北民族贸易史》，第8章，第2节，中央民族学院出版社，1991年。
③ 吴松弟、方书生：《起源与趋向：中国近代经济地理研究论略》，《天津社会科学》2011年第1期。
④ 翟松天：《青海经济史》，青海人民出版社，1998年。
⑤ 霍维洮、胡铁球：《清及民国商贸、移民开发与民族社会变迁》，《宁夏大学学报（人文社科版）》2005年第5期。

第一节 商品结构与贸易总量的区域差异

近代以来,由于交通建设的发展、洋货的输入、国际市场的开拓、时局的变化等因素的影响,甘宁青的商品结构和贸易总量在不同的时空范围内发生了显著的变化。

在分省之前,甘肃的主要输出货物是皮毛、水烟和中药材。20世纪20年代,甘肃每年输出羊羔皮(裘皮)约500万~600万张,牛皮300余万张,合计值银100万两;羊毛1000余万斤,值银100余万两;野牲皮约100万张,值银100余万两;水烟5万余担(每担约360斤),值银100余万两。此外,还有一项重要的商品就是鸦片,据《陇右纪实录》载,甘肃输出的土药每年约有500万~600万两,①占出口货物总价值相当大的比重。输入商品以京、津、沪、汉、秦(陕西)、楚(两湖)、川、滇洋布、绸缎、茶类、纸张、海菜、棉花、纸烟、洋杂货为大宗,中西药品及江西、汉中瓷器次之,②输入货物的总价值年均约银700万两。③

据甘肃省政府1927年的社会经济调查,全省各县大约有杂货业、畜产品贩运业、药材业、山货类、木货店、林产品、农产品贩卖业、金属土石类、纺织品贩卖业、饭食品贩运业、草制品编织、土制品陶业、木柴炭贩卖业、麻制品纸庄、服用品贩运业、酒店、银饰店、教育用品、纺织业等近20个大类。本地生产的大多为:水烟、鸦片、棉花、大米、小麦、豌豆、糜谷、麻、羊毛、羔皮、油漆、菜油、清油、木料、药材、红枣、干粉、蜂蜜、煤、矿产、烧纸、农用木器、毛毡、广香、土瓷等,以农副产品、特产和简单手工产品为主。外来的大宗商品以布匹为最多,洋货绸缎化妆品次之。布匹种类很多,有洋斜布、永济布、青蓝布、白粗布、府市布、麻布、丝布、洋布、绸缎、哔叽呢、呢绒、麻葛、大布、官板布、口外布、俄国缥、巴黎呢等;其次是洋杂货,如牙粉、牙膏、香皂、花露水、发油、雪花膏等化妆品;另外还有其他日用品等,如茶叶、药材、西药、皮张、棉花、纸张、盐、白糖、红糖、罐头、鞋袜、手电、哈德门纸烟、红孩牌卷烟等。④当然,在大部分的县城市场上,交易的商品几乎都是为了满足农民日常生活的日用品和从事农业生产的工具,虽然也有绸缎、洋货、化妆品等高级消费品,但是不常见,且销路不广。

在宁夏地区,进出商品则以洋货和皮毛、甘草、枸杞等为大宗。据林竞先生在1918—1919年时的考察:"宁夏八属,岁输出土产,甘草约五千担,每百斤二三两;枸杞二千担,每百斤价二三十两至四五十两不等。以中卫、宁安堡所产为最佳,有聚元、魁元诸名称。羊毛皮张约千担,每担二百六十张,每张三钱,老羊皮、黑羊皮每张价约四五钱。牛皮每斤二钱。羊毛一千余万斤,每斤一钱一二分。驼毛、羊绒四十万斤,驼毛每斤三钱三四分,羊绒每斤二钱七八分。输入各货,约一万三四千担,以洋布、斜纹、海菜、

---

① 彭英甲:《陇右纪实录》第八卷,《近代中国史料丛刊三编》,第40辑,第391册,第316页,台湾文海出版社,1987年。
② 中央银行经济研究处:《甘青宁经济纪略》,1935年,第60—61页。
③ 裴庚辛:《1933—1945年甘肃经济建设研究》,华中师范大学2008年博士论文,第152页。
④ 《甘肃二十七县社会调查纲要》,1927年抄本,甘肃省图书馆藏。

糖、火柴、洋烛为大宗,其余爱国布及巨鹿县所出之白大布,暨本国各工厂所出零星货物则次之。通过货物,约七千余担,东来者以洋货为大宗,西来者以皮毛为大宗。"①

1928年10月17日,国民政府中央政治委员会第159次会议决定设立青海省和宁夏省。1929年1月1日起,甘、宁、青三省各自按已划定的区域行使管理权。然而,由于宁、青两省和甘肃在政治、经济上的渊源,因此甘肃省会兰州仍然是覆盖三省的跨省域经济中心,而宁夏城和西宁依然是以兰州为中心的市场体系之下的次中心市场。对此,时人就已经有所阐述:"甘、青、宁三省地居黄河上流,在商业上俨然自成系统,而以兰州为最大焦点。附近复有焦点六处,为各地商业中心,如陇东区之平凉,陇南区之天水,洮西区之临夏,湟中区之西宁,河西区之张掖,宁夏区之宁夏(今银川市),皆以兰州为其枢轴。言水运,上起西宁,下达包头;言陆路,东起潼关,西至迪化,皆为其贸易区域。上述平凉之六镇以外,复有若干城镇,以河西区为例,张掖以外,武威、酒泉、敦煌三城,商业亦称殷盛。若以兰州比于太阳,甘州之类犹行星,敦煌之类犹卫星,甘、青、宁三省自成一太阳系,构成伟大之商业网。"②

20世纪30年代后,西北地区与中东部地区的商业贸易在种类和数量上都有较大发展,除传统的湘茶、陕茶、京货、广货等日杂品经陕西向西北各省输入和收购西北皮毛土产外,日用工业品的输入占据主导地位,机器设备及生产资料的输入比重越来越大。③但就甘肃而言,其贸易的格局大体没有变化,仍以茶叶、布匹、绸缎、烟卷、杂货为进口大宗,纸张、瓷器、海菜、化妆品、西药品次之。据俄国克拉米息夫的粗略估计,甘肃及青海邻境市场的出口量如下:羊毛250 000担;骆驼毛10 000担;马尾毛600担;绵羊皮及山羊皮300 000担;羔羊皮100 000担;牛皮120 000张;皮货10 000 000元;烟草30 000担;番红花、甘草、硝树皮、麝香及中国药材价值不定。甘肃的进口量如下:茶900 000箱;糖500 000磅;烟草仅纸烟;棉织物500 000普特;杂货:1 000 000元;家具及机器:4 000 000元;纸张及文具:2 500 000元。④可见,由于宁夏、青海独立的缘故,分省后的甘肃在贸易总量上有明显减少。据统计,1932—1936年,甘肃输出货物年仅值2 000万元,输入货物年约值4 000万元,入超额年约2 000万元,进出口值之比约为2∶1。⑤当然,这里尚未将鸦片的输出额统计在内,由于缺少这几年甘肃输出鸦片的详细数据,只见1935年为533万两,价值约270万元,1937年为3 255万两,价值880万元,⑥然而由此仍大致可以看出,即使将鸦片输出的价值统计在内,甘肃仍是一个入超较为严重的省份。作为甘肃的省会,这一时期兰州的进出口商品数量的变化就是甘肃典型的缩影。

---

① 林竞:《蒙新甘宁考察记》,甘肃人民出版社,2003年,第56页。
② 任美锷、张其昀、卢温甫:《西北问题》,科学书店,1943年,第6—7页。
③ 裴庚辛:《1933—1945年甘肃经济建设研究》,华中师范大学2008年博士论文,第153页。
④ (俄)克拉米息夫著,王正旺译:《中国西北部之经济状况》,商务印书馆,1934年,第35—36页。
⑤ 甘肃省政府:《甘肃省经济概况》,1944年,第168页。
⑥ 谷苞主编:《西北通史》第五卷,兰州大学出版社,2005年,第334页。

兰州作为西北地区货物集散的枢纽,出口以水烟为大宗,皮货次之。据兰州印花烟酒税局统计,1934年兰州出口水烟共18 600余担,价值280万元。皮货一部分运往津、沪一带销售,每年约值80余万元。输入则以洋货、布匹、茶叶、粮食等为大宗,其中茶叶每年约1 424万斤。[①] 1934年,兰州进出口货物的具体情况详见表3-5-1和表3-5-2:

表3-5-1 1934年兰州输出货物统计表

货别		数量	单位量	价值(元)
皮毛类(担)		342.76	240	822 624
药材类(担)		1 432.61	100	133 232.73
估衣类(担)		37.65	240	7 530
水烟类(担)		18 611.00	360	2 184 117
邮包类	皮毛	874	16	10 488
(个)	杂货	813	16	4 878
总计				3 162 869.73

说明:单位量即每单位合若干斤。
(资料来源:高良佐著,雷恩海、姜朝晖点校:《西北随轺记》,甘肃人民出版社,2003年,第54—55页。)

表3-5-2 1934年兰州输入货物统计表

货别	数量	单位量	价值(元)	货别		数量	单位量	价值(元)
布匹类(担)	516.74	240	117 755.16		绸缎	438	16	105 120
食品类(担)	1 372.40	240	548 960		布匹	4 725	16	56 000
棉货类(担)	364.72	240	255 304		药材	862	16	103 440
纸张类(担)	232.54	240	57 916.86	邮包类(个)	食品	924	16	110 880
金属类(担)	362.71	240	28 291.28		毛货	486	16	58 320
瓷器类(担)	56.24	240	14 060		丝货	1 248	16	299 520
丝货类(担)	24.46	240	48 720		纸张	274	16	16 440
杂货类(担)	3 719.67	240	781 193.7		金属	2 513	16	150 780
木料类(根)	6 934.00	1	20 802		杂货	14 362	16	861 720
散茶类(斤)	768.00	1	1 020	总计				5 153 283.04
砖茶类(票)	356	4 000	6 542 040					
纸烟类(票)	704		352 000					

说明:单位量即每单位合若干斤。
(资料来源:高良佐著,雷恩海、姜朝晖点校:《西北随轺记》,甘肃人民出版社,2003年,第54—55页。)

由表3-5-1和表3-5-2可见,输出货物总价值为3 162 869.73元,输入货物

---

① 高良佐著,雷恩海、姜朝晖点校:《西北随轺记》,甘肃人民出版社,2003年,第52—53页。

价值为 5 153 283.04 元,但其输入总值计算有误,正确数据应为 10 530 283 元,因此入超应为 7 367 413.27 元,比《西北随轺记》中的数据 1 990 414.31 元要更为严重。

不过,在民族贸易的重要中心——拉卜楞,情况恰恰相反。拉卜楞早在清代就是藏区的商贸中心之一,"自 1926 年设立设治局以来,地方骤加繁荣,商业日渐发达"①。据统计,1939 年拉卜楞输入商品总值 84 万元,输出商品总值 160.7 万元。输入多为大米、面粉、小麦,占总量的 47.6%;茶、烟、酒等占 32%;布匹、绸缎占 11.5%;纸张、药品、日用杂品占 8.7%。② 李式金曾比较了抗战前后拉卜楞进出口贸易的情况,由表 3-5-3 可见,抗战前后拉卜楞一直处于出超地位。尽管 30 年代以后,拉卜楞吞吐货物量有多种统计,但基本上都没有改变其出超的地位,比如另外一个比较有代表性的是丁明德的统计,其数据显示拉卜楞每年出口货物约 50 万元,进口货物约 28 万元,出超年约 17 万元。③

表 3-5-3 抗日战争前后拉卜楞进出口商品比较表

时间	输入量(万元)	输出量(万元)	贸易总额(万元)	出超(万元)
抗战前	33.88	55.36	93.74	16.98
1939 年	84.01	167.53	244.77	76.55
1940 年	227.79	288.21	519.59	60.42

(资料来源:李式金:《拉卜楞寺概况》,《边政公论》1941 年 1 卷 2 期,引自甘肃省图书馆编:《西北民族宗教史料文摘》,第 403 页。)

抗战全面爆发后,由于东面交通中断,以致传统东向输出的格局受到很大影响,尤其是皮毛业的经营所受影响最巨,很多由外销转为内销,洋货来源也基本断绝,市场一度呈现出萧条景象。直至对苏易货贸易出现后,情况才有所好转。因此,这一时期甘肃的贸易格局中的突出特点就是对苏贸易出现了空前繁荣景象。当时,中央政府还在兰州设立贸易委员会西北办事处(后改为复兴商业公司西北分公司),专门经办中苏贸易相关事项。④

表 3-5-4 1938—1945 年中国向苏联出口农产品统计表

货别	数量	货别	数量	货别	数量	货别	数量
生丝(吨)	301	山羊毛(吨)	304	猪鬃(吨)	1 119	茶叶(吨)	31 486
绵羊毛(吨)	21 295	桐油(吨)	8 626	驼毛(吨)	1 026	生皮(千张)	5 407

(资料来源:谷苞主编:《西北通史》第五卷,兰州大学出版社,2005 年,第 550 页。)

---

① 唐鹜:《拉卜楞经济概况》,《甘肃贸易》1943 年第 2、3 期,引自甘肃省图书馆编:《西北民族宗教史料文摘》,内部印行,1986 年,第 525 页。
② 夏河县志编纂委员会编:《夏河县志》,第 12 章,商业,甘肃文化出版社,1999 年,第 523—524 页。
③ 丁明德:《拉卜楞之商务》,《方志》1936 年第 9 卷第 3、4 期,引自甘肃省图书馆编:《西北民族宗教史料文摘》,内部印行,1986 年,第 544 页。
④ 谷苞主编:《西北通史》第五卷,兰州大学出版社,2005 年,第 549 页。

但是,由于中苏贸易属偿还性贸易,而且又是由国家统制,因此从全省范围上看,截至 40 年代,甘肃的入超地位仍然没有改变。据当时的研究者估计,1942 年甘肃全省的商业营业额达 28 亿元,从外省输入商品总值为 25 亿元,输出商品总值为 5 亿元。只是不同商品种类在总量中所占比例的排序发生一些微小的变化而已,当时输出商品依次为毛皮、药材、水烟、食盐等土特产,输入商品主要是棉花、布匹、纸张、茶叶、百货、五金、西药、糖、酒、粮食等日常用品。① 1943 年省际贸易估计,全省贸易总额约 33 亿元,进口约值 24 亿元,输出约值 9 亿元,入超达 15 亿元之巨,进出口值之比仍高达 2.6∶1。②

分省后的宁夏,进出口贸易从商品种类上看没有太大变化,"输入品以洋布,糖,火柴,海菜,洋烛,及日常用品为大宗"③,"主要出口货为甘草,枸杞,枣元,魁元,羊皮,牛皮,羊毛,羊绒等","以羊皮,牛皮,羊毛,羊肠为大宗。羊皮每年可产十七余万张,牛皮产两万三千余张,羊毛年产九十万斤以上,羊肠年产十五万条以上,输出额羊皮每年输出十二万张以上,牛皮约一万二千张,羊毛约八十三万斤,羊肠约十五万条。此外,麻、羊绒、狐皮、驼皮之属输出亦多"。④ 从贸易总量上看,以 1933 年和 1934 年宁夏进出口货物总值(见表 3-5-5 和表 3-5-6)为例,可以发现分省后的宁夏商业发展情况良好,而且和甘肃明显不同的是,宁夏明显处于出超的地位。1933 年出超额为 127 万元;1934 年虽然从表 3-5-6 中看,为入超 220 万元,但若将该年出口价值达 600 万元的烟土统计在内,则实际上是出超 380 余万元。尽管后来宁夏厉行禁烟,但由于有毛皮、药材、食盐、羊肠、猪鬃等的大量输出为之弥补,因此宁夏仍然保持出超的地位。

表 3-5-5 1933 年宁夏进出口货物调查统计表

出口货物			进口货物		
种 类	数量	价值(万元)	种 类	数量	价值(万元)
烟 土(万两)	300	240	布匹(担)	700	140
细羊皮(万张)	20	60	绸缎、呢绒、化妆品(担)	500	30
粗羊皮(万张)	40	30	杂货(担)	2 500	12
枸 杞(担)	1 500	40	烟草(担)	1 500	50
甘 草(万斤)	150	5	棉花(万斤)	15	15
羊 毛(万斤)	150	24	粮食(担)	7 000	30
头发菜(万斤)	10	5	合 计		277
合 计		404			

(资料来源:傅作霖著:《宁夏考察记》,正中书局,1935 年,第 11 页。)

---

① 陈鸿胪:《论甘肃的贸易》,《甘肃贸易》1943 年第 4 期。
② 甘肃省政府编:《甘肃省经济概况》,1944 年,第 168 页。原载 23 万元,然其计算有误,故更改。
③ 孙翰文:《宁夏地理志》,《西北论衡》1937 年第 5 卷第 6 期,第 25 页。
④ 孙翰文:《宁夏地理志》,《西北论衡》1937 年第 5 卷第 6 期,第 24—25 页。

表 3-5-6　1934 年宁夏进出口货物调查统计表

出口货物			进口货物		
种类	数量	价值(万元)	种类	数量	价值(万元)
羊毛(万斤)	240	43	茶叶(担)	2 000	30
滩羊皮(万张)	20	50	布匹头(担)	6 500	180
枸杞(万斤)	30	20	绸缎、毛货(担)	600	20
甘草(万斤)	400	40	瓷器(担)	400	4.5
发菜(万斤)	20	8	煤油(担)	1 500	12
苁蓉(万斤)	30	6	化妆品(担)	140	10
药材(担)	600	6.5	洋烛(担)	800	8
食盐(船)	1 000	20	海菜(担)	200	6
合计		210	糖(担)	3 000	30
			纸张(担)	600	6
			纸烟(担)	6 000	60
			剪口铁(万斤)	65	6.6
			五金货(万斤)	30	30
			其他		30
			合计		430

(资料来源:郑恩卿:《最近宁夏商业金融概况》,《中行月刊》1936 年第 11 卷第 3 期,第 24—25 页。)

分省后的青海,由于受到自然条件和农牧业及工业发展的限制,因此在对外贸易中一直处于严重的不均衡状态,出口全是原材料,以羊毛、皮革、牲畜、油木、药材为大宗,进口多为制成品,以杂货、布匹、绸缎、海产、药材、瓷器等为大宗。但是青海的对外贸易却常常处于出超地位。据商会统计,青海每年输入商品总值约在 623 万余元,输出商品每年约在 1 550 万余元,出超额约 927 万余元。①

表 3-5-7　1932 年青海输出商品统计表

商品名称	输出量	单价(元)	价值(元)	商品名称	输出量	单价(元)	价值(元)
羔羊皮(担)	290	200	7 100	青油(担)	4 250	50	212 500
狐皮(担)	12	500	6 000	化猪油(担)	110	60	6 600
沙狐皮(担)	14	240	3 360	松木(担)	260	7	1 820

---

① 顾执中,陆诒:《到青海去》,商务印书馆,1934 年,第 304 页。

续 表

商品名称	输出量	单价（元）	价值（元）	商品名称	输出量	单价（元）	价值（元）
狼皮(担)	22	400	8 800	柏木(付)	90	6	540
山羊皮(担)	210	40	8 400	榆柳木(车)	320	4	1 280
老羊皮(担)	500	20	10 000	鹿茸(斤)	120	10	1 200
羊毛、驼毛(担)	18 100	(百斤)34	1 476 960	麝香(斤)	10	200	2 000
马、骡(匹)	1 470	56	82 320	大黄(斤)	6 100	20	129 000
牛、驴(头)	1 500	15	22 500	硫黄(斤)	12 400	10	124 000
猪(头)	1 500	8	13 400	合计			15 432 620
羊(只)	11 100	2	22 200				

说明：① 原著统计上表一至六为皮类，其总输出额为116 360余元，六至十一为牲畜类，其总输出额为139 420余元，十二至十三为油类，其总输出额为219 100余元，十四至十六为木材类，其总输出额为3 640元，十七至二十为药材类，其总输出额为249 200余元。但该统计似乎有误，故不予考虑。② 表中所列之担，其当量为240斤。③ 羊毛、驼毛价值原表数据为14 769 600，此数据有误，应为1 476 960。

（资料来源：顾执中、陆诒：《到青海去》，商务印书馆，1934年，第304—306页。）

表3-5-8 1932年青海输入商品统计表

输入物名类	总价（元）	输入物名类	总价（元）
绸缎类	1 104 700	杂货类	3 721 000
化妆品类	10 000	药材类	20 000
梭布类	960 500	海产类	386 800
瓷器类	24 800	合 计	6 227 800

（资料来源：顾执中、陆诒著：《到青海去》，商务印书馆，1934年，第308页。）

但在1933年后，青海开始由出超转为入超。据不完全统计，1933年青海进口约1 270万元，出口约1 200万元，①入超额为70万元（见表3-5-9）。不过，由于进口的70万元藏货有30万元又转为出口，因此实际贸易逆差约为40万元。② 到1934年，青海进口商品价值约1 563万元，出口商品价值约1 477万元，③逆差进一步增大到86万元。

---

① 林天吉：《青海经济状况》，《中央银行月报》1934年第3卷第5期，第22—29页。
② 张保见：《民国时期(1912—1949)青海商业及城镇的发展与布局述论》，《西藏大学学报(社会科学版)》2011年第1期。
③ 高良佐著，雷恩海、姜朝晖点校：《西北随轺记》，甘肃人民出版社，2003年，第201页。

表 3-5-9　1933 年青海进出口货物表

	类别	价值(万元)	类别	价值(万元)	类别	价值(万元)
出口	羊毛	160	赤金	100	木料	20
	药材	35	池盐	10	家畜	100
	皮类	136	食品	620	藏货	30
进口	纺织品	945	藏货	70		
	府茶	60	杂货	200		

抗战时期,由于在中苏易货贸易中,羊毛是中国大宗出口商品,而青海提供的羊毛数量最多,质量最好,因此,青海的国际贸易和对外省贸易有较大发展。1939年至1941年,西北办事处每年收购羊毛10万担左右出口,1942年后每年收购六七万担内销,其中仍以青海提供的羊毛最多,①因此,青海入超的局面才有所好转。不过,青海羊毛对外输出量历来统计不一,据胡铁球的考察,青海近代羊毛输出经历了大规模扩张、平稳发展、繁盛、急剧衰退、恢复性繁盛、持续萎靡等 6 个阶段,其输出量在 250 万斤到 2 000 万斤之间波动,起伏异常(见表 3-5-10)。②

表 3-5-10　近代青海羊毛对外输出量变化表

发展阶段	大规模扩张阶段	平稳发展阶段	繁盛阶段(1920、1926年除外)	急剧衰退阶段	恢复性繁盛阶段	持续萎靡阶段
起止时间(年)	1885—1910	1910—1918	1919—1929	1930—1933	1934—1937	1937—1945
年均输出量(万斤)	250~1 000	1 250	1 680	600	1 670	800(含内销)

综上所述,近代以来甘宁青地区的商品种类出现了从原来较为单一的结构向多样化的转变。在商品结构变化的过程中,最为关键的是洋货的输入和皮毛类货物的大量输出。在这两样大宗货物的进出口贸易中,外国洋行起了重要的作用,他们进入西北地区的主要目的就是收购皮毛,而且"逐渐使皮毛输出占到整个西北输出贸易量的 70%以上,成为西北贸易的核心内容,完全颠覆了整个西北传统的贸易结构和商业格局"。③ 而由于时局的动荡,洋货输入与皮毛输出数量在不同时期发生了较大的变化,这又大大影响了甘宁青在进出口贸易体系中的地位。当然,这种情况在不同地区有不同的表现,从甘宁青三省分治后的对比来看,甘肃一直处于入超的地位,宁夏一直保持着出超的地位,青海则经历了出超—入超—出超的变化过程。

---

① 谷苞主编:《西北通史》第五卷,兰州大学出版社,2005 年,第 678 页。
② 胡铁球:《近代青海羊毛对外输出量考述》,《青海社会科学》2007 年第 2 期。
③ 胡铁球:《"歇家牙行"经营模式在近代西北地区的沿袭与嬗变》,《史林》2008 年第 1 期。

第二节　交通建设与商品流向的变化

交通条件是区域商品经济发展的重要基础,近代以来,在"开发西北"浪潮的影响下,甘宁青的交通建设取得了较大的成绩,从而大大地刺激了商品的流通。民国时期,京包铁路和陇海铁路的修建,使得西北地区的土特产品有了迅速外运的现代化运输通道。与此同时,西北地区的公路建设也得到了前所未有的发展,"如川陕公路、甘川公路、青康公路、西荆公路(通河南)、西潼公路(通河南、山西)、咸榆公路、包宁公路、新绥公路、甘青公路、西兰公路、兰宁公路、甘新公路、青新公路等纷纷修建或通行汽车,也在很大程度上改善了西北与国内外其他地区之间的交通运输条件,加速了其畜牧业市场化、外向化的进程"[①]。然而,由于民国时期政局的动荡,又导致甘宁青的商路发展和商品流向发生了重要的变化。

近代以来,甘宁青外贸出口的口岸主要在天津、上海,一部分经归化北去恰克图,亦有小部分商品经玉树、西藏向南出口印度,终端市场在日本、美国、英法等西欧各国及俄国、印度。[②] 由于天津的开埠通商和国际市场的需求,在甘宁青输出的商品中,皮毛类占有主导性的地位。以青海为例,1932 年输出商品总额为 2 204 680 元,其中毛类为 1 476 960 元,皮类为 116 360 余元,皮毛类共为 1 593 320 元,[③]约占其输出总值的 72%。战前"大量西北皮毛通过黄河水运汇集至包头后再通过平绥铁路运至天津出口美英等国",但抗战爆发以后,西北皮毛的出口运输路线发生较大的变化,改为"向西汇集兰州后再通过甘新公路或甘新大道运至星星峡出口苏联"[④]

除皮毛之外,甘宁青的其他重要进出口商品的来源地和流向也主要是东向的。比如,仍以青海为例,1932 年青海输出商品主要的行销地点大多是上海、天津、汉口、陕西、两湖等处,输入商品的来源地也大多是天津、湖广等处(见表 3-5-11 和表 3-5-12)。

表 3-5-11　1932 年青海输出商品的主要流向

商品名称	行销地点	商品名称	行销地点	商品名称	行销地点
羔羊皮	上海、天津、汉口、陕西、两湖等处	马、骡	本县各地及山西、陕西、甘肃等	松木	本县各地及甘肃、宁夏、绥远等
狐皮	上海、天津、汉口、陕西、两湖等处	牛、驴	本县各地及山西、陕西、甘肃等	柏木	本县各地及甘肃、宁夏、绥远等

① 樊如森:《开埠通商与西北畜牧业的外向化》,《云南大学学报(社会科学版)》2006 年第 6 期。
② 王致中:《中国西北社会经济史研究》下册,三秦出版社,1996 年,第 202 页。
③ 顾执中、陆诒:《到青海去》,商务印书馆,1934 年,第 304—306 页。
④ 谭刚:《抗战时期西北皮毛贸易与大后方经济变动》,《中国历史地理论丛》2012 年第 1 期。

续 表

商品名称	行销地点	商品名称	行销地点	商品名称	行销地点
沙狐皮	上海、天津、汉口、陕西、两湖等处	猪	本县各地及山西、陕西、甘肃等	榆柳木	本县各地及甘肃、宁夏、绥远等
狼皮	上海、天津、汉口、陕西、两湖等处	羊	本县各地及山西、陕西、甘肃等	鹿茸	天津、上海、陕西、甘肃等
山羊皮	上海、天津、汉口、陕西、两湖等处	清油	兰州	麝香	天津、上海、陕西、甘肃等
老羊皮	上海、天津、汉口、陕西、两湖等处	化猪油	兰州	大黄	天津、上海、陕西、甘肃等
羊毛、驼毛	天津			硫黄	兰州

（资料来源：顾执中、陆诒：《到青海去》，商务印书馆，1934 年，第 304—306 页。）

表 3‑5‑12　1932 年青海输入商品的主要来源地

输入物名类	主要来源地	输入物名类	主要来源地
绸缎类	多来自天津、四川、两湖、两广等处	杂货类	多来自天津、甘肃等处
化妆品类	各种香皂、花露水等多系日货	药材类	
梭布类	多来自湖北及陕西三原	海产类	多来自天津、亦有来自四川者
瓷器类	多来自天津、江西等处		

（资料来源：顾执中、陆诒：《到青海去》，商务印书馆，1934 年，第 308 页。）

交通条件的变化对宁夏商贸的影响十分明显。在清末，宁夏北部的主要商路是宁夏府城到绥德的驿道。当时进入宁夏的山西商人"其运货路线，首从平遥、汾阳、离石至军渡过黄河，入陕西境内，经吴堡西行至绥德，由此北上到米脂、榆林，再向西南经横山、靖边、安边、定边、宁夏的盐池、横城，黄河到银川"。山西商人用骆驼、骡马等运输工具，把山西的土布、土线、火柴、锅铲等手工业品，输往宁夏北部地区。南部地区以过境的陕甘驿道为主要商业路线。天津开埠后，宁夏所需的大量布匹与日用品都由天津输入，"先由天津脚运至包头，再由包头运银川"。[①]输出商品时，也是"顺黄河到包头，由此将宁夏出产的羊毛，枸杞，甘草等输送到天津"。因此，原来宁夏府城到陕西西安的驿道已经变为辅助性商业通道。

1923 年京包铁路的开通，更是使从津京转到包头的商业运输路线成为进出口商品的主要路线。但是抗战爆发不久后，榆次、包头随即失守，宁夏东向输出的商路严重受阻。时人甚至感叹"宁夏唯一的商路阻塞，而只剩下向西安的一条商路了"，但

---

① 刘继云：《旧银川的八大商号》，《宁夏文史资料》第 12 辑，1984 年。

因为羊毛、甘草这两样宁夏最重要的出口商品的市场受阻,到西安的商路对宁夏实际上补益甚微,以致不得不担忧"宁夏近百万人口将成为有吃没穿的现象"①。因此,宁夏向外输出的商品只好改道平凉或兰州到新疆一线,再出口到苏联、欧洲市场。

战争对商路的影响在甘肃同样显著。民国时期,甘肃向外输出货物主要通过水路和陆路两条通道。"由水路输出的,多用皮筏沿黄河顺流而下包头,然后由平绥铁路转北宁铁路至天津出口;走陆路则是由产地先集中到各皮张运销据点,然后再利用牲畜驮运或马、牛车拉运到各中级市场如兰州、平凉等地,再利用大车、胶轮车、汽车或火车,经陕西、河南转运到汉口、天津、上海口岸。不过,由于当时陇海铁路陕西段一直铺设缓慢,使得甘肃的货物走陆路东运远不如走水路北运更加便利和经济,结果甘肃或西北的皮毛,便多取道包头再由火车东输天津出口。"②只是当时陇海铁路陕西段铺设进度太慢,因此实际上甘肃外运货物主要是向北取道包头再往天津。但是1937年全面抗战爆发后,甘肃北向和东向的商路都严重受阻。于是,许多商品如皮毛类只能向西输往苏联,当然西向商路的发展很大程度上是受益于中苏偿债贸易的进行。③此后不久,由于甘青公路的修筑以及国民政府迁往四川,因此甘肃与青海、四川两省的贸易往来逐渐频繁,从而促进了甘肃南向商路的发展。④这也促进了商路沿途的部分市镇的发展。

比如地处甘川孔道的碧口镇,作为陇南与四川货物的重要中转地,计有药商约100余家,烟商六七十家,布商五六十家,船商四五十家,店铺三四十家。各商店资本最高一二十万元,次为五六万元,低者万元或数千元。⑤据1940年特税局统计,由四川输入转销甘肃各地的货物总价值约117万银元;由文县、岷县、武都等地输入转运四川的货物总价值约139万银元(详见表3-5-13和表3-5-14)。到1944年,碧口有商业、饮食、旅馆、行栈达500余家。每日过往客商2000多人,驮队20多组,船30多艘。商业的繁荣还促使本地及江西、四川、陕西等地商民修建了很多会馆,最著名的有"鲁班庙"、"紫云宫"等,"紫云宫"由船商及武汉、重庆庄客主持修建,规模为陇南之首。⑥

表3-5-13　1940年碧口镇输入商品统计表

种　　类	红糖	白糖	冰糖	表纸	火纸	贡川纸	书纸	茶叶
数量(斤)	518 872	437 000	142 557	492 126	65 756	14 973	29 924	151 300
产　　地	四川	四川	四川	四川	四川	四川	四川	四川

---

① 温怀桑:《宁夏经济现状及其挽救方法》,《西北论衡》1938年第6卷第9期,第164页。
② 樊如森:《开埠通商与西北畜牧业的外向化》,《云南大学学报(社会科学版)》2006年第6期。
③ 王世昌:《甘肃贸易季刊》1943年第5—6期。
④ 裴庚辛:《1933—1945年甘肃经济建设研究》,华中师范大学2008年博士论文,第182页。
⑤ 甘肃省银行经济研究室编:《甘肃省各县经济概况》第一辑,甘肃省银行经济研究室,1941年,第140页。
⑥ 昌吉:《古镇碧口》,《档案》1987年第5期第38—39页。

表 3-5-14　1940年碧口镇输出商品统计表

种　　类	当　归	党　参	大黄	羌活	赤药	水烟
数量(斤)	388 298	191 319	354 713	294 830	320 900	820 000
产　　地	文县、岷县、武都	文县、岷县、武都	文县	文县	文县	临洮、陇西

(资料来源:甘肃省银行经济研究室编:《甘肃省各县经济概况》第一辑,甘肃省银行经济研究室,1941年,第140、141页。)

  商路的改变直接影响了商品来源地的变化,而且这种影响还渗透到各级的商品市场。据甘肃省政府在1927年的社会经济调查显示,全省各地的商品来源都较广,其中,皋兰县销售的产品多来自上海、天津、苏杭等处;景泰县商品由宁夏运来者居多,其次为兰州;榆中县销售的商品多来自陕西,也有来自津沪;定西县布匹来源多来自陕西三原、湖北枣阳,山货来自临潭、岷县;永靖县商品大多来自临夏、兰州、包头等地;武山县大宗商品国货最多来自西安;岷县大部分商品来自上海、天津、陕西等处;康县大部分商品来自上海、河南、四川;西固县因接壤川边,商品纯系川货。洋货在全省输入商品结构中占很大比例,但在各县有明显的差异。景泰县商品国货居多,外国货亦间有之;和政县商品纯系国货,外货时有;康县商品纯系国货;宁县商品均系国货;临洮县国货占2/3,外国货以英俄为最多;临夏县大部分商品系国货,外国货中以日货为最多;宁定县物品半数系国货,半数为洋货,以日货为最多;岷县大部分商品来自上海、天津、陕西等处,外国货以日本为最多,销售因价廉关系尚称旺盛;武威县布、糖、纸张来自天津,棉花来自新疆,均系国货;安西县商品大部分为俄货、日货、国货,俄货最多,日货次之,国货最少。①

  但随着抗战的爆发,商品来源很快就出现了明显的变化。据1942年的调查,岷县布匹多来自陕西、河南,杂货来自四川;定西县多数商品来自平凉、少数来自兰州,布匹大多由湖北运至平凉,由平凉转运定西,1939年以前有陕西出的店张布和湖北土布,到1940年以后,因运输困难改销河南土布;陇西县过去来自湖北、河南的大布甚多,近年后因战事及交通关系甚不易来;甘谷县重要商品大半来自西安、成都等处;榆中县布匹来自湖北、河南,杂货来自兰州;武山县商品大部分来自天水,少数来自西安、汉中;临夏县进口货物均来自四川、陕西,转口货物在抗战前销路畅达,近因交通梗阻销路大减。②

  当然,由于自然社会环境的差异,地方城镇的商业状况表现出明显的区域性特征。调查显示:"在陇东和天水等地的县城中,货物的来源多来自陕西、河南、津沪等地;在陇南山区临近四川,市场货物多以川货为主,出口的商品也大都运往四川;在河西走廊东部各县的货物多采办自兰州、临夏等地;在河西走廊的西部酒泉、安

---

① 《甘肃二十七县社会调查纲要》,甘肃省图书馆藏1927年抄本。
② 铁道部业务司商务科编:《陇海铁路甘肃段经济调查报告书》,台湾文海出版社,1998年,第72页。

西等县的货物多俄国货或从新疆运来的货物。"①比如,在陇东重要的商品集散地平凉,尽管当地的商人也从西安、洛阳及天津、上海、汉口等地输入布匹及杂货等,但大多数的商品来源和转运地主要也是在陕、甘、宁、川、豫等附近省份。

表 3-5-15 平凉转口货物表

商　品	河南土布	陕西土布	棉　花	羊　毛	羔　皮	纸　烟	麻
数　量	3万卷	1.5万卷	40万斤	50万斤	10万张	2 000箱	100万斤
来　源	河南	陕西	陕西	宁夏	宁夏	陕、川	华亭
转运地	西兰路沿线、西宁	西兰路沿线、西宁	西兰路沿线、西宁	津、沪、川、陕	津、沪、川、陕	西兰路沿线	陕西
商　品	卷　烟	药　材	食　盐	糖	瓷　器	纸　张	
数　量	2 000万支	700担		100万斤		200万刀	
来　源	四川	华亭	宁、青	四川	安口窑	川、西安	
转运地	甘、宁	陕西	陕、豫	陕、豫	陕西	陕、豫	

(资料来源:甘肃省银行经济研究室编:《甘肃省各县经济概况》第1辑,甘肃省银行经济研究室,1941年,第77—78页。)

据调查,"1941年时,平凉市面上的主要商品为杂货,其中大宗货物首推陕西、河南各地土布,四川的卷烟、茶、糖,宁夏的盐等次之。进口货物来自西安宝鸡一带,主要有布匹、洋烛、茶叶、纸烟、糖、纸张、蓝靛等……卷烟来自四川,食盐来自宁夏、兰州一带"②。

第三节　洋行的进入与经商主体的变化

明清以来,随着商品经济的发展,私营商人集团化趋势日益明显,表现最为突出的就是日趋活跃的"商帮"组织形式得到了充分的发展。以甘宁青为例,在"清代,兰州的水烟业多由兰帮、陕帮经营。凉州等河陇城市有山陕帮、直鲁豫帮、本地帮等几个大商帮,分别经营绸缎、布匹、百货、食品、瓷器、当铺汇兑、土产、茶叶、粮食、货栈等行业。西宁城内经营布匹杂货的多是晋帮,经营药材的多是陕帮"③。"在宁夏省经商的商人(这里指开商号的住商)大都来自外省。其中山西籍的占7/10,河北及其他省籍的占3/10。本省人主要务农畜牧,兼与蒙古人买卖骆驼、马、牛及皮毛。1933年前,到宁夏城的客商(行商)大约可分为4帮:天津帮、甘肃帮、青海帮、新疆帮。各帮客商大都寓居宁夏城之大商号内,以各商号为中介人,从事批发交易。天津帮主要是卖主,甘、青、新帮则主要是买主,在宁夏采购商品,运回

---

① 甘肃省银行经济研究室编:《甘肃省各县经济概况》第1辑,甘肃省银行经济研究室,1941年,第124页。
② 甘肃省银行经济研究室编:《甘肃省各县经济概况》第1辑,甘肃省银行经济研究室,1941年,第76页。
③ 谷苞主编:《西北通史》第四卷,兰州大学出版社,2005年,第295页。

转售。"①从其经营形式上看,近代甘宁青商贸市场上主要有被称之为外馆、货栈、毛栈、行栈、斗家等名称各异的商号(字号)、坐庄,根据部分学者的考察,这些商号依然保留着明清以来"歇家牙行"经营模式的胚胎。② 与此同时,随着沿海商埠的开辟,洋行开始大规模进入西北地区收购皮毛等工业原料物资,从而成为近代甘宁青市场上最为活跃的组织形式。

光绪年间,英商买办宁普星(河北高阳县人)"贩运草帽辫到英国伦敦出售,了解到英国毛织品工业的发达和羊毛缺乏的情况,回国后第二次就带去中国羊毛、驼绒的样品,引起帝国主义的垂涎,便派人在天津组织了新泰兴洋行,从事毛皮掠夺"③。此后不久,帝国主义洋行就开始逐步深入到甘宁青地区。当然,西北内地的洋行和天津洋行之间并不存在直接的关系,天津洋行外国商人除了会根据自己对买办的信任程度给予买办在内地的洋行部分投资等外,还会以自己的名义开出三联单供给内地洋行使用。④ 据光绪三十一年(1905年)十月《甘肃官报》记载:"英商平和洋行赴甘肃宁夏府买羊毛、驼毛、羔皮、狐皮、生山羊皮、熟山羊皮张,请自八千三百六十五号至七十号三联单五张。英商仁记洋行赴甘肃海城买驼绒、羊绒、牦牛皮、羊皮褥、生羊皮、马尾棕、生熟皮张,请自八千三百四十一号至四十五号三联单五张。英商仁记洋行赴甘肃平远县买驼绒、羊绒、牦牛皮、生羊皮、马尾棕、羊皮褥、生熟皮张,请自八千三百四十六号至五十号三联单五张。德商瑞记洋行赴甘肃巩昌府买羊绒毛、驼绒毛、生熟皮张、马尾棕、犀牛尾、生山羊皮、生绵羊皮,请自八千二百九十六号至八千三百号三联单五张。德商瑞记洋行赴甘肃河州买羊毛、驼毛、生熟皮张、马尾、犀牛尾,请自八千二百八十一号至八十五号三联单五张。"⑤由此可见,西北内地洋行的活动范围十分广泛,经营产品的种类也十分繁多。

在甘肃,洋行的足迹遍及各个区域。据记载,地处陇西的河州(治今甘肃临夏市)的洋行有英商新泰兴洋行、高林洋行、聚利洋行、仁记洋行、天长仁洋行、瑞计洋行、普伦洋行、平和洋行及德商世昌洋行等9家之多。⑥ 河州等地的洋行坐庄收购藏族地区的羊毛,往往由本地商店介绍或担保,由同藏民有关系的拉卜楞商号或懂藏语的毛贩子代为进行。在陇东的张家川,先后有英商仁记、怡和、平和、新泰兴洋行,德商德泰、美最时洋行,美商慎昌洋行,法商永兴洋行,日商春天茂洋行和俄商古宝财洋行十余家。⑦ 在甘南的拉卜楞,清光绪年间就有英商开设新泰兴洋行,此后,又陆续开设高林、聚利、仁记、天长仁、瑞记、平和、普伦等洋行,还有德商的世昌

---

① 谷苞主编:《西北通史》第五卷,兰州大学出版社,2005年,第226页。
② 胡铁球:《"歇家牙行"经营模式在近代西北地区的沿袭与嬗变》,《史林》2008年第1期。
③ 《帝国主义洋行在甘肃掠夺剥削农牧民史料》,转引自前揭:《中国西北社会经济史研究》,下册,第204页。
④ (日)田中时雄:《支那羊毛》(日文版),南满铁路株式会社,1930年,第128—129页,转引自李晓英:《近代天津洋行在西北地区的运行机制——以羊毛贸易为中心的考察》,《思想战线》2010年第6期。
⑤ 《甘肃官报》第50册,第5、6页。
⑥ 秦宪周:《帝国主义洋行在河州等地"收购"羊毛》,《甘肃文史资料》第8辑,1980年,第175页。
⑦ 马守礼:《帝国主义洋行在张家川的经济侵略》,《张家川文史资料》第4辑,1992年,第62、63页。

洋行。清末之民初,洋行在拉卜楞每年收购羊毛约60万公斤,其中英商新泰兴资本最大,每次收购约占总量的一半。①

洋行在民国时期宁夏的商业中占有举足轻重的地位,较为著名是在石嘴子设立的"六大洋行"。②石嘴子是阿拉善蒙古、新疆、青海、甘肃、宁夏、河套等地的重要皮毛集散地。早在光绪五年(1879年),天津英商雇佣了一个名叫"葛秃子"的人,只身来到石嘴子。看到当地人把羊毛与土混合在一起,甚为惊奇,就问:"你们将羊毛和土弄在一起干啥?"居民回答说:"沤粪上庄稼。"葛秃子又问:"为什么不卖钱?"回答是:"此物现除了做毛毡,别无他用,亦无销路,只有沤粪。"葛秃子于是以每百斤羊毛2两白银的价格赊购羊毛,雇用船只从石嘴子沿黄河顺流而下,运到包头上岸,再转运至天津,以每百斤20两白银的价格出售,获利丰厚。于是,第二年(1880年)又来到石嘴子,成立了"英商高林洋行",收购羊毛、羊皮等。③高林洋行成立后,获利十分丰厚。于是,引起了其他外商的注意,也先后在石嘴子设立洋行收购皮毛,兼做其他生意。先后在石嘴子开设的洋行有英商高林洋行、仁记洋行、新泰兴洋行、天长仁洋行、平和洋行、聚立洋行、隆茂洋行、明义洋行及德商瑞记洋行、兴隆洋行等10家。其中,仁记、新泰兴、天长仁、平和、瑞记及兴隆等6家洋行资本较大,故称"六大洋行"。

这些洋行除在石嘴子设行外,也在兰州、西宁等地设行,在临近牧区的小城市则设"庄",负责联络收购。在产毛区则设"外庄",并派人专司放款、定毛、收毛、运毛之责。其外庄几乎遍布西北主要产毛区,内蒙古的阿拉善旗、额济纳旗和伊克昭盟各旗,宁夏的银川、花马池、惠安堡、韦州、半个城、下马关、中卫和中宁等地,甘肃的靖远、五坊寺、大庙、平番、海原、固原和黑城子等地,青海的西宁,以及陕西的靖边、安边和定边等地都有其外庄的分布。④

在青海,自光绪二十六年(1900年)起,英、美、俄、德等国的商人(或委托代理商人)便陆续在各皮毛集散地设立"洋行"。自光绪二十六年到光绪三十一年(1900—1905年),仅在西宁城内的观门街、石坡街一带,就有英商仁记、新泰、瑞记、聚利、平和、礼和等洋行。⑤就连小小的丹噶尔(今湟源县),在清末民初也有英商新泰兴、仁吉、仁记,美商平和、怡和及居里、天长仁、瑞吉,俄商美最新、瓦利、华北洋行等10余家洋行。⑥在1900—1920年的鼎盛期,洋行基本上控制了羊毛收购,垄断了青海的羊毛进出口贸易,如著名的仁记洋行,每年采购羊毛数量达100多万斤;新泰洋行,每年是200余万斤,其他各洋行的每年羊毛采购量也大都少则五六十万

---

① 夏河县志编纂委员会编:《夏河县志》,第十二章,商业,甘肃文化出版社,1999年,第521页。
② 王玉琴:《浅议民国时期宁夏的商业及其特点》,《宁夏师范学院学报(社会科学)》2010年第3期。
③ 刘廷栋:《帝国主义洋行在石嘴山》,《宁夏文史资料合订本》第1册。
④ 刘廷栋:《帝国主义洋行在石嘴山》,《宁夏文史资料合订本》第1册。
⑤ 彭英甲:《陇右纪实录》,第八卷,第8页,引自沈云龙主编:《近代中国史料丛刊三编》第40辑,第391册,台湾文海出版社,1987年。
⑥ 马安君:《民国时期青海城镇市场述论》,《西藏研究》2008年第3期。

斤、多则上百万斤不等。① 洋行的进入大大促进了青海羊毛贸易规模的扩大,仅丹噶尔一地每年羊毛交易额多则数百万斤,少则六七十万斤。②

表 3-5-16 外国洋行在河湟地区设立情况表

地点	西宁、丹噶尔	西宁			丹噶尔								拉卜楞
名称	仁记	新泰	瑞记	聚立	新泰兴	仁记	瑞吉	平和	怡和	天长仁	瓦利	美最新	普纶
国别	英国						美国				俄国		德国

(资料来源:勉为忠:《近代(1895—1949)青海民间商贸与社会经济的扩展》,中央民族大学 2009 年博士论文,第 136 页。)

洋行为了获取巨额利润,往往与西北地方官吏相互勾结。比如"新泰兴洋行驻兰州的老板王三爷,交结兰州的各级官僚,门前常有绿呢大轿停留,每日宴会必有名妓佐酒,打麻将,吸大烟"。"新泰兴洋行驻河州的老板张华农,天津人,交结地方官绅,宴会享乐,备极豪华。"有了帝国主义的支持和地方官吏的庇护,洋行在交易市场的手段可谓五花八门,他们经常利用赊购延付、欺市杀价、预购跌价、牧场"买青"、偷漏关税等手段,攫取高额利润。③

但由于在甘宁青地区的洋行代理人并不了解当地的自然人文环境,且视牧区为畏途,因此,他们与蒙藏民族进行贸易时往往需要由从明清以来就与游牧民族进行贸易往来的回族作为中介商。④ 比如羊毛"贩运到丹,亦有本境商人径自出口收买,运到丹邑,即有驻丹商人收买,以骆驼运赴天津,售于英、俄、德各国,故各商人皆标英商、德商等名号。或有领外国资本以为华伙者"⑤。因此,有学者认为当时河湟地区的所谓"洋行",实际上直接的经营者就是那些挂有洋行名号的买办商人歇家。⑥

可见,除自己收购皮毛外,洋行还委托中间人、商贩、商号代为收购皮毛。当然,当地的商号因有利可图,也收购皮毛后转卖给洋行。因为清末以来,洋行利用帝国主义与清政府签订的不平等条约,其货物只须纳税一次即可运销全国,而中国商人的货物则遇卡就要交纳一次税费,所以西北地区的许多商号在收购毛皮之后都是转卖给洋行,而不是自己运送到天津出口。比如,在宁夏石嘴子,新泰兴和仁记洋行从 1915 年起还专门设立了打包厂,将从各地运来的羊毛在石嘴子打包后再运往天津。打包厂把运来的羊毛先绽毛绞,再抖毛中土沙,然后洗毛、风干,最后打包起运。据考察,每年从石嘴子运

---

① 青海省志编纂委员会:《青海历史纪要》,青海人民出版社,1980 年。
② 张庭武修、杨景升纂:《丹噶尔厅志》卷五,清宣统元年序刊本,《西北稀见方志文献》第 2 辑第 55 卷,兰州古籍书店,1990 年影印。
③ 王致中:《中国西北社会经济史研究》下册,三秦出版社,1996 年,第 208 页。
④ 李晓英:《文化网络与羊毛贸易:近代甘宁青回族商人(1894—1937 年)》,厦门大学 2007 年博士论文,第 194 页。
⑤ 张庭武修、杨景升纂:《丹噶尔厅志》卷五,清宣统元年序刊本,《西北稀见方志文献》第 2 辑第 55 卷,兰州古籍书店,1990 年影印。
⑥ 崔永红、张得祖、杜常顺主编:《青海通史》,青海人民出版社,1999 年,第 455 页。

往天津的羊毛大约有 2 000 万斤,各种皮张 100 万张。①

综上可见,洋行在近代甘宁青市场中扮演了重要的角色。但是一战爆发后,甘宁青许多地方的洋行就开始逐步撤出。撤出的原因各地不一。除了前述洋行代理人本身对甘宁青地方事务不熟悉之外,在青海洋行还遇到本地回族商人的激烈竞争,以致不得不陆续撤走,而转移至天津、张家口等地直接收购。在石嘴子,各大洋行也于 1926 年之前陆续撤出,但其原因主要是毛源枯竭以及地方军阀的排挤和限制等。一方面,洋行在对西北地区的羊毛收购中,往往实行贷银定毛。每当春季羊瘦之期,或农民青黄不接时,洋行贷银给农牧民,以羊毛作为抵押,但作价很低,借机盘剥。"小户于春季期取洋行之银,夏季以羊毛相抵,每斤值百文之羊毛被洋行以五六十文得去,甚可惜也。"②再加上民国时期西北地区天灾人祸频繁,农牧民大量破产。另一方面,地方军阀见毛皮贸易有利可图,利用手中特权,自己收购毛皮。如青海的马麟就禁止卖毛给洋行,由自己垄断,直接运往天津。再如民国初年,甘肃地方政府开始在石嘴子设立"皮毛公卖所",对洋行所收购的皮毛进行征税,税率从最初的5%到后来的15%。1925 年,冯玉祥的西北军入甘,废除了洋行的免税特权。同时,察哈尔、绥远等地也对过境的洋行货物征税,其中,免税特权的废除对洋行的打击尤其严重。洋行见无利可图,便纷纷撤行。不过,洋行始终在内地广大市场与国际市场这一商业链条上占有重要地位。

第四节　政府统制与垄断性贸易的加强

在中国民间传统的商业体系中,从事商业营销活动的主要机构是各种字号行栈为形式的商业店铺。甲午战争后,这些传统的商业机构加快了资本主义化的步伐,作为传统商业中的居间商——牙行也逐步向近代化批发商行转变。与此同时,新式商业机构和新的交易方式也开始出现。这一系列变革也带动了商业组织及其管理方式的演变。③然而,在这一巨大的转变过程中,却是困难重重。其中,政府当局的态度、政策和措施起到了较大的影响。

在近代甘宁青贸易体系中,皮毛贸易占有极其重要的地位。④ 19 世纪 80 年代中

---

① 刘廷栋:《帝国主义洋行在石嘴山》,《宁夏文史资料合订本》第 1 册。
② 光绪《海城县志》卷七,实业,商业。
③ 汪敬虞:《中国近代经济史》,下册,经济管理出版社,2007 年,第 1599—1610 页。
④ 目前学术界关于甘宁青皮毛贸易的研究成果非常丰富,比如钟银梅的《近代宁夏回民间皮毛贸易的发展》(《宁夏社会科学》2007 年第 3 期)、《马家军阀专制时期的甘宁青皮毛贸易》(《宁夏史志》2007 年第 3 期)、《论近代甘宁青皮毛贸易发展的影响性因素及特点》(《青海民族研究》2007 年第 4 期)、《近代甘宁青官方垄断性皮毛贸易的形成与开展》(《西北第二民族学院学报(哲学社会科学版)》2007 年第 5 期)和《近代甘宁青皮毛贸易论析》(《青海师范大学学报(哲学社会科学版)》2007 年第 5 期)等系列文章,胡铁球的《近代青海羊毛对外输出量考述》(《青海社会科学》2007 年第 2 期)和《近代西北皮毛贸易与社会变迁》(《近代史研究》2007 年第 4 期),樊如森的《天津开埠后的皮毛运销系统》(《中国历史地理论丛》2001 年第 1 期),李晓英的《近代甘宁青羊毛贸易中的回族商人及其贸易网络》(《西北师大学报(社会科学版)》2008 年第 4 期)和《双重因素制约下的羊毛贸易(1894—1937 年)——以甘宁青为中心的考察》(《西北师大学报(社会科学版)》2011 年第 5 期),渠占辉的《近代中国西北地区的羊毛出口贸易》(《南开学报(哲学社会科学版)》2004 年第 3 期),宋美媛的《近代西北皮毛贸易的发展状况与社会影响》(《南方论刊》2009 年第 10 期),李艳的《近代甘肃皮毛生产和贸易的阶段演变及原因分析》(《河西学院学报》2009 年第 6 期),谭刚的《抗战时期西北皮毛贸易与大后方经济变动》(《中国历史地理论丛》2012 年第 1 期)等。

期至20世纪早期的近50年间,随着皮毛贸易的大规模发展,"在甘宁青区域内一时形成从事皮毛贸易的商人大军",当然,这一时期还"基本上是以民间商人或商人团体为市场经营主体"①,其中以回族商人最为突出,由于他们具备传统的商业贸易优势和特有的穆斯林社会网络资源,因此在很大程度上垄断了当时的羊毛贸易。②但是20世纪30年代前后,伴随中国整体社会的急剧转型,"甘宁青地区的皮毛贸易由民间商人经营的民间自由贸易彻底转变为官方垄断性贸易"③。这种情况在其他领域同样在国民政府和马家军阀的地方专制统治下表现明显,尤其是在抗战爆发后。

因为抗战全面爆发后,国民政府对如钨、锡等矿砂、生丝、桐油等重要的外贸物资都实行统制。在对苏偿债贸易中,甘肃由于皮毛资源丰富,通过挂牌(公布收购价)收购,已能满足外贸需要,故未实行皮毛统制。但是,国民政府贸易委员会西北办事处对皮毛的收购已经占了甘宁青皮毛输出的一大部分。1943年,国民政府又正式成立复兴商业公司西北分公司,专门负责西北各类皮毛收购、整理、包装、运输和国内外的销售工作。同时,公司还在甘宁青各地设有办事处和仓库,其中在甘肃有7个办事处和3个仓库。

表3-5-17 1939—1941年贸易委员会在西北收购皮毛情况表

年 份	地 区	种 类	年均数量
1939—1941	甘宁青绥	羊毛	10万担
1939—1940	宁夏	驼毛	3 000～4 000担
1939—1940	甘宁青绥	哈儿皮、羔羊皮	50万～60万张
1939—1941	甘宁青绥	山羊板皮	40万～50万张

(资料来源:马公瑾:《中国复兴商业公司西北分公司略述》,《甘肃文史资料》第14辑,1982年。)

1941年,国民党五届八中全会决定对食盐、卷烟、火柴、茶叶、糖、酒等生活必需品实行专卖,并成立相应的专卖机构。当时,甘宁青地区成立了西北盐务管理局、甘宁青烟类专卖局、农本局福生陇庄、中国茶叶公司兰州分公司、甘肃省贸易公司等专卖机构。④这一时期,甘肃的商业机构日益增多,一些官办的工厂也开设商店,推销自己的产品,如雍兴公司兰州供销处、水泥公司销售处、甘肃水利林牧公司、军政部织呢厂等也致力于产品销售。⑤然而,这种统制重要物资和管制物价的措施却导致了1942年后甘肃商业市场开始出现日用工业品短缺与土特产滞销等经济不景气现象。

在宁夏,政府当局的管理在抗战爆发后不断加强。光绪二十九年底(1904年)1月,清朝政府商埠奏准仿照欧美、日本资本主义国家的商会组织,颁布《商会简明

---

① 钟银梅:《近代甘宁青官方垄断性皮毛贸易的形成与开展》,《西北第二民族学院学报(哲学社会科学版)》2007年第5期。
② 李晓英:《近代甘宁青羊毛贸易中的回族商人及其贸易网络》,《西北师大学报(社会科学版)》2008年第4期。
③ 钟银梅:《近代甘宁青官方垄断性皮毛贸易的形成与开展》,《西北第二民族学院学报(哲学社会科学版)》2007年第5期。
④ 谷苞主编:《西北通史》第五卷,兰州大学出版社,2005年,第552页。
⑤ 陈鸿胪:《论甘肃的贸易》,《甘肃贸易》1943年第4期。

章程》,命令各省城市旧有商业行会、公所或会馆等名目组织,一律改组为商会。①但是,由于各地商会组织多不一致,以致对工商业发展的推动不是十分明显。因此抗战期间,宁夏省当局以1940年9月1日为限,要求全省各市县商会彻底改组,并印发各种法规细则,通令各商会遵照实行。1940年4月,选举成立各商业同业公会,10月17日,成立"宁夏省会日用货品平价销售委员会",并于21日开始营业。②通过各种措施的实施,宁夏商业完全置于官方统筹管理之下,少有发展的余地。

民国时期,宁夏对皮毛、药材(枸杞、甘草、苁蓉、锁阳)、土碱等特产,都实行统制,对生产者压价勒售,禁止私人收购、贩运、囤积,违者将受到重罚,人被扣押,货被没收。如1937年,吴忠天成和几个商户,在甘肃、青海以每百斤65元左右收购羊毛30多万斤,运入宁夏后,被马鸿逵下令扣留。3年后以每百斤14元价格强制收购,商家亏损约15万元。1938年,省政府警告商人说:"各商号所存羊毛,均卖给银行,不得偷运包绥、天津。违者以资敌办。"③

与此同时,马鸿逵运用其雄厚财力及特殊权力,兴办各种"马氏家族企业",垄断一切,致各大商号或小商家相继破产倒闭者不少。④ 1939年,马鸿逵在宁夏银行内部成立了富宁商行,负责工矿业投资和宁夏土特产的收购与出售。1947年底,马鸿逵将富宁商行改为公开的"富宁企业股份有限公司",资本30亿元,专营宁夏土特产的外贸出口。⑤

在青海,马步芳家族对商业的垄断开始于义源祥商号的后期。义源祥本是马步芳的表兄马禄所有,1929年马步芳移师西宁后,就将其控制到自己的手中。到1935年时,青海的大宗贸易已由义源祥商号一手经营。⑥ 1939年,义源祥改名"德兴海"。而在此之前的1937年,马步芳还接收了马麟开设的协和商栈。因此,从30年代底开始,青海全省的大宗贸易就基本上由协和商栈和德兴海商号垄断了。⑦

马家军阀专制时期,尽管甘马、宁马与青马之间也有一些矛盾,但是在对地方经济进行垄断仍保持着很好的合作,比如宁夏省与青海省的贸易,即基本上由宁夏的富宁企业股份有限公司与青海的湟中实业公司共同主持。⑧

综上所述,民国时期以政府"统制"的方式直接参与畜产品贸易的形式在甘宁青地区日益普遍。尽管国民政府的"统制"与地方军阀的垄断性经营一度限制了甘宁青民间商贸的发展,但是这种方式所具有的组织性与系统性不仅非民间自由商贸所能比拟,甚至比外国洋行及买办的收购还强。而其对农牧民的盘剥跟外国洋行及买办比起来还是相对要轻一些,因此对于地方经济的发展也不无益处。

---

① 《中国大百科全书·中国历史卷》,商业行会,中国大百科全书出版社,第899页。
② 胡平生:《民国时期的宁夏省》,台湾学生书局,1988年,第267—269页。
③ 谷苞主编:《西北通史》第五卷,兰州大学出版社,2005年,第646页。
④ 参见刘继云:《旧银川的八大商号》,《宁夏文史资料选辑》第12期;刘继云:《宁夏三马政权始末》,《宁夏社会科学》1987年第1期;张寄业、王有禄、刘柏石:《马鸿逵在宁夏》,《文史资料选辑》第27辑,第58—63页。
⑤ 刘继云:《宁夏三马政权始末》,《宁夏社会科学》1987年第1期。
⑥ 钟银梅:《马家军阀专制时期的甘宁青皮毛贸易》,《宁夏史志》2007年第3期。
⑦ 谷苞主编:《西北通史》第五卷,兰州大学出版社,2005年,第679页。
⑧ 胡平生:《民国时期的宁夏省》,台湾学生书局,1988年,第269页。

第六章　近代甘宁青市场结构与市场体系的形成

甘、宁、青是西北地区一个特殊的组成部分,"自明清以来到民国时期,甘宁青逐渐形成了不同的经济区域,即以庆阳、平凉为中心的陇东经济区、以兰州为中心的陇右经济区、以天水为中心的陇南经济区、以张掖、酒泉为中心的河西经济区、以西宁为中心的青海经济区、以银川为中心的宁夏经济区和游牧经济区"①。近代以来,甘、宁、青在时代的变局中,经历了许多的战争和政治动乱,但从经济角度上看,正是这一系列的重大事件,促使甘、宁、青在传统的基础上形成了以兰州为中心的区域性市场网络。②正如时人所说:"甘、青、宁三省地居黄河上游,在商业上俨然自成系统,而以兰州为最大焦点。附近复有焦点六处,为各地商业中心,如陇东区之平凉,陇南区之天水,洮西区之临夏,湟中区之西宁,河西区之张掖,宁夏区之宁夏(今银川市),皆以兰州为其枢轴。言水运,上起西宁,下达包头;言陆路,东起潼关,西至迪化,皆为其贸易区域。上述平凉之六镇以外,复有若干城镇,以河西区为例,张掖以外,武威、酒泉、敦煌三城,商业亦称殷盛。若以兰州比于太阳,甘州(今张掖市)之类犹行星,敦煌之类犹卫星,甘、青、宁三省自成一太阳系,构成伟大之商业网。"③不过,从空间格局上看,这一"太阳系"商业网由于近代以来西北地区大规模兴起的皮毛贸易而有所变化。皮毛贸易的兴起促使"西北市场布局从以河西走廊为中心的格局逐渐转变为以沿黄河为中心的格局"④,这在很大程度上影响到了甘宁青的城镇与市场格局。

第一节　近代甘肃的城乡市场格局

近代以来,甘肃的商贸活动有了较快的发展,尽管仍未摆脱以自然经济为主的落后状况,而且入超现象又十分严重,但是以兰州为中心的区域性市场网络已逐步被纳入到全国的市场体系之中,并与国际市场发生了日益紧密的联系。

一、省域商业中心兰州的发展

兰州历来都是甘肃乃至西北地区的枢纽市场之一,在抗战以前,以北面的"草地"驼路和平绥铁路、西面的甘新驿路和东边的陇海铁路、中间的黄河水路等传统的交通线为纽带,以众多的中级市场和初级市场为依托,向东与国内其他市场和

---

① 黄正林:《近代甘宁青农村市场研究》,《近代史研究》2004 年第 4 期。
② 樊如森:《民国时期西北地区市场体系的建构》,《中国经济史研究》2006 年第 3 期。
③ 任美锷、张其昀、卢温甫:《西北问题》,科学书店,1943 年,第 6、7 页。
④ 胡铁球:《近代西北皮毛贸易与社会变迁》,《近代史研究》2007 年第 4 期。

津、汉、沪等港口城市及国外市场,向西、北与俄国,向南与印度等国外市场沟通起来,兰州的商路可谓四通八达。①

清末民初,兰州"城内极繁华,南方各货悉可购办,本地所产水烟、羊皮、雪梨、苹果、大鲜葡萄、大西瓜,并种杂粮,故民颇丰富,并通西藏,其货买卖甚大,藏货均由兰州而下"②。民国以后,兰州城内商号鳞次栉比,有钱庄、绸缎庄、京杂货、皮货庄、海菜肆、军服庄等行业,经营杂货、棉花、布匹、食粮、水烟、皮毛等各种货物;还有加工水烟的烟房以及金、银、铜器等手工业作坊,以及众多的旅馆、饭馆、澡堂、理发店、照相馆等服务设施;并建有新式的商业机构——中山市场和国货陈列馆等,形成了"客商骈集、闾阎四达、肩摩毂击"的景象。③

当时,兰州的市场形成了几个相对集中的区域。一是城内商业区,主要在东大街、西大街、侯府街、道升巷等地,以省政府为中心,辐射分散到城内各大小街道。城内商业发展比较齐全,包含如杂货、京货、茶叶等大宗商品交易,不仅满足一般的市民消费需求,更主要的是承担了各类商品的批发与转运。二是城关区,这是许多笨重或者脏乱的大宗物品(如水烟、煤炭、牲畜、粮食等)的转输区,其中东关多粮食、牲畜、杂货以及烟房、车店等;西关有杂货、菜市、炭市、油店、盐店、煤场、面铺、酒坊、磨坊、肉店、馍店等;南关店铺也是"商旅之货萃焉"。三是黄河中山桥北,这是因黄河水运而形成的码头转运中心,有"皮筏如云,遮盖河面1.5公里有余"的盛况。④

(一)固定商铺数量的增多和规模的扩大

民国时期兰州市场的发展首先表现在固定商铺数量的明显增多。据甘肃省建设厅的调查统计,1932年兰州有514家商店,其中比较大的行业有京货行、杂货行、土布行、粮行、皮货行、钱庄行等17种,数量最多的是粮行,有150家之多,其次为杂货行65家、京货行55家、钱庄行45家、茶商行35家。⑤另据甘肃省银行在1936年的调查,兰州的商店有676家,覆盖了京货行、杂货行、茶行、大布行、皮货行、药材行、脚行、旅店业等49个行业。⑥这些店铺大致可分为四大类:

(1)以京货行、杂货行、茶行、大布行、青器行等为主,主要经营各类从天津、上海、湖北、陕西等地输入的商品,供兰州市内居民消费并供应省内及青海等地的需求。

(2)以水烟行、药材行、皮毛行、盐行、木料行等为主,主要是吸收甘肃以及青海等地的特产并转运到天津、陕西等外省。

(3)以东粮行、西粮行、蓬灰行、煤栈行、鞋靴行、照相业、澡堂业等为主,为兰

---

① 樊如森:《民国时期西北地区市场体系的建构》,《中国经济史研究》2006年第3期。
② 杨重琦主编:《兰州经济史》,兰州大学出版社,1992年,第173页。
③ 刘郁芬修,杨思、张维等纂:《甘肃通志稿》,建置一,《中国西北文献丛书》,第二十七卷,兰州古籍书店,1990年影印。
④ 张国藩:《昔日的辉煌——甘肃皮筏长途运输始末》,《丝绸之路》1998年第2期。
⑤ 甘肃省建设厅编:《甘肃建设专刊》,1934年,甘肃省图书馆藏。
⑥ 潘益民编:《兰州之工商业与金融》,商务印书馆,1936年。

州本市居民提供日常消费和服务。

（4）以服务性为主，如箱板行为水烟提供包装，清油行的清油也是作为水烟制作的一种辅料，脚行、骆驼行等提供货物运输，过载行、饭店业、旅馆业等为商业活动提供服务。

由此可见，兰州各店铺交易商品的种类和范围都十分广泛，体现了兰州作为全省商品集散中心的地位，其影响范围不仅辐射全省，更是远及青海、陕西等地。民国前期，铁道部的调查资料显示，"兰州为甘肃省会，消费特多，而又有水烟之特产，以及青海等处之货物过往，故其市场甚为重要。巨大商号林立于此，或收购内地物产，如皮毛、药材等类，运销于外，或运入布匹、茶、糖、杂货等类，分销青海、河西以及甘肃西南部各地。……兰州城内有重要商店八百余家，总资本约近一千万元，全年营业额总值约四千五百万元"，可以称得上是"甘肃中部、西部以及青海商业中心"①。

抗日战争爆发后，东部沿海各大城市相继沦陷，兰州作为抗战的大后方吸纳了很多外来人口以及政府的支持，商业发展呈现迅速上升的趋势，商店数量更是急剧增加。1943年时，兰州有商店2 095家，与1935年的676家相比，增长幅度超过300%。其营业额也往往比地方城市要大得多，比如当时岷县也有商店2 177家，从数量上看甚至比兰州还多，但其营业额只有448万余元，仅为兰州营业额10 742万余元的1/24。② 规模的扩大还可以从店员人数的多寡上反映出来，1945年兰州的城市居民约155 494人，其中从事农业的有13 032人，从事商业的有17 379人，③商店店员人数则有1.3万人之多。④ 此外，商店分工的进一步细化更是体现了兰州市场的繁荣，比如京货行就细分成专门经营布匹、百货和服装等的商店，其中布商有114家，百货商有98家，服装商有63家。⑤

（二）专业市场的形成与发展

"甘肃等地散漫生产之货物聚集于若干地方，以便输出省外，省外运入之货物亦由若干中心地点转发各地，青海货物之出入亦必须由甘肃之适当地方转口，由是而形成若干重要市场。"⑥作为甘肃乃至西北地区的重要城市之一，兰州在民国前期就已经形成许多专业性的商品集散市场。

第一，水烟市场。兰州水烟业兴盛于清末，民国时期仅在东关的烟房就有90余家，"工人数逾万"⑦，水烟商近70家，是水烟的主要集散地。水烟内销以河西各县为主，陇东陇南次之。省外销路，全面抗战前遍及全国，如长江流域之江、浙、闽、

---

① 铁道部业务司商务科编：《陇海铁路甘肃段经济调查报告书》，台湾文海出版社，1998年。
② 陈鸿胪：《论甘肃的贸易》，《甘肃贸易季刊》1943年第4期。
③ 甘肃省财政厅编：《甘肃省统计年鉴》，1946年，第61页。
④ 陈鸿胪：《论甘肃的贸易》，《甘肃贸易季刊》1943年第4期。
⑤ 《兰州市各种商店家数》，《甘肃贸易季刊》1943年第4期。
⑥ 铁道部业务司商务科编：《陇海铁路甘肃段经济调查报告书》，台湾文海出版社，1998年。
⑦ 刘郁芬修，杨思、张维等纂：《甘肃通志稿》民族八，《西北文献丛刊》，第二十七卷，兰州古籍书店，1990年影印，第578页。

赣,黄河流域之青、宁、陕、晋、豫、冀,以及东北四省。① 民国以后,"由于水烟在农村中的市场日渐扩大,销售数量逐步上升,到了一九二三年达到最高峰,成为兰州水烟史上的黄金时代;当时兰州最大的烟厂—林丰、协和成的销售量,由原来每年各二千多担逐年增至各三四千担,甚至达到五千多担,资本额亦由原来的三四十万两增至一百多万两"②。即使是在水烟业不很景气的 1932 年,兰州水烟仍外销 8 833 096 斤,价值约 2 175 099 元,占当年出口总额的 14.84%。③《兰州之水烟业》记载,民国时水烟的运输路线主要有 5 条,东线由兰州、平凉、西安、龙驹寨、老河口、汉口、苏州、南通而运抵上海;南线由兰州、天水、广元、成都、重庆而达云贵;西线由兰州、武威、张掖、酒泉、敦煌、哈密而达迪化;北线由兰州、靖远、宁夏、包头、归绥、大同、张家口而达平津;海线由上海再转运之烟台、营口等地。④ 这 5 条线路中有 4 条以兰州为中心,将水烟运输到全国各地,甚至再由上海转运他处。由此可见,兰州水烟在水烟行业的重要地位。

第二,皮毛市场。民国时兰州较大的皮货行有正瑞成、万和成等 13 家,资本在 3 000 元至 10 000 元之间,其中有 12 家分布在南大街,形成一条专业的皮毛贸易街。当时,甘、青各地的羊毛大多由兰州集中转运,"本区(羊毛)集散市场当首推兰州。民国九年,平绥路通集宁时,即有英商来兰设庄,而山帮毛商亦在临夏、贵德等处收购后转运至兰州,转售洋行,兰州羊毛集散市场更成为一大集散市场"⑤。当时西北皮毛由新疆等地东运主要有两条路线,其中之一就是"由西宁装船循黄河运至兰州,至兰换牛皮船运至宁夏"⑥。作为当时皮毛主要输出路线的重要中转,皮毛商都先将皮毛集中在兰州,然后依托黄河水运至包头,再经包绥线运到天津。作为北方最主要的商港,"战前天津出口的羊毛,占全国 91%,其中之 50% 为甘、青两省的出品"⑦。而兰州正是将甘、青等省皮毛运往天津的最主要中转地。除集散皮毛外,兰州还是生皮硝制和初步加工的地点,"一般情况下,皮货行每年旧历一月底,挟巨资赴各产地办货,所办之货均系生货,剥割未久,血污狼藉,且极坚硬,此项生货运归兰州即开始硝制"⑧。在皮毛贸易链条中,兰州既是原材料的收集地,又是原材料的初步加工地,又有便利的交通条件,因此很快就成为西北皮毛贸易的中心。1932 年时,兰州至包头的皮筏运输业进入鼎盛时期。当时,"兰州水北门一带是皮筏靠岸检修和筏工上岸休息的重要场所,每年春秋两季,这里皮筏如云,遮盖河面 1.5 公里有余"⑨。

---

① 裴庚辛:《以皮毛、水烟运销为中心看抗战前后甘肃区域市场》,《史学月刊》2011 年第 4 期。
② 姜志杰、聂丰年:《兰州水烟业概况》,《甘肃文史资料选辑》第 2 辑,甘肃人民出版社,1987 年,第 187 页。
③ 甘肃省财政厅调查科:《甘肃省近三年进出口货物调查比较表》,甘肃省图书馆藏 1935 年抄本。
④ 杜景琦:《兰州之水烟业》,甘肃省图书馆藏油印本,第 10 页。
⑤ 甘肃省银行经济研究室编:《甘肃之特产》,甘肃省银行总行,1944 年,第 79 页。
⑥ 樊如森:《天津开埠后的皮毛运销系统》,《中国历史地理论丛》2001 年第 1 期。
⑦ 徐旭:《西北建设论》,载全国图书馆文献缩微复制中心编:《中国西部开发文献》第二卷,2004 年,第 341 页。
⑧ 潘益民编:《兰州之工商业与金融》,商务印书馆,1936 年,第 68、69 页。
⑨ 张国藩:《昔日的辉煌——甘肃皮筏长途运输始末》,《丝绸之路》1998 年第 2 期,第 30、31 页。

第三,其他市场。其他重要商品也在兰州形成许多商品批发、集散市场,很多京津沪的产品和甘肃的特产等都先运到兰州,然后在兰州进行转口贸易。例如,兰州著名的元和新京货行"有资本二万元,专营英美烟公司之纸烟的批发"①。其他如粮食,"西宁乐都一带米粮,皆灌输于省城"②。定西县输出产品以粮食羊毛为大宗,粮食每年出产约40%运往兰州。永靖县麦子每年输出80余担,米为4 000余担,豆为2 000余担,鸦片7万余两,均在兰州等处销售。③ 兰州因此也形成了"西路食粮萃于西关,东路食粮萃于新关横街子"的粮食交易布局。④ 另外,甘肃药材产量巨大,河西、陇中等地向东从天津出港的药材主要在兰州集中再走水路到包头转运,因此兰州也是西北地区药材的集散中心之一,其城内较著名的药材店堂就有48家之多。⑤ 这些专业批发集散性质的市场,是兰州作为省域商业中心的具体表现。

(三)城市的发展与商贸中心的地位

20世纪30年代之前,兰州市场已经发展到相当繁荣的程度。据调查,当时兰州"北临黄河,已修新式铁桥,直通对岸,桥中行车,两边行人,来往极密。关以内街道纵横,商业繁盛,贸易之大,远非西安开封所及。惟铺面多属旧式,街道尚未放宽,与他处之门面辉煌虚有其表者又自不同。据皋兰公安局本年(按:1935年)八月的户口调查,共有19 835户,96 420人。以余所见,商店约十分之六,住户占十分之四"⑥。可见,兰州城内的住户有一半以上与商业有关,尽管这种说法有点夸大,但由此可见当时兰州市场的繁荣景象。

不过,到20世纪30年代中期,由于军阀混战等因素的影响,兰州市场开始出现了萧条,"当时的海菜铺十天半月才开炉一次,生产各种糕点不过几十斤,因为产品脱销,甚至有些还凑到别家开炉时带上几十个鸡蛋的产品,这几十个鸡蛋也不过加工成品七八斤而已。即使兰州水烟业此时继续开业者也不过四五十家。其他如杂货业、典当业等都出现了倒闭、萎缩的现象"⑦。全面抗战爆发后,受战争影响,东去商路中断,皮毛、水烟的销售受到很大的影响。皮毛除去少量内销外,主要经甘新公路销往苏联,水烟销售的北线和东北市场丧失,南线也受到很大影响,但兰州的地位仍然十分重要。⑧ 部分进出口商品的数量不仅没有减少,反而增多。比如以糖为例,战前兰州进口糖类约5 000担,折合为120万斤,⑨到1943年时进口的糖类仍达133万多斤。而且作为省域中心,兰州的物价仍然影

---

① 潘益民编:《兰州之工商业与金融》,商务印书馆,1936年,第42页。
② 慕寿祺:《甘宁青史略正编》卷三十,《中国西北文献丛书》,第九十六册,兰州古籍书店,1990年影印,第20页。
③ 《甘肃二十七县社会调查纲要》,甘肃省图书馆藏1927年抄本。
④ 刘郁芬修、杨思、张维等纂:《甘肃通志稿》,民族八,《中国西北文献丛书》,第二十七卷,兰州古籍书店,1990年影印,第578页。
⑤ 石仁斋:《解放前我经营西北药材的情况》,《西安文史资料》第8辑,西安文史资料委员会,1984年。
⑥ 萧梅性编著:《兰州商业调查》,陇海铁路管理局,1935年,第1页。
⑦ 杨重琦主编:《兰州经济史》,兰州大学出版社,1991年,第173页。
⑧ 裴庚辛:《以皮毛、水烟运销为中心看抗战前后甘肃区域市场》,《史学月刊》2011年第4期。
⑨ 据甘肃省财政厅《甘肃省近三年进出口货物调查比较表》载,当时统计的单位量每担合240斤。

响着其他地区物价水平的波动,比如"定西县货价之涨落亦以平、兰两地为依归"①。

  此外,从茶行的经营状况上看,兰州作为省域贸易中心的地位也是十分牢固的。当时"虽然新疆战乱不息,兰州茶商失西路之利甚大,但兰州本地市场每年仍可销茶一千五百余万斤"②。另据1935年对兰州茶叶输入情况的调查,"其中官茶,民国二十一年(按:1932年)共销八百十三票(每票准购四十包,每包一百五十斤),合计四百八十七万八千斤,比较少的民国二十二年(按:1933年)也有销四百八十八票;还有部分私茶,其中普洱茶年销五千余饼,紫阳茶年销七十余万斤,巴山茶年销五十余万斤,龙井香片年销三万余斤"③。这些茶叶保守估计总量也在500万斤以上,虽和前述1500余万斤有较大出入,但即使是年销500万斤,如此庞大的数目显然也不是区区10万人的兰州可以消费的。这从下面一条资料上可以得到进一步印证,据统计"安化茶砖1942年输入兰州322 208片,而在兰州内销仅有3 000片,其他都经星星峡由茶站交付苏联进行补偿贸易"④。可见,兰州茶行的经营并非只为满足本地居民所需,而是更多地转运到甘、青各地及国外。同样,数量众多的杂货行、京货行等商行的存在和巨额的交易数量也不仅仅是单纯的城市消费需要,更多的是体现了兰州承担甘肃省内及青海乃至国外商品的进出口转运功能,从而进一步巩固了兰州的地位。

  但是,好景不长,抗日战争胜利后不久,兰州市场就开始陷入通货膨胀、物价暴涨的不利局面。比如战前每百斤面粉价值11.16元,1945年涨至18万元,1948年增至3 600万元,增加了322.6万倍;肉类在战前每斤0.28元,到了1948年涨到113万元,增长了418.5万倍。1947年兰州商店有2 175家,其中饮食品商业有409家,服饰品商业有296家,百货业200家,资本总额达到国币1 254 236万元。⑤而社会动荡和通货膨胀导致了大批商业经营者被迫关门倒闭。1948年春,兰州倒闭的商店有35家;1949年5月,申请停业者48家,自动关门者70余家。⑥到中华人民共和国成立前夕,兰州经营商业者已经是"十有八九形成内空外虚,奄奄维生的境地"⑦。

二、区域中心市场的发展

(一)陇南中心市场——天水

  天水是甘肃东南部最重要的商业城市,因其优越的地理位置,使得陕甘两省的

---

① 甘肃省银行经济研究室编印:《甘肃省各县经济状况》第二辑,1941年,第24页。
② 潘益民编:《兰州之工商业与金融》,商务印书馆,1936年。
③ 萧梅性编著:《兰州商业调查》,陇海铁路管理局,1935年,第53页。
④ 陈鸿胪:《论甘肃的贸易》,《甘肃贸易季刊》1943年第4期,第17页。
⑤ 甘肃省政府编:《甘肃统计年鉴(1947年)》,甘肃省图书馆藏,第6、20页。
⑥ 甘肃省政府编:《甘肃省情》第一卷,甘肃省图书馆藏,第115页。
⑦ 赵景亨、吉茂林:《原兰州私营商业简况》,《兰州文史资料选辑》第3辑,1985年。

货物交易有很大部分要经过天水,加之临近陇南山区的药材和特产很大部分依赖天水转输,以致有人认为:倘兰州不为政治中心,而其当地输入货物为之减少,则其市场情形将有不如天水者焉。① 作为陇南地区的商业中心,该地商户经营的商品并非单纯面向本地居民的日常生活,大部分货物除了本地消费外,多为中转和批发之用。"天水运转货物首推川广药材及木版书籍,而皮毛行销津沪,水烟行销四川,桃仁柿饼行销全省,棉花行销附近,产雕刻木器颇佳,酒与旱烟皆称佳品。纸炮皮胶白米皆行销无多,土布年销三万余匹,布帽年销一万余顶。"② 其实,不单单是陇南一带与陕西及四川间之货物交换皆以此为市,陕南、川北的货物运往兰州一带,以及甘宁边界的食盐运往陕南都需要由此过载,临潭、岷县等地的药材更需至此集中,而后转发他处。天水每年输入货物值 400 余万元,输出仅值 140 余万元,过境货物约值 1 000 余万元。③

货物中转地位的加强大大促进了天水商铺数量的增加。"1938 年,天水城区有大小商号 324 家;1942 年有商号 540 家;1945 年宝天铁路通车后,外来人口剧增,工商业户增多,原有行业逐渐扩大经营品种,电磨、纺织、五金、电料、西药、照相、金店等行业相继兴起;1946 年大恒号、鑫兴久、广源祥等 15 户批零兼营的大商号每户资金银元 2 万元左右,各自形成经营特色;1949 年初,天水城区有 38 个工商行业,商号、店铺 1 608 家。"④ 尽管战后原先借债及向银行贷款从事囤积居奇的商号遭到严重打击,所谓"一夜之隔,金店银楼倒闭,无数商店破产,甚至有因此而自杀者"⑤,但到 1949 年,天水城内仅药店和经营中药材的行栈仍有 50 余家,有些零售兼批发的大药铺和专门经销中药材的行栈经营范围遍及陕、青、宁、新、川、鄂、湘、晋、冀、鲁等地。⑥

(二)陇东中心市场——平凉

平凉作为陇东重要的商品集散地,"吸纳了清水的纸张,海原的皮货,华亭的药材和煤炭,安口窑的瓷器,合水的水烟,庆阳、隆德、静宁、镇原之麻袋,静宁的酒及农用木器,庆阳的毛褐,固原的食盐,灵台的蓝靛,崇信的烧纸、烟煤,六盘的药材,隆德的贝母等"⑦。据 1941 年的调查,平凉进口的商品"销于本埠者约占十分之二三,余则均转运他处",其转输的区域范围极广,覆盖了甘、宁、青、川、陕、豫等地(详见表 3-6-1)。

---

① 铁道部业务司商务科编:《陇海铁路甘肃段经济调查报告书》,台湾文海出版社,1998 年,第 63 页。
② 刘郁芬修、杨思、张维等纂:《甘肃通志稿》,民族八,吴坚主编:《中国西北文献丛书》,第二十七卷,兰州古籍书店,1990 年影印,第 578 页。
③ 铁道部业务司商务科编:《陇海铁路甘肃段经济调查报告书》,台湾文海出版社,1998 年,第 63 页。
④ 天水市地方志编纂委员会编:《天水市志》,第 24 编,商业外贸,方志出版社,2004 年,第 1 288 页。
⑤ 马英豪、韩雨民:《解放前后天水城区私营工商业概述》,《天水文史资料》第 1 辑,1986 年,第 107 页。
⑥ 阎高玉:《天水中药材生产流通今昔》,《天水文史资料》第 6 辑,1992 年,第 183 页。
⑦ 刘郁芬修、杨思、张维等纂:《甘肃通志稿·民族八》,吴坚主编:《中国西北文献丛书》,第二十七卷,兰州古籍书店,1990 年影印,第 578 页。

表 3-6-1　平凉转输货物一览表

商品	河南土布	陕西土布	棉花	羊毛	羔皮	纸烟	麻
数 量	3万卷	1.5万卷	40万斤	50万斤	10万张	2千箱	100万斤
来 源	河南	陕西	陕西	宁夏	宁夏	陕、川	华亭
转运地	西兰路沿线、西宁	西兰路沿线、西宁	西兰路沿线、西宁	津、沪、川、陕	津、沪、川、陕	西兰路沿线	陕西

商品	卷烟	药材	食盐	糖	瓷器	纸张
数 量	2 000万支	700担		100万斤		200万刀
来 源	四川	华亭	宁、青	四川	安口窑	川、西安
转运地	甘、宁	陕西	陕、豫	陕、豫	陕西	陕、豫

（资料来源：甘肃省银行经济研究室编：《甘肃省各县经济概况》第1辑，甘肃省银行经济研究室，1941年，第76—78页。）

平凉市场的繁荣从其众多的商店可见一斑。1945年8月，中共陇东地委统战部编印的《平凉市初步调查》记载：全市共有大小商号1 500余家，布匹业200家，杂货业1 000家，纸烟批发业38家，银楼40家，金店3家，盐店10家，皮店50家，药店10家，酒坊6家，大小饭馆80家，旅馆20家，照相馆10家，余为裁缝、木器、书店、理发等。除数量众多外，其中还不乏资本雄厚的商家，比如以驮骡贩运为业的文茂祥商号资金约达200余万银元，不仅控制了陇东地区大部分皮毛收购和加工业务，经营范围由平凉本地扩展到西北各省及武汉、天津、上海等大城市，还独占了陇东京广洋货生意。据说京津撤退时该商号仅棉布就包了一趟专列，24节车皮一次运到西安，其生意之大由此可见一斑。①

（三）河西中心市场——张掖

张掖乃河西走廊的交通枢纽，很早就形成了向西与新疆交流，向东通过北路草地与包头贸易的基本格局。长途贩运和批发贸易使张掖成为河西地区最主要的商贸中心，但民国时期其商业却一度起伏不定。1924年，"张掖有5 000至1万元银币资本的本地商户42家，民勤、永昌籍商户19家；拥有1万至8万元资本的晋陕豫商户有恒丰店等9家；拥有8万至13万元的直鲁商帮有日兴昌等12家；拥有10万元至20万元资本的京津帮及官商10家"②。到了1930年，据称张掖已经是"城内大小商户五百余家"，只是当年"倒闭者达百余家，且系素称殷实者"。③ 到1942年时，大小商店仅剩184家。不过到解放前，张掖的商户又接近600家，在河西地区是首屈一指的。

---

① 李云宾口述，殷敬亭整理：《解放前平凉回民经济发展概述》，《平凉文史资料》第1辑，2004年，第28页。
② 马晓余：《二十年代张掖驼商贩运鸦片侧记》，《甘肃文史资料选辑》第28辑，甘肃人民出版社，1988年。
③ 林竞：《西北丛编》，上篇，第3卷，神州国光社，1930年，第176页。

尽管张掖在商号的数量上并不突出，但仅从其经营货物的数量和营业额上即可看出其在河西地区的地位。比如，1924年张掖仅20余家较大商号靠骆驼经北草地输往归绥的有鸦片350担，药材180担，羔皮(含狐皮)130担(转输北京)，驼羊毛150担(输往天津)，羊肠衣30担，发菜15担；由归绥运回张掖的商品有绸缎、布匹800担，烟酒糖茶420担，百货200担。① 再如，1942年张掖的商店数量(184家)比同时期的临洮(763家)、定西(275家)和陇西(294家)还要少，但是其营业总额却大大超过以上三县。② 还有一项值得注意的是当铺业的发展。1929年，张掖有当铺10家，而当时兰州有3家，天水有4家，武威有1家，酒泉有3家，临夏有3家，敦煌有3家。③ 可见，张掖的当铺数量远远超过天水、平凉等大的城市，甚至比肩兰州。

作为以转运和批发为主的区域贸易中心，张掖最重要的转输商品是鸦片。但是，由于鸦片贸易的脆弱和政府的禁烟，使得张掖在20世纪30年代后一度萧条，时人对此有过详细的分析："盖因甘省商务发达与否，须视其惟一商品之鸦片如何。二三年前内地鸦片昂贵，而新疆之鸦片，由俄国运来者，其价甚贱，以故甘凉肃一带商人之业此者，莫不获利倍数。其贸迁之法，向系运内地之洋货布匹至新疆换鸦片，再将鸦片输入于内地。去年输出新疆之货物太多，价乃大跌，资本已失其大半，犹冀鸦片能获利，以抵偿也，讵鸦片又因陕西道阻，无法输出，价又大跌，两头亏折，遂至不堪收拾。闻仅甘州一处，已损失四百余万。当其热中时，多架空实货，初因获利乃无妨，及损失太甚，本利俱无，前此架空买货者，至是均须交付实款，甲累乙，乙累丙相继破产。现在因债务而被押者，为数甚多，根本大伤。十年内，恐难恢复原状也。"④

(四) 甘南中心市场——拉卜楞

拉卜楞为夏河县驻地，历来都是汉、蒙、藏、回各民族往来的贸易中心，"1928年甘肃省政府以其地扼四省之咽喉，不仅为中藏货物交换之区，且系军事政教上之要地，设之以县，屯之以兵，地方骤加繁荣，商业益见发达"⑤。

拉卜楞的市场有其自身的特点。首先，拉卜楞市场种类齐全，层级分明。拉卜楞不仅有满足于藏民游牧经济的"法会"贸易(见表3-6-2)，而且还有以常市状态存在的"崔拉"⑥集市，满足当地居民的日常生活。更重要的是，拉卜楞还是甘川康边区最重要的皮毛和牲畜交易中心，同时大量洋行的驻扎，使得拉卜楞的皮毛、药材等商品出口到国外。多样化的市场形式，体现了拉卜楞在甘川康藏区

---

① 马晓余：《二十年代张掖驼商贩运鸦片侧记》，《甘肃文史资料》第28辑。
② 杨重琦编：《甘肃经济史》，兰州大学出版社，1992年，第229页。
③ 潘益民编：《兰州之工商业与金融》，商务印书馆，1936年，第72、73页。
④ 林竞：《西北丛编》，上篇，第3卷，神州国光社，1930年，第176页。
⑤ 丁明德：《拉卜楞之商务》，《方志》1936年第9卷第3、4期，引自甘肃省图书馆编：《西北民族宗教史料文摘》，内部印行，1986年，第543页。
⑥ "崔拉"乃藏语"市集"的意思。

的独特地位。其次,拉卜楞市场吸引力大,地位重要。拉卜楞市场吸引了包括甘南藏区、四川以及青海和西康的大量藏民和各族同胞前来贸易,而洋行的介入,又使拉卜楞与国际市场连为一体。因此,尽管受自然和社会条件限制,拉卜楞市场交易的商品种类比较单一,交易商品总额也不大,但其地位在甘青川康藏区却是独一无二的。

表3-6-2 拉卜楞一年主要法会表

名　　　称	时间	会　　期	备　　　　　注
祈祷大会	正月	初四至十七	原名"莫朗姆",十三日"亮佛"时参会人数最多,善男信女涌作一团,满山满岸都是人
祭会	二月	初四至初八	为纪念嘉木样一世活佛圆寂举行,附近藏民争相往来参会,人数众多
说法会	七月	初八或初九	原音为"日禾扎",为一年两次的最大会之一
杀教仇会	九月	二十九日	在嘉木样活佛公馆内举行
宗喀巴逝世纪念会	十月	二十五日	纪念宗喀巴逝世,全寺开放,任人朝拜。二十七日为嘉木样二世逝世,亦开放

(资料来源:李安宅:《拉卜楞寺概况》,《边政公论》,1941年第1卷第2期,引自甘肃省图书馆编:《西北民族宗教史料文摘》,内部印行,1986年,第402、403页。)

表3-6-3 1934年度拉卜楞输入输出商品表

主要输出品	数　量	价值(元)	主要输入品	数　量	价值(元)
羊　毛	1 200 000斤	168 000	松茶	1 600包	76 800
狐　皮	4 200张	58 000	蚕绸	6 000匹	42 000
白羔皮	64 500张	64 500	府茶	11 500块	32 000
马	1 500匹	52 000	青盐	135 000斤	16 200

(资料来源:丁明德:《拉卜楞之商务》,《方志》,1936年第9卷第3、4期,引自甘肃省图书馆编:《西北民族宗教史料文摘》,内部印行,1986年,第544页。)

总之,拉卜楞作为甘南地区商业中心的地位,正如时人所说,拉卜楞"如与腹地大市城镇比较,则商人之知识,与夫商务之繁华,自不能相提并论。而在边远僻陋,商业初兴之拉卜楞,如经开发,以地理言,当可与青海省之西宁、甘肃省之天水相肩随矣"①。

三、县域中间市场

民国时期,甘肃的城市发展速度缓慢,大多数还是县城,特别是在经济落后的

---

① 丁明德:《拉卜楞之商务》,《方志》1936年第9卷第3、4期,引自甘肃省图书馆编:《西北民族宗教史料文摘》,内部印行,1986年,第543页。

甘南、河西等地区，所以县城的商业可以从很大的层面上反映当地的经济与市场状况。县城作为联系上下市场的中介，在整个市场体系中起着骨架的作用，是市场体系中最重要的节点。然而，甘肃省的大部分县城规模小，人口少，能上万人的县城为数甚少，能达到 5 000 人以上的也不多，部分县城如宁定、永靖、灵台等都在 800 人以下，环县更是离谱得只有 142 人。尽管这是"人口因久经兵灾匪祸，一切行政机构铺户等皆迁移距县城九十里曲子镇，城现空虚"[①]的缘故，但也从侧面反映出甘肃县级城市的部分情况。

表 3-6-4　1927 年甘肃部分县城面积与人口统计表

县　　城	靖远	榆中	定西	灵台	永靖	和政	安西
面积（平方里）	1.5	3.7	9.3	15	0.11	1	2.4
人口（人）	8 648	2 285	6 600	765	380	1 180	1 684
县　　城	岷县	武山	西固	环县	民勤	宁定	山丹
面积（平方里）	9	0.22	0.6	2	9	0.53	7.3
人口（人）	5 780	百余户	1 400	142	2 900	514	5 528

说明：部分县城面积经过换算。
（资料来源：《甘肃二十七县社会调查纲要》，甘肃省图书馆藏 1927 年抄本。）

不过，尽管规模较小，但是甘肃各个县城的开市频率都还比较高。由表 3-6-5 可见，在明确记载开市日期的 48 个县城中，常市的有 34 个，占总数的 71%；不是常市的有 14 个，其中隔日集有 8 处，旬三日集的 3 处，旬二日集 2 处，旬一日集 1 处。值得注意的是，河西地区经济落后，市场不发达，但敦煌、玉门、金塔、山丹、民勤、东乐、古浪、高台、永昌等县城却都为常市；陇东地区人口较为稠密，经济相对发达，商品流通活跃，但该地区的庆阳、华亭、庄浪、镇原、正宁、崇信等县城却还只是隔日集和旬二日集或旬三日集。究其原因，这与当地的自然环境与交通分布有密切的关系。河西地区的主要县城几乎都在交通要道上，沿着河西走廊由东向西，形成了古浪—民勤—永昌—东乐—山丹—高台—金塔—玉门—敦煌一线，这里自古就是丝绸之路，同时也是甘新公路所经路线，因此，往往商旅不绝。每个县城都是商队补给的依靠，由于商旅来往不分时间，所以在河西地区的县城大多保持以常市的形式开放。而陇东地区由于市场面向的主要是农民，农民没有必要天天都上市去交易，而且陇东地区市场密度较大，农民可以在邻近的集市购买日用所需，从而导致县城开市频率不高。

[①]《甘肃二十七县社会调查纲要》，甘肃省图书馆藏 1927 年抄本。

表 3-6-5　甘肃各县城集期统计表

县名	皋兰	临洮	临夏	靖远	夏河	洮沙	宁定	榆中
集期	常市	常市	常市	常市	常市	隔日集	旬三日	隔日集
县名	渭源	定西	陇西	岷县	会宁	临潭	漳县	通渭
集期	常市	常市	常市	常市	常市	旬一日	旬二日	旬三日
县名	清水	徽县	两当	礼县	秦安	武山	甘谷	西和
集期	常市	常市	常市	常市	常市	隔日集	隔日集	常市
县名	武都	文县	成县	静宁	隆德	崇信	华亭	庆阳
集期	常市	常市	常市	常市	常市	隔日集	旬三日	旬二日
县名	宁县	灵台	泾川	永昌	高台	正宁	庄浪	镇原
集期	常市	常市	常市	常市	常市	隔日集	隔日集	隔日集
县名	古浪	永登	东乐	山丹	金塔	民勤	敦煌	玉门
集期	常市	常市	常市	常市	常市	常市	常市	常市

（资料来源：刘郁芬修，杨思、张维等纂：《甘肃通志稿》，建置一，《中国西北文献丛书》，第二十七卷，兰州古籍书店，1990 年影印。）

县城之外，张家川、碧口等大型市镇由于形成了以皮毛或药材等为特色的专业市场，偶尔也起到中间市场乃至中心市场的作用，只是其商品种类单一，还受到附近城市商业的强烈影响，因此与真正意义上的经济中心还相差甚远。但是，在特殊的繁荣时期，这些专业性集镇所能辐射的范围还是比较广的，有时甚至超出省域。比如，张家川就是甘肃各地及青海等处的皮货集散地。由于皮毛贸易的兴起，先后有英商仁记、平和、新太兴、怡和，俄商古宝财，德商德太，美最时，美商情昌，法商永兴，日商春天茂等 10 余家洋行在张家川开设。1937 年时，张家川"有皮毛栈店 38 家，住有 100 多外省皮毛商户"，尽管抗战全面爆发后皮毛出口停止，外商大部分出境，"在张家川经营的商号只有 29 家，皮毛由外销转为内销，全部销往重庆、成都等地，羊毛则经新疆销往苏联。抗日战争胜利后到张家川收购皮毛的客商又逐渐增多"。[①] 位于甘、陕、川三省交界处的碧口镇，因得水陆运输之便，成为陇南与四川货物进出口的枢纽，被誉为"小上海"、"小重庆"。[②]

四、基层农村市场

农村市场是城乡市场体系的一个重要组成部分，大量农村集市的存在支撑了市场体系的完整。民国时期，甘肃的乡村集市分布在农村的小市数量很少，大多集

---

① 天水市地方志编纂委员会编：《天水市志》，第 24 编，商业外贸，方志出版社，2004 年，第 1295 页。
② 昌吉：《古镇碧口》，《档案》1987 年第 5 期，第 38、39 页。

中在市镇。据《甘肃通志稿》记载,1929年以前甘肃有集市数据的51县,共有425个集市,县均8.33个。另据甘肃省建设厅1934年对甘肃49个县的调查,共有集市473个,县均9.65个。

表 3-6-6　1934 年甘肃各县农村集市统计表

县　名	皋兰	临洮	临夏	宁定	洮沙	庆阳	宁县	正宁	合水	环县	靖远	榆中	通渭
集市数(个)	4	7	17	2	3	6	8	4	11	4	8	6	19
县　名	漳县	天水	秦安	清水	徽县	红水	会宁	岷县	灵台	武威	两当	礼县	镇原
集市数(个)	8	26	12	7	11	1	12	11	10	7	3	10	8
县　名	成县	平凉	华亭	静宁	庄浪	西和	武都	文县	永昌	古浪	永登	张掖	陇西
集市数(个)	8	8	6	19	6	8	17	14	15	7	13	2	7
县　名	渭源	定西	泾川	崇信	酒泉	高台	武山	甘谷	东乐	山丹	临泽	玉门	总计
集市数(个)	4	8	4	8	4	3	5	9	3	6	2	3	425

(资料来源:刘郁芬修,杨思、张维等纂:《甘肃通志稿》,《中国西北文献丛书》,第二十七卷,兰州古籍书店,1990年影印。)

此外,《甘肃通志稿》还记载了45个县的集期情况,从其资料上看,以旬三日集为主的有32县,占可统计的71%;常市为主的有7县,占15.6%;隔日集为主的有4县,占8.9%;旬二日集为主的有2县,占4.5%。由此可见,集市密度和开市频率不高是民国时期甘肃乡村集市的一个特点。

另一个特点是集市中交易的商品种类单一,多为特产和日常用品。甘肃省建设厅1934年对甘肃49个县的调查发现,以布为大宗的有38县;以食粮为大宗的有26县;以皮毛为大宗的有15县;以棉为大宗的有11县;以烟叶为大宗的有8县;以药材为大宗的有9县。在49县中,农村集市主要贸易商品只有一两种的竟然有19县,而单独交易一种商品的也有3县,交易的商品也是食粮、药材、布等生活必需品和特产。[①]

由于集市发育水平低下,因此在甘肃广大农村市场中,往往定期举行一些庙会作为补充。当然,由于不同的地理环境及民族风俗,陇东、陇南、甘南等不同的地区又有不同表现形式的庙会种类。除了传统的庙会以外,在甘南等民族地区还有法会、花儿会等不同的形式。

比如,地处陇东的平凉,"三教九流都有各自的祭祀庙宇,仅城区一带就有大小庙院40余处,各庙每年都有一定的会期,届时酬神献戏,赶会者从四面八方蜂拥而至,其盛况不亚于今日之农村集市"[②]。位于河西的永昌县,县城每年"正月十六日、

[①] 甘肃省建设厅编:《甘肃建设专刊》,甘肃省图书馆藏1932年抄本。
[②] 梁受百:《三十年代平凉的庙会》,《甘肃文史资料选辑》第31辑,甘肃人民出版社,1990年,第134页。

打春、清明、四月八日、端阳节,四乡农民都进城过会",农村的"宁远堡、红山窑、新城子、永宁堡都是开展这种活动的兴盛之地"。[①] 由于庙会更能适应农民的生产生活,因此其覆盖范围往往也比较广,比如环县兴隆山在民国时期"香火旺盛,每逢会期,周围几省的商民、游客和信男善女云集于此"[②]。

法会是在甘南高原的藏传佛教的寺院举行的一种庙会形式,但它比汉族地区的庙会开展的次数少,而且多固定在某一处举行,举行的地点多为藏区著名的寺院。如拉卜楞寺每年有正月、二月、七月、九月、十月等若干次大会,卓尼的黑错寺也是藏区一个著名寺院,也有二月会、三月会、六月会、七月会等法会。但是法会中,集市交易的商品数额相对却比较大,甘南的藏族家庭都是以游牧为主的畜牧经济,他们一般每半年或一年用自家畜养的马和牦牛驮载着积累了半年或一年的皮毛、酥油等到会集上,去换回足够全家使用半年或一年的糖、茶、粮食等食物以及宗教物品、日用品和杂货等。这些法会满足了藏民、寺庙僧侣日常生活的需要以及寺院宗教活动必需品的供给,是藏区贸易最主要的方式。

花儿会是西北农村地区特有的一种以寺庙为依托,以说唱为形式的民间文化娱乐节日。由于花儿会期间有骡马大会等商业活动,因此它也成为民族地区农村市场的一种重要补充形式。甘肃的花儿会主要分布在"洮、岷、河、湟"地区,即黄河上游的湟水、洮河流域以及渭河源头地区,包括临洮、康乐、岷县、临夏一带,其中康乐县有12处,临洮县有24处,渭源县有7处,临潭县有52处,卓尼县5处,岷县24处。[③] 其中,最具代表性的是每年农历六月初一至初六在莲花山的九顶和玉皇阁举行的康乐莲花山花儿会。

五、民国时期甘肃城乡市场的区域特征

综上所述,民国时期甘肃的城乡市场已经具备了比较完整的体系。兰州作为甘肃的省会城市、最大的消费市场和批发贸易中心,始终稳居全省商业中心的地位;其他各个地区的行政中心也是当地的交通和商业中心;县城基本上就是本县商业的中心;而农村集市发展较为落后,交易商品少、辐射范围小,只是具有基本的集市的功能。总体来看,城乡市场体系形成了结构简单、层次分明的"省域商业中心—区域商业中心—县域中间市场—基层市场"的四级结构。

但是,由于受时局变化、战争和灾荒等因素影响,民国时期甘肃的城乡市场经历了较大的起伏。民国前期,随着社会经济的发展,各地商业日趋繁荣,到20世纪30年代时达到相当规模;抗日战争爆发后,由于地处大后方,受到战争冲击较小,加上大量难民和企业的内迁,给甘肃的商业和经济带来了活力,因此其商业的发展

---

① 永昌县志编纂委员会:《永昌县志》,甘肃人民出版社,1993年,第666页。
② 庆阳地区编纂委员会:《庆阳地区志》,商业志,兰州大学出版社,1998年,第937页。
③ 汪鸿明、丁作枢:《莲花山与莲花山"花儿"》,甘肃人民出版社,2002年,第298—304页。

进入高峰期;但是随着抗战的胜利,甘肃的地位迅速下降,大量人口的返乡加上随之而来的解放战争,使甘肃的商业和市场迅速衰落,甚至濒临崩溃的边缘。与此同时,连绵不断的战争和灾害更是给局部地区的市场带来了巨大的打击,比如1919年的大地震使陇东及兰州等地"市廛因以空虚"[①],"河州事变"使临潭的商业遭受重创,类似情况在民国期间不乏记载,可见甘肃的商贸市场仍然比较脆弱。此外,市场发展的不平衡现象也比较突出,农村市场形式多样,存在寺院贸易、庙会、花儿会等独具特色的市场形式,但发展却相对缓慢;城市商业发展相对较快,但其中也有不少虚假繁荣的现象存在。

同时,甘肃幅员辽阔、地形复杂、气候差异大,在东西狭长的地带里分布着农业经济、半农半牧和畜牧经济等不同的经济带,再加上经济发展水平和人口分布的不均衡,使得甘肃全省的市场分布呈现出不同的区域特征。

(1)黄土区。该区是甘肃经济最发达、人口最集中、商业最完善的区域。其中,有省域商业中心兰州,也有天水、平凉等区域商业中心。虽然天水、平凉等地区商业中心因为靠近兰州,必然会受到兰州商业的影响,但由于地缘关系,受到陕西的影响巨大,这与甘肃西部的商业城市有着很大的不同。从商业发展水平来看,这些城市都是整体实力不菲的重镇,其商号不乏资产百万的巨贾,货物种类繁多,商品交易规模动辄百万银元,这在其他地区是比较少见的。同样,在黄土区的农村市场也较为发达,尽管开市频率不是很高,但集市的密度相对比较大。

(2)河西地区。该区市场受到自然条件和社会经济的制约很大。由于河西地区地广人稀,除了水利条件较好的绿洲地区农业发达、人口较多外,其余地区为高山、荒漠,生产条件恶劣,是农牧并存的区域。人口和市场多呈点状集中分布于各绿洲农业区。因此,河西地区的城市市场要比甘肃东部的中心城市相对落后。不过,在中间市场和基层农村市场,由于大多数县城和农村集市都处在交通要道上,是商旅往来的重要补给地,因此集期却显得比较密集。

(3)陇南山区。该区除山间谷地有少量农业生产外,主要的物产是以药材为主的经济作物,但受交通条件的限制,经济相对落后,所以在陇南地区并没有大型商业城市的出现,其商业受四川和天水等地的影响很大。虽然岷县和碧口镇的商业还相对发达,但其辐射和影响力都没有达到区域商业中心的水平。不过,由于开发较早,人口较多,加之大量河谷平原的存在,人口相对分散,使得该区农村集市数量众多,集市密度在全省平均水平之上。

(4)甘南地区。该区是典型的游牧经济地区,由于藏民都从事畜牧业,农业十分落后,而其对生活产品的采购都是以半年或一年为周期,加之藏族中普遍存在的宗教信仰,所以该区民族贸易特点极其突出,大多集中于寺庙法会期间进行贸易。

---

① 穆寿祺:《甘宁青史略正编》,第二十九卷,俊华印书馆,1936年,第21页。

因此,该区不仅没有大型商业城市,而且在农村集市密度也不高,多以庙会、法会或花儿会等形式进行交易。

第二节 宁夏建省前后的城乡市场结构

宁夏正式建省始于1929年,新建的宁夏省辖9县2蒙旗:宁夏、宁朔、平罗、中卫、灵武、金积、盐池、镇戎(原平远)、磴口和阿拉善额鲁特旗、额济纳旧土尔扈特旗。① 但因这两个蒙旗由民国政府行政院蒙藏委员会管理,省府不得过问,故宁夏省实际所管辖地域仅为贺兰山以东9县,此后"宁北之磴口县,且于客秋与阿拉善一度争执后,结局土地权仍归蒙旗,成为名义县治"②。

民国时期的宁夏既是"黄河上游以兰州为中心的区域性市场网络"的组成部分,又是"河套及蒙古高原以包头为中心的区域性市场网络"的商业腹地。③ 尽管在民国时期,宁夏除了省城、吴忠堡、中卫等三个商业中心之外,"其他各县镇商号,大多规模狭小,进出口货均无直接采办之能力,不过为三大商埠之分销处及批发所而已"④。不过,"值得一提的是中卫附近的宁安堡",已经发展成"城内有大小商号四百三十余家,为北路羊毛集中之地"⑤。同时,"民国时期宁夏有着比较好的农村市场体系,因其生产皮毛、食盐、药材等,形成了许多专业市场"⑥。石嘴山、吴忠和中卫更是在皮毛贸易中兴起的代表性城镇,宁夏城也因皮毛贸易得以迅速扩张。⑦ 现将宁夏建省前后的城乡市场状况分述如下。

一、区域中心市场

第一个区域中心市场:宁夏城(今银川市)。宁夏城市场在明清时期就已经有较大的发展,至迟到弘治时期,当时的宁夏城就已经有了羊肉市、靴市、鸡鹅市、巾帽市、杂粮市、猪羊肉鱼市、米麦市、猪羊市、骡马市、柴市和杂货市等处市场。⑧ 到乾隆时期,作为府城的宁夏,"商贾并集……蕃夷诸货并有",有"四牌楼、米粮市、羊市、炭市、猪市、东柴市、西柴市、骡马市、碴子市、青果市、番货市、旧木头市、新木头市、故衣市、麻市、箱柜市、蔴生市"⑨等17处市集,专业化趋势更加明显。清代全盛之时人口达10万人以上,⑩街市之繁盛,远过于兰州、西宁。⑪ 全市计有大小商号

---

① 谷苞主编:《西北通史》第五卷,兰州大学出版社,2005年,第204页。
② 《宁夏增设县治多困难》,《西北导报》1937年第3卷第4期,第22、23页。
③ 樊如森:《民国时期西北地区市场体系的构建》,《中国经济史研究》2006年第3期,第158—167页。
④ 胡平生:《民国时期的宁夏省》,台湾学生书局,1988年,第258页。
⑤ 胡平生:《民国时期的宁夏省》,台湾学生书局,1988年,第259页。
⑥ 黄正林:《民国时期宁夏农村经济研究》,《中国农史》2006年第2期,第78、89页。
⑦ 胡铁球:《近代西北皮毛贸易与社会变迁》,《近代史研究》2007年第4期,第91—108页。
⑧ 弘治《宁夏新志》卷一,宁夏总镇,市集,弘治十四年刻本。
⑨ 乾隆《宁夏府志》卷六,建置,坊市,乾隆四十五年刻本。
⑩ 张其昀:《甘宁青三省之商业》,《方志月刊》1935年第8卷11、12期合刊,第9页。
⑪ 汪公亮:《西北地理》,正中书局,1940年,第221页。

800余家,每年的贸易额高达3 000余万两。① 同治之乱使其商业大为衰落,不过民国后渐有恢复。至1918年,宁夏城年输出"皮张(含老羊皮、黑羊皮、牛皮)约千担,每担三百六十张……羊毛一千余万斤……驼毛、羊绒四十万斤……输入各货,约一万三四千担……通过货物约七千担,东来者以洋货为大宗,西来者以皮毛为大宗",当时"宁夏全城,计二千三十户,共男女一万九千口……大小商店三百二十五家"。② 1926年版的《朔方道志》所记宁夏城市集与乾隆志同,仍为17处。③ 1935年左右,共有商号428家,其中在商会者268家,不在商会者160家。④

  第二个区域中心市场:吴忠堡。吴忠堡系灵武县属巨镇,在县城东南40里,当金积、灵武两县之要冲,地濒黄河,为水陆交通孔道,其商业之盛,时人认为它甚至"远过县城,仅次于省城,为本省第二商埠",1928年遭匪抢劫,损失达300万元以上,1929年后才逐渐恢复。⑤ "抗战前十三年时间,吴忠地区(包括金积、灵武)能从外地进货的商户达三十多家。据旧商会不完全统计,资金在二十万白洋以上两家……资金在十五万元到二十万元的有五家……资金在十万元至十五万元的有'谦益店'、'振兴永'(马五州)、'天益合'、'富顺安'等。十万元以下有十余家。"⑥ 由于商业的繁盛,以致在20世纪20年代被时人称为"宁夏的上海",有人甚至说:"吴忠堡虽属一小小集镇,但商业之盛,甲于全省。"⑦ 1934年左右,吴忠堡共有大小商户40余家,共有资本约100万元。⑧ 抗战期间,由于河东走私,至吴忠堡繁荣一时,⑨ "自包绥沦陷,北道交通断绝以来,石嘴山、黄渠桥已极萧条。货物皆改道宁平路,由平凉运输。更有少数商贾以吴忠堡为其根据地,组织驼队,冒险由蒙古草地至包头偷运仇货入境,以图重利。数年以来,吴忠堡一跃而为全省之商务重镇"⑩。当时,全镇人口约3 000人,为河东各县之冠,其繁荣程度甚至有凌驾省府而上之势。⑪ 吴忠堡的发展从地方志记载的变化上也可见一斑,在乾隆《宁夏府志》卷六"坊市"中所记吴忠,"市集一处,每逢三六九日交易",此外再无涉及吴忠市场之字句,所提"集市之盛,殆与州邑"的乡村集市只有"灵州之花马池、惠安堡、中卫之宁安堡"等。而到民国间修《朔方道志》时,编者已经注意到了吴忠堡的崛起,卷五"建置志·市集"所载吴忠堡不仅"列肆数十处,三六九日交易,逢集至者骈肩累足,极为繁盛",而且"当孔道通商贩,虽难与郡城并论,而市集之盛要,亦不在自郡以下矣"。

---

① 郑恩卿:《最近宁夏商业金融概况》,《中行月刊》1936年第11卷第3期,第24页。
② 林竞:《蒙新甘宁考察记》,甘肃人民出版社,2003年,第56页。
③ 冯福祥等编:《朔方道志》卷五,建置志下,市集,1926年排印本。
④ 胡平生:《民国时期的宁夏省》,台湾学生书局,1988年,第256页。
⑤ 叶祖灏:《宁夏纪要》,正论出版社,1947年,第29页。
⑥ 李凤藻:《解放前的宁夏商业》,《宁夏文史资料》第22辑,宁夏人民出版社,1999年,第214、215页。
⑦ 范长江:《中国的西北角》,新华出版社,1980年,第195页。
⑧ 傅作霖:《宁夏省考察记》,正中书局,1935年第12页。
⑨ 黄凤:《宁夏纵横谈》,《西北通讯》1946年第1卷第2期,第28页。
⑩ 胡希平等编:《宁夏省荒地区域调查报告》,农林部垦务总局,1941年。
⑪ 叶祖灏:《宁夏纪要》,正论出版社,1947年,第45页。

第三个区域中心市场：中卫县城。中卫县城在乾隆时期有"市集二处"，"花布店，牙贴一张；烟油店，牙贴一张；山货店，牙贴一张"，①道光时增加"斗行四名，牙贴四张"②。民国初期，中卫"内外列肆而南关尤盛"，有"商店大小二百余家，较大者只有十余家。洋广杂货由宁夏运来，年约十余万两，直接由天津运来者二三万两。近年因运粮食往包头销售，亦由该处运入一二万两。白布来自陕西三原，岁千余捆，每捆价三十余两。纸、铁由西安来，约一万余两。输出枸杞一千四五百担，每担二百四十斤。甘草千余担，皮毛二百余万斤。红枣二千数百担，每担十斗，每斗四十斤，每担价约十吊。大米七八百担，梨、桃千余篓"③。据统计其输出商品的价值中有70％为皮毛类，因此，"中卫依然是一个以皮毛输出为核心的商镇"④。而其商业之繁盛，以致时人认为它是"宁省南部商业中心"、"宁夏南部商业政治中心"。⑤当时，"连接东西两门的东西两条大街（以鼓楼为界），街面宽约三四间，两旁商铺鳞次栉比，十分繁华，多为皮毛、布匹商，杂货商等"⑥。据载，当时县城主要的商铺有40余家，资金约80余万元。⑦不过抗日战争爆发后，中卫县城集市渐衰，至1949年濒于半凋敝状态，每日上市仅数百人次。⑧

第四个区域中心市场：中宁县城（宁安堡）。该地本为中卫县河东辖地，1933年析中卫县东部另置中宁县，遂改属中宁，且为县治所在地。在乾隆时期，旧宁安堡有"市集一处"，时"集市之盛，殆与州邑"，⑨拥有"斗行两名，牙贴一张"⑩。到民国年间，"宁安堡，列肆数十处，近驻电局、邮局、征收局，交易甲于各堡"⑪。其时，宁安堡"临黄河东岸，舟楫航行便利，市肆栉比，商贾繁茂，城内有大小商号三百四十余家，居民二千六百余户，为北路羊毛集中之地，有专收羊毛行四家，自昔为宁夏平原南部重镇，近自划为中宁县治，又成全邑政治重心，较前益呈繁荣"⑫。其"农产除杂粮、罂粟外，以产枸杞最丰，每年产额约在一千五百担左右（每担二百四十斤），每斗价值自三十元至八十元不等……全年农业副产所值，不下三十余万元"⑬。其繁荣程度不下于中卫县城，因为"中卫县自将河东地分设中宁后，大部分膏腴，尽划归中宁，所遗河左岸之地，因适当贺兰山缺，阿拉善大戈壁之流沙，狂暴不时由西北袭来，以致地多沙砾，收获不畅，故年来中卫县财政支绌，倍感拮据，反之远逊中宁"⑭。

---

① 乾隆《中卫县志》卷三，贡赋考，税课，乾隆二十六年刻本。
② 道光《续修中卫县志》卷三，贡赋考，税课，道光二十一年刻本。
③ 林竞：《蒙新甘宁考察记》，甘肃人民出版社，2003年，第65页。
④ 胡铁球：《近代西北皮毛贸易与社会变迁》，《近代史研究》2007年第4期，第91—108页。
⑤ 孙翰文：《宁夏地理志》，《西北论衡》第5卷第6期，1937年6月，第25页；自强：《中国羊毛之探讨（续）》，《新青海》第2卷第11期，1934年12月，第12页。
⑥ 任德山译：《新修支那省别全志》（宁夏史料辑译），燕山出版社，1995年，第57页。
⑦ 傅作霖：《宁夏省考察记》，正中书局，1935年，第12页。
⑧ 中卫县方志编委会编：《中卫县志》，宁夏人民出版社，1995年。
⑨ 乾隆《宁夏府志》卷六，建置，坊市，乾隆四十五年刻本。
⑩ 乾隆《中卫县志》卷三，贡赋考，税课，乾隆二十六年刻本。
⑪ 冯福祥等编：《朔方道志》卷五，建置志下，1926年排印本。
⑫ 窦震寰：《宁夏省南境门户之中宁县概况》，《边事研究》1937年第5卷第6期，第17页。
⑬ 陈赓雅：《西北视察记》，甘肃人民出版社，2002年，第96页。
⑭ 窦震寰：《宁夏省南境门户之中宁县概况》，《边事研究》1937年第5卷第6期，第17页。

第五个区域中心市场：石嘴山。原名"石嘴子"，乾隆时有"市集一处，每逢初一、初十、二十日交易"①，这种集期安排一直延续到民国。同时，因其扼据皮毛贸易交通要道，故而近代以来发展步伐迅速加快，成为西北地区重要的皮毛中转市场，相继设立了许多洋行专营皮毛，"各行专在甘、青一带收买皮毛，集中于此，待梳净后，包装，以骆驼或木船载赴包头。岁约皮百万张，毛三千万斤左右。此间，黄河有木船七百余只，往来包头、中卫之间。……下水多运皮毛、甘草、枸杞、麻之类，上水则运洋货、糖、茶、土瓷等"②。而各大洋行除在石嘴山设行外，还在临近牧区的小城市设"庄"，作为其在各地的收购网点，据回忆，这张网络至少覆盖了宁夏全省，以及内蒙古、青海和陕西的部分地区，几乎囊括了全部西北产毛区，因此，当时可谓"商贾辐辏，贸易繁盛，行商络绎，船驼麋集"③。民国初期，时人考察了解到当时石嘴子有"商店大小二十余家，有巨商三四家，专营蒙古贸易"④。不过，到1920年后，外国洋行开始逐渐收缩，至1926年全部撤完后，石嘴山的皮毛集散中转作用逐渐减弱，市场随之衰落。"抗战爆发后，天津、包头等地相继沦陷，西北地区对外皮毛贸易通道改从兰州、新疆出口苏联、欧美市场了。石嘴子更加萧条破败，解放前的石嘴子不过是一个仅千余人的破落小镇。"⑤

表 3-6-7　宁夏主要城镇市场状况表

城镇名称	晚清	20世纪20年代	20世纪30年代	抗战爆发后
宁夏城（今银川市）	商号800余家，年贸易额达3 000余万两	商店325家	商号428家	—
吴忠堡	—	商户30多家，资本300余万元，时人称为"宁夏的上海"	商户40余家，资本约100余万元	因走私繁荣一时，人口约3 000人，为河东各县之冠，其繁荣程度甚至有凌驾省府而上之势
中卫县城	—	大小200余家，较大者只有10余家，年输出的商品价值约为3 214万两（据胡铁球估计）	商铺有40余家，资金约80余万元	1949年濒于半凋敝状态，每日上市仅数百人次

---

① 乾隆《宁夏府志》卷六，建置，坊市，乾隆四十五年刻本。
② 林竞：《蒙新甘宁考察记》，甘肃人民出版社，2003年，第49页。
③ 刘廷栋：《外国洋行在石嘴山》，《宁夏文史资料》第20辑，宁夏人民出版社，1997年，第168页。
④ 林竞：《蒙新甘宁考察记》，甘肃人民出版社，2003年，第49页。
⑤ 赵天福：《宁夏市场变迁(1368—1949)》，陕西师范大学2008年硕士论文，第43页。

续 表

城镇名称	晚　清	20世纪20年代	20世纪30年代	抗战爆发后
中宁县城（宁安堡）	—	列肆数十处,交易甲于各堡	商号340余家,居民2 600余户	—
石嘴山	岁约皮100万张,毛3 000万斤左右。木船700余只	商店大小20余家,有巨商三四家	—	仅千余人的破落小镇

（资料来源：详见前文所引相关材料的参考文献。）

综上可见,宁夏的几个主要城镇虽曾一度辉煌,但在民国时期各城镇发展的巅峰时期其实有所错开。由表3－6－7可见,在20世纪20年代,宁夏主要的中心市场有宁夏城、吴忠堡、中卫县城、石嘴山四个,而到30年代,石嘴山因各外国洋行撤走和战乱祸及而衰落下去,宁安堡却因划为中宁县治,"成全邑政治重心,较前益呈繁荣",其商号达到340余家,甚至远远超过中卫县的数量。因此,这一时期的主要中心市场乃是宁夏城、吴忠堡、中卫县城、中宁县城等。

此外,在北部以转运皮毛为主的磴口,历来为汉蒙贸易中心。尽管受同治回民起义的冲击甚大,但"乱后渐次招聚,居民约百六十余家","市街有商店二十家,皆事蒙古贸易,内有栈房四家,专为运转东西货物者。全市贸易额约二十余万。米、面、油、茶砖、酒、洋布、粗布为大宗","磴口有木船,专往来于宁夏包头间,装运皮毛、木料、煤炭、洋货、布匹、粮食之类"。①

二、基层初级市场

目前关于民国时期宁夏基层市场的史料极为匮乏,时人称宁夏除"郡城人烟辐辏,商贾骈集,闤柜纷列,货物杂陈,夙称西陲一大都会。其余各属,地小而僻,多就通衢贸易街市,故不分载。各堡寨距城稍远者,或以日中市,或间数日一市,或合数堡共趋一市,大抵米面油盐鸡豚日用之物而已"。② 因此,据统计,宁夏、宁朔、中卫、平罗、灵武、金积、镇戎等八县的主要集市,总共只有33处(包括县城)。其中,常市14处,旬三集14处,旬一集2处,其他未详集期者3处。

由此可见,宁夏各县城的集市发育程度较低,但高频度的开市日期弥补了数量上的不足。不过,据民国《朔方道志》的记载可以发现,各县城在全省市场体系中的地位并不高,只有宁朔县、金积县之县城为逐日交易;而灵武县城虽逢一、四、七日贸易,列肆数十处,但从集期密度上看却逊于横城的逐日交易,从市面繁荣程度上

---

① 林竞:《西北丛编》,神州国光社,1931年,第66—68页。
② 冯福祥等编:《朔方道志》卷五,建置志下,市集,1926年排印本。

看也不及吴忠堡;镇戎县城逢三、六、九日交易,而其周边的韦州堡、同心城、豫王城却均为逐日交易;而平罗县城集期密度更低,仅逢二日交易。可见,以上所列各县城的市场实际上与乡村集市相差无几,属于基层的初级市场。

当然,随时间的推移,各县县城的发展水平又再次表现出明显的差异性。如到30年代,灵武县城仍仅"为临近一带之农产物集散地",而平罗县则已成为"羊毛集散地,凡甘新青各省之羊毛,咸集于此,然后运往包头至天津出口,兽皮、甘草由此输出者甚多,近来各国洋行来此采购羊皮羊毛者,络绎不绝,并都在城内设有分行"①。

乡村集市的资料记载向来比较匮乏,而且从全国范围来看,乡村集市也具有较大的变动性。② 这种现象在宁夏同样存在,这从下文所举若干资料即可见一斑。

例如:金贵堡,集日为"三、六、九",1937年迁至保家户,集日改为"一、四、七",是沟通银川市郊区通贵、掌政、大新以及习岗等地商贸的集散地,又是以回族为主的回汉族共同交往的集市。李刚堡,在清嘉庆年间,有居民230户,920多口人,设有商店、饭馆、车行、烟馆等10多家,原为逐日交易,后定集日为"二、五、八",周围50里以内的群众多以粮食、牲畜、煤炭、皮毛等在此交易。常信集市,原在洪广营,列肆10余处,逐日交易。民国初年,移至常信堡,集日为"一、四、七",市面比较繁荣。东街有碳市,西街有骡马市,南街有米粮市,十字街口东西南北全部是菜市。③

宁朔县的李俊堡集市"原在李俊金塔东北,面积3亩余,1926年,改迁到国民兵训练的西操场,面积5亩余,以后随着商贸的发展,两地都为市场,总面积10亩余。1941年,又从东边现在供销社家属院处开辟一条街市,长百余米,1944年,在集市从事手工业人员200余户、400余人"。而纳家户、通贵、唐铎堡等地,则是由"群众自发集中贸易,时断时续,不稳定"。④

再如中卫县,1935年前,县内已形成固定并有一定规模的集市有县城、柔远、新墩、莫家楼、镇罗、宣和、永康、常乐堡和下河沿9处,商贾400余家,斗行、牙行31处。⑤

另外,在乡村市场体系中不容忽视的一点是遍布各地的固定店铺。比如林竞先生在1918年至1919年的考察记中所记宁夏地区的就有:李刚堡,居民80余家,商人10余家;杨合堡,商店10余家,民居附近约1000户;王洪堡,有商店2家;叶升堡,堡内居民80余家,商店数家;沙坡驿,俗称沙坝头,小店2家,居民五六家;长流水,有店3家;干塘子,有店2家;营盘水有店3家。⑥

---

① 孙翰文:《宁夏地理志》,《西北论衡》第5卷第6期,1937年6月,第18—26页。
② 这在学界已有诸多相关成果,在此不再赘举。
③ 贺兰县志史编纂委员会编:《贺兰志》,宁夏人民出版社,1994年,第241页。
④ 永宁县志编审委员会编:《永宁县志》,宁夏人民出版社,1995年,第212、213页。
⑤ 中卫县县志编纂委员会编:《中卫县志》,宁夏人民出版社,1995年,第409页。
⑥ 林竞:《蒙新甘宁考察记》,甘肃人民出版社,2003年,第51—70页。

综上所述,在20世纪二三十年代的宁夏,已经初步具备了一个由中心市场和基层市场共同构成的市场体系。这个体系在20年代主要以宁夏城(今银川市)、吴忠堡、中卫县城、石嘴山等为中心,到30年代则主要以宁夏城(今银川市)、吴忠堡、中卫县城、中宁县城(宁安堡)等为中心。在中心市场以下,则围绕它们,由各县县城、主要的乡村集市及散布各地的店铺共同构成了一个基层的市场网络。但从稳固性及其分布情况上看,到20世纪二三十年代,宁夏的城乡市场体系实际上尚不完善。据民国《朔方道志》所记各县集市,对照民国中期的地图,可以发现它们主要分布在黄河沿岸一带,其他地方都非常稀疏(见图3-6-1),呈现出明显的不均衡状态。

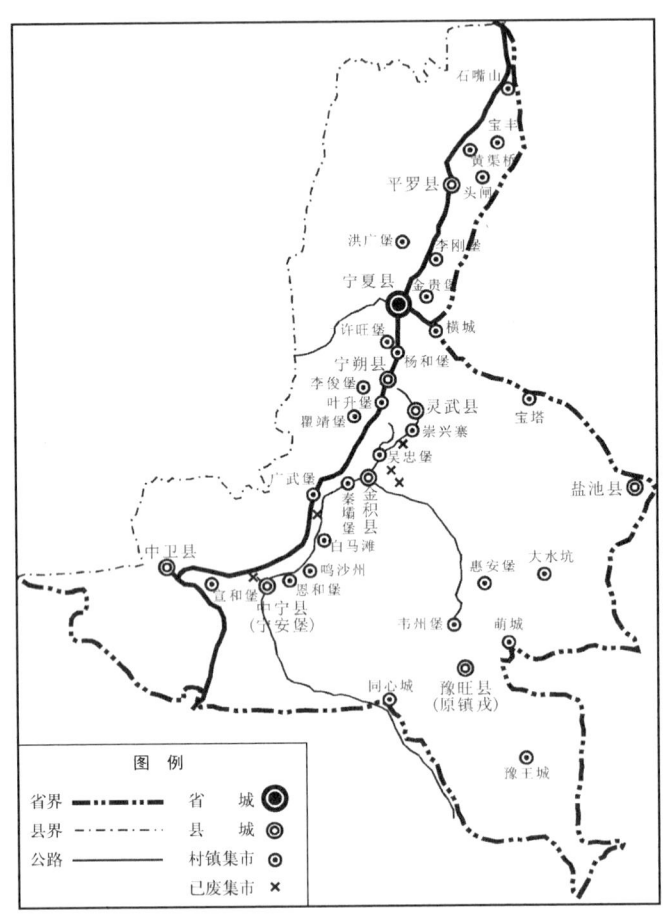

图3-6-1　20世纪20年代宁夏集市分布图

说明：1. 底图据1937年军事委员会军令部陆地测量总局编绘"宁夏(1∶100万)",并参照1933年参谋本部陆地测量总局编绘"宁夏县(1∶10万)"、"阳和堡(1∶10万)"等地形图。2. 本图范围为宁夏、宁朔、平罗、金积、豫旺、盐池、灵武、中卫八县,其中盐池县资料不全。

(资料来源:乾隆《宁夏府志》和1926年《朔方道志》。)

三、宁夏城乡市场结构的影响因素分析

一个区域城乡市场结构的形成乃是多种因素共同作用的结果,自然条件、交通条件、外部市场、民族交往、社会动荡、战争灾难等都是考察其成因时必须充分考虑的影响因子。但在不同区域,各种因子所起的作用又有所不同,就近代甘宁青地区而言,其市场的数量和规模自同治以来都在走向衰退的主要原因有周期性的社会动荡、自然灾害和军阀横征暴敛等因素。① 此外,军权政治体制下的地方政府在宁夏城乡市场发展变化过程中所起的作用更应该引起重视。

由于近代以来中国所处的特殊历史阶段,使得中国近现代史的研究往往受制于由"西方中心观"而衍生出来的诸如"传统—现代"、"冲击—反应"等模式的影响。虽然学界已经对此进行了多方的反思,但即使后来一度流行的"现代化叙事"模式也无法完全摆脱其中的影子。而在"现代化"的研究视角之下,正如认为"20世纪上半叶甘宁青的早期现代化运动,无疑也属于'次发外生'的外源型范畴"②一样,论者比较注重外部因素对于区域市场结构的影响,如国内外市场对皮毛的需求,天津开埠对西北市场的辐射等,而对在西北地区现代化过程中起到重要推动作用的主导力量——地方军阀集团——在其间所扮演的角色往往有所忽视。

然而,在民国时期,甘宁青分省乃是西北社会的一个突出事件,它"在相当大的程度上也是对马家军阀划地为界、割省自雄既成事实的默认"③。宁、青两地的建省,不仅对于地方政治的转变起到了较大的促进作用,同时,正如罗兹曼所言"中国通过在政治上的决断可以达到某些方面的现代化",在当时国内现代化潮流的冲击以及"开发西北"运动的感召下,宁、青的地方军阀都推行了许多新的政策和措施。在宁夏,独立建省之后尤其是马鸿逵主政的十几年中,可谓是处于一种军阀政治体制之下,但与此同时,国民党中央政权又在边疆危机和开发西北呼声高涨的情况下极力将中央的权威向西北进行延伸。在中央与地方的权力交织过程中,又掺杂着政府与地方社会的互动,这对宁夏城乡市场的发展而言,意味着一个新的社会环境的出现。

在这个新的环境中,中央政府、地方政府和民间势力在同一利源上往往存在难以调和的矛盾。从现存资料可知,马鸿逵在主政宁夏后,利用手中特权和军事实力,对中央和民间的资本进行了大力的排挤。因此,虽然中央的政策能在一定程度上影响到宁夏的市场发展,比如国民政府一度利用特权要将利权收归中央,这一度使得吴忠堡的商业衰落,然而却因此使吴忠堡走上了走私贸易的道路,从而造就了民间资本的新的生存空间。但是,相比之下,宁夏省政府所出台的许多措施对宁夏城乡市场结构的影响要更大一些。

---

① 黄正林:《近代甘宁青农村市场研究》,《近代史研究》2004年第4期,第123—156页。
② 许宪隆:《诸马军阀集团与西北穆斯林社会》,宁夏人民出版社,2001年,第83页。
③ 许宪隆:《诸马军阀集团与西北穆斯林社会》,宁夏人民出版社,2001年,第70页。

比如,宁夏自建省后在行政区划方面一度进行了大范围的调整,特别是在1933年和1941年两年划大县为小县,增设县市,迁移县治,这在一定程度上对宁夏城乡市场结构产生了影响。比如中宁县的增置,使得原来经济已有较大发展的宁安堡又成为一县之政治中心,而中宁又尽得原中卫"大部分膏腴"之地,因此宁安堡一度成为宁夏南部的中心市场。再如,谢岗堡(今习岗)原本无集市,直到1941年县政府迁移至此后,才"始有摆摊设点、开饭馆、跑运输的生意人,支应包兰公路的过路人和公差人,定集日为'三、六、九'",当然其"集市不大,逢集也不足200人"。①

其次,地方政府的专卖政策也是重要的影响因素之一。在这一方面,民国时期的宁夏突出表现在鸦片专卖和土特产专卖。宁夏一度出现大面积的鸦片种植,其"农场作物,罂粟约占35%"②,"这种畸形的农村经济结构,使部分农民除了鸦片之外,几乎没有其他农副产品拿到集市上去卖。……因此,一些集镇变成了鸦片市场"③。马鸿逵主政后出台了"禁烟"的一些政策,鸦片垄断专卖成为其重要手段之一。禁烟的结果虽使私烟大大减少,然而后来由于"寓禁于征",抽取"烟亩罚款"及"懒捐",以致农民不得不种植鸦片,因为有限的土地上栽种稻、麦等农作物,已不足以偿公家所缴之费款,只有种罂粟尚可借以抵补。④比如宁夏县的通贵堡,"此间天地,可灌唐渠之水,质味膏腴,产量素丰,普通地价每亩六十方丈,值价百元,此则称'能种鸦片之上上地',若仅可种粮食,则贬价六十元矣"⑤。因此,大量的农民因不堪重负被迫辍耕离村,比如"平罗县黄渠桥镇分为东南西北四甲,共有355户,1934年一年的工夫逃走了105户,其中南甲原有48户,逃走41户,只剩7户。黄渠桥还不是最严重的。平罗县的上鬼堡、下鬼堡逃户之多竟达到十室九空的地步"⑥。这使原本基础就不是很牢固的乡村集市更是雪上加霜,更别说进一步发展了。

除此之外,对土特产品(皮毛、药材、土碱等)的统制、⑦对财政税务的整顿、对内对外贸易的垄断等也都间接地影响到城乡市场的发展。这从宁夏社会的整体面貌即可见一斑,时人曾言:"宁夏五宝的红(枸杞)、黄(甘草)、兰(贺兰砚)、白(滩羊皮)、黑(发菜)等,或者因受银行统制而萧条,或者因受各种环境的影响而停滞,以致行销南北之宝藏,竟由窒息而消灭,诚为可惜之至。至于皮毛的出产,更是日趋没落!过去政府曾一度提倡纺织业,而办理情形则太惨了。他如造林修路,太注重门面化,离实际尚远。"⑧

综上所述,在建省前后,宁夏已初步形成了一个由中心市场和基层市场共同构建的城乡市场体系。这一体系首先受到黄河水道和沿河道路的影响,因此主要的

---

① 贺兰县志史编纂委员会编:《贺兰县志》,宁夏人民出版社,1994年,第241页。
② 陈赓雅:《西北视察记》,甘肃人民出版社,2002年,第73页。
③ 黄正林:《近代甘宁青农村市场研究》,《近代史研究》2004年第4期,第123—156页。
④ 刘洪:《民国时期甘宁青地方军阀与鸦片》,西北民族大学2006年硕士论文。
⑤ 陈赓雅:《西北视察记》,甘肃人民出版社,2002年,第71页。
⑥ 高树榆:《昔日宁夏漫谈》,宁夏人民出版社,1979年,第47页。
⑦ 钟银梅:《马家军阀专制时期的甘宁青皮毛贸易》,《宁夏史志》2007年第3期,第37—41页。
⑧ 马福龙:《一个宁夏人的希望》,《西北通讯》1948年第3卷第10期。

市场网点大多分布于沿河两岸。值得注意的是,在这一条带状分布的网点中,出现了一些在集期上相互补充的集市群,如平罗县的头闸(一四七日集)、宝丰(二五八日集)和黄渚桥(三六九日集),宁朔县的瞿靖堡(一四七日集)、李俊堡(二五八日集)和叶升堡(三六九日集),灵武县的县城(一四七日集)、崇兴寨(二五八日集)和吴忠堡(三六九日集),中宁县的鸣沙洲(一四七日集)、白马滩(二五八日集)和恩和堡(三六九日集)等都是以互补的群体形式出现。可见,水陆交通条件对宁夏城乡市场结构的影响是非常明显的。而地处省界边缘的石嘴山、横城、宝塔等得以发展到逐日交易水平的一个重要原因,则是因为延续了明清以来边口贸易的优势。另外,石嘴山和吴忠堡虽曾一度发展到能辐射全省乃至省外部分地区的水平,但从其所吞吐商品的种类上看,二者的发展很大程度上是受益于西北地区专业性商品的生产和销售路线的选择。而在市场内部结构的调整中,带有浓厚军权政治体制色彩的地方政府在其权力执行过程中的各种政令和措施又起到了较大的影响。

第三节 近代青海的城乡市场格局

民国时期,"青海商业以西宁等地为中心,凡汉藏货物,莫不总汇其地,而湟源尤盛。天津客商,收买皮毛,输入茶糖布匹洋货者,亦盛集于此,再分销于各地","蒙藏人民贸易,因无常设之商店,多按定期在一定地方集市。以岁言,北部蒙人,每年秋冬二季,定期至湟源、齐源、大通一带集市,春夏二季,则定期在本境内集市,数百里间,皆来赶集,就旷野为市场,物贵者蔽于帐,物贱者曝于外,器物杂陈"。①尽管由于"偏远封闭的地域交通局限、纷乱的时局影响、落后的农牧经济的制约、根深蒂固的宗教文化习俗的牵制等"②,商业总体发展水平不尽如人意,但是作为新建不久的省份,青海仍然大体上形成了省域中心市场—区域中心市场—县级中间市场—乡村初级市场等多层次的市场网络体系。

一、省域中心市场的形成

西宁作为青藏高原的东门户,早在清代中期城内就形成了"粮面市、菜果市、骡马驴市、柴草市、石煤市、石炭市"等专业性市场。③自清代至民国,西宁一直是青海重要的贸易市场和商品集散地。"湟源、贵德、鲁沙尔、上五庄、大通等地收购的皮毛、药材都集中在西宁,沿湟水用皮筏运往他处。从兰州一路运入的布匹、茶叶等日用品,也由西宁分转各县和牧业区。"④

在输出的商品中,皮毛是最大宗的货物,仅兽皮、羊皮等"每年的贸易总额不少

---

① 马鹤天:《西北考察记(青海篇)》下卷,正中书局,1936年,第209—210页。
② 马安君:《民国时期青海城镇市场述论》,《西藏研究》2008年第3期。
③ 乾隆《西宁府新志》卷九,乾隆十二年刻本。
④ 马安君:《民国时期青海城镇市场述论》,《西藏研究》2008年第3期。

于青海市 50 万元"①。西宁为中国最佳羊毛之贸易中心,时称"西宁毛",因其纤维之长及线细显著,特别适合于欧美之出口,因此输出量极大,据俄商克拉米息夫估计,西宁毛可输出量达 100 万担。② 除皮毛外,青海经西宁输出的商品还有药材、木材、菜子油等土特产品,而且数额巨大。就连青海湖中的"湟鱼","冬夏两季取之",也是"售于西宁,然后转运兰州一带"。③ 当然,这些货物大部分都是东向输往兰州、张家口、天津、北平等地(见表 3-6-8)。

表 3-6-8　1941—1948 年经西宁东运货物平均运出数量表

品　名	数　量	运往地区	品　名	数　量	运往地区
羊毛(担)	60 000	张家口、北平、天津	驼毛(担)	700	兰州
羊羔皮(张)	300 000		鹿茸(架)	800	张家口、北平、天津
老羊皮(张)	80 000		麝香(枚)	2 000	
狐皮(张)	3 000		大黄(担)	2 000	
猞猁皮(张)	800		虫草(市斤)	1 700	
狼皮(张)	1 700		甘草(担)	1 000	
豹皮(张)	100		沙金(两)	70 000	兰州、宁夏
熊皮(张)	150		硼砂(担)	300	山西、绥远
狗皮(张)	3 000		菜子油(担)	5 000	兰州
野牛皮(张)	3 000		木材、羌活、党参	—	

(资料来源:《西宁商业志》,物价,兰州大学出版社,1990 年,引自勉为忠:《近代(1895—1949)青海民间商贸与社会经济的扩展》,中央民族大学 2009 年博士论文,第 34 页。)

从输入商品的来源看,西宁的经销网络十分广泛,其过载的商品除邻近的甘肃、宁夏、西藏、陕西、新疆等省的货物外,来自天津、上海、河南、河北、安徽等中东部省市的特色商品也很多,还有许多来自日本、俄国、英国等的洋货(见表 3-6-9)。

表 3-6-9　西宁过载店来自省外及国外的主要商品

产　地	商　品
苏杭	绸缎
津沪	斜布、市布、扣布、百货、烟、糖、日用五金制品等
陕西、山西、河南	土布、麻、西安的文具、白方纸、五色彩花纸,陕西三原和山西的各种口径的铁锅、柿饼

---

① 汤逸人:《西北皮毛业之现状及其前途》,《建国月刊》1936 年第 15 卷第 6 期。
② (俄)克拉米息夫著,王正旺译:《中国西北部之经济状况》,商务印书馆,1934 年,第 32 页。
③ 康敷镕:《青海记》,《青海方志资料类编》,青海人民出版社,1987 年,第 332 页。

续　表

产　　地	商　　品
河北安国、安徽亳县、陕西汉中、四川成都	中药材、调料、贡川纸、绣花丝线、花生
甘肃	天水、临洮的蜂蜜,成县、礼县、会县的改山纸、黑白纸、麻纸,连城的各种竹制品,河西走廊的木碗、木勺、蓬灰、棉花,兰州的水烟丝和烟叶,窑街的焦炭和粗瓷缸、盆、罐、瓶
湖南	砖茶、茯茶
广东	小商品
宜兴、唐山、景德镇	各种精致瓷器
宁夏、新疆、西藏	各种粮、谷米、大米、糯米、各种豆、瓜子、核桃、红枣、芝麻、胡麻,铜灯、哈达、手火炉、香、蜡、黄表、鞭炮、藏靴、藏刀、车马挽具,毯子、葡萄干、哈密瓜干、藏斜、氆氇、各种金银首饰
英、印度	洋瓷器(菜盒、锅、碗、勺)、洋斜布、洋缎、洋线、鱼油、蜡、纸烟
俄国	帽子皮、呢绒布、坎布
日本	花织贡呢、洋线、粗线、色川布、改连纸、甲罗绸

(资料来源:任景民:《西宁的过载行业》,《西宁城中文史资料》第二辑,1990年,第130页。)

由表3-6-8和表3-6-9可见,西宁的辐射范围已经不仅仅局限于青海一省,而是越出省域,覆盖了甘宁青新等西北地区乃至全国,从而成为真正意义上的省域中心市场。这种实力从其进出口商品的价值总额上就可以体现出来。据1929年县商会统计,西宁每年输入商品价值约620万银元,输出商品约1 550万银元。[①]此外,近代西宁商贸的发展与城市的成长还可以从其商号数量的变化上反映出来,1890年西宁的商号共有100余家,1920年发展到478家,1938年达到1 686家,1920年到1938年18年间增加了1 208家,[②]年均增长率达14%之多。而且这些商号的资本都相对较大,以食品业为例,1949年以前西宁食品业的主要商号有恒聚成、荣聚兴、福聚成、恒兴号、稻香村、忠信诚、新丰义、万盛马、文盛玉等52家,这些商号的资金都在1 000银元以上,恒聚成甚至达到5 000银元。[③]

二、区域中心市场的发展

湟源是河湟地区最重要的民族贸易市场,在清代嘉道年间曾是青海最大的商品集散地,每年进口货物价值达白银120万两,仅鹿茸一项就至1 700余架之多。[④]但是由于交通变化,"藏番之货,西泻于英吉利、印度之商;玉树远番之货,南泻于打

[①] 崔永红:《青海通史》,青海人民出版社,2002年,第682页。
[②] 勉为忠:《近代(1895—1949)青海民间商贸与社会经济的扩展》,中央民族大学2009年博士论文,第28页。
[③] 勉为忠:《近代(1895—1949)青海民间商贸与社会经济的扩展》,中央民族大学2009年博士论文,第32页。
[④] 周希武:《玉树调查记》,青海人民出版社,1986年,第140页。

箭炉、松、茂之商;蒙古、近番之货,北则甘、凉、瓜、沙,南则洮、岷、河州,无所不至"①,因此,近代以来湟源的集散功能大为降低,到光绪末年,来自牧区的货物总值约白银43万两,只及往日的1/3。不过,湟源每年商品的购销总额仍有白银80万两,②其市面上的商品种类也十分繁多,仅洋货就有"洋铁锅、洋火、洋颜色、洋纱、洋伞、洋巾花边、洋胰、洋药水、洋刀剪、洋瓷漆盘"③等。清末以来,皮毛贸易兴起后,天津洋行的代理人来青海设庄收购羊毛,多以湟源为大本营,每年集散羊毛总量在400万斤左右,约占青海全省羊毛输出量的一半(当时青海省每年出口的羊毛约占全国出口量的1/3)。④ 1924年,湟源集散的羊毛达500万斤,价值白银近100万两。在1929年前,"湟源县城大中小商号及手工业者,共达一千余户,资金总额亦在白银五百万两以上",号称"小北京"。⑤但1929年,湟源突遭河州马仲英屠城之难,大量商铺被毁。⑥ 20世纪30年代以后,政府又对皮毛等土特产品实行统制性经营,对羊毛等大宗商品征收土产和产销双重税,⑦以致湟源部分毛皮滞销,私营商业一蹶不振。至1949年,全县只有小商171户,从业人员256人。

结古地处青、川、藏三省交界处,自古以来便是内地与青藏高原商贸往来的必经之地,近代以来还承担了转输由西藏进口的英、印商品。尽管光绪中叶时,由于印度铁路修至印度大吉岭,结古的地位被一定程度的削弱,但英、印商品进入西藏后依然经由结古进入青海、四川等地。民国时期,尽管在结古定居的只有约200余户,商人多无铺面,但来此贸易的商人却很多,既有来自四川甘孜一带和西藏的藏族商人,也有山西、陕西、甘肃、四川、西宁等地的汉、回商人。随着洋货的输入,结古的商品种类更加丰富,既有洋斜布、洋缎、洋线、鱼油、蜡、纸烟等印度货,也有自印度转来的"帼子皮、呢绒布、坎布"等俄国货以及大量的洋瓷器(菜盒、锅、碗、盅勺之类)。⑧据考察,仅1937年5、6、7三个月,结古输出商品的总价值达52 987.8元,输入商品总价值则高达177 010.8元,入超约10余万元。⑨抗战期间,由于平津的沦陷,东来商路受阻,青海的民用物资更加借重于印度—西藏—结古一线的商路,因此又给了结古进一步发展的契机。但是,结古的市场规模仍然很小,1937年全镇共有手工业163户,997人;商业59户,176人;屠宰业9户,32人。⑩不过,尽管市场发育缓慢,但作为各游牧民族商品交换的必经场所和聚集地,结古在民族贸易

---

① 张庭修、杨景升纂:《丹噶尔厅志》卷五,宣统元年序刊本,《西北稀见方志文献》第2辑第55卷,兰州古籍书店,1990年影印,第848页。
② 周希武:《玉树调查记》,青海人民出版社,1986年,第95页。
③ 张庭修、杨景升纂:《丹噶尔厅志》卷五,宣统元年序刊本,《西北稀见方志文献》第2辑第55卷,兰州古籍书店影印,1990年。
④ 马赵珍:《近代青海的商业、城镇与金融》,《青海社会科学》2002年第5期。
⑤ 廖霭庭:《解放前西宁一带商业和金融业概况》,青海文史资料研究委员会编:《青海文史资料选辑》第1辑,青海人民出版社,1963年,第117页。
⑥ 郭凤霞、杜常顺:《论清代及民国时期丹噶尔(湟源)民族贸易与地方经济社会》,《青海民族研究》2010年第2期。
⑦ 魏晔:《民国时期青海湟源县商品贸易变化及原因分析》,《西安文理学院学报(社会科学版)》2011年第2期。
⑧ 周希武:《玉树调查记》,青海人民出版社,1986年,第95页。
⑨ 马鹤天:《甘青藏边区考察记》,商务印书馆,1947年,第394—399页。
⑩ 玉树藏族自治州概况编写组:《玉树藏族自治州概况》,青海人民出版社,1985年,第105页。

中的中转功能却是别处无法替代的。①

从城市的类型来看,湟源与结古实际上都是起源于宗教寺院的城镇,是青海小城镇"最具特点的一种类型"②。类似的情况在青海还有不少,比如位于西宁西南 25 公里处的鲁沙尔镇和黄南地区的隆务镇也都属于这一类型。藏传佛教格鲁派创始人宗喀巴的诞生地鲁沙尔就是由于"佛教圣地"塔尔寺的存在,因此成为"汉藏人交易市场,西藏商人每年携其所产来此与汉人交换。故市集虽不甚大,而一至贸易季节,交易甚盛"③。不过,在这众多的城镇中,只有湟源和结古因其特有的地缘优势,不仅成为本地区的商品集散中心,而且对省内其他区域也具有很强的辐射能力,甚至有了足够的辐射力将本省商品引向省内外乃至国际市场。

三、县域中间市场的发展

在早期,青海城镇的成长有不少是由于军事的需要,但是到了民国时期,"青海城镇的发展受经济发展尤其是商业发展的影响较大,城镇基本摆脱了对军事的依赖性,出于军事目的设立的城镇诸如鄂博城、永安城、察罕城等逐渐衰落"④。因此,在近代青海城乡市场体系中,除了上述因寺庙贸易成长起来的区域中心城镇外,还有一批是因军事城镇商业化而发展起来的商贸中心。比如,城关镇(大通县)、三角城(海晏)、河阴镇(贵德)、巴燕镇(化隆县)、浩门(门源县)、永安(门源县)、积石镇(循化县)等原来的主要功能都在于军事防御方面。但是,随着商业的发展,这些城镇也逐渐成为重要的中转市场。比如,贵德县城所在地河阴镇,到民国中期时就发展成为青南地区重要的皮毛集散地,其"商业贸易仅次于西宁、湟源,居青海第三位。据有关资料记载,1937 年前,贵德工商户最高就达到过 400 余户"⑤。

与此同时,作为行政中心的各县城在全省皮毛贸易的助力之下,也"具有相当的消费、生产和批发能力,不仅固定经营店铺增多,而且城镇市场无论在上市商品数额或是经商人数等方面均达到了相当规模"⑥。比如民和县的川口镇自 1930 年到 1954 年,商铺数量从 10 余家发展到 335 家。

表 3-6-10　川口镇商铺数量变化表

年　　份	1930 年前	1935 年前后	1941 年	1949 年	1954 年
商铺数(户)	10 余	50	70 多	275	335

(资料来源:民和回族土族自治县志编纂委员会编:《民和县志·商业》,陕西人民出版社,1993 年。)

---

① 马安君:《民国时期青海城镇市场述论》,《西藏研究》2008 年第 3 期。
② 段继业:《青海社会文论》,青海人民出版社,2001 年,第 108 页。
③ 崇阳:《西北巡礼》,《新亚细亚》1935 年第 10 卷第 1 期。
④ 张保见:《民国时期(1912—1949)青海商业及城镇的发展与布局述论》,《西藏大学学报(社科版)》2011 年第 1 期。
⑤ 解成林:《解放前贵德的工商业》,《青海文史资料集粹·工商经济卷》,2001 年,第 327 页。
⑥ 勉为忠:《近代(1895—1949)青海民间商贸与社会经济的扩展》,中央民族大学 2009 年博士论文,第 52 页。

这些县城与军事商业化后的城镇以及前述像鲁沙尔镇和隆务镇之类的大部分寺院型市镇，在青海城乡市场体系中起着上下连通的作用，承担着分销中心市场而来的商品和收购基层市场货物的功能。它的普遍兴起与发展对全省城乡市场体系的形成起了重要的作用。

四、基层初级市场的发展

集市作为市场层级结构中的最底层，往往是连接广大农牧区与外界市场的重要通道，其发展状况直接反映了一个区域的市场发育水平。近代以来青海农牧区的集镇有较快的发展，其一表现在数量的增加，其二表现在分布区域的拓展。据统计，青海在"清前期集镇数为5个，主要分布在河湟农业区；清末民初时增加到了14个，而且已经分布到了农牧交界的地区，分布范围比清前中期有了扩大；民国时期青海全省的集镇数大约已达80个以上，河湟地区包括农牧交界地区有68个，比清末民初时增加了54个，而且集镇跨过农区在牧区很快发展起来，共约有12个，集镇的分布范围进一步扩大"①。集市大多就设在这些集镇，民国时期由于政府的重视，青海的集市又有进一步的发展。当时，"马步芳以省主席身份巡视了化隆、循化两县。他认为甘都地处化隆、循化和同仁三县交通要冲，便以繁荣农村经济，便利民众贸易为名，决定在甘都成立集市"，"嗣后，以此为契机，青海省政府先后在西宁县境内的后子河、多巴、邦吧、平绒驿、大通县桥头、互助县张其寨、贵德县康杨镇、乐都县城、高庙、瞿坛寺设立集市"。② 这一时期，青海筹建的集市计有90多处。

此外，在牧区寺院举办的各种庙会、法会也起到了重要的补充，其数量也不在少数。比如玉树地区每年围绕寺院而进行庙会，从正月到十二月，在各个不同寺院之间进行轮换，连绵不绝。

表 3-6-11 玉树地区庙会时间和地点分布表

时　　间	寺　　院	时　　间	寺　　院
正月十二日至十五日	札武新寨、竹节喀耐寺、迭达庄、觉拉寺	五月十四至十五日	禅姑寺
二月十二至十五日	拉布寺、惹尼牙寺	七月二十七至二十八日	陇喜寺
三月二十八至二十九日	结古寺、歇武寺、朵藏寺	八月九月	结古大寺
四月初七至初十	称多东周寺	十月初七至初十	班庆寺
四月十八至十九日	竹节青错寺	十一月十五日	朵藏寺
四月二十八至二十九日	竹节寺	十二月十三至十五日	新寨
五月初七至初八日	拉布寺		

（资料来源：周希武：《玉树调查记》下册，商务印书馆，1920年，第29—30页。）

---

① 勉为忠：《近代(1895—1949)青海民间商贸与社会经济的扩展》，中央民族大学2009年博士论文，第55页。
② 程起骏、毛文炳：《青海解放前一些地区的集市贸易》，《青海文史资料选辑》第17辑，1988年。

综上所述,近代以来尤其是到了民国时期,西宁作为青海的省域中心市场逐渐形成,湟源与结古等区域性商业中心得到建设与发展,县域中级市场和基层初级市场从数量和区域分布上也都有较大的起色。不过,从遍布广大乡村的基层初级市场上看,农牧区的市场形式有明显的不同。"农业区的贸易一般以固定的城镇集市贸易为主,牧区则以传统的约定俗成的集会贸易和庙会贸易为主,玉树即为这种贸易形式的代表性地域之一,除结古外,各族无常设市场,有约定时间地点集会贸易的习俗。"[①]此外,从进出口商品的来源与销售地上看,也存在较大的空间差异,"出口的牧业产品和狩猎产品的主要产地为日月山以西、以南等地,矿产品以柴达木盆地和大通河、湟水、黄河流域沿岸为主要产地,粮油产于东部农业区。进口的茶叶、织成品及藏货主要销售于牧区,为蒙、藏民族所接受"[②]。总体而言,近代青海的城乡市场都得到了不同程度的发展,与外部(包括省外、国外)的联系也日趋紧密,从而逐渐融合到西北地区乃至全国的统一市场体系。

---

① 张保见:《民国时期(1912—1949)青海商业及城镇的发展与布局述论》,《西藏大学学报(社科版)》2011年第1期。
② 张保见:《民国时期(1912—1949)青海商业及城镇的发展与布局述论》,《西藏大学学报(社科版)》2011年第1期。

第七章　近代甘宁青银行与金融业的区域特征

近代以来,随着商品经济的发展,甘宁青的金融业也开始跨入从传统向现代的转变进程。在这一时期,不仅存在票号、钱庄、当铺等传统的金融组织与银行等现代金融组织相互交织的情况,也存在像官银钱局这种具有明显的封建性质又带有某些新式金融机构特征的情况。当然,甘宁青的金融业在近代以来的发展态势和全国类似,"原有金融机构经过一段时间的延续,便逐步走向衰落;新式金融机构则随着社会经济的开发与变化而产生和发展,并表现出了若干地域的特点"。① 但是,由于西北地区经济相对落后,因此导致了其金融业发展的滞后性,尤其是在九一八事变之前,当时"传统的票号、钱庄、当铺,依然是维系西北各地经济运转的主要金融机构"②。1931年九一八事变后,由于国民经济重心的内移,使西北金融业的发展迎来了新的契机,近代意义上的银行得到较快的发展。首先中央银行机构在西北逐步建立并迅速发展,形成了以"四行二局"为中心的金融网络体系,其次各省银行也纷纷成立并逐步完善,此外在部分地区还有县银行的成立和推广。③

第一节　传统金融组织的演变与空间差异

晚清时期,甘宁青的金融业主要是票号、钱庄和当铺。票号即票庄、汇兑庄,主要办理国内外汇兑和存放款业务,是为适应国内外贸易的发展而产生的。钱庄早期的业务主要是从事银两和制钱的兑换,后来还逐渐从事存放款业务。当铺主要经营质押贷款,有大中小之分。票号和钱庄主要分布在城市和较大的市镇,而当铺则遍布城乡各地。

一、近代甘宁青的票号组织与地区特征

票号大多由山西商人经营,据统计清代国内的山西票号(含总号、分号)共有647家,其中甘肃有12家,在全国有票号分布的28个省级行政区中排名第16位。分布在甘肃各地的票号均属山西平遥帮,如兰州、凉州(武威)有蔚丰厚、协同庆、天成亨;甘州(张掖)有协同庆、天成亨;肃州(酒泉)有蔚丰厚、天成亨;④宁夏府的山西票号也是协同庆的支店。但"青海与甘肃原为一省,自清季至民初,向无票号或钱庄之设立,商业上资金活动,全由兰州调剂"⑤。

---

① 魏永理主编:《中国西北近代开发史》,甘肃人民出版社,1993年,第421页。
② 李云峰、赵俊:《1931—1937年间西北金融业的恢复和发展》,《民国档案》2004年第1期。
③ 吴亮:《国民政府对西北金融市场的开发与建设》,《西安文理学院学报(社会科学版)》2011年第6期。
④ 黎迈:《甘肃金融之过去与现在》,《西北资源》1941年第2卷第2期。
⑤ 马鹤天:《甘青藏边区考察记》,商务印书馆,1947年,第202页。

表 3-7-1 清代国内的山西票号分布表

地区	省市别	票号数量(家)	地区	省市别	票号数量(家)	地区	省市别	票号数量(家)
华北	京师	30	华东	上海	31	华南	广东	20
	天津	30		江苏	37		广西	10
	山西	143		浙江	8	西北	陕西	37
	直隶	26		江西	11		甘肃	12
	河南	36		福建	10		新疆	3
	山东	19						
东北	外蒙	2	华中	汉口	39	西南	四川	43
	黑龙江	5		湖北	20		贵州	1
	吉林	4		湖南	35		云南	3
	盛京	29		安徽	9		西藏	1
						合计		654

说明:合计数所引资料为647家,计算有误,故予以订正。
(资料来源:田树茂:《清代山西票号分布图》,《文史月刊》1998年第6期。)

表 3-7-2 清代甘肃境内的山西票号分布表

地点	兰州	凉州(今武威)	甘州(今张掖)	肃州(今酒泉)	宁夏(今银川)	合计
票号数量(家)	4	3	2	2	1	12

(资料来源:田树茂:《清代山西票号分布图》,《文史月刊》1998年第6期。)

尽管从数量上看,甘肃的票号并不多,但其经营范围却和所有的山西票号一样在不断地扩大。票号最初基本上是专营汇兑,在清代前期甘肃各地的"汇兑款项完全操于票号之手"①。但清代晚期(直到光绪末年),其业务范围已扩大到存放款、借贷、信托等领域,已经趋同于钱庄、银号。比如,继京饷交由山西票号汇兑后,协饷也随之交由山西票号汇兑,如同治四年(1865年)山西河东道应解甘肃兰州协饷三次银8万两,均由山西平遥票商汇兑。同时,甘肃的票号经营额度也比较大,比如兰州每年的水烟数量有1万至2万担(每担460斤)左右,每担在上海的售价是45两白银,因而每年仅从上海汇回兰州的烟款就有90多万两,若1000两汇水以10两计算,仅水烟一项,票号每年就可以得到汇水9 000多两。②但是,由于时代变迁,到辛亥革命之后,甘肃境内的票号相继

---
① 林天吉:《甘肃经济状况》,《中央银行月报》1934年第3卷第6号,第1 265页。
② 马钟秀:《清末民初的兰州银钱业》,《甘肃文史资料选辑》第13辑,1982年,第126页。

倒闭,除个别改组为钱庄(如张掖的天成亨)外,绝大部分随着清王朝的灭亡而裁员歇业,走向衰落。

二、近代甘宁青的钱庄分布

近代开埠以后,随着国内国际贸易的开展,中国的钱庄业也开启了其近代化的进程。在19世纪70年代以前,中国钱庄一度与外国洋行并立为金融周转领域的双雄;19世纪七八十年代,钱庄的业务大幅度拓展,但却由独立走向依附于外国洋行和崛起中的新式银行;至19世纪末,钱庄又与洋行一样逐渐沦为外国银行的附庸。但是中国钱庄通过与外国洋行、银行的拆放关系,在经营业务和手段上日趋近代化,而且与外国资本所形成的依赖共生关系,促使了其资本主义因素的增强,从而加速了自身的近代化进程。[①] 因此,日本驻中国各地在清末对中国的金融调查中,一度把钱庄称为"地方银行"。[②] 在甘宁青地区,钱庄业自晚清以来随商品经济的发展和市场的扩大也日益兴盛。民国之后,由于军阀割据,地方统治者滥发货币,造成各种制钱充斥市场,银两与制钱的兑换业务愈加繁荣,再加上票号相继倒闭,因此"钱商业务,乃日渐发达"[③]。

在清末民初,钱庄甚至一度"执甘肃金融之牛耳。甘肃的钱庄又以兰州为中心,大致有门市钱庄、驻庄钱庄和普通钱庄三种类型"[④]。据统计,在全面抗战爆发前,兰州规模较大的钱庄就有28家,平均资本额达13 400元(不含驻兰汇兑庄),当时兰州"市上一切汇划,统归钱业办理,其间虽有官钱号及地方银行之成立,然受政治影响,为时不久,信用反不如钱庄之稳健可靠。故兰市之汇兑行市,完全为钱商所操纵"[⑤]。从其设立时间上看,清末有5家;辛亥革命爆发后至九一八事变前,有12家;九一八事变爆发后至全面抗战爆发前,有11家。从其规模上看,存在设立时间越靠后资本额就越大的趋势,清末5家钱庄的资本额都在1 500～5 000元之间,而到九一八事变后,除驻兰汇兑庄外,绝大多数的钱庄资本额都在10 000元以上。另外一项统计所显示的兰州钱庄数量更多,1935年时多达53家。[⑥] 后来,兰州银钱业还成立了同业公会,只是它"并未按照公会法组织,每年由各散商会公推会董两家,会首四家,代表全行对外一切事务",而且又因"在集议行市互相交易之时,买空卖空,引起风潮",以致被"公安局严厉禁止"[⑦]。

---

① 高海燕:《外国在华洋行、银行与中国钱庄的近代化》,《浙江大学学报(人文社科版)》2003年第1期。
② 曹啸:《中国近代银行业的发展脉络》,《经济论坛》1999年第8期。
③ 中央经济研究处:《甘青宁经济纪略》,中央经济研究处总务科,1935年,第45页。
④ 魏永理主编:《中国西北近代开发史》,甘肃人民出版社,1993年,第425、426页。
⑤ 中央经济研究处:《甘青宁经济纪略》,中央经济研究处总务科,1935年,第45页。
⑥ 潘益民:《兰州金融至今昔》,《建国月刊》1936年第14卷第2期。
⑦ 中央经济研究处:《甘青宁经济纪略》,中央经济研究处总务科,1935年,第50页。

表 3-7-3 抗日战争全面爆发前兰州市的钱庄

商号名称	成立时间	资本(元)	商号名称	成立时间	资本(元)
益泰永	1874 年	5 000	湧集长	1928 年	5 000
政德明	1905 年	1 500	万顺号	1929 年	6 000
义盛魁	1907 年	5 000	义成永	1930 年	10 000
政德元	1907 年	1 200	德胜铭	1931 年	5 000
万元福	1909 年	1 500	自立久	1931 年	20 000
中和德	1914 年	5 000	西安世泰号	1932 年	20 000
同济合	1914 年	50 000	自立裕	1933 年	20 000
天合义	1916 年	5 000	明德号	1933 年	50 000
义兴隆	1916 年	3 000	义泰号	1933 年	10 000
天福公	1920 年	5 000	永泰和	1933 年	10 000
聚成泰	1926 年	10 000	永盛德	1933 年	系驻兰汇兑庄，无定额资本
世泰号	1926 年	30 000	晋兴庄	1933 年	
自立俊	1927 年	30 000	溥晋号	1933 年	
德懋恒	1927 年	系驻兰汇兑庄，无定额资本	敬盛丰	1933 年	

(资料来源：中央经济研究处：《甘青宁经济纪略》，中央经济研究处总务科，1935 年，第 47—50 页。)

在兰州之外，甘肃其他各县也有不少"大商人和地主开设的商号兼营货币汇兑的银钱机构，如陇西的德敬信泰、九如渊，正宁的光裕东、茂盛魁等"[①]。但其分布都是以商路沿线的城市为主要据点，例如武威、张掖、酒泉、平凉、天水、临夏等。光绪初年，在西宁府属地区也有 8 家钱铺，当时它们各出"五百文"钱票若干，在市场流通。[②] 不过，西宁地区的钱庄之间的往来凭证比较特殊，在光绪十年(1884 年)时，由大商号出面将原来商业往来中复杂的清算简化为各商人之间出具票据在账面上划拨之后，"拨兑汇票"成为钱庄间的专用凭证。[③] 民国时期，这些钱庄的业务范围也在不断地扩大，除原来的兑换业务外，还有开展存放款、买卖生金等业务。

九一八事变后，尽管甘肃的钱庄并未马上衰落下去，而是"与国营、地方银行业形成三足鼎立之势，共同影响着兰州地区的金融市场"[④]，但是由于新式银行业的迅速发展，以及国民政府的废两改元和法币政策，使得钱庄靠银两、银元之兑换而谋取利润的手段受到很大打击，因此钱庄在总体上开始呈现萎缩趋势。尤其是在全

---

① 裴庚辛：《1933—1945 年甘肃经济建设研究》，华中师范大学 2008 年博士论文，第 14 页。
② 青海省志编纂委员会编：《青海历史纪要》，青海人民出版社，1987 年，第 299 页。
③ 赵珍：《近代青海的商业、城镇与金融》，《青海社会科学》2002 年第 5 期。
④ 裴庚辛：《1933—1945 年甘肃经济建设研究》，华中师范大学 2008 年博士论文，第 49 页。

面抗战爆发后,更是有大量的钱庄关门歇业。最为明显的如兰州,"战时只剩6家:天福公、德盛恒、魁泰兴、宏泰兴、义兴隆、德义兴。这些钱庄资本较少,组织方式、经营方式比较落后"。① 不过,在抗战时期兰州的钱庄业开始出现一些具有现代性因素的变化,逐渐向现代银行靠拢,比如宏泰兴就于1945年8月改为银号。

表现最为明显的是规模较小的钱庄逐步被淘汰,从战前延续下来的钱庄则发展到较大的规模,全面抗战爆发后才建立起的钱庄从一开始规模就比较大。如前述兰州的6家钱庄中,德盛恒和宏泰兴的资本总额分别达到1 000万元和3 000万元;义兴隆和天福公虽然在成立之初的资本分别只有3 000元和5 000元,但此时已经分别达到30万元和1 000万元。其次是组织形式上的变化。1936年以后,兰州钱业公会将会首改为主席,将轮流制改为选举制。1942年,又取消了主席制,改为理事长制,并对各商号经理进行培训。由此可见,钱庄业正逐步摆脱封建体制的束缚而走向近代化。与此同时,其业务性质也发生了重大变化,突出表现在钱庄、银号逐渐与商业和官僚资本的相互结合。②

表3-7-4　1943年兰州市钱商业资本情况

名　称	设立时间	资本额(万元)	名　称	设立时间	资本额(万元)
义兴隆	1916年	30	魁泰兴	1937年8月	40
天福公	1920年8月	1 000	德盛恒	1937年	1 000
德义兴	1935年	30	宏泰兴	1937年	3 000

(资料来源:甘肃省档案馆收藏档案:《兰州市钱商业同业工会呈(钱字第四六号)》,1943年8月24日,甘肃省银行53-1-27号档案,第68页,引自裴庚辛:《1933—1945年甘肃经济建设研究》,华中师范大学2008年博士论文,第50页。)

总之,尽管甘宁青的钱庄在晚清民国时期有较大的变化,在空间分布上也极具不平衡性,但作为维系经济运转的重要金融机构,它对促进商品流通、扩大国内市场、繁荣地方经济等方面都起到了重要的积极作用。

三、近代甘宁青当铺的经营特征

当铺主要经营质押贷款,分大当、中当、小当三种。在清代,甘肃全省各县基本上都有当铺的分布,据统计在嘉庆年间全省的当铺数量达1 625家(见表3-7-5)。在票号、钱庄和银行没有分布的广大乡村地区,当铺发挥了无可替代的作用。当时甘肃的典当业多由山、陕商人经营,规模大的多由山西商人经营,资本少的多由陕西商人及本地少数人经营。③

---

① 谷苞主编:《西北通史》第五卷,兰州大学出版社,第556页。
② 杨重琦、魏明孔:《兰州经济史》,兰州大学出版社,1991年版,第157页。
③ 李兴平:《略述清末民初的兰州典当业》,《甘肃行政学院学报》2002年第1期。

表 3-7-5　清代甘肃省典当铺统计表

时　间	康熙二十四年 （1685年）	雍正二年 （1724年）	乾隆十八年 （1753年）	嘉庆十七年 （1813年）
数量（家）	406	695	约543	1 625

（资料来源：罗炳绵：《近代中国典当业的分布趋势和同业组织》，《食货》复刊第8卷第2期。）

不过，晚清时典当业就开始有所衰落，据《甘肃清理财政说明书》载，光绪年间甘肃"通计全省当铺，现共424座"①，与嘉庆年间的数字相对照，可以发现其减少的幅度之大。当然，当铺在各地的分布也是不平衡的，这从各地所收的当税银就可见一斑。比如，庄浪茶马厅，当铺6座，每座纳正税银25两；渭源县，收当税银26两；伏羌县，收当税银202两；清水县，收当行规费钱88串文；华亭县，收当行规费钱24千文。②

进入民国以后，由于资金周转等方面的问题，典当业更是一度萧条。据《财政全书》记载，1925年甘肃全省还有典当商行127家（不含天水、秦安、武山、伏羌、西和、文县、隆德7县，皋兰县按1924年数字计入）。③从大、中、小当上看，由于大当一般资金较大，当期较长，当息也较小，与社会实际需要不太符合，因此最难以维持生存，到20世纪30年代就已倒闭殆尽。所以，到1937年，全省所剩37家典当业均系中当。④尽管这个数字和实际可能有些出入，但由此也可部分反映出甘肃典当业在全面抗战爆发后的萧条状况。

兰州作为甘肃的省会城市，在清末民初，当铺业数量还相当多，而且规模也比较大。但到1927年时，只有"14家当铺，其中大当六家，中当七家，小押当一家，分别设立在城关各街道。原道门街（今武都路）有数顺当、均和当，原新关街（今秦安路）设有中和当、致中当，府门街（今金塔巷）有天成当，万寿宫口（今通渭路南口）有明德当，桥门街、炭市街（今新桥东端）有昌福当"⑤。另据张令琦的统计，民国时期兰州的典当业也仅只15家而已。根据档案资料，在1941年兰州市典当商业同业公会会员名册中，兰州市典当同业公会实有开业会员只有5家。可见，此时兰州的典当业已经是奄奄一息了。⑥

表 3-7-6　解放前兰州的典当业

号　名	资本额（两）	号　名	资本额（两）	号　名	资本额（两）
公庆当	3 000	复兴当	2 000	泉兴当	2 000
荣合当	3 000	永济当	2 000	洪庆当	2 000

① 经济学会编：《甘肃清理财政说明书》，次编上，当税，民国间排印本。
② 经济学会编：《甘肃清理财政说明书》，四编上，征收惯例，民国间排印本。
③ 裴庚辛：《1933—1945年甘肃经济建设研究》，华中师范大学2008年博士论文，第16页。
④ 甘肃省地方志编纂委员会编：《甘肃省志·金融志》，甘肃文化出版社，1996年，第57页。
⑤ 赵景亨：《对兰州当铺的回忆》，兰州市政协文史资料委员会等合编，《兰州文史资料》第2辑，1990年。
⑥ 裴庚辛：《1933—1945年甘肃经济建设研究》，华中师范大学2008年博士论文，第51页。

续表

号名	资本额(两)	号名	资本额(两)	号名	资本额(两)
三合当	2 000	树顺当	2 000	裕亨当	5 000
德泰当	2 000	锦绣当	2 000	四合当	不详
华荣当	2 000	同生当	2 000	福顺当	不详

(资料来源:张令琦:《解放前四十年甘肃货币金融简述》,《甘肃文史资料选辑》第8辑,1980年,第164、165页。)

在河州,相传在清末时有"大当48处,最多时达70余处"。在光绪三十一年(1905年),河州城乡大当共有37座,其中城关22座,各集镇15座(见表3-7-7)。到清末民初,还有小押当3座。但是1928年后,尽管又新设了汪百川、祁什长、王瑞卿等家,但是"各集当铺,因乱倒闭,没有复业。城关各当一律改为中当"。

表3-7-7 光绪三十一年(1905年)河州当铺分布情况

地点	数量	备注	地点	数量	备注	地点	数量	备注
城关	22座	今属临夏市	居家集	2座	今属积石山县	太子寺	2座	今属广河县
韩家集	2座	今属临夏县	宁河	4座	今属和政县	锁南	1座	今属东乡县
尹家集	2座		买家集	1座		唐汪川	1座	

(资料来源:陈光华:《民国时期河州钱帖及典当业述略》,《甘肃省钱币博物馆开馆暨钱币学术研讨会专辑》,2003年。)

在陇南地区,由于山区商品经济发展的差异,导致各地典当业的发展也极为不平衡。陇南近代典当业可考者,至少可以追溯到清道光二十年(1840年),当时徽县经当地政府许可,开设了"隆丰当"、"公义和"、"公信升"、"典信合"诸家当商行。在武都县,同治年间规模较大的有郭家"锦绣当"和唐家"永盛当",至民国持续不衰。成县的典当业相对陇南其他地区来讲,还算比较发达,清末时县内有晋升、晋兴、晋泰、复兴四家知名大当,及横川、小川数家。但是到民国初年,由于兵祸连接,到1921年晋字三当并号经营,而复兴当则因本利欠丰闭户。到1926年,连最著名的晋字当也被迫停业。虽然后来小押当者继起,而且小当还兼放高息借贷,但到1941年前后,也都相继掩扉。西和县在民国初年,城内有裕德当(南关靳家)、永庆当、福盛当、裕德当(山西李二)等四大当,但1936年后相继倒闭,此后只出现裕康当和便民当两个小押当。礼县在1926年前,县城有"恒丰当"、"世顺当"、"致远秀",盐官有"渊源当"。两当县在清末时虽只有一家"兴顺当",但其经营时间还算相对较长,然而至1941年也免不了倒闭关门的命运。①

青海和宁夏所属各地的当铺数量,由于资料的缺乏,目前尚难以考证。但至少

---

① 赵书海:《清末民国时期陇南典当与票帖述略》,《甘肃省钱币学会第四次会员代表大会专辑》,2001年。

可知光绪二年(1876年)时,西宁有源益当、德心当、统一当、世宜当、恒泰当、盖恒当等6家。1931年前后,湟源有大当3家。当然,各地当铺的规模、档次也是明显不同。比如光绪末年,湟中鲁沙尔缙绅汪玉才开设德胜当,资本白银1 000多两,只经营家具、首饰、衣物等。而民国初年,西宁的源益当除单据不当外,其典当对象包括衣物、金银、珠宝、玉器、首饰、钢铁器、农具等。有少数当铺还当不动产,如房屋、土地、青苗等;有的当铺还经营存款业务。①

综上可见,甘宁青的典当业在晚清民国时期的时空差异是比较明显的。在早期,当铺主要分布在城市,城市当铺的发展从规模上看经历了由小到大、再由大到小的变化过程,但到三四十年代后普遍状况不佳。后期当铺则逐渐遍布甘宁青各地,尤其是银行势力尚未深入的农村地区,典当业还是有较大的市场。这一时期除少数当铺外,大部分的规模都较小。比如1940年,天水县有当铺4家,但资本总额才3 100元。② 当然,在某些地区,典当业还是在其金融领域中占有重要地位。比如张掖县在1943年时,城区有德厚当等大小当共19家,资本大者20万元,小者5 000元,与山丹、民乐、高台、临泽4县典当合在一起共有40多家。③

第二节 传统的近代过渡——官银钱局的演变

官银钱局,顾名思义,就是官办的金融机构,其主要业务是发行货币、兑换银钱和存贷款,因而带有某些新式金融机构的特征。但是官银钱局又是地方政府的金库,具有明显的封建性,因而它不是完全意义上的近代金融机构。而且官银钱局尽管有地方政府作后盾,资金较雄厚,曾一度有较高的信用,但同时又受地方财政状况的影响,信用程度很不稳定。④

官银钱局最早出现于清道光年间,是晚清时期兑换银钱、调节钱价和熔铸银锭的金融机构,只是咸丰八年(1858年)后由于各种流弊相继裁撤。光绪三十年(1904年),清政府成立了"户部银行",发行国家银行钞票,到光绪三十四年(1908年)又改名"大清银行",发行大清银行钞票,同时允许各省设立专门机构发行纸币。⑤ 因此光绪二十年(1894年)后,各省又陆续招商设立官银钱号,包括甘宁青(按:当时尚未分省)在内的西北各省的官银钱号大多是这一时期设立的。⑥ 比如,兰州官银钱局就是光绪三十二年(1906年)开办的,当时"以藩司、臬司、兰州道为总办,委坐办、文案各一员,用司事、杂役二十余名。其资本由藩库统捐局库各拨兰

---

① 赵珍:《近代青海的商业、城镇与金融》,《青海社会科学》2002年第5期。
② 天水市地方志编纂委员会:《天水市志》,中,方志出版社,2004年,第1430页。
③ 方步和:《张掖史略》,甘肃文化出版社,2002年,第61页。
④ 魏永理主编:《中国西北近代开发史》,甘肃人民出版社,1993年,第431页。
⑤ 于廷明:《甘肃平市官钱局及发行纸币考》,《中国钱币》1990年第2期。
⑥ 杨旭东:《西北地区封建金融的衰败和近代金融雏形的产生》,《宁夏党校学报》2009年第2期。

平银五万两,共一十万两,由上海石印兰平银票三十万两,钱票一十五万串,流通市面。截至三十四年底止,除开支外,实获兰平利银四千四百八十两有奇,尽数作为资本,约计贷外息八九厘不等,预算三年可得兰平利银一万七千二百余两"①。尽管当时兰州官银钱局仅仅"略具一种雏型,资金既不充裕,发行准备亦感不足,业务设备尤多简陋,账务记载亦显落后,尚用毛笔直行记账"②,但由于前述官银钱局的特殊性,因此兰州官银钱局的建立可以说是甘肃近代金融业的发端。③ 至光绪三十四年(1908年),鉴于"西宁地接青海,蒙汉交易,直如青海都会",但钱币却流通不畅,兰州官银钱局还提出20 000两资本银和15 000串钱票,在西宁"设立官银钱分局,派委专员办理。定章除开支薪工局费外,所得红利以五成提归省城总局,以二成五作为宁局公积,其余二成五红利仿照省局办法分奖员司,藉资鼓励。岁需薪工局费银三千二百六十五两,为国家经常支款,作正开销"④。

不过,兰州官银钱局命运多舛。1913年,张广建任甘肃都督后便将兰州官银钱局改为甘肃省官银号。甘肃官银号成立后,于同年5月17日至5月13日,先后成立了凉州、宁夏、天水、平凉官银钱分局,加上前清光绪三十四年(1908年)十二月初一成立的西宁官钱局,共为5处,并承兰州官银钱局旧制,从1914年6月以后,共发行一两、二两、五两、十两银票4种,伍佰文、壹仟文制钱票2种和银元票流通于市。⑤ 但1920年秋季以后,由于甘省政府的巨额透支,官银号银票无法及时兑现,以致无以为信,遂于1922年甘肃财政厅筹设甘肃银行时宣告歇业。但当时官银号所发行的旧纸币尽管信用不高,却仍有近90万两流通于市面,因此1923年甘肃督军陆洪涛召开全省财政会议讨论决定"每两银票以四钱兑现,一月兑完",此后不久官银号即消失于市。

1914年袁世凯政府公布《国币条例及施行细则》后,开始铸造袁世凯头像银币,每一银币合纯银六钱四分八厘(即三年袁头)。但"民三袁像硬币,至民国十一年(按:1922年)始流入甘境,仅在省城及外县重要城市通用;而民间一切交易,仍以现银与制钱为本位"⑥。当时,由于市面铜元质地低劣,陆洪涛令省商会定价收销,同时成立甘肃平市官钱局发行铜元票。⑦ 平市官钱局主要从事银钱兑换业务,从此甘肃省开始通用银币。铜元票的发行则是为了便利市面上兑换铜币、制钱之用,信用尚好,但对地方金融没有产生重大影响。1929年,该局与甘肃银行合并改组为甘肃农工银行,专发铜元票。1932年2月,甘肃省政府为整理市面跌价铜元票

---

① 经济学会编:《甘肃清理财政说明书》,初编下,省城官银钱局,民国间排印本。
② 张令琦:《解放前四十年甘肃货币金融简述》,《甘肃文史资料选辑》第8辑,1980年,第129页。
③ 张寿彭:《甘肃近代金融业的产生和发展》,《开发研究》1990年第4期。
④ 经济学会编:《甘肃清理财政说明书》,初编下,西宁官银钱局,民国间排印本。
⑤ 任俊等:《简说"甘肃官银号"纸币及未流通券制钱票》,《甘肃金融》2002年第S2期。
⑥ 中央经济研究处:《甘青宁经济纪略》,中央经济研究处总务科,1935年第42页。
⑦ 于廷明:《甘肃平市官钱局及发行纸币考》,《中国钱币》1990年第2期。

及调剂本省金融起见,又重新设立甘肃平市官钱局。① 1933年4月17日,"钱局发行新票,……并在凉州、甘州、肃州、秦州、平凉等处,设立分局",其发行的铜元券有五枚券、十枚券、二十枚券和五十枚券等,各地总额如表3-7-8:②

表3-7-8 甘肃平市官钱局及各分局铜元券发行额情况表

地　名	兰州	秦州	凉州	肃州	平凉	合计
铜元券总额	330 000	90 000	9 000	32 500	32 400	493 900
折合银元券	83 500	22 500	2 250	8 125	8 100	123 475

甘肃平市官钱局作为甘省地方金融机构,只发行铜元票流通市面,但其资金有限,业务不振。至1938年1月,为适应抗战需要,官钱局进行改组整顿,成立董事监察人会,增加资本为100万元,充实发行准备,厘定各项业务章则。同时,设总局于兰州,在全省设立分局及办事处22个单位,代理省库、县库,至此才略具现代银行规模。1939年6月1日,根据中央政策改组为甘肃省银行,原官钱局的分局与办事处一律改为甘肃省银行的分行或办事处。

1929年,甘宁青分省后,宁夏未曾筹设官钱局。至于青海平市官钱局,则是在省内金融失控,货币周转受阻,市场银元筹码紧张,物价暴跌,商号破产,商品交易难以正常进行的情况下设立的。1931年,青海省政府决定成立隶属财政厅的青海省金库,随后即设立青海平市官钱局,负责省钞财政维持券的印制、发行、兑现工作。但是由于省钞财政维持券泛滥贬值,因此青海省金库和青海平市官钱局至1935年即宣布撤销。③

第三节　现代银行的产生、发展及其分布

银行的产生是金融近代化的主要标志。19世纪末,西方列强将资本输出作为经济侵华的重要手段,纷纷在华设立银行,这在客观上迫使中国的金融事业在畸形近代化道路上向前迈进了一步。

一、地方银行的发展演变

甘宁青筹设银行始于1922年的甘肃银行,当时拟定资本有100万元。在1925年之前,甘肃银行的业务状况还算良好,其发行额达到90万两。但1925年国民军入甘后,受政局影响,甘肃银行就一蹶不振了。但1927年时,甘肃银行还在西宁设立了办事处。当然,这和青海当时在行政上隶属于甘肃有关,不过即使1929年青

---

① 另有资料称甘肃平市官钱局设立于1936年7月,详见张令琦:《解放前四十年甘肃货币金融简述》,《甘肃文史资料选辑》第8辑,1980年,第137、138页。
② 中央经济研究处:《甘青宁经济纪略》,中央经济研究处总务科,1935年,第46页。
③ 李云峰、赵俊:《1931—1937年间西北金融业的恢复和发展》,《民国档案》2004年第1期。

海脱离甘肃独立建省,但青海省银行一直到了1945年才得以建立,此前其省内的金融调节任务主要由平市官钱局负责。宁夏的情况与此类似,不过1925年时,宁夏就有中国银行的寄庄,只是维持时间较短,此外宁夏省银行也在1931年马鸿宾主政时就已创立。

1928年10月,冯玉祥下令将甘肃银行归西北银行总管理处直辖。在此之前,省政府已经决议,将甘肃银行与甘肃平市官钱局合并,改设甘肃农工银行。1929年,此议正式施行,甘肃银行结束。

在全面抗战爆发前,甘宁青的地方银行最值得注意的是西北银行。西北银行成立于1925年4月6日,其总行先后设在张家口和郑州。同年9月,随着国民军入甘,西北银行遂在甘宁青各地设立了许多分支机构。1925年9月设立甘肃分行,12月增设兰州分行。1926年又在秦州(今天水)、平凉、肃州(今酒泉)、甘州(今张掖)、凉州(今武威)等地设立办事处。西北银行兰州分行还在永登、靖远、狄道(临洮)、红水(景泰)、山丹、河州等地设立分支机构。这也是甘肃第一次把银行机构扩展到地方。自进驻之日起至1927年,西北银行在甘宁青极为兴盛。比如,仅甘肃发行的一元、五元、十元等三种钞票,最高发行额达350万元。[①] 1937年,"设立西北银行宁夏分行于宁夏,又发行西北银行钞票,乃复收回无准备金之流通券"[②]。

但是不管是西北银行,还是甘肃农工银行,它们都随战事和政局的变化而沉浮。1928年后,西北银行的业务就已开始萎缩。1930年,国民军参加中原大战失利后,西北银行遂于同年3月停止兑现。次年,其在甘宁青的业务活动宣告结束。1931年,甘肃省主席马鸿宾将西北银行和甘肃农工银行改组为富陇银行。12月,陕军孙蔚如部入甘,陕西省银行随即在兰州设立分行,接收甘肃省金库,并先后在平凉、天水、定西等地设立支行或办事处,发行1元、5元、10元三种银元票,发行最高额达385 000余元。[③] 富陇银行被强令停止业务,以一角五分现金换抵一元钞票尽数换回销毁。但陕西银行兰州分行维持时间也不长,到1932年9月底就因陕军兵变和战争抢掠引起的挤兑而宣告破产。1934年9月,还曾筹备成立甘肃农民银行,后因中国农民银行在兰州设立分处而胎死腹中。

西北银行宁夏分行的命运同样悲惨,1929年,"马仲英攻陷省垣,银行被抢,现金一空,只剩纸币"[④]。1931年1月,原西北银行宁夏分行改组为宁夏省银行,"接收西北银行四十万纸币,后又发行临时维持券、金融维持券共有五十万。民国二十年,又发行钞票一百万,共有纸币二百万",但是它"并无现金,完全以省政府的威信

---

① 魏永理主编:《中国西北近代开发史》,甘肃人民出版社,1993年,第438页。
② 宁夏省政府秘书处:《十年来宁夏省政述要》第3册,财政篇,宁夏人民出版社,1988年,第283—291页。
③ 潘益民:《兰州工商业与金融》,商务印书馆,1936年。
④ 胡平生:《民国时期的宁夏省》,台湾学生书局,1988年,第217页。

来维持市面"①,再加上政局的动荡,因此,宁夏省银行成立的最初两年里尽管积极维持局面,但限于客观条件,根本无力拓展业务,增设分支机构。1933年,马鸿逵主政,对宁夏省银行进行改组,将"西北"、"金融"、"临时"等几种纸币全数焚毁,并从军队拨出40万现洋存款归银行作资本,自是纸币稍稳。② 因此,除了在省会设立总行外,同年6月至8月间,陆续设立了中卫、宁朔、归绥、金积4个办事处。1934年5月,又设立了灵武办事处(设于吴忠堡荣德吕号内)。1935年12月,宁夏省银行还在天津设立了办事处(在法租界峻卢公寓内)。在增设分支机构的同时,宁夏省银行还发行新省钞,到全面抗战爆发前,新省钞虽未全部代替旧钞,但其信用较好,对维持宁夏金融市场的稳定起了重要作用。③

1938年6月1日,马鸿逵为摆脱国民政府中央银行的领导,将官办的"宁夏省银行"改组为地方官商合办的"宁夏银行",这表明其性质已经发生了根本改变。④不过,这也导致国民政府有关部门暂缓在宁夏实施公(国)库制度。⑤ 1939年,马鸿逵还在宁夏银行内部成立了富宁商行,主要负责工矿业投资和经营商业,同时垄断宁夏土特产的收购与出售。⑥ 1941年6月,为了配合推行新县制,宁夏银行撤销了原有的吴忠堡、中宁和黄渠桥办事处,新设平惠分行(黄渠桥)、永朔分行(李俊堡)、中卫分行(中卫)、中宁分行(中宁)、金灵分行(吴忠堡),又增设了同心、磴口、陶乐、定远营办事处,此外还设置兰州、西安办事处,从而形成以省城总行为中心,辐射全省的金融网络。⑦ 1947年,宁夏银行根据财政部新颁布的《省银行条例》被撤销,重新组建隶属于宁夏省政府的"宁夏省银行"。新宁夏省银行于1947年10月1日正式开业,并在吴忠、中宁、中卫、定远营、陶乐等地设办事处,在平凉、天津、上海、包头、北平等地设立办事机构。原附属宁夏银行的富宁商行,则脱离新成立的宁夏省银行并更名为"富宁企业股份有限公司"。

抗战全面爆发后,甘肃地方政府举办的银行有甘肃省银行、甘肃省合作金库、兰州市银行。⑧

甘肃省银行,系1939年在原甘肃平市官钱局的基础上成立,额定资本500万元,旧有资本100万元。其业务范围为扶植地方生产事业,调剂地方金融兼办理信托业务并代理国库、省库、县库,存放款额居各银行首位,参表3-7-9。其分支机构遍布全省,至1945年时有8个分行,68个省内办事处和分理处,此外还有南京和西安2个外省办事处,省内外合计78个分支单位。

---

① 胡平生:《民国时期的宁夏省》,台湾学生书局,1988年,第217页。
② 胡平生:《民国时期的宁夏省》,台湾学生书局,1988年,第217页。
③ 李云峰、赵俊:《1931—1937年间西北金融业的恢复和发展》,《民国档案》2004年第1期。
④ 邱娜:《国民政府时期宁夏货币、银行制度研究(1933—1949)》,宁夏大学2009年硕士学位论文,第8页。
⑤ 士心:《抗战以来的西北财政与金融》,《甘行月刊》1944年第4,5期。
⑥ 谷苞主编:《西北通史》第五卷,兰州大学出版社,第646页。
⑦ 邱娜:《国民政府时期宁夏货币、银行制度研究(1933—1949)》,宁夏大学2009年硕士学位论文,第10页。
⑧ 谷苞主编:《西北通史》第五卷,兰州大学出版社,第556页。

表 3-7-9　民国间甘肃省银行分支机构一览表

行庄所在省份	分　行	办　事　处	分理处	备　注
甘肃省	天水、平凉、武威、岷县、酒泉、临洮、临夏、张掖	榆中、靖远、景泰、永登、夏河、定西、秦安、甘谷、礼县、张家川、成县、徽县、陇西、固原、海原、泾川、静宁、西峰镇、碧口、武都、临潭旧城、永昌、大靖、民勤、敦煌、渭源、安口镇、镇原、会宁、武山、清水、西和、通渭、安西、高台、文县、西固、会川、灵台、庄浪、康县、临泽、洮沙、民乐、康乐、两当、隆德、漳县、山丹、古浪、和政、化平、崇信、宁县、临潭新城、永靖、宁定、西吉、卓尼、鼎新、金塔、正宁、玉门	拓石镇、握桥镇、华亭	大靖、临潭新城二处均已撤退
四川省	重庆			
陕西省	西安			
合　计	8	65	3	

（资料来源：《兰州市金融业概况》，《中央银行月刊》1947年新2卷第4期。）

合作金库是属于合作事业性质的金融组织。甘肃省合作金库成立于1943年11月，经营合作及存放、汇兑业务，其可运用资本在1946年初达到1800万元。该库的放款业务有抵押贷款、信用贷款、实物贷款等几种，但以信用贷款为主，放款对象上则以合作社为主。[①]

兰州市银行成立于1943年，由兰州市政府和兰州市商会共同投资兴建，代理市库。它是1940年1月20日国民政府颁布《县银行法》的推动下成立的。其营业范围除一般银行业务外，特别以市商会为放款对象，是一个商业性质的银行。其实除兰州市外，甘肃还有许多地方如酒泉、礼县、华亭等都曾筹设县银行，只是迟迟未能成立。

与甘肃和宁夏相比较，青海地方银行的建设进度就显得慢了许多。其实，青海早在1935年就有筹建地方银行的意向，而且还曾向财政部提出以青海盐税作担保向上海银行商借100万元，创办青海省银行，但一直没有下文。直至1946年3月，青海省银行才正式成立，主营存放款、汇兑、现金收付、储蓄信托等业务，后来陆续在湟中、湟源、民和设立分行，在西宁乐家湾设立办事处。同年，马步芳开办了青海省独资的湟中实业银行，它以湟中实业公司为靠山，一度垄断青海金融，成为马步芳敛财的重要工具，直至1949年被人民政府接管。[②] 至于战时在大后方快速发展

[①] 裴庚辛：《1933—1945年甘肃经济建设研究》，华中师范大学2008年博士论文，第44页。
[②] 赵珍：《近代青海的商业、城镇与金融》，《青海社会科学》2002年第5期。

的县银行,在青海与宁夏则都未出现。①

二、国家银行在甘宁青的分支机构

抗战全面爆发后,随着战事的变化,甘宁青作为大后方的地位逐渐凸显出其重要性。因此,国民政府对于甘宁青的金融建设也日益重视。随着"四行二局"的陆续入驻,国民政府中央系统的金融机构逐渐成为甘宁青金融体系的核心。

（一）中国银行在甘宁青

从表面上看,最早进入甘宁青的国家银行是中国银行。1924年6月,经北洋政府之中国银行总管理处批准,中国银行天津分行在宁夏设立办事处,但该处只维持到1926年11月即停止营业。1924年10月,中国银行还在兰州设支行,但是其维持时间同样较短,1929年就因陕甘战乱,营业不振而停业。1926年12月,冯玉祥电示甘肃省政府在兰州成立中国银行总行,并设立中国银行宁夏分行。但此时的中国银行实际上是一种割据式的地方性银行,与后来的国民政府中国银行无隶属关系,很快就随国民军离甘而退出历史舞台。

1928年10月26日,国民政府中国银行总行在上海成立。但直至1939年7月,国民政府中国银行才进驻甘肃,成立兰州分行,并设立天水支行及岷县、张掖、武威、酒泉4个办事处。由于抗战期间对苏贸易的发展,因此中国银行作为对苏贸易结汇的主要机构,发展迅速,并且成为对甘肃工农业投资最多的银行。除投资兴办了雍兴系统的4个工厂外,它还参与投资建立甘肃水泥厂、甘肃矿业公司、兴陇公司、水利林牧公司。在宁夏和青海两省,中国银行分行则一直未能成立,直至1939年10月,才成立了中国银行宁夏办事处和西宁办事处,由中国银行兰州分行管辖。

（二）中央银行在甘宁青

中央银行总行成立于1928年11月1日。中央银行兰州分行是国家银行在甘肃的主要代理机构,该行设立于1933年,并于1938至1943年期间,陆续设立了天水、武威、酒泉、岷县、平凉等5家支行。中央银行宁夏分行则于1940年7月1日由原中央银行绥远省陕坝办事处迁宁后升级而来。同年,中央银行也在西宁设立了分支机构,并作为中央财政部在青海的国库。

（三）中国农民银行在甘宁青

中国农民银行系于1935年4月1日由豫鄂皖赣四省农民银行改组而来。由于甘宁青大部分是落后的农村地区,因此主要面向农民的中国农民银行在此发展迅速。比如,在甘肃,成立于1935年3月的中国农民银行兰州支行的分支机构数

---

① 刘志英:《抗战大后方金融网中的县银行建设》,《抗日战争研究》2012年第1期。

量最多,其在全省各地的办事处、分理处及农贷通讯处合计有23处,[①]在省内各金融机构中仅次于甘肃省银行。在宁夏,中国农民银行宁夏支行则是在蒋介石的两次亲自督促下才于1938年8月16日成立,不过很快它就在省内各县设立办事处或合作社,经办农贷事宜。1940年,宁夏、宁朔、平罗、金积、灵武等县成立合作指导室;1941年3月,固原县合作办事处成立;1941年4月,中卫、中宁两县开始推行合作社;1947年,阿左旗、定远营农贷通讯处成立。各县办事处或合作社的监察人员皆由支行农贷人员兼任,各处农贷工作由支处统一分配、指导。至此,中国农民银行宁夏支行就基本建成了以省城为中心、向各县辐射的农贷网络。[②] 在青海,中国农民银行的动作快于其他银行,1938年就率先在西宁设立了支行,这也是国家银行正式进入青海的开始。

(四)交通银行在甘宁青

交通银行兰州分行成立于1940年,下辖天水、平凉、酒泉、武威4个办事处。同年,交通银行也在西宁设立了分支机构。但交通银行宁夏办事处则到了1943年7月才成立。

(五)中央信托局、邮政储金汇业局在甘宁青

中央信托局和邮政储金汇业局在甘宁青的分设机构,不仅设置时间较晚,而且数量也远远要比四大行少得多。中央信托局甘肃代理处、邮政储金汇业局兰州分局分别成立于1939年和1942年。1944年3月,邮政储金汇业局在宁夏设立了办事处,隶属于兰州分局。中央信托局未见在宁夏设有办事机构。在青海,则二局都没有分设机构。

表3-7-10 国家四行二局在甘宁青设立情况表

名　　称	成立时间	分　设　机　构	备　　注
中央银行兰州分行	1933年12月	下辖天水、武威、酒泉、岷县、平凉分行	各支行于1938—1943年间成立
中央银行宁夏分行	1940年7月		由原中央银行绥远省陕坝办事处迁宁后升级
中央银行西宁分行	1940年7月		
中国农民银行兰州分行	1935年3月	下辖天水、平凉、武威3个办事处,靖远、临夏、岷县、秦安、张掖、酒泉等7个分理处,在榆中、会宁、民勤、清水、临潭等13县设农贷通讯处	1942年后成为集中办理农贷的专业银行

---

① 李中舒:《甘肃农村经济之研究》,《西北问题论丛》1944年第3辑。
② 邸娜:《国民政府时期宁夏货币、银行制度研究(1933—1949)》,宁夏大学2009年硕士学位论文,第14页。

续表

名称	成立时间	分设机构	备注
中国农民银行宁夏支行	1938年8月	下辖宁夏、宁朔、平罗、金积、灵武、固原、中卫、中宁等合作社或办事处，及阿左旗、定远营农贷通讯处	
中国农民银行西宁支行	1938年		国家银行首次进入青海
中国银行兰州分行	1939年7月	下辖岷县、张掖、武威、酒泉、宁夏、西宁办事处	天水设有支行
中央信托局甘肃代理处	1939年		1945年10月改为分局
交通银行兰州分行	1940年1月	下辖天水、平凉、酒泉、武威办事处	
邮政储金汇业局兰州分局	1942年1月	下辖天水、武威、平凉、宁夏办事处	

（资料来源：重庆市档案馆、重庆市人民银行金融研究所合编：《四联总处史料》，上，档案出版社，1988年，第217—220页。）

综上可见，自1933年之后，国民政府中央系统的金融机构纷纷入驻甘宁青，并且在抗战期间得到了迅速的发展。1938年，随着平津的沦陷，国民政府更是加大建设西北地区金融网的力度，先后公布了《筹设西南西北及邻近战区金融网二年计划》、《巩固金融办法纲要》以及《增订第二第三两期西南西北金融网计划》，要求各行局在西北增设分支机构40处，并严令于1941年底完成。这进一步促进了各行局在甘宁青的发展。其中，四大银行的发展速度较快，尤其是中国银行和中国农民银行。据不完全统计，截至1941年12月31日，四大行各分支行处在甘宁青共有29处，其中中国银行以11处位居首位。但这应该不包括遍布各地的农贷通讯处，如果将其统计在内，则当以中国农民银行最多。从空间分布上看，各地之间的不平衡性表现突出，甘肃的数量远远超过宁夏和青海，这与宁、青两省商业发达程度有关，同时也与宁、青两省的地方政府排斥中央银行的进驻有关。

表3-7-11 甘宁青四大银行分支行处情况表

省别	中央银行	中国银行	中国农民银行	交通银行	合计
甘肃	6	9	4	4	23
宁夏	1	1	1	0	3
青海	1	1	1	0	3
合计	8	11	6	4	29

（资料来源：重庆市档案馆、重庆市人民银行金融研究所合编：《四联总处史料》，档案出版社，1988年，第198页。数据截至1941年12月31日。）

当然,四大行在甘肃境内的分布也很不平衡。据统计,到 1943 年 6 月,四大行在甘肃的分支机构达 34 个,但大多分布在兰州、天水、平凉、武威、酒泉、张掖等比较富庶的城市。① 不过,四行二局进入甘肃后,很快就显示出其作为中央机构具有强大资金后盾的优势。其中,中国、交通、农民三行与中央信托局甘肃代理处共同承担对甘肃农村发放贷款任务。据统计,中央信托局甘肃代理处到 1944 年底共贷出 76 万元;交通银行兰州支行在 1939—1941 年共贷出 500 万元;中国银行兰州分行在 1941 年前共贷出 780 万元;中国农民银行兰州支行在 1941 年底前共贷出 1800 万元,1942 年后成为集中办理农贷的专业银行。②

(六) 四行联合办事总处在甘宁青

按照国民政府的财政金融体制,"四行联合办事总处"是作为对各地银行的业务进行政策指导和监督的管理机构,不是营业单位。1937 年 8 月,中、中、交、农四行在上海设立联合办事处,11 月四行联合办事处迁往汉口,改名"四行联合办事总处"。1942 年 9 月,四联总处理事会通过了《扩展西北金融网筹设原则》,决定加快西北地区的金融网建设。四联总处成立后不久,甘宁青的支处也很快就成立起来,不过其成员跟各行局在三省的建设进度相关联。1940 年,兰州就设立有四行联合办事处(1939 年为三行联合办事处),二局一库在甘肃设立后,也加入联合办事处。四联总处宁夏支处成立于 1940 年 8 月 1 日,成立伊始,因交通银行及中央信托局在宁夏尚未建立机构,所以只有中央、中国、农民三行参加;数月后,交通银行、中央信托局才陆续加入;到 1944 年,又增加了邮政储金汇业局兰州分局宁夏办事处。不过,宁夏邮政储金汇业局于 1947 年 5 月 29 日退出四联总处宁夏支处。四行联合办事总处西宁支处成立于 1940 年 3 月,从事发行法币、吸收储蓄、开办汇款、代理国库、收购金银,开展信用、抵押、押汇等业务,③1948 年随总处的撤销而撤销。

三、商业银行的发展及其地域特征

进驻甘宁青最早的商业银行是由蔚丰厚票号改组而来的蔚丰银行。该行于 1923 年在甘肃设立了兰州分行和宁夏分行。但其业务以汇兑为主,资本力量十分有限,维持时间也短,比如宁夏分行资本只有 6 万元,开业后不久即倒闭。④

全面抗战爆发后,随着东部地区的大量沦陷,大批商业银行紧随国家银行之后纷纷到甘宁青设立分支机构。当然,商业银行资本力量毕竟未及国家银行雄厚,因此分支机构主要集中在甘肃兰州,总共有 12 家之多。其中,1942 年设立的有 4 家,1943 年设立的有 6 家,1944 年设立的有 1 家,1946 年设立的有 1 家。此外,天水、

---

① 裴庚辛:《1933—1945 年甘肃经济建设研究》,华中师范大学 2008 年博士论文,第 52 页。
② 李中舒:《甘肃农村经济之研究》,《西北问题论丛》1944 年第 3 辑。
③ 赵珍:《近代青海的商业、城镇与金融》,《青海社会科学》2002 年第 5 期。
④ 《宁夏金融史近代资料汇编》,上册,油印稿,第 39—40 页,引自魏永理主编:《中国西北近代开发史》,甘肃人民出版社,1993 年,第 439 页。

平凉分别有 3 家和 2 家商业银行的办事处。

宁夏只有大同银行和中国通商银行设有分支机构，而且都是在抗战胜利前夕才设立的。中国通商银行宁夏办事处还于 1947 年在吴忠堡设有分理处，但只维持一年即告结束。

表 3-7-12　商业银行在甘宁青设立情况表

名　称	成立时间	备注	名　称	成立时间	备注
长江实业银行兰州分行	1942 年 4 月 25 日		四明银行兰州支行	1943 年 8 月 5 日	在平凉设有办事处
绥远省银行兰州分行	1942 年 7 月 1 日		永利银行兰州支行	1943 年 9 月 28 日	在天水设有办事处
上海信托公司兰州分公司	1942 年 11 月 23 日		大同银行兰州分行	1943 年 11 月 1 日	在天水设有办事处
山西裕华银行兰州分行	1942 年		华侨兴业银行兰州分行	1944 年 3 月 4 日	在平凉设有办事处
中国通商银行兰州分行	1943 年 1 月 11 日	在天水设有办事处	大同银行宁夏分行	1945 年 1 月 1 日	
兰州市商业银行	1943 年 1 月 30 日		中国通商银行宁夏办事处	1945 年 8 月 15 日	在吴忠堡设有分理处
亚西实业银行兰州分行	1943 年 7 月 5 日		金城银行兰州分行	1946 年	

（资料来源：裴庚辛：《1933—1945 年甘肃经济建设研究》，华中师范大学 2008 年博士论文，第 33 页；邸娜：《国民政府时期宁夏货币、银行制度研究（1933—1949）》，宁夏大学 2009 年硕士学位论文，第 8 页；谷苞主编：《西北通史》第五卷，兰州大学出版社，第 556 页。）

由此可见，商业银行在近代甘宁青地区的发展十分有限，但是它作为国家银行和地方银行的辅翼，对近代甘宁青的地方金融体系的构建还是起到了重要作用。

除商业银行外，还有其他一些金融机构在甘宁青设立并开展活动。比如在兰州，有太平洋保险股份有限公司的支公司，以及宝丰、合众两物产保险股份有限公司的办事处，专门办理保险业务。[①]

[①] 杨旭东、王娟：《抗日战争时期西北地区金融业的发展与金融体系的形成》，《宁夏师范学院学报（社会科学）》2011 年第 2 期。

第四编
近代新疆经济地理

第一章　近代新疆的自然环境与经济开发背景

第一节　近代新疆的政治和自然地理基础

一、清代新疆版图和政区的变化

巴尔喀什湖以东以南的天山南北广大地区,从很早的时候、特别是清代乾隆朝以后,就纳入了中国中央政权的有效掌控之下。当时,清政府有效管辖下的西域,范围相当辽阔:"南及坎巨提、退摆脱,西至阿富汗、安集延,西北抵巴尔喀什湖,北过斋桑淖尔外几千里地,其疆域几两倍于现今。"①

但是,在 18 世纪以后,大清帝国却与同样要将其统治力量扩展到中亚地区的沙皇俄国,在政治和经济利益上发生了激烈的碰撞。两大帝国在经过一系列的政治、军事较量而感到彼此势均力敌之后,便着手通过协商的形式来确认双方的边界事务。康熙二十八年(1689 年)《中俄尼布楚条约》和雍正五年(1727 年)《中俄恰克图条约》,便划定了中俄双方的东段和中段边界,并将尼布楚和恰克图两地作为双方商民进行边境贸易的据点,使中国对外政治和商务关系的处理方式由朝贡关系时代,开始进入了条约关系时代。

中俄两国的民间商人除了在中国北部边境进行互市贸易之外,在中国西部边境即天山南北地区的商贸活动也由来已久,只是没有像北部边贸那样严格地限定在两国边界线上的塞米巴拉金斯克,而是越过边境偷偷进入中国境内的伊犁、塔尔巴哈台、喀什噶尔地区,这就不得不引起中俄双方政府的高度重视。另一方面,俄国政府也深受《中英南京条约》中清廷割地赔款、英国盆钵全满结局的刺激,准备与清政府协商签订扩大其在华商业利益的新条约。所以自 1846 年开始,俄国政府就通过东正教驻北京使团的首领波利卡尔普,与清朝理藩院交涉增开新疆边境地区的口岸,并扩大恰克图贸易的事宜,被清廷严辞拒绝。直到道光三十年四月初三(1850 年 5 月 4 日),清廷才同意了理藩院的奏议,让伊犁将军萨迎阿通知俄国方面派官员前来商议俄罗斯要求开放伊犁、塔尔巴哈台作为通商口岸并订立通商章程的事。次年,中俄双方订立了《中俄伊犁塔尔巴哈台通商章程》,正式对俄国开放了这两个商埠,进一步扩大了两国在中亚地区的贸易规模。②

稍后的太平天国和第二次鸦片战争期间,贪婪狡诈的沙皇俄国更是趁火打劫,

---

① 吴绍璘:《新疆概观》,仁声印书局,1933 年,第 155 页。
② 米镇波:《清代西北边境地区中俄贸易——从道光朝到宣统朝》,天津社会科学院出版社,2005 年,第 49 页。

先后迫使元气大伤的清政府签订了《中俄瑷珲条约》和《中俄北京条约》,割占了《中俄尼布楚条约》中明确规定的外兴安岭以南、黑龙江以北、乌苏里江以东 100 万平方公里的中国领土,并挟其余威,于同治元年(1862 年)迫使清朝签订了《中俄陆路通商章程》,打开了俄国经恰克图穿越整个蒙古草原抵达天津海口的贸易大通道。同治三年(1864 年),俄国又强迫清廷签署了《中俄勘分西北界约记》(又称《塔城议定书》),将两国原在巴尔喀什湖东岸塞米巴拉金斯克的边界线,向东推移到伊犁、塔城一线,使清朝又因此丧失了 44 万平方公里的肥田沃土。此后沙俄又通过光绪七年(1881 年)的《中俄伊犁条约》和此后的 5 个勘界议定书,以及 1892 年的军事占领,强占了原属中国的 9 万多平方公里国土,累计 53 万多平方公里。① 至此,新疆的面积仅剩下 142 万多平方公里;此后经过中国国内政区间的调整,新疆的省域面积在民国年间达到了 164 万多平方公里,占全国国土面积的 15%。②

尽管新疆省正式设立于光绪十年(1884 年),但其名称在此之前就已经存在了,即甘肃新疆省,意即"甘肃省新开地之意"。西方人对新疆地区的称呼颇多,如东土耳其斯坦、支那土耳其斯坦,或称加西加利亚。前者对应西土耳其斯坦,中者对应俄属土耳其斯坦,后者"盖基于其主要市街之名云"③。

建省后的新疆在行政建置方面共分为镇迪、伊塔、阿克苏、喀什 4 道,下辖 6 府、2 直隶州、8 直隶厅。分布在天山南路的,是焉耆、温宿、疏勒、莎车 4 府,库车、和阗 2 直隶州,英吉沙尔、乌什 2 直隶厅;在天山北路的,是伊犁、迪化 2 府,库尔喀喇乌苏、塔尔巴哈台、精河 3 直隶厅;以及东南部的镇西、哈密、吐鲁番 3 直隶厅。其中,焉耆府下辖新平、轮台、婼羌 3 县,温宿府下辖阿克苏、温宿、拜城 3 县,疏勒府下辖巴楚州、疏附、伽师 2 县,莎车府下辖蒲犁厅、叶城、皮山 3 县,伊犁府下辖绥定、宁远 2 县,迪化府下辖迪化、奇台、昌吉、阜康、绥来、孚远 6 县。④

进入民国初年以后,新疆又改置、增置为迪化、伊犁、阿克苏、喀什噶尔、塔城、焉耆、和阗、阿山 8 道。其中,迪化道下辖迪化、奇台、昌吉、阜康、孚远、绥来、镇西、哈密、吐鲁番、乌苏、鄯善、沙湾、呼图壁 13 县;伊犁道下辖宁远、绥定、精河、塔城、霍尔果斯、博乐 6 县;阿克苏道下辖阿克苏、温宿、拜城、乌什、库车、沙雅、焉耆、轮台、尉犁、婼羌、且末 11 县;喀什噶尔道下辖疏勒、巴楚、疏附、伽师、莎车、蒲犁、叶城、皮山、英吉沙、和阗、于阗、洛浦、且末(1915 年后隶阿克苏道,1920 年后隶焉耆道)、墨玉、泽普、麦盖提 16 县;塔城道下辖塔城(1916 年前隶伊犁道)、沙湾、乌苏

---

① 然而,按照吴绍璘的《新疆概观》(仁声印书局,1933 年)第 166 页"失地志"统计,从清道光二十年(1840 年)到光绪二十二年(1896 年),中国在西域地区丢失的领土,却远不止这 53 万平方公里,而是 12 422 200 方里,折合 1 590 551 平方英里,即 412 万平方公里。此换算比率,根据王金绂《西北之地文与人文》(商务印书馆,1935 年)第 2 页折算,1 平方英里=7.81 方里。
② 据张献廷的《新疆地理志》(山东高等师范学校,1914 年石印本)第 1 章第 1 节,新疆省面积 550 579 平方英里,折合 1 425 993 平方公里;王金绂《西北之地文与人文》(商务印书馆,1935 年)第 2、3 页显示,新疆省面积 633 802 平方英里,折合 1 641 540 平方公里;全国国土面积 4 314 097 平方英里,折合 11 173 460 平方公里;杨景雄等绘编《中华民国最新分省地图》(上海竟澄出版社,1946 年)"说明"第 2 页也显示,新疆省面积为 1 641 554 平方公里。
③ 张献廷:《新疆地理志》,第 1 章第 2 节,山东高等师范学校,1914 年石印本。
④ 张献廷:《新疆地理志》,第 1 章第 5 节及第 5 章,山东高等师范学校,1914 年石印本。

(1916年前隶迪化道)、额敏4县;焉耆道1920年分别由阿克苏道和迪化道析出,下辖焉耆、轮台、尉犁、婼羌、且末、鄯善、吐鲁番7县;和阗道1920年由喀什噶尔道析出,下辖和阗、墨玉、于阗、洛浦、皮山、叶城6县;阿山道下辖布尔津、布伦托海、布尔根(今属蒙古国)、承化4县,另外还下辖耳里匮设治局(又名乌列盖),新土尔扈特部2旗、新和硕特1旗,阿尔泰乌梁海部7旗,今天大部分已属于蒙古国。

1924年6月以后,新疆省处在金树仁、盛世才的统治之下,行政制度上撤道改区,置迪化、伊犁、塔城、阿山、焉耆、阿克苏、喀什、和阗、哈密、莎车10区,下辖各县。1943年底,重庆国民政府又把新疆的区行政长制改为区行政督察专员,称为专区。[①]

二、近代新疆的四大自然风貌区

从地势上来说,近代新疆的主体部分是由北部的阿尔泰山脉、中间的天山山脉、南部的昆仑山脉及其相互分割的众多山间谷地组成,进而分成了伊犁河谷平原、准噶尔盆地、塔里木盆地、帕米尔高原4个大的自然风貌区。

(一)伊犁河谷平原

这里是天山、滕格里山、呼巴海以西、以北,巴尔喀什湖以东、以南的河谷平原地区。原为汉代的乌孙国、康居国领地。[②]唐以后属西突厥,明代属瓦剌,清代平定准噶尔之后,始定伊犁之名,为归附清朝的哈萨克牧地。据相关文献记载:"乾隆二十一年(按:1756年),其酋阿布赖来降,清廷封之以爵,于是遂入版图。其俗以毡帐为室,游牧为业,不艺五谷,无城郭居。地多平冈漫岭,野草丛生。称其君曰比,相呼皆以名,幅员辽廓,人口殷繁。当分左、右、西三部,左右两部属中土,西部属俄国。左部东南接准噶尔,西接右部,北接俄国。右部东接左部,东南接伊犁一带,南接布鲁特及安集延,西接布哈尔,北接伊抵克山。哈萨克人每遇寒冬大雪时,许其移入附近卡伦,散放牲畜。每马百匹,例收税马一匹,惟以冬季为度。夏季展放卡伦时,便须驱逐他往。每年秋间,其头目各率所属,分运牛、马、羊等至伊犁、塔城诸地,来易绸缎、布匹、器皿,但须各卡伦官员查明禀报后,始得放入及贸易,并另派官员,照料一切。各部均三年入贡一次。"[③]此区域当属清朝版图无疑。乾隆二十九年(1764年),开始在伊犁河北岸筑建惠远城,周边另筑惠宁、绥定、广仁、瞻德、拱宸、熙春、塔尔奇、宁远8城,合称伊犁九城,设伊犁将军,派重兵屯垦驻守。

该地区最大的河流为伊犁河,其上游的帖克斯河发源于腾克里山的北麓,向西会合崆吉斯、哈什、霍尔果斯诸河之后,再向西北注入巴尔喀什湖,长达864公里。伊犁河各处深浅不一,浅处仅深1米左右,深处可达6米,从河口往上回溯的800

---

① 郑宝恒:《民国时期政区沿革》,湖北教育出版社,2000年,第121—131页。
② 苏北海:《西域历史地理》,新疆人民出版社,1983年,第10—11页。
③ 吴绍璘编著:《新疆概观》,仁声印书局,1933年,第158页。

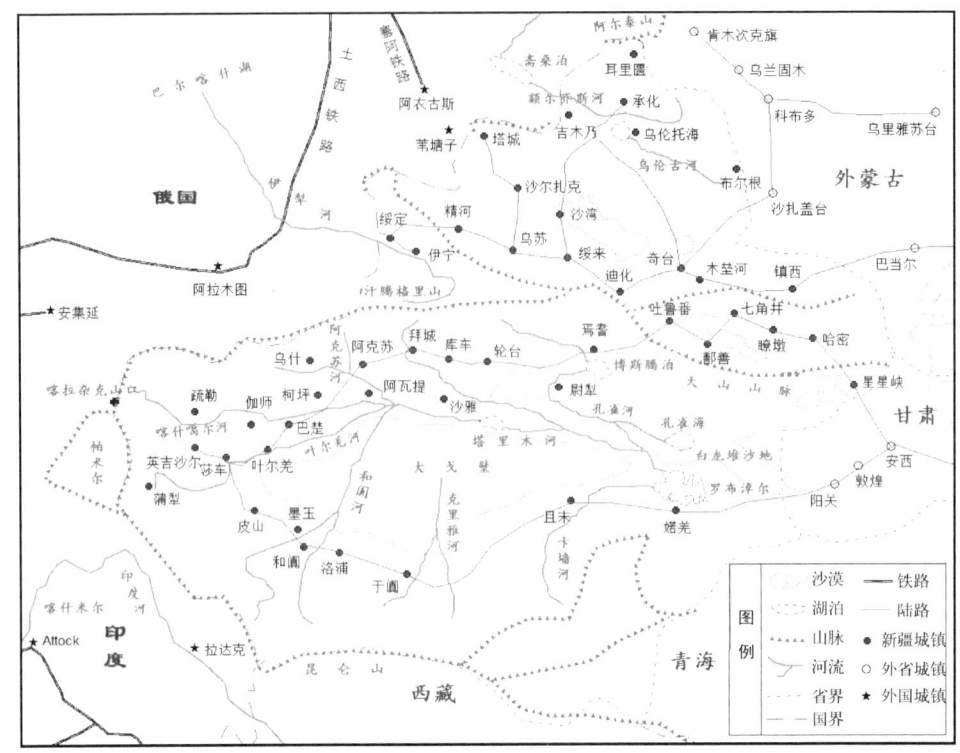

图 4-1-1 1935 年前后的新疆自然与人文形势示意图
(资料来源:王金绂:《西北之地文与人文》,西北形势图,商务印书馆,1935 年。)

公里河段,皆有航运上的便利。除航运价值之外,伊犁河干支流的灌溉之利也很大,从而造就出伊犁河谷"到处部落相望,田园相连,树木繁茂,牧草丰饶"的美丽自然和人文景观,[①]成为天山南北牧畜业最发达的地区之一,同时也是清代北疆最著名的屯田农业区。

(二) 准噶尔盆地

这里是北疆丘陵的主体部分,系天山和阿尔泰山之间的一大陷落盆地,高度变化很大,高差大约在 600 至 1 500 米之间。从地形上看,盆地的南北分别被高山围绕,向东地势开敞,遥与蒙古高原相接,向西与俄国接壤处,有塔尔巴哈台山横贯分割,形成若干更为狭小的盆地。

准噶尔盆地北部边缘的阿尔泰山古称金山,为断层地带两边下陷而形成的中间地垒残留,其陷落地带北部为西蒙古盆地,南部为准噶尔盆地。阿尔泰山主峰海拔 4 000 米以上,西伯利亚吹来的湿润气流在抬升过程中遇冷降水于该山脉的北麓,从而形成一条茂密的森林带。准噶尔盆地南部边缘的天山山脉大致作东西走

---

① 张献廷:《新疆地理志》,山东高等师范学校,1914 年石印本,第 29 页。

向,为褶皱作用造成,自帕米尔高原蜿蜒而东,直至甘肃的嘉峪关。其主峰为汗腾格里山,在温宿县北,海拔7 000米以上,有较大的冰川。天山山脉在迪化以西,支脉甚多,相互平行,造成伊犁河谷等众多的山间谷地;在迪化以东至哈密及镇西之间,也有博格多山等海拔4 000米以上的山峰。[①]

准噶尔盆地的中心大体在玛纳斯河以东,海拔500米上下,南至迪化,东至镇西以北,北至布伦托湖,西至博乐,地势均在海拔1 000米以下,由此再往外围,则系海拔2 000~3 000米的山岭所环绕。盆地北部大多为蜿蜒起伏的石质平原,不生树木,西部及南部地带邻近天山北麓,为水草丰盛的牧场。

准噶尔盆地北部的最大河流为额尔齐斯河,它发源于阿尔泰山南麓,东源叫库额齐斯河,西源叫喀喇额尔齐斯河,向西流经布尔津和哈巴河以后,进入俄国境内,潴为斋桑泊,再向北汇入鄂毕河后涌向北冰洋。

天山以北除额尔齐斯河流入北冰洋外,其余皆属内流河。其中,乌伦古河注入乌伦古湖的内陆流域。盆地南部地势有乌鲁木齐河注入的白家海,玛纳斯河注入的阿雅尔泊,东方有奎屯河,西方有博罗塔拉河注入的鄂毕泊。盆地的南侧雨量较丰富,并且还有从天山流下来的雪水,所以迪化(今乌鲁木齐市)所在的乌鲁木齐河流域,以及绥来(今玛纳斯县)所在的玛纳斯河流域,均以盛产稻米而著称。盆地西部则与巴尔喀什湖低地相连接。

准噶尔盆地当中虽沙漠广布,但多为固定和半固定沙地,沙生植物较多,可作牧场之用。清朝末年的时候,"这里有广阔的空地。虽然并不都覆盖着牧草,但毕竟大部分地方有足够当地牲畜吃的饲草,而当地的牲畜又是颇能适应较差条件的。此外,这里多山,在夏季炎热的月份里,高山上和山谷中,牧草丰盛,气候凉爽,对于畜群很是适宜。所有这些都给畜牧业提供了足够的优越条件"[②]。

(三) 塔里木盆地

这里是昆仑山、葱岭、天山、博格多山等环绕的盆地,是新疆南部高原的核心部分。来自北冰洋、大西洋、印度洋的潮湿空气受到周边高大山脉的重重阻挡,根本无法在盆地上空形成充足的天然降水,以至于形成了大面积的沙漠。

狭义的塔里木盆地,西起喀什噶尔平原,东至罗布泊,长约1 400公里,最宽处自库车至尼雅,约500公里。广义的塔里木盆地,则东起肃州(今甘肃酒泉),西迄疏附,长约2 200公里。[③]

塔里木盆地北依天山,西抵帕米尔,南靠昆仑山,四周在雪线以上的高地有很多,下垂的冰川融化成河流,最后注入盆地内,也是中国最大的内流河塔里木河。

[①] 张其昀、任美锷编著:《本国地理》,下册,钟山书局,1934年,第145页。
[②] (俄)尼·维·鲍戈亚夫连斯基,新疆大学外语系俄语教研室译:《长城外的中国西部地区:其今昔状况及俄国臣民的地位》,商务印书馆,1980年,第140页。
[③] 张其昀、任美锷编著:《本国地理》,下册,钟山书局,1934年,第155页。

通常认为,塔里木河有两大源头,一为喀什噶尔河,发源于葱岭,分流而下,在疏附会合之后,再经伽师、巴楚东行;二是叶尔羌河,发源于昆仑山,经莎车、叶城向东北流,水量最富,全年有水,为塔里木河的正源。两源在巴楚附近合流后迤东而行,再北纳阿克苏河、孔雀诸河,南收和阗河、克里雅诸河,最后潴为罗布泊。该河至沙雅县境内才开始称之为塔里木河。"塔里木"本属维吾尔语,即可耕地的意思。反映在人文景观上,表现为沙雅以西,河流两岸人迹较少,以东则有维吾尔人于河边开垦的农田,并以农耕作为其主要产业。以上诸河,均上承冰川,水量全赖高山融雪的补给,"每年四月中首次融雪下注时,河始渐涨,惟夏季河水皆取供灌溉,且又流经沙漠,渗透及蒸发颇速,故至下游入平原后,每水量极少。当四月及晚秋之际,首次及末次融雪下注时,虽无人取河水溉田,惟以此二期中天气稍寒,高峰积雪融化较少,故水势亦不甚大。因此,塔里木盆地诸河,终年俱无较大水量,若干河流下游或且没于流沙,不能与正流相会(如克里雅河)。塔里木河正流全长 2 000 公里,中流最广处宽 400 尺,最深处深 20 尺,下游水亦渐次减少,狭细如带。此外,罗布泊直接又收纳卡墙、婼羌诸河,皆自昆仑山北下。卡墙河水量尤大,亦为农垦要区"[①]。在塔里木盆地的东部边缘,有源出祁连山的疏勒河(亦称黑河)及其支流党河(亦称敦煌河)间尾,最后没于东部的沙碛中。

凡此种种,便使得整个塔里木盆地大致形成了砾石地带、农业沃地带、沙漠地带三个不同的自然和人文景观带。

砾石地带,位于山麓地域的砾石地带,广狭不一,虽面积广阔,但不能进行农业生产。

农业沃地带,位于砾石地带和沙漠之间,是可以大力发展灌溉农业的地带。它又可以分为三个部分:

(1) 天山以南沃地

这是一片位于天山南侧、昆仑山北侧冰川河流下游,利于引水灌溉的辽阔地带。在夏季高温季节,这一地区山顶积雪大量融解,下注的雪水形成众多的山涧小河,它们或者汇入某条较大的河流,或者汇入湖泊,或者根本来不及注入较大的河流与湖泊,便在戈壁滩上干涸了。"这些小河的共同特点是河水甚浅,在山中流速很快;出山以后,只要碰上一块适宜于耕作的土地,便被引去浇地了。"[②]这样,一条宽窄不等的农耕绿洲带,就在自然与人为的双重作用下形成了。

这一地区较大的城镇也主要分布在马蹄形沙漠地带的外侧,如渭干河边的库车,阿克苏河畔的阿克苏、温宿、阿瓦提,托什干河畔的乌什,喀什噶尔河畔的疏附、珈师、巴楚,叶尔羌河畔的叶尔羌,哈拉哈什河畔的墨玉,玉陇哈什河畔的和阗,克

[①] 张其昀、任美锷编著:《本国地理》下册,钟山书局,1934 年,第 158 页。
[②] (俄)尼·维·鲍戈亚夫连斯基著,新疆大学外语系俄语教研室译:《长城外的中国西部地区:其昔状况及俄国臣民的地位》,商务印书馆,1980 年,第 8 页。

图4-1-2 介于砾石带与沙漠带之间的南疆沃地景观
(2013年7月24日樊如森航拍于乌鲁木齐至喀什2/3航程处。)

里雅河畔的于阗,卡墙河畔的且末等,都分布在这个沃地带上。根据20世纪30年代的统计数据,分布在这一农业沃地上的人口大约占新疆总人口的60%。[1]

(2) 吐鲁番沃地

这是一个极深的陷落地带,高度低于海平面283米,南北宽约88公里,东西长约160公里,是古代罗布泊盆地的极深部分,因湖水干枯而成。由于当地的气候非常干燥,加之盆地南侧山地的雪山较少,所以整体而言,这里春季的河水还算丰富,但是到了夏季,就出现了严重的供水问题。好在吐鲁番盆地的北部边缘尚有博克多雪山的融雪可用,所以这里的农业沃地也就靠近北侧分布。当地的几个城市如吐鲁番、鄯善、鲁克沁、托克逊等的位置,都坐落在盆地的北方,正是出于这个原因。

(3) 哈密沃地

这是巴尔山东南麓的盆地型沃地,长约11公里,宽约8公里。哈密就位于沃地的中央,这里是中国最著名的瓜果产地之一。

沙漠地带,包括塔里木河以南、以西的大戈壁,以及该河以东的白龙堆沙地、哈顺沙碛。

戈壁系蒙古语"沙漠"的意思,根据质地,它又可以分为石戈壁与沙戈壁两种,前者为砾石,后者为流沙,皆为不毛之地,杂草灌木稀少,空气干燥,偶有泉井,亦多苦咸难饮。"塔里木河西南为塔克拉玛干沙漠,亦称塔里木沙漠;在塔里木河以东

---

[1] 王益厓:《高中本国地理》,世界书局,1934年,第67页。

为大沙漠,亦称戈壁沙漠",前者东西宽1 700里,南北长350～700里不等,上覆黏土沙砾,海拔高度在3 300～4 600尺之间,沙漠周围尚有泉地,可供农耕与放牧。后者又分为白龙堆沙漠和哈顺沙漠,白龙堆沙漠又称库穆塔格,由黏土和细沙组成,海拔2 200尺;哈顺沙漠又称伊犁呼玛沙漠,为干旱不毛之地,海拔约4 000尺。[①]

(四)帕米尔高原

在新疆,除了前述三大自然风貌区之外,尚有一处相对独立而特殊的区域,即原属大清领土,后被英国与俄国豪夺私分,主权支离破碎的帕米尔高原。

帕米尔高原位于天山南路喀什噶尔和叶尔羌的西面,面积"共有7万法方里"。中国古代称不周山、葱岭,也称"帕米尔勒尼耶。帕米者,波斯语,平屋顶之称;而勒尼耶者,世界之称,犹言大地一屋顶也。后世转称为帕米尔"。帕米尔高原的四周,

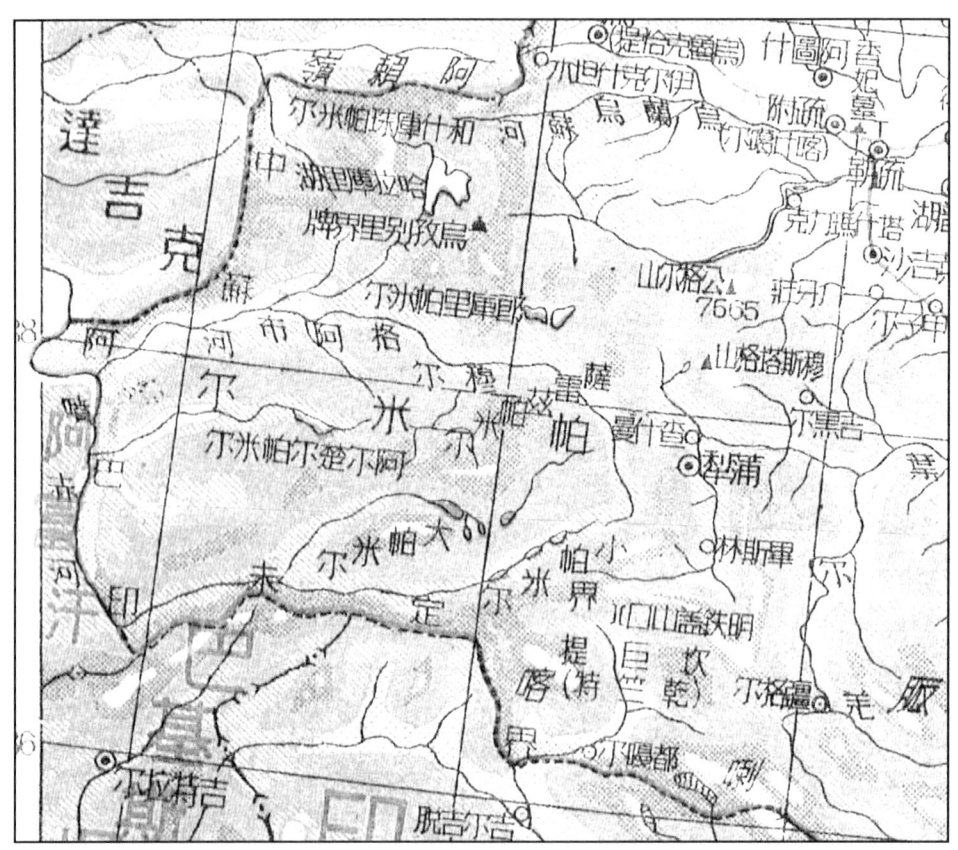

图4-1-3 1951年前后的帕米尔高原形势图

说明:在帕米尔西部边缘,沿阿赖岭和喷赤河,有一条用虚线表示约"中苏阿巴印未定界",表明新中国政府依然不承认英俄两国1894年后对中国原6个半帕米尔的私分和强占。

(资料来源:光华舆地学社编:《中华人民共和国新地图》,生活·读书·新知三联书店,1951年。)

---

① 王金绂:《西北之地文与人文》,商务印书馆,1935年,第5、6页。

均有许多高大的山脉,"皆本于葱岭,惟山势豁辟,时见坦麓,所谓平屋顶者,即本此而来。平顶中又有山脉隆起,界为数区;此数区者,各异其名,而当不离帕米尔之称"①。

具体说,帕米尔高原北倚阿赖岭(Alai),东临赫色勒牙克岭,南界兴都库什山脉,西至达尔瓦斯地区,并向东延展到新疆的蒲犁县(今塔什库尔干县)境。该高原的内部,又可以分成8个部分,一为塔克敦巴什帕米尔,又称萨雷阔勒(波斯语高地之意)、塔什库尔干(回语高地之意)、提兹那甫,在蒲犁县境内,包含萨雷阔勒和塔嘎尔玛平原。二为小帕米尔(Little Pamir),在塔克敦巴什帕米尔的西面,有阿克苏河的上源鄂依库里湖,长9里,宽3里,海拔13 000尺,湖畔山地高于湖面2 000尺。三是大帕米尔(Great Pamir),在小帕米尔的西北,在伊什提克河和大帕米尔湖的两岸。大帕米尔湖岸边的山峰,高出湖面5 000尺。四是阿尔楚尔帕米尔(Alichur Pamir),在大帕米尔之北,中部有叶什库里湖,其东地势较平坦,其西雪山并峙。五为萨雷兹帕米尔,在阿尔楚尔帕米尔之北,穆尔格阿布河两岸,东为阿克拜里克河,西界巴尔唐河。六为郎库里帕米尔,在萨雷兹帕米尔之东,有郎库里湖和阿克拜塔勒河,东面为塔嘎尔玛山,西北部为乌兹别里山口。"以上6帕在清光绪中叶属我。"七为和什库珠帕米尔,在萨雷兹帕米尔之北,喀喇库里湖(Kara-Kul)附近,其北为阿赖岭,四周为高山,西面是海拔23 000尺的考甫曼峰,东有喀里他湾山口,由此可东入疏勒县西境,该帕米尔被俄国掠夺,归属费尔干(Ferghana)省。八为瓦罕帕米尔,在大帕米尔之南,小帕米尔之西,瓦罕河两岸,民国年间已归属阿富汗。帕米尔高原地势高耸,上面的山峰多在海拔20 000尺以上,平均也在海拔12 000~15 000尺。②

帕米尔高原地势高寒,人烟稀少,经济开发力度较低。据笔者2013年7月底至8月初对塔吉克斯坦所属帕米尔地区的实地考察,除海拔3 000米以下的河谷地带有融雪灌溉的农业生产之外,其余更为辽阔的高海拔地区均为牧场和戈壁,农牧业市场化和现代化的水平还很低,大体上相当于中国改革开放的初期;当然,中国境内塔什库尔干帕米尔的情况要好出很多。由此可以想见,在一个世纪前的清末民国时期,整个帕米尔地区的经济发展状况还会更差一些。

自清代前期,帕米尔高原即已正式纳入中国清朝的控制之下。乾隆二十四年(1759年)平定新疆大小和卓木兄弟叛乱的决定性战役,即在大帕米尔和阿尔楚尔帕米尔之间的"小高平地,名塔什哈尔果什平地"进行。战后用满汉回三种文字,立御制记功碑于雅什库里河北岸、伊西洱库尔淖尔附近的苏满塔什,成为帕米尔高原隶属清朝的重要物证。光绪四年(1878年),清军击败阿古柏重新收复新疆以后,

---

① 太平洋书店编:《新疆》,太平洋书店,1933年,第67页。
② 王金绂:《西北之地文与人文》,商务印书馆,1935年,第6—8页。

刘锦棠又在帕米尔高原设立黑孜吉牙克卡、六尔阿乌卡、巴什滚伯孜卡、图斯库尔·雅什特拱拜卡、阿克素睦尔瓦卡、塔敦巴什卡、苏满卡等,巡守边疆,借以巩固国防。①

1894年,英、俄两国撇开清政府,在伦敦签署了私分原属中国帕米尔的协议,约定以萨雷阔勒岭为界,将塔克敦巴什帕米尔和郎库里帕米尔的一部分留给中国,其余的部分,瓦罕帕米尔划归英国,即今天阿富汗的瓦罕走廊地区;另外的"五帕半"划归俄罗斯,即今天塔吉克斯坦的一部分;并分别派兵进行事实上的强占。不过,对于英、俄私分帕米尔的条约,清代至民国的中国政府均"未尝签字承认";中国认为,该处是中、英、俄三国未定国界的地区。②

地势高耸、雪山遍布的帕米尔地区,虽然由于历史的、政治的种种原因,严重限制了其经济开发的广度和深度,但是,这里的淡水、水力、太阳能、风能、矿产、动植物等资源都极其丰富,是一块经济潜力非常巨大的风水宝地,决不可轻易淡出中国人的视线。

三、新疆的气候和物产

(一)新疆的气候

和国内其他省份相比,新疆的气候有着更多的特殊性,这对当地产业的自然分工和民众生活的许多方面,都带来了很大的影响和制约。

这里地处亚洲大陆的腹地,大陆性气候特征非常典型。表现在气温上,由极冷而至极热,变化幅度都相当大。冬季寒威逼人,夏季酷热如焚,空气的干燥程度为他处所罕见,一年当中雨雪不超过20～25天。1月份的气温可降到华氏冰点以下30度,夏季则飙升至华氏86～97度。风虽然在夜里稍小一些,但一到中午就风力强劲,沙尘蔽天了。春天的风力更大。降雨极少,降雪颇多,有时暴雪会连续数日。又有所谓的晴雪,即晴朗天空中会降下纷飞的雪花。原因是气温太低,地面上的水气来不及升空成云,就直接凝结为雪花了。③

新疆由于幅员非常辽阔,所以不同地域的气候环境也有很大的细部差异。比如,在天山北路的准噶尔盆地,冬季酷寒,夏天则较为凉爽,作物的生长期仅为百日左右。以迪化为例,纬度与哈尔滨相同,寒暑亦应相仿。但因距海遥远,大陆性气候非常显著。迪化1月份的平均气温为摄氏零下20度,"重裘不暖,嘘气成冰,人在室中,非火不温,至暮春后,始渐转暖。夏季因纬度较高,甚为凉爽,七月平均为23度,惟日中亦甚炎热,入夜转凉,则须拥被。迪化因位于山麓,雨量较多,全年15英寸,以三四五等月为最多"。山中雨量较低地为多,平均20～30英寸,天山北麓

---

① 太平洋书店编:《新疆》,太平洋书店,1933年,第70页。
② 太平洋书店编:《新疆》,太平洋书店,1933年,第73页。
③ 杨文洵等编:《中国地理新志》,中华书局,1935年,第10编第14页。

低处林木繁茂,海拔 3 000 米以上为优良牧场。①

在天山南路的沙漠地区,雨量稀少,气候干燥,寒暑变化更为剧烈。这里"夏季酷热,日光由黄沙反射,沙漠中犹如一大火炉。中午气温常升至 70 度以上,即在荫处,温度亦常在 40 度左右。而灼热挟沙之风,扑面吹来,尤为沉闷。即入夜中,亦未转凉。故沙漠中草木不生,有火洲之称"。冬季又极为寒冷,"平均温度在冰点以下者有三个月之久,大河如塔里木河等均完全封冻"。气温寒暑的差异,造成气压的不稳定,极易形成大风。在天山南路地区,由于雨水稀少,造成沙漠广布,"惟有水之处,始有人家,故城市之分布,常随河道之变迁为转移,水尽则人民迁移,城市沦废"。有时河岸坍塌,造成河流壅塞,这也是塔里木河干支流时常改道、城镇不断迁址的一个原因。②

(二)新疆的物产

新疆地域辽阔,地形多样,动、植、矿物的地带性和垂直性分布差异明显。许多物产不仅种类繁多,而且数量巨大,从而为新疆的区域开发和产业发展提供了坚实的物质保障。从这个意义上说,"与新疆语实业,各省殆无有能望其项背者。言矿产,则昆仑、天山,千支万脉,奇杰雄伟,五行百产之英,孕育繁富;言森林,则枝梢参天,朽干满谷;言农牧,则塔里木河、伊犁河、孔雀河诸流域,旷原无边,气候适宜;言工,则土人智巧,不逊汉人,鞍鞯齿革、氍毹霞夷之属,皆为中外所称道;言商,则地处欧亚之脊,四塞灵通,土人嗜利远趋,不亚鲁粤。诚神州天府之区,世界实业之大舞场也"③。

根据文献记载,近代时期的新疆地区依然拥有极为丰富的经济资源。以动物资源来讲,野兽类有骆驼、野驴、野马、彪虎、豹、熊、狼、牦牛、旱獭、麋鹿、黄羊、大头羊、野羊、猞猁、狐、兔、野猪、野牛、犛牛、羚羊、狒狒、老鼠、人猿、貂等。鸟类则有雪鸡、冰燕、雉、灵雀、雪鹰、孔雀、鹦鹉、乌鸦、燕子、麻雀、鹰、雕等。植物类资源中,有阿魏、牛蒡、枸杞、一枝蒿、雪莲、石莲、肉苁蓉、贝母、知母、党参、冬虫夏草、黄连、麻黄、夏枯草、甘草、白术、茱萸、沙参、半夏、细辛、远志、附子、芎䓖、茯苓、蘑菇、茶、茨草、石莲草、百合参、野麻等。并且,这里的林木资源也不少,"山岭之中,林木甚茂,蔚然成荫,松林荟郁,为野兽天然之繁殖所。且森林蜿蜒,由库车至伊犁乘马行 19 日不尽,亘古未经采伐";主要的树木种类有松、柏、枫、榆、梧桐、桑等。④ 另外,据林竞实地考察,"天山北麓自奇台以至伊犁,冈峦断续,东西横亘千余里,尽系松杉;镇西、哈密之间,南山之麓,延长二百余里,松阴蔚互,红肌细理,名曰红松,或名万年松;塔城巴尔鲁克山,长二百余里,松桧阴翳,枝干枒杈;至昆仑之阴,松、桦、榆、杨、

---

① 张其昀、任美锷编著:《本国地理》,下册,钟山书局,1934 年,第 147 页。
② 张其昀、任美锷编著:《本国地理》下册,钟山书局,1934 年,第 160 页。
③ 林竞:《新疆纪略》,天山学会,1918 年,第 12 页。
④ 太平洋书店编:《新疆》,太平洋书店,1933 年,第 49 页。

遮岩蔽谷,尤不可以数计。盖产于山者,尽属天然,植于地者,则榆杨夹道,千里成阴,夏秋之际,四郊徒步,绿影侵襟。至南路于阗、且末、婼羌、新平一带,尤多胡桐;乌苏、精河,则多红柳,弥望茂林,动数百里"①。

天山南北的矿产资源也非常丰富,只是由于资金和技术的原因,近代时期进行开采的却不多。概括地讲,硫黄、硝石、盐主要产于乌什、莎车附近;玉、金、白金出于昆仑山脉,金尤以阿尔泰山为多;亚铅、煤、铜产于疏勒西部;库勒拉、吐鲁番附近有煤;阿克苏东部、吐鲁番北部有岩盐;库车附近有铜、锡,此外还有蛇纹石、瑙沙、石棉、硝石、岩盐、曹达、硫黄、石英、水晶、白云母、白矾、石膏、黑土、白垩、红土、石灰石、化石等;库尔喀喇乌苏、塔城西面的青石峡以及绥来、库车等有石油;各咸湖产盐很多;于阗、莎车产的玉,特别是玉陇哈什、哈拉哈什两河所产的玉最为著名。②

第二节 近代新疆经济开发的历史背景

从历史来看,新疆作为中国中央王朝长期筹谋治理的边疆区域之一,其经济的发展不可能完全自立于中原之外。但是,特殊自然和人文环境的存在,也使得这里自远古时代起,就出现了与中原文明有所不同的独特地域文化。大量的考古资料也表明,距今 4 000 年以前,天山南北地区就产生了与我国今天的东北、内蒙古、甘肃北部等地区大致相同的新石器文化,成为沿长城以北沙漠、草原地带新石器文化体系的重要组成部分;③此后西域各族人民所创造的物质和精神文明,也都曾达到了很高的水平,④其早期文明堪与中原同辉。换言之,被历代中原王朝所大肆渲染的张骞通西域的活动,并非是救当地于水火的启蒙布道之举,充其量不过是中原与西域之间大规模平等交流的重要开端而已。

学术界曾经有一种主观、笼统的说法,认为新疆地区"三山夹两盆"的复杂地貌,干燥的气候,高耸的山岭,浩瀚的沙漠等恶劣自然条件,足以将古代西域与周边地区分隔成孤立封闭的地理单元;只有东向中原的河西走廊,才是西域通往外界的唯一坦途。但是,如果对天山南北地区的微观地貌进行一种高清晰度的近距离考察,就会发现,这里的地理和交通困难,远远没有一些人想象的那么严重。且不说天山南北地区的西部和北部均有不少宽阔平缓的河谷与山口,可以很便利地交通于中亚的伊犁河谷与蒙古草原之间;就是中部、南部和西部巍峨高耸的天山、昆仑山、葱岭之间,也不乏由驮路和车路构成的山间阪道,可以通往新疆各地以及南亚、西亚、中原的广大地区,⑤成为各地之间政治、经济和文化交流的多重纽带。否则,就无从清晰地解释,贯通欧亚大陆的数条"丝绸之路"、西域地区外来的佛教文化以

---

① 林竞:《新疆纪略》,天山学会,1918年,第14、15页。
② 杨文洵等编:《中国地理新志》,中华书局,1935年,第10编第16页。
③ 吴震:《新疆新石器时代文化的初步探讨》,《光明日报》1962年2月18日第4版。
④ 薛宗正主编:《中国新疆古代社会生活史》,第二章,先秦两汉时期,新疆人民出版社,1997年。
⑤ 张献廷:《新疆地理志》,第三章,第六节,交通,山东高等师范学校,1914年石印本。

及伊斯兰教文化,何以能够在这一地区产生、发展和繁盛的真正原因。

根据笔者的研究和考察,就中国古代穿越天山南北地区的陆路丝绸之路而言,无论是参与其中的人员还是货物,都绝不完全是由中原人从洛阳、西安开始一路向西,独立而直接地贯通到了中亚、西亚和欧洲终点市场的;而应该是由分处于该条贸易大通道的不同国家和地区的人们,按照其各自所能影响或管辖路段的长短、出售或购买货物的多寡、使用或理解语言能力的大小,各尽所能,共同协作而完成的。而这一盛大的商品与文化"接力赛"的主要桥梁和网络节点,就是天山南北地区。

站在天山南北地区的角度来看,当地独特的自然环境和地理区位,不仅增加了它与周边区域沟通的难度,同时也奠定了新疆与周边不同文明相互交流中左右逢源的中枢地位。这一点,从西域政治格局的复杂与动荡性,经济发展的多样性,文化衍续的多元性等方面,都能得到充分的印证。换句话说,西域虽然自古就是中国领土神圣不可分割的重要组成部分,但却并不意味着它只能是中原政权版图的天然组成部分。二者要想紧密地连结为一个中国的整体,就不仅需要双方人民的美好愿望,更需要彼此为之付出的切实努力。事实上,时至近代,天山南北与中原地区之间,交通上依然相当隔绝,政权的隶属关系上也屡经变换。这样的事实,也是上述状况异常复杂的一个明证。

而站在中原人的角度来看,"新疆地处极边,轮辐广阔,重以冰岭雪山、流沙广漠之阻隔,故交通之困难,时日之久长,虽周行环球,殆无其匹。由北京以抵迪化,计程八千余里,为期三月余"①。所以,无论是汉代所设置的西域都护府、唐代所设置的安西都督府及北庭都督府、清代所设置的伊犁将军等,都只是中原政权在西域地区的一种羁縻统治机构,基本上只治军政而不理民政,算不上真正意义上的本土化治理。一些文人墨客甚至政府官员,对是否应力保新疆亦有个人意见。据载:"新疆去京师万里,孤悬塞外,穷荒迥绝,气候迥殊,盖为士大夫所唾弃也,久矣。然汉、唐之通西域,不惮竭中原之财,殚朝野之智。劳师塞外,血被流沙,曾不稍息,抑又何哉?即近如清代,康、乾两朝,平定回疆,费数十年。同、光之际,全疆沦陷,左、刘率师转战万里。伊犁一隅,为俄所踞,当时朝野上下,以师徒久困,不愿开罪强邻,致兴兵戈,莫不主张弃地者。独文襄(按:左宗棠)慷慨陈词,力争不可,朝廷卒依其请。"②这既反映出古代中原人对西域这一化外之地鞭长莫及的矛盾心态,但同时也未尝不是一种必须如此的选择。

一、清代治疆方略的前后更替

清朝入关的初期,西域、外蒙、青藏地区都还没有真正进入清王朝的统治版图,

---

① 林竞:《新疆纪略》,九,交通,天山学会,1918年。
② 林竞:《新疆纪略》,引言,天山学会,1918年。

而是大部分处在一个叫做准噶尔汗国的地方政权统治之下；而且，这个政权与定都北京不久的清王朝之间，并无直接的政治隶属关系。只是后来，由于准噶尔汗国的对外扩张冲击到了清王朝在外蒙古地区的既得利益，进而威胁到其更为核心的中原地区的安全，才造成了双方之间大半个世纪的激烈军事冲突。① 即便是对天山南北地区的军事占领完成之后，清王朝最初也没有对这里实行全面有效的治理，而是继续仿效汉、唐王朝在这一地区的传统做法，以军事占领为主，移民屯田为辅，实行军府制、伯克制为主，札萨克制、州县制为辅的羁縻统治政策。即以伊犁将军为首的军府系统主要控制天山南北的军政，但却并不直接干涉西域土著领导人如各级伯克在当地的民政管理事务。②

这种羁縻化的边疆统治政策，其治理成效并不理想。因为为了维持这一军事统治体制的有效运转，清王朝的中央政府与内地行省，不得不将巨额的协饷拨往西域地区，"窃计甘肃、新疆，承平时预拨估拨饷银四百数十万两"③。可是，它的实际效果却收获甚微：它没有彻底根除当地割据、混乱的政治局面，各族各地的叛乱时有发生，社会经济的发展与人民生活的安定依然面临着严峻挑战。再加上沙皇俄国的大肆东扩，西域形势已岌岌可危。究其深层原因，一方面在于军府制之下，"将军、都统与参赞、办事大臣，协办与领队大臣，职分等夷，或皆出自禁闼，或久握兵符，民隐未能周知，吏事素少历练，一旦持节临边，各不相下，稽查督责，有所难行。地周二万里，治兵之官多，治民之官少，而望政教旁敷，远民被泽，不亦难哉！"④而另一方面，天山南路的伯克制也是流弊丛生。据载："回疆民事，从前委之阿奇木伯克等官，原以约束部众。乃该回目等往往倚权借势，鱼肉乡民，为所欲为，毫无顾忌。缠回语言文字隔阂不通，民怨沸腾而下情无由上达。继遭安夷之变，该回目等苛酷尤甚，横征暴敛，朘削靡遗，民命不绝如缕。"⑤为此，左宗棠等人结合自身的治边实践，提出了一个切实可行的策论，即在天山南北地区实行与内地划一的行省制度。他认为，如此一来，"军食可就地采运，饷需可就近取资，不至如前此之拮据忧烦、张惶靡措也"，故"为新疆画久安长治之策，纾朝廷西顾之忧，则设行省、改郡县，事有不容已者"。⑥

经过左宗棠、谭钟麟、刘锦棠等官员的奔走呼号，痛定思痛的清政府遂在平定阿古柏叛乱之后，于光绪十年（1884年）任命刘锦棠为巡抚、魏光焘为布政使司，正式设立新疆行省，并实行了一系列本土化的西北边疆开发政策。

---

① 自康熙二十七年（1688年）康熙皇帝御驾亲征噶尔丹，至乾隆二十七年（1762年）伊犁将军的设立，双方之间发生了多次控制与反控制的战争。
② 蔡家艺：《清代新疆社会经济史纲》，第一编，清代前期新疆的社会经济；第二编，干嘉道时期新疆的社会经济，人民出版社，2006年。
③ （清）左宗棠：《左文襄公全集》奏稿卷五十三，光绪十六年刊本。
④ （清）左宗棠：《左文襄公全集》奏稿卷五十三，光绪十六年刊本。
⑤ 朱寿朋编：《光绪朝东华录》卷七十四，中华书局，1982年。
⑥ （清）左宗棠：《左文襄公全集》奏稿卷五十，光绪十六年刊本。

第一，政治上，借鉴其他边疆区域和新疆东部地区已有的"改土归流"经验，全面推行州县制。

新疆建省之初，其行政建制为4道、2府、11厅、4直隶州、11县；①经过调整，到清朝末年，全疆共设有焉耆、温宿、疏勒、莎车、伊犁、迪化6府，库车、和阗2直隶州，英吉沙尔、乌什、库尔喀喇乌苏、塔尔巴哈台、精河、镇西、哈密、吐鲁番8直隶厅。②从而基本上结束了军府制、伯克制、札萨克制、州县制并行的混乱局面，在很大程度上消弭了西域长期分裂割据的政治基础，使中央政府统一的政令能够更加有效地贯彻执行，为天山南北地区的本土化建设奠定了必要的政治前提。

第二，经济上，改革旧的屯田制度，大力发展农业生产。

屯田是中央王朝为配合其在边疆地区的羁縻政策，最晚从秦代就开始实行的经济开发活动。由边地驻军屯垦的土地称为军屯，由内地实边移民屯垦的土地称为民屯。清王朝在"新疆屯田，始康熙之季察罕诺尔地驻兵"，③盛于乾隆朝以后，分为兵屯、民屯、遣屯、回屯、旗屯等多种类型。由于其军事化管理的成分浓重，屯丁的生产积极性和成效皆受到了很大的限制。在新疆建省以后，巡抚刘锦棠等官员着手对屯田制度进行了改革。内容包括改兵士兼营的兵屯为平民专营的民屯，改由谪遣罪犯从事的遣屯为自由民从事的民屯，广泛招徕内地流民来新疆屯垦，并减轻其租税的额度，允许其加入当地民籍，从而提高了屯田劳动者的生产积极性，促进了新疆屯垦区农业经济的发展。据统计，建省前的同治年间，新疆的田亩原额为2 980 743.57亩，到1905年，仅册报升科的垦田数就达到了10 309 324.06亩，为原额的3.45倍。如果将以畜牧业为主的天山北路地区跟以绿洲农业为主的天山南路地区进行比较的话，那么，1905年，天山北路伊塔道和镇迪道的升科亩数为1 482 630.66亩，天山南路阿克苏道和喀什噶尔道的升科亩数为6 026 693.4亩，原来以畜牧业为主的天山北路，其升科的田亩数已经达到了天山南路的四分之一。④

对土地附着性很强的农业经济成分的快速增加，有助于新疆政局的稳定及其与中原地区经济政策的协调统一，是天山南北地区的本土化建设在经济领域里的重要表现和有机组成部分。

第三，推行与全国统一的"新政"措施。

清朝中央政府于光绪二十七年（1901年）发起的"新政"运动，于次年就在新疆省内得到了实施。其内容概括起来主要包括"革除弊政，整顿吏治；改革兵制，编练新军；兴办实业，挽回利权；建立学校，普及教育等几方面"⑤。

其中，编练新式陆军和警察制度对于强化全省的防务和地方社会秩序，开发矿

---

① 蔡家艺：《清代新疆社会经济史纲》，人民出版社，2006年，第363页。
② 张献廷：《新疆地理志》，第一章，第五节，地方，山东高等师范学校，1914年石印本。
③ 《清史稿》卷一百二十，食货志一，中华书局，1977年。
④ 蔡家艺：《清代新疆社会经济史纲》，附表3-1，人民出版社，2006年。
⑤ 蔡家艺：《清代新疆社会经济史纲》，人民出版社，2006年，第363页。

产和成立工商公司对于现代工商业的发展和传统农牧产业结构的调整,筹修铁路和建立新式邮政系统对于现代交通建设和物资信息的交流,兴办新式学堂、普及现代科学知识对于启迪人们的智慧和灌输统一的思想规范,均产生了前所未有的成效。这不仅有利于加强新疆与内地政治、经济、文化的统一,而且也促进天山南北地区的本土化开发建设。

二、民国年间天山南北本土化开发的延续

辛亥革命的爆发和清朝统治的终结,使全国原本统一的政治局面受到了巨大的冲击。新组建的民国政府不仅政出多头,而且各种政治势力之间的争斗也此起彼伏,所谓"中央政府"的权威很难得到各方的一致认同。这种混乱状态不但严重阻碍了中原地区的发展进步,也极大影响到了包括天山南北地区在内的西北开发建设。具体表现为,此前新疆省各主要官吏都由中央政府直接任免,军队巨额的"协饷"也由国家财政统一调拨,但是此后,中央政府,因自身难保而无暇西顾,新疆各主要军政要员的去留,都由胜出的军阀来掌控,中央只是事后予以默认而已;同时,新疆的各项财政开支也主要由当地自筹。民国政府对新疆的统治力度,已经较清朝后期大为削弱。

然而尽管如此,经过清末建省后近30年的建设,到民国时期,新疆在政治、经济、文化诸方面与中原地区的一体化进程,还是得到了一定程度的继承、延续和发展。这在上至中原"中央"和新疆地方的施政方略,下至下层平民的行为习惯中,都有明显的体现。

第一,从中央方面来看,北京民国政府的有效统治虽然无法抵达中国全境,但却一直没有放弃对新疆省的关注和"治理"。到南京民国政府时期,中央对新疆省的控制更是日渐增强了。

民国初期,北京政府依然将新疆作为其治下的行省之一,统一下达政令和发放公文;历次的移民实边行动,也都把新疆作为目的地之一。南京政府建立特别是抗战爆发以后,对西北大后方的建设更加重视,政治、军事、经济等方面的渗透和控制也逐步增强。[①] 1944年9月,盛世才被迫离开新疆到重庆供职,国民政府的军政大员朱绍良、吴忠信、张治中先后到新疆主政,是新疆重新高度服从于重庆(南京)中央政府统治的重要体现。

第二,尽管新疆地方当局鉴于中原纷乱复杂的政治局面和自己的切身利益采取了闭关守土的孤立主义政策,但是,他们依然是以中国的一个地方政权而非一个独立政权的姿态来行使其内外政策的。这是天山南北本土化开发政策得以实施和延续的政治前提。

---

① 陈慧生、陈超:《民国新疆史》,第3—17章,新疆人民出版社,2007年。

从新疆本身的情况来看,尽管地方当局与中原的民国中央政府保持了相当大的距离,但是,无论是杨增新、金树仁还是盛世才主政时期,新疆都没有像1924年以后的外蒙古分裂主义势力那样自外于中国,更没有干出分裂和背叛祖国的罪恶勾当。

杨增新对内地的政治态度一贯为"是中央即服从",重要官吏的任命和事务处置亦皆交中央备案。他对新疆形势的基本判断是,"新疆孤悬塞外,自汉、唐以来时附时叛,盖于中原多事之际,兼顾不暇,则土人乘隙而叛;至中原平靖,武力充实,再事抚循。因当时无外力之侵略,且与中原关系较浅。今日情势则大不然……外有强邻之虎视,内有外蒙之狼贪,恐此大好山河,将沦于异族之手,求如昔日之收抚于数十百年以后,必不可得。……诸公洁身高蹈,而委之于增新,际此危急存亡之秋,正丈夫担当事业之会。至于成败利钝,均所不计",其慷慨为国的精神,似乎并不亚于左宗棠。在对俄政策方面,杨增新采取了不卑不亢的外交策略。一方面,对于叛逃入新的白俄军队,不仅没有姑息纵容,反而强化了对他们的约束和控制;另一方面,为保障中国商人的权益和限制俄国商人的权益,于1920年与苏俄订立了新俄《局部通商条约》,规定在新疆的俄商与华商一体纳税,废除了1868年中俄《陆路通商条约》中允许俄国商人在天山南北暂不纳税的特权。

此后主政的金树仁和盛世才,虽然在苏联的巨大压力和诱惑下,行政方面带有了明显的亲苏色彩,但也依然没有中断与中国内地中央政府的政治联系。① 1943年1月16日,政治面目复杂多变的新疆省主席盛世才,由一个原联共布党员,正式就任中国国民党新疆省党部主任一职,标志着重庆国民政府对新疆政治控制力度的增强和盛氏亲苏政策的基本终结。而张治中主政新疆以后,新疆与内地的政治联系更进一步增强了。

第三,中原和西域的平头百姓也积极投身新疆的开发和建设,他们成为新疆本土化开发事业的基石和主体力量。

民国时期,杨增新对中央政府有组织的边疆移民政策持反对态度,致使内地农民到新疆的垦殖活动受到了一定的阻碍。而盛世才主政时期的相关政策,则要宽松许多。他曾明确许诺说:"全疆五谷俱备,蔬菜水果无缺,盼腹地人民尽速移来,至星星峡后,即当负责安排。"② 再加上到新疆经商的内地商人不断涌入,农、工、商各产业的劳动者队伍便一直处于壮大之中。从现有的人口统计资料来看,1913年前后,新疆有人口200万,③1943年前后,新疆人口达到了450万。④ 按照这样的统计,新疆人口在30年当中就增加了250万人,其人口的自然增长率高达41.7‰,这

---

① 蒋军章:《新疆经营论》,第1章,第4节,民国以来的新疆,南京正中书局,1936年。
② 韩清涛:《今日新疆》,一、新疆轮廓,贵阳中央日报总社,1943年。
③ 张献廷:《新疆地理志》,第一章,第一节,面积及人口,山东高等师范学校,1914年石印本。
④ 韩清涛:《今日新疆》,一、新疆轮廓,贵阳中央日报总社,1943年。

显然有大量的外来移民在内。一般来说,一个地区正常的人口自然增长率为5‰~10‰,据此,新疆30年的净增人口当为30万~60万人,1943年时的新疆人口数量应该在230万~260万人左右。换句话说,仅1913—1943年的30年间,新疆的各类外来移民(主要是内地移民)数量应该净增了190万~220万人左右。这无疑为新疆的本土化开发带来了迫切需要的劳动力。

经过中央政府,尤其是新疆当局和当地人民的共同努力,民国时期的新疆最大限度地保持了政治上的独立和经济上的发展,使俄(苏)、英、日等外国势力试图把中国的新疆变成第二个外蒙古的阴谋最终化成了泡影,从而成功维护了祖国领土和主权的完整,保证了清末新疆建省以来,中国西北边疆本土化开发政策的连续性和建设的成效。

第二章　近代市场环境的变迁与区内外贸易的发展

道光三十年(1850年)之前的新疆地区,虽然与处在其东方的中原和处在其西方的中亚等地都有着一定的经济往来,但是限于当时当地的农牧业发展水平和市场发育程度,彼此之间的经贸交流实际上只能处于较低的层次。尤其是新疆和内地之间,基本上还是从前朝遗存下来的宗藩贡赐贸易和边境互市贸易。而天山南北广大的地域范围之内,基本上还停留在以游牧经济为主导产业的封闭落后状态。[①]

资料显示,乾隆年间,天山以北的准噶尔人游牧区"全境不乏泉甘土肥、宜种五谷之处,然不尚田作,惟以畜牧为业,择丰草绿缛处所驻牙而游牧焉,各有分地。问富强者,数牲畜多寡以对。饥食其肉,渴饮其酪,寒衣其皮,驰驱资其用,无一事不取给于牲畜"[②]。而天山以南地区"惟和阗回人知养蚕缫丝织绢,他处桑虽多,食椹而已。惟赖种棉织布为衣,其纺车梭形虽小异,而用则同。远近各外夷以羊马诸货易去,回人颇为利益,每年额收布匹,官为运送伊犁与哈萨克易换牛羊马匹,为伊犁、乌鲁木齐、巴里坤等处应用"[③],其商品交换虽然相对繁盛,但却仅限于个别民族和少数地区,发展水平上也只是以物易物。

清代中期以后,受国内政治形势、经济政策、军事活动、民族关系、市场状况的影响,特别是来自国内和国际市场的拉动,新疆的市场环境发生了很大变化;到民国年间,新疆的区内外贸易均得到了更大的发展,成为引领当地农、牧、工、矿业经济进一步发展的直接推力。

第一节　"赶大营"与清代前期新疆与内地经贸联系的加强

"赶大营"作为内地商人随军队赴边疆贸易的一种商业形式,由来已久。

清朝前期的"赶大营"贸易,属于当时的照票贸易的一种表现形式和重要组成部分。清代的照票贸易分为普通贸易与随军贸易两种形式。这种贸易形式,大致开始于雍正五年(1727年)。这一年,清政府将喜峰口、古北口、独石口、张家口、归化城、杀虎口、西宁等地,指定为汉人进出蒙地经商的贸易孔道,规定凡前往内、外蒙古和漠西厄鲁特蒙古牧区深处从事贸易的内地商人,必须经过张家口的察哈尔都统、多伦诺尔同知衙门、归化城将军、西宁办事大臣的批准,并颁发给盖有皇帝印玺的营业照票即"龙票"(又称"部票"),才能在指定的蒙古盟、旗境内经商。该类照票用满、蒙、汉三种文字书写,填写的内容包括商队的人数、商人的姓名、商品的种类和数量、回

[①] 陈桦:《清代区域社会经济研究》,中国人民大学出版社,1995年,第207页。
[②] 傅恒等修纂:《钦定皇舆西域图志》卷三十九,风俗,准噶尔部,畜牧,《四库全书》本。
[③] 苏尔德纂:《回疆志》卷二,织纴,清乾隆三十七年纂,1950年吴丰培校订油印本。

程日期等,同时规定内地商队必须在指定地区蒙古官吏的验证和监督下才能从事贸易。无票者严厉禁止进入草原腹地。① 照票规定旅蒙商的经商时间以1年为限,不准携带家属,更不准在经商地娶妻成家,②春去冬归,故又被称为"雁行商人"。

从清代前期照票贸易的执行情况来看,到内外蒙古草原和青海地区进行贸易的商人,主要从事普通的照票贸易;而到天山南北地区从事商品交流活动的内地商人,则主要从事特殊的随军贸易,即所谓的"赶大营"。

随军贸易的经济原因,缘于缺乏足够后勤保障的远征军队对生活物资的大量需求。由于战事难料,所以随军照票只是一种身份认证,并不像普通照票那样限定经营时间,并且在战事结束后,还鼓励内地商人携带家属,扎根边疆屯田经商。这就为内地商人在经商地的本土化经营提供了方便。据后来人的考证,"其时西征之师,北出蒙古至科布多、乌里雅苏台者为北路,西出嘉峪关至哈密、巴里坤为西路。师行所至,则有随营商人奔走其后,军中资用,多取供之"③。

随军贸易的政治诱因,则是清朝初年,卫拉特蒙古(明代称瓦剌)的后裔噶尔丹在天山南北地区建立了准噶尔汗国。他为了扩张自己的势力,多次率军攻打已经归顺清朝的喀尔喀蒙古各部,并无视和违反清廷的相关禁令。为此,清朝军队自康熙二十九年(1690年)开始,对准噶尔汗国进行了多次大规模的征讨。双方间的战争断断续续,互有胜负,直到乾隆二十四年(1759年),清朝军队才彻底击败了准部、回部的叛乱,控制了巴尔喀什湖以东、天山南北、萨彦岭以南的广大地区。在这一系列旷日持久的战争中,内地商人也不畏生死,如影随形地开展了随军贸易。④清初商人"赶大营"的主要区域,既包括辽阔的天山南北地区,也包括作为战场之一和战争后方基地的漠北蒙古的乌里雅苏台(前营)、科布多(后营)地区。

曾在康、雍、乾年间历任数省巡抚的纳兰常安,就详细记述过直隶和山西等省商人在随军贸易途中历尽艰险、跌宕起伏的经商过程:"塞上商贾,多宣化、大同、朔平(治今右玉县)三府人,甘劳瘁,耐风寒,以其沿边居住、素习土著故也。其筑城驻兵处则建室集货,行营进剿时亦尾随前进,虽锋刃旁午(舞)、人马沸腾之际,未肯裹足。轻生而重利,其情乎? 当大军云集,斗米白镪十两,酒面果蔬虽少,售亦需数金,一收十利,意犹未足。其货小其秤入,银大其戥进,官兵受其愚,恬不为怪。是以收利盈千万亿,致富不訾。以其所获,增买橐驼,百金购一,犹云不昂。每自边口起发,一字尾行,数里不绝;一家所蓄,少亦盈百。至于赤手贫乏之人,伐薪刈草,亦积数百金。得之易,视之轻,骄奢淫逸日甚。及大军既撤,仅留守戍官军,食口既

---

① 张正明:《晋商兴衰史》,山西人民出版社,1995年,第72页。
② 卢明辉、刘衍坤:《旅蒙商——17世纪至20世纪中原与蒙古地区的贸易关系》,中国商业出版社,1995年,第32、33页。
③ 林竞:《新疆纪略》,天山学会,1918年,第22页。
④ 在此之前,已有内地商人从事中俄贸易,只是规模尚小。据清人张鹏翮的《奉使俄罗斯日记》《小方壶斋舆地丛钞》第三帙,上海著易堂印行)记载,康熙二十七年(1688年)八月初六,他"次秃儿哈,饮行潦,始见宣府民人,车载烧酒、米面,贸易军中,乏粮者得买食"。

少,则所需不繁,货价大减。且需驼无人,一驼仅值二十金,商贾为之色沮,落魄失业者比比皆然。至不得已,以现有之驼,依然往返载运,运至军营,居住商民受之,分廛列市,零星转售;虽获利无壤于前,然较之内地尚有余饶。"[1]

内地商人的随军贸易,不仅为西北边疆的政治统一与稳定作出了贡献,而且也加强了牧区与中原内地之间的商品流通。据陕西总督文绶于乾隆二十七年(1762年)的调查,随着内地商人的不断涌入,天山北路地区的商业贸易出现了一番繁荣昌盛的景象。新建的军城巴里坤,"城关内外,烟户铺面,比栉而居,商贾毕集";商业重镇奇台,"内地商贾,艺业民人俱前往趁食";而乌鲁木齐"商贾辐辏,比之巴里坤城内,更为殷繁"。[2]

第二节 清末民国的赴新"赶大营"贸易

同治三年(1864年),新疆的部分回族和维吾尔族人于天山南北起兵反清,攻占了库车、乌鲁木齐、哈密、玛纳斯、喀什噶尔等城市,建立了地方割据政权。同治四年(1865年),中亚浩罕国的将领阿古柏应喀什噶尔地方割据政权之请,率军入侵中国,到同治九年(1870年),便控制了整个南疆和北疆的部分地区。阿古柏政权一方面投靠俄、英和土耳其,一方面残暴压榨新疆人民,造成了中国西北边疆主权和领土的严重危机。为此,清政府在同治十二年(1873年)镇压了陕甘回民起义之后,便于光绪元年(1875年)任命左宗棠为钦差大臣,督办收复新疆的军务。入疆清军在刘锦棠、金顺、张曜等将领的直接指挥下,于光绪四年(1878年)收复了除伊犁地区之外的全部新疆领土。[3]

为了解决入疆平叛军士的生活所需,清军利诱和招募肯于吃苦耐劳的山西、甘肃、陕西、湖南、四川等内地商人,源源不断地加入到随军贸易的行列之中。在这一过程中,来自天津杨柳青镇的商贩们也陆续加入到"赶大营"的行列之中。当时,"清军进兵新疆一带的营幕称为'西大营',杨柳青人跟随进军路线沿途肩挑小篓做生意,称为'赶大营'。在新疆平定之后,天津商帮已在新疆构成财力雄厚的商业网络,再去新疆的后继之人,则称为'上西大营'。凡在新疆发财还乡的人,在杨柳青地区称为'大营客'。天津商帮的新疆之旅,经历了三四代人,直到民国初年,延续了半个多世纪,及至'七七'抗战爆发,再上西大营之人基本绝迹"[4]。

和清代前期历时70年(1690—1759年)绵长而动荡的"赶大营"历程不同,清代后期的"赶大营"活动,正式的只有短短4年(1875—1878年)。随着天山南北地区

---

[1] (清)纳兰常安:《行国风土记》,转引自谢国桢选编,牛建强等校勘:《明代社会经济史资料选编》,下册,福建人民出版社,2005年,第37、38页。
[2] (清)文绶:《敬陈嘉峪关外情形疏》,(清)贺长龄辑:《皇朝经世文编》卷八十一。
[3] 玛丽亚木·阿布来提:《论左宗棠收复新疆》,《新疆地方志》2005年第3期。
[4] 王鸿逵、于焕文、谢玉明:《天津商帮"赶大营"始末》,载天津市政协文史委、西青区政协文史委编:《津西古今采珍》,天津百花文艺出版社,1993年。

的回归和新疆建省后的稳定,到清末民国时期,内地商人便落地生根,纷纷从事本土化的商业经营了。在这一阶段,称之为赴新贸易要比"赶大营"更加符合实际。

这些由行商而到坐贾的内地商人,虽然以天津商人本土化的时间最短,但是,他们却能依靠自身的吃苦耐劳和根在京津的经营优势,从诸多内地商帮中脱颖而出,到民国年间,便成了新疆商业中居于支配地位的大商帮。

据相关史料记载,在光绪二年(1884年)新疆建省以前,以杨柳青的"大营客"安文忠、周干义、周干哲、周干风、周干玉、张立亭、曹仲山、曹瑞山、李锡三、牛德奎、乔如山、王一冠、李祥普、郭德奎、周质臣、王锦堂、萧连第、王兴芝等20余人为先导,在随军途中采用肩挑担运的行商形式,或者拆兑山西、陕西、甘肃籍老随军商贩手中的烟叶、茶叶、辣椒、针线、手巾、布袜等生活用品,或者就近采购周边居民的蔬菜、副食,然后挑到军营附近指定的"买卖圈子"进行贸易。清军收复迪化以后,他们又在城里大十字路口的附近修建了简易住房,平时或者在路边摆摊叫卖,或者挑担到周围的乡村和军营兜售。天津"大营客"所经销的货物种类,包括迪化当地的土产,从伊犁口岸运入的俄国洋杂货,由湖南和四川商人从内地运来的茶叶和布匹,以及直接在天津采购的土洋杂货。民国年间,天津北门外针市街的隆顺里、耀远里、永德里、公议栈、曲店街的同茂栈、北门外的集祥公司等处,就常年设有"大营客"接收新疆货款、销售新疆货物、采购京津土洋杂货并运往新疆的办事处。

来到新疆的天津商人,还利用清军不断收复失地的机会,先后到北疆的古城、伊犁(绥定)、伊宁、惠远、额敏、塔城、阿山,南疆的焉耆、轮台、库车、阿克苏、乌什、喀什、英吉沙、叶尔羌、和阗等地拓展商务。他们或在当地开办京津杂货店、酒坊、中药坊、食品店及加工作坊,或者从事"支放"钱物的高利贷业务,无不大获其利。[1]

这些"赶大营"的津商及其后继者,不仅从事新疆当地市场间商品的余缺调剂,经营当地皮毛、药材对俄国的出口,销售俄国进口的工业产品,而且也贩运内地的京广杂货和天津洋货,并有不少人利用在新疆的商业积蓄,回到天津开办工商企业,在新疆与内地间的经济交流中起到了重要的桥梁和纽带作用。

内地商人的本土化经营活动,促进了新疆商业的繁荣。到清末民国初期,迪化城的津商商号同盛和、永裕德、公聚成、复泉涌、聚兴永、德恒泰、新盛和、升聚永因为资金雄厚,商品齐全,被誉为"津商八大家"。他们不仅在天山南北各主要城市设有分号,而且在天津、上海、北京等内地商埠设有商品代办机构。[2] 民国成立以后,由于各省供给新疆的协饷断绝,才使得经手相关业务的晋商汇兑庄"无事可作,相继收束,南商茶庄亦受汇兑庄收束之影响,日渐衰微"。在这种情况下,平津帮才"在近二十余年中,遂驾山西帮而上之,执新省商业之牛耳。计新商二百四十余家

---

[1] 王鸿逵、于焕文、谢玉明:《天津商帮"赶大营"始末》,载天津市政协文史委、西青区政协文史委编:《津西古今采珍》,天津百花文艺出版社,1993年。
[2] 贾秀慧:《试析近代新疆商业史上的"津帮八大家"》,《新疆地方志》,2004年第3期。

中,平津帮几占十分之六"①。

第三节　沿边口岸的开放与新疆国际贸易的开展

进入19世纪50年代以后,中国被迫重新向西方列强开放沿边、沿海和内陆口岸,到1930年,共开放了一级商埠115个。其中,在新疆地区开放了7个,包括1852年据中俄《伊犁塔尔巴哈台通商章程》开放的伊犁、塔尔巴哈台(今塔城市);1861年据中俄《北京续增条约》开放的喀什噶尔(今喀什市);1881年据中俄《改订伊犁条约》开放的迪化、吐鲁番、哈密、古城(今奇台县)。它们与俄国、英属印度、日、美(通过天津)等国际市场相联通,构建起覆盖天山南北、接轨内地和世界市场的外向型市场网络,改善了当地的市场经济环境。

为了便于中俄贸易的发展,在中国政府的协助下,俄国商人在新疆的各个开放商埠,都建立了"占地二三百亩的贸易圈,成为俄商对新疆贸易集散地和商品市场。俄商在新疆的贸易,由前期的商队贸易发展到洋行坐贾。各贸易圈内洋行林立,店铺比邻。随着贸易的扩展,俄商洋行遍布全疆各城镇,或垄断某些商品货物的经销,或把持某一地区的市场,或专营某几种土产收购等等,形成大大小小的联合经营体,资本各在数十万至百万卢布以上。大的洋行在俄国国内都有总、分支机构,与俄国国内许多工商业组织建立了广泛的联系,又在新疆各主要城镇设分店、代办处、货栈,推销俄国商品,收购当地土产。在各地领事的统一管理和协调下,俄商洋行形成以各贸易集散地或市场为据点的商品经销网。大部分俄货由洋行向设在各地的分店或代办处转运。各洋行按不同土货的生产季节,或直接派员,或委托中国商人到备产区订立收购合同。有些生产者还直接到各洋行分店的门市来出售土产或谈判交易条件。全疆土货陆续在伊犁、塔城、喀什噶尔三处贸易集散地集中,等候来年4月启运出境,于夏秋之际赶到秋明或下诺夫哥罗德市场。俄国在伊、塔、喀建立的贸易集散地和市场在新疆对俄贸易中发挥了重要作用,它既是俄国商品的零售市场,又是俄货批发站、中转站,同时还是新疆土货收购出口集中地"②。

清末民国时期,新疆的国际贸易从东、西、北三个方向拓展开来。

新疆向东方向的国际贸易,主要辗转通过天津口岸展开。但这一部分在新疆的对外贸易中并不占有重要地位。新疆外贸的主体是向西、向北两个方向的对俄贸易,以及在南部喀什噶尔展开的对英属印度、阿富汗的贸易。其中,又以对俄贸易最为重要。

新疆的对俄贸易最早是通过伊犁、塔城两口岸展开,19世纪80年代又增加了喀什噶尔、迪化及天山南北各城。和1850年相比,1883年新疆对俄国的进口增加

---

① 曾问吾:《中国经营西域史》,商务印书馆,1936年,第686页。
② 吴轶群:《清代新疆边境地区城市对比研究——以伊犁、喀什噶尔为中心》,复旦大学博士学位论文,2007年,第198页。

了13.3倍,达到了303.64万卢布;新疆对俄国的出口增加了4.4倍,达到了279.2万卢布。就商品种类而言,新疆对俄国进口的主要是布匹、绸缎、火柴等工业制品;新疆对俄出口的,主要是各种皮毛、棉花等农牧业产品。[①] 1895年以前,俄国商人在新疆开办的洋行主要集中在伊犁、塔城、喀什噶尔等沿边口岸,而且资本较少;此后,迪化、哈密、古城皆有俄国洋行开设,新疆畜产品的对俄贸易又有了发展。从事对俄货物进出口业务的,除俄国商人外,主要是来自内地各省的商人,尤其是天津商帮。

表4-2-1 1893—1908年的新疆对俄贸易

年份	出口值（万卢布）	进口值（万卢布）	总计（万卢布）	年份	出口值（万卢布）	进口值（万卢布）	总计（万卢布）
1893	279	304	583	1903	788	668	1 456
1895	387	372	759	1904	889	650	1 539
1899	589	520	1 109	1905	915	626	1 541
1900	651	496	1 147	1906	936	681	1 617
1901	692	601	1 293	1907	1 068	918	1 986
1902	604	701	1 305	1908	996	802	1 798

(资料来源:俄国海关贸易统计数据,厉声:《新疆对苏(俄)贸易史(1600—1990)》,新疆人民出版社,1993年,第139页。)

民国时期,新疆畜产品的对俄贸易依然保持增长的趋势。据统计,1920年以前,俄国在新疆古城的洋行有德盛、大盛、吉祥、德和、义和5家,在迪化的有芝盛、天兴、德盛、德和、仁中信、吉利、茂盛、大利、吉祥涌9家,在库车的行店有16家。1912年,在新疆的俄国人为11 912人,65%从事畜产品等对俄出口和加工业。据俄国海关统计显示,新疆对俄国的出口贸易总额从1895年的386.9万卢布上升到1914年的1 420.2万卢布,增长了2.67倍。其中各种畜产品的贸易额增长幅度较大,牲畜出口从56.5万卢布增长到169.7万卢布,羊毛出口从1 467吨增加到6 087吨,各种皮张、毛皮出口从621吨增长到2 475吨,[②]新疆畜牧业的外向化程度进一步提高了。

另据记载,1917年以前,新疆省对区外的贸易十有八九为俄国人所操纵。除谷物、小麦、面粉、食盐、干果等物品多输往外蒙外,该省绝大部分原料、半成品以及日用工业制成品的输出入对象是俄国。每年向包头方面输出的仅为皮毛、干果等;由包头输入的也仅是少量杂色布匹。[③] 此后至1925年间,由于俄国的政局不稳,经

[①] 刘彦群等:《新疆对外贸易概论》,新疆人民出版社,1987年,第18页。
[②] 厉声:《新疆对苏(俄)贸易史(1600—1990)》,新疆人民出版社,1994年,第138、144页。
[③] 村之:《西北商务衰落之原因及其救济之方策》,《西北》1929年第10期。

济衰退,新疆的棉花一部分转输到天津出口。后来因沿途捐税苛重、路途遥远,再加上俄国政局和经济形势的逐步好转,又全部运销到俄国。生丝、羊毛、各类皮张的输出也是以俄国市场为主,以天津等内地市场为辅。所输入的货物,除茶叶与丝货主要由内地的湖北、湖南、四川、陕西、天津等地运来外,糖、棉布、毛绒布、铁器、熟革等也主要是由俄国运来,来自印度和内地的货物只占很小的一部分。[1]

表 4-2-2　1934 年前的新疆区外(含对中国内地)贸易概况

贸易种类	贸易数值(元)	占新疆区外贸易(%)	贸易种类	贸易数值(元)	占新疆区外贸易(%)
对苏贸易	66 000 000	82.5	对内地贸易	10 000 000	12.5
对印贸易	4 000 000	5.0	合计	80 000 000	100.0

(资料来源:张之毅:《新疆之经济》,中华书局,1945 年,第 60 页。)

第四节　新疆区外贸易的市场网络

近代新疆的外向型经济从内涵和外延上讲,包括对中国内地的区外国内贸易和对国外的区外国际贸易两部分组成。它们又通过一系列的商业中心城镇和交通线路,共同组合成两个区外贸易的市场网络。

一、新疆对中国内地的区外贸易网络

考察新疆对中国内地的区外贸易网络,自然离不开其主要节点城市迪化。迪化既是新疆的省会,同时又是天山北路的商业重镇。在很大程度上讲,"无论京津、苏俄来货,均需到此分卸转运,故春秋驼队,千百成群。日用之品,陈肆列市。虽在边僻,但以政客宦归,均集于此,购买力极强,价昂亦不惜。举凡新奇华丽、眩目动人之物,到此备受欢迎,业此者莫不利市 3 倍。故津人只身至此,不数年间,均面团团富有矣"[2]。

不过笔者认为,从新疆区外贸易发展中的实际地位和作用来看,其对中国内地贸易的首位市场,应该还是位于迪化东面的古城(今奇台)。因为尽管"迪化为新疆政治经济中心,货栈云集",但是,奇台不仅是天山南北,而且也是对蒙古高原地区的贸易中心,以及运往中国内地货物的必经之地,其辐射的市场范围和网络节点度更高。所以,从整体上说,"奇台商业盛于迪化,为新疆对内地贸易之门户。自归化至奇台,长途平坦,无厘税之苛剥。岁运商品值二三百万,自秦、陇输入者什之三四,自归绥输入者什之六七"。正因为如此,所以使得"奇台握新疆商务中枢,南北

---

[1] 刘穆:《最近新疆经济状况》,《西北》1929 年第 8 期。
[2] 太平洋书店编:《新疆》,太平洋书店,1933 年,第 144 页。

商货悉由是转输,廛市之盛为边塞第一"。而经过河西走廊的古丝绸之路,虽然人烟稠密,旅途较便,但是,"关内绸缎、茶、纸、瓷、漆、竹木之属,逾陇坂而至,车马繁杂,厘税重困,商贩以为累苦,不偿其劳费。故燕、晋商人多联络驼队,由归化城沿蒙古草地,以趋奇台。阿尔泰、科布多诸地,百货粮食,皆仰给于奇台,驼队不绝于途"①。

事实上,民国初年的人们也觉得,作为省会城市的"迪化不居要冲,惟古城缩毂其口,处四塞之地。其东,至嘉峪关趋哈密为一路,秦、陇、湘、鄂、豫、蜀商人多出焉。其东北,自归化趋蒙古为一路,燕、晋商人多出焉。自古城分道,西北科布多,为通前后营路,外蒙古人每岁一至,秋籴麦谷并输毛裘皮革易缯帛以归。又循天山而北为北路,取道绥来以达伊犁、塔城。循天山而南为南路,取道吐鲁番以达疏勒、和阗。故古城商务于新疆为中枢,南北商货悉自此转输,廛市之盛,为边塞第一"。②

因此,将古城定为民国时期天山南北和蒙古西部的中心市场是恰如其分的。它"地居新疆北路之中枢,四塞灵通。秦、陇、豫、蜀、湘、鄂商人出嘉峪关经哈密而至,燕、晋商人由张家口、归化经蒙古草地而来,岁输入绸缎、茶叶、纸张、漆器及东西洋货,达300余万元。而归化来者居十之六七。归化则又来自京津。……至古城后,乃分布于天山南北两路各商镇。是古城者,实新疆输入内地货物之总汇也"③。

除古城之外,新疆区外贸易的其他市场网络节点城市还有不少,向北通往蒙古地区的是迪化,往东通往甘肃、陕西等地的是哈密,④它们皆以古城为中心市场,借助于传统和现代的水陆交通线路,共同构成了新疆对中国内地的区外贸易的市场网络。

新疆方面的资料显示,至20世纪30年代,新疆与内地之间的贸易通道主要有三条,一是北路,由迪化等地先向西,经过塔城至俄境,再沿俄国的土西铁路向北,沿阿尔泰支线入西伯利亚大铁路再向东,到达中国东北的满洲里,再沿中国境内的东清铁路经东北平原进入京津地区。二是中路,由古城向北经科布多或乌里雅苏台等地向东,沿"大草地"驼路到张家口后再转至京津等地,此路在1921年京绥铁路通车前甚为重要;或者由古城向东经镇西(今新疆巴里坤哈萨克自治县),沿"小草地"驼路至包头或归绥,再沿京包铁路至京津等地。三是南路,主要也是靠骆驼驮运,由古城向东,经哈密,沿河西走廊至兰州,再过平凉、西安而东入中原。这三条道路当中,又以中路为主。⑤内地对天山南北的货物输入和人员往来,亦沿这些道路西向而来。

---

① 太平洋书店编:《新疆》,太平洋书店,1933年,第62、63页。
② 钟广生撰:《新疆志稿》卷二,商务,1930年排印本。
③ 林竞:《西北丛编》,上海神州国光社,1931年,第404、405页。
④ 刘穆:《最近新疆经济状况》,《西北》1929年第8期。
⑤ 林竞:《新疆纪略》,东京天山学会,1918年,第39、40页。

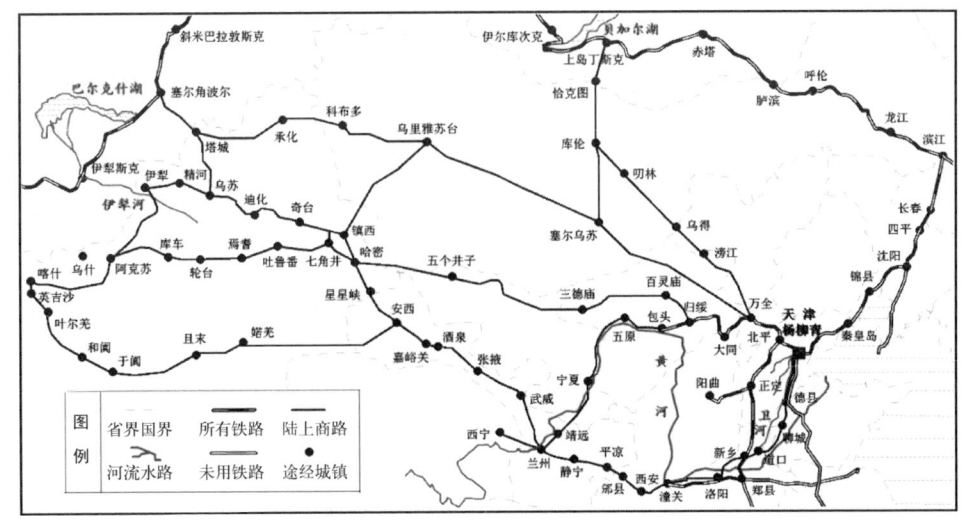

图 4-2-1 1932 年前后新疆与内地之间的三大商路示意图
（资料来源：丁文江、翁文灏、曾世英编：《中华民国新地图》，上海申报馆，1934 年。）

二、天津在新疆区外贸易中的特殊地位

天津在新疆的区外贸易中，无论是其对中国内地的国内贸易，还是对英美日的国际贸易，都占有非常特殊的重要地位。

因为尽管新疆于 1852 年就已经对俄国开放了伊犁和塔城两个通商口岸，此后又开放了喀什噶尔、迪化、吐鲁番、哈密、古城等口岸，但新疆的贸易对象并非仅仅是俄国市场，也对英美日市场开放。此外，新疆与内地一向保持着密切的联系，对内地货物有一定的需求量。在这样的历史和现实背景下，近代中国北方最大的经济龙头——天津的存在，便对新疆的经济发展产生了重要影响。

到 1908 年，天津人在新疆设立的商号达 100 多家，经济实力位居旅居新疆的各内地商帮之首，商号遍及新疆南北各大小城镇，其中又以迪化（今乌鲁木齐市）和古城（今奇台县）最集中。不仅如此，新疆的天津帮还在天津建立了许多分庄，以便利天津与西北特别是新疆间的物资交流。①

天津方面的资料也印证，民国时期，天津商人与新疆之间的贸易通道有 3 条：西伯利亚路、中路和草地路。西伯利亚路即从满洲里乘沙俄的火车，沿西伯利亚铁路转阿尔泰支线到俄国的塞米巴拉金斯克，然后乘马车到我国新疆的塔城，再到迪化，共需一个月左右。该路虽最省时，但却费用浩大，故商人多避走此路。中路也称大路，即从天津西行，沿着太行山东麓的旧驿路向南出河北至河南中部，再向西

---

① 王鑫岗等：《天津帮经营西大营贸易概述》，《天津文史资料选辑》第 24 辑，1983 年。

穿陕、甘而进入新疆,全程约一万余里,徒步要走5~6个月,再加上该路关卡林立,往来者亦不多见。草地路又分为大草地路和小草地路,大草地路约从张家口往西北跨外蒙古大草原,经乌里雅苏台、科布多至新疆古城等地;小草地路即从归化城往西,经阿拉善草地进入新疆东部的古城。由于此路关卡较少,商人多往来于此。经由大、小草地路的货物,主要依靠骆驼进行驮运。①

当时,西北与天津间的交通运输,水路段主要靠木船和皮筏,陆路段主要靠骆驼和马(牛)车,不仅运量有限,而且行进迟缓。据统计,骆驼队"由古城至归化,平常70日可达,运货则至少非半年不可,盖任重道远,不能终日行走,或遇骆驼疲乏,则耽搁数月,亦往往有之";非但如此,"骆驼一年只秋冬二季为强壮之时,春夏全身脱毛,疲敝无力,不能运货,故春夏必须休息,谓之下厂;秋冬起运,谓之起厂"②。而且,货物从新疆运到归化或包头等地后,还需要再消耗大量的时日,才能转运到天津;反之,由天津运货去西北,所费时日之长短亦然。交通的落后,制约了双方贸易的尝试和广度。

20世纪初,清政府以京、津地区为中心,修筑了多条铁路。特别是正太铁路和京张铁路、京包铁路、同蒲铁路、陇海铁路的陆续通车,③客观上为新疆与天津间的物资交流提供了更加便利的运输手段。当时北线西段是干线之一,它又由陆路和水路两条支线组成。陆路支线是从迪化或古城用骆驼将新疆等地的货物东穿阿拉善草地驮运到归绥或包头,再换乘火车沿平绥铁路、北宁铁路到达天津。南线则由新疆的哈密沿河西走廊向东,经兰州东过平凉、西安至潼关,或东至郑州再向北沿平汉铁路、北宁铁路运到天津;或北渡黄河沿汾河谷地至太原,东沿正太铁路至石家庄,再北转平汉铁路、北宁铁路运到天津,或沿西河向东用船水运到天津。④

到民国年间,天津在新疆经济发展中所占的地位愈加重要。因为天津在新疆外贸中的作用,原本是不如俄国的。"新疆省在俄国未革命(1917年)以前,一切经济,什九为俄所操纵。所有该省所产原料品,及半制成品,及日用之工厂制造品,都是由俄输出入。每年由包头输出入者,仅为皮毛,及杂色布匹、干果等数种。"⑤但1917年俄国爆发革命之后,天津与新疆间的经济联系得到加强,并很快超过了俄国。此时,"新疆货物之来源,首推天津,次则秦、陇、晋、蜀。由天津趋新疆,一由火车至张家口,再用骆驼经归化及蒙古草地而抵新疆之奇台,或径由火车至归化亦可;一由陕西、甘肃出嘉峪关,经哈密亦抵奇台。行张家口一路,行程须90日至75日之间,行大道则非4月不可"⑥。

---

① 王鑫岗等:《天津帮经营西大营贸易概述》,《天津文史资料选辑》第24辑,1983年。
② 林竞:《西北丛编》,神州国光社,1931年,第405、406页。
③ 1905年,北京至汉口的京汉铁路通车;1907年,正定至太原的正太铁路通车;1909年,北京至张家口的京张铁路通车;1923年,京张铁路延展至包头并通车;1932年,汴洛铁路向西延展至潼关称陇海路;1933年,大同至蒲州的同蒲铁路通车;1935年,陇海铁路延展至西安,1937年延展至宝鸡。
④ 林竞:《新疆纪略》,五,实业,商业,东京天山学会,1918年;铁道部业务司商务科编:《陇海铁路甘肃段经济调查报告书》,内部刊印,1935年。
⑤ 村之:《西北商务衰落之原因及其救济之方案》,《西北》1929年第10期。
⑥ 林竞:《新疆纪略》,东京天山学会,1918年,第27、28页。

虽然1928年以后,由于受新疆政局连年动荡以及世界经济危机等方面的影响,新疆对天津的货物输出与输入量都减少了,以至于俄国对新疆的影响又超过天津,但是,天津在新疆商品对外贸易中的重要地位却更加巩固了。

因为以上提到的近代杨柳青商人"赶大营"活动,不仅是商人群体拓展和强化天津与外部市场联系的一个侧面,也是天津作为北方经济龙头城市,在人员、物资、信息、资金等多个层面促进新疆经济开发的具体体现。他们及其后继者们不仅从事新疆当地市场间商品的余缺调剂,经营当地皮毛、药材对俄国的出口,销售从俄国进口的工业产品,成为新疆商界首屈一指的大商帮,而且也贩运内地的京广杂货和天津洋货,并有不少人利用在新疆的商业积蓄,回到天津开办工商企业。在新疆的经济发展以及西北边疆与内地间的经济交流中,起到了重要的桥梁和纽带作用。

尽管直至清代后期,在新疆商业中占主导地位的内地商帮,依然是乾隆年间就已经涉足西域贸易的山西商人。他们"经营事业之重大者为票号及茶庄,因其资本雄厚,故握有新省商业之大权";其次,经营大宗茶叶贸易的尚有与新疆政界军界关系密切的湖南商人;再次,才是贩运粗细杂货的"平津帮"。但是进入民国以后,情况却发生了重大变化,内地各省纷纷断绝了原来供给新疆的协饷,使得经管相关业务的晋商汇兑庄"无事可作,相继收束,南商茶庄亦受汇兑庄收束之影响,日渐衰微"。在这种情况下,以杨柳青商人为主的平津帮才"在近二十余年中,遂驾山西帮而上之,执新省商业之牛耳。计新商二百四十余家中,平津帮几占十分之六"①。

熟悉新疆事务的林竞,在梳理内地商帮各自的发展脉络时,也道出了新疆津商的坎坷奋斗历程。他指出,民国初年的新疆,"汉商则燕、晋、湘、鄂、豫、蜀、秦、陇共八帮。燕帮又分为京、津二联,各不相属。津人(多杨柳青人)当同光之初西师再出,首冒霜露,随大军而西。军中资粮充积,俘获所得,恣为汰奢,不屑较锱铢。故津人之行贾者,征贱居贵,多以之起家。其乡之人,一时振动,闻风靡从,谓之赶大营。及全疆肃清,遂首先植根基于都会,故今日津人之肆遍南北,居货无常,凡山海珍供,罗致无遗。惟其俗急功利,好虚荣,所致结纳长吏,以矜光宠。及其弊也,奢侈逾度,外强中干,往往而有。民国以来,此等习气渐渐革除,故津人犹执牛耳于商界也。京人(多武清人)则远不及津人。虽设肆遍南北,而在南路者,则多为押当业,恣取重利。晋商多富庶,同光以前,官茶引课,咸属晋商,谓之晋茶。乱后流离,转归湘人。然握圜府之权,关内输辇协饷,皆藉其手。故省城一隅,票号十余家。民国以来,协饷断绝,渐次歇业。然根本深固,改图他业,仍属可观。湘人从征最多,势亦最盛。然其人局度褊少,货殖非其所长。故凭借虽厚,而无所施。惟擅茶引之权,占商务大宗。迩来茶引破坏,利复渐归津、晋及俄人。故湘人除在南路多从事放账外,北路则寥寥药铺而已。鄂人无大贾,多业手艺。豫、蜀亦无大贾,多贩

---

① 曾问吾:《中国经营西域史》,商务印书馆,1936年,第685、686页。

药材,或设典肆。秦、陇之民,昔多贩运鸦片谋重利,近则此业甚微,转而积谷屯仓,贱籴贵粜以取利,或赍贷以征重息,或辇关中百货,以应稗贩之求,号曰行栈。其民忍苦耐劳,不鄙贱作,故久恒致富"①。

在新疆的近代商贸网络中,天津口岸和天津商人起着非常特殊的作用。一方面,它是新疆国内贸易的重要组成部分,同时,它又扮演着新疆对英美日等市场进行国际贸易的中介与桥梁作用。

民国年间,天津在新疆对内地贸易中起着重要的作用,为新疆对内地贸易的根据地。据1925年调查,"毛皮输往天津者约二十万张,价值一百五十万元。羊肠以天津为销场,岁输入者达一百万付。干葡萄输来内地者达八万斤,销售于迪化者约四万斤,库伦约六万斤。驼毛运往塔尔巴哈台者约十万斤,谢米帕拉青斯克(属苏俄)者约十万斤。鲜葡萄输运迪化达一万斤,古城、哈密五千斤。地毯输售本省各地者六千张,毯子输入内地者达六千枚。布匹销售迪化者约十万匹。金输往内地者值约五十万",同时,"归化为转运新疆输往内地货物之中枢,为新疆运往内地之皮属必经之地。运来归化之货物,多专事趸卖不零售"。②

民国初年的新疆,除自西北部的伊犁、塔城口岸输入的大量俄国商品外,与内地间的商品交流,"新疆货物之来源,首推天津,次则秦、陇、晋、蜀。由天津趋新疆,一由火车至张家口,再用骆驼经归化及蒙古草地,而抵新疆之奇台,或径由火车至归化亦可;一由陕西、甘肃出嘉峪关,经哈密亦抵奇台"③。然后,津商们再通过设在奇台和迪化等地的商号及其遍布天山南北的分号,销售这些内地洋杂货,并收集天津市场或者出口国外所需的新疆细皮张和药材等。

表4-2-3 1930—1932年由新疆往天津运销的皮毛

类别	货物	数量	价值(元)	货物	数量	价值(元)
每年由新疆运到绥远并转运天津出口的货物	羊肠子	3 000 000(根)	2 400 000	扫雪皮	700(张)	28 000
	羔庄皮	150 000(张)	750 000	灰鼠皮	30 000(张)	24 000
	库车黑羔皮	64 000(张)	224 000	猞猁皮	1 200(张)	21 600
	古城黑羔皮	20 000(张)	26 000	野狸子皮	25 000(张)	37 500
	油旱獭皮	450 000(张)	405 000	野猴子皮	3 000(张)	1 500
	狐皮	30 000(张)	270 000	狐腿子	22 000(对)	17 600
	狼皮	4 000(张)	48 000	鹿茸	4 000(斤)	80 000
	貂皮	300(张)	13 500	羚羊角	450(斤)	270 000

① 林竞:《新疆纪略》,东京天山学会,1918年,第24、25页。
② 太平洋书店编:《新疆》,太平洋书店,1933年,第61页。
③ 林竞:《新疆纪略》,东京天山学会,1918年,第27、28页。

续 表

类别	货物	数量	价值(元)	货物	数量	价值(元)
每年由新疆用骆驼直接运到天津出口的货物	马鬃马尾	120 000(斤)	84 000	白宰羊皮	24 000(张)	36 000
	巴哈白羔皮	45 000(张)	40 500	白羊毛	820 000(斤)	16 400
	库车白羔皮	30 000(张)	24 000	杂羊毛	1 150 000(斤)	172 500
	古城白羔皮	22 000(张)	19 200	驼毛	250 000(斤)	125 000
	哈萨红羔皮	64 000(张)	25 600	干鹿角	4 000(斤)	2 000
	青山羊皮	2 500(张)	2 500	贝母	65 000(斤)	13 000
	山羊板皮	14 000(张)	4 200	枸杞	13 000(斤)	4 200
	狗皮	3 000(张)	5 100	蘑菇	20 000(斤)	18 000

(资料来源：陈赓雅：《西北视察记》，上海申报馆，1936年，第14—16页。)

中国内地运往新疆的货物种类繁多，但数额最大者应为茶叶。"回民性嗜茶，新疆茶之产额极少，故多由内地运往之。黑砖茶与绿茶岁入额约三十万箱。丝货亦取给于内地。土人有性嗜鸦片者，天津商人携货由蒙古入新疆者，以鸦片为唯一贸易之品。"①

三、新疆对俄国和印度的直接国际贸易

新疆区外贸易中的国际贸易，除了上述通过天津对英美日的间接国际贸易，还包括新疆对俄国和印度的直接国际贸易。

表4-2-4只是对俄贸易数量的统计，无法从中看出贸易比重。但征诸资料来源的注释却能够发现，新疆的"对俄贸易额，实占总贸易额百分之八十以上"②。

表4-2-4 第一次世界大战之前的新疆对俄贸易

种类	数量	种类	数量	种类	数量
羊毛	15 000(千斤)	干杏	220(千斤)	丝	3 350(千斤)
驼毛	440(千斤)	胡桃	60(千斤)	布	200(千匹)
棉花	14 500(千斤)	桃	50(千斤)	马	1.5(千头)
羊皮	165(千个)	石榴	30(千斤)	牛	5.62(千头)
牛皮	3.6(千个)	毛毡	50(千枚)		
干葡萄	230(千斤)	毯子	2.5(千枚)		

说明：原表中毛毡的单位为"斤"，毯子原作"毡子"，今据原表后面的注释语做了修改。参见原书第61页。

(资料来源：太平洋书店编：《新疆》，太平洋书店，1933年，第60页。)

---

① 太平洋书店编：《新疆》，太平洋书店，1933年，第62页。
② 太平洋书店编：《新疆》，太平洋书店，1933年，第61页。

从输入贸易方面来看,由于新疆农、牧、工、商业的市场化程度较低,所以"输入大部分为生活日用必需品,而奢侈品之输入始鲜见。糖多由俄国、印度输入,棉布之供给亦仰给于俄、印,美、日本之棉布亦间有输入焉。新省铁矿虽富,惜未开采,全省时有缺乏生铁与熟铁之现象,故铁器完全由俄输入,价值甚昂。1926至1927年由俄输入之铁及铁器约2 147公吨。境内牛羊皮虽多,但制革事业不发达,工场极少,伊宁、迪化虽有造革工场,然产量不足分配,皮革之属亦均为俄人是赖"①。

新疆对俄国输出的商品"主要是牲畜和畜产品。这些畜产品是:皮、毛、鬃、肉、油脂、肠衣等,在贸易界也把这些商品称为'油货'。所有这些商品几乎都运送到俄国工厂";出口到保护国的各类畜产品中,"占首位的是绵羊皮和山羊皮,其次是牛皮和马皮,这些全都未经过加工。也还有各种活的牲畜赶运到俄国境内";另外,还有不少的野生动物皮毛输往俄国,"有赤狐皮、褐狐皮、貂皮、水獭皮、熊皮、狼皮、黄羊皮等";此外,还有一定数量的棉花、绸缎、瓷器、茶叶、干果等。②

新疆对俄贸易的中心城市,最主要的是"塔城、伊犁、喀什噶尔和乌鲁木齐。前3个城市同时也是主要的商品集散地,从这些地方将俄国的商品分运到这一广阔边疆的各个地方。由中国西部地区出口的商品,也先在这些地方集中,然后再向俄国欧洲部分的市场转运"③。

1851年辟为对俄贸易口岸的伊犁,地处新疆西北部的对俄交通要冲。"城厢内外,中俄杂处。且以条约关系,俄人皆有居住权,并得自由营业"。他们凭借着自己的机警与努力,或经商、或放牧、或农垦,在中俄经济关系中很快占据了主导地位,"故在伊犁之俄人,拥资数十万者,颇不乏人"。进入20世纪30年代,"土西铁路完成,新、俄之交通便利,俄人之移来伊犁者,势在必增";"若是,则俄人直视伊犁为其移民中心矣"④。

喀什噶尔是新疆西南、葱岭以东的大都会,也是新疆对中亚地区和印度贸易的中心城市。"英、俄商人之往南疆贸易者,大抵皆麇集于此。缠民由疏勒出发,越境经商于俄属中亚者,岁约数万人。故交通繁盛,商肆栉比"。出口货物以棉花、生丝、羊毛等为大宗,进口的货物则主要是俄国产的棉布。⑤

从新疆对外贸易的从业人员来看,尽管在新疆与内地市场之间贸易中,内地各省商人起到了至关重要的作用,但是在对俄、对印的对外贸易中,起着举足轻重作用的则是外商和回族(包括汉回和缠回)商人。尽管许多地方的许多"土著缠回,其偷惰好嬉,实为一般恒性。然吐鲁番、伊犁、和阗、喀什、库车、库尔勒诸处,其人好

---

① 太平洋书店编:《新疆》,太平洋书店,1933年,第62页。
② (俄)尼·维·鲍戈亚夫连斯基著,新疆大学外语系俄语教研室译:《长城外的中国西部地区:其今昔状况及俄国臣民的地位》,商务印书馆,1980年,第192—195页。
③ (俄)尼·维·鲍戈亚夫连斯基著,新疆大学外语系俄语教研室译:《长城外的中国西部地区:其今昔状况及俄国臣民的地位》,商务印书馆,1980年,第178页。
④ 太平洋书店编:《新疆》,太平洋书店,1933年,第63页。
⑤ 太平洋书店编:《新疆》,太平洋书店,1933年,第63页。

贾慕利之心,较之汉人尤为发达。岁由南路喀什趋英、俄之属,若安集延,若阿富汗,若费尔干,若克什米尔,辄数万人。而留贾安集延者尤众",人数达 2 万~3 万人;而"由北路出塔城及伊犁,趋七河省、斜米省、萨玛、阿里木图等处,亦数千人。缠民之外有汉回,皆陕、甘人,俄人称曰东干。其民忍苦耐劳,戒嗜好,善营利,岁赴俄属亦不乏人"①。

华商之外的英俄商人,成分相当复杂。"英商无真正英人,惟英属印度人为最多,阿富汗、巴达什罕次之。然阿、巴二国,不过为英保护国,与英属印度迥不相同。只以伊犁条约有俄人在天山南北暂不纳税之权,驻喀什英领事马继业援得益均沾之例,英商亦一律不纳税;领事又迫阿、巴人自认为英人,以便均沾利益,阿、巴人遂不顾国权,自认为英人矣。印人贩运金丝缎及花布、糖、巴达克山杏仁、西藏枣红花之类。出口以蚕丝、麻烟、毡毯、皮毛及四川绸缎为大宗。然大多数则以放账为业,恣取重利。其重者每月一钱五分,轻者七至八分,缠回以宗教禁止放账,不能与竞,故一听其盘剥。南路汉商亦多放账,官息五分,而私息则七至八分,官吏禁止之。然印人之放账如故也,官禁愈甚,彼愈赢而我愈绌。最可异者,即汉人之负印人债务者,地方官反为之追讨,不能禁止其倒行有如此。俄商亦无真正俄人,惟俄之老盖义及安集延人,与新疆缠民之入俄籍者。遍天山南北著名商埠,无不设立洋行,其著名者为仁中信、德盛、德和、天盛、吉盛、池泉涌诸号,资本十数万或数十万,输入以洋缎、桂子皮、喀喇绒、石油、纸张、铁器、瓷器、砖茶为大宗,输出多以棉花、皮毛、葡萄、牲畜为大宗。此外,精制品则有川摹本缎、川绉及南路土布、关内细瓷亦时有之。"②

同时,新疆对内、对外贸易环境和贸易结构的变化,也引起了当地商品结构的变动,除上述各类洋货的不断输入和各类土货的源源输出外,不少商品的供应渠道和流通链条也随之发生了相应变更,最明显的是新疆消费的大宗商品茶叶。"新疆原用晋茶。自回乱以后,利归湘人独断,专运湘茶,禁止晋茶。茶商向官领茶引 1 张,纳正课银 150 两,税银 193 两 6 钱,每引运茶 4 000 斤。然湘茶多系细茶,曰米心、曰红梅、曰建其等名称;而蒙古、哈萨之性,又喜砖茶,以煎乳相宜也,故晋商仍转运粗茶,曰大茶、曰砖茶、曰帽盒、曰桶子等名称,散售各处。而俄人则又在汉口制造砖茶,运至海参崴,由西伯利亚铁道经斜米而至我国塔城。到我国后,其本国海关退还进口税,声明系假道赴萨玛而实则沿途飞洒,违反条约,官不能禁。夫彼仅在我税关纳一度出口税,且有火车之便,不数旬即达新疆;而我则税款既巨,转运又艰,故彼能畅行,我则滞销也。"③

另外,与商业和对外贸易相联系的新疆金融市场情况也比较复杂,但却值得关

---

① 林竞:《新疆纪略》,东京天山学会,1918年,第25页。
② 林竞:《新疆纪略》,东京天山学会,1918年,第25、26页。
③ 林竞:《新疆纪略》,东京天山学会,1918年,第27页。

注。因为清朝末年,作为新疆地区国内外贸易支付手段的货币种类繁多,包括"中国的银元宝、中国的地方银币、被俄国人叫做乔赫或亚尔马克的铜钱、官家的纸币(贴子)、私人银行和一些商行的私人钱票,以及靠近俄国边界地区的俄国信贷券和俄币"①。随着中国内地商人票号和钱庄的衰落、中国币制改革的进行以及俄国在新疆经济势力的壮大,到 20 世纪 30 年代,新疆地区的货币构成已经发生了较大的改变,其主要由两部分组成:一是俄国货币,一是新疆省币,而以前者为主导。"全省金融为俄人所操纵。俄道胜银行所发行之钞票,通行全境。伊犁、塔城、喀什皆设立分行",省外汇兑事业也均操纵在俄国商人的手中;而"新疆省钞自昔紊乱,现有迪化、吐鲁番、疏勒、伊犁四种,各有其行使范围,虽可互相兑换,而兑率不稳定,诸多不便"②。

1939 年 1 月,新疆也成立了自己的商业银行,资本额 300 余万元,名义上是官商合办而实际上官股居多数,所以,实为一所省立银行。该行在 1944 年 1 月国民政府中央银行迪化分行设立以前,为新疆唯一的国内现代金融机构,除了经营存放款和汇兑业务之外,主要代理省库并发行省钞,以及公款的存放,"与工商业亦绝少往来"③。虽然如此,它依然不失为新疆金融业进步的一个成果。

当然,和东部内陆相比,新疆金融现代化的水平还是有不小的差距。一个明显的表现,就是当地除了用货币作为媒介的国内外贸易行为之外,传统的物物交换方式依然在新疆游牧区域非常流行。因为对于不定居的牧民而言,衡量某人贫富的标志,不是银子的多少而是畜群的大小。而且在游牧区,用作实物交换的媒介,不是货币而是羊只。"草原上有一规矩,对一切东西都是用绵羊来估价。比如说,一块印花布值 3 头羊,2 头羊,甚至半头羊。大牲畜和其他商品的价格也都是用羊来计算。然后将羊在城里卖成钱,这一价格单位的价值就这样得到实现。"④这种物物交换方式一直到 20 世纪 30 年代之后仍然在天山北路的广大游牧区域进行着。当时,货郎们把货物贩运到山里,行止随牧民的迁移而定。双方间的交易不以货币为媒介,而是采取物物交换的方式进行。牧民需要何种货物,就商定于某一时日用某一数量的某种牲畜或皮毛予以偿还,决不食言。如果不能偿还,届时就将连本带利一起算上。收债一年分春秋两次进行,届时货郎们等在牧民迁徙冬夏牧场的必经路口,按所记账目收取牧民相应数量的畜产品。⑤ 以实物为媒介进行的商品交换,整个过程虽不符合现代市场的规范,倒也顺利通畅。

---

① (俄)尼·维·鲍戈亚夫连斯基著,新疆大学外语系俄语教研室译:《长城外的中国西部地区:其今昔状况及俄国臣民的地位》,商务印书馆,1980 年,第 162 页。
② 太平洋书店编:《新疆》,太平洋书店,1933 年,第 64 页。
③ 张之毅:《新疆之经济》,中华书局,1945 年,第 58、59 页。
④ (俄)尼·维·鲍戈亚夫连斯基著,新疆大学外语系俄语教研室译:《长城外的中国西部地区:其今昔状况及俄国臣民的地位》,商务印书馆,1980 年,第 167 页。
⑤ 王应榆:《伊犁视察记》,《中国西北文献丛书》,总第 139 册,兰州古籍书店,1990 年影印,第 158—159 页。

第三章　近代交通运输网络的架构

交通通达性与区域经济开发和国计民生的相互促进关系,既是现代经济地理学研究的重要内容,也是近代以来在人们头脑当中所形成的社会共识。正如20世纪30年代的学者所言:"交通为实业之母,国家之命脉,其与国家之关系犹如细胞血管之于人身。故一国行政之健全,军备之整饬,教育之普及,商业之振兴,贸易之进步,运输之便利,实业之发展,荒地之垦辟,边防之巩固,匪患之消弭,社会之安宁,皆惟交通发展是赖。"①

新疆地区幅员辽阔,地形气候复杂多变,加上此前中原政府边陲化开发政策的限制,西域内部的交通虽由于车马道路和山间阪路的存在,不致绝对的闭塞单一,但也确实不怎么快捷。民国初年,"自迪化至南路和阗,须七十余日;由迪化至喀什,须五十余日。一省之内,往返常须半载。无舟楫轮轨之利,徒籍(注:原文如此,似应为"藉")笨车驴马以转移"。②直到20世纪30年代初,新疆的交通形势依然明显落后于内地省份。这里整体上"交通阻梗,全省无尺寸铁路之建设,故陆路交通,极感困难,全省道路,日久失修,且不一致,泥路、石路、黄土路、沙石路,皆合而有之。只有两轮车、驼、马、骡、黄牛可行。南疆沙漠之地,沙海茫茫,途无寸草只树,饮食困难,旅行者须自携水粮,爬沙而行,困难万分。大风起后,土沙蔽日,游客时有葬身沙乡之虞。北疆河流虽多,然因雨量不足,干涸不便航行";交通工具方面,整体上也"大皆粗笨,行旅不便。运输工具,除两轮车外,夏用骆驼,冬用黄牛,骡马则终年用之"。③

这种交通运输上的落后状态,无疑制约了新疆区域内部及其外部政治、经济、文化联系的加强,以及当地本土化开发的成效。不过,新疆建省特别是民国以后,历届政府均还重视交通建设,并取得了一定的成效。后人对于相关方面的努力,不能视而不见。

尽管在清朝末年,新疆地区的交通方式依然传统落后,陆路方面主要是官马驿路、民间商路以及联结当地城乡的蜿蜒小道;但是,在进入民国时期以后,天山南北及其周边地区又新增了一定数量的现代化公路和电信网络,并出现了铁路和航空运输的萌芽。

第一节　驿路交通

清代前期,中原特别是首都北京通往天山南北地区的陆路交通,也主要是依靠

---

① 太平洋书店编:《新疆》,太平洋书店,1933年,第88、89页。
② 林竞:《新疆纪略》,东京天山学会,1918年,第39页。
③ 太平洋书店编:《新疆》,太平洋书店,1933年,第89、90页。

在前代基础上修建起来的驿路网络实现的。经过不断建设,到清朝末年,新疆的驿路网络已经遍及天山南北的各主要区域。其中,镇迪道设置驿站70个,阿克苏道设置驿站39个,喀什噶尔道设置驿站41个,伊塔道设置驿站10个,共160个。①它们和新疆省外的驿路相连接,沟通着中国内地更大范围内的交通运输网络。到民国年间,新疆省内从前代遗留下来的驿路,仍有10余条一直发挥着重要的交通作用。

第1条,自甘肃边境至新省迪化的旧有驿路。由甘肃省酒泉县出嘉峪关后,经玉门、安西二县,过星星峡进入新疆省境。由此向西北方向,经过沙井子、苦水驿、格子烟墩、黄芦冈各驿站到哈密县。再西行经头堡、二堡、三堡、三道岭、瞭墩、一碗泉、车箍辘泉、七角井、七克腾木、三十里墩各站到鄯善县。由此北行,经沙漠至胜金口西行到吐鲁番县。再西北行经头道河、逾大、小达坂、达坂城、柴俄堡至迪化。该路在哈密分出一条岔道,北经松树塘折而西北行,至镇西县城,再西行经苏吉尔、下肋巴泉、色必口、木垒河,经老奇台至奇台县城,又西南经孚远县至迪化。

第2条,从迪化至伊宁县。出迪化北门而西北行,经大、小地窝铺(同"堡")到昌吉县,再西北行经榆树沟至呼图壁县佐城,又西北行经靖远楼至绥来县城(今玛纳斯县),又西行经石沿(注:原文如此,应为"河")子、乌兰乌苏、安集海到乌苏县城,又西南行经四棵树、托多克至精河县城,再西行经大河沿、五台、四台、三台、二台、头台至广仁城,又东北行经上中三工、地窝铺至绥定县城,又南行至惠远县新城,以东行经标营卡子、脊梁子、城盘子即熙春城至伊宁县。

第3条,从伊宁至阿克苏县。出伊宁东门,循伊犁河上坡行,渡河经新满营营盘、托古斯塔留、莫困苦札勒达坂、济尔噶郎恰克魄、阿儿曼布拉克、阿拉土依布达格尔达坂、巴音布拉克(今作巴音布鲁克)、玉律阿拉、扣克乃克、的诺卖提达坂、喀札勒忒达坂、喀述河屯、铜厂庄至库车县城,又西行经托和拉旦达坂、和色尔到拜城县城,再西南行经察尔齐、玉尔滚驿、札木台到阿克苏城。

第4条,从阿克苏到疏勒。从阿克苏南行,经阿色柯、齐兰台折而西南行到巴楚县城,又西行经雅素里克到伽师县城,再西行经雅满雅尔驿到疏勒县城。

第5条,从疏勒到和阗。从疏勒南行经雅布藏驿至英吉沙尔县城,折东南行经和色尔到莎车县城,南行经泽普至叶城县城,再东南行经绰洛克至皮山县城,再过木吉、博尔漫、木瓦到和阗县城。

第6条,从迪化至阿克苏。由迪化东南行,经达坂城、吐鲁番县城折西行,经托克逊折西南,经榆树沟、清水河到焉耆县城,又西南经库尔勒折西行,经库尔楚、洋沙尔到轮台县城,再西行经阿尔巴特、托和乃到库车县城,与第3条驿路汇合在一起。

---

① 昆冈等修:《钦定大清会典事例》卷六百五十七,事例,光绪二十五年撰,民国年间抄本。

第 7 条,从迪化到和阗。由迪化到库尔勒同第 6 路,由此东南行经回城到尉犁县城,又南行经河拉折东南行,经古斯拉克、合什墩、阿拉干、托和莽、罗布庄到婼羌县城,折西行经甜水泉子、塔底克到且末县城,折西南行经卡墙哈拉斯底、托多罕、安得悦折南行,经尼雅八札、威宅拉克庄、古拘弥城到于阗县城,又西北行经策勒村、白石到洛浦县城,再西行到和阗。

第 8 条,从迪化到塔城。沿第 2 条从迪化到乌苏县城,再西北行经头台、小草湖、鄂伦布拉克、沙尔札克、雅马图、老凤口、色特尔莫多,到塔城县。

第 9 条,从迪化到承化寺(今阿勒泰市)。沿第 2 条从迪化到绥来县城,北行经撞田、沙门折西北行,经新渠到沙湾县城,又西北经小拐三盆(岔)口,折东北行经唐朝渠,折西北行黄羊泉、乌纳木库克、库克申仓,折东北行经合和什托罗盖县佐城、布林,又正北行经乌图布拉克、哈喇托罗盖(今作喀拉托拉盖),折东北行经穆呼尔岱、沙拉呼逊、巴里巴盖,再到承化寺。

第 10 条,除上述 9 条之外,还有一些通往省外中国其他地方的驿路。比如从迪化到中国外蒙古地区科布多(今为蒙古国)的驿路。从迪化东北行,经阜康县城,又东北经柏杨、三台到孚远(今吉木萨尔县)县城,又东北到奇台县城。由此往东北经北道桥、黄草湖、元湖、鄂伦布拉克台、布伯图台、察罕通古台、沙札盖台,过南阿尔泰山,经札哈沁旗到科布多。[①]

民国时期以后,随着现代铁路、公路、水路和新式邮政系统的普及,传统的驿路交通在东部沿海地区逐渐废止,而新疆地区由于幅员广袤,交通落后,驿路系统还是得到了有效的延续,成为新疆陆路交通网络的重要组成部分。

所以进入民国以后,贯通北疆、由伊犁通往北京的长途驿路虽有所变动,但却依然畅通,它又分为天山北路和天山南路两大驿道系统。

天山北路的南道,又称塞内道。即自北平先至保定、定州(今河北省定县)、石家庄而向西进入山西境内。再经寿阳、榆次的鸣谦驿沿汾河东岸折而向南,经平阳(今山西省临汾市)、蒲州渡黄河而抵达陕西潼关。再沿渭水南岸向西经渭南、临潼行 290 里而至长安(西安市)。由长安再西北行渡渭水 50 里而至咸阳,270 里至邠县(今陕西省彬县),90 里至长武县,再向西北而至于甘肃省境内。然后再向西经泾川、平凉、化平、隆德、静宁、定西、榆中 1 000 余里而至于皋兰(兰州市)。由皋兰再西北行 250 里至永登,经古浪 344 里至武威,再西北经永昌、东乐 464 里而至张掖,经抚彝(今甘肃省临泽县)、高台 445 里至酒泉,又经嘉峪关、玉门县布隆吉 630 里至安西,又经白墩子、红柳园、大泉而入新疆境内。再过星星峡 732 里至哈密,由哈密过一碗泉、七个井 920 里至奇台,又经孚远、阜康 498 里至迪化。再向西北经昌吉 340 里至绥来,再 340 里至乌苏,又 380 里至精河,再 600 里而至绥定(伊犁),

---

[①] 杨文洵等编:《中国地理新志》,中华书局,1935 年,第 10 编,第 46—48 页。

"此道为近年来通新疆之道"。该路"由甘肃出嘉峪关,涉沙漠至哈密,取道天山北路,经巴里坤、古城、迪化、喀喇乌苏各地,达伊犁之伊宁城,自北京至此,计程1万余里"①。

天山北路的北道,又称塞外道。由北平向西,经归绥抵包头,向西偏南经哈拉补达、各加尔气、姜白店、拍子补隆、隆兴长、熊万库、何空栅子、中国堂、广庆远、常家、磴口、河拐子、二子地、石嘴子、平罗县共1208里而至宁夏(今银川市)。再南行经杨合堡(阳和堡)、②大坝、渠口堡、石空共285里而至中卫县。再南行经沙坝头、长流水、干塘子、营盘水、一条山、达拉拜、六墩水、阜河共621里而至皋兰。接大南路官道而赴新疆。

另外,天山北路的北道,还可以由归绥经过萨拉齐、包头,再沿后套北部向西过后山草地,过沙漠而经阿拉善,走额济纳土尔扈特旗,经过居延海附近的黑城,到达巴里坤,再经古城而达于迪化,称小草地路,以别于北面经乌里雅苏台、科布多、承化(今新疆阿尔泰市)而至塔城的大草地路。小草地路"横贯沙漠,往往数日不见人烟,非结队百人或作地理旅行,不肯转此道以趋新疆"③。

天山南路虽为天山、葱岭、昆仑山所包围,但山间却不乏山口通道。"由疏附北上,可越都鲁格亚岭(Turugart)而入纳林河(Narin)流域;西北逾葱岭,可出塔勒克岭(Terek-davan)而至安集延及浩罕;西经乌赤别里岭(Kyaylart)或西南经叶尔羌、蒲犁,可逾岭至帕米尔高原。此外由和阗或于阗,可南逾昆仑后,由喀喇昆仑而入喀什尔米,亦可转西藏,经罗多克(Rudok)或噶大克(Gartok)等地而入印度河流域"。东晋法显、唐代玄奘诸僧西游,莫不取道于此。④

天山南路地区通往内地的长途道路,也可以分为南、北两条。

天山南路的北道,由哈密向西,经三道岭、一碗泉、七个井,向西南经惠井子、鄯善、吐鲁番、托克逊、榆树沟、清水河而至焉耆,再由焉耆西南经库尔勒、洋沙尔、轮台、库车、拜城而至阿克苏,再由阿克苏西南行,经阿瓦提齐台兰、图木舒克、巴楚、伽师、疏附,再西南出国境,至安集延。

天山南路的南道,是由甘肃省的安西向西南方向,60里至瓜州口,210里至敦煌,由敦煌再西南行,经党河口、阳关、毛坝、龙尾沟而入新疆境内,再经苦水沟、婼羌、塔底克,逾卡墙河而至且末,由且末再西南行,经卡墙、尼雅八札、越克里雅河,经于阗、策勒、洛浦、和阗、木吉、皮山、叶城、泽普、叶尔羌而至莎车,由莎车转而西北行,经和色尔、英吉沙、疏勒而至疏附。⑤汉代的西域南道亦即此道。

不过由于种种因素的制约,时至清朝末年,新疆地区的陆路交通尚处于一种相

---

① 汪公亮:《中国西北地理大纲》,朝阳学院讲义,1932年,第151页。
② 杨景雄等绘编:《中华民国最新分省地图》,第32图"绥远省宁夏省",赛澄出版社,1946年。
③ 汪公亮:《中国西北地理大纲》,朝阳学院讲义,1932年,第147—149页。
④ 张其昀、任美锷编著:《本国地理》,下册,钟山书局,1934年,第164页。
⑤ 王金绂:《西北之地文与人文》,商务印书馆,1935年,第123、124页。

当粗陋的状态。因为"毫不夸大地说,几乎没有进行任何工作去维修和养护这些土路,使之保持完好状态。从中国内地到乌鲁木齐,从乌鲁木齐到喀什噶尔、伊犁和塔城的道路称作官道,但即使这些道路,也很少做些什么,以保持其勉强可以通行。这种官道只有一些小的路段由公家负责保养,其他路段则完全交给当地居民负责"。公家养护的路段由军队的士兵负责,除非有上级大员前来视察,否则他们一般不会去修整道路本身,而是只修缮城市附近的桥梁罢了;普通居民负责的路段更是敷衍了事。结果,新疆"道路的一般情况是:处处是凹坑、石头和深深的辙沟,桥梁半塌甚至全然毁坏。这还是在好天气时的情形。如遇雨天泥泞,即使最原始的中国马车也无法通行。至于走山路,那无论对出门的人,或是拉车的牲畜,都是莫大的苦难"。以从乌鲁木齐到中俄边境的三条主要道路塔城、伊犁和喀什噶尔道为例,前两条是中国人眼中路况较好的官马驿道,但其在西湖和加尔依山之间的道路却完全是深深的沙子,马拉起车来相当费力;在其中的托里驿站,只有一口又小又咸的水井;翻越加依尔山时途中有很多陡峭的山坡和临崖路段,除非当地的大轮马车,俄式的四轮马车根本无法从纵横的乱石间穿行。尽管从乌鲁木齐到喀什噶尔的道路可以全程通行中式大车,但是,从喀什噶尔再通往俄国的道路却因为山岭的阻挡而主要只能驮运。"最宜于商队通行的季节是秋季和冬季的前半段。冬季的后半段和春季,路上的许多山隘,由于积雪过多而不能通行;夏季则由于河水和山溪泛滥很难通行。另一些道路则相反,只能在夏季的3个月内通行"。从俄国运往新疆的商品,一部分经塞米巴拉金斯克运到塔城和伊犁,另一部分是经塔什干运往喀什噶尔,前者主要用大车运输,再深入中国内地的话则要改用骆驼。骆驼运输很慢,原因是它需要沿途放牧,马车和牛车速度虽然要快一倍,但费用高,因为马要吃燕麦、苜蓿等精饲料。在炎热的六、七月间,骆驼因脱毛而不能驮运,其他牲畜也行走艰难,因此"在盛夏时节,路上的商队便大大减少,除非万不得已,车夫是不上路的"[①]。

到20世纪30年代以后,以新疆北路的省会迪化为中心,由不同交通线路和交通方式组成了通往中国北方内地的陆路交通网络。一由大道,经陇海路至兰州,出嘉峪关经安西,逾星星峡,经哈密,过岭至镇西,经奇台而至迪化;由此可沿天山北麓,西南至伊犁,西北至塔城,是为南路。一由商道,由归绥,经蒙古草地,而至镇西、迪化,是为北路。一由俄道,循西伯利亚铁路,至新西伯利亚铁路,再由土西铁路经塞米巴拉金斯克,直至赛桥堡,由赛桥堡乘汽车至塔城,仅需一日。北、南两路,辗转用骆驼运输,需时约在两月以上,取道俄国,则一个月即可到达。故三道之中,尤以俄道为最便。[②] 参见图4-2-1。

[①] (俄)尼·维·鲍戈亚夫连斯基著,新疆大学外语系俄语教研室译:《长城外的中国西部地区:其今昔状况及俄国臣民的地位》,商务印书馆,1980年,第207—210页。
[②] 太平洋书店编:《新疆》,太平洋书店,1933年,第90页。

图 4-3-1　1931 年前后的迪化西大桥
（资料来源：吴绍璘：《新疆概观》，仁声印书局，1933 年。）

第二节　公路交通

进入 20 世纪以后，铁路和公路等现代化交通方式开始在中国陆续推广。但由于这些现代交通的建设往往以连接沿海港口为首要目的，在空间分布上极不均衡。西北是兴起较晚、分布密度最稀的地区，新疆尤其如此。沟通中国东西部的大动脉——陇海铁路，1937 年才到达宝鸡，1952 年修到兰州，1958 年才修到新疆的乌鲁木齐。

然而与此同时，中国的西邻俄罗斯却极端重视与新疆相邻的俄属中亚地区的交通现代化建设，并取得了很大的成就。20 世纪初，俄国人就把铁路从莫斯科修到了中亚阿拉木图，并与西伯利亚大铁路相连。1930 年，俄国又修建了环绕新疆西部边境的土西铁路，它与通往远东的中东铁路相连接，向西通往莫斯科，向东通往中国的东北地区，成为新疆地区经济外向化的重要通道。

民国时期，新疆也建设了一定数量的新式公路，并与传统的驿路相结合，构成较前发达的交通网络。

天山北路除四周的高山之外，中部相对平坦，有利于汽车运输的发展。20 世纪 30 年代，以迪化为中心的新式公路网络"可东至奇台，西北至塔城，两路目前俱已通车。此外，由奇台北出，可通科布多，为蒙古、新疆间往来频繁之孔道；由绥来北出，可通承化，亦为队商往来之大道。而自迪化西至伊犁，东至哈密，北至阿尔泰，汽车路亦均已筑成"[①]。

---

① 张其昀、任美锷编著：《本国地理》，下册，钟山书局，1934 年，第 150—151 页。

到民国中后期,新疆省内"各大城市之间,大率有大路可通,而一部分道路且均可行驶汽车。自迪化西北赴伊宁、承化、塔城,或南越天山缺口以赴南疆各地,或东至哈密,道路均可畅通"①。

特别是在省城迪化,还设有迪塔长途汽车公司,"该公司系由官办,有车三十余辆,半为客车,半为货车,营业尚佳,行旅便之"②。

表4-3-1 1942年前后天山南北的交通概况

范围	状况 1	状况 2	状况 3
新疆省内	至1942年底,主要汽车公路有迪化—伊宁,迪化—哈密,额敏—塔城,迪化—焉耆—阿克苏—喀什—和阗等,约5282公里	伊犁河与额尔齐斯河的部分河段,可以通行小汽船,塔里木河亦有通航之利	以迪化为中心的东、西、南线,可通有线电报、电话近4000公里,无线电台23处。1932年已有邮局25所,代办所及信柜60余处
新疆通内地	新疆东部各城如迪化、哈密与甘肃的河西走廊之间,均有不止一条的公路,汽车可以畅通无阻	新疆经甘肃、宁夏北部至绥远的归化间,自1933年即有新绥公路可通汽车,并可接京绥铁路以通达京津	自婼羌向东南通青海西宁,自于阗向西南通西藏竹冈特另外,迪化有航空航线可通南京、上海,战时亦通重庆
北疆通苏联3线	自伊宁骑行2日至霍尔果斯,再乘汽车1日可至苏境之萨尔佛宰克火车站,再乘火车1日可至阿拉木图	自塔城40里可至边城巴克图,乘汽车1日可至爱古兹火车站,再火车1日至斜米	自吉木乃可以通至苏联境内之斋桑
南疆通苏联3线	自喀什之伊尔克什坦木沿山间驮路西逾天山,进入苏联鄂什城再西北达安集延,约1400里,货马须20余日,有铁路西通撒马尔罕	自喀什北行至图鲁噶尔特,越小山即至苏境,汽车3日可达于贸易中心比什伯克,汽车、马车均通	自乌什骑行2日至边界,又3日至苏联之哈拉湖。此路在新疆境内险阻多山,苏境则相当平坦
南疆通印山路	自南疆莎车南越喀喇昆仑山,达于印度之列城,山高雪大,异常险阻	自南疆蒲犁越帕米尔高原至印度经吉尔吉,道路狭窄	

(资料来源:吕敢:《新新疆之建设》,第三章,交通,时代出版社,1947年。)

在区域内部的短途汽车运输发展的基础上,新疆又出现了跨省区的长途汽车路,即绥(远)新(疆)路。

---

① 吕敢:《新新疆之建设》,第三章,交通,时代出版社,1947年。
② 太平洋书店编:《新疆》,太平洋书店,1933年,第145页。

绥新汽车路原来的计划路线有两条,第一条是从归化城向北翻越大青山至达尔罕贝勒庙(俗称百灵庙)向西行,经乌兰察布盟中公旗的善丹庙,以及阿拉善、额济纳二旗的北境,到达新疆东部的奇台,谓之小草地路,全长 5 500 里,汽车以日行 800 里计,7 日可达;①而如果换成骆驼队,"由古城至归化,平常 70 日可达,运货则至少非半年不可,盖任重道远,不能终日行走,或遇骆驼疲乏,则耽搁数月,亦往往有之"②。第二条是由百灵庙向西北行,经外蒙古三音诺颜汗、札萨克图汗部的南境,经乌里雅苏台等地再西南行,最后到达奇台,谓之大草地路。"此路平坦,不用修理即能行车;但水草不便,且受外蒙阻挠,故现时商人均取小草地。"③正因为如此,绥新汽车路后来实际运行的,也正是沿着旧有的小草地商路展开的。

绥新路的实际运营区间是归绥至哈密,营运商为新绥汽车公司。该公司创立于 1932 年冬,总公司设在北方最大的港口和工商业中心天津,总车站设在绥远省的省城,分站设在乌兰爱里根(今内蒙古额济纳旗巴彦陶来苏木)、哈密、古城子(奇台)、迪化,总长 2 917 公里,共计大小站 72 处。除总、分站外,尚有休歇站 8 处,油站 12 处。④

表 4-3-2　1935—1936 年新绥汽车公司营运概况

年　份	类别	往返车次	客车(辆)	货车(辆)	载人(位)	载货(公斤)	邮包(公斤)
1935 年	西去	10	11	88	546	24 306	56 595
	东归	11	2	66	106	14 282	5 069
	合计	21	13	154	652	38 588	61 664
1936 年	西去	9	23	65	230	41 776	41 976
	东归	10	15	66	78	18 917	4 463
	合计	19	38	131	308	60 693	46 430

(资料来源:韦胜章主编:《内蒙古公路交通史》,第一册,人民交通出版社,1993 年,第 158 页。)

汽车作为一种新式的运输工具,以其比较灵活、快捷的优点获得了很快的发展,从而成为火车运输的延伸和补充。新式交通和传统交通的结合,构成了近代新疆的陆路交通网络系统。

第三节　内河航运

新疆地区虽然整体上非常干旱,但由于地域广大,高山融雪形成的河流众多,也有一些河流具有航运价值。伊犁河、额尔齐斯河、塔里木河的部分河段在丰水季

---

① 太平洋书店编:《新疆》,太平洋书店,1933 年,第 90 页。
② 林竞:《西北丛编》,神州国光社,1931 年,第 406 页。
③ 太平洋书店编:《新疆》,太平洋书店,1933 年,第 90 页。
④ 陈赓雅:《西北视察记》,上册,上海申报馆,1936 年,第 10、11 页。

节,均在一定程度上拥有内河航运上的便利或潜质。

一、伊犁河航运价值的渐次开发

据鲍戈亚夫连斯基的考察,清朝末年的伊犁河,"本应可以通航,但目前还不行。伊犁河水量很大,许多地方还相当深,但流速很急,因此冲来大量泥沙,经常在各处积成沙滩,其位置逐年变化,这当然给通航带来困难。虽然如此,但是伊犁河通航还是可以办到的。为此,首先要对这条河流进行研究,研究其水流特点,标出浅滩,并注意其位置的改变";这样的话,"伊犁河通航是完全可能而且需要的";因为俄国同伊犁地区之间的贸易量很大,连接西伯利亚大铁路的中亚铁路支线一旦通车,双方贸易的潜力还会更大;但是,现有的交通情况却是,"从塞米巴拉金斯克或塔什干运往伊犁的商品全靠驮载或马车运送。这对于俄国输出的贵重商品,如纺织品还无甚关系,但对于大件的和价格低廉的商品,以及从伊犁输入的原料,高昂的运费就是很大负担了。如果俄国的商品运到伊犁河,然后通过伊犁河道运进伊犁,那么运费就较为便宜。如有一条铁路在某处穿过伊犁河,那就会更有益。但即使在目前,只要能使伊犁河通航,对我们来说就大为方便,十分有利了";从节省运费、繁荣贸易的角度讲,"在伊犁河上输航运,既有可能,也很有益"①。

到民国初年的时候,伊犁河依然"水势急疾,流下木材而外,不便于运输。唯从宁远城(固尔札)至惠远城稍缓慢,加之片岩支舟,航运不自由。唯高水之际(一年内两个月余)下流容易,溯航困难,盖流急故也。是河入俄境之后(按:清同治三年,即1864年之前该河段流经的地区属于中国领土),水运之利次第而大,在本省其利全缺"②。经过各方面特别是俄国方面的努力,到20世纪30年代,该河的航运价值又有了新的开发,"上游流行于山脉之间,两岸夹山,水流湍激,舟行不便,土人恒用木筏转运货物。中流可通民船,新疆之土产多恃此河输送俄境各地,苏俄联邦土货亦恃以输入。下流河幅渐宽,水量亦大,可行汽船"③。

伊犁河从无法通航到"可行汽船"的渐次开发历程表明,在新疆的近代经济发展进程中,大力发展该区域的内河航运事业不仅是必要的,而且经过社会各界的切实努力,也是相当可行的。

二、额尔齐斯河的航运

发源并流经新疆西北部的另一条大河是额尔齐斯河,它在水文状况、通航状况、客观需要等方面与伊犁河极其相似,甚至其"通航的意义看起来甚至比伊犁河

---

① (俄)尼·维·鲍戈亚夫连斯基著,新疆大学外语系俄语教研室译:《长城外的中国西部地区:其今昔状况及俄国臣民的地位》,商务印书馆,1980年,第205—206页。
② 张献廷:《新疆地理志》,1914年石印本,《中国方志丛书》西部地方·第八号,台湾成文出版社影印,1968年,第28页。
③ 谭惕吾:《新疆之交通》,二,航路,(一)伊犁河航路,北平禹贡学会,1936年。

还大";这是因为清朝末年,"从俄国运往乌鲁木齐以及从乌鲁木齐运往俄国的商品,在塔城和塞米巴拉金斯克之间只能用大车运输或驮运,从塞米巴拉金斯克起才有水路。自乌鲁木齐至塔城700俄里,从塔城到塞米巴拉金斯克600俄里,这一来总共1300俄里的坎坷土路。其实陆路运输线本可以大大缩短。只要沿额尔齐斯河把商品从塞米巴拉金斯克运到中国境内,在额尔齐斯河某一码头卸下商品,再从陆路运到乌鲁木齐及其他各地就行了。从额尔齐斯河有一条较好的驮路通到乌鲁木齐西北的呼图壁。这条路一般认为不到500俄里。这样,商品的陆路运输便缩短整整800俄里,而这无论在加快运输速度或降低成本的意义上对贸易都有很大意义"①。

稍后的记载显示,额尔齐斯河"西北流越国境(按:清同治三年,即1864年前此地属于中国,因为当时中俄两国边界在塞米巴拉金斯克),一度汇斋桑泊,全长六百余里,河幅甚不广,而水量多,舟楫便殊。乌龙古湖之北方,都尔伯勒镇至下流二百五十里间,可航行小汽船"②。到20世纪30年代,该河的航运事业有了更大的发展,"此河航运极发达,全河航路约二千英里,每年自四月至十一月为航行期,其下游可通载重五百吨以下之汽船。由阿尔泰至斋桑泊仅一日程,由斋桑泊至斜米(按:即塞米巴拉金斯克),上水三日,下水二日。由斜米至渥木斯克,下水二日,上水四日。为全疆最优之水道。惟上游河幅狭而流激,仅通木筏及民船。航路全操于俄人之手"③。另据张其昀的记载,其通航河段甚至可以上达承化(今阿勒泰市)。"额尔齐斯河盛夏冰解,可航轮船,自俄境塞米巴拉金斯克下驶至鄂木斯克,上溯至斋桑泊。水盛之时,浅水小轮并可直达承化西南。"④

到20世纪40年代,经过中苏双方的共同努力,上述两河的航运之利又有所扩大,"伊犁河、额尔齐斯河——新疆北境大河,有小型轮船航行于中苏国境间,载运着中苏互易有无的货物"⑤。不过令人可惜的是,"伊犁河及额尔齐斯河虽局部可通小汽船,但航权均操诸外人之手"⑥。

三、塔里木河的航运潜质

按照鲍戈亚夫连斯基清朝末年的说法,清朝末年的塔里木河流程虽长,但"几乎全程皆流经沙土地带,全是荒芜沙漠,而且水量太小,沙滩及不能航行之处颇多,以致根本不能通航"⑦。

---

① (俄)尼·维·鲍戈亚夫连斯基著,新疆大学外语系俄语教研室译:《长城外的中国西部地区:其今昔状况及俄国臣民的地位》,商务印书馆,1980年,第206—207页。
② 张献廷:《新疆地理志》,1914年石印本,《中国方志丛书》西部地方·第八号,台湾成文出版社影印,1968年,第30页。
③ 汪公亮:《中国西北地理大纲》,朝阳学院讲义,1932年,第163页。
④ 张其昀,任美锷编著:《本国地理》,下册,钟山书局,1934年,第146页。
⑤ 韩清涛:《今日新疆》,贵阳中央日报总社,1943年,第51页。
⑥ 吕敢:《新新疆之建设》,时代出版社,1947年,第50页。
⑦ (俄)尼·维·鲍戈亚夫连斯基著,新疆大学外语系俄语教研室译:《长城外的中国西部地区:其今昔状况及俄国臣民的地位》,商务印书馆,1980年,第204页。

在20世纪30年代的相关记载里,塔里木河虽然水深在12至20尺之间,"其上源阿克苏河、喀什噶尔河,尚有航运之便,可行民船及木筏。中流、下游则两岸多砂碛。土人引水灌田,水量为之减少,舟行不易"①。

结合上述伊犁河、额尔齐斯河航运开发的历程可知,作为南疆第一大河和中国最长内陆河的塔里木河,其航运事业之所以不够发达,最主要的原因有两个方面,一是南疆地区经济发展和商业贸易对塔里木河航运的需求不够迫切,二是社会各界对开发该河水运所投入的人力物力也远远不够。

图 4-3-2　1916年前后塔里木河下游的罗布泊景观
(资料来源:林竞:《新疆纪略》,东京天山学会,1918年。图片显示,湖面之上有船筏行驶。)

第四节　邮政、电信、铁路及航空

一、邮政事业的发展

新疆地区的邮政系统创设于清朝末年。到民国年间,"其邮路仍沿用昔日驿站。总局设于迪化,各县或有分局或设代办所,规模尚具。惟因交通不便,由新省至内地,如不经西比利亚铁路,则传递即较困难矣"②。正因为如此,所以和中国内地相比,新疆省内外的交通是较为落后的,结果影响到其邮政系统的运转速度和效率。"迪、沪邮件,如经甘肃省,须五十余日始达,由西伯利亚铁道则一月左右即到,但仅限寄信函、书籍而已"③。

因地域辽阔,加之时局不靖,所以时至20世纪30年代,新疆的邮政系统依然不尽如人意。在通常情况下,向省外地区邮寄包裹和汇兑业务,均不能像东部地区那样做到随时快速办理。"尤以包裹一项,在时局不靖、邮运困难时,便须停止。故每当包裹停止时期,虽愿出包价,亦无可为力。即使通时,又往往延迟。如不幸中途遗失,邮局且亦不能负责赔偿"④,相比较而言,汇票业务还算便利。

据1931年交通部的相关统计,新疆全省的主要邮路共计10 255公里,次要邮

---

① 汪公亮:《中国西北地理大纲》,朝阳学院讲义,1932年,第163页。
② 谭惕吾:《新疆之交通》,三、邮政,北平禹贡学会,1936年。
③ 太平洋书店编:《新疆》,太平洋书店,1933年,第141页。
④ 谭惕吾:《新疆之交通》,三、邮政,北平禹贡学会,1936年。

路360公里,管理局1所,一、二、三等局共25所,代办所48所,城镇信柜及村镇邮站15所。收寄普通邮件527 900件,挂号邮件214 600件。①

二、电　报

作为新式交通手段的新疆省电报事业,也开始于清末。只是同样因为交通不便,发展较为迟缓。"原设之有线电,因地方辽远,沙漠荒凉,巡视不易周密,每遇电杆折断,修理困难,常有阻电之虞,速率亦因之而减。以此之故,新人对于电报之信用亦遂薄弱。省政府每年补助电局之款,颇不为少,其结果仅堪维持电政现状而已"。至于无线电台,全省只有迪化有一架,可以直接往天津发报,一日可达。②

因此,新疆省的电报事业"虽亦创设有年,然久未修理,加以人事不周,故内容甚腐败。一电至沪,快时旬日,迟则月余,有时反后于邮政。本省各处电报,亦颇迟缓,商贾咸感不便。近年迪化无线电台成立,省内与喀什噶尔通讯,省外与奉天、北平、济南通报,兼与俄国之诺夫西比斯克电台,传递官报,消息顿觉灵便异常。上海发电,隔日即达,以视有线电报,实不可同日而语也"。只是由于政局动乱等原因,新疆省内仅有迪化与喀什两地之间可通无线电报。③

新疆省的电报交通方面,有二等线3条,一是从甘肃星星峡入境,西经哈密、吐鲁番、迪化、绥来、乌苏、精河、绥定、霍尔果斯出境进入俄国的塔什干。该线从绥定分出一线到达伊宁。二是从吐鲁番向西,经焉耆、轮台、库车、阿克苏、巴楚、疏附、伊尔克斯塘,通往俄国的安集延。此线从疏附分出一线到达疏勒。三是从乌苏向北,经塔城通往俄国的塞米巴拉金斯克省。

另外,新疆还有2条三等电报线,一是从绥来向东北经库克申仓至阿尔泰;二是从迪化向东北,经奇台抵元湖。④

三、航　空

欧亚航空公司根据中德航空邮运合同第3款的规定,1932年12月试航兰州至迪化一段,次年4月正式通航,每周由上海至迪化之间对飞一次。1933年,迪化至塔城也试航成功,并计划将来开航塔城至莫斯科,进而至柏林。⑤ 由上海至哈密的飞行时间为20小时,由哈密至迪化4小时,迪化至塔城3个半小时。⑥

---

① 杨文洵等编:《中国地理新志》,中华书局,1935年,第10编,第51页。
② 谭惕吾:《新疆之交通》,四、电报,北平禹贡学会,1936年。
③ 太平洋书店编:《新疆》,太平洋书店,1933年,第141页。
④ 杨文洵等编:《中国地理新志》,中华书局,1935年,第10编,第50—51页。
⑤ 杨文洵等编:《中国地理新志》,中华书局,1935年,第10编,第51页。
⑥ 谭惕吾:《新疆之交通》,五、航空,北平禹贡学会,1936年。

四、铁　　路

新疆境域辽阔,物产丰富,人烟稀少,传统交通不便,经济开发力度严重滞后,"库车以南,于阗以北,喀什噶尔以东,天山、葱岭、昆仑山脉之间,沙漠漫漫,浩瀚无际,宛如沙海。交通阻绝,人烟稀少,途无水草,旅行者须爬沙而行,困难万分。四境既无铁道之设,复乏舟楫之便。由内地至新疆,需时二月余,交通工具为车马及骆驼。然天山北路道路平坦,较之陕甘,殊无逊色。惜我国财政困难,建筑铁道,需费浩繁,绝非短时期内所能举办"①。

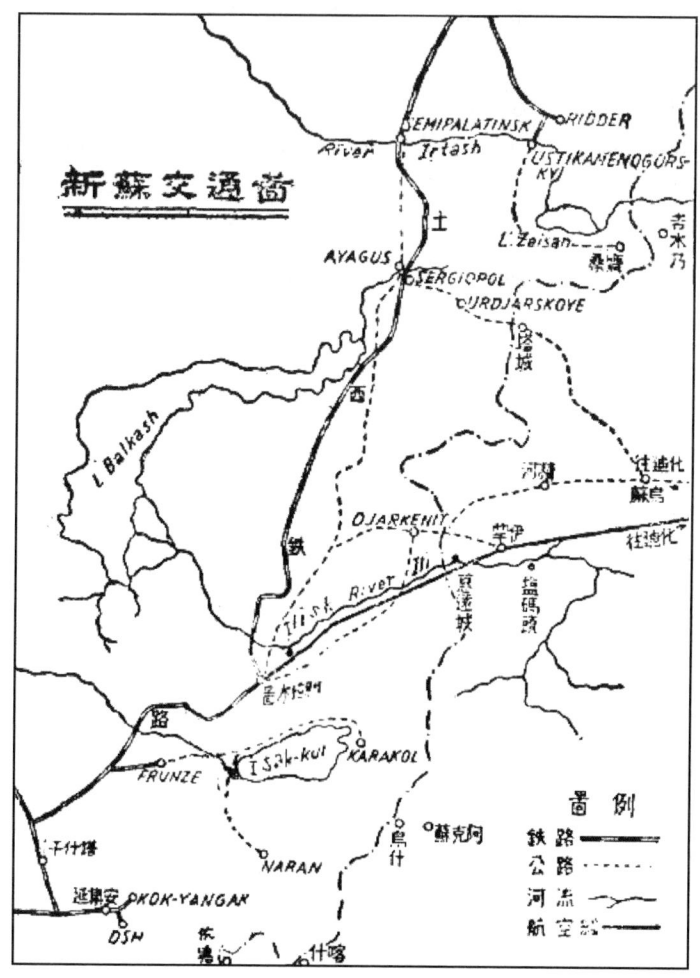

图 4-3-3　1944 年前后的新苏交通格局
(资料来源:张之毅:《新疆之经济》,中华书局,1945 年,第 6 页。)

---

① 太平洋书店编:《新疆》,太平洋书店,1933 年,第 41 页。

然而，与此形成鲜明对比的，却是"苏俄土西铁路筑成，路线与我西北境平行，新俄间之交通便利，商业发达，而对内地则交通阻梗，贸易衰落，至国家富庶之区，尽被外人垄断吸收，识者痛焉"①。所以，发展现代交通特别是铁路交通，依然不失为民国时代新疆建设的重要选项。

（一）伊兰铁路计划

本线作为陇海铁路的延伸线，从兰州向西，中经哈密、吐鲁番、迪化以至伊犁。预计铁路通车后，由兰州到伊犁2 000英里仅需3日，而以往陕甘商人运货入疆时只能步行，单从兰州到中途的哈密就需要50日之久，由此可见铁路交通之便捷。此线即孙中山实业计划中第一部西北铁道系统的第四线。②

（二）吐疏铁路计划

此线起自吐鲁番，中经焉耆、库车、阿克苏、莎车以达南疆重镇疏勒，共计1 400英里。"沿线地多腴壤，且富水田，清季曾有敷设铁道之计划。此路东接伊兰铁道，阿克苏之米，吐鲁番之葡萄，南疆之小麦，皆可藉运输便利畅销内地。南疆实业发展计划，实利赖之。"③

这两大铁路计划虽然未能在民国时代得到实施，但却为20世纪50年代北疆及南疆铁路建设的顺利进行做了一定的铺垫。

---

① 太平洋书店编：《新疆》，太平洋书店，1933年，第91页。
② 太平洋书店编：《新疆》，太平洋书店，1933年，第92—93页。
③ 太平洋书店编：《新疆》，太平洋书店，1933年，第93页。

第四章　近代农牧工矿业经济的发展

在包括天山南北在内的边疆区域，整体的经济发展水平之所以落后于中原，并不仅仅是其自然环境的恶劣，很重要的一条原因是中原"中央"和边疆"割据"政权对这些地区的重视程度不够，投入的建设力度不大，致使当地丰富的自然和社会资源没有变成现实性的社会生产力。自清末建省以后，新疆的经济开发取得了很大的成功，其农牧工矿等产业部门也有了较快的增长。结果，西域边疆原本地广人稀的荒凉景象渐渐消退，良乡热土的壮丽画卷得以徐徐展开。所有这些都为此后新疆的经济现代化建设奠定了坚实的物质基础。

第一节　畜牧业经济的繁荣

新疆地区之所以能够成为我国西北地区最重要的畜牧业基地之一，一个重要的客观原因就在于畜牧业经济对于环境条件包括气候和降水的要求要比农业低得多。所以，尽管天山南北地区的气候较为干旱，降水也非常稀少，很多地方的自然环境明显不太适合农业的大规模发展，但是，对于世世代代已经习惯于风餐露宿、逐水草而居的各族游牧民而言，除了那些寸草不生的纯戈壁、纯沙漠、高寒山地之外，都是很好或较好的牧业生产基地。"长城外的中国西部地区好像是天然的牧场。这里有广阔的空地。虽然并不都覆盖着牧草，但毕竟大部分地方有足够当地牲畜吃的饲草，而当地的牲畜又是颇能适应较差条件的。此外，这里多山，在夏季炎热的月份里，高山上和山谷中，牧草丰盛，气候凉爽，对于畜群很是适宜。所有这些都给畜牧业提供了足够的优越条件。从史前时期起，亚洲的这一地区也确是各游牧部族一向喜欢居留的地方，他们主要从事畜牧业。还有游牧部族的大批军队，也曾从这里多次过往，他们的大批马匹以及其他牲畜，总是能找到足够的饲草。"①

而从中国中原地区的史籍来看，西域地区很早也以行国而闻名内地，游牧经济均相当发达；后来，虽然这里也出现了一些业农的"居国"，"然居民咸农牧兼半。至北路之伊犁、塔城，南路焉耆、乌什、蒲犁诸属，其间蒙古、哈萨克、布鲁特诸族，均系游牧之民，逐水草而居，固无论矣。即罗布淖尔附近诸县，虽属缠回，亦皆农三而牧恒七。盖举全疆之人，除少数汉人外，土民冠履衣裳饮食，莫不取资于牲畜"；正是由于如此，"故虽至今，农地之区域，与牧地比较，牧地犹占其多数也"。② 换言之，"随着在这个地区定居人口的增长和大田的增加，有优质土壤和灌溉条件的土地逐

---

① （俄）尼·维·鲍戈亚夫连斯基著，新疆大学外语系俄语教研室译：《长城外的中国西部地区：其今昔状况及俄国臣民的地位》，商务印书馆，1980年，第140页。
② 林竞：《新疆纪略》，东京天山学会，1918年，第18页。

渐为定居的农业户所占用,牧场面积当然就开始缩小。然而,就是在现在,畜牧业仍然是相当大的一部分居民的唯一职业,仍然占用着这个辽阔边区的各个部分的广大地面"①。

即便从全国范围来讲,新疆的草原和草场面积也位于近代其他各省区的前列。"新疆的人民多是游牧民族,及草原所占的面积又是很广,所以畜牧的事业是很发达的。全省的人民恃畜牧为生的约占四分之一,农人以此为附属的事业者,更是算不胜算的。"新疆最优良的牧场集中在天山北路的伊犁和塔城地区,以及南路的喀什噶尔、乌什、蒲犁地区。清朝乾隆、嘉庆年间,新疆的畜牧业就已经很发达,仅国家设立的牧场长年所畜的"马有二万八千匹,牛一万一千头,骆驼四千一百头,羊十四万头,牧场设在乌鲁木齐、塔尔巴哈台及巴里坤者为最大"②。清政府所设立的官营牧厂主要分布在伊犁、塔尔巴哈台、巴里坤、乌鲁木齐以及天山南路地区,整体上"可分三类:一类是伊犁各地的牧厂,官府将牲畜分给锡伯、索伦、察哈尔、厄鲁特各营,孳生的牲畜,除按数交官府者外,多者归己,少则赔补;二类是天山北路巴里坤等地区的各牧厂,所有牲畜由绿营兵牧放,按兵丁待遇发给牧放人俸饷,孳生的牲畜一律归公而且有定额;三类是天山南路的各小牧厂,基本上是马牛驼羊的混合厂,由各城守营兼管,所孳生的牲畜全部归公。可见官营牧厂基本上是以军队编制来经营的,巴里坤一带的牧厂是绿营兵经管,而伊犁地区的牧厂是八旗兵丁经管。伊犁地区各部落牧放孳生牲畜,由伊犁将军府的驼马处掌管"。大约在乾隆二十五年(1760年)前后,清廷也在南疆的喀什噶尔设立了官营牧厂,主要是为牧放军台、屯田所用牲畜而设,规模较小,牧差由城守营经管,参赞、协办大臣主管。据嘉庆年间统计,该牧厂收放官马80~90匹,税收马60~70匹,乳牛44头,牡牛4头,备差牛52头,驴3匹,孳生羝母羊1701只,税收羊1891只,食用羊697只。③

清末以后,新疆的官营牧业衰落,民间牧业则随着对外贸易的繁荣而日趋发达。"牧羊尤其盛行,每年羊毛的产额,估计达1400万斤,大半是运输赴俄国。以每羊每年产羊毛半斤计算,该省的畜羊当有3000万头。"新疆所产的羊毛以和阗的质量最优,迪化和喀喇沙尔的次之;马匹则以镇西和喀喇沙尔的最好;牛以伊犁产的最好,多输往俄国市场;新疆的骆驼大多是归化城一带的品种,每年可对外输出骆驼绒50万斤。④

民国初年的新疆,各族牧民所放牧的牲畜种类很多,除了马匹之外,"牛、羊、驼亦以游牧为最多,然居民亦无处无之。鸡则游牧未尝见,汉、缠均养之。猪则限于

---

① (俄)尼·维·鲍戈亚夫连斯基著,新疆大学外语系俄语教研室译:《长城外的中国西部地区:其今昔状况及俄国臣民的地位》,商务印书馆,1980年,第140页。
② 太平洋书店编:《新疆》,太平洋书店,1933年,第65页。
③ 吴轶群:《清代新疆边境地区城市对比研究——以伊犁、喀什噶尔为中心》,复旦大学博士学位论文,2006年,第133、151、152页。
④ 太平洋书店编:《新疆》,太平洋书店,1933年,第65页。

汉人。羊之孳生极速,利亦最大。牛、羊、驼、马之类,其利亦较平常实业数倍"①。

天山北路的广大地区原本几乎全系牧地;后来,经过清代以降的屯田垦殖,农业地带才有所拓展,但仍远远没有占据优势地位。比如,畜牧业在"塔尔巴哈台山脉南北两麓最为发达,耕地只不过是广大牧场之间的一些小岛。其次是伊犁地区,这里比起塔尔巴哈台地区来,虽没有

图 4-4-1　1938 年迪化郊区放牧的牛群
(资料来源:陈纪滢:《新疆鸟瞰》,重庆商务印书馆,1941 年。)

那样广阔的宜于放牧的空地,但牧场的质量却好得多。尤勒都斯和焉耆附近牧场富饶,因此整个焉耆地区完全是一个畜牧区。西湖的土尔扈特人有许多牲畜,但那里的牧场不怎么好。天山的西部支脉,即在中国与谢米列契以及我国的土耳其斯坦接壤处,也有一些适宜于畜牧的地方。此外,在帕米尔也可以发展畜牧业。而东土耳其斯坦,除了天山山麓以外,比较而言是最不适宜放牧的"。然而,在那些非常不适宜发展人类所经营的游牧业和家庭饲养业的地方,"却完全适于与家畜同类的野生动物的生长。例如,在中国土耳其斯坦的沙漠中,就有野骆驼"②。

到了 20 世纪 30 年代,北疆经济的主体还是"以畜牧为主,农业仍限于局部。蒙古人及哈萨克人大部纯为游牧民族,牛、羊、马、驼,均甚蕃息。故准噶尔盆地对外贸易,输出亦以皮毛、牲畜为大宗。伊犁、镇西所产之马,古来号称天马,尤负盛名。阿尔泰山及天山北麓多森林,哈萨克人善射猎,兽皮亦为大宗出产。细毛皮张前多运往俄国,近年始有运入中国内地"③。

和天山北路的情况相反,天山南路地区沙漠广布,草木无多,很不适于大规模放牧,所以相比较而言,农业反倒成了当地最主要的生产事业。南疆地区的牲畜业生产集中在高山地带。"如库车以北之喀拉古尔,海拔二千公尺,蔬菜已不能生长,葡萄亦不能结果,故附近居民皆营半耕半牧之生活。由此更上,即无久住之居民。大概二千一百公尺以上,农田绝迹,自此至三千公尺,皆为良好之夏季牧场。冬日,则牧者须将其牲畜驱至山阳低处。"塔里木

---

① 林竞:《新疆纪略》,东京天山学会,1918 年,第 19 页。
② (俄)尼·维·鲍戈亚夫连斯基著,新疆大学外语系俄语教研室译:《长城外的中国西部地区:其今昔状况及俄国臣民的地位》,商务印书馆,1980 年,第 140、141 页。
③ 张其昀、任美锷编著:《本国地理》,下册,钟山书局,1934 年,第 147、148 页。

盆地的游牧民族只有布鲁特人,大都集中在疏附和叶尔羌西南的山地上。回族人的家畜虽然不少,但系从属于农业的副业,出产的羊毛以库车和和阗两地最佳。①

在新疆的许多地方,除了纯牧区牧民的专业性畜牧业生产之外,主要从事农业生产的人也"均兼事畜牧为副业,故牛、马、羊三者,几家家有之"②。究其原因,一是当地草场资源辽阔,二是从投入与产出之比来看,"新疆农业之利数倍于腹省,而牲畜之利,又数倍于农业"③。

不过从整体上来看,近代新疆的畜牧业资源虽然丰富,并且也取得了不小的成绩,但是,其生产过程当中的现代科技含量却较低。清朝末年,新疆地区的畜牧业生产"全部工作都是以极其粗陋的方式进行的。老实说,人们对这些事很少出力,很少关心,听任牲畜自然繁殖。主人所尽的一点职责,也不过是防止畜群被盗和选择牧场而已。他们不准备过冬的饲料,也没有圈舍以应付特别恶劣的天气。无论冬夏,牲畜整年都在露天放牧,自己找草吃";因此,每当大雪之后接着下冻雨,大地就会被冰封起来,"绵羊以及一般幼畜不能用蹄子刨开这层冰壳,吃不到下面的干草,便成群地饿死";此外,牲畜品种的改良事宜,自然也无从谈起。④ 20世纪30年代的时候,牧民依然对于"牲畜之配殖、保护、管理、医疗向不知讲求,致畜种日下,生殖不繁"⑤,亟待进行扶植与改良。

盛世才统治的1938年前后,新疆政府重视牧业生产,相继成立了各区牧畜局4处,割草站20余处,兽医院8处,兽医学校1处,种畜场数十处,农牧讲习所2处,选送赴苏联留学生10名。⑥ 采取相关措施后,在各族牧民的共同努力下,新疆的畜牧业成为一直居于首位的生产事业,在7大主要牧场中,塔城、阿尔泰、伊犁、乌苏、古城5个在北疆,乌什、焉耆2个在南疆。同时,"省府为了发展畜牧业,特在好多畜牧重要区域,陆续设立农牧场,对于畜牧民众,正督促从事于增加生产和保护牲畜等工作:在增加生产上,大量购置种畜,交配牛、羊、马、驼,以改良畜产;在保护牲畜上,成立兽医机关,治疗牲畜,并成立制药室,充实药物,奖励储草搭棚,辟设冬季草场,以免冬季牲畜有冻馁之忧;此外是在劝导牧民多多改良土产,多多在增加生产和改良土产上下功夫,以换取日用品以及农工业的机器和技术",结果,1943年,新疆对外输出的畜产品数值占到了全省对外贸易总额的79%～90%;仅羊毛一项,就超过甘、宁、青3省总产量的2倍。⑦

---

① 张其昀,任美锷编著:《本国地理》,下册,南京钟山书局,1934年,第162页。
② 太平洋书店编:《新疆》,太平洋书店,1933年,第143页。
③ 林竞:《新疆纪略》,东京天山学会,1918年,第19页。
④ (俄)尼·维·鲍戈亚夫连斯基著,新疆大学外语系俄语教研室译:《长城外的中国西部地区:其今昔状况及俄国臣民的地位》,商务印书馆,1980年,第141、142页。
⑤ 太平洋书店编:《新疆》,太平洋书店,1933年,第102页。
⑥ 杜重远:《盛世才与新新疆》,汉口生活书店,1938年,第89、90页。
⑦ 韩清涛:《今日新疆》,五、新疆的财富,中央日报总社,1943年。

第二节　农业经济的繁荣

一、新疆农业的自然条件

大气降水稀少所造成的气候干燥,虽然可以成为制约新疆农业生产的必要条件,但却不是充分条件,原因就在于丰沛的高山融雪在一定程度上弥补了不少地区天然降水的不足,对新疆灌溉农业的发展提供了有力的支撑。"新疆农田用水,大部分来自山上融化之雪水,而其最终来源则为高山之降雪量,亦有谓为冰川者。天山南坡平均在海拔3 900公尺以上即为雪线,永久积雪;昆仑山之北坡之雪线,平均在5 500公尺以上。冰川之分布,以昆仑山上为最广,天山腾格里山亦多冰川";通常情况下,北疆的农田主要靠雨水,南疆"降雨增多反为农人所不喜,此因降雨所增水量有限,而日光为阴雨所掩蔽,山雪融化无多,得不偿失。据和田农民见告,二十年前雨水较多,时遭旱灾"。新疆地区的农业灌溉方法有取水和蓄水两种,而取水又分为导引和汲取。导引的主要手段就是开渠引水,大部分渠道为农民合力修筑,政府主导者较少。20世纪40年代,新疆全省有渠道1 578条,总长度达35 963公里,有效地保障了农业生产的发展。开渠之外,尚有架槽引水、利用泉水、凿井汲水、坎井灌田、捞坝蓄水数种方法。①

所以事实上,在南疆特定的地理环境之下,干旱并不像其他区域那样成为农业生产发展的唯一障碍。"塔里木河是世界上最长的内陆河之一。除塔里木河以外,天山南部地区还有发源于昆仑山脉的克里亚河、玉龙哈什河、喀喇哈什河、叶尔羌河、喀什噶尔河;发源于天山山脉的托什干河、阿克苏河、木扎特河、渭干河、开都河等。它们分别灌溉着塔里木盆地南缘、北缘和西缘的诸绿洲。在非常缺少地面水的吐鲁番盆地,人们创造出适用于当地地理和气象特点的灌溉系统——坎儿井,巧妙地解决了当地的农田水源问题。"②坎井灌田的办法,据说是由波斯人传入新疆,集中分布于吐鲁番、哈密、鄯善、托克逊、皮山等县。"坎井之构造,乃一种地下渠道,在平原倾斜而欲灌溉之地先掘一明沟,然后向上开暗沟(横井);每隔数丈,另自地面开一窄口,与暗沟垂直,此为直井。如此向水源方向继续开凿,直至途遇地水表(按:原注:water table,今译为地下水位)为止。坎井地下行水,可防蒸发,且因拱力关系,不似地面渠岸之喜崩;但其最大之功用,则在于地下水之利用。开凿坎井多由私人出资,雇工为之,井水遂亦归其所有。间有合力开凿者,则归共有共享。凿坎井费用甚巨。六年前(按:1939年)哈密一中等水量之坎井,共用国币十万元。每坎井可以灌田亩数,自数十亩至二千亩不等。"③坎井的开凿和利用,是新疆农民

---

① 张之毅:《新疆之经济》,中华书局,1945年,第18—20页。
② 刘志霄:《维吾尔族历史》,中国社会科学出版社,1996年,第547页。
③ 张之毅:《新疆之经济》,中华书局,1945年,第20页。

适应和利用自然的成功范例。

　　林竞的考察结论是,新疆省虽然"广轮二万余里,较之四川殆有两倍,例之浙江,且及十倍。沙碛舄卤,崇山绝岭除之十之三四,余悉旷莽原野,水草丰饶,天不雨而膏,地不壅而肥,无旱潦饥馑之灾(终岁不雨,天山积雪,千秋如是,盛夏晒曝,雪水下融,居民即引以灌地——原文夹注)。气候北路较寒,近来转变,拟于京津;若南路,则四时温煦,殆类江南(北路若塔城、巴里坤,天气特寒,拟黑龙江,不宜种稻;南路蒲犁,山多瘴气,气候较恶,然居新疆最少一部分,不可概论——原文夹注)。农事之宜,盖无逾于此矣"①。

　　整体而言,南疆地区一直是新疆灌溉农业比较发达的地方;而北疆的零星区域,最晚从元代、特别是清代前期开始,也陆续进行了大规模的农业垦殖。

　　清代新疆大规模的屯垦活动开始于康熙五十四年(1715年),背景是为了平定准噶尔,至乾隆二十一年(1756年),共开垦26.84万亩;此后到乾隆六十年(1795年),新疆屯田进入第一次高潮阶段,共屯田约270万亩;进入道咸年间以后,新疆屯田在空间上由北疆扩展到了南疆,新垦荒地约125万亩,其中南疆72万多亩,北疆52万多亩;同光年间平定阿古柏叛乱并建置新疆行省以后,大力推广屯田事业,新垦荒地1 000余万亩。② 从清朝前期开始,一直到"清朝后期的同治、光绪、宣统三朝,不管是在战乱中或是在财政严重困难的条件下,新疆屯田垦荒都一直没有间断过"③。

　　随着天山南北官民的共同努力,新疆的农业生产获得了不小的进步。在从事农业生产的劳动者当中,"以汉回人为最勤勉耐劳,十之六从事农业。缠头回人分居天山南北,业农者占半数以上"④。到1918年,新疆的已耕地面积为1 202 000顷(注:原文如此),即12 020万亩,主要集中在可以利用高山融雪灌溉的河流沿岸。⑤

　　不过从其他相关的资料来看,上述耕地统计数据或许是有误的。因为第一,到1937年,新疆全省的已耕地仅为1 980万亩;其中南疆1 290万亩,占65%;伊犁300万亩,占15.1%;迪化255万亩,占13%;塔城90万亩,占4.6%;阿山45万亩,占2.3%。⑥ 第二,1944年前,新疆省建设厅的耕地数据仅为1 500万亩,财政厅的纳税耕地数据则为1 430万亩。第三,即便是加上那些轮作休耕的小部分地亩,新疆的耕地总数亦不至过大;因为整个新疆理论上的可耕地面积,总共也只有4 100万亩。⑦

---

① 林竞:《新疆纪略》,东京天山学会,1918年,第15、16页。
② 李敏:《论清代新疆屯田的重大历史作用》,《西域研究》,2001年第3期。
③ 齐清顺:《清朝后期新疆农垦事业的发展》,殷晴主编:《新疆经济开发史研究》,上册,新疆人民出版社,1995年,第156页。
④ 太平洋书店编:《新疆》,太平洋书店,1933年,第44页。
⑤ 太平洋书店编:《新疆》,太平洋书店,1933年,第42页。
⑥ 张之毅:《新疆之经济》,中华书局,1945年,第16页。
⑦ 张之毅:《新疆之经济》,中华书局,1945年,第14、18页。

二、近代新疆的主要农业生产区

天山北路地区原本几乎全部是纯游牧的区域。在清代以前,"天山北路严格地讲还是一种游牧经济,以游牧为主的民族不断地出入,使游牧经济一直处在统治的地位,而农耕经济仅仅局限在以今天吉木萨尔为中心的周围地区,并且,这种农耕经济主要受汉族军屯的影响。整个天山北路的西部不论是从考古发掘上看,还是从历史文献资料上看,均没有看到相关农业生产的迹象;不过从居住在西部的民族成分看,从事游牧业的可能性要更大"[①]。

经过新疆各族人民的辛勤劳动,和清代以降的各类屯垦,农区渐次扩展。到20世纪30年代,新疆已经形成了5个大的农业生产区。

(一) 伊犁河流域

伊犁河是天山北路地区最大的河流,干支流沿岸土地肥沃,灌溉便利,平原广阔,人口稠密,是新疆农业最发达的地区。

这里农耕历史相对长久,早在乾隆年间,清军就在伊犁九城一带驻兵屯田,疏浚通惠大渠,溉田数万顷。道光年间林则徐谪戍伊犁时,又详察各地水利,导河决渎,又得耕地数万顷。

清代前期,伊犁地区的屯垦农业"主要是三个连片的区域屯田点:以绥定为中心的位于伊犁地区中心位置的绿营兵屯屯垦区、以宁远为中心的伊犁河两岸及哈什河流域回屯屯垦区、伊犁河南岸沿锡伯渠两岸开展的锡伯营屯垦区。前两个农业区域将伊犁九城全部包围在内部,且农业人口多数聚居在城市及其周围。而锡伯营仅有堡塞式的聚居点。屯田点与城市的分布,都是经过清朝驻当地官员勘察地理条件而确定的,结合了土壤、水源、军事、政治等多方面的因素,从而使得屯点分布整体布局合理、声势联络"[②]。

据鲍戈亚夫连斯基的考察,"根据农作条件以及整个农业经营的条件来看,中国西部地区最好的地方应该是伊犁地区",因为这里北、东、南三面环抱的高山,使其免受北方冷风和东南戈壁热风的侵袭;而终年积雪的山岭,又是当地大小河流的源头,"在伊犁河谷,除了喀什河水外,还有许多可利用的河水,而可利用的土地就更多,因此,这个地区能够养活的人口可比现有居民多出几倍"。伊犁河谷平原"农业中最发达的是种大田,也就是种粮食作物。这里种植小麦、水稻、大麦、豌豆、黍、胡麻、芥子、制鸦片的罂粟、作牲畜饲料用的苜蓿草,以及为数不多的燕麦"。

正是由于其肥沃的土壤和优良的耕作条件,才为当地的农业生产带来了很好的收成,以通常状态的1904年为例,"春麦的收获量是种子的15倍,燕麦和大麦的

[①] 阚耀平:《清代天山北路人口迁移与区域开发研究》,复旦大学史地所博士学位论文,2003年,第15页。
[②] 吴轶群:《清代新疆边境地区城市对比研究——以伊犁、喀什噶尔为中心》,复旦大学史地所博士学位论文,2006年,第133页。

产量和春麦一样,胡麻的产量接近这个数字,黍的产量是17倍,水稻20倍,豌豆9倍,芥子15倍";与此同时,这一地区的蔬菜种植也很多,种类有黄瓜、中俄白菜、茄子、大蒜、辣椒、萝卜、小萝卜等。①

塔城附近土地肥沃,亦适合耕种。只是蒙哈杂处,居民以游牧为主,业农者较少。清朝末年的时候,塔城地区的农田垦殖已经相当发达,粮食作物有小麦、燕麦、大麦、黍。这里土质优良,"有人工灌溉渠,夏季太阳又很热,所以收成也很好,虽然还比不上伊犁和土耳其斯坦。小麦的收成是种子的9至12倍"②。

(二) 乌伦古河与额尔齐斯河流域

乌伦古河、额尔齐斯河均为天山北路的大河,这里气候温和,"流域寥廓,沃野千里,众流畅茂,可垦之地不可胜计"③。

乌伦古河流域虽然多咸性土壤,但额尔齐斯流域却是土地相当肥沃的河谷平野,早在元朝时,就已经是内地移民的屯垦地域了。④ 只是由于人口稀少,这里依然多被当地牧民用作牧场,农业生产不甚发达,但潜力却很大。

(三) 乌鲁木齐河一带

由天山融雪而成的乌鲁木齐河水量丰富。这里长期为游牧地区,光绪年间湘军再次平定新疆以后,"湘人之从征者,散无所归,辟地数千顷,屯聚开垦,荒凉之地,尽成良田"⑤。河流沿岸的迪化、阜康一带,成为天山北路次于伊犁河谷的发达农业区。

(四) 塔里木河流域

天山南路的气候要比天山北路温暖,发展农业的条件相对优越。但由于其周边地势高耸,降水明显少于北方,沙漠广布。然而水到之处,即可耕种。于是,高山融雪形成的众多河流,特别是塔里木河流域,便成为新疆最早最大的灌溉农业发展区域。

清末,"在喀什噶尔地区种植的最主要粮食作物是玉米、小麦、大麦、黍、高粱、水稻以及豌豆。平均收获量不稳定:玉米的收获量是种子的30～40倍,小麦9～15倍,大麦12～16倍,水稻8～18倍。由于播种面积小,收获的粮食也只能满足当地居民的需要";播种的经济作物除棉花之外,还有大麻、亚麻、罂粟、烟叶、藏红花以及胡麻。⑥

---

① (俄) 尼·维·鲍戈亚夫连斯基著,新疆大学外语系俄语教研室译:《长城外的中国西部地区:其今昔状况及俄国臣民的地位》,商务印书馆,1980年,第129—131页。
② (俄) 尼·维·鲍戈亚夫连斯基著,新疆大学外语系俄语教研室译:《长城外的中国西部地区:其今昔状况及俄国臣民的地位》,商务印书馆,1980年,第140页。
③ 太平洋书店编:《新疆》,太平洋书店,1933年,第43页。
④ (俄) 尼·维·鲍戈亚夫连斯基著,新疆大学外语系俄语教研室译:《长城外的中国西部地区:其今昔状况及俄国臣民的地位》,商务印书馆,1980年,第140页。
⑤ 太平洋书店编:《新疆》,太平洋书店,1933年,第43页。
⑥ (俄) 尼·维·鲍戈亚夫连斯基著,新疆大学外语系俄语教研室译:《长城外的中国西部地区:其今昔状况及俄国臣民的地位》,商务印书馆,1980年,第138页。

(五) 阿克苏河流域

该流域温度适宜,河道纵横,具有很好的水浇条件,因此所在之处,良田万顷,是新疆最大、最好的稻米产区。

三、主要农作物与生产技术改良

新疆为农业自足社会,农产品种类丰富,以小麦、玉蜀黍、米、棉、大麦、芝麻、高粱、瓜果为大宗。麦、豆、胡麻播种至收获不过百日。瓜果有葡萄、桃、杏、梨、李等,出产最多,其中以哈密瓜、吐鲁番葡萄最为著名。

清末民国时期,新疆地区最重要的农作物有6类。

(一) 棉花

新疆棉花以吐鲁番所产者最佳,每年产额约为4 000万斤,是新疆最重要的农业经济作物,主要输往俄国市场。棉种有安集延种和美国种两类,而以柔软而洁白的美棉质量最优。相比来说,新疆"棉之产量虽亚于俄属土耳其斯坦,而棉质之优则过之,且远非印度棉所可比拟"[①]。

不过,在鲍戈亚夫连斯基看来,新疆地区出产的棉花质量原本并不高,因为俄国的"工厂主认为,只能用来织低质量的棉布和衬里布";究其原因,"大概是由于当地棉种不好,还有轧花是由于手工操作的缘故。但改良土耳其斯坦棉花品种的这一类障碍,都是能够逐步克服的。几年前去麦加朝圣的吐鲁番萨尔特人随身带回一些美国棉种,这些棉种现在已逐渐在棉农中推广使用。在喀什噶尔华俄银行分行也订购了相当数量的美国棉种,并无偿地分发给当地棉农";从引种成效上看,"美国棉种的播种效果在大部分地方都相当好,特别是在那些炎热而无早霜的地方,例如,吐鲁番地区以及喀什噶尔以南的所有地方,即和阗、叶尔羌等地。喀什噶尔的棉花生长得好,但不能完全成熟。现在也开始使用机器轧花了"[②]。

新疆美棉的产额,"以吐鲁番、鄯善为最多,年约300余万斤,而以库尔勒为最佳,莎车、温宿、新平、和阗、疏勒亦遍产,近来伊犁、乌苏、绥来一带,亦皆传播,气候适宜,不让他处"[③]。新疆棉花的种植和采摘方法与内地略有差异。这里通常在农历三月间播种,七月间即可陆续成熟。收获的方法也与内地略异,因为他们不像内地那样直接从棉株上摘取成熟棉桃自行绽放的籽棉,而是将成熟而未绽的棉桃先摘下来,经烈日暴晒后剥取其中的籽棉。[④] 鲍戈亚夫连斯基指出,新疆的棉花"大部分都播种在种过小麦与大麦的地里。粮食(注:疑为冬小麦)种于十月,于五月(注:次年)收割,然后就种棉花。在当年未种过别的作物的地方,棉花种得早一

---

① 太平洋书店编:《新疆》,太平洋书店,1933年,第45页。
② (俄) 尼·维·鲍戈亚夫连斯基著,新疆大学外语系俄语教研室译:《长城外的中国西部地区:其今昔状况及俄国臣民的地位》,商务印书馆,1980年,第136页。
③ 林兢:《新疆纪略》,东京天山学会,1918年,第17页。
④ 太平洋书店编:《新疆》,太平洋书店,1933年,第45页。

些。殷富人家使用湖底的淤泥作棉田的底肥,而穷人则做不到,他们只好采用土地休闲办法,种一年闲两年。如果土地施肥,则在同一地块上每年都可种植。当地农民认为坎儿井水灌溉棉田最好"①。

新疆棉花的主要产地限于南疆地区,迪化曾一度试种,但未获成功。吐鲁番和麦盖提两县的棉花产量居新疆之冠,其余为和阗、莎车、喀什、阿克苏等县。据1915年的棉产统计,莎车为65 000担,吐鲁番为44 000担,巴楚为25 000担,鄯善为24 000担,疏附为20 000担。② 据新疆建设厅的统计,1943年新疆全省的棉田面积为626 000亩,其中土棉占77%,美棉占23%。1932年新疆全省皮棉产量为21万担,"埒于贵州,稍逊辽宁,较诸以产棉著称之苏、鄂、冀、豫等省,相差十至十五倍不等"③。

（二）稻米

新疆虽然整体上较为干旱,但是不少地方依然可以利用高山融雪来发展农业生产,甚至可以建造水田种植水稻。乾隆时,稻米产地见于记载的有迪化附近的阜康、昌吉和伊犁河谷。建省后内地南方省份的移民在北疆大量增加,参加西征的湖湘士兵留居北疆务农,带来了南方省份的水稻种植传统和技术,也增加了主食中对大米的需求,有力地推动了稻米生产。这时北疆的呼图壁、绥来、库尔喀喇乌苏、精河也都成了产稻区,迪化的三个泉、绥来、库尔喀喇乌苏最负盛名。三个泉的稻田是光绪十三年(1887年)解甲后的湘军士兵所开,引乌鲁木齐河水灌注,辟地数千顷,"省城谷米半仰给焉"。库尔喀喇乌苏的西湖产米,人称"西湖稻米",品种优良。④

较为著名的稻米产区是阿克苏,其所产稻米"色白粒长,油质颇多,味甘而糯(糯),质之优良,甲于内地为产"⑤。

（三）生丝

生丝也是天山南路地区的重要农产物,而以和阗、莎车、疏勒的蚕丝最为有名。"和阗附近,桑园绵绵,蔚然成林。驿路之旁,桑高二丈,宛成乔木。间有特设桑园,专行栽植者。故丝业颇发达,养蚕殆为男子专业。喀什(噶)尔蚕业甚盛,每年生产额约一百万斤。阿克苏亦盛行植桑,生丝多输出印度与苏俄。近以俄蚕之输入,丝产较前进步"⑥。

按照鲍戈亚夫连斯基的说法,新疆的蚕丝业自古就有,而且还颇为发达,清末年间亦然。"养蚕完全是老人和小孩的事,而缫丝则是成年人,主要是妇女的活计。

---

① （俄）尼·维·鲍戈亚夫连斯基著,新疆大学外语系俄语教研室译:《长城外的中国西部地区:其今昔状况及俄国臣民的地位》,商务印书馆,1980年,第136页。
② 太平洋书店编:《新疆》,太平洋书店,1933年,第45页。
③ 张之毅:《新疆之经济》,中华书局,1945年,第33页。
④ 成崇德主编:《清代西部开发》,山西古籍出版社,2002年,第158页。
⑤ 太平洋书店编:《新疆》,太平洋书店,1933年,第46页。
⑥ 太平洋书店编:《新疆》,太平洋书店,1933年,第46页。

全部工作都是用古老的简陋方法进行,然而东土耳其斯坦的丝却被公认为质地优良。其部分产品用来就地织成绸子和丝毯,但数量不大。出售生丝就更为有利。所以,丝的主要部分都运往外地,部分运往中国内地,而更多的则运往我国土耳其斯坦后,它便与当地的丝混在一起,而作为俄国土耳其斯坦丝出售。中国土耳其斯坦产丝的自然条件十分优越,只要销路增加并稍为改进缫丝技术,则中国土耳其斯坦就能提供更多的生丝。"①

另外据民国初年的记载,新疆的蚕桑生产以喀什道为主,但其种子"纯购之俄属。然出茧硕大,逾于江浙,只以缫炼不得其法,故色泽较逊。然以制夏夷绸,则胜于山东茧绸;杂棉纱以织花布,胜于舶来电光布。若再设立蚕业传习所,悉心教授,培植人才,他日进步固未可量也"②。

(四) 瓜果

喜偏干旱气候的葡萄、甜瓜、西瓜等瓜果也是新疆有名的农产品,特别是吐鲁番的葡萄和哈密、伽师一带的甜瓜更属上乘。惜乎交通不便,外地人无法吃到味道更佳的新鲜瓜果,只能买到加工后的果干。俗谚"吐鲁番的葡萄哈密瓜,库车姎哥一枝花",将葡萄、瓜果、姎哥(美女)并视为新疆三绝。

丰富的瓜果既是当地人民的经济来源,也在他们的食物构成中占据了重要地位。"南路饶瓜果、桑葚、葡萄之类,累累遍原野,夏秋之间,贫民率售其釜甑,携毡藁就瓜田桑下,仰啖俯啜,坐卧其间,实尽而后去,岁以为常。家赢三日粮,则足不出户。"③

不过,天山以北地区的水果种类不多,塔城和乌鲁木齐等地"果树中这里只有苹果,但不打杈整枝。这些果树在严寒的冬季也常常冻死,因此,为了防冻,必须把它们好好包扎起来过冬。一般说来,这里没有什么园艺业"④。

另外,新疆地区的蔬菜种植也很广泛,据俄人鲍戈亚夫连斯基记载,"菜园到处都有,乌鲁木齐周围的菜园种得特别好,因为乌鲁木齐是一个大城市,城市居民对蔬菜的需要量很大。蔬菜的品种和我前面讲过的那些地方一样,只是白菜,绝大多数是中国白菜,而不是我们(按:指俄人)的那种甘蓝"⑤。

(五) 小麦

天山以南的居民以小麦为大宗的食用粮食,稻米次之。据1918年有关统计,新疆种植小麦480 782晌,玉蜀黍340 486晌,稻米52 790晌,棉花40 025晌,芝麻

---
① (俄) 尼·维·鲍戈亚夫连斯基著,新疆大学外语系俄语教研室译:《长城外的中国西部地区:其今昔状况及俄国臣民的地位》,商务印书馆,1980年,第137页。
② 林竞:《新疆纪略》,东京天山学会,1918年,第17、18页。
③ 林竞:《新疆纪略》,东京天山学会,1918年,第16页。
④ (俄) 尼·维·鲍戈亚夫连斯基著,新疆大学外语系俄语教研室译:《长城外的中国西部地区:其今昔状况及俄国臣民的地位》,商务印书馆,1980年,第139页。
⑤ (俄) 尼·维·鲍戈亚夫连斯基著,新疆大学外语系俄语教研室译:《长城外的中国西部地区:其今昔状况及俄国臣民的地位》,商务印书馆,1980年,第137页。

33 815 晌,高粱 32 325 晌,豆类 23 040 晌,瓜果 46 737 晌。[①]

(六) 大麻

大麻是不同于上述经济作物和粮食作物的特殊经济作物,它不同于制造食用油和照明油的胡麻,而是类似于汉族地区广泛种植的鸦片的一种毒品原料。清朝末年,大麻在南疆的"英吉沙、叶尔羌和叶城诸绿洲中广为播种。当地居民吸用的一种叫'纳斯'的有名的麻醉品,就是由这种植物制作的,而且也是长期以来运往印度的一种主要物品。自1897年规定了高额关税时起,大麻的播种与'纳斯'的输出便减少了"。虽然喀什噶尔地区的一些人也在清末开始吸食鸦片,但却没有能够取代"纳斯"。据俄人鲍戈亚夫连斯基说,"这些产品都不运往俄国境内"[②]。

新疆地区的农业资源虽然较为丰富,但直到民国后期,干旱和生产工具的落后,依然是制约天山南北农业生产的两大瓶颈。

据民国初年的调查,新疆的农民大体上可以分为土著和客籍两种,天山南路的农民以土著为主,北路以客籍为主。土著民从事农业历史虽然悠久,安土重迁,但其种植技术较为原始,人也不那么勤快,"春末夏初,农者持扶犁一具,驾以两牲,掀土仅数寸,迎风扬洒其种。旱田一犁之后,任其自长;水田犁行一周,布籽泥淖中,以耙覆之,不知分秧之法,稂莠丛生,弗锄弗薅,弗事肥料,藉以歇耕。播种之后,浇水一二次,坐待天成"[③]。中国内地迁入的客籍农民,虽然农艺先进,但其流动性大,对新疆农业发展也不利,他们"往来飘忽,迁徙无常,稍后赢余,辄携入关,盖得地既未尝费资,而孑然一身,又无妻子之累,殊不足以维系之耳"。只有来自天津和湖南的农民才吃苦耐劳,带有家室,精耕细作。

加之进入民国以后,新疆省政府重视农业,并以农田开垦情况作为考核当地官员的重要指标,农业生产有了一定的改观。

为了促进农业生产的发展,民国新疆政府组织南、北疆地区的农民大力发展农田灌溉事业。尤其是盛世才统治时期,政府更加重视农业生产条件和技术的改善,相继完成了迪化、伊犁、阿山、塔城、摩尔勒(注:原文如此)农牧场的建设,在没有农场的各县均设立农机租贷所,成立气候测量所4处和水利讲习班,在鄯善、昌吉、奇台及南疆各县修筑数十里长的大渠20余处。[④] 据统计,1932—1942年间,新疆增加和修补的水渠和坎井长度达到了5 000公里以上,耕地面积增加了60 000公顷。与此同时,新疆地方政府还从苏联购置大量新式的农业机械,以提高农业生产。据载,"新式钢铁农机,推动着全疆的农民,向着农业机械生产化的道路上前进,新的农业技术,催促新省农业经济,从中古式的生产,进入到现代的科学方法的生产,大批

---

① 太平洋书店编:《新疆》,太平洋书店,1933年,第47页。
② (俄)尼·维·鲍戈亚夫连斯基著,新疆大学外语系俄语教研室译:《长城外的中国西部地区:其今昔状况及俄国臣民的地位》,商务印书馆,1980年,第139页。
③ 林竞:《新疆纪略》,东京天山学会,1918年,第16,17页。
④ 杜重远:《盛世才与新新疆》,汉口生活书店,1938年,第90,91页。

的拖拉机、播种机、播棉机、割麦机、收获机、打粮机、分粮机、清花机、中耕机、割草机、束草机、收获捆束机、培土机、风车、元片耙、弹簧耙、之字耙、切草机,以及与发展农业有关的各种测候的仪器、喷水器、喷药器,等等各式各样的农业新工具,不但是无不应有尽有,而且是历年增加着。统计三十一年(按:1942年)全疆已有农机总数,超过了100 000具,一年一年的接近着农业机械化的轨道上。举个例来说:塔城县、额敏县和伊宁县、绥定县,已大部分的农业机械化了,其他的各区和各县,也正步着塔城、伊犁的后尘向前追赶着"[①]。新疆农业已经初现了现代化的曙光。

第三节　现代工业的起步

新疆地区地广人稀,农、牧业经营粗放,工业生产也传统而简陋。直到清朝末年,新疆的工业依然处于较低水平,"即使像我们在欧洲所熟知习见的那种小规模的工厂作坊,这里也没有。加工工业当然也不是没有,但都是手工生产性质的。而且限于当地条件,暂且只能如此";当地居民所需要的大部分现代工业制品"都靠外国进口来满足。现有的地方工业,在供应工业产品方面只起次要作用,有时还经不住外国产品的竞争"[②]。

时至第一次世界大战前后,当中国东部沿海地区现代工业已经较为兴旺的时候,地处内陆的新疆地区,居民的日用品生产依然还"用旧法制造,不知改良。日用所需,多惟苏俄是赖"。在这期间,新疆地方政府虽然也在各地设立了一些工业学校,以传播工业生产工艺和知识,奖励工业革新,"然以经费枯竭,工人缺乏工业知识,毫无成绩可言。俄人利用新疆价廉质纯之原料之输入,制造大批工业品,复输入新疆"。结果,就连生产工艺和生产设备都并不复杂的皮革、皮货产品,也要从俄国大量输入。

新疆比较有名的传统手工业包括"南路喀什一道岁产丝百万斤,居民以之织绸,名曰霞夷,佳者拟于纺绸而匀泽不逮,次者则似茧绸。和阗、洛浦、皮山、于阗均产之,而以于阗属之策勒村为最佳,每岁输出俄国为大宗。又花布以丝和棉制成,色泽鲜明,无异舶来电光布,只供本地缠回之用。洛浦、和阗以羊毛为经,以棉线为纬织地毯,文采错致,灿然夺目,其丝制者尤为鲜丽,且其纹理或花卉山水,能随人意;以之织棹毯衣包均适人用,且甚美丽,较之外来有过无不及,每岁输出俄属不下数千条。皮山、和阗之纸,纯以桑络为之,坚韧异常,惜少光泽,现本省长官以节省经费、提倡国货起见,公文中多用之,若能稍加改良,诚可挽回洋纸已失之利。吐鲁番、库车、焉耆盛产棉花,南路各属亦多产之,土人以制棉布,或加染色,稀疏粗劣,不能耐久,惟和阗所制较为细致,仅供本地土人之需,而输出外地者殊寥寥。库车

[①] 韩清涛:《今日新疆》,五、新疆的财富,中央日报总社,1943年。
[②] (俄)尼·维·鲍戈亚夫连斯基著,新疆大学外语系俄语教研室译:《长城外的中国西部地区:其今昔状况及俄国臣民的地位》,商务印书馆,1980年,第153页。

之刀剑,锻炼精纯,品光闪烁,能使刀面现波痕,殊为特产,惜所出甚少,不能广销。和阗、于阗、洛浦能刻玉,然远不及内地。至皮履、皮帽,为缠俗男女所必需,类皆出于土人之手,制造精美,殊不减于外来。鞍鞯镫辔之属,到处均出,无不精良,蒙古、哈萨克诸族,更事镂刻,嵌以金银珠宝,奇丽可观"①。以上这些都属于在新疆各地占主导地位的传统手工业及其产品。

表 4-4-1　1915 年新疆的丝、茧生产状况

县 名	蚕茧(斤)	蚕丝(斤)	县 名	蚕茧(斤)	蚕丝(斤)
于　阗	34 345	1 256	轮台	16 400	1 872
皮　山	196 120	117 140	叶城	70 500	20 250
和　阗	366 000	127 642	库车	9 200	1 300
阿克苏	19 634	4 100	焉耆	5 995	1 005
鄯　善	3 500	816	莎车	35 550	5 430
洛　浦	507 956	367 906	共计	1 265 200	648 717

(资料来源:太平洋书店编:《新疆》,太平洋书店,1933 年,第 56 页。)

另据统计,盛产棉花的吐鲁番、库车、疏勒等地也盛产棉布,居民多以此为业。据 1914 年前的统计,新疆各地的棉布年产额分别是:喀什噶尔 300 000 匹,莎车 150 000 匹,和阗 30 000 匹,库车 100 000 匹,吐鲁番 80 000 匹,共计 660 000 匹。这些布匹"除供应农民自用外,有少量输出安集延等地"②。

和阗、于阗、莎车等地以羊毛为经,以棉纱为纬,织出来的长方形手工地毯"美丽坚牢,他处罕见"。其中的和阗毯有毛和丝两种,"都以棉线做底。毛毯有的很大,而丝毯却没有大的。色彩不多,常用的是红、黄、蓝、白几种颜色调配,图案简单。毯子的生产都是家庭手工性质,没有工厂。从事这一劳动的全是萨尔特人,他们给收购商生产,而收购商则大都供给他们原料"③。各地的生产情况不一,就生产额来讲,和阗可年产 3 000 张,于阗 6 000 张,莎车 6 000 张。而那些纯粹用绵羊毛织出来的毯子,质量也相当不错,就其生产额来讲,婼羌可年产 600 张,英吉沙 1 200 张,焉耆 4 000 张,迪化 300 张,塔尔巴哈台 1 000 张,疏勒 7 600 张,和阗 22 000 张,巴楚 6 000 张,古城 1 000 张,于阗 2 500 张,阿克苏 15 000 张,洛浦 1 100 张,伊 2 000 张,这些地方所产共计 64 300 张。④

在新疆工业走向现代化的进程中,当地原有的家庭或作坊式手工业生产也开始在经营方式上向新兴工业靠拢,出现了一些取长补短性的工场手工业企业。到

---

① 林竞:《新疆纪略》,东京天山学会,1918 年,第 20、21 页。
② 太平洋书店编:《新疆》,太平洋书店,1933 年,第 56、57 页。
③ (俄)尼·维·鲍戈亚夫连斯基著,新疆大学外语系俄语教研室译:《长城外的中国西部地区:其今昔状况及俄国臣民的地位》,商务印书馆,1980 年,第 155 页。
④ 太平洋书店编:《新疆》,太平洋书店,1933 年,第 58 页。

20世纪40年代,新疆的工业生产中已经涌现出不少规模较大、场所固定的手工工场。其中,又以和阗、莎车地区的手工工场最为发达。相关统计显示,当时和阗有22所,莎车有10所;其中缫丝占13所,织布织绸8所,造纸4所,织毯3所,制革2所,制蜡、缝纫各1所。新设立的新疆省营裕新土产公司也借助这种经营方式,共设立了32所手工工场,"场内工具沿用旧式,稍予改良,由公司自制。如和阗区抽丝场11所,共有脚踏抽丝木机一千三百架,织布场三所,共有脚踏木机一百五十架。原料之吸收,诸多便利,土产公司专营进口,颜料、鞣材等统归掌握,对于数种土产如羊毛、蚕茧,则赋有统收之专权,故民营作坊及手工工场,莫能与之竞争"①。

按照时人的观点,新疆现代工业的不景气,造成了"居民性习游惰,欲望简单,温饱之外无复他求"。故而当局应该大力创办工业学校,灌输现代工艺知识,同时酌分轻重缓急,做好资源的科学调查,资助专门的矿业人才,利用国外的资金和技术,充分利用当地丰富的原料,发展毛、棉纺织,皮革制造,乳、肉等罐头加工,丝织等有着较好基础的工业产业,使之"直接有益于新疆人民之生计,为发展工业之要图"②。

经过地方政府和民间的共同努力,民国年间的新疆工业生产得以在现代化转型中不断提高。"近年以来,工业制造新法,渐由俄国输入。如库车之蜡烛,拜城之肥皂,皆用西法制造。工业品质改良,产额增加,工业日有起色。"③只是由于技术水平等限制,新疆当地新兴的这类现代工业产品较之国外进口来的同类产品,质量上还要低不少档次。例如,"库车之仿造洋烛,而光差暗;拜城、莎车、库车能制石碱,仅可洗衣,味亦膻腥;惟伊犁制革公司,旧系官商合办,现统归商办,资本五十五万,雇用德人,所制皮革,殊不亚于外来,销售天山南北;莎车新设机器公司,雇用土耳其人,能制火柴,兼印花布,亦为近来新疆之特色。此外,如吐鲁番、疏附、库车等处之轧棉花,多能用水力行使机器,是新疆工艺之兴,今殆渐有萌芽矣"④。

尤为显著的进步体现在新疆现代工业即机器工厂的较快发展方面。整体而言,"杨增新、金树仁主政时期,企业自由未受限制,少数面粉、制革、电气工厂多系民营,惟因地方需要有限,机器未能充分利用,相继倒闭。盛世才氏实行新政,机器工业统归省营,以省库之力,负担工厂营业亏损。民国三十二年(按:1933年)前,较大工厂计有印刷厂一,设于迪化;灯厂五,分设迪化、伊犁、塔城、喀什、乌苏、绥来"⑤。具体来说,20世纪30年代,迪化着手兴建的新式工业主要有:省立制革厂,聘用俄国技师,出口尚可;省立工艺厂,以采炼石油为大宗,"出品未见佳,量亦不多。此外兼织造工艺,成绩庸庸";电灯公司虽成立于1927年,但"引擎马力不足,

---

① 张之毅:《新疆之经济》,中华书局,1945年,第42页。
② 太平洋书店编:《新疆》,太平洋书店,1933年,第100页。
③ 太平洋书店编:《新疆》,太平洋书店,1933年,第59页。
④ 林竞:《新疆纪略》,东京天山学会,1918年,第21、22页。
⑤ 张之毅:《新疆之经济》,中华书局,1945年,第44页。

灯不满千盏,灯光已暗然不明";阜民纺织公司,有纱锭1 200锭,尚未开工;机器局,为清末所设制造枪弹的军工企业,后改铸铜元。①

1934—1944年盛世才主政期间,是新疆现代工业发展较快的时期。由于盛氏在政治、经济上均实行对苏联友好的政策,因而能够容易地获取苏联的经济和技术援助,包括聘用苏联专家和技术顾问筹划经济规划和实施管理,并向苏联贷款。同时依据新疆的具体实际,制定了有关恢复农牧业生产和整理财政等内容的"八大宣言"和"九项任务",皆取得了明显的成效。② 其中,工业建设方面的主要成就包括:制革工业方面建成了伊犁皮革厂1所、伊犁制皂厂1所、迪化制皂厂1所;食品工业方面有迪化面粉厂1所、伊犁面粉厂1所、伊犁水磨厂1所、绥定水磨厂1所、迪化自来水公司1处;电气工业方面有伊犁、迪化、塔城电灯厂各1处;印刷工业方面有迪化、塔城、喀什、伊犁、阿克苏、阿山印刷所各1处;机器工业方面有迪化修理汽车机件总厂1处、伊犁修理汽车机件厂1处、塔城修理五金器具机件厂1处,③已经初步奠定了新疆工业现代化的物质和技术基础,值得予以肯定。

这一时期新疆工业的发展情况,总括如表4-4-2。

表4-4-2 1943年前后天山南北的非矿工业概况

工业门类	发 展 概 况
电气工业	全疆共有交流发电机21部,直流发电机8部,计发电力1 725千瓦,除电灯照明外,亦做工业生产动力。主要电厂分布在迪化、伊犁、吐鲁番、塔城、乌什、喀什、绥来、阿山
机械工业	全疆有旋床38架,刨床10架,镗床5架,钻床18架,磨床、臼床、绞丝床各2架,碾片机、压榨机各3架,截铁机、旋木机、镟木机各2架,砂轮机10架,电焊机8架,氧气机4架,锯木机、刨木机各4架,电气锤3架。马力共2 257匹,其中乌苏占52%,迪化占36%,伊犁占10%,塔城占1.5%,喀什占0.5%。迪化、伊犁、塔城工厂均可制造简单工具及零件
纺织工业	毛织业以羊毛为经,棉纱为纬,产地以阿克苏、莎车、英吉沙、塔城、伊犁、疏勒、巴楚、焉耆等地为主,年产地毯17 000张,毛毯78 300张,每年输往英、苏4 000~5 000张。棉织业以疏勒、莎车、和阗、喀什、阿克苏、库车、吐鲁番为主,年产土布700 000匹。全疆新式纺织工具,棉纺机66 000锭,每锭年产纱700斤,毛织机1 000锭,每锭年产数百斤
皮革工业	以叶尔羌、喀什、伊犁、迪化为盛,伊犁、迪化两地的制革厂年产量达1 000 000张。其中伊犁厂每日出产硬底皮(大犍牛)150张,软底皮(乳牛)300张,芝麻皮(小牛及羊)1 500张,二号软皮(马)100张,三号软皮(山羊)700张,共计2 750张

① 太平洋书店编:《新疆》,太平洋书店,1933年,第146页。
② 陈慧生、陈超:《民国新疆史》,新疆人民出版社,1999年,第299—306页。
③ 杜重远:《盛世才与新新疆》,汉口生活书店,1938年,第85—87页。

续 表

工业门类	发 展 概 况
食品工业	面粉工厂主要有迪化面粉厂（日磨小麦14吨），伊犁面粉厂（日磨小麦105吨），绥定、塔城面粉厂。制油工厂主要在迪化、伊犁、喀什，制酪工厂主要在迪化、伊犁
造纸工业	主要有和阗的桑皮纸，迪化、吐鲁番以柿树皮和麦秆为原料造纸，足供全省所需
印刷工业	全省各类印刷机30架，动力6 928千瓦，以迪化、伊犁、塔城、阿克苏、喀什、阿山为中心
其他工业	有机器锯木厂3处，肥皂制造厂7处，酒精制造厂3处，火柴制造厂1处，瓷器厂1处

（资料来源：吕敢：《新新疆之建设》，时代出版社，1947年，第76、77页。）

由于政治上的原因，1943年以后，苏联断绝对中国新疆的商品和技术输出，新疆工业现代化的发展受到了一定的挫折。在严峻的形势之下，新疆地方政府和人民开始不得不立足于自身的条件和资源搞建设。省建设厅和省立商业银行两大系统也被迫转向，努力开展与中国内地工业企业的资金和技术联合，以重新筹建各类新式工厂，并取得了一定的成效。其中，建设厅筹设的工厂包括金属冶制厂、制酸厂、天山化学工厂、新丰纱厂等。前二者位于迪化城北的水磨沟，当时厂房已大部完成，计划1944年6月或7月投产；1943年还在筹办之中的天山化学工厂是新疆省政府与上海（重庆）天原电化厂合办，天原提供机器和技术人员，省方负担场地和建筑费用；新丰纱厂则属郑州豫丰纱厂与新疆省政府合办的企业，豫丰提供技师以及纺纱机5 000锭、织布机250台，省方负担场地和建筑费用。省立商业银行设立的工厂皆为轻工业，包括明新玻璃厂、陶瓷工厂、新民工艺厂等，前二者当时已开工生产。此外，这一时段的民营工厂仅有伊犁福盛制革厂一所设备尚佳。[1]

第四节 矿业经济的积累

煤、铁、石油、石膏、岩盐等矿产资源都是新疆发展现代工业的必要物质基础。清朝末年，尼·维·鲍戈亚夫连斯基指出："这里很多地方都发现有大量煤藏，还有铜、铁、铅、白银、石油，最后，据了解，还有几处金矿也在开采中，其中有些是大有希望的。这些矿藏大部分尚未开采，有待于企业家为此付出劳动、知识和资金。"即便一些运用传统技术和设备开采的矿产如煤炭，规模也很小，产品仅供当地居民生活的需要，而不是远销外地或供应工厂。[2]

---

[1] 张之毅：《新疆之经济》，中华书局，1945年，第44页。
[2] （俄）尼·维·鲍戈亚夫连斯基著，新疆大学外语系俄语教研室译：《长城外的中国西部地区：其今昔状况及俄国臣民的地位》，商务印书馆，1980年，第144—145页。

到了民国时期,随着人才和技术的引进,新疆这些重要矿产资源在勘探和开发方面都取得了一定的进展。

民国初年的资料显示,新疆比较著名的矿藏有于阗县苏拉瓦克山、宰列克山,且末县阿布他克山、哈巴山,塔城县喀图山,绥来县清水河、塔西沟,乌苏县济尔格朗河,均富产金矿;拜城县温巴什、滴水崖,疏附县西山,迪化县南山,焉耆县库尔泰山,乌什县麦里克,库车县红筒厂山,均产铜矿;孚远县水西沟,拜城县明布拉克,英吉沙尔县阿哈罗提山,均产铁矿;乌苏县独山子,库车县红筒厂山,均产石油;焉耆县库木什,乌苏县墩木达,迪化县大坂城,哈密县沁城子,且末县南山,均产银;拜城县明布拉克山、新平县茨麻花泉,均产铅;另外,库车县库达拉山的矾和石蜡,叶城县密尔岱山、洛浦县胡麻地的玉石,鄯善县城南的水晶,焉耆县察罕通古的锡,储藏量都"卓卓有名"[①]。

从空间分布上看,天山北路的矿产资源主要是金矿和石油。阿尔泰山也称金山,山中多金砂,但因交通不便,气候严寒,一年之中只有5月到8月的四个月可以从事淘金工作,"每年出产约有五六万两之多"。在"阿尔泰山从事采掘金矿者,约有五六万人之众"[②]。石油主要有迪化和绥来两个产区。"迪化之苏达车油田在迪化之东约50里,前有公司开采,因提炼不精及俄油充斥之故,现已停办。俄人谓新疆油田之广,蕴藏之富,对于世界石油问题,当占一重要之位置。"[③]迪化商办石油公司因系土法开采,"历年亏蚀甚多。油质尚可,量亦丰。"[④]

而南疆地区主要的矿产首先是和阗、于阗一带的玉石,尤其以羊脂玉、枣红玉、青花玉最为有名。[⑤] 新疆产玉石的地方很多,最大的地方有三处,一是玉陇哈什河,二是哈拉什河,三是雅里克河。"昆仑山麓,叶尔羌河上流产玉石,大者如盘如斗,有重三四百斤者。各色不同,如雪之白,翠之青,蜡之黄,丹之赤,墨之黑者,皆为上品。"清代叶尔羌每年对上贡献美玉七八千斤至上万斤不等。中国内地商人"贩玉致富,家累千金,不可胜数。新疆玉石多输往内地,岁运往北平、上海者,价值数十万元"[⑥]。

此外,新疆其他地区相关矿产的储量和产量也颇为可观。金矿生产方面,除上述阿尔泰山区之外,于阗和且末地区也有不少官办的金矿,其中4个最大的金厂是阿拉他克山、卡巴山、有某羌山、曹里瓦克山,每年上缴金3570两。西湖、塔城也有官办的金矿2所,于阗还有官办小金厂3处。从品质上看,奇台的白金,于阗、焉耆的山金,且末、奇台的砂金,都很有名。"北路金矿多在汉人手中,南路金矿在印度

---

① 林竞:《新疆纪略》,东京天山学会,1918年,第13页。
② 太平洋书店编:《新疆》,太平洋书店,1933年,第50页。
③ 张其昀、任美锷编著:《本国地理》,下册,钟山书局,1934年,第148页。
④ 太平洋书店编:《新疆》,太平洋书店,1933年,第146页。
⑤ 张其昀、任美锷编著:《本国地理》,下册,钟山书局,1934年,第162页。
⑥ 太平洋书店编:《新疆》,太平洋书店,1933年,第54页。

钱商之手,金多输出中国内地及印度。"①

煤炭资源方面,新疆的煤炭储量仅次于山西,其中又以迪化、奇台、绥定、哈密、吐鲁番的煤炭产量最多,不少都是露天煤矿。但其采煤技术落后,"以土法掘之,驱车沿途叫卖,无科学之方法,无组织之经营",效益很不理想。②

铁矿资源方面,以孚远的水西沟铁质最好,拜城的明布拉克山、塔尔齐山、牙色里敏山、楚里哈打山、额什客克什巴山,均盛产铁;"新疆所产之铁,远近销售,内至甘、凉,外及蒙、哈";只是自物美价廉的俄国洋铁输入以后,新疆的传统冶铁业受到了不小的冲击。传统的铜矿生产以拜城最为发达,民国初年仅需纳税的净铜每年就达 12 万斤,可见其生产之盛;同时,迪化、伊犁、焉耆、乌什、库车、阿克苏等地的产铜业也很发达;新疆生产的铜主要在当地销售,主要原因是"缠回民不善陶业,无论贫富,悉用铜器,故铜与新省居民之关系,较诸任何金属,皆为密切。拜城铜矿为南疆第一利源,所产之铜,色黄而质佳,苍翠柔润,最称上品"③。

新疆虽然地处内陆,但却不乏食盐。"山野湖畔,几无处无盐"。新疆生产的食盐共有三类,一是地盐,"即取土而煮成之盐";二为山盐,产于阿克苏东北的山中,"为半透明之结晶体,直如水晶。盐块层列山上有如石块";三是湖盐,产于众多的咸水湖中,"罗布泊、博斯腾淖尔及乌伦古湖等,沿岸皆产岩盐。巴里坤、迪化、西湖之盐地,产盐极多,湖中溢出之水,往往凝结于湖畔,成天然之盐块"。当地人民大多自行采集盐块,随意贩卖。④

随着时间的推移,新疆矿业的勘探和生产事业也有了更大的发展,探明的储量数据也时有更新。20 世纪 40 年代的相关统计显示,新疆的煤炭储量占全国的 12.05%,次于山西和陕西,居全国第 3 位;开采方面,迪化的八道湾煤矿、库车的阿黑煤矿、乌苏的四苏木煤矿、乌恰的康苏煤矿等,自 1935—1942 年间,煤炭产量年有增加,1942 年全省年产烟煤 160 600 吨,褐煤 22 000 吨。新疆的石油储量占全国的 60%,居全国第一位;开采方面,以乌苏的独山子油矿成绩最佳,1943 年日产原油曾达 67.3 吨,库车的铜厂油矿有土油井 30 多个,同时,乌恰的红沟、安九安,温宿的塔克拉克,迪化的头屯河、四岔沟、苏达车,塔城的青石峡,喀什的赫子尔坡南山等地,皆有小规模的石油开采。铁矿资源虽然相对较少,但仍居西北各省之冠,其中,在库车的阿黑,迪化的西山洼,巩哈的铁木里克,皆有集中发现。另外,承化等地的金矿,乌恰等地的铅矿,拜城等地的铜矿,温泉等地的钨矿,库车、温宿等地的石膏,以及遍布新疆各地的池盐、滩盐和岩盐,都有丰富的蕴藏和一定规模的开采。⑤

---

① 太平洋书店编:《新疆》,太平洋书店,1933 年,第 50 页。
② 太平洋书店编:《新疆》,太平洋书店,1933 年,第 146 页。
③ 太平洋书店编:《新疆》,太平洋书店,1933 年,第 51—53 页。
④ 太平洋书店编:《新疆》,太平洋书店,1933 年,第 53 页。
⑤ 吕敢:《新新疆之建设》,时代出版社,1947 年,第 63—73 页。

种类繁多、储量丰富的矿产资源的勘探和初步开采,既为近代新疆的工业现代化指明了方向,也为20世纪50年代以后当地大规模工业项目的上马和壮大提供了物质保障和技术基础。

第五章　近代城镇发展和居民结构

城镇既是一定区域的人口集聚地，同时也是该区域的生产和销售中心；既是区域的政治和文化中心，也是该区域的经济和生活中心。进入近代以后，随着新疆市场环境和交通条件的变化，天山南北地区的城镇在原有基础上得到了新的发展，经济功能特别是外向型经济功能得到了强化和提升。

作为生产力核心要素之一的人口，是包括城市在内的区域经济活动须臾不可或缺的能动力量。新疆是中国民族成分复杂的边疆省份，各民族在人口数量、教育程度、职业结构、空间分布等方面的差异，对于新疆城乡的社会稳定和经济开发都有重要影响。详尽了解并积极应对这些民族问题，是新疆地区长治久安与繁荣昌盛的首要前提和根本保证。

第一节　天山北路的主要城镇

一、省城迪化

迪化位于天山北麓，为新疆省的省会，又名乌鲁木齐、红庙子。美丽的乌鲁木齐河绕城如带，两岸杨柳满堤，附近农牧均盛，并盛产煤炭，因而成为新疆最富庶的地方之一。清代前期的乌鲁木齐"地绾中枢，市廛迤逦，肩摩毂击，当时已有小苏杭之称"[①]。所以，商人之"北赴塔城，西入伊犁，南至疏勒，东及哈密，官吏之升迁，商贾之运输，车马辐辏，不绝于道"[②]。迪化是新疆汉族人最集中的城市之一，故而初入迪化的内地汉人并不觉得已经置身于塞外绝域，反而有着行走在内地城市里的那种归属感和认同感。

迪化共有新、旧两城。老城建在西北山顶，新城建成以后，都城逐渐废弃。新城则为光绪三十二年（1906年），由满、汉二城合并而成，"周围十一里五分二厘，计七门，除东、西、南、北四门外，复辟新东、新西、新南三门。街巷栉比，居民殷稠，城厢约二千五百余户，人口几九万人"。满城的街面较为萧条，为居住生活区。当地的主要商业店铺和官署衙门均分布在汉城，尤其以南大街一带最为繁华，这里"街衢宽平，市廛雄丽，气象甚新，有京、津风。闻昔时固亦屋脊压顶，伛偻而入者，今则层楼大厦，接踵而起矣。地价遂什百倍于畴昔，且不易得。至如东、西、北三街，则稍逊色"。然而美中不足的是，汉城的市容环境较为脏乱。据载，"全城市政不举，

---

① 林竞：《新疆纪略》，东京天山学会，1918年，第22页。
② 太平洋书店编：《新疆》，太平洋书店，1933年，第137页。

警务久弛,故沟渠不通,污浊异常。加以冬令大雪盈尺厚,春暖遂成泥泞。将军署前,深没马腹,时过上巳(按:上巳节,农历三月三日),始能安步。及乎夏日,则又苦尘飞扑面,几难涉足,人民反处之泰然,有司亦绝不加意,滋可怪也。普通恒骑行,或乘北方通行之骡车,富者均备有俄国马车。汽车则仅有二三辆,于省府及邮务局见之"①。

在迪化城的南郭之外,则为缠回居留的商业区,其主要的贸易货物为布匹、皮革、毡、毯。从此再往南,便是俄国人经营的商业区,其性质和布局大体上类似于天津的租界城区。在迪化的俄人聚集区里,"曲水涓涓,树荫夹道,路途坦平,洋行林立,屋宇修洁,另有一番风致。蹀躞道上,心神为怡。同一地方,华洋顿殊。低首思之,使我心痛。岂治理之未善,抑国性之判然耶?俄国领事馆、前俄华道胜银行等底均集于此。以俄人为最多,英、美、德次之"②。

图 4-5-1 1931 年前后的迪化鉴湖景观
(资料来源:吴绍璘:《新疆概观》,南京仁声印书局,1933 年。)

民国初年,在迪化南关外的俄国贸易圈里,俄商们"岁输绸缎、花布、瓷铁之器,以易棉花、葡萄、皮毛原料,而本地回民亦有自运至俄之斜米、倭莫斯科、萨玛诸处,以易洋货归者,岁共贸易额 300 余万"③。

二、其他北路城镇

奇台在迪化东面约 200 公里处,旧名古城子,人口 5 万人。地当天山北路的东部交通枢纽,四通八达,民国初年,中国内地来疆的"秦、陇、豫、蜀、湘、鄂商人,出嘉峪关趋哈密而至,燕、晋商人由张家口、归化趋蒙古草地而来,岁输绸缎、茶、纸、磁、漆、竹木之器,东西洋货,达三百余万;而由归化一路而来者,居十之六七,盖长途平坦,万里无人,免厘税之苛剥也。由此分布天山南北各都会,而西北往科布多为通前、后营路,外蒙古人每岁输皮革、乳油,交换粮食、布帛而归;又西北通阿尔泰为一路,米、面、布、帛亦都取给于此。是奇台者,实西北一大都会也"④。此后,奇台一直保持着

---

① 太平洋书店编:《新疆》,太平洋书店,1933 年,第 138 页。
② 太平洋书店编:《新疆》,太平洋书店,1933 年,第 139 页。
③ 林竞:《新疆纪略》,东京天山学会,1918 年,第 23 页。
④ 林竞:《新疆纪略》,东京天山学会,1918 年,第 23 页。

这样的商业区位和地位,"科布多、乌里雅苏台处其北,吐鲁番居其南,归化、包头在其东,伊犁、塔城位其西,关内货物,凡由蒙古草地运新者,莫不至此交卸,然后四散各处。蒙、新贸易货物,亦以此为集散中心"。蒙古西部地区人民所需要的粮食和其他生活用品,多需要通过奇台的商家贩运供给。所以,在每年春、秋二季的贸易繁盛时节,驮运货物的"骆驼数恒逾千,市衢广阔,货物充盈,商业甚盛"。奇台也是新疆汉族人的集中聚居中心,全城居民当中,汉人占十分之五,汉回、缠回合占十分之四。[①]

塔城在新疆省的西北隅,东南距离迪化 600 公里,旧名塔尔巴哈台,作为边防重镇,经济也颇繁荣。从乾隆年间起,该城商业就兴盛起来,内地行商坐贾很多,也有官营商铺。1852 年塔城和伊犁一起开放为对俄贸易商埠,俄商贸易圈设在城西北,有房屋 51 间,俄商 92 名。俄商每年在这里收买并运往俄国的牛羊皮张 100 万张,羊毛和驼毛 110 余万斤,运销各种货物 45 万两。"光绪年间,内地的商人运来北京、天津等处的外国货,每岁值银 7 000 余两;自张家口、归化城运销的杂货,每岁值银 6 000 余两;自陕甘和新疆其他城镇运销的土产杂货,每年值银 3 000 多两;自湖北、山西运来的茶叶达 14 万~15 万块";1911 年时,塔城俄商贸易圈内"商务日增,洋行林立,每年运往天山南北路的货物,估价俄银 30 万之多,在塔尔巴哈台城镇售货值达数百万两"。[②] 民国年间,塔城依然是中俄交往和贸易的重要口岸,商业繁荣。出口以皮毛为大宗,进口以布匹、铁器为大宗。居民稀少,土地多用作牧场。城分"新、旧二城,相距里许,中间划地,即所谓中俄贸易圈租地是也,土人名为洋八棚。洋宇林立,道路宽宏,俄商、缠商,大半在此"。[③]

承化即今阿勒泰市,清代本来与科布多隶属于同一个区域,后来才划归新疆省辖境。有大路南通绥来,西至塔城。居民当中哈萨克人占十分之七,蒙古人占十分之三。"因地处极北,垦殖尚少进行。"[④]

伊犁原本地处新疆内陆,沙俄侵吞中国巴尔喀什湖以东大片领土后相对位置改变,成了濒临中俄边境线上的边防重镇。这里原本建有 9 个城镇,即惠远城、惠宁城、宁远城、绥定城、广仁城、瞻德城、拱宸城、塔勒奇城、熙春城,其中以惠远城最为发达。清代前期的时候,惠远城商业较为繁盛,不仅有内地商贾贩卖货物,而且还有官营商铺,交易的货物有绸缎、布匹、茶叶、棉花、牲畜、药材等。1852 年,伊犁开放为对俄贸易的商埠以后,俄国商人在惠远城西门外建立了俄商贸易圈,当年建有房舍 48 间,人员 18 人,出售布匹。宁远作为伊犁九城之一,在光绪年间亦是内地商货辐辏,俄商集聚之地,土洋货物集中,城内有商铺 300 余家。1906 年,清政府在该城设立皮毛公司,用砖茶、缯布交换哈萨克人和蒙古人的牲畜和皮毛,再出口

[①] 张其昀、任美锷编著:《本国地理》,下册,钟山书局,1934 年,第 151 页。
[②] 徐伯夫:《清代新疆的城镇经济》,殷晴主编:《新疆经济开发史研究》,上册,新疆人民出版社,1995 年,第 274—276 页。
[③] 张其昀、任美锷编著:《本国地理》,下册,钟山书局,1934 年,第 152 页。
[④] 张其昀、任美锷编著:《本国地理》,下册,钟山书局,1934 年,第 152 页。

外销。光绪年间,伊犁九城的商业均较发达,"均有京货商铺,多富商大贾,天津商人居多数。内地其他地区的小商人也开设各种店铺,经营商业。但是伊犁九城的手工业并不发达,尤其是无具有新疆特色的手工业"①。

库尔喀喇乌苏(今乌苏市),处在西北通塔城,西通伊犁、东通乌鲁木齐的枢纽要道上,清政府部在此置卡伦稽查商货。该城北关为商业区,来此交易的商品有来自周边精河、绥来的酒,古城转运来的茶叶、棉花、布匹,当地出产的皮毛大部分运往塔城,大约每年有羊

图 4-5-2 1916 年前后的伊犁街市景观
(资料来源:林竞:《新疆纪略》,东京天山学会,1918 年。)

毛3万斤,牛羊皮1000余张。②

镇西(今巴里坤县),为乾隆年间平定准噶尔之后,在天山东路北通蒙古、东能内地的枢纽要地建置的一个军事和商业重镇,"为关外商人聚会之区"③。乾、嘉、道三朝,这里的商业相当繁盛,官营商铺在西安、兰州、凉州等处采购的布匹、绒褐,在山西蒲州采买的茶叶,均有销售,实为"北路商贾辐辏之所,百货萃集,市廛鳞次"。同治年间的"回乱"之后,商业快速凋敝。④ 至民国年间,经由镇西联结内地的商路阻塞,"商旅咸趋古城,而巴里坤遂冷寂异常矣"⑤。

第二节 天山南路的主要城镇

天山南路的著名城镇很多,而哈密则居于天山南北二路的汇合点,并扼守新疆出入内地省份的东大门,所以人口较多,街市繁盛。人口2万人,汉四回六,"共有三城,旧城即汉城,为官署所聚,新城即满城,仅居民房,回城为缠回所居,回王亦在此。至于繁盛市街,则位于新城郭外之西郊"⑥,是新疆存留下来的少数回汉分治城市之一。民国年间,除内地入疆的各商帮之外,"洋商之收买皮毛者,多荟萃于此,故商务亦均称盛"⑦。

---

① 徐伯夫:《清代新疆的城镇经济》,殷晴主编:《新疆经济开发史研究》,上册,新疆人民出版社,1995年,第270—274页。
② 徐伯夫:《清代新疆的城镇经济》,殷晴主编:《新疆经济开发史研究》,上册,新疆人民出版社,1995年,第276页。
③ 林竞:《新疆纪略》,东京天山学会,1918年,第22页。
④ 徐伯夫:《清代新疆的城镇经济》,殷晴主编:《新疆经济开发史研究》,上册,新疆人民出版社,1995年,第281—282页。
⑤ 林竞:《新疆纪略》,东京天山学会,1918年,第22页。
⑥ 张其昀、任美锷编著:《本国地理》,下册,钟山书局,1934年,第165页。
⑦ 林竞:《新疆纪略》,东京天山学会,1918年,第23页。

吐鲁番处在塔里木盆地北缘东西大道的枢纽上,曾为古车师国的都城和汉代西域都护府的所在地。周边区域土地肥沃,农业生产发达,棉花、蚕丝、葡萄干为出产大宗。

天山南路的城镇集中在丝绸之路的南、北大道上,最主要城镇有阿克苏、喀什噶尔、莎车、和阗,它们合称为南疆四大都会。其中喀什噶尔是其核心,坊间有"不到喀什,不算到新疆"的说法。喀什噶尔作为天山南路丝绸之路的西部总汇,商业发达,"俄及阿富汗商,由明约路、小阿图什、大阿图什三路入境;英商自北印度逾因都库什山、历塔什库尔干而入蒲犁,皆汇集于此;而南路缠民越境商于安集延、费尔干、浩罕者十余万,以故交通繁盛,市廛栉比,伯仲古城。其所以异者,一为汉商之总汇,一为缠商之总汇而已,岁贸易额三百余万"①。民国年间的喀什噶尔又名疏附,由汉城和回城两部分组成。"汉城曰新城,今设疏勒县于此;回城曰旧城,置疏附县。人口汉城约一万,回城有五万至六万,所谓喀什噶尔,即指此也。"该城坐落在喀什噶尔河绿洲之上,农业和园艺业发达,"乃天山南路对外贸易之中心,商业极盛,为新疆冠。俄国、印度、阿富汗等地商贾,皆来此贸易,民族种类极杂,言语须赖通译。出口货以棉花、生丝、羊皮为大宗,进口货以棉布、糖、铁器为大宗"②。

地处阿克苏河东岸的阿克苏城,周围绿洲农业发达,所产稻米质量绝佳,名冠新疆。其西北方向通温宿和乌什,越境至俄国的哈喇湖,"故俄商荟萃于此",商业繁盛,来自中亚各国、阿富汗、印度的商人不绝于途。③

莎车原为清代莎车府的治所,又名叶尔羌,民国以后在汉城设莎车县,回城设叶尔羌县,"商业甚盛,附近诸县土产皆集散于此"。它作为"南路之精华,物产丰富,其西南出蒲犁亦通北印度,故英商之集者,亦不乏人,商务之盛,亚于喀什"④。

和阗在和阗河上游玉龙哈河畔,水草丰美,农牧业发达,物产丰富,"在新疆南部,最称富庶。人口五万,人民长于雕玉、纺丝、织毡等事,极为精巧;又产桑皮纸","工业之盛,为全疆冠"。⑤

第三节 人口数量与民族分布

新疆是中国地域辽阔而人口却非常稀少的省份之一。由于资料缺乏,不同时期和不同统计口径下的人口数据存在很大的差异。张献廷的数据显示,1914年前后,新疆"总人口约二百万人,其中,缠回约百万人,汉回三十万人,汉人三十万人,哈萨克二十五万人,蒙古十万人,满人五万人。虽非确定之数,然亦相差不远也"⑥。另

---

① 林竞:《新疆纪略》,东京天山学会,1918年,第23页。
② 张其昀、任美锷编著:《本国地理》(下册),南京钟山书局,1934年,第166页。
③ 林竞:《新疆纪略》,东京天山学会,1918年,第24页。
④ 林竞:《新疆纪略》,东京天山学会,1918年,第23页。
⑤ 张其昀、任美锷编著:《本国地理》(下册),南京钟山书局,1934年,第165—166页。
⑥ 张献廷:《新疆地理志》,1914年石印本,《中国方志丛书》西部地方·第八号,台湾成文出版社影印,1968年,第46—47页。

据南京国民政府财政部1931年统计,新疆全省人口共2 552 000人,平均每平方公里不到1人。①王益厓1934年前后的数据认为,新疆人口总量为2 551 741人,平均每平方公里1.5人。②而《东方杂志》同期的数据则差异较大,"新疆版图广袤,全省面积约五十余万方里,当十八省总面积三分之一,较之四川则三倍,例之浙江且十五倍,较之江苏殆有十四倍,而人口不过三百万,每方里不过二三人左右,土广人稀"③。

陈志良对民国年间的新疆历次人口统计数据及其出处进行了总汇,可资比较和参考(表4-5-1)。

表4-5-1 民国年间的新疆历次人口统计数据

人口数量(人)	统计年份	发表机构	人口数量(人)	统计年份	发表机构
2 278 727	1916年	北京政府内政部	2 551 741	1928年	南京政府内政部
2 500 000	1922年	北京政府邮政局	4 360 020	1940年	重庆政府统计局
2 688 305	1928年	南京政府邮政局			

(资料来源:陈志良:《新疆的民族与礼俗》,文通书局,1946年,第4页。)

新疆人口的总数虽然并不算多,但其种族构成却很复杂,各民族的人口数量及其占新疆总人口的比重不一。据林竞1918年前后的考证,"全疆人民约二百余万,缠回约一百二十万,汉人约二十五万,汉回约三十万,哈萨约十八万,蒙古约十二万,满人约五万"④。20世纪30年代初的资料显示,各族人口所占的比重又稍稍有所变化,"大抵天山南北路人口中,缠回占百分之五十,汉人占百分之十,蒙古人占百分之五,满人占百分之二"⑤。

新疆地区种族成分复杂,"为我国西部民族最复杂的省份,目前号称十四种民族。而且每一族之中,又可分出许多种来。譬如伊犁一地,共有八种居民,喀什噶尔亦为新省人民复杂之处,在逊清时,喀什道属置有九种语言不同的译员,可见其复杂之一斑了。而外国人侨居于新省者,有印度、俄罗斯、阿富汗、土耳其、阿立安、阿剌伯、犹太、德国、美国、英国及中亚细亚诸民族,以及与西藏人血统混合的葛勒查人、罗卜诺尔吉斯人。种种奇异怪状的人物,什么都有。所以有人类学家称新疆为'东方人种博览会'并不是过分的形容"⑥。

从空间分布上来看,天山北路的民族主要有哈萨克族、蒙古族、汉回(今称回族)、缠回(今称维吾尔族)、汉族、索伦族等,人数上以哈萨克人为最多,蒙古人次

---

① 杨文洵等编:《中国地理新志》,中华书局,1936年,第10编,第21页。
② 王益厓编著:《高中本国地理》,世界书局,1934年,第109页。
③ 太平洋书店编:《新疆》,太平洋书店,1933年,第105页。此处资料所用的面积单位为平方英里,1平方英里=2.59平方公里;其中关于人口密度的计算应有误。
④ 林竞:《新疆纪略》,东京天山学会,1918年,第36页。
⑤ 太平洋书店编:《新疆》,太平洋书店,1933年,第40页。
⑥ 陈志良:《新疆的民族与礼俗》,文通书局,1946年,第6页。

之,汉回又次之,缠回、汉人、索伦人"为数甚少"。从职业上看,哈萨克和蒙古人多以游牧为生,其余民族多务农或经商。从宗教信仰上看,哈萨克与缠回、汉回皆信仰回教(即伊斯兰教),蒙古人信仰喇嘛教(藏传佛教)。① 而天山南路的居民则以缠回最多,汉回次之,汉人、蒙古人、布鲁特人又次之。

布鲁特人为突厥人的一支,今天称之为柯尔克孜族,史书上曾称其为坚昆、鬲昆、黠戛斯、吉利吉斯、乞利乞思、吉尔吉斯等,散居于疏附、英吉沙、蒲犁、叶城、乌什等县的边境山地,与俄国境内的同族人常相往返,"民性强悍,以牧畜为生,其生活习惯与北疆之哈萨克人同,惟信回教,知法度,则又与缠回同,文字语言亦略异于缠回"②。

哈萨克人身体高大,颜色淡黑,与中亚的吉尔吉斯人同种。他们主要居住于新疆阿尔泰山南麓及塔城、伊犁一带和乌鲁木齐山中,主要从事逐水草而居的游牧业生产,住所为用毛毡织成的毡房中,"夏窝择山阴,冬窝在山阳,随季候而迁移"。食品以羊肉为主,嗜好饮茶。燃料以粪代薪。服饰除盛夏之外,均戴皮帽,穿皮衣,崇尚黑色;男子腰束皮带,左悬皮囊,右佩小刀;妇女服长曳地,出嫁后以巾包头,仅露双目。哈萨克人原本皆属于同一个部落,清代同治、光绪年间两次分界以后,始分为华哈和俄哈两部分人群。

新疆的蒙古人属喀尔满克系,中以土尔扈特、和硕特人最多,额鲁特人、察哈尔人次之。他们主要游牧于伊犁河谷、天山南北、阿尔泰山各地,逐水草而居。部分散居在"北路塔城、伊犁、精河、乌苏、孚远,南路焉耆等处"③。土尔扈特、和硕特人有王公管辖,额鲁特人、察哈尔人则为屯田士兵,属于领队大臣管辖。④ 蒙古人以游牧为生,逐水草而居无定所,冬居山阳以避风雪,夏宜平原和高地。居住的帐房被称为蒙古包,"作穹形,以木为架,外覆以毡,夏则易以布类,大者周围十余丈,小者三四丈",便于拆卸迁移。蒙古人的衣服多以皮革为材料,男子多身穿绛色长袍,腰束丝带,足登革履,头戴小帽;女子衣服与男子相同,只是加上较宽的花边装饰,头发分梳左右。食品多以羊肉乳酪为主,以牲畜粪为燃料。阿尔泰山一带的蒙古人,与哈萨克人杂处,"哈强蒙弱,常滋纠纷"⑤。

缠回即今天所称的维吾尔族人。北魏称袁纥,隋称韦纥,唐称回纥、回鹘,元称畏兀儿、畏吾儿。他们主要居住在天山南路,部分散布于天山北路各地,西方人称天山南北地区为东土耳其斯坦就是这个缘故。男子不蓄辫,以白布缠头,故俗称其为缠回。"缠回通达农、工、商业,且有勤勉之风。然贮蓄心乏,故贫者多而富者少。"⑥由于缠回在天山南路地区居住日久,因而被视为土著,北疆较少。从职业类

---

① 张其昀、任美锷编著:《本国地理》,下册,钟山书局,1934年,第148页。
② 张其昀、任美锷编著:《本国地理》,下册,钟山书局,1934年,第163页。
③ 林竞:《新疆纪略》,东京天山学会,1918年,第37页。
④ 杨文洵等编:《中国地理新志》,中华书局,1936年,第10编,第19页。
⑤ 张其昀、任美锷编著:《本国地理》,下册,钟山书局,1934年,第149页。
⑥ 张献廷:《新疆地理志》,1914年石印本,《中国方志丛书》西部地方·第八号,台湾成文出版社影印,1968年,第76页。

别看,时人记载其"多业农,而牧次之,工又次之。在南路之喀什噶尔、吐鲁番、库车、库尔勒、莎车、和阗及北路伊犁等处,又多事商。其一部分当差役及兵士。近以杨省长提倡,于政治上亦稍有位置"①。20世纪30年代初的数据显示,缠回是新疆最大的民族,约占全疆人口的十分之五六,总人数约180万,南路占十分之七,北路占十分之三。他们高鼻深目黑眸,虬髯伟躯,相貌与土耳其人相同。房屋和汉人一样,均为土砌,屋顶平衍,便于在房顶行走坐卧,堆积晾晒薪粮瓜果。房屋的门多向北开,只在房顶开一天窗流通空气,室内砌有用以就寝的土炕,高尺余,中间填实而不生火,异于内地汉人烧火的土炕。"穴墙为炉,冬季生火取暖。服装男子外衣形如西装大衣,足穿革履,头缠以布;女子喜着红色,垂辫成双,画眉为一,天足丰乳,出外必以花巾或白巾蒙其头面。每日三餐,但无定时。普通以玉蜀黍磨成粉末,制馕子食之,亦有以高粱面制成者。食时除茶或凉水一杯外,别无他物。宴客时,必以牛羊肉佐餐"。

图4-5-3 1938年的一个维吾尔族家庭
(资料来源:陈纪滢:《新疆鸟瞰》,商务印书馆,1941年。)

汉人"与新疆发生关系的时间很早,而在近代二百年中,方才有多数人移殖新疆,其中以湖南、甘肃、山西、陕西等省之人为最多,次之为湖北、河南、四川"②。新疆的汉人主要是内地来的移民,其中占人数最多的湖南人系左宗棠平定新疆时带来的湘军及其后代,其次为云南、甘肃、陕西、四川、山西、河北人,其他省份的人很少。其中从事商业的多为天津及山西人,尤其以天津杨柳青镇的人最多。从事农业的多为陕西及甘肃人。四川人多兼农、商二业。官吏则以湘、滇、陕、甘、江、浙籍的最多。③ 民国初年,"汉人多居天山北路,又以伊犁及迪化为最多,南路以焉耆及

---

① 林竞:《新疆纪略》,东京天山学会,1918年,第36页。
② 陈志良:《新疆的民族与礼俗》,重庆交通书局,1946年,第6页。
③ 杨文洵等编:《中国地理新志》,中华书局,1936年,第10编,第20页。

喀什稍有成聚之观,此外散见各处。居南路者多事商业,北路或商或农或工,而津、晋之人又执全疆商务之牛耳,军界汉人十之七,政界十之九"①。至20世纪30年代,新疆汉人的总人数虽然"不足十分之一,然政治及商业大权则悉操诸其手。汉人散布于天山东部南北两路,如哈密、镇西、奇台、木垒河皆有,以种地、经商为业,而以奇台、迪化为总汇。天津、归绥大商家,均集于此。昌吉、绥来、精河、沙湾一带,则汉、回杂居。若南路自库车以西至于和阗一带,则除衙署人员以外,仅有少数商家"②。

新疆的满人、锡伯人、索伦人皆自满洲移民而来的,住在伊犁附近。满人虽有为官者,但以兵员为多。锡伯人、索伦人原为屯田士兵,到了民国年间,"多在北路之奇台及伊犁、塔城二处,旧时多属八旗兵丁,事农者多,而在军政界者少",而在奇台居住的满人已"尽为无业之民,生计甚为困难"。③

新疆的东干人也是土耳其人的一派,由于汉化程度高,所以俗称汉回,也叫甘回,多入居关内陕甘各省,"言语衣服皆从华风"。新疆汉回多由甘肃迁入,混杂有回鹘、匈奴、氐羌、畏兀尔、大食、突厥、契丹诸族的血统。汉回散布于天山南北各地,但"多在天山北路,昌吉、孚远、绥来、迪化等处;南路次之,居焉耆者为最多,喀什次之。事农与事商为六与四之比较。自杨增新督新,汉回之在军队者,占军界十之二三,政界方面寥寥无几"④。汉回的信仰本来与缠回相同,然自光绪年间甘回马善仁创立新教以后,又有新旧教之分,"彼此积不相容,常起冲突。若官厅加以干涉,别又并力反抗"⑤。

图4-5-4 1938年的一个塔塔尔族家庭
(资料来源:陈纪滢:《新疆鸟瞰》,重庆商务印书馆,1941年。)

民族问题是新疆最敏感、最棘手、最重要的问题之一,《大公报》记者陈纪滢认为,新疆地区"过去因为种种措施不当,致激成历次变乱,使各民族互相仇杀,继续不断地演民族流血的惨剧",考究其"过去民族政策的错误,不仅是因为武力高压致激起了民族的武力反抗,同时专以宗教羁縻和用文化压迫的结果,使一般原极优秀的民族都变成了愚民,种下社会不安的因素。自前清以至民国,治理新疆的人,

---

① 林竞:《新疆纪略》,东京天山学会,1918年,第37页。
② 张其昀、任美锷编著:《本国地理》,下册,钟山书局,1934年,第149页。
③ 林竞:《新疆纪略》,东京天山学会,1918年,第37页。
④ 林竞:《新疆纪略》,东京天山学会,1918年,第36、37页。
⑤ 张其昀、任美锷编著:《本国地理》,下册,钟山书局,1934年,第149页。

虽然聪明、愚昧不等,但大多数的行政者,都是执行了这种错误的民族政策"。而造成民族冲突事件恶性循环的原因,"不但是统治者过去铸成错误的重大,同时各民族因为积仇太深,仍不免抱着狭隘的民族主义观念,特别是几个新疆地方首领受了日本帝国主义的蛊惑,忘却了国家利益,给民族留下了一笔血债,给国家减少了多少力量。但要想彻底终止这种互相残杀的悲剧,使各民族有国家利益高于一切的认识,显然地绝不能靠武力的。假若专靠武力,一定要失败。必须用政治力量争取各民族的互相了解,用文化增高他们的教育程度。这样才能保证民族的永远团结,保证国家的永远统一"。①

客观地讲,盛世才治理新疆时期所倡导的"六大政策",即"反帝、亲苏、民平、清廉、和平、建设",其中的"民平",即努力实现新疆各民族的真正平等,应该不失为一条正确的道路。而他为了体现民族团结、检讨过去、建设未来而分别于1935年4月、1936年4月、1938年10月召集的新疆全省各族代表大会,就有效地团结了新疆的14个民族(维吾尔、汉、回、蒙、哈萨克、柯尔克孜、满、锡伯、索伦、塔塔尔、乌孜别克、塔兰其、塔吉克、归化)代表和人民,作为"民平"政策的一种体现和尝试,还是起到了一定效果的。②

图 4-5-5 1938年10月1日的新疆全省第三次代表大会

(资料来源:陈纪滢:《新疆鸟瞰》,重庆商务印书馆,1941年。)

总之,生活在天山南北地区的回、汉、蒙、哈等族,都是中华民族大家庭的重要成员;而作为中国神圣领土重要组成部分的新疆,也是当地各族人民的共同家园。虽然由于历史、文化、政治、经济等方面的原因造成了各族人民在体能、智能和技能上的某些个体差异,但它不影响彼此之间在各尽所能基础上的平等互助;而新疆地区的安定团结与富裕祥和,既是中国国家统一的政治诉求,更是新疆各族民众的生活祈盼。客观而深入地探析新疆近代民族政策的成败得失,不仅可以丰富当地的历史地理研究,而且也能为新疆今天的开发建设提供借鉴。

作为辖域范围最大的一级行政区,新疆有着比中国内地其他区域更加丰富的自然地理和人文地理内容。而近代又是新疆地区政治格局急剧变动、经济开发快速进行的关键时期,农、牧、工、商等各产业部门的市场化和现代化程度都有了明显

---

① 陈纪滢:《新疆鸟瞰》,重庆商务印书馆,1941年,第90、91页。
② 陈纪滢:《新疆鸟瞰》,重庆商务印书馆,1941年,第90、91页。

的提高,其经济地理内涵和外延的变迁也较此前更为复杂和剧烈。

和西北其他省区相比,新疆地区的近代经济地理有着自身的特色:

第一,新疆有着非常辽阔的地域空间和丰富的自然环境。

新疆是近代中国地域范围最辽阔的省份,自然地理环境相当复杂,从高原到盆地、从冰川到火洲、从荒漠到沃地、从严寒到酷热等千差万别的地形、地貌、水文、气候条件无不毕备,动物、植物、矿物资源也因而特别丰富。这既为当地的农、牧、工、商业的发展提供了坚实的物质基础,也为学术研究提供了充足的时空间素材。

第二,新疆有着悠久的历史积淀和复杂的人文环境。

天山南北地区的人类文明史萌芽于距今 4000 年前的新石器时代,后来历经当地城邦王朝的沿革变迁,走出了一条与中国内地迥乎不同的历史文化轨迹。人们通常认为新疆地区的政治、经济、文化发展水平落后于中原,原因不外乎两点:一是中原人对西域灿烂的历史文化不了解,盲目自大,孤芳自赏;二是和东部地区相比,西域的自然环境确实非常恶劣,制约了当地经济的顺利开发。然而事实上,就西域辽阔的疆土、丰富的资源和稀少的人口相比,其人均占有的物质和精神文明成果,远比中原人想象的高得多,当地人民的幸福指数也要高得多。

第三,新疆面临着极端复杂的国际环境和民族关系。

新疆地处中国和中亚、南亚、西亚的结合部,是丝绸之路和东西文化交汇的桥头堡,也是中国各主要民族交往与融合的集散地,面临的国际环境和民族关系较西北其他地区更加复杂,政治、经济、文化地位也更加重要。但是,由于这里人口稀少,开发力度相对低下,与中国内地关联程度有待强化,致使当地的丰富资源尚未变成现实的生产力,经济发展潜力和增长空间十分巨大。这既是新疆经济开发的后发优势,也是整个中国统一稳定的迫切任务。

总结　近代西北地区经济地理过程及其环境因素

第一节　近代西北地区经济的空间发展过程

西北地区是中国自然和人文环境最为复杂的地区之一，其内部的差异性和历史的悠久性在全国都是首屈一指。近代以来，由于受到自身地理条件和历史传统的制约，陕甘宁青的现代化进程明显落后于东部沿海地区，但仍维持着艰难的向前发展态势。这也使得近代西北地区经济的空间格局一直处于缓慢的演进过程。

一、近代西北地区交通地理格局的改观

交通是经济空间最重要的组成部分，也是经济要素流动的空间走廊。道路交通发展与否直接决定一地的经济开发与社会进步。传统时期西北地区主要依赖车拉马驮，经济运转速度与社会进步都处于缓慢的运行当中。晚清以后伴随中国近代化的脚步，西北地区交通地理格局也逐渐发生了变化，最重要的表现就是现代交通体系的引入以及对传统交通方式的替代，当然，这种转变相比东南沿海与华北地区，变革的速度要缓慢很多，多数地区是在抗日战争以后，国民政府开发西北大潮带动之下形成的。总体来看，由于本地地处内陆，地貌条件复杂，经济发展水平不高，这些都限制了这一地区现代交通发展的速度，地区表现也极端不平衡。一方面是以机械动力为主、代表现代交通的铁路与公路交通得到一定发展；另一方面传统驿运、水运也在发挥着效力，同时航空和邮电事业则处于刚刚起步阶段。

（一）公路建设的进步

西北地区由于地貌复杂，经济发展水平落后，交通道路一向不发达。抗战之初，西北公路仅有 18 000 多公里，这些公路还大多集中在陕西境内，铁路仅通至陕西省潼关县。

陕西省最早的公路交通发展是在民国时期的 1926 年，这一年陕西才刚刚采用军用汽车运输军需物品，而后商人继起购办汽车，经营客货运输。1930 年陕西公路局设立，陕西省的公路交通始具雏形。1934 年全国经济委员会设立西北国营公路管理局，将陕西省西安至长武、甘肃泾川至兰州一段公路划为西兰路线，由西北公路局统辖管理。至 1939 年，西北公路局又接收陕西省汉中至白河公路，这些道路陆续划归国道系统，大体包括西长、凤汉宁、汉白等路，国道系统跨省区、跨地区，它们的修筑将西北五省紧密地联系在一起，使西北五省在空间联系上更加方便。

然而，从运输事业的总体情况来看，西北五省最主要的运输系统还是依赖于各

省的省道。陕西省道以西安为中心,东至河南,以西潼路为干线;西至甘肃,以西凤陇及宝平路为干线;北至绥远,以咸榆路为干线;东南至豫鄂,以长坪路为干线;东北至山西,以渭大韩、韩宜路为干线。此外联络支线尚有:东部阌华路;西部长益路、凤虢路;南部西南路、西平路;北部富宜路、清望路、绥宋路;东南商洛路;东北原渭路、原大路、富龙路、蒲澄路、大澄合路、渭白路、潼大路、原大路;西北原庆路原通段等。这些公路修筑之初主要是为了剿共,但是客观上加速了陕西公路事业的发展,为新式交通工具汽车进入陕境创造了条件。至抗战前期,陕西共修筑公路干线15条,抗战后又新开路线12条,合计27条,在西北五省中首屈一指。

相对而言,甘宁青新的公路建设则滞后很多。1925年,国民军进入甘肃时整修了兰州到宁夏城的道路(即早期的兰宁公路),使其可以勉强通行汽车。1927年,兰州经永登、西宁至湟源的"官道"经过整修,也可以行驶汽车(当时称"兰湟路",后改称甘青公路)。1929年,在陕甘两省政府主持下,开始修筑陕甘公路,后改称西兰公路(西安至兰州)。到1930年新疆以迪化为中心的新式公路网络,东可至奇台,西北至塔城,两路俱已通车。此外,由奇台北出,可通科布多,为蒙古、新疆间往来频繁之孔道;由绥来北出,可通承化,亦为队商往来之大道。而自迪化西至伊犁,东至哈密,北至阿尔泰,汽车路也已筑成。这几条主要干道的修筑,初步沟通了兰州与宁夏、西宁、西安等城市的交通往来,也加强了陕甘宁青新之间的联系。

全面抗战爆发以后,全国经济委员会在兰州设立西北公路运输管理处。1937年12月,西北国营公路管理局与西北公路运输管理处合并,设陕甘运输局,局址在兰州,西北交通中心也从西安转移至兰州。它先后改善了西兰公路,修建了甘新公路,使之成为贯穿西北的国际交通线。同时,续建、改建、新建了许多公路干线。从而使西北地区的公路西达中苏边界的霍尔果斯,东到川陕边界的白河,北到内蒙,南到四川,形成了以兰州为中心的西北近代公路网。这对支援抗战、带动西北经济发展起到了重要作用。而在陕甘宁边区,作为一个特殊的独立单元,其公路交通虽也有所发展,但成绩较小。其汽车路的主要干道是咸榆公路。尽管咸榆公路得以全线通车是边区政府于1939年修筑了延安窑店子至延川王家屯一段40公里的汽车路后所实现的,但这一成绩是建立在原陕西省建设厅修筑咸榆公路的基础之上的。

(二)铁路建设的起步

近代西北地区的铁路建设微乎其微,更没有铁路交通网络可言。唯一的铁路干线——陇海铁路得以发挥作用,都是要和公路运输网进行配合。此外,对四省交通起到较大作用的就是京包铁路。当然,近代以来在"开发西北"浪潮的影响下,京包铁路和陇海铁路的修建使西北地区的土特产品有了迅速外运的现代化运输通道。由于"1843年以后的五口通商及之后各地区的开埠通商,不仅使中国被迫纳入世界经济体系,也使得国外的先进生产力在中国沿海沿江通商口岸登陆并壮大,并顺着交通路线向各个口岸的腹地扩展,从而导致港口—腹地这一先进生产力空间扩散和区域经济联系的主要途径的形成",并由此引发全国和各区域物流主要方向、交通布局的重大改变,西北地区外贸出口的口岸主要就在天津和上海,再加上"现代工业集中于东部狭长的沿海地带,辽阔的中西部普遍薄弱"的现象使得东西部经济仍然存在很强的互补性,[①]因此,铁路交通对西北地区的发展仍具有重要的意义。

(三)航空线路的开辟

近代西北地区的航空事业发展较晚。最早的航空线路是由中德合作的欧亚航空公司开辟的。最早开辟的空中航线为沪新线。1931年10月开始筹备,全线自上海经南京、洛阳、西安、兰州、哈密、迪化至塔城,长4 060公里。1937年抗日战争全面爆发以后,沪陕间航运停止,仅存西兰段。此后,欧亚公司还奉交通部之命,陆续开设了兰包线、陕滇线和渝哈线等几条线路。兰包线最初是在兰州宁夏之间开设的航空路线,1934年6月2日正式通航,后由宁夏延展至包头,于同年11月1日起通航,全程长820公里,1937年因抗战爆发停航。陕滇线乃由西安经汉中至成都,于1935年9月25日开航,初称陕蓉线,后由成都延展至昆明,改称西滇线,1936年4月1日正式通航,全程1 300公里。渝哈线开辟于1938年3月24日,由重庆经汉中、兰州、凉州、肃州飞往哈密。此外,经过兰州的航线还有1932年开辟的南京—西安—兰州—酒泉一线。1943年,兰州—银川—包头航线开辟运行。1945年,抗日战争胜利后,又开辟了一条从上海—南京—汉口—兰州绕飞华东、华中、西北的航线。民国时期西北地区空中航线因抗战时断时续,且多为短程航线。

(四)传统交通的延续

西北地区现代交通体系建立晚,且发展速度慢,多数路段质量差,如遇气候问题,即很难通车。因此,西北多数地区在晚清至民国时期依然使用传统驿路,传统运输方式在当地占有非常重要的地位,特别是抗战期间的军事运输,大多还借助传统驿运和水运系统。

在现代交通发展以后,驿路运输的地位逐渐下降,很多驿道也在原有的基础上直接改建为公路。但是在抗日战争期间,西北地区驿路运输又重新得到恢复,以畜力为主的驿道、大车道运输成为一种重要的补充,甚至一度成为运输的主要力量。比如在陕甘宁边区,大车路就成为其交通运输网络最主要的骨架。陕甘宁边区大车路的修筑始于1938年,但建设速度缓慢,直至1941年,因国民党的经济封锁使道路建设对边区经济的发展和反封锁斗争日趋重要,才逐步加快。是年,

---

① 吴松弟、方书生:《起源与趋向:中国近代经济地理研究论略》,《天津社会科学》2011年第1期。

边区完成了定庆、庆临、延临、延靖及清靖路等将近1 000公里的大车路的交通网。加上次年食盐专卖的促进,至1943年末,边区的公路里程发展到1 683公里,并形成了以首府延安为中心的放射状大车路线网络,以及以运盐为中心的大车干线。

西北地区水上交通路线在清至民国时期也较为发达。陕西水运首推汉江及其支流,次则黄河、渭河,而丹江、嘉陵江与洛河又在其次。甘宁青的水运大体包括两条线路,一为黄河水系,一为长江支流嘉陵江上游的白龙江。新疆的伊犁河、额尔齐斯河、塔里木河的部分河段在丰水季节,均在一定程度上拥有内河航运上的便利或潜质。

(五) 现代邮政事业的发展

现代邮政事业的发展主要体现在两个方面,一是邮政网点的逐步密集化,二是邮递方式的多样化和日趋现代化。光绪二十二年(1896年),大清邮政官局的建立标志着中国现代邮政事业的起步。但西北地区地处内陆,办理邮政事务的时间较晚。最早的官办邮局始于光绪二十八年(1902年)八月的陕西省凤翔邮政局,同年八月于西安、十月于潼关、十二月于商州又分别设立三所邮局。[①] 光绪三十年(1904年),西安升为副邮界,西安邮务管理局负责管理全省邮政事务。同年十二月,在兰州设立"兰州邮政分局",归属西安邮政区。青海的西宁府邮电局则到光绪三十二年(1906年)才正式成立。截至宣统三年(1911年),陕西省共设置邮政局9个,邮寄代办所95处,这些邮政网点全面覆盖了陕西全省,自陕北至陕南几乎各州县都布设了邮寄网点。宣统三年(1911年)二月,清政府邮政部命令,将兰州邮政分局升为"兰州邮政副总局",管理甘肃全省的邮政业务,仍归西安邮政区管辖。青海地区至宣统末年仍只有1个邮政局,下辖5个代办分局。

进入民国后,大清邮政改为中华邮政,归交通部管理。1914年12月,邮政机构按省划分,陕西省升为邮区地位,西安邮务管理遂改"陕西邮务管理局",兰州邮政副总局改组为"甘肃邮务管理局"。其时,青海的西宁府邮局改为西宁府二等甲级邮局,下辖10个邮政代办所。1930年1月,"甘肃邮务管理局"改名为"甘肃邮政管理局",1946年,又改名为"甘宁青邮政管理局",成为甘宁青三省邮政事业的管理机构。但民国时期陕甘宁青四省的邮局发展仍以陕西为首,民初陕西大抵有邮政局所188处,以后历年又有增加,至1923年增至233处。抗战前后是陕西邮政局所发展变化的重要时期,不仅数量增加,网点建设已布及全省,且随交通运输条件的改进,这一时期成为陕西邮政事业迈向现代化发展的一个重要时期。据1931年交通部的相关统计,新疆全省的主要邮路共计10 255公里,次要邮路360公里,管

---

① 《续修陕西通志稿》卷五十六,交通四,1934年排印本,第30页。

理局1所,一、二、三等局共25所,代办所48所,城镇信柜及村镇邮站15所,收寄普通邮件527 900件,挂号邮件214 600件。

1935年至1936年陕西邮政局所又出现了一个发展的高峰期,新增、改置邮政局所21处。1937年抗战全面爆发,陕西成为整个抗日时期的大后方,从1937年到1943年陕西全省陆续添设备等级邮政局所28处。值得注意的是,交通地位的改变以及商品经济的繁荣等是影响地方邮政事业发展的一个重要因素,发展最快的关中地区增加的各级邮政局(达19处之多)主要在各级市镇之中,而在青海西宁、湟源、贵德、鲁沙尔等邮局包裹业务的发展则得益于该地区畜产品的大量外销。交通建设的发展则在邮递方式上对陕甘宁青邮政事业的发展起到了至关重要的影响。近代以来,公路、铁路、航空等现代交通的发展都在一定程度上促进了邮政事业的进步。

陕西最早的汽车邮路始于1930年,其时关中地区始行开办西安至河南陕州的汽车邮路,长290公里,此路使用民运商车,邮局派员随车押运,是陕西开办的第一条委办汽车邮路。1931年,又增开西安至凤翔、西安至平凉、西安至大荔、潼关至大荔委办5条汽车邮路,总长883公里。甘肃则直到1945年9月抗战胜利后,才开辟了有史以来的第一条汽车邮路。是年底,又从天水延长到兰州。这条邮路全长735公里,为逐日对开班,并在兰州设有邮政汽车站。1946年,又开辟了一条兰州至酒泉长达841公里的汽车邮路。1947年,又开办了兰州至西安和兰州、银川至包头的两条邮路,并将兰州至酒泉的邮路延长到新疆迪化(今新疆维吾尔自治区乌鲁木齐市),全程长2 667公里。

航空邮件自1931年兴起,且业务步步稳升。前述的沪新航线、西北航线、南京—西安—兰州—酒泉线、兰州—银川—包头线、上海—南京—汉口—兰州线等各条航线除载运旅客外,均载运"航空"邮件,极大地便利了政府公文传递和分居异地亲朋好友、家属的及时传讯和联络友谊。

当然,尽管汽车等新式运输方式的出现,对人挑畜驮的运输方式具有革命性的变化,但除以上现代化交通运输方式外,近代陕甘宁青的许多偏远地区还是保留着中国传统的邮件寄递方式,利用畜力和人力进行寄递。况且汽车在西北不仅数量少,而且质量低,因此邮政运输工具整体上看还是相当落后,邮件投递仍旧是以步行驮运为主。

二、农业发展中的结构性调整与区域特征

(一) 晚清民国西北地区的土地垦殖

1862年至1873年,西北地区发生了规模宏大的回民反清运动。运动过后,耕地大面积荒芜,农业生产呈停滞状态,战争中仅甘肃一省的人口就消耗了1 081万人,战争结束时有2 216万亩土地因无人耕种而荒芜。由于政局动荡,政府多无暇

顾及农业生产,农业发展受到很大限制。进入民国以后,垦荒运动也就成了西北地区农业发展的首要途径,各省的地方政府都大力提倡荒地垦殖,也采取一系列的政策鼓励垦荒。陕西开辟最早的为黄龙山垦区。以后又开辟了千山、黎坪、马栏、太白山麓等垦区。从这些垦区的开辟可以看出,晚清民国就陕西的垦荒事业来讲,主要集中于关中北部北山地区与秦岭北坡的太白山麓。国民政府为加快垦荒力度,在此特设垦荒委员会以董其事。1939年4月又将垦荒委员会改组为垦务委员会负责进行。甘肃省于1930年3月成立甘肃垦务总局,并厘定组织章程及垦荒办法,要求各县设立分局。抗战时期,甘肃省政府更是"竭力提倡垦殖事业",并于1941年和1942年先后设立了岷县垦殖区和河西垦殖区。宁夏省的土地开垦主要集中在1938年至1940年之间,截至1941年,宁夏省的耕地比独立建省前夕增加了150余万亩。青海重点开垦地区是在河湟谷地。从1923年成立甘边宁海垦务总局,到1927年设立西宁道属垦务总局,再到建省后的青海垦务总局,以后1933年成立青海土地局,青海地方政府都花费了不少的精力用于举办垦务,并取得了一定的成绩,到1935年时,粮食播种面积达到636万亩。

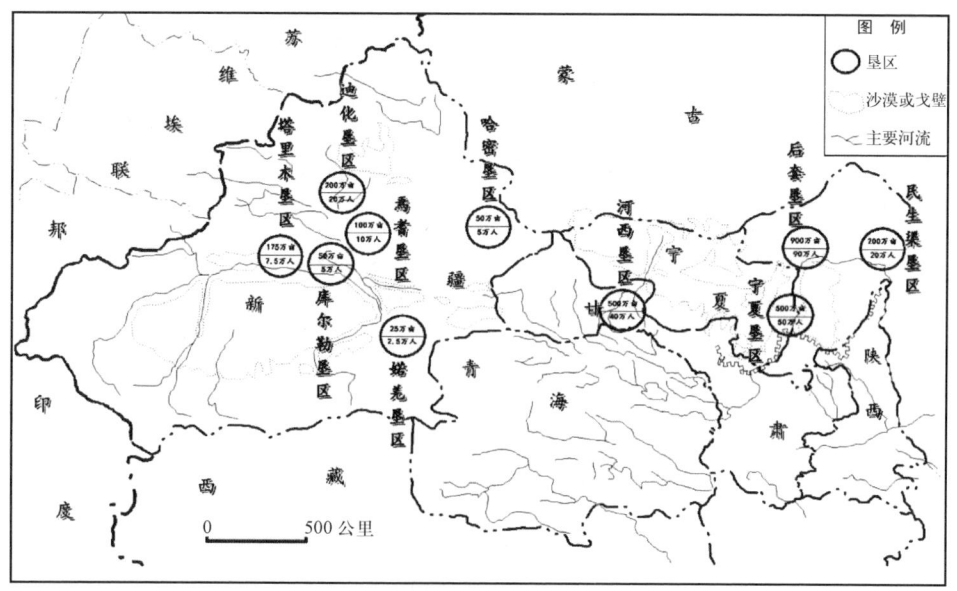

图5-1-1 民国西北五省垦区分布图
(资料来源:罗家伦等:《西北建设考察团报告》,国史馆编印,1968年。)

(二)农田水利事业的缓慢进步与区域不平衡发展

受自然条件限制,近代陕甘宁青新农田水利事业的发展呈现出明显的区域不平衡现象。陕西农田水利事业的发展主要集中在关中地区。同治年间,左宗棠督兵陕甘,在陕西先后修复了泾水龙洞渠、明代利民渠等水利设施,并大力提倡凿井,使以人畜机械汲灌的"水车井"大增,这也是西北地区首次引用水利机械。民国以后,陕西的农田水利事业进入现代发展阶段。在著名水利专家李仪祉的主持下,从1930年到1936年,陕西先后完成了规模庞大、设计先进、管理科学、效益显著的泾惠、渭惠、洛惠、梅惠四大惠渠的修建。其中,泾惠渠全部采用现代工业原料和水利工程技术修建,至今仍为陕西最大水利工程之一。当然,由于雨量的时空分布不均衡,因此,关中地区仍然保持着利用渠堰发展农业的传统。同时期陕南地区和陕北地区农田水利的发展尽管不如关中地区显著,但也有一些著名的水利工程如汉惠渠、织女渠等的修筑。

近代甘肃的农田水利事业主要集中在陇东黄土高原与河西走廊地区。由于环境的限制,陇东黄土高原地区的农田水利事业在近代以前主要修建小型农田水利,如用水车提灌农田。近代以来,由于新式水利技术的引进,陇东及陇右黄土高原才有了大型农田水利的兴修。黄河上游区域农田水利建设在技术上实现突破的标志是施工机械和炸药的首次使用,这也开启了黄河上游区域水利事业的近代化进程。抗战时期,国民政府对黄河上游区域水利日益重视,由四联总处划拨专门贷款用于农田水利的兴修。河西走廊地区在清朝时逐步在三岔河(即今石羊河)流域、黑河(又称张掖河)流域、北大河流域和布隆吉尔河(即疏勒河)流域等四大流域修筑了完整的灌溉系统。但晚清以后,由于水利设施的破坏和生态环境的恶化,大量水田得不到灌溉,或被抛荒,或变为旱地。水利失修导致河西地区人口越来越集中,密度越来越大,灌溉区域人地关系日趋紧张,这也成为民国时期河西农村经济发展面临的主要问题。

相对而言,近代以来宁夏农田水利建设的成效较为突出。宁夏平原有赖于黄河水资源之利,基础较好。在清代时,无论工程技术水平、管理制度还是灌溉面积,又都有了进一步的发展。尽管同治回民起义对宁夏冲击巨大,但1929年建省后,宁夏省政府把兴修水利作为恢复农村经济的主要任务,建立了水利局和水利工程设计组之类的近代化的水利管理机构,从而使农田水利建设取得了显著的成效。截至1944年,灌溉面积达到272.8万亩,是1926年调查数据78.8万亩的3.5倍。

近代以来青海的灌溉农业则主要局限在湟水流域和黄河两岸。但在清代以前,该地区也只是有一些粗放式的灌溉系统。民国时期,由于政区的变化和垦殖的扩大,青海的农田水利才有了新的发展,灌溉形式逐渐多样化,不仅利用黄河、湟水等水资源进行农田灌溉,而且利用冰雪融水进行农业灌溉。

但总体上看,在甘宁青三省的耕地中,除宁夏平原以外,各地水田所占比例都非常小。比如,宁夏平原依赖于黄河水资源农田灌溉面积比例可以达到59.3%;但甘肃则仅占15.7%;青海更少,仅占9.8%。因此,就黄河上游区域整体而言,农业耕地仍以旱地为主。

（三）经济作物种植的推广与作物结构的改变

晚清民国时期，在进出口贸易的带动下，西北地区的种植结构发生了显著变化，收益比较高的经济作物（如棉花、麻类、花生、大豆、烤烟等）的种植面积比以前有了很大增加，外向型农业经济快速发展起来。各种经济作物种植面积的扩大，说明西北地区在农作物结构调整中出现了农作物商品化的趋势。

陕西的经济作物的引进与推广首先在晚清时期从棉花引种开始，可惜当时由于方法落后，缺乏科学的指导和管理，最后棉种退化较严重。值得注意的是，陕西洋棉引种与普及时间并非同时进行，而是有所错开，尽管后来棉产量迅速增长的成效是洋棉普及以及棉田扩大的双重效益。因此，进入民国后，陕西更加注意农业品种的改良与技术革新，农业改良试验场所遍及全省各地。自晚清延续下来的陕棉改良与棉花种植业的发展，使陕西棉产在1919—1920年间高居各省棉花产额的第四位。在技术革新的基础上，1939年，陕西省再次大力推广新棉种的种植，以良种棉取代当地土棉。

光绪以后，地处黄河上游的甘宁青地区的农作物种植结构也同样发生明显变化，近代以前甘宁青农作物种植结构受当地地理环境的影响很大，主要以种植耐干旱作物为主，小麦、糜子、谷子、豆类是这一区域分布最广泛的作物，不论分布范围还是品种数量都占有很大的优势。晚清民国以后，一些传统的经济作物种植面积有逐渐扩大的趋势，如陇南各地麻的种植、以兰州为中心的烟草的种植；再如蚕桑、棉花的推广和种植等。总体上看，晚清以来，粮食作物如玉米、马铃薯，经济作物棉花、蚕桑、烟草乃至罂粟开始在甘宁青得到推广；到民国时期，玉米、马铃薯已经成为居民的主要食粮，棉花、蚕桑、烟草以及罂粟成为种植区居民的主要副业。

在近代化发展进程中，西北部分地区也出现了农作物结构畸形化趋势。自道光以来，随着罂粟的种植，特别是光绪年间和20世纪二三十年代罂粟在西北地区大面积种植，大量肥沃的农田被用来种植罂粟，影响了粮食作物和经济作物的种植，这种畸形化的农作物结构对陕甘宁青农村社会经济产生了很大的影响。

从地域结构上来看，近代西北地区的农业发展区域性也很强，水稻种植数量较小，大体集中在陕西的汉中与宁夏沿黄区域，两大区域是西北地区最大的水稻产区，宁夏的水稻种植面积大，输出量多，在本地种植业中占有非常重要的地位。小麦是西北地区最主要的粮食作物，种植面积最广，几乎各县都有，除青海以外，在陕甘宁新都是种植面积最大、产出量最高的农产品。青海省以青稞为主，在粮食作物中排名第一。其他如粟、稷、豆、玉米、马铃薯在西北地区粮食作物中均占有重要比重。

西北多数地区属半湿润半干旱地区，草场广大，畜牧业发达，新疆、青海许多地区以游牧为主，畜产丰富，甘肃、宁夏的北部地区以定居畜牧为主，陕西北部沿长城一线畜牧业也很发达，农牧结合是西北产业的一个主要特征。

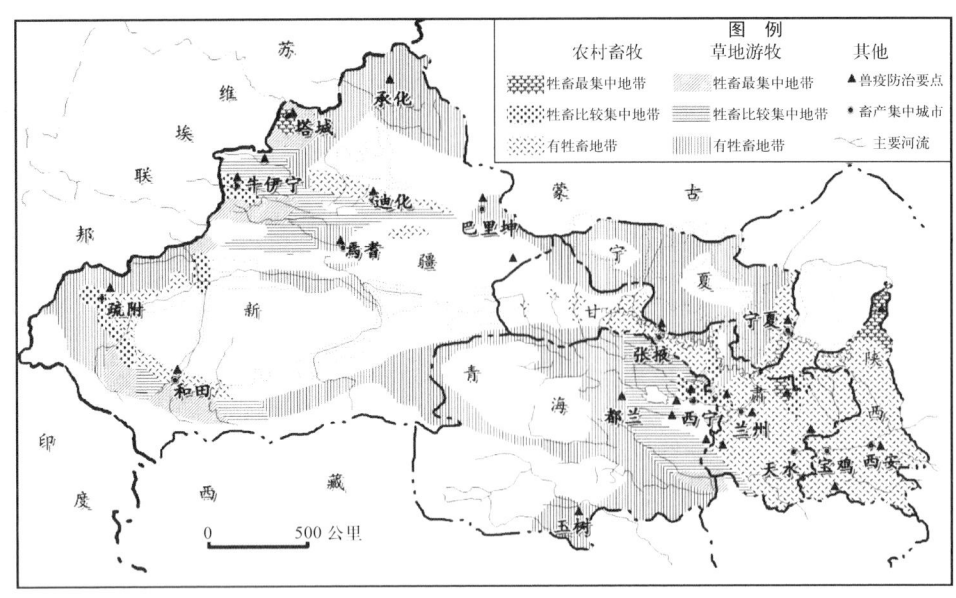

图 5-1-2 西北五省畜牧资源分布图
(资料来源:罗家伦等:《西北建设考察团报告》,国史馆编印,1968 年。)

三、近代工商业的发展与区域特征

(一) 近代工业的缓慢成长及点状布局

西北地区近代工业的起步与晚清时期的军事战争有着直接的联系,这就决定了这一区域工业的发展首先体现在军工产业上。左宗棠督办陕甘军务期间,开启了西北地区近代工业的大门。左宗棠于 1869 年创办了西安机器局,后于 1872 年迁往兰州,成为兰州机器局。1894 年爆发的中日甲午战争和 1895 年西宁一带的回民起义,又催生了陕西省机器制造局。光绪三十一年(1905 年),陕西省火药局设立的初衷也是为军事服务。同时,在左宗棠的主持下,经过几年筹备的甘肃织呢总局于 1880 年 9 月 16 日正式开工生产,这也是中国第一家近代机器毛纺织工厂。尽管其存在的时间并不长,但其意义却极其深远,它对西北地区的机器制造业、电力工业和毛纺织工业都直接或间接地产生过影响。这些工业从布局上来讲非常集中,全部集中在西安、兰州这样的大城市中,其他地区均无。

民用工业的发展始于光绪新政期间,陕西于 1894 年设立了农工商矿总局,并先后于 1904 年和 1910 年创办了陕西工艺厂和驻防工艺传习所两个官办工厂。民间办厂主要表现在于机器纺织业,但在晚清时期机器轧花主要集中于省城西安,或渭北产棉大县泾阳,他处几乎不见。甘肃近代工业在光绪三十二年(1905 年)设立甘肃农工商矿务局后也有所发展,彭英甲等人将停办 20 余年的兰州机器织呢局和甘肃机器局恢复了生产,而且还创办了甘肃官铁厂、甘肃铸铜厂、甘肃劝工厂、洋蜡厂和官报书局等一批手工工场;1910年又采取官绅合办形式,在兰州创办了光明火柴股份有限公司,但是,这些工业大多还停留在手工工业阶段。

民国前期,西北地区天灾人祸、军阀混战,新式工业并无起色,至1933年,陕西全省也仅有纺织、制瓷、榨油、酿酒、制革、冶炼等手工业工场339个,其中,只有创办于1908年的陕西制革厂作为西北地区最早一家近代制革工厂,尚可称之为近代化组织之企业。而火柴工业发展尽管相对较快,但由于规模较小,设备简陋,基本上为手工操作,且原料大部分依赖进口。甘宁青新地区的情况更糟,彭英甲所倡办的多数企业寿命都不长。

抗战时期是西北近代工业发展最重要的阶段,沿海民族工业的内迁使西北地区迎来了工业发展的难得机遇,近现代工业也随之迅速崛起。内迁企业不仅大大改善了西北地区固有工业的结构体系,使其工业化水平迅速提高;同时也为西北地区近代工业发展输送了大量人才,新的经营管理理念带入内陆,从而调动了其潜在的发展因素,促进了工业经济的迅速发展。以甘宁青地区为例,在国民政府的大力支持下,相继兴办、合办和改扩建甘肃矿业公司、甘肃煤矿局、甘肃机器厂、甘肃化工材料厂、中央电工器材厂兰州电池支厂、兰州电厂、兰州织呢厂、兰州制药厂、兰州面粉厂等大批官办工矿企业,初步形成了门类较多,规模较大,分布较广,近现代生产水平较高的工业体系雏形。

在战争的驱动下,能源型工业首先得到快速的发展。为解决能源供应,西北地区建立了一批近代工矿企业,绝大部分是公营企业,资金由国民政府提供。皋兰县阿干镇煤矿、青海大通煤矿、甘肃玉门油矿、陕西白水煤炭和同官煤矿等的开发就是属于这种类型。

民国以后,交通地理格局对西北地区的工业布局起到了较大的影响。陇海铁路通车关中以后,关中各地机器制造业迎来一个发展的新时期,至全面内战爆发后,关中机器工业的分布由原先的主要集中于西安,转变为以西安、宝鸡为中心,散布于陇海铁路沿线城镇的格局,其工业布局渐趋于合理。机器工业的发展离不开电力的支持,因此,抗战时期陕甘宁青的电力工业也得到了很大的发展,甘肃有兰州电厂、天水电厂、武威电厂、玉门(油矿)电厂,宁夏省建起了宁夏电灯股份有限公司,青海省也建设了西宁电厂,大大改变了西北地区电力工业的落后面貌。在机器工业的带动下,机器棉纺织业、机器面粉业、洗毛业、制革业等也得到快速发展。以纺织业为例,仅甘肃一省在1939年至1944年间就增加了400家工厂,当时陕西的大华纱厂、宝鸡申新四厂、业精纺织公司,甘肃的兰州毛织厂,宁夏的兴宁毛织股份有限公司、宁达棉铁工厂、省立初级职业传习所等都是有名的大厂。以面粉业为例,至1945年仅陕西一省已有机制面粉厂22家,较大的有渭南的西北聚记面粉公司、和合泰记面粉公司、西安福豫面粉公司、宝鸡的大新和福新面粉厂等,这些工厂的建立给许多中等城市提供了发展的契机,宝鸡、天水都是在这一时期发展起来的,成为西北地区重要的工业城市。

同时,包括酸碱、液体燃料、酒精、制药等的化学工业,火柴业,造纸与印刷业,甘肃的制瓷业,宁夏的甘草工业等也都在长期的抗战中得到一定的发展。除了化学工业外,以上行业有许多仍停留于手工工场的阶段,比如陕西的纺织业、造纸业、制瓷业、榨油业、制革业、酿酒业和皂烛业等有许多就属于这种情况。但是,在机器工业和国内外市场需求引导下,这些类型的手工业也由传统逐渐转向现代,成为现代工业体系的重要组成部分。

在陕甘宁边区,这一时期工厂的数量发展呈现出总体上升的趋势,但它不是简单的直线式上升,而是呈阶段性的波动式发展。1937年到1940年是边区工业的起步阶段,此后一年进入快速的发展阶段,但1941年至1942年则有一个明显的回落,到1943年后才又恢复平稳的发展。从其类型上看,边区工业主要可以分为军事工业、盐业、纺织业、石油、煤炭和炼铁工业、化学工业、造纸工业等公营工业,私营工业,以及个体、合作社和公营手工业等边区手工业三大类型。

从公营行业的发展与布局上看,边区军事工业的厂址迁移频繁,多布局在首府延安附近的山区沟谷地带,并与化学工业、机械工业和冶金工业的布局密切相关。边区盐业经历了从自由贸易到专卖和统销的阶段性转变历程,但其间逐渐形成了干线、支线相互补充的盐业运输网络。公营纺织业形成了几个纺织中心,但总体呈现较为分散的特点,而且区域差异明显。边区化学工业与军事工业布局的互动性较强,高度集中在延属分区,但由于原料来源和技术要求的差异,不同门类的布局又呈现出不同的特点。边区造纸业则呈现明显的市场指向分布特点,故而延属分区的造纸厂最多,此外由于原料来源和工艺技术的影响,又使其往往分布在有流水的山沟里。边区私营工业的发展和布局的特点与公营行业有所不同,主要表现在:涉及行业多种多样、规模较大的多是股份制企业、布局较为分散等几个特点。但私营工业的分布格局恰好与公营企业的布局互相补充,使边区形成相对合理的工业布局网络。

总体而言,边区工业呈现出如下的地域结构特征:工厂数量发展迅速,呈现出从空白布局走向单中心布局、再从单中心布局走向多中心布局的特点;公营工业是边区工业的主要组成部分,布局呈现出以首府城市延安为核心,安塞、志丹、绥德、子长、庆阳为次中心的增长极模式;大型的私营工业企业布局在远离政治中心的边缘县份,与公营企业布局互为补充;部门布局中还呈现出互动性的特征,如军事工业、机械工业、冶铁业和化学工业的布局互相影响,互相促进。

(二)现代商贸与市场体系的重构

近代以来,西北地区由于受到生产力水平低和交通不便的限制,商品贸易在全国范围上看仍处于相对落后的状态。但总体上看,西北地区的商贸事业在东部地区的影响和"洋货"输入的冲击下,仍然有显著的进步,并在一定程度上改变了原有的市场格局。

从商品结构与贸易总量上看,近代以来西北地区的商品种类出现了从原来较为单一的结构向多样化的转变。在陕西,由于工业不发达,因此商业输出主要以农产品为主,辅之以手工制造品;输入方面,以工业品为主,尤以舶来品为多。在甘宁青新商品结构变化的过程中,最为关键的是洋货的输入和皮毛类货物的大量输出。由于时局的动荡,洋货输入与皮毛输出数量在不同时期发生了较大的变化,这又大大影响了甘宁青新在进出口贸易体系中的地位。当然,这种情况在不同地区有不同的表现,从甘宁青三省分治后的对比上看,甘肃一直处于入超的地位,宁夏一直保持着出超地位,青海则经历了出超—入超—出超的变化过程。民国时期陕西的贸易状况与甘肃类似,1932—1937年,陕西商贸处于入超的状态,只能靠鸦片的输出来支撑。1937年以后,由于陇海铁路展至宝鸡,本地土货受到洋货大批涌入的打击,入超更趋严重。

从商品的流向上看,因交通建设而带来的商路改变及战乱的影响甚大。以甘宁青新为例,近代以来,甘宁青新外贸出口的口岸主要在天津、上海,尤其是皮毛的外销,但抗战爆发以后,西北皮毛逐渐改为向西出口到苏联。宁夏进出口商品的主要路线在1923年后日益依赖京包铁路,但战争的爆发使得宁夏外销商品不得不改道平凉或兰州至新疆,出口到苏联、欧洲市场。在甘宁青新进出口贸易的变化过程中,外国洋行扮演了重要的角色。尽管近代甘宁青新商贸市场上主要有被称为外馆、货栈、毛栈、行栈、斗家等名称各异的商号(字号)、坐庄,但随着沿海商埠的开辟,洋行开始大规模进入西北地区收购皮毛等工业原料物资,逐渐成为近代甘宁青新市场上最为活跃的组织形式,足迹遍及各个区域。一战爆发后,基于各种因素的考虑,甘宁青新许多地方的洋行开始逐步撤出。但洋行始终在甘宁青广大市场与国际市场这一商业链条上占有重要地位。在外国洋行大肆攫取高额利润的同时,中国政府也不示弱。民国时期,以政府"统制"的方式直接参与畜产品贸易的形式在甘宁青新地区日益普遍。尽管国民政府的"统制"与地方军阀的垄断性经营一度限制了甘宁青新民间商贸的发展,但是这种方式所具有的组织性与系统性,不仅非民间自由商贸所能比拟,甚至比外国洋行及买办的收购还强。而其对农牧民的盘剥跟外国洋行及买办比起来还是相对要轻一些,因此对于地方经济的发展也不无益处。政治形势与政府因素在边区的贸易商路变化中的影响更加明显,边区贸易通道和主要口岸的反复与重新定位都与其有关,总体上看,往往以陕北的老商业贸易中心绥德以及定边、边区南部的洛川、宜川为主要贸易口岸。

从市场格局上看,继明清以来商贸的发展,晚清时期三原、泾阳与西安共同构成陕西乃至西北地区的商业中心。西安是各路洋货与杂货西运的集散市场,泾阳是茶叶加工西运的中心,而三原则为东南大布运往西北各地的集散中心。榆林担负着北方农耕民族与西北游牧民族双边贸易的中坚与集散功能,其商业辐射范围北达蒙古,东至山西乃至直隶,西至定边以远,南达关中,成为陕北商业中心。汉中作为陕南对外贸易的集中商品集散地,可以辐射到四川、甘肃、湖北诸省。陇海铁路通车陕西彻底改变了陕西省区的市场结构。铁路运输首先改变了传统时期陕西的商业运输路线,传统的蓝田、龙驹寨商路被彻底取代,多数货物改由火车装运,直接运抵西安,从而带动了火车沿线的城镇市场的繁荣,而传统商路上的商业城镇如龙驹寨、三原、泾阳商业则日渐下降,商业市场格局发生了根本性的改变。陇海铁路还使陕南陕北地方物产的输出和日用生活品的输入比以前更加依赖西安,从而使西安连接西北、沟通东南的市场功能不断加强,并逐步把陕北和陕南纳入到其经济体系当中,从而确立了全省中心商业城市的地位。陇海铁路通车陕西还导致渭南与大荔市场中心的易位,宝鸡替代凤翔成为关中西部的商业中心。原来与西安共同构成全省商业中心的三原、泾阳两地,则因为不同的因素导致商业地位迅速下降,并日益衰落。关中地区的长安县、宝鸡和凤翔则发展成过境货物的重要中转站。

甘肃的城乡市场在民国时期已经具备了比较完整的体系。兰州作为甘肃的省会城市、最大的消费市场和批发贸易中心,始终稳居全省商业中心的地位;其他各个地区的行政中心也是当地的交通和商业中心;县城基本就是本县商业的中心;而农村集市发展较为落后,交易商品少、辐射范围小,只是具有基本的集市的功能。总体来看,城乡市场体系形成了结构简单、层次分明的"省域商业中心—区域商业中心—县域中间市场—基层市场"四级结构。宁夏的市场发育则相对滞后,直到建省前后才初步形成了一个由中心市场和基层市场共同构建的城乡市场体系。在20世纪二三十年代,这个体系仍处于不断调整的过程,它在20年代主要以宁夏城(今银川市)、吴忠堡、中卫县城、石嘴子等为中心,到30年代则主要以宁夏城(今银川市)、吴忠堡、中卫县城、中宁县城(宁安堡)等为中心。由于受到黄河水道和沿河道路的影响,其主要网点大多分布于沿河两岸。值得注意的是,在这一条带状分布的网点中,出现了一些在集期上相互补充的集市群。而地处省界边缘的石嘴山、横城、宝塔等因为延续了明清以来边口贸易的优势得以发展到逐日交易水平。石嘴山和吴忠堡受益于西北地区专业性商品的生产和销售路线的选择,曾一度发展到能辐射全省乃至省外部分地区的水平。相较而言,青海商业的总体发展水平更加不尽如人意,但是作为新建不久的省份,青海仍然大体上形成了省域中心市场—区域中心市场—县级中间市场—乡村初级市场等多层次市场网络体系。到了民国时期,西宁作为青海的省域中心市场逐渐形成,湟源与结古等区域性商业中心得到建设与发展,县域中级市场和基层初级市场从数量和区域分布上看也都有较大的起色。总体而言,近代陕甘宁青的城乡市场都得到了不同程度的发展,与外部(包括省外、国外)的联系也日趋紧密,并逐渐融入全国统一市场体系。

新疆在晚清时期出现"赶大营"贸易,京津商帮占据了这里的主要市场份额,天津成为新疆商贸输出与输入的主要市场,从张家口等地进入新疆古城成为这条商路上的重要商业中心。另外,新疆于咸丰二年(1852年)就已经对俄国开放了伊犁和塔城两个通商口岸,此后又开放了喀什噶尔、迪化、吐鲁番、哈密、古城等口岸。新疆与俄国、印度的贸易也占有非常重要的地位,这些口岸的开放直接将新疆的贸易由东方转向西方。

陕甘宁边区的商业格局主要表现在边区公营、合作和私营商业的发展与分布上。陕甘宁边区内公营商业的布局比较合理,大公商店层级分明、分布普遍。消费合作社的分布则呈现出分区分布的分散性与小集中的特点。私营商业发展迅速,但区域发展很不平衡,形成"南盛北衰"的格局。总体上看,公营商业把持着边区商业的命脉,以延安为中心形成层级分布,消费合作社和私营商业作为边区商业的良好补充,其网点布局遍布边区,公营商业延安市的崛起,传统商业中心绥德市的衰落,新兴商业中心西华池、庆阳市等的兴起,使传统的商业格局发生了变化,共同形成了以延安市为中心的商业网络。

(三)金融体系的艰难转型

西北地区的金融业一直相对滞后,但近代以后也开始跨入从传统向现代的转变进程。在这一时期,不仅存在票号、钱庄、当铺等传统的金融组织,同时也出现现代银行组织,两者相互交织,另外像官银钱局这种具有明显的封建性又带有某些新式金融机构特征的金融机构在西北地区也在发挥作用。"九一八"事变后,随着国民经济重心的内移,近代意义上的银行得到较快的发展,中央银行机构在西北逐步建立并迅速发展,形成了以"四行二局"为中心的金融网络体系,各省银行也纷纷成立并逐步完善,部分地区还成立了县银行。

在银行出现以前,西北地区金融以票号、钱庄为主。清代陕西的票号有37家(其中有12家在西安),甘肃有12家。其经营范围从最初的专营汇兑,到光绪末年扩大到存放款、借贷、信托等领域,已经趋同于钱庄、银号。辛亥革命之后,西北地区的票号都受到巨大的冲击,甘肃境内的票号相继倒闭,除个别改组为钱庄(如张掖的天成亨)外,绝大部分则随着清王朝的灭亡而裁员歇业。

相对于票号而言,晚清时期钱庄在西北各地的分布更加广泛,在甘肃境内甚至一度执金融之牛耳。民国初年陕西的钱庄多达200余家,可惜由于政局变动、内战和旱灾等影响,1917年以后就逐渐衰落了。后由于官办银号、银行兴起,钱庄在金融业中的地位更趋弱化。在不利地位的情况下,抗战时期兰州的钱庄业开始出现一些具有现代性因素的变化,逐渐向现代银行靠拢,组织形式和业务性质上的变化也使钱庄业逐步摆脱封建体制的束缚而走向近代化。但总体发展状况并不乐观,尽管抗战以后,因改变经营方式而有所增加,但在国民党政府的严格限制下,都难以为继,相继倒闭。

清代西北地区典当业一度繁荣。嘉庆年间，陕西实有当铺达1 482家，甘肃更是多达1 625家。但晚清时典当业就开始有所衰落，光绪年间甘肃仅剩424家，陕西到宣统元年(1909年)只剩158家。辛亥革命时典当业又遭受到重大挫折，但仍艰难维持。1925年甘肃全省还有典当商行127家，到1937年，也仍有37家。从其分布上看，陕西典当业主要集中在关中地区，不过经济落后、农村借贷普遍的陕北自清中叶至清末当铺数量都持续猛增。截至1941年，陕西当铺主要还是分布在关中的西安、大荔、富平、朝邑、户县等地，陕北两家都在榆林，而此时陕南则没有当铺的记载。甘宁青早期当铺主要分布在城市，城市当铺的发展从规模上看经历了由小到大，再由大到小的变化过程，但到三四十年代后普遍状况不佳。后期当铺则逐渐遍布甘宁青各地，尤其是银行势力尚未深入的农村地区，典当业还是有较大的市场。只是这一时期的当铺大部分规模都较小，规模大者寥寥无几。

官银钱局在陕甘宁青金融业的近代化过程中扮演了重要的过渡角色。清代陕西最早的官府经营的金融机构可以追溯到顺治元年(1644年)延绥镇开设的宝泉局。但陕西近代金融业的真正开端要数咸丰四年(1854年)设立的陕西官钱局和宣统二年(1910年)设立的大清银行西安分行，尽管其分布并不广泛，影响也不很大，但却是陕西金融史上具有标志性意义的重要事件。甘肃近代金融业则发端于光绪三十二年(1906年)开办的兰州官银钱局。不过，这类官府经营的金融机构命运多舛。兰州官银钱局及其后的甘肃省官银号都好景不长，甘肃平市官钱局也是起起伏伏。成立于1931年的青海省金库和青海平市官钱局，至1935年即宣布撤销。

当然，近代陕甘宁青金融业最重要的成就还属新式银行的出现与拓展。总体上看，随着四行二局的陆续入驻，国民政府中央系统的金融机构逐渐成为陕甘宁青金融体系的核心。四行最早在陕甘宁青设立机构的是中国银行，民国四年(1915年)在西安设立分行；数量最多的也是中国银行，共有33个分支机构。但如果将遍布各地的农贷通讯处也统计在内，可能是中国农民银行最多。从空间分布上看，各地之间的不平衡性表现突出，甘肃的数量远远超过宁夏和青海，这与宁、青两省商业发达程度有关，同时也与宁、青两省的地方政府排斥中央银行的进驻有关(中国农民银行是最早进入青海的，但那已是1938年的事了)。四行在陕西的分布主要集中于关中地区，有43所之多，陕北最少，就目前统计仅见1944年中国农民银行榆林办事处筹备并营业。

与此同时，西北地区的地方金融机构也表现抢眼。陕西有陕西省银行、陕北地方实业银行，地方商业银行则有西北银行、西北通济公司、上海商业储蓄银行等；甘肃有甘肃省银行、甘肃省合作金库、兰州市银行；宁夏有由原西北银行宁夏分行改组而成的宁夏省银行；青海有于1946年成立的青海省银行和湟中实业银行。从空间的分布及其影响力上看，陕甘宁青的省银行无疑是其金融体系的中坚力量。陕西影响最大是陕西省银行,除总行外,至1943年底其在省内设有4处分行,43处办事处,还在各大商埠设立通汇办事机构或分行,互办汇兑业务,使其金融网覆盖全国。同样,甘肃省银行的分支机构也是遍布全省,至1945年时有8个分行,68个省内办事处和分理处,此外还有南京和西安2个外省办事处,省内外合计78个分支单位。宁夏省银行也在1939年就形成以省城总行为中心,辐射全省的金融网。此外,战时在大后方快速发展的县银行也在陕西大量出现,当然各县银行的设置情形与不同区域的经济发展程度呈正相关性,如从1943年起各县银行的分布就是以关中地区为主(有38家),陕南和陕北则分别只有18家和4家。甘肃虽有许多地方曾经筹设县银行,但最终只有兰州市银行成立,青海与宁夏则一直都未出现。全面抗战爆发后,大批商业银行紧随国家银行纷纷到甘宁青设立分支机构,但其发展还是十分有限,只是作为国家银行和地方银行的辅翼,而成为近代甘宁青的地方金融体系的组成部分。

第二节 西北经济地理过程的环境影响因素

近代以来,由于西方列强的入侵,中国一步步地沦为半殖民地半封建社会,尤其是1860年《北京条约》签订以后,即使是深处内陆的西北地区也开始被卷入整个世界经济体系之中。西方资本主义经济的侵入一方面给中国农村自给自足的自然经济带来了巨大的破坏,但另一方面也为中国的近代化道路提供了新的机遇。然而,在这个特殊的历史时期,中国却恰恰处于一个政局动荡不安、战争频繁发生、自然灾害接连不断的困难局面,以致未能顶住压力、抓住机遇走向近代化。在这种特殊的时代背景下,西北地区同样遭受了巨大的影响,只能艰难地曲折发展。而其所遭受的种种困难,也折射出了近代中国发展的艰难。

近代的中国经济地理格局具有明显的多元性和地区差异性,因此,尽管近代中国经济变迁以工业化、商业化及经济增长为突出表现,但西北地区作为环境较为复杂的内陆地区最重要的组成部分,其特殊的自然人文环境造就了其独有的发展特征。

一、自然环境的制约

西北地处我国内陆地区,由东南湿润区到西北干旱区之间的过渡带上,又在亚洲大陆的中部,南部有秦岭山脉、西南有喜马拉雅山脉的阻隔,海洋的暖湿气流很难进入这一区域,属典型的大陆性气候区。

从地貌类型上看,5省位于黄土高原、内蒙古高原和青藏高原的交会地区,是我国地形从第一级到第二级的过渡地带,因此地形比较复杂,高原、平原、盆地、山地、河谷和丘陵组成了这一广大地域的主体。南北跨度较大的陕西省明显形成了三大区域,即由黄土沉积物堆积而成的陕北高原,由渭河干支流的冲积作用而形成的关中平原,以及由秦岭和大巴山等组成的陕南山地。而甘宁青新四省的多样化地形中,高原、山地、丘陵所占面积广袤,河谷面积则相当狭小。

不同的地形有着不同的产业结构,青藏高原是良好的天然牧场,具有草场面积大、类型多的特点,柴达木盆地是黄河上游区域最主要的皮毛和畜产品出产地,该地的手工业以皮毛加工业和乳品加工业为主,商业贸易的输出品也以皮毛为主。农业经济比较发达的地区主要分布在地势平坦、灌溉农田较多的平原、绿洲与河谷地带,比如具有优越的自然条件、丰富的自然资源和优越经济区位条件的关中地区。宁夏平原与河西走廊绿洲则成为黄河上游区域灌溉农业最发达的地区,也是该区域主要的水稻产区。就整个甘宁青地区而言,陇中的部分河谷地区、青海东北部的大通河和湟水流域具有较好的农业环境条件,构成了黄土高原区主要的精耕细作或较为精细的农业技术的分布区域。

同样,陕甘宁边区的自然条件不仅为产业发展和布局提供了必要的前提条件,而且成为影响边区农业发展与布局的重要因素。

不同自然条件所造就的生产环境的差异,导致了各地经济发展表现出明显的区域差异。以陕西的商品生产为例,关中地区对外输出商品以农产品及农产加工品为主,陕北地区对外输出的货品以牲畜产品及其加工品为大宗,而陕南地区的商品生产主要集中在林特产资源开发与粮食及经济作物种植(烟草、姜黄、药材等)两个方面。

自然环境对工业、商业布局的影响同样显著,比如甘肃就因此形成了黄土区、河西区、陇南区、甘南区等各具特色的商业分区;而宁夏在建省前后的城乡市场体系由于受到黄河水道和沿河道路的影响,因此主要的市场网点就大多分布于沿河两岸;陕西的关中、陕北、陕南三区也具有非常鲜明的地域特征。

二、天灾人祸的影响

近代以来,西北地区多灾多难,还经常碰上"屋漏偏逢连夜雨"的现象。农牧业发展频繁地受到自然灾害的侵扰,人口损失极其惨重,社会动荡不安,农村经济趋于破产。

在陕西,水旱灾害是影响农牧业生产的主要大敌,在近代一百年的时间里破坏力最大的莫过于光绪三年至光绪四年(1877—1878年)的"丁戊奇荒"与1929年的大年馑。"丁戊奇荒"给陕西带来了重大的灾难,灾荒所带来的不仅是人口的流徙与死亡,同时也带来社会的动荡不安,地方暴乱、土匪横行,使陕西民众生活在水深火热之中。光绪二十六年(1900年)前后,正值义和团运动与八国联军入侵之时,整个北方地区再次遍遭大旱,史称"庚子大旱",此次大旱以陕西和山西为最重,波及甘肃大部分地区。1929年大年馑是陕西持续近10年大旱的总爆发,它导致陕西300多万人沦为饿殍或死于疫病,600多万人流离失所。此外,中小规模的灾难更是频繁发生,使得人们生活的目标只剩寻找可以延续生命的东西而已。因此,大量流民演变成土匪,全省范围都俨然成为土匪的世界,地方社会混乱不堪。

战争、匪患与天灾同样成为影响西北五省发展的重要阻碍因素,甚至可以说它已经成为这一时期五省主要的社会特征,1919年大地震更是给甘肃和宁夏部分地区带来几近灭绝性的冲击。以甘肃为例,从民国初年的甘军攻陕到1949年底文县解放,战争一直相伴其中,各类战争不下百次,主要的有河州事变、凉州事变、白朗战争、抗日战争、解放战争等。与战争伴随的是严重的匪患,整个民国时期从陇东到河西都有大量土匪滋生,给社会带来极大破坏,土匪破城杀掠更是屡见不鲜。灾祸频仍导致人口的急剧减少,在很大程度上影响了经济和社会的发展,形成恶性循环。

多民族聚居是甘宁青社会的一个重要特色,清至民国甘宁青地区生活着汉族、藏族、回族、蒙古族、撒拉族、东乡族、保安族、土族、裕固族等。然而,恰恰是由于复杂的民族成分,给甘宁青埋下了巨大的祸根。晚清甘宁青三省人口减少主要因为受同治回民起义影响,这场战争在某种程度上演变为回汉民族之间的大屠杀,导致人口大量减少。

三、政治环境的影响

鸦片战争以后,中国就面临着内忧外患的局势,光绪二十六年(1900年)七月,由于八国联军的入侵,清政府连京城都守不住了,于是慈禧带着光绪和载漪、大阿哥等亲贵大臣,一路西逃至西安,这给陕西的政治带来极大的影响,也成为西北地区百姓的一场灾难。为供应前来西安的皇亲贵戚日常开销,慈禧传旨各省饷贡全部送来西安。西安地处西北,西北各省的饷贡占有很大份额,给本就十分贫穷的西北人民带来了沉重的负担。

义和团起义与八国联军侵华进一步促动清王朝新一轮的改革步骤。实行君主立宪成为政治改革的首要内容。然而改革尚未经过时间的证明,随着武昌起义的一声枪响,革命风暴很快席卷了全国。陕甘宁青亦受到革命的冲击,西安起义胜利后,各地也纷纷响应,各地革命党人、进步人士及哥老会等会党也组织武装力量,驱逐清朝官吏,宣布光复,因此除少数州县外,大部分州县都在很短的时间内推翻了清朝的统治。可惜的是,由于袁世凯窃取了革命果实,以致陕甘宁青也逐步陷入北洋军阀的黑暗统治之中。此后,政权频繁更迭,军阀混战、民不聊生成为这一时期陕甘宁青政治经济状况的集中写照。这种情况一直要到南京国民政府的势力进入并成为主导力量后才得以改变,而那时已经离抗日战争的爆发不远了。抗战以后,西北地区成为国民政府的大后方,为保证军需供应与后备力量,国民政府更加重视西北的经济开发与地方建设,由此西北地区的经济地理格局得以大大改观。

在政治动荡起伏之中,地方政府的施政方针对西北经济地理进程的影响就表现得更加突出。而地方大员的个人理念更是成为其中较大的变数。在陕西,清末新政时期的谘议局曾一度为民请愿,可惜以失败告终;起义光复后不久,临时首领张凤翙被新任陕西督军陆建章取代,由此陕西地方势力不断遭受排挤,陕西遂成为北洋军阀的地盘。陆氏统治时期,陕西政治腐败,苛捐杂税,民不聊生。随着全国对帝制的讨伐,陕西掀起讨袁逐陆运动,此后陈树藩成为陕西督军。然而,他在任的 5 年中,陕西鸦片泛滥,吸毒成风,民风败坏,土匪横行,农村经济趋于破产,陈树藩成为陕西历史上最遭人痛恨的督军。1921 年后,陈树藩被冯玉祥部赶出陕西后,陕西陷入了长达 6 年的军阀混战时期。1930 年到 1937 年抗战前,杨虎城、邵力子相继任陕西省主席,在陕西的经济与文化建设上投入了一定精力,为促进陕西的经济发展做了一定的实事。抗战期间,孙蔚如、蒋鼎文、熊斌、祝绍周四位省主席基本都忠实于国民党中央和国民政府的抗战政策,建设陕西,支援前线,这一时期也成为陕西现代工业与水利事业发展的最重要阶段。

甘宁青分治之前,今甘、宁、青三省大多属甘肃布政使司管辖,少部分包括内蒙古蒙旗与蒙藏部分地区,面积较大,分省、府、县三级制及理蕃院直辖区域。甘宁青分治可谓近代西北社会最为突出的事件之一,它"在相当大的程度上也是对马家军阀划地为界、割省自雄既成事实的默认"。不同的政府在甘宁青三省的施政亦有不同。青海、宁夏受自然条件的限制,民族分布复杂,社会发育不成熟,受社会、经济等因素的制约,民国时期虽许多地区设置县治,但往往建置不全,功能未能发挥出来,史称青海"改省分县仅于皮相而已"。虽然如此,青海、宁夏的建省设县从客观上促进了两省社会的发展,具有一定的积极意义。比如宁夏在 1933 年和 1941 年的两次行政区划调整,在一定程度上对宁夏城乡市场结构产生影响,如中宁县的增置使得宁安堡一度成为宁夏南部的中心市场。

民国时期,在国民政府利用边疆危机和开发西北运动极力地将中央的权威向西北进行延伸时,中央政府、地方政府和民间势力在许多利源上往往存在难以调和的矛盾。对于地方政府而言,其财政收入除了苛捐杂税外,还有一大部分来自诸如统制类的专卖政策,尤其突出表现在鸦片专卖和土特产专卖(如皮毛、药材等)等方面。由于鸦片的暴利性,使得在军阀时代的陕甘宁青地方势力极力地推广罂粟种植,这不仅改变了当地的种植结构,同时也引起了商品结构、商贸路线等一系列经济结构的改变,给当地社会和老百姓带来了巨大的冲击。在陕甘宁边区,政府对经济的管理形式则显得更加多样化,除了政策的计划和经济的全面控制,边区政府还经常采用其他形式来发展经济,如情绪上的激发(诉苦大会、批评与自我批评等)和心理上的鼓励(颁发勋章、享受荣誉等,评选各种类型的劳动英雄)等,这些举措的效果十分明显,极大地提高了这种制度的质量。

四、外部因素的刺激

从经济运行本身来看,对近代西北地区经济地理格局发生改变起到刺激作用的因素更多地是来自外部。首先,东部沿海港口的开埠,尤其是天津的开埠,使得包括陕甘宁青新在内的广大中国内地成为开埠口岸的经济腹地。在"港口—腹地"这一经济纽带的作用下,陕甘宁青新的生产、销售等环节都开始慢慢地与全国乃至国际市场体系进行了衔接。这大大带动了西北地区经济结构的调整,从而也改变了经济地理的格局。

最为典型的就是皮毛和棉花生产与贸易格局的演变。如果要问近代西北对世界经济有何重大贡献的话,那么皮毛生产无疑是最佳的答案。同时,皮毛生产与贸易是影响其自身经济成长的重要因素。近代以来,西北地区外贸出口的口岸主要在天津、上海,尤其是皮毛的外销,战前由天津港出口的羊毛占全国91%,其中大部分来自甘、青两省,占了50%左右。尽管抗战爆发以后,西北皮毛逐渐改为西向出口到苏联,但传统的东向贸易路线一直都没有完全断绝。国际市场对中国西北皮毛的需求,大大刺激了当地皮毛业的发展。毛类(主要是羊毛和驼毛)产品也成为西北地区输出数量最多、价值最大的商品。当然,除了毛类产品,皮类、药材、牲畜等商品也都被进一步大规模地开发出来,其输出规模得到了超常规的发展。抗战的爆发堵塞了东向商品的输出,但对苏易货贸易出现后,情况也有所好转。棉花产销格局的变化以陕西省表现较为明显,其中则以品种的改良与技术革新为契机。19世纪末20世纪初,陕西鄠县、泾阳等县开始引种美国"陆地棉",并引起关中各县争相播种,影响很大,使得关中棉花产业化与商品化向前迈进了一步。1931年以后,陕西的农棉品种改良真正取得了实质性进展,陕西省也开始致力于棉田面积的推广工作,以良种棉取代当地土棉。因此,在厉行禁烟的配合下,棉田大幅度增加,甚至出现棉麦并驾齐驱的趋势,这使得棉花在陕西的外贸商品结构中的比例大幅度上升。

其次,沿海商埠的开辟同时导致了西北地区商业群体结构的变化。在此之后,外国洋行开始大规模进入了西北地区收购皮毛等工业原料物资,从而成为近代甘宁青新市场上最为活跃的组织形式。它们与兰帮、陕帮、山陕帮、直鲁豫帮、本地帮等明清以来土生土长的私营商人集团进行着广泛的竞争,其活动范围十分广泛,经营产品的种类也十分繁多。尤其是在甘宁青地区,洋行的足迹遍及各个区域,比如在宁夏石嘴山就设立有著名的"六大洋行",在青海的丹噶尔(今湟源县)则多达十多家洋行。在鼎盛时期,洋行基本上控制了甘宁青的羊毛收购,垄断了羊毛进出口贸易,在近代甘宁青市场中扮演了重要的角色,成为甘宁青市场与国际市场发生联系的重要链条。

在陕甘宁边区,经济的外部刺激因素则来自因人才引进所带来的技术革新。

尽管边区的硬技术条件相当落后,但软技术条件却较为先进,先进的政党、严明的纪律、军政民的一致性使边区发挥了最大的潜力,人才的引进带来了新的技术,带来了技术创新,将有限的资源优势、技术优势发挥到了最好的效果,从而大大促进了边区经济的增长。

总之,西北地区近代经济地理格局的演变,是该区域经济市场化、现代化和外向化水平不断提高的体现,它加速了该地区农、牧、工、商等产业的现代化进程及其与国内外市场联系,也使西北地区逐渐适应了近代以来全球化和区域经济一体化的历史趋势。

表图总目

- 表1-1-1　民国年间陕西三区四季长短统计表
- 表1-1-2　民国年间陕西各地逐月及年平均降水量统计表
- 表1-1-3　1922—1929年陕西各季旱情及持续时间统计表
- 表1-1-4　清代陕西政区表
- 表1-1-5　1913年3月陕西道县分区表
- 表1-1-6　1914年5月陕西道县分区表
- 表1-1-7　1935年陕西行政督察区辖县统计表
- 表1-1-8　抗战胜利后陕西行政督察区辖县统计表
- 表1-1-9　清末民国陕西历年人口统计表
- 表1-1-10　民国时期陕西人口变化表
- 表1-2-1　陕北河川经过各县之已垦及未垦地
- 表1-2-2　民国时期陕西各县农棉试验场统计表
- 表1-2-3　1939—1941年陕西新棉种推广面积统计表
- 表1-2-4　1939—1941年陕西省历年推广小麦、杂粮面积统计表
- 表1-2-5　民国年间陕西关中完成各渠农作物种植面积及产量
- 表1-2-6　民国年间关中地区各河渠堰数目及灌溉面积调查表
- 表1-2-7　民国年间陕南地区各河渠堰数目及灌溉面积调查表
- 表1-2-8　民国年间陕北地区各河渠堰数目及灌溉面积调查表
- 表1-2-9　1936—1941年陕西省主要农作物栽培面积统计估算表
- 表1-2-10　1936—1941年陕西省农作物产量估算表
- 表1-2-11　1941年关中、陕南部分县增籼减糯面积统计表
- 表1-2-12　1939—1941年陕西三区豆类、油菜、马铃薯种植面积及产量统计表
- 表1-2-13　民国时期历年陕西省植棉面积、皮棉产额及亩产量统计表
- 表1-2-14　民国年间陕南部分县厅芸苔、芝麻年产统计表
- 表1-2-15　陕南一带天然林中漆树株数所占比例统计表
- 表1-2-16　陕南生漆产量调查表
- 表1-2-17　清末城固县输出药材统计表
- 表1-2-18　民国年间陕西药材主要产地及产量调查表
- 表1-2-19　1932—1940年陕西药材输出量值统计表
- 表1-2-20　1933年陕西省各县桑园与蚕桑业统计表

表1-3-1　陕西省机器制造局历年支出银两统计表
表1-3-2　陕西省机器制造局历年生产枪炮种类数量统计表
表1-3-3　抗日战争时期内地企业迁陕情况一览表
表1-3-4　抗日战争前陕西关中各县煤炭产额表
表1-3-5　1933—1945年同官矿区与陕西省煤炭产量表
表1-3-6　抗日战争前关中规模较大的机器制造业工厂
表1-3-7　抗日战争全面爆发后关中新成立的机器制造业工厂
表1-3-8　西安华峰、成丰面粉厂状况一览表
表1-3-9　1945年陕西机制面粉工业统计一览表
表1-3-10　集成三酸厂及长城电解厂、西北电池厂基本情况表
表1-3-11　民国年间陕西平民工厂地域分布统计表
表1-3-12　民国年间陕西手工造纸工厂统计表
表1-3-13　1941年陈炉镇瓷器产量调查表
表1-3-14　各皂烛厂的基本情况一览表
表1-4-1　1929年底陕西省道修筑统计表
表1-4-2　光绪年间陕西代办邮政分局铺商分布表
表1-4-3　光绪二十八年(1902)以来陕西历年邮政局所设置统计表
表1-4-4　宣统元年(1909年)西安府邮政局第四季度收入表
表1-4-5　宣统元年(1909年)第四季度西安府邮政局所邮寄报表
表1-4-6　民国时期部分年份陕西重要邮政局所分年统计表
表1-4-7　1922—1923年陕西次等邮政局所统计表
表1-4-8　民国初期陕西改设邮政局所统计表
表1-4-9　1912—1914年陕西邮路统计表
表1-4-10　抗日战争前后陕西改设邮政局所统计表
表1-4-11　1941年1月陕西邮区邮运工具
表1-4-12　西京运输组与各承运所订立合同
表1-4-13　1919—1949年陕西省邮政局所统计表
表1-5-1　清代各省典当铺统计表
表1-5-2　晚清陕西发典生息基金情况表
表1-5-3　道光年间山西商人在陕经营工商、典当人户统计表
表1-5-4　清代陕西当铺统计表
表1-5-5　1941年陕西省典当业一览表
表1-5-6　晚清西安钱庄设立及分布统计表
表1-5-7　1934年与1938年西安市钱庄统计表
表1-5-8　民国时期西安所设钱庄统计表

表1-5-9　陕西省银行设立年月及分布表
表1-5-10　1943年陕西省县银行设立及分布表
表1-5-11　陕北地方实业银行设立时间及其分布表
表1-5-12　民国时期中国银行在陕设立时间及分布表
表1-5-13　民国时期中国农民银行在陕设立时间及分布表
表1-5-14　民国时期中国交通银行在陕设立时间及分布表
表1-5-15　咸阳各大银行发行钞币占咸阳市面钞币的百分比
表1-5-16　民国时期中央银行在陕设立时间及分布表
表1-5-17　民国时期四行联合办事处在陕设立时间及分布表
表1-6-1　清末民初榆林输入蒙古货物表
表1-6-2　清末民初榆林城货物输出统计表
表1-6-3　清后期陕西部分州县商铺捐统计表
表1-6-4　晚清陕北地区厘局设置及出入货物品类统计表
表1-6-5　清末陕西省厘局设置及出入货物品类统计表
表1-6-6　晚清陕南地区厘局设置及出入货物品类统计表
表1-6-7　宣统二年(1910年)陕西输入商品统计表
表1-6-8　宣统二年(1910年)陕西输出商品统计表
表1-6-9　陕西省输入品概算表(1914年7月调查)
表1-6-10　陕西省主要物产输出概算表(1914年7月调查)
表1-6-11　抗日战争前后陕西各地商店数量比较表
表1-6-12　民国时期西安商业公会统计表
表1-6-13　1933—1941年西安人口、商店调查表
表1-6-14　1943年宝鸡各业数量统计表
表1-6-15　1943年三原县商业概况统计表
表1-6-16　民国间三原、泾阳、宝鸡、凤翔四地商号数量比较表
表1-6-17　民国间部分年份陕西输入机器制品与洋货比较表
表1-6-18　1934年7月至1935年6月陕西输出入货品种类与数量统计表
表1-6-19　1932—1937年陕西省商品输出入比较表
表1-6-20　1940年陕西省货品输出统计表
表1-6-21　1940年陕西省货品输入统计表
表2-2-1　陕甘宁边区耕地面积的增长
表2-2-2　陕甘宁边区主要粮食作物种类所占的耕地面积比较(1943年)
表2-2-3　陕甘宁边区植棉面积的增加情况
表2-2-4　陕甘宁边区19个县牲畜增长情况统计
表2-2-5　陕甘宁边区各分区主要牲畜数量比较表(1943年)

表 2-2-6　陕甘宁边区森林分布及面积统计表(1940 年)
表 2-3-1　陕甘宁边区公营工厂统计表
表 2-3-2　1941—1942 年陕甘宁边区主要工业产品产量比较表
表 2-3-3　陕甘宁边区工厂门类数量统计表(1942 年 12 月统计)
表 2-3-4　陕甘宁边区主要军工厂的生产规模和分布表
表 2-3-5　陕甘宁边区三边分区主要盐池产量表
表 2-3-6　陕甘宁边区盐产量与盐运量比较表
表 2-3-7　陕甘宁边区盐业专卖公司层级一览表
表 2-3-8　陕甘宁边区主要纺织厂生产能力与分布表
表 2-3-9　1939—1945 年陕甘宁边区原油产量及产品统计表
表 2-3-10　陕甘宁边区四个采煤区情况统计表(1943 年)
表 2-3-11　陕甘宁边区采煤区分布与产量表(1945 年)
表 2-3-12　陕甘宁边区炼铁厂分布状况表
表 2-3-13　新华化学厂主要产品统计表
表 2-3-14　陕甘宁边区各类化学厂发展规模与分布表
表 2-3-15　陕甘宁边区造纸业发展状况表
表 2-3-16　陕甘宁边区公营纸厂的生产与分布(1943 年)
表 2-3-17　陕甘宁边区较大规模的私人企业生产与分布情况表
表 2-3-18　1942、1943 年度陕甘宁边区 14 个县市手工业作坊构成比较表
表 2-4-1　陕甘宁边区大车道修筑情况表(1938—1941 年)
表 2-4-2　陕甘宁边区公路统计表(1943 年)
表 2-4-3　陕甘宁边区公路里程统计表(1946 年)
表 2-4-4　陕甘宁边区驮运道路统计表(1944 年)
表 2-5-1　抗日战争时期陕甘宁边区的贸易商路变化状况
表 2-5-2　陕甘宁边区公营商店的构成与分布情况
表 2-5-3　1943 年陕甘宁边区 6 县市机关商业调查表
表 2-5-4　抗日战争时期延安市私营商业户数统计表
表 2-6-1　土地革命时期陕甘宁苏维埃建置市统计表(1935—1937 年 7 月)
表 2-6-2　抗战时期陕甘宁边区建置市统计表(1937—1945 年 8 月)
表 2-6-3　解放战争时期陕甘宁边区陕西地区建置市统计表(1945 年 8 月—1950 年 1 月)
表 2-6-4　抗日战争时期陕甘宁边区城市体系简表
表 3-1-1　民国时期青海、甘肃藏族分布统计表
表 3-1-2　1914 年 5 月甘肃所属道县分区表
表 3-1-3　青海省县市设治局统计表

表 3-1-4　宁夏省县市设治局统计表

表 3-1-5　民国末期甘肃地方行政区划表

表 3-1-6　民国时期甘肃重大自然灾害统计表

表 3-1-7　1861—1953 年甘宁青三省人口变化统计表

表 3-2-1　20 世纪 30 年代甘肃省建设厅水车登记数量统计表

表 3-2-2　1942 年甘肃水利工程预算及估计受水统计表

表 3-2-3　1942 年甘肃小型农田水利贷款分配统计表

表 3-2-4　民国时期甘肃新式灌溉渠统计表

表 3-2-5　民国时期河西走廊水利、耕地、人口统计表

表 3-2-6　近代青海各地农田水利统计表

表 3-2-7　甘宁青三省区灌溉面积与耕地面积比较表

表 3-2-8　1938—1940 年宁夏省放荒统计表

表 3-2-9　民国时期甘宁青玉米种植分布及产量统计表

表 3-2-10　宁夏省水稻栽培概况及常年产量统计表

表 3-2-11　1941 年甘肃植棉调查统计表

表 3-2-12　甘肃省 1941—1947 年棉花种植及产量统计表

表 3-2-13　1935—1936 年甘宁青三省主要农作物产量统计表

表 3-2-14　甘宁青主要农作物种类与地区分布统计表

表 3-2-15　1931 年甘青宁三省所有牲畜总数表

表 3-3-1　晚清甘肃全省土产制造货品统计表

表 3-3-2　光绪年间甘肃省劝工厂制造货品表

表 3-3-3　1935 年兰州各工厂情况表

表 3-3-4　1935 年甘肃煤矿矿区开采分区统计表

表 3-3-5　1942—1945 年皋兰县阿干镇煤矿产煤量统计表

表 3-3-6　抗日战争时期玉门油矿石油及天然气产量表

表 3-3-7　兰州电厂历年发电机功率与发电度数统计表

表 3-3-8　抗日战争时期甘肃主要工矿企业一览表

表 3-3-9　1941 年全国呈准经济部登记工厂中甘肃工业统计与全国比较表

表 3-3-10　抗日战争时期甘肃主要畜产品加工与纺织企业地区分布一览表

表 3-4-1　1949 年甘肃省公路统计表

表 3-4-2　1948 年青海省邮政局所统计表

表 3-5-1　1934 年兰州输出货物统计表

表 3-5-2　1934 年兰州输入货物统计表

表 3-5-3　抗日战争前后拉卜楞进出口商品比较表

表 3-5-4　1938—1945 年中国向苏联出口农产品统计表

表3-5-5　1933年宁夏进出口货物调查统计表
表3-5-6　1934年宁夏进出口货物调查统计表
表3-5-7　1932年青海输出商品统计表
表3-5-8　1932年青海输入商品统计表
表3-5-9　1933年青海进出口货物表
表3-5-10　近代青海羊毛对外输出量变化表
表3-5-11　1932年青海输出商品的主要流向
表3-5-12　1932年青海输入商品的主要来源地
表3-5-13　1940年碧口镇输入商品统计表
表3-5-14　1940年碧口镇输出商品统计表
表3-5-15　平凉转口货物表
表3-5-16　外国洋行在河湟地区设立情况表
表3-5-17　1939—1941年贸易委员会在西北收购皮毛情况表
表3-6-1　平凉转输货物一览表
表3-6-2　拉卜楞一年主要法会表
表3-6-3　1942年度拉卜楞输入输出商品表
表3-6-4　1927年甘肃部分县城面积与人口统计表
表3-6-5　甘肃各县城集期统计表
表3-6-6　1934年甘肃各县农村集市统计表
表3-6-7　宁夏主要城镇市场状况表
表3-6-8　1941—1948年经西宁东运货物平均运出数量表
表3-6-9　西宁过载店来自省外及国外的主要商品
表3-6-10　川口镇商铺数量变化表
表3-6-11　玉树地区庙会时间和地点分布表
表3-7-1　清代国内的山西票号分布表
表3-7-2　清代甘肃境内的山西票号分布表
表3-7-3　抗日战争全面爆发前兰州市的钱庄
表3-7-4　1943年兰州市钱商业资本情况
表3-7-5　清代甘肃省典当铺统计表
表3-7-6　解放前兰州的典当业
表3-7-7　光绪三十一年(1905年)河州当铺分布情况
表3-7-8　甘肃平市官钱局及各分局铜元券发行额情况表
表3-7-9　甘肃省银行分支机构一览表
表3-7-10　国家四行二局在甘宁青设立情况表
表3-7-11　甘宁青四大银行分支行处情况表

表 3-7-12　商业银行在甘宁青设立情况表

表 4-2-1　1893—1908 年的新疆对俄贸易

表 4-2-2　1934 年前的新疆区外(含对中国内地)贸易概况

表 4-2-3　1930—1932 年由新疆往天津运销的皮毛

表 4-2-4　第一次世界大战之前的新疆对俄贸易

表 4-3-1　1942 年前后天山南北的交通概况

表 4-3-2　1935—1936 年新绥汽车公司营运概况

表 4-4-1　1915 年新疆的丝、茧生产状况

表 4-4-2　1943 年前后天山南北的非矿工业概况

表 4-5-1　民国年间的新疆历次人口统计数据

图 1-1-1　清代陕西政区图

图 1-2-1　民国年间陕西小麦种植区域分布图

图 1-2-2　民国年间陕西大麦种植区域分布图

图 1-2-3　民国年间陕西黍粟类作物种植区域分布图

图 1-2-4　1932—1935 年关中各县棉田面积图

图 1-2-5　1933—1935 年关中主要县份皮棉产量图

图 1-3-1　关中地区的含煤区域示意图

图 1-4-1　晚清陕西代办铺商分布图

图 1-5-1　金融系统框架图

图 1-5-2　民国时期陕西各类银行分布图

图 1-5-3　抗战前后四行在陕西开设机构比较图

图 2-1-1　1937 年陕甘宁边区略图

图 2-1-2　陕甘宁边区行政区划图(1943 年 12 月)

图 2-1-3　陕甘宁边区河流水系图

图 2-2-1　陕甘宁边区主要粮食作物分区图

图 2-2-2　陕甘宁边区棉花与蚕桑业分区图

图 2-2-3　林务处机构设置及主要功能图

图 2-3-1　陕甘宁边区军事、石油工业分布图

图 2-3-2　陕甘宁边区钢铁、石油工业分布图

图 2-3-3　陕甘宁边区主要纺织、炼铁工业分布图

图 2-3-4　陕甘宁边区主要化学、造纸工业分布图

图 2-3-5　陕甘宁边区主要公营工业分布图

图 2-6-1　抗日战争时期陕甘宁边区建置市等级分布图

图 3-1-1　民国时期甘宁青概况图

图 3-1-2　1945 年甘肃各区主客籍人口对比图

图 3-1-3　民国时期甘肃人口变化图
图 3-1-4　1935 年甘肃各县人口密度分布图
图 3-2-1　民国时期甘宁青玉米种植分布图
图 3-4-1　民国时期甘肃主要公路示意图
图 3-6-1　20 世纪 20 年代宁夏集市分布图
图 4-1-1　1935 年前后的新疆自然与人文形势示意图
图 4-1-2　介于砾石带与沙漠带之间的南疆沃地景观
图 4-1-3　1951 年前后的帕米尔高原形势图
图 4-2-1　1932 年前后新疆与内地之间的三大商路示意图
图 4-3-1　1931 年前后的迪化西大桥
图 4-3-2　1916 年前后塔里木河下游的罗布泊景观
图 4-3-3　1944 年前后的新苏交通格局
图 4-4-1　1938 年迪化郊区放牧的牛群
图 4-5-1　1931 年前后的迪化鉴湖景观
图 4-5-2　1916 年前后的伊犁街市景观
图 4-5-3　1938 年的一个维吾尔族家庭
图 4-5-4　1938 年的一个塔塔尔族家庭
图 4-5-5　1938 年 10 月 1 日的新疆全省第三次代表大会
图 5-1-1　民国西北五省垦区分布图
图 5-1-2　西北五省畜牧资源分布图

参考征引文献举要

一、历史资料

1. 实录、正史、别史、政书等

[1] 《清实录》,中华书局,1986年。

[2] 《清史稿》,中华书局,1976—1977年。

[3] (清)潘锡恩等纂:《嘉庆重修一统志》,《四部丛刊续编》影印本,1934年。

[4] (清)托律等重修:《钦定大清会典事例》,清嘉庆二十三年(1818年)刻本。

[5] (清)朱寿朋编,张静庐校点:《光绪朝东华录》,中华书局,1984年。

[6] (清)葛士濬编:《皇朝经世文续编》,近代中国史料丛刊,第75辑,台湾文海出版社,1966年。

[7] 山西省清理财政局编:《甘肃清理财政说明书》,宣统三年(1911年)排印本。

[8] 陕西省清理财政局编:《陕西全省财政说明书》,宣统三年(1911年)排印本。

[9] 河南省清理财政局编:《河南全省财政说明书》,宣统三年(1911年)排印本。

[10] 章有义编:《中国近代农业史资料》第二辑(1912—1927),三联书店,1957年。

[11] 章有义编:《中国近代农业史资料》第三辑(1927—1937),三联书店,1957年。

[12] 彭泽益编:《中国近代手工业史资料》(1840—1949),中华书局,1962年,1984年。

2. 方志

(1) 陕西方志

[1] 翁柽修,宋联奎纂:民国《咸宁长安两县续志》,1936年排印本。

[2] 刘安国修,吴廷锡、冯光裕纂:民国《重修咸阳县志》八卷,1932年排印本。

[3] 光绪《咸阳县乡土志》,清光绪三十三年(1907年)修,稿本。

[4] (清)安守和修,杨彦修纂:光绪《临潼县续志》,清光绪十六年(1890年)刻本。

[5] (清)施劭修,谭麐纂:光绪《临潼县续志》,清光绪二十一年(1895年)刻本。

[6] (清)胡元焕修,蒋湘南纂:道光《蓝田县志》,清道光二十二年(1842年)刻本。

[7] (清)吕懋勋修,袁廷俊纂:光绪《蓝田县志》,清光绪元年(1875年)刻本。

[8] 郝兆先修,牛兆濂纂:民国《续修蓝田县志》,1941年餐雪斋排印本。

[9] 《蓝田县乡土志》,清宣统二年(1910年)抄本。

[10] 强云程、赵葆真修,吴继祖纂:民国《重修鄠县志》,1933年西安酉山书局排印本。

[11] 《鄠县乡土志》,清光绪末年刻本。
[12] (清)常毓坤修,李开甲等纂:光绪《孝义厅志》,清光绪九年(1883年)刻本。
[13] (清)周铭旂纂修:光绪《乾州志稿》,清光绪十年(1884年)乾阳书院刻本。
[14] (清)周铭旂纂:《乾州志稿补正》,清光绪十七年(1881年)刻本。
[15] 续俭、田屏轩修,范凝续纂:民国《乾县新志》,1941年排印本。
[16] 张道芷、胡铭荃修,曹骥观纂:民国《续修礼泉县志稿》,1935年排印本。
[17] 刘昆玉纂修:民国《广两曲志》二编,1921年修,1930年排印本。
[18] 庞文中修,任肇新、路孝愉纂:民国《盩厔县志》,1925年西安艺林印书社铅印本。
[19] (清)左一芬纂修:《盩厔县乡土志》十五卷,清光绪间抄本。
[20] 王廷珪修,张元际、冯光裕纂:民国《重修兴平县志》,1923年西安艺林印书局铅印本。
[21] (清)张元际编:《兴平县乡土志》,清光绪三十三年(1907年)活字本。
[22] (清)程维雍修,白遇道纂:光绪《高陵县志》,清光绪十年(1884年)刻本。
[23] 高陵县公署编:《高陵县乡土志》,民国初年稿本。
[24] (清)《泾阳县乡土志》三卷,清光绪二十三年(1897年)稿本。
[25] 冯庚修,郭思锐纂:《续修泾阳县鲁桥镇城乡志》,1923年西安精益印书馆排印本。
[26] (清)严书麐修,焦联甲纂:光绪《新续渭南县志》,清光绪十八年(1882年)刻本。
[27] (清)李恩继、文廉修,蒋湘南纂:咸丰《同州府志》,清咸丰二年(1852年)刻本。
[28] (清)饶应祺修,马先登、王守恭纂:光绪《同州府续志》,清光绪七年(1881年)刻本。
[29] (清)周铭旂修,李志复纂:光绪《大荔县续志》,清光绪十一年(1885年)冯翊书院刻本。
[30] 陈少先、聂雨润修,张树枌、李泰纂:民国《续修大荔县旧志存稿》,1936年排印本。
[31] 聂雨润修,李泰纂:民国《大荔县新志存稿》,1937年陕西省印刷局排印本。
[32] (清)《大荔县乡土志》,不分卷,抄本。
[33] (清)李元春纂:咸丰《朝邑志》,清咸丰元年(1851年)华原书院刻本。
[34] (清)朱续馨编:《朝邑县乡土志》,清宣统间抄本。
[35] 杨瑞霆修,霍光缙纂:民国《平民县志》,1932年铅印本。
[36] (清)李体仁修,王学礼纂:光绪《蒲城县新志》,清光绪三十一年(1905年)刻本。
[37] 赵本荫修,程仲昭纂:民国《韩城县续志》,1925年韩城县德兴石印馆石印本。
[38] (清)张瑞机编:《韩城县乡土志》,清光绪间抄本。
[39] (清)金玉麟修,韩亚熊纂:咸丰《澄城县志》,清咸丰元年(1851年)刻本。
[40] 王怀斌修,姬新命纂:民国《澄城县续志》,1926年排印本。

[41] 王怀斌修,赵邦楹纂:民国《澄城县附志》,1926年排印本。
[42] (清)萧锺秀编:《郃阳县乡土志》,清光绪三十二年(1906年)抄本。
[43] (清)吴炳南修,刘域纂:光绪《三续华州志》,清光绪八年(1882年)刻本。
[44] 裴世廉修,贾路云纂:民国《榆林县志》,1929年稿本。
[45] 《榆林县乡土志》,1917年抄本。
[46] 刘济南、张斗山修,曹子正纂,曹思聪续纂:民国《横山县志》,民国十八年榆林东顺斋石印本。
[47] (清)丁锡奎修,白翰章、辛居乾纂:光绪《靖边志稿》,清光绪二十五年(1899年)刻本。
[48] 《神木县乡土志》,民国间稿本。
[49] (清)彭瑞麟修,武东旭纂:咸丰《保安县志》,清咸丰六年(1856年)刻本。
[50] (清)侯昌铭纂修:光绪《保安县志略》二卷,清光绪二十四年(1888年)抄本。
[51] 《保安县乡土志》,民国初年抄本。
[52] 薛观俊纂修:民国《宜川续志》,1928年石印本。
[53] 余正东纂修,黎锦熙校订:民国《宜川县志》,1944年排印本。
[54] 《宜川县乡土志》,清末稿本。
[55] 《甘泉县乡土志》,清光绪间稿本。
[56] (清)吴命新修,贺廷瑞纂:《定边县乡土志》,清光绪三十二年(1906年)抄本。

(2) 甘宁青方志

[1] 韩世英纂:民国《重修漳县志》,1934年油印本。
[2] 张丁阳:《拉卜楞设治记》,吴坚主编:《中国西北文献丛书》第99卷,兰州古籍书店,1990年影印。
[3] 刘郁芬修,杨思、张维等纂:《甘肃通志稿》,吴坚主编:《中国西北文献丛书》第27卷,兰州古籍书店,1990年影印。
[4] 慕寿祺:《甘宁青史略正编》,兰州俊华印书馆,1936年。
[5] 朱允明撰:《甘肃省乡土志稿》第一章,吴坚主编:《中国西北文献丛书》第30卷,兰州古籍书店,1990年影印。
[6] 张其昀纂:民国《夏河县志》,民国间抄本。
[7] 马福祥修,王之臣纂:民国《民勤县志》,1926年抄本。
[8] (清)杨学震纂修:光绪《陇西分县武阳志》1947年抄本。
[9] (清)张彦笃修,包永昌等纂:《洮州厅志》,光绪三十三年(1907年)刻本。
[10] 张次房修,幸邦隆纂:民国《华亭县志》,1933年石印本。

(3) 新疆方志

[1] (清)傅恒等纂:《钦定皇舆西域图志》,风俗,清乾隆四十七年(1782年)增修本。
[2] (清)苏尔德纂:《回疆志》,1950年吴丰培校订油印本。

［3］ 袁大化修,王树楠等撰:《新疆图志》,1923年东方学会补校本,台湾文海出版社,1965年影印。
［4］ 钟广生:《新疆志稿》,1930年排印本,台湾成文出版社,1968年影印。
［5］ 张献廷:《新疆地理志》,1914年山东高等师范学校石印本,《中国方志丛书·西部地方·第八号》,台湾成文出版社影印。
［6］ 林竞:《新疆纪略》,1918年日本东京天山学会排印本。

3. 文集、游记、日记等及各种资料汇编

［1］ 陈万里著,杨晓斌点校:《西行日记》,甘肃人民出版社,2002年。
［2］ (清)曾国荃撰,萧荣爵编辑:《曾忠襄公全集·书札》,《近代中国史料丛刊》第58辑,台湾文海出版社,1966年。
［3］ 李文治主编:《中国近代农业史资料》第一辑(1840—1911),三联书店,1957年。
［4］ 中国国民党陇海铁路特别党部编:《陇海铁路调查报告》,1935年。
［5］ 国民政府主计处统计局编:《中华民国统计提要(廿四年辑)》,商务印书馆,1935年。
［6］ 张鹏翮:《奉使俄罗斯日记》,《小方壶斋舆地丛钞》第三帙,上海著易堂印行。
［7］ 左宗棠:《左文襄公全集》,清光绪十六年(1890年)刊本。
［8］ (俄)尼·维·鲍戈亚夫连斯基著,新疆大学外语系俄语教研室翻译:《长城外的中国西部地区:其今昔状况及俄国臣民的地位》,商务印书馆,1980年。
［9］ 华企云:《新疆问题》,大东书局,1931年。
［10］ 太平洋书店编辑:《新疆》,太平洋书店,1933年。
［11］ 吴绍璘:《新疆概观》,仁声印书局,1933年。
［12］ (苏)克拉米息夫著,王正旺译:《中国西北部之经济状况》,商务印书馆,1933年。
［13］ 汪公亮:《中国西北地理大纲》,朝阳学院讲义,1933年。
［14］ 张其昀、任美锷合编:《本国地理》下册,钟山书局,1934年。
［15］ 王益厓:《高中本国地理》,世界书局,1934年。
［16］ 王金绂:《西北之地文与人文》,商务印书馆,1935年。
［17］ 王应榆:《伊犁视察记》,1935年,《中国西北文献丛书》总第139册,兰州古籍书店,1990年。
［18］ (瑞典)斯文·赫定著,徐十周等译:《亚洲腹地探险八年(1927—1935)》,新疆人民出版社,1992年。
［19］ 铁道部业务司商务科编:《陇海铁路甘肃段经济调查报告书》,内部印行,1935年。
［20］ 蒋军章:《新疆经营论》,正中书局,1936年。
［21］ 谭惕吾:《新疆之交通》,禹贡学会,1936年。
［22］ 杨文洵等编:《中国地理新志》,中华书局,1936年再版。

[23] 曾问吾:《中国经营西域史》,商务印书馆,1936年。

[24] 陈庚雅:《西北视察记》,申报馆,1936年。

[25] 高良佐:《西北随轺记》,建国月刊社,1936年。

[26] (英)斯坦因著,向达译:《斯坦因西域考古记》,中华书局,1936年。

[27] 杜重远:《盛世才与新新疆》,生活书店,1938年。

[28] 陈纪滢:《新疆鸟瞰》,商务印书馆,1941年。

[29] 刘伯奎:《新疆伊犁外交问题研究》,独立出版社,1943年。

[30] 韩清涛:《今日新疆》,中央日报总社,1943年。

[31] 张之毅:《新疆之经济》,中华书局,1945年。

[32] 陈志良:《新疆的民族与礼俗》,文通书局,1946年。

[33] 吕敢:《新新疆之建设》,时代出版社,1947年。

[34] 卢前:《新疆见闻》,中央日报社,1947年。

[35] 程鲁丁:《新疆问题》,中国印书馆,1949年。

[36] 村之:《西北商务衰落之原因及其救济之方策》,《西北》1929年第10期。

[37] 刘穆:《最近新疆经济状况》,《西北》1929年第8期。

4. 文史资料

[1] 政协陕西省委员会文史资料研究委员会编:《陕西文史资料》第1—26辑,陕西人民出版社。

[2] 本书编写组编:《西北近代工业》,甘肃人民出版社,1989年12月。

[3] 政协西安市委员会文史资料研究委员会编:《西安文史资料》第19辑《西京近代工业》,西安出版社,1993年12月。

[4] 政协凤翔县委员会文史资料征集研究委员会编:《凤翔文史资料选辑》第1—22辑。

[5] 政协户县委员会学习文史委员会编:《户县文史资料》第1—15辑。

[6] 政协韩城市委员会文史资料研究委员会、韩城市文化体育局编:《韩城文史资料汇编》第1—21辑。

[7] 政协铜川市委员会文史资料研究委员会编:《铜川文史资料选辑》第2辑。

[8] 政协宝鸡委员会文史资料研究委员会编:《宝鸡(县)文史资料》第1—16辑。

[9] 政政协陇县委员会文史资料研究委员会编:《陇县文史资料选辑》第1—11辑。

[10] 政协三原委员会文史资料研究委员会编:《三原文史资料》第5—7辑。

[11] 政协白水县委员会文史资料研究委员会编:《白水文史资料》第1—3辑。

[12] 甘肃省政协文史资料研究委员会:《甘肃文史资料选辑》第2辑,甘肃人民出版社,1983年。

[13] 甘肃省政协文史资料研究委员会:《甘肃文史资料选辑》第9辑,甘肃人民出版社,1981年。

[14] 甘肃省政协文史资料研究委员会:《甘肃文史资料选辑》第14辑,甘肃人民

出版社,1983年。
[15] 甘肃省政协文史资料研究委员会:《甘肃文史资料选辑》第24辑,甘肃人民出版社,1986年。
[16] 甘肃省政协文史资料研究委员会:《甘肃文史资料选辑》第26辑,甘肃人民出版社,1987年。
[17] 兰州市政协文史资料研究委员会:《兰州文史资料选辑》第3辑,甘肃省政协文史资料研究委员会,1984年。
[18] 天水市政协文史资料委员会:《天水文史资料》第3辑,天水市政协文史资料委员会,1989年。
[19] 天水市政协文史资料委员会:《天水文史资料》第5辑,天水市政协文史资料委员会,1990年。
[20] 天水市政协文史资料委员会:《天水文史资料》第6辑,天水市政协文史资料委员会,1992年。
[21] 平凉市政协文史资料委员会:《平凉文史资料》第1辑,平凉市政协文史资料委员会,2004年。
[22] 平凉市政协文史资料委员会:《平凉文史资料》第3辑,平凉市政协文史资料委员会,2004年。
[23] 临夏市政协文史资料研究组:《临夏市文史》第二辑,甘肃省临夏市政协文史资料研究组,1986年。
[24] 张家川回族自治县政协文史资料研究委员会:《张家川文史资料》第1辑,内部参考资料,1988年。
[25] 张家川回族自治县政协文史资料研究委员会:《张家川文史资料》第4辑,内部参考资料,1989年。
[26] 王鑫岗等:《天津帮经营西大营贸易概述》,《天津文史资料选辑》第24辑,1983年。
[27] 王鸿逵、于焕文、谢玉明:《天津商帮"赶大营"始末》,天津市政协文史委、西青区政协文史委编:《津西古今采珍》,百花文艺出版社,1993年。

二、研究论著

1. 专著

[1] (爱尔兰)R·基钦、(英)N·J·泰特著,蔡建辉译:《人文地理学研究方法》,商务印书馆,2006年。
[2] (法)阿·德芒戎:《人文地理学问题》,商务印书馆,1993年。
[3] (法)费尔南·布罗代尔著,施康强、顾良译:《15至18世纪的物质文明、经济和资本主义》第一、二、三卷,生活·读书·新知三联书店,1993年。
[4] (美)理查德·哈特向:《地理学的性质》,商务印书馆,1996年。
[5] (美)杜赞奇著,王福明译:《文化、权力与国家:1900—1942年的华北农村》,

江苏人民出版社,2003年。

[6] (美)黄宗智主编:《中国研究的范式问题讨论》,社会科学文献出版社,2003年。

[7] (美)黄宗智著:《华北的小农经济与社会变迁》,中华书局,1986年。

[8] (美)罗兹曼主编,国家社会科学基金"比较现代化"课题组译:《中国的现代化》,江苏人民出版社,1988年。

[9] (美)明恩溥著,午晴、唐军译:《中国乡村生活》,时事出版社,1998年。

[10] (美)彭慕兰著,马俊亚译:《腹地的构建:华北内地的国家、社会和经济(1853—1937)》,社会科学文献出版社,2005年。

[11] (美)施坚雅著,史建云、何秀丽译:《中国农村的市场和社会结构》,中国社会科学出版社,1998年。

[12] (日)内山雅生著,李恩民、邢丽荃译:《二十世纪华北农村社会经济研究》,中国社会科学出版社,2001年。

[13] (英)R·J·约翰斯顿主编:《人文地理学词典》,商务印书馆,2004年。

[14] (英)阿瑟·刘易斯著,周师铭等译:《经济增长理论》,商务印书馆,1983年。

[15] (英)约翰·希克斯:《经济史理论》,商务印书馆,1999年。

[16] 曹树基、李玉尚:《鼠疫:战争与和平》,山东画报出版社,2006年。

[17] 郑起东:《转型期的华北农村社会》,上海书店出版社,2004年。

[18] 邓正来、(美)J·C·亚历山大编:《国家与市民社会——一种社会理论的研究路径》,中央编译出版社,1999年。

[19] 范书义等:《艰难的转轨历程——近代华北经济与社会发展研究》,人民出版社,1997年。

[20] 高有鹏:《沉重的祭典:中原古庙会文化分析》,河南大学出版社,2000年。

[21] 赵世瑜:《狂欢与日常:明清以来的庙会与民间社会》,生活·读书·新知三联书店,2002年。

[22] 李伯重:《理论、方法、发展趋势:中国经济史研究新探》,清华大学出版社,2002年。

[23] 李正华:《乡村集市与近代社会:20世纪前半期华北乡村集市研究》,当代中国出版社,1998年。

[24] 《中国大百科全书·环境科学》,中国大百科全书出版社,2002年。

[25] 刘佛丁、王玉茹:《中国近代的市场发育与经济增长》,高等教育出版社,1996年。

[26] 中国第一历史档案馆编:《中华民国史档案资料汇编》第五辑,江苏古籍出版社1997年。

[27] 刘俊文主编,栾成显、南炳文译:《日本学者研究中国史论著选译》第六卷,中华书局,1993年。

[28] 龙登高:《中国传统市场发展史》,人民出版社,1997年。

[29] 乔志强、行龙主编:《近代华北农村社会变迁》,人民出版社,1998年。

[30] 史念海:《黄河流域诸河流的演变与治理》,陕西人民出版社,1999年。
[31] 方行、经君健等主编:《中国经济通史·清代经济卷》,经济日报出版社,2000年。
[32] 王兆祥、刘文智:《中国古代的庙会》,香港商务印书馆,1997年。
[33] 张根福:《抗战时期的人口迁移》,光明日报出版社,2006年。
[34] 吴必虎、刘筱娟:《中国景观史》,上海人民出版社,2004年。
[35] 吴承明:《中国的现代化:市场与社会》,生活·读书·新知三联书店,2001年。
[36] 冯绳武主编:《中国自然地理》,高等教育出版社,1989年。
[37] 杨德才:《中国经济史新论(1840—1949)》,经济科学出版社,2004年。
[38] 张萍:《地域环境与市场空间——明清陕西区域市场的历史地理学研究》,商务印书馆,2006年。
[39] 傅林祥、郑宝恒:《中国行政区划通史·中华民国卷》,复旦大学出版社,2007年。
[40] 李世华、石道全主编:《甘肃公路交通史》,人民交通出版社,1987年。
[41] 杨重琦主编:《兰州经济史》,兰州大学出版社,1992年。
[42] 丁焕章主编:《甘肃近现代史》,兰州大学出版社,1989年。
[43] 甘肃省档案馆编:《甘肃历史人口资料汇编》第二辑,甘肃人民出版社,1990年。
[44] 汪鸿明、丁作枢:《莲花山与莲花山"花儿"》,甘肃人民出版社,2002年。
[45] 《西北商业概况》,全国图书馆文献缩微复制中心编:《中国西部开发文献》。
[46] 芮乔松:《祖国的大西北》,新知识出版社,1955年。
[47] 苏北海:《西域历史地理》,新疆人民出版社,1983年。
[48] 刘彦群、刘建甫、胡祖源:《新疆对外贸易概论》,新疆人民出版社,1987年。
[49] 马汝珩、马大正主编:《清代边疆开发研究》,中国社会科学出版社,1990年。
[50] 谢香方主编:《新疆维吾尔自治区经济地理》,新华出版社,1991年。
[51] 厉声:《新疆对苏(俄)贸易史(1600—1990)》,新疆人民出版社,1993年。
[52] 韦胜章主编:《内蒙古公路交通史》第一册,人民交通出版社,1993年。
[53] 殷晴主编:《新疆经济开发史研究》,新疆人民出版社,1995年。
[54] 陈桦:《清代区域社会经济研究》,中国人民大学出版社,1995年。
[55] 张正明:《晋商兴衰史》,山西人民出版社,1995年。
[56] 卢明辉、刘衍坤:《旅蒙商——17世纪至20世纪中原与蒙古地区的贸易关系》,中国商业出版社,1995年。
[57] 刘志霄:《维吾尔族历史》,中国社会科学出版社,1996年。
[58] 薛宗正主编:《中国新疆古代社会生活史》,新疆人民出版社,1997年。
[59] 郑宝恒:《民国时期政区沿革》,湖北教育出版社,2000年。
[60] 成崇德主编:《清代西部开发》,山西古籍出版社,2002年。
[61] 米镇波:《清代西北边境地区中俄贸易——从道光朝到宣统朝》,天津社会科

学院出版社,2005年。

[62] 苏德毕力格:《晚清政府对新疆、蒙古和西藏政策研究》,内蒙古人民出版社,2005年。

[63] 蔡家艺:《清代新疆社会经济史纲》,人民出版社,2006年。

[64] 陈慧生、陈超:《民国新疆史》,新疆人民出版社,2007年。

[65] 樊如森:《天津与北方经济现代化(1860—1937)》,东方出版中心,2007年。

[66] 樊如森:《近代西北经济地理格局的变迁(1850—1950)》,台湾花木兰文化出版社,2012年。

[67] 谷苞:《西北通史》,兰州大学出版社,2005年。

2. 论文

[1] 李琴芳选编:《经济部西北工业考察通讯(下)》,《民国档案》1996年第1期。

[2] 李树辉:《羊皮筏子·石油二考》,《青海民族研究》第15卷,2004年第1期。

[3] 张国藩:《昔日的辉煌——甘肃皮筏长途运输始末》,《丝绸之路》1998年第2期。

[4] 樊如森:《天津开埠后的皮毛运销系统》,《中国历史地理论丛》第16卷,2001年3月第1辑。

[5] 李琴芳选编:《经济部西北工业考察通讯(下)》,《民国档案》1996年第1期。

[6] 昌吉:《古镇碧口》,《档案》1987年第5期。

[7] 洪文瀚:《谈谈甘肃的商港——碧口》,《甘肃贸易》1943年第4期。

[8] 慈鸿飞:《近代中国镇、集发展的数量分析》,《中国社会科学》1996年第2期。

[9] 单强:《近代江南乡镇市场研究》,《近代史研究》1998年第6期。

[10] 胡铁球:《近代西北皮毛贸易与社会变迁》,《近代史研究》2007年第4期。

[11] 丁孝智:《丝路经济的明珠——兰州水烟业》,《西北师范大学学报(社会科学版)》1990年第3期。

[12] 范毅军:《明清江南市场聚落史研究的回顾与展望》,《新史学》九卷三期。

[13] 冯筱才:《中国商会史研究之回顾与反思》,《历史研究》2001年第5期。

[14] 范毅军:《明中叶以来江南市镇的成长趋势与扩张性质》,《"中央"研究院历史语言所集刊》73本,2002年。

[15] 向达之:《清末至民国前期的兰州商业》,《兰州学刊》1987年第4期。

[16] 丁孝智:《近代兰州地区的茶叶贸易》,《甘肃社会科学》1990年第5期。

[17] 王永飞:《民国时期西北地区交通建设与分布》,《历史地理论丛》第22卷第4辑。

[18] 史建云:《对施坚雅市场理论的若干思考》,《近代史研究》2004年第4期。

[19] 樊如森:《民国时期西北地区市场体系的构建》,《中国经济史研究》2006年第3期。

[20] 樊如森:《近代西北外向经济中的天津因素》,《复旦大学学报(社会科学版)》2001年第6期。

[21] 魏丽英:《论近代西北市场的地理格局与商路》,《甘肃社会科学》1996 年第 4 期。

[22] 黄正林:《近代甘宁青农村市场研究》,《近代史研究》2004 年第 4 期。

[23] 朱立芸:《论近代西北的药材与市场》,《开发研究》1997 年第 6 期。

[24] 钟银梅:《近代皮毛贸易在甘宁青地区的兴起》,《青海民族研究》第 17 卷第 2 期,2006 年 4 月。

[25] 赵珍:《近代青海的商业、城镇与金融》,《青海社会科学》2002 年第 5 期。

[26] 南文渊:《青海高原上的穆斯林城镇社区》,《回族研究》1994 年第 4 期。

[27] 荣宁:《明代青海城镇宗教与习俗文化述略》,《青海民族研究》1999 年第 4 期。

[28] 胡铁球:《近代青海羊毛对外输出量考述》,《青海社会科学》2007 年第 2 期。

[29] 渠占辉:《近代中国西北地区的羊毛出口贸易》,《南开学报》2004 年第 3 期。

[30] 王世志、李见颂:《青海地区经济与内地的历史联系及其近代发展之特点》,《青海民族学院学报》1989 年第 3 期。

[31] 任斌:《洋务运动时期的青海工商业》,《青海民族学院学报》1983 年第 3 期。

[32] 周新会:《论青海藏族牧业区封建经济结构》,《青海民族学院学报》1988 年第 1 期。

[33] 崔永红:《近代青海举办垦务的经过及意义》,《青海民族学院学报》2007 年第 2 期。

[34] 辛宇玲:《民国时期西宁市民的社会生活方式变迁》,《中国土族》2004 年第 4 期。

[35] 王庆成:《晚清华北的集市和集市圈》,《近代史研究》2004 年第 4 期。

[36] 王庆成:《晚清华北定期集市数的增长及对其意义之一解》,《近代史研究》2005 年第 6 期。

[37] 李艳:《清末民初甘肃的城市近代化》,《兰州学刊》2004 年第 6 期。

[38] 史建云:《对施坚雅市场理论的若干思考》,《近代史研究》2004 年第 4 期。

[39] 孙占元:《中国近代化研究述评》,《史学理论研究》2000 年第 4 期。

[40] 李建国:《简论近代的甘川交通运输》,《文史杂志》2002 年第 5 期。

[41] 许檀:《明清时期城乡市场网络体系的形成及意义》,《中国社会科学》2000 年第 3 期。

[42] 许檀:《明清时期农村集市的发展》,《中国经济史研究》1997 年第 2 期。

[43] 袁钰:《甲午战争后华北商品市场发育对农民的影响》,《山西大学师范学院学报》1999 年第 2 期。

[44] 霍维洮、胡铁球:《清及民国商贸、移民开发与民族社会变迁》,《宁夏大学学报》2005 年第 5 期。

[45] 张利民:《论近代华北商品市场的演变与市场体系的形成》,《中国社会经济史研究》1996 年第 1 期。

[46] 张萍：《明清陕西庙会市场研究》，《中国史研究》2004年第3期。
[47] 吴震：《新疆新石器时代文化的初步探讨》，《光明日报》1962年2月18日第4版。
[48] 齐清顺：《清朝后期新疆农垦事业的发展》，殷晴主编：《新疆经济开发史研究》，新疆人民出版社，1992年。
[49] 徐伯夫：《清代新疆的城镇经济》，殷晴主编：《新疆经济开发史研究》，新疆人民出版社，1992年。
[50] 童远忠：《刘锦棠与近代新疆的开发和建设》，《常德师范学院学报（社会科学版）》2000年第6期。
[51] 袁澍：《王树枏与近代新疆开发建设》，《新疆社科论坛》2001年第1期。
[52] 李敏：《论清代新疆屯田的重大历史作用》，《西域研究》2001年第3期。
[53] 贾秀慧：《试析近代新疆商业史上的"津帮八大家"》，《新疆地方志》2004年第3期。
[54] 玛丽亚木·阿布来提：《论左宗棠收复新疆》，《新疆地方志》2005年第3期。
[55] 阿依木古丽·卡吾力：《杨增新主政新疆的经济政策与近代中国西部开发》，《喀什师范学院学报》2006年第1期。
[56] 关毅：《略论盛世才主政时期新疆近代工矿业的发展》，《新疆师范大学（哲学社会科学版）》2006年第1期。
[57] 樊如森：《天津——近代北方经济的龙头》，《中国历史地理论丛》2006年第2期。
[58] 樊如森：《中国边疆开发政策的近代转型——以新疆为例》，《历史地理研究》第3辑，复旦大学出版社，2010年。
[59] 樊如森、杨敬敏：《清代民国西北牧区的商业变革与内地商人》，《历史地理》第25辑，上海人民出版社，2011年。

3. 学位论文

[1] 阚耀平：《清代天山北路人口迁移与区域开发研究》，复旦大学2003年博士学位论文。
[2] 张萍：《明清陕西商业地理研究》，陕西师范大学2004年博士学位论文。
[3] 黄正林：《黄河上游区域农村经济研究（1644—1949）》，河北大学2006年博士学位论文。
[4] 裴庚辛：《1933—1945年甘肃经济建设研究》，华中师范大学2008年博士论文。
[5] 勉为忠：《近代（1895—1949）青海民间商贸与社会经济的扩展》，中央民族大学2009年博士论文。
[6] 刘卓：《新疆的内地商人研究——以晚清、民国为中心》，复旦大学2006年博士学位论文。
[7] 吴轶群：《清代新疆边境地区城市对比研究——以伊犁、喀什噶尔为中心》，复旦大学2006年博士学位论文。

后　记

《中国近代经济地理·第八卷：西北近代经济地理》终于完稿了。从2008年最初接到吴松弟教授的邀请，主编《西北近代经济地理》这一卷，至今已历六个年头。光阴荏苒，岁月如梭，总算最终完成了。西北近代经济地理的写作是一个繁难的工程，单从国土面积上来讲，西北地区即占中国国土总面积的四分之一，面积之大，在中国各经济地理分区中为最。而中国近代又是一个特殊的历史时期，是一个从传统向现代过渡的时期，各种经济要素的更迭、反复极端频繁，传统中有现代，现代中又交织着传统的要素。要想写好西北地区近代经济地理，难度相当之大。因精力所限，以及完成时间的规定，本卷采取了分区域的形式来完成，共分为近代陕西编、陕甘宁边区编、近代甘宁青编、近代新疆编四大部分。这四部分基本按区域划分，但陕甘宁边区又是一个特殊的区域，新式政权建设所带来的经济发展与社会管理模式均不同以往，所形成的经济格局也具有一定的特殊性，因此，也单独成编。当然这样的分区便于操作，不过毕竟有割裂经济区之嫌，同时由于各章写作体例上的差异，中间又经人员变动，都给本书的完成质量带来了一些影响，因此，本书还存在很多缺点。但是，作为近代经济地理的探索之作，本书各章作者也都能够深入思考，写作态度是认真的，各编尽量以最详实可靠的历史资料为依据，以经济地理要素的复原为原则，考虑到近代经济的转型，将传统向现代的变迁列为本书编写的主线，基本达到了预先设定的目标。

本书的作者共四人，绪论部分由张萍、吴孟显完成，第一编近代陕西、第三编近代甘宁青部分的第一至四章由张萍完成，第二编陕甘宁边区部分由严艳完成，第三编第五至七章由吴孟显完成，第四编近代新疆部分由樊如森完成，总结由张萍、吴孟显完成。文中部分插图由复旦大学史雷博士、陕西师范大学徐雪强博士完成，在此表示感谢。

即将付梓之际，感谢吴松弟教授在本卷编写过程中所做的指导，感谢各编作者的通力合作，感谢华东师范大学出版社庞坚编审认真负责的态度，没有大家共同的努力，就不会有这部书的最终完成与出版。

张萍于西安

2014年9月28日

索 引

一、地名索引

阿克苏 5,530,531,534,540,543,550,564,566,569,574,576,586,590,592,593,595,601

安塞 3,44—46,108,124,128,187,261—265,268,271,281,285,288,289,291,292,296,299,300,303,306,310—312,314,316,320,321,326,328,341,343,344,347,352,357,359,360,370,618

宝鸡 28,33,43,45,47,55,56,62,65,80,81,105,107,109,113,114,116—121,123,126,127,135,137—139,141—145,150,161,164,166,167,182,185,192,194,196,197,200—207,219,226,230—233,237—243,247—249,252,326,353,354,361,448,470,556,568,617—620

碧口镇 453,468,469,488,491

承化 531,565,566,568,569,572,595,599,609

大荔 28,43,45,47,57,58,60,72,86,89,95,101,124,128,129,133,137,140,141,166,179,184,190—192,196,198,202—204,207,209,220,231,236,237,265,356,612,620,622

迪化 145,146,166,454,459,477,480,530,531,533,538,541,543,550—556,558,560,562—570,573,574,576,578,582,584,586,588,590—595,597—599,604,605,609,610,612,621

定边 3,41,44—46,56,65,83,85,89,127,161,187,189,209,212,214,219,220,245,261,262,264,265,293,297,298,300,301,319,326—331,333—335,337,339—341,343—345,347,350,352,353,355,357,358,360—362,368,467,472,619,620

凤翔 28,35,40,43,45,47,55,63,80,81,89,115,124,126,129,135,137—141,146,148,149,152,161,163,166,174,185,187,188,192,195,196,198,200,201,205,207,219,222,226—228,231,233,237—239,243,247,248,611,612,620

甘宁青 10,16,17,19,20,23,24,27,29,30,373—378,384,390,391,393,400,401,403—405,407,408,412—414,416—421,425,428,430—432,438,446,447,451—453,457,458,465,466,470,471,473—477,481,491,492,499,500,503,508,510,512,515,517,518,521—525,609,611,614,615,617,619,622—627

甘肃 1—4,6,8—14,16—21,23,24,29,30,33,40,55,60,79,90,91,96,100,102,110,111,114,115,121,124,125,132—134,137,139—143,145,162,174,190,195,208—210,212,215,221,226—229,233,234,237—242,246—248,261,263,265,272,274,278,281,282,286,289,296,297,302,306,317,318,320,326,327,330,344,347,349,350,352,357—360,364,373—375,377—387,389—398,400,401,404—455,458—462,464—472,474—491,493—495,497,500,502—504,508—525,530,533,540,542,549,550,554,556,558,564—566,569,573,574,

604,605,608,609,611—626

古城　20,550—556,558,559,566,570,580,590,598,600,601,621

关中盆地　33,34,36,72,209,266

关中平原　33,35,36,48,76,85,86,106,110,118,126,175,243,248,623

哈密　145,146,166,379,452,480,530,531,533,535,539,543,548,549,551,552,554—556,558,564—570,574,576,581,594,595,597,598,600,605,609,610,621

汉中　1,28,34,35,44,45,65,79,86,90,99,121,137—139,144,146,148,150,152—154,157,172,182,186,189,195,198,201—204,206,207,210,214,215,219,222—224,238,239,248,249,251,354,361,458,469,503,608,610,615,620

和阗　530,531,534,543,547,550,554,560,563—566,569,578,580,585,586,589—594,601,604,605

河湟谷地　29,393,400,402,613

河西走廊　1,29,373—376,379,380,383,393,396,397,404,408,411,452,469,477,484,487,503,540,554,556,569,614,624

鄠县　43—45,47,55,75,85,89,90,161,627

华州　43,79,80,85,89,129,143,149,175,182,183,236,237,245

黄土高原　20,29,33,35,70,88,208,266,271,328,364,373,375—377,393,394,396,614,623,624

湟源　2,20,381,385—387,400,403,420,447,450,455,456,472,501,503—505,507,515,520,609,612,620,627

结古　20,403,504—507,620

泾阳　28,43—45,47,55,58,60,61,65,75,79,86,100,101,113,116,122,126,127,133,140,150,160—162,178,181,184,188,190,192,196,198,200—203,207—209,211—214,220—222,230,233,234,241,243,244,246,247,616,619,620,627

喀什　5,13,21,529—531,533,534,536,543,548—552,555,560—564,566,567,569,573—575,578,581,583—593,595,599,601—605,621

拉卜楞　10,19,22,386,403,461,471,472,485,486,490

兰州　1,2,4,7,10,11,17—20,29,30,52,86,96,114,116,127,137,139,145,146,150,151,154,156,157,166,168,181,192,195,211,212,221,222,241,243,244,247,296,301,317,341,347,352,357,374,375,389,390,392,393,404,406,410—413,415,421—426,428—436,438,440—450,452—455,457,459—461,465—470,472,473,475—483,485,488—492,495,501—504,508—513,515—525,554,556,562,565,567,568,574,576,600,608—612,615—617,619—623

龙驹寨　46,130,131,135,137,145,149,152,162,209,210,224,233,234,248,422,480,620

陇东　19,29,33,39,61,263,264,266,275,277—282,296—298,300—303,307,314—317,319,320,322,324,326—330,332,334,337,338,340,341,343,345,351,352,357—360,369,385,390,393,394,401,404,408—410,425,453,459,469—471,477,479,483,484,487,489,491,614,625

洛川　41,44—46,54,57,65,73,88,89,92,129,137,140,150,161,182,187,197—199,232,252,274,325,337,355,619

勉县　57,63,125

内蒙古　1,2,23,33,135,373,378,384,387,388,472,495,540,570,623,626

宁夏　1—4,9,10,12,17,22,23,30,33,143,146,151,211,220,241,245,246,261,265,297,337,357,373,377,379,381,385,387—389,393,394,398—402,404—407,409—411,413—416,418,420,424—426,428,432—435,438—441,443—445,447,448,450,453,457—459,462,463,465—477,480,484,492—503,508,509,514—525,566,569,609,610,613—615,617—620,622—627

宁夏平原　29,375,376,393,398—401,404,405,411,413,494,614,624

帕米尔　531,533,536—538,566,569,579

平凉　2,23,125,137,141,154,156,157,166,168,192,195,196,241,248,375,376,381,385,389,394,404,414,415,425,438,441,443,444,447,448,453,454,459,468—470,477,480,483—485,489,491,493,511,516—525,554,556,565,612,619

奇台　530,539,549,551,553—556,558,564,565,567,568,570,574,588,594,595,598,599,605,609

秦巴山地　34

秦岭　1,33—38,85—87,102,130,134,137,144,214,247,373—375,613,623,624

青藏高原　22,373—376,379,416,419,501,504,623,624

庆阳　3,141,261,263,264,270,297,298,300,303,314,316,317,320,321,323,326—330,333—335,338,343—347,349,351—353,357,358,362,368,381,385,389,417,449,477,483,487—490,618,621

三边　52,241,261—264,266,268,275,278—281,293—298,300—303,307,312,316,317,320,322,324,326—330,332,337,340—343,350,357,358,368

三原　28,43—45,47,57,61,63,65,80,89,90,95,108,116,119,120,124—126,137—141,144,148,149,152,154,157,160—163,166,179,181,184,188,190—192,195,196,198,200—204,207—211,221,222,230,233,234,238,241—244,247,252,296,355,467,469,494,502,619,620

陕北高原　33,266,623

陕甘宁边区　3,9—11,18,24,25,27,28,108,253,259,261,262,264—271,273—299,301—304,306—310,312—314,316—320,324—333,336—350,352—354,357—360,363—365,368—370,609,610,618,621,624,626,627

陕南山地　33,624

陕西　1—4,8—11,13—16,18,20,23,24,27,28,31,33—84,87—90,92—106,108—116,118—155,157—176,180—183,187—212,214—222,224,225,227—230,232—255,257,261—264,266,267,269,271,273—277,279—287,293—299,301—307,310,312—314,316,317,319,320,324—331,336—343,345,347,349,352—354,357,359,360,364,365,370,373,376,383,409,411,412,419,424,428,439,447,450,453,458,459,466—470,472,478,479,483—485,491,494,495,502—505,509,512,518,520,549,550,553,554,556,558,565,595,604,608,609,611—627

石嘴子　472—474,495,566,620

绥德　44—47,64,65,83—85,124,127,137,140,150,161,180,183,187,199,217,219,232,245,246,261,263,264,267,268,275,277,280,281,293,294,297,298,300—303,306,307,314—317,320—323,325—330,332—335,337—346,349—351,353,357,358,360—362,368,467,618,619,621

塔城　5,145,384,530,531,539,540,550—552,554,555,558,560—562,565—569,572,574,577,578,580,582,584,587—589,591—595,597,599,600,603,605,609,610,621

塔里木　531,533—535,579,581,601

天津　12,19,101,134—136,195,196,198,200,214,228,229,242—246,248,412,455,457,466—474,476,478,480,481,484,485,494,495,497,499,501,502,504,509,519,521,529,530,549—553,555—559,570,574,588,598—600,604,605,610,619,621,627

天山　2,5,6,8,11,13,21,30,384,529—534,536,538—545,547—551,553,554,556,558,561—569,572,575,577—588,590—594,597—607

天水　2,14,19,25,137,142,144,166,249,265,316,375,376,381,385,389,396,405,408,409,411,414,415,432,433,435,437,438,441—444,446,448—450,453,454,459,469,477,480,482,483,485,486,488,489,491,503,511,513,515,516,518,520—525,612,617,618

同官　35,43—45,55,57,63,85,108—110,113,124,130—132,137,140,144,149,150,164,165,184,197,198,232,247,248,252,264,306,328,617

同州　39,43,79,86,89,133,138,148,150,152,154,156,162,177,182,184,185,187,188,219,220,222,236,237

吐鲁番　530,531,535,540,543,551,554,555,560,562,564,566,574,576,581,585—587,589—593,595,599,601,604,621

瓦窑堡　150,199,245,246,289,292,297,305,307,308,314,328,330,334,337,341,347,348

渭南　28,37,40,43—45,47,59,62,65,82,83,86,95,110,111,118—120,127,137,140,141,143—145,148,149,160—162,164,181,184,195,196,198,200—203,207,230,236,237,239,241,242,248,353,356,565,617,620

乌鲁木齐　378,454,533,534,547,549,555,560,567,568,572,578,584,586,587,597,600,603,612

乌苏　456,530,540,543,564—566,574,580,585,586,591,592,594,595,600,603

无定河　35,64,65,266

吴忠堡　439,440,492,493,495—499,501,519,525,620

西安　1,14,20,23,28,33,36—38,43,46,48—51,55,58—65,67,70,73,74,80,82,88—90,95—97,99—107,109—112,114,115,117—160,163,164,166,168,171—179,181,183,184,187—196,199—211,215,217—219,221,223,226,229,230,232—252,254,257,265,289,290,292,296,297,303,308,314,326,331—334,337,344,353,354,421,424,431,434,445,447,448,453,454,467—470,480,481,484,494,502,504,508,511,519,520,541,554,556,565,600,608—612,616,617,619—623,625

西华池　271,297,298,326,327,329,330,

338,340,341,345,346,351—353,357,
358,360,362,621

西宁　2,12,20,30,97,211,222,241,375,
378—381,383,385—387,389,400,402,
403,414,418,427,428,432—434,440,
441,447,450,451,453—456,459,470,
472,473,476,477,480,481,484,486,
492,501—507,511,515—517,520—524,
547,569,609,611—613,616,617,620

咸阳　43—45,47,56,65,67,68,76,82,
109,117,123,125,127,133,137,139,
140,143—145,149,150,166,168,178,
182,183,188,196,197,200,201,203,
204,207,216,218,219,230,236,237,
239,241,244,247,325,353,357,447,
452,565

新疆　1—8,10—13,19,21,23,27,30,33,
91,137,142,143,146,150,158,211,226,
357,378,379,384,421,424,454,468—
470,472,480,482,484,485,488,495,
502,503,509,527,529—607,609,611,
612,615,619,621

延安　3,35,44—46,101,102,150,162,
175,183,186,187,189,199,216,219,
226,261—268,271,275,277,281—283,
285,288—290,292,297—300,303,305—
309,311,312,314—317,319—321,325—
347,349,350,353,354,357—362,365,
367—370,609,611,618,621

伊犁　5,7,21,30,384,424,529—531,536,
539,541—543,547,549—552,554,555,
558,560—562,565—568,571,576—580,
582—585,588,589,591—593,595,597,
599,600,602—605,609,621

宜川　20,35,44—46,53,54,57,65,88,89,
137,140,141,162,165,175,182,186,
189,197,198,217,219,220,252,262,

276,277,279,337,347,619

银川　265,373,387,388,454,459,467,
472,476,477,492,495,497,498,509,
566,610,612,620

榆林　14,28,33,36—38,44—46,53,56,
64,65,73,88,89,124,128,131,134,135,
138,140,150,152,180,187,189,190,
195,196,199,202,207,209,212—214,
216,218,219,229,232,245,246,251,
265,274,325,326,344,353—355,444,
467,619,622

张掖　374,376,381,385,389,396,397,
405,406,409,411,412,449,451,454,
459,477,480,484,485,489,508—511,
515,518,520—524,565,614,621

镇西　387,388,530,533,539,543,554,
564,567,578,579,600,605

志丹市　348

中宁　388,398,402,405—407,411,413,
415,439,472,494,496,498,500,501,
519,522,523,620,626

中卫　2,241,385,388,398,402,405—407,
410,411,413,439,458,472,492—500,
519,522,523,566,620

准噶尔　19,21,355,384,531—533,538,
542,547,548,579,582,600

二、企业索引

保险　160,200,201,203,455,525
兵工厂　106,288—292
材料厂　311,430,434—436,617
传习所　100,126,127,439,587,616,617
瓷厂　132,312,436,437,445,446
瓷器厂　132,593
当铺　30,171,173—176,181—190,470,
485,508,512—515,621,622
地方银行　30,195,197,510,511,517,518,

520,525,623

电报 5,6,456,569,574

电厂 102,118,122,425,430,432—435,437,446,592,617

电解厂 122,123

纺织厂 18,105,106,108,114—118,126,285—287,299—303,316,317,438,440,442

工艺厂 99,100,134,591,593,616

公营商业 29,338—340,342,344,346,365,621

官钱局 171,172,177,515—519,622

官银号 172,516,622

官银钱号 28,171,172,515

官银钱局 30,508,515,516,621,622

航空 6,30,137,145,146,166,167,447,454—456,563,569,573,608,610,612

合作金库 519,520,622

合作社 29,58,107,126,127,195,270,283,285,286,294,296,302,318—320,324,325,336,339,342—344,346,348,359,360,365,438,520,522,523,618,621

化工厂 104,289,434

火柴厂 102,103,105,107,282,291,312,370,429,440,441,444

火药局 99,616

机器厂 106,107,111—114,116,117,288,424,430,431,433,434,436,441,617

机器局 96,97,111,114,421,424,426,592,616,617

机械厂 111,114,288—290

酒精厂 123,124,435—437,446

军工局 288,289,291,292,310,311,313

厘局 28,89,90,220,221,223,225

煤矿 105,106,108—110,144,248,306—308,316,317,366,430,431,436,446,595,617

棉产改进所 58

棉纺厂 106,118,440

面粉厂 107,108,118—120,122,430,436,443,592,593,617

难民工厂 126,130,299,302

农具厂 285,289,308

皮革厂 285,288,291,440,441,592

票号 28,30,102,171,176,190—192,508—510,512,524,557,562,621

钱庄 28,30,151,152,171,176,190—195,204,209,455,478,508—512,562,621

三酸厂 111,122,123,440,441

纱厂 105,107,114,116—118,127,593,617

商会 8,127,164,173,253,463,475,476,493,503,510,516,520

商业银行 30,195,524,525,562,593,622,623

石油矿 101,102,366

实业公司 105,107,114,132,198,476,520

实业银行 189,195,198,199,520,525,622

手工业作坊 318,320,321,478

私营商业 29,164,336,338,344—346,365,482,504,621

四行 200,205—207,431,524,622

四行二局 508,521,522,524,621,622

铁厂 113,286,287,291,292,308,309,426,427,436,437,617

洗毛厂 440—442

县银行 191,197,198,508,520,621,623

修配厂 440,441

银行 4,11,28,30,66,67,87,89,93,111,113,114,116—119,123,125,132,134,143,171—173,189—192,194—207,211,229,230,238,239,242,244,245,285,336,338,339,348,418,420,430,431,434—438,440,443—445,450,451,453,

455,458,464,468—470,476,478,480,481,483,484,500,508—512,515—525,562,585,598,621—623

邮政局　47,48,146,149—156,158—169,331,454—456,602,611,612

油厂　107,133,285,288,291,303,304,432,446

有限公司　103,105,115,117—119,121,122,134,142,143,163,297,340,426,432,436,439,442,476,519,525,617

造纸厂　130,282,285—287,313,314,316,370,444,618

轧花厂　101,107

织呢局　18,422—426,428,616

制革厂　103,133,134,282,310—312,370,441,442,591—593,617

制药厂　105,106,121,122,291,311,430,434,436,617

制造局　29,96—98,421,422,424,429,616

烛皂厂　136

专卖公司　297,298

三、商品索引

布匹　79,106,125,127,145,189,192,209,210,212,213,215,220—224,234,237,238,240—242,244—248,270,285,286,298,300—302,318,337—339,345,348,365,429,438,442,458—463,467,469,470,478,479,484,485,494,496,501,531,547,550,552,556,558,590,598—600

蚕豆　65—67,72—74,407,413—415

蚕丝　80,94,95,129,410,561,586,590,601

茶叶　4,18,19,21,22,24,192,208,211,234,235,239,243,244,249,458—463,468,470,475,478,482,501,507,550,

553,554,557,559—561,599,600,619

大豆　65,66,73,274,404,413,414,615

大麻　83,414,415,584,588

大麦　17,27,56,57,66,67,69,70,73,135,275,404,413—415,583—585

大盐　293,295

当归　89,90,92,215,223,226,227,251,434

稻米　62,65,72,73,145,533,585—587,601

德字棉　58,59,76

地毯　128,129,428,438,439,589,590,592

肥皂　133,136,234,246,249,251,254,256,286,287,310—312,318,366,434,591,593

甘草　88,89,92,215,220,246,268,282,293,434,435,445,458,459,462,463,467,468,476,494,495,497,500,502,539,618

高粱　17,60,65,66,68,71,135,274,275,313,413,414,425,584,585,587,604

枸杞　88,92,215,282,458,462,463,467,476,494,495,500,539,559

谷子　15,69,274,275,412—414,615

金矿　104,593—595

井盐　267,293,294

酒　2,28,69,72,80,85,97,102,113,120,123,132,135,156,164,175,213,217,220,222—224,235,238,240,242,243,247,249,304,310,317,318,374,376,381,385,389,395—397,405,406,411,425,427,430,434,435,437,446,449,450,454,458—462,469,473,475,477,478,480,483—485,489,496,508,509,511,518,520—524,533,548,550,564,565,593,600,610,612,617,618

蓝靛　214,220—222,225—227,470,483

陆地棉 55,56,627

麻 35,65—67,80,83,84,88,89,92,129—131,133,136,214—216,220—224,235,240,243,246,251,253—255,257,275,313,314,316,318,319,355,365,370,380,413—415,425,434,435,444,445,458,462,470,473,483,484,492,495,502,503,539,561,583—585,587,588,592,594,615

马铃薯 15,29,60,65,74,403,404,407,408,413—415,615

牦牛 416,418—420,471,490,539

煤炭 27,28,35,36,108—110,132,144,145,235,248,252,253,267,287,303,305—308,312,365,366,431,445,478,483,496,497,593,595,597,617,618

糜子 15,66,67,69,71,274,275,368,412—414,615

绵羊 268,280,418—420,441,459,471,560,562,580

棉布 80,81,115,117,125,439,442,484,553,560,585,589,590,601

棉花 15,16,27—29,35,39,55—58,65—68,73—81,100,106,114—116,121,125,127,144,145,189,192,202—204,210,211,214,215,220—226,228,229,232,235,237,242,244,246—248,250—253,255,268,270,277—279,297,298,302,303,338—340,364,366,368,403,408,409,413—415,458,462,469,478,483,484,503,552,553,559—561,584—587,589—591,598—601,615,627

面粉 27,104,106,109,111,114,118—120,124,198,235,248,318,320,438,443,446,461,482,552,591,593,617

皮毛 17,19,21,23,24,29,133,134,210—213,215,220,222,223,238,239,245,246,248,293,298,338,343,376,416,438,440,442,450,458—461,465,466,468,470—481,483—485,488—490,492—497,499—502,504,505,550,552,556—558,560—562,579,598—600,619,624,626,627

荞麦 71,274,275,368,414,415

青海马 418,419

染料 224,225,247

烧酒 86,135,220,221,224,226,227,247,248,425,437,548

生漆 87,88,164,221,223,249,254,256,427

生丝 94,224,253,255,410,461,475,553,560,586,587,601

石油 27,28,35,101,102,104,122,246,266,267,287,289,303—305,321,365,366,432,452,540,561,591,593—595,618

食盐 17,123,145,171,247—249,270,271,294—299,327,337,338,340,342,345,348,358,365,462,463,470,475,483,484,492,552,595,611

水稻 17,27,38,57,59,65,72,73,274—276,376,405—407,413—415,583,584,586,615,624

水烟 18,19,211,212,220—224,233—235,243,247,257,297,338,425,458,460,462,470,478—481,483,503,509

斯字棉 58,59,76,77

粟 17,27,60,65,68—72,80,237,244,275,404,405,413,414,615

铁矿 113,267,307,308,366,434,560,594,595

桐油 87,133,145,222,223,249,251,254,256,461,475

土布 79,125—127,137,215,225,235,

241,242,247,249,251,297,298,302, 317,337,338,340,408,409,467,469, 470,478,483,484,502,561,592

土药　81,217,220,221,225,235,411,458

豌豆　17,41,56,60,65—68,73,74,135, 274,404,405,407,412—415,458, 583,584

小麦　15,17,27,35,41,56—60,65—73, 106,118,237,247,274,275,303,404, 412—414,425,458,461,552,576,583— 585,587,593,615

小米　60,65—67,69—71

杏　39,80,83—86,92,130,251,254,281, 282,330,369,559,561,585

鸦片　14—17,28,48,51,74—76,79—82, 192,224,225,235,246,251,411,412, 415,424,426,458,459,481,484,485, 500,529,558,559,583,588,619,625,626

烟草　66,67,80,91,222,224,238,317, 320,321,403,413,414,459,462,615,624

羊毛　4,18,19,21,100,127—129,212, 213,229,243,246,251,253,301,348, 366,418,420,422—425,428,438,440, 441,450,452,453,455,457—459,461— 465,467,468,471—476,480,481,484, 485,488,492—494,497,502,504,552, 553,559,560,578,580,589—592,599, 600,627

洋布　75,80,106,125,126,208,220,221, 225,227,241,249,298,302,338,424, 439,442,458,462,496

洋花　59,74,75

洋货　29,128,129,208,209,214,215,220, 221,223,224,233,234,247,250,252, 424,426,457—461,465,469,484,485, 493,495,496,501,502,504,550,554, 557,561,598,599,619

药材　4,17,19,20,24,27,88—93,121, 145,209—211,215,220—225,233,234, 237—239,241,242,246—249,251,271, 282,283,298,311,338,343,366,445, 450,457—460,462—464,467,470,476, 478,479,481,483—485,488,489,491, 492,500—503,550,557,558,599,624, 626,627

罂粟　16,27,29,76,79—82,225,403,408, 411—414,494,500,583,584,615,626

油货　560

玉米　15,29,56,57,60,65—68,70,72,73, 274,275,403—405,413,414,584,615

玉石　594

原油　101,303,304,322,432,436,595

枣　39,84—86,89,210,220,221,224,251, 254,256,350,410,458,462,469,494, 503,561,594

纸　27,28,80,97,98,100,112,114,124, 125,129—131,154,156,157,198,199, 208,214,215,220—228,235,239,246, 249,251,253,255,257,268,271,286, 287,289,297,313—317,320,321,332, 337—339,365,367,370,425,426,428, 436,437,444,445,458—463,468—470, 483,484,494,502,503,515,516,518, 519,554,561,562,589,591,593,598, 601,618

纸烟　234,235,239,244,247,248,257, 415,446,458—460,463,470,481,484, 503,504

四、人名索引

阿古柏　421,537,542,549,582

陈树藩　50,51,76,81,626

慈禧　49,625

恩寿　50,100

樊增祥 99

冯玉祥 51,52,139,166,198,385,412,474,518,521,626

蒋鼎文 51,626

金树仁 531,545,591

李虎臣 51

林伯渠 3,261,264,359,360

刘锦棠 13,537,542,543,549

刘镇华 1,51,76,81

陆建章 50,51,626

马步芳 431—433,440,476,506,520

马鸿逵 398,445,476,499,500,519

彭英甲 413,425,426,428,458,472,616,617

萨迎阿 529

盛世才 7,13,531,544,545,580,588,591,592,606

石敬亭 51

宋哲元 51

孙连仲 385,386,403

孙蔚如 51,252,518,626

孙岳 51

王锡侯 50

魏光焘 61,542

文瑞 50,100

吴新田 51

吴忠信 544

熊斌 51,626

阎相文 51

杨虎城 51,76,110,111,135,187,195,626

杨增新 13,545,591,605

洋行 19,23,30,96,101,424,455,465,470—474,476,480,485,486,488,495—497,504,510,551,552,561,598,599,619,627

张凤翙 50,626

张治中 544,545

朱绍良 544

祝绍周 51,626

左宗棠 18,29,60,61,96,190,381,394,396,408,410,411,421—424,428,541,542,545,549,604,613,616

五、其他索引

办事处 3,55,117,194—207,261,296,297,299,336—338,345,348,359,402,461,465,475,517—525,550,622,623

大年馑 39,40,624

丁戊奇荒 39,40,47,624

额尔齐斯河 533,569—573,584,611

甘新公路 447—450,466,481,487,609

"赶大营" 21,30,547—550,557,621

汉惠渠 62,63,614

汉江 33—36,63,72,79,93,137,145,209,211,214,215,220,225,226,228—230,611

黄河 12,15,17,20,33—35,54,72,84,85,93,109,137,140—142,145,175,220,243,244,253,266,290,292,329,330,373—376,378—382,384,387,391,393,394,398—406,408—413,415—419,428,429,434,440,445,451—453,459,466—468,472,477—481,490,492—495,498,500,507,556,565,611,614,615,620,624

湟水 375,376,393,400,490,501,507,614,624

泾惠渠 59,61,62,77,614

陇海铁路 4,20,28,53,54,72,76,84,88,90,104,107,109,110,114,115,118—120,123,126,130,135,142—144,164,166,192,200,203,204,229,233,234,236—242,244,247—249,252,296,447,448,452,466,468,469,477,479,481—483,556,568,576,609,617,619,620

塔里木河 533—535,539,569,570,572,573,581,584,611

渭河 33—38,41,73,80,109,141,143—145,163,211,237,242,266,374,375,396,408,490,611,623

西兰公路 234,247,447—449,454,466,609

伊犁河 531—533,539,540,564,569—573,583,584,586,603,611

照票 547,548